安徽古籍叢書

第四届《安徽古籍叢書》編審委員會

主任委員

黄德寬

副主任委員

諸偉奇

丁　放

彭君華

委員（按姓氏筆畫順序）

卞　利　方錫球　牛繼清　王啓才

吴先伍　施立業　胡傳志　紀健生

陳　林　張玉才　曹小雲　曹天生

程德和　楊　軍　楊應芹　趙國華

鮑　恒　樊嘉禄

安徽古籍叢書萃編

包世臣全集

一

清·包世臣 撰

李星 劉長桂 點校

黄山書社

图书在版编目(CIP)数据

包世臣全集(全三册)/(清)包世臣撰;李星,刘长桂点校.—合肥:黄山书社,2014.1
(安徽古籍丛书萃编)
ISBN 978-7-5461-4290-6

Ⅰ.①包… Ⅱ.①包… ②李… Ⅲ.①包世臣(1775~1855)-全集
Ⅳ.①I215.22

中国版本图书馆CIP数据核字(2014)第006206号

包世臣全集(全三册)

出版人 任耕耘
策　划 任耕耘 赵国华 汤吟菲
执行策划 汤吟菲 徐娟娟
责任编辑 赵国华 徐娟娟 范丽娜

装帧设计 未氓
责任印制 戚帅

出版发行 时代出版传媒股份有限公司(http://www.pressmart.com)
黄山书社(http://www.hspress.cn)
官方直营书店(http://hsssbook.taobao.com)
营销部电话:0551-63533762 63533768
(合肥市政务文化新区翡翠路1118号出版传媒广场7层 邮编:230071)
经　销 新华书店
印　制 安徽联众印刷有限公司

开本 880×1230 1/32　印张 45.25　字数 960千字
版次 2014年9月第1版　2014年9月第1次印刷
书号 978-7-5461-4290-6　定价 480.00元(全三册)

序

黄德寬

值此《安徽古籍叢書萃編》編輯出版之際，欣逢新時期安徽古籍整理出版工作步入而立之年！三十年來安徽的古籍整理出版工作，很值得認真地進行一番回顧總結。

一九八一年，中共中央發布《關於整理我國古籍的指示》，成立了以李一氓同志爲組長的國家古籍整理出版規劃領導小組，正式拉開了新時期古籍整理出版工作的序幕。一九八四年，中共安徽省委決定建立安徽省古籍整理出版領導小組，由時任省人大常委會副主任魏心一同志挂帥，聯合了省新聞出版局等政府部門和安徽大學等高等院校、研究單位，正式啓動安徽省古籍整理出版工作。同年，安徽專業古籍出版單位黄山書社也宣告成立。安徽古籍整理出版工作由此翻開了嶄新的一頁。

三十年間，安徽省古籍整理出版工作堅持初衷，克服困難，在政府部門的支持和社會賢達

的關心下，經過學者們的艱辛努力，取得了豐碩成果，其最有代表性的成果就是《安徽古籍叢書》的編纂出版。

《安徽古籍叢書》凝結了當代安徽傳統文化研究領域衆多學者與專家的心血和汗水。以吴孟復先生爲代表，組成《安徽古籍叢書》第一届編審委員會，賡續安徽先哲編刊地方叢書盛業，梳理文獻綫索，擬訂叢書子目，擘劃編纂體例。遵循嚴格的學術規範，《安徽古籍叢書》自一九八九年三月刊出第一種——《舊聞隨筆》，截至二〇一三年底，連同修訂再版，出版已突破百種，成爲我國當代古籍整理一個有影響力的品牌。

收入《安徽古籍叢書》的各類古籍，既有朱熹、戴震、俞正燮、凌廷堪、程瑶田、黄生、包世臣、楊仁山、吴汝綸等學術巨擘的著作，也有張孝祥、錢澄之、方苞、方文、施愚山、姚鼐、吴敬梓等文學名家的作品；此外，包拯、朱升、朱元璋、阮大鋮、姚瑩、方孝標、劉銘傳等皖籍著名歷史人物的著述也盡在其中。正是因爲歷代賢哲創造的精神財富，使得《安徽古籍叢書》一經出版即蜚聲海内外，産生了廣泛的社會影響。李一氓同志曾經撰文，欣喜地表示：

『現在有一個好現象，安徽要編印新的《安徽叢書》。』當代著名學者金克木、胡道静、張岱年、程千帆等先生稱道『這是安徽文化事業的一項盛舉』。法國漢學家戴廷傑也對《安徽古籍叢書》堅持嚴格的學術規範稱賞不已。

《安徽古籍叢書》的順利編輯出版，還因爲改革開放帶來的時代機遇。改革開放三十多年來，我國經濟文化繁榮昌盛，使得《安徽古籍叢書》能够得到有關方面的財力支持。上個世紀八十年代，《安徽古籍叢書》編纂在發軔之時，就不斷有項目入選國家古籍整理出版規劃，得到國家各方面的有力支持。最新公布的《二〇一一—二〇二〇年國家古籍整理出版規劃》中，包括《方以智全書》在内的新列《安徽古籍叢書》項目品種就多達四十八種。安徽古籍的整理編纂工作，正是在改革開放的大背景下，在全國古籍整理出版工作的大格局中，取得了突出的成就并展現着美好的未來。

《安徽古籍叢書》的編纂出版，安徽大學『省古籍整理出版辦公室』發揮了重要作用。古籍辦的同志們長期堅守在古籍整理出版崗位，甘於清苦，默默奉獻，辛勤耕耘，爲《安徽古籍

叢書》的編纂和安徽古籍整理出版工作做出了突出的貢獻。二〇一〇年，在『全國專業古籍出版社社長年會暨全國優秀古籍圖書評獎會』上，時任國家新聞出版總署副署長鄔書林同志作題爲《無愧歷史 珍惜時代 出好精品》的講話，指出：『安徽是堅持地方古籍整理工作最好的省份。不少地方古籍辦幾乎都撤了，或名存實亡，安徽則堅持不輟，并做了大量工作。』

黨的『十八大』從戰略層面提出扎實推進社會主義文化强國建設，豐富人民精神文化生活，『建設優秀傳統文化傳承體系，弘揚中華優秀傳統文化』。《安徽古籍叢書》立足鄉邦文獻的整理編纂，因應了國家文化建設的宏偉規劃，是文化强省乃至文化强國建設事業的題中應有之義。這項事業遠非一兩代人所能完成，正如一九八一年中央三十七號文件所指出的，『整理古籍是一件大事，得搞上百年』。

《安徽古籍叢書》煌煌巨制，結構開放，歷時久遠。回顧過去，出版較早的圖書有些已經絕版；叢書版式、裝幀也屢經變更。爲適應集中展示、收藏和研究的需要，對已經出版的《安徽古籍叢書》進行階段性的集中梳理，適當遴選，統一版式，影印出版本套叢書是十分必要的。

作爲首套《安徽古籍叢書》選編本，我們希望通過這套書的出版發行，能使更多的讀者瞭解、認識和利用好《安徽古籍叢書》，有更多的皖籍、非皖籍專家學者參與到安徽地方歷史文獻的研究整理工作中來，讓《安徽古籍叢書》在未來不斷發展壯大。這是我們在新時期安徽古籍整理出版事業三十年之際的殷殷屬望！

二〇一四年六月

凡例

一、本編從二〇一〇年（包括二〇一〇年）以前出版的《安徽古籍叢書》中選取文獻資料價值大、校點整理質量上乘、學界仍有需求的圖書進行重印。

二、二〇一〇年以後出版者因市場上新書尚多，此次不復列入。早期所版《文學研究法》《舊聞隨筆》《桐城文學淵源考・撰述考》《桐城耆舊傳》《爾雅翼》等雖均爲叢書的中堅，因已有修訂新版，此次亦不復列入。《安徽古籍叢書附輯》整體不予列入。

三、所選圖書按初版時間先後順序編排。

四、采用原版掃描影印，不重新録排，儘量保存原書面貌。原書頁眉中的明顯編輯錯誤，逕改不出校；《竇山公家議校注》《康輶紀行 東槎紀略》兩種原書無頁眉，現統一補加。

五、重新設計製作封面，統一規格、工藝。一律采用大三十二開本，精裝。《説文假借義證》一書原版爲十六開，一個頁面放兩個中國頁，此次按統一開本重新排版，一個頁面放半個中國頁。

并新附《説文假借義證索引》於該書書末，以方便讀者檢索。《毛詩後箋》《吳汝綸全集》《田間詩學》《説文假借義證》等原書規模較大，爲方便讀者閲讀，現重新分册。另，《寶山公家議校注》保留原書西式裝訂方式。

六、收録叢書文獻由於各種原因，還存在這樣那樣的不足，請讀者批評指正。

第四届《安徽古籍叢書》編審委員會

二〇一四年六月

安徽古籍叢書

包世臣全集

小倦游閣集 說儲

〔清〕包世臣・撰

李星 劉長桂・點校

安徽省古籍整理出版規劃委員會

顧　問 張凱帆* 丁繼哲 王惠鵬 光仁洪 杜維佑 李天敏 李廣濤 胡　坦 胡雲龍 侯　永
崔劍曉 陶若存 張立一 傅大章 鄭淮舟 鄭　銳 潘鍔鐘

主　任 魏心一

副主任 陶育法 蔡德麟

委　員 吳孟復 金隆德 祖保泉 鹿世金 賈文昭 黎　洪 劉景龍

安徽省古籍整理出版基金會

理事長 崔劍曉

副理事長 丁繼哲 杜維佑 胡　坦 潘鍔鐘

秘書長 朱　揚 汪愼琳

理　事 田照臨 李庭榮 李炳忠 吳存心 汪石滿 沈基政 馬素英 孫留林 陳昌茂 陶顯賦
張其果 張金環 張振明 張繼忠 萬洪翹 鈕　漣 鄭英保 潘培咸

安徽古籍叢書編審委員會

學術顧問 王子野 吳小如 吳作人 吳組緗 周一良 周紹良 金克木 宛敏灝 胡道靜 殷煥先
張滌華 舒　蕪 蔣元卿

主任委員 吳孟復

副主任委員 金隆德 施培毅 祖保泉 賈文昭

委　員 朱一清 朱世力 汪福潤 沙宗復 徐凌雲 殷呈祥 孫文光 梁垣祥 傅玉璋 劉學鍇

*以下按姓氏筆畫排列

安徽古籍丛书编印缘起

伟大祖国，历史悠久，典籍丰富。我省地处南北之交，学术尤擅其盛。数千年来，哲学、史学、文学、艺术、语言、科技，作者辈出，著述如林，或自名一家，或蔚然成派，多为中华民族文化之精华，有裨于社会主义文化之建设。允宜及时整理，以广流传。

奥自明清，以至近世，南北郡邑已有泾川丛书、龙眠丛书、贵池先哲遗书、南陵丛书诸刻。一九三一年，复有安徽丛书之编印，所收皆皖人著作，分期影印。出至第六期，以抗战军兴而中止。盛业未竟，论者惜之。

今者，中央倡导整理古籍，我省领导对此尤为关心。省古籍整理出版规划委员会几经商讨，决定编印安徽古籍丛书。最其体例，约有数端：一、所收皆为历代皖人著作。地域，以现行省区为准。时间，一般以成书于「五四」之前为限。内容，以文、史、哲为主。二、整理方式：包括辑、校、标点或注释，尤注意于稿本、稀见本之搜辑与传布。校勘，力求采用善本为底本，校以他书，或加补辑、编次。标点，采用新式标点。注释，务求精确，但不作烦琐考证。整理中，尽量吸收国内外研究的新成果。三、先秦、两汉著作及文字、训诂之书，皆用繁体字；其余则多用简体字。版皆竖排，以期一律。四、凡热心于本丛书编印及捐赀助刊者，得于书内题名。

安徽古籍丛书编审委员会

一九八九年七月

总目

整理说明

一

包世臣，字慎伯，泾县人。《清史稿。文苑传》：

「少工词章，有经济大略，专喜言兵。嘉庆十三年举人，大挑以知县发江西，一权新喻。被劾去。复随明亮征川、楚，发奇谋，不见用，遂归，卜居金陵。

「世臣精悍有口辩，以布衣遨游公卿间。东南大吏每遇兵、荒、河、漕、盐诸巨政，无不屈节咨询，世臣亦慷慨言之。

「其论书法尤精，行、草、隶书，皆为世所珍贵。」

包世臣是清代著名的书法家、书法理论家和经济学家，这是久已论定了的。他生当近代史开端之际，怵于当时的内忧外患，亟思有所改革。在思想上，他上承清初黄、顾、颜、李诸老，同时与魏源、龚自珍、张琦、周济等人此倡彼和，推动了乾嘉——道咸之间学风之转变，从而成为近世启蒙思想家。这一点，近年来也已有人论及。至于他的文学思想与诗文成就，也有人写过专文。

他晚年定居金陵，太平天国于此建都。他与汪士铎、梅曾亮并被天王洪秀全尊为「三老」。这件事，见于汪士铎的《乙丙日记补》，自然可信。太平天国之所以尊重他们，并非偶然。这是因为他们在不同程度上都具有进步思想。梅以文章「为日新之物」，汪主张「男女平权」，包世臣的改革思想尤为显明。

包世臣的思想，见于他的著作中。他的著作，当时刻出的有《安吴四种》。即《中衢一勺》，这是谈河工水利的；《艺舟双楫》，其上卷是文论，下卷言书法；《管情三义》，是赋、诗、词集；《齐民四术》，是谈农、礼、刑、兵的。

他在《安吴四种总目叙》中说：「此外，大小杂文与四种无可附丽者，尚十数万言，别录清本与《说储》上篇并藏于家。」是两书皆在《安吴四种》之外。

二

现在整理付印的两种：一、《小倦游阁集》，似即他「别录」而「藏于家」的「十数万言」。这「十数万言」中有不少是第一次公诸于世的。以前，刘师培、柳诒徵皆求之未得。二、《说储》上篇，这是刘师培、柳诒徵曾见过，并且极为推重的。刘师培、邓实于清末将其列入《国粹丛书》，排印行世；后来，柳诒徵在江苏国学图书馆又将其影印出来。安徽省图书馆所藏《小倦游阁集》中《说储》部分，文字上有胜于柳本之处；而柳本所附沈钦韩、周济评语，则是很珍贵的。

《说储》上篇是淮北煤师院副教授刘长桂先生整理的。他以《国粹丛书》本为底本，校以国学图书馆影印本，沈、周评语作为「附注」补入，并校以吴熙载校抄的《小倦游阁集》，使国粹本许多讹误，皆得勘正。复加以新式标点。刘先生用力甚勤，用心甚细，值得称述。

《小倦游阁集》，据包世臣《艺舟双楫》中《自编小倦游阁集三十卷总目序》所言，分为正集十九卷，内赋二卷、诗二卷、文十五卷；别集十一卷，内赋一卷、诗二卷、文八卷。但其书后来无人见过。民国初年，华阳王氏印有《小倦游阁文稿》，据云是依据包氏原稿印行的，共收文五十一

篇，皆《安吴四种》所未录。但尚不足「十余万言」。

安徽省图书馆珍藏有清代旧抄本，仅存十四卷，某些卷首钤有「熙载手校」小印。看来是包氏高足吴熙载请人抄出的，有的地方曾经吴氏校改，但未校处尚多。此抄本所收之文，是包括《安吴四种》及华阳王氏《文稿》在内的。现将已见于《安吴四种》者剔除，尚有赋诗文一百十篇（包括王本在内）。其中《东三陵赋》一篇，已收于《四种》内，但字句改动颇大，故仍收入。另从《刘申叔遗书·左庵题跋》中辑得《与沈小宛书》一篇，又从《古今尺牍墨迹大观》中辑得三篇。合一百一十多篇，字数约十余万，恰与包氏自言「录稿藏于家」者大致相符。即使尚有漏未收入者，为数当亦不多。因此，可以说，包世臣赋诗文词之未见于《四种》者，基本上略具于此。

三

《说储》的内容与其价值，刘师培、柳诒徵二老言之已详，现将原跋附录于后，以供参考。

《小倦游阁集》内容甚为广泛，农、礼、刑、兵、河、漕，皆有涉及，论诗文、谈艺术者亦多卓见。其所往来人物，多为当时进步思想家或文学名流，故于朝章国故外，亦见当时学风与文风，是近代学术史、思想史、文学史、社会史的重要资料。

至于包氏的文学思想与诗文创作，吴孟复教授曾有专文论述，他写时未见此集，故只据《四种》立言，但讲的可与本书互证，足供参考，因并录之于后。

民国十二年，泾县胡朴安先生编印的《朴学斋丛刊》中有《包慎伯先生年谱》一卷，对包世臣一生行踪言之甚详，现也录之于后。

由于整理的时间较短，再加上水平限制，在句逗、分段、编排体例上还存在不少错误和缺陷，恳切地希望读者批评指正。整理期间，得到省古籍整理出版规划委员会诸领导的关心，办公室的同志对本书的出版，也给予很大帮助，谨在此向他们表示衷心的感谢！

李 星

一九八九年十一月

小倦游阁集

目次

卷一

卷二

卷三

卷四

卷五

卷六

卷一

辨吴都赋

豫章大夫博学雄文，深识宏辨。开阁延宾，妙极时选。碧幢所驻，不忘先典。乃进广陵处士而问之曰：「扬州旧辖，江南尽属。夫差会盟，乃凿邗渎。暨乎汉季，三雄争轴。魏镇广陵，逼吴畿毂。孙氏谋协，竟摧韩馥。卒取其地，重兵守辐。历今百世，不改吴服。眄怀昔左思构赋《三都》，尊魏媚晋，陋蜀鄙吴。千年盛业，十载成书。徒以公孙破诸葛灭之一言，为蜀王腾所不愉。遂骋辨词，焕然可模，矧吾吴之与全蜀，其理势至不侔矣！乃以为吴无爱人治国之规，斥负裾之非谋，外于威仪宪章，秽其泉进石留。然而文物之盛，润饰鸿业。任土之力，衣被七州。名贤雾集，道义云流。而太冲仅述山泽荒陬之所产，艳舞愉吟之所稠，富商大贾之所集，珍禽奇兽之所游，虽云博而且核，实无当于咨诹。且士君子之有诤也，非苟为是操南之忠，维桑之敬，必将发先德之微，推昔烈之盛，使往懿不湮，来贤可证。夫争墩固学士所羞，而忘祖尤君子所病也。处士资故实而多闻，识典要之有正，愿摅彼春华，续兹硕咏，庶王君不专美于西土，而不佞得以采听焉。」

处士乃言曰：「孙氏为炎刘守臣，保有封疆。先曹而兴，后魏而亡。惠分江介，力输汉行。彼逆阉之余孽，曾何足与比方？况乎吴分牵牛，是为星纪。七政肇度，天道托始。南戒地脉，东行万里。蜿蜒而来，百断千起。金丹之厌空传，龙虎之雄不毁。西画荆门，南极交趾，控江襟湖，岑矗

海驶。视北限城塞南隔河淮之魏域，广隘相去，盖倍蓰矣。是故南朝阻江，势未敌北，而正统莫觎焉。赵氏涉浙，几等臣仆，而正朔必视焉。

「且夫人道贵让，泰伯岿然。季札系之，褚蓁裔然。流风所扇，渐劘士类。出入自检，敦笃行谊。郗移床而贵倖无颜，王辞婚而权奸失地。茧言改于除丧，遂终身以废弃。虽逆桓之不道，犹闻名而流涕。伊先王之礼教，阅六代其未秽。或谓南人脆弱，军旅非宜，始事常多，功实不归。然其间千里算决，百祀勋垂，以寡当众，一战定威，言之色壮，听之心怡。若夫勇著疆场，智名钟彝，非存亡所系者，则更仆之所不能権摛也。

「苻秦之强，带甲百万，倾国争晋，剪此朝饭。谢公雅量，精识默断，赌棋品丝，遂定大乱，歼鲸馘鲵，金瓯共贯。北骑渡河，南军涉江，当之则溃，闻之则讋。宋公奋身草泽，奠定钟镛。舟师北指，广固来降。谯纵据险，牛鞞丧功。不虞平模，乃失厥邦。进师临秦，六军齐鏦。姚泓面缚，天下景从。

「徽、钦北狩，中原瓦解。忠定血泣，忠简涕洒。百万坐集，都成气倍。遂截大河，旧物不改。顺昌大仪，朱仙相逮。血战十年，靡死无悔。乃克偏安，九叶祚在。迄大命既去，崖山孤队。犹复名贤端绅，甘同玉碎。从死者一日十三万人，忠义之众斯为最焉。

「澄奇失驭，龙跃滁阳。既定和州，遂都建康。出兵取浙，群盗蹶张。东连吴越，西靖湖湘。遣将北伐，庙谟煌煌。若合符节，廓扩奔亡。不出白门，底定八方。威振无外，绩茂汉唐。五叶凌迟，土木致变。忠肃定策，子鱼再见。社稷以安，上皇返殿。力挽银河，功盖赤县。扆负冲人，天挺太岳。思周宫府，目营南朔。酋长恩怀，草窃威伏。任贤使能，折冲荐蘗。再振明纲，管、葛有

续。若夫极言直谏，同患矢节。汤火不避，威武不屈。以系奸渠，以忧国恤。臣心如面，公头似笔。厥后著声，胜朝尤出。神宗之季，本实先拨。天使逆珰，斩伐松柏。桓桓六君，志厉鹰鹯，轮埋不拔。诸生秉义，万人怒发。悼学术之不兴，哀彼苍之降割，举清流而投浊，方唐昭以更辣。遂令本兵不踸，内抑督师。粮则绝已，兵乃撤之。犹率孤军，以抗神威。血藁衰麻，忠孝兼至。迨及神器，归我熙朝。山砺河带，金城岩峣。望风请命，血不濡刀。

「乃有广陵，不忘久要。从一而终，蛾逐火焦。澄江嘐城，邑俱弹么。顽民复集，血留前朝。以是愚忠获邀，曾无其僚。即至僭窃之雄，割据之杰，随在而有，国亡系灭。独汪氏之为唐完歙，钱氏之为宋聚越。孙子千亿，簪缨颀颉。代有闻人，百姓莫埒。岂造物之有私，知保民之余烈。至于词人学士，抒藻珥笔。列絺绣之文，比金玉之质。先民以延其芬，江山以壮其色。此小闻之流传，非所语于秋实也。是故东作足以食上都，女红足以章圣谟，海宇取给，有生仰需。岂若许、郑丽色，出事贵游。燕、赵悲歌，起作剽屠者哉？然则魏之与吴，如楹莛之相远，昧者知其不敌已。彼二张掉阖之词，又何至于污吻也。且何论乎越嶲之陟入南州，疠为居而瘴而堰耶？」

大夫闻之，犹然而唉，良久乃言曰：「京都之作，昉自班固，极众久所眩曜而折之。张、崔继起，差足附矣。左氏之词，盖多涣鹜。法先而不知其统，务详而不信其度。今处士张吴而辨之，辞要而理具，黜文采，崇建树，阐忠孝，劳力作。使吾吴独于悬寓，最于今古。则虽矜其门地不与人伍者，未为异数已，固非风雨之好齐给之辨之所可语也。」

东三陵赋并序

皇帝御极之十年秋七月，白露欲降，翠华遄启，恭诣盛京谒陵，礼也。先事一载，特诏中外执事曰：「我朝发祥大东，太祖、太宗，艰难创业，二圣相继，历年三十，海宇底平，宴安百代。余小子昔在备藩，皇考顾念付托，祷祐山陵。钦承在天之灵，继此大业，常惧不克负荷。疆事频仍，于今九载，潢池始荡，永靖烽烟，非余小子宵旰惕厉所能庶几，于昭神武，实鉴曾孙。其以明年秋，恭谒三陵，伸追慕之忱，考缔造之迹，告平成之勋。」百工凛焉。成礼之日，圣衷严发，左右凄怆，草木惨淡，天子之孝也。臣幸际盛典，自伤卑贱，无以下竭小忠，仰助大孝。因念汉臣蔡邕扈从原陵，见仪察意，谓恻隐不可易旧，礼有烦而莫省，臣诚惶诚恐，不揆固陋，敬袭旧制，假笔墨为主客，答问辨复，恭测圣心所极，宜倡达孝，以喻群蒙，以法后世，虽不足烈扬缵绪之盛于万一，唯臣之所为，通讽喻以尽忠孝，至斯而已。其词曰：

子墨客卿问于翰林主人曰：「王者之举事也，上必稽古，下必利民，是故墓主藏以归魄，庙主安以致魂，古不墓祭，示不忍幽其魂而神之也。今天子以谒陵东巡，途近千里，时逮六旬，必尽『如在』之敬，则清庙故有明禋，又典异省方，恐不能无扰于畎畇也。子大夫明典礼而有守，谙掌故而知遵，其为蒙释此积惑，使豁然见吾君仁孝之真焉。」

主人肃然而起，愀然而叹曰：「鸴鷃之论拘于墟，菌蘚之知域于时，君子易地以观义，随时而求宜，故能免于斯累也。夫泥古而不达于今，达今而不考其度，考度而不通其意，通意而不究其归，则于列圣之光烈，至德之规为，固未能计测而心仪矣。唯吾子善问，请略述所知，而吾子类推

之。

「熙朝之兴，超绝武功，天帝下顾，爰眷大东。帝武歆郃，天鸟降商，周则别祀姜嫄，汉则不祧太公。太祖崛起什伯，生知神武，遵晦蛟潜，乘机虎举，手提三尺，驱役仆圉。起兵建州，抚顺先据，再截东溟，遂振西旅，准尔、鄂尔，莫我克御。五十三家，稽颡作膂。乃广四旗，加以四镶，以蓝代黑，夜视有光。遂抚东国，威震华方，大功未集，乌号遽藏。

「太宗承统，墨缞誓师，遂取辽沈，万骑星驰。入关纵牧，屡合长围，渡榆拔蓟，如扶枯篱。回指西极，戈壁玉池，藏卫万里，壹我定之。乃设都护，活佛西来，震迭蒙古，崩角相追，四十八都，不烦鞭箠。乃推赤心，擢用降人，蒙古汉军，八旗递陈。幅员万里，威极无垠。不念旧恶，索赋恤邻。龙驭遂升，弃我臣民。

「王气东来，钟于长白，牛奔象舞，真人之宅。赫赫明明，荫兹旧国，在帝左右，以笃清福。圣子神孙，暧然见色，陟降莫从，桥陵是格。不忘艰难，厥所无逸，仁庙三臻，高宗四适。

「洎今上之受禅，实干戈之久戢。岂利器之终示，蠢奸民以纷集。既由楚而扰豫，复蜀出而秦入。迨亲政以赫怒，正疆事之方亟。重烦圣虑，缅怀列祖，创业开基，起自徒步，得之马上，贻安当宁。矧此跳梁，历有年所，兹事不蒇，实愧缵绪。乃饬戎行，乃励罴虎，全我满州，煌煌天语。惟我军士，读之涕雨，愤不顾身，直捣其阻。营莫我守，阵莫我拒，斗困归命，两端首鼠。长子不怿，乃趣桴鼓，尽歼其渠，复田其土。魑魅莫逢，鲸鲵空聚。惟此伟绩，众归我君。我君曰嗟，祖德其芬。园寝有建，事亡如存，蠲古虔告，仰答神勋。尽此敬爱，礼宜旧文。况复功不祧其百世，恩未竭于六亲也。

天子于是建玉辂，驾苍螭，征执戟，召夹车，出帝居，望东圻，霓旌夜卷，雪帐朝移。爰驻跸于雄关，览山海之壮丽，右望宁远三屯，左顾大宁三卫，弃辅畿而为瓯脱，天将开乎圣智，比后稷之有家，似少康之方妻，遂长众而帅师，拔抚顺而示势。洎前进于广宁，览堡址于五镇，渡大凌而望医巫闾，吊高垄之忠骏。大青怒秣，标紫喷粪，斩马裂袍，怒驰督阵。敌将物色，误取天胤，反挥黄钺，遂毕厥命。祜吉自天，马乃身殉，遂功无细，帝心深隐。取次沈阳，眺彼松冈，念佯败以开罗，伟发伏而合网，挤十万于巨壑，刃发硎而无伤。千里雄旷，百战郊原，二祖汗马，横草卅年。于今膏腴，耕凿安恬，硕肤所被，万载莫谖。乃首路于砀泽，遂仰止于岐山，烟萧索而不可辨，云轮囷而不可攀，金粟惭其鸾舞，蒋山愧其龙蟠。占用享于《周易》，访望秩于虞官。既而七萃之士鳞次，百蛮之君鱼续，九环之阵控胠，五材之将接毂。乃拣天人，授以副纛，奉牡中林，合围山麓，亲驰飞电，躬挽雕玉，弦未绝声，地已委肉，大绥不下，血无濡镞。天威所加，震詟藩服，白草枯原，黄叶落木，骤马奔禽，如更相逐。一朝获十，其多未足夸，中必迭双，其巧未足较。既乾豆之是修，抑讲武之不忘，寓戎政于礼让，戒不虞于苞桑。乃饬禁禽，备珍错，设九宾，陈六乐，馈玉食，酢金爵，礼比终王，朝以十索。

「恭惟永陵毓圣，福陵蹶作，昭陵善继，王业始托，遂转鸿钧，爰秉橐籥。皇情默切，达于帝幕，祀祧则祫为大祭，荐新即尝以合漠，五云之飞何神，半羊之进已薄。遂改泥行，造瞻寝闱，展室封之农具，睹晨举之玉衣，纵被枕之严理，空盥水之洁施，念仙驾之日远，痛鼎湖之不归，震报本之深仁，越思哀而可知。爰告谷价，上计郡国，人所疾苦，动静不隔。汉著游衣之文，唐定献服之式，惟展孝于今兹，终拜辞而成昔，虽正位于上都，长寄心于松柏。乃召父老，集童稚，霁霆

威，颁神惠，孝和之返南阳，孝元之过楚、沛，歌应继于三侯，人多从乎七贵。恩义允协，乐殊游豫。于是回銮弭节，舍郊省敛，劳农劝课，助乏蠲欠，存老弱，问疾[illegible]，牧无告，雪有撼，百工同心，上廑圣念，万姓踊跃，德饫欲餍。是以国家大政用武，一切以文持之。皇上受对帝之雄图，膺维周之隆期，归予武于祖德，教天下以孝思。奚止神享则用五福，庙祭则备十义而已。又岂得以除道缮梁，力役琐琐者，为吾民悴耶？」

主人之辞未毕，客卿避席而谢曰：「蒙涉学而执于古，缘情而蔽于今，非主人之言，不知上陵之礼如是其盛，圣人之心如是其深也。」谨拜手稽首而献颂曰：我皇夙驾谒东陵，薄海神物来趋迎，望祀山川香斯升。我皇凭容次长白，天地发祥归有德，崇树列圣安灵域。我皇起居告神事，风雨时节鲸鲵殪，祖宗神武耀万世！

次松滋县

县入乐乡古，寒生首夏偏。荞花低紫雾，松粉剩黄棉。山瘦全能雨，城荒半不烟。角声破檐滴，并夜赴愁眠。

赠张秀才蔚春

余友黄民部（钺），廿载文阵雄。为言六安士，多足供陶融。就中杨与张，瑰伟如璧琮。此言阅三载，隐约罗余胸。嘉庆庚申秋，一见籍氏通。喜君即张君，倦眼开精瞳。君言吾子名，洋洋久耳充。援笔倾千言，奇丽镂蚪龙。深耻过情誉，辅颊赪双红。款余来郭外，榛棘披蒙茸。愧君好善

心，敢作他山攻。示我文一卷，笔阵何峥嵘。伯才骋雄变，吐饭皆成蜂。益信我友言，臧否不我讧。诗书贵经世，忧乐当民同。讵能作鄙生，科名耀闾衕。嗟余志用世，寂寞途日穷。苟得石田资，奉母耕山中。输君早着鞭，秋雕摩苍穹。

卷 二

代宋兵备请诛旱魃文

盖闻五材郁化，六气奥隆。和扇易简，功合亭毒。著人依之道，钟水德之灵。斯皆神御清临，政拥幼艾。以生物为心，以牖民为职。方今内禅礼崇，巽让一德。重轮象著，八轴脉濡。玉烛光凝，金镜明握。正宜休征甘露，雨符十日之期，讵见物润重阴，膏屯千里而近。乃禾未扶疏，时当溽暑，功需破块，濡乏濯枝。五旬之骄蹇不悛，一岁之告登无及。烦木焦卷，渫井蒸枯，热侵姑射，灼烂寒冰，烦入凉台，销流碣石。若谓吏实失型，谪有示象，则无状之责，当在一身；岂有赫之威，滥加万井？熔礼格拜兴，躬亲暴露，待食土龙，致忱黄牍。精诚若接，阊阖如开。乃浃辰以来，望云得雨，转瞬之间，欲雨不雨。窋知肤寸，来自西郊，遍拟崇朝，空合东岳。豨日浴于清浅，羊频归于翠微。则知大生布德，二坎交流。岂有为梗肆妖，一朝便隔，如旱魃为虐者乎？

景山揭盖，时从雨师，慈谿下车，遂仆羊角。自愧凉薄，无能感餍，是用处告严只，希迥卑听，迅施左梏，除暴戢民，早挥右戈，决梗宣化。一夫之诚，可以上达于天，百里之膏，伫待下施于地。岂其桢璧无灵，张弧未脱，深藏少室，巧寄蜂房，而铁律可究，灾黎无救也耶？至于城隍专司，同此守土，如漏网于吞舟，终索鲋于枯肆。是则吏讥素餐，神縻虚赛，斯民何辜，幽显并厄。聿请命于目前，甘自弃乎人道，未敢胁以朱缕，望速登乎翠旌。惟昭灵爽，用沛淹祁。

此戊午闰六月廿四日作也。时兵备所属五府一州之境皆苦旱，兵备设坛祈祷甚虔。入闰月，每有雨势，辄被风散。兵备告世臣曰：「僧道依议拜疏，殆难上达，得吾子文，或能伸此忱悬耳。」世臣既属稿，翌日，兵备书十三通焚祷各庙。午后始归署，入申起云，酉而大雨，竟三日，平地水尺余。廿八日，繁昌县以廿五日有雷自江口击旱魃，由鲁港追至繁昌西门外，毙于厕中，告兵备。岁以大熟。其稿传至皖江，为朱文正公所见，遂手书询兵备，而招世臣至其署，即赠诗所谓「览子祷雨篇，濡墨舞商羊，遂令萍蠖号，不用诛巫尪」者也。其明年，浙江之荻港老坛吕仙降乩，言此文太激切，虽不能不雨，然逼迫神明，终当镌级。后兵备洊擢少司寇，竟缘事降补少仆。鬼神之道，杳昧难测，附记于此，以告来者。

为金大司寇吕祖坛祷雨疏

光悌闻刑狱生民之大命，苟失其平，灾害立见。是故洛阳掠囚，旱及五月，东海冤狱，亢以三年。每稽裁籍，用深悚惧。恭逢圣主，道成求瘼，谆切慎刑，固已修养天和，感召时若。乃自去冬少雪，春润不透，至今三时已届，大雨愆行。复与绍祷桑林，为民请命，迭布恩纶，累减宥过。然而甘霖不应，沛泽犹稽，是盖有司奉行未力，不足以仰副德意，使望日悲其戴盆，烹鲜思其溉釜。光悌待罪司寇，于兹三年，秋谳三千，现案累百，无论出入所关，泉壤互憾，即词牵被逮，片言待折，而已幽及囹圄，举室惊惶，加以胥役因缘，倾复随至。其或五听未审，笞挞所加，刑不可变，断难复续，沉冤及雪，隐痛已痼。又复蒸溽不时，常虞瘐毙，质对无从，疑似不别，良莠同惭，幽明并欠。有一于此，皆足以下兴民鶒，上干神怒。然而今者春熟已芜，秋稼将及，千里告饥，邪僻

滋起，展转罔民，伊于胡极。伏思国家之法，罪坐所由，刑官失职，斯民何辜？光悌自有识以来，恪奉坛训，本期止辟以利民，竟致滞狱以害岁，凡是殃咎，宜处本身。果荷明神昭察，祸福显著，则西曹明戒，冤释气和，圻辅灾黎，速被祁泽，焦卷之禾，共快勃然。光悌私愿，斯为无憾。用是处设醮坛，用达愚悃。不胜惶栗待命之至，谨疏。

扬州双树庵募建禅堂修山门疏

释氏垂教，每言功德，德在自修，功则利物。是故一心湛寂能不退，足以漠合幽明，潜消疹疠。皇戒之所授记，龙藏之所证真者，法器澈悟，护佑甚著。凡以妙果必本于胜因，宏道必始于丽业。是阿耨真谛，首在破贪，破贪为术，专在能施。术有三：财法无畏，苾刍既断妄想，克宏愿力，遂使魍魉莫逢，风雨应节，一切众生，心离恐怖，此无畏施也。既见本来，克宣宗旨，遂使嗔憾并忘，愚智同住，一切众生，心归降伏，此法施也。然而三车自得，犹须只树之园，四相虽空，不离庄严之界，舍卫有七家之乞，曹溪有一具之募，此财施也。三施并益，十地不昧，有由来矣。

扬州双树庵者，古五台庵之旧址也，盛于胜朝，载于郡志，厥后颓废，鞠为茂草。乾隆初，有灵隐指远长老，驻锡扬州，修葺山门殿宇，略具规格，更名隆庆。率徒焚修，未暇及众。三传至庆公和尚，以龙象之质，发山河之愿，行脚廿载，乃归故林。闭关斗室，禁步六年，写藏经千卷，施瑜珈千部。尝以睡魔难却，跣履侧砖，扶杖直立，径七昼夜，眠食尽废，妄念冰消。于是阮芸台侍郎、伊墨卿太守并以儒林硕望，通心性之学，造庐访问，虚往实归。庵有双树，厥寿数百，侍郎命名，太守书额，声闻弥起，皈依日多。庆公以禅室未建，习静无所，山门不修，壮观未复，乃有善

信为作缘头，遂辟瓦砾，先筑基址。厥工既繁，业力待集。是故居士之所望于庆公者，法无畏；而庆公之所不能不望于众居士者，财施也。是故大悲立阁，舍爱为功，石钵投钱，随心即满。拥赀解脱，盖缠所不能撄；种因深纯，妙果何如得错。尺书尽意，非徒文字之禅，广告有缘；共证乞法之士。谨疏。

白门倦游阁告帖

闻夫孟解素餐，则士大有事，《诗》美厉志，则食戒非力，凡以行藏异而趋舍不得不殊也。然而《罝兔》、《伐檀》，业必素习，佣书卖赋，古有名贤，是亦通工易事之遗教矣。

仆潜心文字四十余年，谬为当代所推，向亦许人不倦。今者乘老还山，萧然四壁，筋力不胜四应，饘粥仍倚十指，则两得似未伤廉，三倍何妨近市乎？

唯是声价已高，则求者不易，势难流布；取偿太俭，则得者不珍，情尤轻屑。是用酌中议值，以告好我。道光二十二年六月。

医抄类编题词

近世所谓盛行类书者，以其便于校阅，略引百家之端绪，足以供采择、矜淹雅也。学者所为简类书者，以其杂缀群说，既不能具原委，甚至割裂删摘，核之原书意义，顾与之相反。是非独医家盲也，而医为甚。良以医经出唐以前者难得而尤难读，宋以后诸家分岐，各怀奴主之见，莫衷一是。其业之而名焉者，又未必悉得淹闻虚中之士，大都执已见为说，拘墟自足，遂以展转流传，

寄斯人之生死也，则岂不悖哉？

翁君稼江，武宁老宿也，葺《医抄类编》廿四卷，五运六气，探源于古经，伤寒痘疹，竟委于时贤。论症则辨脉辨经，择药则别形别味，盖数千年之名论验方悉萃焉。学者得此编而审究其故，不至以人尝巧矣。若其有志自立，由此以读各原书，则趋向端，门径得，尤为易入。至谓有此编而古书可废，是则与稼江救世苦心适相剌谬，而非所以重稼江也。

题笠屐图

右东坡先生《笠屐图》一帧，升庵谪滇南时写以自况，颇能传出一肚皮不合时宜之慨。笔势俊逸，无沤波脂泽气，可宝也。

坡公早涉形势之途，与同列龃龉，至于题写古书画，皆被割截委弃，以等跃冶之金。而升庵之南迁也，则蛮妇插花攀舆，争舁游谿峒间，乞翰简若璧，先驷马，买价如此，以伦拟坡公邈矣。况予塞陋，于坡公无能为役，又不若升庵出贵介、掇巍膴，非古人所谓「陪伴得著」者也。来日已苦无多，伏处穷巷，唯卒岁是忧，负米是谋。而谣诼摧挫，来自岩廊者，绎如其不绝，卒以贫贱无可齿数，得优游林总间，为太平草莽之臣。是则「魂飞汤火命如鸡」之局，至此而端未悉变，则为斯图留题不亦可乎？道光四年五月既望安吴包世臣书。

为建宁张亨甫际亮题袖手观奕图

亨甫使画师为己貌坐古梧下之盘石前，有两孺子对奕，又一孺子居其侧，若有指点者，命曰：

「袖手观奕图」。以语其友包慎伯曰：「子知吾观奕之意乎？」余应之曰：「奕，杀机也，孺子全乎天真，何杀机之能发？然吾闻奕有国着，有谱着，得乎天者为国着，得乎古者为谱着。是以国手之成名必在童孺，其毕生致力于古，虽极工不过四手。君其殆以国手让孺子，而又不欲自居四手，故袖手以深致其意耶？」亨甫笑而不言，余遂著墨于其图之左方。道光廿有一年十二月朔日。

代徐河督恭谢嘉庆十三年三月颁赐御制勤政箴表

臣闻虞帝之受天禄，时几有歌；周王之戒臣工，咨茹作颂。盖其道本奉三，无息体天行之健；身先凡百，作肱教尔位之共。是故溯降德者，迪其诚和；思日赞者，以之风动。惟我皇上，圣将天纵，敬成日跻。万几自敕，镜以静而照不疲；细行必矜，器以用而精不敝。民共抱和，贤无遗野。彼苗而蒿纪为宫，屡丰而禾书至洛。赫怒则京观立成，柔远则终年毕至。然而海宇游有象之欢，皇情切毋怠之戒。在宫凛训于求衣，登车辨机于驭索。心非黄屋，允厘在朔之勋；铭继丹书，非靡自西之语。作人无斁，出言如丝。四字箴垂，六经奥发。亮人德之采采，宣天命而谆谆。遍告代工，下逮至陋。三复圣训，惭悚菲材。虽未望乎龙颜，实亲接乎帝谓。政遵无逸，被龙光于作师之天；勤守有方，矢靖献于资父之义。

毕节母汪孺人墓表

节母讳□字□，江都人。系出唐越国公，族望于歙，迁扬五传而有选拔贡生中，以博学鸿文，知名当世，孺人之考也。选拔君有女弟明大义，通《汉书》。婿仪征处士毕合，入舍逾年，举子贵

生，遂远游汉阳。阅二岁孺人生，选拔君奇贵生甚，以孺人归之。甫治婚嫁，旅于杭而卒。处士君亦以丧归自汉阳。选拔君晚举子，今户部山东司员外郎喜孙，时尚未龀。姑嫂俱茕，乃析炊，贵生撍柱门户不暇给。三十而夭。有子复曾，仅半岁。

未几，喜孙举于乡，再试春官，不利；就他途，当入都供职。乃以已产授孺人，勉给饘粥。喜孙自念以名父子而身用赀进，若随俗俯仰，且重为先人羞。又以籍隶扬州，回避盐法，不主本司稿，先后主稿河南、贵州两司。河南司主核销东河钱粮，使河员不得于原奏外，冒销工需。贵州则辖关榷，使各关不得以意增巡口，而部书不能为奸，于河榷大吏笺候通殷勤者，一无所报，以故俸米之外无他入，常丐贷自给。喜孙以少失怙，故事姑如事父，然力不能依时赡甘旨。孺人奉姑诲子，备受艰辛。至道光九年，姑年八十有三，以其年正月初一日卒。及三月杪，孺人不胜丧而遘疾，复曾计无所出，遂割股和药而进，竟不起，至四月十日而殁，年五十岁。贵生文辞雅健有舅风，其殁也，余为之志，且相其墓。复曾卜以十一月十日奉其祖母与母之丧以合于窆。选拔君娇娇士林，子居官能举其职，为其母求志幽之文，余无可辞，铭之曰：

「哲士之息，廉吏之姊。姑慈子孝，以昌其世。」

陆母庄太孺人八十寿文

事亲之道非一，而其要归于守身。士君子遭时奋发，能行其志，以贻亲令名，尚矣！其或运际坎轲，计出为贫，或且一行薄宦，晨昏遂隔，然以靡盬之躬，谂其将母，菽水之给出于仁者，考行验情，固无忝士人之孝矣。其为之亲者，心淡荣利，相勖于大义，不使以家累变素操。是以子有广

訾，身受贤称，与夫兢刀锥、争筐箧，厚敛怨讟以自封殖，而并陷恶名者，贤不肖相去，岂可数计耶？

庄太孺人者，吾友芑园陆君之母氏也。生长卿贰之家，来嫔绨缃之室，荆布自甘，妇道克尽。洎夫子捐馆舍，次君复不胜丧，芑园橐笔千里，良信不时，太孺人主持门户，辛勤备至。逮芑园以末秩筮仕，欲迎养于省垣僦馆，太孺人曰：「一官匏系，况在需次？挈眷侨居，负累滋重，非所以劝廉勤教自立也。」芑园仰承慈训，携一僮寓僧舍，勾当差遣，无所违误。自嘉庆之初，登俊途广，分发猬集，每省至数十百人，侍差遣以求沾润，所至辄为地主所厌薄，不能举其职。芑园虽屏当旅食，又时时啬缟纻之入以供甘旨。然慎于所职，常先公而后私，为长吏所敬厚。其有権摄，单车往返，吏安而民乐之，可以谓是母是子者也。

予自嘉庆甲子与芑园订交于扬州，次年，芑园即随太孺人犹子修睦兵备入关中，展侧至都下谒选来东，于今阅十九年，尚未得为真官，思归省又不可得，语次常哽咽凄惋。予谓穷达，命也；通塞，时也。芑园奔走形势之场数十年，卒能外不失人，内不失已，以无负太孺人教育之恩，是足以养志而承欢矣。使芑园返其所为，虽能致身华膴，备极丰腴，吾知太孺人之心必且有愀然不乐者，其能以彼而易此也耶？芑园之友在东土者，闻予言皆以为善，遂书以为太孺人寿。

为王季旭题其尊甫遗画

古山王君画承家学，名当世，荆豫士大夫弆藏至夥，而其家顾无遗迹。哲嗣季旭多方购觅，得此册，盖其二十七岁始就婚长沙时作也。后此八载，当嘉庆三年，予与遇于武昌，同人争求，古山

殊不吝，而予以不解画法无所得。又后十二载，于扬州市上见小屏长二尺有半，仿海岳、一峰、云林、叔明各一幅，苍润夺目，即购归，验其印章，则古山笔也。又后七载，识季旭于都下，季旭为翰风爱婿，既知为古山嗣人，益亲善。又阅六载，翰风试令山东，予过访于大明湖畔，季旭出此册属题。

百年来言画者宗太仓王氏，谓其气韵生动为最上乘也，然皆求之于墨而不根于笔，是以云烟满纸，徒增虚怯。古山亲承季父永州之指授，上溯司农之雄厚、奉常之萧散，而廉州秀逸之气又时时出指下，故与永州少异。永州晚年之笔多古山代作，善鉴者谓永州老而变法，不知其出古山手也。此册虽少作而骨势已成，整齐中有错落，朴质中有姿态，在常犹可宝贵，况先公手泽又散轶后所收弆耶。予所藏四幅，回扬后当捡付良信，以广季旭不匮之志。道光三年秋杪安吴包世臣获观因记。

卷 三

启蒋河督

世臣谨启，督河侍郎阁下：世臣宣州下士，侨寓邗江。上年秋杪，见阁下持节三吴，不及旬月，新政焕然，吏畏而民怀。洎移驻浙水，千里之润，仍被旧封。近奉帝简，都监南河。世臣不才，辄为圣主贺得人，为淮民庆荫。则以阁下生平未尝于河堧有所经画，遂能仰孚睿鉴，决然退数十年之熟手，而畀付以天下第一重任者，此正潘印川以礼侍简用，靳文襄以安抚擢补之前事也。盖唯其事非素习，则宅心也必虚，则求贤也必切，辨言也必审，任人也必专。是故靳公未督河而瑶亭卖卜，白公方仗节而千之褰裳，百年之间，南河著功未有先于靳、白者也。而陈、何二君，贱同佣贩，溷迹隶卒，更变察情，俾水土各得其位。然使靳、白不能自损威严，博采笃信，则胶漆之交不成，旂常之勋不著矣。

世臣以文游清江者五载，驻浦当事多被容接。伏念圣天子宵旰不忘，莫先河运，而世臣挈眷浮宅，实处下游，安危共之。因与一二究心河事者，遍历河湖，西至蒋家坝，东极新圩，南泛射阳，北登云台，访之故老，验之时事，证之册籍，颇以为水性最孚，奏效有术。然言诸当事，罕有能终听其说者，而四五年来所与当事言者，其言亦卒无不验，故差敢以自信也。今河事急矣，非大贤固莫能与了此事者，而阁下明慧绝人，又当副院裁减、制府不与办工，事柄独出之时，靳、白再见，

计在斯矣。

然世臣于阁下非有生平之素，无介不见，此义殊乖。昔者范希文以万言书达于时相，非由介绍，而后世谅其心乎救世，不以自媒为嫌。况今日河事较之希文所忧为更急矣，故敢乘阁下初来，未溺于河员曲说之时，陈其一得，伏唯加意省览焉？世臣在清江久，其文武尊卑什七八相识，凡此书中所言，皆诸公所相戒不道。至以此言闻之阁下，则又诸公之所深惧而深恶者也。然世臣卒不敢受诸公之戒，避诸公之恶，而竟以闻者，诚欲以上纾宸廑，下拯时艰，而忖阁下之可与大有为也。阁下如不以其书为迂谬，使世臣得以竟日面为指画，其详切固尤倍蓰书中所述矣。书缮别册，唯垂鉴训示之。干冒尊严，曷胜栗悚！世臣谨启。

上朱宫保太宰书

发春原读手札，荫实之情溢于言表。时有人以不义相属，世臣诡辞为拒，未能奉复。每于邸报得悉新政，寅亮之勋焕然，下惬私忱，如依几杖。

世臣往返楚、蜀，自春徂冬，程途万里。崎岖澎湃，极水陆之壮险。宋玉宅荒，屈平庙蚀。濯明妃应节之溪，登供奉问月之岫。雪岭夏寒，云岩昼晦。径绝鸟通，峡无枻下。矧复目接铦铓，身偶腥骨，数乘险绝，顾影自怜。诵登高临深之训，弥切栗悚，心目交迫，发为咏歌，数月之间，得诗百首。

世臣少耽篇什，颇无泾渭。自奉清燕，乃辱奖许，以为庶几作者。入楚善骚，歌雪闻郢，江山之助，志趣因焉。然疵类莫质，谁与知非。匝月以来，饬身接物，皇皇如失，唯期贞此初度，远彼指

摘。前诗云：「愿终保素丝，不贻讵子哀。」犹此志矣。诗若干首，都为一册，阁下政闲阅之，足以知其心之所存也。至于亲炙，未可前期，无任瞻仰驰念！嘉庆四年十一月十日。

上朱宫保大司农书

世臣顿首再拜言：宫保大司农阁下。世臣于客冬去楚，遂至金陵，假读禅室，肆力旧业，秋埒再蹶，重负裁成。默念受知深重，恐遂不能自效驰驱，著其荫实，以仰副树人之至意。阁下尝谓世臣敢言而不甚允，用敢以言自效，窃附野人之义，唯阁下鉴察。

《书》曰：一介臣心休休焉，如有容，以能保利子孙黎民。《孟子》曰：其为人也好善，好善优于天下。惟阁下休休好善之心，古大臣无以或过。卿大夫之名在人口，下迄僻壤人士，一艺可嘉，为艺苑所齿及者，隶籍门下，十以五六然。阅岁以来，道路间言：阁下汇引旧知，颇涉门户，殊无赫赫规为，耸动观听。虽论思密勿，不言温树，必有外人所不及闻者，然天下属望甚切，阁下应天下重望甚久，其亦何以餍苍生引领之意乎？昔者孔门考以四科，称以四友，盖政事、言语、奔走、御侮之材，莫不咸在焉。匠氏所急，先求楣栋，而后雕镂之华。医师所用，不废剂杀，以辅参芪之缺。方今秦、楚、陇、蜀，转战未解，江、淮、吴、越，水患频仍，意阁下其亦广辟众途，傍延奇俊，纳落落难合之言，举凿凿可行之策，惟器是使，不次论功。政绩歌于黔发，轶可详之汗青，使奕禩想象风度，兴起千载，其为深根固蒂，长生久视，与吐故纳新、熊经鹤引，所得岂不相万哉？

若乃富拟平子，捷同枚叔，词丽徐、庾，才健燕、许之流，兼收并蓄，以润色鸿业，歌咏中和，

斯则成均礼部之职也。其或静笃公绰，虚致张苍，简行怀慎，淡轶萧璠，于以矫揉华靡，标准浮夸，则又所谓束之高阁待用之辈，意者其俱非先务之急乎？

世臣固陋，未能喻意，故悉愚以开左右。抑闻古之为门下士也，道古今而誉盛德，入耳而不烦。然长安百万家，其能以此自达者，当以千百数计，固非阁下所望于三千里外之梼昧小子也。世臣近学农家、法家，皆有所得，而尚未成书。其急名、欲多上人之心，亦渐就克省，须之三年，或能净尽。谨附程生随计之便，渤布区区，不胜惶恐。嘉庆五年十月十二日。

答刘芙初书

芙初孝廉足下，辱见过，不获祗候。归寓读手书，已喻尊意，非足下固无能如此拳拳也。仆近况艰窘，是固愚昧所致，然我者以此相咎，则亦有以自白。仆之所由不合于世，一在不能为逾闲荡检之行，随流俗为俯仰；一在乐称人善，不无过实，触闻者之忿；一在好匡纳友朋，本意责善之义，有投必报，亦欲诸友见仆或惑非僻，不讳诤责，以自远于邪。讵谓听者不审，遂伏隐怒。三者于入世之术诚疏矣，核诸君子立身之端，未为大失也。说者多咎仆广交延誉，此不然也。仆自嘉庆纪年，不赖饥寒，恐迫沟壑，始为失行，出事干谒。由皖溯属下吴、越，距河浙，十年之间，展侧万里，而订交投分者，不过十数人，何滥交借誉之有哉？

或又谓仆之交接品类不齐，下及屠贩，此亦有说焉。仆所交，其不着诸生籍者，唯峡陈仙圃、宿邱以园二人。其着籍武庠者，唯京山朱必亮、嘉善黄古愚、宝山张孟如三人。其沦身微贱者，唯甘泉王岩芝一人，共六人而已。仙圃在河南，赖吴菘圃河督、马朗山抚军之贤明，委任不疑，卒定

大乱，保障嵩、淮，推功与人，或至存典州郡者。

必亮当楚兵始兴，即募勇至四万人，为官军前驱，以擒首逆汪学周、张正谟。三年春，张汉潮、王联登、姚之富、齐王氏并股寇湖北。必亮御诸长湖，败王联登之众，歼伪总兵一人，生擒执旗六人，馘首八百余人，挤湖死者无算，四贼气沮，一夕窜去。以是贼不能窥安、汉、黄、武。仙圃、必亮忠勇智仁，奇功迈等，而高风辞赏，知名宇内，岂独仆愿与接交哉？

前年宿州之变，邮至苏州，未知虚实，莫不惶恐。张仲笃领守问策，仆以其时岳抚军在徐州，领守方有宠于抚军，可以进言，因告领守曰：「庚申夏客金陵，识米贩邱从园者，宿之北乡人，尚义有勇。后游凤阳，过其家，省为乡人敬服。若邮白抚军招此人，可以除乱。宿西出即怀远，南出即灵璧。怀远廪生许叔翘，灵璧增生高古岩皆有智勇，重然诺。恐贼势仓猝难图，礼致二君，足以杜其滋蔓。」领守笑置之。卒之，以园于贼起之第三日，只身持械夺城，入接仗，遂歼贼渠王朝鸣。众寡不敌，又枪长不能巷战，为横尸所绊遇害。而叔翘亦白县吏招众千人，遏磨盘山，绝其西路。古岩自率其邻里子弟数十人赴难，守宿之南门。此亦足证仆前言之不妄也。

胡眉峰前年丧子，哀痛致疾，四壁如洗，旧与眉峰为诗酒交者莫顾问。古愚故赤贫，又不识眉峰，闻其豪而困，遂为之移家同居，任其衣食。前乾隆五十年，嘉兴大饥，盐徒结湖盗掠于市，饥民从之，至五六千人，势且不测。古愚条约其乡人，无敢为非者。当路客延古愚与商捕法，古愚往返三日，遂以其魁二十余人属吏，居民安堵。今年夏，吴中被水，不逞乘机剽掠，古愚闭户僵卧，一家六口，日或一粥，母子相守无愁怨之色。

去年九月初六夜，蔡牵寇吴淞，直泊高桥。初七日晨，孟如走至胡巷口，见贼杀商人舟子至数

百，即下乡募众及千人，持械伏胡巷口民家。约曰：「贼不登岸，此官军事也，登岸则害乡里，见起火即齐上塘格贼。」贼竟不敢登岸者，知此耗也。初九日，哈提军至炮台，贼遣人缚商十五人至台下，刳示提军，且致词曰：「大出海，谢大人，毋久在此辛苦。」提军忿甚。孟如因说提军曰：「侦得蔡牵有四宠妾，各乘一舟，守者各八十人，珍帛尽在，现安置小洋山。生愿得大人一札，帅吾乡习水壮士千，乘夜出，间道至缺口，趁早潮，放鱼船，廿五号抵小洋山，引其船入内港，而纵生口白牵，牵必率众前救。生击其前，大人击其后，可一战擒也。」提军谢罢之。孟如乃声此说，蔡逆一夕遁去。

岩芝为同邑岁贡生姚澍家侍书，从客开封。教匪扰河南，姚君为其居停耿祥符倡练勇之议，教步伍，制器械，岩芝实司其事。未几，姚君引疾归，耿君欲得岩芝为监奴，其岁入千缗。岩芝白姚君曰：「奴子侍主远客，今见利背主不义。奉主归不过食贫，而留此非有腾达殊遇也。此为事至微，后且有大于此者，何以待之？」卒从姚君归，耿君叹绝，亦不能强也。如此六君子者以与文士通儒絜猷较守，未必多让，乃欲责仆之与交，不亦过矣。

或又以君子不怨天、不尤人为劝，此尤非知仆者也。天之生人盖有白痴失志、不审是非者，其从事诗书则有终身不通文理，名不出里巷者，其去乡井则有展转流离、露宿草食、不蒙一哀怜之者，而仆俱获免于是。虽穷岁奔走，一无善状，较之吴市吹箫，夹壁注孟，则有间矣，尚何怨哉？至于当路之遇仆，人各殊科，事非一辙，然皆与为萍水之值，而能多所奖借，时有周馈，施出非分，揆之常情，尚无可尤，况仆之差知礼义者哉？

或又谓仆心薄科第，不以举业为事，是又不然。先君子专精此艺，赍志以没。切心腐齿，欲博

一第以慰泉壤。即今秋三场，试卷十四义，闱墨中固无其匹，副在都转，复之可以共信也。所以坦然处之，不作举子怒诋主司状者，良以委心任运，理遣而已。谣诼之言，足下熟闻之，同舍自都转以下俱熟闻之，故尽述曲折以相开。都转昨送所著诗文集来质。其不能听仆漂泊，自有处分；如其能也，岂有相强之理哉？「得之不得曰有命」，固礼义之泽躬哉，亦阅历所谙也。天晴，望过我，以破旅寂。风雨，珍重不宣。

启安徽兵备奕岩先生

部人包世臣再拜启，兵备阁下：盖闻道义同归，穷通异数。朝云既出，颖川被河润之□，层风未培，淄源困鸿渐之翼。孙阳解纻，汁漉盐车。卞和泣血，工弃顽石。然而当时借其功利，后世播其英声，鉴物于肇，前言信矣。阁下仪振丹山，裘珍白腋，词铿金响，辨焕春华。加以智府寂照，灵台静鉴。然而武城之车既驱，南州之榻未下。

唯世臣者，四龄就小学，七岁成文章。拥书比于百城，决泉壮乎千斛。然而秉范滂揽辔之志，怀耿弇驰射之心。倚闾待米，班笔讵投？旅次集寒，范袍莫赠。正平游许，刺字空怀。仲叔买肝，口腹无累。千载仰高情，于今称远识。世臣不才，尝从事于斯已。而乃需升斗，乞釜庾，为是趑趄嗫嚅之态哉？然而纳约自牖，不必我先，相得恨迟，贡身非耻，古之人有行之者矣。且向隅则满堂不乐，片炙则前期效功。阁下亦何吝接以一见之劳，周以一举之费，不使世臣得吐其伊郁，致其涓埃也耶？

夫诚蓄于衷，哀应金石；情切于语，性感神明。方今星次已回，数始将换。相乡思于岁晚，羁

愁集于穷途。为诗一卷，写其幽怀。阁下取而读之，进而教之，庶几毛生之言，不谬乎有物，郭公之度，见信于人伦矣。世臣再拜谨启。

书赠王汝霖

人患无以自立，得丧定于命，非人为之所能增损也。不以得丧累其心，独处以古为师，群居择善而执，受于天者，虽有厚薄之殊，积之久，要皆足以自立。至于不虞之誉，求全之毁，自古叹之。誉至则必求所以实其言，毁至反诸吾身而无可指实，既不疚于心，何病人言哉？语云：「争名者于朝」，争名之地，败行尤易。唯自安义分，事贤友仁，不改求己之素。通无妨于进取，塞不至于贻悔，斯无入而不自得矣。

沭阳雨亭王君，将赴京兆试，过扬州，介虚谷张君存予于湖上。扬州古称尘土之乡，予侨此十余年，二君观之以为染尘土者几何耶？张君学识过俦辈，而盛称王君，不知其人视其友。予荒落已甚，无以答王君之意，只此求自立之心，则廿年前所证盟于大兴朱文正公者，今犹未能自弃，故述以为赠。王君幸无以为悠悠常论也！嘉庆廿二年二月廿二日包世臣书。

书赠南汇俞万禄

书虽一艺，功无尽境。未得师承，则无从致力；不覩名迹，则无所触发。是以往古口诀，皆系指授；传世笔论，尽属筌蹄。大令得鸟迹而变家法，右军见《石鼓》而悔卫体，子固轻性命以护《兰亭》，漫仕扳船舷以劫王略。假两助未从，一心独悟，既未扩其见闻，实难企其超绝。

嘉庆丙子夏，小住川沙，晤俞君于城之西偏。俞君精心学书，垂三十年，乡人无许可者；而俞不以人言自沮，可谓有豪杰坚定之识者也。既出其真草各书册相质。予观其真书《千字文》，经半寸，波发俊利，庶几由襄阳以溯永师，善祛刷书之弊。至于草势飞动，一笔可以数草，笔健捷，一字常至数转。折搭不清，则拖沓伤势，抽换太露，则怒张伤韵，是故兼善众体，自古为难。俞君当攻其所长而致精之。求之渤海以凝其体势，求之永兴以剂其刚柔，求之河南以通其朝揖，求之会稽以熟其映带，再进之以隋《龙藏寺》之安雅，魏《清颂碑》之壮密，而要归于《贺捷》、《洛神》之巧妙豪肆，则真书一体，足以横绝，为人世之所必需。郁之深者发之畅，铁叶裹门，何必不复见于今日也。

俞君生于乡曲，独学无友，足迹不过百里，幸藏不过市拓，而所就已能如此，又迫于衣食，不能竟其所力，然画荻书柹，古人之所以必成也。余既深重其用志之锐，而惜其用力之未知也，故略述如右，以广其意。

抵白门却寄豫章诸公书

道光壬寅夏六月六日，江东布衣包世臣谨再拜奉书豫章诸公游好者。

仆以五月十日登舟，十二日解缆，六月二日安抵白门，诘晨移入鸡笼山麓筹市口故居。回忆出山之时，茫无畔岸，竟得泉水仍清，黄息无恙，其为庆幸，可胜言耶！伏惟诸公，或监大郡，或专名城，或需次班联，或服勤从事，或翱翔幕府，或韬韫席珍，或耆宿道义素敦，或翘楚文字新契，日与过从，频接谈宴。至于乡人贸迁，列市章门，本非枌榆式好，徒以萍苹踪合，各拨资本，济我

窭乏，积月累年，盈千并百。其旧部士民，率皆贫困，农粟女布，不时存问。爰逮濒行，或设盛饯，或致厚贶，或推必用之需，或解珍藏之玩，加之河干走送，有至再三，挥手崖口，重以太息，岂人之情也，能毋感乎？前此失意而去，固亦有人，而诸公用情独挚于仆者，将毋以仆非辜，故从优厚耶？地异西河，心系浮屠之三宿，人殊逋客，愿效然明之一言。竭其愚忱，用相开悟。

仆自乙未捧檄来西，窃欲自试所学，非为作家于官。未几奉讳，戊戌再至候委。及秋轮值新喻，主者误闻缺系简优，密改定章，以抚私琐。下车大失士心，临漕尽拂民性，以至钱粮闭绝，兑军短绌，激成京控。部文春下，大吏属意茧丝，议人掣换。同列四十，莫肯受命。仆念不辞难不辞劳之义，与大吏订纾难和民之约。星夜就道，暮春视事，已征之款累万，而库户不扃，在卯之名半千，而站堂无隶。仆勤接儒耆，理达伸诉，不及旬月，共安其政。比户自行催科，父老拘送应讯，奏销优于平昔，堂皇不闻鞭挞。比于秋杪，选员到省，仆求息肩，遍谒上游，佥称民誉，坚留办漕。仆曩日《说漕》书出，论者疑为卮言，而临积弊之区，悉与革除浮勒，丁欣民悦，夫复何憾？省垣索米既久，上官提扣无艺，而为无米之炊，亦复搘拄，公私累清，心慊抑又何求？

原夫言不必信者，大人之所以藏身；行必顾言者，君子之所以善道。各行其志，岂可一概谈哉？况合邑舆诵，通省清议，悼婴儿之失哺，嗟芳兰之见锄。荣名岂既，事匪一端。昔贤所遭，横且百比，诸公其毋为仆戚戚也。然而抚躬内省，抱歉良深，虽有心酿劫，败类者实繁有徒，而无力弭灾，受牧者安得无咎？书以掣肘而难工，信亦孚豚而未及。是不得借地方决裂，在仆任事之前；闾阎糜烂，在仆交卸之后；而仆拊循危民，安辑岩疆，听断无留，输将恐后。及接缉未获，例议綦轻，为词予忖，代僵自宽，备责。是故谓仆外不欲朘民以继上富，内不能污已以饰上洁者，仅得彼

迭効之情，而未喻此疚心之隐也。

兹者谢墩陶谷，可以走筇；白水清溪，可以坐钓。受取酒之金，只为工文；停问字之车，故来载酒。暇则整齐旧业，勒成定本。抑以维廉耻之尚存，俟取法于来者。平生大愿，盖于是乎在已。乐饥衡门，前期未卜，艰作小字，不能分缮，敬布区区，幸恕狂简！世臣再拜。

与王惜庵书

惜翁先生阁下，弟前取道钟吾，闻人啧啧称有檇李王君，耄而好学，富而好礼。二者古人之所难，而吾乡侨客兼之，弟遂心仪之，而憾无缘得见也。今年就食袁浦，旧识黄君石龄以《砚史》拓本见示，并乞为弁言，盖以信前以闻诸道路之不虚也。日昨承手翰远颁，词意谦抑，并惠所刻《十家诗》，谢谢。

弟七八岁即好韵语，昼夜不辍。至廿六而戛然辍业，于今五十年。然于古今嬗变源流，颇能识真而不震于虚声。集中以阮怀宁为首选，高君敝乡人而未曾见其只字，以此知阁下搜采之勤为不可及。其次则西樵、栎园、牧仲调俗耳，以其位尊而好士，致此盛名。秋岳貌古而气不充，所谓虎邱料簪，七言乃可已。陋轩孤寒自植，虽以渔洋赏叹，然非徒以依附得名，可云不负知已。羽便草草奉谢，附论诗法，以质大雅。目力劣甚，稍可，当不辞献丑也。

代朱白泉狱中上菊溪督部书

盖闻人之穷通有数，事之成败有时，是不必以口舌争也。物理之是非有定评，国家之体统宜共

立，是不可以意气用也。额虽不才，然奉教于先生长者之前者亦已久矣。窃闻辱名为上，辱身次之，是故身泰而名辱，古人以为下。额自上年九月，接奉恩命，调任江巡，依侍节麾，俾供驱策。受圣主累世豢养之恩，怀名师特达知遇之感，腐心切齿，图效涓埃。窃谓料物为河工根本，苇荡为料物基业，悉心剔弊，期裨工益，比较正额之外，增出过倍。然拨荡为购，减厅员冒销之利，按束交方，绝船营偷换之技，额以只身，独婴众怒，固已逆知其祸不旋踵，功废垂成。日昨以陈竹香遣丁京控，蒙钦派巨公前来查讯，验尾帮驳回之料，取船弁挟怨之词，厅营共证，合翻此局。从吏议而诬服，戴覆盆以望天，从古如兹，况在微末！文通有言，若使事非其虚，罪得其实，何以见齐鲁奇节之人，对燕赵悲歌之士。今以愚昧，于此获咎，所知为之流涕，路人为之叹息，抚躬自问，为幸多矣，此所为含笑而入圜土，长歌而应徽纆者也。

额始谓本年荡料陆续出运，七巨顺、清河两处漫口，借以堵合外，南海阜山安海防四厅奇险，借以抢护。诚恐自此废弃，贻误堪虞。以今思之，成败迟早，皆有期合，实由天定，非关人事。如额于十一年作守潮阳，海氛告警，六帮压境，屠毒生民，掠怖城市。额捐赀集勇，谨守疆场，绝济匪之源，挫触藩之锐，卒能化枭为鸠，闾阎安堵。绎堂制府以为能，言听谋决。匪目李崇玉以计就擒，大帮朱濆乞命投款，已可旦夕告成，风涛永戢。而绎堂旋被严劾，竟坐投荒，额以居忧，得从漏网。三载之后，阁下秉节海峤，仍用前策，以贼攻贼，生路既开，输诚踵至，鲸波遂恬，舶帆无恙，此亦乘势待时，事半功倍之明证矣。安知苇荡之功之不更有待于异日乎？然而为人臣子见有利于国者，不敢委之时数，饰其濡滞，若夫宦辙升沉，一官如屣，岂复有戒心存其中哉？

抑闻之：「物不得其平则鸣」，额之遇似不可谓得平矣。然昌黎、眉山之伦，余姚、莱阳之

辈，斯并义冠天云，文雄霄壤，当其拂逆殊恒，颠沛垂死，不闻有伏阙讼冤，危词表愤。诚以卿士大夫不比齐民，曲直苍黄，非争一日。待罪监司，通籍中外者，三十余年，若复效尤竹香，于获罪之后，再行申诉，岂不重为天下耻笑，如贾竖子争言者乎？唯愿阁下调气颐神，珍重柱石之身，勿以额为念！被遣至重，不过谪戍，数年之后，循例邀恩，犹可效其犬马。则额虽远在万里，如依函丈。若阁下以额之故，重至仰烦圣虑，是额之疏拙，不能虑事周详，以为师门光宠，而转使慈怀耿耿，则负疚愈深。额远览先圣知命之教，中考昔贤处变之方，近验己身经历之迹，反求本事贞厉之故，区区寸心，伏求采察。

代朱白泉谢菊溪督部送御赐鹿尾二枚书

额闻吴生被谗，临河洒涕，廉公强饭，用赵兴思。盖以功垂成则不忍见其隳败，心相得则疾痛切于指臂。是其靖共之念，同矢血忱，爱恋之心，非关恩旧，千载共信，今古不殊。自抵涟以来，戴罪思过，上之不能自达愚忠，烦及宵旰；次之不能恪奉奔走，羞贻函丈。固宜投之遐荒，不齿僚吏。岂复能强颜饰说，更为论列？唯以南河根本，初及清厘，效已见于倍增，功顿征于息浪。犬马不以鞭箠而忘豢养之恩，树植不以剪伐而改荫实之性，区区私衷，昕夕弥结。

日昨奴子来涟，敬传钧谕，拜聆三复，佩服难名。昔横草于海峤，今负竹于河壖，挈策执弭，追随旌节。在阁下以人事君，既孚天鉴；在额以心酬知，亦荷师慈。斥门户系援之见，尽明发夙夜之诚，为有识所能喻，无谦让之可言。虞翻叹有一人知己，诸葛称非一州所有。额以不才，兼符前说，此所为抚膺感切，不觉涕洟之所从至者也。并承颁到鹿尾二枚，珍膳止四，半及累人。恩渥于

味河，仁同于视药。绝甘有国士之风，重笔汉史；挟纩非美言之市，岂唯楚卒。伏念为国自重，祝加餐饭。斯则金堤有寄，无烦息壤之功；时雨所集，终化细流之择。临颖悚惶！

代洪桐生先生致江苏李提刑书

梧谨启：东彩老前辈大人阁下。前在山左，春晖日接，提挈备至，瞻依靡已！及梧抱疴解组，养拙邗江，阁下移守蜀中，道途修阻，尺素难达。近于邸抄得悉政绩茂著，累擢通显，私忱忭慰，非言可宣。梧久苦跳偏，复于前秋遘文昌之疾，对面千里，隔绝人事。乃辱驺从过临，垂问病状，奴子非复旧人，不审敦念苔岑之故，登答未晰。梧随趋谢河干，又未获晤，感歉弥甚！梧与先兄并荷尊舅氏文定师特达之知，台榭既平，缘钱空怅，先兄早折，梧又病废。即以阁下之鸿才卓越，亦复滞迹乞郡二十余，久道化成，始膺特简。梁氏昆季，资深渐炽，君子之泽，久而益昌。言念今昔，悲喜交集。唯是轸辕在望，带水可通，而梧盲跛相兼，不能买棹过从，口授书手，词不及情，为可痛耳。

敝友包慎伯孝廉，吾皖之泾人也。早负奇才，为朱文正师之所激赏。辛未随计入都，金兰畦前辈闻声订交，与商大政。其学无所不窥，其才无所不达。从来学问之道，各有分科，求备一人，鲁公守诫。是以淹典籍者拙于辞华，瞻辞华者暗于政事，通政事者薄于自修，勤自修者滞于应变。唯吾慎伯则兼之矣。虽以负米江淮，奔走廿载，然经意史裁，矢口贯串，唐藻汉笔，借手飞动，洞悉疾苦，厌切事理。平生以陆忠宣、司马文正自期，而律已綦严，责人则恕，见有一善，称颂不置。侨寓邗上，俯仰廿口，以法家佐幕自给。上自开府，下迄州邑，凡其所至，积牍顿清，烛照情伪，判答

如流，上必本先圣折民之经，下不干小吏舞文之议。唯以素守矩步，不能枉已，事同为兆，未尝终淹。梧窃意大贤设施，必资日赞，逸于得人，斯理无改。慎伯夙与杨迈功方伯交善，放舟吴门，梧属其奉过上谒，并附一言为介。悬知慎伯吐嵚奇于阶前，试万言于倚马，不殊君家供奉，阁下亦当继朱、金而兴叹绝也。嘉庆廿年五月十八日梧谨启。

与沈小宛书

小宛我兄阁下，接来书，知阁下近治《荀子》。世臣当壮年时即喜读此书，往来四方，必置此书于行箧。荀子之所持者，礼也。孟子喜言理，而荀子喜言礼。近人凌君次仲作《原乱》三篇，谓礼由理而始生，知此义者可以会通孟、荀二家之说矣。荀子喜言富国，亦喜论兵，然一秉之于王道，与战国策士不同。惟荀子言性恶，悖于孟子，然此亦由末俗凌夷，致荀子激为此言耳。其言曰：「之性恶，其善者伪也。」伪即古为字，言性善由于人为，即孟子言扩充之义耳。又其言曰：「途之人人皆可为禹。」亦即孟子人人可为尧、舜之义。后儒不察，致斥荀子为异端，被恶名于千载之下，此则吾辈所当表白者也。

《荀子》之文，平实而奇宕，为后世文章之鼻祖。《韩非》得其奇宕，《吕览》得其平实。盖韩为荀门弟子，而《吕览》亦多成于荀氏门人之手也。汉代惟刘向氏能本荀子之意以为文，遂得高视董、杨。世臣蓄此意已久，友朋中无可语者，今闻阁下亦治此书，窃幸吾道之不孤，陈其管见，以俟采择。包世臣顿首。

与许滇生书

滇生先生阁下：上年夏间得晤，颇畅劳积。嗣稔再入南斋，复膺察典，荟蔚之势，不可既极，甚欣！甚慰！

然外间之事，殊非一手一足所能为烈。以阁下校文之心推之监司一路，惟有昼听哭声，夜呼负负而已。珥笔螭坳，谈言微中，其泽及斯人，较一麾相千万矣。况今宦途最工挟制，居上虽无瑕可指，而能持以制之者百出。道府间于上下，善者无可如何。承相爱之深，故作此不解事之言，长安贵人千数，不足与第二人道也。

世臣去年游贵地两月，领略湖山，为生平极快；至人事则无可言者。自分无富贵骨相，从此不踏化衣尘矣。俯仰无藉，计出于卖文鬻书，资为菽水之奉，庶几稍有异于盗跖之粟。况人材之盛望，随在而有，藉得传贤卿大夫之勋名以及隐逸硕德足维风教、劝谕方来者，使将来史氏有所取材，是亦昌黎作唐之一经之仿佛也。性居属负下，顺枯嘘生，端赖通儒。

古文一道，绝于人世，且五六百年，近人惟恽子居卓然有以自立，经其点染，皆可信令传后，惜以外吏，不□重□，有传文而无传人，为可憾耳。挹之在都，想□数幸有以教之！

友生知世臣计出于此，为刻帖一种，计三卷，而中、下二卷未成，先以上卷呈览。又为人作碑碣四、五种，似尚无唐以后习气。手下无拓本，容徵取再送也。友人柳宾叔兴宗丹徒新贵，盛年硕学，呐口而心成〔诚〕，与□弟至交，其学较世臣奚翅倍蓰，谨□之崇阶，阁下一见当知世臣之必有所试也。

诸维为道为民珍重千万！

正月二十六日世臣顿首

上芝翁书

世臣叩头谨状上芝翁督部阁下

调补所遗第一缺例补应补（频用，同班）；第二缺例补委用；第三缺例大挑。今江西会昌县系第一缺，补即用周秉让；长宁县系第二，缺，补委用徐燧；宜黄县第三缺，例补世臣；新喻县系第四缺，非挑班应补者。宜黄陈令调丰城，系本年二月；新喻姚令调彭泽，系本年四月，先后悬殊，故宜黄甫调之时，竹泉方伯本有世臣连署带补，以省两次交代之说。嗣因署新喻史令撤任，中丞方伯使世臣前往抚循危民，后见世臣与其民相安，遂有以世臣补新喻之说。世臣缕禀南昌倪守，不报。正封禀函，接省信云：已于本月十八日出详。新喻万无可居之理，已详正牍。将来部驳且疑世臣为买驳。阁下饬承查卷，班次自明。然驳饬司详，不使世臣无以自安。可否函致中丞、方伯，只说世臣年暮家贫，难当重累，或可挽回造化，得轻子弟之累，非所望也。敢布腹心。敬请崇安！六月二十六日二更世臣叩头谨状。

与陆祁孙书

祁孙尊兄明府阁下：新岁藉来使奉呈《贞珉录》写本，并复手告，亮已久达左右也。政成人孚，以暇日料理千年旧业，以佩以慰！

宛翁竞尔作古（旁注：三月十二日子时），而公私累至八千，不审何以为冲远计也。馆陶缺颇不下□□□□幸部又因宛翁视事年谷顺成，神人交洽，而独使循吏负身后之累，不节之嗟，良可为鉴。吾兄亦宜稍分从公之力，总私务之纲，以为□年后悬车地步也。

晋卿、小宛、若士先后俱逝，世臣皆为之志墓，今又当志宛翁。四、五年来文稿真是一点鬼簿，凋落之叹，何能自已！晨星嚖嚖，吾兄及□（申）耆耳。去冬深虑贵部为川兵所必经，幸中途告撤，然先期屏当，劳力靡财亦已不少矣。今春遣□儿到湘完姻，现已携新妇返扬，其膏养半出吾兄慨赠也。近次移居白门，保绪、均之为□一宅，而妙手无以为下，然今年必了此首尾。家母今年八十，目力既大劣，近又不良于行，断不能复与人事，但能移居侍奉之余，饬其旧业，亦庶几见弃于人者之善承天庥也。

今年扬州同人醵刻帖三卷，其中卷多正书，尚未成，先将上下二卷拓本奉教。又《艺舟双楫》有增入之文，亦奉与一部。令孙心薄殿撰，故可以此为饷。邵文仍留粤中□□殊以好人受累，此萧梅来信所言也。郎君不凡□□目前，毕恬溪久不得其消息，此友生平之最老者（旁注：东原之高足，天下经学之最也），昨见新《搢绅》，知□在崇义，故附吾兄致书，希即□□一切（夹注：或调署他处，望查明！书开口，可查明而后封发），书不能悉，惟为道为民自重！不具。五月八日世臣顿首状上

又

再启者：旌德新科王芝园大兄佩兰年少好学，朱于庭、赵晌泉司铎其地，皆执贽门下，以此素

闻阁下文行之素，驰心愿见之日久矣。兹以其宗人生理于贵□，□□不乏，而敝乡俗例：新贵经过，皆有资助。芝园落拓出都，不得不从俗张罗，又得遂其仰止之思，乞世臣一言为介。芝园经史皆见大意，经学亦颇有家法。接引后进，指示门户，吾兄成美之夙怀也，惟希□察，世臣又启。

字一卷、扇二柄奉上。翰林分书，已足横绝，弥形弟书之拙耳。横匾当作何字样，乞示知！苏楼在何处？有何故实？并望明示！卷中诗虽佳致，然阅毕了□□其义也。寄畅园六卅奉假。□□先生早安。愚弟包世臣顿首。

卷四

释雪斋诗序

诗与书异事而同术，其道足以明心之所寄，其气不能不囿于身之所习，此僧诗僧书之派所为出也。自永禅师传其祖法以授虞氏，为书家大宗，而其徒智果遂为别派，遽开僧气。今行世有《阔笔别》、《评书》二帖，《评书帖》险而近俗，《阔别帖》媚而近怪。险而近俗者，其流为怀仁、建初，而李后主、徐铉、周越、黄庭坚、蔡京、倪瓒、王宠、姜立纲涉焉而染。媚而近怪者，其流为李怀琳、高闲，而米芾、友仁、张即之、鲜于枢、宋克、祝允明涉然而染。是故士大夫之攻书者，稍有立异争胜之意，而僧气已沉浸乎其心，鼓舞乎其指，涌现出没乎其点画波发，一入而迷，不能自觉也，洎其觉也而已不可拒。而诸巨公之才力又足以自饰其非，以罣误将来好学之士。间有一二能自振拔者，其上非不标崇雅高，竞遏颓流，而才小力薄，不足挞掣其要领，辟而辟之，以一天下之宗向。其次，则已自陷于佐史，以史易僧，未见有胜。是故数百年来举世胥僧书也，而僧为之则尤甚。雪斋以僧攻书，能以遒济其险，以雅节其媚，虽所就未及古人，而能自远于僧气，又无史习，是可贵矣。

至于僧诗，则字眼摘句之说是已。由是，其志识既近，寄托不得深，寻诵复隘，感发无由。故尔游情体物，肆力调声，有唐诗僧，秘密尽此，而严羽、葛应秋、李攀龙、钟惺之流畅其旨，夸者为之，又或连篇累牍，排比故实，略无兴趣，徒丰筐篚，此则如书家之有佐史也。盖必求异人，则其

气为僧；必求宜人，则其习为史。雪斋以僧攻诗，其诗于僧为极工，然使移雪斋之攻书者以攻诗，未始不可以自远于僧，而又不流于史也。雪斋故勇于徙义者，其勉广寻诵以自长志识，且和其气而动其心，吾见其进，岂独诗而已哉。

石萝山房诗抄序

予尝谓论诗如论人，须得间而观其深，未易以皮相定也。嘉庆辛酉，予至扬州，不数日即识张君芰塘。后十年，予挈家侨寓倚虹园，与君衡宇相望，今又阅二十年所矣。

君教授乡里五十年，门墙大都以词赋获隽，故君在扬有诗名。扬俗重红白酬应，稍有力之家，虽婴孩生辰，姬侍七期，所知皆集，君故未尝不在。君善天文、占候、六壬、太乙诸术，有求者，君又未尝不应。生平无剧言剧色，虽不欲波靡、随人为上下，亦未尝剖别是非，显与众忤，扬人故交口称君。然扬人共指鹾业为生计，其达绅宦属有以耸动祸福之者弗论，即寒毡敝缊，但能排阖为长短，则亦足以自植。所见以此获奇赢者甚伙，独未尝有君。故予之初至扬也，鹾业尚外强，诸公则耀车马、征逐歌舞、饰游闲；及今中外皆干，诸公攒眉蹙额殆不可终日；而君翛然事外，先后无异辙，固足征君之畸然自远矣。然君善隐忧，虽日以制举业授生徒，取修给饘粥，而生民利病、吏治隆污之故，无不心仪而默存者。然则终身与君习而能知君之深者绝少，是虽读君之诗，真赏奚遽易得耶？

去年秋，君有叔弟之服未除。今年春，及门诸子欲为君举古稀之觞，不得请，乃相与梓君诗，以弁言属予。盖谓予习君而能知君也，故书简首以告观者。

秋舫联吟序

秋舫联吟者，督漕侍郎止斋吉公与其友程君禹山酬倡之所作也。公以丹岫珍毛，紫函夙慧。执言西掖，昔雪民冤；持节南邦，今纾宸廑。益在广思，务先求友。维时异庄生之翳荜，同重荆庭；多范子之秀时，独步江左。乃以倾盖，遂订下车。亟诸政陋于南阳，能熹术殊乎西镇。入门觇客，无须二十五人；倚马撰碑，不羡三千余字。是固勾稽甲令，编入均输，删辑已闻，类名《通典》者矣。至于乘日，放棹江干，玉局旧游，金粟新侣。能赋宜以登山，伊人嗟彼秋水。丽则均声，平远致曲。言遇其敌，态盈于方；应若叩钟，谐非掷石。江州则佮格无讥，《荆潭》则成集永誉。仆薄搴文袖，折袜才惭；重寄河襟，戴星计拙。情驰卅里，神醉百篇。投笔自叹，非志定远之封；焚研已甘，况读云间之赋。嘉庆丙寅季春德清徐端心如甫。

徐季雅博议补序

穷经将以致用，陈古所以知今。然高司谏论古侃侃，卒为世人所笑，则以读书与立身岐为二事故也。苏子瞻刻于持论，其既也，言行相顾，颠沛不负所学。魏冰叔课其子弟，判察往事，冰叔虽遗老，伏处无所表见，然亦有以自守，不为名利所惑。前事不忘，后事之师，固无以易此已。余以壬戌冬至吴，即识季雅。时吴中之学分三孔，一攻考订，一务词华，一治古文。然力学期其有用者，唯沈文起钦韩及季雅而已。时季雅年最少，兀奡不可控勒。今阅十四年，顿踬如昔，而意气不衰，所学益沉密，吾知其中有主也。夫泾、渭合流三百里而不变者，质至清也；济截河而不混者，

力至厚也，外是盖难言焉。余愿与季雅终勉之而已。至季雅是书有以正东莱之误而补其缺，则观者之所共睹也。嘉庆乙亥孟秋安吴包世臣书。

谢默卿诗序

予以道光三年始闻默卿之名于座主侍郎湘潭周石芳先生，侍郎之言曰：「日昨按试彭城，旧城司谢君充巡捕官，诗词至工，吾党所罕，而浮沉下吏，无以自达。」予心识之。阅三载，晤同年江夏陈玉生观察于白门，则谓谢君初调东山，即奉差襄筹海运，遇事能任，解机权，无苟且。予又心识之。是年冬以就食徒阳工次，与默卿共事月余，见其劳怨不辞，宽严适中；夜则读其近诗，与侍郎所称诵者，风格益遒上可喜，乃知侍郎、观察所言之皆信也。

然侍郎生平非徒文采照耀已也，仔肩艰巨，同列无与偶，而徒赏默卿之工诗。观察靖共吏职，当兴革者无不筹所以举之，犹复与宾从饮酒赋诗，风流蕴借，无匆遽之色，而徒赏默卿之任事。是默卿虽见知二公，而所知犹若有未尽也。然以默卿之工诗，不使之置身著作，以尽其歌咏鼓吹之能，而其任事之材又不获理繁剧，投散居冗，泽不及达，时见端于词说。予是以诵其诗，核其处事，不能不为默惜，尤不能不进而为人材惜也。工竣矣即当别，遂书其卷首，以告继此而观默卿之诗者。道光六年十二月二十三日。

小沧溟馆诗集序

嘉庆壬戌，余游毗陵，主李君申耆家，与商删改旧著《说储》书，补立《农政》之门。申耆出

示《畿辅通志》所载高安朱文端相国水利诸疏，则叹为儒者之效。嗣游直隶，经行其旧迹，于当日区画条理犹有可推见者，益以叹我生之晚，不获躬撰杖屦而上下其论议也。因求文端后人于西江，士大夫莫有能言之者以为憾。

道光癸巳，余故人子怀宁邓守之过访，出《小沧溟馆集》一册，曰：「此高安相公曾孙寅庵都尉之诗也。」其为人一见如夙好，居数月如始至，年少好学，慕善无厌，而挽强命中，治部伍能得士卒和，不以世家故薄粗官。又出诗笺一纸，则都尉见寄余与申耆之章。余受而读之，语皆生琢而章必浑成，兼长众体，虽率尔酬酢，必自尽其能事，是在骚坛亦一飞将军也。夫以数十年闻风倾慕，欲求其嗣息升沈不可得者，一旦得之，固已欣喜出所望，又况其能诗乐善，且于数千里外寻声相思，惠我琼瑶者乎？以世禄子，当血气未定之时，而能悉屏绝世俗嗜好，枕藉故籍，独与古人争胜负，则无不倾吾肝鬲，愿遂得交，况其为名臣冢裔，而又余藏之中心，问讯不可猝得者耶？皇甫氏之役，夫复何辞。属匆匆不得良信。岁乙未，余以薄宦当赴章门，深幸易为良觌，取道桐庐，山川如图画，快读都尉之诗，遂走笔述端末于简首，虽不文，借以当捧袂之羔雁矣。道光十五年秋七月二十日安吴包世臣书于之江道中。

春曦堂诗集序

中州以诗名者推二宋，荔裳以声调伉爽胜，与梅村摩毂；牧仲以风致斐亹胜，与渔洋齐轨。并时侯朝宗《四忆堂诗》兼二家之长，而各祛其短。朝宗天资高朗，《壮悔堂古文》几于推倒一世，然外完内怯，无真性情实学力以举之，可以博时名而不足以名后世，视其诗瞠乎后矣。然朝宗古文

名至今犹噪，而诗竟不显，则甚矣通识之难也！

余幼嗜诗甚，年廿六而辍业。然以少小盗时名，所至能诗者及能诗者子弟争以所业及先集相质。阅三四十年，所见近人诗集不啻数千卷，而惬心快目曾不数人。郑州弓菱洲刺史，予同岁生，其长公小香明府出示刺史《春曦堂诗》四册。源于有明前七子，而性情悱恻，不专以声律为尚，其学力见于论古诸什，能平心，不随俗为高下，殆可合荔裳、牧仲、朝宗三家而为其继声者也，故为揭其梗概焉。

尘定书屋诗抄书后

诗有以气体胜者，有以格调胜者，有以摘句胜者。「池塘生春草」，叹为神助；「空梁落燕泥」，惊为希有，是摘句之尚，其来盖古。后此「海日生残夜」十字，诸生奉为法程；「枫落吴江冷」，客行为之系缆。郑鹧鸪、崔鸳鸯皆以一二语驰声文苑，垂名汗青。耆堂先生嗜诗，所著有《尘定书屋诗抄》四集，如「不逐风涛扬户外，了无渣滓到轩中」，「须知有客临渊羡，不识何人倚瑟弹」，「鸿爪印留金井晓，驴蹄踏向灞桥轻」，「冷逼关山梅影淡，寒侵旅馆客情孤」，「寒筛砌月常知动，密补炉烟不觉疏」，「古道扬鞭萦去马，空门住锡绊游僧」，「小住不能伤此日，重逢有约待来年」，诸联皆入中晚作者之林。惜不及使简斋见之，载入《随园诗话》，艺林共得欣赏也。道光戊戌九月六日，安吴包世臣慎伯氏读并识。

铭东屏诗集序

东屏铭君，旗籍才人之杰也，少小以诗书画名都下。成进士，作宰江西，理繁剧既无留事，而作诗书画无虚日。所闻所见有异者辄寄之图画，缀以咏歌，属辞比事，杂以嘲笑。而工巧深稳，有他人穷思精构所不及。至其兴到笔随，沈思曲达，亦时时间出，骜然有作者之意。每有所作，必以见示，余即己意评骘之，铭君不我怪也。兹裒集至江西数年诗若干卷，付剞劂氏，而属余书数语于其首。

翟默卿奎光古文序

北宋人士盛为时文之业，至穆伯长、尹师鲁始致力古文，欧、王、苏、曾继之，大声疾呼，学者莫不知尊古文矣。然欧、王诸公皆出身科目，少小肄习，未尝不以时文为初地，故其古文至钩勒、提掇、呼应、唱叹之处，时文之气间有未能净尽者，盖结习之难除也如此。渥奇之世，山长与院中生徒讲书毕，排比所讲，代作者为言，以其文势卑近，故提曰制义小品。明人遂以之取士，名为时文，而国朝因之。其律较宋时文为更严而体尤褊促，士人终身以之为正经；其文题之不出经书，可以已意为说者，虽两宋之时文，且皆目为古文。及荆川、震川、鹿门、遵岩诸君子出，守时文之法而行以欧、王、苏、曾之意，世人共推之曰「以古文为时文」，是数公者于时文为最杰，然是数公自为之古文，则钩勒、提缀、呼应、唱叹，自以为极清快之意者，要仍不远乎时文，读者憾焉。

吾乡翟兰陔先生工于时文，其《强学斋稿》为一时所尚，先子曩所问业。其次嗣洛容卿默世

丈，早传家学，掇甲科，宰粤西数岁卒官，而粤人祀之于泽宫，是其文之为用，已见诸行事，非空言之比也。道光辛丑冬，其孙贻泽过豫章，出示洛容君古文一册，于欧、王、苏、唐、曾、归、茅、王无所专主，诂经纪事皆道胸中所见，取达而止，气既不囿于时，貌亦不袭乎古。近人工古文者，无逾毗陵恽子居，其论曰：「当以秦汉诸子救唐宋八家之病。」余爱其文而不韪其论，今读是册，益证前说之不谬也，遂书以弁其首。

郑原甫复光与知录序

近世盛行西法，自乾隆之季迄今，以算学知名者十数，而歙汪莱孝婴、吴李锐四香之名尤著。二君皆与予善。予尝招集于秦淮水榭，二君各言中西得失之故，龈龈辩论不可合。予故未习此，闻之初不解为何语。及二君相继物故，继起者又言两法本出于中而加精密，或又谓中法胜于西而人不加察，然皆为秘密，似妙道不可以言传者。

郑君原甫，予以世好相习数十年，闻其曾习西法而已。道光辛丑，同客豫章，过从既久，乃出示所著《与知录》二百余。则所说皆世人惊骇，以为灾祥奇怪之事，而郑君推本说之，或以物性而殊，或以地形而变，或以目力而别，明白平易，如指诸掌。当郑君之未说也，循其迹，几于圣人所不知，及其既说而目验之，则夫妇之所与知也。郑君性沉默，不欲多上人，与汪君同里，李君亦所朝夕，而名则远逊。予既不习，无以质郑君与二君之优劣，然予闻二君言如梦寐，而读郑君书，涣若释冰，则郑君远矣。是书也，不仅能穷物理之极，且使天下人嗣后见事之奇怪者，知为物理自然之常，而得免其惊骇，是至庸而至奇，真宇宙不可少之书。予幸遇之，故弁其首以告天下后世之善

读书者。

重刻修省良规序

世人目应试作文为儒，夫儒于文为人需，应试作文，其不足当人之需亦明矣。然矜持门户，于仙佛因果报应功过之说，辄斥为惑世诬民；而推究儒者行事，尤多犯科诫，积罪戾。是以近世别有所谓善书者，其言于训诫儒生为尤切。《修省良规》大抵集仙佛警世之言以成书。南昌卢君济泰，人能自好，恪教本行，见是书，议重刻以广其传，而问序于予。

孟子曰：「道二，仁与不仁而已矣。」凡引人为善而阻人使不为不善，其用心岂不仁乎？书中虽不无依托，亦庶几神道设教者也。夫人不吝资财以刻印善书，是其身固已自束于善，而其心忧恐人或不知以陷于不善，故以板本家喻而户晓之，是意良亦厚矣。故书格有刻印善书记功之条，又以传印多寡定功之数，是古德与善无厌之义也。如以刻印广传记功，欲以抵其行事之与格相反者，而远于冥谪，是则谚所谓知法犯法，罪应加等，非卢君重刻之意也。

砚史序

天下事爱之挚者，所爱必可致；求之诚者，所求必有成。宿迁王君惜庵刻《砚史》之举，斯真莫之为而为，莫之致而至者矣！良有爱与求一心不退转，积久无厌倦故也。王君于《国朝画征录》见山东高君南阜之名，知其有《砚史》四卷，为平生精力所萃。其名著康熙、雍正、乾隆间甚盛，卒𬱖里下以殁。悼慕兼至，欲得《砚史》拓本重镌，以广其传。而王君生已不及高君，又相距千里

以外，结念十数年，无能踪迹。

已而王君之客有知高君之裔者，属访真拓，不辞重购。阅数载，客载《砚史》以来，王君惊喜无量。求善工不可得，又数载，得太仓王子若能胜其任，复肯独任其事。子若忽构内艰，王君赙其丧，赡其家，使得屏绝一切，以就《砚史》之盛业。又两年，子若精力俱悴，一病垂危，深以《砚史》工未及半为憾。附返原拓四卷及摹镌未卒业之石并余石于王君，手书以诀，属必求名手蒇其事，使南阜、子若之名俱托以垂后。

王君遍求江淮间，又数年复得仪征吴熙载。熙载篆刻为近世冠，然以淹雅见器巨公，乞纂注校勘经史者无虚日。虽重王君意而力难专及，遂手钩定本，以可者佐刀椎，而监示提授以成子若所遗之半。其子若已施工而未竟者，则熙载自补成之。子若、熙载皆尝从予问笔法，熙载所得为深。高君原拓予固未之见，然子若、熙载先后共蒇此役，非高君之精能有以动子若、熙载，二君固非以道徇人者。则是刻之必传，传而必广，广而必久，为艺林增瑰异之观，可知也。王君复因婺源黄石瓴乞予为之弁。王君虽素昧生平，闻其年届七十，家素饶，而为《砚史》一事，专心致志卅余年，毁其家而不惜，其识力坚定过寻常远矣。

方今旱潦间作，流亡满野，庚癸徒呼，仰屋坐叹。当事者莫不忧此，而未闻求能者以襄事，任能者以责成。假得人焉，有力有志如王君之于《砚史》也，天下之大，必有能持大体、运精思以济此巨艰者。内而水利、盐法，外而边防、海防，将见平成胥庆，起斯民于沟壑而衽席之矣，夫《砚史》其小者也。

为陈公子书其高祖哀哀吟后

商丘陈君藕仙，以抚部之孙、副宪之子，遭家不造，为全椒韦氏赘婿。常转徙江湖间，然独敦水木之谊，诣宗邦访修远祖端毅公以下坟十余所；其被侵损者皆厘而复之。合宗人修谱牒，系支于本；购端毅遗象及董文敏所书告于市，敬谨装弆。又得始迁祖子万先生《哀哀吟》稿本，录副而请予为书后。

先生，端毅孙也，甫成童，以衰败余烬，自宜兴间关数千里，入赘于商丘侯氏，因著籍。然孤露能自植，以致通贵，居户曹必求称职，守已不枉，再振家声，可谓非豪杰之士乎？藕仙所遭略有近似者，而较其艰困委顿，与先生则有间矣。是则能以先生所以饬躬者自饬，未始不能起衰而返之盛也。《诗》云：「无念尔祖，聿修厥德。」念祖者，子孙之常职；修德者，念祖之实效。予弱冠先后为抚部、副宪之客，与藕仙交三世矣，抚今感昔，不能不深望于藕仙也，藕仙其勉之哉！

深山读书图序

毕君蕉麓，毗陵老画师，年且八十，而墨韵横流，乃过少壮。为其里人龚君楚香作《深山读书》之图，岩奔壑复，云起泉伏，从阴茂翳，中有茅屋，翛然无人，诵声相属。楚香展卷俯仰，掩袂而叹曰：「少苦饥寒，长事奔走，聪明汩于簿书，精力劳于酬酢。每有沉思，迄无攻苦，使得息心简册，以脱羁守，则死不憾矣。」

维仆乳黄未谢，即受楹书。髫黔初结，已倒蔡屣。秀几望实，蓬早惊秋。亲兵革于秦州，挟风

涛于海外。遂使秘枕新编，一行未下，等身旧牍，五箧空遗。而且昌黎则荣感二鸟，醴陵则步哀千里。越俎徒诮，战胜不肥，借壑系雾隐之怀，买田负指江之矢。慨身世之浮沉，感同心于龚子。曩岁说君子而至卫，爱名山而入剡，吊坡老之舣舟，缅荆师于阳羡。择仁之智不虚，发笑之勤斯践。然而虎愿松柏之长，鹤惜羽毛之剪。求满腹以饮河，终牵盐而上坂。山水招隐，为约无期，风雨联床，言欢亦暂。故书图左，以诏来者，「必有芳草」，信斯言之不舛也。

序寒林独步图

《寒林独步图》者，冬巢汪君叹逝而作也。冬巢善交游，乡里至友善者为江郑堂、许楚生、周莘夫、李练江。经岁之间，遽尔凋谢，故为此图，以致芝焚蕙叹之意。

唯予以嘉庆辛酉，始游邗江，滞迹百日，所识三数十人，皆有伎能，为时辈望重。而今存者唯冬巢与张君芰塘而已。逝者不可复作，冬巢、芰塘与予又皆于邑落穆，无足称意指。陆生不云乎：「乐隤心其如亡，哀缘情而来宅，托末契于后生，予将老而为客。」故书其缘起以授简于诗人。

吴山揽胜图跋

右吴门李氏所藏石田《吴山揽胜图》真迹，而予以己意拓临者也。上卷始鹤市、虎丘而许市、阳山、天池、天平、支硎，止于狮山，城西迤北诸胜尽之；下卷始横塘而木渎、灵岩、上方、石湖、吴山、邓尉，止于渔洋，城西迤南诸胜尽之。

忆嘉庆丙子夏滞迹吴门，长洲胡眉峰、吴沈小宛招游西山，自石湖至玄墓，往返十日。眉峰选

尤胜者为图八帧，小宛各缀以诗。眉峰画法得笔于员照，得墨于麓台，刻意皴染，故言翰墨则秀润可挹，言山川则神骨不见。予因假小吴轩避绝人事一月，合写为长卷。唯不工屋宇，横塘、木渎、光福三市殊难安置，易稿再四，掩以云树，颇助幽邃。眉峰叹绝，以为曾见石田《吴山全图》二卷，来往胸中者三十年，不意今日得还旧观。

今年夏假馆李氏，出示名迹，而沈卷适在。坡陀冈岭，悉传山石之神，令人忘其堆迭。依山傍水，架屋十数椽，即成集镇，樵人舟子，行坐登降，俨如身历。而笔势一用本色，比《东庄图》之杂取诸家更为调适。因叹真境自有真局，拙手不能结构耳。李君惠假临摹，携至邗江，转入白门，阅三月始得毕事。予以甲子识沧洲张桂岩丈，从受笔法，一丘一壑，聊以自娱。丙子，与眉峰角胜，乃写真山；今作巨卷，又值戊子，而桂丈、眉翁皆为古人，抚念今昔，为之慨然。道光戊子十月朔检付装池，因纪始末。

隆庆寺同戒录序

南宗沙门传戒者多矣，然戒不难于传而难于持，既不能持，则传何称焉？沙门无事聚食，其身至逸，非以戒律约之，则心意之业皆积，殆为五浊所希有矣。然而入坛五旬，系颈珠修趺足者，共谓为标相永定，是不得不名以得戒也。既得戒，则弃戒律于不问，未几而以传戒闻者，且比肩于江淮间。名为振兴，而大教之颓弊亦甚矣！

扬州故禅友庆庵苾蒭，持身心口之戒三十年，未尝一日居方丈而主戒坛也。然圆寂后能以坚固系依奉，塞弟子哀慕之心，争先布施，大辟门庭，遂以克成本愿。而嗣法心朗和尚善守其成，阐宗

法而毅戒律，于道光三年冬开期集众，不召而来者至百余人。今年冬期又宏忏悔之上规，启绍降之正辙，凡在兹录者，果能虚往实归，惺惺不昧，如在坛时，则庆公灵爽之所付嘱护持者也。故为弁言，以告新戒之有志于证比丘菩萨者。道光六年重九日书。

卷五

书张润泉先生临黄庭经册子后

润泉先生，桐城张氏名宿也。其律身至严，遍历燕赵之郊，歌楼伎馆，未尝一涉足，为乡里所推重。性嗜书，经史诗文，皆以精楷界乌丝栏，自写为读本，积百余册。尤嗜《黄庭》，每日临作一本，数十年无间，然不自足，又惜纸甚，行间常夹写，至墨迹不可辩，乃易一纸。以是，平生临写且万过，而家无装池存留者。

先生壮岁曾教授豫章。先生承祀犹子子畏太守，守南昌，询世好得此本，乃彼时授弟子者。爱勒贞珉，以永手泽。笔势盖由吴兴临本以溯思古斋，稍参七观之意，其中锋一线，凑入单微，如霜锷悬空，凛然不可犯。近世小正书家已未有比伦之者。然晚年精能之艺，卒不得见。

昔吴兴以巳书三纸易《困学书》一纸而焚之，以故《困学书》流传绝少，此伤于娼嫉者如此。而先生以自视欿然之故，虽得贤子弟珍弃表彰，仅能使后世好古之士得之想象间。斯世苦心孤诣成远到盛业，而名不彰实不传者何限，可胜慨哉！道光十有八年七月四日安吴包世臣题记。

为伊墨卿郡守书汪均之上舍送其出山谒选序后

均之在吾皖为豪杰之士，所学虽未成，意思局量，殆非凡近。兹送墨卿太守出山序一首。其言

爱才用人，遵例尽职，皆有典要，斯足以为良吏矣。余之言有进于此者。凡君子之心恕而其机坦，小人之心险而其机深，君子乐称其类，小人乐倾其侪。今之达者大约才短而好疑，务虚文而无实德，是故见称其类者则疑为党援，见倾其侪者则倚为亲我。君子见疑而自远，小人被亲而肆志。为人所卖，旋悟复迷，小则害及声闻，大则毒流政事。太守不耻下问，词旨拳拳，故略言其端绪。仁者之赠人也以言，余雅愧仁者，然前后于太守言者，唯愿太守之毋忘也。

世实须才，人才难得，苟属有心，能毋珍惜！余多交天下贤豪长者，其才足济时利民者，多穷而在下。唯太守已列方面，可以见诸实事，而存心又未肯自薄，勉力为之，未始不可播德于众，故余之爱太守甚于太守之爱余也。太守果能力克治其善疑之心，推诚礼士，勤求疾苦，毋以苟异俗吏为得，数更事则智慧长；久集益则见闻滋，恺悌嘉乐，余不于太守望之而谁望哉？夫善政须不可改，若视事而于民有惠，一去即荡然曾无余泽，此不过暂时补苴，不得言善政也。善建者不拔，善抱者不脱，自方方人，取则不远。且好疑者必轻信，轻信者必数更，号令不常，吏民无所适从。求治愈速，偾事弥甚。韦弦之戒，不在兹乎？昔孟子言「三达尊」，太守忘其齿分，辱交于余，道之所在，余固不辞。太守以此语寄均之，其能共喻此意乎？嘉庆廿年七月二十日包世臣书。

戊辰江南试录后序

嘉庆十三年，岁在戊辰六月，礼臣以江南考官请，上命臣系英副工部侍郎臣陈希曾往。翼日召见，谕以「江南为天下第一大省，尔二人文行醇正，朕所素知。兹行也，命题必正当，录文必雅厚。言为心声，其文醇者其人必端重，异日出身加民，可以为好官」。大哉王言！臣与臣希曾谨志

之。迄抵境，率同考官等竭二十余昼夜之心力，得士如额，缮其尤者进呈睿览。臣例为后序，谨拜手稽首而言曰：

「文以识为主，辅之以气，以达其识；养之以局，以和其气。士人生圣贤二千余年之后，必期仰测当日立言之本旨，黜异说，祛肤论，以明真理而畅垂教之衷。此非研几于经，以正其趋；取证于史，以通其变；旁涉诸家先正之论议，以博其趣，则识不能深而且正矣。既有真识而文不足以自举，故词尚炼气。气已盛矣，而或散漫以伤格，或怒张以伤雅，则亦未足以征其学养，故法尚炼局。是故识胜者临事而能决其机，气胜者机决而能任其重，局胜者重任而可安其成。维昔名臣有以一日之文而遂决终身之行者，诚如圣训『言为心声』，不可诬也。若夫采缀僻书，摭拾危言以炫异；记诵腐烂，揣摩句调以求获。此其志本汙下，词必诡庸，不加澄汰，使厕荣名，始则有伤文体，继且害及士心。

「臣仰荷委任，夙夜兢兢，深惧不称，致诮遗贤。谨偕臣希曾和衷商榷，悉心评骘，于头场定其学术，于二场验其酝酿，于三场觇其阅历。于涵濡乐育之化至深而不缅高曾规矩者，拔之前茅，以示其准。其有才力可尚，未臻粹美者，附之副车，以劝其学。至于伪体謏闻之士，剽吉掠子之儒，概加摈斥，不登甄选，使多士周知皇上旁求之至意，实欲因文以见道，明俊以官人，与周之六物兴贤，汉之三科举世，不间今古。本经术而经世务，非徒谓文采炳然，宣上德以尽忠孝已也。」日讲起居注官翰林院侍讲学士臣周系英谨序。

书亭林原姓后

亭林之言曰：「男子称氏，女子称姓。氏可变、姓不可变。氏所以为男别，姓所以为女防。」其说伟矣。然谓自秦以后以氏为姓，以姓称男，而周制亡而族类乱则失实。又谓最贵者国君，国君无氏，不称氏称国，而引践土之载书以为说，独不闻《尚书》称齐侯吕伋乎？女子嫁于国君则称姓，冠之以国，如姜芈息妫。大夫则称姓，冠之以大夫之氏，如赵姬卢蒲姜，独不闻《春秋》之书夫人妇姜氏、夫人子氏乎？

《左传》曰：「天子建德，因生以赐姓，祚之土而命之氏。」《国语》曰：「帝嘉禹德，赐姓曰姒，氏曰有夏；胙四岳国，赐姓曰姜，氏曰有吕。」又曰：「黄帝之子二十五人，其得姓者十二。」《史记》曰：「自黄帝至舜、禹皆同姓而异其国号，以彰明德。故帝禹为夏后而别氏姓姒氏，契为商姓子氏，弃为周姓姬氏。」又曰：「舜为庶人时，尧妻之二女居于妫汭，其后因为氏姓妫氏。至周武王求舜后，得妫满。」是姓亦可曰氏，而男子得称姓。《记》曰：「六世亲属竭矣，其庶姓别于上。」郑氏曰：「始祖为正姓，高祖为庶姓。」是氏亦可曰姓。是故姓氏者，对文为别，散文则通。以氏为姓，以姓称男，不自秦以后始也。敬宗合族以尊祖，固先王为治之大经，而源远末分，其势有不可系而一者。是故黄帝十二姓皆同源。周公察百世不通婚之道，只以治其后，不以更其前。然而骊姬吴孟子即见于周公、唐叔之裔，族类之乱，又可独责之秦乎哉？亭林之说，所谓善西施之容无益吾面者也。

芜湖留仙亭录白卿题壁诗书后

嘉庆八年七月二日，仆买舟鸠兹之浒，啜茗净乐之室。顾见壁罅墨痕初燥，书态横出，鬓上华来，波间鸥没。询其守者，曰：「惟昨暮风日在林，花光来去，乃有女郎，二八楚楚，妪率以至。鹤雏不羁，辫发綦履，罗袖从风，薄鬓未收，两颊初红，皓腕金环，寒香彻空，书毕遂去，莫知其踪。」

仆省是言，俯首太息。反复诗词，摩挲光泽。芜没清门，浮沉乐籍。彭蠡指途，金阊振翮。忧散如叶，义明于霜。哀艳不凡，蹈节无方。狐埋狐搰，酸鼻迴肠。呜呼白卿！卿自吴来，我犹吴往，天涯沦落，今古同怆。异日转蓬，或逢倚棹，卿当为我，小红迅摘，大白满斟，一倾知已之泪，犹应愈于青蝇献吊也。南山草屋居士，录稿传观，并为书后。

书黄仲�印存后

近世以刻私印名而其印存者，有文三桥、何雪鱼、程穆倩、丁敬身，而邓顽伯为最善。盖其运刀如运笔，与四家同，而作印如作篆，则邓氏独擅，故也。学邓氏刻印者有周保绪、吴熙载、朱震伯，而黄仲傕为最。仲傕年廿余即夭殁，无后，同人重其艺，惜之尤至。邓氏五体书为自唐以来之绝，是固宜寿世及远。彼四家者则专以刻印存其人至于今。然则仲傕之印存，而仲傕遂与俱存也。世之享年大耋，孙曾绕膝，其存也曾莫之知，及死遂若草木尘土然。然则仲傕亦可以不憾也。

乙未亭跋

至和塘旧有乙未亭，以塘成于至和之乙未岁而得名，载于郡志。吴中先进张匠门诗云：「青山一角湖三面，知是塘西乙未亭」，是其时亭已无存，而仅得之意兴想象间者。至今按图推索，并无有能言其处所矣。自道光癸未，吴中大水，甲申始议浚长桥以通湖，继以吴淞、浏河、白茆、七浦、徐六泾诸大工，迄修宝带桥，而原委略具。维时岁当乙未，盖浃辰而后蒇事，其勤且艰如此。黄君南坡承修是桥，既蒇事，以其余力建亭于右，仍其旧称，以明率作兴事之诚，不偶然也。

古之人念念不忘民事，而游览则所不废，登临觞咏，大政常借以触发焉。然则后之憩斯亭者，极目具区而思潴泄之宜，屈指三江而思宣蓄之利，放步长塘而思漕挽之重，非其襟带湖山，吞吐烟月，使词人学士得以流连瞻眺，览胜低徊，则汲汲弥缝怵怛之深衷，或有以境无所触而觌面相失者矣。览者其不以余斯言为缘饰鸞帨也夫！

徐宫保六十寿序

养生家之言曰：「无扰尔精，无劳而形。」而夫子则谓「仁者寿」。又曰：「仁者先难」。又「仁者必有勇」。夫有勇者先难之实也。既勇于治难，则精不能不扰，形不能不劳，与养生之术相反，而顾以寿归之，何耶？盖人受养于五行之气，而气受治于五常之德。仁者爱人，求爱人之方，则必劳心；举爱人之事，则并劳力，心劳于内，力劳于外，始得人蒙其爱。已反之心而相与安之也，心安则气直，气直则神和，而荣辱不能必其喜怒，燥湿不能改其舒惨，不求寿而寿自至矣。是

故劳其迹者所以安其心也。若利己遂私，不恤民隐，虽吐纳导引以调其真原，泽其肌理，然而夜气之复，五内自怍，则气怯而神滞，外感有以乘其虚，恶在其为无忧无劳也？

心如徐公，自幼侍宦清河，即习河事。及壮，以东河通判起家，十余年，两河有大工，人所不措手者，皆以委公，即皆报最。擢清饶州，以知河改淮安。复董大役，实契宸衷，遂得以三品衔领东河总督一年。南河事亟，又特命移节南河为真官。公自视事南河，于今六载，无寒暑皆昧爽出，亲历工次，验坚脆，表劝惩。又自述数十年阅历讲求之善术，著《安澜》、《迴澜纪要》两书，以授文武属吏。公夙患肝气，世臣常得侍，见公每勘工，见办工官镶培如式，则喜见乎色而患良已；反是，则勃然怒，于工次决罚，返仍愀然，而患顿作。盖公之身与工为简剧，而心与工为欣戚，其勤勚无间，虽微弁末缨有不能堪者，而甘之积久不少衰。盖南河自衡工合拢之后，豫沙下刷，积垫宿桃以东，患中清口，迤及尾闾。而运河又被黄漾时浅，运艘湖流并集，下河着重。宵旰垂情，间阎重足，借非公忘身奔驰，昕夕补苴，则重运难必无虞，淮海更形昏垫。是故公以身上纾宸廑，下慰待哺，身之劳也既极，心之安也亦至。节次筹定大议，鸿猷懋建，将乐水顺轨而土献实，使淮、扬生灵得以优游寿宇，自生自植，可不谓先难有勇者乎？精虽日扰，形虽日劳，而实公之所以能寿斯民以求寿于天者矣。世臣辱知最深，故为述公仁，以称寿觥，使识者共信其非私言、非谀言也。嘉庆十五年五月廿四日。

歙黄心庵六十寿序

予以嘉庆戊午备兵中州，始与心庵相识。见其洒落豪宕，掀髯谈笑，如老鹤振翅，高唳摩空，

殆古之人也。心重之，日与亲洽。心庵内介而外和，于人无所臧否，独论诗甚严。既绝意进取，益肆力于诗。大旨以神味冲逸为宗，而不拘拘于唐、宋之皮相已。诗甚工，尤精鉴别，四方之能诗者，莫不以所业相质。心庵录其尤者而著之版，自《别裁集》后数十年，无操选政者。心庵录其搜罗遗佚，存真汰伪。于是江淮人士，继声迭起，各裒其乡人所著，成集甚伙，然终莫如心庵之博而允也。心庵以壬戌秋自中州还江南，遂相别。迄己巳，予持楚节。而心庵客汉皋，再得相值。然相隔一江，诗文往还无虚日；而求心庵之惠然肯来，则更岁不一再见。余心重心庵，虽爱之甚，不强其数晤也。

心庵虽翛然世外，然于民生利病、金革大计，讲求甚至，无志于用世，而念切于利物。三十年来，周历名公卿间，谈言微中，功在苍生者，殆不可更仆数。观心庵之人而知其志，推心庵之志而求其诗，可谓温柔敦厚而不愚者也。予见涉世甚深者，于人无所忤，而和光取容，归于自利；其洁身名利之外，则必矫情绝俗，与人以不可近。古今闻人不远两端，今观心庵行，其兼有所长而各祛其短也。前心庵行年五十，徐心如宫保为征于诗人以为寿，艺林艳称其事。明年丙子二月，心庵年六十，予与交最久，不可无一言以侑觞，故述之如右，以诏寿心庵者。知心庵之寿在其人与其诗，有当于古人达尊之旨，而非世俗之计齿较数者也，是为序。

金孺人五十寿序

道光纪年之仲秋，予薄游武林，金君庶仲以赴布政司试，先在。既揭晓，庶仲不得于有司，将归，来告予曰：「今年十一月吾母寿登五十，书不能得一第以为吾亲欢；幸遇吾子，乞吾子之文

为寿，使吾母懿行得传于艺林而可以共信。」遂言曰：「吾外祖黄公萼烨，吾邑之望也。母氏为其季女，至钟爱，然不以爱故弛保姆之教。年二十二归先庶常君。先大父治家严而敬好宾客，吾郡及毗陵之知名士常往来，无早暮，咄嗟具洁腆，皆吾母躬亲储胥。嘉庆庚申，庶常君试京兆，时书方四岁，兄让六岁，母即加绳约，不以顽稚少姑息宽假。壬戌，庶常君成进士，未几染疫殁于都下。凶问至，母氏恐重伤大父意，含哀茹苦而已。然自此督书兄弟尤严切，诲子曰：『《礼》有之，寡妇之子，非有见焉则弗与友，谓其长于妇人之手，必失教无足交也。汝兄弟能继先人之业，成未竟之志，使吾不负话言者，则庶几不负未亡人矣。』大父尝以语乡人曰：『二孙幼而失怙，吾不忍过督责之，然心惧其无成。今日，母明大义如是，异日当可望树立也。』先是母氏在室时，外祖母卒，有季弟方孩，母抚字之。及来归，先祖母卒，六叔父方七岁，庶祖母卒，七叔父方四岁，大父皆属母抚之，恩勤备至。居大父母丧，尽哀而合于礼，合党无间。」

予应之曰：「予以庚申冬至歙，得奉教于君之大父奉直君、伯祖修撰君、诸父中书礼部，日相过从，唯未与庶常君相识。修撰明郑氏学，为儒者宗。而庶常文笔斐亹，有作者之遗意，所业未卒。今庶仲年弱冠，已能贯串今古，修庶常之绪而昌修撰之学。人子之于亲也，称之无所不至，今庶仲述颂母德，皆家庭日用之庸行。观庶仲之笃学恂恂，而节母之能教子，可知也。既无忝于母道，其无忝于妻道、妇道又可知也。庶仲与哲兄能秉懿行，跬步不忘，以彰母氏之德，庶乎《诗》人所谓「明发」「有怀」者矣！遇合迟速，庸众之所以娱亲者何论乎？况君家世有隐德，余庆之厚，又重以庶常之留贻，节母之积累，其培风而骏发者，固无量耶！予不能为世俗之辞，庶仲归，其即诵此言以为贤母寿。古歙多文学君子，当不谓贱子为善谀也。」

毕孺人六十寿序

士大夫之匡君也，莫不欲穷究古今，阐圣贤之蕴，以植令名。其入仕也，莫不欲讲求利病，恤闾阎之艰，以不负所学。然世之言学言治者相环，而要其归，能无惭初志者，盖亦罕矣。至于妇人，其事夫也，则以簪珥纨绮为念；其训子也，则以田宅橐橐为急。而夫若子以室家之故扰其心而累其身，学术之不成，治道之不饬，大半由此。此《诗》、《书》所为述周室之兴，颂文考之无罪者，必推本于文母之贵而能勤，富而能俭。至《传》记鲁敬姜为穆伯之妻，文伯之母，于其言论风采备记之，以风示后世，而唯恐其不详者也。

毕子筠明府寿母顾夫人者，孝廉靖山先生之德配，故陕西兵备道晴沙先生之爱女，故两湖总督宫保秋帆先生之犹子妇也。两族既贵盛，又其时物力丰盈，宦辙华膴，宫保建节秦、豫、齐、楚之郊者廿年。群从子妇争集节署，以靡丽相矜尚，夫人独与孝廉居里门如寒畯。兵备故名进士，以诗书驰声天下，夫人在室时已通习史传。孝廉虽事举子业，而性考镜得失，既得夫人为配，商榷尤精核。及宫保卒于官，未几为匪人所搆，廉俸所积皆被籍，群从窘迫，独太夫人持其家，丰歉如初。孝廉举进士不第，欲绝意进取，夫人曰：「与时流争一日之荣，岂若与先民争千秋之业乎？夫子决之矣！」

子筠举于乡，连蹶春官，遂就教习，以知县谒选，签掣浙江。子筠远游十年，乞假归省，而孝廉著书已盈尺，以授子筠曰：「吾治经所为，必详于名物象数者，为其皆关实用也，今汝得从政，以吾所言见之施行，则吾虽不见用于世，岂有悔哉？」子筠以浙江去太仓才数百里，一水可达，欲以扁舟迎养。夫人曰：「以官为家，非吾素志也。况汝需次省垣，食指繁则供赁更费，多举子钱，尤非汝

父以俭养廉之训。汝至浙，能勤于所事故，大吏和同，以必达民隐，则庶几所谓养志者矣。」子筠性温克，弱如不胜衣，呐呐如不能出诸口，而谳狱则委曲尽情伪，遇有当禀白者，侃侃不可挠屈。同侪莫或先之，相与怪子筠初筮仕而明练若此，久始知其奉教于严君者深。然孝廉贯串数千载，固将以嘉惠来兹，不仅能淑其哲嗣；而夫人以膏粱爱息，能佐夫以成其学术，训子以饬其治道，虽以比古之敬姜，何多让焉。

道光纪年之秋九月，夫人周甲帨辰，予薄游武林，子筠先期乞言以侑觞，故备述所闻，以质孝廉，毋亦谓其是非不谬，而可备子筠三益之数也夫。

公祝周抚部母陈太夫人九十寿序

青史所纪古贤卿大夫，多推本于母教。故食贫则艳钱坎之封，居贵则美胆丸之赐。饬廉隅则孟、陶不间异代，训在宽则隽、严如出一辙。窃尝以为人子归美之情，文士助澜之说。然而食天下之厚报者，必有高天下之懿行。如我抚部周公之封母陈太夫人，八座隆其起居，九龄锡其年齿，燕翼有双节之荣，贻谋有一鹗之誉。维斯敛福，实称嗣徽。然后知方册所载，良非虚语。

太夫人毓质清门，作配赠公。随宦崇安，笃修内职，不以米盐琐屑累夫子之心，不以簪珥居积扰夫子之政，用能遗爱闾阎，旁润海峤。然而巨川一船，唯载清颂；丈夫二子，俱属藐诸。揆以恒情，稍涉溺爱，则嬉娱积失学之虞，交游靳有见之敬。即侥幸致成立，策名当时，多监廉吏之难为，罕念瘠土之向义。而抚部皙息乡校，偕《常棣》以书贤；旋陟木天，赋《载驰》而秉钺。威振百城，行止益格于伛偻；禄受万锺，被服不殊于寒素。斯非严明之性，如结于孕娠；讲贯之勤，

无憾于机杼，凛淫心舍力之诫，守能劳有继之经，谁能不肃而成，臻此尽善者耶？假令太夫人耄期倦于称道，行习渐于履丰，则抚部必避险之讥，以穷备物之养，固亦礼则宜然，分所应致。而太夫人温惠无已，慈仁有加，是以抚部政成，劳民小息。不敢侮于鳏寡，用默消乎灾沴。养天地之和，即以养志；造方隅之福，益以资福。然内言不出，母仪或无能名，而无隐不彰，慈云共得而仰。然则太夫人非惟周室之贤母，而实章门之富媪也。

粤稽在昔，唯汉胡夫人长子历公卿，次子居宰牧，孙仕三□寿逾九十。其长子之弟子蔡邕颂之曰：「抚育二孤，导以义方，迄用有成，诞膺繁祉。上有帝室，龙光之休，下有堂宇，斤斤之祚。」某等以部下末吏，覩兹盛隆，事符前典，故敬为抚部诵之，以佐鞠翟。庶使方闻之士，信抚部为能得人之欢心，以事其亲者也。

学使许滇生先生五十寿序

古者司徒掌邦教，其有不率教者，乃以隶司寇。后世以司徒主金、谷，而教化转求弼于明刑。明刑于外者按察使，使者主一司狱讼，簿书期会不暇给，故前朝以其佐为提学道，专主教，唯南北两直不设按察使者，乃遣御史为学政。国家以为教当先刑，而以刑官副贰主教，非观化视成之义也。且直省不当殊制，遂升别为三院齐列，而专隶秩宗。其大省又常以卿贰大臣，或内廷亲信为之。三年报政，仿有成之期也。

夫士为四民之首，异其章服，优以礼貌，原所以使之自重怀刑以为齐民倡。然或者恃见优异而

不自爱惜，顾挟持官吏短长，官吏或又从而凌藉之。凌藉既加，而士益自弃，遂倡齐民为犯法不祥，则齐民日益难治。我滇生先生之视学江右也，进诸生之秀异者，教以立身为学之要，如师弟子，有非犯法而被凌藉，必为直之；其犯法者则严屏弃不少贷，故士益自重。士自重，则齐民有所表率；相劝重犯法，则刑可清。某等以风尘俗吏，兢兢守三尺法，而比年以来，听事少章缝之牍，伏阶绝庠序之迹，民从而化，称易治之区，然后叹先生《诗》《书》之泽感人深至，故与桁杨相万巳。至校艺精审，登乙未试录者，强半前茅之士，犹其效之细焉者矣。

盖先生诞生于太翁滇南刺史之署，而伯仲叔兄以科目得州县，著声循良，耳濡目染，习民间情伪。通籍后，直枢庭、居秘院，谙国家掌故。使轺所经遍南北，观风问俗，广咨强记，加以自视欿然，虚怀采纳若不及，助仁寿作人之化，异日柱石岩廊，以致刑措之盛理者，不可于斯而为之兆乎？若夫家运之盛，群从皆材。哲兄翱翔棘列，文弟翅楚木天，浙中至有「无许不开榜」之谚。此则时世所艳羡，而非所以称说以侑先生之觞者也，是为序。

丰城傅卧云先生七十寿序

嘉庆戊午，余游武昌，识卧云傅君。君时年三十有二，修髯如戟，矢口论天下事，又杂以神怪谶纬，多骇俗之说。楚中当路皆争与交，然后言辄近非笑。唯以前此通山、孝感事变猝起，剧贼闯入荆门，君皆言于事前，有奇验。贼势日张，姑倚以自固而羁縻之。其称君也，望星象云气能见吉凶于未来，奇壬阳宅能转移祸福，禁制魔魅能生死人，至于安集危民，调协众志，足以销伏莽而固岩疆者，莫能用亦莫能听也。

君尝于雨中招余登黄鹤楼，天雨甚，能阻游客，可为微言。曰：「楚中皆目吾子为词客，吾察子乃济世英才。今贼氛如此，当事者泄泄处之，或因以为利，吾子策之。葳此事当以何术？要之何时？」余再三谢不敏。君曰：「古人言：『可为知者道』，况吾与子萍集而成莫逆，危事不齿，当仁不让，非吾子莫与闻斯道矣，其毋辞！」余曰：「自兵兴以来，州县练乡勇，销名粮，无实不诘。勇目皆无赖子，率其党焚掠村聚，常藏乱民以邀例赏，而望贼辄溃，二者皆害民以利贼，驱民以济贼。今郧、襄、荆、汉间逆产当籍没及被贼逃亡无主者，地亩不可计算，莫如罢勇兴屯，给锄种棚厂，使其目督众人，罢马队，选绿营，扼要害以护屯。营主战而屯主守，使贼无可掠于野，贼必退而事耕。俟其将成，则以轻兵抄掠之。乃开示生路，抚用其健者，厚其赏使相携贰，期以一年，必可葳事矣。」君曰：「吾意亦如是，然此间人以吾为术士，不足取信。重以吾子才望博辩，足以动当路之观听，一言而活亿万，其能无意乎？」遂以告方伯祖公曰：「吾楚新来一才子，公知之乎？」祖公曰：「闻包君诗如太白，赋如平子，君岂谓此乎？」君曰：「此包君之技耳，非其才也。包君之才足以济世戡乱，公以方伯代督事，能听之而行，区区教匪不难指麾而定也。」祖公以君言客延余，为具屯事六宜白于督，被格。然卒之葳教匪事者此也。

君旋以经略勒公辟入蜀，继浪迹闽、粤、幽、并数十年。尝卖卜吴市，遇隐君子，学益邃。其游粤东也，主粤督仪真阮相国，相国故器君。值大祲，市无食米，汹汹不可止。君审洋米甚多，值至廉，唯苦粤关税重，莫肯进口，乃详疏其故，以启相国。相国据以入告，不两月洋米踵至，粤民耐以存活。而闽、浙、登莱、天津舶商转贩其余，以济其土之不及，迄今已数年。甲午乙未之间，南赣大饥，粤贾遂溯内江，陆运过梅岭，虔民既得食，因以安堵。仁人之言其利溥者，君之谓矣。

君自出蜀，渐无志于世事，然济人利物之心，老而益挚。乙未秋仲，余需次豫章，君卖药南昌市上。丰城距南昌一程，然知君者绝鲜。既见君，握手道别后事，常彻夜，盖距嘉庆癸酉别于白门已二十三年所矣！是岁十二月粥厂开，领票民自相践踏，至立毙者十数人。余急遣延君至，君以水喷其面，喝之皆起，行走如初。官民观者数万人，惊为神君。时又浚豫章沟，石版烂断，压毙工人先后至数十，君喝之皆起。余戚翟君令万安，未三月，昕夕验命案，奔走不暇给，抢窃时闻，共归咎于衙署。促君西上，君以丙申三月八日至万安，翌早为拆旧屋而新之。余去豫章，问万安自开工后阅四五月无命案，并无报窃者，为自来所未闻见。君之学不可测而余技神妙如此。今年冬仲，为君古稀诞辰，余茕茕在疚，不得与于嘉宾之事。况言君之寿不在住世，即以住世言，七十亦不足为君庆幸。唯君之生平或非他人所能而悉能备言者，故略其大端以告鞠沓诸君子，俾知君子所以寿世以自寿者，在彼不在此也。

纪三先生九十寿序

纪三尊兄先生，吾邑之耆宿也，齿稚于先子者一。先子雄文尚气，矜雅不欲后人，独推先生。尝告尊甫云增族父曰：「『共卿谈不若共阿戎谈』，古人之情竟同于今。」族父大噱。世臣与先生皆侍，时先生已壮，世臣始髫龀，然犹能记忆也。

乾隆中，学者专以帖括为能事，收藏房书、行稿及时义、总集、闱墨、试牍常数十百种，率草订以便拆选，而《六经》、《三史》顾鲜备具者。其时淹雅推休宁庶吉士戴震、余姚编修邵晋涵。每接后进，辄言不可读线订书以为谑。而族父每以试事至宛陵，至白门，则独啬川资市古书，岁积月

累，资寻诵，若其典章文物今古异宜者，随手集录，多至六十卷，名曰《汲古录》，载入《安徽省志》。其书固不无以多为贵，取资帖括之见，然耳目广，心力勤，镌金石，固其难也。先生侍族父时，已克负荷，以后益肆力于强识详说，数十年不怠倦，成《礼经管窥》、《经义考异》、《音韵辨伪》、《六书订讹》若干卷，归博于约矣。

近世学者宗亭林，虽吉士不敢先也，然亭林传书时有踳驳。至乾隆、嘉庆之交，学问门径豁若开通，吉士揭之，嘉定詹事钱大昕昌之，而吉士弟子金坛段玉裁、高邮王念孙又为推波助澜，则一画一声、长短疾徐之间，意义顿殊，虽不无凭臆之谈，而体例明备，横通纵达，较吉士若或过之，摧枯朽者易为力也。

先生之哲嗣孟开既弱冠，先生遣游扬州，与世臣相处十数年。从弟世荣，以经义与孟开相切磋，扬州之好学子弟皆习世臣。又四方名士过存者，孟开无不与之讲习问难，于以整齐家学，开拓见闻，得以卒先生之业。溯前后六十年间，族父始之，孟开成之，而先生之分散古籍，纂合家法，缒幽凿险，用以承先启后者，三世传经，修绠自得，吾邑盖未之前闻也。先生之女夫翟君徽五，父执公树先生次嗣也，乾隆庚戌自都来就甥馆，从先生学于乌龙寺。先子携世臣至寺信宿，世臣又私从徽五询都下事。今年世臣承乏渝水，倚徽五为将伯，谈次及乌龙寺初识面事，昭昭若前日。而徽五与世臣皆已童秃苍白，先生献岁且九十矣。

稽古传经巨儒唯伏生寿最高，孔冲远入唐已八十，犹总诸经《正义》之成。近人则段君、王君皆跻耄耋，而吉士高足文登毕亨，与世臣尤厚。毕君雅讳言老，不以真年齿告人，其所亲多谓为不减伏生者。先生之有以自寿也，固不争世寿之多寡，然屈指二千年来，经生获上寿者，自伏生至先生曾

不及十人，谓非吾邑之上瑞欤？徽五、孟开将为先生举觞，而征言于世臣。世臣老得一官，去故里十程，不获与鞠卺之列，故谨述如右，以告为先生寿者，是为序。道光十九年季夏。

胡春园寿序

张生懋芝，渝东之秀也。辛丑春，假馆豫章，肃衣冠请曰：「生同研友胡栋梁之尊人春园先生，家素窭，昆弟六人皆早世，遗息呱呱盈阶下，先生以叔子遭多难，独力支撑，经理出入。知数莫敢欺，业以日起，群从十数皆成立，见者不辨谁子谁侄也。姊姒孀居，以先生调护力，得不负其志。然处裕如约，不改勤俭之素，唯礼宾客、延师长必尽其力。为合族倡祭会，班胙于与试者以劝学。祠侧为惜字炉，置勤慎数人编拾遗弃字于里。闰月有常犒。遇欠岁辄减积粟价以惠穷乏。乡里将有所争，先生辄挺身排解，不使成讼，诚乡党自好之士。今年正六十，乡人议为称觞。而栋梁数奇，犹应童子试，无以博亲欢者，欲因生求大儒一言以慰亲意，故敢以请。」

予应之曰：「乡人之耳目近而用心平，是以古之举人也必于乡。予见近世掇巍科、登膴仕者，固煊赫照灼，然常不敢归其里，而里人亦置之不齿，是则何荣之有哉？如生所云胡君之行宜修于家而见重于乡，其子又以好读书富文学信于良友。遇与不遇命也，遇之迟速亦命也。人人有贵于己者，胡君乔梓既已自得之矣，又何以区区世俗之所贵而介介中怀乎？生即以余言授栋梁，使持为其尊甫诵。」

程封翁七十双寿

道光廿有一年秋七月廿九日，为知南昌县事程君酉山之封翁雪庵先生七十诞辰。是年九月十二

日，封母陈孺人又适七十有一。先是当先生诞辰，夤恭子弟共议称觞，而先生力却，以为圣节孔迩，不敢先期，因以孺人悦辰举双寿之觞，以符世俗所称男九女十之义，而以寿言属世臣。

说者谓寿言非古也，至明始盛，其文体甚卑。世臣则谓古之人礼仪繁缛，举杯杓辄曰为寿，既为寿必有词也。《三百》所载「以祈黄耇」、「以介眉寿」，胥是物也。故《礼》曰：「酒以养老」，养老有乞言，「乞」义通「赠予」，当即寿言所自昉。后世苟简为寿，必于诞弥日，且以年齿成数，自大衍以迄期颐，十年乃一举此礼耳。则寿言非近世创有，可知也。然其谓寿言体卑者，则亦有说，人之情大都好谀，人子之于亲也，将顺常无不至，执笔者以文徇人，无试之誉连篇牍，其文多诬，而不为人所重也，固宜。

同人与西山共事久，因得拜先生于官署。稔知先生九岁而孤，大父母年已及耆，而力学自励。成童后有声庠序矣，嗣以食指日繁，不得不罢举子业，理家务。又得孺人以勤俭相夫子历年所，粗足自给。然西山就傅，必备丰腆，延名师。族党之窭者，时分升斗，不待其请求。见人过失，必直言切责之，然更为之委曲弥缝，使得自新，以故数十年乡里间无以牙角涉公庭者，人以大服。所居之西有泰应泉，东有蒋家泉，皆入汶以济运者，额设疏浚泉夫四名，隶河丞而无工食。蠹役择肥而噬，每年举报殷户司其事，常以破家。先生度附泉荒地，以已力垦熟二十余亩，为泉夫公产，自是里人得免累而泉以不湮。先生有弟早卒，饮食教诲其遗息，无异所生。孺人自于归即食贫，以克成立。然于先生舍己从人之举，俱能相助，以有成刑于，尤有可称者。故西山领乡荐，成进士，以知县即用于江西，迎享禄养，乡里皆以为先生及孺人厚德之宜食报也。

窃尝谓士人幸得成名，登仕籍，具庆团圞，合四境欢心以奉其亲，岂非人生之至愿耶？然而封君

就养，或艳羡筐篚，导子为不肖，从之则敛怨，非守身事亲之道；不从则拂亲心，父子间为有识所交讥。近世大老受此累者至指不胜屈。先生故深识民间疾苦，里居时所以训酉山者甚备。又偕孺人板舆来西，酉山已见器于大吏，署直牧，调大邑，复调首繁，使领袖合省。而所部士民虽称酉山之色养无违，至循省其公事，则若无封君居署内者。慈孝相得，斯可谓「荣名岂有既」者矣。

以世臣之不文，而谬为时流所推，岂不以其稍知自重，不敢以千秋之业曲徇人意乎？都人士登堂鞠跽而读此文，共以世臣所言为不愧惇史也，先生其亦可陶然而进一觞矣，是为序。

座主周侍郎六十寿序

道光甲申仲春之廿四日，工部侍郎江苏督学使者湘潭周公六十寿辰。公前于嘉庆戊辰主江南秋试，出门下者幸近师范，先期称觞，而以寿言属世臣。唯世臣隶籍已十七年，蹭蹬日甚，荒落从之，无以发扬名德，谨述所闻以诏于众曰：

荀子有言：「君子安雅」，黄鲁直有言：「士大夫百凡可为，唯不可俗。其平居无以异人，临大节而不可夺，此不俗人也。」雅者正也，俗者习也，囿于习则远于正，而近世之言雅俗也失其旨。礼者，尊卑之所共守，必蔑礼而厚自损，则俗以为乐易。廉隅者，生人所以立，必舍道徇众，则俗以为宽和。其或稍植崖岸，又必旗其凌历以招远迩，则俗以为耿介。凡是三者阴阳互眦，优劣亦判。然要皆为平居立异而不能自远于俗者也。公弱冠入词馆，课诵如诸生，而不名其学。衡鉴内外，屏绝请托，而不名其刚。接引后进，率情导谕，而不名其谦。靖其内廷，不传纳约之言；赞襄大部，不闻单衔之奏。公之饬躬持正而不欲有异于人也如是。

湘潭当江湖之冲，商贾辐辏，大抵皆江西客民，无虑数十万。嘉庆已卯，与土民搆衅，杀伤惨酷，至道路梗塞者累月。而抚臣吴公存化大为小之见，参办初奏，与事实大殊。公既廉得其详，敷陈激切，至再至三。奉谕军机大臣据公口奏，由四百里寄询抚臣，旋入命新督臣就鞫，而调吴公抚福建。吴公于公为同馆后进，尝从公问风土，约有所闻知，必详告勿隐。公既面奏归邸第，而吴公附折差存问之书适至。公遂于复书切言是事，盖恐其受愚属吏，使由已得实更正，则获咎较薄也。抚臣既于急递奉廷寄，已不快于公，又得调任之旨，尤恇惧，思及未代之先，有所以中公而弥缝巨案者。折差返得公书，而长嗣汝桢亦附差致乡人石给事细询始末，其书并为抚臣所得。遂先奏陈公书，公以吏议落部务，守编修。而客民之黠者，随折指公名在都呈控。抚臣见邸抄知前奏得手，而客民控词又已上达，乃再陈汝桢书，先后迭劾。公既除名回籍，益得消弭狱迹，遂一切如抚臣指结正之，无所平反。士大夫莫不爱其同类，自子瞻已为是言，是故复庇承审累沉冤魄而不暇惜者，比比也。公独以维桑之故，见闻真确，不忍使盛世有戴盆之望，廷对侃侃，虑无返顾，深权轻重，以致罢职而不悔。设遇事关军国重且大于此者，其必不屈于瞻恋，嗫嚅不尽言，以贻误事机，从可知也。鲁直所谓平居无以异人，临大节而不可夺者，庶于公见之矣。

今上即位，就家起公为四品京堂，而罢吴公守编修。未几，公复以部贰奉视学江西之命。世臣计偕初至都，谒公曰：「是役也，圣心未必有所属，然江西士人必不能无疑虑，宽猛之间，公其垂意！」公曰：「吾视学已屡，初不知江西之有异也。」及公至，其士民果相惊悸，而公激扬澄汰，悉如四川、山西之旧事，于是复大悦服。任满调江苏。江苏学使治江阴，值大水为患，而旧令以忧去官，接任者未习舆情。灾赈非学政职也。公目击民艰，急白大府留前任，经理荒政；首出廉俸，召集邑

绅，劝捐以助赈。是时臬使林公在苏，则亦自任办灾甚力，端委悉具，不避劳怨。臬使出公门二十余年，甄陶最久，故论者谓江省吴民之获更生，多公之力也。

公今年登指使，神明益康，《易》占丈人，《书》尚黄发，《诗》思有旧。凡以一身之自寿者小，而斯民之待寿者大而远也。自非度越流俗安雅之君子，其孰能当此者乎？

卷六

续锦瑟诗题辞

程君韵篁一别三十年，忽相值于白门。出示《续锦瑟诗》五十首，予请其命题之旨，则以悼室罗夫人而作也。罗产于蜀，展转入秦中，以归韵篁。举一女而殇，忧思遂卒，年二十有五。韵篁谓玉溪《锦瑟》诗为悼亡妾，瑟次于琴，故以为喻。「一弦一柱思华年」，正当二十五岁。腹联情事始节节灵通矣，予叹绝以为悬解。

途遇吴中宋君于亭而告之，于亭则谓玉溪集首《锦瑟》，盖义山之自序也。以瑟声最悲故以自况身世，「一弦一柱思华年」，其时义山正五十也，腹联所言，则历举生平所遭；而以当时惘然结之。二说出而前此名论废矣。于亭能总持大体，论世以知人。韵篁情触境生，意逆斯得。绎无达诂之义，谓非可与言诗者乎？予自弱冠辍韵语，集句尤生平未习。然观其矜巧跌宕，吐胸中所欲言，如天衣之无缝，而可与《香屑集》并传，固亦艺苑所共睹也。道光八年八月既望，小倦游阁居士书。

雪斋剩稿题辞

京口、邗沟之间多诗僧，而琢语雅炼、谋篇完善，则莫如雪斋，余前序其诗所谓于僧为极工者

也。雪斋游吴门，贤士大夫皆乐与酬倡，怂其刻行。嗣以目病，归老故巢，渐至不能自书，然口授章句，兴犹不减往昔。及化去，而诗亦星散。江都曹君智泉与雪斋交善，录而藏之者犹六十余首，议梓之而附自刻之末，属吴君熙载乞数言为弁。雪斋之诗未有加于前刻，则所以称之者，固亦尽于前序矣。而曹君之笃于故旧，不间存殁，斯不可以不记也。故题其卷首以告观者。

香林寺春期戒坛题辞

萧梁以前，披薙即为受戒，《智药》授记百五十年后有肉身菩提在此受戒是也。至北海《戒坛铭》所谓行道五旬，虚往实归，则与今之期场不殊，是开期传戒自李唐始也。国朝雍正初，停给度牒，行者参学非戒牒不达，自此禅门言行道尤重开期。开期频数者为耆宿，然必其地系名胜古刹，则徒从望风四集。日后担簦云游，接众者验牒，知其戒得自名山，则莫不矜尚。此所谓非古迹不能重寺，非名寺不能重戒者矣。

金陵梵刹肇自南朝者，多古德之遗，而皆不以戒名。以传戒盛者推隆昌、古林二寺，并创自明之中叶，非香林开山赵宋，又开山即以说戒著声者比也。香林本荆公旧宅，以病请舍，得赐额为报宁禅寺。时则有宝禅师开堂于此，学人录其说戒之语为语录，荆公犹子旂为之序，而米芾书之，至景定犹存寺中，载景定《建康志》。及我仁庙南巡，入太平门，闻林薄异香馥郁，乃赐今名。而寺僧言寺名凡四更。荆公掘宅后山，得铁佛罗汉，赐额不及，在宋已更名「铁佛」。明有善士于山门内凿莲池，得铜象，又更「兴善」。然考荆公集及《建康志》，从无掘山得象之说，检今《府志》，「寺观」内无「铁佛」之名，唯载文昌书院所奉铁佛罗汉，乃刘宋草堂寺中物。兴善寺，明内使创

建，通济院本明内使居，地涌青莲，掘得铜象，即改宅为院。文昌、通济两院皆久废，其象于何时移奉香林，不可知。《兴善志》载明建，是与报宁无涉，而衲子附会无稽，欲以神奇耸观听，遂有掎摭之者谓报宁一名半山，今驻防城东北隅半山寺是，斥香林为依托。

考《建康志》，蒋山太平兴国寺在独龙阜，去城东十五里。半山报宁禅寺在白塘，去城东七里。荆公好游蒋山，至此道适半，故筑宅而名之曰半山。地卑苦积水，荆公凿渠导入城河。按宋建康城东门面白下桥，即今大中桥，桥东即接燕雀湖，俗所称前湖，明太祖塞之以筑宫城者也。故出东门往蒋山，须北缘城河至竹桥，乃东转至香林正七里。蒋山寺基今为明陵，由香林循山麓至明陵亦七里。香林山门前小河西迤通竹桥，正荆公导积水之遗迹。若今半山寺高垲不能名，白塘且去独龙阜才二三里。其为后人不知荆公名半山之故，以寺跨钟山西麓，庶几山之半者，而假为名高，无疑也。

香林现有法宝三，寺僧顾莫能言其所从来。一、天然沉香法王座，大几经丈；一、象皮鼓；一、旃檀塔供佛牙，重百四十八两。考《府志》，方山定林寺有鼓，系象皮所鞔。明南户部库有铁梨联椅二，各容十余人，沈万三家物，铁梨沉香类也，此座当居其一。鼓则定林颓败后所移置也。《志》又载天界寺供一佛牙，阔寸许，高益其半，得自天台山中。今天界所供已不存，而此牙奇伟百倍。康熙中，故龙江榷使曹楝亭侍郎游香林，见佛牙大讶之。寺之炽炭焚牙，炭烬而牙不伤，侍郎感恸，为清厘寺基，葺殿宇，置香灯田亩，中兴至今。今主寺者曰海量禅师，受法于悟通长老，住持十载，连遭欠收，撑拄百众，既备艰辛；更被狂风拔殿前宋树，折栋摧桷，修复之缘，历年未集。乃为之普告十方，虔传十戒，利根法器，不远千里，法轮之转，其机将于是乎在矣。

予访古金陵，兴怀半山，碑碣已泯，志乘同缺。当兹胜缘，例有刊刻，虽依科宣扬，不录戒语，而前载灯师，后列坛众，不胫自走，尊比付嘱，故广稽博辨，正其讹误，俾弁戒录之首。手迹永留寺中，固未足接武蒍、芾，张海公之名，远绍实公，而顿豁群疑，灼见真实，不致系颈珠修跌足者，蹈随声虚妄之恶，是亦余之所以为初地菩萨说根本大戒者也。道光十有八年季春，白门倦游阁外史包世臣撰并书。

漕河驳辨题辞

嘉庆十六年，康君星源自白门附粮艘入都。时南河屡决，甫塞即倒灌，运河淤垫，旁溢纤道，清口常至如平陆。君精悉漕事，恐一日有误，为国家深忧，乃为两截盘运之议，条列十事。请留苏道回空之四十七帮于河北，催余帮渡河，即永闭御坝，使河、淮分流。于清江迤上之彭家马头开横河抵坝下。安徽、江、广之船挽入横河抵坝，将米盘交苏帮代运赴通。其浙、宁之二十四帮先代苏帮运米至淮过坝，乃回次受载本米抵坝，盘交接运。其收于水次，交于通仓，仍各任其本丁漕项。仓费核程途远近分别津贴。南北商货随粮过载，移三闸五坝提留之项，足当盘坝经费而有余。官不增费，丁无加累，商旅通行，民用不乏，是其大都也。

以是年六月呈请都察院转奏，台长百公心善其说。上即以百公为两江督臣，至江南，会漕臣许公、河臣陈公核议进止，仍敕部臣致君就三院于清江浦，以备咨询。许公督尾帮至德州，接部饬，耻硕画不自己出，逐条驳斥，以为万无可采，单衔先复，论罢之。君指许公驳稿逐条辨明，百公重违许公意，君遂并录原议为私书一卷，名曰《漕河驳辨》，藏于家。道光四年。

策对

戊午仲冬客楚北，代策十郡诸生曰：「楚北地险而四达，归、巴纳江，郧、竹绾汉，襄枕中域，黄蘄下游，德安北蔽冥阨，武昌南镇雉峰。而贼兴三载，流扰几遍，其最要者何处？兵法尚能致人，故进退诱敌，以迂为直，后发先至。贼依山为巢穴，林丛不可得攻，必致之战地，蹑而歼之，其饵之宜于何地？形之宜用何策？兵法备散则患寡，众逼则患挤，必据形胜，使声势旁通，指挥呼吸如率然，震慑八面，其重镇宜于何处？夫子言政首足食，委积应如何采买，以期有利无害？分储何地，使胥输皆便？采买外，或犹有济时良策，可以优兵饷而给转漕之所不及。诸生其审时事、度形势，凡裨益桑梓者，悉意详陈，毋患触忌！」

拟对曰：「君子必审时势以备不虞，度形势以制卒发。自教匪跳梁，东抵黄、罗，北越陈、邓，西出没秦、蜀。楚北被蹦者三载，民力凋敝，物价过倍。其邻境颖、亳，地产火药，家备器械，民劲悍，多盐徒硝贩，为匪案所由起。六、霍环襄万山，产茶炭，夙为逋盗薮。地名白莲团者，人虑不亿，官不得诘，居民时相惊恐。南阳、汝宁，焚掠之后，流亡初集，薰莸杂处。且楚、豫所团乡勇，以匪既西窜，给粮难遍，罢者十七，约众四五十万，收缴兵械，多所藏逸。应募时本不业无籍之流，聚而别之以头目，教以击刺之方，习其凶残之性；罢则无所为生，展转流散。以上诸事，皆可深虑。目下楚北虽为稍安，然不败之地，所当预立。今秋蒲圻告警，虽即日平复，歼其渠魁，亦可以验民心之不固矣。况夔、巴之贼，其志在东。商、洛之贼虽穷促，而久扰荆、襄，熟悉险隘，堵御严则窜散丛岩，剿不可得，洎老而懈，则鏖围不可知。且夫踞尖峰口则瞰巴东，登野三关则鄙始建，复瓴之势也。汉

江上游，其北李四关、夹河关、马鞍关之道为平广，若以虚声缀官军，而潜寇黄柿坪、青铜关，则均州摇；其南吉阴关、黄茅关、白土关之道为平广，若以虚声缀官军，而潜寇瑶峰关、三角寨，则归、房震。故陕之要害在均州，均州之要害在归南。漳居均、归之间。太府山形势便利，宜为重镇。平靖关、黄土关，武胜关、平林关雄隘荆北，其要害为应山。虎头关、白沙关、修善关俯压豫东，岐岭关、青苔关、石门关、长岭关、天堂寨出入颖、六，其要害为麻城。黄安间于应、麻，清泉寨屏障东南，黄杨寨周环如壁，宜置分镇。至钟祥吞吐江、汉，提挈德、襄，地属四集，当全楚之胸，宜以重镇弹压。三镇星置，两臂从心，然后可以出奇制胜矣。

「致人必先能料敌，料敌而后能用间，用间而后能致人。兵法曰『避之』『开之』，必因其所料我者而为避，用其所欲于我者而为开，二者皆出于间也。今贼党所居，地皆支形，所谓我出而不利，彼出而不利者也。兵法曰：『支形者敌虽利我，我无出引而去之。』今敌半出而胁击之，利此胁击之术也。兵法曰：『其大军不济水，令我犄军分为三复；小军济，急发初复；其大军见我战合，必济水夹战，发我二复；其中三复击其尾。』又曰：『迂其途，令就深草；远其路，令会日暮。』又曰：『众则远裹而阙之，此诱劲敌之术也。』今贼盘踞穷山，势易之食，急而决命，理所必有，以天官说推之，贼出得一步，则所谓背孤击虚者也。是必因其易我之素情，形之以撤兵，设伏便地，潜间之以所欲，又累饵之以小得，使其大股争利去隘，至平敞，面山而当我军，则战地矣。急以山城遮其归路，山城不备则置行马张织女，各团远裹之与天井，伏发其阙，以南漳镇为游兵，备进退防诱而左右罨贼背。巴东亦设分镇，以截江路、助南漳，则声势旁通，震慑八面之道得已。

「兵法曰：『久役者远输，远输则国贫；近师者贵卖，贵卖则百姓财竭。』又曰：『市有出而官

就各镇近邑，收其山谷杂粮芋菽皆可，估价必优于时值。盖采买则货销，货销则值昂，所为不仅买米者以米值故贵，又增昂，则大妨于贫民，非公私两利之术也。值昂后属吏承买，岂敢中请增估，故略优之于先估。价减则承买官累，承买官累则派于粮门，粮行赔则科于卖户，卖户无利则货不至，货不至则采买为虚名，朦混冒销，无所不至矣。至鄖、宜一带，土产虽不饶溢，亦即于本地增值采买，使商贾闻风趋利运至此，与官自输将，公私两病者，相百也。

「此外籍没逆产，可勒限清查。其被害遗业无主者，亦即按户版粮书清核过册。量借牛种稄棚口粮，一体招丁壮承佃，以杜兼并斗讼之端。相度人地之数，为置督率，勒以什伍，农隙操之技仗，以备非常。民租大略平分，官佃止可十而取三，麦捐与之。盖民皆看收成让租，官恒取盈，佃必受其累，且以惠使人，缓急可以济事。借项于一岁后，分三熟扣还。法行，入租以养兵，使乡勇罢散之劲者归业，可杜后患。若能遂兴屯政，则改借为给，十二取之，以为屯兵，可量减各镇团集之数，以为永计，尤善。但事须入告，酌宜行之，期无沮废，乃可耳。又兵家不废权宜，请自减流以下罪实情轻者，量力罚谷助饷护乡里，或亦一时之计也。至楚兵近集行营，其要害团练，自宜委试用正印文官、协守千武职，会同该州县官，拣现在充勇人，并仿古保甲抽丁之意，就近集众，立格、选入伍，仍不令废本业，依期入营教阅，止给半饷输值，训防以待仓卒。凡乡卒勇头目，类皆草莽之英，必优异之而揽其心，然后可以搜军实。擢其锋锐，而汰其疲弱，以收实用；且以渐收权归官，无追急则指呼不应之患。是故审事度势，防微杜渐，地方大吏之所可独断独行，而不虞内外掣肘，计无有便于此者矣。」

谤说寿小宛五十

孟子曰：「士憎兹多口。」退之曰：「名之所存，谤之所归。」其不信矣乎？友生中取名较多唯世臣与小宛，而丛谤者亦莫能与参焉。世臣负下孤露，无扳援相与后先者，而于当世之务，必究其极，既为举世所不为，又好贤嫉恶，激扬清浊，未悉适中，是其于谤也近取矣。小宛默识万卷，下笔自成宫商，而中退然，口呐然，不出所长，以征逐名利。嘉庆壬戌，小宛年以二十有八，吴中知名士皆谓小宛虽不学，而温粹可交游，乐与居处。是岁世臣至吴，知名士毕集，问难蜂起。小宛独默默，至暮乃一言。世臣知诸公学识远出小宛下，乃与小宛齿。以小宛先生三十有三日，兄事之甚谨。诸公骇怪。然小宛名竟以大起，不二三年，吴越言殖学者，莫敢先小宛矣。然遂相率掎摭其为人，以为僻违乖戾，与始议大殊。其实，小宛之行固未尝有改其初也。小宛于时人无所臧否，唯闭户著书，补古人所不足而剌举其谬误，有问者则委曲告说无怠倦，此宜能自远于怨恶者，而其获谤乃与世臣相埒。

小宛学在服古而不拘滞于事宜，世臣学在救时而必会通于典籍。乃其获谤也，亦各从其所学，斯殆非人力之所能为也。然而斯世之涉要津，履丰厚，闾阎利病不撄其怀，而称盛德者盈门下。头或早白，齿或早豁，吾二人者俯仰资借取于十指，古今疑难断以一心，所至又无故见拂忤，未尝有愉惋声色接乎耳目，然而须发未改，牙颊如故，则知吾二人者经历䮰𩥇龃龉者数十年，而未尝有所不释然于其中也。退之不云乎「动而得谤，名亦随之。」士各有志，岂可一概论说哉？吾二人所自得者，未可以言语传也，其所得于人者，惟名与谤，而谤为甚。道光乙酉，小宛齿五十年矣，善寿

小宛者，宜莫如世臣，故作《谤说》以贻之。

皇清诰授奉政大夫署理山东通省运河兵备道河南开封府上南河同知程君墓志铭

君讳□字□，姓程氏，安徽之歙人也。司日著瑞，程国爰封；持节赐田，歙州始望。书编穷裔之塾，传光列朝之策。冠冕南邦，所自来矣。祖某以诸生起家，圣祖钦试天下法书第二，授兵马司副指挥，发南河，补山阳县知县，署邳州知州。宋廷以工楷则入侍，汉室以治尚书出防，贻泽厥后，式端其始。考某，东河郯城县丞，历署泇河、沂河通判，以君官封承德郎，晋赠奉政大夫。妣卢氏，赠宜人。

君性习正方，学戒剿说，闲发竹简，即剖楹中，戏取玉环，便得桑下。长卿之善词赋，故是赀郎，宗懿之涉图经，宁为博士。乾隆三十年，授例以从九品分发东河。长揖参军，望专风幕，一部从事，重等手书。由馆陶县主簿，升济宁州判。值王伦为逆，檄君随营。部督仗箠，共识缚褶之威，弧焰指狼，无假扬尘之策。东昌既全，旬始旋灭。洊擢东平州同、泉河通判。恭逢高宗纯皇帝迭岁巡方，大吏委君总办差务，闾阎无扰，储胥毕在，锦帆下插，不减浮雁之奇，云骑循埒，非借留香之诈。寻以父忧去官，服阕，由原职迁河南怀庆府黄沁同知。君惟机宜洞彻，倚重公卿，劳苦周知，慰怀弁役。比张君之治郡，随处有声，似樊尉之选锋，有急辄至。

三十八年河驿漫口，四十六年青龙冈漫口，兴工堵合，四十八年修帮运河纤道，皆飞檄调君，督董大役，期速工固，咸殊众焉。历调兖州府泇河同知、曹州府曹单同知、开封府上南河同知。上

南之境，河初入豫，浪最工沙，辖壤如绣，险工若林。维君风雨如晦，不改篝灯，露月盈堤，犹来策骑。忽以河势横注，阳桥堤蛰，鼋鼍若叱，风鹤皆兵，水气腾天，哭声毁地。君独澄虑祈神，狂澜顿息，索能抢险，败扫重新。张守珪之祷砂碛，天鉴精诚；侯叔献之决古城，人称机速。阳武滩本宽远，君于滩建坝，坝成而卧溜啮滩立尽。中牟坝本完好，君于里帮戗，戗厚而异涨刷堤几穿。是其致身捍患，前识弭灾，岂惟待制一砚，廉可成洲；都督百甓，劳堪任事而已。五十九年，大挑运河，总督兰公奏以君署理山东运河兵备道。五日不辞，六条无愧。君久以积劳，浸成羸疾，每怀遂初，辄被婉留。伯生裹药，难忘驱策之恩；长孺卧治，犹任股肱之寄。洎返辙上南，楚氛告逼，津渡严防，民贼杂窜。君立竿识浅，不漏襄阳之泗，备舟济众，莫肆寿春之脬，奸不能入，民安堵焉。嘉庆三年，曹单漫口，东河总督李公檄君总理。君黾勉赴局，精力日惫。空怀善饭之心，决洒西河之涕。始获引疾，就理任城。君嗣以州同候补东河，入则侍药，出则敬公。三世箕裘，七年铛臼，有子克家，斯之谓与！嘉庆九年三月十六日卒于济宁私廨，享年六十有八。配某氏，封宜人。子一。女子子四。孙一。

维昔君在上南，故人藩豫，每列卓荐之图，必接撝谦之启，曲以彼志，终欠兹怀。洎奉恩命，督河东土，君以养疴，近在同郭，延咨大政，力疾相从。肯念西州之谊，来上庾楼；不觇南楚之门，已知岑诺。然而生平之迹可寻；何及之泣已掩。游目月梁，忧深黑浪之词；矫首宾阶，凄绝绿钱之赋。呜呼哀哉！嘉庆十一年，故人重督东河，君嗣以是岁十一月十日葬君于苏州虎邱戴家浜之祖兆，举殡齐郊，归魄吴苑。仁知正首，桐乡恸奉尝之民；梦验白衣，汝南来发引之客。拂旗衰柳，半是手栽；彻奠耆兵，多为旧曲。赵文子之观九原，不忘仁智；蔡中郎之撰二碑，深惧陵谷。

固宜滕待沈，偏对短簿之祠；埋石征书，即挂延陵之剑。

铭曰：「程国之苗，歙州之楚。孝友继志，清白受书。奔走河堧，翱翔幕府。历考卅年，厥声载路。勤障危埽，诚迴怒涛。力举隙工，适中窾要。以全亿户，会垣是保。曲突徙薪，硕肤深韬。以若羸躯，当尔任剧。人赠自爱，君答遑惜。从事独贤，乃滞云迹。稍理熊经，促逢鬼伯。初君反服，予乃持节。雅本如贯，俎不嫌越。问仲何易，任王则达。若烹小鲜，唯啸秋月。今兹重莅，事必躬亲。戴星炳烛，遗忘频臻。言念老友，溘然凋殒。默存型仪，怆我心神。嗣人卜宅，祖兆是傍。依稀白鹤，飘丹𩗗幛。枫江直视，济渎分漾。满目河山，魂气焉往。灵榇就道，埏隧开原。归云霭断，寒乌影翻。霜风疾兮吹白暾，爱子舍兮掩墓门。竹有苞兮兰有荪，形既逝兮名弥存。」

张蓉镜妻姚孺人墓铭

孺人讳畹真，字芙初，姓姚氏，江苏昭文人也。祖春和，按察司经历。父文基，县学生。归同郡国子生张蓉镜为继室，阅四年，以道光戊子六月七日夭逝，年二十有六。蓉镜好文而善交，为常熟旧家子。祖燮由翰林历刑部，任浙江宁绍台道。父定球，由校录议叙盐大使。先是，孺人为外曾祖母汪所爱，常居外家。嘉庆庚辰，孺人年十八，汪忽中夜发剧疾，无可延医，孺人即刲肉一片煮以进，汪服而瘳愈，远近盛称之。颇嗜诗，于归后以蓉镜字芙川，自题吟稿曰《双芙阁集》。小正书亦娟然有致。以年□月□日葬于□原。铭曰：

「是维淑媛，粤安幽宅。以永令闻，视此贞石。」

皇敕封孺人故翰林院编修张君妻吴氏墓志铭

孺人姓吴氏，江苏武进人。祖云步，进士，官安徽太平府教授。父承绂，国子监生，妣史氏。教授素裕，爱孺人尤甚，慎择婿，知故编修同邑张惠言孤露窭贫，而成童工文，以自好闻乡里，既走媒订姻，复延课两孙于其第，遂为馆甥。编修母赠太孺人姜贞苦节以抚编修及山东馆陶县知县琦，虽俱成立，然僦屋两椽，饔餐常不给。孺人闻姑劳甚，请必归奉侍，国子难之，而请归弥固，乃使偕编修归。归则返仆媪，斥簪珥纨素，躬操作，毋家故未习，而烦缛纤悉备举无漏失。编修春试屡蹶，留都下，而姜病甚，孺人侍汤药不解衣带者累月。姜谓曰：「汝祖教授公爱汝甚，必得佳婿，乃缔盟寒门，吾无以辞，然心虞必无以相安也。不虑汝之明大义如是，能安贫任事，孝姑嫜，睦妯娌，七八年如一日。『之子于归，宜其家人』，汝之谓矣，吾且益以知教授公之所以为教也。」

及编修卒官，孺人自都下率子成孙扶榇南返，家贫如昔，而成孙年甫十四。或劝遣习贾以谋生，孺人曰：「吾家十数世食贫矣，然皆业儒，隳祖业不可自吾子始。」不数年，成孙文学斐然，人皆谓编修宜有贤子，不知其实成于贤母也。孺人后编修二十八年以道光九年八月十日卒，年七十。子一，即成孙；女一，适副贡生董士锡；孙一，晋仁；孙女二，长字许，次未字。成孙卜□年□月□日奉孺人之丧，合窆编修于□原，以埋幽之词属余。嗟夫涑水之贤也，而论取妇嫁女，必曰：「嫁女当胜于吾家，取妇当不及吾家。」岂其犹不忘世俗之见哉？诚以□□□□深有鉴于妇家富盛，不能恪遵妇道，遂以索其家者之多也。然则孺人谓非求什一于千百者耶？是宜有铭。铭曰：

「繄女之宗，即安幽宫。以相夫子，以福其嗣。」

皇敕授文林郎南昌府学教授吴君墓志铭

君讳宾于，字观四，别字惺斋，姓吴氏，江西乐平县铜山乡人。祖世恭不仕，父道坦岁贡生，并以君赠如其官。祖妣王，妣马，继妣许，俱赠孺人。君由邑廪膳生应乾隆戊申本省乡试中式，与嘉庆戊辰大挑一等引见。以履历不中程度改二等。次年选赣州府学训导。道光壬辰，部推南昌府学教授。乙未秋九月九日卒官，年八十有一。配同邑某氏。子二：惟一、汉章；孙五，某某；曾孙一，某。归葬其乡之撩车山。

君至赣即倡修学宫，赞分巡使者，整饬濂溪书院，士以兴学。道光辛卯，赣州试院毁，君白知赣州府事汪君云任，举赣县监生李资达，不日告成。汪君以君为能得人且知人也。明年赣属大祲，汪君既力筹荒政，欲就势举义仓，为可久计，商之君。君劝谕好义士各为倡，得谷千余石，白金累千，以建仓廒。闻声慕善者相继，遂积谷二万石。赣素为瘠郡，至是，西江言有备者必首赣。嗣是各郡皆以岁歉募立义仓，南昌至谷七万石，省垣恃以无恐，俱踵赣事也。

呜呼！以言取人，至圣盖尝叹之。推君之学行，使受百里之寄，积阅三十年，所至固不可量，而泽及斯民亦必有大过于人者。故事大挑既改用，则不准保荐，故君遂止于此。然君失职守青毡，不薄冷曹，尽心所职守，用能厌士望、致民誉，谓非一命之士存心利物，于人必有所济者乎！汪君之知人善用者，亦有可称。君与余仲兄为同年生，余又同官也，惟一请文埋幽，余故按状而铭之曰：

「学者所职，为长为师。长以长民，师则长士。士为民首，得士民归。归心从令，岂必恩威？吁嗟吴君，克举师职。诗于贞珉，为学者式。」

皇敕封儒林郎布政使司经历衔国子监生张君墓志铭

道光已丑夏，予过馆陶，存执友张君琦，留十日。见其讼庭阒寂，阛阓皆新，治耕耘者，率肥泽和顺，与丙戌初视事时大殊。因谓之曰：「君子莅此三年，殆于能富矣。议所以加，则人材为亟，抑有可以相告者乎？」张君曰：「僻邑难与论人材，唯张维铨文行可观，其家累世好施与，母夫人尤有贤声。」予闻维铨名始于是。癸巳春，张君卒官，其孤曜孙，吾甥也。甲午冬杪自馆陶至白门，持维铨书及状以乞墓志。其书词哀怵，蔼然有不忍死其亲之意，宜为张君所叹。予无以辞。然阅乙未丙申未报也。丁酉春初，曜孙自都三移书相趣，告祔葬期迫，待此以掩幽，而予适病目不能操管，稍愈，乃次其状，以冀及事焉。

系曰：君讳曰琛，字叶瑞，别字石隐，姓张氏。先世居福山高谈庄，明初有九如者徙馆陶，居艾寨村，至君凡十二世。曾祖其宗，廪膳生；祖恕，附贡生；父大雅，邑庠生；君弟曰斑，早补弟子员。邑庠君治家事不给，命君援例国学，助理田宅。君家故饶。廪膳君有文誉，为名师，负笈来自远方者，察其贫乏，资食用而教导之，多成材。附贡君主家时，屡值歉岁，率为粥以活饿者，两世皆为有司所旌。邑庠君遵循无改，以至君。君承祖父之志，益啬衣食，以丰任恤。又精治外科，远近踵求无不愈，酬报一无受，并多赠给药饵者。嘉庆癸酉，豫东役起，馆陶逼曹、滑，有司议募勇护城垣，君闻之即驰赀送局，为慕义者倡，得以集事。君娶冠之郭氏，事舅姑相夫子至为辛勤，

积劳早谢世。继临清之徐氏，淑德符郭，加强于记识，佐君综核无遗忘。君既卒，而周助戚党、培植诗书者有加无已，远近称为贤母。君卒于嘉庆二十年六月十二日，年六十有六。郭卒于乾隆五十三年正月二十九日，年四十有二。徐卒于道光十四年八月十四日，年七十有三。君以子维谿职，封儒林郎，郭赠安人，徐封安人。子三：长即维谿，布政使司经历衔，前卒。次维锟，邑庠生，皆郭出。次维铨，道光乙酉拔贡，则徐出。孙二：汝泰，邑庠生；汝谐。曾孙一，酉生。维锟、维铨卜以道光十有七年□月□日合葬于□原，故铭之曰：

「善无近名，为之四世。子述父事，妇成夫志。唯迟其昌，其昌乃炽。福善者天，贞石是视。」

节母黄太孺人墓志铭

道光十九年十月，同年友上高李君走良信告世臣曰：「祖陶幼孤，赖母氏教养以得成立。今八月初四母氏弃养，祖陶以荐师陶公召去白门，不得躬亲含敛，谨卜来年营治窀穸。而当世尚文自重有识所共信服者无如吾子，祖陶幸得与吾子生举皆同岁，又以同术，辱相爱，唯垂哀矜，荣以埋幽之文，使母氏懿行寿诸金石，死且不朽。

「初母氏在室，有相人者谓：『当有贤子，然终身劳勤。』黄、李皆邑中世族，家传忠厚，差中资，闻者殊不谓然。及来归二年，举祖陶，又五年举祖庚。祖母晏孺人见背，先君子罢举子业，代祖父治家事，以劳致疾。先是母氏娠祖陶，既弥月，梦月投怀，室壁悉洞彻，惊而娩。先君子易箦时，执母氏手指祖陶曰：『为我好护持之。』母氏泣诺，遂不起。母氏自庙见即昼夜操作，孀后尤

勤纺绩，常彻夜。既为二子各娶妇，而母氏益倡新妇力女工。一味之甘必分散逮婢仆无遗者，至老以为常。族有喜庆则以孀故不前，若丧病患难必先赴，尽已力乃快。乾隆末大疫，家有病者则相率走避。时先祖继祖妣病，皆剧，人莫敢近，独母氏侍汤药、湔除污秽，至兼旬，祖与妣皆痊，而母氏卒不染。祖陶九上春官不第，再与大挑亦不遇，欲绝意进取，请于母氏。则命之曰：『儿于学勤而且博矣，能与命争乎？』

「祖陶性好古文辞，居恒访求前哲遗集多至数百家，抄写盈箧。取尤异者六家，又择能立门户可导先路者四十家，题曰《国朝文录》，苦无版行资。道光十八年，郡伯朱公锦琮为鸠工付刻，母氏闻而喜曰：『上官昭容之生也，梦人与天秤，使称量天下才，止以明月夜珠十字定沈、宋高下，塞其兆。夫士人出毕生精血能结集者百一，结集而能流布者又百一。集藏其家，好学者闻声思慕，又常苦不能得本。儿今以三十年心力，上契二百年作者之心，以嘉惠后来，明月照室之兆，其偿于此举矣。』」

「母氏以二十八岁称未亡人，又四十年乃得荷殊恩，表门闾，又十余年而卒。六十以前甚康强，后以极勤苦血气衰败而病。然稍平复，即从事针黹无暇日，『终身劳勚』之言至是竟验。呜呼哀哉！」世臣爰按而系之，系曰：

「节母姓黄氏，讳若贞，江西上高县田心人。父辅鼎，邑廪生。母江氏。归邑李君，讳某。生乾隆丙子三月二十九日，卒道光已亥八月初四日，年八十有四。子二：长祖陶，嘉庆戊辰举人，次祖庚。孙四，某某。孙女一，字某。曾孙七，某某。女曾孙三，俱幼。以某年月日葬于某所之原。」

署江西新喻县知县年家子泾县包世臣铭之曰：「劳逸之论，出自敬姜。繄谁仪似？上高之黄。维古妇德必习劳，敬姜之论视不祧。末俗闺阁竞自逸，贫则善怨富则骄。伟哉节母身为教，宜笃贤子成人豪，小人有母亦如此，使我执笔泪盈眦。」

皇敕授文林郎山西平阳府浮山县知县刘君墓志铭

君讳佳珍，字聘廷，又字裕堂，姓刘氏，江西新淦县龙窝里人也。系出墨庄，代传耕读。曾祖鼎，邑庠生，赠奉直大夫。祖学澜，以举人任山东高密县知县，封中宪大夫。考世宁，以进士任浙江临海县知县，擢工部主事，历员外郎中御史，广东分巡惠、潮、嘉兵备道，授中宪大夫，年逾七十，与千叟宴，致仕。妣钱氏、方氏皆封恭人，嗣以次子佳琦贵，与高密君并晋资政大夫，钱、方俱晋夫人。

兵备君举七子，君为其季。君幼聪慧，年十七，补博士弟子员。旋居兵备君忧，除服，赴北闱，不售。援例以盐课大使签分天津，补芦台场十余年。应卓荐，转大兴京县县丞，俸满，兼获邻境盗，不得应升，委署顺天府之怀柔县。值邻邑飞蝗，蔓延入境，君督率扑捕，昼夜不息者月余，得不为灾。选山西平阳府浮山县知县，而府境俱苦旱，君竭诚祷祀，甘霖大沛，然雨不逾县境，莫不以为尽心民事之能感格也。在浮山三年，遘风痹，引疾奉母方夫人归。比其行也，绅耆扳舆饷饮，迄其境不绝。君行时疾已渐瘳，归里调摄复原，而宦情素淡，奉老亲，课诸子，暇则寻钓游旧迹，与父老话桑麻问晴雨，以为欢笑。道光十五年，方夫人寿九十余弃养，而君居苦次，哀毁不胜丧，月余谢世。呜呼哀矣！君生乾隆辛丑八月二十八日，卒道光甲午七月一日，年五十有四。配南城张氏，

封孺人，江安盐巡道铭之爱息。子三：长绂，甘肃礼县典史，次播，郡增生，次敕。女子子二。孙二。孙女一。以某年月日葬某原。播具状介其房师袁州府同知顾涛来请埋幽之文，铭之曰：

「三刘之裔，诗书是昌。君进以资，远绍马、张。筮仕禺筴，廿年遵养。由燕入晋，治绩乃彰。畀炎有神，闵雨如伤。唯爱故忧，忧深爱长。忧于何徵？跳偏不良。爱于何见？祖道壶浆。宦游不达，待期未央。以笃嗣人，继述用光。」

清故章母孙孺人墓志铭

孺人姓孙氏，江苏阳湖之戚墅堰人。父暻，貤赠奉政大夫、山西临县知县，加三级。兄让，以进士知临县，工为文，艺林所称孙访山者也。孺人生质淳笃，在室极得父母欢。年十七，归同邑国子生章君廷鲦。时君舅仲年且八十，又病目，两姑吴、戈俱衰老，动息需人。国子君晚生有女兄五，先后遣嫁，老人殊不自适。及孺人来归，栉沐浣濯之烦，扶持抑搔之节，莫不承志于微，纤琐悉当者。三老意乃大慰，常语人曰：「谚言得一妇失一子，今吾得一妇反增一子，吾不觉念女之心转为爱妇矣。」洎三老相继谢世，孺人佐国子君经理附身附棺之具，尽诚竭力。

初，五姑所适俱寒畯，孺人既时时啬所入为馈遗。而吴氏、庄氏两姑尤窭，至是赞国子君迎之同居，三十余年相得如始至。孺人勤俭过恒人，而急人之急，掩复人过失，与国子君性有同好。国子君既没，孺人率循不倦，以见称于乡里。孺人卒于道光二十有二年三月二十有八日，年六十有一。子二：澍、镇，并有学行。女子子二：长适施迪光，次适杨金监，皆同邑人。孙二：履恒、履谦。女孙七，俱幼。

镇与吾甥张曜孙为道义交，将以□年□月□日葬孺人于某原。爱切述行治，云母氏虽无惊世奇特之行，而生平懿范，实有不可泯灭者，介曜孙乞埋幽之词于余。余惟孺人佐夫子孝养舅姑，至饰终弗之有悔；亲其所爱，推及邻党；鞠爱子，食而能教，为有见之士，法皆应铭。故系而铭之曰：

「古训敦本称庸德，末俗矜异乃奇特。奇不可常庸不易，伟哉孺人宜家室。其行则庸德无斁，安得悬为国人式，令我执笔三叹息。」

清故文学峙亭王君墓志铭

君讳家餘，字峙亭，姓王氏，江苏仪征人也。系本太原。渥奇温之末有福工者，侨临淮，从明祖渡江，复从北征，积功至金吾卫正千户，乃居仪征。葬县东之乌塔沟，子孙家焉。后又迁于郡城。自千户至君凡十八世。考彪，庠生。妣乔氏。君幼，最得乔孺人欢，携之同寝，而君终夜屏息，不敢一展侧自便，惊亲睡，自龆龀迄成童，率以为常。孝敬夙成，盖得之天性然也。稍长补邑博士弟子员，省试屡被放，比年五十，遂绝意进取。然课子弟，讲求先正法程益严密。尝诵昌黎之言曰：「诸生患业不能精，无患有司之不明，唯求其在我者而已。」君教授乡里数十年，经指授多成佳士。

家至窭，赖馆谷以生，而岁必畜其所入于箧中，虽或不能举爨，卒不出。至年七十，乃悉出所藏，修治乌塔沟千户以下诸祖墓。墓后则宗祠，祠前临官河，君葺祠毕，又创木桥以通往来。理祭田祭器，条绪井秩。扬州当江淮冲途，数被兵燹，又贸迁常骤起落，易转徙，少累世土著之家。其甚者，至士大夫不能识高曾葬所。而君生平所入唯修脯，铢积寸累，以修治四五百年之墓田，定宗

祠程度，可不谓贤乎？娶甘泉刘氏，前十五年卒。君以道光二十有二年四月十三日卒于家，年七十有八。僧保翼凤将以是岁之杪奉君殡祔于刘孺人。孺人之葬也，余尝表其墓，纪子女及孙已详具。余前久客扬州，与君乔梓，有纪、群之谊。僧保、翼凤来请埋幽之文，不能以辞，故铭之曰：

「猗嗟王君，天授维孝。江夏之童，先后同调。求已无怍，诲人不倦。蓄此仁粟，以伸追远。道称曰耄，志有使继。文子文孙，念祖不匮。」

卷七

吴醒蕉遗诗叙

谢君默卿既以道光八年九月九日迁其友吴君醒蕉之殡于虎丘而葬之，吴中诗人会者以十数。谢君伤与吴君之订交也以诗，而散轶无复存者。吴君之友程君素安、韦君君绣百方鸠集，得若干首，谢君受而寿之以板本，且书其后，略曰：「君性故豪迈，激于所遇为狂易，每酒酣漫骂，人不能堪。至生以作不倒翁自给，死厝柩于义冢。」韦君又为之传略曰：「君世业布商，意弗属也，惟以饮酒赋诗为乐。然当此负盛名通声气者，君辄漫易之，以是名不彰于生前。」

梓将成而予适至吴，谢君出以相示，见其修饰章句，尽心于形容倍犯之法，终篇常洽适少疵类，绝不见所谓酒酣漫骂者。使吴君果移而尽托诸诗，不形于口舌，则诗当益工，而所遇或不至如是之困也。然吴君之困不至是，则谢、程、韦三君子之与友也，亦不过诗酒征逐，握手相慕悦而已。言交于生死之际，盖自古叹之。读是编者，既乐称道三君子之行谊以风厉末俗，而吴君善择交能自托于身后，而非真狂易人，亦从可知矣。

幽光集叙

扬州当江淮要冲，鹾贾之所聚。其士人大率务声华、求沾润，而有遗世远俗，寄情寂寞，争得

失于声律，究离合于比偶，则所志固加人一等矣。遗世者世亦遗之，远俗者俗亦远之，故诗人者大率骂讥笑侮所丛集也。不涉形势之途，常至困踬终老。子弟无所凭借，不克世其业，呕心镂刻之章，遗弃于敝簏、断烂于尘埃者，相比也。斯亦志士之所大痛矣。

曙开上人住持扬州北皮市之柳荫庵，其师长士习医，上人传其术而所好则在诗，少小交游皆诗人也。数十年间，耆旧凋谢，上人追念生平征逐诸君，当其搦管含毫，何尝不志在信今传后耶？既无所遇于时，而集未刊布，稿多散轶，殆将泯没无闻。苦心哀集，历有年所，得若干家，付之梓氏。盖上人旧日共吟咏谈宴者，略备于斯。以得诗无先后为次，命曰《幽光之集》。近世选诗之刻盛出，大都为顺风之呼，以射声利，上人为此，夫岂有所为哉？盖其性情敦厚之所发而不能自已者也。敦厚，诗教也，观上人用情之善，则其诗可知矣。

放鹤图记

嘉庆七年秋，余识完白山人于京口。山人古今体书最天下，余赠诗述之甚备。明年夏，山人自皖来京口，余亦适至，山人出《放鹤图》而属为记。鹤初为昆山相国所得，三更主，归京口袁郎中。郎中以赠山人，山人笼归而置于其乡之集贤寺，命曰佛奴。后有郡守夺之去，山人上书陈其由，鹤仍归寺。其书词俶傥有致，盛称于时。好事者相与羡佛奴之得所归也，故为山人作图。

山人屡为当路所器，卒能自适其性，竹笠芒鞋，怡山怿泽。佛奴委身权要历数十百年，竟属山人，斯亦殊类同契、情与数期者矣。然而，佛奴则栖神法王，散虑呗响，饮水啄粒，鼓翅自得；山人老已，役于家室，奔走道路，以就衣食，余是以悲山人之遭也。

况余束发，即事飘蓬，耿介非谐俗之姿，光荣无二鸟之饱，竟使志凛胎禽，迹惭林涧者哉？异日，山人息机皖公之下，濯足麟溪之上，余能命棹过从，环峰飞翠，涨流澄玉，抚松踞石，把盏长啸，与观佛奴之昂藏砂顶，凌乱缟裳，遂翔寥廓而陟白云、蹈紫雾，当为山人更赋之。

竹西艺集图记

甘泉焦种梅从其乡嵇筠谷学传真之艺。筠谷前以工画与予同客徐宫保南河节署，继家居，尤嗜《易》，以意测盈虚消息之理，不傍传注而多得真契，是以其画益超超有悬解。种梅从游，未弱冠即尽其法，无老幼皆逼肖，而起居意态尤能自在流露，可贵也。扬州四达之区，人多艺术，四方有技能者无不至，至则每留栖止。种梅见玲珑山馆行庵文宴图绘，一时文人术士赏菊之盛而慕之，因集土著流寓之士得十八人，图其貌合在一卷。

卷右起处，作老树两株，下设山子屏风，横置短榻，抱膝坐榻中者为青浦许梅甫，趺坐榻端者为仁和赵谷庵。屏风之西有宣石山，山北有树，树下芭蕉数本，当乌皮几左，几上茗具炉香斑驳有古泽，几南坐小榻持画卷者为江都倪晓村。夹山石而坐者，东为江都虞步青，西为甘泉唐朴园。又南坐乌皮椅与借庵遥语者为钱塘沈莲舟，倚山石坐者为焦山借庵长老。其南有太湖石，小山旁有三童子艺菊，立而观者为问樵大师。其北有红栏数曲，老树夹立可荫人，其立而拈菊枝者为江都刘古尊，袖手立其西者为江都凌晓楼。红栏尽处有竹数百竿，前有石几，端坐而抚琴者为赵一峰炼师，立其后者为沧州张春峦。夹石几而坐听者，东为长州周小岩，西为山阳周曙峰。竹径前对坐绳床展长卷者，东为筠谷，西即种梅。当卷中而俯视者为旌德汪玉屏，稍东翘观者为江都汪小梅。莫不俯仰谈笑，

识影辨声。唯种梅为筠谷写，余俱出于种梅，树石器具花竹，则莲舟、晓春、朴园、小梅杂成之。筠谷偕种梅过予请为记，予与筠谷交至久，新识种梅，赏其雅驯有家法，图中人又多旧识，故为题名曰《竹西艺集》，而记之曰：晋卿以贵戚雄豪，集卓然高致名动四夷者东坡先生以下十六人为《西园雅集》。而祁门马氏以业鹾余财炫诱当时市言之士，亦欲集十六人以继西园，其心可谓劳矣。然其中如全谢山实能自植以垂声后世；即方环山、程香溪、厉樊榭诸人，亦皆有所深造，名闻都邑。故扬州称宾客以马氏为盛。凌夷至今，当途之门不开，富儿之炙空冷，而诸君子自挟其艺，驰骋翰墨之场，徒以口腹为安，是累也，斯可为发一太息者矣。道光五年九月九日，安吴包世臣书于小倦游阁。

王海楼倚栏看日出图记

余性好登高望远，每诵「楼观沧海日，门对浙江潮」之句，辄神往灵隐。继游丹徒嵎山，宿其塔院，见壁上录唐人诗有云：「曾过灵隐江边寺，独宿高楼看海门。潮色银河铺碧落，日光金柱出红盆。」颇疑形似之言虽工，真境未必遽尔。昧爽登塔东望，奔潮上涌，如鹭群翔舞云霄中，海色蒸腾，正赤者圆如月阑，黄气贯之若危樯，摇荡眩目。目力所及，乃叹古人体物精妙不可到，且度灵隐奇观或尚有进于此也。逮至杭游灵隐，则在北高峰之麓，而骆、宋联咏，实今之所称韬光者，去灵隐数百步，居后山之巅。迫日昳，不及登眺，坐冷泉亭啜苦茗，然已令人涤净尘氛，觉世外纷华悉过眼烟云矣。嗣一再至，又被牵率，卒不识韬光以为憾。

乙未秋杪，在豫章晤王君海楼，握手契心。王君蜀产而宦于浙，嗜诗书，多有山水缘，「我家

江水初发源，宦游直送江入海」，殆近之矣。语次及韬光，遂出视《楼观沧海日》、《倚栏》两图，而图境苦平近，不足当超然远想者。诸题咏又以王君三莅大邑大都，政成民安，顾以吏议至以貲改丞豫章，不无扼塞之词。余谓王君旷材达识，岂复以区区升沉尘滓襟期哉？遂图北高峰极目两岸之山川邑里，下抵瓮赭，而以闞山所见之潮色日光，发其奇胜，合两图题之曰《海楼倚栏观日出图》，以寄余之缱绻韬光者，而广王君之意。草创初就，兴忽阑，点缀设色，使侍史阿韵补成之。道光十有五年冬十月安吴包世臣慎伯甫记。

博山园雅集图记

道光十年冬，上以江苏巡抚安化陶公督两江，寻罢两淮使者，俾其事于公。公驭繁以简，理剧以易，吏民安政，屡庆丰年。十有五年冬，述职入都，上温询家世里居，公奏言：「臣家资江之滨，江心有石正方，曰印心石，先臣筑室其傍，曰印心石屋，以课臣读。」上乃作为牍，书大小各一轴，赐公摩诸崖，中外以为殊荣。次年春，公旋返金陵，士民佥谓会垣地脉来自钟山，入城西行，历覆舟、鸡笼，展侧蜿蜒，起鼓楼冈而南迤，复西北行，昂伏数四转，南尽于博山，清凉山镇其后，赤舌矶抱其右，峨眉岭环其左，天印山当其前，奇秀孕毓，斯为奥区。且印心石，地灵也；赐额，天宠也，天印之名固有待矣，宜于其处敬谨摹镌龙迹，使士民共得瞻仰，以知上为吾人故嘉宠我公，又以知我公所以膏泽吾人者，由先德之厚、庭训之严，请于公，至再至三而后可。

山巅旧有楼三楹而无名，循级右转有侧屋三楹，曰余霞阁，欹颓久不治。邑绅沈琮礼、田任事通料算，遂肩鸠庀之役，于楼前，面天印恭创正堂三楹，供奉御书；葺余霞阁而新之，移楼向与堂

同。别辟山门，缭以短垣，间以廊榭，杂树花果为观美。又建惜阴书舍三楹于堂左，祀晋太尉长沙桓公。博山逼近石头，俯瞰古查浦，太尉输忠活国，屯查浦者十阅月，神期可接，典祀斯符；而寂寥千载，裔孙作镇此邦，能使士民合欢心以助追远之忱，则尤足以震耀当时，激劝奕世者矣。十有七年既落成，士民请公名之，公曰：「山以形名，园以山名，不亦可乎？」士民以是益喻公志在同于众也。

是年秋，江苏巡抚江夏陈公以监临乡试事至，其客无锡顾蕙生竹埼从；阳湖汤贻汾雨生，钱唐袁起竹畦与世臣并为侨民；歙程川佑蕉云自都下，婺源齐彦槐梅麓自阳羡，元和黄均谷原自吴门，先后适集。公置酒余霞阁召陈公偕诸君登楼，公倚栏谛视喟然叹曰：「先太尉惜阴之旨至宜造士，故楚南曩有惜阴书院。博山地既僻，且高旷，长人神智。书舍前隙地幸可拓大，其增廛厦，聚钟山、尊经两院首选之士，讨论今古所宜，而老夫亲讲校之。」闻者莫不称善焉。夫开口而笑，人世难逢，四美必具，自古不易。况公与陈公指麾千里，百城待其进止，居此者率簿书期会不暇给；至傧从纷沓，又率唯阿承颜色不能尽意。唯公平夷淡泊，处若有余，陈公久备寮属，政由公旧，故并得携宾客登临观览，涤荡其心志，使耳目不壅，有以取理达事成之功。而诸君多一时俊彦，踪迹故距绝，莫致而至，相与为引满大噱，如布衣交。而秋寒未戒，炎蒸已谢，桂馨沁人，篱菊初绽，无飙风烈日，得以极目百里，岚翠江澄，绝纤尘之翳，天时人事，罔弗合并，是则有生之所尤难。在昔名流雅集，盛推西园，然主人勋戚散官，雍容游宴，事理较易，尚复播之图画，声施到今，以今视昔岂相及而已。谷原、雨生，二竹同擅绘事，舐豪研朱，合作园图。敛山川于尺素，形势悉得真，而返造穿层云，五色霞见，晖映盘杓间。诸君咸起贺，谓：「公秉先公教，为国家育士储才，盛心之所感召也，不游何休，盖非偶然。」爰各赋诗，而世臣为之记。实九月十有二日。

画溪垂钓图记为齐梅麓同年

画溪即罨画溪，坡公《桔颂帖》所谓「我来阳羡，船入荆溪，意思豁然，如惬生平之欲」者也。顾坡公从初好其溪山，谓有前缘，卒之买田不能有，前涉讼，种桔之愿终虚。敏麓作宰梁溪，与阳羡壤相接，解组即卜居，遂初志，是坡公所不能而梅麓能之者也。坡公才得常州居住之请，未至阳羡，已被召赴登州。梅麓管领阳羡溪山十余年，中间晋阶者再而竟不起，是又坡公所不能而梅麓能之者也。坡公云：「筋力不辞诗，要须风雨时。」梅麓日有课程，挥毫万字，是又坡公所不能而梅麓能之者也。或者曰：「如吾子言，梅麓为胜坡公矣，然既据画溪犹图《垂钓》，得毋未能忘临渊之羡乎？」余应之曰：「人生能坡公所能足矣，今梅麓能坡公所不能者三，而且何羡乎？垂钓之意，吾不能测，君姑就梅麓而问之。」

武宁新庙灵显记

《记》曰：「鬼神之为德盛矣！」体物不可遗，而申其故曰微之显，诚之不可掩，则知在上、在左右、洋洋不可度者，神力所格，实人心之所致也。东南之俗，水耕火耨，民生所借也，是以龙神火神并载祀典。而武宁一邑，庙貌缺如。泾阳王君勉斋临莅兹土，肃将祀事，笾豆无所陈，馨香无所荐，王君悚然，商之绅耆，择地鼎建。政和令行，鸠庀踊跃，庙成之后，雨润日暄，百谷用登，灾沴不作，民气和，民心洽，佥谓新庙之庇护宏深也。里龢社鼓，报赛云填，其有祈请者，又辄奔走牲牢，受命如响，灵光显应，甲于群庙。绅耆莫不欢喜赞叹，以为希有。

予足迹半天下，所至见庙之著灵者，或以为有物凭之，或以为基得地道，之二说者固不得悉指为无稽矣。然命祀所存，典礼甚巨，断非草木所敢依附，而甍墉比栉，又岂此数椽适独钟一邑之秀异耶？良由庙貌聿新，人心齐集，焄蒿凄怆，感洽幽明，积诚不掩之效也。昌黎有言：「我民将事兮无怠，其始自今兮永于世世。」予愿王君率诸绅耆，恰恭永矢，将见水火不相射，以著功于武宁，正无穷已，又非一事一兆之足以震动祸福蚩蚩者已也。故徇王君请，书而刻诸庙壁。

瓜洲救生分局记

江苏舟楫四达，百货之所集，绅商聚金举善堂者多。然日久玩生，司事者因以为利，亦凌夷之所必致。唯京口救生局一举，行之愈久而不弊，且其效至显著。

京口间于金、焦，而银蒜、北顾之麓，又皆斗入江心，荡激波涛，高山下瞰，时有罨风。水急风利，事出仓猝，局船既坚致，所募篙师又皆能弄潮上下，故遇狂飙骤发，即放桡以救船。不幸而覆则救；再不幸而溺则救尸骸。舟行之濒危而借以获安者，十常八九。其民间船只有要利便、肆讹索者，局董又随时为之稽察禁止，甚者以白官，致之理，行旅便之。故沿江通津之地多踵其法，然皆不及京口之善。

京口对岸则瓜洲，局董以客舟入南运河赴苏、杭者多道南岸；而入北运河赴淮、扬及由江路赴通、海者多道北岸。北岸行而遇风，局船虽不分畛域，立与救援，终以中隔大泓，或不逮事，遂议于瓜洲设分局。三数年间，善信踊跃，程式与京口相埒矣。予故为纪其缘起，以嘉京口诸君之乐善不倦，且以告来者使善守之，是为记。

十亩园林记

江都谈生星北耽书，时于市上觅古拓，尤好邓怀宁，蓄其五体书至数十百帧，最后得「十亩园林」四横字，曰：「吾扬无此园，当日邓君何为而留此迹耶？」道光辛卯大水，卤务疲乏，壬癸连水，旧家多中落。仪真东门外有花园庄，去城不里许，田三百余亩，方如画罫，庄居中，池石完好，花木亭榭尚略具。求售久，而仪真莫能得之者。星北履观之，园基正十亩，曰：「此真当为吾有。」遂商之昆季，白其尊甫，买而葺之。增屋十数楹，窗明几净，购白鹤、孔雀、锦鸡、鸳鸯诸珍禽，饮啄游泳其中。别置屋居庄佃，贮农具，缮仓藏租谷，而手摹怀宁书于贞石，以膀园门。仪真旧多游观所，近率荒落为菜圃，是园遂为甲观。园创于谁氏不可知，有罗汉松、香柏各一株，皆合抱，长十寻，殆百年前物。而松子顶青如螺髻，跗红有纹，如披水田趺坐者为尤异。园内有浍，贯田而环。园中央荷池当地三之一，前通江潮，后接西山之溪。凭栏视池水涨落，遂得潮汐信，又各处名园所未有。倚后墙，土山高丈许，登之则江山飞翠润襟袖，遂因为轩亭，以收其胜。而星北日置书帖其中，研墨舐毫，与古人争胜负。

自唐以书判取士，而书道始坏败。近世士人犹怀利禄见，习时世书以求售。其不习士业者则又营谋生计，莫肯悉心力以事不急。今星北年方弱冠，于六朝用笔结体之故，既已得门而就路，又不践利禄之途，有贤父兄治家事，不以纷其心，十载后，江淮间言书者必推星北，无疑也。夫仪真园林至盛，而今悉无存，是园更业不能诘姓氏，世事盈亏之难言也如此。然怀宁一布衣，家无寸田尺宅，蓬转湖海，而皖城之大观亭，白门之白云坊，京口之凌江阁，邗江之地藏、兴教两寺，皆其滞迹作

书处。怀宁厌世未三十年，词人学士游迹至斯，莫不遐慕流连，形之篇什。况星北坐隐之地，精熟不已，未尝不可与墨池、笔冢、柿屋、蕉园连类而称于人世也。人以艺重，地以人传，有不必其池之奇、树之古者矣，星北勉之哉！

予自邗返白门，星北侍其尊甫望予舟而款之园，俯仰顾盼，乐为之记，以告星北之尊甫以勖星北。余老矣，于书道盖知之而未能践之，就余问书者多矣，星北得之为较深。异日志乘家蒐采名胜，至十亩园林，当曰：「是江都谈氏购以畀其仲子学书者。有怀宁牓字，宜安吴觙舟为作记，」星北勉之矣！

参瞿讲室记

扬州北皮市柳荫庵，世以善医名，其盛者曰碧溪。碧溪工诗与书，笃友谊，通儒家言，非仅善医已也，以故士大夫乐与论交。道光丙申秋，碧溪谓余曰：「吾子辱交且十年，抑知吾庵之始末乎？吾庵故奉本坊土地神，才三楹矮屋耳。三传至道悦，有金台人邂逅间依以出家，道公名之曰圆达，字之曰参瞿。参公既薙染，即持戒，力行方便，坊邻有苦，为治之即应手。医名远噪，然终不责酬报，人有所将意亦不却。既累岁月，病湫隘，后檐外即官汪，无可拓，时运瓦砾填塞之。恶少窥参公医日有所入，又慈和可恫喝，沮止甚力。汪旁故植竹，参公不与校，择其大者拔一茎，两指徐捻之，自根至梢皆裂如刀劈，恶少惊走。乃能塞汪以为殿基，建前后两殿，置山门，粗备规制。迄今已七叶，传其方以食以居，利赖至今日。而参公一衲二瓢外无长物，夜不著枕席者三十余年。诊治有暇即读书，人或诮之曰：『老衲忙如举子，殆将有所用之耶？』参公笑曰：『来生或有用处

耳。」以乾隆十有九年八月三日圆寂，世寿九十有五。」碧溪且语且下拜曰：「吾九岁入山门，后参公已三十年，时闻师长说参公佚事，今记忆不能切矣。略知参公故边将，左眼下有青斑，系阵前火枪伤。从大将军年公在西口数立功，年公败，乃至扬州，而逃于禅，其方皆军中秘授也。今不及吾子求记载，后之人益饮水忘源，使吾负重戾，故敢以请！」

唯余从前侨扬州，闻天心墩琴僧仙机言其先世有大崑者，亦年公故将，天心墩之兴自大崑，其事与参公大类。余谓大崑、参瞿皆英杰，又久事年公，阅历世味备矣，既厌尘离俗，何取尘土龌龊之扬州，汲汲结此有漏因耶？按年公败于雍正七年，则参公祝发后不当有三十余年，年公前西口尚有以大将军败者，或口传不审而意附之也。然扬州共知有柳荫，实自碧溪精舍，旁启幽邃，而明净倍差参公之旧；又蓄典籍书画，多善本，为扬州兰若之甲，而倦倦不忘其初，非吾儒所谓厚德追远者乎？吾儒以孝弟为教，呫哔家少小诵习报本返始之说，甫及通显，遂不念先世积累之艰难，顾曰：「昔之人无闻知」者，比比也，是碧溪之罪人也。余故为署其堂曰「参瞿讲室」，而记其崖略如右授碧溪，使陷石壁间以诏观者。

义宁州陈氏重修南昌府学庙廷记 代陈莲史提刑

《诗》曰：「孝思不匮，永锡尔类」，说之者曰：「孝子之行，非有竭极之时，长以与女之族类。」观于义宁陈氏，其不信矣乎？陈氏慕义崇文，最著者曰密。乾隆五十有五年，当先祖荆宜府君以南昌守擢督粮储，劝谕郡绅兴复府学，密任建庙廷，费资巨万。迹其用心，实以远祖郇于明洪武中独力建州学，至父昌言稍理其倾颓，而规制尚隘。密惧坠祖若父之业，先拓大州学而重新之，

又推广以及合郡，并捐岁租，由州征解府学，备修葺，以垂久远。是可谓不匮者。

阅四十有五年，余奉恩命提刑此邦，践先公旧部，深惧薄殖任重，忝尔所生。时则密之孙伟率长子为霖重修府学为密所建造者。经始于九月朔，五旬而蒇。盖以修费率为主者所乾没，伟、为霖见栋宇朽坏，必责问逋负，以兴工作，则恐茂草日鞠，露处堪虞，重伤先人意。遂料算桴榱楹桁之当易与瓴檐瓦当之当附益者，庀材鸠匠，居作于家，既备具，乃运集会垣，是以竣事速而坚致焕丽尽仪式，其善继志，善述事，不肃而成，不严而治也如是。伟前此已率群从大修州学，兹复独肩巨工，可不谓锡类者乎？

余又闻义宁本宁州，嘉庆初，楚匪阑入州境被歼，省兵出而氛已靖，越数年事竟得达，睿庙特加名「义」以旌州人。密实与其事，以孝事君则忠，以敬事长则顺，故密之贻谋远矣，宜孙曾之克承厥志也。节使祥符周公，承宣长白恰公咸共嘉叹，不复重诘主者，以成伟、为霖之义。改章以善其后，岁租所入，解贮司库。间岁动支，检盖必详其籍；有当大修造者，则计库积之数，召伟、为霖子若孙自董其役，以永密不匮之行。伟、为霖以事创自先公，而余适观重修之成，以寿石之文为请。余感其孝思之有终始也，为颂《孝经》首章之引《大雅》者曰：「无念尔祖，聿修厥德。」余愿与伟、为霖共勉之！

娱园记

道光丙戌，世臣在桐城姚伯昂侍郎座上识张子畏太守，侍郎婿也。太守年甫壮，官户曹，论议壮阔，下笔数千言，慷慨引大体，肯任事。侍郎为言「其尊甫淡村先生，吾中表兄也，绩学而好

游，虽橐笔治生，遍历豫、齐、燕、赵之郊，然登山临水，发为歌咏，无戚戚之意」。时就太守养在都，未得谒。

数年，太守出守江州，不一年移豫章。适值岁歉，而太守任民事如己事，不少留心力。先生就养郡斋。外官之例，封翁封母仪从如其官。先生虽耽游览，又居山川名胜地，然不欲烦馆人，为太守政事忧。郡署东偏有隙地，受煤渣久成高阜。太守就葺为春晖楼。循其曲折，为花径，编竹栏。楼之北筑斋，而以四时之花木环楼下。先生年逾古稀，步履强健，耳目聪明，常循栏散步，吟啸自若。登楼则章贡之飞帆环出，西山抱之如屏幛，不出户庭而山水之趣毕集，喜可知也。

太守故承先生意而名之曰「娱园」，属世臣为之记。

重浚豫章沟记

南昌城为古豫章郡治，外滨章江，内有湖以潴水曰东湖。今别为西、南、北湖，随方异名，其实一东湖也。城中沥水皆归焉。雨甚则泛溢浸民居。唐观察使韦公于城之南偏惠民、广润两门濠外筑堤以捍江，内开渠为水关，建内外两闸以资宣节。水关闸又名五事津，环城共有九津，分消沥水，今唯五事及三德、归极三津有渠引水，余则仅存水窦之名而已。盖会城龙脉自进贤门左入，东湖坐龙脊之北，不能强水尽南，故别开豫章沟引水东北出城，入贤士湖，汇青山湖，由牛尾闸归箭江，下东鄱阳。名沟以郡，明其系合城利病也。开沟之始不可考，修浚者，《郡志》载宋有董、陈、张三知事，明有范太守，国朝有俞抚部。

夫水关闸去章江不里许，泄水至径。而韦公旧制，章江水盛则闭外闸，启内闸，纵东湖水入

濠，绕西转北，迤东历广润、章江、德胜、永和四门，由通关闸入贤士湖以下箭江者，岂舍近就远，故为迂回哉？良以章江合南、赣、宁都、吉、袁、临、瑞七州郡之水，源远山深，势剽悍。而章江过会垣西城下，北入南健之西鄱阳尚二百里。西鄱阳尾即接湖口之八里江，八里江即入岷江，合川、陕、滇、黔、湖南、北六省之水。当湖之涨也，江涨同时并盛，常顶湖倒漾。章江水抵湖被擎托，常停洄上泛。箭江止受抚、建二郡水，又东去会垣三十余里，北至瑞洪合广信江下东鄱阳才二十里。东鄱阳宽大倍西鄱阳，又去岷江远，水有所容，势常弱，能消涨。以此叹古人尽心民事、度地行水为不可及也。

惠民、广润、章江三门外，皆阛阓，贾人渐侵濠为屋，濠变为小沟，穿屋内，各以板覆之，既窄隘不能行出闸之水，又德胜、永和两门之闸有龙沙日益逼城，俗有「白沙飞过城」之名，濠至此而塞断。李忠定公尝言：「洪州城池北面尽是涨沙，高与城齐，可以下瞰。若为可守之计，不得不修治。」是其时龙仍在濠外。今白沙飞过城之处有龙光寺，即古龙沙寺，为朱文公读书处。是沙龙塞濠当在南宋之季世矣。

豫章沟在城中多环绕，直街巷，势不得不为暗沟，上覆石加土如平地。其为侵占迷失也易。以故乾隆三十二年，新城绅士陈守训独力修治。至嘉庆二十一年，南昌绅士黄中栻求陈沟不可得，因浚城东之玉带沟，巨绅曾中丞作记，谓掘出沟底，宋之砖石宛在，土人遂疑陈氏所治者为非故道。某则谓东湖水面宽长，湖身正北，而支汊东迤，沟宽止三四尺，虑不足泄盛涨，故为两沟，一东出归极津，一北东出三德津，是则同时开两沟而一名，理或然矣。且考吴抚部所撰《陈绅修沟记》曰：「起东湖至贤士湖为石沟三百七十六丈，土沟六百九十七丈。」今北沟计砌石二百六十二丈，东沟

计砌石一百十八丈。北沟抵城土沟二百十六丈，城外抵贤士湖土沟二百丈，东沟出归极津至三德津土沟二百三十五丈，合之方符吴记之数。是当日陈绅两沟并修，日久迷失，故黄绅修玉带沟，见沟底以为宋时砖石宛在也。两沟皆由通关闸入贤士湖，而城外居人或截渠捕鱼，又以土填渠通行路，阻碍水道，雨后浊水不行，则停淤塞沟身，而居民益苦。东湖乃于水关闸直南之西瓜套，开渠为天井闸，以泄于章江。而自道光十一年迄今率大水，章江泛涨，则反由天井闸倒灌入水关，助东湖水势。居城中者什七八至内室水深三四尺，或二三月不消退。

大府周公深忧之，加以频年歉收，而例不符赈给。郡守张君寅肯任事见信于士民，力主劝捐集资，广兴土工，使乏食贫民有所营造。乃集群议。议者多以为宜浚湖以蓄水；署郡丞文君海则谓：「浚湖之为工甚巨，且无所置土山，唯浚豫章沟可以行水。」或又谓：「陈沟多入民宅中，黄绅重浚时已不能得其故迹，经今十余年，黄沟又淤塞不得力，不如浚湖便。」张君方督举修城筑圩堤诸巨工，又自谓水学不如文君悉，周公熟商承宣怡公、陈臬陈公与观察萨公，皆主文君议，遂以沟事委文君。

文君乃自贡院西牌楼前并湖明沟，求得暗沟沟头，跟踪开挖，则帮底故完好，唯泥沙满塞，盖石多断裂而已。某念陈绅治沟工料并坚实，玉带沟，黄绅又续治之，何以淤塞并速至于如此？文君乃由三德津循贤士湖、青山湖勘明水委，始知当日陈绅修沟，止以贤士湖为归墟；而贤士湖与青山湖相接之处，中间被占垦者且十里，贤士湖满，则水仍不行，故也。遂先浚水关闸内外引河及四湖相接淤厚之处，去两沟积淤，购新石以易盖版之断裂者。而于归极津达三德津濠形内挑引河二百三十五丈，三德津达通关闸濠形内挑引河一百八十丈，贤士湖达青山湖葑田内挑引河一千一百丈，严

禁乡民截河捕鱼及垫河为路者。而于乡民入城必经处所为石桥二座，以便行人。湖涨则水入暗沟，由明沟出归极、三德二津，合于通关闸，以入贤士湖。贤士湖受水足，则由新引河入青山湖，东出大有圩之牛尾闸，北出富有圩之青山闸，均注箭江。又水关闸虽浚治，然由天井闸泄入章江，遇盛涨倒灌，涨不盛则两沟已足宣泄，故文君又建议将水关堵闭，而塞后开西瓜套之天井闸，不使水破天心，于形家之言尤为有益。是非敢变易先正成法也，形势既改，则防治之法随之，是亦古人所谓师其意者乎？暗沟之旁，间十丈竖一小碣，载明沟面积、土深浅，以免日后侵占迷失之弊。共用工料银二千八百两有奇，役人夫二十万余。经始于道光十五年十一月二十日，告蒇于十六年四月初五日。张君以世臣颇谙水学，使记之贞石，揭于沟头，庶几继此而治之者，有以知宣泄东湖因势利导之故焉。

上海县重浚五河沟记

自古圣贤言治者不言利，然必言水利。三吴，水国也；上海，水国之委也。承五湖之灌输，纳大海之潮汐。前世尽心民事者，使之塘浦纵横，泾浜通畅，遇潦则疏泄为利，值旱则灌溉为利，居恒贸迁则舟楫为利。故因民所利而利之政，唯水为大，故水专利名，反是则为害，故曰：「甚矣！水之为利害也。」

然善为沟者水漱之。上海城外即黄浦，又去海才三数十里。浊潮上涌，势若排山；清流平铺，下注力常弱，无以刷淤，水不能漱。既无以为善沟之术，而豪强又从而植茭芦，插帘簖，以留淤而擅其利。是以旋浚旋淤，浚愈不力，而上海之水利几废矣。

长沙黄君南坡以道光乙酉冬调襄海运至上海，往来黄浦，数受惊险，倥偬半载，略知其民疾苦在各河道淤塞矣。及量移鸣城，则大府已筹浚吴松江，继兴刘、茆各大工，以拯水国之困，因得考验古今水利兴废之迹。乙未秋移署兹邑，检阅志乘，见曹给事一士《开肇嘉浜》、《吴松闸善后》两议，曹贡士锡桐《西南乡水利议》，大都以上引清流，下截浊湖为肯綮。心是之而未得所以筹办者。适宝山海塘为风潮所坏，大府于冬闭奏请揖修，而指唇齿相依之上海、嘉定协捐集事。于是邑之贤士大夫肃然告黄君曰：「吾邑蒲汇塘一河，西接横泖，东注龙华港入黄浦，为华、娄、青、上四邑大干河，长五十余里，半属吾上，半属华、娄、青三邑。成例五年一浚，四邑各照地段以业食佃力兴挑。然人心不齐，历系挑工甫竣，则形浅阻，不数年遂如平陆，徒劳无功，深为民病。又肇嘉浜河东连西门城河，西接蒲汇长二十里，为吾邑小干河，此道一通，不唯农田受益，由县达郡仅八九十里，免黄浦之险，舟楫夜行，尤便商民。而蒲汇自八年开浚后，连值饥岁，久逾例限。肇嘉自乾隆中议浚，迄今无成。今若借协捐宝塘之名，广劝城乡绅耆，拔出捐项，力浚两工，则既修塘以固外藩，又深河而通腹脉。人情必更踊跃。」

黄君据以上请，奉饬勘估。肇嘉浜东起西门外万胜桥，南至溇泾桥，北合蒲汇塘，西至界牌工尾，共长五千六百五丈；又自界牌西至盘龙塘北工尾，长二千九百七十丈，连大小各坝座，共应出土三十万七千二十余方，估银七万五千七百八十余两。黄君念两工甚巨，若悉拨协捐项，诚恐不敷宝塘协济之需，上廑大府。议以蒲汇塘并肇嘉浜工仍业食佃力旧章，归各保图推董督办；而捐项则专募劝在城绅商，拨出宝塘之余，遴董代办界牌迤西华、娄、青三邑之工，以求一律深通，群情佥协。遵示期本年正月十四日开工，各乡农佃畚锸云集，数及三万。风日晴和，见工迅速，二月八日

如式告竣。而绅耆以再照业佃例，挑通李从泾、新泾两工续请。黄君即日履勘。李从泾北自吴松南岸之周家桥，东至大石桥入肇嘉浜，长一千九百十丈，连上下大坝，应出土万九千五百七十余方，估银七千八百五十余两。新泾北自吴松南岸新泾口，南至南新泾桥，合蒲汇塘，长一千八百二十四丈，连上下大坝，应出土四万六千一百八十余方，估银一万一千一百十余两。李、新二泾北口虽通吴松，而坐落新闸上游或十余里，或二十余里，潮势已弱且旁分，潮涨水止，浑浆停淤无几。而蒲汇直达黄浦之龙华港，肇嘉直达黄浦之日赤港，既采用二曹成议，悉煞呆坝，非大水旱不许启放。来源既旺，归墟当筹。则深浚二泾，使两河之水，乘潮落北出吴松，以助江势。又赴省官商船只，不必由郡迂道，皆为利便。遂于蒲、肇两工毕后，接连挑办。而东门外之薛家浜，为附城市河，东南绕城，西抵万胜桥以承肇嘉，北贯洋泾关，全城血脉，勘长一千一百二十七丈，应出土一万二百二十余方，估银二千七百九十余两，选董措捐。三月十七日蒇事后，便与二泾同。又于万胜桥下筑小坝，设木柜于水底，以机括引肇嘉之水，下注薛浜以御潮，而潮格于柜，无上顶之势，不致垫河。并修复南门外石闸，置备闸板，以固薛浜门户，其启闭则交同仁堂董事督司之。蒲汇塘河身较宽，会同华、娄、青三邑，严禁帘簖茭芦，以期永利。比大府查勘宝塘之便，按工验收。启坝放水，清流滔滔。长河牵深五六尺，夹河旁沟浍曲折旁通，千樯万楫，梭织上下。大府欣慰，允俟宝塘工竣，附请鼓励。黄君念五河共工长一万三千四百三十六丈，土方价银十万一百五十余两，而业食佃力之工为银七万四千三十余两，拨捐兴办之工合之协济宝塘共捐输洋钱八万八百五十饼，以得乐观厥成。

黄君乃进绅董诸君而谇之曰：「吾邑蕞尔耳，数月中费赀巨万，在城绅商，在乡业佃，几无一

人不与于有事者，民亦劳止矣。余身将毋为怨蘦所丛乎？」诸君曰：「此所谓择可劳而劳之者也，况劳后于信乎！」黄君再三谢不敏，复语诸君曰：「是役也，合邑之慕义急公，不必言矣，其劝捐督工不遗余力，则有绅董；催攒巡察，使土夫无怠事，则有委员；弹压通上使数万众数十日无一人滋事，则有营友。余借众力得免咎戾，岂非深幸？然余旦夕且去此，所愿诸君子与合邑商民，共念缔造之艰，善其后，察其机，而图之于易。余或重过珂乡，见异日商民安享是河之利，以偿今日之劳，则幸之尤幸，而不能不重望之诸君子者也。」余过沪，黄君检案牍示余，并述前语，予遂为之记，以寿诸石。道光十六年月日。

上海蕊珠书院记

蕊珠书院本乔氏南园，名小蓬莱，一名渡鹤楼，后归李氏，为也是园。乾隆庚戌，缎业商以为公所，改建殿宇，祀文昌，为蕊珠宫。嘉庆庚申，兵备李公增建斗阁。道光丁亥，今江西巡抚陈公以苏守摄兵备事，爱其木石苍秀，亭桥廊宇幽敞修洁，乃选敬业书院诸生之尤者，得十八人，每月再课于此，牓其内园曰「蕊珠书院」。嗣定为道、县分月轮课，值轮则出已赀备供给花红，为钱三十八千。后来者以无经费，或作或辍，驯致停罢。壬辰冬，陈公擢苏藩，董事孝廉金君以自增设蕊珠书院，当日与课之士，学行精进，乡、会多捷，呈请饬县延董劝捐、立经费以绵文教。陈公比捐俸钱十万为倡，而多饥筹赈，日不暇给，荏苒三载，竟无成说。

乙未秋，黄君来摄县篆，旋奉协捐宝山海塘之檄，绅民皆欲借塘拨捐浚淤河道。丙申春季，塘捐既清，河工亦蒇。黄君见沪人好义，书院所需事当易集，乃先捐钱百万付董，而兵备阳公、摄兵

备汪公续输俸钱又皆百万。士绅观感踊跃，不日腋成，合得钱五百四十万。黄君复益之，凑成六数，发典生息，月息钱六万。董事会议院章：不延山长，专由道、县分月考校。每月初八日正课，二十三日小课。正课课《四书》文，八韵诗；小课则兼及经解、策论、词赋。每课取佳卷二十五人为下月肄业生，别访本籍有文行者四十七人与课，先期发单传知，悉更报名投考、唱名给卷之故，以示优礼；膏火花红随课升降，以示劝惩。董事经理收支，报县转道，亦不另派监院。计月费钱五万八千；十二月、正月停课二月，生息钱留为刷卷刊文之需。

议章既定，黄君揖诸生而进之曰：「诸君知陈公所以设书院于此之意乎？非徒以蕊珠为禄籍之府与坍吉祥也。人之情，至名胜所，无不心旷神怡者。心旷则思能锐，神怡则气能静。以静气运锐思，其于文学也既宜。且是园一水湾环，汇前迤后，回廊栏杓，蔽轩隐榭，则思文之尚曲；湖石交涌，飞翠欲滴，是皆借自他山，大累小缀，以致峰若削成，洞皆透漏，则思学之可聚；而且澄之不清，挠之不浊者，唯万顷洪陂则然，是池深才尺寸，广仅寻丈，雨集不溢，暵久不枯，汲之则无泥滓，瞩之若深洞难测者，以其能通潮汐也，则思文学之必贵有本矣。坡公有言『富贵如台榭，时至则有；名节如树木，久而后成。』诸君亦见有名园有台榭而无树木者乎？诸君勉之！是陈公之意也。」予适至沪，嘉黄君之加意培植士类，而又深得培植之道也，故记其语而书之石。黄君名冕，字服周，号南坡，长沙人。道光丙申冬十二月日。

得两渊全本记

道光辛丑六月十日，朱寅庵都尉见过，翻阅予文集目录，见有《两渊缘起》之目，惊问曰：「

《两渊》何时代人所著书耶？」予答曰：「乾隆丁未，予年始十三，有意习权家言，求其书三载，绎其义三载，癸丑成此书。共五卷，首《雌渊》一卷，次《雄渊》一卷，次《述古》上下二卷，次《治变论》五篇一卷。嘉庆戊午游湖北，祖舫斋大司寇时为承宣使者，征取录副。而予倥偬入蜀，嗣后即未得与祖公相值，书遂亡失。庚申在白门遇阳湖张翰风，语及川、楚戎事，知张君深于此，因检敝簏得《雌渊》、《雄渊》初稿，亦多断烂。予从蜀戎虽百余日，然已悉今古所以成败殊异之故，稍增删，录出以质张君。而《述古》、《治变》三卷无副本。《述古》于古义不易通而注家置之不议及误释者，皆以朱书注于本文之旁，颇能达古人未伸之意。既亡失，时时思念之。作《治变》时年方十五六，依眉山、永康文势而为之耳，存亡不足惜也。」

都尉曰：「廿年前吾初入标学习，在人家见此书，假归读之，叹其精深，觅书手录副藏箧中，传抄多误字，不敢窜以已意，归当检送。」次早都尉送至，《雌》、《雄》二卷，不及今存本远甚；《治变论》文既浮廓，且多前人所已说；《述古》旁注语实多精当者，而抄胥于字多夹注之处，竟大加删节，至上下不相连。予少居乡曲，无从识今事，所习于古亦甚隘，专恃思力而成此书。今虽经四、五十年之阅历，然无此精思果力矣。暇当稍加补缀，以成最初之真。盖此书亡失已四十有四年，万无可以复得之理，而竟无意得之，故记其本末如此。

代徐宫保叙回澜纪要

近世之言治水者，必推潘、靳二公。潘公经理河、淮，塞决口大小二百三十余处，而后两河顺轨，功施到今。然二公遗书甚详具，检其塞决之方，则节目殊略。将毋以全河机宜操自寸中，而外工粗

迹，既知者有人，无容赘述乎？端于潘公为同里后进，弱冠侍先大夫于清河，始见堵筑老坝口。后以郡倅投效青龙冈，工既竣事，遂为河防厅吏。三十年间凡有大工，端皆与在奔走。历推成败之迹，本之人事，则工拙之故，灼然可知。且事变数更，思力日出，利器巧制，后贤有作。潘公之言曰：「防护既周，冲决可免。即有不测，计日可塞。」即知虽明哲如潘公而不能必其遂无一日之不测也。《记》有之：「礼禁于未然之前，法制于已然之后。」然先王以明罚饬法，此言制已然者之不可无术也。

端待罪河干，谬膺重寄。谨以耳目所及，手足所亲，集兖、豫、徐、扬数州文武之长而各祛其短。凡可以制已然而备不测者，条别要领，以著于篇。来者难诬，窃附于二公继起之识小者云尔。

嘉庆十三年春二月，德清徐端书。

卷八

荆门州志士传

嘉庆纪年，白莲教为乱，湖北郡邑团壮勇，荆门州有众万人，武庠生刘文藻为其渠。三年春三月，贼目张汉潮、王联登、王三槐、齐王氏合兵出川东，且窥武昌。王联登、张汉潮先至荆门。十三日，合围围州城三面，分众掠乡里。十五日，文藻率乡兵援城，遇贼于塔山。时齐王氏亦至，贼势十倍。文藻跃马突阵，斩执旗贼三。贼排长矛环文藻，马蹶被擒。是时文藻健捷震贼众，贼爱其材武能得人，胁降之。文藻骂不绝声，乃支解而留其首去。翌日，联登焚州北曾家场。王国缃、陈启中者，曾家场人，同年生，同补弟子员，至相善，为一乡所推。既被执，贼见两白发翁，知启中有医术而国缃善署书，欲活之。授国缃笔使书门旗，国缃曰：「吾恨不剐铿而等，速杀我！」启中故识联登，为言曰：「而为灭族事久，及今归命，或可活。」联登大怒，投之火，扬其灰于汉。」是日，齐王氏执邓法祖于了角庙。法祖者，以二年岁试入州庠第一，年十九，丰仪秀伟。贼爱之，欲养为子。法祖怒骂贼，贼示以刘文藻首，法祖曰：「吾幸得从刘先生于地下。」骂益厉，遂死。

包世臣曰：「余得文藻四人者事学正李鼎。当荆门被围，鼎数夜出捍塔山。时余在围城，五日贼为京山武举人朱有诚所败，围解，余乃北去。岁十月，鼎复书王士达、刘超、李光藻、罗元镳、张成龙、赵汧、王鸿维、何清涟、周忠清九人者事以属余，言九人虽无战绩，非文藻比，然以庠生

先后被执不屈，皆死。呜呼！不知其人视其友，则鼎可知矣。」

书李三进事

李三进字蓉湖，杭州举人，不第，留都下。所知王某为军机章京，值纯庙于诏狱出故大学士李侍尧以三品服往甘肃谳狱，奏带王为司员。王入谢，李公曰：「若出身科目，直枢廷，折奏事以交若！」王对不能。李公曰：「如此，则速延一友。」王遂以李公名柬延三进。而李公以为王友也，不具宾主礼。同行五日，李公眠锦舆，文武伺应者皆不得上谒。三进语王曰：「李公虽贵，然居停当先拜友人。」王委婉言之，李公召三进同饭。三进因言：「中堂当努力，途中大小文武频见之，午以前乘马，午后乃坐轿。」李公不答。饭罢，三进出，李公曰：「吾见友人多矣，居停之骑马、坐轿，非友人职也，此公恐不能了事。」明日入山西界，巡抚出迎，以廷寄及复奏稿示李公，略言「李侍尧一路见大小文武，皆极口感颂皇仁。虽年老，然日中前必乘马，午后乃坐轿。」李公大惊，自此重三进。甘狱进止，一以委之。

李公留甘肃署总督，嗣以固原失机，为福康安所劾，被逮入都。福公时以一等侯署陕甘督篆，欲留三进，三进不可。福公语两司曰：「李中堂，吾舅氏也，不敢以私废公。李三进实佐其事，吾附片纸即取其头，彼何敢贫贱骄人如是？」两司以告，三进即上谒，福公喜迎之。三进至二堂，长跪曰：「请君侯升座，受囚徒辞。」福公惊，扶曰：「先生何至如此？使仆负罪。」三进曰：「君侯欲以李中堂逗留罪加三进，可以取三进头，然不能得三进为君侯佐理也。三进寒畯依人，唯知府主，君侯亲劾李中堂，即从君侯；异日来者又劾君侯，又从来者，此岂李三进之所为耶？」福公再

拜曰：「先生高谊不敢屈，愿奉一卮为祖道！」并以白金万两馈焉。三进从李公入都，周旋诏狱间。十八月，李公复出为两广总督，深德三进，以三进年少，约为叔侄。

包世臣曰：「三进下笔委曲切事情，能状人所难言，斯未易才也。余曾见其少时批注毛、郑《诗》，学识固有过人者。然李公委任至深，继入浙江巡抚福嵩幕府，言听计从，曾不能少纾民间疾苦，而使府主所至以贿闻，何与所学之戾耶？然揣摩圣心，至于乘坐，以危词折巨公，抑何工而且正也！李、福虽势要重臣，然尚有求贤自辅之心，故三进得售其术。使居今日，揣摩愈工，吐辞愈正，则招忌愈甚矣。《诗》不云乎：『其何能淑？载胥及溺。』有不溺者，必其淑者矣。」

三水县丞姚君传

君讳侍龙，字云峰，顺天大兴人。本籍浙江会稽。父存仁，以山西芮城县典史被议。君乃走都下，供事四库馆。就职府经历，签分广东，告近，改山东。时抚臣骄贵不自检，君在都故善其弟，被优接，然卒以约身自卫失欢。未几，抚臣败，私人率及于难，人以此多君。借补潍丞，奉芮城君讳，服阕，补汶上，应卓荐升署潍县知县。有穷民赎质女于富子，而中途丧其赀于博，无以归。乃自画头颅缢于富子之茔树。富子惧，君却其赂而察其情，以图赖定案。君旋丁内艰，尸亲以受贿枉法诬讼君，及对簿吐实，君廉明乃大著。服阕，因升署官未引见，仍以丞归原签省，补番禺丞，历署新宁、东安、澄海县事。君署澄海时，以丞俸满，擢知永安县。既得旨，当之新任，而洋盗入澄境焚客船数十艘。盗既去，上游议募米艇载兵穷追之。君与代者联衔白无济状。大府怒劾其推诿，既而知君于初盗泊内洋时，欲以客船载大炮塞港口，而估客皆谓盗必不敢入境，又轻君即当代，不受命，

以致被掠，乃为君奏请捐复，以丞留补。承于电白县炮台，而盗艘猝至，飓风复其舟，善泅者至涯，辄被缚，计得生口千七百余名。盗既就缚而知县至，欲联衔报捷，君曰：「此即去年掠澄海贼也，自伏天诛，而吾辈以为利乎？」然知县卒以此得超擢。复承造兵船，有力者索贿不可得，诼君几中以危法。及出洋遇风，他艘多坏而君造者独完好，事乃解。补三水丞，遂乞休。以嘉庆二十一年九月三日卒于会稽里门，年六十有九。配陈氏。子三。女子二：长女适常熟蒋文，有子成，即以君状乞传者。孙四。曾孙四。

包世臣曰：「余以嘉庆庚辰识成于都下，年弱冠，以县丞需次，颇能言西南形胜及民生吏治之得失，余嗟叹良久。而成言自幼依君，稍有似者，终不能什一。又诵君诗数首，亦清澈可观，而卒以杂流偃蹇薄宦。夫杂流之径甚捷，士之才胜而有文者，不得于有司，趋之如骛，非甘居负下以济其欲，即郁抑杰骜不自得，遇与不遇皆遏塞不能尽其才。是故自重之士日益少，莫肯任礼义之防，是所宜兴为天下养人材者深惜也已。」

严赠君事略

宝山张孟如，予执友也，言笑不苟，卓荦有奇节。嘉庆乙亥春旅次扬州，为予言其同邑业师之子，今福山游击严君承泰字廉夫者，有文才。其赠君讳九皋，字鹤峰，为邑诸生。任侠慷慨，重气矜，常面叱人过，于豪强无所回互。乾隆甲辰，邑学倾圮，赠君首倡兴复，怫宰意，赠君厉声力争，面邑众侵宰，宰衔之甚。适赠君姻亲王某以索屋租涉讼，负租者缢于家，语牵赠君，宰遂文致赠君，系于狱。时游击已为川沙把总，啮臂作血疏，欲弃官诉之于都。赠君召至狱中语之曰：「吾之

祸搆于学宫，以彼之势焰必无真是非矣，父子俱囚无谓也。儿若能忍耻显身，将来力举学宫以成吾志，则可谓善继述者也。」游击涕泣受命，赠君遂没于狱。未几，宰以冒赈罢职，寻亦病殁。游击累考至今官，赠君虽狱毙，然邑人卒修学宫如赠君指。游击积俸入购松柏数千株，嘱张君种之，以终赠君之志。并垂泣语张君曰：「先君子，足下师也；知先君子者莫如足下。吾上者不能明讼父冤以涤污垢，下之不及手刃父仇以泄忿懑，使夫者虽速被天刑而获全首领。吾臂创如昔，每一念及，痛心疾首，不可为人，不可为子。」遂呜咽失声，则信乎赠君之遭非其罪而当有后也。赠君娶于冯，今年登八十，神明不衰。孙镜湖，弱冠善属文，能世赠君之业。

安吴包世臣论之曰：「《春秋》重复仇，不讨贼则不书葬，所以教臣子之忠孝也，至明切矣。游击竟遵治命，邑宰亦以罪去官而死。今赠君之志既成，又厥后浸昌炽，使人共信其无妄，则天之所以慰赠君者厚矣。使游击当日奋不顾身，期于霉烂，则赠君之事将转晦。礼有之：人称之曰君子之子，是使其亲为君子也，善夫！」

胡儒林家传

君讳镇，字锡蕃，姓胡氏。先世袭指挥，隶高邮卫。所居柘溪，在宝应县境，以子孙业司卫运，故为高邮人。父析。兄钦，钦司运务，君独治家事。君长于心计，能识时居积，又强毅有操纵。旧产岁入租千石，为族众指目，常受讼累。及君持家，家日裕；益事寻衅，至以人命相吓喝，君不为动，正色切责，皆气夺自寝息。已而君竟厚资之，使可治生，皆得之意外，乃大叹服。柘溪地洼下，上世祖墓常被水，君作为大垄，手植松百余株其上，郁为茂林。君卒之月松尽枯，既而青葱

如故，乡人异焉。卫丁居宝应境者，向仍杂派民差，君吁请得免，勒石县前，丁累以纾。柘溪南北岸田皆借永安闸水为灌溉，而闸下引河堤庳薄，尝以河水满，而守闸者居为奇货。君即率乡人下版，毕乃以鸣官。官怒诘之，君曰：「不闭闸，河必决，昼决则没田禾，夜决则伤民命。鸣而后闭必无及。」官无以罪也。

君少尝于扬州逆旅中遇无锡阚维城者，悉其所避冤狱，遂挺身直之。阚以白金累百为谢，君笑曰：「君其以吾为图财卖身者耶？」后三十余年，复相遇于吴门，招至其家，见其孙曾，曰：「吾家所以能安乐至今者，拜此公赐也。」有佃君田廿余亩者死，君念其母老，谓之曰：「若子勤农也，今死，姆何以生？」遂检所佃田文契并农具赠之。先是君父娶于袁生昳，继娶孙生君，君未晬而孙又没，再继李不能主家。袁有媵郑氏，年既长，不适人，司管钥，征租息甚有条理。及君主家，郑仍佐君。其殁也，君以良田百亩入僧院，使奉粟主而守其墓。君遵例得布政司经历，授儒林郎。道光九年十二月廿一日卒于家，年六十有九。配同里张氏。子三：长吕，增广生；次泉，附学生，实来乞传；次冠英，卫千总。

外史氏曰：「余闻言求富要术者曰：『当用者必不用，不当取者必取。』又曰：『心无所过不去，面无所下不来。』迹胡君生平必用所当用，以求心之安；则其顾惜颜面，必不取所不当取，可知也。然竟起其家至十倍于初，倘所谓廉贾五之者耶？史公称有岩处穴士行而归于富厚，则君近之矣。观君之所以创，则其子若孙当知所以为守矣。世有憾其家之不丰，而力从刻薄，及承席饶裕，日夜因乘资力朘削穷黎自殖，遂致覆没者，曷可胜道哉！」

王学愚家传

嘉庆戊午，余游湖北，得交于常州毛燧传洋溟。毛君工古文，自任史裁，一字不肯假人。而其集有《王学愚爱石图说》，余以知王君名。壬戌，余游常州，钱伯坰鲁斯、吴士模晋望、赵怀玉味辛、庄宇逵印山、张琦翰风、李兆洛申耆、吴德旋仲伦，常州之望也，交口为余言王君，出其赠王君诗若文，所称说与洋溟略同，余益信王君贤。道光甲午，王君之子国栋，介翰风婿太仓王曦季旭，以其乡同源之朱文翰沧湄所为墓志乞家传。朱君文采虽非诸君子比，然以巍科登仕，萧然仍寒素，历职中外皆有声，盖亦非易由言者也。

君九岁从考理问君业浙卤捉店常州。乾隆乙巳大饥，理问君倡绅富将粥厂活饿者，君与兄司其事，心力交瘁。明年厂事竣，而君兄弟皆染疫，兄竟不起，兄长子复不胜丧。理问君积忧得疾，缠绵两载，君侍汤药无倦怠。及理问君卒，君季弟四岁，伯兄次子十岁，群从仰望者相环，君不得已弃举子业，力治贾，以养以教，皆成立。君至善交游，重然诺，见人居患难，即出身排解，卒以是落其业，益不悔，必有终始。君壁间尝揭鲁斯所书方正学四《箴》，病既亟，指谓国栋曰：「骨肉间存一尔我心便是不孝，正学言即我遗嘱也。」嘉庆已已正月十日卒于常州，年五十有四。朱君之志略云尔。

大凡人之成名多以奇节。然一节之奇，好名者类能勉之。至数十年居恒行习必自择于忠信孝义，以信于友朋，非近道者不能也。王君殆古之所谓市隐者矣。王君讳日旦，字殿章，别字学愚，安徽歙之水南乡王村人。国栋字守静，学仲伦为古文，有师法，立身交友有父风，与常州诸君之子

弟世交无间，其称之不异诸君子之称王君也。

刘处士家传

君名朝护，字安村，姓刘氏，江西太和人也。就傅甫三载，家贫，即习贾，艰苦备尝，以克至成立。君有季父伯兄，遇公事敛钱，君不事牵率，然必以父兄名往。性尤好急人之急，戚族有婚丧不能举者，君必尽力所能及维持资助成全之而后已。乡里有雀角，君必委曲排解。君行谊既为乡人所推重，多能听受其言，不至怨构忿结者。配同邑康氏。举一子廷逊，数奇不偶，而立身有以自守。予以待辨豫章，识廷逊，其族方修谱，廷逊以家传请。

孟子曰：「人人亲其亲，长其长，而天下平。」初不在有奇异节行也，而其效遂至于平天下。刘君以亲亲长长之道行于家，以及其乡。而廷逊称道严君懿德不去口，又能世其亲亲长长教者也，岂不足以风乎？故书以付之。

秦季髯家传

君讳承家，字宾于，晚号季髯，江苏江宁人也。先世居当涂之杜塘，明末有应瑚者，为当涂县学生，与妻方、幼子邦灿避流寇难，中途相失。方与邦灿行至塘侧，望见寇，遂拨簪插塘畔，弃邦灿投塘死。后三日，应瑚踪迹得其尸，附祖墓安葬，遂携子迁江宁省城，为江宁人。方氏死节后百八十余年，至今上始颁特旨褒旌为秦氏节母者，实君高祖母。邦灿诰赠中大夫，貤赠资政大夫，君曾祖也。祖有伦，封中大夫，赠资政大夫。少入县署为刑吏，嗣邑中有巨狱，资政力持胁从罔治之

议，得全活者千家，士人迄今能述其事。次年遂举仲子大士，以修撰值上书房，擢翰林院侍讲学士，请养归。侍讲学士有三子：长承恩，由翰林院侍读，历封圻，终刑部尚书；次承业，官翰林院侍讲学士，归里后用旧学恩就加三品卿，卒赠礼部尚书，论者以为资政隐德之报。

君为学士季子，簉室魏出也。从伯兄宦游，历秦、楚节署，居华膴，而司寇督课至严。赴京兆试，则依仲兄事濡染，属屡试不售。嘉庆中，援例以盐大使分发两浙，因遵例为魏请太孺人封，得请，遂告养。历十余年事毕乃赴省，以道光纪年补绍兴批验所大使。君性坦易，而处事能断，不以贵介自旌，不以小官自卑。初莅所时，盐政新改归巡抚，饬法如地方，一变盐务颟顸之习。故事盐至所皆存地，一过掣，而地有存盐，即坐地户以私盐法，而历任盐官莫能举。有地户顾姓未悉新政，其地有存盐，抚军密委查究，君念其愚固素习，先遣役督饬抛弃以得免，然是后地户亦无敢存匿余盐者。

有王姓者，子姓共五支，其四支醵建一祠。一支住别村，欲进主祠内，四支拒之，结讼至累年。君召其父老谕以大义，四支因共迎其主入祠，和好如初。君五十初度，各商及地户集白金五百为寿，却之不可，遂以分葺所前各祠庙。及君卒官，阅五年始归榇，而商民设路祭及执香楮送者，十余里不绝。君生于乾隆癸巳八月初三，卒于道光丁亥六月十九，年五十有五。娶同邑谈氏，前卒。子五：宝曾、步曾亦前卒，式曾、守曾、庆曾皆守儒业。女子子五：适句容裴树、灵石何煦纶、泾包家丞、同邑欧阳长通、王以恒。孙三：宗瀛、宗涛、宗泗。孙女五，皆幼。家丞予次子，故习君行治。君卒已十余年，杜塘修谱，故次为传，授式曾等登之家乘，使子孙有所考焉。

刘节母吴孺人传

孺人讳□□字□□，桐城县学生音金之女也。年二十，归同邑国子生刘宿光，阅三载，当乾隆甲辰，举一子开。而国子不禄，家綦贫，朝夕取给十指，而奉舅姑无违色，抚孤子爱而能劳。开幼学即以能诗文为名宿所推与，困诸生廿年，道光甲申遘疾殁于亳州志局。洎归殡，而妇倪遂以身殉。侧媳蒋有子继，甫三龄，节母督蒋抚之。更九年，以道光癸巳四月十二日终于家，年七十有二。

节母盛年出室，连遘闵凶，呱呱者幸得成立，早获声称，遨游公卿间，南粤北燕，并缔缟纻。所入虽足代肇牵，而致庆洗腆之欢或寡。乃近客薄姑，变出意外。节母年已向迈，孙才襁抱，是亦人世至艰终身集蓼者矣，而顾复恩勤下逮再世，卒使继头角崭然，不堕家声。节母固出巨室，倪亦望江世族，习礼明诗，根柢深固。至蒋以凤阳小家女，信修无自，而称未亡之年，仅同节母，能茹荼自甘，教诲藐诸，使之笃念前修，醇谨尤挚，非泽于节母以自染者久，安能及此？然则节母非唯宅身于无玷也，其有造于刘氏为尤大。

余与开声气之求，曾于白门再接谈宴。继以道光辛丑初见于豫章，乙巳夏秋再来白门，几至朝夕。今年夏以其尊甫《广列女传》遗稿觅梓人于白门，此书固开之所以光大母德者。予既悉节母行治，故次为传以附书后，实丙午闰月。

书婺源胡朴斋传后

经生多嗜利，鲜能治事。自汉迄今，名厕儒林，身致魏膴者，罕闻其廉隅自厉治行卓著已。凡以其耗心饾饤，博名高、通声气与利禄途然，班氏所讥，为不诬也。竹村农部以经学名吾乡，成进士，历职户曹。前后钩稽南粮盘运积余铜本各案，能察其冒滥遗漏，节省至十万两。及派管捐纳房，视事伊始，书吏即望风畏服。逮假照案发，大臣查核卷宗，知窜名稿内之弊，自竹村到房而绝。研讯犯供，知书吏每节致司员陋规银三百两，唯竹村无染。遇稿必再三检校，书吏欲窜稿者从无措手，以致败露。然大臣定案，卒未将此情上达，止计在事久暂分别镌级，是以竹村仍去官。然竹村虽去官，天下称其廉干焉。

竹村经学受于其祖朴斋先生。予生也晚，未得知先生，先生所著书亦未见。然经者，内以淑身，外以经世。以竹村所就推之，知先生之学能用心于淑身经世之大，而与世所称经生殊途也。以予浅陋，得交于竹村久，尚不能测其学之所至，况在先生？唯自治治人之道，则自幼受教于先子，守之数十年而不敢稍渝者。兹得读先生传，故备论竹村信能不负家学，以告有志穷经者。道光壬寅十一月望，安吴包世臣谨识。

祭告吉山神文

道光十年，岁次庚寅，季春月已丑朔越十四日壬寅候选知县举人包世臣，谨以三牲卮酒，敬告吉山之神曰：「尊神所司，厥名维吉，是能拥护阴阳，使各安其宅者也。世臣籍隶安徽泾县，幼随

先考郡学君游学于建业。先考性耽堪舆，常盘桓山下，乐其葱郁茂豫。故承遗志卜先考窀穸于神封之左墅刘巷村麓，以本日寅正一刻安位，并以亡女瑶淑祔。敬告尊神，呵护其不祥，以安先考之魄，无受阴阳侵损。感威灵之丕冒，敬荐馨香，惟尊神鉴此愚忱也，尚飨！」

祭告吉山土神开土工文

维道光十有六年，岁在丙申，八月壬子朔十八日己巳，回籍守制江西试用知县包世臣谨以三牲清酒致祭于吉山之神而言曰：「粤唯尊神，主守吉山。五峰齐矗，四脉分骞。兆卜左墅，庚寅春季。实依山麓，哲考是憩。后此七载，鲜民失恃。卫祔则离，告日奄至。斯今已吉，肇开圹土。奉妣就安，癸酉之午。敬告尊神，呵护不祥。跽献清酌，神其用享！」

祭告先府君奉祔先妣开圹日时文

维道光十有六年，岁在丙申，八月壬子朔十八日己巳，哀子世臣谨以牲帛清酌致祭于例赠文林郎显考郡学府君之灵而言曰：「自我显考安宅兹邱者七阅年，所庇育孙曾渐冀昌炽，术者皆指为吉壤。世臣谨择今月二十二日午时奉显妣查太孺人之灵，祔安窀穸，先于十八日巳时开除圹土。敬荐馨香，奉告期日，唯祈鉴察，尚飨！」

祭韩太恭人阎氏文

嘉庆十六年九月，萧山韩萝岩太守卸知扬州府事，于役苇荡，世臣始与相识。苇荡久为南河利

薮，萝岩莅止，锄强恤弱，勤慎非懈，厥功克成。十七年十一月，南河以他事奉钦使查讯，词牵苇荡，属当路者意有所欲排击，遂并劾萝岩，以实其事。十八年正月，世臣以通家子谒萝岩母氏阎太恭人于扬州公廨，询苇荡始末甚悉。先是吏议萝岩以完款开复，遂随制府复赴清江浦。及二月廿八日制府移节皂河，萝岩既竣事，乞假。太恭人宴于所亲甚欢，而翌日病痁两昼夜，萝岩适至。

「儿去冬被逮，吾日夜恐而有不肖事负委任，以贻先人羞。狱成卒无他故，吾心慊矣。今年见赴清江浦，五十余日不得确耗，吾日夜不安枕。」三月初二日，病亟，执萝岩手而告之曰：「儿去年以急公除弊拂众意，被议。吾病恐不起，儿日后复官，终不可以前事为戒，阿曲从时俗。汝母之所以教汝者，言尽于此矣。」越一日遂卒。又二日，世臣亦自清江浦回扬州，过存萝岩，则见萝岩斩焉衰绖，泣血骨立，擗心抢首，且述太恭人之遗语。溯世臣得谒之时，未奄两月，几筵不改，声容数然，呜呼哀哉！是用撰文致奠，以告太恭人之神，而广萝岩不匮之志。其词曰：

婺垣散精，瑶圻韫秀。月受震符，金融西岫。诞毓贤母，族望太原。教成公室，来嫔于韩。维时赠君，作诸侯客。缟纻盈庭，杖履在席。阃言不出，杂佩知报。克相赠君，终誉永好。茁芽其英，子实丈夫。幼怀铅椠，壮赋驰驱。捧檄百里，筮仕河阳。克集舆颂，以媚高堂。无何一麾，翱翔五驭。需次江东，股肱借箸。借箸维何，政在除暴。用安良弱，以慰色笑。最成数月，声达大府。大府曰能，俾肩艰巨。于役苇荡，采料济工。工固料实，乃遘群讧。贤母曰嗟，一官如寄。但能无欺，内讼不愧。太守受词，再从旌节。开复尚稽，春服将列。念母星驰，中心振矜。奚啻噬指，回肠莫胜。示疾三日，档臼再展。孔禽回视，忝吹阋暖。呜呼哀哉！

乘严风兮桑柔，变穗帷兮纨幬。紫萱枯兮堂寂，绿钱滋兮泉流。震罔极之孝思，甘危身以自

投。念遗训之谆谆，复蠕息而若抽。效孺子以奠刍，闻敬姜之治命。善守身以亲君，毋徇亲而灭性。顾靖共而遘难，怀椒兰以何病。坚素心以久要，慰九京之炳炳。

话言在耳，仪型莫接。珩璜声毁，翟茀彩茶。街衢抚心，亲知陨涕。虽复藐姑云遥，若木芬閟。犹能遏春相之余韵，耀彤管而有炜。呜呼哀哉！瞻松梃兮不曙，悼爱子兮永慕。惟德馨兮泽长，愿锡类兮声树。呜呼哀哉！

说储

嘉庆辛酉孟夏，天津姚季光承谦从余游。年比成童，志性拔俗。夫师以成身，故与三节，一日之长，所知宜言。导以读书经世，非科第间事则乐闻。偏论今古成败，所问难或中肯綮。遂请救时之要，语答四万言；复以郡县繁要，又别说保甲、学政、戎政、农政，亦四万言，命曰之《说储》。以文多，分为上下二篇。果能沉潜思服，触类而长，则可知在是，惟世所以置之耳。用必遗身，俟诸名世。翰风曰：「君子之为言，期有利于斯人而已。倘当路君子，幡然存劳心之志，束身请益，亦所不隐也。」

国立于三，行之以一。夫维心以德，养尊以威，合众以财。财匮则威不行，威沮则德不立，非即有横溃四出之患也，而天子已孤立于上矣！且夫法者，所以一民也，犯之而不行，则法固弛矣；法弛，故利浚于下，而财匮于上。是故居帝王之尊，秉恭俭之德，以号召天下，求安吾民，而莫之或应，则自弃其法而已。先圣之言曰：「王国富民，伯国富士，仅存之国富大夫，亡国富仓府。」然则仓府空虚，非天下之公患也，患民急而已。然而一二言利之臣，方与搜括锱铢，事邻剽窃，驯致膏屯于上，泽竭于下，是速贫之术也。《传》曰：「危者不可以为安，亡者不可以为存，则无为贵智矣，况以贫而不可富乎？」夫天下之土，养天下之民，至给也；然而愁叹盈室、冻馁相望者，民不著业，业不归农，而食用莫之制节也。夫好善恶恶，民之性也；饥寒交迫，奸宄乃成。然而握金珠、枕钱布，餐之而不能饱也，衣之而不能温也；然则天下之富，在农而已！夫无农则无食，无工则无用，无商则不给。三者缺一，则人莫能生也。至于士，若介介无能为人生轻重者，而位首四民，则以生财者农，而劝之者士；备器用者工，给有无者商，而通之者士也。然则修法以劝农，使国富而主德尊，抑先求士而已。今者民无殷窭，莫安其生；吏无大小，各忧其贫。军国告需，上勤宵

旰，调发不给，捐输不继，雍、梁、荆、豫，跳梁百万，而兵弁望风逃北，郡邑为墟，淮、泗偶被水灾，数百为群，露刃望食者，千里莫敢谁何，而公卿怀胥吏之心，贵戚袭国人之视，无肯暂易其营私之智，为国家计深远，或乃骈金约紫，坐观叹息，以告无罪。夫为政有机，知其机者，能因败而为功，转祸而为福。夫劳民易为仁，弊政易为善。详观时势，兵弱威屈，民贫财绝，实富强之资也。抑务先义而已！夫见目睫之效者，忘远大之图；守府史之说者，毁治安之器。苟有用我，持此以往，虽三代之盛，不可妄期；汉、唐二宗，必复见于今日也。

行吾法，必先大赦，与民更始。自非不孝乱伦罪至殊死，守土弃城，交阵弃军，及采生折割诸罪至极刑，皆与之荡涤旧污。凡官吏军民已发未发罪恶，事在赦前皆不问。一切挪移亏欠公赔各项，悉免弥补，惟切取手实以备请核后效。奴婢自非本身买卖者免为庶人。赦还军流，或即所免为庶人。诸在禁锢者，悉免刑籍，霍然与天下为新，使人无负累，驱而之善。

设审官院，择大臣一人为院卿，正二品；辖学士四人，正五品。主选举，诏内外郡县，不拘现任、其专折大臣自可奏达者，不归该院。其有奏记亦准。故宦、儒生、幕客、农民、吏卒皆许言事。其有经国远虑，封疆大计，水利屯田，劝农练兵，以及吏治利弊，律意轻重，或即一郡一邑当兴当除，各就素习确见，缮书条例。大言勿忧骇俗，小成勿饰动听。书式，一依古人论著体，除敬避庙讳、御名外，诸无回忌。惟不许指名发摘，以杜告讦。凡上书者，皆封递本县，知县即时加封，用三百里飞传该院，校别其实可施行及有意议可造就者，征入都试；不中征者，驿给原书罢之。征者，本邑计里给资，每百里白金三钱；年五十以上非仆从不行者，增三之一。至都，舍于公邸，食用皆有主者。茂才，奏请不次擢用；其上第、练事、达权、身强、品优、识决、性慈、可胜亲民正吏者，

奏请外补；心地明达、可参大计者，咨呈内阁，补阁史，并供奉；温习典故、可备顾问者，供奉翰林属审官院，正六至从七为直院，正八以下为供奉。切直敢言者，咨御史台补台史，并行走；通吏治者，分别赐级，咨部补部史，并行走。中第，分别给级，咨国子监肄业；报闻罢者，咨户部给资还乡里。惟诈伪代倩坐之。或父、师遗书裨益时事者，皆许声明封递；剽窃坐如法。年七十以上不任征及痼疾者，亦各尽所言，于书尾声明；果谋猷高远，饰本府就问条节，录语驿闻，赐上第，加优酒帛。给罢者，亦以差赐酒帛，以明敬老恤病之至意。诸上书，所言切实可施行事，仍纂辑奏请颁遵。诸史迁补改易各名色详后。

前此举孝廉方正，率出贪缘。举山林隐逸才堪大用者，即无一人应科者。其赴都言事者五六人，类皆贪冒庸妄急于进取之流，非有深谋远略、确然欲有树立、以安国济民者也。然其言虽不足采，部臣不宜肆诋斥之词，市曲宥之恩，使沉毅敢果之士莫肯以至计上达也。惟使自封由驿，则官吏可绝婪索蔽抑之奸，计里给资，言者亦可无跋涉资斧之虑；而封书给还，仿于隐恶之义，亦足以养士气矣。

民有武勇，自手移三百斤以上，虽无技仗，不论出身，皆准自疏才技，填明年貌本业，呈县封递该院，以凭挑征。资给如上书者。年五十以外，非有奇技不与征。其手移六百斤；使长枪丈四尺倏忽进退三十次，次二十步；箭八十步外命中（步官尺五尺）。有一者，上第补侍卫；最下中挑者，发各标补材官学习；或署田官，督教水利。

罢捐职、捐监。郡县每岁举孝弟者，赐级视贡士改举人副拔归一等。裁岁贡，总名贡士。力田至五十以上未尝与争斗、抗欠、狱讼者，赐级视生员职捐既罢，其已捐者虽准顶带，不能引拟，故专视生员。其能约束子弟，劝谕里党，解怨结和不受馈遗者，赐级同孝弟。工商以孝弟举者，赐级视力田。他

无进途。孝弟已一举，而行业日增，再举者立为保望。力田及视孝弟级者已一举，而教戒子弟，化育者多，善为劝说、潜消大狱者，再举立为里望，三举立为乡老，皆岁有酒帛，知县于孟冬致送有差，仍皆以资上礼部。如有缘滥等情，监司察核。

其礼部会试，布政司乡试，郡县小试，仍举行。惟罢八股，以明经术、策时务二事应之，除搜检、糊名以教廉耻。

上书科先开，期限一年，后为制科，或因事特开，或十年一开，以罗逸才。举行科孝弟力田之属，考言科乡会试之属，俱常行。取士法共三科。京擢审官院上书分用、礼部会试分用之属，学擢国子监三舍升补及保举上舍之属，司擢孝弟贡士三年赴策之属，县擢令辟召优行生员儒士力田署史之属，用士法共四途。

凡应小试者，《春秋》为本经。试法：默左、公、谷、胡传各数条，解经一篇。古事时事，概准称引辨证。卷尾默《孝经》、《小学》各一则。力强者，兼治他经。对策亦须援《春秋》义例，以断律意；免默四传，其《孝经》、《小学》仍默。皆限年二十以上有先举后考法，详后郡县条例；此初行时法制未备，考试久停，恐失士望，故先行断年限经法。法制备后治经依此例，惟免默写；其果年未弱冠，而明晰经义、达于治体、习《通鉴》史书解其意义者，郡以神童举，比上书科试擢。

该院考核现任科道。归俸三年以上无一语建白者，罢之。内阁翰院自学士以下，皆归该院策试。其不能通达治体、启沃聪明者，罢之。其犹能温习史册、明于古事者，准以原级行新事。整饰官方俱有职守，非复前此因循颓靡。又品级多所改易，或才具不当，故授事不得执本级也。部曹各策以本部机要，其不能通明律意、见彻利病者，罢之。凡中外大小人员领现职及迁补者，自度不胜本任，皆准辞请。凡罢者俱勒归本籍。其后或能刻励经纶，与时俱进，许呈本郡送院应策，中问者以原级行新事。

此亦因部课未备，而滥厕当澄，故使该院核汰一次，后仍归各部课绩，该院不得参与。其报罢而呈策者，仍归该院。

凡生员视从九，贡士视正九，进士视从八。国子监生下舍视生员，中舍视贡士，上舍视进士。用进士法：礼部放榜后，咨送吏部，验以身言详吏部，条别为等。以试策明于大计者署阁史，博于故事者署翰林，敢言切直者署台史，达于吏治者署部史，签奏引见定夺。归班者，并贡士及孝弟之稍通笔札者，每三年一赴司试，中策者以状上该院，以资上该部，加一级补史，上第，对品补吏外用，上资状如法。

改书吏名为史，以级差之。裁门上签押用家奴及征号批行。用幕友条例详后。令部院京堂各衙门现在供事皆赴该院策试，中试者分别署级史，仍加权字，以视后效。不中者罢之，俱勒归本籍。县僚各书吏皆赴府试。府以上书吏皆赴藩司试，如该院法。上书中试者，一切以第署史。其署级罢归者，该地召补级史。生员之明白敦实者，力田之通算笔札者，儒士之力学有实、屡蹶府试者，令核验分别召补，上资状如法。凡史，无论中外，三年课上第，正九以下，加一级补史；从八以上，即对品补吏。中第差之，不入等，黜有差。京史级止正九。其正八以上，用新进士分别验署行走；从八以下，用直隶省贡士、生员，分别验署行走。

王者之法如江河，使人易避而难犯也。㊀今科条密之，一举足且入其中，则难避；难避则犯者多，诛不可胜，必易犯矣。此君子不能远罪，而小人有以漏法也，岂不殆哉！例书充积，胥吏缘以为奸，宜罢之；修订本律，约科条为五百属，而重其惩创。简则人知，重则人畏。人知且畏，则法可必行。夫弊吏之法日密，而吏之贪恶自炽。夫为吏冗黩者乐而廉能者苦，易知也。跬步自爱，十九碍法，故有「到任一日，不够革职；审事一堂，不够新疆」之谣。薰莸殊质，同挂吏议，其何以

为劝乎？故今小吏之能久职，虽其大吏朋比，实亦款迹重大，瞻顾牵累，不得辄发者也。然有执法者至，廓然有意于诛斥之，而新旧交际，来者肆虐，去者乞怜，民未见德，浚膏愈滋。且俸所以代耕，今制本不厚，又因事而罚之、扣之，罚谓干部议者，扣谓地方公事当办，不支公项而派捐廉银者。县廉不敷，常有司文催追，名解廉。并有一罚十年，并追罚前已领者。假其罪不可赦，自当明正厥辜。顾夺其生养之资，授以婪剥之具，非所以教廉也。况因公纤芥，过出无心，遂至参革；赃私狼籍，罪逾丘山，安享丰厚者皆是也。其大吏坐罪革职及赦斥为民者，柬章仪注，犹若方面，彼奸恶复何所惩乎？宜罢扣罚之例，严决惩之法。其公罪贻误，可比常人律论赎。惟计赎为负入课详后郡县课绩•余尝反谚言曰：「立法恕，行法严。」为政之要也。故令而难行，宁勿令也；行而不守，犹勿行也。

今法，军徒坐縻公帑，且滋害配所。宜修复古法，使徒二年以下、杖八十枷一月以上，输本县散作，夜宿档房，官日给米一升，派充扫除、走传、扛抬、垦运等差；徒二年半以上、至流一千里者，输本郡，先锁作，次散作，官给如之，以锁、散年数定其重轻。作毕，皆免为庶人；再犯，乃削良籍，书名瘅恶亭；其子有以孝弟举者，得缘除。凡比杖八十、枷一月者，输三月；余依律以等加之。比流千五百里以上，皆遵照里数，迁家屯田入伍，五年成业后，酌免为良，同籍兵。凡输作，皆扉屦，书背曰「某土某役某」。其比徒者，皆杖六十乃输；比流者，杖八十乃输；比枷三月者，笞四十乃输。以下免决。

其赃吏，科本罪外，子自成童以上，知而不力谏者，禁锢；兄弟在署者如之；父母不禁止者，夺诰敕；有他情者，各科本罪。㈡其子弟谏而本官不听者，讯实免其禁锢；其父母教戒而本官不改，本罪轻者，加科不从父令律。凡赃罪，其监奴皆减一等坐罪，仍籍没。凡官员设场约赌，抽分蝇

头，无分中外，其止招集同寅，窝主绞监候；同局夺职，杖一百的决，迁家屯田入伍。若及富商、奸侩、乡衿、地实者，窝主斩决；同局坐如法。官员混狎优伶、涂傅粉墨出场串戏者，夺职，追告身并祖父封敕，决杖一百，注乐籍；寮友与观者，夺三级，追换告身，决杖八十。证发者免之。其止嬖比顽童、课习淫声者，各科本律。其琴瑟笙箫不废政事者不坐。二犯官子弟，皆坐如赃吏律。三事害民最甚，风自上炽，非重辟无以遏其狂流。

父兄之威，止于詈挞，坐视其比于刑罪而不能诤，谓他日之能勿欺而犯乎？且自少习见豪华，必难改从凉苦，故仿汉法分别禁锢。且子弟知罪及己身，不敢助恶，而本官内多牵掣，恶念故可少止。

禁座主、举主、恩师、门生、同年兄弟伯侄之称，犯者俱坐五〔三〕址（称者受者俱坐）夺职，永不叙用。其素系师友，不用此例；仍禁门年字样，犯者坐如法。其馈遗从重以赃论。

举子卑远，夤缘当路，多籍座师、同年千百、遍布中外，势利相亲，胜于同产。稍守刚正，沸谤胁持。新任领选之士，随计赴部之员，座师年友，辄索别敬，横贷以买情，婪冒以偿债。及有破发，又可干缘。故科甲戴望主司，几齐罔极，听受请托，藉为报德。枉法欺君，无所不至。破坏廉耻，于斯为甚。所宜急惩！

严定服制。优隶及一切供贱役者，自台阁监奴以下监奴，谓监治家事及给役使者。门上签押不在此例。例详后。衣皆用布，纯青色；工商，衣皆用布，纯青色；农，衣皆用布，除青色外皆准服用，仍用纯色。三色人皆不准着靴，青色单眉走鞋；冬服羊皮雪绒，其黑羔珠毛不准；夏服葛布夏布，俱染本色；带板用方寸半白石；茧绸、绵绸，准染本色服用；其沉香、交白、湖杭、春绉等不准。三色人年非六十，皆不许坐轿。级正九以下至儒士，许用杂色素绸，仍着方头履。级从八以上，许服花绸，着靴。上至一品，车轿鞍辔皆有定差。婚丧燕会，妇女良贱服饰皆按等级画定仪数，崇俭黜丰。仍刊定《

小学》附《乡人礼》一卷，使蒙童业之。诸不遵令者，其吏士、男女衣履庆吊仪数僭用一等者，夺一级，笞五十，收赎，违制财物入官。罪次加至杖一百者，诸正印官准赎；余级不比夺者，并以差决杖，俱赎输作，至徙极边者。该犯已分家产入官。庶人僭用绸缎纱罗金珠细裘镶佩，计男一身值百两，女一身值二百两者，徙极边，家产入官；递减至杖六十，违制财物入官；杖一百者输作。其商贾，故曾捐职捐监者，六十以上许服捐服，余仍本业服，俟至六十乃服。其改业士农者，许服捐服。违者夺级。凡例应赎输作者，每作期一月，缴赎银九钱。妇人律论赎同。其赎笞杖，每一十缴赎银二钱。妇人同。原赎者如家无兼丁，及父母年七十以上而无兄弟侍奉者，及抱染时疾者。倍之。贫富一律论。

大丧，斩麻三九，更服生白布毛边衣，白布无眉毛底鞋。期，去毛边，月白布鞋。大祥染一入蓝，皆不补，禫蔽之。索带，上无加服。其敢用纯青衣布靴、存客与会者，夺职，追告身，决杖一百，坐居丧无状禁锢，终身服工商服。杖期，服熟白布光边衣，七七后着青袍加经，外服从宜，违者坐不友，决夺三级，杖八十，收赎。级不比夺者决杖，赎输作。现任者不用此例。法详后。士庶人决笞四十，输作，以服阕为限。大祥内，或庶人引对公庭，及寒素之必不能不依人谋食者，许暂于衰袍上加青布白里边外挂；其解衰袍及丧鞋者，即坐无状律。

凡妇女犯令，罪至杖一百者皆的决，输女档房，修白粲缝作律，官给如男人律。命妇，罪孚徙二年以下者，修扉山律收赎。以上追告身离异，的决。罪不由家长者，减三等坐；由家长者，减二等，的决。其家长比坐决夺职者不离异。

隶役僭奢者，其主皆坐故纵，决夺一级，笞五十，收赎。隶役罪加至满徒者，决夺二级，杖六十，收赎。无职者，决杖六十，罪止决杖一百，输作赎。

画一直省城乡市镇店户民家所用丈尺秤戥升斗，皆遵部颁定式，公平出入。该县长官严访勤查，限二月内改正齐一，无得参差。金银铜铁土石同用一衡，米麦糖秕同用一量，绸缎布匹木工石工同用一度，价值各从俗便，度数必归画一。逾限不改正者，决杖一百，违制物销毁。工匠人为人作升尺戥秤大小出入者，杖一百，遣发为奴，家产入官。各牙行人秤尺升斗及钱店人戥秤不如法者，科罪同制造工匠。

今度量衡之制，比户相悬，各存欺诈，行旅尤为不便。且事属市曹，制关国典，不可不慎。

禁箔金、泥金、包金、溜金、煮金等事。其违制开箔金等店人及工匠人，俱杖一百，发遣为奴，店本家产入官。其用违制物者，无论现官绅庶，每一事管二十溜金钮扣一副亦为一事违制物入官。其银箔、铜箔通禁，犯者减金罪三等。锡箔资为冥币，相沿已久，可革则革。

永禁东南开洋，闽、粤各处洋行鬼子，皆给檄罢归本国，禁大呢、阿登绸、羽毛哔叽等物，不许入关其由方贡入者，不许多带至内地与官民回易，非出给赐，不准服用床围椅褥皆同，犯者与僭用黑狐龙凤绣文同罪。禁出洋贸易及漏米下洋，犯者不分首从，与私通外国同罪，枭示，产籍没，家发为奴。禁一切奇器如自行人、吹气皮人、自鸣钟表、自行车一切用机巧、水法、重法之类。其逾制工匠人坐奇技淫巧惑世律，立决，产籍没，迁家屯田。买藏人决杖一百，逾制物入官。其外藩归德入贡者，该地方大吏飞咨鸿胪寺，奏准护送出入。稽察回易，皆如今法。

设监太重，赋禄太薄，携属太多，使人有谋猷则不得展，非贪婪则不能济。设官治民，适以害之，非计也。令属守，守属司，督抚与道何为者也？谓司不可信，安见督抚遂可信乎？㈣官由部选，既不核才能，而督抚复以人地相宜之说纷纭拨调，使迎送费繁，奸弊百出，实则计繁简、责贿赂耳。道介司、府之间，巡守、兵备皆属虚名，则督抚与道之宜裁，不问可知也。求贤以兴治，非亲

近者孰能知其素行？以提学主司领试事，而决于雕镂之文，即使尽公，于抡才无与也。宜裁浮差，归于守土。大学士本以入阁办事，汉左右丞相之职，而置六人，俸才比下郡佐贰。科道职司匡纠、谏议、拾补之职，古额不过数人，而隶以部，配以省，列衔百数，实不能稍分部权。小九卿本职久废，无纤芥之事，滥厕尊衔，富者事饮博，贫者事钻刺，致有「宁为邑郎，不为京堂」之语。且外官既不问满、汉，惟能是使，内官何必拘分畛域？督抚巡边，古省方问劳之遗，而骄踞锦韬，役从数百，辟易道路，不复自知其职。内京察，外大计，仿于三载考绩之文。其长吏所设善恶，既任喜怒，又以雷同之词加勘，并不指其实迹，而保参数人以外，概置不问，尤可怪也！古制今宜，所当参酌。取所拟改职加俸之详，为表如左，次各明其职之所宜焉。职方图说另详。

正一品

丞相左右二缺。秩米千石，豆三百石，银五千两。

从一品

御史大夫一缺。秩米六百石，豆百五十石，银三千五百两。

尚书六缺。秩米六百石，豆百五十石，银三千两。

正二品

审官院卿一缺。秩同尚书。侍郎十二缺。秩米四百石，豆百石，银二千两。

藩司二十五缺。秩银四千两。

从二品

京尹一缺。秩米五百石，豆百五十石，银二千五百两。

正三品

宗正一缺。秩米三百石，豆百石，银二千两。奉天府尹一缺。秩银三千两。

天储府使一缺。秩米三百石，豆六十石，银千五百两。

从三品

少府史一缺。秩米二百四十石，豆五十石，银千二百两。太仆寺使一缺。秩同少府。

臬司二十五缺。秩银三千二百两。

正四品

通政司使一缺。职掌。秩米二百四十石，豆五十石，银八百两。詹事府詹事职掌。

国子监祭酒一缺。职掌。御史中丞一缺。职掌。

丞相长史六缺。职掌。鸿胪寺正一缺。职掌。

府丞二缺。职掌。钦天监正一缺。秩米三百石，豆四十石，银六百四十两。

知府百八十五缺。秩最要银三千两，繁二千六百两，简二千二百两。

从四品

光禄寺使一缺，职掌。秩米二百石，豆四十石，银六百四十两。太仆寺副史二缺。职掌。

治中一缺。职掌。四同知路四缺。职掌。秩米二百四十石，豆五十石，银八百两。

京县二缺。秩同四同知路。参军司马二十六缺。秩银千五百两。

正五品

院学士四缺。职掌。秩米二百石，豆四十石，银六百四十两。

知县千五百十一缺。秩要二千两，繁千八百两，中千六百两，简千四百两。

从五品

御史大夫长史十二缺。职掌。秩米百三十石，豆二十四石，银四百两。部长史。二十八减。职掌。

钦天监副二缺。秩米百石，豆二十石，银三百二十两。

正六品

国子监司业四缺。职掌。秩米百石，豆二十石，银三百二十两。太医院使一缺。职掌。

部副长史五十六缺。职掌。同知一百八十五缺。秩银六百两。

直翰林院一等上六缺。秩米八十石，豆二十石，银二百七十两。

丞相少史秩米十石，豆十石，银二百四十两。原缺缺数。

臬司照磨二十五缺。秩银六百两。臬司知事二十五缺。秩银六百两。

藩司库大使二十五缺。秩银五百两。藩司经历二十五缺。秩银五百两。

从六品

织造司一缺。职掌。秩米八十石，豆二十石，银二百七十两。裁染司一缺。职掌。

琢镂司一缺。职掌。库藏司一缺。职掌。

天储府经历一缺。职掌。天储府知事一缺。职掌。

直翰林院一等下六缺。秩米六十石，豆十六石，银二百四十两。

丞相少史秩米十石，豆十石，银二百二十两。

通判百八十五缺。秩银六百两。

正七品

宗人府经历一缺。职掌。秩米六十四石，豆十石，银二百二十两。国子监学正十六缺。职掌。

御膳司一缺。职掌。珍羞库司一缺。职掌。

司牲司一缺。职掌。主守银库司一缺。职掌。

鸿胪寺奉礼二缺。职掌。鸿胪寺典客一缺。职掌。

鸿胪寺协律二缺。职掌。鸿胪寺职库一缺。职掌。

廄大使职掌。

顺天府司狱一缺。职掌。顺天府经历一缺。职掌。

直翰林院二等六缺。秩米二十石，豆十石，银二百两。丞相少史秩米十石，豆十石，银二百两。

御史台少史秩同丞相少史。部正七少史五十六缺。专事。秩米十石，豆十石，银二百六十两。

同知路知事四缺。秩银四百两。县丞千五百十三缺。秩银四百两。

太仆寺典厩二缺。职掌。

从七品

给事中四缺。食从六职掌俸。登闻处经历一缺。专事。

通政司奉事处经历一缺。专事。秩米四十石，豆十石，银二百六十两。

部从七少史五十六缺。专事。秩米十石，豆十石，银二百二十两。

太仆寺牧监专掌。秩米十石，豆十石，银一百七十两。

天储府佐书史四缺。专事。秩同牧监。丞相少史秩同牧监。

御史台少史秩同。直翰林院三等十缺。秩同。

府经历一百八十五缺。秩银三百六十两。盐木铜铁各监收秩银三百两。

土府州县评事三十一缺。秩银二百五十两。

正八品

国子监典籍一缺。职掌。秩米三十石，豆十石，银一百八十两。天储府僚史四缺。专事。

天储府佐书史四缺。专事。秩米十石，豆十石，银一百八十两。少府佐书史一缺。专事。

丞相少史秩米十石，豆十石，银百四十两。京尹佐书史四缺。专事。

御史台史秩同阁少史。部行走史秩同。

翰林院供奉秩同。国子监上舍上秩同。

典史千五百十三缺。秩银三百两。藩司佐书史五十缺。米五石，银一百四十两。

从八品

国子监典客一缺。职掌。秩米二十四石，豆十石，银二百六十两。

宗正佐书史一缺。专事。秩米十石，豆十石，银百六十两。

通政司佐书史二缺。专事。鸿胪寺佐书史二缺。专事。

光禄寺佐书史一缺。专事。太仆寺佐书史四缺。专事。

少府佐书史一缺。专事。天储府僚史八缺。专事。

太仆寺司牧职掌。秩米十石，豆十石，银百二十银。御史台史秩同司牧。

部行走史秩同台史。翰林院供奉秩同。

国子监上舍下秩同。巡检八百二十一缺。秩银二百两。

藩司佐书史一百缺。秩米五石，银百二十两。臬司佐书史一百缺。秩同藩史。

知府佐书史三百七十缺。秩同藩史。

正九品

宗正佐书史一缺。专事。秩米十石，豆十石，银百三十两。通政使佐书史二缺。专事。

光禄寺佐书史一缺。专事。京尹佐书史四缺。专事。

宗正僚史一缺。专事。治中佐书史四缺。专事。

府丞佐书史八缺。专事。通政使僚史二缺。专事。

天储府僚史四缺。专事。光禄寺僚史四缺。专事。

鸿胪寺僚史四缺。专事。太仆寺僚史四缺。专事。

少府僚使四缺。专事。天储府廒史专事。

国子监僚史四缺。专事。府尹僚史四缺。专事。

御史台史秩米十石，豆十石，银百两。部行走史秩同。

翰林院供奉秩同。国子监中舍二十五缺。银五十两。

藩司佐书史一百缺。豆五石，银百两。臬司佐书史一百缺。秩同。

参军司马佐书史二十五缺。秩同。府佐书史三百七十缺。秩同。

县佐书史秩同。

从九品

国子监下舍米五石，银三十六两。藩司佐书史一百缺。秩米五石，银八十两。
臬司佐书史一百缺。参军司马佐书史五十缺。
府佐书史　县佐书史
监收佐史　司僚史一百缺。
府僚史三百七十缺。
流外米五石，银六十两。
藩佐书史二百缺。臬佐书史二百缺。
府佐书史三百七十缺。县佐书史
司僚史一百缺。府僚史百八十五缺。
半俸未入米五石，银三十六两
府佐书史七百四十缺。县佐县史
府僚史五百五十缺。县僚史
凡经筵日讲六缺，阁史轮直门下侍讲四缺，由院供奉轮直国史馆上书房，无额，由院供奉监上舍检充。充该职者不论品级，俱食从六品职掌俸。

武官宿卫

正一品

提督一缺。秩米八百石，豆三百石，银四千两。

正二品

都统八缺。秩米百四十石，豆五十石，银千四百两。

从二品

副都统十七缺。秩米百二十石，豆五十石，银千二百两。

正三品

副将六缺：圆明园二，正阳、朝阳、阜城、德胜门各一。俸同外。

从三品

参将九缺：圆明园四，崇文、宣武、东直、西直、安定门各一。俸同外。

正四品

参领秩米六十石，豆二十五石，银四百八十两。銮仪卫使二缺。米六十石，豆二十五石，银四百八十两。

头等侍卫上无额。米四十石，豆十五石，银三百两。

从四品

提督长史二缺。米六十石，豆四十石，银六百四十两。上驷院史一缺。秩米四十石，豆二十石，银三百六十两。

武备院史一缺。秩同。鹰犬处使一缺。秩同。

头等侍卫下无额。秩米四十石，豆十五石，银二百八十两。

正五品

佐领米三十二石，豆二十石，银二百六十两。二等侍卫上无额。米三十石，豆十五石，银二百四十两。

巡徼守备十五缺。俸同外。

从五品

鹰犬处副使二缺。俸同佐领。二等侍卫下无额。米二十石，豆十五石，银二百两。

正六品

领旗米二十六石，豆十石，银百六十两。三等侍卫无额。俸同领旗。

巡徼千总二十一缺。俸同外。

从六品

提督经历一缺。米八十石，豆二十石，银二百八十两。

正七品

巡徼把总五十一缺。俸同外。

从八品

武备院库使　上驷院监牧

武备院典簿　上驷院主簿

鹰犬处主簿俱米二十四石，豆十石，银二百四十两。

散秩宿卫自正七以下无定品，秩皆同外弁。提督从七史二人，正八史二人，长史各从八二人，经历正九一人，秩皆同京文官专事史。

武官正职

正一品

大将军出师特拜。

从一品

左提督一缺。米五百石，豆二百石，银三千两。兵部尚书一缺。俸归文官。

将军出师特授。右提督一缺。俸同左。

正二品

兵部侍郎二缺。俸归文官。藩司二十五缺，领本标十五缺。俸归文官。

挂印总兵四十六缺。藩兼三，兼藩一，兼臬一，兼府一。凡兼缺食俸，皆食其多者一分，不得并食。实食本俸四十缺。米百四十石，豆五十石，银一千四百两。

从二品

总兵三十九缺。藩兼六，实食本俸三十三缺。米百二十石，豆五十石，银千二百两。

正三品上

天储府史一缺。俸归文官。

正三品下

掌印副将六十七缺。臬兼一，兼府一，实食本俸六十五缺。米百石，豆三十五石，银八百两。

副将百七十八缺。米八十石，豆三十石，银六百四十两。

从三品上

带印参将十五缺。府兼四，实食本俸十一缺。米八十石，豆三十石，银六百四十两。

从三品下

参将百四十缺。米七十石，豆三十石，银五百六十两。

正四品上

知府百八十六缺，领本标百七十九缺。俸归文官。
协标游击六十七缺。米六十石，豆二十五石，银四百八十两。
正四品下
游击八十七缺。米五十石，豆二十石，银四百两。
从四品
都司百九十二缺。米四十石，豆十五石，银三百四十两。
正五品
兵部长史六秩。俸归文官。守备四百三十八缺。米三十二石，豆十石，银二百四十两。
从五品
兵部副长史十二缺。俸归文官。屯田守备无额。俸同正五。
正六品
千总一千三百四十三缺。米二十六石，豆十石，银百六十两。
从六品
屯田千总无额。俸同正六。
正七品上
领营把总府标右营百七十九缺。米二十石，豆十石，银百二十两。
正七品下
把总二千二百十五缺。俸同正七上。屯田把总无额。俸同正七上。

武官幕职

从四品

参军司马二十六缺。俸归文官。

从五品

左右提督长史四缺。米八十四石，豆三十石，银四百两。

正六品

镇库使七十五缺。凡镇兼藩者不设。米十石，豆十石，银二百六十两。镇典簿七十五缺。俸同库使。

正七品

左右提督经历二缺。米五十石，豆十五石，银二百两。协典簿八十二缺。俸同库使。

协库使八十二缺。米十石，豆十石，银二百两。

从七品

副将营知事百七十八缺。米十石，豆十石，银百七十两。参将营知事百四十缺。俸同。

府经历百八十六缺。俸归文官。

正八品

游击营知事八十七缺。米十石，豆十石，银百四十两。都司营知事百九十二缺。俸同。

左右提督佐书史四缺。米十石。豆十石，银一百两。

从八品

左右提督佐书史四缺。米十石，豆十石，银百二十两。

正九品

左右提督僚史十缺。米十石，豆十石，银百两。

镇营史皆以材官知书者充，不另设。

宗正卿一人，正三品，主天潢属籍，诏序职事仪制，受听狱讼，兼察课王府主府属员。辖经历一人，正七品，主图籍文书，检校比拟。佐书史，从八一人，正九一人。经历，正九史一人。该史由礼部咨送。凡宗人事，俱宗正专决奏行，不归部。

内阁左右丞相各一人，正一品，执国政，总文武。丞相长史即内阁学士之职。六人。正四品，检校内部外司事务。丞相少史即学士侍读中书之职。差以级，自正六至正八五等，无额，分直南书房、上谕房、诰敕房、票本处，日行处、佐书处各四人。丞相遴经术深纯者六人，轮直经筵，加日讲衔名。此虽史职，丞相接以宾礼。馀为供奉、分佐长史各二人，领少府、光禄寺、尚宝司、司礼使、提举内使、提督内卫事。

少府使一人，从三品，主内府泉币、服御、恩赏，验收土贡、藩贡、京城内市租、典税、各关珠玉赋入、各省采办丝麻染料。辖织造司一人，裁染司一人，琢镂司一人，库藏司一人，俱从六品。佐书史正八、从八各一人。四司各设正九史一人，该史由户部咨送，工匠有差。

光禄寺使一人，从四品，主祭享、燕劳、膳赐。辖御膳司一人，珍羞库司一人，司牲司一人，主守银库兼会计司一人，俱正七品。佐书史正八、从九各一人。四司各设正九史一人，该史由礼部咨送。

尚宝司使太监一人，从四品，主守宝玺、符牌。

司礼使太监一人，正五品，主赞后妃嫔御朝贺及庆吊外戚等事。

提举内使太监一人，正五品，主稽察奄职，并各宫园坐落陈设扫除事务。

提督内卫太监一人，正五品，此条尚可商主统领宿卫内臣。自少府以下，俱月上其计于丞相，丞相岁终总其计而课察黜陟之。㊄

上书房讲席，由审官院、国子监核举翰林上舍之行优、仪整、通经、达政者，咨呈内阁，勘验奏充。仍岁上其成于阁臣，课交吏部分别叙处。

提督府提督一人，正一品，议国政，辖护守巡徼皇城、圆明园马步诸军，领各旗都统、兴京都统、侍卫、提举銮仪卫、上驷院、武备院、鹰犬处事务。提督长史二人，从四品，一主检校文籍，稽察军装；一主受听狱讼，捕讯盗贼。经历一人，从六品，掌奏稿。佐书史，从七正八各二人。长史各设从八史二人。经历设正九一人。该史由兵部咨送。

侍卫：头等侍卫，正、从四品；二等侍卫，正、从五品；三等侍卫，正六品；直宿散职，自正七以下，分隶三色侍卫领之，无额，主侍仗、宿卫、徼巡，五日一番。凡侍卫外用皆加一级。

銮仪卫使二人，正四品，从侍卫挑补，主执杖夹护乘舆及皇后辇。舆辇，驾部主之；仗，武备院主之，俱临时给领。

上驷院使一人，从四品，侍卫挑授，主辇象、路马及御乘马，由太仆寺挑送看验，入院畜养。诸属车仪从马皆在辖。监牧二人，从八品；主簿一人，从八品。

武备院使一人，从四品，侍卫挑授。主御用甲胄弓矢刀剑之藏，及銮卫器仗。辖库使一人，从八品，主簿一人，从八品。

鹰犬处使一人，从四品，侍卫挑授。主狩猎鹰犬，辖派养兵弁有差。主簿一人，从八品。上驷院以下佐属官员，俱兵部史升补。

左提督一人，从一品。会议政事，辖护守、巡徼京城马步诸军。领东西南北四路总兵官，从二品，驻四同知路。左提督长史二人，从五品。经历一人，正七品。职守同提督府。佐书史，正八、从八各二人。长史各设正九二人。经历设正九一人。该史由兵部咨送。

御史台御史大夫一人，从一品。㈥主弼君德、参政柄、纠百工，岁终与丞相通核外省官吏之殿、最而黜陟之。【按】此句为沈钦韩所加领御史中丞一人，正四品，参知台事。御史大夫长史十二人，即各道监察御史之职。从五品，与侍卫参侍，知起居，正朝仪，劾不法，侍直外文武大臣入奏。级史无额，领通政司、太医院事。

通政司使一人，正四品，主受内外文武章疏，军民吁阙，知内外雨暘谷币价值，十日汇奏。㈦辖奏事处经历一人，登闻处经历一人，俱从七品。佐书史从八、正九各二人。经历各设正九史一人。该史由御史中丞咨送。

太医院使一人，正六品，主诏天时温凉舒惨、和膳、合药，调摄圣躬，诊视宫省疾病。辖御医医士有差。

给事中四人，从七品，无领属，以新进茂才除授，直门下，罢司科事。主封、驳诏敕，承阁、发部。㈧国史馆，无额，无领属，由审官院、国子监核举通识、强学、敦品、茂文之翰林上舍奏充。

门下侍讲翰林四人，审官院遴经学湛深、容仪庄雅者轮直，每日于退朝后入直燕殿，备顾问，知起居，侍直外文武大臣入奏，五日一番。无定品，无专人，㈨下番，即上日直状于院卿，以入岁课。

詹事府詹事，正四品，领辖有差。本宫臣，宫虚即罢，立宫乃专设之。

吏部尚书一人，从一品，主表率文僚，铨封课纠，受京员院部寺堂阁长史以下，外员藩司知府列自列察察属岁计、考比，总议本部机政，领钦天监事，刺举其属。领左侍郎一人，正二品，分辖文课、验封两司，刺举其属。右侍郎一人，正二品，分辖文选、考功两司，刺举其属。凡司稿呈堂，皆侍郎先阅所辖，定拟票签呈尚书议定施行。有大政，则三堂公议，遍访各司，不必拘分专责。凡尚书，皆自于行走史内挑三人为佐书史，侍郎挑二人为佐书史，仍食本秩。

文课司，长史即郎中之职。一人，副长史即员外之职。二人。少史正七即主事之职。二人，从七即小京官之职。二人，三等行走史无额。主受内外课计。内官以封印日上计各堂，各堂以正月上旬上计吏部，勒至开印日止；外府以正月上旬上计，外司以二月上旬上计，差以驿日三百里，逾限者议处。课法曰献可替否，陈善闭邪，侍从为最。直阁、侍宿、日讲、上书房之属。承驳正当，廉判明允，敷奏为最。御史台、通政、门下之属。铨擢澄汰，高下当才，选司为最。吏部审官之属。褒贬激扬，与夺必当，课校为最。内外各长官之属。仪制合经，音律克谐，礼乐为最。礼部之属。宣扬威德，词旨端详，使臣为最。鸿胪主客之属。钩推得情，判决不滞，理刑为最。内外主刑之属。导谕循方，生徒敦本，学政为最。国子监、县丞之属。肃清部辖，民富俗厚，长吏为最。藩司知府之属。刊正精审，词理端腴，文学为最。阁史翰林之属。造作精善，册籍明晰，主守为最。出纳必明，钩勘无隐，检校为最。户工之属。耕获利兴，田地开辟，农政为最守土、屯田之属。占候详慎，裨益政治，天文为最。钦天监之属。畜产肥硕，孳育繁多，牧养为最。太仆、上驷、鹰犬、牛羊、库院之属。条最十五，比以四善，曰：德量有容；品操有守；勤慎有恒；深严有用。善最不闻，职事不废，断为入等；反最皆为殿，参校多

少，定为九则，签呈该堂定议奏行。上计虚诬者，签稿呈堂论劾。

验封司，长史一人，副长史二人，少史正七二人，从七二人，三等行走史无额。主检比宗室升降，功戚封爵，勋恩晋衔，承袭恩荫，封赠敕授告身，内外命妇品秩、簿籍，比拟当否，签呈该堂定议奏行。不符定律者，签驳，仍察劾御史台门下主封驳者。

文选司，长史一人，副长史二人，少史正七二人，从七二人，三等行走史无额。主掌领选、调升，比拟簿籍。凡登仕领选人如进士除用及各等补史人员到部，受其资状而接见之，验其身言，以诏进退。㈡验「身」，曰：形貌伟谓躯干整 谓容止，年力精强；验「言」，曰：应对周详，风俗明晰指其本籍及游历所经。则依其资而注籍授事焉。其貌罢、神惫，语刺谓方言呕哳及口吃识短者，赐级罢之。受岁计之成，以比三年；三年之成，以比九年而诏黜陟，曰降谓离任降补，课七等以下者。曰领谓降级领原事，课六等者。曰守谓守原职，课五等者。曰行谓加级加俸，仍行原事，课四等、三等者。曰擢谓升补，课二等、三等者。擢有三：曰改清要；曰推升；曰隔品非一等不授，皆比拟当否，签呈该堂定议奏行。判劾内外各长官越品请擢署授者凡知府缺出，选官未到，该省无例得升补之人，准以近郡食加级俸知县暂署，不许纷纭调拨各守，违者皆为越品请擢。凡官经三考多最者，皆内外相错迁擢，使朝端知民隐，而内外无畸轻畸重之弊。约以史出为令佐，令佐入为郎，台部院各长史皆称郎。郎出为守，守入为侍从，小九卿同班。侍从出为司，司入为卿。不历郡县，不为卿辅；不历郎史，不为监司也。㈢丞相长史外用无定法。院部长史率上第用知府、参军司马，中第用知县。阁部各史率七品者用府僚，府僚上第补知县。凡年过六十者，皆不补外吏，其现任者不拘此例。凡县佐，皆就近隔府补用。司、府佐除参军司马外，皆就近隔省补用。知县得缺，去家在千五百里外者，许请改近。其知县缺出，在选无相当人员可补者，以丞相史、审官院翰林考上第者出领，列衔

曰「某官领某县事」，三年课最乃实授。其典史、巡检等缺，皆藩司于本省史课上第及进士、贡士、孝弟应策举上第人量资以次版授，申部注册。其县丞级尊，在外除以史升授外，无相当径受之人仍归部选。㈢

考功司，长史一人，副长史一人，少史正七二人，从七二人，三等行走史无额。主受内外文职议叙议处之成，咨参计课。凡内外官有交部议叙议处等事，议定皆移文该司注册。议谥法。司仪据状开拟移考功下议，乃签呈吏、礼两堂定奏。凡内列卿士，外为藩司及总兵之曾经阵战，立效疆场，副参之临阵捐躯遂成胜势者，皆得赐谥。若德行优著，抱节丘园，能使风俗敦廉者，该省奏请赐谥曰先生。检校钦天监事，皆签呈该堂定议。

钦天监正一人，正四品，领监副二人，从五品。主占验星文、云物、禨祥，颁时宪书，授民时。辖史佐有差，考验教授天文生员，月以计咨考功，岁终上其成于吏部而听课察焉。

户部尚书一人，主检校户版舆图以知丰耗，诏政治裒益轻重之宜，掌钱谷出入，以会国用。总议本部机要，领天储府、转运司即总漕之职，能罢粮船，即裁缺，故不另详事，刺举其属。领左侍郎一人，分辖户库、司出两司，刺举其属。右侍郎一人，分辖租库，司会两司，刺举其属。

户库司，长史二人，副长史四人。少史正七四人，从七四人，三等行走史无额。主受郡县岁上舆图、户口册籍，验收天下丁役均徭赋银，检校错误，以诏丰耗谓民力，以别勤惰谓官方。图二等，每府一图，每县一图，皆贴说详载八至里数、地名；遇大川、长洲、冲坍熟田及小涧新通舟楫，或新塞，山开新路，原开新渠，道植新树，及间径旁通城镇，开科除科之处，皆该县详绘申府，偕岁计申部。丁五等，赋二则二十以上、五十以下为正丁，十岁以上至六十五为入丁，㈣十岁以内为储丁，六十六以上为退丁，各绅老长正儒士正身为优丁。正丁岁役二日，折均徭银六分；入丁岁役一日，折均徭银三分；优丁、储丁、退丁皆免役。五等二则

通行天下，俱酌本地钱粮重轻，扣丁赋外，摊落入地亩，为夏税。赋随丁增减，无定额。户田册随岁计，孟春申部。册只载九等户、五等丁总数。府司受县册检验虚实，故不用缕析，以省簿书。田亩册同。均徭银季春起解，丁银比较以定分数，七分为入考签呈堂分别叙处。凡屯丁皆上番，不派均徭银。

司出司，长史一人，副长史二人，少史正七二人，从七二人，三等行走史无额。主给散官俸、史俸、各衙公费、各役口粮。皆领票分赴户库、租库两司支银，赴天储府支米豆。各部造办，各衙门正用。如光禄寺物价、大仆寺马价之类各处用兵、治河、堤塘、桥坝、奏销、车驾出巡、雇办一切支拨库帑之项，俱以时地价值核实增减，稽劾滥冒，月终以成，移司会入计，签呈该堂。

租库司，长史二人，副长史四人，少史正七四人，从七四人，三等行走史无额。主受天下升科、除科岁籍，验收天下地亩钱粮科册，孟春申部。租银仲夏起解。检校错误，比较分数，七分为入考。签呈该堂分别叙处。凡屯田皆收秋租，免征夏税。

司会司，长史一人，副长史二人，少史正七二人，从七二人，三等行走史无额。主计钱谷额入，及随时缓蠲、实入之数，会内外吏、史、兵、役俸粮、马料，岁修公费，及随时另案如用兵、筑城、治河，不入岁款之类。所出之数，会计盈虚，以时地价值核实增减。外款支拨藩库之项，签呈该堂定议，以诏国用，会道里远近，拨配起运。谓如本省俸银，就司府拨扣；边军重镇，就邻省拨配；内供钱币，就近畿拨运。既省解费，又便按期。又如赈赏等项，就近拨存，留项给散，次年即停起运扣补，不用解还。款项多寡，拨配给发，如工项拨均徭、吏兵项拨地亩之类。签呈该堂议行。

天储府史一人，正三品，驻廒所。主内屯谷、麦、豆、草租入，验收漕运米、豆，核查外屯租入，外仓储积，飞饬附近运河各省、司、镇、府、县挑浚启闭塘闸，给散内官、史、兵、役米、

豆，上驷院、太仆寺马料豆草，出入新旧，提督厰境。割附厰地为厰境，不设县。狱讼盗贼，刺举其属，月以计移司会，岁上计于户部。辖参军司马一人，从四品。标兵七百人，分三营：中营守备一人，领把总二人；左右营千总一人，领把总一人。厰大使，厰一人，从七品；经历一人，从六品；知事一人，从六品；佐书史从七四人，正八四人。

参军司马，参知政事，督标兵巡徼厰境，总理民事。佐书史，正八四人，从八四人。

仓大使，主仓厰验收验散，会计出入之数，刺举该处所收地方漕数短少、米色霉烂，签呈该堂议参。佐史，每仓正九二人。

经历，检校簿书，兼征厰境钱谷。佐史从八二人，正九二人。

知事，稽查漏冒，缮行文移，兼理厰境狱讼。佐史从八二人，正九二人。各仓厰衙门巡徼役使，俱参军司马调兵轮给，不另设役。

礼部尚书一人，主学政、仪制、祭祀、宾客。领国子监、鸿胪寺，刺举其属。领左侍郎一人，分辖司仪、司学两司，刺举其属；右侍郎一人，分辖主祠、主客两司，刺举其属。

司仪司，长史一人，副长史二人，少史正七二人，从七二人，三等行走史无额。掌五礼，帝后妃嫔太子亲王公主卤簿班剑之数，聘后，册立后妃，太子纳妃，公主下降，及官民婚嫁之节，内外官弁朝服、公服、常服轿马鞍辔之别，内外命妇上服、常服、首饰、履带之度，朝会、称贺之数，相见尊卑之节，救护哭临之节，丧葬赏赉之数，碑碣高卑之限，斋宿跪拜之节，俱先期以诏帝后，以肃百工；岁朔以悬象阙，以颁郡国。凡大丧、大祭、朝会，俱司仪上仪，鸿胪赞诏，台侍纠察焉。应得恤赉袭谥，并以故事诏该堂奏行。凡议谥，皆下议以移考功，察参诸违制者。

司学司，长史一人，副长史二人，少史正七二人，从七二人，三等行走史无额。掌受学政册籍，以知郡县之风俗淳漓，人才众寡。凡孝弟、贡士、力田、生员经郡县举准者，皆以状上司学。其乡老保望、保长、保贰、里望、里正奖斥之籍亦上焉。三岁，则合各司上资贡士而大比之，尚书为主试，侍郎、国子监、审官院学士并司学奉命分校焉。㊃策以六科：曰通论大计；曰切指时弊；曰匡救风俗；曰条晰经义；曰证断律意；曰辨饬吏治。得一科者即入等，牌示优卷，多招而覆策之，乃放榜，遂以资送吏部。检校国子三舍进退之籍，以诏该堂，而厘别学政之勤惰焉。

主祠司，长史一人，副长史二人，少史正七二人，从七二人，三等行走史无额。掌郊天、享地、祭鬼、国忌、释奠、迎德、封禅、类祃、祈报之事，皆除其坛庙，诏其仪节，先期以品数诏光禄供膳羞，诏百官斋戒，别亲祭、谕祭之等，助祭、亚献之人，先期上之。掌僧道度牒，三岁一给，每给五百张，分各省察授焉。凡买牒者，皆由县缴免役银一百两，乃授牒。凡独子及父母年至七十者，皆不准度。其无牒私度者坐罪，详郡县学政。其僧道以事还俗追牒者，皆岁终汇缴本司。

主客司，长史一人，副长史二人，少史正七二人，从七二人，三等行走史无额。掌外藩入觐，敕封外藩，使臣朝贡，番使茶马回易，外藩番使赐邸供应燕劳；委派迎送藩使，飞饬关隘，稽查禁物，检校土司承袭。俱签呈该堂定拟。

鸿胪寺一人，正四品。主卤簿、班仗、宫悬、大舞，诏朝会临轩册拜之仪。凡上及太子祀临，则赞；燕劳外藩，则为主。辨外藩之等位，而诏其使臣以职事及朝谢仪节焉。承旨以誓遣使臣。掌乐部，辖奉礼二人，典客二人，职库一人，协律二人，俱正七品。佐书史，从八二人，正九二人。四司各设正九史一人，该史由礼部咨送。

国子监祭酒一人，正四品，知监事。主率属训课三舍生而进退之，训以四术：曰礼明时饬；曰经习家法；㉔曰史断精审；曰律意轻重。课以六行：曰力学不倦；曰事长恭勤；曰处友和敬；曰行止端方；曰词旨温厚；曰乡评推许。领司业四人，正六品；辖学正十六人，正七品；典籍一人，正八品；典客一人，从八品。司业主教上舍，分辖学正，稽查中、下舍生肄业事务。学正分教中、下舍生有差。每学正一人率训生三十人。国子多则增司业学正之数。凡入监有六等：一曰院送上书中第、审官院咨入者。二曰任子王公任子，在京四品职掌以上，在外知府以上；武官带印参将以上。嫡子，庶子（螟蛉不准），年十五以上，二十五以下，身无残疾，能诵熟二经、编文成句者。三曰吏贡举孝弟，郡县学士举优，年四十以内，愿入太学由地方官咨送者。四曰自贡年四十以下，会试不第，请同乡官保送者。五曰神童十岁以上十五岁以下，能熟《十三经》、《通鉴》，下笔成文，应答有意识者。六曰观礼流寓京邑，愿观礼乐者，位次国子，不在三舍给秩之列。凡初入监，无论本级，皆从下舍。凡年三十以上入监，无志识，又懦于绩学，一年不变者，皆斥出勤归，仍行文该处主学官员，严饬父兄督率之；三十以下入监，一年无劣迹亦无长进者，则易师移学；凡一师所教皆以省府分配。又一年不变，则斥出勤归，行文督率如法。勤学敦行者，率一合一迁等；迁三等，则徙舍。凡朔望，公服集堂，谒本师，北面三揖；本师率谒祭酒，亦北面三揖；祭酒率谒先师，退至讲堂，团揖各散。典客乃饬役于讲堂极北设经老座，次中堂设祭酒座；司业座傍祭酒而稍签；下以次而南，设学正座；诸生座以次属之。经老、祭酒，请名儒摄席，无则虚之；官不拘尊卑，或现任职，或流寓，或致仕者，皆可，惟取硕师通经，分三《礼》、三《传》、《诗》、《书》、《易》，各延专精者一人，以备诸生请益。饭毕，典客鸣鼓集众，自祭酒以下，俱常服集讲堂，揖经老，分坐毕，设书史筵，以记问答讲说辨难之词。祭

酒避席，请经老讲；毕，司业学正避席，请祭酒讲；毕，祭酒属司业学正讲；毕，乃纵诸生讲，以四术依次讲难，毕，交揖而散。书史清缮记言册，呈祭酒司业点定，以定其等。三月大合，乃比而褒判之。凡本师各训课其生徒，月上其学，岁上其成于祭酒。三月，祭酒辄大合诸生而训誓进退之，誓毕乃射。凡祀先圣先师，皆先期射择焉，岁终以计上礼部。凡国有大政大狱下九卿者，祭酒手教诸生，各以意为议，呈本师，汇择奏之。典簿主书籍文移。典客主陈设讲席，应接观礼宾客，纠诸生会燕失仪。该职由礼部史升补。各设正九史二人，该史由礼部咨送。㊅

兵部尚书一人，主表率武僚，选拔俊杰，颁布戎政。有兵则居中策应，调发兵马，钩求粮草，给缴军械，核定功罪，提督天下兵马驲站，勘合火牌，总议本部机要。领太仆寺，刺举其属。领左侍郎一人，分辖职方、武课两司，刺举其属；右侍郎一人，分辖武选、驾部两司，刺举其属。

职方司，长史一人，副长史二人，少史正七二人，从七二人，三等行走史无额。主检校图书，提举驲站，给验火牌，颁遵领辖兵营仪制，领标官、提督、左右提督、布政司、挂印总兵、总兵、掌印副将、带印参将、知府、提督、宿卫，领禁旅无额。左提督驻都城，标兵七营：中军健锐营，掌印副将一人，参将一人；中军火器营，掌印副将一人，参将一人；中营，巡绰中城兼永定门内，掌印副将一人，巡绰永定门外，驻彰义门，参将一人；左前营，巡绰南城内左至东城内，参将一人，巡绰南城外左至东城外，游击一人；右前营，巡绰南城内右至西城内，参将一人，巡绰南城外右至西城外，游击一人；左后营，巡绰东城内至北城内，参将一人，巡绰东城外至北城外，游击一人；右后营，巡绰西城内至北城内，参将一人，巡绰西城外至北城外，游击一人。右提督驻伊犁，标兵六营：中营，左右掌印副将各一人；前营、左营，副将各一人；右营、后营，参将各一人；中营、左

营城守，余分防。布政司标兵三营：中营守备领把总二人，兵三百；左右营千总各领把总一人，兵二百，俱城守。挂印总兵标兵五营：中、前、左营皆副将，各领守备一人，千总二人，把总四人，兵七百；右、后营参将，各领守备一人，千总二人，把总三人，兵五百。总兵标兵五营：中营副将，领守备一人，千总二人，把总四人，兵七百；前营参将，领守备一人，千总一人，把总三人，兵五百；左、右营游击，各领千总二人，把总二人，兵四百；后营都司，领千总二人，把总二人，兵四百。中、左营城守，前、右、后营皆分防。掌印副将兵三营：中营游击，领守备一人，千总一人，把总三人，兵五百；前、左营都司，各领千总二人，把总二人，兵四百。带印参将标兵三营：中营都司，领千总二人，把总二人，兵四百；前、左营守备，各领把总二人，兵三百。俱中营城守，前、左营分防。知府标兵二营：左营千总，领把总一人，兵二百；右营把总一人，兵一百。其四路总兵环卫京城，领于左都督。外总兵俱受布政司节制。其边镇则挂印，专折，隶兵部。掌印副将、带印参将与总兵行宾主隔品礼，属布政司，虽禀稿，仍专制本营事。其藩司兼总兵者，不设司标。知府兼参将者，不设府标。其藩司兼总兵、总兵兼藩司者，皆食藩司秩。其副将兼臬司知府、臬司知府兼副将参将者，皆食臬司知府秩。凡营、镇升迁调补，俱总兵勘定，送布政司验看。咨中兵部，俱列布政司衔名会稿；岁终上计，则布政司专稿，会总兵衔名。掌印副将、带印参将则据禀奏咨，不会衔名。凡藩司秋巡辖俱阅兵，[17] 阅法：藩司戎服带剑入营，专祭旗，遂中阵立纛下，秉麾南向誓，总兵戎服西南向振铎。誓毕，藩司拔剑按马勒阵，总兵执杖从。藩司命鼓，总兵乃令鼙。较射：藩司正坐，总兵佥坐，副将以下侍。挂印总兵则请藩司祭旗，藩司辞，并祭。总兵以麾授藩司，藩司辞，总兵乃誓。较射，并坐，副将以下侍。挂印总兵以事过藩司。藩司请阅兵，并祭

旗。藩司偕总兵就纛，不授麾。余皆如常阅。兵部差官阅藩、镇、协、屯兵，皆如藩司阅镇兵仪。凡屯，附京旗屯，属各都统；安西屯，属右提督；奉天屯，属府尹，省屯，属各藩司。五百人一把总，千人一千总，千五百人一守备，万人一副将。俱统计男女为五番，五百人则实兵百人，万人实兵二千人也。其本管官皆听其狱讼，收其租赋，课其农桑，教其行伍，简其器械，籍其车马。财役必使均。凡挂印总兵、总兵、掌印副将、带印参将，各设库使一人，主请催钱粮谷草，拨运验贮按散，监造军装，提举回易马匹器械。典籍一人，课察僚弁，销算钱粮，检校图籍文移，为幕僚。副参、游、都各设知事一人，主请催钱粮、军需，检校图籍文移，为幕僚。凡武职幕员，皆以兵部史升授。凡游、都俱用本省人，副、参不回避本省，总兵及掌印副将、带印参将，乃用他省。凡把总，俱总兵会藩司上咨兵部版授；千总乃领选。凡屯丁，立保长、里正，举孝弟、力田，皆如民法。把总有未入书记兼仓史一人，千总有从九书记、未入仓史各一人，守备有正九书记从九仓史各一人，皆藩司拨补。凡藩、镇、协各标，俱置从七、正八外委，从八、正九材官，无额，挑强壮有技、稍通文字者署充，为中营番宿。经画营镇，另有成书。舆图，每省为总图，每府、县计里瓜割之；山川险厄，路径通塞，镇营驻守，城堡连络，垣池高深广隘之数，仓储军需各局所在，皆贴说明白，三年一修。番使入，则移鸿胪主客询其山川风俗，而为图说，以备案卷。驲站，内地七十里，边外五十里。凡日行：刑钱文移，俱二百里，输役昼夜走递；上计、题咨阁部、例行事案、截捕命盗人犯、一切军机常务，俱三百里马递；奸民蠢动、边境窃发、奏咨，俱火牌行六百里；拨调营伍、催督军需，俱插翼马递四百里。凡赦文、廷寄军机警急，俱火牌六百里；非军机五百里；寻常例行部文，皆三百里。调署题补文官知县以下、武官游击以下，申部；文官知府、参军司马，武官

副参，奏请，俱由驲三百里。凡折本三百里者，皆差弁专赍，准驰驲给马，不准供饭。凡紧急折奏五百里者，皆加火牌。凡藩司，给火牌十张，总兵官给火牌十张，臬司、掌印副将、带印参将给火牌二张。藩司火牌可发镇兵；总兵火牌可发府兵、县粮。臬司遇有地方大政所关紧急，非刑名该管事宜，与藩司酌议不合者，许以火牌揭奏；掌印副将、带印参将遇有军机紧要，禀请藩司不行，恐致失机者，许以火牌揭兵部。凡藩司、总兵官寻常入觐，许由驲，日二百里；有事驰驲，则三百里。钦差官由驲、驰驲如之。凡驰驲，由驲，文武官员给上马二头，中马三头。驰驲者，驲皆供四人饭，由驲者自备。凡火牌不复，随处缴部。如藩司调镇兵，镇一面发兵，一面即申缴兵部，不归藩司。他同。部收过半，则更给。颁驲政，钩核驲跕奏销。驿法：非公事不得由驲，非府、县正印及管营官公文不出省，非知府、游、都不得用四百里。凡驲，每月牓来去公文——某处递某处几百里，某日发，某日过，及接到每处公文——某事由，几百里，某日发，某日到，清册申臬司；臬司检校参互，其不合由驲及限里违制者，岁终揭上职方，其骚扰驲跕显干功令者，即时揭职方参劾。岁终，县会本驲马、夫供给，报销臬司，汇咨职方核夺。

武课司，长史一人，副长史二人，少史正七二人，从七二人，三等行走史无额。主受内外课计，限同文课。课法：曰勤慎直巡，呵劾非礼，侍卫为最；番领有绪，警诘多方，护督为最；部勒简明，督课公决，统领为最；教练切实，队伍整齐，偏裨为最；和扰民番，消化乱萌，边镇为最；怀集商渔，隔绝艇氛，海防为最；逻察港沟，清绝盗迹，江防为最；劝劝农教教行伍击刺得法，番轮无私，屯官为最；戎装充备，丁匠无怨，监守为最；监：监造。守：守藏。讥察非常，奸谋必得，巡逻为最；拨调得宜，战守必当，总戎为最；策敌得情，差将称才，参赞为最；调给军需，解备器械，台局为最。此行军专设之员，古所谓百货官，今所谓粮台、军需局之类。条最十三，比以四善：曰智

识能断，气量有容，威和得众，骁勇著名。反最为殿。比等签堂，并加文课，兼议定功赏、勋封、承袭诸事。

武选司，长史一人，副长史二人，少史正七二人，从七二人，三等行走史无额。掌武职选补升调。凡兵三等，材官四等，皆受其籍；外武职升调，皆受其资；比拟课簿，纠劾越职，皆如文选。断兵、战兵、选兵——三等；材官，正九至从七四等。俱二十入籍，五十落籍。马兵及材官，俱官给马。九月，马入厩，分给马粮，使自养；二月出苑，材官差遣，马军操习，俱用直官马。把总以上马自备。上及参、游，俱六十致仕；如筋力强健者，验实再留五年。副将以上七十致仕。凡三等兵、四等材官，俱管营拣挑补充，岁终疏技与资申部外委升授。把总，则总兵官会藩司衔，藩司专衔疏效力有迹应赏之处，申部定夺。把总升千总，则上课资送武选司考验身言：身长五尺六寸以上，力射弓六斗，驰马骋勒，长枪使纵如法；言，知该地形势风俗，勒部队伍分合营阵。乃签呈该堂验看定夺，乃引见。以上皆同。凡守备以下，俸入较薄，俱准其以赀折由驿给咨送部。凡挂印总兵、总兵、掌印副将、带印参将，俱三年一入陛见，兵部差员前阅兵，即摄其事，使驰驿来京。到京先以计上兵部，部堂发武课武选二司，验勘，乃签堂奏到。凡守备以下，核资呈堂下该管官施行；都司以上，奏请定夺；总兵，掌印副将，俱开列奏请简用，不归选法。凡侍卫三年，课最外用者，皆上状武选，考验身言，比资比第而序铨之。凡营幕，俱以本部少史上第比地铨放。级从幕，仍食本秩。俱签呈该堂定议。

驾部司，长史一人，副长史二人，少史正七二人，从七二人，三等行走史无额。主守车驾、仪仗、帝后各种乘舆，及冬至、元旦陈设卤簿，大丧羽葆翣从之属，武库甲鞍枪刀之属，检校给缴之数而分别修造焉。当修造者，按岁修及坐赔例移工部。掌天下营镇马匹、舟车、戎装、军械之籍，以定拨配调发之

度。检校太仆马等、马数，调集承直官马，而核其浮短毙坏焉。三公署承直马，日各十二匹，九卿署日各十四，上九卿署日各八匹；工部加给牛车骡车各十乘，车系驾部供给；及一切马、骡、牛、驴驮运之役，俱太仆寺调供。

太仆寺卿一人，从三品；领副使二人，从四品；佐书史从八二人，副使各正九二人，驻都城。主畜牧马、驼、骡、牛、驴、羊、豕之事，主祀牛马神，兼管附畿各屯马政。马三等：上马毛色格相足力合式者。挑充上驷；中马足力强劲者。挑应营镇二提督、四路总兵所属应用马骡。下马充承直。驼、骡、牛、驴充输运。牲牛、羊、豕之属。三等：上牲供祭祀，中牲供膳羞，下牲充赏劳，俱例输光禄寺。课牧监、司牧、牧子之优劣而赏罚之，岁以计上兵部。凡马、牛、驼、骡、驴各一，羊、豕各五，设一牧子；百牧子设一司牧；四司牧设一牧监，牧监自辖牧子百人，兼领司牧。皆寺卿度附畿四面千里内便水草空地置苑，四面植柳，荫马，老，取供矢材；依山并植柘，取弓干、枪柄。皆合近屯调给豆、麸、糠秕、萁草，皆牧子以牛骡自运；无屯处则以空地三分之一拨输役垦植料豆给苑。凡附畿屯兵，养马、骡供耕运者，官籍其数于册，上本寺；外屯归各本管。都城设厩，常畜马五千匹、驼、骡、牛合五千匹备用。典厩二人，主饲养。分别等第，调给营镇操习及承直诸役事。凡内厩料草，皆取给天储府。牧子有差。牧子俱挑现兵之不任兵革及旗丁之无口粮未出屯者，授以牧养之法而课督之，粮视厮兵。凡在厩马、驼，日给豆三升，麸三升，草二十斤，盐二两；骡、驴豆、麸、盐半之，草二十斤；牛牲持给同马，余日草二十斤。羊、豕日给麦、豆、麸、糠各半升，出苑者，豆、麸减半，四月半至八月半食青禾时，豆、麸全断。凡马、牛、驼、骡、驴俱二岁破鞍，三岁别群。别牝牡使异群。凡马、牛、驼、骡、驴以季春游牝牡使合，仲夏别之。四岁游，五岁课。羊、豕则二

岁而游课之。牝马、牛等畜百，课驹犊岁六十；牝羊百，课羔三百；牝豕百，课豚七百。马自外蕃新来者，课减三分之一，耗增五分之一，二年课如例。马过二十岁则不课。驹剩数者，马、牛、骡、驼一赏银一两；驴二、羊七，豕五同赏。为二分：一分归牧监司牧，一分归牧子。岁耗：马、牛、驼、骡百而耗六，羊豕百而耗十；大疫不在此例。凡计剩，皆除耗净算。凡官畜在牧亡失者，限十日访寻，不获者估赔，长与牧子各半。凡耗疫牲口，皮、脯、毛、角皆归官；脯、毛充赐劳，皮、筋、角咨送工部司造司。凡牲孕，皆计数上册，生三日乃计剩。马、骡驹生八日，则以某苑印印之，中马印左，下马印右。格色合上马者则不印，周年送内厩畜养，挑补上驷。凡马、驼、驴、羊、豕多者，皆回易充公，印以「回」字印。凡仲冬大阅，则集各苑中马，二十日前按兵给操。凡外营镇度地兴牧者，派材官为司牧，厮兵为牧子。凡边墙为紧营，兵千人，马二百五十匹，骡二百五十头。内地为常营，兵千人，马百匹，骡百五十头。平原为原营，兵千人，马百五十匹，裁骡运用车。岩险为错营，兵千人，骡二百五十头。牧地必兼屯，无得出辖，亦不得远营三百里。兼牧羊豕，集入厩供操，出苑给粮。议赏罚，法皆同本寺。颁相马、饲马、医马、马忌之要于各营驿。马初生，无毛，才行便能饮水，数肋骨得十三根，头项圆起如鸣鸟者，皆千里马。腹、脊上下平，项圆，毛起，腕上腹下毛逆生，肋骨十一根、十二根，尿射过前脚，前两甲膊毛逆生，后甲膊毛逆生过前甲，膊到喉者，皆五百里。耳根下生角长一二寸，放尿时举足，眼有双瞳者，皆善走。马善相头。皮光紧如剥兔，耳后小、尖而齐，左耳却害主，右耳却不入阵。眼圆满，如双悬铃眶，肉额前锥毛浓盛，鼻宽大，唇阔大，皮缓，色鲜红，上方下圆，舌如悬钩，胸脊广平，腰平短，肋骨分明，鞍肉厚，阴小，肚方，胫骨细无毛，尾毛细软，尾根齐尻骨，汗沟深，甲膊横纹分明，膝圆而高，蹄厚而大，前脚直，后脚曲而开，腿如琵琶，前望如鸣鸟，后望如蹲狗，皆良马也。无此诸相，而

肋骨止十一以下，芝兰孔生毛长一寸，项扁，头垂，阴大，腰长者，皆驽马也。马有白点入口，目下有毛横起，旋毛在吻后，白马黑鬃，鞍下有回毛，胁下有白毛直上，汗沟过尾根，腮上有旋毛，后足左右有白毛，纯白而四蹄独黑，从前膊起旋毛到腮，项有旋毛，爪黑面白——以上皆为毛病，不利主，犯一者不可供御。饮喂有三则。一曰少饮半刍：饥肠休饮足，尪羸休饮足，妊娠休饮足；饥肠休喂饱，出门休喂饱，远来休喂饱。二曰忌饥净刍：浊水休饮，恶水休饮，沫水休饮；谷豆当筛，砂灰当洁，毛发当择。三曰戒饮禁刍：骑来不得饮，料后不得饮，有汗不得饮；腰大休加料，骑少休加料，炎暑休加料。凡马远来，牵转喘定汗息，乃去鞍，系于迎风所，移时乃饮喂之。冬暖屋，夏凉棚，梳毛片，涤四蹄，常令净泽。其尿清，粪润，鼻息温和，唇舌鲜明，皮毛光采，则无病也。骑行长路者，一行，二走，三驰，四奔，周而复始，人数上下，则马不伤。凡马方行而渴，人下，使饮水，复听久息者，必死；须骑而听其饱饮，即加鞭疾行，使出汗，便无妨也。马方行，上料，夏速勒喂之，俟其嚼过豆半升许，乃解勒；冬则去鞍留鞯而已。马久步则筋劳，筋劳则生蹄痛；久立则骨劳，骨劳则发痈肿；久汗不干则皮劳，皮劳则骣而不振；汗未燥而饮饲之则气劳，气劳者，骣而不喷；驰驱无节则血劳，血劳则发强。行何以察五劳？终日驰骋，舍而视之，不骣者，筋劳也；骣而不时起者，骨劳也；起而不振者，皮劳也；振而不喷者，气劳也；喷而不溺者，血劳也。筋劳者，两绊却行三十步而已；骨劳者，令人牵之起，从后笞之起而已；皮劳者，夹脊摩之，热而已；气劳者，缓系之枥下，远喂草，喷而已；血劳者，高系无饮食之，溺而已。马槽忌以石灰泥之，及以猪槽食马。又乘汗系着门环，皆令马落驹。驹初生，忌石、柴各灰气，灰新出炉未经水者，驹触之多死。系马宜向南，向北则马易病。厩必养弥猴，令马不畏邪，辟恶，消百病。马入厩，宜以绳络其腹，勿令夜睡。野牧至秋，宜以棉鞯护背，避露。骡、驴大率同马法。主簿二人，磨勘册籍，检劾隐误。该职由兵部史升补。佐书史，卿正九二人，副史各正九一人。该史由兵部咨送。

刑部尚书一人，掌受内外刑名文案，而比律以平其重轻；劾刑吏出入不如法者，总议本部机

要，刺举其属。领左侍郎一人，分辖比重、比轻两司，刺举其属；右侍郎一人，分辖大理、评事两司，刺举其属。

比重司，长史二人，副长史四人，少史正七四人，从七四人，三等行走史无额。主受内外吏民斩决、斩监候、绞决、绞监候、监候绞、绞准赎、赐自尽各罪文案，而随事正其重轻，驳其出入。秋审，则次案而比之，以情断律，编状呈堂而奏勾焉。刺举承审官吏出入失律者。

比轻司，长史二人，副长史四人，少史正七四人，从七四人，三等行走史无额。主受内外吏民坐罪迁屯田入刑籍，及免勾减死论迁、极刑妻子论迁各罪文案，而随事正其重轻，驳其出入。秋审，则次案而比之，以情断律，编状呈堂而奏行焉。刺举承审官吏出入失律者。

大理司，长史一人，副长史二人，少史正七二人，从七二人，三等行走史无额。主受内外军民控部诉冤词状而伸理之，承审文武官吏以事下刑部者，议处文武官吏干法议者。凡大狱交九卿议者，皆大理先下议。

评事司，长史一人，副长史二人，少史正七二人，从七二人，三等行走史无额。主检校比重、比轻、大理三司案论，而随事平反之。其审册呈堂议定，下评事平其轻重，有不合者，辄签论之，粘状后而入奏焉。勾行下不合者，仍下议，签呈堂平反之。堂官不合者，即签三公府共平反之。

工部尚书一人，掌宫室、衣服、器用之制，山泽之禁，营造之则，水利屯田事务，总议本部机要，刺举其属。领左侍郎一人，分辖司营、司造两司，刺举其属；右侍郎一人，分辖宝源、水利两司，刺举其属。

司营司，长史一人，副长史二人，少史正七二人，从七二人，三等行走史无额。掌山泽之禁。

凡山之在祀典者，禁标样樵采开垦；受木赋之籍，而以式验收之；掌建修陵庙、宫殿、城池、坛墠、园庄、衙署、仓厫诸事，估核外省建修城堡庙署价值，辖匠役有差。

司造司，长史一人，副长史二人，少史正七二人，从七二人，三等行走史无额。受铁赋之籍而验收之，验收各省颜料、筋角、皮毛之属，掌造修乘舆、仪仗、丧仪、祭器、服御、陶木各具、甲胄弓矢剑戟舟车一切官用物件，核估外省造修甲胄、战船、官渡、帐房、祭器价值，并以造法颁授之。辖匠役有差。

宝源司，长史一人，副长史二人，少史正七二人，从七二人，三等行走史无额。受铜铅赋之籍而验收之；伐采煤炭，铸造国宝，出入钱铜，造颁各官印信、铜符、令箭，掌币政，银价百铜，金价十银，权其流滞而轻重之。

水利司，长史一人，副长史二人，少史正七二人，从七二人，三等行走史无额。主浚城河，清街沟，提举桥梁，屯田、渠池、河堤、海塘诸事，皆度工榷估，授法课成。其开屯经费，屯入租赋，均归户部，而本司受其岁计焉。

京尹，从二品，辖京县并四同知路。主督纠京职文武，并内使行习骫法、一切第宅、衣服逾制者。领五城巡徼员弁。即左提督辖下巡绰各营中城副将，五日一番，轮兵六十人，供尹役丞治中各二十人。府丞正四品，主课绩、钱粮、学政，佐督纠。治中从四品，主刑名，佐领巡徼，皆为幕僚，惟临辖路县，礼殊外郡。司狱一人，经历一人，俱正七品。四同知路，从四品，职掌皆同外守，不领标。四路总兵日轮兵三十人，给同知役五日一番。设知事一人，正七品，为幕僚。京县从四品，隶尹，主该辖无职土客居人狱颂、劝农、学政、钱粮。其丞、尉职秩，皆如外县。尹佐书史，正八四人，正九

四人。丞，正九史四人。治中，正九史四人。司狱、经历，各正九史二人。京县史如外县，同知路史如外府。

奉天府尹，正三品，食最要知府秩，领标，掌府事，皆同外府。兼辖锦州府如藩司，府丞，佐尹事，食京秩，掌奉天锦州刑名驿跕如外臬。尹史同外府，丞史从八四人，食京史秩。

藩司 内官正三品卿外放者正本衔，其从三、正四，京堂简放则署本职曰领事。其侍郎特放者，亦署本职，曰行事。省一人，正二品。主课绩、学政、即今乡试事。戎政、钱粮仓库、屯田水利，节制各镇。辖本省副将以下，兼试授级史，策进士、贡士、孝弟，版授典史巡检等官。设参军司马一人，从四品；库大使、经历各一人，正六品。司马参大政，主标兵，兼劾郡县违制等事。大使主收贮，经历主图籍，为幕僚。佐书史正八二人，从八四人，正九从九各四人，未入八人。参军司马设正九史一人，从九史二人。库使、经历，各设从九史一人，未入史一人。

臬司外官知府擢升内官，四品，简放无领行等衔。省一人，从三品。主纠判刑名驿站，设照磨、知事各一人，正六品。照磨检校文书，知事比拟律意，为幕僚。佐书史，从八、正九、从九各四人，未入八人。照磨、知事，各设从九一人，未入一人。

知府部、院长史简放知县，两考□等至食正四俸，仍行事者擢升。正四品，隶布政司，主课绩、保甲、劝农、戎政、学政、钱粮、总理刑名。设同知一人，正六品，主刑名，佐学政即今院试事。通判一人，从六品，佐课绩、钱粮。经历一人，从七品，主簿书，收管提集听审人犯，检校标兵事，为幕僚。佐书史，从八、正九、从九各二人，未入二人，半俸未入四人。同知、通判各设从九一人，半俸未入一人。经历设未入一人，半俸未入一人。

知县厅、州皆政为县隶厅。正五品，主保甲、劝农、学政、课绩、戎政、驲站、钱粮、仓库，总理词讼。设县丞一人，正七品，主狱讼；罢校官，以丞兼学事。典史一人，正八品，主狱所、城市斗争、输徒役作，佐讼政、戎政。巡检从八品，主巡缉，兼理所辖争讼，为幕僚。佐书史，要、繁缺设正九、从九各四人，未入六人，半俸未入六人；中、简缺设正九、从九各二人，未入四人，半俸未入六人。丞，半俸未入三人。典史，半俸未入二人。巡检，半俸未入一人。

凡部院所领三品、四品职掌官，皆仍自为堂，辖乃为属。凡领，皆受计加勘而不禀稿，文移用职名咨呈，相见用衔名呈帖，拜而不参，坐次佥坐，长官送而不迎。辖皆禀稿，上计文移用禀呈，相见用衔名手本，禀参，坐次隅坐，长官不送迎，常见领辖均三揖，不拜参。惟内阁所领，仪注同辖。凡史见长史如辖。自阁院至佐史，虽非所领，凡次品如从一于正一。用晚生帖，仪如宾主；隔品如正二于正一。仪皆如领，惟用衔名帖；隔二品即用衔名呈帖；隔三品如辖礼。凡外官，节制如领。外属吏谒长官，吏皆参拜打躬，旁坐。史皆不坐，仍打躬。凡长官受所属参，礼数以级为差，至微者亦起立拱手，参毕乃正坐。凡幕僚皆为属。史与吏级同者，礼降一等。

内阁、提督府、御史台为三公，该衙门月给纸笔火烛银一百两。六部、左提督、审官院、府尹为九卿，该衙门俱月给银九十两。宗人府、天储府、少府、通政司、国子监、御史中丞、钦天监、鸿胪寺、太仆寺为小九卿，该衙门俱月给银六十两。余衙门各月三十两。给事中、国史馆，每人月给银三两。京堂各衙门皆设守门皂隶四人，就月给公费内开销。刑部设执刑役八名，岁共开工食银九十六两。其余仪仗皆雇倩自备。除督兵衙门外，丞相两旗、两鞭、两炉、四执刀、四持矛、四橐鞬乘马；尚书以下至二品堂官两旗、两鞭、四执刀、四橐鞬乘马；三、四品堂官两旗、两鞭、两执

刀、两櫜鞬乘马。惟祭酒两垆，无执刀；丞相长史两旗、两鞭，俱传呼辟道。自余司职俱无仪仗。家丁从马，一品不得过六匹，二、三品不得过四匹，四品以下递减。史职家裕者，许从一马。凡内外武官皆乘马。内文官一二品用轿：一品，绿围紫绦；二品，绿围绿绦。三品至六品乘车：三、四品绿围，五、六品青围。七品以下乘马。凡马别鞍辔：一品，马用紫缰朱题，朱地密绣锦镶垂五色绥鞯，踢胸二重；二、三品，紫缰红题，绿地撒花朱镶白绥鞯，踢胸二重；四品，紫缰，绿地绣镶鞯，踢胸二重；五品，紫缰，绿地鞯，踢胸一重；六品、七品，绿缰，蓝地鞯，踢胸一重；八品、九品，绿缰，蓝地鞯，无踢胸。内外文武一律。无品人，白缰，木鞍，黑鞯。

藩、臬、府、县，在城俱用轿：藩司绿围绿绦；臬司上围绿，绦绿，下围青；知府，上围绿，下围青；知县，围青，绦青。参军司马以下幕僚官，皆乘马。凡掌戎政官出，皆有兵卫：藩司备五马，马、步各十六人；府弓、矢、矛、剑，马四人，步八人；县民壮四人带刀夹舆，马二人韎弓从。凡巡辖劝农因公下乡，皆去卫。幕僚惟参军司马督标，兵从视知府；余官皆二鞭、一伞、一从。

凡藩司知府皆领兵，不设他役。臬司役，藩司调兵轮给之。知县设民壮七十五名，共之丞，日给米一升，仍各执本业，分三班轮直；无业者督垦近地，酌议分法，以裕公费。典史设马快二十五名，日米一升，月银五钱。巡检设弓兵二十五名，日米一升，月银三钱。三役皆有服仗，教以行伍击刺之法。十月、十一月、正月、二月共四月，每日午后到场教操，有故者听假。教操日，师有酒食，每人皆给面饼四枚。皆二十充役，六十免役，余冗役皆罢之。浮数者，府判司参军论劾。挑法详后。县设掌刑二名，仵作二名，给粮同马快。例以专人学习。皂从、轿夫官自雇倩，不得以三役轮充。凡以公人充私役者，一事夺一级，笞五十，收赎；三事决夺一级，杖六十，收赎。如差伺候人员

迎家属、差公役递家书之类。藩府虽以兵轮役，止充差辑、仪从诸事，其私宅内厨洒扫等事，不准轮用，违者比于律。其茶房伺宾者，仍属公事。官以公出者，准以茶房充厨役，不用此律。

凡上道，自藩司以下，皆以雨衣乘马，自备长行，无得骚烦驿站。从役皆雇骡驴。内外上下，无得过二十人，违者夺职。惟幕僚及伺候人员，奉公于役，许由驲，给马一匹，驴一匹，挑夫一名。凡长官下乡验勘，皆乘马。其年过七十、不任乘马者，皆致仕。凡驲递公文，二百里以下，皆以输役走传；以上乃许用马。京差无勘合不准应副。每驲上马五头，中马十头，驴十头，输役四十名。凡马，岁料豆十二石，折银十二两；麸十二石，折银四两八钱；草八十四石，折银八两四钱。共计二十五两二钱。驴豆五石四斗，麸六石，草三十六石，共折银十一两四钱。每驲岁修鞍槽银十八两，岁修棚舍银二十四两，纸笔银十二两，除厂银四两；岁耗上马一头，银二十两；中马二头，银三十两；驴二头，银十两。共一驲岁款六百二十两，余款官自筹给。

凡生辰岁节，非附郭属吏，不许贺谒。其有馈送，皆以赃论。其知府非因大政，必须面禀两司而上省者，以擅去郡律夺职，杖一百的决。知县非因公至郡者如之。非有大政，司不许提府，府不许提县，违者决夺二级。其因私者，如府擅去郡律。其上司莅境，属吏迎送，毋得离城十里。

革门上签押用家奴充当，违者，本官以违制图私律夺职，该役依贱僭为良律，决杖六十，输三岁。门上主禀事、发行文书签押；主用印检校文书皆公事紧要者。文官自丞相藩司以下，武官自提镇以下，皆轮用级史材官。五日一番。不得专用一人，致招权鬻。该史轮值，止办公事，不得隳坏廉耻，兼给私役。如门上兼管厨房、帐房，签押帮用图章、研磨朱墨，缮写长吏自作诗文草稿之类。犯者坐无耻，夺级，杖八千，禁锢；本官夺一级。

定各官携属之数。凡随任人，除父母妻妾外，其兄弟及子多而有长者，当留侍丘墓，婿当归本家。其外祖父母、舅父母、外舅姑无子可依者，许声明迎养。其婿或自幼抚育无家可归者，亦听声明。家丁自藩司无许过十五人，以次减之。其荐丁入署者，荐主系官，夺二级；系民，杖八十；系长吏，夺职。定例：藩、臬五十人，知府四十人，参军、司马、知县三十五人，僚佐二十五人至十五人。其禄入所养不过如此，过此则拮据，非贪不济矣！其子弟必皆有业，于文内声明。无业者为惰民，则可随任者惟有士耳。然士非常家居，素行孚于乡里，则不能与举，是随任又无以得出身也。爱子弟者思之。浮数及不符例者，府判司参军参劾，令下，诸现任人不符例者遣归，仍取实给人数；声明符例脚色，申司及府，以备查参。其出署无业可归者，许请迁屯田。筹屯法详后。其贫乏亲友，本官自酌情义寄赠者，听；不许远投该署，致本官留遣两难。违者无论绅庶，科罪同惰民，终身不齿。其索私债者，虽系亲友，皆无得住署。

尽裁幕友，⑹ 刑钱事归幕僚，佐理同友。且坐堂讯鞫，尤为分劳，征号批行，俱五日一番轮用级史。革书禀，专用文移。三节两寿红禀，骈文最为陋习。且一遇大案，不用公文，先行禀礼以仰上司鼻息，尤为弊政。其亲友私书，皆专足附便以通殷勤。敢用官封驲递者，臬司参劾。违者，虽一事亦夺职，仍追捐马银，每驿三钱。夫吏者，所以缮行文移，检校簿书，习土而明风俗，近民而究情伪。汉、魏以前，皆出身辟举，杰才间出，每至公卿。唐，宋以还，屏为流外，绝进身之望，去代耕之禄；然而居其地者，以长子孙，故绅无世家，官鲜世禄。而胥吏承袭，遍及天下，惟狱为市，弊极于今。前有部臣，因经承招权太重，又皆绍兴客户，盘踞为奸。建议尽驱之，反为等辈所要，敦请加饭银乃返视事。遂谓部事非绍人不办，莫敢复议。斯皆吏不事事，倒持太阿而授人以柄者也！诚命以级，赋以禄，慎选士人而授之，精考课绩而进之。出身有途，则人皆自爱；饔飧有赖，则官可执法。优者累考而迁，劣者因事而黜。使我髦士藉此观政，时以土风，诏其长官，斯亦与地方贤士大夫共治之遗也。至各

役，并无名粮，日供差遣，微忤而刑杖辄加，坐赃则罪过平人，举事无名，莫此为甚。均是人也，而立以为官长，谓其贤能抚众，才可理剧也。今处职者官，而理事以友。使友诚贤也，当路者固宜罗而用之，不当听其伏佐人幕已也，诚不贤也，而使与人民社，岂不殆哉！夫幕友，大抵刻薄奢侈、贪污无耻之辈，长恶图私，当事者莫不知也。然予尝与议去幕之说，则哑然莫应。固以相沿已久，重言变更。况今之司刑者，问以律式轻重而不知；司户者，问以钱谷出入而不知；司吏者，问以课选上下而不知，十常五六也，去幕友则伥伥而无所之矣。然思刑钱修脯，每人重者及千，轻者半之；征号书批诸小席，膳设仆从之费，每友亦不下岁二百两。计一县延友之费，约岁二千五百两，而大县之廉，不过千两。曲徇陋习，黩曲从污，甚无谓也。佐贰助理，名理即顺，劳逸斯当。其幕友果能通达治体，可以条列新科，取进不次，亦无弃才之叹矣！左之设官也，使贤治不肖，不以卑临尊。今巡典受级，仅比生监，丞簿出身，已劣举贡。故鄙弃于清流，益鸱张其横肆，长齐民不逊之心，养小吏无耻之习。诚使贵贵相承，足资临御，则轻吏之俗革；贤贤相推，广为辟补，则沉抑之士罕。又今学宫饰观，学师备数，职冗于胥徒，行污于驵侩。良以分既失势，地又居贫，凌迟之使然也。今以丞理民，复使兼学，则德以威将，刑因礼重，诏令以选举之源，佐令以教化之实，制时之宜，庶乎有中。四民各有生业，亲友有入佐途，遂辐辏以从惰民。试思无此依赖，将能不食而饱、不衣而温乎？游食集署，非本官所乐从，冷面所向，盛气所凌，加以关防所束，蜚语所指，盖十人而八九不堪矣！徒以路远费难，隐忍牵就，或逢意外之虞，竟成流落。又有千里投亲，而或出差远省，降补不讳，至不相及，常至摧折中途，化为丐盗。己力可食，俭则易给；及事乃悔，嗟曾何及？是故议裁延幕，非以绝缙绅养才之路也；议禁随任，非以阻富贵姻睦之心也。裕官财以教廉，止民疲以教富，人情之大原，而王政之急务也。

凡郡县在边地，言语不通者，限一月内必须学习通晓。

凡府，于仲春仲夏，遍巡其辖，问劳验核。藩司于仲秋遍巡所辖。藩司巡辖，皆就近召乡老问风俗疾苦。其言语不通者，则书以问之，使之书纸后以对，皆赐食。府巡辖，皆就近并召保长、保

望问风俗疾苦，皆赐食。县每巡所辖，皆就近并召里望里正问疾苦消长，皆赐食。立乡老保长诸法详后。

郡县力行保甲，以睦邻里，靖盗贼，浚池渠，筑堤防，劝农业、种艺、畜牧，以教勤作，备水旱。量一家人力多少，差其种畜。非老弱病废而田地荒芜，与不兴畜产、不事纺绩者，惩责有差。其从令尤力，收成殷盈者，奖以花酒。成书详后。

凡伸诉，皆赴令署。丞、尉虽佐理，不受词。县申府亦然。其诉讼者，知书者词必自作，余即代书，依口录词，或诣宅门口禀。自旦至定更，令、丞或委尉即时受听。词与禀单皆有正副，骑缝用印，批正存案，批副标限给原告，持传被告，跟诉词呈缴。被告凶悍，差一壮快协原告往。雀角争斗之讼，十日结；田土户婚引证烦多者，二十日结；命盗大案，三十日结；凶被逃案者，展限有差。每月缮事由册，详载告诉多寡，审结迟速，注明令听丞听申府。封印前，总计一岁已结案件。计民人一岁三讼，理虽直而可无讼者，输半岁；理曲不入辟而为人持者输一岁，理曲不入辟而持人者，输二岁。绅士照律论减。至民输二岁者，夺级；输半岁，收赎，情轻者免禁锢，仍书名申明亭，俟三年无理曲事入公门除之。总录登号，于开印日行，检各稿赴直家，令谨收执，备他日提核，以省簿书之烦。

凡知县，于开印前择日发柬请乡老集城，举乡饮酒礼于学。凡在城之长、正、望、生毕会，翌日仍宴于署，问政令所宜，尽欢而罢。凡老，皆择其乡生儒端谨者为相礼，二人；其愿来观礼者，听。能射者仍准射，皆有酒食。

凡令、丞、尉、检以公下乡，过乡老居，必致问。其绅官致仕家居者，地方官庆吊往返，其馈

遗以赃论。其绅户之未列乡老者，无得与该吏筵宴；其乡老并不得请该吏赴家筵宴。其并非绅老等户，该吏与通庆吊者，决夺一级，杖六十，收赎。其馈遗从重，以赃论。其过境客官与该吏有素者，准其留食，其馈遗下程以赃论。凡以赃论者，并与、受同科；首者免论，仍追赃。凡发者，兼自发人发。以赃充赏。

裁节诸不当祀者。凡山川、社稷、八蜡、马神、蚕神、先师、乡贤诸祠，斋戒，长官率属宿候馆或寺宇致斋，不准归署，致多慢亵。其私祷及捐资增造淫祀，革职、禁锢，毁祠归公。凡地方居民，勿许专建寺院，及任意立社稷、土地等坛。其寺院内，勿许设立施主像及木主，违者罪有差，仍改正。

凡县官祭祀、奖劝、修造、禁解、文移、楮硃公费，要、繁县，每县给银一千两，中、简县，每县八百两，无得派累差房，违者坐不应。总计中赃者，坐不枉法。凡保甲纸笔及由单、串票钱、秤余、斛余，俱充公用，不归经款。凡一应捐募修造款项，俱令出示招各乡公举董事，一应银钱米物各项，俱交董事，官、吏、胥役不得参与。官示期兴工，落成后，官受其帐，计功奖劳。

凡掌戎政及佐戎政官，皆有甲胄。冬阅，皆戎服。阅毕校射，皆先自发三矢，乃释戎服，坐帐阅射。凡僚史酺燕，皆行射礼。郡县以事上省，公事毕，司留宴，亦如之。

凡期丧，闻讣即撤铺陈举哀，史缮饬贰代办日行稿行贰，即成服。系祖父母兄弟妻子之丧，穿白袍廿七日，乃更墨色衣，起视事，仍宅门内不铺陈，出不传呼，终服。伯叔及庶母犹子之丧，穿白袍二十一日，起视事，墨色衣终服。大功，九日起视事；小功，七日起视事；缌麻，三日起视事，皆素袍，外加常服，仪注如常。内外大小人员一律施行。凡文武官例符任子者，嫡长孙曾乃为承

重，凡文官正七、武官正五以上，乡老孝弟二科无子者，准以应继人承祀；余无子者，绝，产资官籍其册，充义仓。宗法久废，不可卒复。二条酌古今之宜，而礼从名生也。

凡藩司请陛见，或召见，皆敕卿贰侍从中曾任该地郡县及曾奉使该地知其风土者，台史一人副之，由驿就宣敕，即摄其事，使述该地政治因革所宜，及施行之要，与属员能否，郡县饶瘠。台史执笔书于册，三面同封其草。该司即起程。摄事人于地方政治人员，皆不得有所变革。带素随该司巡辖熟手，即出巡境，遍召吏、史、老、正问劳验核，皆书其要于册，俟该司回任日交印，仍由驲入京面奏。该司陛见时，直班侍御、日讲翰林皆侍，凡问对之词，日讲官书之；陈地方风俗形要，官吏能否，一切因革事宜，侍御书之。代使入都，先以台史所书对封册申御史台，次面奏情形，并呈巡核清册。册发台臣参集较验，分别举劾。其兵部差员代镇协入见者亦同。

通计内外官吏加俸，各衙添设公费，各役给工食，共增银约四、五百万两，米约八、九十万石。裁关差、免税共银百六十万。裁盐差、免课共银四百六十万，裁捐、免保举、捐加级、捐加封、捐级诸事，岁约及百万两。乘除共捐银米千数百万。当此支绌患贫之时，一日更捐银米千数百万以厚惠吾民，而生财之大道乃得，一切与民争利之弊政乃绝。会计出入，另详职方经画。

近日大患莫如教匪。然匪不足患。其率领乡勇别为头目者，多草莽英雄，强者或一呼三、四万人，迄今罢者十七，未罢者十三。已罢者，指呼乡里，其威如故；未罢者，拨调堵御，官令不行，经画失宜，深为可虑。且平贼非难，安民为难。肿毒溃败，元气大伤，里弱表虚，时至不测。己未春，诏用招抚；贼既屡受官诳，莫有至者。即使束手归义，百万之众，何以待之？假令大功即日告蒇，兵撤于上，将骄于下，元戎无善后之策，郡县无抚恤之能，则杞人之忧，于兹方始。今计楚、豫、

川、陕、陇五省防驻兵勇，尚四十余万人，乌聚兔脱，靡费损威。宜挑出齿壮力强教技精者二万人，相地形，据要害，分为五屯，备兵器，优口粮，专用方牌劲弩长枪，以便截击；余悉罢令屯田，以勇目为田官，授以真职；前赐级给罢者，皆优檄召置。等辈既得众心，又习田事，且喜得真官，领众弥力。若置等辈不用，则乱言四出，众心摇惑，屯必不成，祸且旋至。兵兴以来，被贼各省，籍没首逆从逆田产无算。湖北一省，计七百余万亩。四川、河南、陕西、甘肃想当称此。死亡无主，遗产九多。二项俱可饬员查勒。相度隘险，于两头可据守处，累石为堡，碁置五省之郊，为百余屯；有水源不便及不滋草木者，弃而空之，移其民参错入屯。其远贼平地有田之处，亦清查入册，招佃兴屯，于以连络声势，裕储经费。[19] 先饬邻境勒限造农器，籴谷种，分头解赴屯所给散。每屯紧要处五千人，他三千人。大屯给火枪二百杆，刀三百把，小屯给火枪百二十杆，刀百五十把。凡堡所俱积石块，重二十斤至重一斤者各一堆，以备守御。每五百人一把总，千五百人一千总，每屯一守备，俱以勇目为之。每十屯设一劝农都司，以官为之，驻附近城内。[20] 农兴时，往来田屯督课勤惰。入屯，人每口给半年口粮，日一升，并盐菜银日三十文；又草棚银户二两，每三人为一户。罢勇归屯，加费为简。贼渠股数十，每股极众者二、三万人，至不与战。贼无攻具，无随粮，野无所掠，必困而窜穴。兵屯多行间谍，谍得虚实，助田屯堵击要截；其应招归顺者，逐次分派各田屯编插。贼愤不得战，掠不得食，其狡者亦必画地兴农；俟其将实，以轻兵掠之。贼既累困，进则得死，退则遂生，自非真逆，孰肯从者？一岁之后，自当熙熙而来，可散其党之十七已！官常于暇日，度旷土为堡，以便分移。计田屯收一熟后，便不须官给；两熟后，可赋助兵饷。总计三年，兵田二屯费，不及千万，可不戮兵兴以来，费帑二万万余。余己未从戎时，计五省军需日费十二万两，千万仅支三月耳。今想亦不相远。

剿而贼平，贼平而民即安。田屯赋法，参采周、唐，通校五年收入，以偿所费，必复过倍。且罢兵辑屯为府，永利无穷，岂非富强之资乎？此嘉庆己未余身亲川楚所得策也，常痛切为元戎言，舍此则贼无平理，卒格而不行，今隔数年矣。兵势殊不可悬断，而此理无改，故详著于篇。

盐为天地之藏。官为立法，归利于商以病齐民。民病矣，终必病国。今官盐在淮扬出卤之所，每斤值二十文。其民家卖私盐，每斤值三、四文。而官计口比销官盐，卖之止三、四文，计费五、六斤乃敷买一斤之数，其为冤苦可胜言哉！且徐、淮、凤、颍、滁和泗、庐一带，不逞奸枭聚集健猾私贩，辗转数千百里，多者至一、二万，少者亦三、四百。每群东埰数十，露刃入城市，而官亦无可如何，不过盐快哨兵略收规例而已。此等盐徒，皆强壮刚劲，习兵轻死，或有不测，上悔莫及，下毒无穷。直、浙、福、广出盐诸省，想皆有此。且自私枭充斥，官引缺消，摊派正课，并贡核各款，引价三倍。院司饰办，店厂不行，运商之家，十倾五、六。说者每以山西课摊地丁，解盐价遂减半。使天下皆用此法，则国计不损，利民无既。此计之蔽于目睫者已！夫人多出地丁而食贱盐，较其多寡，似为有利。然据池之家擅利，而齐民为之纳钱，非所以为平也。况今丁银归田，不更苦田农而资游手乎？且盐课之来已久，摊入地丁，没其名色。十数年后，偶有短缺，必将复兴旧制，地丁之加者不减，而盐课之增者不觉，是小利在目前，而永害在后日也。况自山西裁课，遂弛边禁，蒙古青盐，殆若沙泥，车马驼运，相望三河。内地之生财有数，蒙古之出盐无穷，盐入财出，岁数百万，备中国之物，悉险厄之路，贫弱内服，强富外藩，恐非计也。可修复蒙盐之禁，裁各处盐法院、司、道、厅等官，盐快盐兵等役，解散盐禁，比米、油诸物，不限疆界，听其就买转卖，化居逐利。则枭无团集之害，商无勒运之苦，民无买私触法之罪，比销漏票之罚，惟置场官以

各府统之，督收灶赋。盖官商虽领司引，而夹带甚多，私枭万千，透漏无虑，皆无从榷课；今验灶查榷，则户商皆不能有所偷漏。且先贩者奸民，今贩者良贾，岂肯以微利犯科禁乎？无论户煮客煮，照《周礼》漆林之征二十而五取之，即收本色贮仓，每盐千斤输官二百五十斤。民取卤灰煮成，所费不多而为利毋穷，四一征之，不为过也。场广者才十余里，一官耳目之所能周。张示定价，官盐户盐皆以石八百文为率。灶户出盐千斤，净收七百五十斤，得钱六千文，比今之买出千斤者价且过半，而贩商转卖千里，长江大河，帆舶直达，惟利是集，莫能居奇，小贩剥运，虽远边僻邑，每斤不过增价四、五文，较之今价才三分之一耳，其便民岂有既哉！约记乾隆五十八年诏示民数，及七万余万之多。计两占小口，及灶户不须买盐，与连年死于兵乱者，约减十三，尚有五万余万。食盐十口岁一石，计天下食盐之数，当岁五千余万石，四一赋之，岁入盐千二百五十万石。石银八钱，岁赋银千万两，较今课八倍有奇。盐贮官仓，自三月十五至七月十五，共四月，农忙之时，禁户不得煮盐，以劝农桑，以消官贮。公私两利之术，莫大于此。其斥卤不可稼处，则行派枭法，官三户七，公私平销。

铜、铁、铅、木亦地产如盐，非民家私业，珠、玉又边徼贵产。宜于铜、铁产所、木出口所，设大使统之，领于本府。珠、玉、茶、马出入，守关总兵按籍抽分，俱十一赋其本色，岁收其入，解工部少府贮库。除关税，所以均货便农；然农输两税，而复榷房田文契，工商无征，无所以劝农抑末也，宜复工商租以罢税契，令工匠人月赋十五文；商自肩贸至本银五十两者，人月赋十五文；本银六十两至二百两者，人月赋三十文；本银三百两至千两者，人月赋六十文；本银二千两以上，皆人月赋九十文。其老妇幼子摆板提篮者不赋。每月各缴付保役，保役汇缴本县。先于保甲册内详

注本业，另册摘记为市籍。每保册一本，上书花名，注明工商一户几人，月赋几文，下著十二圈，给一「收」字戮于保役，该户当役用戮，以免文书繁扰。通酌都会散僻，约县市籍二千五百户，户三人，人月赋四十文，县岁得银三千六百两，总天下可得银五百四十万两。该县扣解公费役银百六十万一千九百五十二两，仍赢银三百七十五万余两解司。自外公私差役，照民价给发，该县无得有所侵扰，违者参处。今千金之商，过关一道，完五、六十两；二道则百余两。工匠一切应差，舍多就寡，避劳就逸，如水走下矣。船户皆汇船行，另榷口赋。大约较今税减十之七，使不漏业籍而已。盐赋、工商租皆以八成计之，得银千二百万两，可偿蠲项。

烟占生谷之土，不过五十分之一，计地尚少；而费相谷之功，靡植谷之粪甚多。计植烟一亩，人力粪力可植谷八亩，是耗谷六分之一也；且消铄筋骨，非养寿之道。宜先禁农民种烟，期一年后禁绝，以便工商。酒耗谷十之二三，且靡费滋讼，教惰长凶，为害尤甚，宜禁绝民酤；然药饵所需，不可尽废，宜修古法，于郡设官酤，以通判总之，重其价约斤二百文，以杜湛酗。凡私种烟酤酒者，皆徙家屯田，隶刑籍；官吏嗜酒坐如法。凡奖赐举孝弟者，酺酒二甕；力田者，酺酒一甕；从令桑畜尤盛者，酺酒一壶。瓮五十斤，壶十五斤。

翰风常言：「直隶并海千里，斥卤萑苇之场，而旗民数十百万，坐食京师，贫困不能自存，名隶兵籍，不解阵战。宜出使屯田近畿，环卫京域，俾俯仰有藉，谙于劳苦。」余谓旗民本赋以粮，督使耕屯，加费为简。可饰江浙诸省造农器若干，刻期解京分给。询之北人，言一二岁之间，辄有大水自太行来，弥漫千里。当先委知地势、明水脉者，督旗民因形开渠筑堤，以御水汛。内仿井田之意，如东南圩田式，画沟洫池闸，民业错杂者妥置之，每田十万亩。择高平地千二百步，为农隙

讲武之所。东南徙屯田者，安插教种，给地如法。粮船到天津，卸粮罢之。船约水手十人，大抵无室家仰赖者，悉恺谕偏插屯田；有家愿徙者，给长牒致之。等辈皆吴楚人，习水田法；垦田劳同牵船，而利远胜，自乐从也。旗丁愿屯者听，不愿者不强。周询转运各员弁及旗丁，皆言运粮至京，比上仓费帑倍于价买。今运河水浅处才二尺，容粮船空行，而粮船公载米六百石，私载货且三千石，若自吴楚民雇船只，运米六百石至天津，水脚不及百两，水深三尺已可驰行。宜罢粮船，使各郡价雇船只，丁押平运，一切俱省，惟过闸加纤夫耳。十一月开兑，尽四月可以扫数抵通。计一船至天津，约费百五十两，五银五米，正足相当，省今帑无算。俟三年北屯成熟后，十一、二取之，约可得米二、三百万石，即减平东南米征，以足兵饷。史役米给，仓储各谷为度，永罢漕运。标弁并归营镇。其各处钱粮轻重太偏者，于减漕时酌平之如原额，以纾民困。又诸无粮各省，地丁银颇重。设粮储道督买兵米，致滋派累，是国、民两病也。若为其地出谷减少，则采办原未别求外省，可减银入之数，量改粮征如旧额而止，以杜采买之蔽。

案：今运米四百万石输京者，为旗民给粮故也。屯兴，不给旗民，而资以助官，一切俸廪，百万石而给矣。余者蓄之，岂待耕三余一哉！旗民衣食东南百余年，终非至计。使之耕以助饷，非惟举百万冻馁之人奠之温饱，且以杜大患于千载矣。余作此书时，以直隶地未亲历，恐民业参错，颇难措置。是秋，大水淹没，人死十七八，丘垅荒墟。于此举行北屯，真后天而奉天时也。

友人武进庄兆骐习河事，著《筹河策》，允当可采；且为费尚少，不过并二年常例于一岁间，而奇效可收。略谓河流所以泛滥不可制者，以底高；底高则增堤，堤高则底益高。法当用疏，疏之自河口始。创犁沙船，船前锐底尖以分浪；后方，底平，以受轮；船尾出两耳，中贯长毂，两端贯

轮，轮员遍安铁齿，如田耙而利，以棕绳络有轮毂，上属船尾之毂，度深浅为长短，船行而轮转，不滑不涩。于海口迅流先犁，沙随犁起，即逐流去；以渐而上，犁至颍光，河底自深，深则流畅而疾，疾则泥不能淤，而河底日低；河低则淮高，以全淮灌河，助刷沈沙，海口自更不能停积矣。余谓自河高而淮受河害，汇为洪泽湖，巨浸方百五、六十里，占田千六百万亩。河低则淮泄，淮泄则排湖注淮以助刷河，湖可涸十之四五，就葑为渠，以河卒并徙民流丐屯之，可得田五、六百万亩。其土至肥，不过加费百余万两，逐次插屯，岁取十二，通计五年之间，既偿前费，又可轮发为犁河卒，并集教伍仗，如唐府兵，获利无可言说也。河淤故淮溢，河、淮两灌，洪泽湖不足并容其浸，高堰拦截，倒灌上游，故凤、泗每受水患。若河通下流如注，洪泽可涸，盖无疑矣。

论者常曰：生齿日增，而地不加多，是以民必穷困——非定论也！今法：里长三百六十步，当官尺百八十丈；亩积二百四十步，开方得七丈七尺四寸，则方里为田五百三十亩，方十里为田五万三千亩，方百里为田五百三十万亩，方千里为田五万三千万亩。今者幅员至广，锦州以东，敦煌以西，隶版图者各万余里。其内地徭赋之区，北尽边墙，西距嘉峪，东并海迤岭，而西南界交、缅。以天测里，今尺二百里当一度；南北相距二十三度米，东西如之，俱径四千七百里；截长短补，约方三千六百里，为田六十八万六千八百八十万亩；山、水、邑、里五分去二，为田四十一万二千一百二十八万亩。前此兵革未起，户口极盛时，为人七万余万口，而工、商籍皆两占，兵疲丧亡在其中，以田计口，约人得五亩有奇。通以中壤中岁，亩谷二石五斗；除去桑田，岁可得谷十二石；中人岁食谷七石，糠粃饲鸡豕，则耕六而余四，夏冬所获、山泽所出不与焉。且中夫治田二十亩，老弱佐之，可以精熟。以口二十而六夫计之，使三民居一而五归农，则地无不垦，百用以给。夫人所

必需：盐、铁、烛、油；田有上熟，二麦蜀芥，麦盐芥铁，桐柏贸油——壮男耕樵，壮女袵炊，老者饱温，幼能就学；搜剔奸回，劳来孝弟，民乐其生，戴后德吏，政洽气和，灾疠罕至，国富君尊，兵革不试。言虽大略，治要粗备。行之一年，英乂立朝；行之二年，草菅去野；行之五年，可使足民；行之七年，几于刑措。如其礼乐，以俟君子。

近日大吏颇勤图治，而治之大端，则曰「弥补」。上达者日事追迫，密饰者相劝挪移。夫亏空之罪至重，而牵连之狱至多。凡属主守官员，皆若朝不保暮，自救身家，遑恤政体；徒假赃婪以说词，无关积贮之实效。故宜普布腹心，绝其瞻顾，使能实举法意，勉臻循良。近日先务莫先于此。为第一。

知勇才，辨民之俊秀，自非泽于诗书，鲜能饰其行检。若复内迫困穷，外遭沮抑，决愤荧众，每为厉阶。夫倡乱执词，必指墨吏；墨吏冤酷，才被数人。奸民口舌，遂摇众志。求之往古，多罹斯难。贤相辅政，治以二科，其才大而措意于正者，求而进用之，教诲之，使不侪于等辈；其才小而措意于邪者，求而诛殛之，斥辱之，使不齿于齐民。故下志得达，而吏无废事，逆气不萌，而国无卒衅也。七八年来，西南多故，惟江淮畿甸，致为淳悫。而劫官掠富者，累牍不问；计驱力胁者，知名相望。吏畏民而贪益炽，民玩法而生益蹙。旷才在野，可为寒心。诚能致之以实封，使吐其气；领之以职事，使致其心，则健者可以勘乱，淳者可以抚安，即强梁之流，鸷悍之辈，亦收驱策之劳，并绝凶横之祸。夫屈抑既久，擢拔知恩；致身有途，自新为易。求士固是常经，救弊尤为奇策。且于今缨冕非无晓事，而稽其施行，尤乖意议。盖为闻见日非，遂使学识交丧。诚能鼓以朝气，作其本心，奉行教令，亦庶几已。是故精选院卿，委澄京职，亦即精选京职，使监外郡，既革

瞻顾之源，复授举刺之柄，责核名实，鼓舞廉耻。下愚不移，盖非数见；止乱兴治，斯其要枢。为第二。

刑罚之设，所以救弊；救弊之极，各有攸偏。世轻世重，斯其理也。条其败坏政教，于时最切，以为发凡，推类以求，伐柯不远。为第三。

饔飧不继，非所以优尊贤；经费不敷，则无以责廉耻。官贫志污，寝忘本职，所自来已！略仿故事，条别职守，虽迹似更张，而事无繁扰。至于整饬外政，功系亲民，详揣人情，归于宁静，使议政者不惮一劳，则利及数世；当事者量行一节，亦泽被偏隅。采择由人，列方斯溥。为第四。

理财为古人致治之大端，尤此时当务之最急。凡举事不利于民者，必不利于上。详度时势，条别其宜，法举则蠲款，比岁而收屯，成则支项，五载而复，西屯千万，北屯三百万，河工二百万，约千五百万。皆帑力所尚能支，亦吏才所必能举。防检极宽，流行自畅。为计似迂，收效至速。然前四者不举，则行之或未能如指也。为第五。

附　录

说储批注

周济　沈钦韩

㈠济按：汉立沈命法而盗贼滋炽，坐吏莫敢发伏耳。

㈡济按：赃吏罪发，势必锢其子弟，将令子弟俱供「谏而不听」以希免坐，则禁锢之法，仍不得行，此宜酌之。

钦韩按：此法周详甚当。余生平最服唐时禁锢子孙之科，而窃不喜袁公不鞫赃吏之论。夫罪人不孥，身蹈法网，科及全家，似嫌已甚，然正本清原，揆厥所由，盖非虚矣。但言河润千里，泽及九族，曾不思友朋尚有规益之言，非是则为佞人；庭闱岂无几谏之道？非此亦安得为孝子？自世风积下，助虐多端，妇喜金夫，子欣铜臭，居官者无羊续之清修，省谒者窃笑袁闳之介操。毋求陶侃之鱼，子索胡威之绢，趋庭之对，但以疏广之田宅为言，床笫之言，每以和峤之摒挡为计。其一行作吏而即改弦易辙，甘心为不肖之人，皆妻妾子孙环集而剔蹶之，以使之然也。然则，严其科条，重其株累，使惕然警省，堂室有相戒之言，眷属怀波及之虑，准之事理，谁曰不宜？

㈢济按：既除搜检糊名，以教廉耻，所为座师、举主，必皆道义中卓卓者。此条似嫌太过。

钦韩按：座主门生之禁，唐中叶曾行之。昆山顾氏复极言之。顾氏有鉴于明代门户之争，党

援之轧。一朝摸索，便等所天；三百同年，即称死友。不顾国政之是非，但争朋曹之胜负。此则于人主何利焉？今之所患，乃在于人心之偷薄，非关于门墙之修敬也。若禁其名称，绝其往来，其不便于人情者一：孤远小生，望长安之日，籴太仓之米，蹇驴避路，臣朔呼饥，后进先达，秦人越人，伥伥无之，谁适为谋？其有害于世教者二：东汉士风，举主有故，死生以之，故亲挽丧车行三千里；诈为狱卒，历二百旬，师友谊敦，兴顽励懦，非斯人而谁？今则师门不通一刺，同舍莫交一言，朝释褐而面目即异，暮通籍而门庭却扫，其流弊所及，反抨击座主之细行以为高，讦发同年之隐私以为义。诏天下以厚，犹患其薄；率天下以薄，则何事不可为？《唐摭言》所云：「紫陌寻春，便隔同年之面；青云得路，可知异日之心。」以此推之，可识其末流矣。且其厉禁，盖以绝小人夤缘之路、朋比之私也，使其人而君子，则师生友朋之际，以道义相砥砺，以时务相切磋，或闭阁而谈经，有连名而上疏，所谓将顺其美，匡救其恶，择贤而交，何不可之有？若小人也，彼必不能孤行独立，以绝主知，将昏夜走权贵之门，白眼入戚宦之座，弹郁轮袍，作高丽舞，厕身十鐕，伺颜三旨，其于座主同年之有风气者，行自避之，何待上之遏绝哉！不然，则脂膏之润，当畏我友朋，鸣鼓之攻，亦震夫小子，座主同年之设，正为失行者之防闲也。故常论之：君相立法，不禁人情之所便，尤当虑世教之所维，矜心作意，操之太急，必有偏枯蹶张之弊，斟酌得其中，宁使网漏吞舟，勿如名法家之酷烈，斯则所望于良友也。

㊃钦韩以为外任设官之大小，可见世之治乱焉。治世不设大官而吏民自安于治；乱世以小官为不足任，而添置大官，而上下愈棼□而吏民徒苦其烦扰。汉自州牧之设，而鼎足之势成；唐自节度、观察之设，而河朔终唐之世不奉王命；明自督抚三边总制纷纷添置，而边事日亟，民生亦

日蹙矣。故外任之设大官，乱世之□，非治平时所宜有也。

㈤钦韩按：中官隶于丞相，此作者深思利害处。两汉中黄门属少府，亦此意也。唐宋盛时，宰相于宫中府中，无所不统。故任守忠离间两宫，韩魏公坐都堂，填空名丢身，数其罪而遣之。国之衰也，奄人与宰相分权，而祸始酷矣。汉有中书令之设，而宣帝之业衰，延及东京，女主临朝，乃有手握王爵，口含天宪，三公之生死，决于其爱憎，遂至于亡。唐有神策中尉枢密使之设，而宦官握兵柄，天子之废立出于其喜怒，苟非拗汉，则金莲烛下即草废立诏矣。明有秉笔太监之设，而科道乃有烧葱捣蒜之谣。此祸绵绵，不可不防微杜渐也。《周官》寺人、女御皆隶冢宰、君侧有正人，此大臣格心之要。窃谓阉人备掖庭洒扫而已，其宫中执事者不若以士人通经术者为之也。

㈥钦韩按：御史大夫之职，自东汉立三公，省大夫，而中丞别为台率，其职已轻。自后具文而已。至元立御史台，与丞相省、枢密院鼎立，而御史大夫始尽其职。故《元史》所载击奸佞、纠主失，争之不胜，且有空台以去者，终元之世，御史台为益不细，亦由立法者尊其体统、尽其器使也。考元世官品冗滥，不足取法，惟御史台之设为最善。今诚依此制而行之，良有裨于国事也。

㈦钦韩按：如此始得谓之通政。不然，直如今外官署中一号房耳

㈧钦韩按：汉之给事中，给事于宫中也，江左以来，渐为清华。至唐设四员隶门下，则《唐志》所谓百司□□驳正违失，诏敕不便涂窜□□还照为莞纳枢机之要职。故卢杞量移之命，而袁高封还诏书；迄于宋代，如孔道辅辈皆能尽其职；明代以给事中分属六部，其始意以为百司庶

务，皆总于六部，设此官以纠部司之失，究之事□□关，给事中但毛举细故，风闻言事而已，与唐宋之职大异。慎伯言罢司科事□直门下，真有识之论。又旁批「此最无谓」，不知出何人。

⑨旁批：「唐之翰林学士，亦不论阶级，惟其人。」似出沈钦韩。

⑩钦韩按：此唐长名榜中格制。

⑪钦韩按：此犹汉制，不为太守，不得为丞相御史大夫也。

⑫钦韩按：此论最是。两汉黄绶吏皆即郡人，盖亲民之官，其秩既卑，去家数千里，羁栖远宦，于情既有所不忍，且方土风俗，秦越判别，为人上者，既无由知民俗之善恶邪正；为其民者亦无由知长官之意气，而威令恩意亦有不孚。盖立法之意，不过虞其奸利耳。今自监司以下至九品、流外，莫非隔省，其能尽心民瘼者有几？大半皆通关贿财图为奸利者也。则何如复古制，犹使贤者得尽其力于民哉？两汉循吏如朱邑、仇览，其□不过啬夫、亭长，而化民之道，几至三代。考其下车，不离桑梓，若隔越数千里，则治行未必能若此之交洽矣。宣帝之所以使二千石久于其任者，亦欲使周知民情、上下交孚耳。

⑬钦韩按：窃谓入丁之条可去，而于正丁内，分一床、半床之制，如后魏法，有妻子者为一床，派繇银六分；无妻子者为半床，派繇银三分。

⑭钦韩按：唐以礼部知贡举。天宝以前，员外郎掌之。自李昂为士所诟，以侍郎专领，迄于金、元，犹仍此制。至明代，患士子奔竞，礼部徇私，而棘闱衡文之权，乃出于临时之命。然前代之制，营求弋获，固所不免，真能为国家抡才者，囿于平日可悉士行之优劣与才具之短长，于孤寒而抱才者为益尚小，为国家得贤士，备将来之公辅，为益甚大。唐时有文无行者，犹得察物论而黜

之，终其身不得挂名榜末；而当时知交之贤者，每举其所知，如昌黎先生之于陆侍即是也。打关□□状头，着紫衫奉中尉命者，不过偶然耳。自贡举之权不归礼部，则暗中摸索，乳臭小子，凭一日之长，即可预金马玉堂之选，卒之，营私请嘱，未必无人。均是弊也，盍亦变而通之乎！贡举，大事也，国事之隆替，生民之休戚，皆系榜中人之贤否。今归其衡鉴于礼部侍郎，苟侍郎得其人则善矣；然后世之奉吾法者不替，而侍郎未必皆得贤者，然则若何？曰：保甲之法既行，而州县学政举行无怠，士之贤否善恶，大略已尽在甄别之中，正本清源之道，十得其五、六；复设为制，令天下贡士之赴礼部者，于一岁前随计北上，官给其资粮，皆令入监读书。祭酒博士之考其业，如三舍法。定一岁文行之优劣，上于知贡举之侍郎。侍郎按籍而稽之，不中程者，黜不得与试。其随辈试者，又十得七八矣。至礼部之采物望、接幽隐，则在乎侍郎其人。适榜发后，天子临轩策问，勿如今之文具，对有未尽者更策之，如汉武帝之于董江都。其毫无陈善□□塞责者罢之，不得与进士出身之列。盖唐、宋之取士，其取之之途宽，而考之之法严，与用之之途，则省试不中五罢，复令随辈觅解，不如今之一解后，会试虽不中，犹俨然乡举人，循资格当不失为知县。□□此廷试不中者，罢归，复令随辈省试，不如今之一对策后，虽不为鼎甲，□俨然进士出身，循资格不十年可出宰百里也。今诚于孝弟力田寓乡举里选之意，仿两汉之法于其台进之时，而复参酌唐、宋省试廷试之制，严其考核于后。如此，侍郎虽中才以下，皆可令其知贡举矣。盖侍郎但能择贤者，而不能容不肖也。又唐、宋时中甲科者，虽他日仕进比明经、流行之员较速，当时释褐，不过畿尉而已；宋时状元得为郡签判自吕蒙正始，校其官阶尚未及七品；至金、元两代，凡状元释褐，始入翰林，为应奉正七品，其他日仕进，尚必历部院都事之职，然后居方面、历清要焉。未有

如明代以后，一为状元入翰林，优游养望，涔历清华，百司庶务，瞢然不知，上可以至阁部，外不失为府道。其余进士之分庶常、省部者皆美仕也。愚窃谓取之之途滥，而用之之途太宽，如今日是也。

㈤钦韩按：所谓家法者，两汉时，如《易》有施、孟、梁丘，《书》有大小夏侯、欧阳，诸经专习一家。十四博士分掌其任。故言试经者必曰家法。今改六经兼习，又无博士之分，则不必云「经习家法」也。但能荟萃汉、宋儒之说，而深究圣人制作之意，则得矣，宜曰「通经原委」。

㈥钦韩按：学校之设，先于郡县。俊士造士严其选，六乡六遂广其教，横经鼓箧，国子同夫庶子；宾兴读法，乡老即是先生。干戈羽籥，不替前修；礼乐兵农，素闻绪论。暇则虎贲入圜□而赋讲，急则□子率尧□而受甲。盖其养士之时，即为服官之计，三代人才，所以盛也。迄于西汉，博士与中郎之仪，三老上言事之教，所以通上下之情，合古今之变。自后，朝廷益重族望，庠序同伸呫哔。学有专家，人无异尚。议礼断狱，一本先师之讲授。其于学古入官之道，犹庶几焉。虽宗社阽危，中原鼎沸，然鲍宣对□，举幡云集；刘陶言事，伏阙涕零。是则士气犹能鼓舞，物论尚急否臧，太学之设，端不虚也。江左以后，秀才则以离乱而不□，胄□每以国恤而屡废，名实俱亡，无庸论矣。有唐之盛，储才则有国子、太学、四门之别，程课则有大经、小经、全经之□。天子每陈经而讲，蕃方亦执贽而□。方领矩步者三万人，燃脂编蒲者八千舍，彬彬可观矣。然科目多端，词赋为重，学生之设，全乖本意。宋自熙宁以后，言三舍之制；政和之时，除进士之科，无训迪之良规，开贵游之弋获。至南渡而还，章程颇立，课肄时□。虽操崇骨鲠，而学愧空疏。五刑之董率，不过记习空言；九年之志尚，大约揣摩□科。一叨首选，便号光□。至若劾汪黄之□□，斥韩史诸之□，是又足风厉百世也。蒙古□□，自许衡开其草昧，士免俘虏之

苦，亦乐于被服儒行□则有学正、山长，皆选耆硕，各能砥砺。向使君相存乐育之志，则□□有菁茂之盛矣。乃省台皆色目之人，方面悉数降之卒，虽有高第弟子，不过屈□下僚而已。自明以后，国子监之设，但为科目之阶，其自乡贡入监者，亦仅为士版之□□媒。朝廷既不能教□，明知其虚文无用，士子亦□□□□□明知其崇尚□□□黉舍□□□□□国□如此，何论郡县之废弛哉！若夫参酌唐、宋之制，以仿佛商、周之意，□□□□□□□□□□□□□□世矜使□□□□□□则士有负笈之志，而国得乡校之议，辇毂之下，人才斯骈集矣。

㊆钦韩按：藩司阅兵，仿佛汉郡守都试之意。

㊇钦韩按：府史胥徒之设，所以赞辅毗之功，给使令之役，非若今之吏役，臭味不同，而内外判别也。两汉自三府以至墨绶，莫不有椽属功曹祭酒，品望较崇，即今之幕友；下者书佐门亭长，即今之门上签押，皆府主辟举，其羔雁至门，皤然而起者，无非俊秀，为见在之掾史，即他日之公卿，上之人以礼待之，而掾史亦肯出身尽力于府主。故纲举目张，其事易集，而无尽瘁之叹。然自公府至郡县，随官品之高下，府事之繁简，员有定数，不得增减，皆须其禄俸。自六百石以至至斗食佐史，皆取给于县官。其府主所得之秩，自给妻子以外，无所费焉。故廉吏易为，而贪污侵盗以毁官方者什不一二也。魏、晋以后，始有荫客，江左而后，伧荒流杂，托迹门生，一时搢绅，乃有佃客、典计、衣食客之类，虽冗从积射军防队主寄籍者，亦数千人焉。然不过籍此免徭役赋税，非取给于府主。其弊则户口脱匿，朝廷受其损而已。唐时，节度、观察、防御、刺史，始有幕僚。核其宜，亦无异于前制判官、巡官、支使、掌书记之类，或举进士，或由员外，皆列状于朝，始行板授。其仆从衣粮，仍动公帑。举非其人，每挂弹章。非大府不得备幕职，非

佳士不得与宾僚，古制如此，今则大异。藩臬以上，禄入较优，而事役益简，幕友一二人，代笔札之任而已。州县而下，其廉俸，虽父母妻子，养之有不足也。而反延请幕友至七八人，自非亏及公帑，横敛民间，岁出之数，何由而办？观其盈庭济济，固大半刻薄奢侈贪污无耻之辈。盖唐宋时之宾僚皆士流之有出身者也，今则于四民之外，别有一流，习刀笔筐箧，以为锦衣玉食之计，然则为长吏者，剥肤髓以与此辈居处，大非计矣。此级史之不可不设，而幕友之不可不裁，利害相兼，若长随人等，又无论也。抑又有说焉：三代盛时，藏富于民；秦、汉而下，不能藏富于民，犹能藏富于郡县。尚方服食车骑取给于山泽之税及算钱而已，少府掌之。大司农之岁调，以供百官禄奉、祭祀、军旅，裁及郡国之半，不尽取也。郡国之府库充，故得以其力缮城隍浚沟渠，或盗贼窃发，郡国守相讨之。故长吏易以成功，而上之人亦无筹画调度之烦。故萨宣子惠为彭城令，宣过其境，见桥梁邮亭不修，而心知惠之不能；文翁之为蜀郡也，选吏遣诣京师，受业博士，减省少府用度，买刀布蜀物，赍计吏以遗博士。使在今日，虽有能者，安敢支公库以治桥梁邮亭？而欲奖励人才，少府之用度安在乎？唐时，节度、刺史，禄俸所入，月不下十数万，其公使之费，仍取拨租赋，故事力充裕。当时游士赴调觅举，概有沾润，至有输数千匹绢以结纳文士者。虽不免过滥，然由此可以识上之宽于待州府，而州府之富，贤者当之，可以兴废绪而为民思患预防之事裕如也。宋自赵普设转运使以勾稽岁赋，于是斗粟尺帛皆籍于上，而外郡无利权矣。然其时郡守有公使钱，有官厨酒，犹有守土之乐；救荒之政，水土之利，犹得便宜行事，视今日之外吏张空拳而奉文书者犹霄壤焉。成法之弊，使贤与不肖皆坐困而无所施。当全盛之时，日吾但黜不肖而已；其中材以下，守吾成规，奉行尺一，皆足优游以报政。积习相仍，渐至衰耗，急须

贤才，而绳尺愈狭，法令益烦，又使贤者欲为而不得为。公卿大臣皆然，何论州县？军国大政皆然，又奚独州县簿书钱谷之□？此仲长统之所为发愤而三叹也。

(一九)钦韩按：此汉赵充国所以解散羌虏者，强本根而披贼党，计无易于此。恐南山之中，延袤二、三千里，贼之桀黠者先我而为之耳。

(二〇)钦韩按：《通典》北齐武成帝河清三年，诏缘边城守堪垦食者营屯田，置□子统之，一子使掌田五十顷，此即劝农都司之意也。

说储跋

刘师培

右《说储》一书，安吴包慎伯先生著。其刻于《安吴四种》中者，仅其序例。至其篇中多改制之言，嘉、道之际，文网尚密，故未刊行。吾观此书精义，大抵在于重官权、达民情二端，其说多出于昆山顾氏，行之于今，颇与泰西宪政之制相合。当嘉、道之世，中国之局方守其老洫不化，而先生已先见及此，仁和龚氏之外，一人而已。此书乃家藏旧本，为慎伯先生所手自写定，书眉有沈小宛、周保绪二先生批语，颇足补此书所不及，今以活版不便排入，故缺之。其中间有圈识，则保绪先生之笔也。癸卯四月，后学仪征刘师培识。

说储跋

柳诒徵

包慎伯先生年廿七，授徒姚氏，痛清政之窳敝，创意改制，为《说储》上篇数万言。晚年手定《安吴四种》，顾未以是文授梓，仅载其前后序及序目，第四目附论。于《中衢一勺》自序称：

「《说储》上篇体大事丛，不可分散。唯前后序及序目附论成文者，摘入附录，以示端绪。其下篇则与旧著类集之，中不无繁碎，姑勿加芟薙，庶备有心世道者采览而已。」又云：「此外大小杂文与《四种》无可附丽者，尚十数万言，别录清本，与《说储》上并藏于家。」

同治中，公子诚再刊《四种》序亦称「所著《说储》全书并文集十数卷藏于家，将续刊以问世。」后亦未闻续刊，岂以议革制度，惧干禁忌，故生时不付剞劂，子孙亦珍秘之欤？今年冬，吴门吴君慰祖从金陵冷摊得此残帙，初不辩为何人遗稿，以书眉多有钦韩案语，知为沈小宛友人著述。购归读之，乃知为《说储》未刊之本。一夕过山楼语诒徵，欲专录小宛识语印行，诒徵以全书卷叶无多，请吴君以此本归馆景印行世。吴君慨然允之。包先生经世之学，虽已照灼环宇，而此书为其少年论治之总枢，晚岁传家之秘籍，湮郁垂百年，乃由吴君而彰于世，著述之显晦有时，不其然欤！

嘉、道间，朝习婛阿，士溺帖括，吏积弊窟，官饰虚文，财匮民穷，土荒盗炽，上下相与欺罔，未由拯刷。先生以书生发愤，欲荡积垢，一切与民更始。虽犹迁就清制，参酌物情，原本经史，根据礼教，在当时人视之，则皆非常异义诙诡谲怪之论也。虽迨咸、同，犹不敢公之于世。岂料光、宣以来之变革，什百倍于先生所指斥，一惟诵法异域，不第尽更清制，且举周、秦、汉、宋流风遗意，胥摧毁而更张之，先生地下有知，其谓之何？

是本惟首叶有二行为先生手笔，余似属人。就原稿及沈小宛、周保绪诸先生签订迻录者，行草讹误多以朱笔改正，殆尚非后定之清本。以刻本校之，多有不同，如第五目序「条别其宜」下云：「法举则蠲款，比岁而收屯，成则支项五载。」而复夹注「西屯千万，北屯三百万，河工二百万，

约千五百万。」刻本则作「依损上之大经，明食人之通义」二语。第四目附论「夫幕友大抵刻薄奢侈、贪污无耻之辈，长恶罔私，当事者莫不知也。」刻本作「夫幕友之鲜可信用，当路者莫不知也。」又「今尉检受级」，刻本作「今巡典受级」；「故自弃于清流，益自张其横肆」，刻本作「故鄙弃于清流，益鸱张其横肆」；「延幕之裁，随任之禁」，刻本作「议裁延幕，议禁随任」。其他一二异同，增损尤伙。先生属文之不时改定，于此可见。注有「职方图说另详」及「会计出入另详职方经画」等语，盖别有《职方篇》，不知尚存天壤否？至云「立乡老保长诸法详后」则指《说储》下篇，已刻于《齐民四术》中矣。丙子仲冬，镇江柳诒徵。

包世臣传

胡朴安

包世臣字慎伯，安徽泾县人。幼读书至《孟子》《五亩之宅》章，即问：「今日制产何以不如此？」弱冠游芜湖，受知于中江书院山长程公世淳，面试《冰赋》，奇其才，荐于徽、宁道宋公熔。值大旱，命作《诛旱魃文》，稿传至皖江，时大兴朱文正公以大司马抚皖，见其文异之，询宋公，知出先生手。召至门下，以贾生相期许。

先生于书无所不读，而尤究心于当世之务，名动公卿。当时主试江南者皆以不得先生为恨，六赴秋闱乃一遇。其座主陈、周两侍郎入都，都中无不以得先生为贺，至宫门，成邸即拜手贺曰：「二公真不愧为国求贤，江南有千里驹，朱师傅秣养之十余年，无能市者，二公竟一网得珊瑚矣。」然坐此摧排之者亦众，十三次赴春官竟不遇。每礼部揭晓时，辄闻榜下人云：「安徽包君被放，登第人可想，吾辈亦足自豪。」桐城姚柬之代为不平，尝询贡院司事者，皆言得先生卷，发誉不送内帘，

事后乃加房戳于败卷，以是十余试迄无一遇。

先生虽不得志于有司，而救世之心愈切。游楚、蜀、江、浙、燕、齐、鲁、豫，所至之处，博访周咨。遇宿士方闻质疑求是，遇樵夫渔师舟子舆人罪隶退卒，邂逅之间亦必导之使言，是者识之，否者置之，于是悉知水陆之险易，物力之丰耗，官场之情伪，穷惨之疾苦。先生既不能自达其道，所至与当途论说。嘉庆戊午冬游楚北，为蒲城祖承宣画招流亡、开屯田、营战屯守之策，具牍于督师被格，他人得其稿者，删润为《坚壁清野议》得上达，卒以之荡平教匪。戊辰，游袁浦，觉罗长文敏公、大庾戴文端公闻声下交，立谈之间，以罢徐、扬六府州摊征三百六十万已成之议。辛未秋，佐百文敏公治河，临工决盖坝之策，旬日间使袁浦、板闸、淮安百万家得免为鱼。丙寅夏，在扬州，诱伊太守举荒政，全流民三万。甲戌冬，在白门，激百文敏公举荒政，活饥黎八万。凡此皆先生之卓卓有功于民者。

晚年试令江西，年余被劾，归隐鸡笼山麓，以卖文自给。余既编辑先生年谱成，乃刺取其大者，作为此传，以冠其首。

论曰：「先生出游日久，有名于公卿间，及至晚年，依然儒业，此古人之最不可及处。今之所谓士者，侈口谈当世务，乃不转瞬而囊橐充裕焉，宜乎惠之及于民者鲜也。世之学先生者，毋学其才，当学其守，于今之世庶有豸乎？」

包慎伯先生年谱序

胡朴安

有有用之学，有无用之学。有用之学，兵农礼乐是也；无用之学，诗文辞赋是也。然古来豪杰之士，其能兵农礼乐者，出其余以为诗文辞赋，无不才思奋发，慷慨激昂。若夫沾沾以诗文辞赋自喜者，一语夫兵农礼乐之大，则张口而无所云。呜呼！此有用无用之辨也。

吾邑包慎伯先生，豪杰士也。其学问经济，卓然在人耳目，即下至一艺之微，亦非世之弄笔墨者所可及。韫玉幼读先生书，窃妄自期许，举凡一言一动，悉以先生为程式，不屑为俗儒呫毕之学。庚子之役，四方骚动，韫玉时居乡里，仿戚南塘遗意，举练乡兵，乃事未举而訾者之口即随于后。癸卯出游，念民食之维艰，见荒地之未辟，慨然有明农之意。适芜湖之万顷湖垦事伊始，游说旧友垦地四千亩，画界开辟，为之悉力经营，思欲于此先植根基，然后大展其志。经界甫正，洪水为灾，乃复决然舍去，郁郁无所表见。夫先生虽屡招挫折，然不用其身而能用其言，每于立谈之顷，出百万生灵于水火之中而登之衽席。韫玉十余年来，小试辄败，一事无成，卖文为生，依然俗儒故态，然后叹才力不及之甚也。

迩来端居多暇，将先生一生行事以及学术文章，凡有年可纪者，编为年谱。乃复剌取其卓卓者别为传，以冠其首。呜呼！先生非一县之人，实天下之人，非一世之人，实万世之人也。全书具在，世之为有用之学者，皆当奉为圭臬，而无俟夫年谱之编辑。特后人之崇拜先哲也，惊其磊落奇伟之节，每苦无从摹拟，及一读其编年之书，见其学随年进，确有阶级之可循，则效法之心油然而生。韫玉之编先生年谱也，非仅寄其高山仰止，景行行止之思，亦借此以自励焉尔。胡韫玉自识。

包慎伯先生年谱

胡朴安

乾隆四十年乙未，先生年一岁。

吾泾生于乙未者四人：吴敬恒字爱庭，翰林；胡世琦字玉樵，翰林；吴鸾字凤白，进士。

四十一年丙申，先生年二岁。

四十二年丁酉，先生年三岁。

四十三年戊戌，先生年四岁。

四十四年己亥，先生年五岁。

是年，先生始读书。按《安吴四种》总目叙曰：「乾隆己亥，先君子抱世臣于膝上，授以句读。」

四十五年庚子，先生年六岁。

四十六年辛丑，先生年七岁。

先生从郡学公读书，受《孟子》。先生问曰：「今天下内外官吏皆以读书起科第，皆读《孟子》，何不遵行其道？而使贫富相耀，宗族涣散耶。儿异日若得一命以上，持此以出，其可乎？」郡学公曰：「儿骨相非贫贱者，然推此意，其必不容于流俗已。然儿慎保初心，毋为习俗所染！况事变不常，非一人聪明材力所能备，儿其慎之！」遂字先生曰慎伯。

先生资质绝人，读书能得间。读《大学》、《中庸》，即疑曾子述夫子之言，门人记曾子之意，文势何以与《孝经》、《论语》迥殊？又子思道传孟子，孟子晚而著书，后《中庸》甚远，而《孟子》恺切激昂，不似《中庸》平衍。此等见解得之幼年，可谓天授。是年始学为

文。

四十七年壬寅，先生年八岁。

是年，从郡学公读书白门，为八比、六韵。

四十八年癸卯，先生年九岁。

是年，仍读书白门。

四十九年甲辰，先生年十岁。

是年，仍读书白门，嗜嘉鱼文。

五十年乙巳，先生年十一岁。

是年，仍读书白门，诵《选》诗好之。

五十一年丙午，先生年十二岁。

正月，先生随郡学公谒青山寺祖墓，出乌江，遇大雪，住张童子家五日。童子名楚，姓张，和州之乌江人。其祖年七十余祷于霸王庙而生童子，故名曰楚。童子幼聪慧，六岁就外傅，日记数十字。因同学有读《尔雅》者，童子请于师，亦授读焉。童子与先生同年月日而稚四时，甚相爱。先生见其室有故籍百余卷，翻阅殆遍。童子曰：「读书泛滥无益，吾日读二千字，三遍即可背，五遍大熟，然至惬意者，暇隙讽诵常至数千遍，必使自明其义，注解多不可靠也。」先生叹绝。谓之曰：「吾子精熟经史，何以尚不学作诗文？」童子曰：「学在内者也，文在外者也，俟弱冠内学充而后学文，岂为迟乎？」雪霁相别。次年，童子殇于痘。是年，先生仍读书白门。

五十二年丁未，先生年十三岁。

读书白门，见调驻防赴台湾，慨然有志于权家，求其书于市，并得法家言兼治之。

五十三年戊申，先生年十四岁。

读书白门，诵《选》赋好之。

五十四年己酉，先生年十五岁。

先生侍郡学公至郡应科试，始识翟仪仲。仪仲名翚，泾县人，善诗，与郡学公善。是年，先生从族曾祖包植之先生槐问执笔之法。试罢，仍读书白门。得孙、吴、司马三家之书，朝夕研究，讲求兵法。

五十年庚戌，先生年十六岁。

是年，读书白门。

五十六年辛亥，先生年十七岁。

是年，读书白门。

五十七年壬子，先生年十八岁。

是年，读书白门，即罢帖括之业。见书贾新雕《日知录》出版，先生翻阅首册，极爱其书，力不能购。先生父郡学公病痔归里，无生计。先生租屋旁地十亩艺疏果鬻于市，以给饘粥药汤，因究农家利病。

五十八年癸丑，先生年十九岁。

是年，先生集童子十三人于楂塘董氏教之，楂塘去先生家十五里。时郡学公病甚，先生每晚

饭后以馆餐可以苞苴者携归省视，五鼓回馆治早课以为常。一日，先生求药物于水东，过翟仪仲墓，作诗云：「忽忽过荒墓，长怀翟秀才。神期乍谈笑，文采竟蒿莱。寒谷泉空咽，衰杨叶自摧。谁怜霸草宿，萧飒北风来。」先生返为郡学君言仪仲墓荒凉状并诵诗，郡学君嘘唏不自胜久之。问曰：「儿诗大似仪仲，何以能此？」先生对曰：「自八九岁侍几席，常课毕，辄自读《文选》，嗣大人从戴氏假得《全唐诗》，私翻阅之，常彻夜，心有所触，辄效为之，稿累五六百首，大人病不敢以请。」郡学君曰：「吾事诗晚，又苦腹俭，不足称其意，儿能终吾业者，异日当以此致大名。」是年，先生作《两渊》十六篇五千余言，又论古兵事得失亦五千余言，以知兵名于时。先是丁未先生读书白门，见调驻防赴台湾官军号哭无人色，乃慨然有志于兵，求得孙、吴、司马三家之书，日夕讲求。后读《荀子》《议兵篇》，愈信孔子所谓「我战则克」者，切于司马，正于孙而大于吴矣。嗣又求得许氏《虎钤经》，唐氏《武编》，茅氏《百将传》、《武备志》，戚氏《练兵实纪》、《纪效新书》，郑氏《筹海图编》，王氏《登坛必究》，李氏《金汤借箸十二筹》，袁氏《洴澼百金方》，先生以其书大都雷同陈迹，又其术杂怪惑，惟戚氏差胜，然见小，不足窥大勇之门户，乃探索《左氏春秋》、《国语》、《战国策》、《越绝书》、《史记》、《汉书》、《三国志》所载战事，以参伍荇子、孙、吴、司马之说为《两渊》。

五十九年甲寅，先生年二十岁。

是年，郡学公弃世，先生家居。

六十年乙卯，先生年二十一岁。

是年，先生家居。

嘉庆元年丙辰，先生年二十二岁。

是年，先生服阕，夏游芜湖，受知于中江讲院侍御程公世淳，面试《冰赋》，奇其才，荐于徽宁道宋公熔。

二年丁巳，先生年二十三岁。

是年夏，苦旱，祷祈靡至，卒不雨。宋公请先生作《诛旱魃文》，文称于时。稿达于皖江，时大兴朱文正抚皖，见其文叹曰：「此奇才也！」访知出先生手，乃手招先生。秋，先生至皖，谒文正公于节署，文正喟然曰：「楚、豫匪势猖獗，糜烂人民，安徽西接黄州，北边固始，势若处堂。吾子亦有万全之策，可近护桑梓而远戢妖氛乎？」先生对曰：「为政之道，先戒为宝，冢宰戒之矣。现今之势，不强民而令，不扰民而强者，莫若练乡兵。」文正曰：「今势极苦，无食支销，不能捐募，莫应乡兵之练，费将焉出？」先生曰：「川、楚初招乡勇，人日给钱二百，摧锋有绩，世臣则窃笑之，卒有新野、竹谿之役者，势使然也。今仿行其法，即多慕义急公之士，捐饷十万，招集无赖，散处乡邑，世臣恐练之未成而安徽已乱也。行世臣之法，匝月间费不及三十万，可得胜兵五十万。」文正曰：「甚哉！子之说之奇而震人也，果凿凿可行，老夫愿从尔后也。」先生曰：「不知而言不智，知而不言不忠，不智不忠，世臣所不敢出。且邱墓之邦，冢宰之栋，栋之隆，世臣所庇也。」因对乡兵之策甚悉。文正曰：「善！吾子老其才，充其气，以储大用，洛阳少年不足多矣。子为我详议其策。」先生乃为《练乡兵对》二千余言上之。

明日，文正召先生谓曰：「斯事体大，同官意见不谐，非吾所能办也。皖境江面五百里，水盗纵横，或言楚北停运，水手滋扰，或言安陆、汉阳告急，匪势甚炽，意欲遂东。此其嚆矢，舟商缆贾，剽掠及身，野渡村渔，斗米斤盐皆见攘夺。兵弁巡江，曾未远城，裂檄碎舟日常数辈。斯事甚急，子为我策之。」

先生对曰：「楚运停已三载，为盗不俟今日。匪果欲东，势可直下，亦断无小劫之理。此不过安、汉难民偷喘残生耳。以世臣之策，不过旬日间，可不诛一人而江贼自尽，且收为利。今安徽忧贼东下，共捐银五万两议招水军而未决，今江贼皆楚人，长于舟楫，且其为盗劫是为饥所驱，今诚设重募于各口招应水军，彼前得安生，后远死法，其从令不待读檄之毕。怀以恩抚而用之信于常兵，与招乞丐不习水者功利相倍。」

文正曰：「若。然安徽无战舰，一楼船费五六千两，造之则费无出，奈何？」先生曰：「今以意创分水龙百艘，艘不过银百五十两耳。船底尖，两头锐，置毂贯船外夹以轮，舟中发轮，以足踏轮拨水行，其速如飞，上盖牛皮以御炮矢，得此截江，胜于楼船。」

文正曰：「善。」先生曰：「招安三数千人，五万之饷仅支七八月耳。」文正曰：「然则何如？」先生曰：「八卦门外有新洲，阔三里，长十里，因而成田，可得田万五十亩。画而为区，人给一区，优给牛种，督令出屯。成熟时十分取二，贮公以备潦岁给饷，陆续制备军装。一收之后，人有恒产，各怀其居，则善建不拔者矣。」文正曰：「善。」

间日，文正语宋兵备熔曰：「包生真奇才，其言应变而不穷，确无饰说。然老夫旦夕且去此，未能用也。」宋公退谓先生曰：「子说又不行矣，然江贼吾责也，为吾思其次。」先生

曰：「惟有驱之而已。」宋公曰：「驱之奈何？」先生曰：「贼船皆楚中双飞燕，易辨，船小而容人不多，且亦无衔尾联柩至数十艘者，大群才三四十人耳。舟小不耐风波，难挂江宿。宜饬本属移书臬司，转饬江北州县，一体捐廉添捕，移营勒兵协防，但守港口，不出巡江。迭示张挂港口，凡双飞燕来，不许入港。彼无地觅宿，必东下吴。若江苏仿此行之，将窜而入海耳，庶几下策之得也。」宋公从之，不及半月舟行者俱无患。

冬，江西熊尚书枚时承宣安徽，闻声相求。次日，先生走答，熊公令孙镈出见。时十岁，眉目如画，载梁帽，衣紫布袍红青布套银项圈倚肩出。熊公曰：「先生试使之背《周礼》。」先生即抽问五六事，而琅琅背诵。先生起贺。后镈成进士，官至广西布政使。

是岁，先生客文正节署，始见《十三经注疏》，尽九月之力读之一过。

三年戊午，先生年二十四岁。

十月，先生应陈祭酒之招至湖北，傅卧云言先生知兵事，有奇略于湖北。布政使祖之望祖公访先生，先生答拜。祖公延至密室，屏侍者而告曰：「自嘉庆纪年兵兴，楚北最为靡烂，奸民伏莽，随处皆在。与秦、蜀接壤之处，深岩密壑，袤延千里，节节立卡，合计兵勇尚五六万人。从前招聚乡勇，节次裁散，数不下二十余万，裁散之勇无业可归，流徙攘窃，在在可虞。藩库现存款不过五十万，连扣存报销军需部费十七八万，尚不足七十万。此间名为省垣，存兵不过数百人，势同火上厝薪，焚如立至。先生亦有奇策，可以保护疆域乎？」

先生对曰：「智者常因败以立功，岂止少安而已乎？今春二麦熟，汉口存粮不下二十万石。铁行十三家，铁匠五千余名。又鹾商之所聚。库内存折银两介公私之间，是可动用，阁下再

作札致鹾使，截鹾商之课十数万，合银三十万两。以十万两买两麦，以三万两买铁行之铁，昼夜赶造农器数十万事，约工价五万。一面通饬各州县出示招散勇之流亡者，要为资送前赴襄、郢，一面派妥员前往度地势插屯。每人给地二三十亩，农器二三具，籽种口粮若干。漫撒麦种，其地已荒二年，收成必倍。一麦之后，人各拥谷数十石，已有固志。官运其半赴汉口粜卖，为置牛具。秋后酌收五分之一，就近接济防兵口食，即在各兵名下粮饷内扣收，以归原款。楚行有效，秦、蜀必相继仿行。各营力足自守，则兵可专意剿办。贼内不能耕，外无可掠，然后开以生路，剿抚兼施，芒尽雾消，可翘足而待也。」祖公曰：「善。」先生为条具六事上之两湖总督景伯，景伯以示襄阳知府，知府间之曰：「楚北兵兴三载，动用钱粮六十万，将来不能报销者约十之五，故指此产以为弥补。今招集无赖以兴屯田，其成否既不可知，而报销窒碍，恐大府将受无穷之累也。」景伯以为然，遂驳其牍。

是岁，先生客武昌，与钱东湖先生相唱和。东湖，钱文敏公犹子，善诗。先生入楚途，步断壁颓垣，损心怵目之象一寓于诗，未尝以草稿示人。及见东湖，乃出以相质，东湖亦以己作示先生。

四年己未，先生年二十五岁。

夏，明文毅公任川、楚左参赞，聘先生入蜀治戎事。行三日至七里卡，闻夔道梗，卡有七摩伊犹言领队各公领兵勇一万，先生欲拣兵一千以行。明公以为少，先生谓精拣则一可当十。明公曰：「经略来促甚急，拣兵非十日不可，姑以二千行耳。」先生曰：「公能听所用，明日食时为公集之。」明公笑曰：「吾子毋太易事。」先生曰：「公能从而事不集者，有军法。」

明公曰：「何至出此言！吾子姑行之耳。」先生乃檄甲喇大犹言翼长移会各麾伊，每哨各六尺竹竿二根，三百斤石二块，明早伺于教场。而别告营伍处略如巡捕而事较权重会各麾伊营伍处，各备五尺六寸竹竿二根，二百四十斤石二块以俟令。明早，明公率七麾伊至教场，为先生设幄于将台稍东，遂下令曰：「植六尺竹竿，量兵勇身材，中度者上将台，试举三百斤石；其长不中度而力能举三百斤石者，自赴将台，报名候试。」未及午而拣毕，得八百人，其长不及度者才二十之一。明公回帐迎拜曰：「不知吾子神机如此，老夫经兵事四十年，未尝见也。但不及千人，奈何？」先生曰：「八百人者恐麾伊未必肯放耳，拣出精勇，余皆羸弱，七麾伊如梦初醒，必不听行也。」语次，七麾伊上谒，长跪求留所拣兵。明公曰：「吾友已言及此，诸公同吾友商之」。先生曰：「留半与诸公。」明公不可。先生曰：「尚有二等册未来，当可得数倍于一等。」少顷册至，有二千人，先生乃以一等三百人、二等六百人以行。明公以是委任甚挚。

尝从先生问兵法之要，先生曰：「三字而已，再申以四字尽之矣。」明公曰：「何谓也？」先生曰：「三字者近人情，四字者不难为人。」至巴东，校阅楚抚营防兵毕，明公曰：「吾子视此阵势，可谓烂熟否？」先生曰：「吴子有言，将专主旗鼓，今帅阅而无旗鼓，何以为兵？」明公曰：「何谓也？」先生曰：「凡阵皆向敌，今置鼓之所正异日敌阵中耳。旗鼓者将之大命，今以一小吏主之，何谓有旗鼓哉？」明公曰：「善。如何？」先生曰：「视将麾听将鼓者，裨副；视听裨副者，旅帅；视听旅帅者，卒率；视听卒率者，队两之长；两之长旗鼓，各令其辖。故耳目有专属，而三军若一身。既职旗鼓，又责技击，上材所不能，故两

长执旗以上，惟以短兵自卫。」明公曰：「善，然中阵阅校，何以知前列之能否？」先生曰：「发策决敌人之机，望尘决敌人之势，敌人开合，必速入之。矧前行之能否哉？」明公曰：「请究其说。」先生曰：「国制虽以汉兵隶绿营，备本色，然旗边可镶方色以别队，阅时乘马入营门，祭纛振铎而誓中阵，部勒麾为二，以挑阵为迭合之势，将自巡阵督战，执小麾仗剑，其吏士离散，步伍错乱，技击松懈，决罚有差，使上下各知其职，属于战，心属于令，则庶几矣。」公曰：「戚氏谓教兵者，练重于操。操者，演习其法，练者，课受其技，如子所言，纵操之事耳。」先生曰：「否。夫枪棒投射之师，随在有之，惟但当广募精壮，授以伍法，使编师责其成而时督课之耳。乃以练为大将教兵之要，戚氏所以终为武夫也。夫步伐以练其手足，旗鼓以练其耳目，赏罚什伍以练其心，而练之要尽矣。」明公曰：「善。」以贼警方亟，未敢更张。行至老鸦坝，王连登以四万营白土坡，塞去路。先生为奇策于明公，不从。明公酒中漏其语，次日，王连登遁，先生自此已有去志。先是先生入蜀，信至家，皆大惊悸。先生母夫人召先生弟嘉梅曰：「我不识字，儿依口写信与汝兄，曰母字告嘉禾儿：入川信到，族众说凶多吉少。我闻汝父说，古时男子生以弓箭射四方，弓箭场中，正男子之事。死生有命，何必怕？惟闻军功多冒滥，若借以进身，谁为辨真假者？若言听计从，能济巨艰，儿一心事之；若其不然则速返，毋恋束修优厚，负汝父之教。」嘉禾者，先生乳名也。至是适接母夫人书，去志愈决。至遂州，及忤经略，明公乃听先生行。

是年，先生见邑人翟金兰同甫作书善之，先生即请教，同甫授先生东坡《西湖诗帖》。曰：「学此以肥为主，肥易掩丑也。」先生用其言。习两月，作书逼似同甫。

五年庚申，先生年二十六岁。

春游江淮，汤公满任。安徽学政下车，即告太平府学师致书泾县学师，促先生应岁试，为辛酉选拔地。先生母夫人曰：「此必出于朱公爱士之诚耳，吾儿自宜使明者摸索于暗中。」卒不赴召。

秋，赴试白门，始识阳湖张翰风于号舍。翰风锐精舆地而服权家言，知先生来自川、楚，询军中事实。先生告以所亲历，复言贼不难治状，翰风叹绝。旁及诗古文词，遂絜语达旦。既罢试，再三过从。翰风执先生手曰：「吾子济世才也，然好为诗，是耗神甚，今当别幸为生民自爱！」先生辍韵语自此始。是科被放。冬，先生徒步数百里访张翰风于歙。翰风一见即握先生手，言此间有方岩夫者可与言。岩夫闻先生至，炳烛相过从，剧谈终宵。

是年，先生居江宁。春，先生弟季怀自里至江宁，先生授以文法。先生从商邱陈懋本季驯假古帖十余种，以朱界九宫移其字，每日习四百字，每字连书百数，转锋布势必尽合于本而后已。

六年辛酉，先生二十七岁。

是年，先生教读于太平府同知姚逢年署中。时逢年子承谦年十四，到馆三日，承谦曰：「谦在福建，闻福建知名士争言先生，年方弱冠诗文若涌泉，不日即掇巍科。今年正值秋试，窃观先生殊无意于科名，何耶？」先生告之曰：「科名者，入仕之基，仕以治民，不明治民之术而得科名，何可耶？」承谦曰：「欲学治民之术，当从何始？」先生授以《资治通鉴》而语之曰：「《通鉴》善在先述其事，乃叙众议，然后载廷议所从，而详纪其得失于后。学者

阅其事，先为画上中下之策，然后阅众议而验已见之是否有合；又筹廷议所当从，又直阅廷议，则后之收效与否已可十得八九。如是则如置身当时之朝端，庶异日临事能不疑惑。」又为姚生论说入长出治之事，始于网罗旷佚以备急需而杜后患，继之造就烝髦以育人材而善民俗。为《说储》一篇五六万言。又以郡县至为枢要，详说《保甲》、《学政》、《戎政》、《课绩》、《农政》五事为《说储》下篇又五六万言。

秋，应试白门，与方岩夫聚首十数日。被放后，朱文正手书召先生入都。先生母夫人曰：「人贵自立，戊午年朱公监临，乡人皆谓儿必首举，吾深以是科不中为幸。今若应朱公召，得手于北闱，必遭物议，且以累朱公。命应中，有南场在。」卒不往。

遂游扬州。扬之工诗者三十人，招饮小秦淮，泛月吟诗。时先生已辍韵语，不得已成二十字，诸诗人奖借之，推为擅场。阅数日，于两淮都转署遇礼部左侍郎谢公，坐定问名，即起揖曰：「先生即咏《小秦淮泛月》二十字者耶？」订次日饮其家，乃为设四簋曰：「老夫与乡人为四簋约，不敢以尊客故坏例。」出见二孙。

冬，游浙江，见官漕舞弊，民冒死与官争，心甚忧之。是岁，先生始识余九。九名观德，字君怀，安徽歙县人。童年鬻于旗籍兆公家。兆公征新疆，九以死捍之，被十余创，兆公遂得脱。九具知人鉴，与人忠信，陈文恭公赠以诗称为忠孝男子者也。时年已七十，言西域兵事及东北各部落风土形胜，了如指掌。

七年壬戌，先生二十八岁。

夏，先生避暑玉浮山。时洋盗蔡牵犯上海，炮子入城如雨。镇道遣四橹快艇延先生，蔡牵于

遣使之次日外窜。先生至，镇道请先生阅并海岛屿，见北洋沙船数千艘停泊黄浦，因发海运可救漕弊之议。

游常州，住李申耆家。先生出《说储》稿本示申耆，申耆手为缮清，以为其说多与《日知录》相出入，因尽读《日知录》三十卷。先生住申耆家七阅月，因识武进董晋卿、阳湖钱鲁斯。鲁斯善书，语先生古人用兔毫，故有中线，今用羊毫，其精者乃成双钩。先生答曰：「吾书虽不佳，然下笔辄为双钩。」鲁斯使面作之，两旁皆聚墨成线为界。又闻常州汤宾鹭之名，时宾鹭已卒四年，先生求其遗书不可得。是年始识邓石如于镇江，过从十余日，纵谈书法。石如曰：「字画疏处可以走马，密处不使透风，常计白以当黑，奇趣乃出。」

八年癸亥，先生二十九岁。

先生游苏州，闻河南衡家楼决口，粮艘不行，中外颇忧漕事。仁宗以谏臣言，饬议海运。先生曾游上海崇明，从父老问南北洋事，稔知海运大便，然非有所资借，骤改旧章，则众议难成，既见邸抄，遂委曲告所知。未几，其说达于江苏，巡抚属先生为论列。先生删润旧稿，折将上，浙江巡抚已论罢其事，竟以中止。先生以其事关系极重，乃著为私议。

秋，游镇江，识丹徒睦君秉衡，论相墓甚惬，遂住其家。谈及兵农各法，常夜分不寐，是年，先生始识嘉定钱献之于苏州。时献之年已六十余，而先生齿方壮，虽所学不合，献之一见即深器之曰：「吾周行天下，识人无如包君者。」又常谓人曰：「南阳有田可耕，而犹吟《梁父》，今包生困至是，率口必及民间疾苦，绝无尤怨不豫之色，是所负者大而且远，贤于古人必矣。今日包君自给不足，异日衣食天下者必包君也。」又曰：「包君诗妙接陈思而赋如

平子，观其与人书累千言，皆率笔无草稿，然条鬯雅密近眉山父子。吾以专家之学与之言，彼略一涉之则数十年沈精所得不过也。自古文人少所树立，皆器褊气矜，不自检饬，今包君可谓纯净无疵者矣。」

九年甲子，先生三十岁。

夏，先生避暑金山，去佛感州十余里。时卞萃文居母忧，先生往吊。至其村，见村童十数人偕行，举步端整，长幼有序。询之知为萃文弟子，其长者引先生行。其时已逾百日释麻期，萃文面深墨，肌瘦削。先生伤丧礼久废，见萃文又深素服素冠之感，留其家一宿而别。

再游扬州，识凌晓楼、刘怀瑾、刘孟瞻、毕成之诸贤。是岁，荆溪周保绪访先生于白门，一见即问难竟日，归则取诗文旧稿迭尺付之火。

十年乙丑，先生年三十一岁。

先生游袁浦，见河事日急，从司河事者问讯，莫能言其故。后遇郭大昌，得悉成败之所以然。

是年，朱文正公召先生入都，不赴。自庚申至乙丑，凡得文正公札十数通相招，先生竟不一赴。

十一年丙寅，先生年三十二岁。

三月，先生自苏州赴淮安，过扬州，寓睦履平家。期首夏返棹，与履平偏历南北郊。先生去不半月，履平卒。五月，返扬为志其墓。六月，迁寓扬之观巷天顺园。时洪湖泛涨，下河坎水为灾，男妇衽抱来扬规食者以二十二日始至。当事者莫以安集为意，唯饬管门者下键，有

如戒严。二十四日闭城者再，二十五日遂不启，其先入城者数已迭万，围盐典两商呼吸填塞，几至罢市。文武官督率兵隶从横驱逐，老幼奔走，民情汹惧。先生于二十六日发书于伊墨卿太守，极言灾黎宜急赈并赈之法。又谒鹾使言此时灾黎田庐皆没，退无所归；京口禁渡，进无所往，且淮源渐弱，水消当易，流亡四散，回籍为难，唯有留养在扬，以俟本籍大赈，乃为得计。鹾使以为然，唯以现在当事耽耽盐库间款，群欲借灾求富，持重不发。二十七日，书达太守，太守即炳烛谒制府，命二十八日启行，并以存扬之麦二千五百石为助。太守于七月初十日昧爽回任，制府已于二十八日薄暮达鹾使，鹾使即筹款以待太守。初二日散钱米，一切克扣搀杂之弊剔除净尽。太守每日青鞋布袜，遍历诸寺院，灾黎无一人更扰市肆者。共留养灾民三万二千余人，中间病暑者千数，死者才五六人。

秋，得南京库装《庙堂碑》，冥心探索于书道，颇尽其秘。又得溧阳史氏所藏北宋枣版《阁帖》十卷，条别其真伪，以襄阳所刊定本校之，不符者右军、大令各一帖，而襄阳之说为精。襄阳在维扬倦游阁成此书，先生遂自署其所居曰小倦游阁。

十二年丁卯，先生年三十三岁。

二月，先生赴常州。四月赴清江。秋，赴试白门。荆溪周济以进士任淮安教授，素与先生善，时送考至江宁，日称山阳邵子良书法美善。又为邵生乞先生书，先生病未能作，周济代之。先生自以为不减，邵生一见即曰：「此非包君作也。」后检字裏有置考具单，喜曰：「此真包君书矣。」袖归装池，置座右。

十三年戊辰，先生年三十四岁。

二月，江督请帑六百万议改河道。郭大昌买舟访先生曰：「制府今入都，通工议改河道，或南出射阳湖，或北出灌河口，给制府请饷六百万，制府以为然。如是，则吾淮人类且当尽。吾与吾友张君念：非先生莫能救此险难者。张君贳钱二百缗属延先生。吾携潘、靳诸公书及手录雍正元年至嘉庆二年南河奏咨各案，与先生扁舟泛下河，转至灌河口，溯莞渎、方塘，由中河至徐州渡河，策骑循峰山，至盱眙，竭两月之力，相度黄、淮、湖、运之形势。吾策制府返浦，必有重使踵至，以先生辩才通澈河事，执仳仳者之口，以救亿万人之命，不难也。」先生欣然行，以四月望抵浦，遂笔记已见，为《筹河刍言》二篇。时制府方旋车，而协办大学士觉罗长文敏公、戴文恭公奉命视河，未至，郭君稔知漕标副将郑敏与文敏有连，即删润先生书为郑公具稿驰呈文敏，文敏惊叹，飞檄调郑公。郭公语郑公曰：「相国识力口辨，公非其匹也，度不能答，即曰安徽诸生包世臣所为，可矣。」郑公至宿迁，见文敏，知稿出先生手，即嘱郑公旋浦道殷勤。而相国以五月五日夜分至，初六昧爽，文敏至先生寓，先生因为相国极言海口并无高仰，河身断不可改，云梯关迤下宜接筑长堤至海滨，而于运口筑盖坝，导淮溜出黄以减运涨，则清淮可以安枕而河流必不旁溢。长相国领之。次日，先生诣行馆答谢，长相国已招戴相国同聚赞化官。长相国曰：「老夫昨聆吾子言，于河事觉有把握，惟海口高仰，制河两节使屡腾章奏，入江境接见文武，无不为此言，今日吾子谓不高仰，仅一人之说耳，其说亦有征验否？」先生曰：「为此言者不独制使、河使及沿途文武也，自前明中叶章奏已有是谬论，故能坚持此说。数日，两相国往勘，则持此说者便有三人也。」戴相国曰：「两节使或未至海口，文武奉差查勘，必有到彼者，岂自明中叶三百余年，只吾子一人曾历海口耶？」先生曰：

世臣何敢谓三百余年司河事者皆未至海口，以其说海口高仰而意料之耳，两相国不必俟勘，试执一人于途而诘之，便知其不高仰矣。」长相国曰：「吾两人询河堧官吏且数十百人，皆言海口高仰，吾子言诘之途人便知不高仰，究当诘何人耶？」先生曰：「海口高仰，则两岸之失守有因，其咎可薄，而改道之邪说可行。失守之获咎轻，兴工之擅利厚，且谁肯言海口不高仰耶？相国不问谁何，但言『吾即当往勘海口，一途起早已廿日，甚劳，欲用船取水道，若干日可到？』彼必对曰：『船行中流，两岸皆见，便勘验，自浦到海口计程三百里，风顺则必不可行，无风或小逆风，日许便到。』相国再诘之曰：『船行如是之易且速，吾回浦仍坐船以细察两岸情形，可乎？』彼必对曰：『回浦万不可坐船，无风或小逆风，寸步不能上，即得好顺风，必十余日。』相国以此验之，则海口之是否高仰可以意决矣。」言未竟，河帅上谒，先生避席。两相国以先生之言诘之，河帅答如所言。相国怒曰：「下水逆风一日便到，上水顺风十日尚不能达此，而以为高仰，天下之冤，未有过于海口者矣。」河帅语塞。次日遂延先生同勘海口，而复奏河事颇采先生之议。长相国欲专折保荐先生，先生力辞。

秋，先生中恩科举人。九月在邗上，先生弟季怀来扬。时歙县洪桐生先生主讲梅花书院，与先生善，扬之人士为先生所许可者辄召入院，膳给之。江都凌晓楼曙，晓楼之甥仪征刘孟瞻文淇皆肄业梅花书院，又时过先生请业。先生以晓楼熟《礼记》，遂与之言郑氏《礼》而使治之。孟瞻好《诗》，遂使治毛氏郑氏《诗》。季怀与孟瞻同业旌德姚配中仲虞，在江宁闻季怀说《诗》治汉《易》，包慎言孟开亦欲从季怀受《诗》，皆先后来扬。丹徒汪沅芷生治毛氏，甘泉薛传均子韵治许氏，皆善季怀，朝夕砥砺，相劝以力学。

是年春，先生至清江，邵子良闻先生至，时已二鼓，怀刺求见，出书请业。先生因授以必极笔力使锋铓四杀，然后聚墨笔心以取圆浑，每于去笔戒侧，力学朴质则尽之矣。

十四年己巳，先生年三十五岁。

春，先生应试入都。三月既望，先生谒戴文端公于海院，文端曰：「去年五月，老夫偕长相国铁制府涂河帅登陈家浦挑坝，老夫问此坝何以挺入河心？河帅云今年正月开放引河头，全赖此坝挑大溜得力，使正坝合龙顺手，为生平未有之快。吾子即言当日固以挑坝得力为快，至今日则当折去二三十丈，使大溜缩归中泓，不然伏秋汛至，水长四五尺，上游五十里之内，北岸当有受其害者，河帅默然。老夫回京闻河水才长三尺许，而北岸之马港口决，正在挑坝上四十余里，可见此事实有把握。然焉得有先几烛照如吾子者？且吾子言之事前，而竟不见信用，恐国家大患终必在河矣！」先生曰：「空言滋忌，河患固无已时，然尚非其大者。」文端曰：「一决口灾及田庐，关系生民至巨，动帑亦数百万，患岂犹有大于此者乎？」先生答曰：「患莫大于漕，漕以江、浙为重，苏、松、太、嘉、湖为尤重。其善堂学租营田曰公户，大小乡官曰绅户，曾告讦漕弊者曰讼户，三户皆完折色，其价率半于平民。旗丁见官吏之诛求粮户，则排击米色、讹索兑费以苦州县。而沿路催攒员弁、闸坝主守知丁得重费，因而诛求之以累旗丁，至淮安盘粮、通州兑粮，所费尤为不赀。旗丁累则讹索州县益力，旗丁讹索甚则州县诛求民户益多，诛求无已则讦控愈多，势必良民日穷，绅讼户日增，州县以收漕为畏途而后已。」文端曰：「吾子言至辩析，令闻者哀穷忧难不可止，且为之奈何？」先生曰：「斯有二术。相国果有意杜此大患，物色知农事而解水脉者，于近郊之荒地马厂苇场相度地

势，召江、浙老农无业者，画罫开沟，拣廿四旗之丁多甲少而齿稚者出之学习，屯成后皆分别给田为永业。约岁入租可百万，则细核苏、松各处粮极重者大减之，漕项仍旧以增给军船经费，困顿苏而长官运丁皆可相安无事，此久安长治之业也。若不能者则清查现存屯田，力举盗卖盗典之法，反前此发价官赎姑息养奸旧事。严水次嫖赌及随帮索价之禁，并小帮，汰冗员，抉仓督漕督粮道书役之弊，裁沿途营缘催漕之差，使丁之困于盘验催攒，与州县之困于驳米加费者，皆可少纾，虽不能尽去浮勒，民困庶减大半，则亦小补之近功也。」文端叹息良久，卒不能见诸实行。

会试毕，访檀柘、大觉之胜，遂由西山边墙历易州、怀来、密云、顺义诸邑，乃作《畿辅形势论》及《密云税口说》报罢。六月出都。

十五年庚午，先生年三十六岁。

秋，先生挈眷至扬，寓于西门外之倚虹园。迎母夫人就养，并迎王氏妹归宗。先生食指日增，世路日窄，缟纻之投不可恃，惟刑钱两席修脯较丰，遂以此作游。母夫人命之曰：「自少违众为有用之学，而数奇不能自为，借人手以济人，是亦一道也。吾为女时见捕役使盗贼扳良民覆人家。又见叔侄翁婿甥舅拘讼审断，后负者为耻，仇隙益深，酿成巨案。又闻查办亏空，承办认人受托多拨归已故之孤儿寡妇，不知当日衙门事，差役追迫，如狼似虎，结冤无可告。此数事儿尤慎之。」

是年，先生居扬州作《策河四略》，其一曰《救弊要略》，其目八曰：「堵御坝以浚运淤，疏引河以导湖溜，接长盖坝以发清势，补筑顺坝以杀黄怒，截港接堤以敌潮汐，外柳内芒以

防潄漫，对坝逼溜以攻积淤，引溜归泓以减险工。」其二曰《守成总略》，其目六曰：「课官幕以慎要工，逐优娼以节浪费，核春工以杜虚险，稽垛牛以备黑泛，严守减闸以掣湖底，劝疏便民以备启坝。」其三曰《筹款至略》，其四曰《积贮本略》。

十六年辛未，先生年三十七岁。

春，应试入都，与阳湖恽子居相往还。子居为先生言新建余铁香之才，先生心识之。试春官毕，刑部尚书金光悌招先生至其第，襄核秋审册。

六月，出都返扬州，过清江，晤黎湛溪。时湛溪任淮海道，谓先生曰：「吾本不习河事，得君《筹河刍言》、《策河四略》读之，因仿其意为书与河帅，争必守倪家滩新堤，今竟决王营坝，致兴大役，可见河事原有把握。」先生曰：「非仅此役已也，上游南北两岸应再决。」时湛溪犹未深信。后七月初竟决棉拐山穿运，望后遂决李家楼。

秋，百文敏督两江，聘先生分司江西案牍兼办河工。先是长、戴两相国携先生所著《筹河刍言》至都，遍示朝贵。百公受命，即驰札郑敏，延先生议河事。先生至浦，首访郭大昌，郭君告先生接长盖坝、筑长堤两事。先生见百公，即发接长盖坝议，百公犹豫未决。先生曰：「盖坝成则大溜不入运，无险工，不利于河员。阁下明日临工次，某请从指示形势，有持不可者，为阁下面折之。」八月朔日，百公偕先生至东清坝，周回审视，计乃决。盖坝成，议筹荡，百公以荡事甚巨而无人能清其要领，委亲信大员督办，以先生司其进止。是年，百公欲保荐先生，先生力辞，遂与百公成隙。

十七年壬申，先生年三十八岁。

春，先生偕盐巡道至清江，百菊溪、陈竹香皆在李家楼督大工。河库系徐晴圃。湛溪调堤扬，杨迈功任淮海道，事多咨于先生。先生语湛溪，李家楼必合，然徐、凤、泗积方五六百里，势必开坝，五坝惟礼坝可开，然当加星修折所费不过二万金，便可保全下河七州县不被水。湛溪不然其说，先生每见辄言之，湛溪曰：「即修亦无石工好手。」先生曰：「已革千总王研夫能胜此任。」间日，先生以语晴圃、迈功请共言之，以弭此患。晴圃曰：「湛溪昨告我：慎伯四次劝吾修礼坝，谁知为荐友地也。」自此与湛溪有隙。夏，有为百菊溪画策于清江石马头外筑圈堰，上起御黄坝尾，下属之贴心坝。先生知之，遂入督辕告冯潮曰：「今议筑圈堰，河宽千余丈，至此陡束为二百丈，大泛一至，非冲塌御黄坝，即冲开减坝。否则逆流决桃、宿、邳、睢，或迤下攻贴心坝。足下速以己意止，若一及余，则彼人且故欲成之，是罪反在余矣。」潮以告菊溪，得不行。画策又告湛溪，时湛溪已为河督，先生急谒湛溪，切言不可。湛溪答已入奏。明年秋涨，睢南桃北连决，及睢工甫竣而伏汛大至，御黄坝扫塌三次，溜势直趋贴心坝，抛碎石至一月，共费帑九十万始得无事。冬，文敏劾河督不实，辞牵苇荡。世宗命相国松文清公尚书祁公彭龄来谳。松公与主荡事者有夙怨，持之至急。两淮盐政阿公、梅花书院山长洪公皆遣人告知先生家，当及早寄顿箱笼，悉检各官幕书札焚毁之。先生母夫人面复使者曰：「吾儿所入唯修脯缟纻，簿记甚明晰，其往返书札皆为斟酌情形以济公、事，无私语。果被查看，星使验出入帐目，知吾儿无贿入，验来往书札，公事尤得明白，何畏惧而为寄顿焚毁耶？」及事息，二公皆叹服。

是年，先生谒桐城姚惜抱先生于白门钟山书院，请为学之要。

十八年癸酉，先生年三十九岁。

四月，先生至安东，偕郭大昌策蹇行大堤，由云梯关六套渡河至八滩，存张君楷于署。郭君谓张君曰：「海口高仰之说，自前明已见章奏。其云梯关外南北各数百里，自高文端公奏废修防之后，弃为沮洳，而上游每岁决口。自十三年，君以二百缗资吾二人济此巨艰，破文端之案，复文襄之绩，天下共知海口之本不高仰，长堤之并非阻碍，黄云遍野，老幼欢呼，岁得二麦千余万石，三人之心可以慰已。惟前凿蒋家坝以减潮，今又有查勘徐州虎山腰、段山腰之举以减黄。若人志卑轻物无利济之心，事在必行，则十年之后高堰殆且不守，吾不及见矣。」顾谓先生曰：「吾子遇有力者，当时时切言之，预杜此患也。」

冬，先生自扬州携眷小住白门。存友生延方君补德诊病，补德曰：「病在肝，方剂不能除，吾仅可使之少差耳。国家兴于大东，以木德王，今内外贵人什七八病肝气，此自关德运，非调摄失宜之咎也。」先生闻之叹此非医师语，因偕过补德医室，剧谈终日，深相结纳。

是年，先生游历下河，作《下河水利说》。

十九年甲戌，先生年四十岁。

春，应试入都，识同邑查崇华九峰先生。先生与九峰同邑，相距二十里，未尝谋面，至是始相识，议论如笙磬，相得甚欢。报罢出都。

是岁，江淮大旱，先生居金陵。先生谓秦侍读易堂曰：「今岁枯旱不殊乙巳，宜早赞当事筹备荒政。」侍读素未明农，闻言不省，及见乡民宰豕酿饮名齐心酒，约以抢掠富室，乃大惊，属先生画策，倡举捐赈。而家居之太守某为梗，侍读报先生至其家议事，太守力言城内富室

之苦，持其说甚坚，不可喻。方医士补德排闼入，厉声责太守曰：「阁下以寒儒得大挑知县，洊擢知府，拥赃银三十余万以归，城中人莫不知者。日前阁下邻巷不戒于火，阁下家粉白黛绿者十数走避火搬笼，多至不可计，重至不可胜，人莫不见者。城内饥民十余万皆啧啧骂阁下阻赈事，万一有变，祸必首中阁下家。阁下年已七十余，何足惜！然面此粉白黛绿者为饥民群肆污辱，虽大度其能甘乎？」太守欲走，补德截止之曰：「若明白否？」太守惴惴答曰：「闻命如梦初醒，不敢再助富室阻捐矣。」而侍读辛苦孤立。时方葆岩尚书居忧在籍，补德为书三千言责之，尚书出助侍读。先生乃为侍读条画白门荒政五事，侍读上之总督百文敏公。文敏得侍读书，于八月初四日发帖延富绅于初六日集钟山书院议捐，文敏轻身莅书院，率同司府劝喻富室。始事之日，二李、陈、陶四家慨输十万两。后文敏知此策出自先生，心滋不悦。阅日再集富室数百，文敏曰：「输金听便。」立时返署。是日仅得五千两。又数日，文敏过方葆岩尚书家，尚书怪问，文敏曰：「前实有意吹散义赈，因事系旧友包某主持，不欲其布衣在局外成此大功。」尚书唯唯。

次日，尚书告先生曰：「子可速去，节相于子深矣，迟将有变。」先生曰：「祸福自召，非人所能为。」卒不他往，然捐赈之议遂止。而四城关庙报僵仆者七千八百人。先生窃念义赈已成，节相徒以已在局中故解散之，是此次死于冻馁之七千八百人断不能不任其罪戾，乃作书于文敏，侃侃而谈，毫不假借。侍读、尚书闻声力阻，惟方补德极力耸动之曰：「事不可迟，迟延一日，此间必有非命者，谁执其咎？」先生深感其言，遂于十月二十日上书文敏。文敏得书深悔所为，即日延侍读尚书于廿四日重集书院，并命府县偕董事传集小绅商劝谕，共得

捐项十七万一千两，遴委佐贰二十四人，举人二十四人，分十二路查户给票，遂于十一月初六日分六厂赈饥民共八万九千口，人钱四百文，小口半之，病者有医药，死者有棺敛。又赈流民九千人。

二十年乙亥，先生年四十一岁。

夏，与阳湖黄乙生小仲同客扬州。小仲攻书较先生更力，年亦较深，先生与小仲日相切磋而书日进。

秋，游海州，见海州之属镇集数百，以青口为大。乾隆五年，总督郝公奏明，赣榆一属所产豆石由青口出海，赴上海关纳税。其豆油豆饼鱼肉各货各有夹带，即为透私，然海沭各镇所用布匹纸张等物皆由青口转贩，青口行铺又以油坊为最大，油与豆饼皆属奉禁出口之货，然从未见其陆运赴淮，则其由海来往不问可知。先生建议不如于淮关分口内移一处于青口，乃作《青口税议》。

二十一年丙子，先生年四十二岁。

秋，晤武进朱昂之青立，昂之曰：「作书须笔笔断而后起，吾子书环转处颇无断势。」又晤秀水王良士仲瞿，良士曰：「吾内子梦神授笔法，管须向左迤后稍远，若指鼻准者，锋乃得中。」又晤吴江吴育山子，山子曰：「吾子书专用笔尖直下，以墨裹锋，不假力于副毫，自以为藏锋内捍，只形薄怯。凡下笔须使毫平铺纸上，乃四面圆足，此少温篆法，书家真秘密语也。」先生以是分习互试，执笔宗小仲而辅以仲瞿，运锋用山子而兼及青立，结字宗顽伯以合于小仲，屏去模俗，专求古人逆入平出之势，书遂大进。

是年，沭阳王慈雨将赴京兆，过扬介张虚谷访先生于扬州寓庐，先生勉以自立，作书赠之。

二十二年丁丑，先生年四十三岁。

春，应试入都，始识余铁香，剧谈终夜，相得恨晚。铁香名鼎，新建人，少先生二十五岁。年少负奇才，为诗文下笔数千言，又能持铁槊重十一　，上马击刺，簌簌风旋。

九月出都，途中得王侍中《书诀》石本。

是岁大挑，有人阻之于成邸，卒不入选。

二十三年戊寅，先生年四十四岁。

是岁，先生家居。见黄修存藏《亭林遗书》十种，假归读之。

二十四年已卯，先生四十五岁。

是岁，与张翰风同客济南，得北朝碑版甚伙，因为《历下笔谈》，又作《论书十二绝句》。

二十五年庚辰，先生四十六岁。

春，先生入都。

夏，刑部尚书韩公出手谕，命司员将现行律例有未安者，各献其疑，以凭奏明修改。先生以知律有名于时，刑部总办主稿来问者十余人，先生各为条议数事。

道光元年辛已，先生年四十七岁。

是岁，先生就江苏提刑诚公之聘。

二年壬午，先生年四十八岁。

冬，先生就直隶承宣使之聘，在署中调阅架存各州县所送地图贴说及漳河旧卷，乃将现行水

道撮其大要为《直隶水道记》。

是岁，先生在都下过胡眉峰，时胡眉峰卧病破毡不能起而诗集刻适成，执先生手语曰：「慎伯知我，为我序之。我住世七十二年，无一是处，读书万卷岂误我？我自误书耳！慎伯其明述之，使后世知所戒也。」按眉峰长州人，初名梅，后更名量。

三年癸未，先生年四十九岁。

四年甲申，先生年五十岁。

十一月十六日，先生自济南回扬州，时高堰决，永康熊兵备介兹夹濠而居。先生假西来庵以避高堰下注之水，即走晤熊公，嘱其告当事以部署护城之计。二十日水大至，而晤关坝跌翻成口，大溜直趋兴、奉、盐、阜，得不入城，人心稍定。熊公谓先生曰：「已卯冬，在济南读吾子旧著《郭君传》，有十年后高堰不守之言，至今竟验，可谓灼见败征矣！能见败者必能救败，其何术以济此？」先生曰：「今日虽以全力治之，病深时促，尚难必其万全，莫如暂举海运，不使人忧漕，不以漕害河。灼见黄病之源，大举攻沙之策，庶可期其底深溜急，易为消涨。消涨则河低，河低则淮高，淮高则清出有力。底淤刷动可以渐深，志桩水底而堰土自固。次则唯有借黄以蓄清，借土以济水，使全漕不误，然后可徐图治河也。」熊公曰：「吾子心乎济物，何不献之当路，弭此大难？」先生曰：「南河风气偎薄，多年不举大工，始遭艰屯，而闻用款无多之说，必百计阻挠于当路，岂能举乎？」先生乃书其语为《漆室答问》。

十二月望，齐郎中彦槐赴浦访先生，先生告以急筹海运，彦槐录先生稿以致汪宗伯。二十四日，先生闻颜尚书督漕，乃上书尚书，言举海运以专力治河。又买舟至江苏劝诚方伯预筹海

运，方伯善其说而力不能举。

是岁，先生作《书品》，分五品。平和简静，遒丽天成曰神品；酝酿无迹，横直相安曰妙品；逐迹穷源，思力交至曰能品；楚调自歌，不谬风雅曰逸品；墨守迹象，雅有门庭曰佳品。妙品以降，各分上下两等，共九等凡九十一人，悉有清一代书家。

五年乙酉，先生年五十一岁。

是年，黄河尚未治，来年漕运舍海运更无他道。二月奉旨饬沙船，当事未悉底里，循例委员分投查看，有司更纵吏役恣意封船，沙船逃匿。时先生在扬州，乃作《海运十宜》。适新抚至吴，茫无津涯，得先生稿，依仿办理，海运事乃举。

冬，过丹阳，在荒市得《韩文蠡测》，携至舟中，尽夜读之。

是年，刻所著言河盐漕之书三卷，题曰《中衢一勺》。

六年丙戌，先生年五十二岁。

正月，先生客粤海关署。

二月，偕弟季怀入都。

三月，春闱事毕，先生谒朱虹舫阁学于米市胡同。朱公曰：「吾子精熟河事，张芥航任南河，阅视海口，单衔具奏，请改河道而不改海口，以北堤为南堤，须饷三百万可于大汛前赶紧完工，主上已调芥航为南督，前往办理，吾子以为何如？」先生蹶然曰：「张公真豪杰！南河得此人，大难庶其有瘳乎？阁下可速出折稿快读之。」朱公曰：「未见折稿，有折差赍至手书，略谓自实东门工起至龙王庙，皆改北堤为南堤，仍归入旧海口。堤外平地低于现在河身

丈五尺，再挑河漕丈五尺，便有三丈，建瓴之势，可以掣溜倒跌，将安东以上七八十里受病高仰之河掣深，则黄水落低而御坝可启，湖水邑泛入河，高堰自不吃重云云。吾子视其说行之必效乎？」先生曰：「其说难行。」朱公曰：「然则何以为豪杰？」先生曰：「张公初历其地，返往间未悉情形，故其说如此。然所见绝人，非豪杰不能及，如医师见症已真，唯立方尚未稳耳。今既调任南督，咨询考核必能斟酌尽善矣。」朱公曰：「吾子策之如何？」先生曰：「如张公所策非银八百余万不克成功，无论调拨甚艰，则大泛指日经临，一兴大工，钱粮人夫无暇他顾，万一变出意外，恐致盛业中阻。又道里太长，多集镇，迁徙绕道皆费措置，故其说为难行也。现今北沙以下河仍深通，其迂迴太甚之处，业经大府据潘兵备所请，开挑引河，逢弯取直，发帑兴办，谅可不日完工。其北河以上至安东八九十里之间，河身本宽，堤岸亦高，尚可设法。唯自安东以上至高家湾，受病至深，宜就其地改北堤为南堤，而于其北三里之外另筑大堤，导至安东东门，归入旧河。较之安东以下生开河道，则减省十七八矣。计程不及百里，筑堤之费不过一百二三十万。又就黄河旧身移太平河口于李工，即借其工以为御坝，使清水出湖，荡荡东注。先开刘老涧，放中河水入六塘河，乃截河筑堤，挑挖引河头，移中河口于张家河、包家河之间，河身约二三十里，移盐河由南六塘河入总六塘河，移双金闸于雀镇，约计资迁买地及在安东开引河接盐河尾，挑上下引河头挑还中河，并情形较险之处预做防风，亦不过七十八万，宽为筹备，得三百万，各工皆臻充裕。然大泛经临只隔两月，估工拨饷断非泛前可以集事。」朱公曰：「仆承乏史馆十年，近又总纂《沟洫志》，于河渠公牍寻览殆遍，未有如吾子所言切要明晰者。即日当以吾子意作书告芥航，

芥航为人有魄力而胸怀空洞，必能择善而执者也。」

报罢。六月偕季怀出都。九月十八日季怀卒，年四十二岁。季怀名世荣，先生从父弟，著有《学诗识小录》。

是年大挑，汪山阳又阻之。

七年丁亥，先生五十三岁。

四月，先生住吴门，邵阳魏默深述新任山东承宣贺公意代询东省治要。

是年，先生佐陶宫保办吴淞江工程。祀灶日，先生由工次返扬，顺道谒陶宫保于两江督署，呈筑野鸡墩之利益。

八年戊子，先生年五十四岁。

正月，先生复上书陶宫保，极言筑野鸡墩不过费银四千两，可以救通工五十万，且荐卢守备永盛。宫保得先生书，临工遍询，多以为不必，且言如书言力保卢君耳。遂罢其说。

八月，在白门，晤贺耦耕承宣，因湖水下注，淮阳危急，再三问救时之策。先生口指手画，曲陈形势，承宣叹绝。少顷朱虹舫阁学亦至，先生再为详说。翌日，朱、贺二公乃推先生意，各以书致河督。

是年，先生嫁女孟仪与阳湖张翰风之次子仲远。

九年己丑，先生年五十五岁。

春，先生入都。六月由都返扬，至馆陶，存张翰风于署。时翰风校其外舅宾鹭先生遗集，先生得尽读其书。由馆陶登舟沿卫溯汶入闸，乃作《闸河日记》。

六月廿四日，先生母夫人寿辰，先生初自都中归，母夫人命至书房款客。时江都张芰塘、李练江、殷古农、杨蕴生，仪征刘孟瞻、毕春源、君辅乔梓、王西御、勾生昆季、吴熙载、张司衡、甘泉杨季子悉在，扬城之秀，备于是矣。

八月，先生养疴寓园，日与孟开论古文节目，作《文谱》。

是年夏，两淮盐政忽有更替之信，运司不到任者阅三人。新使者驰书先生，询近日情形，先生乃著《小倦游阁杂说》答之。

十年庚寅，先生年五十六岁。

冬，户部以两淮鹾务宜改为民运民销，化莠为良，入奏。奉旨：命原奏之王尚书、宝侍郎驰驿之江南，会同督部定议。星使与督部皆委亲信之人员赴场灶查省情形。委员先见先生论盐务书，疑先生为发踪之处，微服过访。先生亦乐千年弊政庶可改革，遂作《改淮盐条略》二十五条以畀之。

是年，先生回里，奉郡学君迁葬江宁县南乡吉山之麓。拟居白门，编《小倦游阁文集》三十卷。

十一年辛卯，先生年五十七岁。

四月，先生在旌德。

十二年壬辰，先生年五十八岁。

春，先生北上，迂道存翰风于馆陶署。翰风言境内漳神庙乃直隶、河南、山东三省奉旨致祭之大祠，今年河水涨盛，庙断不可守，吾子当有法止其冲塌，已具舆马，请前往相度之。庙去城三十里，先生至庙询，住持云：「漳去庙前旧有二百丈，今山门前仅容一车，大约入夏

必圮矣。」先生见直庙门二十余丈外河心有砖墩，周围四五十丈，乃本庙戏台，被冲入已三十年，竟能站住。先生遂相溜势，于庙之上游钉木桩三，返告翰风派丁住庙内，买乱砖依桩倾倒入河，听其斜分外，游以坝尾平岸为度。计砖三道，用乱砖三万担可成，每担五六文，费约百五六十千耳。翰风即照办。五月，先生南返，再过馆陶。翰风言三坝十余日即成，经大水七八次，北滩已塌六十余丈，砖墩已淤与庙连，墩后并积淤二十余丈矣。

九月，桃南于家湾决口，塌二百丈。先生因全家侨居下游倚虹园，地势尤低，遂作书上陶宫保，极言救之之法。

是年，先生遇子佩于都下。子佩，岩夫犹子，录岩夫之诗欲梓行问世，乞先生为序。

十三年癸巳，先生年五十九岁。

四月，先生书《自跋草书问答》于小倦游阁。先生自言二十年来作小正书唯二种，其一此卷，其一嘉庆二十二年在都下为新建余铁香作《述书》。

夏，先生母夫人八十寿辰，尚书戴简恪公以楹联祝曰：「天下共知此子，因有此母。同人竟掞其文，不尽其芳。」

是年，阳湖张翰风卒。十一月，榇至扬州，先生往哭之。

十四年甲午，先生年六十岁。

春，先生过常州。是岁，买宅江宁北门桥西北，自扬州移居。

十五年乙未，先生年六十一岁。

春，入都会试，值大挑，赴试，以等签江西。即就其乡士大夫在都下者，访吏治民风所宜。

出都往江西，临行母夫人谓先生曰：「儿数十年出游，受恩多矣，不图报，非也；如报恩而自陷于非义，亦非也。儿为诸候客久，于民间及衙前情伪已悉。刑钱两席岁备千余金，儿居官可自领其事，节此千余金以当酬报戚鄙之用，虽数少，人尚可以相谅，且有限制。至地方旧有陋规为办公必需，苟非大不可者，毋轻言裁革，吾颇闻有卖陋规者，为后人唾骂，且办公不敷，势将他求，儿其慎之！」

十月十日，母夫人卒。

是年，先生游都下，因乌程凌堃厚堂识镇平黄香铁。香铁善诗，名满天下，诗集已刻十余年，及见先生，即托先生为序。

十六年丙申，先生年六十二岁。

守制家居。

十七年丁酉，先生年六十三岁。

守制家居。

十八年戊戌，先生年六十四岁。

夏，起服往江西，谒桐城张子畏太守于郡斋。秋，新喻缺出。此缺号简优，兼藩臬使因颠倒班次，以厚妾戚，而其人倚与上游有连，下车即助皂役凌藉庠序。以为钱漕地未示漕期，先禀本府开列邑中知名生监请府访拿。本府受愚，出示首列万国彩、胡尚友等三人，目为漕棍。其实新喻向无吃漕规事，而列示三人于棍皆无案据，实为凭空取闹，迫成京控。乃撤前任归案，而以先生接署。臬使护戚益掣，奉文之日，即委心腹驻县严提。国彩本系原告，知

臬使左祖，是以避投审。先生视事，有来谒者，皆以礼接。久之，万国彩亦来谒，先生告以原告毋庸避匿，可料理家事，随我进省。万国彩应诺，订期前往。而省中管押年余之胡尚友逃归，遂不赴案。前任捕万国彩曾悬赏三百金无获，先生接辑以为即如臬司之意，以万为重犯亦不过罚俸轻议，乃抹杀前后情节，详请奏摘国彩顶带。后先生旋即卸事回省。月余，竟至用兵毁民房三百余家，万、胡二人逃至邻邑，邻邑令侦知所匿村庄，饬令交出，否即请兵焚庄。万国彩闻信夜逃，追至念里外，由旧匿之庄擒献。

十九年己亥，先生年六十五岁。

是年，先生卸新喻事。先是，先生任新喻时，银价已过千六百文，一两须赔数十文，一年奏销赔钱二千万。邑民聚钱如数禀偿，先生再三批驳。及毕后，又以钱无可归，只得批提外库，俟通邑有应办公事，由众绅公领办理。及卸事，接任者颇有黩名，先生惧为干没，即具禀解贮府库，声明归邑绅公禀请领。先生离江西时此款犹在府库。后中丞定案复奏，即指此为科派退还之据。

二十年庚子，先生年六十六岁。

是年，先生在豫章。

二十一年辛丑，先生年六十七岁。

正月二十四日，果勇侯佩参赞大臣印驰赴广东督办鸦片事，取道豫章，顾先生寓，询一切机宜。时两耳稍聋，先生作笔谈答之。

二十二年壬寅，先生年六十八岁。

是年，先生还山。先是先生任新喻时，粮道既收漕规，而细察先生漕政，遵例禁绝浮勒，阅四日退出小价不肯领回，粮道即拨归应征漕项而心终怏怏。学使与粮道连戚，恐他处亦以不夺人为法，则粮道为空做，遂明暗迭劾。中丞畏学使，即先期严参，本意于定案时开复。而庚子科场中丞以喻事忤众，士子万人齐上至公堂肆骂，大指皆以新喻参案为说，中丞愤甚，乃定见不与开复。学使出参折后采访舆论，惧有后患，访得新喻有诸五生，向以讼为生，自先生视事，即闭门搁笔，学使意必深恨，遣使以千金啖之，授词稿使其至衙门投递，五生以雷神不可当拒之。数日中夜有叩先生门来谒者，具言前事，欲诓其词稿及银禀请直揭，先生谢罢之。学使闻之尤惭，感嘱其门生与先生同官者委曲解说。适戴相国薨，学使力言于其嗣君，谓老师基碑非包君大手笔不足垂示百世，意先生必以此为荣也，未成。学使以谳楚狱去。新喻兵火之后，新臬以曾任临江守，特驻新喻，至学宫讲书，欲以感召万、胡使报案。正讲时，有人在明伦堂下桂花台弹月琴唱曲被捕，臬使饬随员赴县会审，而月琴已打破。其人名刘得祖，不识字，只能弹唱，因假三弦授之弹唱，乃新喻事，名曰《万岁牌楼记》，共十六回，第九至十三皆唱先生在任所办各事。随员回省说闻省中官幕，乃知先生毫无错证。刘得祖带省收禁，中丞过堂曾叫弹数回。

后湖南星使从袁州过江西谳烟案，路出新喻，有数千人环跪递呈。星使谕以明早去验火场，中夜鼓櫂去，至省以呈词二十张咨交中丞，而摘词由入奏。星使行至安徽，接回折，折回江西谳此狱，一切无所更动，惟提刘得祖唱三日而开释之。临行谓其同年东乡令曰：「包君我竟未识其面，然《万岁牌楼记》已听完，中有大小文武十八员，包君以一青天居十七狗子之

间，而得免于刑戮，幸矣。」中丞心自不安，乃为先生了公私事，先生得以脱然无累。万国彩在监内闻先生还山，痛哭不止。

二十三年癸卯，先生年六十九岁。

冬，先生再过鄱阳，至陈伯游家，见《韩文考异》，假归读之，日尽两卷，凡读三过。

是年，魏默深作《圣武记》成，寄先生属为审定。

二十四年甲辰，先生年七十岁。

是年，先生就旌德谭氏讲席。裒生平著述为《管情三义》、《齐民四术》，并旧刻《中衢一勺》、《艺舟双楫》更加增益，名曰《安吴四种》，先用聚珍板印五百部。按先生自叙曰：「年政七十，不能自已。以《说储》上篇体大事丛，不可分散，唯前后序及序目附论成文者，摘入附录，以示端绪。其下篇则与旧著类集之，其中不无繁碎，姑勿芟薙，庶几备有心世道采览而已。」

二十五年乙巳，先生年七十一岁。

二十六年丙午，先生年七十二岁。

夏，先生以《安吴四种》寄桐城姚柬之。

二十七年丁未，先生年七十三岁。

是年，先生以《安吴四种》授大兴范麟。麟请为学之要，先生曰：「第一要究文法，盖不深明古人文法，则无以测古人立言之意而识其指归。」

二十八年戊申，先生年七十四岁。

二十九年己酉，先生年七十五岁。

三十年庚戌，先生年七十六岁。

咸丰元年辛亥，先生年七十七岁。

《安吴四种》重付剞劂，印二百部，版存金陵。

二年壬子，先生年七十八岁。

三年癸丑，先生年七十九岁。《安吴四种》版毁于兵灾。

四年甲寅，先先年八十岁。

五年乙卯，先生生年八十一岁。

按《三续疑年录》据阚氏仲韩述，是年先生卒。

同治十一年，先生之子诚觅得原书于鄂，再付梨枣。

略谈包世臣的文学思想与诗文创作

吴孟复

「研兵农之所宜，通王伯（霸）之所造，储将相于渔樵，定治安于莽草。身用术行，酬价尽职。驱策百万于边陲，抚摩亿兆于衽席。贤哲连茹，奸佞绝迹。外无窃发之虞，内寝追胥之役……否则撰临驭之规，陈治平之理，乐情志以终身，垂信则于来世。」

——《七辩》

这是包世臣所说的「君子奉天之大道」，即他的学术途径与政治理想。这里所表现的政治热情与胸襟气概，与李白的《大猎赋》颇为近似。李白的政治著作没有流传下来。包世臣所「撰」的

「临驭之规」，所「陈」的「治平之理」，亦即《中衢一勺》、《齐民四术》等书，斑斑俱在，证明他「研兵农之所宜」，并非虚言；而他讲的「王霸」之术，是以「富民」「强政」为前提的。他认为「裕民乃富国」，认为治国的根本，「先务作士气」。这些议论出现在清朝嘉、道之间，确是难能可贵的。至于他设想的：进用「贤哲」，斥去「奸佞」，对外抵抗帝国主义，对内减轻封建剥削，更是符合于人民愿望的。

他的讲求经世致用的学风与「有物」「有序」的文学主张，在近代史初期，具有震聩启蒙、开辟风气的作用。本文只就其文学和学术思想方面略作介绍。

包世臣的时代与其学术思想

包世臣（一七七五—一八五五），字慎伯，泾县人。泾县在汉代称为安吴，故一称包安吴。他家境清贫，父亲以教蒙馆为业。他十二岁时曾随父远游。他读书很用功，「每于静夜中，讽诵遍千百」，而且，「年十三、四」即「慷慨志奇功」。但他一直没有考中过进士，终身皆依人作幕。他想给封建统治者出谋画策，但这时期的封建阶级已腐朽透顶，他不但不能立功自见，反而一再被谗。他并未因此「忘世」，而遍游各地，接触了政治、军事、河工等等，「知民间所疾苦」，「知求其所以致弊之故」（《读亭林遗书》）。同时，他还交结了朱珪、段玉裁、钱坫、李兆洛、姚鼐、张惠言、恽敬、汪喜孙、龚自珍等文人学者。各派各家的代表人物，都与他有过往来，都曾「益我以见闻」。其中「刘生（逢禄）绍何（休）学（指公羊学），为我条经例，证此独学心，公

羊实纲纪」（同上）。可见「公羊学」对他的影响尤其大。

我们知道，清初时，顾炎武首举「汉学」旗帜，对程朱陆王的理学进行批判，「引古筹今」，意在拨乱涤污；黄宗羲与顾同讲经世致用；颜（元）、李（塨）又与顾、黄之「致用」相一致。经过康、雍、乾三朝，一面大兴文字狱，一面提倡理学与八股，摧残士气，「万马齐喑」（龚自珍语）。当时「武备不修，赏罚不明……因循日甚，畏葸日多」（汪士铎《乙丙日记》）。宰相以「多磕头，说少话」为秘诀，士大夫以「莫谈时事逞英雄」为座右铭（《暝庐杂识》卷三）。学者文人中，「工骚墨之士，以农桑为俗务，而不知俗学之病人尤甚于俗吏；托玄虚之理，以政事为粗材，而不知腐儒之无用」（魏源《古微堂集·内集》卷三）。学术上成就较大的「汉学」家们，师法许、郑（称为「古文经学」），着重于文字、音韵、训诂，不敢接触到社会现实问题，实际上「锢天下之聪明才智」，在此情况下，魏源、龚自珍等人从常州学派所讲的「公羊学」得到启发，以「今文」经学与「古文」经学相对抗，即近代学术史上所谓「今古之争」。他们提倡「经世致用」，反对「莫谈时事」，意在突破当时的思想禁锢。包世臣与魏、龚的志趣与学风基本相同。

他自言其治学之动机与目的是：

「世臣出乾隆中。比及成童，见百为废弛，贿赂公行，吏治污而民气郁，殆将有变。思将禁暴除乱，于是学兵家。又见民生日蹙，一被水旱，则道殣相望，思所以劝农厚生，于是学农家。又见齐民跬步即陷非辜，而奸民趋死如骛，而常得自全，思所以饬邪禁非，于是学法家。即已求三家之学于古，而饥驱奔走数十年，验之人情地势，殊不相远」（《再与杨季子书》）。又说：由于「食贫居贱，知民间所疾苦，则心求所以振起而补救之者。稍长，困于奔走，涉世事，读官书，则知所以致敝之故，而澄其源……要于必可举行，以无误于后世」（《读亭林遗书》）。

可见，他的治学道路是清初顾炎武诸人的延续，与当时的汉宋学风是不同的。「业故托呫毕，志不囿词章」，说明了他的志趣。对于当时的社会和学术风气，他都作了尖锐而中肯的批判。首先痛斥八股取士之弊：「自从科目兴，利禄途争竞，诗书供稗贩，廉耻恣蹂躏。处为妻妾羞，出播生民病」（《书邓青云家训百条后》）。一针见血地指出封建官僚习气「久已，天下之相习，以不任事也，以全其生，以保其富贵」（《祭周石芳先生文》）；而他自己则是「四十年任事远偷儒」（《管情三义》卷二十四）。他谴责当时「文学之流，外不思所以利人，内不思所以修己。徒役心雕虫之华藻……适足以耗神遗鄙」（《七辩》）。他既指宋学为「愚诬之论」，「非性所好」，也认为汉学不免于「扫扯断烂之敝」「使人聪明锢敝」。他认为「反经用狂狷，士气庶复振」，甚至说「救时诚有要」，「先务作士气」。他对于当时的农政、漕政、盐政、货币、水利以及其他政法、财经、军事等问题，对国计民生的利病损益，作了多方面的研究与探索，既「求之于古」，又「验之于人情地势」；既分析其「致敝之由」，又「求所以振救」之方。而且，不断地修改自己的方案，力求其可以实行（《读亭林遗书》）。在这方面，他认为自己比顾炎武更切实些，事实上，在具体问题的细致深入上，他比龚、魏确有所超过。也正由于他力求可行，「常求顺人情，去太甚」，所以锋芒不如龚、魏，常有更多的改良色彩。但他在揭露锢弊，力图转移风气，毕竟不失为一个进步思想家。也正因为如此，他的文学思想才有研究的价值。

包世臣的文学思想

包世臣在文学思想上，同样也表现出改革精神，具有启蒙意义最突出的一点是：他公然否认「文以载道」。我们知道：「文以载道」语出周敦颐《通书》。「道」即理学之道。它与刘勰的「原道」、柳宗元的「贯道」是有着不同的内容的。包世臣指出它是「离事（指民事）与礼（指「养民之制」与「教民之方」）而虚言道以张其事（文章）者」，这是对的，但谓「自退之（韩愈）始」，似犹未区别尽当。至于他指出「近世治古文者（包括桐城、阳湖）一若非言道则无以尊其文」（《与杨季子论文书》），则确实道出了当时「古文家」的弊病。那些「古文家」们以「载道」为旗号，把人们的思想禁锢在封建礼法范围之内，把文章降为理学的附庸，使人们不去接触社会现实，文章既不反映现实，也无理想可言，翻来复去只不过一些空话，一些「门面语」。因此，「文以载道」这一口号在当时实际上对人的个性与文学的发展起了扼杀的作用。

包世臣指出：「道附于事而统于礼」（同上），所以，离开了「事」与「礼」也就无所谓「道」，因而认为「以言道自张」乃是「前哲之病」（《再与杨季子书》）。与此同时，他又声言：「事无大小，苟能明其始末，究其义类，皆足以成至文；固不必悉本忠孝，攸关家国」（《与杨季子书》）。说文章不必悉本忠孝，这在当时更是一个大胆的议论，因为这也是与封建礼教不符合的。

其次，是他强调文章必须「言之有物」。与「桐城派」一样，都强调文章「义法」，而且都以

「有物」与「有序」来作为「义」、「法」的解释。但他讲的「有物」与「桐城派」讲的不同。桐城派是离开了「事」与「礼」来言「道」的，他们并不懂得「经世致用」、「礼、乐、兵、农」，实际上是「无物而貌为有物之言」（《雩都宋月台古文抄序》）。包世臣讲的「有物」是由于「读书多，涉事久，精心求人情世故（指社会生活，与今天讲的『人情事故』不同）得失之原」；而且要做到「反之一心皆当，推之人人之心而无不适」（同上），要求把书本理论与实际经验相结合，深造自得，有自己的真知灼见；而且，这种真知灼见，又不是一己的偏见，而是反映了大家的共同想法，这也就是他所说的「研究事物，擘画精详」（《再与杨季子书》）。因此，它不是可以「规抚形模」的，也不是可以「袭致」的。故「有物之言，必其物备于言之先」（《宋月台古文抄序》）；反之，如果「心中无所欲言」，则不能写「成章句」（《章君绣诗序》）。他特别推崇《荀子》、《韩非子》、《吕氏春秋》，在宋以后的作品中，他又推荐了当时人们还不曾注意的《伯牙琴》与《潜书》，可见其见识的卓越。因此，他所说的「言之有物」，正是指卓越的识见，比之「文以载道」明确、具体，有一定的进步性。

其三，他强调「有物」的同时又强调「言之有序」。他指出：古文的「有序」与八股文讲的根本相异，绝不是「搭架式，起腔调」（《复李迈堂书》）。他以「有序」就是：「深求古人文法，而以吾身入其中，必使其言为所可言、所当言；又度受吾言者所可受、所当受，而后言之；而言之又循乎程度」（《宋月台古文抄序》）。这里包含三层意思：（一）取法古人；（二）「有我」；三，考虑到读者。我们认为：由于当时所写的文言文，就不能不使用古人的言语，即使用当时口语，其写作技巧亦不能不借鉴于古人。所谓「深求古人文法」，当即指此。但这决不是「形摹貌拟」，

还必须是「言皆己意」，「贵能蹈实」（《或问》）。包世臣曾作了一个很好的譬喻：「昔吾论文笔，于中必有我。蜜成花不见，持以论书可」（《与金坛段崔台论书》）。把向古人学习语言，比作蜜蜂采花酿蜜，到蜜已酿出时，却不见花的痕踪。这也就是陆机说的：「杼柚于予怀，怵他人之我先」，韩愈说的「唯陈言之务去」、「唯古于词必己出」。不过包世臣讲的更为全面，他认为还要考虑到读者的需要，为读者所易知易懂。包世臣还曾指出，当时有些人（按：当指阮元等）「谓八家浅薄，务为藻饰之词，称为选学；格塞之语，诩为先秦」（《再与杨季子书》），这怎能为「受吾言者所可受、所当受」呢！所以包世臣的「言必有物」与「桐城派」根本不同；而在谈「言之有序」时，却认为「桐城姚氏，其造诣实能别（指区分）时（八股）、古（古文）之界，所言信为有序」（《宋月台古文抄序》）。可见，他的「言必有序」，就是要使文章以表达自己的思想，能以为读者所接受，能以合乎文理、文法。他讲的文理、文法，还包括文章的各种技巧，如「隐显、回互、激射」之妙，而「行文之法，又有奇偶、疾徐、垫拽、繁复、顺逆、集散」等等。

这里还想指出一点，即关于骈散问题。桐城、阳湖两派认为散文是正宗，而排斥骈体。同时的阮元写了一篇《文言说》，又指骈体为正宗，力排散体。但事实上，徐陵的《报杨彦遵书》中的「地不私载，何其爽欤」与庾信《哀江南赋·序》中的「将非江表王气终于三百年乎」仍然是散体；而姚鼐《古文辞类纂》第一篇贾谊《过秦论》，其中也有不少偶句。所以，骈散、奇偶的互相为用，本是客观存在。有的同志谓诸葛亮《出师表》长短奇偶错落交递「为工于行布」，亦其一例。包世臣指出：「凝重多出于偶，流美多出于奇。体虽骈，必有奇以振其气；势虽散，必有偶以扶其骨」（《文谱》），这确是通达之论。

更值得注意的是，包世臣文论中所表现的进化论思想。他否定了「说者谓天地之气日薄，故古今常不相及」（亦即今不如古）的谬论，他说：「在物者，鄱阳（即景德镇）之磁，端州之砚，近产则高出前代；其在人，黄、魏、施、范之弈，自昔无比……邵、戴、二钱、王、段之于小学，推原古训，博辨不支蔓，为宋氏以来所无」（《齐物论斋文集序》）。其意思是：既然这些都是今胜于昔，那么文章诗赋也应该超过前人。他自己既以「搴芳八家而不受笼罩」自许，更要「使后来有志之士，信古今未必不相及，而及时自力」（同上）。正因如此，他反对「侔色揣声」，反对「捋扯规柷」，以「依傍」「剽窃」为耻，要求文学上独创，这与他的进化论观点是一致的。

包世臣在诗歌方面，强调政治作用、讽谕作用。他认为「诗之用有美有刺」，那些应酬之作不能算为诗，即使写「风云月露」，也应含有「寄托」，否则，即使写得很工，也不是好诗。这样，当时作为「美」的作用的诗实际上就很少了；所以，他认为「诗教殆寓于刺耶」。他又进一步说明：诗的作用「上以称成功盛德致形容；次乃明迹怀旧，陈盛衰所由，以致讽谕；下亦歌咏疾苦，有以验风尚醇醨，而轻重其政刑」（《章君绣诗序》）。总之，他强调诗歌的政治作用、讽谕作用，与他的「经世致用」「言之有物」的思想是一致的。这种理论与白居易讲的「唯歌生民病，愿得天子知」很相似；但他还要在诗中找出「盛衰所由」和解决的办法（轻重其政刑），这就比白居易的主张更进了一步。也许有人会怀疑：诗歌不是政治论文，不适于说理论事；但是，我们读了他的诗，这个怀疑就自然不再存在了。他的诗中就有不少说理论事极精而又诗味盎然的。

包世臣的诗文创作

包世臣的诗文创作，是他的学术思想与文学思想的体现，与同时代的作者相较，确有它的独到之处。

首先，就文与赋而言。他自负其赋为「绝业」，大概是因为其中也有些讽谕。如《行宫赋》，乍一看来似是「耀富饰贫，以媚天子」，但其中一段：

辟途千里，役工万数，技艺则征之梓匠，资币则科之商贾，珍宝则输之故家，力役则派之编户，胥吏牟侵，假威官府。窭乏不敷，鞭挞图圄。饥弗得食，劳弗得处，贩夫失业，瘠农去土。集数州之腴腴，以供行在之一眦。是徒乐栋宇之壮，彩饰之丽，而不恤筋骨之疲、膏血之竭也。

这一段描写乾隆南巡的「奢侈」与「厉民」，其尖锐程度较《红楼梦》中借赵嬷嬷之口所揭露的何止十倍百倍！而且，这不只是客观的描述，而是带着愤怒感情的控诉。当然，作者终于也讲了一大段「大清之德」，说「行宫之壮丽初不足为有司之厉民而奢侈是矜」，但那是「处士……俯首良久」之后才想起来的掩饰之词，这就是包世臣所说的「显隐」「激射」的技法，明眼人一看就会明白。

在《司盟项炼赋》中既说：「民脂民膏，取以鞭挞，献之豪右，资其淫骋」，《序》里又明言「重儓下婢，奢僭至是，他物称之，民何以堪！」还有《都剧赋》、《绣春园赋》等，除了反映当时官僚们的奢靡外，其中也指出那些京官们「见金便攫，不惜诡随，趁填欲壑」，其中暂时「攫」不着的，便用高利借贷，等机会再「取偿穷民，任意罗织」。

又如《拟庾子山小园赋》：

「溯自德矜远屈，遵养时贼，肉食竟其刀锥，儿戏示其矛戟，弓玉垂大盗之涎，干羽慕有苗之格。乃有艅艎聚于洲西，貔貅散于航北。小人则家出壶浆，君子则篚将玉帛。辐拱之毂犹丹，金粉之门遂白。九顿之泣血何从，三川之被发已迫。岂天醉之数穷，信耻维之道息。」

这里写的是第二次鸦片战争时，英法联军侵入长江逼近南京时的情景。「小人」指在野的士绅（住在扬州的退休宰相阮元也在内），「君子」则指两江总督牛鉴与将军伊里布之流。这些肉食者平日争权夺利，「锥刀之末，皆尽争之」；而对于军事，却视同儿戏。面对帝国主义的侵略，士绅望风送贿，总督「唯诺唯命」。包世臣指出，亡国之忧已迫在眉睫；又指出，这不是由于天意，而是「肉食」者们廉耻丧尽所造成。「韩徒荣于五世，楚竟沉乎三户」，「劳歌则事异和平，艳曲则词生危苦」，爱国的激情，愤怒的控诉，反映了历史的真实，表达了中国人民的心情。这比庾子山的原作，似当更胜一筹。

当然，他的一些赋篇如《辨赋》、《扇赋》等，也是「丽以淫」的，而某些散文，也不免出于应酬。即使一些较好的作品，也往往杂有糟粕，或者艺术上不够完美。但就上述各篇而言，显然有其独到之处，这是仅能以「小文章」见长的「桐城派」作者所不可达到的；即使是他所佩服的汪中，似乎也写不出这样的内容。披沙拣金，去短扬长，我们认为包世臣的文赋，在当时作者中仍是不可多得的。

再就他的诗说，他自言其诗「托始供奉（李白），溯康乐（谢灵运），平原（陆机），以达步兵（阮籍）、东阿（曹植），而弛负于曲江（张九龄）杜陵（杜甫）」。又说，「予诗以气体入，言必有物，风云月露不得涉其毫沈。」（《读亭林遗书》）的确，他的诗中很少有月「风云月露」之

词。即如《题第一塔最上处》：

「九级压晴烟，盘梯百栈连。谁携谢眺句，搔首问苍天。俯见白门柳，酒楼无谪仙。广陵暮涛起，飞翠画帘前。」

显然也寄托着自己的怀抱。在取材与立意上，都显然「托始供奉」。又如《奉酬熊介兹枢直》：「……以予因饥寒，始民足憔悴。胡为朝食者，不解存此虑」，「忘世非初心，独善愧犹未」，又显似「杜陵野老」在语重心长地谈话。

他的诗成就较大的，还在于对当时民生疾苦的反映。如：

「晨出望墟落，抵暮无炊烟……质买亦略尽，流亡亦已繁。灾情既不达，谁贯下忙钱？哀哉鞭挞余，舍命自投渊」（《乙巳杂诗》）。

当然，在这里他还把希望寄托于「圣君」「良臣」，然而他又写出：即使皇帝下诏免征或赈济，灾民仍得不到实惠：「但恐赈到时，难民骨已朽；又恐安集难，流亡终十九。」特别是：「熟田偶被灾，荒弃遂泽薮。」不但想到当前的生活，而且想到此后的生产。这是元结、杜甫都未曾想到、写到的。这是作为经济学家的包世臣与其他诗人所不同的地方。

包世臣只是一个改良主义者，因此他常常企图劝告那些贪官污吏，希望他们勿为过甚：

「蝇头良亦微，勿谓肆渔牟。爪牙胡假威，血枯朘其胶。」

在揭露官吏敲骨吸髓、层层剥削的同时，他竟然劝他们「愿缓及微稔，肥囊不汝訾」。意谓请你们暂缓一下，等到稍微丰稔的年头，你们再剥削吧！听起来很好笑，想一想却又令人伤心。他还说：「民苦侵渔事非一，害稼何须蟊与贼！邻鸡果见月一攘，身后悬知堪庙食。」意谓只要稍微减

少一点剥削，老百姓就会将其当作菩萨。在他看来，不这样就不能把贪吏的贪写得恰如其分，这也就是他的「垫拽」与「激射」的写作技巧。他的诗写得最妙的应该是《丙午春，入江宁城，见文武各署演土地会剧感赋》。在春社日当地演剧酬神，祈求丰年，本是常事。包世臣却就此大发议论。首先斥责土地爷「神律比课吏，失职当自咎。饿鬼哭遍地，焉能乐笙奏？」这就是说：「饿鬼遍地」，土地爷应以「失职」「自咎」，怎能看戏享乐呢？接下去向那些大官们指出：「民饥吏束手，神亦无术救！」最后他更指出：大官们演剧酬神，其实是自己享乐，结尾画龙点睛：「信哉杜陵言：『朱门酒肉臭！』」写得既幽默，又沉痛，用意极深，而用语通俗易懂。当时各派诗人，恐皆无此佳构。一方面是「饿鬼哭遍地」，一方面是「朱门酒肉臭」，在《己卯岁朝即事》一诗中，作者详细地算了一笔帐，指出了丰收对农民来说毫无好处，因此，「祇望歉岁无租收，忍饥不受吏诛求！」给我们提供了近代经济史上最好的资料，写出了《清史·食货志》上所不可能写出的社会现实，为当时农民说了内心要说的话，这真不愧为「诗史」了。这些对于当时那些苟且偷安、不求振作、「一味园融，一味谦恭」、「好也弥缝，歹也弥缝」的官僚，是针锋相对的。

包世臣还看到，官吏如此贪残，势必激起民变：「汹汹千百辈，手刃或长竿。千里避水灾，骨肉弃团圞。以礼食则死，何能苦自完」（《龙门渡》）。当然，他和当时的一些文人学者一样反对农民起义，他还想为封建统治者的消弭民变出谋画策。在川楚白莲教起义时，他还跑到湖北、四川，企图由此显出他的「天下才」，但是，结果反而被谗，几乎被祸。后来，他似乎逐渐认识到「官逼民反」，认识到「民可载舟，亦可覆舟」，进而指出「抚我与虐我，仇后（君）在自择」，认为「酿」成事变的责任在于「长吏」，进一步分析了「得失之原」，官吏的残酷剥削，使「民

气」「郁」而不申。因此，他认为拨乱反正，移风易俗，在于「矫枉必过正，先务作士气」（《七里滩钓台下作》）。以此作为「救时」的要策，这在当时封建制度的禁锢下，是很有意义的。

包世臣诗中还对河工、水利问题有所反映。如说：「汶水改南流，用良非禹绩，遏其北东性，岂伊龙王力！老人洞水力，三七分南北。裕源则异泉，就下爱汇泽」（《己丑六月十三日泊舟分水龙王庙，谒宋尚书白老人祠，作五言二首》）。否认神力，歌颂劳动人民的智慧，这已经很有意义；而且，他还指出：「三日渡河湖，伟矣老人绩。予忖忧悯怀，岂仅转漕急？」（《十五日宿南阳，再作五言一章，寄题白老人祠》）在他看来，老人的治水，用意在于兴水利，利生产，不是仅仅为了转漕；而宋尚书却只为转漕，而「未有明农力」。其实，明、清两代建都北京，因为需要南方的粮食，这才注意河工。作者对宋尚书的批评，实际上正是对明、清王朝的批评。他认为转漕与灌溉，兴水利与除水害应当结合起来：

「或谓转重空，珍水至涓滴。安能问疾苦，更事距川役？不思水利兴，水害乃能革。十年五被潦，秉耒民持戟。相时谨宣蓄，导脉疏湮塞。灌溉与浮送，并兴斯两益。」

把议论融合在抒情之中，以诚挚的感情说出精湛的议论，而一个忧国忧民、远见卓识的思想家、诗人的形象，自然而然地浮现在读者面前。就诗论诗，这也充实了诗的内含，扩大了诗的表现力。

词的方面，作者沿着常州词派的主张，强调「意内言外」，如「纵杜宇唤得春归，只横笛伤春何处」，显有寄托，但很晦涩，倒是「休道多宝羊城，酌泉吴隐，愤悲笳清发……烽火惊心，江湖满地，种种庐蒲发」（《谱大江东去「乍开天镜」》），写鸦片战争后的忧时爱国之情，却是颇为

丛书常务编辑：诸伟奇
责 任 编 辑：张旭曙
装 帧 设 计：宋子龙

安徽古籍丛书

《包世臣全集》
小倦游阁集　说储
〔清〕包世臣　撰　　李　星　刘长桂点校
吴孟复　梁垣祥审订
*
黄山书社出版（合肥市金寨路283号）
安徽省古籍整理出版规划委员会办公室编
新华书店经销　　芜湖市新华印刷厂印刷
*
开本：850×1168　1/32　印张：8.5　字数：180,000
1991年10月第1版　　1991年10月第1次印刷
印数：0001—2000

ISBN7-80535-184-8/G·77　　定价：4.85元

动人的。

当然，包世臣的词赋中都有些「倚红刻翠」的无聊作品，即使是一些较好的作品，也往往美玉存瑕，少有全篇尽美的。特别是他的「补救时弊」「必其可行」的改良思想，使他的作品带着很大局限。但与「一代正宗」的「望溪（方苞）文集阮亭（王士祯）诗」来比，就可看出他的诗文是别开生面的。与同时的龚自珍、魏源来比，也可以说是「各有千秋」，至少「相去不远」。而就文章来说，龚、魏师法汉、魏，在「文从字顺」方面，有时还不如包世臣。但是，他的诗文之名一直为他的书法之名所掩，因而不甚为人注意。兹特略作介绍，目的在于抛砖引玉，以便引起讨论。

安徽古籍叢書萃編

包世臣全集

二

清·包世臣 撰
李星 點校

黃山書社

安徽古籍叢書

包世臣全集

中衢一勺

藝舟雙楫

〔清〕包世臣・撰　李星・點校

皖）新登字05号

丛书常务编辑·杨应芹
责 任 编 辑·彭君华
装 帧 设 计·宋子龙

安徽古籍丛书

包世臣全集

［清］包世臣 撰 李 星 点校
吴孟复 贾文昭 审订
安徽省古籍整理出版规划委员会办公室编
黄山书社出版 （合肥市金寨路381号）
新华书店经销 安徽芜湖新华印刷厂印刷
开本：850×1168 1/32 印张：17.75 字数：386.000
1993年5月第1版 1994年5月第1次印刷
印数：0001—2,000

ISBN7-80535-237-2/G·125 定价：12.20元

安徽省古籍整理出版规划委员会

顾　　问　丁继哲　王惠鹏　杜维佑　李广涛　张立一　郑　锐　郑淮舟　胡　坦　胡云龙　侯　永
　　　　　崔剑晓　傅大章　潘锷镩

主　　任　魏心一

副 主 任　陈基余　赵应铎　陶有法　庞世金

委　　员　刘景龙　吴孟复　金隆德　祖保泉　贾文昭　黎　洪

安徽省古籍整理出版基金会

理 事 长　崔剑晓

副理事长　丁继哲　杜维佑　胡　坦　潘锷镩

秘 书 长　朱　扬　汪慎琳

常务理事　马素英　卞兆龙　田照临　朱邦福　孙伯耀　吴存心　吴孝雨　汪石满　张其果　张振明
　　　　　季昌清　郑英保　郑贤明　钮　琏　钱　进　陶显斌　潘培咸　穆建科

安徽古籍丛书编审委员会

学术顾问　王子野　吴小如　吴作人　周一良　周绍良　金克木　宛敏灏　胡道静　殷焕先　常任侠
　　　　　蒋元卿　舒　芜

主任委员　吴孟复

副主任委员　刘永年　祖保泉　施培毅　贾文昭

委　　员　朱一清　朱世力　任弘毅　刘学锴　孙文光　纪健生　杨应芹　汪福润　沙宗复　夏秀流
　　　　　徐成云　诸伟奇　梁垣祥　傅玉璋

按姓氏笔画排列

本书承芜湖市人民政府资助出版谨致谢忱

安徽古籍丛书编印缘起

伟大祖国，历史悠久，典籍丰富。我省地处南北之交，学术尤擅其盛。数千年来，哲学、史学、文学、艺术、语言、科技，作者辈出，著述如林，或自名一家，或蔚然成派，多为中华民族文化之菁华，有裨于社会主义文化之建设。允宜及时整理，以广流传。

粤自明清，以至近世，南北郡邑已有泾川丛书、龙眠丛书、贵池先哲遗书、南陵丛书诸刻。一九三一年，复有安徽丛书之编印，所收皆皖人著作，分期影印。出至第六期，以抗战军兴而中止。盛业未竟，论者惜之。

今者，中央倡导整理古籍，我省领导对此尤为关心。省古籍整理出版规划委员会几经商讨，决定编印安徽古籍丛书。最其体例，约有数端：一、所收皆为历代皖人著作。地域，以现行省区为准。时间，一般以成书于「五四」之前为限。内容，以文、史、哲为主。二、整理方式：包括辑、校、标点或注释，尤注意于稿本、稀见本之搜辑与传布。校勘，力求采用善本为底本，校以他书，或加补辑，编次。标点，采用新式标点。注释，务求精确，但不作烦琐考证。整理中，尽量吸收国内外研究的新成果。三、先秦、两汉著作及文字、训诂之书，皆用繁体字；其余则多用简体字。版皆竖排，以期一律。四、凡热心于本丛书编印及捐资助刊者，得于书内题名。

安徽古籍丛书编审委员会

一九八九年七月

目次

卷三　下卷

卷四　附录一

艺舟双楫

安吴四种总目序

中衢一勺三卷，附录四卷。

艺舟双楫论文四卷，论书一卷，附录三卷。

管情三义赋三卷，诗三卷，词一卷，浊泉编一卷。

齐民四术农三卷，礼三卷，刑二卷，兵四卷。

共三十六卷。

序曰：乾隆己亥，先君子抱世臣于膝上，授以句读。壬寅，侍游白门，为八比，六韵。乙巳，再游白门，诵选诗而好之。戊申，诵选赋又好之。丁未，见调驻防赴台湾，慨然有志于权家，求其书于市，并得法家言，私兼治之。壬子，先君子病甚归里，无生计，艺蔬以易药饵，因究农家利病。甲寅，先君子弃养。丁巳，负笈出游，始见毛郑氏诗，郑氏礼。戊午入楚，己未入蜀，倥偬戎马间，谓可试所学，而有言不信。辛酉冬游江浙，见官擅漕利，民冒死与官争，心忧之甚。壬戌，世臣避暑浮玉山，洋盗蔡牵犯上海，炮子入城如雨。镇道遣四桅快艇延世臣，而蔡逆于遣使之次日外窜。世臣至，镇道遣阅并海岛屿，见北洋沙船数千艘停泊黄浦，因发海运可救漕弊之议。乙丑，游袁浦，河事亟，从司河事者问讯，莫能言其故。后遇郭君，得悉成败之所以然。中间往来扬州，见盐事日否，枭徒常满囹圄，而纲日绌，问之司盐事者，惟言缉私不力而已。盖盐系利事，官商伙厮司事者各怀利心，又由灶而场，由场而坝，由坝而所，由所而岸，各司一事，莫能兼通，间有流寓之明者，又以志在攘利，所言率抹铩心得，惟取悦商以遂己求。世臣滞迹既久，分询合稽，略悉其本末。道光甲申，年且五十。高堰决，粮艘不达河北。当事采及海运之议，而举行多不如指，于民仍无益。故有中衢一勺三卷之刻。阅数年，扬州柳荫庵住持性恬字碧溪，嗜诗与书，见世臣论文论书诸说，抄录十数首为二卷，付梓人，名之曰艺舟双楫，以配中衢一勺。二书既出，外间欲得者多，闽、粤、浙皆有翻板，然二书于鄙说实未详备，故校正错误而附益之，较旧刻倍有差。

世臣以乾隆癸丑成两渊十六篇，五千余言。搀论古兵事得失，为书五篇，亦五千余言。嘉庆丁巳、己未间，为当路条列时事，又五千余言。谬以知兵名于时。辛酉，教授鸠兹者半年，为姚生论说入长出治之事，始于网罗旷轶，以备急需而杜后患；继之造就烝髦，以育人材而善民俗，为说储一篇，五、六万言。又以郡县至为枢要，详说保甲、学政、戎政、课绩、农政五事，为说储下篇，又五、六万言。嗣蓬转江湖，见山川要害，有古今不易者，有随时轻重者，验之已成事，为形势考异一书，序说粗就。继见郡国利病书、读史方舆纪要，其说大都相出入，遂辍业。又见民间红白事，繁简丰俭多失中，且仪节无成式，欲斟酌今古，忖度贫富，为乡人礼一卷，再三改窜，卒不敢定其本。复删采自汉迄明正史刑法志，及诏令章奏传记所载，据唐律疏义参互错综，审察其世轻世重而衡当否，于以推测人心风俗隆污之源，则是非不谬，而遍求淳熙式不可得，未能排比成书。

世臣奔走数十年，既负米鲜优暇，又精力日衰，乃欲裒生平论说以为齐民四术。四术者，农以养之，礼以教之，不率教则有刑，刑之大则为兵。而艰于写定，蹉跎及甲辰，年政七十，不能自已。以说储上篇体大事丛，不可分散，唯前后序及序目附论成文者，摘入附录，以示端绪，其下篇，则与旧著类集之。中不无繁碎，姑勿加芟薙，庶备有心世道者采览而已。至诗赋，业之最早，似有得于作者之意，即其辞涉哇靡，要皆义存讽喻，并集录之曰管情三义。大凡三十六卷，卷约万余言，总名为安吴四种。吾泾本秦县，季汉分安吴，敝居附近其治，故以为名。拟求活字板排出数百部，以防散失。此外，大小杂文与四种无可附丽者，尚十数万言，别录清本，与说储上并藏于家。

世臣于经则诗礼，于史则国语、国策、马、班、陈、范、资治通鉴，于子则孙、吴、孟、荀、韩、吕，于总集则文选、古文苑，于汇编则通典、册府元龟、山堂考索稍见其深，其余册籍，徒供涉猎，未有[illegible]得。敝帚之享，固为有识所笑，然犹贤乎已也。道光甲辰秋九月二十六日，泾包世臣慎伯甫书。

摆戚后，同人得书者，多苦句读之难。仆亦病其错误层出，又间有未稳洽处，年来颇加增删薙改。至咸丰纪年，厘订差定，重付梓人，因为离句。倦翁再记。

中衢一勺

序言

序曰：河、漕、盐三事，非天下之大政也，又非政之难举者也，而人人以为大，人人以为难，余是以不能已于言也。漕难于盐，河难于漕，事难则言之宜详，余是以不能已于言，而于河言之尤多者也。然余有所不能已而言河言漕言盐，其书脱手流布，传写者既苦错误，又或以意窜改，至异事实。然以是被声闻矣，然以是遭唇齿矣，而皆非余作书之意也。

余少小见官民相争必于漕，而无以已之。嘉庆七年游海上，比物察情，以为举海运则公费大省，而官之困于丁，与民之困于官者，可以小纾，而无借以成其说。值八年衡家楼河决穿运，得达于苏抚，卒不见行。乃作海运南漕议以为私书。

十三年江督请帑六百万，大修汰黄堤。援东河成案，以什六归滨河之凤、泗、徐、淮、扬、海六府州，分十年摊征归款。予以凤徐诸郡邑，民瘠而危，数为变，南河例无摊征，似难奉行。又正料为根本至计，南河旧以派厅荡料为正料，各厅领价自购为购料，故有移正作购参案。近则名苇秸为正料，与缆橛名杂料者对举。而荡料余方，俱由库道作收支，料变为纸，几如会子。然黍秸仍名秸料，是恶害去籍之未尽者。苇荡左右营，南河之天府也，近乃专以购价啖工员，库贮倍蓰，库贮犹言额支，系南河名目。而工仍无料，区脱视荡，徒称饷绌，乃为筹河刍言，明经费之无假外求，冀当路之或牖其衷也。故相国觉罗长文敏公、戴文端公持节视南河，见其书，遂得罢摊征之议，而采用接筑长堤接长盖坝之策。文端以筹荡非奉使所及事，而心以为善。文敏叹厘淤为经久硕画，以江督系其姻娅，授本使自奏行之。既久不报，文敏遂面陈其略，奉旨饬江督仿靳辅遗法，自筹治河费，一切开例商捐课程诸说，皆不许在筹议之内。江督卒以每食盐一斤增河费三厘具复。芦、浙、闽、粤之鹾贾，并因缘为奸以病齐民矣，而河事愈亟，乃为策河四略，以俟能者。

十六年，故节相百文敏公以台长出督两江，在都得刍言、四略二书，首举盖坝有成效，语在郭君传。遂并举接堤筹荡，其筹荡章程虽出余手，而发行于十月，为时已缓，又未能先委十万，是以不获符前说，止增采余柴四百三十万束，浮于原定正额过倍而已。而工员奉派正料垛数，已为四、五十年来所未闻见，虑嗣后荡事益治，遂停购价，谤语滋起。文敏以筹荡之故，知厘淤事必可行，颇欲究其说。左右见文敏意在修好，乃巧为谣诼以尼之，工员乘机并翻筹荡之局。司事者既获重咎，共幸荡事可已，而庙谟独断，饬仍核实妥办，事得不废。道光纪年以后，河势复否，而奇险迭见，卒保安澜者，垂裕远而正料足也。

十八年豫东之役，故工部尚书苏公得刍言，知厘淤事未举，遂于筹议经费案内，列款入告，奉敕交文敏。文敏深忿不自己出，所亲承望风指，减淤数以薄其功，欲苏公舛余言，而亦无不借致富贵矣。

故南督黎襄勤公，十六年春初擢淮海道，即购二书，珍为秘笈，演其说，与河督争堵倪家滩以知名。继识余，就问书旨尤详具，机要多取裁决焉。十七年春，襄勤建议守倪家滩格堤，余以如议则大堤必溃，沮坏全局，驳正其事，始有隙。然是秋超升为督，仍力举束水对坝课柳株验土埽稽垛牛减漕规。南河例价名目。请移束御两坝，一切依二书所言。虽移坝不得请，而滩柳茂密，土料如林，工段修洁，河身深畅，钱粮节省者过半，秩秩改观矣。徒以误创圈堰，构险惊心，遂使志出苟完，计专救败，而救败尤非。上游则以虎山腰减汛水，而归墟于周桥，下游则听叶家社旁泄，不复自守前说。束水坝寻亦罢废。襄勤之言曰：「黄涨非人力所能御，凿山腰以减之，无刷塌之虞，而有化险为平之妙。」余见其议虽成而事尚未举，恃旧德以诤之，曰：「黄以无溜为至险，攻大埽不与焉。湖以淤底至为险，掣石工不与焉。阁下谓减黄入湖为化险为平，黄缓湖高，吾坐见其积平成险也。两险交至，其祸甚烈。阁下意在及身，然或未能以忧患贻后人已。」自圈堰病发，襄勤常耻见绌，语在杂记上，及以危言论山腰，尤衔之，自是为水火矣。会东河屡决，借以少安，马睢并合，河归南境。经行一载之后，交汛则清河、安东、阜宁三县所辖河长且二百里，水势常平堤，而中泓无溜。襄勤忧悴不知所为，惟力疾奔走，遂以道光四年春病瘵卒官。而后人智同宾雀，无睹败征，不数月高堰竟决。余目击巨艰，乃作漆室答问，以发因败为功之机，而当路莫能采录者。

于是运道大梗，相国英公据余议为海运之请。而奉行依违，委任胥伧，上海商民被扰，盖与清江之拨船运夫等矣。未几，沮海运者皆败，余意事在决行，乃为海运十宜以布之。良以蠹食思深，决策廿载之前，天时人事，迫归一术，诚不忍见其或有得失，使嗹嗹滕口说，以疑众隳成，而汲江嗟其无及，食葵忧其告匮也。夫亲见子云，古人所叹。凫鹄来远，物理所珍。昨闻东督张公请集群议，有自谓无及成于六德之风，圣明嗟赏，饬行所奏。稽其折称汛到旁午，霜后宴息，徒知言防，莫事求治。又谓南河多分泄而致受淤，以及筑做对坝束水，数事则主于向河事优劣、说坝，而杂取郭君传四略以为说。至云用靳辅爬沙船，是未见辨南河传说之书也。书不尽言，言不尽意，张公即尽见其书，庸遽尽其意乎？郢书治燕，周官乱宋，夫岂一概而已。

或者曰：「君子之思不出位。吾子少禀殊资，弱不好弄，攀跻嬴刘，鞭笞唐宋。千名未闻罗隐，一命不沾李白。孺仲之子蓬头，仲晦之母粝食。食贫而处脂不润，居卑而名津匿迹。先忧后乐，矢口嘐嘐。自为则已早，为人则已劳。舍田芸田，毋乃病乎？」余曰：「造车合辙，匠氏之方也；明齐知类，雅儒之行也。古之为河为漕为盐而善者，治其事而后苍黄趋蹶贸贸以从之耶？抑其事素立也？手无斧柯，则待其人，亦济世利物也，虽劳何病？」

或又曰：「阴用其言，阳弃其身，虽有功而不究，吾子得此于诸公也屡矣。况不乏下石焉者乎？何吾子之不悔而无戒心也？」余曰：「众建诸侯而少其力，贾生发策而收公于主父偃，王文成踵其术，以从思田之役，功施到今，贾生借免术疏之诮于后世幸矣！诸公有采余言以效功当世者，余之幸较贾生为大。且君子立言，非以为市也，而何悔乎？古之以言获祸者，皆倾危不诡于中。余言所知能主利济者取则焉，又何戒之有？然而利害倚伏，相待以发。惠以养老，赈以黏牡，同是饴之见也。故余议海运，将以纾民困也。今海运已举，官不受丁困矣。而其所受之困，虽不至如丁之甚而事加先，是民未困于官而官先困也。官既先困，则民之继困当益甚，是余说之反也，此之不能不戒也，故校录诸书附记更历，以饷有心三事者，题曰中衢一勺。为其不足以言尊也，夫设尊于衢，饮者自斟酌之，然或饮之而过节，与性不宜饮，则皆足以致病。然以有致病者而彻其尊，则必有求饮而不得者已，是必如黔敖要于路而自饲之耶？然有不食嗟来者，则速其死，再三求处于无咎之地而不得，是亦未可以不悔也。道光五年十二月八日泾包世臣慎伯甫书于许市舟中。

合注 倪家滩，在云梯关下八、九十里。十六年冬，襄勤承办减工下段引河，倪家滩先于是年春漫口，河督不肯堵塞，受淤尤厚。襄勤估挑引河深一丈五尺，以其土于两岸坚筑缕堤，长三千丈，首尾缘以格堤，斜属之大堤，两缕堤相距才九十余丈。十七年春，李家楼合，河归故道，缕堤内身仄，坚守格堤，水无所泄，必旁攻大堤，故驳正之。

虎山腰，系十八里屯旧址。就其基展宽，引水入丁塘湖，凿山腰为减坝，泄入引河，注洪泽湖。坐落铜山县城西三十里，系铜沛厅所辖。

叶家社，在黄河北岸，去海口五、六十里。

马工，系马营坝，在河南武陟县，黄沁同知所辖。

仪工，在仪封县，系兰仪厅所辖。

附录序言

序曰：仆于道光乙酉，刻旧著言河漕盐之书三卷，题曰中衢一勺。其言虽切而勿详，又得其书者，大都视三事为三而不知其实一也。河，治水事也，水有利有害，能去水害者，在能收水利。漕为惟正之供，什一而征，法自前古。盐之起也，命曰海王，固以佐军国所不及，而纾沾体涂足者之困。凡皆以奠民居急民事也，唯以三事皆近利，司事久则见利忘义，渐去其本以病民，卒至司事之利亦与俱病，则不揣本而齐末之故也。

河盐二事，仆实能究其深，举而措之，于国于民既大利，而司事者亦沾溉无已。惟漕则大略而已，其细微曲折，可不变法而推行无碍者，颇未能自信。嗣游武林，识故平湖令江阴赵琳圃球，示及政书五篇，唯说漕为最善，条列十五事，二万余言。如其说，则民与官与丁，皆取诸宫中而用之裕如，一切依于成案，只须去胥吏之奸而已。因手抄而藏之，欲删要为书以补吾缺。携至都下，遍言于所知，借抄转展，遂失其稿本。赵君老矣，其书刻否并存殁不可知。仆意以漕主江浙，即举赵君法，而民困卒难悉纾，然兴屯以减江浙之额漕，斯事体大，恐未有能见诸实事者。举赵君说，则潜移默运，谨守成法，贪夫无以肆其唇舌，小民已亲受利益，或亦可杜大患于日后。世果有出类之杰，膺圣主笃信重寄者出，一反五百年之弊，以上利国而下利民，则仆说具在。若居得为之地，只有心补苴，以小利斯民于目前，则当求赵说。其书固已至纤至悉，节目备具也。

仆转侧江、淮、燕、齐数十年，时时与当路论说民间疾苦，为补救之方。诸公亦共信其谋不为身，确凿可行而善之，然卒未有能举其事者。至市井小民，偶倡邪说，于事理既无足动听，又其力曾不足以达微员末弁，而近之一、二年，远则五、六年，其说竟上腾章奏，仰邀俞允。仆经见已屡，窃以为天意欲重困斯民，浸削国脉。积久然后知上利国下利民，则中必不利于蚕蠹渔牟者，故百言而百不用；上病国而下病民，中必大利于蚕蠹渔牟者，故说一出而万口传播，终得达于大有力者。以是知仍关人事，而非彼苍之降割下方也。

仆老而试令江西，权篆新喻者年余。前任倚上游有连，摧折庠序，以预为加漕地，致兴大狱，省垣悉谓其民为比户可诛。需次无肯往者，不得已而及仆。仆受命星驰，未及邑境十五里，居民夹道私语，新喻城必不能入。仆从闻之，皆欲少留。仆中夜驰至，诘朝视事，隶役逃散略尽。而父老督子弟催科，勤于粮差。其应审人证，谕父老送案唯谨。及当征漕，仆集绅耆与户粮书吏廷谕之曰：「漕正供也，民司输而令司征。至兑军安丁，与上下规费，本属陋规，然议裁减则权不在令，出赔垫则仆无其力。诸君与户书，非族即戚，仆初任贵邑，又向未办漕，诸君与户书取存架十年来旧卷，核算其必不可省之用费，使仆无赔垫之累，贵邑免抗顽之讥，足矣。若前此虐民诸政，仆已访悉，力能尽刬除之。一遵漕运则例，花户执挡，余米收回，断不使诸君讥仆行不掩言也。」绅耆与户书公算三日，漕费须库纹万九千三百余两。邑人踊跃输将，米既干洁，而费用毕集。兑军时丁验米色，谓为生平所未见，一切规费皆如向例，而兑付加早。及军船开行后，乃蒙擅变旧章迹涉科然民情斂之严劾，去官待办。漕运则例世莫遵行，以浮收靳折为旧章久已，考曰擅变，夫复何辞？然民情大可见，而漕事非必不可办，亦可见矣。

故集录前后诸文，附原刻中衢一勺之后，为附录四卷。卷内反复，皆盐漕河三事，三事虽政之一端，然非具运量全局之识，固不足以察事理之所极，而随时酌剂以有利无弊也，故摘取说储上篇序论举要之词，附之编尾，使览者得悉其指归焉。

中衢一勺卷第一 上卷

海运南漕议并序

嘉庆癸亥，河南衡家楼决口，穿山东张秋运河，粮艘不能行。中外颇忧漕事。上以谏臣言，饬有漕督抚议海运。予曾游上海、崇明，登小洋、马迹诸山，从父老问南北洋事，稔海运大便。然非有所资借而骤改旧章，则疑众难成。既见邸抄，遂委曲告所知。未几，其说达于江苏巡抚，属为论列，巡抚以为然。删润再三，阅月余始缮折〔一〕，而浙江巡抚已论罢其事，竟以中止。予以其关系极重，故删为私议，以俟后日之谋国是君子推取焉。

驳海运之说者三：一曰洋氛方警，适资盗粮；二曰重洋深阻，漂没不时；三曰粮艘须别造，舵水须另招，事非旦夕，费更不赀。然三者皆书生迂谈，请得一一折之以事实而后伸正义。

出吴淞口，迤南由浙及闽粤，皆为南洋。迤北由通海、山东、直隶及关东，皆为北洋。南洋多矶岛，水深浪巨，非鸟船不行。北洋多沙碛，水浅礁硬，非沙船不行。小鸟船亦吃水丈余；沙船大者才四五尺。洋氛在闽粤，皆坐鸟船，断不能越吴淞而北，以争南粮也。

沙船聚于上海，约三千五、六百号。其船大者载官斛三千石，小者千五、六百石。船主皆崇明、通州、海门、南汇、宝山、上海土著之富民。每造一船须银七、八千两，其多者至一主有船四、五十号，故名曰船商。自康熙廿四年开海禁，关东豆麦每年至上海者千余万石，而布茶各南货至山东、直隶、关东者，亦由沙船载而北行。沙船有会馆，立董事以总之。予尝问其每岁漂没之数，总不过千百分之一，而遇飓风、松仓在其中。松仓者，巨浪入仓，豆见水辄胀大至倍，恐船臌裂，故酌弃其半于海以松之也。今南粮由运河，每年失风，殆数倍于此。上海人往关东、天津，一岁三、四至，水线风信，熟如指掌。关东、天津之信，由海船到者无虚日，此不得以古人之已事为说也。

秦、汉、唐漕粟入关，未尝言官艘，唯刘晏传有宽估之说，谅亦杂雇民船。国家除南粮之外，百货皆由采办，采办者官与民为市也。间岁并有采买米粮，以民船运通之事。而山东、江南拨船，皆由雇备，是雇船未尝非政体也。取其便适无他患，何必官艘哉？沙船以北行为放空，南行为正载。凡客商在关东立庄者，上海皆有店。上海有保载牙人，在上海店内写载，先给水脚，合官斛每石不过三、四百文。船中主事者名耆老，持行票店信，放至关东装货，并无客伙押载，从不闻有欺骗。又沙船顺带南货，不能满载，皆在吴淞口买人挖草泥压船。今若于冬底传集船商，明白晓谕，无论其船赴天津、赴关东，皆先载南粮至七分，其余准带南货。至天津卸于拨船，每南粮一石，给水脚银四钱。上载时每石加耗米五升，卸载时以平斛收，津丁之加二五米，俱成正供，以增仓储，合计南粮四百万石，不过费水脚百六十万，曾不及漕项十之三、四。（此合州县津丁兑费而言，非专指粮道库项也。）而陆续开行，二月初，江浙之粮即可抵淀。往返三次，全漕入仓矣。船商以放空之船，反得重价，而官费之省、仓米之增者无数，又使州县不得以兑费津贴旗舵名目，借词浮勒，一举而众善备焉。先期咨会浙江提镇，哨招宝、钱陈，江南提镇，哨佘山及大、小洋山，会于马迹，山东镇臣，哨成山十岛，会于鹰游门，以资弹压护送。而淀津有拨船数千号，足敷过载。由淀津抵通二百里，无粮艘沮滞，挽行顺速，唯装卸及发水脚之时，若使吏胥克扣需索，则船商或畏怯不前耳。然悉心筹画，专意了此一节，亦非甚难之事也。至行之有效，然后筹裁撤粮艘、安插舵水、清查屯田，其事皆有条理可循。兹未及具论，谨议。

合注　招宝山，在宁波府；钱陈山，在嘉兴府，俱在海中。佘山在崇明外洋。小洋山，江苏、浙江洋面交界处。大洋山在小洋山东南，入浙洋界。马迹山在崇明南，上有都司营。鹰游门在海州与山东洋面交界处。

筹河刍言

治河者始自下流，下流既畅，上澜自安。自神禹以迄国朝靳文襄，奏绩宣防，莫不由此。自贾让倡不与水争地之说，墨守诸生，群以筑堤激水为非计。而前明潘氏解之曰：「导河云者，盖洪水横流时，禹度其高下，以堤束之，引而入海之谓也。」黑证以八蜡祭防，则潘氏之言信矣。潘氏又曰：「沙垫底高，但谓旁决之河，不可以论于归槽时也。沙易停，亦易刷，水势归槽，则沙随水刷。故余所筑遥堤，守之十七年而未尝有分寸加高者，诚以水聚则底深也。但底深之后，人视堤为无用而弃之，不加修葺，则有旦夕之急耳。」绎潘氏之论，以验文襄之事，大概可知矣。文襄之督南河也，清口以下涸者且十年，遂于关外接筑长堤，除逼海软淤廿里之外，皆加修防，堵塞决口四十余处，而河以治安者五十年。是故近日之河患频仍，说者共咎海口矣。然而不稽前贤之成绩，不察现在之情形，谬为铁板沙、拦门沙可骇之说。又谓海潮上下，河水不敌，以致淤垫，因有别改海口，及修复爬沙船、混江龙等议。夫改海口之说，潘氏已详言而力排之，今昔一理，无容赘辩。至爬沙等船，乃文襄之舛议。铁板、拦门之名，自前明嘉靖之初已见章奏，其时海口仅在云梯关下，至今海口东徙且数百里，若果系铁板，则当横塞关门，何以竟随水下徙耶？

盖河水下注，海潮上溢，于口门一顶，则潮水锐而中行；黄水曲而两散，黄潮交汇之处，中聚停沙。此不必海口为然也，凡山河入江之处皆有之。愚更谓黄口之潮，实弱而易敌，唯不能为黄厚集其力耳。夫水莫大于江河，海潮入江直上至小孤山，瞬息二千五、六百里。海潮入河，仅抵十套，才百五、六十里耳。盖海虽周环，而性同就下，地势北高南下，海流趋于南，而山东之成山矶头，横插海中者千余里，挑溜东去，回溜南折，正抵钱塘，故潮为最大。黄浦口次之，福山口又次之。河口近在胶僮之间，正成山之矶窝耳，故潮力甚弱。河源万里，又合五省之支流，此正「同为逆河」之势也。但北岸六套，南岸仁和镇以下二百余里，全无堤束，遇大汛水旺之时，横溢至数百里。流散则缓，潮乘其虚，直入以扼其吭，故河身积淤，屡致不测。愚尝亲至海口，南自射阳湖，北至灌河口，徘徊青淤尖上，度其情势。见潮落之时，拦门沙面水色深白可辨，去口门尚有二、三十里，与潘氏所言不殊。夫河既入海，而沙在二、三十里之外，其不阻大溜也明甚。诚修培旧有之堤。接长至逼海软淤二十里为止，则河力聚，而海潮上泛，河溜仍自下行，冲刷底淤，不至如今之潮旺时，河水倒流百里，致上游水立矣。再度上游河身漫宽中泓无溜之所，测量水线，镶做对头束水斜坝，激动水头，节节逼溜，导至清口。乃于束清坝下，接长盖坝，逼高清势。于御黄坝外，加做顺黄大坝，挑黄溜北行，导清溜东注。分工赶办，遴选良善之员，期于归实。不过经两大汛，而桃源之高家湾以下，河底可以掣深。河深则淮高，清水下注，助黄刷沙，高堰自不吃重，粮艘永无滞碍，此未然之事，而有必然之理者也。今制府奏请饷六百万，分别动帑及摊征归款两项。南河从无摊征之例，恐骇民听。而户部筹拨，势实不继。内外俱以为忧。愚周旋海滨者月余，详察地势，周咨人情，有深便于民而借资国帑者二事，敬谨述陈，以庶几野人曝背之义焉。

【合注】靳公言黄河盛涨时，水面高于平地，自数尺至丈不等。今冬令之河底，且高于平地数丈。盖潘氏之前，遥堤未备，河水泛决漫流，平地亦从而高，故平地与河身不甚相悬，是以终宋之世，河可南北两行。及潘氏汰黄堤成，河水独行，而嗣其事者，不能攻淤以治河底，唯恃继长增高，以幸无患，是以河底日高，竟成筑垣居水之势，有决口即夺流，无复两行之事矣。

高家湾，在桃源、清河交界处，外北厅所辖杨庄口门上三十里。

一、拟召买海淤，厘奸杜争以裕经费。

云梯关下，其北岸自马港河起，东下至现在海口，青红二沙，淤成堆阜，迤北之云台山，已成平陆。地隶海、安、阜三州县，民灶相杂，淤出新地约方二百里。前此乾隆四十五年，因水漫豁粮之民灶地五千七百六十三顷零，今亦淤成沃壤。其南岸北沙以下，至黄河尾闾，长二百余里，宽百里，无赋者十居八九。又鳝鱼港诸处，向因无工，黄河漫水南注射阳湖荡，亦出淤洲甚广。查南北两岸，截长补短，以鸟道开方计之，约方三百里。每里五百三十亩，当得地四十五、六万顷。以五、六万顷为湖河沮洳之地，又除十万顷为苇营官荡及浅淤、青淤、斥卤不毛，民居、坟墓之地，又三分去其一，当得产稼地二十万顷。此地皆肥淤，其附近海州及关前数十里者，多有大户隐射，其余亦有客户搭棚私种。撒种满野，收成即去，每亩收豆麦至二三石之多。因无粮官地，不敢恋种，即大户隐射者，亦不敢硬占，不过贿嘱吏胥，且前且却。偶有报升在案者，又成讼至十数年莫得咨结。前高文端所谓百里无人烟之处，今人居颇密，为东南富户所集。查乾隆四十年，前升任库道李奉翰，议详制、河二院，将苇营溢地，召民领买。后缘四十五年豁除关外溢地钱粮，召买案以中止。今既淤溢肥饶，出产繁沃，且居民愿得此者，不谋同词，徒以报升费重，莫敢先发。

查文襄治河，共用银二百廿万两而功成。其友陈君为筹钱粮于淮扬居民，谓河治则田可耕，且新淤田肥，出产加倍，共帮修河费银，每顷三十、二十、十两不等，遂以归款，其余以济官吏弁兵。公费饶裕，令行如流，俎豆至今，未尝有议其加派病民者。其「八疏」内筹画钱粮一疏具在，可稽也。夫文襄时，以居民已产帮费修河，尚踊跃恐后，况此以官地召民承买，开其财源，永杜争端，岂有不应捷影响者乎？诚明示召买，其先已隐射耕种者，皆准自陈缴价，给与执照。以地高下定价，每顷分三十两、二十五两、二十两三则。以中则为率，可得银五百万两。又带缴接筑护田大堤费银，每亩三分，可得银六十万两。查该州县正粮，每亩岁纳银三分、二分、七八厘不等，除安东一邑无漕外，每亩又征漕一升至四、五合不等。今召买之地，旧占者即年、荒地二年后，一体照则摊粮，约以每亩二分为率，岁可得银四十万两。每亩带征接堤岁修银二厘，可得银四万两。三项均归河库。其前此隐射，而示到两月不行陈报者，许他人指买。其同指一段而报买在后者为套报，不准。若所报亩顷之数，丈出不实在十二以内者，但令照数补缴，过此即治以欺隐之罪。

难者或谓「海滨人悍，大户隐射已久，复使缴价清丈，或至滋事。」此非暗于理而不乐成美，即欲酿民争以便其攘利者也。隐射之户，每年所出规费倍蓰正供，又豢养拳勇以备械斗，倘成命案，常至倾覆。今出示招买，即隐射万亩之家，不过输银三千两而永享丰厚，且谁肯岁费无算，以自蹈危机哉？至素为大户豢养之徒，性非无良，徒以势孤力微，不能自占官地，故依托大户，聊为生计。今既可以指买，各出所积，皆得永业。富者乐其远祸，贫者乐其得生，滋事之虑，诚为过矣。又谓「海淤地广，附近民稀，召买莫应，徒多一说。」此亦非明于事实者也。关外居民，本皆新植，一由私种官地，一由转贩荡料，致家大万，枌榆相望。且清江文武各员，内外各幕，及彼游客兵目，多拥厚资，共知指买为大利所存，但恐人浮，无忧饷绌。或又谓「王者不与民争利，斥卤之区，宜弛以便民。」此又貌求宽大之经而坐失治平之柄者也。夫弛利与民，所以济贫乏，非以优奸宄。今任大户之隐射，而贫民为其牙爪，道府州县之猾吏，相与为奸，非所以成政体也。召买一行，则奸民不至犯法，而有以自全；贫民皆得食力，而有以自植，是一举而教养之实备焉者也。凡此三说，皆非所忧。但宜简公忠晓事大员一人专司其事，礼致一二贤杰为海隅人所素信服者，招徕晓谕，以消小民不信官府之心。先得数大户及民望为倡，则报买骈集矣。若误任牧羊之狼，而辅以假虎之狐，则百为而百无成，又奚必召买海淤之一事耶？

康熙三十八年，河身创堤，奉旨：此堤不论远近，必与要修。朕业已指示，不用高宽，止用高五尺、底宽二丈、顶宽七八尺以遏水头，钦此。查现今当接筑之堤，除近海沮洳二十里，计之约二百里。北岸创堤，长三万六千丈，顶宽八尺，底宽二丈八尺，高五尺。每丈计土九方，共计土三十二万四千方。南岸较险，临河一面，应筑坦坡。顶宽八尺，底宽四丈八尺，高五尺。每丈计土十四方，共五十四万方。二共计土八十六万四千方。每方宽估作银四钱，水礅在内，取伏淤真土，打碎坚筑，共需银三十四万五千六百两。嗣后递分二年，北岸加高培宽，筑成新口堤。共高八尺，顶宽二丈，底宽五丈二尺。除原创土方不计外，计用新土共七十三万方。南岸坦坡加高帮宽，亦分为二年，新旧堤共高八尺，顶宽二丈，底宽八丈四尺。除原创土方不计外，二年分筑，计用新土共一百万方。两岸续筑新土，共一百七十三万方。每方四钱，共银六十九万二千两。连原堤通共银一百三万七千六百两。先即行委官两岸勘筑封土，领饷兴工，一月可以毕事。其款在买升项下拨还。买升之项不过期月，大势必集，无容虑其不能接济也。再，新堤顶溜陡水之处，须镶做防风以保冲突，归入另款。招买示未发之前，当行各州县提取粮册赤书，日后照册除粮丈地，自无欺隐矣。买升之款，除接筑长堤外，可备修筑砖石各工，及创高家湾以下，河宽溜缓之处，挑水各坝，复建清口顺黄大坝，头坝前接长盖坝至风神庙，及各工帮戗之需。堤成，仍宜修复栽柳种茭之制，派兵与民协护，则久安长治之策也。

一、拟筹盘苇荡，任地惠民以平料物。

近年河费繁重，皆因料价腾贵，料贩居奇，以致漕规例价不敷。旧例购料七十五两一堆。在十月至正月收生柴九万斤，二月至四月收温柴七万八千斤，五月至九月收干柴六万六千斤。而今不论月日，改收柴三万斤一堆，发价一百四十五两至一百八十五两不等。是今之一堆，昔日两堆之价也；昔之一堆，今日两堆之用也。出入相乘，悬殊四倍，正供有常，何以堪此？查南河皆用海柴，海柴皆产苇荡营官地。凡民间烧烟，旧例皆官料做工之余。今乃奸民串买荡柴，反与河员为市，居奇抬价，以病国帑。且饷或不继，料不至工，常至成事。夫水性有孚，盛涨逼堤，无料加镶，乃至漫刷。是近日南河机宜，探本清源，专在清荡。查连年岁修、抢险二款，用至二百三、四十万之多。工程经费正料居六，杂料及夫土居四，则每年购料银，约百六十万两。以新定例牵算百六十两一堆计之，约通工用料万堆，每堆限缴三万斤，且不能足数。以原定每堆七十五方，每方四十束，每束干柴二十二斤计之，则实得漕规料四千四百堆，即可济通工之用。

查苇荡左营原额产柴地五千余顷，右营原额产柴地七千余顷，共万二千余顷。今既淤宽，前升任库道吴坛，曾用绳围荡地一亩，樵得重六十斤柴二十四束。以衰旺取中，每亩樵得漕规生柴三十斤一束者三十束，则万二千顷，可得柴三千六百万束，为料万二千堆。以四千四百堆为加镶春工及防风抢险之需，仍余七千六百堆。官分地设厂，运卖烧烟，每堆取足钱八十千文，比之今日市价，才三分之一耳，其便民岂有既哉？合计卖价，可得足钱六十万八千千文。其樵兵交工四千四百堆，不行给价，外余柴束，每束照正料旧漕规减五厘，照刀本增八厘，见束给樵兵银一分五厘，共银三十四万二千两。每岁八月，即发银十万两，为各兵募雇刀手之本，又发银二千两为搭棚之费。

查左、右二营，实樵兵千二百名，每兵自雇刀手五名，合七千人。自霜降日开采，至清明日停刀，共一百六十五日，除十五日为大雨雪停采外，一百五十日。以三千六百万束分计，每人该采五千一百束，每日该采三十五束，堆驮在内。每兵领募本八十两，以雇五人，一切宽裕矣。此项即于给柴价内扣还外，仍余柴价二十四万两。提二万两为停刀后疏沟补种之用，以二万两为本营参守千把协效之公费，以一万两为记名效用百总头脑之酬赏，以一万两调济操防中右二营当差公费，以二万两调济船务营弁兵，以四万两为觅船分运各厂及司事辛食之费，仍存柴价十二万两。分给樵兵，每兵一名可分百两。以厂卖六十万千计之，除去柴价，尚存钱二十六万千，可以助杂料夫土之用。查左营地，各队各兵俱有分界。右营漫滩，并无分址，似应丈清，照左营例分定。使兵知产柴旺，则得柴价多，视如己产，加意护青。且巡守勤慎，堆成时不虑奸人风火也。

然此举商之河堧官幕，则莫乐行之者，何也？官之领帑购料，幕之代官收买，游客之为料贩居间，皆非无为而为。今取诸官荡而有余，且转以卖之于民，则办料之利窦塞矣。常时料价尚有行市，唯抢险急需，则居奇数倍。而幕借以告其居停，官借以白其上宪，皆不能驳价核实。今工积官料，备防无匮，则做工之浮开杜矣。

市虎成于三言，筑舍误于谋道。故曰非言之难，听之难也；非听之难，行之难也；非行之难，断之难也。是唯望当路君子之能断而已！

复戴师相书

师相阁下，辱赐盛馔，捉席垂询，竟至分夜。世臣不材，何足以塞盛意乎？然运量宇宙，不遗微细，世臣虽非其人，称此以求，必可得人任事，天下幸甚！吾道幸甚！承拳拳南河，备问苇荡兴废之由，面对不悉，谨以书陈，伏惟垂察。

康熙中年，海口淤地产苇，材中厢埽。乃以沿河河夫五千名，奏拨千二百余名为苇营樵兵，分隶苇左右二营。余三千七百余名，改为船务营船兵，设立苇荡参将统辖三营。船务守备辖浚船七百五十连，计千五百只，分十队。名浚船者，即靳文襄所设爬沙浚河者也。拨运二营正料，分归各工。其左右二营所辖樵兵，每兵一名，管苇地十顷有余。采捆筏垛，人力不敷，各兵不能出钱雇觅刀手，乃与附近居民议割分柴，公私各半，此沿海居民得有苇柴之始。原例每兵一名，额交三十斤一束生柴三千七百五十束，以三千束为正方，以七百五十束为筹柴。调剂弁目，荡内势难秤收，乃以长五尺围四虎一腰抠为度，颁发二尺四寸箍口，名为揸收。此外余柴，见束发刀本银七厘。该营弁目渔侵无度，始为滩棍挟持短长。地则官营，料为私荡。近年因柴束止重五六斤，又皆苇叶杂草，包夹沙土，不合工用，遂改收五十斤一束净柴六十束为额，现已照行三、四年。诚恐后来额柴止存六十束之名，并无五十斤之实，则是徒费俸饷而苇营反为工累也。

闻前河督白公，尽荡搜采之后，查明附近居民，按户卖与官柴，给其烧烟，每束止取银五厘。兵以余柴卖官得银七厘，而民就官买止银五厘，故柴无偷漏，公事举而经费省。乾隆四十五、六等年，连次漫口，皆以白公二堤拦住溜头，得免成事。始知白公二堤皆以苇柴作骨外敷淤土，以此知苇荡官柴，分派各厅名曰正料者，明其足济通工也。今营地淤溢十倍，而料反不及原额什一，刍言所云利弊了著，阁下复按决计，无烦疑虑也。左营坐武障河下游，自守底堰，各队皆有深沟，蓄水养青，是以茂产。右营漫地无界，北高南下，闻有居民住居荡尾，放沟取鱼，苇青失养，是以衰耗。又例以清明停刀，为二青渐长，恐被割伤。今闻采过四月。三年之后，苇悉变蒲，蒲于工不适，而卖与淮商，得利倍苇，奸徒之所欲也。宜一切严禁，以复旧规。料足则澜安，阁下但力举此事，可无南顾之忧矣。

至南河库贮，旧止五十二万，今十余倍而不足，疑或误传，此诚阁下实事求是之意也。河厅设堡夫，河营设堡兵，止领月饷无食米者，以各分以滩地，耕种自给，然谷归自赡，秸缴充工。又自霜降至清明，每兵夫一名，课积土七十五方，以充压埽修堤之用。沿堤柳株，霜后科砍，以充桩橛，纴缆即用荡柴，惟杨桩石灰苏缆麻绳乃须购备。取诸宫中，故钱粮节省，而无缺乏之虞。今通工文武，无复知此例案者矣，阁下试检旧档，始信其不谬耳。珍重千万！世臣再拜。

【合注】左营分中有车轴河，底堰在其尾。河两岸各有宽平官道，夹河各开宽沟入荡内，犹百足形，以分队界。内各有小沟以分兵界。善治右营者，宜于霜降日起，募枭刀夫万余，从八滩开采，由外达内，务于正月底将荡柴樵尽，直达于底。乃分中开一宽河，于河头开一横河，犹丁字形，南达射阳湖，北抵底大堤根，使舟楫可通。再行夹河开沟，分汛分队，约如左营，则荡尾之柴得以采伐，而公事整齐，棍徒不能阻挠。其所费虽多，取偿甚易。旧在荡内居民，悉召充樵兵，兵基地亩，各在本汛，使居民不得入荡居住。开河之土，于两岸高筑宽平官道，使舟车两达，河水充足，既借养青出筏，又资鱼利，以优弁兵。

马港河，即马港口，又名六套，在安东县治东百三、四十里，又名大通口，即董安国误打拦黄坝之所。大通者，圣祖皇帝钦赐之名。张文端毁董安国所筑拦黄坝，而黄淮入海之路为之大通，故遂以名之也。

策河四略

南河所辖曰黄，曰运，曰清。其要害曰海口，曰清口，曰高堰。海口不畅，则上游水立，而黄灌入清，清黄相抵则淤垫清口，清水不出则高堰吃重。今海口既兴大工，堵合马港河，浚旧海口，不日启放引河，大溜冲刷，下游定能深畅。然不知黄之受病，实在清口以上之高家湾一带，河宽无槽，中泓溜弱，是以淤浅，而病发清口。淮之受病，在移吉清入湖口，移御黄至河沿，而并收窄其金门，遂使清弱黄强，终年滞运。及淮水上游盛涨，而洪湖又以连年启放丰山、祥符各闸，湖底之迤北垫浅过半，水势南掣，五坝不守，坝下引河，渐次湮废，下河民便，什九淤塞。故上坝一启，则下河成灾。自甲子及今七年未安枕已。而今年守湖过旺，遂至西风一日，三坝并通，时将短至，而高邮、邵伯犹昕夕戒严。南河时事，岌岌如斯。加以调拨正供，几遍天下，开土方，增盐价，利源渐穷，而河势更否。率此为常，后将何及？以愚筹之，约有四略：其一曰救敝要略，其目八：曰堵御坝以浚运淤；疏引河以导湖溜；接长盖坝以发清势；补筑顺坝以杀黄怒；截港接堤以敌潮汐；外柳内芒以防漱漫；对坝逼溜以攻积淤；引溜归泓以减险工。其二曰守成总略，其目六：曰课官幕以慎要工；逐倡优以节浪费；核春工以杜虚险；稽垛牛以备黑汛；严守减闸以巩湖底；劝疏便民以备启坝。其三曰筹款至略，其四曰积贮本略。后二略前已详具筹河刍言。凡此四略，得实心实力之君子，不挟私，不避怨，举行如指，而三年之后，三河不复潘靳旧轨者，未之有也。

救敝要略

堵御坝以浚运淤　疏引河以导湖溜

现今回空未竣，春初重艘即来，筹画送运，先务至急。运河自黄水倒灌，而界首以下为高宝湖水抵住，节次停淤，法宜挑浚。盖运河身窄，积淤至百余里，即有清溜下刷，而老淤既坚，水势一大，即防旁溢。故靳公治黄止抽川字沟，而治运必用深浚也。今王家庄口门停堵，以放黄水，免致下游并淤，此法至善。似宜候回空过竣之时，即堵御黄坝，涸出运河，测量灰印，分段开挑，则王家庄东西三口门皆干，撮土封之矣。今年洪湖盛涨，积水至二丈，而清口不过出水三四尺，是湖水必过丈五，方能出東清坝之左券也。

東坝内旧有五条引河，年来黄流并倒入湖，黄影至关帝庙，引河大半淤垫。而三坝巩通之后，湖水陡泄，计俟义坝合龙之后，湖水不得及丈，海口开放新河，黄流必可陡落数尺。现在清口水深二尺余，皆系借黄，使黄水陡落，清流不出，则运河必涸，何以浮送重运？似宜于引河南口，煞坝开挑，内蓄外导，则开春清出东坝，可无误运。此虽寻常共见，然舍此更无他术。

合注 关帝庙，在武家墩直南三十里，去高堰厅治十里。

接长盖坝以发清势　补筑顺坝以杀黄怒

河口旧有顺黄坝，湖口旧有转水墩，是以得免倒漾之患，重空无沮。自改顺黄坝而为御黄，废转水墩而建束清，河事渐不如前。然束清坝建于风神庙之北，当湖流出砖工口，汤汤下注之势已三百余丈，故对坝一束而清力更猛，又其回溜折下头坝，恰符七分刷黄三分济运之数。御黄坝退在汰黄堤里百余丈，当黄水漾入，势宽平行，其怒已杀，而坝御之，故清强黄弱，交汇于彭家码头之下，是虽无转水墩顺黄坝之妙，而为意则无殊也。前河臣进清口图，纯皇帝朱笔于头坝前画出，河臣遵做斜坝，即今盖坝。仰测圣意，诚虑清水出湖，即下运河，故于头坝前以坝盖之，送清水大溜出束清坝，而收回溜入运河，法为至善。前创束御二坝，皆冬筑夏拆；后此奉行渐弛，拆筑不如时，兼盖坝缩短，全不得力。后乃移束清坝于砖工尾，收金门为二十四丈；移御黄坝于汰黄堤，收金门为十五丈。夫洪湖方二百里，水源七十余孔，以二十四丈之金门，而泄水于高仰之太平河，其势不能掣动全湖矣。黄溜傍汰黄堤，而御黄坝束其旁，缺十五丈，是几如口门矣。又进御黄坝口，既宽数十丈至百丈，水过坝而散，力弱停淤，是清黄交病而运道受伤，高堰独当湖冲，淮扬并受黄害也。两坝之移已数年，成案孰敢议者？然将束坝金门拆宽数十丈，以畅湖口，展宽雁翅，下属盖坝，又接长盖坝至旧束清坝址，西岸亦增雁翅，属以缕堤，送水出湖，直注于河，而回溜东折，行百余丈，方下头坝，则五坝三闸皆不吃重，而重空足资浮送矣。

于御黄坝外筑顺黄坝，其长以掩御坝金门为度，挑黄水大溜北去，导清水大溜东注，此棒师以拳击腰之术也。盖坝接长，逼出清溜，可长尺许；顺坝补筑，黄溜北下，可落尺许，长落相乘，便可三尺。凡黄与清平则清出，高五寸则相抵，过尺则漾入，过三尺则夺流。十年来黄水盛涨，未有高清水至四尺者也，是助清抑黄之至术也。此法行，则清水常出，大溜日掣日深，高堰自不吃重，此古人所谓形禁势格则自为解之术也。舍此不议，而斤斤以加砖工做碎石，以求高堰之巩固，恐未有奏效之日也。

【合注】后此收束清坝金门至十丈，御黄坝金门至五六丈，宜太平河之常成平陆也。而周桥长年开放，下河为壑矣。前此太平河本有深槽，湖口水出，势若建瓴，横冲黄腰，故情势如此。近日黄底日高，太平河北高南下，势如仰脸，相平则闷口。清高数寸，犹不能畅出刷淤，故盖坝顺坝两工，尤为目前救敝要务。

截港接堤以敌潮汐 海口情形，系愚十三年春夏间亲到，周历数月所得。目前白马港河漫口，兴工两年，想略不同，然亦无大异也。接堤之法，详见筹款略中。

外柳内芒以防漱漫

筑堤束水，即神禹之所谓导也。潘氏筑遥堤二十万丈而河患息，靳公接筑云梯关外淤地七十余里而患又息，此前事之师矣。但靳公接筑之堤，自高文端以关外无人烟入奏，遂罢修防。其堤既不整，偶有缺处，遂成漫港，水多旁散，至北岸六套、南岸仁和镇以下二百余里，全无堤束。遇大汛水旺之时，横溢至数百里，流散则缓，而海潮乘虚直入，故河身积淤，上游水立，每有不测，皆此之由。似宜全修旧有之堤，同于关内，而接长至逼海软淤二十里为止，则河力聚，而海潮上泛，河溜仍自下行，冲刷底淤，日刷日深，此即潘氏所谓沙易停亦易刷，但能以水攻水，断无水底施工之说也。

缘堤种低柳五排，此潘氏法也，靳公加以高柳，后此并有栽柳监生之例。自海口淤洲产苇，设立苇荡营参将，而镶埽改用芦苇，柳禁渐弛，今则柳存者，知晨星相望矣。似宜责令堡兵，派种勤护，以分浪势，免致漱裂堤根。堤以防水，然骤长漫过，亦所难免，堤外有柳以破浪头，而堤内斜分土陡，水过跌塘，辄掣出沟槽，抢护偶懈，遂至成事。宜饬兵种芒，芒形如芦，而性柔根密，巴住土皮，偶遇水冲辄仆身护土，虽陡水抽掣日许，其土不动。又性最易传开，以之镶埽，其用如苇，而烧烟则坚实过之。以堤面斜分空地密种之，既护堤，又生利，于公于私，并为得也。其种徽、宁、池三郡最多，价亦甚贱，若饬下该州县，买其根盘而随时搭解工次，亦费少而益多也。

合注　筑堤御水，以防护田庐，故谓临水者为堤外，近民田者为堤内。

对坝逼溜以攻积淤　引溜归泓以减险工

河身深则安澜，浅则成事；下游深则安澜，浅则成事。河槽窄则流急而深，宽则溜缓而浅，此理易明也，此效易致也。故霜降水落之后，通测黄河身深二丈以上，而海口倍之，则黄治矣；通测引河深丈五尺以上，而清口倍之，则淮治矣；通测运河深丈以上，而江口倍之，则运治矣。若上下皆深，中间一段独浅，此而不治，则成事在即。自海口不畅而黄淤，成事一处，则陡淤百余里，虽挑浚新河不还旧观也。黄淤水高，而清口倒灌，于是运河淤，甚者且淤入湖。然清口之淤，引河之淤，运河之淤，皆可煞坝挑浚，而黄河之淤非人力所及。法唯相度水势，槽宽溜缓之处，镶做对头束水斜坝，以逼其溜，使冲激底淤，节节逼之，则淤随浪起而淤更重，淤重则积淤更易刷矣。

潘氏之法，遥堤相去千丈，中有缕堤相去三百丈，河槽在缕堤之中，急溜东下，日刷日深。故其初每年有大汛一、二次，溢出缕堤漫滩直逼遥堤，三四日即退，三年之后，河槽刷深至五丈以外，不复漫过缕堤矣。此潘氏之所以守遥堤十余年未尝有分寸加高也。自缕堤多废，而河身始有坐湾，一岸坐湾，则一岸顶溜，两处皆成险工，岁费无算。宜测水线得底溜所直之处，镶做挑水小坝，挑动溜头，使趋中泓，而于溜头下趋之对岸，复行挑回，渐次挑逼，则河槽节次归泓，而两岸险工可以渐减。率此守之，虽以复潘氏缕堤之旧无难也。运河偶有浅处，用此可以立深。

守成总略

课官幕以慎要工　逐倡优以绝浪费

河工旧例，以文官司钱粮，武官司桩埽。而武官做工之尤要者则曰效用，故有当家效用之名，千把以上，至于参游，皆起于当家效用，故做工者莫能欺。而文官但凭武官工册，发饷稽数而已。后文官知做工系利薮，乃与武官分工。于是延友始有外工小席，而外工必参游所荐，荐主力绵，但以能进，故工程结实。近则工程全归文官，武官几同虚设。而外工皆院道所荐，外工修脯素薄，乐在驻工，院道所荐，则不得不派之驻工。彼既不解工程，而厌欲甚难，于是与库贮大幕内外勾通，彼报此销，循环莫诘。办工真帐各在库贮，居停为其挟持，即能洞知其弊，亦不敢声张更易。似宜申明勒荐幕友之例，集库贮外工而扃试之，能者留之，不能者罢之，则真才得显，而后起专心学习矣。

清江弹丸之地，旧无声乐。近日流倡数至三千，计每人费一金，则合计岁费当百万矣。清江民人不耕不织，衣食皆倚河饷。旧例南河库贮岁修银五十二万，而官俸兵饷与焉。今倍之始足以给娼妓，宜河饷之日告匮乏也，法宜驱绝。

核春工以杜虚险　稽垛牛以备黑汛

河工例于霜降前勘估春工，十月发饷办工购料。若春工照估册实做，断无成事之理，亦复无险可抢。法在埽工掘埽尾，土工量土塘，则无可偷减矣。

旧例备防积料一堆，长三丈，宽二丈，高一丈二尺五寸，为料垛。即间以积土，长宽同料垛而高五尺，为土牛。一垛一牛相间。积土既以备不虞，且以杜延烧。黄河至夏秋之交，或有黑水至者，则其险不测，水立常过四五尺，非有垛牛之备，盖未有不成事者也。

严守减闸以掣湖底　劝疏便民以备启坝

靳公设毛城铺以下减闸十余座，原以防黄河异涨，非苟为济运也。近年每逢清口淤浅，即议减黄助清，黄入清即伏下，水面不浑而湖底实淤，其害至酷，似宜永远严守。但湖溜畅出，清口日深，渐次建瓴，则湖底亦可掣深。靳公初视事，湖心皆涸，三年后而老子山下水深过十丈，其按验也。减闸以备黄涨，五坝以备清涨，下五坝以泄上五坝，法至悉也。

故旧例湖水积至八尺五寸以上，即启一坝，每五寸增一坝，坝下有引河水兜，不使水太急，掣动坝底也。下坝下有便民各河以泄湖水，且以济下河之田亩。今坝脊升高数尺，至丈二乃启，而引河水兜湮废，便民多淤，每至启坝，即幸不跌塘，而下河已为泽国。苟得一二循吏，委曲劝谕，田主出财，佃户出力，而工程则任其乡之贤豪，既纾国帑，工更归实，庶可启坝而无患矣。

【合注】下河之受清害，黄贻之也。黄减入湖，湖涨满而清口宣泄不及，不得不开五坝以减入高宝诸湖，而下河遂为泽国。靳公时廷议闭运河堤上诸减坝，以纾下河之困。圣祖皇帝降谕，泗水源来自高堰坝上，因命并高堰之坝闭之。其时陈潢建议，自翟家坝起，历塘埂古沟、周桥闸、高良涧、高家堰等处，于堰堤内东首，离堤一百二十丈去处筑大重堤一道，束堰堤减下一千方之水，使之北出清口，如此则洪湖涓滴不入下河。事将举而中止，论者惜之。然黄河减坝不严守，每岁盛涨分减入湖，湖底必淤。湖底既淤，月积岁累，水无所容，又不得不加高堰工。堰工渐次升高，而堰外之重堤几同赘旒，欲借为重门之障，难矣。况黄减力弱，伏秋一过，河身积高，堰工即无虞，清口保无倒灌乎？清口倒灌，则其下头坝而入运河者，其为害于下河如故也。然则黄河之减坝不闭，淮扬终无安枕之日矣。

一萼红词序

嘉庆十六年孟秋，应百菊溪制军招，自扬州至清江。制军请策，仆谓李家楼漫口之水，涓滴终归洪泽，诚恐五坝吃重，灾及淮扬。宜迅速估挑祥符五瑞闸引河，由洪潍二河分引李家楼之水，仍泄归黄河，可以刷深宿桃河身百五六十里，至减坝迤下。本年系放清水，不必大挑引河，只须将海口新堤接长补缺，于倪家滩以下淤为平陆之处，抽出沟槽，随估随派，集夫抽筑。勒限半月竣事，以中秋为期。开王营拦坝，放水冲刷，虽湖流接长，然大展束御二坝，畅掣入黄，而祥符五瑞又分减来源，则一两月间，新淤必能全刷，五坝不虞过旺。减坝跌塘才四丈二尺，大溜东掣，进占自易，九月望后，定可合龙。计抽沟筑坝所费不过五六十万，可以节省之百万，并力相度李家楼矣。制军颇以为然。而内外之议皆谓湖水断无涨满，祥符五瑞断难疏通。口众我寡，又以事既入告，难以中改，主于内者护短，主于外者怀欲，议遂被搁。

至八月中旬，湖水骤至。于是开顺清沟，拆吴城七堡，启智礼两坝，势犹不减。主于内者惶惑失措，仍以祥符五瑞引河入告，而事已无及。加放仁坝过水太猛，掣动石墙，坝基随跌，遂使高邮、邵伯各坝递启，溢入下河，抢堵颇难，生工无算。节近仲冬，而减坝尚未兴工，湖源已弱，分泄滋多。即李家楼随手堵合，黄归故道，难免倒灌，此局全输，挽颓无术。十月二十一日，朱白泉兵备在安东引河工次来促赴工。车行大堤，自昏达旦。既抵行馆，同舍生有填此曲者，仆因和之，情见乎词。录呈兵备，并寄诸同志，想有心人共此慨叹也。

合注 古法于坝台上密铺大缆，将柳草苇秸平布，加以实土，合卷埽个，舁推入水，得底后，加钉大桩，名曰下埽。近用软箱，其法以大船横于坝台，上用橛系缆，铺至船上，平铺苇料，将船逐渐推出，使缆著水面，再加层料层土，对面松缆，追压到底，名日进占。其法至为稳实。近亦有与下埽同用，以溜势或有缓急故也。

夜漫漫，恨周桥巨浪，又纵下淮南。七邑生灵，廿场盆灶，竟谁与语冰寒？淮尽泄、黄归犹未，转新漕能否驾轻骖？人在秦庭，谋先曲突，回首辛酸。　蒿目怀襄八载，究攻沙要术，宣节狂湍。铁集六州，错成一铸，新淤仍露平滩。惭此日补苴何在。说机宜篝火更河干。况念长星照我，怎禁汛澜？

下河水利说

淮、扬，运河东岸州县曰山阳、宝应、高邮、泰州、兴化、东台、盐城、阜宁、如皋、泰兴、通州；其甘泉、江都城在西岸，而地半在东岸，共十三州县。兴化、东台、盐城、阜宁及高邮、宝应、山阳之东北乡为下河；泰州、如皋、泰兴、通州及江都、甘泉之东北乡为上河。上、下河之水，皆来自邵伯迤南之六闸。经仙女庙过泰州、如皋至石港场下海者，上河也；经仙女庙下孔家涵北至兴化者，下河也。兴化城南十余里有河自西而东者，车逻南关坝之引河也。兴化东门外有河直东行名北盐河者，趋东台。兴化北门外有乌金荡，荡内有二泓，一泓东北下盐城，名蟒蛇河，出天妃闸二百余里下海。一泓正北下塘河，过马家荡。荡内又分二支，其北去者入射阳湖下海，东去者入蟒蛇河。又东有范公堤，北至阜宁南门外之龙王庙，南至通州掘港场，堤根之西有串场河，北通射阳湖，东贯蟒蛇河，西南抵泰州盐坝，为东台、盐城、阜宁三县水道通达之川。射阳湖、蟒蛇湖各宽三、四十丈，深二、三丈，溜势建瓴，北自盐城之娄夏庄，南至兴化城，东自盐城之界河，西至宝应之望直港，方百余里，即马家荡。其中四面有水泓悉东北走溜，荡内茭蒲丛生之处，水深不过尺许。其水来源唯孔家涵一路，若于秋收之后，将孔家涵堵实〔二〕，不过数日，善漫之水，便当减退。起田夫于河泓之旁，宽留河道，高筑圩岸，出水五尺，不唯可保田庐，而且河成聚溜，消水更速。

计自兴化城，北至娄夏庄，长一百三十里，沙沟东至界河，长三十里，乌金荡东至蟒蛇河头，长三十里，共一百九十里，长三万四千二百丈，两岸计六万八千四百丈。计堤高六尺，底宽一丈二尺，顶宽六尺，见丈计土五方四分，共土四十万方。其支河港汊，逐段加筑小圩，约土十万方，共土五十万方。每方价银一钱五分，业食佃力之土方，例价如是，依例估销，故与筑长堤，价值悬殊。共银七万五千两。蟒蛇河头抵天妃闸四十里，娄夏庄抵五泛港一百八十里，堤岸间段加宽，亦计土三十万方。砖价较贵，每方二钱，计银六万两。再于汉港口做砖草斗门约银二万五千两，共银十六万两。计荡内圩出田亩，以方百里计之，可得腴田五万余顷。现在水租，每顷自五钱至一两不等，若圩成熟田按铺大粮每顷当收银二两，米五斗，是借款兴工，不过升科一、二年，便可归款，不必再议摊征。两年之后所收银漕，便成盈余。而民间每年可增收米麦千余万石，则下河变瘠为腴，而清江、淮安粮价平减。利既归民，民间日附益之。即遇大水放坝，无虞涝没。司河者亦可以随时节宜，而无所瞻顾，一举而众善备，无有逾于此者矣！

靳文襄虽治河能手，然其论下河三河六堤之说则大谬〔三〕。汉书地理志云：「江都渠水首受江，北至射阳湖。」可见淮阳地势，南高北下，自古如此。而治下河者，必欲强其水东南行，岂不舛哉？嘉庆癸酉五月，坐小船遍历下河，所见如此，故书以告有志于民瘼者。

余侨扬州廿年，见当事挑浚下河者三次，每次皆费帑二、三十万两。然皆注意上河，从未有议及下河者。大抵为靳公旧说所误。癸酉夏又议挑浚下河，故著此说以告司事者。司事者甚以为然，而拘泥成案，仍以帑金二十万付之上河。于官于民，无一日之益，徒供工员干没而已。道光二年录稿时，附记以讯后来，或有能举此盛业者乎。

校记

〔一〕阅月余始缮折　原作「初缮折」，据清吴熙载手校小倦游阁集稿本改。

〔二〕堵实　原作「下版」，据吴校稿本改。

〔三〕其论下河　四字原脱，据吴校稿本补。

中衢一勺卷第二　中卷

郭君传

君讳大昌，字禹修，姓郭氏，世居江苏山阳县南乡之高良涧。祖某考某皆不仕。君年十六，入河库道为贴书，三年习工程销算正杂料作收支之法，过于其师，尤明于水性衰旺，能以意知其溜势所直，遂参吏。及嘉谟为河库道，尤器君，每事取决焉。大学士忠襄伯和珅，嘉公外孙也，少贫，每遣其仆刘全徒步往返五千里，求资助，嘉公率资以白金五十两。君与全饮而欢，语之曰：「子且贵，何为人仆从苦如此？」亦资之如嘉公之数。伯相嗣以家累，遣全求嘉公助白金三百，嘉公怒，詈遣之。伯相遂私出都诣嘉公，嘉公怒甚，欲治以逃人之法。君从容白嘉公曰：「吏见和郎君贵当在大人上，大人毋薄其贫。且大父以三百两助外孙，事甚小，何苦怒如此？」嘉公曰：「汝善和郎君，何不自助之？」君曰：「大人不助和郎君，吏不敢先。」嘉公乃出金授君曰：「即日为我遣之。」君招至酒楼，握手曰：「郎君不日当大贵，贵后愿毋忘今日，为天下穷黎乞命。」既为具鞍马，又自以白金三百助其装。其后，伯相以户部尚书为军机大臣，扈跸下江南，至红花埠，遣全驰诣君，约相见于仲兴。君曰：「吾始谓若主济世才，今乃招权纳贿，为赃吏逋逃薮，毒流生民。吾恨尔时不怂恿治以逃旗外遣之罪，若主仆旦夕且无死所，毋累我！」遂与绝。而全以公主府长史，官三品。伯相败，卒谴死如君言。

嘉公自河库道擢漕运总督，开君吏缺，为上客。淮扬道以河方多故，就嘉公求君襄其事。君既客河道署，忤南河总督吴嗣爵，遂赁居清江浦之五圣庙，时乾隆三十九年七月也。是年八月望后，消溜切滩南卧，决老坝口，一夕塌宽至百二十五丈，跌塘深五丈，全黄入运，版闸关署被冲，滨运之淮、扬、高、宝四城，官民皆乘屋。而山东逆匪王伦方滋事，相距才数百里。吴公惶惧无所措，昧爽至五圣庙，排闼敦延君，君拒之。吴公再三谢罪，君曰：「大人成见若何？」吴公曰：「嗣爵有成见，即不烦先生。然嗣爵意此役必速举，钱粮五十万，限期五十日，何如？」君曰：「如此，则大人自为之，大昌不敢闻命。」吴公曰：「决口虽巨，然五十万不为少，五十日不为速，过此恐干圣怒，罪且不测。」君曰：「山东匪势披猖，与江南接壤，塞决稍迟，恐灾民惶惑生他变。且圣上见兵水交至，未审虚实，必发重使，大人固欲以堵合事烦使者耶？必欲大昌任此役者，期不得过廿日，帑不得过十万。」吴公再拜请受事。君曰：「有一言不能从，则不敢任也。调文武汛官各一，使得以冠盖刑杖在工弹压，此外如有员弁到工者，大昌即辞事。」吴公敬诺。君又曰：「荡料皆在洪福庄，距工咫尺，宜听调取。仓猝办文稿不可得，大人出图章一付大昌，饬库道见片纸即发帑。」吴公如约，至期遂合龙。共用料土作支并现帑，合计十万二千两有奇。吴公缮折入告。又三日，钦使乃至浦。后余客河督徐公所，取成案阅之，日期银数者皆信。君故善河事，以老坝工尤知名，当事有急辄倚重。然终以省工费拙言语触众怒。嘉庆初，举丰工工员欲请帑百廿万，河督议减其半，商于君。君曰：「再半之足矣。」河督有难色。君曰：「以十五万办工，十五万与众工员共之，尚以为少乎？」河督怫然。君自此遂绝意不复与南河事。

君为人赤颧披颐，髯长七八寸，连鬓皆苍白。余于市肆遇之，遂数从君游。侮之者或目为迷钝。迷钝者，淮人方言，言迷迷钝钝，以讥昏懵不晓事也。嘉庆十二年，南河每岁数决口，一口辄费帑二三百万，户部筹拨不能给，常经年敞口门。南河总督徐端求知河事者甚急。余数为徐公言君，徐公故知君，然卒亦不能物色也。余故未习河事，既从君游，相与讲说，有所解，君辄嗟赏。月余，余还扬州。十三年二月，君买舟访余曰：「制府今入都，通工议改河道，或南出射阳湖，或北出灌河口，给制府请饷六百万，制府以为然，如是则吾淮人类且当尽。吾与吾友张君，念非吾子莫能救此险难者。张君贳钱二百缗，属延吾子。吾携潘靳诸公书，及手录雍正一年至嘉庆二年南河奏咨各案，与吾子扁舟泛下河，转尖至灌河口，溯芜渎、六塘由中河至徐州渡河，策骑循峰山至盱眙，竭两月之力，以相度黄、淮、湖、运之形势。吾测制府返浦，必有重使踵至，以吾子辩才，通御河事，执伧伧者之口，以救亿万人之命，不难也。」余欣然行。君既为指陈水性地势，又解说案牍中未晰者，以四月望抵浦，余已了然于南河今昔成败之故，遂笔记己见为书二篇。

时制府方旋车，而协办大学士觉罗长文敏公、戴文端公奉命视河。未至，君嵇漕标副将郑敏与文敏有连，即删润余书为郑公具稿，驰呈文敏。文敏惊叹，飞檄调郑公。君语郑公曰：「相国识力口辨，公非其比也，度不能答，即曰安徽诸生包世臣所为，可矣。」郑公至宿迁见文敏，文敏嘱郑公旋浦道殷勤。两相国以五月五日夜分至，初六日昧爽，文敏枉驾余寓。余因为两相国极言海口并无高仰，河身断不可改，云梯关迤下必宜接筑长堤至海滨，而于运口筑盖坝导淮溜出黄，以减运涨，则清淮可以安枕，而河流必不旁溢。历述远近成案以证明之，两相国以为然。遂招余同往海口，属具奏稿。而接筑长堤一事，自乾隆四十七年，高文端以不与水争地奏请废靳文襄云梯关外堤七十里，并禁民间筑埝，载入例册，所议接筑与成案相反，而未可深言。遂止言明河臣潘季驯筑汰黄堤千余里而河治，国朝河臣靳辅接筑七十里而河又治，以此见束水攻沙，为古今不易之法。今云梯关下至海口新淤三百余里，每届大汛，水漫溜缓，淤垫河身，以致上游水立云云。两相国增损之以入告，得旨允行。两相国查工抵陈家浦，登大坝，文端曰：「坝西挑坝何长？」徐公曰：「总河筑大工十余次，唯此挑坝得力。今春放引河时，实为一快。」余曰：「当日故以坝长挑水为快，今则宜拆减二、三十丈，以免挺入河心，激溜北去。不然，水长四、五尺，上游北岸五十里之内，当有受其患者矣。」徐公默然。七月大汛至，水长才三尺，而陈家浦对岸迤上四十里之马港口溃决。通工又议欲以马港决口即为河身，听其由灌河入海。两相国奏准之案，遂寝不复行。

马港口堤外皆苇滩，去莞渎河尚五十余里。莞渎河宽不过百丈，下注灌河口又百七八十里。河出马港缺口，无水槽，苇根盘结，漫行至莞渎，又迂曲窄隘，泄水不畅，泛滥宽二百余里，深不及二三尺，仍倒灌御黄坝，直入束清坝，黄影至洪泽湖中泓。其由头坝入运河者，才分河水十之二三，而运河不能容。自十三年冬至十五年春，东决山阳之二铺，西决山阳之小舟庄壮原墩，又连决宝应之王家庄及白田铺东西岸，漂没民居以百万计。河既倒灌，湖水不得出，启五坝以泄湖，智仁两坝相继刷塌成口，甘泉之昭关坝亦刷去坝底，兴化、盐城、东台、甘泉之民田常为巨浸。而司河事者，以淮运溃决，处分轻于黄河，又得时时兴大工，每以无伤田庐入告。及州县办赈，则以户册人数为应赈之数，而民多死亡不领赈，得以干没。乃倡为自马港口决黄河安澜之邪说，决计以马港口为河身，灌河为海口，三年不举大工。民苦灾剧诉于都，上乃遣尚书马慧裕持节巡视。马公习闻河员说，颇持不堵马工之议。安东、海州灾民求计于君，君曰：「钦使临工，若等以小舟千余，导使者座船至口门下，马公仁人，能不议堵合耶？」从之。马公船行不数里辄胶浅，大怒，乃奏请兴工，仍如两相国所奏。而司事者复裁减工程，接筑长堤，其长短高宽皆不及原奏十之五，以十五年仲冬告蒇。十六年三月桃汛至，刷开倪家滩新堤。道厅请抢护，河督不许，河复旁泄，五月遂决王营减坝。河督以坝上土堤坐蛰过水，河由旧河身归海，无伤田庐入告。上烛河臣奸，命都察院左都御史百文敏公驰驿为两江总督。

先是，两相国奏既称旨，而上复饬枢臣，南河奏悉以此奏核之，不符者议驳。两相国携余所为筹河刍言至都，遍示朝贵，朝贵多传抄其书。百公受命，即驰札致郑公，延余至浦议河事。余至浦访君。君戟手再拜曰：「自五月盛涨，黄流倒灌，淤垫清口太平河，直入束清坝。淤垫五道引河，及决减坝不畅，逆溢邳州之棉拐山，下穿邳宿运河。而棉拐山下皆顽石，不可刷。昨又逆溢萧南之李家楼成巨口。李家楼迤下向有孟山五湖受水，须一月乃至洪泽。今五湖已成平陆，计李家楼水横溢下行，日可四十里，不半月即达洪泽。洪泽底水虽小，水到后日长尺许，不十日湖即满。而束清坝外入黄之太平河身，高与束清坝等，夹运河居民百余万，自分必为鱼鳖，一夕常数惊。吾子此来，天固以百万生命属吾子，吾子勉之已！」余曰：「计将安出？」君曰：「接长盖坝则清淮无恙，接筑长堤则黄流顺轨，吾子已为两相国具奏定案，今但举二事而已，岂有他术哉？」

余既见百公，百公曰：「河员皆谓马港口未堵之前，三年无事，既堵而减坝决，以此见海口实高仰不可复用。」余曰：「自十三年决马港后，运河决者五六处皆黄水倒灌所致，非淮之为灾也。马港口下并无河槽，前以欺马尚书不可得，今乃又以欺阁下耶？且减坝既决，果畅行，何以又上决棉拐山，更上决李家楼乎？」语未竟，百公切齿曰：「谨受教。」即塞决。百公又曰：「河员以太平河淤塞，李家楼水下注洪泽湖，当先筹去路。议挑浚太平河，槽宽四十丈，深一丈五尺，长千三百丈，估银三十万，予限三十日。而工员多以为急迫难集事，莫肯受任，何也？」余曰：「李家楼决已十日，去湖不过六百里，黄水指日入湖。湖水故小，然高堰石出水面者止九块，每块尺一寸，黄水到，日涨一尺，再十日必泛漫。运口头坝居束清坝之下，相去才数十丈，头坝金门宽四丈，水深四丈五六尺，而坝外之太平河，淤沙成阜，湖水出束清坝，其不能陟成阜之太平河，而必入深四丈五六尺之头坝，亦明矣。运河宽廿余丈，其不能并受全黄、全淮之冲，亦明矣。清江板闸淮安相距止三十里，沿河居民，户以百万计，急如倒悬，待命于阁下，焉能有三十日暇与工员商榷可否耶？且如众议挑太平河深一丈五尺，而头坝下水深四丈五六尺，高下犹悬绝，滔滔下注之水，其能不下头坝而入太平河耶？计唯急发帑万余两接长头坝外之盖坝，斜掩头坝金门，昼夜兴工，十日可毕。出坝之水如奔马，势无可止，然善乘者谨持缰勒，则东西唯其所使。河水犹马而坝犹缰勒，太平河虽已淤出水面，然浮沙不过二三尺，下皆新淤油泥，见水辄去，水出束清坝，以盖坝挑溜，北由太平河出御黄坝，入黄河，如汤沃雪耳。」百公曰：「谨受教。」而河员皆持盖坝紧当溜头，必不可成，太平河淤厚难刷，且水势尚缓，议挑为善。百公犹豫未决。余曰：「盖坝成则大溜不入运，里河厅属无险工，不利于河员。明日阁下临工次，某请从，指示形势，有持不可者，为阁下面折之。」八月朔日，百公偕余至束清坝，周回审视，计乃决。即日接盖坝，八日而水大至，刷通太平河，达御黄坝。十二日盖坝成而太平河身刷宽三百丈，深二丈八尺，运河水势反减落，清淮人心乃大定。百公既以余言与两相国所奏合，又盖坝有成效，因定议堵减坝，接筑长堤至海边而止，高厚悉如两相国所定。十七年三月，李家楼工亦葳，河归故道。伏汛后，海口深七丈，长河皆深二丈，秋汛至，竟不出槽。

十八年四月，余至安东存马文昭，君先在。遂策蹇偕行大堤，由云梯关六套渡河，至八滩存张君于其官署。张君者，君之友苇右营把总张楷也。君谓张君曰：「海口高仰之说，自前明已见章奏，吠声者且三百年。其云梯关外南北各数百里，自高文端奏废修防之后，弃为沮洳，而上游每岁辄决口。自十三年君以二百缗资吾二人，济此巨艰，破文端之案，复文襄之绩，天下共知海口之本无高仰，长堤之并非阻碍，黄云遍野，老幼欢呼，岁得二麦千余万石，三人之心，可以慰已。虽当事参以己意，不能尽如吾指，然端绪已得，南河可十余年无事。惟前凿蒋家坝以减湖，今又有查勘徐州虎山腰、段山腰之举以减黄，若人志卑轻物，无利济之心，事在必行，则十年之后，高堰殆且不守，吾不及见矣。」顾谓余曰：「吾子遇有力者，当时时切言之，预杜患萌也。」及与余别，犹执手呜咽，致此意再三云。

张君以君年老，招其子某往侍。后二年病风痹卒，年七十有四岁。君之子亦寻殁。孙逢吉尚幼，未足以世君之业。君呐于言而拙于文，皆不足以自达，以故君之学无传。知君之学者莫如余，然其精能能自必，尚有非余所能悉者。君之言曰：「前辈堵口门，偶言引河，为大坝例价不敷，借为名耳。今乃有凿河至长数百里，且于决口后先筑拦黄坝，又率待冬令水落，或且于次年冬后乃兴工。又自总兵徐建功堵筑青龙冈，创筑二坝，今遂以为常法，何其舛而且愚也。水力不盛则不能攻沙，沙既老坚则水亦不能攻，及其初决之方盛，以挑水坝拨溜，刷去新淤，由旧槽而下，应手堵合，可以克期。近人善工程做法者惟张君及安东马君耳。马君，吾妇翁王全一之弟子也。王君精于外工，记录所历之迹，为徐河督得其本，即今刊行之安澜纪要、回澜纪要二书。然验彼行事，亦未见其能与书言相合也。」初，君偕余坐小舟，出射阳湖至五案。余登岸见井泉龙王小庙旁，有木主题曰「福星郭老爹长生禄位」。土人佥称：吾祖父困时，在清江遇郭老爹，指示至海滨官荒种地、刈草，因以起家、立集镇，故奉其禄位。或曰其人盖仙也。有老者言非仙也，吾曾见其人。余告以现在小舟中，皆惊，即相率罗拜，奉酒食。及至灌河、莞渎、马港口，尤多，亲见者不下二三十处。君之功德在民固已久矣。

张君字圣培，桃源人。以其父跳埽落水之难，荫为河营把总，升萧南千总。汛内有关庄坝，张君请加修防，谓遇盛涨必决口。本厅不可，张君争之益力，径呈本道。本厅怒而揭之，徐公知张君能，无以慰本厅，遂于军政案，劾以才力不及，罢职。然于工之巨者，犹必檄张君。张君去任八年，秋涨，关庄竟决。定例有工之所决口，本厅当置重典，遂更地名为李家楼。其实李家楼去决口尚三十里。百公廉知张君事原委，欲翻其前案重用之，复牵于谗说止，以为苇右营把总。阅今七年，未迁一官。马君年六十许，亦以与君厚，为通工所忌云。

论曰：孟子言：「禹治洪水，掘地而注之海。水由地中行，疏九河，瀹济漯。」司马氏言：「禹以河水湍激，难以行平地，乃酾为二渠，北载之高地。」郑氏注「冀州既载」曰：「载之言事，谓作徒役。禹知所当治水，又知用徒之数，则书于策以告帝，征役而治之。」其注「夹右碣石入于河」曰：「禹由碣石山西北行，尽冀州之境，还，从山东南行入河。」注「九河既道」曰：「河水自上至此，流盛而地平，无岸，故可分为九。」注「同为逆河入于海」曰：「下尾合，名曰逆河，言相逆受也。」余始读司马氏书，疑河难行平地，岂可转行高地？因欲破高为膏，谓择膏腴坚实之土以行河水。继乃悟兖州居下游，最受害，而北连冀州，冀州地高无河患。禹由海口碣石山，审视地势，可以导河而北，乃起徒役于冀州高地穿渠。司马氏所谓二渠，盖言副渠也。副渠既成，测渠底深于河底，决而载之。兖州泛滥之水，掣入新渠，其始横决所冲刷，平地有槽数道，水落而槽见，禹因留为杀减之路；又恐河分则善淤，故瀹济漯清流以入之，助其荡涤。冀州新渠之尾，即连兖州旧海口，是以九河至此相逆受。逆，迎也，谓九河前后会合相迎；又海潮上泛，河溜顶出之，如迎逆也。盖河源万里，水势至剽悍，缮堤完防，即极高厚，力仍不敌，载之高地，则以地为岸，河虽湍激，其力固不能胜地，故曰「掘地」，「水由地中行」。此禹所为一治河而千年无患者也。

孟子与司马氏、郑氏，述禹治河之术为详切。后儒莫能通其意，贾让遂倡徙民以纵河之说。黄流浊而善淤，激之则驶而刷河底，宽之则缓而淤河身。让欲弃冀州以潴河，下潴则上溃，患必他及，所论至疏谬。然唐宋诸儒皆是让言，至贾鲁始仿张戎刮空之意，立塞、疏、浚三法。历百数十年而有潘季驯。

潘氏之治河也，宽之而不至于缓，激之而不至于怒。河槽以百丈为率，霜后则滩高于水面五尺。河槽两面各距百五十丈为缕堤，厚五丈，高五尺。缕堤之外，相距三百丈为遥堤，厚十丈，高一丈。两遥堤相距千丈。附遥堤栽高柳五行，附高柳栽低柳十行。遥堤南北共长三千里，中间择地置滚水坝若干座，坝脊高七尺而不封土。汛至，水平滩面，盛涨逼缕堤，又涨则溢而及遥堤，平滚水坝，涨一寸辄溢出一寸。漫滩水不当溜，率浑浆而不浊，漫过缕堤以及遥堤，滩宽足以容纳；有缕堤限之，水渟而弱；又以柳行杀风力，滚水坝听其渐溢，出坝之水，平铺而不掣溜。是故其时小汛至则水不出槽；大汛始至逼缕堤，大至乃逼遥堤，盛涨乃过滚水坝。比其过坝也，势已涨极而就消，初消则坝挂口，继消则缕堤露顶，大消则滩唇出水矣。故其缕堤之所御者，百五十丈漫滩之水；遥堤之所御者，三百丈漫滩之水。非如后人以一线柴土之堤，与万里河源斗强弱也。是潘氏两堤一坝，实变通神禹「载高地」、「疏九河」之至意，而合于时势，足为后世法守。故潘氏司河十七年，而遥、缕两堤未尝有分寸加高。今之汰黄堤，仍潘氏之旧址。是故神禹以后，善河事者，未有能及潘氏者也。

国初河事复亟。河臣靳文襄任贤友陈潢，克告成功。而故老尝言文襄忧淮涨，议凿祥符五瑞减其水入黄。陈君曰：「大司马此时减淮，不及百年，人且以此闸减黄矣。黄淮两渎并攻高堰，淮扬不为鱼乎？」文襄卒为之。余尝见陈君手迹于清江浦之潜庵曰：「东去只宜疏海口，西来切莫放周桥。若非盛德仁人力，百万生灵葬巨涛。」又题其后曰：「适与大司马论河事有感，归寓书此。」则知毛城铺、十八里屯、峰山天然各闸，周桥之天然三坝及下河三河六堤之论，皆不出陈君意也。潘氏既有懋绩，复著河防一览以诏后人。唯陈君为能深通其意，又得文襄为府主，然卒不能尽其才，以忧患遗近世。郭君所学不让陈君，而无文襄东南之契，又不若陈君之有文采，足以自传于后。而河自生民以来，为患中国。神禹之后，数千年而有潘氏，潘氏后百年而得陈君，陈君后百年而得郭君，贤才之生，如是其难。陈君见用而不尽，郭君偶试而竟不见用，而河之为患无虚日。司马氏之说「法后王」也，谓其近己而俗变相类，议卑而易行。故言治河之盛者，以潘氏为后；而言事变之近者，则郭君为后。后之君子，有志于此，绎郭君之言，而明其所以然之故，则可以上推陈君之意，以读潘氏之书。休文有言：「如曰不然，请待来哲。」斯之谓矣。

合注　老坝口，在清江督粮东北五里许，与贴心坝相近，有铁牛及大王庙。船由内河出海，绕滩而行，新淤在海滨皆成尖形，故土人呼在海滨绕滩行者为转尖。近海之地多以套名者，亦以尖之外必有水套也。陈家浦，在北沙东五十里，南直仁和镇十五里，属阜宁县，今为海阜厅治。再东六十里即八滩，为右营守备治。此堤外指背河一面而言，与四略所言异。前人章疏，其言堤里堤外，亦两说并用，文各有当故也。

孟山五湖，一陂子湖，一崔家湖，一土山湖，一杨疃湖，并孟山为五，迴连为一。靳公毛城铺、王家山、峰山诸闸下引河水，皆汇此以入洪泽。

五案，在八滩西南三十五里，临射阳湖，以其地系新淤，居民第五次报升，故名。

此段所述不尽与潘氏陈绩相符，所谓说古以见意。盖作者深非减水坝，而减水坝实托始于潘氏之滚水坝，合说坝之害绎之，法戒并见矣。

汉书沟洫志载张戎言水性就下，行疾而自刮除，成空而稍深。河水重浊，号为一石水而六斗泥。今西方诸郡至京师东门，民皆引河水溉田。春夏干燥少水时也，故使河流迟，贮淤而稍浅，雨多水暴至，则溢决。而国家数堤塞之，稍益高于平地，犹筑垣而居水也。可各顺从其性，无使灌溉，则百川流行，水道自利，无溢决之害矣。河水宜合不宜分，其论创始于此。至明时陈瑄、刘大夏宗其说以从事，功效颇著。迄潘氏而持其论益坚，发其论益畅，功绩伟然，厥施到今。然后人皆知河不两行，为千古不易之言矣。

明时，常居敬请于清河县东北鲍家营开支河分引河流，河东入草湾河，出赤晏庙复归大河。潘氏阻之而止。而鲍家营之下有鲍家营，河水于此自决为支河入海。潘氏以为此支河为天然之鲍家营也，请留之以备分泄。说者谓潘虽力主「不两行」之说，而卒留鲍家营以为支河，则分黄之可以纾祸亦可见矣。不知尔时海口在云梯关，鲍家营去海不远，又堤内堤外高低无多，偶有冲决，漫溢而不夺流，正河不致淤垫，决口不久必行自塞，故潘氏听其分泄而不堵御，为省费也。后人以此欲分减河流，真所谓夏虫不可与语冰矣。

答友人问河事优劣

近人言河者，必归之天幸。天幸者，一年遇值雨雪稀少而已。人事果至，虽遇异涨而可必其无患。是故河臣以能知长河深浅宽窄者为上，能明钱粮者次之，重用武职者又次之。其侈言工程，袒护厅员者，大抵工为冒销纳贿而已。

河水浊而流激，浊则善淤，激则善回，是以南岸坐湾，则北岸顶溜；中间平流，则淤浅无泓。坐湾顶溜之处，非大堤所能抵御，厢做埽工，随溜斜下，溜势偶改，各湾同变，节节生工，耗费无算。是故自潘氏之后，莫能言治河者。其善者防之而已。夫水德旺于冬，归槽之后，其质已清，其流更驶。又土性温酥易刷，水势浅落易制，以坝导溜，逐渐减工。工减则险减，是故能言治河者，用心力于霜后，及汛至则怡然如无事者，心有真识，而事皆预立，故也。今河员无尊卑，皆汛至而奔驰旁午，霜后则群居安坐樗蒲宴乐，舛矣。河工每日有水报，云某日志桩存水若干丈尺寸，比昨日消长若干。而河底之深浅，堤面之高下，问之司河事者，莫能知其数。报有志桩存水之文，测量实水，则与报文悬殊。问之司河事者，莫能言其故，如彼所为，宜其归之天幸也。夫水之行也，常半于驿。上游骤涨之文已至，心计：下游河身是否能容，沿途料土是否无缺，某日当水至，某日当水消，一心运筹，千里合节，此非可幸致而饰说也。余前客百文敏署，拟改水报式，以高深相乘，通札遵办。河员心疑出余手，俟余他去，乃禀请所以改式之故；文敏无以应，遂听仍旧。盛业中沮，良可惜矣。

其明于钱粮者，知分厘皆百姓膏血。求水势致病之源，用力少而成功多。使河底日深，不能减工而能减险，靳、齐、白、高皆其选也。

其重任武职者，能守旧例，以文职主支收，其估计做造，则皆归于武职。故将估春工而道核之，营做埽段而厅察之。武职之小而要者，曰当家效用。料物到工，须当家效用出结，动用料物，须当家效用逐日开摺通报，虽不能尽实，然较之近来由厅员事后做帐，则大不侔已。兰康在南河犹有可称者，此也。盖武职局面窄而胆小，偶有错误，立加棍责；文职局面宽而胆大，即有败露，尚可弥缝。大吏以武职率多戆直，文职工于趋承，专任文职，遂至营汛不过供厅员之指挥奔走，不敢与闻工帐。而河臣之奏单题估题销，部臣莫知将三者逐细核对，是否吻合，一任部胥需索销费。而通工又创为「浮冒罪小，节省失大」之邪说，以荧惑远近。然而溯查统计，凡钱粮节省之时，河必稍安；钱粮糜费之时，河必多事，工拙之效，智愚共见。盖糜费之时，必各工并举，而无一归实，上最苞苴，下贤筐篚，堤加而河身随之并高，工生而水势因之更险，引盗入室，溃败为期，防之不能，尚安望其治哉？

【合注】河之治乱，以河底之高下为定。近时专论河面之涨落，何异梦呓？

治河犹御寇也，强则备之，弱则攻之。河流激悍，伏秋暴发，其强难以驯制，惟有加意防闲，不令横突。至冬令力绵，可以惟我所为，以坝导溜，或东或西，任人驱率，久之而工减底深。汛至则水归槽中，更借其力猛，以刷旧淤，是以盗治盗之方也。不此之务，从事修防，譬如就衰之寇，不知招抚扑灭，反闭城自守，渐至枝结根连，遂肆鸱张，则悔无及矣。司河者曷其三复斯篇。

志桩之说，旧无案可考。惟乾隆中阿文成公查勘高堰，有霜后落定之水，是为底水，其时湖面与高堰志桩之底相平，故志桩存水一寸，即为涨水之奏。其说庶几扼要。近时以顺坝志桩与高堰志桩比较高下，既以顺坝志桩一丈七尺二寸，当高堰志桩之底。或当时顺坝志桩连底水起算，故与高堰悬殊也。

河南陕州有万锦滩，地在河陕道署前，居孟津上游。彼处涨水若干，在南河应涨若干，向有定志。交大汛后，每遇异涨，彼处先期即有急报至，故涨消皆可以预计。今南河有怕见皮纸文书之谚，即指此也。如所改之式，则长河底面之深浅，滩堤去水之高低，河臣皆知之。工员不能虚报险工以侵蚀帑项，宜其沮之也。

旧例，凡属另案工程，动帑至五百两以上者，先行奏明。自嘉庆十一年增改漕规，故以千五百两为率。将应做新工，约估工段钱粮开单奏请，谓之奏单，又谓之清单。动工时，即将工段尺寸钱粮分厘估明确数，造册具题，谓之题估。工竣后，随案报销具题，谓之题销。其库贮岁抢各修之案，则于霜后具题，使库贮另案，各不牵混。今三数十年，有另案大工至四五年后尚未题估者。凡初次奏单，断不敢任意开销，即有续行请增，为数亦难过毋。故将别案预请之钱粮，悉挪移于此案报销，贿嘱部书为之掩饰。若部臣将奏题三件，逐细核对，则无能置喙已。

凡堤工加高培厚之案，虽有加培尺寸而无本堤原旧尺寸，难为查核。此法一行，则堤面有志桩硬据，其滩面水面，比堤高下，悉有定准，一切偷减工程伎俩，无可施设。故知长河深浅宽窄者，自能明于钱粮也。然有真识轻重者举行此式，厅营商同虚报之弊必起，访查得实，当与捏报军情同论，不可稍事姑息。

附　改水报式

某厅某汛某工第几段某日志桩存水若干丈尺寸。实测水若干尺寸。埽前顶溜水深若干尺寸。长河中泓水深若干尺寸。埽高水面若干尺寸。滩高水面若干尺寸。堤高滩面若干尺寸。河槽水面宽若干丈尺。堤内河身宽若干丈尺。滩面即滩唇，紧靠河槽，留淤常厚，非谓堤根低洼之滩也。

比较昨日长落若干。上年今日长落若干。上年盛涨日长落若干。

厅总报加上汛河底比中汛深浅若干。中汛河底比下汛深浅若干。堤面比较同。

说坝一

或曰：「子言防河之不足为治信矣。请问治要。」答曰：「深其槽以遂河性而已。」「请问治方。」答曰：「相势设坝以作溜势而已。」

潘氏之前，河流歧出，沙分停而不厚。潘氏导而一之，然后河得集力以攻一道之沙，是之谓以水治水。自潘氏至今三百年，司河者工拙悬殊，然所循者潘氏之法也。夫河之败，不败于溃决四出之日，而败于槽平无溜之时。河性激而善回，深与回常相待也。槽浅则溜不激，水无以回而为淤，浅者益浅，激者益平。河性怫矣，能毋怒乎？怒而无以待之，则必成事。成事则河底垫高，而潘氏所创之滚坝，日形卑矮，不能不封土。遇急去土以减水，减水既多，则河仍歧出。其堵合也，常在冬令力薄之时，不能刷去前淤，淤日高则河日仰，溜日缓。故近日虽墨守潘氏之法，仅足以言防，稍驰则防之而不能矣。

故能言治者，必导溜而激之。激溜在设坝，是之谓以坝治溜，以溜治槽。然坝以埽成，埽下而溜争之，则埽蛰。蛰定则埽实，而溜守坝，是生工矣。埽下而溜不争，则淤争之，是弃坝矣。凡平流长河，其势固以渐斜趋于工。工长者或数百丈，短亦数十丈。坝当工之上游，得力则溜势上提，尾段工闭，而首段着险，或更提至工上无工之所，是弃工矣。又或溜经坝头，绕坝啮滩，势成横卧，生工则未有一定之形，弃坝则已成不能之势，是召败矣。故治河必用坝，然以北人试善泅之言，庸医效华佗之方，则不如守继长增高者之尚能暂防于一切也。

合注 相势，谓相溜势之所值也。设坝以御溜，然必有溜而后可以坝激之。若设于溜势不到之处，则置埽于软淤之上，平漫之水，遇坝而止，淤垫更甚。所谓溜不争而淤争之，是弃坝也。

荀子水深则回。管子凡水之性激则跃，跃则倚，倚则环，环则中，中则涵。故曰：深与回常相待也。

溜非坝则不激，故治溜以坝；槽无溜则不深，故治槽以溜。

溜与埽争则势益激，而攻沙之力更猛。沙既去则埽底空悬，故蛰。蛰之数四，则新淤尽涤，坝基稳而埽自实矣。

坝前深而中泓仍浅，故溜守坝，以斜坝挑溜归中泓，则工减矣。

溜缘岸行之处，恐其激荡伤堤，故做埽工以御之。工前水深，无所用坝，故坝必在工之上游也。

溜势上提，尾段溜所不值，故工闭；首段正当溜冲，故着险。

挑坝逼溜，溜势当于坝外直下。若绕坝内转，横入伤滩。此而不治，渐成倒钩，便妨入袖。治此之法，惟有就坝头再进占，挑溜头外出。若坝基单薄，难任大占，则须于坝外，镶做边埽，帮宽坝台，则免溜提搜后之患。溜提至无工之所，旧工弃，新工生，是糜费。

说坝二

挑水坝，潘氏所创，止用于塞决。盖缕堤成，固无所用坝也。近世善用坝者，推嵇文敏公，世称白堤嵇坝。不及百年，而故老无能指其基、言其法者。嘉庆初，徐属积淤，水常平堤，康茂园为督，修坝十余道，刷出深槽，徐城始安。嗣东河决衡家楼，归咎南河之坝多阻水，舛矣。茂园笃信堪舆家言，庙宇公廨，必亲督修造，至典签不敢白急报，败固自取，然其长不可没也。

对头斜坝，则予所臆创，以语谙习工程之安东马文昭，马君以为善，遂用之于里河。而中河、运河各厅效之，凡遇水浅滞船，皆恃此以济运。十七年，湛溪为督，始用于黄河，刷涤积淤，功效甚著。嗣以对坝逼溜见险，而碎石能止险，乃参用碎石。渐至碎石遍工，而对坝尽废，河亦渐淤。说者归咎于碎石，则又非也。盖碎石斜分入水，能挑溜头，故足止急溢攻埽之险。然不能激溜，故无刷淤之功。坝于水面激溜，溜被激而争坝，回旋彻底，故淤随溜起，用各不同，未可偏废。至于河身留淤，则系减泄力弱之故，非碎石之罪也。然挑坝用于工头，而对坝施于滩唇，坝入水而溜起，溜起坝蛰，或随蛰随厢，或听其蛰走，则相机乘势，无可言诠。是亦至粗而至微，呼吸之间，胜败顿判者矣。盖非对不能逼溜，非斜不能导溜，不可太长，不可太高，务使埽眉迎溢而簸头翻断，不为老滩之害，则得之矣。

【合注】溜守工，其险难测，于工头以斜坝挑之，则溜归中泓而工减矣。不能减工，而使溜常守之，偶遇急，则非碎石不能锁护也。

太长则阻溜头，溜阻于坝而横卧搜坝后啮滩，是召败也。太高则溜击坝腰，其力上泛，不能回旋彻底，攻沙之力反减。又防水涨之时，坝阻溜势，更招前患。

辨南河传说之误

说者谓高文定公废爬沙船、拆转水墩而南河坏，自河堧吏民以及朝省士大夫，皆持此说，而其实非也。靳文襄于康熙二十七年，设立浚船，其时南河止十斤，故浚船分十队，而统以船务营守备一员。二十九年于勤恪接任，即调回浚船，改隶苇荡营参将，专运荡柴。文定以乾隆初任河督，去裁撤浚船时，已五十余年矣。且江河巨舰，乘风鼓浪，一锚下即止不行。爬沙船尾系铁篦子一具，其制三角，横长五尺，斜长七尺。着地一面，排铁齿三四十根，长五寸，约重五六百斤。又益以混江龙一具，其制以大木径尺四寸，长五六尺，四面安铁叶如卷发，亦重三四百斤。比之下锚，其势相倍。而谓以水手四名，驾两橹，上下梭织，以爬动河底淤沙，使不停滞，其说盖与儿童无异。嘉庆十年，今大学士戴公以侍郎视河。公习闻爬沙船说，促制成试之于清口太平河，不能行。翌日又试，得行而甚缓，不得力。余就询其主者，主者曰：「星使必欲其行，我使人翻铁篦，以齿向上，故勉能移动耳。」或曰文襄时献此策者，欲借官船运私盐赴徐州，文襄受其绐，故勤恪罢之。余每以告人，多稔其故，而当事好名高者，或犹欲举行之。

转水墩在湖口五道引河之外，运口头坝之上。从前洪泽湖口内有引河七道，而黄河大溜傍南岸直指运口，故筑转水墩，分湖溜之七西北行以敌黄，其三则东南入头坝以济运。墩之形不可考，故老言其上可堆料五百垛，则周围盖以千丈计。自康熙之末，吴城砖工外，御坝既成，河溜北趋。湖口积有淤滩，宽至九百余丈，名太平河。其西岸筑顺黄堤以御黄涨，而转水墩仍分湖溜七分使向西北，则恐冲开顺黄堤，接引黄溜南行，为害运河，实有不得不拆之势。转水墩既拆，文定于头坝外加做盖坝，而于太平河中腰风神庙前做束清坝，蓄清水之力，使得聚势以敌黄，而回溜入头坝济运。又于束清坝之北百余丈，筑御黄坝，使黄水盛涨，不得倒灌。至所定冬筑夏拆章程，并皆妥善。以后拆筑不如法。嘉庆九年，始移束清坝于湖口，移御黄坝于河唇，而运道屡梗，其详在《筹河四略》。

嘉庆十六年，百文敏公初莅任，惑于浮言，亦以复转水墩入告。余入署乃极言其故，而复奏曰：「接长盖坝，已有成效，是虽无转水墩之名，而有其实。」因时立制，不敢拘泥前奏，致失机宜，人亦渐知转水墩之无关枢要矣。余见文定乾隆十六年呈大工二十段图说，简要明晰，使后人守此不变，河事当不致败坏。改靳文襄天然三坝为五石坝，定启放之式，以减下河水患。又曾放石林减坝五次，皆减漫滩浑水，坝下引河不受淤。后人每一开坝，如唐家湾、王营等处，皆掣溜入袖，致成巨口。数十年来司河者，皆出文定下，而反被恶声。文定之犹子文端，奏废云梯关外修防，使河多故，江淮居民之毒高氏或以此。而追诬其先，以致来者不明于全河得失之故，雷同瞽说。故明辨其非，以告天下，非为文定鸣冤已也。

合注 通鉴辑览第七十七卷，神宗时有选人李公义者，献铁爪龙扬泥车法以浚河。其法用铁为爪形，系舟尾，乘流相继而下，一再过水，深数尺。宦官黄怀信以为可用，而患其太轻。王安石请怀信、公义同议增损，乃别置浚川耙。其法以大木长八尺，齿长一尺，列于水下如耙状，以石压之，两旁系大船，各用滑车绞之，挠荡沙泥。或谓水深则耙不及，浅则滞碍泥沙，人皆知其不可用。惟安石善其法，乃赏不信而命公义官，以耙法令大名令范子渊与通判、知县共试之。皆言不可用。会子渊以事至京师，安石问其故，子渊意附会，遽曰：「法诚善，第同官意不合耳。」安石大悦。按公义所献，与怀信所置，即铁龙混江龙类也。不过小人借以为进身之资，人人皆知其不可，试之又卒无效，止一范子渊附会之，荆公遂为其所愚弄。书之史册，传为笑柄。靳公豪杰，胡亦受此绐也？恭读高宗纯皇帝御批曰：「铁爪木耙诸法，人皆知其不可用，安石必主其说而力行之，盖好奇而愎，不恤人言，孟子所谓『小有才，未闻君子之大道』而已。向陈世倌曾以混江龙之法入告，欲以疏云梯关下黄河之淤，知其不可，故不用也。」圣训煌煌，当事者竟不之知，而犹欲举行之耶？

南河杂记上

嘉庆十六年六月十八日，余自都返扬州，过清江晤黎湛溪。时湛溪任淮海道，告余曰：「吾本不习河事，得君筹河刍言、策河四略读之，因仿其意，为书与河帅争必守倪家滩新堤，不可得。今竟决王营减坝，致兴大役，可见河事，原有把握。」余曰：「非仅此役已也，上游南北两岸应再决。」湛溪曰：「何故？」余曰：「阁下不见十一年王营减坝决，而复上决郭家防、苏家山乎？减坝下游入海处，东则安东之灌河口，北则海州之黑风口。今黑风口已淤成小沟。灌河口在苇荡东南，苇林茂密，十一年留淤五尺，而云台山麓已淤出水，则此决口之水，行更不畅。回溜上溃，较十一年当更速，不过在半月以后耳。」湛溪曰：「所论至精确，然河事花样，或不如是印板也。」七月初，竟决棉拐山，穿运。而望后遂决李家楼。

十七年春，予偕盐巡道朱白泉至清江。时百菊溪、陈竹香皆在李家楼督大工。河库系徐晴圃。湛溪已调淮扬，而杨迈功任淮海，三道事多咨于余。余告湛溪曰：「李家楼必可合，然徐、凤、泗积水方五六百里，皆当下注洪泽，再加伏秋大雨，势必开坝。仁、智、义三坝皆无底，信坝虽新而工料不坚实，唯礼坝可放。然坝唇水脊金刚墙皆有病，当请量加拆修，所费不过二万两，便可保全下河七州县不被水。」湛溪未然其说，余每见辄言之，湛溪曰：「即修亦无石工好手，如何？」余曰：「有已革千总王研夫能胜此任，阁下派工员延王君主之可也。」间日，余以语晴圃、迈功，请共言之以弭此患。晴圃曰：「湛溪昨日告吾曰：『慎伯四次劝吾修礼坝，谁知为荐友地也！』」余曰：「湛溪识见如此，终必悔之。」及六月湖涨，湛溪在高堰抢护，飞禀请开放礼坝。竹香在清江，菊溪在江宁，皆飞批开放。而菊溪又以六百里咨会竹香云：「有阻挠者行军法。」及礼坝放而跌塘成巨口，不能堵。菊溪遂严劾竹香「并无只字相商，擅开礼坝，以致清水力弱，黄仍倒灌，阻坏全河机宜。」而附片保湛溪通晓工程，可任河督。扬道汛地止汤陈工，而湛溪出境七十里，迎菊溪于童家营，遂于童家营发此折。折回，竹香获罪，而湛溪遂以三品衔署河督。余自八滩回清江，贺湛溪，而新升安徽巡抚胡果泉适至。余故不识胡公，避入幕内。果泉谓湛溪曰：「清江人皆不晓事，今早群言吾弟不听包慎伯计修礼坝，成此巨案。然吾弟果修礼坝，则今日尚淮扬道耳，安能开府千里耶？」湛溪大惭，为余已备闻其语也。

十七年三月，李家楼既合，竹香回浦，菊溪回江宁。而减坝报险，竹香、湛溪上坝抢护三昼夜。白泉告余曰：「减坝必不可守，埽下即蛰，昼夜帮后戗，而坝身转侧如地震，报险五日，已费银七万余两，而不可止，似当急禀制军。」余曰：「上年，余告制军，以八月动工合减坝，制军迟至十一月乃开工。八月水报：减坝口门深四丈二尺，及十一月动工时，水面落四尺，而口门水方深二丈四尺，是坝下有淤沙丈四尺，无老土作基，何能不翻？是岂一禀所能济事耶？」白泉曰：「且奈何？」余曰：「在减坝上游迎溜处作挑坝一道，挑溜向南，则坝下自挂淤，淤久坝身蛰实，即无事矣。所费亦不过四五千两耳。」白泉急以告竹香，竹香曰：「此真妙策。然一道恐太吃重」，即日兴工，迭做两道。阅二日挑坝成。而减坝前已淤出滩面数丈矣。

湛溪闻余十三年在陈家浦有当拆挑坝二、三十丈之说，不知马港大工后，河势已改。十六年冬，湛溪尚在淮海，告余欲拆去。余曰：「此时拆挑坝，则大坝恐吃重，非计也。」湛溪竟拆之。十七年伏汛至，水出挑坝头，南卧刷大坝东滩，塌进圈堰。迈功以本道驻工督堵筑，费银七万两，既合复蛰，口门顿深七丈。余由浦赴八滩，迈功要予于路，偕往相度。余曰：「此蛰口若合之，须银廿万。」迈功曰：「厅营会估如君言。」余曰：「口门下有积水方十余里，与口门水相敌，黄入成清，涨落随而出入，必不成事。若下埽则埽与水争，掣动溜头，溜一得势，恐挤开四坝大堤成巨口，阁下即饬停工，约十日即淤出水面，乃以土迭之，百余缗之事耳。」从之。阅八日而淤见，泊余旋车，圈堰已做成，所费才百五十余两。

十七年夏，有为菊溪画策于清江石码头外筑圈堰，弓处正对王营，上起御黄坝尾，下属之贴心坝。议定而余知之，遂入督辕告冯潮曰：「足下若向不是吾言者，则无罪；制军若向不以足下言为是者，亦无罪。今议筑圈堰，河宽千余丈，至此陡束为二百丈，大汛一至，非冲塌御黄坝，即冲开减坝。否则逆流决桃、宿、邳、睢，或迤下攻贴心坝，决钱工、周工。足下速以己意止之。若及余，则彼人且故欲成之，是罪反在余矣。」潮以告菊溪，得不行。

是年冬，湛溪既为河督，而画策者又以告湛溪。余急谒湛溪，切言其不可，湛溪答已入奏。明年秋涨，睢甯桃北连决，湛溪厥入河者再，以河南睢工成口夺溜，得不成事。睢工甫竣，而伏汛大至，御黄坝埽蛰塌三次，溜势直趋贴心坝，抛碎石抢护至一月，共费帑九十万，溜势始渐北，得无事。

【合注】苏家山，系铜山县迤上北岸，有闸放水，由水线河入微山湖。是次因冲塌闸东墙成口。黑风口，在朐山旁，去海州约十里。本宽七八里，风涛甚险。十一年黄水下注，淤成小河，才宽二、三丈，深三、四尺。棉拐二山，在邳州北岸。李家楼，在砀山县南岸。

王研夫之祖系东河守备，以精石工，自敏恪创筑高堰，奏带来南。堰工长百里，名为一八不分，其工并无一丈一尺径平者，能迎浪而柔其势，至为精妙。嘉庆十五年，候补道袁世绩督办风鉴堰工五千余丈，延研夫总其事，工竣之后，经大风五十七次，亦无片石动者。近经数修，道工无复知一八不分之名目者矣。

汤陈工，在清江石码头下十八里，南厅工止此。

词序大溜东掣进占甚易，盖以此次减工，兴于李家楼既决之后。黄水汇入洪湖，沉清以出太平河。而下减坝，系属清水口岸，下游旧河身，虽有淤垫，不能阻遏水头。故开放拦坝，溜自东下。又口门内经清水汕刷，并无新淤，不以进占得占为忌，故言甚易。凡黄河口岸，深忌进占得占者，以口岸坝台之前，大溜所不走，必挂新淤。埽下不能得溜，并无搜蛰，则捆箱迅速。然积至将合龙，口门不过数丈，一面开放引河，一面挂缆合龙。溜头转换之际，攻坝力猛，而首先所进之占，束枯苇于新淤之上，常至搜后刷通新淤故也。然减工既系清水，何以合龙后，又有积淤丈余？盖以仁坝跌翻，东泄畅顺，倒掣全湖之水，其出太平河下口门者，势同平漾。又二坝圈堰，收束已紧，几同池岸。出湖之水，挟太平河一路积沙，以下口门，跌塘既深，溜势渟蓄，渐次停沙，历经数月，故至于此。

钱周二工，在贴心坝东三五里。十三年堵减工，在北岸茅家嘴开引河改溜，二工皆淤废。

南河杂记中

乾隆末，李荖林为河督。外河厅属汤陈工报险，河督临工，见浪势猛甚，饬邻厅协济料垛抢护。王全一为汤陈工外工友，告居停曰：「此水叹气也，必无事，明早必挂淤。凡浪来软而去硬者，势似轻而正溜伏攻埽根。今浪来硬而去软，是埽根已挂嫩淤，水面乘风力见险势，其实不足畏也。若冒昧动工，埽一入水，则嫩淤刷动，溜头随埽而至，事不可知矣。」竟不动工，明早果挂淤。

河工最苦无土。王全一办丰工，里外皆水，取土须在五里外。王乃以意于口门下左右，各做一小坝，使水出口遇小坝，而回溜入坝外，以挂其淤。每夜所挂，足供明日之用，以是工得速蒇而少费。又尝见钱工土堤渗漏，堤里冒水，穴大已径寸。王急令人以铁锅尽力合之而坐其上，少顷，水不得泄而回，遂淤满其罅隙，堤得不溃。

马文昭骑驴由邳州至宿北，见长河中有三浪没头不起，迤下三里即梁工，梁工正抢险。主者告马曰：「埽前无浪而蛰，已抢两昼夜不止，失埽五，且奈何？」马曰：「吾见长河有三浪甚奇，此浪伏行攻埽也。急至上游长河边，做一鱼头埽，三浪便当隐而见于埽前，则工稳矣。」从之。埽成而三浪隐，梁工乃平。

十六年七月，余应菊溪招由扬赴清江，至宝应，见挑长河土工四十段，内廿九、卅二两段最如法。问土夫，云包做每方钱三百廿文，边锨在外。遂存张圣培于其白田铺厂房，知两段皆圣培所承办。问其领价，曰：「每方领钱二百六十文。」余曰：「足下何堪此赔累？」圣培曰：「方有余剩，何赔耶？吾领二百六十文，而包于夫头以三百廿文，似大赔。然官收方用铜尺，土夫包方用漕尺，铜比漕短一寸。吾包时，言明收漕加一。铜方一尺积漕寸七百二十九，漕加一，方尺积漕寸一千三百卅一，合计加八，每一方合官价四百七十余，除去包价三百廿，又加边锨每方四十，照料供给每方三十，是包一方，实剩钱八十余文。吾承办官工土万二千方，可剩钱五百五十余千。他工员既赔累，又不如法，是在办理工拙。吾子当明告制府，但讲求工程，莫任察访也。」

碎石坦坡，靳文襄公用之于高堰，后纯庙饬用之于瓜洲江工，嘉庆初，兰河督用之于黄河石林江，徐心如任徐道时，用之于铜沛，皆有效。然兰止做两段，徐止做四段，其用之黄河通工者，自湛溪为河督始。谤语四起，以为碎石淤入河底，必为大患。余在扬闻其说而不敢断其是否，后入都经过黄河碎石工，而知其有利无害。湛溪因谤语直达于都，乃为书力陈碎石之善。与余遇于邳州，以书示余。余曰：「阁下历陈碎石之功备矣！然其所以好处，则在碎石入水坦坡而下，其坡唇在水底挑溜，故止险之力，加于厢埽耳。」湛溪曰：「子语容吾思之。」湛溪举事多依傍策河四略，惟碎石是其心法，而不能自言其故。史公曰：「能行者未必能言。」亮哉！案碎石工，断不可用于运河及时筑时拆之坝，以运河身窄溜急，恐刷入河心，为漕船之害。碎石得淤乃能闭气，坚如生成，拆时不净，常沮河流也。

余言河臣以能知长河深浅宽窄者为上，能明钱粮者次之。故既为说坝以明上治，复为杂记为明钱粮者举其凡例。夫言河于钱粮，似属粗迹，然钱粮有冒销，有虚糜，其事与机宜常相待也，视为粗迹，舛矣！厅员职在佐贰，廉俸未优，所辖工段多或十数，长或百里，设厂延友，膳丁役、给书算、犒兵夫、养车马，办公必需之资，岁至盈万。即伺应院道，供馈差委，亦人情所不能免，其取给也必于工帑。而动云实用实销，非解事之说也。真明钱粮者，责七成之工而已。即如南河旧例，库贮止五十二万，其时厅缺十四，每厅牵算库贮三万五六千，以七成责之，每厅做工所余，数皆过万，办公之外，尚可稍资家计。况近日库贮之相倍蓰耶？然使为河臣者，公然以三成之帑，明津厅员，则无以为名，而渐不可长。

不知埽工，首重正料。部例以斤计，三十斤为一束，工例以方计，四十束为一方。部例以九万斤为一垛，工例以七十五方为一垛。皆于做工时，销单长一百。埽工一方，名一个单长。是故以工例合部例，堆一方为料千二百斤，每做一单长，为料九百斤，部价常绌于市价。然实堆正料一方，断不能至六百斤，以溢出之倍斤，益不敷之价，则有盈无绌矣。又料束皆紧捆，做工时拆散平铺，势有浮出。加以半土厢压上料相乘，总不能及七成。其土工部例用铜尺，工员收挑夫之方工，例用漕尺，漕比铜加一，四面乘算，亦尚不及七成。是故工得七成，实已照例如估，而非屈法下徇，曲留余地也。其不及七成者，则谓之冒销。冒销之术甚多，名目难以枚举。然余往来南河二十年，所见工程，有不及二、三成者，甚有领帑竟不动工者，皆非别有神术，使管辖官竟不能以意查诘也，故冒销之弊易除也。近年河臣莫不以拆秤料垛为务，然未见有临工先数垛数者，是亦齿决之问矣。且料以做工，果能严核工段，不使以堤身冒埽台，以败埽填坝心，虽不查料垛可也。若临工而不能校核，即料垛斤方如式，一开春工，报明动用，继请防料，虚称垫办，此融彼销，曾何关钱粮之费省乎？

闻之古权家云：「东备则西寡，南备则北寡，无所不备，则无所不寡。」近日防河，与此大似。中无定见，普律加培，溜势不到，则篑土束料皆归虚设；溜势所及，则以普防之故，卑薄不足为御，因是虚糜，反致疏失。若夫筹办大工，则情状万端，尤难盲喻。故余言河事，专重救弊，而指冒销者常少，戒虚糜者至多，凡以此也。有心人详览余书，类求以得隅反，则河壖劳民，庶其可小息乎？

抛木刷淤之故。次年栗公擢督东河，遂用砖于通工。传所谓有开必先者耶？故因南河碎石而类记之，附告观者。

八次，北滩已塌六十余丈，砖墩已淤与庙连，墩后并积淤二十余丈矣。」是年轮河南主漳河祭，藩司栗公将事后，细询砖坝三道，用乱砖三万担可成，费约百五、六十千耳。」纶风即照办。五月，予南返过署，纶风言「三坝十余日即成，经大水七、

钉木桩三，返告纶风。」「派丁前往庙内，买乱砖每担五、六文，即依桩倾入河，听其斜分外游，以坝尾平岸为度。计砖坝

年，予意砖入水竟能站住。庙左故市甚盛，十年前被大火，市迁河北岸，火场长数里，断砖垒路，予遂相溜势，于庙之上游

前仅存一年，大约入夏必圮矣。」予见直庙门二十余丈外，河心有砖墩，周围四、五十丈，乃本庙戏台，被冲入水已三十

守，吾子当有法止其冲塌。已具奏焉，请前往相度之。」庙去城三十里，予至庙询住持，云：「漳去庙前旧有二百丈，今山门

壬辰春，予北上，迂道存纶风于馆陶署。纶风言「境内漳神庙，乃直隶、河南、山东三省轮奉旨致祭之大祠。今年庙断不可

给不暇，偷之虚縻者，三也。然则不识机宜，欲不虚縻，其亦难矣。

稍知慎重，又不能相度形势，私心自用。非险而以为险，生工在无用之地，当为而不知为，失机贻事后之悔，败端屡见，故

所措，处处修防，节节加埽，偷之虚縻者，一也。贪者与工员为市，好生事端，借国帑以贻润私人，偷之虚縻者，二也。其或

清原，由河臣始，故虚縻之戒尤多。河臣之虚縻，其端有三：昧者胸无定见，长河浅深，堤工险易，漠不关心，汛至则不知

不知河底之浅深，故无定见。冒销之弊在工员，虚縻之罪在河臣。河臣之虚縻者多，则工员之冒销者愈多，弊端相因，正本

此堤里指背水一面，与四略所言同。浪搜埽底，埽空而浪伏行埽下，擎托之，故埽前不见，而下搨则蛰也。

浪起时乘风力见险，攻来硬，埽根挂淤，浪伏而不与埽争，故去软。

【合注】浪没头以埽，下与埽争，而激起浪势，故来软而去硬，此而不治，成郁在即。须于上游做斜坝，挑归中泓，则险平。

中衢一勺卷第三　下卷

庚辰杂著三

漕为天下之急务者，以其为官吏利薮也。贪吏之诛求良民，奸民之挟制贪吏，始而交征，终必交恶，关系政体者甚巨。说者皆谓漕弊已极，然清厘实无善策。或以为州县一年用度，取给于漕，故不能不纵之浮收勒折。是无漕州县，其用度又将何出乎？或以为帮丁需索兑费，盈千累万，裁革此项，则势必误运；州县亏空，实由于此。是无漕及有漕而不起运之州县，其亏空又从何来乎？凡此皆贪黩州县，造作言语，愚弄上司，以遂其朘民肥橐之私；而为之上司者，或受其愚而不加省察，或利其贿而为之饰词，以致浮勒日甚，尚复靦颜抗论，自命清官，一唱百和，延害心术。谁复肯揣本齐末，广思集益，使闾阎免渔夺之苦，帮丁袪赔累之病，州县无竭蹶之虞乎？

查州县收漕，有例定耗米，自加一四至每石五升不等，以为修理仓廒、斗级辛食、车脚津贴、旗丁食米之用，办漕有余，即留为该州县办公之资，是清漕本不为州县之累也。合计各卫所，其无屯田者，不及十分之一。多者至每船千亩，少亦数百亩，田随船转，不许典卖。其三年小修，五年大修，十年拆造，所领例价虽不敷用，然遂年撙节屯田租入，则津贴裕如已。头舵水手有工食，家口有月粮，又有经费月赠，馈席等银。头舵又许土宜免税，帮丁附带客货，每船数百千石不等，得受水脚，岂宜复有赔累？无如十羊九牧，为人择官，多方以耗剥之。各卫有本帮千总领运足矣，而一缺两官，间年轮运。漕臣每岁委本帮官为押重，又别委候补一人为押空。每省有粮道督押足矣，又别委同，通为总运。沿途有地方文武催攒足矣，又有漕委、督委、抚委、河委，自瓜洲以抵淀津，不下数百员。各上司明知此等差委无济公事，然不得不借帮丁之脂膏，以酬属员之奔竞，且为保举私人之地。淮安盘粮，漕臣亲查米数，而委之弁兵。通州上仓，仓臣亲验米色，而听之经纪。两处所费，数皆不赀。一总运所费万两，一重运所费二、三千两，一空运、一催攒，所费皆数百千两。又沿途闸坝有漕夫头，每一船过一闸，需索百般。是故帮丁专言运粮，其费取给于官而有余，合计陋规贿赂，虽力索州县之兑费而尚不足。

善治漕者，先清屯田，责成卫所，督课耕耘，量其所入，以一半给家计，一半备公需，停委置空，责成本帮，裁派总运，责成粮道，尽撤催攒委员，责成沿途文武，裁汰漕夫，责成闸官看守闸板缺失。每一帮船抵闸，听其通力合作，提溜更速。水次则严禁赌嫖，及随帮收帐者，盘粮责成漕臣，而使督臣稽察之。通州责成仓臣督同坐粮厅，革退经纪之为积蠹者，则帮丁之办公从容，无须州县津贴，而州县无所借口以诛求于小民，奸民不能激众，以陵辱其长吏，藏富于民，以培气脉，以尊体统。否则浮收勒折，日增一日，竭民力以积众怒，东南大患，终必在此矣。

庚辰杂著四

皇上惠爱黎庶，以谏臣言，饬直隶守土之臣兴水利。幽冀水利，始于宋臣何承矩，以后为此说者尤多，其详在潞水客谈。国朝怡贤亲王与阁臣朱轼，经画粗备，直隶通志具载其事。然皆未能上筹国计之盈绌，下察民情之疾苦。小民难与虑始，以圻辅千余里之地，悉欲相度形势，以举东南水利之法，导山疏渠，刊阡置陌，尽用官力，则势有不能。劝用民力，则小民安于故习，未见其利，而兴作烦苦，胥吏因缘为奸，心且惊扰闾阎，物议沸腾，善举中止。六百年来，志大心劳，而敷功不奏者，非一世也。

夫南粮三、四百万石，连樯五千余艘，截黄达卫，以行一线运河之间。层层倒闸，节节挽纤，合计修堤防、设官吏、造船只、廪丁舵，每漕一石抵都，常二、三倍于东南之市价。虽不能知其确数，所费岁皆以千万计矣。是必得明农而善心计者，专司其事，议置官屯以为民倡。夫岁漕米不及四百万石，是东南膏田中岁二百万亩之所产也，以民间业佃各半计之，有田四百万亩，则租入可以当全漕已。开方法：里长三百六十步，方里为田五百三十亩。是方百里，即可得田五百三十万亩。圻辅之西，水自紫荆关来者，千有余里。其东则八沟、滦阳之水，皆西流入长城成大川。南则河南、山东、山西三省南北边之水，循漳滏而汇于淀津，是不患无水也。相度近河之处，土味甘平，有横理能保泽者，或马厂，或旗租，或民地，妥置入屯。其有洼下水占之区，因势消疏而加以圩岸，则尤易集事。召东南习农而无田者，厚资之，使开沟渠，治畔岸。先以方十里之地，画井而耕，既效则徐扩之，要以十年至方百里而止。以三十万亩，为农官公署、仓廒、官佃居止、场圃，尚余产米之田五百万亩。与佃各半，岁入当五百万石，较南漕之数已有余，可以为旱潦不虞之备。约计召官佃，置农具，安庐舍，给牛种，陆续为之，所费不过及一岁转漕之数耳。如是，则举事而不惊众，益上而不剥下，百世之勋可集，而东南之困可苏也。

然后议减江浙赋重之区，如江广而止。以其减之所剩，量增官俸兵饷营驿马干，使污吏悍卒无所借口以扰吾良民。小民见官屯之利，自必仿而行之，不令而行，不课而勤矣。至虞集原议滨海斥卤萑苇之场，筑堤捍海而引水灌之，此四体不勤之谈也。斥卤之地，类皆碱板，唯苇草借淡水而生长于咸水，则坚韧中材。若虞说以艺谷，即使成田，二三年后，碱气上升，其田旋废。唯粤东有咸水稻种，撒于海滩，不劳而收。恐其地燠暖，与北方异宜。若试行之而有效，则其为公私之利益，有非言语所能赞叹形容者矣。

庚辰杂著五

盐法以两淮为大，请言两淮，而以类推之。说者皆谓私枭充斥，阻坏官引，遂以缉私枭为治盐之要，此下策也。两淮盐境，西尽两湖，北至河南之归、陈、光，而东下尽徐州，南自江宁，沿江上尽江西之域，幅员六省。纲食百六十八万引，俱计口定额。今户口之增无算，而每年常绌销三、五十万引，则私畅官滞之说似矣。然私有十一种，枭私特其一二，而为数至少。近时正引，节次加斤，至三百六十四斤，而淮南捆至五、六百斤，淮北且及倍，此官商夹带之私也。官盐船户，自带私盐沿途销售者，船私也。灌安、襄、荆、郧者，潞私也。灌宜昌者，川私也。灌宝永者，粤西私也。灌吉建者，粤东与闽私也。灌归陈者，芦私也。灌饶州、宁国者，浙私也。回空粮艘，夹带以灌江广腹内者，漕私也。又有各口岸商巡捕获私盐入店，名曰功盐，作官售卖，而不遵例按斤配引输课者，功私也。其潞、芦、粤东西、闽、浙之私，皆邻境官商转卖越境之盐。漕私亦买自天津公口岸，及淮南之江甘总。唯潞私有枭贩夹杂其中，而川私与淮北凤、颍、泗之私，为枭徒自贩耳。

枭徒之首名大仗头，其副名副仗头，下则有秤手、书手，总名曰当青皮。各站码头，私盐过其地则输钱，故曰盐关。为私贩过秤主交易，故又曰盐行。争夺码头，打仗过于战阵，又有乘夜率众贼杀者，名曰放黑刀。遣人探听，名曰把沟。巨枭必防黑刀，是以常聚集数百人，筑土开濠，四面设炮位、鸟枪、长矛、大刀、鞭锤之器毕具。然相约不拒捕，非力不足也，知拒捕则官兵必伤败，恐成大狱，阻坏生计耳。淮南以深江、孔家涵子为下码头，而瓜州、老虎颈为上码头。淮北以新坝、龙苴城为下码头，而钱家集、古寨为上码头。大伙常五、六百人，小亦二、三百为辈，皆强狠有技能。犹幸文武吏卒利规贿，缉捕不尽力，上司催促甚，则商之仗头，取其役使数人以盐数百千斤解交，名曰送功。若皆认真巡缉，使枭徒晓然共知私之不能复贩，则解释仇怨，并力以争一旦之命，其为害岂特十百于阻坏盐法而已哉？

官船旧时受载，大者三千引，小者亦千余引。每引水脚银一两，一年受载两、三次，故船户不俟为奸而自足。今船一载，需年半乃能回空，而船式如旧。大船才受七、八百引，小者三、四百引，水脚如旧，而埠头之抽分较前四倍，船户所剩，以酬商伙商厮而犹不足。约计造一船之费五、六千两，每年须归船主官利银千余。每船舵水数十人，辛食之费，并篷缆油索，每年又需千余。计年半非得银四千两则不能偿本，皆取给于卖私。官商夹带加斤，十已浮四，益以船私，比水程所载引数，不啻过倍。官船与私枭皆集仪征，仪征改捆之所，妇女扫其脚盐，已敷仪民之食。而大小官吏，皆指老虎颈为私窝，百计设禁而不知其去路。知者以为言，即获咎于商，而为大吏所不容。掩耳盗铃，事同儿戏。灶户烧盐，售与场商。而场商于停煎之时，举钱济灶，比及旺煎，以大桶中其盐，重利收其债。灶户交盐而不得值，非透私则无以为生。故商私之盐本，则浮取于大桶，水脚则隐射于水程，又无官课，故有识之士为之说曰：「盐畅而引滞，商羸而课绌。」然官引到岸，先卖商私。而船私则卖于中途，又在商私之前。课既甚绌，盐官不能不诛求于商，羸者终归于绌，畅者终归于滞。病势相因，莫洞其源，而皆曰缉私。甚者则酿巨案，否亦徒增官费而无成效，故曰下策。

善治盐者，有上、中二策。中策有二：一曰稽查火伏，一曰烙验官船。场官有火伏簿扇，以查灶煎之数。灶有定额，一灶一日夜煎盐一鐅有定斤，名曰火伏。严禁大桶重利，饬灶户所有之盐，场商尽数收买，则枭徒无所得盐，而私之源清矣。运官盐必以官船，律有明文，官先按船编号排甲，量其载之所胜，烙于船而注于册。载不及九分，则不准开行，而私之委清矣。革除埠头浮费，而于口岸建盐仓，船至即卸盐上仓。不过两月，船自载米煤等物顺流而下，船得倍利，并以便民。是虽不足以杜越境之私，而官商既不能卖无引之盐，又不能使船户带私以代水脚。枭徒无从得盐，则众自解散。是亦可以提行溢课，而无滞绌之忧矣。

若夫上策，则裁撤大小管盐官役，唯留运司主钱粮，场大使管灶户。不立商垣，不分畛域，通核现行盐课，每斤定数若干。各处虽难画一，断不可致悬殊。仿现行铁硝之例，听商贩领本地州县印照赴场官挂号缴课买盐。州县发照后，一面具详运司查核，则场官不能干没正课。而运司与场员俱有平余，州县亦借盐照纸朱之费，津贴办公。长江大河，转输迅速，民间盐价必减于今十之五、六。而私盐十一种皆输官课，课入必数倍于今。枭徒化为小贩，不至失业为盗贼，以扰害闾阎。拨出现行课额，仍归正供，酌提盈余，增翰詹、科道、部院司员之养廉，略如同、通，使京职不为债累；而外放取偿于所属，冲繁州县。量设公费，使廉吏可以不浮取于民，而无赔累。是一举而公私皆得，众美毕具，千年府海之陋，一朝尽革；六马朽索之凛，万世无虞者矣。

复吴提刑书

棣华先生提刑阁下：月前在半壁店行营，承以本年直隶被水至重，身居其官，即未能兴水利，要必先除水害，委问设施之要。世臣多识先达，如是用心，如是立志，殊少其人。阁下蒿目灾黎，不欲负职，苍生之幸也。比以畿东畿北，虽属旧游，而直隶大川皆来自西南，未习地形，不敢摭袭前言，妄行陈说。近就食大名，沿途询问，目验水迹，心测水理，用悉愚见，以备采择。

窃谓燕齐水患与吴越异，吴越灾由于天，而燕齐则造自人。天为之，故害疏；人为之，故害数。夫水有源委，委之深宽必倍于源，乃能宣蓄以备旱潦，不为灾害。今燕齐以运河之故，中地高筑两堤，拦截水路，使东堤以东之水，西流至东堤根，西堤以西之水，东流至西堤根，皆止而不行，无所会合，泛溢田亩，以待渗漏。而燕境西北，又皆大山深谷，绵亘盘互。山间之川，知名十数。诸大川中，其源远性悍而至为患者漳。自乾隆中南决三台，挟洹入卫，东合汶以北迎白河。白河合塞外诸水，至密云会潮河，至通州会海淀，至天津三岔河，南会卫，西会浑，以东出大海。滏阳出磁州，东北合洺水，又合泜水。滹沱出繁峙，东合小水百数，与滏阳会于大陆泊，以北入浑河。唐河、沙河、滋河源皆数百里，东合为猪龙河。涞水、白沟合于易水，会猪龙以入浑河。浑河由东沽出三岔河，与卫、白会。而大清河宽止七、八十丈，上承来源，盛于委者十倍，其下游又被海潮顶阻，是以雨泽稍多，无不立致漫浸。故曰造自人而害数也。

为今策者，惟有穿运堤为十字河，使诸大川各自为委，以遂其性，而后可言除害耳。说者谓漕运为国脉所系，连樯五千余艘，出一线之运河，常恐浅阻，焉能穿堤以议泄哉？然粮艘惟江广为重笨，吃水才四尺五寸，若测河底，留水五尺，十字河头为滚水坝，坝脊高于河底五尺，则水虽分泄，而船仍无滞。若谓十字河掣溜，恐碍船行，则每遇大水，两岸缺口常至十数，重空衔尾行走，况此有滚坝以限水力者耶？山东有四女寺支河以减汶。卫河至沧州境，始有减河二道，其坝脊亦高，不能畅泄。按南皮有土名老黄河者，槽颇宽深，上接德州之老虎仓。宜在此处开引河，建滚水坝。而于滚坝上下二十丈之间，各建单孔闸一座，使闸水交于坝下，擎托减水，免致跌塘。有此一坝两闸，则卫河虽西合漳洹，南合汶，可无泛溢矣。南皮之北，沧州之南，其间有五龙堂，系九河故迹，崖岸犹存，去海止数十里。宜于交河、阜城之间，相度地势，开引河抵卫西岸，或为通河，或作滚坝。而于其东岸斜对迤下处所，各建滚坝一座。必在迤下斜对者，恐十字径穿力猛。坝上下俱建两闸，以导滏阳。其青县旧有滹沱支河入卫，宜加修浚，于其对岸迤下，亦建一坝两闸，以导滹沱。使滹滹、滏阳与浑河分流。又相度东安，另开引渠穿白河，达香河境。使浑河分支自入于海，则大清河所受之源无多，而归墟畅顺，上游郡邑，不致阻遏渟潦矣。

至大陆、宁晋二泊，东西二沽，受淤阻水之处，前哲朱文端、裘文达、高文定、方敏恪经理甚备，稽成案以制时宜，足以收效。昨见磁州志载故知州贵郡人蒋擢，于康熙中开渠艺稻，为利至今。其事当可仿行，今送一部。又世臣前有庚辰杂著四一篇，专言此间水利事，或有可采，亦抄送一通，伏惟垂察。北风告寒，伏惟为民珍重。道光二年十二月初二日，世臣再拜。

漆室答问

道光甲申十一月十六日，余自济南驰回扬寓，永康熊兵备介兹夹濠而居。余既假西来庵以避高堰下注之水，即走晤兵备，嘱其告当事以部署护城之计。至二十，水大至，而昭关坝跌翻成口，大溜直趋兴、泰、盐、阜，得不入城。又二日，扬城人心少定。兵备过问曰：「己卯冬在济南，读吾子旧著郭君传，有十年后高堰不守之言，至今竟验。吾子自济南驰返，又与决口之期相值，可谓灼见败征矣。能见败者必能救败。今年祸发仲冬，下游先涸，稍能容受，修复土石各工，岂能如前？若值秋后，复撤再见，淮扬为鱼，谅非虚语。然工大费巨，内外支绌，其何术以济此？」

余曰：「南河所辖，黄淮两渎。淮不为害，其为害者，黄贻之也。故节入长至，高堰志桩积水至一丈七尺五寸，仅能高于黄水五寸，以及此难。今淮害已剧，而黄病尚未发，（癸未十月，余自大名南返，过清江，询知船务营弁运料至海防境，即须起剥，是黄河中泓浅处，尚不及三尺。）斯民之难果必至，岂一手一足之所能救耶？空言奚补？」

兵备曰：「非子固无能济此巨艰者，其用不用则天也，但言之何害。」

余曰：「高堰在康熙以前，本属土堤，还石工非急务也。目下所急需者，得钱粮七八十万，便足济事。虽支绌尚可筹议，顾不知所以用之者何如耳。今年九月间，见英协揆奏结以放代盘之案，有各仓旧粮无存之文。去年吴楚大水，减运南粮，不过百万，益以和籴台米十四万石，仅敷明年春夏支放耳。都下翘足而望新漕，尚有暇计议堰工耶？湖身以受黄减淤底而高堰吃重，（南河自砀铜沛南岸之虎山腰为减水坝，宽四十丈以减黄涨，十年以来，至五月辄开放，湖心积淤数丈。）黄水减以入湖，淤身而水面抬高。故今年至仲冬而黄水不落者，非水大也，河身淤高而不能落也。下游淤高，则上游著重，明年大汛一至，上自邳宿，下至山海，两岸千里，所在危急。今日虽以全力治之，病深时促，尚难必其万全，加以办堰工，筹济运，务繁则心纷，工多则帑绌，事未可知矣。

「故善谋国者，莫如暂举海运。依余前议而行之，不使人扰漕，不以漕扰河。灼见黄病之源，大举攻沙之策，庶可期其底深溜急，易为消涨。涨消则河低，河低则淮自高，淮高则清出有力，底淤掣动，可以渐深，志桩水少，而堰工自固，斯为上矣。不能举此而言其次，则唯有借黄以蓄清，借土以济水，使全漕不误，然后可徐图治河也。

「洪湖水面，折方百四十里，见寸为水六千万方。十三堡口门，已塌宽百五、六十丈，深五、六丈，计过水八、九千方。堰顶高于二河者数丈，溜势悬涌，日可减水五、六寸。自十二日申刻决口，至月杪计十八日，当可减湖水一丈。堰内涸出干地，不下二、三十里。凡口门之上，必有深槽，渐远则渐浅。法当急测槽头，密钉排桩，相间尺许，先下竹络。继以船载包土，靠桩抛填，限四五日，出水断流，使志桩仍可存水五六尺。乃用好土坚筑干口，补还堰身。断不可用捆埽追压之法，旷日持久，泄枯湖心，且还石工时，又须拆埽还土，滋靡帑项。计桩土人工，费才二万两耳。即沿涸滩筑土堤，长与堰等，约高一丈，顶宽二丈，底宽六丈。土塘约去堤五十丈，通连成川以便运料。一面搜挖石块，当可得十分之六，工匠即在堰根搭棚錾凿煮汁，无须更筑圈堰月坝。计土堤，见丈为土四十方。每方二钱，为银八两，通长一万八千丈，为银十四万余两。合堵口之费，不过与常例修石工时，筑月坝相等耳。又可以工代赈，惠此灾黎。对岸亦沿滩筑堤，高宽减半，仿潘氏缕堤之意，共费不过二十余万两。盖湖面收窄一半，则蓄水一尺，便高二尺。若收之愈窄，则蓄之愈易。况此堤一成，即遇淮水盛涨，漫堤逼堰，湖心之浪，格于土堤，其力必弱。堤外平滩，加种茭苇，转败为功，在此一举。

「夫以十月杪之黄水，尚与堰志丈七尺相平。又霜节之后，桃南北以上，海、安、阜以下，水皆消退。唯外南、北、山、海四厅，渟缓不落。是病之所中，既深且远。病急则治标，法宜从高家湾迤至云梯关百八十里之内，测量河泓，与埽前志桩较明深浅。乃相溜势，并河槽做对头斜坝，逼溜刷淤，或三里或五里为一道，除有工埽二十里外，两岸约坝六十道。大小牵算，每道用料十全垛，守料五全垛。溜随坝至，或守或否，不可预定，计杂料夫土，约需银十四、五万两。从下游做起，勒于十二月初十前，一律完工。又勘寻李工草闸旧迹，李工在杨庄下三十五里，外北、山安二厅交界处。嘉庆十年，曾创做草闸，减黄入芜湊河。修筑引河，集正杂料以备启放，约需银五、六万两。此处形势不同减坝，掣黄既属得力，又可必不成事。下减之策，唯此可行。

「其运河自宝应以上，秋初受倒灌者半月，淤垫过半，势必议挑。然议挑之费颇巨，又弃淤于无用之地，非计之得也。法宜于宝应上下，测运河底高于湖滩及丈之处，拆开西堤，镶做草坝，约宽七、八丈。于湖滩抽出河形，以其土置三十丈之外，高高下下，以引黄淤，以动帑五、七万两为率。黄河对坝既成，间日测河，俟刷深至三、四尺，即於御黄坝口门迤上，镶做盖坝，以杜掣溜入袖之害，长短相其势。一面启坝，放黄入运，紧闭运河闸洞，使掣刷新淤，由草坝出湖。黄水出湖，正溜随河形而下，其漫水平铺遇土山，外逼清水，势必挂淤，不过月许，运河新淤必尽入湖成滩以作纤道。十五年，运淤成陆，决东岸之王家庄，半月后，运深至三丈，积淤全刷，此前事之可证者。至明年二月，于界首迤上，又拆西堤，放粮艘入湖，就滩行纤，至草坝提入正河。盖草坝出水建瓴，则清淮一带水势不至抬高，东岸可期保固。黄河循滩直注湖内，界首倒漾之清水，不致顶溜受淤。湖内有纤道，重运可以遄行，此之谓借土以济水。及至三月，洪湖蓄有丈许，测黄河之高，在二三尺以内，即开放李工以导湖溜。总于五月伏汛未至之前，将全漕趱入杨庄，以安众志，乃煞御坝，此之谓借黄以蓄清。

「仍一面招集工匠，将挖起旧石，六面见光，拆堰到底，加钉马牙新桩，逐层里外铺砌如法。石工向系选四添六，以旧石多出之二成，融于新石，而给錾凿米灰工料诸费裕如矣。所创土堤，必宜严守。湖水盛涨，必至秋令。秋前旧石可以砌完，灰浆经过三伏，渐就老靠。入秋之后，或遇淫雨，酌启蒋坝三河及运河各洞闸，总期不漫新堤蓄济空运，是亦救败之中策也。如是，则新漕可以必达，堰工可以必守，唯邳宿以下是否有事，则不敢知耳。然与其溃邳宿也，愿溃山海；盖溃邳宿则穿运阻漕，为患甚巨。是以不如暂行海运，专力治河之为得策也。」

兵备曰：「吾子此言，虽陈潘复生，无以易此。吾子心平济物，何不献之当路，弭此大难？」

余曰：「不敢自秘，南河风气偎薄，当多年不举大工，始遘艰屯；而闻动用无多之说，必多方阻扰于当路，岂能举乎？既闻而不举，则大难必无瘳矣。」

兵备曰：「天心仁爱，终当有能举之者，子姑待之。唯恐迟之又久，为力更难而为效更小耳。」兵备去，爰炳烛而记其语。

录稿毕，十九弟世荣季怀、大侄慎言孟开问曰：「如当事欲举攻沙之策，其策安在？」曰：「其要在答友人问河事优劣，其详在筹河刍言、策河四略，其用在郭君传。河事万变，治之不外乎此，前有成书，无烦赘说。」

又问曰：「湖中筑堤，西岸高厚，何以必减半？」曰：「湖西受淤尤久，地身比东高，虽云减半，其实相平。」

又问曰：「何以仅言东堤必守？」曰：「湖西滩平，水力不能上攻，无须培筑，非不守也，黄病既除，河水自落。洪泽旧境，宽不过三十余里，今虽夹筑缕堤，湖面仍有八、九十里，但能使之北出，其势断无涨满。土能制水，本自五行，圩岸溃决，浸在水内，迨其涸出，常经岁月，然土堤并无损坏。故知土堤御溜不足，而制水则莫能与比也。」

又问曰：「海运既行，粮艘无用，舵水人多，如何处置？」曰：「西堤之外，地皆膏腴，宽窄虽难悬度，约计总不下百余万亩。略给棚种，随宜安插。漫种二麦，夏收可必。一熟之后，再议开塍分界，资其租税，以助工需。改船为屯，便成水利。」附书以告观者。

[合注]白田铺涉口时，黄水入湖淤滩，宽长数十里，今为苇田，此前事之师也。

启颜漕督

尚书阁下，二年孟冬，在大井行营，以拙著郭君传得彻钧览，遂荷齿芬，诵遍寮寀。未望霁颜，先承推毂，用心真厚，古人无以加。佝知感惠，今古同情。嗣后由陆承宣署转佐富兵备于大名，兵备量移陇右，世臣以母老不能远游，回扬省视。今年秋初，负米山左，以十月之杪，于役济南。问悉南河情形，窃意高堰必决。家寄扬城，地属下游，风鹤堪虞，星夜驰返，以十一月十三昧爽抵浦，正值成事，人共咤为不幸言中。阁下试思郭君传内，所谓十年之后高堰不守，及论中备言黄淮两渎并攻高堰之害，此固较量形势而知，并非远见独识者也。至扬即日移寓高阜，水势稍定，遂赴吴门访诚承宣。以清水泄枯，粮艘必阻，而仓储未实，庚癸劳呼，怂恿承宣预筹海运。承宣是其议而力不能任。返扬未几，得阁下调督漕运之信，望风忭跃。仰测圣意，必为阁下三朝老臣，事变更熟，又秉节通仓，深悉虚实。昔有平江印川，近则文端勤恪，皆以转漕治河，遂使河治漕利。庶几嗣此前徽，能纾巨难者矣。即拟驰迎徐兖之郊，面陈愚悃。岁冗迫促，遣奴上谒，深用歉仄。

节相借黄之请近已奉驳，颇闻星使临浦，与当路计议，兼采蓄清借黄之说，于御黄坝内，节节做对头坝，下抵平桥，以逼黄溜，而于御黄坝外，加做钳口坝三重，外窄内宽，以资钤束。想节钺莅浦，即当会议定策复奏，安危之机实在阁下。夫清非必不可蓄，而蓄清机宜，颇为微妙；黄非必不可借，而借黄控制，尤须把握。若谓从前借黄，重空无阻，不知近日湖水泄枯，黄底垫高，情形大异。矸口坝做于御坝未开之前，是束枯苇于淤滩之上耳，坝启溜行，势必搜根。若钤坝走失，大溜直入，又遇对坝，逼起怒淴，非冲决束清，即刷塌御坝。但分掣半溜，而里扬二厅堤工，尺寸皆险，一有慢口，非两月不能蒇事。无论阻运事大，即三百里内连樯接楫，哀鸿遍野，难免别生得失。议者必谓运河涨满，有减坝可以呼吸关生，然嘉庆十一年大挑盐河，而放坝一日，即成巨口。近修坝脊，升高数尺，尤易跌塘，海、安、沭三州县居民百万，岂可再为尝试耶？若启坝而溜不行，则口门立淤，荡漾平流，沙随水长，磨浅行纤，有似荡舟。捕捉拨船，假手胥役，其为扰累，将遍江淮。磨浅稍久，势必淤断。米多必议盘运，米少必议截留，盘运则无益费生，截留则仓储缺乏。凡是二策，窒碍实多。故为今日计，能举海运以专力治河者，上也。控制黄流以待清长，而不误全漕者，次也。旧作海运南漕议，近作漆室答问，其言或亦有当情事、可备采择者，谨录送一通，以代犒从。

筹者必谓阁下专主漕运，河非所辖，又系新任，无庸越俎代筹。然大臣忧国，无分畛域，漕事若有差池，河臣岂容坐视？况阻运虽由河道，而滞漕自有责成。为人分过，非所愿闻。凡此全局大计，阁下自有成算，岂芹曝愚忱所能增益？徒以知我逾恒，又高深能容狂简，故不敢用寻常吉语，奉迓旌节也。伏惟垂察，皇恐屏营，不尽欲言。道光四年十二月二十四日，世臣谨启。

海运十宜

海运之便，前议已详言之，本为明白易举。自本年二月奉旨饬查，当事未悉底里，不事咨询，循例委员分投查看，有司更纵吏役，恣意封船，百弊丛生，扰遍滨海。四月复奉明谕，势在必行，而委员不思变计，至苏抚有饬行嘉湖道查复沙船逃匿乍浦之事，船商畏沮之情可想。谚云：「医病易，医药难。」加以本年催提粮艘，卸货几尽，搁浅数月，裂渗堪虞。丁舵苦累情形，实为从来未有。承极敝而议创举，应机制变，断非预定绳尺所能赅核，谨就情事之尚可言宜者，条为十宜，以俟职谋国是之君子采择焉。

一、黄河情形既至此极，是来年漕运，舍海更无他道。现在浅沮各帮，若循例截留江北，将来别雇船只转输海口，岂不重为劳费？闻大闸以上已无重船，湖水虽未能导出清口，若在二闸迤下，飞渠借水，抽退尚可为力。查海道自五月至七月，风信靡常，船皆下碇，北洋名为守冻，南洋名为停秋。迨至洋面通行，尚有五十余日，可以筹办一切。筹办既定，乃撤各帮渡江，转至吴淞，卸交沙船，约中秋开行，九月初可必抵淀也。

一、内外库贮，颇非饶裕，本年纤挽盘拨，封雇长短拨船，靡费已属不赀。此时抽退各帮，米数尚在百万以外，筹议水脚，亦非易集，非出无中生有之奇，未能济事。即来年由海新漕，又岂能别议开销？似宜查明节次，奏明州县津贴丁舵成案，照数提拨，以给沙船水脚。如尚不敷，再以漕项正供拨抵。核明拨抵若干，照减运旧章，调剂丁舵若干，此外是否仍有节省，通盘筹画，方免临事周章。

一、沙船十一帮，俱以该商本贯为名，以崇明、通州、海门三帮为大。尤多大户立别宅于上海，亲议买卖。然骄逸成性，视保载行内经手人，不殊奴隶。保载行八家，并非领帖船埠，专为庄客包税，兼及觅船，并不于水脚内抽分行用。海运漕粮，既非税货，未便责令该行保载。其大户有船三、五十号者，自为通帮所敬厚。亦有船数较少，而人颇解事，常为同帮居间排解，虽未必无因而求利之心，而为人信服已久。至会馆创于嘉庆初年，虽名通帮公捐，实未能同归一路。董事之力棉薄，各帮大户，多未谋面。似宜确访三大帮之大户，及解事人，礼致而切喻之。使之自合通帮，详议利病，酌其可行者与之兴除。船商有最苦累之事，能兴除之，则可收通帮之心。然预形纸笔，便生格碍。即明立文案，立该商各为本帮领袖，其小帮领袖，则由该商保充。饬令常川在馆，会同董事，将各帮沙船花名造册呈送。有船到埠，即赴会馆挂号。其是否篷缆坚固，商户殷实，堪载官漕，即责成董事、领袖等，出具互结若干番，与本商领状同送，飞咨天津督收官查核。至其揽载南货，或仍由保载行，或即由会馆，各听其便。盖事当创始，官民本未相孚，又值两次骇政之后，更难家喻户晓。非得其帮内敬厚信服之人，从容解说，使通帮晓然知载官漕与揽客货同一利市，难期成效。且大户听从，则事有依靠，解事人顺手，则浮议尽息。然或误用检人，又足偾事，未可执一论也。

一、大户之船，油艌必精善，耆老舵水必皆著名好手，庄客时常写雇，故富则益富。船少者商本既微，生涯淡泊，船或老朽，贫则益贫。宜饬查明一商止有船五号以内者，非新造新䑸之船，不准配运，以昭慎重。

一、沙船揽载关东豆货，水脚长落不一，口争多寡，率难平允。似宜吊取本年现写客货契票，将关石伸为仓石，漕斛，上海人呼为仓石。较明每石水脚银若干，酌量加增。韩昌黎言「凡是和雇百姓，愿为私家载物取钱五文，不为官家载物取钱十文。」增于民价，尚非乐从，何论核减？况天津从成山西转，本为北洋远路乎？又核明客货折交升合之例，酌加耗米。该船所得耗米，抵津交卸。如有余剩，宜仿上年台米之例，酌减若干，官为收买。既遂商情，益充仓贮。

一、粮艘漂失米石，有全赔全免之殊，然皆通帮公摊。沙船揽载客货，其应赔应免想亦必有旧章。宜酌于二者之间，由该领袖等议呈，核定应赔应免，仍照粮船通帮摊赔之例，不至重累一商。其应赔之米，先以剩耗抵补，如有不敷，由会馆议动公费，于次运买米搭交。

一、通州经纪花户，视旗丁为佃客，人所共知。沙船初载漕粮，尤无畔岸，不比关东、台湾采买招商之米，该役等心知其无可讹索者也。宜奏请轮用天津粮食行内斛手。沙船耆老以南给印斛，与北斛较明，盘交拨船。买卖旧例，过斛人每斛有钱一、二、三文不等，应从其旧，无须禁止。

一、宜饬董事、领袖公议，每载官漕一石，酌提银若干，分帮贮馆，以作公费。使赔补松仓，不必著追本商，或至虚悬。并制官斛若干面，呈请验烙。凡载漕之船，各给一面，到津比较。招斛手若干名伺应过载，一切经费，以及造册取结、监收会议、备办茶饭之类，皆于公费内动支。每一运交竣之后，总计赢余若干，应如何存留公用之处，悉饬该董事领袖等妥议，呈明定案，以防科敛染指之弊。

一、都下官民，除南粮之外，一切食用之具，无不仰给东南。由粮船附载，十常八九。今既改河由海，则向来由粮船附载各货，不能不准其即由沙船附载，以给都下。是海运一行，南货出海者，较前倍蓰。若一概免税，则浒、由、扬、淮、宿、临等关缺额，全无补苴。而海津两关，出入皆免，几同虚设。关系课程，为数颇巨。况沙船以载漕之余，揽载南货，多寡不一，苦乐难均，似宜给足水脚，他货出入，仍旧输税。至海关额征本少，新增货税，数难预定，应列另档，以备抵补各关缺额。

一、实征本色由海运津之州县，皆系滨海近地，又在水乡多船之区，若短运仍用粮船，则津贴仍不能免，海运水脚，势难另筹。似宜由各州县雇船押送至吴淞过载，该州县即在漕耗动用，不至捐赔。而粮船舵水，查照减年分解散成案，于归次时即行妥办，不致多出一番举动。然各州县送粮船只，齐集吴淞，既形拥挤，又多守候。似宜由督办之员，核明在埠沙船受载实数，酌派何州县于何日运淞载，庶免积压弊混，别滋事端。

以上十宜，虽系粗迹，然一心妙其运用，十事植其胠维，则伐柯之则，亦略备于此矣。

是时新抚至吴，茫无津涯，得此稿，依仿定章，海运事乃举。既举之后，船商大利，更邀优叙，米石全无漂失。新造大船五百余号，而督部以漕吏不便奏停。

前年冬，有再行海运之信，船商奔赴院司，请领运者不绝，十宜之说，竟似赘疏已。戊申七月重校记之。

中衢一勺卷第四　附录一

袁浦问答

嘉庆十有三年五月，世臣旅袁浦。午日二鼓，星使长戴两相国按临。世臣与两相国素无渊源，而，次日昧爽，长相国枉顾。世臣诣行馆答谢，长相国已招戴相国同集赞化宫。

长相国曰：「老夫在宿迁得吾子言河事书，觉有把握，故欲见吾子，面请其详。然海口高仰，水无去路，其如之何？」

世臣对曰：「海口并无高仰，相国从何闻此？」

长公曰：「制河两节使屡腾章奏，入江境，接见文武，无不为此言。今日吾子谓不高仰，仅一人之说耳，其说亦有征验否？」

世臣曰：「为此言者，不独制河两使及沿途文武也，自前明中叶章奏，已有是谬论。然皆身未历海口，漫信谰言而为之耳。世臣亲历详考，故能坚持此说。数日后，两相国往勘，则持此说者便有三人也。」

戴相国曰：「两节使或未至海口，文武奉差查勘，必有到彼者，岂自明中叶三百余年中，止吾子一人曾历海口耶？」

世臣曰：「世臣何敢谓三百年司河事者皆未至海口乎？以其说海口高仰而意知之耳。且两相国不必俟往勘，试执一人于途而诘之，便知其不高仰矣。」

长相国曰：「吾两人询河堧官吏且数十百人，皆言海口高仰，何吾子言诘之途人便知不高仰，究当诘何人耶？」

世臣曰：「海口高仰，则两岸之失守有因，其咎可薄，而改道之邪说可行。失守之获咎轻，兴工之擅利厚，且谁肯言海口不高仰，又谁肯信海口不高仰乎？相国不问谁何，但言『吾即当往勘海口，一路起旱已廿日，劳甚，欲用船取水道可乎？若干日可到？』彼必对曰：『船行中流，则两岸皆见，便勘验。自浦到海口，计程三百里，风顺则必不可行，无风或小逆风，日许便到。』相国再诘之曰：『船行如是之便且速，吾回浦仍坐船以细察两岸情形可乎？』彼必对曰：『回浦万不可坐船，无风或小逆风，寸步不能上。即得好顺风，亦必十余日。』相国以此验之，则海口之是否高仰，可以意决矣。」

言未竟，河帅上谒，世臣避席。两相国问水陆难易，河帅答如所言。长相国怒曰：「下水逆风一日便到，上水顺风十日尚不能达，此而以为高仰，天下之冤，未有过于海口者矣。」河帅语塞。次日遂延世臣同勘海口，而复奏河事，颇采及末议焉。

海淀问答

嘉庆己巳三月既望，世臣谒师相戴公于海淀。公曰：「去年五月，老夫偕长相国、铁制府、徐河帅登陈家浦挑坝，老夫问此坝何以挺入河心？河帅云：『今年正月开放引河头，全赖此坝挑大溜得力，使正坝合龙顺手，为生平未有之快。』吾子即言：『当日固以挑坝得力为快，至今日则当拆去二三十丈，使大溜缩归中泓。不然，伏秋汛至，水长四五尺，上游五十里之内，北岸当有受其害者。』河帅默然。老夫回京闻河水才长三尺许，而北岸之马港口决，正在挑坝上四十余里，可见此事实有把握。然焉得有先几烛照如吾子者，常在河堧乎？且吾子言之事前，而竟不见信用，恐国家大患，终必在河矣。」

世臣曰：「空言滋忌，河患固无已时，然尚非其大者。」

公曰：「一决口灾及田庐，关系生民至巨，动帑亦数百万，患岂犹有大于此者乎？」

世臣曰：「有。患莫大于漕，漕以江浙为重，而苏、松、太、嘉、湖为尤重。其田分三等九则，唯原系芦课滩租，则科则甚轻，然为数不能什一。平田上则至二斗一二升，下则亦斗二三升。牵中起算，每亩斗七升，开仓收米常加七，乡懦至倍，闭仓开折。其善堂、学租、营田曰公户，大小乡官曰绅户，曾告讦漕弊者曰讼户，三户大约皆完折色，其价率半于民户。军船泊仓门前，旗丁终日在仓内，见官吏之诛求粮户，因挑掣米色，讹索兑费，以苦州县。而沿途催攒员弁闸坝主守，知丁得重费，因而诛求之，以累旗丁。至淮安盘粮，通州兑粮，所费尤为不赀。旗丁累则讹索州县益力；旗丁讹索甚，则州县诛求民户亦益多，诛求无已，则讦控愈多，讦控多则讼户日增。州县但见漕之利，遇凶岁莫肯办灾，丰岁米贱而折不减，良民之苦累盖与凶岁不殊。苏、松各处田租，每亩率糙米一石，看收成定分数，大率不能过八分，以折色三倍计之，亩当输五斗有余。加以两忙条银，先领单，后掣串，无处非费，田租所入，尽敷两税。江河日下，必至垫漕赔粮，田无送处而后已。良民日穷，绅、讼户日增，必至州县以收漕为畏途而后已。每年江浙开漕，闹仓者什而三四，甚则拆仓厅、殴令长。官吏贪利忍辱，上游亦以众怒难犯，唯求了事。吏日贪，民日顽，瓦解之患，斯必其萌芽矣。闻河南、山东征收小米麦豆，折色常至四五倍。然北省亩步本宽，又正供数止升合，即以五倍计之，尚不及苏松额征三之一，民力可胜，所谓多取之而不为虐者也，是未可以之例江浙也。按吏、刑两部则例，多言照贪官例提问拿问，然遍检例案，即贪官本例无文。及恭读宪庙朱谕，乃知为浮收漕粮者，专立此名。盖鬻狱卖法，其为害止及一事一人，而浮收勒折，则害遍编户，而细民之受毒尤甚，敛怨至速，激怒至众，睿虑周密，如豫见近日情事，故也。每届司纂例者，既恶害而去其籍。近则吏之专事浮勒者，自诩为廉，而浮勒日加者，上游尤视为能。载胥之叹，殆将不远。」

师相曰：「吾子言至辨析，令闻者哀穷忧难不可止，且为之奈何？」

世臣曰：「斯有二术，世臣前读畿辅通志，见怡贤亲王率朱文端、鄂文端筹办直隶水利，至垦成熟田三百余万亩，卒之慕不与民争利之虚名，召民升科。北人既不习水田，而食性又宜杂粮，未几罢废，唯存文安大城数屯，为今日废员转身地耳。相国果有意杜此大患，物色知农事而解水脉者，于近郊之荒地马厂苇场，相度地势，召江浙老农无业者，划畔开沟。拣廿四旗之丁多甲少而齿稚者，出之学习。屯成后，农师及营趁助力旗民学习者，皆分别给田为永业，量其所出，取什四为租额。旗人半之，以旗籍当有调发，故特减以示优。约岁入租可百万，则细核苏松各处粮极重者，大减之；杭、常、镇各处次重者，稍减之。漕项仍旧，以增给军船经费，则民困顿苏，而长官、运丁皆可相安无事，则久安长治之盛业也。若不能者，则清查现存屯田，力举盗卖盗典之法，反前此发价官赎姑息养奸旧事，严水次嫖赌及随帮索债之禁，并小帮，汰冗员，抉仓督漕督粮道书役之弊，裁沿途营缘催漕之差。使丁之困于盘验催攒，与州县之困于驳米加费者，皆可少纾，虽不能尽去浮勒，民困庶减大半，则亦小补之近功也。」

师相叹息者久。而夜已三鼓，世臣请退，继烛而记之。

与秦学士书

易堂先生学士阁下：日昨纪纲传谕以闭门写节母碑，故十许日未能相过。伏蒲所言，进止非所敢请，然朱君殆必大用，毋轻言出都，以误弹冠之庆云云。以世臣之违世背俗，非阁下固莫能如是垂意推挽者，然惜阁下终不悉鄙怀，未敢默默，伏惟聪察。

阁下甫抵都握手絮语，以人材下访。世臣比荐广东知府罗含章，能兴沟洫；甘肃知县周𤃩，能兴机杼；新疆降调笔帖式和书，能持大体；新疆放回江巡道朱尔赓额，能任艰巨。阁下言朱君功在南河而被倾陷，吾所深知，又吾子之旧居停也。其余三君，何以见知吾子？世臣谓和君素闻其任东厅时事，伉直有风骨，月前遇于友人所，与作剧谈，识力具有本末。罗周皆不相识，其政事彰著有征。是在阁下者，以人事君，非以树德。世臣举尔所知，又岂有他意哉？

世臣自十二三岁时，则慨然有志于用世，不肯枉己以端其基。迄今年逾强仕，读先圣之书，通今时之制，究生民之利病，验风土之淳硗，凡以为吾儒分内事耳，求为可知，非以干禄。若谓世臣诗文追踪先正，难期弋获，非出于荐举不可，此非知命者之所虑也。退之有言「岂能决得失于一夫之目而为之忧乐？」世臣所学，虽未敢料看退之，然较其所得，亦颇有不后古人者，何必与南山朝隮者流比哉？自嘉庆庚申至乙丑，六年之间，大兴朱文正公手札十数，招取入都，而世臣株守不行。戊辰之夏，觉罗长文敏公专折保荐，力辞始已。辛未之秋，以不欲登百文敏公剡牍成隙，皆阁下所素悉也。岂有今日反欲因缘阁下，推朱君之毂，以为进身地步者乎？如谓朱君习河事，受之世臣，非得襄理，未必有功，此又不然。朱君如不能独任河事者，则世臣为妄言。况从前在南河，与朱君相处，河事之外，三省巨案及兴革事宜，百文敏悉委朱君，朱君专倚世臣。感其相知之深，治文书常至分夜。近年精力衰耗，不复堪此，朱君若果起用，势不听世臣他去，是以必欲先决归计。昨已就江苏提刑诚公之聘，五六日后便发甫辕。人生但期有益于世耳，身虽不显而所言得行，苍生实受其福，夫复何憾？且草稿百卷，多切世用，正欲发箧删润，写定副本，果有名世，必来取法，又何忍厚自菲薄，贻后世君子之指摘，且以人废言也耶？

自去年九月至今，前后所与阁下论说及代属辞事，如公私异指以防猾吏，题奏一撤以抑权臣，刑兵之公费宜设，西北之水利当兴，盐法宜饬以防患，摊捐宜禁以教廉，节读邸抄，多见施用。但恐有司奉行不力，又或潜植根株以养弊薮耳。若复奏时区画未善，原议官置之不问，是近日给谏陋习。原其初意，不过以一纸塞责，本无心于国是。阁下以师傅之尊，当圣主之笃念旧学，虚怀垂听，斡旋机枢，千载一时。而云进止非所敢请，岂所望于萧傅耶？古大臣诤议条画，至再至三，书之良史，阁下读之，其以为固执己见乎？盖爱君之心，发于不能自已也。前呈漕事一书，所关至巨，若仍仅以上达毕事，画地而守，则不如其已矣。耳属于垣，阁下不能自坚，外人测其浅深，将必十议十驳，日后虽欲求进一言而不可得。时乎不再，毋令异日有宝山空手之悔，天下幸甚！吾道幸甚！束装匆匆，十一日当躔辞，是日请必相待，然亦恐急促不能尽意，故先此复布，惟垂鉴察。道光纪年三月八日，世臣再拜。

记直隶水道

道光二年仲冬，就食直隶承宣使署，调阅架存各州县所送地图贴说，及漳河旧卷，将现行水道，撮其大要著于篇，分畿南、北、东三路。其西路迤南者归南，迤北者归北。先畿南者，以漳水最关利害，又所经道里至长也。行箧无书籍可核对，不能悉详其迁徙之故矣。

畿南

漳河，其水劲疾剽悍，迁徙无常。有清浊二源，一出山西平定州，一出山西潞安府，合于河南林县交漳口，会流东至浚县之大邳山，入古黄河。此禹贡所载「底绩」故道也。自汉以后，黄河南徙，下流淤塞，始改由直隶境入海。凡有三道，始自磁州、邯郸、永年、曲周，北趋滹沱河入海，是为北道。后又改由肥乡、广平、阜城、东光入海，是为中道。其由大名府之旧魏县元城，至山东之馆陶入卫，初为中道之支流，后遂为南道。康熙中，北流渐绝，后南道屡决，而魏县、广平县两城淹废，北中两道遂绝，而南道益溃败。乾隆中，遂决河南临漳县之三台地方，南决至内黄，挟洹入卫。而漳卫交汇之窦公庄河受淤，卫水不畅。南决内黄之袁村坝，下注直隶清丰县之潭坑地方。直省乃于潭坑下开引河，引水至大名县之岔河嘴，北入卫。而南北两岸，河南之安阳、临漳、内黄、汤阴，直隶之清丰、大名、元城、南乐各州县，民田年年淹浸。

滏阳河，出磁州。由邯郸、永年、曲周、平乡至鉅鹿，入大陆泊，合滹沱。

滹沱河，出山西繁峙县。合雁门、五台诸水，至直隶之井陉、平山。又合固关诸水，由获鹿、灵寿、正定、藁城，至束鹿之大陆泊。又合滏阳河，东北由武强至交河分二股，一由献县东至青县入卫河，一东北由文安、大城至天津，由大清河入海。

滋河，出龙泉关。由行唐、无极、深泽，至祁州会沙河、唐河入猪龙河。

沙河，出阜平。由曲阳、新乐，至祁州入猪龙河。

唐河，即山西滱水，出浑源。由灵邱至直隶倒马关，由唐县望都至祁州，入猪龙河。

猪龙河，上合滋河、沙河、唐河，下由安平、蠡县至安州入易水。

易水，出易州。合涞水，由定兴至容城，合白沟河，至雄县合猪龙河，并完县安肃之无名小河两道，由霸州、永清入桑干河。

白沟河，出广昌。流入拒马关，名拒马河。至涿州，与房山小水合流至新城，名白沟河。至雄县入易水。

畿　北

桑干河，即永定河，古之无定河，亦名浑河。「浑」言其浊；「无定」，以其河系流沙，倏深倏浅而名之也。出山西朔平府，入直隶西宁，合蔚州诸小水。由怀安至保安，合洋河。至怀来，合妫水。入紫荆关，由良乡、固安至永清，会易水。至东安，会滹沱。又会卫水，由天津大清河入海。

洋河，出山西阳高县。入直隶万全，至宣化合边墙外小水东南至保安，入桑干河。

妫水，出延庆州。至怀来县入桑干河。

畿　东

白河，由塞外入独石口。由赤城出边墙，又入密云边墙，至县城南会潮河。由顺义至通州，会京师海淀诸水。由武清、东安至天津，入大清河。

潮河，由塞外入古北口。至石匣镇，会曹家路诸小水，至密云城南入白河。

蓟河，一出平谷，一出遵化州，由玉田至宁河，出直沽口入海。

滦河，受塞外承德府界宜孙河、热河、柳河诸水，入喜峰口至迁安又合塞外诸小水至滦州，由永平至乐亭入海。

大清河，相传为禹时海口，然与碣石东西相去且五六百里，传闻之误无疑。又名三岔河，以白河由北入、浑河由西入、运河由南入也。然浑河又有别道可径入海，则俗以大清河由东去当三岔者，近是。

直省潴水之地有三：广平、冀州之间，则有大陆、宁晋二泊，以潴大、顺、广诸水，俗名南九河。顺天、河间之间，则有赵北口，以潴畿西、真定、赵州、定州诸水，俗名北九河，又名西淀。跨淀有十二连桥为中大道。天津则有三角淀，以潴浑河，又名东淀。东西两淀，近多淤塞，而土人占种茭芦，阻碍水道。文安、大城两县，介两淀之间，地最卑下，故有「破了文安洼，三年不归家」之谚。直省水患频仍，多由于此。

代大名兵备富敬斋争堵漳河决口禀戴使相

敬禀者，窃职道于上年除夕，将大名等四县被漳河决口、卫河旁泄各水成灾，及上年水势直趋郡城，恐掣动大溜，害及城池，并应否堵塞冯宿村决口，加宽浚深豆公河各情形，专丁驰呈中堂，并抄稿禀明直督宪在案。新正初四日丁回，接奉中堂钧谕：初六日会同豫抚宪由永和、田市一带，查至楚旺镇等因。职道旋于初八日，督同该管守令，驰至楚旺迎谒，蒙中堂面谕，冯宿村决口以下，并无河槽，现拟将正河挑复，而新决口门且不堵塞，使漳河两行，各走五分溜势，试看一年再商。其豆公河自宜加挑宽深，唯查该处向系盐务自办等谕。伏唯中堂熟谙河防，恭膺特简，自必会同豫抚宪筹画尽善，职道守土下吏，岂容妄参末议？惟是大名地处下游，上年受害，实为切肤。恭读谕旨内，有漳河关系直豫两省民田之语，特遣中堂前来相度，是直省灾民不堪迭浸，下情已蒙圣明洞察。若职道隐忍不言，则无以上对圣主，而下又何颜以见灾黎乎？

职道前禀冯宿村决口之水，淹及大名府附郭两县各村庄；袁村坝旁泄之水，淹及清丰、南乐、大名三县各村庄，共计二百数十村庄者，专指现被漳卫两河水患而言也。其实清丰、南乐上年被水轻重不等，尚有四百余村庄，皆因袁村坡水夺占新开引河，使各村庄积雨无处宣泄，以致被水；而肥乡、广平各县之水，向由大名县境宣泄，亦因漳河横决，顶阻去路，倒流上泛，皆成巨灾。合而计之，上年因漳卫两河以致失收者，不下二千余村庄。约计抚恤大赈修费，以及蠲缓银米，不下二十余万两。又大名北境之红花堤，被漳水漫决，淹及山东之馆陶等县，尚不知有若干村庄。职道因本境上年麦收尚好，一季被欠，民力尚可支持，是以今年未请展赈。若听冯宿村决口之水试行一年，下游各州县民田，必又试荒一年，迭浸之民，次变为极，势必展赈。不但数百万生灵转展沟掣，蒿目伤心，而赈恤所费，必比上年加倍，公私两困，何以堪此？若竟掣动大溜，东北直趋，贻害郡城，如从前魏县、广平县两城旧事，职道职司守土，岂能当此重咎？

查河不两行，一边掣溜，则一边挂淤。漳河古有三道，北道由磁州、邯郸北趋滹沱河，中道由肥乡、广平东趋东光，南道由魏县迤东趋山东之馆陶入卫，此皆天成河槽。而百余年来，北道先绝，中道继之，南道又徙至豆公河，挟洹入卫。势不两行，已有明验。此时若挑浚正河走溜五分，其余五分听由决口漫行，查正河陡折向南，旁有堤岸约束，断不能如决口直趋东北横溃漫行之畅，是水发之时，大溜必趋决口，正河仍前淤垫，则挑浚之工本，已归虚糜。况往岁袁村旁泄，皆归咎于漳河顶阻，上年漳河北决，卫水独行，而仍由袁村泄入引河，至岔河嘴归道。是豆公庄一带浅窄，卫行不畅，以致贻害大、南、清等三县民田，尤有明证。

职道愚昧之见，冯宿村决口以下至庆丰庄六十里之间，现既一片漫浸，自数里至一二十里不等，断不能筑堤导水，则必宜堵塞决口，挽回正河。将浚出正河之淤，就两岸旧堤加高培厚。其豆公河估挑宽深，亦将浚出淤土，创筑袁村坝一带东西两堤。至漳卫合流之后，河身如有窄狭之处一体加宽，使能容受。其入职道境之张二庄以下至岔河嘴五十里内河身，比较下游一带，皆形窄狭。查河身过岔河嘴，即宽至二十丈以外，从无漫溢之事，而迤上河身止宽十四五丈不等，窃拟加宽五丈，使与下游一律。其豆公河既系盐务随时挑浚，此次若估明土方，移知盐政，筹款归入大工妥办，在盐务并出数年经费，得免岁挑岁淤之烦苦，想亦鹾商所乐从也。唯是展河创堤，经费不无稍繁，然亦断不至浮于续办赈之数。如所禀实有窒碍难行，敢乞中堂明白批斥，以开愚蒙，而职道亦得奉钧示以晓谕灾黎矣。冒昧直陈，临禀惶悚，恭请福安，伏惟垂鉴。除禀直督豫抚两宪外，职道富祥谨禀。道光三年正月初十日。

记畿南事

道光三年三月，直隶清河县知县周莲，获牛车私盐十八辆。讯系威县商盐二十一辆，有商厮带同引目押车三辆前行到店。莲即据供移提引目核验，威县复称实系威县额行官盐，引目业已缴销，残无可移验，请即将所捕之车放行济食。莲以各县例有一定盐路，不由本路，法同私盐〔一〕。又盐尚未到岸，何以引目已作残引缴销？即属真情，亦系虚出通关。通禀督、盐两院，布、按、运三司，大名道广平府，请饬认行威县引盐之本商归案。威商系盐政爪牙吏，见莲禀，即日具呈运司，运司据情详盐政，盐政据详咨总督，俱与商呈同日。总督于准咨日，立用六百里发令饬大名道押放盐车。莲留车不发，以无引即私，故纵私盐，吏议綦重，又盐政书吏充商，为势要中盐，并干禁例，仍请饬商赴讯禀复。总督饬道押放后数日，即左迁去官。新督见莲禀，遂将全案提省。莲候代赴省，而新督已列入甄别案内参撤。

时督抚新任，皆有甄别，以虚词列参，一牍常数员，上列衔名，下云或如此或如彼，时人呼为或体。莲同案，一通判、两知县，莲名在第二。参词云：「或性耽安逸，或任性妄为，或性耽曲蘖，或舆情不附。」任性妄为，与莲事附近。莲到省，承审官教劝引咎乞恩，事尚可解。莲云：「为上司引咎易，为盐商引咎难；为盐商而菲薄知县易，为盐商而菲薄国法难。」声色并厉，问官不能屈。而原参事须复奏，督臣度莲不易屈，而所事又甚直，遂移「任性妄为」之语于通判，留「舆情不附」语为莲之勘，将三员先复勒休，折尾称莲尚有应讯事件，俟定案再行复奏。问官既不能屈莲，又莫敢挠商，遂以平解定谳。谳上，督臣乃以他事劾罢之。

夫盐商之势张，有自来矣，非仅能左右贪黩已也。其以廉能著声跻显要者，则为之奔走御侮也尤力，故与商为难者无不败。然其敛民怨也亦甚矣。夫为民而设官，顾惟商之是助，而为之分民怨，不亦丧其本心已乎？道光二年夏，大名镇标守备希郎阿，以商刻盐秤病民，印封所市盐，移县讯办。道府遂联衔劾其扰商，禀请提省。镇臣亦恇惧，袒商而下石焉。希郎阿遂引镇臣侵饷事，更数巨公乃定谳，皆谓希郎阿扰商实而讦长官虚。遣戍新疆，先于犯事所枷示三月。而乡民不远数十百里，千百为辈，于枷前涕泣叩头，竟疏枷不绝，并议醵白金万二千两，以资其行。希郎阿亦善自饰，谓士民曰，「吾虽为若得罪，然受若资，是吾嗜利鬻身也。」遂一无所受。民吁馈益力。地方大吏，欲禁之不敢，惧发解时有变，乃先期中夜遣之。民追送不及，多号泣街巷。希郎阿人在下中，徒以与商为难，而民心归附如此，则助商者可知也。莲之治清河也，政事善否不可知，然能持法以挠商，不畏大府之怒，其人盖亦有足多者。故备记始末，使后之知人论世者，有以考镜时变焉。

上英相国书

世臣谨再拜状上中堂年伯阁下：己巳孟夏，铁文端召世臣侍席，得亲德辉，并承询及世臣侨寓扬州，家口较多，手书致阿护军裁植寒畯，铭刻肝鬲。嗣后六赴春明，自惭荒落，重负期望，是以瞻公门而裹足，亦未尝以一纸渎陈，非敢自外，亮蒙垂察。一昨五月十四日，有吴门友人至扬，出示阁下四月初十日通筹漕河一折稿本，如抽退滞运帮船，改从海道，使全漕必达，来年遂停河由海运粮百五十万石，其余改折以资修河，足其费用，宽其岁月。诸条擘画精详，荩臣用心〔二〕，天下共见矣。反复诵读，诚欢诚慰！

世臣嘉庆初年，薄游海上，深悉海运之便。嗣以衡家楼漫口，为苏抚具奏草，不果行。因为书以示同志，不知因何得彻左右，竟蒙采摘入奏。高堰决口之时，友人以河事为忧，世臣比作《漆室答问》一书，友人录其稿致浦上当事，莫有能听从者。嗣见敝乡潘学士锡恩剥运奏稿，叹其有心当世，因录稿寄之，想未能遽达钧听。扬州去淮甚近，河道淤阻情形见闻稍切，故知必以暂行海运，专力治河为上策。而阁下居数千里之外，烛照几先，竟主停运治河之说，言举世所不能言。私幸迂儒陋见，有符贤哲，窃欲举其爝火以助容光之照。上年十一月杪，世臣因江苏方伯系旧居停，买舟驰往，劝其预筹海运。方伯善其说而力不能举。及十二月望，同年齐郎中彦槐赴浦过问，世臣告以急筹海运。郎中录拙稿以致汪宗伯。嗣于今年二月奉特旨饬查，而当事力持初议，劳费万状，漕河两病。今虽阁下再伸鸿议，未知当事果能以阁下之心为心否也。

夫海运之事，明白易行，而当事难其议者，凡以海关税额为数较少，关东豆货登税册者，十不二三，胥吏干没日久，恐以搭运漕粮，致发此复。抚臣道员素被蒙蔽，及其利害切己，不能不饰词护前，故也。然行之不得其术，则亦诚有难焉者，敢为阁下悉陈之：沙船，每一州县之船为一帮，共十一帮。而通州、海门、崇明三帮为大，俱有船五、七百号。其船多之大户，性必畏事，每有船数较少，以人稍解事，为同帮排难解纷，致众人信服，因而求利者。若承办之员稍怀自私，则人心不附。其操守清洁者，又或水清无鱼，不得惠以使人之道。夫海运虽少漂复之虞，然斫桅松仓，事属常有，不能不议赔偿章程，以防奸弊。以宜通力合作，通帮分摊。而帮内素称解事之人，无利可牟，微言阻挠，众心便惑。且本年春间，事虽驳阻，而上海、乍浦一带，尚封锢海船数百，颇为忧累。又海中自五月至七月风暴无常，船悉下碇名为守冻。现值其期，船未归埠，其难一也。改河由海，若使弁丁押船交米，强人浮海，实非乐从。且不能移州县津贴旗舵之费以供沙船水脚，自宜仍照该处豆商成例，令船商自管交卸。而经纪花户，需索粮艘，为数不赀，人所共晓，虽有严禁，事同具文。船商畏阻，其难二也。凡是二难，世臣皆筹之有素，策出万全，而谋之其臧，则具是违，殆难以与此间当路语也。

至于治河之道，尤须方略。嘉庆十年之后，岁费千万。阁下莅浦时所目击，费用非不足也。是时犹云为漕事牵制。至如上年减运三分之二，催攒从容，似可稍治河病，而反致决裂。至于东河并无漕扰，而自嘉庆十八年以至道光纪年，溃溢四出，岁月非不宽也。是故河事兴衰，专系人谋工拙，稽之前事，断可知矣。

世臣愚昧之见，欲举海运，必遴派公正通达人员，至上海访明三大帮大户，及解事为众素信服者，礼致而告之。使之自合通帮，详议利病，呈明该员，由该员禀请大府议定入奏。即立该商等为帮目，一切取责成焉。天津收米之时，不用通州经纪人等，即就近调天津各粮行斛手，按日宽给饭食，饬令应差。查买卖旧例，过斛人每斛有钱二、三文不等〔三〕，宜听其旧，不必禁止。奏奉俞允，广张谕示，则商情踊跃，而行无窒碍矣。无论新漕事在冬底，办理从容，即现在滞运帮船，正在冻期之内，文书往返，无虑匆迫。若其治河机宜，情态万变，非可言悉。世臣旧著河事各文，潘学士皆录副本。从前百文敏、黎襄勤多所采行，无不立著成效。或有反其道而用之者，亦即自贻伊戚，浦上父老皆能言之。阁下若不弃刍荛，就近取观，或有可备采择者。如蒙钧裁察核，喻知当路，使之内外一心，将见百废具举，又非但河漕一节之立臻平成已也。若任其泄泄，诚有如钧指所谓稍事拘泥，则其弊不至不可收拾而不止者。世臣虽草茅伏处，原其利害，实亦切身。故取录漆室答问旧稿，附嗽乡沈廷桂上舍赴试之便，嘱其转呈。临楮皇恐，伏惟垂鉴。道光乙酉五月十八日，世臣谨状上。

读昌黎集书后

道光乙酉仲冬既望，觅食渡江，踽踏舟中不自赖，步荒市得昌黎集，首尾微有漫灭，昼夜诵之，察其笔势生动矫异，与弱冠以前所见大殊。既卒业，因书其后曰：退之读鹖冠子，至「贱生于无所用」「中流失船，一壶千金」者而悲之，退之议淮西事得情势，庶几一壶之用矣。然驷献杀邓析而用其竹刑，袁绍败于官渡曰：「无颜复见田丰」，杀之而后入。是故用其言而有功，则惧人之居其长也；不用其言而致败，则又惧人之形其短也。乌在其以失船而贵一壶哉？

以予所闻近世事，惟故相阿文成公持节堵青龙冈工，副将李荣吉以为进占得占，大工所深忌，宜缓之，得实而后进，以防陡蛰。文成斥其挠众，急趣之。既合龙，文武皆贺，惟荣吉不至。召之，则于坝上再拜使者曰：「为荣吉谢公相，坝实未稳固，荣吉不敢以贺公相故离工，致疏虞。」督土料追压，阅两日竟不守。文成中夜闻坝蛰，驰至，荣吉已挂缆落水。文成令曰：「能生之者，官擢三等，兵吏赏千金。」未几舁荣吉至，文成垂涕，亲去其湿衣，以上赐黑狐端罩护之，良久乃苏。文成遂自劾而荐荣吉。震无咎者存乎悔，蔚为宗臣，岂不宜哉？退之又云：「命与仇谋」，亦文家形容，非事实，果退之而谋命于仇也，则不为前言也已。

宣南答问

道光六年三月十八日，春闱事毕，谒朱虹舫阁学于米市胡同。阁学曰：「吾子精熟河事，张芥航往南河阅视海口，单衔具奏，请改河道而不改海口，以北堤为南堤，须饷三百余万，可于大汛前赶紧完工。主上已调芥航为南督，前往办理，吾子以为何如？」余跃然曰：「张公真豪杰！南河得此人，大难庶其有瘳。阁下可速出折稿快读之。」阁学曰：「未见折稿，有折差赉至手书，略谓自安东东门工起至龙王庙，皆改北堤为南堤，仍归入旧海口。堤外平地低于现在河身丈五尺，再挑河槽丈五尺，便有三丈建瓴之势，可以掣溜倒跌，将安东以上七八十里受病高仰之河掣深，则黄水落低而御坝可启，湖水畅注入河，高堰自不吃重云云。」阁学曰：「吾子视其说行之可必效乎？」余曰：「其说难行。」阁学曰：「其说难行，何以为豪杰？」余曰：「张公初历其地，往返间未悉情形及漕规估算，故其为说如此。然所见绝人，非豪杰不能及，如医师见症已真，唯立方尚未稳洽耳。今既调任南督，咨询考核，必能斟酌尽善矣。」阁学曰：「以吾子策之如何？」

余曰：「南河自十八年春，筑圈堰于清江，大溜被遏。二十年春，凿虎山腰减坝于徐州，分泄盛涨，而清黄交病。至道光四年冬，祸发高堰●御黄坝外河泓深不过四五尺，若其时于高家湾以下至北沙，百七八十里之间赶做束水对坝数十道，导溜攻沙，尚可救药。无奈上下泄泄，又经一载之久，河淤更厚而坚，淤高则堤卑，堤面子堰单薄已甚，非对坝不能逼溜，一用对坝，便恐抬水成事。故此时言治南河，除以北堤为南堤，别无善策。唯北岸六套以下，堤外皆苇滩，老根盘结，挑挖既属不易，且难为跌崖刷宽。倪家滩以下，堤里堤外，高低益减，未能必胜旧河。即以挑深新河丈五尺，宽三十丈，长二百五十里计之，河面三十丈，河底二十丈，牵算二十五丈，见丈为土三百七十五方，每方三钱，为银百十二两零。见里为银二万两零，二百五十里，须银五百万两零。再创筑北堤须取伏淤真土，重水层硪，底宽十二丈，面宽六丈，高二丈五尺，地势离堤愈远则愈低，故堤高须如此数。见丈为土二百二十五方，方价亦作三钱，见丈为银六十七两零。见里为银万二千一百两零，二百五十里，又须银三百余万两。共计八百余万。无论调拨其难，凡大汛指日经临，一兴大工，钱粮人夫，无暇他顾，万一变出意外，恐致盛业中阻。又道里太长，中多集镇，迁徙绕越，皆费措置，故其说为难行也。

「然御坝不启，非唯公家生盘动之费，丁舵受阻滞之累，南北货物少通流之益已也。全淮之水，汇于洪湖，以注淮扬，下河各州县必成泽国，官民并累，将无尽期。夫清口所以倒灌者，以太平河淤厚底平，唯争清黄水面高低以为出入。河事既至斯极，物穷则变，现今北沙以下，河仍深通，其迂回太甚之处，业经大府据潘兵备所请，开挑引河，逢湾取直，发帑兴办，谅可不日完工，以资畅注之力。其北沙以上至安东八九十里之间，河身本宽，堤岸亦高，尚可设法。唯自安东以上至高家湾，受病至深，宜就其地改北堤为南堤。查高家湾工去中河西堤不过二里，中河宽五六十丈，水深二三丈，以中河河底与黄河河底相较，总低二丈以上。于双金闸下，划堤以达盐河。盐河之宽亦五六十丈，前年欲放减坝，测量坝下低至五丈，不敢开放，是其地势比中河更低，诚可借作河身。中河、盐河皆有遥堤，即留作缕堤，而于其北二三里之外，另筑大堤，导至安东东门工归入旧河。其中不无尚须展宽浚深之处，然较之安东以下生开河道，则减省十七、八矣。计其程途不及百里，筑堤之费不过一百二、三十万。又中河、盐河皆逼近黄河北堤，近者里许，远者五、六里，即拟筑大堤内之地二、三里，其间虽有居民，并无集镇，且在河滩不当水路，愿迁者厚资之，田亩则以旧河身拨补；不愿者听之，堤压挖废田亩价买拨补，分别妥筹。就黄河旧身，移太平河口于李工，即借其工以为御坝，使清水出湖，汤汤东注，至三十余里，地势比之五道引河北口，高低相悬，势无可回。放水之后，新河水面，落低可丈五六尺，清水乘高注之，即遇盛涨，亦万无倒灌之理矣。

「先开刘老涧，放中河水入六塘河。乃截河筑堤，挑挖引河头，移中河口于张家河、包家河之间。河身约二、三十里，移盐河由南六塘河入总六塘河。移双金闸于崔镇，以通左营料束、淮北盐斤。其河身现完好，稍为浚浅，便敷浮载，是漕料盐三者，皆无阻碍。不过粮艘出太平河入中河，增挽行数里或至十余里耳。约计资迁买地，及在安东开引河接盐河尾，挑上下引河头，挑还中河，并情形较险之处，预做防风，亦不过七八十万。宽为筹备，得三百万，各工皆臻充裕。如是，则黄河南岸有堤两道，而旧河身淤坚，有如平地，清江、淮安，永绝河患，湖水建瓴，必复七分刷黄旧制，则淮扬不受放坝之害，而高堰安枕矣。然而大汛经临，止隔两月，估工拨饷，断非汛前可以集事。此时只宜严督工员，加紧防护，一面确估请饷，务于白露以前解贮河库。一过寒露，立即调派。又于安东以下河身，相机估做对坝数十道，至陈家浦为止。或有应须切滩引溜之处，一并估办，俱于霜期开工，勒限长至前一律完竣。农事早毕，人夫易集，寒冻未至，水硪应手。若谓回空粮艘，断不便再留河北，即于寒露之前，催集杨庄，一交寒露，水落质清，即启御坝借黄南下，不过十日，趱进御坝。运河之留淤无几，煞御坝后，确勘兴挑，老淤并借涤除。俟各工俱竣，测量安东以下河身，刷深若干，相度溜势，加做挑坝，于来年桃汛之初，开放新河，下游各坝得新河大溜冲刷，更见得力。又于上游受病稍轻处所，加做对坝，节节逼之，大汛之前，漕船必可全渡，则上下各坝不必再行议守。果举此策，亦可为必世之计也。」

阁学曰：「仆承乏史馆十年，近又总纂沟洫志，于河渠公牍，寻览殆遍，未有如吾子所言之切要明晰者。即日当以吾子意，作书告芥航。芥航为人有魄力，而胸怀空洞，必能择善而执者也。」予谢不敏而退。都下诸公渐闻此说，纷来沓至，口难缕陈，故笔记之以应问者，实四月朔日。

北沙，即海防厅所辖之马起营工，一名大寺。与北岸云梯关相值，西至童家营六十里，东至陈家浦五十里。

集镇人多，迁徙为难，势不得不绕越之以行河。然河道迂曲，则有坐湾顶溜之处，故措置不易。

太平河，自東坝达御坝，平直如衡。而低洼之运河，紧当東坝之下，故御坝外，一被黄水顶阻，清即退回，折下运河，黄势蹶后，故倒灌甚易。双金闸，在中河东北岸。下有引河引水入盐河，以运左营正料。淮北盐引在高家湾下廿里，杨庄上十二里，中河厅所辖。

现在河滩居民甚多，故不愿迁者不必相强。堤压者，创筑新堤，田亩被压也。挖废者，挑挖新河，田亩被废也。

刘老涧，在仰化集西北七里，宿迁县东南乡地。有封土滚水坝。

崔镇，在双金闸西北四十五里，在中河北岸，东北至总六塘河二里许。

新堤里外，须照例留出里四十丈，外六十丈，以为栽柳取土及兵夫耕种之产，故买地价须宽计。

此系在都发策，未悉河泓深浅，滩堤高卑，垛牛虚实，故要期于霜后。若在工亲加衡量，未始不可于汛前赶办也。

此所谓礼言其极，黄水过高则非借黄不可。若高低只尺许，则于御坝外加做顺坝，束坝外接长盖坝，黄溜北去，清势抬高，自足御黄，无倒灌之患，并不须借黄也。

改河成于彭家码头等处，建通船单闸涵洞各一座，下挑引河，分引清水入旧河槽，至茭陵下，劚堤以达东坎之便民河，直抵八滩、五案。则右营荡尾正料，可由内河行走，清水小弱，则闭闸开洞，漕料可以兼济。上下两段引河，工程亦不甚大，而公私利益无穷。将船营分为三汛，一留右营之外河，一留右营之内河，一留左营之盐河，长年运输，永无失耗霉变之患。

是年亡弟季怀同赴春明，仆著此文，季怀即为加注。落第后，季怀先回南，未几物化。录此曷胜悼痛！世臣记。

跋李绂书齐苏勒复奏淮扬运河折子后

穆堂先生以淮、扬、运河淤垫，堤与高宝两城平，议开新河于运河之西，以挑河之土别筑西堤，则东面有堤两道，河身淤实如山，可保不溃。其议确凿可施行。盖西堤外之湖滩与东堤外民田，高低略同，比之河身低且丈数。然以行之今日，则上游宜展至清江迤上之五孔闸，由护城河抵昭关坝，合于邵伯湖以下之瓦窑铺。惟新西堤临湖，宜做内外各五收大坦坡，加栽茭芦以护堤身，不必再做石工，免致年年縻帑。黄浦、白田铺两只闸，即留为减水入旧河之路，则宝应以下之下河田亩，仍可借其灌溉，为费虽巨，为利甚大而可久。然亦必先能治黄，使不倒灌，其效方见。然即有能治黄者，运河身窄淤坚，非水力所能尽刷，仍须大挑。而东堤究险，故此策在今日为当行也。

余往来南河二十余年，所见以谋非己出，寝而不用，致误机宜者数矣。不谓敏恪贤者，乃开其先，掩卷三叹。愚见有与李公稍异者，逐节注明之，复题其后以归默深。默深网罗近世有心世道之文至伙，而河事尤所注意。得李公此文，使余质其是非，故与为深言。道光六年四月七日。

山东西司事宜条略

山东藩署在西城根，臬署在东城根，故藩曰西司，臬曰东司，与各处称谓相反。

道光七年四月，小住吴门，邵阳魏君默深见过，述新任山东承宣贺公代询之意，东省治要，答之如左：

周公告鲁公以治鲁曰：「平易近民，民必归之。」齐桓公问如何而可以胜民？管子以为非君子之道。故记有曰：「圣王所恶，无恶于不可知。邱陵大树，人解衣止息其下，以为期约者，可知也。」又曰：「周鼎著鼠以马履之，恶其不阳，郁者不阳也。」故为政之道，务在自胜，以通民情而附民，民附则从令，而不阳之行远，不可知之政除已。当路以不可知为政，求郁民也久矣，而山东为甚。山东民气最淳朴，又饥渴易为饮食。从前州县有稍治民事者，其去任也，无不扶老携幼，扳舆铺饮，垂涕而饯之。则其致结队上控蓦越赴都者，可知也。嘉庆之末，山东疆吏以救弊为说，严盗贼之条，加越诉之科，而其风更炽。近年颇饬吏治，不专事庇属以虐民，而告讦遂为少减，是亦民不可胜而易治之显证矣。予以己卯、庚辰间，就食伊土，略悉梗概，故条列数事以备采择。所言平平，无当远略，况事隔数年，与现情未必符合，聊自附于「俗变相类、议卑易行」之次云尔。

一、宜审定缺分肥瘠，使调剂派拨均平，以息物议也。上游举动难保无误，所属持以为说，若应时改正，所谓更也皆仰。或谓用下持上，有关政体，必欲遂过以胜之，于是不公愈甚，物议滋起，极力周旋，太阿倒持，山东前事，如斯颇伙。查山东旧有十七大缺，今昔情形互异，如胶州、利津本上缺而变为中，临清、滕县且变为下，容城本下缺，潍县、即墨本中缺，皆变为上。而胥吏仍照旧案摊派，苦乐不均，日滋哓渎。又沾化、福山、昭远、新泰、蒙阴、嘉祥、巨野，旧名七大苦缺，免派一切摊捐，仍每年每缺派邻县协济办公银二千两。嗣以议提节省，归于藩库，准该七县以空批抵解。后以各州县批解节省不足停拨，最后并一例仍摊捐款。该七县益至无措，日增新亏。司案有议提节省卷可查。该七缺中新泰、巨野得项较多，而新泰差务，两尖一宿，甲于通省。巨野为教窝盗薮，办公之费，数倍他属。凡此前事之师，核以现在情形，推类可求，应请逐细察核，详定新章，俾派拨平允，而调剂亦有准则。

一、宜查禁司书弊窦，以纾官困也。司书讹索州县，情状百变。其小而显者，如送到册结，以注语不符、册式不合及挖补未盖印信此层尤多司书捏换等情驳换。迨遵驳重造，又寻别端再驳，即继以查取错误迟延各职名，多方恫喝，必饱其欲而后已。又如量地丈杆，部颁碑式，不肯摹发，严饬造送请验。及差送候验，则捺搁不行，来差候久潜回，又复饬提，种种罔利，屈指难数。盖上司官以察属为职，必禁有司之侵帑剥民，尤必先禁书承之剥官，所谓治自内始也。州县重困，非取携于库藏，即取偿于闾阎，司书苛求，亦困州县之一端也。应请逐细查核，刊发成式，俾各属有所遵循，司书不能上下其手。至借给籽种一案，山东从未实放，请提历前届册籍查核，放至累万，收不及两，民即无良，何至如此？皆司书勾串不肖州县，禀办分肥。残废兵丁一案尽系司书干没，以国家有常之经费，填官吏无厌之谿壑，凡似此类，必应截断众流。

一、宜督属清厘案件，及自理各词讼，依限结正，以达民隐而崇政体也。山东讼风素炽，然隶臬司者十之一二，隶藩司者十之八九，故省例于钦交部交案件，每月抚部及藩臬两司，各奏结四五案，谓之月折。良由州县专以钱漕为意，于听断大都怠慢，而佐理之友，更多不谙条例，玩视民瘼，虽雀角细故，常至拖延岁月，迫成上控。上控则发回本县，又迫成京控。京控又发回本省，委员与发审之友商同，置之高阁。每有原告瘐毙押店，具文销息，积习至牢，交恶弥甚。及征收钱漕时，绅民连名控讦，轻则发府，重则提省，原、被数十百人，拖累经年，官民两困。山东条银加耗，本不甚重。银一钱，收钱百八十余文，完正耗银共一钱一分四厘，又有库户书及门印厘头在其中，官余无几。漕米虽重者至两斗八升完一斗，轻者亦两斗四升完一斗，然正漕每亩不过升许，连浮收之数不过三升，民力尚在可胜。非苏松之每亩正米至二斗许，浮勒及倍，终岁田中所收，或至不足偿官税之比也。官除兑费每石七钱，又道府漕规仓费及漕后尽情诸费，每石摊银三四钱之外，每漕一石，尚可赢余银两许。其漕少之处，则取给于卷零，无漕州县，则有集头规费及落地税，除七大苦缺，自非挥霍性成与积累夙重者，办公尽有余剩。故东省官之受累，必以讦告条漕，而讦告条漕之源，则以平日不能受理民事，以郁民气，上控之后，曲意拖累，以积民怒。于是一二棍徒，乘闾阎郁怒之气，出头讦告条漕，合属良懦，敛资以助之，故棍徒讼虽不胜，而所获已多，且得美名于乡里。而上游不明为治之经，以为条漕加耗，关系通省，群谓刁劣梗令，必欲以严法胜之，真大误也。应严饬各属，尽心于户婚田债各细件，迅速结正，以杜讼源，使民情归附，则输将踊跃，而新亏可息，旧欠亦可以渐筹补矣。

再，山东盐商，多系无赖子弟，认岸行销，掯课不完，以挟制有司。绌课才数十百两，而鹾使弹章一出，常开缺至三五州县，及其赔课开复，受累已深，亏空之源，此亦其一孔也。又东省有城工银百五十余万两，交商生息，以为逐年修城之用，而本利无偿，至通省无一完好城郭，以地方集腋之项，继奸商之富，可谓耗财于无谓矣。又司书捺案不行，嘉庆十四年恩诏豁免谷石，至廿四年尚未办出。库项胶葛，各科分承，竟有银已上库岁余，而委提尚络绎道路者。（己卯七月，予入藩署查出，示革两书有案。）州县填解大批，送院挂号，有迟至三四月，尚未发司者。东省批解钱粮，例先期将解役姓名银数日期通禀，竟有虚发一禀，久久不到，及严檄饬查，该州县茫然不知者。（己卯冬，经手此事，至七、八次。）又东西两司，赏识各殊，西司以批解踊跃为上考，东司以断听勤能为上考，自非抚字催科之长，备于一人，则东西常至龃龉，上游俱秉公直，而所属渐成畦町，此不独东省为然，而东省为甚。

书乔征君纪事文稿后

右宝应乔介夫征君，记其先侍读与靳文襄争下河开大河事，及侍读被议始末稿本。文义明畅，书字秀质，近世闻人，罕能至此，可珍也。楚桢于乡先进轶事，网罗无所遗失，既得此稿，装池以示予。征君在雍正初，以诸生被召称旨。同征者或至卿相，而征君以老病辞归，是非以私怨肆为污蔑者？大凡功名之士，欲有所树立于世，而为权要掣曳，隐忍就事，常有至得罪名教者矣。唐应德之于严嵩，靳紫垣之于明珠，君子按迹原心，不得不伤其所遭也。

文襄著功南河，以其友陈潢。陈君尝手书「东去只宜疏海口，西来切莫放周桥」之句于潜庵，周桥不放，无所用开大河于下河矣。则是役之不出于陈君意也明甚。仲珹以贿唊侍读，且指淮扬两郡之田以章其赂。文襄箭在弦上或未可知，而征君特书仲珹为陈君母舅，是以此画疑陈君也。世所传治河方略，出陈君身后，其言得失相半。文襄之始也，急于求功，继则恐败其成，置下河于度外，乃其本意。予雅信陈君，曾于郭君传论详言之。自文襄倡下河形如釜底，东西并高，而三河六堤之说起。侍读所事，乃三河之一耳。以至于今，谬说相沿，减黄入湖，递减入下河，委七邑为全黄之壑而犹不足，卒至洪湖淤浅，高堰漫决，府百万为鱼之狱，文襄其得辞作俑之咎耶？

至谓文襄无奈公论，始议开海口以泄坝下积水。按坝下直东范公堤外淤滩，高于堤内河身，文襄之说，原非虚妄。然直东北之射阳湖、蟒蛇河，既宽且深，实有建瓴之势，能消坝水。不此之谋，而徒以大河可骇之论，自来物议。汤文正又谓开海口一尺，民受一尺之益，剿里巷之谈，绝不身亲心测，俱不可以言智。河员以办工为利薮，诪张为幻，愚弄上下，其来旧矣。所赖士君子定力主持，以破邪说，而居其土受其害又绩学敢言如侍读者，尚不能研究地形，发救时之策，无怪近日高宝士大夫，竟以长年放坝为得策也矣。楚桢其砻片石以广其传，并附鄙说，以质天下后世之有心河事者。侍读名莱字石林。征君名崇修，字念堂，别字介夫，侍读之季子也，于楚桢为四世外祖。

道光七年正月廿二日。

仪征相国为宝应刘台斗传，载其议河事，文有云：「谓之射阳湖则必如盎如盆，断非如沟如渠。」按射阳湖本宝应地，今属阜宁，湖身长二百里，宽五、六十丈至百丈不等，何尝如盎如盆耶？刘君住址去射阳不百里，时铁梅庵为制府，乃刘君座主，刘君借论下河事宜，以招物议。相国博学切究，相距才二百里，又曾任漕督，射阳乃其标境，而持论如此。谚云：「一步不到莫言龙。」亮哉！

校记

〔一〕法　原作「例」，据吴校稿本改。

〔二〕忞　原作「良」，据吴校稿本改。

〔三〕「每斛」二字原脱，据吴校稿本补。

中衢一勺卷第五　附录二

代杨桂堂给事驳奏开放旧减坝折子

礼科给事中臣杨煊跪奏：为开放王营旧减坝，恐滋流弊，敬陈案据，仰祈圣鉴事。

窃照五月初八日，户部奉上谕：琦善等奏勘明安东改河工程，恐有滞碍，请启放王营旧减坝〔一〕，以期掣溜通漕一折。南河黄高于清，以致河湖交敝，运道不通。前次张井建议由安东改河，以为黄水即可掣低，御坝即可启放，现既复勘筹商，多有滞碍，不若开放王营旧减坝之较为得力。著即照该督等所议办理。所有开坝挑河堵合口门并一切土埽工程及抚恤事宜，共需银三百数十万两，著户部预为筹款，俟秋初该督等奏拨时，即可迅速拨解工次，以资应手，钦此。业经该部附片复奏，并行文留协各该省预筹候拨在案。

臣查减坝下游，本有盐河一道，节经请项修浚，预备减黄，今若止为减泄盛涨，无庸先请抚恤。若欲腾空河身，以便挑挖下游，使黄河水面落低，启御坝以达漕船，则是以全河之水，尽由旧减坝口门下注，便与嘉庆十一年、十六年该处两次缺口情形无异。然十一年因放坝跌塘成口，十六年因下渗上漫成口，固由人事失宜，尚属天灾难挽。其时口门下游之清河、桃源、安东、海州、沭阳五州县，田谷将熟，顿付怒涛，淹没坟墓，冲塌房屋。比及堵合，地仍水占，渐次涸出，已过播种之期。是故灾民得归业者，什不五六。即得归业，民气亦难期骤复，虽以抚赈兼施，费帑无算，岂能必一夫之不失所哉？

况安东、海州东境，南北宽百余里，尽系苇滩。迤北又有云台山绵亘五六十里，拦截海滨，阻遏黄流。挂淤倒漾，旬月之间，虽沭阳、桃源、清河各县，地势稍高去口门渐远之处，皆成泽国。泛滥漫行，日形顶阻，上游水势，节节抬高。所以十一年减坝成口之后，湖水仍不能外注，冲决运河东岸之荷花塘，灾及高宝兴泰山清盐阜各州县。继漫黄河上游南岸之周家楼，溜势上提，又漫迤上之郭家防，为睢宁全境及宿迁、桃源南岸村庄之害。又复分溜上提，漫北岸之苏家山，淤垫微湖并窑湾一带运道。十六年减坝成事之后，继漫上游北岸之棉拐山，穿运成渠，邳州、宿迁村庄，多被冲没。又逆溢上游南岸之李家楼，灾及河南之归德，安徽之凤泗、江苏之淮扬各州县。下壅上溃，历有明征。是减坝一成口门，不仅为安海五州县之害已也。

况十八年于减坝迤上二里许，审度形势，补还石滚坝之时，因坝上坝下，高低悬绝，增做石闸三座，层层擎托，以资控制。然迭遇盛涨滞漕，逐细较量，卒不启放者，诚以鉴于前事，莫敢冒险以民生为尝试，故也。况该处虚名旧坝，实系长堤，两次成事，后塘深广，每至大汛，加紧帮护，尚形惴栗。今若于该处劚堤成口，放水腾河，在该督等自为斟酌重轻，详计利害，出此变通制宜之策，然坝下五州县居民百万，岂能尽喻苦衷，甘从沦胥而不悔？且上游工段甚长，又岂能必其不重出十一、十六等年之前辙乎？然而该督等，非不计及开旧坝之为害下游，与上游见险也；以御坝不启，运道不通，所关至巨，不能必出万全，是毒蛇螫手、壮士断腕之说也。

臣请又以成案证明之：十一年减坝跌塘之后，司河诸臣，先议就缺口以改河道，嗣见减坝新河断难改成，仍复大挑旧河，挽旧故道。然而经行未久，下游南岸之陈家浦，北岸之马港口，相继溃溢。其时运河清口，倒灌如初。自十二年以及十六年，大半借黄，运河东西两岸，如千根旗杆、百子堂、小舟庄、壮原墩、二铺、王家庄、白田铺等处，漫口频仍，下河为壑。况近日河身受病，又非昔比，是则谓开放王营旧减坝，挑挖下游河身，遂能掣低黄水，启放御坝较为得力者，恐亦系悬拟之辞，未必确有把握。恭读嘉庆十六年九月二十三日睿皇帝谕饬南河诸臣曰：「从古治河，皆以河决为患，未闻有言河决转受其益者。」至哉圣训！诚当为万世之法守矣。臣于前事，见闻颇切，伏乞皇上谕饬内外臣工从长计议，务期漕艘可通，民生无碍，使薄海黎献，共庆平成。则微臣芹曝之愚，钦感无极。臣职在言路，苟有所知，不敢自默，是否有当，伏乞皇上圣鉴。

代杨桂堂给事上防河折子

礼科给事中臣杨煊跪奏：为黄河淤垫日甚，大汛涨满堪虞，应请先事严防，徐图治复，以期安澜利运，仰祈圣鉴事。

窃照东南两河所辖河身，长一千五六百里，于上年六月内，经两江督臣琦善奏明，御黄坝外河身，一年之间，垫高六尺有余。本年正月内，又经前南河臣严烺奏明：外南、外北、山安、海防四厅境内，黄河长一百五六十里，节年淤垫。又于本年三月内，经前东河臣张井奏明：东河之兰阳一带，河身淤垫，中泓深不过六尺。又本年正月，江督臣琦善等据前维扬道潘锡恩禀请：于关家滩等处，开挑引河，逢湾取直；于叶家社一带，补还大堤；于大淤尖一带，接筑长堤；以期河道通利，掣深积淤，请帑六十余万。本年二月，张井于东河任内前赴南河查看海口，请以北堤为南堤，自安东东门工起，至龙王庙止，改挑河道，归入旧海口，使御坝得以早启等情各在案。

臣查改挑河道，事关重大。而张井为此请者，自以御黄坝外上下河身淤垫太甚，人力难施，是以为此改弦更张之策。与潘锡恩所禀，虽工程大小悬殊，其为欲使河道深通，御坝得以启放，长船北达，免盘拨之艰，用意原无殊异。臣窃以为现届五月，大汛将至，改挑河道，工长费多，断非旬月所能集事。即琦善等所请逢湾取直各要工，亦未据有续奏，是否工能速竣，放水顺利，掣溜得力，俱难悬揣。臣查河淤则槽平而消水不畅，槽平则底高而容水不多，底高则堤埽卑矮，堤矮则形势危险。自道光三年以来，陕甘一带微旱，是以黄流未经盛涨。而盈虚消息，天道之常。设遇盛涨，何可抵御？臣闻和缓之方，急则治标。尧舜之知，物求先务。河病已深，汛期至迫，应请饬下两江、山东、河南、东南两河督抚诸臣，转饬道将厅营，无分南北，多集工料，无分雨夜，梭织巡防，防守既严，河无旁泛。怒溢冲突，必可刷动底淤，为以水攻沙之计。即使未能全河一律冲刷通畅，霜期之后，河槽必有变更，再行相机妥筹。自本年霜后，至来年桃汛，有半年闲暇，自可从容疏导，使河防复旧。御坝早启，粮艘直达，共庆平成也。臣虽不习河事，私念黄河来源万里，雨泽多寡，未能预知，为此详慎过当之计，是否有当，伏乞皇上圣鉴。

小倦游阁杂说一

道光七年三月初三日，旧减坝口门合龙。先是于二月二十八日开拦坝，放新河，次日启御坝，打粮艘，清高于黄尚尺许。引河初放，顷刻水行五六十里，抵关孟二滩，新河不能容。黄溜出槽漫土山后，土山悉复于河，溜势阻遏，倒漾上泛，日涨五六寸。初一、二两日，攒渡粮艘三百余只，初三日已形内灌，复堵御坝。信至扬州，群以粮艘为忧。

族子孟开究河事颇力，问曰：「汛水未发而黄涨，下壅显然。御坝不启，粮艘似尚可设法，唯河道全坏，不知吾叔有何神术，济此艰虞？」予曰：「西烽未息，调拨方艰，河既下壅，上溃堪虞。高堰水志，几及丈五，已逾启坝之则。淮、扬、徐、海，哀鸿未安，设有不测，迭浸之区，次变为极。工赈兼施，动需大万，通盘筹计，善后实难。非仅能议送粮艘，遂称得策也。」

孟开曰：「善兵事者，能知战地，能得地利，以迂为直，后发先至。善河事者，黄高能使转而低，船滞能使转而通，又目前之急务也，术将焉出？」予曰：「自太平河至清江二十里内，有五坝三闸，每一闸坝，高低盈尺，至清江大闸下，水乃渐平。闻现今大闸水面，低于海漫三尺。海漫高闸口十字街心尺许。闸于海漫上，加石三层，则高于十字街心几及四尺。自十字街心至石码头卧羊上行，约高五六尺，过石码头下行至万柳园，峻坡斗落，以达马路，与十字街心高下约当。马路旁滩地，低于马路二尺许，略平大闸水面。北抵太平庵圈堰。过圈堰即河槽旁之老滩，略平堰内滩地，而老滩又高于渡船码头二三尺。是王营东头之黄河水面，较低于大闸之运河水面二三尺也。虽据目力，未验旱平，要之不甚相远。彭家码头黄运之间有夹堤，东北抵汰黄大堤，长三四里，宽一二百丈，中有积水深宽，测量可行粮艘，无庸戽涸兴挑。其有浅涩，加估罱捞，即借夹堤为两岸。

「又自大堤东北抵圈堰之兵四堡，长十五六里，宽三四百丈，法当于其中开河，口宽二十四丈，底半之，深六尺，见丈约土百方。深六尺，乃言其大略。新河长至十七八里，法当分为数段，下段较上段低四五寸，以渐低至箝口，势始建瓴。估时斟酌，不可拘执。中贯大堤，上抵奶奶庙北之太平河石工，下抵兵四堡工头。又当彭家码头，开横河，置草闸，使通运河。新河所出之土，各于新口十丈外，坚筑外四里一五牧大堤，堤高一丈二尺，面宽一丈，底宽七丈，见丈约土五十方。河成勾矩之势，两岸约长七千丈，计土三十五万方。其土本属真淤，唯取水稍远，宜先抽河槽见底，以其土平铺堤根，放夹堤内积水入槽，以便灌土行硪，每方连水硪给价三钱，为银十万余两。将束清坝下之盖坝接长，掩过头坝金门，拆展束清坝至三十丈，拆奶奶庙后石工为新河头，剷开圈堰，就兵四堡碎石工为东箝口，别做西箝口，创建彭家码头草闸，五工约共需八九万两。分投派委，同时兴举，限二十日完工。人夫工料，就近易集，断可依限报竣。放水两日，乃开草闸进船。草闸迤下，新河长十七八里，两岸并泊，可容千六百艘，即闭闸以聚水力，不过三次，全漕毕渡矣。此因彭家码头之上游有五坝三闸，恐水面与新河高下殊异，则虞黄涨时顶阻，使新河之水缩退，同于头坝。故必闭闸聚水，分三次出船。若新河挑成，经行有效之后，当以暇时改建两石闸，以板启闭，不过合数年堵闸经费，为一劳永逸之举。

「查太平河内束御两坝，南北相直，平如悬衡。近今太平河内，纤道数重，几迷观者。然平如悬衡之大势固无改也。而束坝下有运河头坝掣溜，故清水行至御坝，被顶不出，即时缩入头坝，黄蹑其尾，是以自平江定策以来，四百余年，皆患倒灌。今大展束坝，引清畅出，以盖坝要截退步，直北走溜，转而东注，悬溜以下新河，滔滔之势历二十里。即遇黄水盛涨，新堤既高且坚，不一二日，即能聚水抬高抵黄外出，此杨庄之所以偶逢闷口，数日即通者也。船由草闸进出，免三闸五坝打溜之费，每船不下七、八十千文，合计得数十万千，藏富于丁，不止抵北岸纤挽之用已也。果举此策，非仅救目前危急，倒灌之患，可消弭于必世矣。况以四十余丈之新河，终年畅泄湖水，足消淮源五分有余。下游新淤，亦可倖冀刷涤。运河本容淮水三分，存湖不及二分，则堰水无虞过旺，为淮扬两郡民田场灶之害。又所费止二十万，无难筹议。但运河诸厅，工必大减，或非河员所乐闻耳。本年船竣之后，若以纤挽十余里为劳费，则就双金闸引中河入盐河，至王营迤东出口，使船出兵四堡，顺流以达北运之口，而回空则仍由杨庄出口，顺流以达南运之口，以继文襄未竟之志，此鄙人宣南答问中所议之一节也。」

孟开曰：「此策可必效，何不以告司河事者？」予曰：「是为冯妇，先民所诫，非敢恝然于民瘼也。」望后过吴门，与陶云汀侍郎语及此事，侍郎属笔记之，遂书以俟来者。此策专为济漕，故估计皆用清尺。

次年八月初四日，在白门晤贺耦耕承宣。因湖水下泛，淮扬危急，再三问救时之策。予以行笈未携此稿，口指手画，曲陈形势，承宣叹绝。少顷，朱虹舫阁学亦至，再为详说。翌日，朱贺二公各以书致两河督，此事得举与否，固有数存乎其间，非人力所能必，然朱贺二公不避越俎，可以为有心世事者也。

仆以嘉庆辛未秋初游袁浦，至癸酉春仲而去，阅今三十有七年，中间唯赴春明舍舟登陆一过而已。河事岁异月不同，其最显而甚者，从前顺黄坝志桩，大汛报存水至二丈八尺余，已为异涨。今年夏杪，重游袁浦，顺黄坝盛涨至四丈四尺余。今已霜后，犹存水三丈八尺余，是黄身积淤丈五六尺之明证也。仆以道光丁亥春季在扬州，离袁浦亦已十四年所，以目巧遥度而成此文。文播于外，当事无不见者，然莫肯举也。灌塘法行二十余年，仆未尝目寓其事，今年始得见第四塘灌放之艰险。又下河七邑，昏垫奠安，只争呼吸，非如所说开新河，实无以救此巨艰者。日昨霜节，友人邀过其庄赏菊，庄坐落圈埝里，汰黄堤外老滩上，即仆前议开新河之所。三十年来，垦出腴地百余顷，林落相望，颇为窒碍。归途从鬼神坛北登汰黄堤，见其堤外即窑汪，上抵太平河奶奶庙前石工，下抵汰黄堤上之颓破大王庙。堤长约十七八里，南皆水占，无耕种地，唯荒冢累累，浸泡水内，有没顶者，约计不下二三千冢。存亡均属不安，宜由地方官定期出示，资迁高阜。无主则官迁之。大王庙以西，水占处十居八九，舁涸配平河底，可省土方费大半。即借汰黄堤为新河北堤，别筑南堤，于大王庙上下，劘开接做东西两堤，直抵兵四堡工便处，长不过三四里，挖毁民地无多。现当钱粮支绌，河底可减为十丈，五收放口，共宽十六丈，足敷聚船。堤根去河口各八丈，聚水成河，共宽三十二丈，较运河已宽过半，足以消清刷黄矣。其彭家码头迤上汰黄堤，南距运河北堤较远，可就筑土坝圈为跌塘，以缓湖水悬流下注之势，导入新河。彭家码头开横河既成，即于运河堤北先做草闸，用五寸厚长松板作底，俟闸成，再劘堤做草墙以通运河进船。临黄一面，亦先于圈堰南滩上做松板草闸，以便出船。按汉书沟洫志载张戎言，「水性就下，行疾则自刮除成空而渐深，河水重浊，堤壅高于平地，犹筑垣而居水。」至前明潘印川，始坚持张君之论，力主刮空。然其遥缕二堤，仍以筑垣居水聚水力，而求刮空之功。陈平江于高宝湖中筑东西二堤以利漕道，东岸高于平地者数丈，是亦筑垣居水之势也。

国初靳文襄倡挑中河，由皂河下抵杨庄二百余里，引泗沂之清流入河济运，以避吕梁三百里湖黄之险。其北堤高于平地且三丈，是当时地面低于黄面远甚。文襄以高堤束之，清出粮进，筑垣居水，功施到今。此处新河，正仿文襄中河之意。太平河石工高于窑汪二丈五六尺，圈堰里滩面高于霜后黄河水面二尺许。验本年盛涨水痕，则高于堰里滩面四五尺，而来源甚高，两堤坚束，蓄水至新堤之腰，则无不长年出黄之理矣。新河成后，现在之太平河塘子亦存其旧，遇湖水过旺之年，则启拦清、拦黄两堰，分三路以泄清。或遇豫皖枯旱、陕甘大水之年，湖水太弱，黄水太旺，出湖之水不能抬高敌黄，则仍灌塘以利漕舰，庶乎正供必无阻，下河必有秋矣。至盖坝，前于嘉庆十六年八月，接长至斜掩头坝金门，刷涤太平可积淤，立著成绩。今年湖涨情形略近。七月初前往相度，形势改变，坝迹至无可寻。询悉前以办理倒塘，湖水涓滴不入黄。若使盖坝挺出挑溜，则恐冲塌拦清堰，阻碍灌放事宜。故截盖坝之尾段以益头坝，名头南坝，而盖坝退缩于束清东坝之掖下，置可有可亡之列。今若举办新河，盖坝既无地可容接长，则当稍令斜挺逼溜，而于头南坝厢做迈埽，斜向西北，使出湖之水，分溜入运口及新口者适均，乃为稳善。道光己酉立冬日，倦翁捡阅旧稿加记。他日有能举此策者，河头以高埝志丈七尺为率，河尾以兵四堡本年盛涨水痕为则，比较高下，是为至要。

右新河关键，全在来源之高，可以筑堤坚束，抬清敌黄。难者谓「本年六月杪，黄河异涨，其时湖水积一丈八尺八寸，而黄高于湖，尚至九尺四寸，是奶奶庙前后之清水，矮黄远甚，何以能蓄抬使之必出黄乎？」应之曰：「水平法：黄水平流每十丈低三分，每里百八十丈，计低五寸四分，自顺黄坝至兵四堡二十里，或云三十里，则高下益多。以平流计之，当低一丈零八寸。清水平流十丈，亦低二分。而下闸煞坝蓄之，可使与奶奶庙前湖水相平，是即以本年异涨，尚可清高于黄一尺四寸。即有湖水较弱年分，或比本年夏间低一二尺，而黄涨不减，亦不过盛夏时闭闸数日，一经消落，仍前外注。粮船沿途严催，端节尽可全渡，回空极早，亦在白露之后，重空断无阻滞。约计每年，总可有三百日出清刷黄，上下坝无庸议启。或遇旱岁，下河需水，启放高宝洞闸，足资灌溉。奶奶庙石工劚开，汰黄堤与高坂头，南北距二里许，迤下窑汪，皆系水占，宽者百余丈，窄亦三、五十丈，岸干时，但配平河底，不必与大王庙下新开之河，配齐宽窄。盖上游河宽，则蓄水较多，而兵四堡闸口，不过宽三四丈，泄水入黄，仅止十之一二，源远流长，不至跌低。或竟可将窑汪应出之土，帮培运河北堤，借作新河南堤，则经费更省，而工程亦更坚实。其河头极宽之处，若筑一格堤，划出靠汰黄堤之干地数十丈，以为迁水浸荒坟之地。附近有一小庵，略拨经费业住持，常川呗梵，以济幽冥，尤足慰仁慈愿力也。」后十日再记。

小倦游阁杂说二

道光九年七月，予初归自都门，两淮盐政忽有更替信，运司不到任者阅三人矣。友生借箸新使者自都驰信询近日情形，或有尚出庚辰杂著之外，及所以挽颓起僵者，走笔答之如左：

天下事必灼见弊之所极与致弊之源，而后能为救弊之策。两淮弊至今极矣！道光八年春，鹾使奏明旧欠摊带悉与停征，专征本年戊子纲正杂各项钱粮四百余万两，以期年清年款。而奏销届限，征银仍不及六分。己丑新纲开已百五十日，实运纲食额引一百六十万道，滚总才及三十分之一。实征新纲钱粮，并戊子未完之一百九十余万两，才及百分之二。开桥为新纲大典，而其日竟无一重船下桥，江广各岸积滞盐斤，尚可销至辛卯之冬。戊子旧纲之盐已纳钱粮而未捆出场者，尚十之五六。两淮纲食引地，无论城市村庄，食私者什七八。两淮运本须二千万，方敷转输，而各商实本，不及四之一，余皆借贯。贯息重至每月分半，盐去课回，非六百日不可，盐滞本压，贯息日行，完课则无资捆盐。庚寅之春，即届奏销，实征断不能及半。欲设词欺饰，则无可造意；用计弥缝，则无处著手，予庚辰杂著所言，已料及此，而犹不意其如是之骤也。

然而钱粮支绌之故，由于不销；不销之故，由于私估；私估之弊，起于官商。春秋之法严于治内，内治修而外患自息，非迂疏之说也。两淮弊根，在改堂商为库商，以办赏借。淮商有总有散，散商认行额引，滚于总下，以责考成。乾隆中，两淮设立务本堂，佥总商中殷实知事者数人董堂事，名为堂商。两淮之课，有正有杂有捐有摊带。摊带有三：一则统纲，分年赔课；一则借帑报效，分纲纳还；一则旧商消乏，借给皇本，通纲情摊，代完本息。三者与正杂皆按限报销。其捐款，上则有办贡及交办事件，中则有内外酬酢，下则有辛工周恤，款目纷繁，皆于开征时，约数按引摊派，随正交纳。从前正杂摊带，征存司库，捐则拨归堂柜，官主册籍而商司出纳，其如何动用，悉听官指，故正杂充足，不干吏议，公私裕如，不受商制。嗣后改捐款为随正交库，而堂商改为库商，则司库为官商共管之地，于是赏借办公之弊起矣。院司不能洁己，授意库商具禀，以公事应办。而商力拮据，恳恩借给库款，下纲纳还为词，司详院批，具领出库。官商朋分，其所办何公，则绝无报销文案，官受商贿，有挟而求，于是巧立名目，任意取携，名为噬散，实则噬库。又将该总商承办之月费、月折、普济、育婴诸事务，应领库存捐项者节与作支作收，抵对钱粮。额引时或绌销，而外支概与抵纳，故捐款已支，而正杂无完，是名为动捐，而实则亏正也，库项支绌，于此始基。驯至部拨则无项可解，商领则有款可指，而司库几成商柜矣。

淮纲钱粮，纳分三次，以纾商力，如地丁之分两忙。故商欲下场捆盐，则纳请单，过坝归所，则纳程纲，改子上船，则纳加斤。嗣以部饷紧急而岸滞无需赶捆，因开预纳之例，减数招徕，名为减纳。又以借贳急公，别倡贴色、贴息名目，商欠带还，则推至三、四十年之后，并不征息，所欠皇本，并迭请止息，而商纳仅早数月，公行贴息贴色，舞文颠倒，莫甚于此。减而又减，扑给印本。俟捆盐时，送库划算，其累减之课，则加摊于不能预纳之商。及奏销限满，盐则绌而未运，印本存于商手，顾置各商堕销之咎于不问，滚总册成，各商皆有认行额引，行不及额，则坐堕销。而准其抵对下纲。抵对一次，则一银两纳，二次则一银三纳，展转扑抵，银化为纸。且现银出库，众目昭彰，魆扑印本，授受由于袖中，于是勾通书吏，检查远年尘案，有名可指，无关不通，任意洗补，一可改十，虚取商领，实扑印本，银不出库而帑归商橐矣。其尤甚者，据商禀而给照票，虚纸诳贯，未开纲而借印本，空头化帑，骇人观听，视为奇谋。而且办赏借则云不拘何款，先行动垫，问报销则云商用商捐，从不存帐，诘亏缺则云商资现罄于预纳，责奏考则云官意自虚出通关。设官督商，则专以徇商，设商裕课，而专以侵课，言念及此，可为太息。

至于私盐之多，实由官受商制，而纵商夹私，商被船挟，而纵船买枭私随带赴岸。运司又受商愚，引不出库，改用水程开江，及残引缴部，则四角皆由司截。商又弁髦非盐船不准装盐之定律，私用车牌民船装载，枭徒与船户交密，洞悉各弊，五六年来，枭私竟有长船赴岸者矣。枭船与商船同放，冒借水程，过关一两次后，关胥熟悉，费到船行，略无阻滞，而江广水贩，始与枭徒觌面交易矣。枭私价贱色净秤足，凡商之百计病民者，皆为枭作利市。近又重加河费三厘，每斤增价五文，而枭私盖得畅达。枭私盐出无官司之烦，淮商办运，纳请引程纲加斤钱粮，在运司一衙门。投收支广盈架阁承发四房，出入各五六次，遍历经库知巡四首领，皆商厮名走司者主之，故商命每悬走司之手，然后转历分司场员坝员监掣批验子盐各衙门，而后盐得上船赴岸，凡经一署，投一房，则有一次费，合计所费，殆浮正杂，而迂曲备至。课回无压搁之累，近且威胁屯船，强买商捆，以省沿途兵役规费，出费愈轻，则卖价愈贱，私愈畅，官愈滞，则商本占搁而贯息愈重，是商以夹私求利而竟以得害也。听船户带私津贴水脚不敷者，往事也；近则于子包内加夹私斤若干，准折船户水脚者，有之矣。船户于中途卖私者，往事也；近则以停岸太久，明卖官盐者，有之矣。商厮押船，串同船户盗卖，捏报淹消者，往事也；近则本商亲押，效尤奸厮，中途以官作私，盗卖报淹补引者，有之矣。库商夹私所赢，不足以偿贯息，赏借所分，不足以餍欲壑，于是愚弄院司，详奏统销。统销者，例因历年残引积多，统去一年朱单不给，或将已给朱单统销一年，不行捆运，分纲赔纳钱粮，而行新纲也。淮盐向有根窝，如田产之印契。每年赴司呈根请给朱单，名为年窝。年窝之价，部定每引给银一两，而畅销时，值或倍差。故有根窝者为窝商，现行盐者为运商，以己银质押根窝朱单取息者为贯商。院司既奏统之后，顾又另给朱单，填现在总商花名，倡实运朱单名目，出示招贯商质买。总商以无根之单，白得窝价，则噬及窝商，继又将实运朱单奏统，则噬及贯商，然而库商噬散噬窝噬贯以及噬库，所得虽不贯，而不能无所分，又为奸人持长短，且所得皆印本，转卖止可七折，故其卒归于富厚者，盖仅见也。

为今之计，唯有截断众流，奏明现在实情，恳请停拨一年，以下年奏销为期。定完两纲正杂各款，飞饬西北各道，切实查明存盐数目与现卖价值，严禁短秤加色各弊。其自愿减价以求速售者听，严禁岸票。院发令委员赴江广提课，岸商将课付油麻各行，取其会票，到扬私兑。又有贯商索本利不得，取扬商手票，赴岸守卖盐兑银者，皆名岸票。将卖得之课尽数提解至扬，尽发下场。饬本商普收灶盐，筹款借帑收买场盐，皆奸人射利之说，断不可行。嘉庆十一年，初次官收淮北余盐，至今堆贮。因官盐系照例定，比商人自买，价倍斤半，莫肯配运也。嗣后委官买，则官干没之，委商买，则商干没之，上游亦明知故昧，以为调剂。故真欲整饬盐法，必在清场灶，而清灶之法，非提各商已课饬买，断无实效。不拘引额。如有纵容灶户漏私者，即将场员照律参办。制备烙印盐桶，饬发场商将旧用私桶吊销。如有以大桶重利滚剥灶户者，每桶毛盐二百斤，两桶配筑一引，已浮正引，暨加斤耗卤之数。近场商私桶既放，又以两桶八分配一引。即将该场商重究，游示各场。俟停煎封锹，提到岸课，悉数输库。给引下场配捆，屯船出坝到桥，院司亲驻秤掣，如有夹带，立将本商究办。而严参场坝各员，裁淹消补引之条，以绝其望。江路非盐船不能行走，则枭私无从隐射。民食专借岸盐，三月之后，其销必畅。销畅则课多，收盐完课之余，乃付本商。盐船回仪照杂著所言，院司亲临验烙。撤退库商，只令自理营运，所有应办公事，由院司临时派委，一切支发。并先期牌示从前所给印本，各归各纲，止准划请引目，不准抵对钱粮。凡后纲开征之后，前纲盐半未出场，各商下场配捆，全凭印本划请引目。若准抵下纲，是前纲盐凭何捆运？奸商所认额引盐斤，先于大斤内夹出，末捆之盐，意图归入细销，而以印本抵对后纲。此弊不除，库项断无充足之日，场盐断无尽出之时矣。如果统计一纲印本，实已浮于百六十万余引之额，则当核明某商浮纳之数，准算后纲认行之课，不可准其作抵换本，胶葛混淆也。故不准抵对，实系正办，并非苛求。库项出入，皆以现银，尽革商领旧习。然紧要差遣，不能不借助群材。试用员虽累百，大都宦商贾子，策名伊始，已办货身，须于下车时频数接见，察核培植可用可信者五六人，庶几指臂有藉。果能此道，不过一年，场无透私，则枭徒自散，岸能畅销，则转输自速，库充商裕。即官于其土者，亦不必与商一口，而始有沾润矣。俟两纲并奏之后，仍复纳分三限，及捐款归堂之旧。唯收买场盐，不可拘额。岸积既尽，正纲不敷民食，必请提行。溢收课银，应准其抵补清查案内之摊带钱粮。自嘉庆纪年兵兴以来，兵河两项，报效不过二千三四百万，而道光六年清查库项，商欠反至五千余万，可知以报效为说者，皆右商而左帑者也。亦宜奏请准令将报效之项，划抵欠款，追还议叙，以昭核实。陆续拨提行溢课，归补商欠之三千余万。补足后，提行之课，即作正报拨。仍陆续将皇本八百万提回，所需行息经费，所取商息，多系给南河挑浚运道之用，颇关岁额。皆于提行溢课内，案款分解。将借本报效二事，永行停止，以杜商口，庶几中策之得。然当比积重难返之时，非能得其要领，持其要害，痛加惩创，则无以大畏民志。而觊觎库项之心，不能自革，必至连名告退，以挟制于外，买客讥弹，以谣诼于内，效未见而身已危矣。若仍前模棱，则厝薪之火，必一发而不可救，此所为去者接淅，来者埋轮，不涉畏途，而弃如敝屣也。

按乾隆四十二年成本案所定，每引十四两零之数，本属浮多。两淮正引一百九十余万道，除摊课不行盐之三十万道，计实运纲食盐引一百六十余万道，实征正课银一百八十万两零。又织造河饷铜斤卤税银，共约三十三万两，皆入奏销。其杂款如南北引费，减半平余银五万两，各省匣费盐规银，约七十四万两，则归考核，共应征奏考钱粮二百九十余万两，例应按引摊征，归入成本。此外如办贡及交办事件，虽系无定活支，然紧要公事，自应按摊准本。至寻常捐款，本系各商自出赢余，以成公举，若摊入成本，是取之江广士民，何名商捐？故历次报效之项，皆有明文，不准摊入成本，则其余捐款，事同一例。至皇本行息，自应在借领之家征完，参价自应著分受官参之家缴纳。若一体摊入引课，作为成本，尤为事出无名。计正杂所征，每引不足二两，一切办公之项，每引再作两许，约计二百万之数，似已敷用。然自停止摊带之后，每引仍征银五六两，此事之至不可解者也。再者岸盐一畅，商立生心，从前江广畅销时，虽不敢明增官价，而于水贩之银，折成库纹外再加四十八色，垄断病民，至于此极。又纲食各岸，零趸卖盐，皆以库纹折成钱价，而盐秤则用曹砝九折，合库平每斤止有十四两一钱，病民滋讼，开费累散，凡构部院案后，总商即开讼费，按引派出，故三十年来，总商以讼为乐，与堂商之护散息事者殊异。皆事之宜预防者。然必总理不袒商，然后院司能举其职。

赏借者，库商禀恳院司赏借库项，以办急公，与借领皇本办运者迥殊。嘉庆六年，总理费淳，于审办许如金控案复奏内，乃将赏借字抬头缮写，影射皇本，以图朦混。盖赏借数目较多者，必通总理，乃敢禀详，一有控案，总理无不委身袒护。又两淮控案，当其出控之初，皆求输而不求赢。盖赢则现商伏辜，而无益于控者；输则饱其欲壑，而承问各员无不餍饫。此节为两淮根本之弊，而知者绝少，故申言之。

淮商之所以耸听，与谈士之所以护商，必曰两淮先课而后盐。而核实则淮盐几无课，并不得比后课也。故总一岁正课之额，而乘以现在商欠，通计三十年，正供所入或寡矣。然库项所分，不能遍散商，故散商之利，重在卖私，而总商之利，则重在侵帑。又淮境虽广，然出场到岸，皆系长江大河，巨舰直达。其四面之灌淮者，潞芦则陆路逾千，闽粤则溪涧换船五七次，又挑负越山岭数百里，以与一水关通者，争利而不可止，其故何也？盖由淮商最巨，中外有力者，一口袒商，既为宽议官价于前，又为严禁跌价于后，坐断病民，卒所自毙。明乎此，则所以治淮鹾者，推类可见。前节止为佐治者言，若柄政者，固不必迂曲如此也，故又附记数则于后。

小倦游阁杂说二

道光十六年六月，编录旧稿，孟开佐校阅，既毕事，问："吾叔侨扬久，知鹾事深，言鹾之文二篇皆不及缉私，而专清灶，灶果能清乎？灶即清，邻私仍不能净，将用吾叔之术，犹有不尽言不尽意者乎？"予曰："善哉子之问也！夫鹾，利事也；商，利人也，言利悉秋毫，是固其所。然贪贾三之，廉贾五之，事固有远之而后近者。今鹾，商之求利亟矣，而举事与用心适相反，是以如是其岌岌也。两淮场之广，草之丰，卤之厚，皆甲天下。自场至岸，一水直达，长江大河巨舰乘风转万石。其四面邻私灌吾引地者，唯湖北之宜昌一府，逼近川井，浸淫为易。是外则皆支港山溪，盘剥再三，然后牛引人负，或越沙碛千余里，或缘峻岭数百里，以与两淮争，其数不敌至明也。即本境之私出场灶，赁头口，觅舟楫，价皆倍于商。加以咫尺买路而后行，又有盐行盐关邀截抽分，其所费较商纳官课有赢无绌，又非有巨赀副本，以与淮商争，其数不敌至明也。然而湖南则灌于粤私，湖北则灌于潞私，江西则粤、闽、浙私三分各灌其一，河南则灌于芦私，安省之池宁则灌于浙私，腹内则本境之私充斥，以致官引壅滞，帑藏空虚者，则以淮商求利致急，而官又力助之，拦行抬价，与人以不能买；挽和沙泥，与人以不可食；克扣官秤，与人以不敷用，以驱本境之私，使之必达于岸，延邻境之私，使之必通于中而不知止，故也。

「善治淮鹾者，必反其道而用之。先结清前案，截断众流，然后讲求言利之方，厘剔成本，使六省之民，皆食贱盐以畅销路，两淮之商，皆获奇赢以速转输，计六省户口，专销淮商之盐，则一岁无虑必行三纲矣。淮纲百六十万引，每引正杂奏销银一两三钱，杂支考核银五钱，其外支办贡办公，一切公举，每引带征七钱，无不充裕者，三共征钱粮银二两五钱。五六年来，场盐桶价，未尝及六百文。两桶一引，盐斤实为宽裕，是每引盐肉价约银一两，则经手已大有沾润。其大使分司坝员监掣批验子盐各官吏引费，场额盐少者，若一例减费，则不敷办公，法当于减分司坝掣费时取齐，使官缺之肥瘠略同，而商本多寡划一，以昭平允。及运使首领官，司房请发验挂诸费，减浮裁冗，一以办公从容为度。共约每引银三钱，扬船抵坝约二钱五分，屯船抵所同之，江船抵岸约一两，三共水脚银一两五钱。包索捆工银约四钱，扬店费约二钱，岸店费约二钱，匣费约三钱，三共银七钱。窝价银一两，计江广纲引，每引共成本银七两四钱。再优加余息银一两，准为岸价，以每引正加共三百七十四斤计算，每斤不过二分三厘零。而商本除完课系库纹外，余皆扬平市纳，又暗赢平色银四钱，是统计商息，已逾二分，较原案之三厘倍蓰矣。其食盐之口岸，成本约减二两，每斤止银一分七厘零，以现在库纹折成加三五制钱市价，邻私本境私粮船私，皆万无可以行售而侵占淮纲者，苟子之不欲，虽赏之不窃，斯之谓矣。行之伊始，尚有存盐搁占，一年之后，程纲断不敷食，然不可仍如前法提行，使奸牙得肆煽构。应即奏明，将本纲缴回，截角残引用纸接角盖印再运，名曰重纲。若能行三纲，则名再重。重纲之盐，既无窝价，杂外二支，又可大减，扬岸店费，无须重科，每引成本又轻二两，更易行销。俟试行三年，成效丕著，然后通盘酌定成本岸价，永为遵守，国家必可岁增四、五百万之正课，淮商必有岁入五、六百万之余息，而另库闲款充裕，可以百废具兴。且藏富于六省之民者，岁至四五千万，向之以业私死于非命者，岁可保全万计，当事顾何惮而不为此也耶？

「然而兴废之故，系于人而囿于地。自仪河淤塞，江船挂泊老虎颈，池摰改为洲捆，而弊窦百出。必宜挑浚宽深，使屯船抵天池，江船住沙漫洲口内，以复旧制。然旋挑旋淤，劳费无已，必于放生池上首，筑大挑坝，将淮溜逼注仪河，使出口水力，足敌江潮，如瓜洲运口，则淤不能停。然正溜注仪河，而瓜河止分坝头回溜，则瓜口必淤，贻害运道，是不得不筹两全尽善之策也。按七年冬，议开瓦窑铺新河，徐春帆、黄南坡皆从余问利病。予曰：『此河于河事无益，于盐事有损，堪舆家所谓水入怀而反跳也，若必成，则扬人乞食不远矣。』及八年春河成，而嵯遂大败坏。今新河断不能议塞，唯有相度石廖二沟西南田坂，绝沙河开一深宽越河，分掣二沟之溜，以达高旻寺前，使向东直窜之水，仍湾环弓抱，回绕扬城，并引江潮暗拱，则扬城有两重西流玉带水上堂，形势更胜。所谓扬扬悠悠，顾我欲留者也，是因败为功转祸为福之机也。且增拓一归江之路，于河事尤为有济，越河尾紧依挑坝，以归正河，上以擎托淮流，下以刷涤瓜口，则运口亦仍前通畅，不忧垫矣。唯是两淮历届兴工，大都调剂官商，意计不及公事。若必举以实心，应咨明河督，调谙习测量估算之员勘估，仍由河督于霜降后，调三道属之干练千把协效，分段实挑，按估确收，庶可一劳永逸耳。嗟夫！言之易，行之难矣！岂行之必难乎？肯行则难矣。」

予乡有贩鬻沚酒者，其父子皆嗜酒，故扣筭以自给。沽者嫌其筭小，开坛数日，其父苦生涯之淡，充水一桶。其子不知也，又充水焉。沽者皆退回原酒，父子犹争执酒好，出坛于盎，则筋斗虫游缸面矣，观者哑然。是淮商之智也。

校　记

〔一〕启　原脱，据吴校稿本补。

中衢一勺卷第六　附录三

闸河日记

道光九年六月六日戊辰，由馆陶登舟，沿卫溯汶入闸河南返。予南北往来十次，从未经行闸河，仅据图籍，终苦不能了达心口，此行庶补其缺。先是八年冬，王氏妹率男家起送女孟仪与馆陶明府阳湖张翰风之次子仲远成礼。予今春入都，约夏间迂道至馆陶偕返。馆陶去临清陆路七十，卫河回曲，水程增十之八，而湍流迅疾，申刻发棹，薄暮已抵尖庄，盖去城已五十里矣。

初七日己巳，昧爽抵临清小关，关就河岸老树络竹缆截船。巳刻抵汶口，清溜虽外出，而深才三尺许。卫汶交汇之处有钳口草坝，坝内有江西粮艘搁浅，冠盖四五事络绎严催，用五、六十人引缆，缆绝而船不行，乃于口外提拨船入拨米。予上坝东南行五、六十步至头闸，闸外浅船三，闸内浅船四，转南行二里许则二闸，两闸之间名塘子，可容粮艘五十。若并两艘于塘中，名双灌，则容百艘。向例：先下满头闸版，乃启二闸放船，一帮入塘，俟二闸版下，乃启头闸打船出口，名曰倒塘灌放。为汶口溯流至分水龙王庙，水程三百六十里，势如建瓴，节节以闸约水济运，恐敞闸则直泄无余，浅滞重艘故也。

先是汶水微涨，而卫水未发，清溜外注颇旺，刷深口门。五月廿七八日，卫水长尺许，抵注汶水，浊溜漾入头闸口渍沙。江广船身笨重，虽迭经在济宁、东昌、临清卸载，仍吃水至四尺。予见二闸板上，水高于板下五尺许，询知二闸上抵戴湾闸，河路长四十里，现过江西饶九帮，在后止剩八帮，不过四百余艘。相度形势，若先下满头闸板，启放二闸，注水令极盛，乃启版，用长河水力冲刷，不过半日，积沙即可刷通，计泄减水势，不过二三寸，无碍浮送尾帮。否则，于一塘尾船见浅之时，即下头闸，启二闸打船进塘，前后套搭，头闸蓄水高于外河且六尺，虽二闸下版，水力不盛，而乘高下注，闸外坝内之船，自然浮起遄行。打出数十艘，积水宣泄略尽，即将尾船留塘，下头闸版，再提二闸内船进塘，如此钩连打放，一日可两塘半。官吏减守候催督之烦，丁舵免耗米盘船之费，七帮尾船，不两三日，亦可出口矣。来年于初倒塘时，即行此法，必可攒快廿余日，官民两便。而有司皆催漕熟手，实力从公，坐烈日，挥浊汗，手敝唇焦，计不出此，可怪也。又登土山周览，始知闸北有砖城，名旧城，南面套以土城，名新城，两闸皆在新城内，土墙大半倾卸，而阛阓悉在者，以倚河为通商马头故也。西刻，浅船始出口，予船趁空抢过两闸，抵大关不得过，遂宿关下。

初八日庚午，过关行里许。西岸有新葺佛祠，询知即乾隆甲午秋寿张逆民王伦据为宫以攻城月余之大佛寺也。四十里抵戴湾闸，居民十余户，皆编箕柳为筐斗。三十里至魏家湾，为粮食码头，清平之首镇，而高唐、清平两州县兑漕水次在焉。予酤饮月下，与肆主张老闲话，言及东省兑费，皆头船一丁独得，以办粮道总运卫帮通仓各费，赢余岁三、四千两，他船丁止得行月正项而已。又言高唐崔君，长于催科，莅高唐不三年，捐升知府，又为子弟捐知县二、县丞二〔一〕，而囊橐尚从容。清平送本府漕规，例三百两，高唐四百五十两，去年本府刘君，改为按漕一石取规库纹一钱，较旧加倍。语俱骇听。是日交小暑。

初九日辛未，开船行八里至土桥闸，十二里至梁乡闸。湖南帮接连过闸，舣舟候至午刻，尾船始尽，俗谓之大扳艄。漕帅朱公押尾船，朱公清操过人，仆从起居至简易，漕委随员座舰，前任已派定者，公皆不变易，然节制之，使不得借公事以讹索丁舵，遇脱空不发令催提，而船行自速，可谓握要而事理者也，然漕弁之谤蜚起矣。吴闸入堂邑境〔二〕，过闸五六里，河道渐直。自此至临清口门九十里，河流环曲句倨，水回而湍，足以刮空，又不径泄，因知前此为川者，能明周官匠人之义。士不通经，果不足用，亮哉！

风闻堂邑有草名气不忿，又名公道人，植田头以为界址，或起意欲占邻田，则草反向己田行根，茂不可芟。唯堂邑与冠有此种，故二邑无田土之讼。予以让闸散步，询阡陌间土人，为指田头所种，形略同枸杞，而叶背有芒，释氏谓冥王鞫狱，先吞铁丸，有私曲则铁丸内灼，以此草例之，则其说殆信。安得其种遍植环区，以息讼睦民耶！二十里至新闸，大风雨骤至，惜不久，未能透土，无救旱望。霁后于月下又行廿里，抵东昌府东门闸，住船。

初十日壬申，入城探毕恬溪明府亨信问。恬溪文登人，侨寓东昌，经术湛深，年逾七十，以大挑知县，需次江西，三年未得缺，甚以为念。至其家，知于今年三月，始署上高。又于途中闻推小车者云：昨晚高堂下冷子，大如盎，木棉尽坏，屋宇伤者无算。直隶、山东皆呼雹为冷子。廿里至利和务闸。十三里至周家店闸，丙戌六月，偕亡弟季怀出都，曾驻车于此，食大桃甚甘。今舟子倚枻买桃，予不忍见也，急令解缆。十二里抵七级闸，闸入阳谷境，夹岸俱有市。阳谷、莘、东阿三县，兑漕之水次也。

十一日癸酉，风略定。连日皆逆风溯流，昨日尤旺，纤挽之劳，几如上峡。十八里至阿城下闸。又二里至上闸，闸东阛阓甚盛，土产阿胶。河西三里许有角大寺，寺后百余步即阿井，井宽三尺许，深四五尺，色深黑，出井即清澈，饮之令人坠重，止中煎胶。土性沙松，甃砖不数年即坏，近唯土围，出水颇涩。阿城古甄治，陈王墓在焉，今属阳谷。唯阿井周围百步属东阿，故东阿有贡胶役。而土人颂之曰：「山东有二宝，东阿驴胶，阳谷虎皮。」虎皮今藏阳谷库，土人传为武松所打死于景阳冈者也。景阳冈在阿城东南廿五里。土人又言：明初有阳谷知县武姓者，甚贪虐，有二妻，一潘一金，俱助夫婪索。西门有庆大户尤被其毒，民人切齿，呼之为「武皮匠」，言其剥割也，又呼为「卖饼大郎」，言其于小民口边求利也。说虽不经，足以为戒。闸口为盘盐码头，盐捆重八百斤，为圆球，浮于额引者倍差，而入店仍搀和沙土，扣克斤重。土人皆言有司利其规费，助为奸虐，是天下之通病矣。又言现任练君，人安静，唯任胥吏过甚，赴诉者常半年不得一面。前任蔡君，年少勤政事，无留狱，判决速而平，唯收漕每升加三文，其时民皆乐输，而今以为例，不可复减。予见丹徒故令周以勋，以办嘉庆十九年旱灾捐赈得民，次年收漕，公议以加二完纳，后任欲援其例，乡民万余围其署，至不通薪水三日，而竟不得减。君子之于取也，当思其事之所止，毋徒畏伤廉已也。

八里至金门下闸。又二里至上闸，水势甚平。旁无民居而作双闸，既扰商，复滞漕，不能测作者用心之所至。十里至张秋闸，闸入寿张境，夹河为城，西半城乃商贾所聚，土产毡货，为天下甲。十里至张家营。嘉庆八年、廿四年两次河决，粮艘皆由此处入湖。中间，东岸有五孔桥石滚坝一座，单闸三座，木桥五垛，石滚坝一座。西岸有木桥两座，为南北沙河口，又木桥一座，为赵王河口。两河头皆在直隶长垣县，经由曹濮一带，其河皆宽廿余丈，两滩为土人占种，止存中泓二、三丈〔三〕，以故平日则为旱河；一遇大雨，宣泄不及，随地淹没。小民不明大计，全在司牧之加意矣。每年汶涨而西水未至，常有水倒漾入河尾，远者至十余里。自临清至此二百里，乃有支河傍入之水，东岸之坝闸，所以防两河水发，减入东平、东阿一带沟港，引下齐河之大清桥，以保民堰而利运道也。

嘉庆廿四年秋，予客山东承宣松庭先生岳龄安署。时东河马营坝决口，水由赵沙二河穿运入大清河，黄水北抵阿城，南抵戴家庙，宽五十余里，东省被灾者五十余州县。予告承宣以发赈银，必用两宝，免致印官借口赔垫，开滥遗之渐，承宣以为然，并委解交府库，使委官不得与印官相见，至今以为法。嗣奉部拨饷一百卅万协济马工，承宣仍发两宝。公子伊绵阿告予曰：「家君到东半年，已赔三千余两，马工饷若用碎白对搭，可得平余万一千七百两，用资办公。」予以告承宣，承宣曰：「极知吾兄见爱，且吾兄首教吾发两宝，非教居停封殖者。唯此银本当解户部，解部例用两宝。今以马工决口，圣主忧勤，小臣曾不能少效棉薄，而反以为利，于心不安。至局员之是否干没，非小臣所敢知也。」予叹服。予出游三十年，所识大吏以百数，见得思义，自大兴朱文正外，唯有岳公矣。公满州正白旗人，出身吏部，调任陕藩而卒于疫，惜哉！

是时也，黄河由利津蒲台入海，而惠民城逼河滨，狂澰啮护堤，至险急。署令陈超诗，苏州进士，予同年友也。岳公许以帑三万，抢护城池。陈君只领八千，曰：「若能守者，八千已可；必不能，即三万无济。且恐吏民知有三万，心稍懈，反致贻误。」陈君欲遣其妻子侍太夫人赴省寓，而己身与城为存亡。太夫人曰：「惠民城中七、八万户，谁无父母？若能尽迁城中老弱妇女者，我自率妇与孙上省。」卒不肯行，而城亦竟保完固。母义子廉，真不愧恺悌君子之称。

二十里至戴家庙闸，东平州之西境也。庙有丰碑，前明崇祯年物，行书直行颇有法。

十二日甲戌，三十里至安山闸，即古安民亭，水经所谓「汶水西南至寿张县北，又西南至安民亭入于济」者也。临河多楼，墙壁轩椇甚壮丽，亦粮食码头。东平、泰安、莱芜三州县兑漕水次。河中有江西承造直隶初限拨船二百只，篷缆破朽，板缝直裂，前后铁叶脱落十八九，船未到埠而已万不可用，官事往往如此，可叹也。询其长年，自去年五月开行，领川费五十两，匝月有余，尚漂宕闸中，讹索商旅，病官害民。若能通融将川费银加于油舱，由粮道验收，交帮船分带，遇浅既可拨米，船中又可带货，帮船到而拨船亦到，交官收明，可济实用，似亦官丁两利，无伤政体之举也。

三十里至靳家口闸。夹岸皆有市，各长二、三里，张秋以南，推为巨镇。天旱甚，自张秋至此，居民皆插柳于门首，击鼓祈雨，严断屠沽。而沿河仍有以柳筐藏肉至船旁为市者，官禁亦顽久矣，私禁亦复不齐，人心风俗，月异日不同，遂至此极耶！自张家营至此，河面宽仅可十丈，较张秋以北减十之六，故溜势尤迅疾。十八里抵袁家口闸，闸为汶上首镇，县漕在此收兑。居民三千户，通商贾百货。船未抵闸五里，而水沫大至，知汶水发，顷刻高三尺许，闸溜急不可上，遂宿闸下。连日雨势甚大，而入土不成分寸，阳谷以南麦田，俱未耕耨，泰兖两郡亦同。见此甚涨，悬知泰山以西沾足矣。

十三日乙亥，早起，水涨已八尺，闸益不能上，登岸询土人，云：「东南五里许有刘家口，上接王家河，直抵何家坝，坝在汶河旁，盛涨横溢伤田禾，故筑滚水大坝以减水。」去袁家口东南四十里，凡宁阳之兔儿山，曲阜之东山，发水汇入汶河，必先由何家坝，溢下王家河，出刘家口，入闸河。汶河正流，仍由东南迂曲行，且百里，乃至分水龙王庙。南北分下，北有刘家口，倒漾顶溜，庙前水北流者，止由斗门入南旺湖，大溜悉归南闸，俟涨定乃仍「北七南三」之旧。予见水沫已定，乃以三十人两面绞缆挽过。六里至刘家口，口门宽与正河等，溜外出，已不甚驶，与西岸大王庙相直，过口门遂如平水，盖擎托上游得力故也。

十二里至开河闸，闸背出水止二尺，船过若不知者。西岸有小市，舟子维舟大树下，饭纤夫。予息阴树侧，闻纤夫与土人述徐州总兵裘古愚安邦之洁己爱民，勤公戢士，拉杂无伦次。略谓：裘公于嘉庆十八年，署夏镇守备，时本境旱荒，而邻邑窃发，裘公条约富民不得闭粜抬价，穷民不得聚众强取，棍静于市，贼静于乡。及其去任也〔四〕，江南、山东两省居民，扳马脱靴，号泣路饯。今年巡阅至沛县，沛令公出，典史出迎，公于马上拱手曰：「我入沛境一日，闻百姓无不骂知县、典史者，做官为父母荣，顾以求钱财故，拚父母与人辱骂耶？」少顷，沛令送供给至，公曰：「速为我将去！幸告若主，说裘姓人从不吃万人咒骂之物。」予曰：「闻人毁裘公者甚多；又闻其用刑太严酷。」众哗曰：「裘大人，再说不出他不好处，只有做贼人恨他。我曾经偷过鸡鸭，被获，毒打一次，便改过到于今，但是有良心贼也不恨他。」古愚与予交善久，每晤言，必以居上不宽相劝勉。至其果敢勇往，不争闲气，洵为近日难得者。乙酉夏，嘉兴白粮帮在水次杀人数百，反割截首级悬挂头桅，自嘉兴至淮安，莫敢过问。古愚时为河标副将，购线人知其端末，乃白督、河、漕三院捕之，三院不许。如是者三。古愚拂衣起曰：「安邦武人，无大人等局度，白昼杀人，反揭竿号令，过城入市，国法何存？安邦唯候参而已。」遂挈兵二十人至河干，单身上船呼名而检其舱，一一就缚，三日所侦得的名三百人，逸者不及四十，悉缚送浙江归案。而浙江被议之道府厅县，悉冒古愚功以得开复，古愚绝不与校。然予见文武职官无不切齿诋毁古愚者，是故民之所誉，官之所毁；官之所毁，民之所誉也。官民之毁誉相反如此，司进退人才之柄者，良不易矣。

十里至十里闸，闸无板，唯回空过毕，用闸墙作坝基耳。自此北至临清，每年间段估挑，三年普律大挑。然东西两岸长且七百里，绝不见有土山，设官而不能养，河员又不能噬民，乃专噬帑，良用为慨。自此闸以北，水皆北下。

五里至分水龙王庙，庙门正西五汶合流出口处。北下水湍激，以北河斗也；南下水荡漾，以南河平也，三七之分以此。泊舟庙前，谒宋尚书讳礼，字大本，河南永宁人。白老人讳英，字失传，山东东平人。祠，作五言二首：

尚书无人说，琼山有微词。邱琼山去尚书不过三数十年，而刻祠壁诗云：更无人说宋尚书。得毋不与立，谓同柳下知。责贤固贵备，苛求或非宜。白老信先觉，觉民事有涯。所恐不逮事，岂在夸粱肥？尚书祛媢嫉，聪断复兼兹。遏汶贯河卫，公私起疮痍。不然秉麾节，踞床骄如痴。以位色拒人，攘功巧构箕。国是未遑惜，清议安足维？不涉世途险，讵知今则微！斯人不可闻，牛渚发哀诗。闭户忧乡邻，愧乏箪瓢姿。

汶水改南流，用良非禹绩。遏其北东性，岂伊龙王力？庙正祀分水龙王，附祀夏禹。老人洞水学，三七分南北。裕源则导泉，就下爰汇泽。湖空纳汶涨，汶弱挹湖汐。齐鲁间谓水入复出者为汐。下游复引泗，擎汶使不激。悬流载高地，正供输上国。于今五百年，远矣食明德。祸福耸愚蒙，榱栋走玉帛。闸河有村落可泊舟处，皆祀金龙四大王。如何祠白公，侧屋仅容席！神不歆虚赛，民宜道其直。典祀谁同符？南有平江伯。成祖八年，白老人筑戴村坝，开会通河。三十年，陈平江筑高家堰，开清江浦，而后南漕得以一水直达。

五里至柳林闸，闸水始南下。例以重船尾帮过竣，即下呆板，俟尾船出卫河，乃起板放民船。

二十里至思贤铺闸，宗圣之故里也，庙在嘉祥城中，去闸西南三十里。

三十里至伙头湾闸，宿闸上。自开河闸至伙头湾闸，水程七十里，两岸之内，大抵皆湖，登舷四望，弥目皆苇苗莲叶，近者逼堤，远亦不越二三里。东岸则蜢蚱蜀山，西岸则南旺。东岸开河闸〔五〕，南北各有一闸，北闸名洪仁桥，南闸名新河头，相距约五里，则通蜢蚱者也。蜢蚱湖长十里，宽五里，以形名之也，史谓之马踏湖。柳林闸北有金线闸，思贤闸北有利运闸，南有无名闸，皆通蜀山。蜀山周六十余里。西岸十里闸北有关家闸。分水庙北有常鸣斗门、邢通斗门。南有彭石斗门，又无名斗门，又刘家斗门。柳林闸北有张全斗门、盛进斗门、土地庙闸，皆通南旺。南旺周七十余里，西南距四、五十里有两峰耸起而冈峦连接者则梁山。诸湖大都是梁山泊之遗址。盖其地势本洼，又北宋黄河行张秋一带，故漫水至广八百里。荆公常欲决梁山泊以兴屯，有客讥以须别穿一梁山泊乃可。荆公当日如何决？如何兴？是否有成见不可知；然水潴则涨漫，水行则就道，今梁山四面陇亩相望，乌睹所谓「别穿」者耶？书生不解事，每托高议以阻大计，大抵然矣。汶在明初，其水道仍如禹贡。自白老人创筑戴村坝于东平州东，以遏北东趋海之路，导之南向入运。蜢蚱蜀山居运河东岸者，上游分汶水支汊，而于汶水经流旁，又置闸座以收下注旁溢之山水入运。复于运河东岸置闸，使涨则灌入，弱则引出。至南旺湖坐落西岸，汶须截运乃能入湖，为力较薄，故西岸斗门闸座，倍于东岸。然遇夏秋少雨之年，湖积水不及定志，而汶源又弱，则恐艰于浮送。白老知东省多泉，故于上游各山，疏导泉源四十五派，以渠引入汶泗各河，无论沥水衰旺，以泉济河，以河接运，法至详备。闻近年泉河通判莅各县查泉，止取薄规，并不躬履，泉塞渠湮者大半。

十四日丙子，过闸。十里至安沟，南旺湖止于市后。二十里至草桥闸，即济宁州西关。自伙头湾以下，河势趋东。闸上五里，北岸有闸，其下五、六十步有坏桥，皆通西湖。西湖长七八里，上接蜀山之尾而不通，专积沥水，亦借运河内灌，为州城胜观。史称宋尚书合马常泊之流以益汶，在济宁州西北与蜀山接，则正西湖也。然西湖水无关损益，若独山则在东南，且与蜀山远甚，段懋堂误以西湖口环桥为泗水之尾，故云泗水至济宁州天井闸入运河。

二里至南门天井闸。怀宁丁怀甫良嗣以贵州知县督运京铅泊舟闸下，急过从一谈，并问翰风近况及宦迹，甚晰。怀甫今年人日在扬州枉过，阅日走答，而船已开行，甚歉，无意中得此良觌，为之大快。怀甫在扬时，见予着川绸袍，曰：「吾贵土产亦行到扬州耶？」予曰：「此出川中，非贵州物。」怀甫曰：「乾隆中，有循吏山东张姓者，忘其名，知遵义府，见其地有橡树，遂遣人归觅蚕种及茧师，教遵人放茧织绸，迄今教行通省，出产甚旺，有京庄汉庄，此尚非其佳者。」予入都遇遵义举人洪应奎，询知始教遵民者为陈公玉㲄，山东进士，乾隆中履任，非张姓也。凡今放蚕所皆祠之。因以详告怀甫，「乐只」「父母」，陈公当之矣。

一里抵在城闸。以养水送铅船，闸下满板不得过。汶水正涨，无虞浅涩；若谓溜急，用资挚托，则三里之内有闸三座，溜势本平。援例以恣婪索，使来往船只，坐烈日中经日。

闸河以台庄入东境，为商贾所聚，而夏镇，而南阳，而济宁，而张秋，而阿城，而东昌，而临清，皆为水码头，而济宁为尤大，与济南长山之周村相埒。其出产以烟叶为大宗，业此者六家，每年买卖至白金二百万两，其工人四千余名，好勇斗狠，每为守土者之累。西客利债滚剥遍天下，济宁独不能容，贫民之财不外出，宜其殷富也。两河督，南驻清江浦，东驻济宁州，浦上居民皆依河以求衣食，而济宁则否。济宁有卫，辖前后左右四帮，水次在本州者五之二。

十五日丁丑，过在城闸。闸东有板桥通水，乃南岸市河，无关漕运。六里至赵村闸。七里至石佛闸。十八里至新店闸，闸上二里许，北岸有堰水闸，以泄坡水入河。至此，河身复宽至十六丈。八里至新闸。六里至仲家浅闸。仲子庙在南岸，庙后平坡，积水甚宽长，产菅，形略如蒲，而茎方，长三尺许，六月刈之，堪织蓑、编箔、打绳索，结实如香附而有芒，根如茨菰而圆，冬掘之可煮食。予经行南北数千里，所仅见也。六里至史家庄闸，河势又归南北。

八里至鲁桥，两岸皆有市。泗水自东北来，会于沙洲寺前，故土人云：「泗水头在泉林寺，尾在沙洲寺」也。鲁桥东南四十里又有白马河，与泗河先后灌独山湖。白马殆即曲阜之沂水也。口内廿余里有美女二坝，拦水入独山湖。运河须水，则挑坝使河水外注，运弱甚，则并引湖。胡朏明谓泗水禹迹，自滕、沛、徐、邳、宿、桃至清河入淮，今余州以南故道悉为黄河所占者误。明神宗三十二年，尚书舒应龙、侍郎李化龙、曹时聘先后开浚泇河，自邳州东之直河入泇口，上抵夏镇，中三日度河湖，伟矣老人绩。予忖忧悯怀，岂仅转漕急。嘉祥济宁间，堤外平如织。百里土涂至沛县之留城。急雨至，不能登瞭，询土人以纪形势，再作五言一章，寄题白老人祠。

首镇，昭阳湖头在其市后。自此以南，乃明穆宗时尚书朱衡所开新河。旧河在独山湖东经谷亭，南

六里至枣林闸。六里至新娘河。河在东岸，独山湖出水之小口也。六里至南阳闸。南阳为鱼台

亦不可使承办人赔累，则行之可必效。若虚慕名高，冒昧举事，则予言将有作俑之恸矣。

江浙之勤农为师，其经费断宜依「业食佃力、借帑摊还」之例。然必须尽除以工程为调济之习气，宜先核粮册，将潴水及道路沟渠挖压之地，公同摊认于可耕田内，约扣步数为亩，以免争执。召募沟中；又度积水深处，加围以潴水；计地开子沟，以土培路，四面大沟，略如井字，以通于潴。尤之文安大城，水性土质，皆远过之。法宜先附堤十丈外，开宽深沟，以其土培宽大堤，渐掣积水入使同于江南之高邮、宝应。每年约地方所出，粳米不下四、五百万石矣，较广平之磁州永年，保定吏计襄橐之君子莅其土，而河员又不掣肘，相度地势人情，虑熟而后发，要以三年，成效必著，可五尺，平田与河内之半槽水相平。土性胶黑保泽，松柔长谷，若得念切民依，畅晓农事，不专为属占，自道光三年被灾以后，沥水递积，迄未涸出。东岸虽尚耕种，然亦多水洼。堤岸高于平田才四旺湖尾之安沟，长约八十余里。以目力约度，其宽各不下二、三十里。西岸自石佛以下，大都水入河耳，不容徐州以南遂无泗也。东岸自鲁桥以上，至蜀山湖尾之伙头湾，西岸自枣林以上，至南凿韩庄，引微山湖水以行运，而避黄河吕梁之险。至胡君著书时，中河容未开，则泗亦于邳宿之间

泥，利可兴沟洫。膏腴不自爱，颇足当漕白。惜哉宋与金，（讳纯，字德修，泗州人，官侍郎，佐宋尚书治水者，今配食祠中。）未有明农力。或谓转重空，珍水至涓滴。安能问疾苦，更事距川役？不思水利兴，水害乃能革。十年五被潦，秉耒民持戢。相时谨宣蓄，导脉疏湮塞。灌溉与浮送，并行斯两益。谁为后来者，听此言无惑。

十六日戊寅，过闸。十八里至建闸。十二里至桥头闸，闸入滕县境。五十里至宋家闸。三十里至杨家闸。十二里至夏镇闸，镇系滕、鱼台、沛三县分辖，兖曹两府州县皆在此兑漕，故东省水次，以夏镇为大。

独山湖头在鲁桥，尾在宋家闸，长几百里，其北皆依小山，连绵为岸，自山根至闸河东岸，约宽十二三里。昭阳湖头在南阳，故又名南阳湖，尾至夏镇，与微山湖相接，长百廿里，宽三十里，两三年来皆苦潦，水面至宽七十里，粮地被淹者无算。东西两湖，皆与河隔一单堤，东堤外间有葑田，西堤厚不及丈，临湖一面，砌毛石。长与湖亘，以西湖水逼堤根，又西风浪劲，故也。建闸十八里中，西岸有五里单闸、七里单闸各一座，东岸有小河口一。桥头闸十二里中，西岸有三孔闸一座，又单闸一座。宋家闸五十里中，有小河通独山湖者三，西岸有单闸一座，五孔闸两座，十孔石滚坝一座。杨家闸上二里许，有小河口名鲇鱼涎，通滕邑，各山水发极湍涌，无关济运。东岸湖止于独山。西岸之昭微两湖，专仗收纳闸河涨水，遇多雨之年，两湖西岸坡水下注亦旺，然不能为源。故西岸闸皆启板收河水，溜势甚急。独山湖则上游自纳泗、白马两河之水，故止用小河港遡水济运，平时则以土坝截港口，使闸河余水，专由西岸闸座灌昭微两湖。

十七日己卯，过闸。市长三里，南头有三孔闸一座，为微山湖受水之始。又双闸两座。十二里至十字河，滕邑青山头一路山水并由此下注，横穿入微山湖，形如十字，故名。发水时，大略汶泗并涨，水势相顶则喷沙，时时捞浅。司事者捞起即置岸坡，又两岸本系每年积沙，居民占种浮松，一遇暴雨，卸坍梗塞，法宜严禁私耕，而贴以草皮，捞浅方价稍宽，使出土堤外，则官民船只，并受利益，冬春流不绝。

八里至彭口闸，又名滕沛闸，以两县各管一闸墙为名也。二十五里至张吴闸。闸北十里曰赤山镇，粮食焦炭之所聚。微山湖碎石坦坡始于此，下抵韩庄。闸北五里有单闸一座。十五里至朱姬庄。迤北三里之内有单闸两座，旧例空运南下毕，则于朱姬庄前煞坝，截河水尽灌入湖。去年以湖水旺，未筑此坝，今年水势更盛。

十里至韩庄闸，闸入峄县境，江南之丰、沛、萧、砀四县以为水次。过闸，湖岸有十五孔连桥一座，桥外筑草月坝，已十余年不放矣。月坝南即湖口闸，临湖靠闸墙作坝基，筑钳口坝，挺入湖中，以节溜势。闸北金刚墙有志桩，以丈四为足数〔六〕，现存水丈二尺九寸，而闸河水面，低于湖面四尺许。故自张吴闸北之西岸闸座，水皆从板上外溢注河，闸河始渐起溜。过湖口闸，河势转直正东，西岸为南岸，东岸为北岸矣。自分水龙王庙至韩庄，共二十四闸，水势颇平，闸座约可减十五、六。自五里单闸河水内注，约高三尺许；湖口闸湖水外注，约高四尺许；昭微两湖，水通面平，约计南阳至韩庄二百里内，河水高低，仅及六尺。自韩庄闸以南至清江大闸，闸皆有漕夫头，司招夫为漕船绞关，闸水斗者，至用关六十盘，役夫千许，漕委督之，而闸官亦稍有沾润，皆取成于漕夫头，盖挽漕不用闸牌子也。舟泊韩庄闸下，时当酉末，日映湖西，而正东有青白气著地起，宽五尺许，上渐阔如放花炮状，直指日轮，盖月欲上之所吐也，而日在云中，亦出白气十数道，斜射东北，长至天半，洵属奇观。

十八日庚辰，廿三里至新闸。六里至六里石儿闸。六里至聚莲闸。八里至万年闸。八里至丁庙闸。十二里至屯庄闸。闸东北岸有大彭口河来合，峄县临城驿西有青云桥，聚各山泉沥诸水下注此河，冬春不绝，汶泗而外，此河与十字皆接运得力。八里至河心闸。十二里至台庄闸，河势又渐向南。自新闸至台闸，名八闸，闸北皆有越河，头窄尾宽，以闸密溜急，故于越河放水，令其先绕至闸下擎托，免致悬流滞运。且粮艘打闸时，民船仍可由越河径过，亦为利便。

三里至黄林庄，入邳州境，系山东、江苏分界处。而南河、东河工境，亦以为限。闻此有石碑横刻一画，以油朱填之，春间东河挑坝铺水以至油迹为准，不及则误运之咎在东河，及油迹则浅滞之咎归南河，名曰「红油记」，予以舟行疾未见也。廿里至河清闸，土名梁王城。

十里至王母山。山前有河宽丈许，长接微山湖尾而不通者五里，名小黄河。土人云：乾隆中，南河向东河借水，不可，遂自开小河，欲窃微山湖水。今其河间段淤塞，而伏秋坡水归并，沙砾随下，故江南运河，以王母山为头浅。五里至界口汛，东岸有河宽五六丈，上通北蒙山，水源长二百余里。五里至河定闸，土名大王庙。十里至滩上住舟，是日入初伏。

十九日辛巳，十里至河成闸，土名新河头。滩上开船不三四里，东岸有沙河口，即邳州城前河。过新河头不三四里，有薛塘口，即官湖河。两河皆发源兰山郯城诸山，冬春通水。二十里至猫儿窝。河入江南境，即宽廿五、六丈，至此更宽，而上游不五六里，两岸有三岔河，宽三丈许，系聚铜邳两界之坡水下注，一入运河，以窄合宽，溜缓沙留，故江南运河，以猫儿窝为二浅。十里至马家营闸。二十里至窑湾。沂河自东北来合，口门内东岸有竹络坝，系骆马湖济运之上口也，春开秋煞。

二十五里至利运闸，闸上十里，西岸有安家双闸，以泄坡水。十五里至皂河，靳文襄开中河，以此为河头。十八里至支家河，西岸有王家沟，骆马湖济运之中口也。十里至董家沟，有三孔石脚木桥，骆马湖济运之下口也。二十里至五花桥，今名永济桥。骆马湖水出尾闾五闸，由桥下至总六塘河。骆马湖头起窑湾，尾至五花桥，北与运河止隔一堤，上承蒙沂诸水甚旺，虽长七十里，而淤浅不能容，非山东水柜之比。十里至宿迁东关，宿船。

二十日壬午，候关。昧爽登岸，存平湖徐春帆司马一麟于钟吾书院，以在扬话别入都时有成约也。过关七里至卧虎闸。二十三里至溁流闸。江南七闸，亦有越河，河口宽并正河，非八闸之善矣。自此下达杨家庄河口，计一百卅五里。溁流闸下五里，有刘老涧新滚坝，减涨水入六塘河。杨家庄上十二里有双金闸，放水入盐河济苇左营正料，及淮北纲盐，俱在东岸。刘老涧下五里仰化集，入桃源境。杨家庄上二十五里豆瓣集，入清河境。

廿一日癸未，抵杨家庄。即晚渡黄觅舟，对渡即拦黄坝。黄涨初消，而埽前及中泓，皆平漾无溜，浊如泥浆，水缓则沙停，停而仍浊如此，可骇也。南河自嘉庆二十年以后，外南北、山安、海防四厅，黄河渐成中饱。近年严守徐邳减闸，刷深河槽，其土复于下游，以致倒淤上行于桃南、北、宿南北四厅，计八厅所辖长河，中饱之病，且三百里矣。拦黄坝内集夫兴挑，因夏间倒塘淤浅，故浚深塘子口，以备回空，并将顺清沟挑通，以备轮换。盖一塘子而两口，黄入停淤，多在口门，有两口，则堵此开彼，旋淤旋挑，可以无虞。倒塘之法，与临清相同，唯彼以上游清水用版蓄高敌卫而出船，此则开坝以纳黄，塘尾筑拦清坝，以塘内清水抵住黄流，黄澄为清，高与黄平，以资出船，系参用河工放淤进黄出清之法，为稍异耳。此法系道光六年外南营千总今升海安营守备卢国昌永盛所创，以送滞运铜铅船只者。次年即用以送漕，七、八、九三年重空船只，专恃此以免贻误。其法可谓巧妙，然遇清黄相平，及黄高不及尺，黄入不能跌深塘口，则坐困矣。后数年，有于御黄二坝东首，劘堤设涵洞两座，放塘内澄清之水入窑汪，至五孔闸南对河之幽明洞入运，无论清水高下，皆可抬黄跌塘，尤为巧中生巧。下拦黄堰至彭家码头夹堤内，见积水涨漫如故。八年夏，清江北岸西头之民居庐墓，被沥水浸没多年，神祠七、八座在焉。其地本有积水名窑汪，因入运之洞塞高，故沥水涨出汪外为患。具公呈于当事，当事勘明，恻然动帑数万两，为挑汰黄堤外圈堰内之淤滩为小河，下达山阳县之乌沙河以入运，长三十余里。河成劘开汰黄堤以放积水，水不得出，适遇霖雨，滩内沥水，反灌入夹堤，水面较旧高二尺许，向未被水而今续淹者，又四百余户。当事不得已，又为之展宽加深，积水稍出，刷动帮土，新河间段淤塞，水又不得行。以滩面高下之易明而其难如是，况言长河深浅耶？

廿二日甲申，搬取行李过船。十五里至清江浦，访国昌，以防汛不相值。十五里至淮关，入山阳境。存程禹山虞卿、萧梅江文业，禹山已归天长，与梅江话都中近事而别。十五里至淮安。四十里至平桥，入宝应境。

廿三日乙酉，百里至界首，入高邮境。二十里至六安沟，湖水已间段打破西堤，直注运河，倒漾至界首，河平无溜。四十里至高邮城，溜亦不盛。六十里至甘泉之邵伯镇。宝应、高邮，城皆临河。宝应在高邮上游百二十里，地势高且及丈，故河西虽皆湖堤，而宝应之西堤外有草滩，宽自数里至十数里不等，盛涨尚低于河面五七尺，故宝应城所畏者在黄水入运。高邮之西堤外即湖面，稍涨即与河通，盛涨则漫堤破戗，堤面与城墙略平，故高邮所畏者在高堰开坝。高家堰下为白马湖、汜光湖、宝应湖、高邮湖、邵伯湖，水落分五，涨则合一。南北长几三百里，东西宽亦四、五十里。白马等湖，俱为下湖，以洪泽独为上湖也。下湖受盱眙、五河、天长诸山小河，共七十二，而上湖则承河南、安徽十数郡及江苏徐州诸山之水，有名之川亦七十二。自平江伯筑高堰，截淮水出七道引河，由太平河归黄，而开清江浦于太平河东岸，引三分之溜入运河，上下湖始不相通。自清江浦至邵伯东岸，有闸洞七十二座，以济下河之山阳、阜宁、盐城、宝应、高邮、兴化、东台七州县田亩。高邮既与湖平，故西门外有通湖桥，引湖入河，而于南门外十五里之中，设南关、五里、中坝、车逻四滚水坝减湖涨入下河，引归于海。邵伯地势更低，而湖堤止于龙王庙，在邵伯镇北十里，湖河既合，又当五湖之下游，其东岸昭关滚水坝一座，独承五湖，引涨入海，故较高邮四坝更为着重。过邵伯镇二十里，至瓦窑铺，是为湖尾。计三十里内，湖皆无堤，故邵伯镇南设六闸——东西金湾坝、凤凰桥、壁虎桥、湾头闸、沙河桥等口，分泄湖水入江。近年又开新河一道于凤凰、壁虎之间，颇为宽深，然自六闸以下，至沙河桥诸口之水，皆归董、石、廖三沟。董家沟由八达口、石廖二沟合，由深江口入江，受水之口增而出水仍只旧路。况江口积年淤浅，江潮又复上泛，故高邮、邵伯湖西田庐相望，自嘉庆七年以后，迄为泽国。昭关等五下坝，本与高堰之仁、义、礼、智、信五上坝相应，而下坝下之引河，年久湮废，一经启放，则七邑顿成巨浸。自嘉庆十年，移御黄坝于河唇之后，黄底日高，借黄济运，甚至有长年运河无涓滴清水者，运河两岸决口五六，皆借黄之贻害。当事畏黄如虎，于西岸增建双单闸座十数，以减运河水入湖，然入湖之后，仍于下游入运，一经失事，为祸更烈。又将御黄坝口门逐年收窄，仅容粮艘，以求黄入之少。后并于重运毕渡，即闭御坝，专以运河一线，承受淮水，反将黄河上游，增建虎山腰等坝。黄水一涨，即将临黄之新旧各闸坝开放，减黄入上湖，而以高堰五坝为尾闾，泄入下湖，弃七邑为归墟之壑。嗣以上坝迭次跌塘，移仁、义、礼三坝于蒋家坝之上游，新挑三河，将入上湖之淮水，倒钩迤上十数里，依山骨泄归下湖，期以保护堰工。而道光四年，卒至堰决，三河又何益哉？迨借黄不行，变为倒塘灌运，清水涓滴无复入黄之理。又以倒塘时黄水过高则大险，故须蓄高湖水，高堰开坝之志，迭经奏增至一丈三尺，而三、四年来岁底湖水，尚高一丈五六尺，然黄水犹高于湖二、三尺不等。嘉庆十三、四年间河事最否，然当大汛漫口四出之时，顺黄坝志桩不过二丈七八尺。十数年间，大汛至过四丈，岁底亦不下三丈三、四尺，故粮艘一竣，即放三河，而两坝继之，为鱼之痛，其终能免乎？

道光六年六月，高邮四坝悉开，而湖水尚见涨。河营参将持河帅令至邵伯，督开昭关坝。此坝自嘉庆七年跌翻坝底，积年未修，二十年估银六万，扬粮厅领帑承办后，上下如忘。延至道光三年冬，督臣始严饬赶办，而帑项早归乌有，于两月之中，草草贷银数千两蒇事〔七〕。四年堰决，水势骤至，十一月十九日辰刻开放，申刻即跌翻。及六年奉令启放，居民谓放坝之所以异于决口者，以有底节水，故也；若开无底之坝，是决防矣。天必欲杀人，止可静听诸天。数万众日夜卧坝上，不能施畚锸。廿二日酉刻大雨如注，守坝民人趋近庄暂避，而堡兵驰白参将，参将立至督开。及雨住，民人赶至，坝已过水。天忽无云而雷，震毙报信堡兵于河堤，万目共见，群以为雷神之有时而事事也。

七年湖涨，河员又议开高邮各坝，知州李君宗颖以一身任之，得不启放，七邑赖以有收。八年，湖涨又甚，李君与河员力争如前，虽卒开放，而借得迟延二十日，七邑得以抢收大半，成灾不甚。七邑民颂李君云：自取十二岁之幼公子置坝上曰「与众百姓为质，若必开坝，则众人先取吾子投坝中。」今擢知太仓直隶州，近年江省超擢之员多矣，如李君者，不可谓非从民望者也。然治河不筹刮空，而专事加堤，治漕不求出清，而专恃倒塘。运河例容淮水三分，今以十分淮水，全数归运，虽李君永守高邮，其智必有所穷，况循良之莫能为继耶？是日大暑。

廿四日丙戌，四十里至扬州便益门。过坝盘城河划船归寓，祝母氏寿辰。询知孟仪宜舅姑，而仲远人材足依，甚乐。母氏命至书房款客，而江都张芰塘、李练江、殷古农、梅蕴生、仪征刘孟瞻、毕春原君辅乔梓、王西御勾生昆季、吴熙载、张司衡、甘泉杨季子皆在，盖扬城之学人才人备于是矣。

校记

〔一〕又为子弟捐知县二，县丞二　原作「又为子弟捐官三四人」，据吴校稿本改。

〔二〕吴　原脱，据吴校稿本补。

〔三〕丈　原作「尺」，据吴校稿本改。

〔四〕任　原作「仕」，据吴校稿本改。

〔五〕开河闸　原作「闸河」，据吴校稿本改。

〔六〕足数　原作「筑数」，据吴校稿本改。

〔七〕两　原脱，据吴校稿本补。

中衢一勺卷第七上　附录四上

却寄陶宫保书

宫保大公祖阁下：新禧曼福！客岁祀灶日，世臣自吴淞江工次返棹，晋谒铃阁，而两司继至，不及畅欲言。小除夕到扬，老母以下俱叨庇平善。献岁以来，天气融霁，想各段工程，俱可攒齐。灯节后，旌节自必临工验收，督开拦潮大坝，使百渎七十二溇水有所归，吴民深庆，而千里之涧，旁被越西，世臣亦获免素食之诮，幸甚！幸甚！

此次吴淞江工，估办无不如法，徒以天气连阴，稽延时日，致工员大累。其甚者赔项与领项相称，即地段便利，亦且六成。约计通工，费帑三十余万，赔款亦不下二十万。然一遇大水，则救出苏、松、太、杭、嘉、湖六府州田亩，所得当数千万石，智见远而勇任重，以成已饥已溺之仁。自嘉庆乙丑，吴越会商再四，筑室道谋，倏忽阅廿余年，非阁下谁能收此巨功者？而葛峰将顺匡救，相助有成，为政在人，其不信乎？

世臣返棹，一路体察河形水势，唯野鸡墩一段，地弯槽窄，潮过野鸡墩十余里至王渡而止。江之经流，至四河口，南合淀台湖，北合安亭河，流虽平而势已盛，下注王渡，遏住潮头，故淤留野鸡墩弯窄之处，而上下渐亦淤垫。吴淞屡浚而功卒不垂久者，病皆坐此。自四河口西行三十里，至夏驾浦，河势较陡，而形成「人」字。东北下福山者，分溜什七；下注本江，溜止什三。是以不能畅驱退潮，东出大闸下黄浦，以成水漱之势耳。法宜于夏驾浦西岸，做挑水草坝一道，斜掩北出之口，使正流东下本江，而回溜钩入浦河，则本江力足抵潮。又汇群流建瓴下压，遇窄则怒，遇曲则后推前，是野鸡一段，不唯不为通工之病，且可借其收束，以为激荡刮空之用。

世臣测量估计，此坝约费四千两。公项虽已无余，然必筹四千两以救五十万，方能使以五十万易数千万之效必奏耳，唯阁下垂察。筑大坝所调之南河卢守备永盛，练工程，识机宜，世臣与共事五十余日，南河文武无与为方比者。卢君现在大坝候开，一无所事，可以调赴夏驾浦，委办此坝，得地得人，何事不成？南河游击出缺，例以守备升署，如卢君者不可多得，阁下将来工竣入奏，似宜保以「应升」，为南河位置人材。阁下收工时接见之，款询之，自知世臣所言不谬。至其于大坝之北岸土山上，做小埝五、六十丈，日夜督攒，群笑为多事；埝甫成，而十一月初三大潮几平埝顶，以一线新埝，救通工之命，众乃大服。又于大闸海漫石上，撒草累土三尺，以钉桩挂缆。前此筑大坝时，北岸土山，钉七尺大桩三百余，潮至皆拔。世臣见其以新土堆石板上，仅高三尺，亦谓其断难有成，而潮来竟不能拔，应手合龙。皆土人目所见而口能言者，阁下参之舆论，更足证世臣之不阿私好也。

开坝之役，世臣不能躬随旌节，深用为歉。夏浦坝工，关系紧要，然非深明水学，断不解此巧妙。阁下存世臣之说，亲临相度，如可采即便断行，若与余人商榷，恐阻盛业，致贻后悔。手书草率，恃爱尤甚，天气骤暖，伏惟珍重！道光戊子人日，旧部人包世臣顿首谨状。

宫保得此书，临工遍询，多以为不必，遂罢其说，唯如书言力保卢君耳。庚寅大水，各省成灾，唯苏、松、常、镇、太、杭、嘉、湖八府州有收，是吴淞收功实之成效。然丙申予舟过野鸡墩，已苦搁浅，候潮而后能行，深惜盛业有阻，故录此稿以告后来。

代议改淮鹾条略

道光十年冬，户部以两淮鹾务宜「改为民运民销，化莠为良」入奏。奉旨命原奏之王尚书、宝侍郎驰驿之江南，会同督部定议。星使与督部皆委亲信人员赴场灶查看情形。委员见予书者，疑予为发踪之处，微服过访。予亦乐千年弊政之庶可革也，走笔书二十五条以畀之。钱粮正杂，每斤六厘者，乃部奏原定之数，故仍之。其实尚可酌减，使与盐本相称，乃行之益无格碍。然鹾贾殊不便此，虽明良契合，意在必行，犹未敢必其定能有成也。十一月二十五日记。

一议灶户岁输折价钱粮，为数至少，尚多拖欠。今若按𫖯征课，私锅既不可尽，衰旺又难定额，一𫖯所摊，课至累百，盐卖钱散，断难清款，自以征商为长。然买客赴场纳课，场署坐落海滨，既无城郭仓库，又大使职分较小，旺产场分，岁课且至数十万两，干没亏挪，恐亦难免。自宜令买客赴运司纳课，领票赴场买盐，由场员验明，发照出场。如殷实灶户愿贩盐出场者，仍先赴司纳课领票，与外客一例办理，方于裕课通商，两无窒碍。

一议解散盐禁同米麦，无须再配引目，自宜以斤起算，使人易晓。查两淮现纲盐，每引额配三百六十四斤，每纲额行一百六十八万引零。奏销银，正款一百八十万两，杂款织造、铜斤、河饷三十万两；考核银减半，平余五万两；其盐规匣费七十万两，唯京中、口外各衙门津贴之项，已关定额，自宜一体摊入。至各省文武，既无督销专缉之责，旧设规费，自宜剔除。又帑利九十余万两，断无令新贾代旧商偿欠之理。而款内挑浚运河诸事，实关紧要，亦宜核明银数，别立名目摊入。至奉发参斤，既无额商，自应请停。以上数款，应请并入奏销，删除考核名目，以免参差。约计每盐一斤，应摊正杂课银四厘内外，由运司当堂兑收，归正库存贮。

一议盐义仓系奉世宗宪皇帝特旨建设，以备上下两江饥馑者。应酌核向来动缺买补章程，照州县主守之例，责成运司，不得转派首领等官，致滋亏缺。其建在场下者，即责成场员，宜酌定每年经费若干。

一议御书楼系承高宗纯皇帝特恩，存贮扬州天宁寺、金山江天寺两处，嘉惠江淮士林者。或即交该住持兼管，或遴选淹博勤慎士人数名，分别正副，依时敬谨晒晾。宜酌定每年经费若干。

一议杂支外支，款繁滋弊。查月折堂俸，及挂名书楼、育婴堂、普济堂各董事，实系无事而食，应与文武衙门旧设巡缉经费，皆无庸议。至如育婴堂，现养婴千四百余名，乳妇同之，向设内号、东号、西号，董事逐日收婴、觅乳、验顶、核肥瘦、课勤惰，事颇繁要，应查明实在办事之人，分别在堂久暂，每号酌留三、四人。其医生常川在堂诊视者，有每月方簿可稽，合计乳妇婴儿数近三千，应就实诊医士内，试验能否，酌留七、八人。所需病饵，应提药铺三年内帐簿，酌中定数，以杜冒销。其徽州书院、扬州恤嫠会所需经费，各有本款交商生息，然追缴存本，完欠难定。应同现行之普济堂、老人堂、救生船、扬仪书院、江宁苏州书院、苏州育婴堂，一体核明，酌加捐款每斤银若干，令买客带纳，以绵善举。

一议淮南串场河，时浚时淤。淮北盐河，双金闸一闭立即断流。故淮北运盐，名曰秋单。此次既改章程，应听由南、北六塘河，归总六塘河，至崔镇九里冈一带盘坝。或由扬庄入御黄坝，或盘过运黄两河，由包家海子等处上洪湖船。此系长年通行之道，然被西水冲刷，间段不免淤阻。河道通塞，关系商运、民食者甚巨，必应随时官为疏浚。所有经费，应酌定数目，于钱粮内摊带，与前三款一并归入另库，使与奏销钱粮不相混杂。合计每斤，约捐银二厘以内。

一议赴司纳课，资本大小不齐，且多有未到扬州不习官府者。应照各省藩司之例，于运司署前设立官银号五家，海属一家，通泰各二家，将钱粮科则，逐条载明，仍将各条归并合算，以杜逐条卷零之弊，刊刻木榜，竖立司前及银号门首。其四首领十五房，应酌核归并以节浮费，从前所有薪水饭食各款，并应删除，使与地方一例。

一议各场去扬，远近不一，买客不习地形，势必就近争买，较远场分，或致积压盐斤。除买梁盐有定产场分外，其余买安盐者，应由司于收课给票时，按场分产盐多寡，轮派标明赴买。各客赴场呈票，照数买足。雇船出场时，请场员秤验给照出场。仍修复北桥散旗旧例，运司于盐厅按船抽秤一、两捆，除每捆浮出五斤以内，仍准给旗放行外，自六斤以上，照各关罚倍例，分别办理。北桥散旗事久不行，旗式无考。应酌用阔黄布一副斜裁，上横书衔姓，下直书某商雇某户船，载例盐若干捆，年月日给。其委员所给旗，仍由运司先用空白印旗发交，于日月后加署委员衔姓。场照每客给一张，即分载十船，止用一照。司旗则每船给一面，船多者挨次填第一二三四字样。数客合雇一船，则旗前并列客名，以便稽核。各客所领照旗，于下届赴扬纳课时附缴。如浮至一成，则照漏税例究办。其江广客应出江换江船者，则与淮北转尖之船，皆泊仪征，由运司委员或营或县酌定。秤验给旗。淮北赴安豫各岸之盐，则于淮河口，委泗州称验给旗。

一议变法伊始，必宜广为招徕。查淮境以江广为远路，该省盐斤旧集南昌、汉口，听外府县水贩携银赴买，运回济食。此次即可招使前赴扬州，纳课买盐，直达本籍。其旧商存岸及现在出场改捆上船之盐，计新客遵示来扬，总须数月，旧商减价速售，亦不至大丧资斧。而新客陆续到岸，民食无虑缺乏。至私贩头目多拥厚资，自可立变良贾。而手下附从之人，身外多无长物，应咨查两浙仁钱担商、金衢筹商成例，斟酌定章，将淮北之桃、沭、海、赣，淮南之山、阜、高、宝、江、甘、如、泰，坐落运河东岸地段，听其肩挑售卖，使国课不虚，而口食有赖，不致流为盗贼，扰累官民。若用倒撑小船装盐贩卖者，便当赴扬纳课，由场发照，方准出场，以杜透漏。

一议淮南辰永两帮江船，数至累千，每船不下三十人。因律有不以盐船载非盐之禁〔一〕，故其船式样笨大，与他船迥殊，盐法一改，此船不能揽载他货，又向与老虎颈一带私枭同里交好，若奸商欲挠大计，造言煽惑，颇费收拾。查江安地近，转输迅速，用船应听客便。至江广地道既远，买客资本自必稍裕，且江湖巨浪，非大船不可，应饬地方官分帮传集，令其公保信实数人，充当船行，专装江广客盐。除该船主力能营运，自本自客，以及头舵各人，能朋本营运者，不须由行，毋许经纪人等派扰外，余俱照例每两三分抽用，不准丝毫多索，水脚若干，悉听三面照时议值。

一议灶户卖盐，向系运赴场员所驻集镇，住居歇家，与场商交易；况在远客初到，人地生疏，尤不能按户挨收。应听旧业场商及灶户殷实人等，开设盐行，居积引揽，悉听其便。盐客买足报验领照，取该行甘结备案。

一议课银较盐价，多寡倍差，难保无不肖灶户，勾串客商来场私买，于可以偷越去处，得规包送。应查明各场通船只不当关津之所，用木桩钉截，使盐船并归一路，易于查核。

一议淮北旧有杠夫千余名，搭盖席蓬，住湖嘴后河北地面，专抬盐捆，别无生业。从前为议改坝，商厮唆使出头，屡成巨案。查总六塘河去运河约三五里，必须搬运，应明示仍用杠夫，令其移家前往，相距一程，事非累坠。

一议仪征沿江一带，老小妇女，多以扫脚盐为生。应查明人家若干，除老废无依，筹设公所，比孤贫收养外；其余分别酌动义仓，给半年口粮，或折给资本，令其营趁迁业。其平日扒偷之徒，宜明示宥其既往，如敢结党把持，自以官法严惩，仍坐所由。

一议仪征埠头捆工箕秤人等，为数虽多，然皆稍有身家，盐务系其熟路。即有赤贫营趁之辈，自可帮同营运，无忧失业。

一议大小单钓屯船，既免坝掣，自可由孔家涵子直达场河，装运盐斤。其安庆以下盐客，或有由各口岸雇船来运者，亦听其由涵子抵场。皆由场员秤验后，于照内填明捆数斤重，由运司抽验给旗，经过各关，验旗放行。如查出捆数比旗载浮多，照逃关例究办。

一议淮境之内，不分南北，假有拦出淮境，自听邻境巡缉弁兵捕究；明示盐客船户人等，毋贪小利，自罹重网。

一议盐既不分纲食，无须改解子捆。然散置船舱，殊难稽核，应定以筑成三百斤为一捆，酌加卤耗包索若干斤，照天池掣马旧例，以二十捆为一马，抽秤一捆，多少照算，而荡蒲亦存销路，不至以货弃地。险远乡邑，势必改五十斤中砠。挑盘零卖，需用小包，盐客自即在场带去也。

一议淮北盐价，较淮南不及一半，北垣向例，盐一挑取制钱八十文，以人力为度，不过秤。而运道艰阻，盘剥较多，应免纳杂支捐款钱粮。唯浚河经费，一例摊纳。

一议淮北临兴一场，产盐最旺，坐落最远，向来从无商贾，全数济私。应听转尖海运至淮南地界售卖，照海船成例，于内外洋汛地挂号，验照进口，凡指明转尖之客，应与南场一体摊纳外杂钱粮。

一议盐既由司纳课，自不能再于各关抽税，而船料在所当征。应核明扬由龙江、芜湖、正阳、九江、田荆等关科则，逐细定章，使船户与买客周知，以安商心。

一议司发之票，场发之照，应酌定程式。司票照芜湖关船票用安抚印之例，盖总督印；场照照地方契尾之例，盖运司印。司票到场，由场员按月径缴总督，以资查核；场照由场官秤验盐捆斤重，填明出场日月，仍将照根按月缴司。

一议新法既行，销盐大畅，所有带纳捐款，数年之后，存积必多。应请积至百万，即报拨一次，以免滋弊。

一议酌定章程入奏后，即应刊刻简明告示，各处张贴。仍将前后筹议条目、告示、票式、照旗各式样，刻印装钉，照宪书及各关木榜之例，盖印壳面，遍行发卖，使穷乡僻坞，大小咸知。凡卖客船户，各带一本，使沿途匪棍，不得捏词讹索。

一议淮北出路，虽改由六塘河，究属盘剥艰难。既不分别南北，若听兴、阜、盐三县各场盐，由宝应望直港过坝，入护城河，直抵蒋家坝，盘堰入淮，则两次换船，已越洪湖之险，又不与粮艘争道，可以减本迅运。其淮北三场，悉听转尖，尤于商、灶俱便。若此，则杠夫须下移，附备一说。

上陶宫保书

部民包世臣谨顿首状上宫保大公祖阁下：七月间奉手谕，旋附均之肃复，谅尘钧座。嗣以小儿姻事，前往剡中，还至武林小住，饱揽湖山，不觉滞迹。至九月廿五日，在旅次晤南河催提浙饷之差弁曹姓，询悉：桃南于家湾盗决口门，塌宽至二百丈，中泓深三丈八尺，高堰志桩积水至二丈一尺九寸，出黄之吴城七堡顺清沟新河，次第拆展，共宽百六十余丈。减清之仁、义、礼三河，智林两坝，启放经月，湖犹见涨，拟加放拦湖坝未定。星使月内可到，河帅飞札江西，追迎制节云云。世臣闻声惊骇，急作归计。窃谓阁下还辙，得以抠谒邗滨，备刍荛之一询。昨过武进，晤姚石甫，知驺从已于月晦抵浦。世臣全家侨寄下游，倚虹园地势尤洿，移寓无资，私计孔迫。一经入门，心力殆无复他及，是以跼蹐小舟，缕述纤细，悬拟之说，深知无当事实，惶悚惶悚！

按桃南属之高家湾，向以槽宽溜平，为数十年通工受病最早最重之处。于家湾紧当上游，是以掣溜至速，然洪湖异涨，顶托黄流，殊非悬注之势，未必能深跌老土，则正流想未能遂断，下游必受新淤。吴城顺清，虽系减泄要路，然河滩老淤坚厚，冲刷难期顺畅。正流既未断，迤下廿余里，便合吴城之水，又下十余里，复增顺清之水，而扬庄之水又自北来会，占住河身。势必议及硬打拦黄坝，开挑口门以下至吴城廿余里之引河，四面调集正杂各料，俟清黄并消，勒限进占合龙。夫口门宽于河槽，水势又不甚高下，坝前必有挂淤，开工之后，势必进占得占。当事见其易与，不能无欲速之心，是既犯大工所深忌。况下游中饱日久，长且至数百里，挽归故道而水不行，则下蛰旁溃，事在常有。况现在堰志既逾二丈，头坝上下，水面悬殊，必在七、八尺以上，粮艘回空，几同转石。在事员弁，经练有人，或能妥筹，不致贻误。而以一草坝当此巨冲，万一失守，清淮顿为泽国。又全黄入湖之后，大溜已散，与清水荡漾，平争湖面。以臆度之，成事四十余日，黄必挤清于高堰关帝庙前，迤北七道引河旧地，皆为黄境。清水退让，南出三河两坝，霜后源弱，黄蹑其尾，度堰志落水五、六尺，则黄影必出智林坝口。湖面落低，黄身乘高下压，必且跌深出泓起溜，正溜两旁，各有回溜，停淤至速，则裴家场一带，必且淤出新滩。是今之患太平河水高、头坝吃重者，数月之后，求黄之北出束清，恐或无几矣。且闻智林坝底前已有病，难免跌翻，掣动全黄正溜，入白马、汛光各湖，挟清作势，自走成道。渐且以董、石、廖三沟为尾闾，黄淮并合于江，则高宝殆为陆地，粮艘何由北达？至于北水尽数汇南，形家无稽之言，姑弗论也。

闻之危事不可以为安，则无为贵智。因败为功，管子所以为天下才也。胎产者妇人至危事也，然有瘤疾难瘳者，常于调治胎产而获除。古来杰士，当至难而举之以易，观成宴如者，诚明其情而握其机也。阁下博综今古，大司空公忠体国，夙有笙磬之契。桃南北、外南北、山、海六厅河身，受病几二十年，起痼观成，其在斯矣。要之，今日形势，欲大开引河，不唯现被水占，亦断无从请此巨帑；欲就简苟完，则后患莫测。是必先掣口门之溜，约以四分入正河，使新淤不积，导吴城、顺清、新河三口之水，冲跌河身，移昏垫淮扬之具，为荡涤症瘕之用，测量缺口迤下，直至海口，宽深皆能逾旧，然后并力进占，则夙病可除，后患可弭。但得河归之水面，与堰志七、八尺相平，则亦必世之利也。

然其机全在乘清势方盛，以用我操纵之权，若坐待清弱则蹶矣。故用黄率清以北出者，为安为功之势也；非然，则清必导黄以南下矣。此省括不过微茫之间，而程功衡能相万者也。夫水犹马也，骏马固能引重致远，非良御秉策，徒苦踶啮而不效千里之功；聚水自足攻沙，非善水学者，曲为导宣，则见害而不为利。是必环历周咨，乃能得其要领，非可凿空妄说。世臣唯即事理之可必者，略引端绪，自比起予，然其要尤在「节帑」。世臣生平为中外所中伤，在此二字，唯阁下察其愚诚，宥其狂瞽，幸甚！慰甚！

肃请崇安，伏唯慈鉴。道光壬辰闰月八日，部民世臣谨再拜状于云阳舟次。

答萧梅江书

梅江二弟足下：得手教，敬稔侍奉曼福。又稔贤孟在粤有归与之兴，涉春可图良晤，弥用为慰。淮东人士，绩学而有心斯世，无能与贤昆玉参者，至笃念鄙人，片言只字，悉加存录，质问疑义，触类引伸，是其成高成大也必矣。而用情过当，得用为明哲之累？捧缄三复，惭感交并！承示闰月杪在袁浦帅署，见仆云阳道中与陶宫保论于家湾决口笺稿，以为论同蓍蔡。又示及初决时，致书王淮扬，劝其急于门口上首做挑水大坝，以顺为盖，则黄流入湖较少，使御坝内清水，乘高并力，下除河身积淤，此即仆用黄率清以北出之法也。相距千里，识论同符。近日知河事者，唯贤昆玉耳。贤孟远客羊城，非足下其谁审此机宜耶？承询鄙说，见害而不为利之故，与曲为宣导之方，此固仆所欲言而未尽者也，为足下发此机枢，唯足下荣辱之！

夫清水有刷沙之功，其说闻之习矣。然嘉庆十六年减坝决后，李家楼复决，河流全掣入湖，澄清而下河身，出减坝口。及减工合，清水直达于海。至次年二月，清占河身已百余日，黎淮扬招仆同舟打水，自茅家嘴至李工三十余里，比较引河工册，曾未加深尺寸。及三月杪，李家楼合后，黄归故道。经伏秋两大汛，河身通刷深丈许，海口深至过倍，乃悟水非作势翻腾，则旧淤不动也。盖黄挟沙而行，质重性沉，其流迅驶而善洄洑，但无旁泄，即能跌动底淤。清水质轻性浮，其与黄同行，自可助势。若独行则平流荡漾，即遇风起浪，力不达底，反将新淤砑压坚实，此鄙人所为有见害之说也。

至于导宣而加言曲者，言必迫之使不得浮，怒之使不得平也。故善治于工者，先用足下挑坝外顺内盖之法，不可太长，恐大溜挑回，则口门骤闭，无以借除积年二百余里中饱之弊也。一面派员估勘，自口门下至海口，相开川字河。其宽以径二丈为度，其深以较河心低五七尺为度，或一二道，或三四道。其墙壁立而下稍宽，其土不用挑送，皆搭跳支架缒引散推岸旁。两河之间，以能容土山为度。挖土人夫，上下皆由缒引，遇稀淤探之深至数尺则止工。合计挖引河之工，每人每日可出土方余，估价稍宽，使在工人员有润，以止浮议。每挖河五、七十丈，则开一跌塘，塘深于河四、五尺，宽倍之。河与塘皆愈下愈深，兼较水旱两平，必使节节建瓴。勒限十日集夫，十日毕事。其工将毕，乃进挑坝以挑过大溜少半为度，开放河头，使黄清两水，并争川字河，河窄而水聚，行不半里，又遇塘而跌，跌起又复遇塘，溜以屡跌而激，沙随激溜而翻，墙塌沙壅，水郁而怒，管子所谓则后推前者也。仍先集料于三河两坝减清之处，并力堵闭，使清无旁泄，以厚集其力。接长头坝外盖坝，以发其北出之势。清源二千余里，汇于湖而专北出，则其力故不减黄。且使入湖之黄，不能起溜南趋，以四面害湖，尤为两利。计河身宽不及百丈，加两旁川字河各十数丈，以御坝、顺清沟、新河三口二百余丈之清水入之，以导于工挑回之黄溜，有不应心顺手者乎？是委湖之西北一隅受河淤，而借黄济清，以全力荡涤河身，鄙说所谓移昏垫淮扬之具，为荡涤症瘕之用者，凡以此也。

测量全河跌深二、三尺，则进挑坝一两占，及至溜回七分，口门自无劳人力堵筑。其经费必较现事大减，故终之以节帑。然必至河面与堰志七、八尺相平，乃可使之闭口。如其未能，即迟至来年桃伏二汛，亦无不可。盖操纵在我，用清制黄，漕运固无虑阻滞矣。安得不急功利、不惜人言、忘私忘家者，听此议而试此效耶？近闻河堧员弁，皆谓全黄入湖为无淤，正河无溜为伏流刷沙，打拦黄坝开挑二十余里引河，为不易成法。犹幸仆言未尽，不致又滋话柄耳。

正作书时，而贤孟书至，知近已抱孙，欣慰无似，并以奉告。书又备言夷船狡悍之由，料测万里，如说家常。方知粤中洋事，与江乡河盐，殊途同归。春秋先治内，其不信矣乎？远想慨然，情难自已。雨雪兼旬，而鄙人方欲为沪上之行，无俚可知，诸唯为道珍重！不具。十一月望日。

上陶宫保书

九月六日，部人包世臣谨再拜状上宫保大公祖阁下：月前晋谒铃阁，以初来自海州，略悉票盐底里，怀欲面陈。而阁下因经始司事者，不奉成约，办理错谬；接办印委，又鲜任事，盛有所督责，未获尽言，匆匆返棹。伏念淮北盐务，久已运商绝迹，正课虚悬。自阁下倡改票盐以来，产额颇增。而贩夫负镪报完钱粮，大半拒而不纳，洪湖以南食盐居民，率出贱值得净盐，以为有生所未闻见。是其大体，已属美善，即有小小节目，未餍物情，原可存而不论。而阁下采论风谣，谆访妥议，诚所谓精益求精，为可久可大之谋者也。若遂默而不悉，是世臣为未奉「上交不谄」、「忠告善通」之教，而阁下略分下交，竟未能收「不离令名」之益也。故复以书陈，唯阁下垂察。

阁下谓：「票盐之弊，在场商隐匿自运，把持抬价，使贩本积重。诚恐岸价随而益高，渐至不能敌私。是以革除场商名目，统号池户，其晒丁则听为池户佃客。所产盐斤，悉数报明，局员司其交易。票贩辐凑，盐斤断不能遍给，唯有归之签掣。掣得有盐之签，准挂一号，赴局买盐百引，掣空无可归咎。唯化枭为良一节，实为未践前言，而计无可出。吾子有高见者，何不吾告。」是阁下之尽心民瘼而自视欿然；古人云：「有君如此，何忍负之。」则尤不可不自竭其愚以备采择者也。按盐法例系核明成本，酌加余息，以定岸价，而不定场价，遇场价腾贵，则奏请暂增岸价。以纲改票，为抉破垄断范围，固不宜拘泥成案。而成本余息，事理不别。新章初定，合盐价钱粮经费，每引仅一两八钱零，嗣增经费，亦不过二两零，加以包索二钱，捆工拨船局秤一钱，水脚三钱，浇裹一钱，成本尚不及三两。而一引四包，西坝价贵至每包二两六分，极贱亦一两六钱。其抵正阳关，又增盘坝及过湖水脚每引八钱，而关价贵至每包二两六钱，贱亦二两一二钱。以坝较场，相距水程二百四十里，而余息倍差，过湖加水程四百里，而获利三倍，虽从前枭徒贩私之利，不能及此。利在则人为赍诸，安得不争？争则必势豪得之。其自度力不能争，而财足以有为者，退而勾串场商，高作盐价，出本合运，以及场商之力能自完钱粮经费给水脚者，隐匿自运，固人情之常，而事势所必至也。势豪盘踞其大宗，场商隐射其奇零，小贩奔凑，实往虚归。在旧业枭徒者，岂有巨镪？醵金为小贩，而盐必不可得，集泮林而无桑葚，几何不取子毁室耶？此化枭为良之言之所以不践也。

彼西坝者，在票盐未行之先，只一沙堤耳。两年间连甍成市，此固非人力所能为，而实淮北旧事也。康熙、雍正时，北商由场运盐至湖口马头镇发贩，名曰内商。河南、安徽各盐客转贩至岸，则名外商。略与今淮南之江广水贩同。嗣北商认岸直达，罔利病民，驯致私充官滞，片引不行。是今之西坝，即前之马头也。阁下前日议及移官于坝换票者，斯得要领矣。夫盐法最苦者透私，而私之所以不可止者，在科则之征于商也太重，而场商之待灶户也太刻。灶户苦累，非卖私则无以自赡；科则太重，则枭徒买路之费，有所取给。今票盐科则可谓轻矣，而私不止者，以小贩不得盐而无可告，晒丁苦累而莫之恤也。小贩不能得盐于场商，则增价而买于晒丁；晒丁不能取给于场商，则匿盐而售于枭徒。枭徒改为小贩以来，既来而钱粮不能纳之于有司，则转而输于巡缉之兵役，重集无藉，以习故业，此枭之所以不止也。归局限买，小贩有得盐之理矣。然而坝利太厚，则势豪之侵夺不息；场价太贱，则晒丁之生计不裕。然则今日欲救票盐之弊，其要在平坝价而增池价而已。

票盐一引，钱粮经费合之尚不及一两五钱，宜使池价与之相等。又仿佃田之例，使池户与晒丁各半，则晒丁优饶，衣食足而知荣辱，自不至冒禁透私。池户产盐万引，岁赢七千五百两，是亦足以餍其心矣。唯客池千数，向设垣照百五十有三户，今若禁革立垣，则客池户无力积盐待售，而票贩亦不能朝夕驾船挨池零收。客池户身为晒丁，池业自应得息，宜酌定分数，使客池户与垣户分润，以归平允。如此明立章程，贱从时价，贵不得过两半定章。票贩到坝，成本每引仍止三两七、八钱。即以西坝比淮南之汉口，出场盐船不许径出双金闸，皆盘坝领票缴撤场照。票境之内听其所之，不复问其卖价。唯核定坝价，贱则从时，贵不得过每包一两五钱。计其余息，每引仍可二两，以本乘息，尚逾五分，于招徕岂有格碍哉？然人止一号，号止百引，势豪必不利此。则盐多而小贩可遍给矣。又定湖贩以五十引起，五百引止，使小民皆可合本趋利，而不能占岸居奇，则岸价自较现行更减，而洪湖之抢夺自息。岸价平则外私不入，池价增则内私不出，则化枭为良之原议，必可见诸实事矣。且清江、淮安，在行纲之时，盐价自十五文至十八文，票盐初行，骤增至三十六文。近乃以坝为价，每斤二十八文。若坝价不过分半，则清淮才可二十文，较前虽小增，而比二、三年来为大减，是亦足以塞清淮居民之浮议矣。

若夫以签掣昭公平，诚为善策，然其弊亦有不可不预筹及者，世臣敢为阁下申言之：阁下深憾场商把持，故绝其名目，使池产之盐报局派买。而签掣之法一行，恐利之归于池户者，较今必倍蓰也。淮北虽曰三场，而中正、临兴，合之才当板浦四之一。板浦居民不及二千户，而大小场商百数十家，其业远者百余年。居民上者为其伙，下者为其厮，什而七八。除池户的名外，所有厮伙，皆得与外贩同掣，外贩集者不过数百人，而池户厮伙不啻什之。又外贩有仆赁守候之费，以与土著争一日之得失。世臣前在板浦，闻各员议掣事，或以为统计盐额，一年两掣，或以为一月一掣。要之，众寡之数既殊，主客之势又别，数掣之后，外贩之得与掣者或寡矣。厮伙无力完粮捆运，势不得不为池户作化身，盐虽归局缴价，其实各池互换，竟成代事，是欲抑之而反以资之，此犹当有烦盛虑者也。

至于平坝价，增池价，限买数，以利小贩，固化枭为良之至计。然必使终年候闸以运秋单，则日久费多，货少转迟，通盘核算，难期踊跃，是又不可不为之设法，使得常川灌输也。盐河之北有南六塘河，上承骆马湖，长年有水，向为走私径路。两年来小贩出其道者，水小则在徐家溜子，盘旱五十里抵坝；水多则上达渔沟，盘旱三十里抵坝。徐家溜子车脚，每引六百文，渔沟四百文，加以抛散，则成本较重。宜于今冬勘估渔沟河头，开一横沟抵盐河北堤，而于渔沟以下浅处，间段浚深，两岸残缺处，培筑高厚。又于崔镇上下，相度六塘河逼近遥堤之处，建一涵洞，开沟引水下注，以助浮送。其蔷薇河下游，淤浅尤甚，一律疏浚，使西水畅注临洪口入海。合计买地挑筑之费，亦不甚巨，不唯足利盐运，且借修其水利，则海沭二属，可以化瘠为腴，居恒不苦西水，一麦地万余顷，皆可播种秋禾。即遇刘老涧开放，或中河偶有漫溢，有所消纳，不致成灾。而闸下正河，专运苇料，尤为河盐两得。此可于今年票盐溢纳钱粮内借拨兴工，明年于经费外，带纳修河费每引一二钱，便可归款。其响水口之费家窑盘堤溯黄一道，便可钉截，以杜透漏。至附近盐场地方，不设额引，以惠贫难小民，定例之时，具有深意。今虽准行小引，而赴场完纳，赴局报买，赴垣捆运，非数十金不办。贫难小民，何从筹此？且附近村庄，无上门老少盐可买，则盐价增贵，又以票贩云集，百里外内，食用物拖贵过倍，小民不明大计，难免怨咨。其如何确查给筹，又不致积零济枭者，稍扰仁抱，必有妥章。

世臣在板浦，知今冬明春，池产仅敷弥补本纲。截数以后，买卖已停，来年新盐，非入夏不能开市，尽有暇日，熟筹尽善。极知狂简，无当高深，唯以久托帡幪，有所闻知，不敢不尽。临楮惶悚，世臣再拜谨状。

老少盐济枭，乃历办盐案成式。为盐犯不能供明来历，例宜加等；供明来历，则场员被议甚重，故借此为出路，并非事实。若非大慈一视，属吏断难议及，世臣又启。

答谢无锡书

默卿二兄明府足下：赣役至，承手复，深引抑损，劳而不伐，学养益邃，以感以佩。奴子昨在吴中，亲见牌示，为无锡巨邑择贤父母，赣榆已僻，想尚未闻吉语也。前月廿三、廿六，在白门两晤宫保，知以票盐总办之权授足下，而不得不借保署州之头衔，以冠公椟。今既受百里之寄，部复一到即可，无庸保君书纸眉矣。

仆前书云：「见足下所议新章十事中，多未能了达，而非尺素所尽，拟泛海奉访面悉。」嗣以移居期迫，匆匆返扬。旋赴白门视新居，因谒宫保，论及票事，宫保大指同足下，仆争之力而未能回意。继念宫保莅江乡十年，兹举至为善政，徒以始任大吏，意主自私，使办法与奏案刺谬，于今为梗耳。故复因李廉访邮呈一书，而足下使适至，录稿寄阅。有书中未及而欲进之足下者，缕陈纸尾，唯希照鉴。

辛卯秋票法初行，足下念仆家食久困，即赐手书言票利之厚，属仆纠约亲友来板浦，可代为力，必能济贫。仆比复以贫富分定，前此召买海淤、倡行海运二案，皆仆始发其事而卒定其章，然两案仆皆置身局外，名利一无所染，足下知之最稔。今票盐之改，乃当事采仆议一节以筹办淮北者，是其事亦发于仆。发其事自深知其利，况重以足下雅爱耶？然仆非乐贫疾富，与人异性也。凡以生平所学，在搀论得失，宣达疾苦，所望当时君子，或加采择，惠我穷黎。其见弃目前者，仍望举于后世。而猜忌排挤，实繁有徒，若复随众行票，必讥仆托名为国为民，实以自私自便，则其说不为无状。将使来者欲取法而鄙夷其人，不屑垂录。区区之心，窃深虑此。幸蒙足下喻意，不以为罪，其手迹想犹在也。足下奉委淮南半年，一反盐委痼习，与运商径庭，屡抉弊窦。调办北票，又疾场商。归并畅岸一案，总办道与都转，皆主以票盐成本行纲盐认岸之法，并力祖商，足下独以佐县微员，专持正义，致失大吏之意。幸宫保深知深信，排大吏之棱，举行尊议。是足下不近利不从众与仆有同病者也。

仆卅年扬州未尝接一运商，则八日板浦，断不至为场商作说客亦明矣。唯以初定票法，盐一引定价六钱，分捆四包，每包重一百六斤，原为淮北场例。本池收盐，筐重九十六斤，给价六十四文。客池收盐，筐重六十四斤，给价九十六文。本池以四筐二分成引，客池以六筐二分成引。其时盐积如山，纲商绝迹，场商晒丁，但求盐有受主，获就口食，本不以价贱为厉。而总办下车，即弁髦奏案，纠合贵显，醵金垄断。淮北印委各员，因而挪移钱粮，作为运本。场商亦复招其淮南故旧，合本自运。三数月后，票贩四集，各挟重镪，而盐则颗粒皆已有主。不得已增价为饭店回戤之举，又不得已增价为预买下纲之举，是短垣之逾，固不得专咎场商也。大凡在市之货，销路宽则价骤长，板浦屋价，较三年前十倍，一切食物皆三倍。即附近食盐，三年前每斤三四文，今则二十余文，足下能与申明旧事，以官法齐一之乎？一切不能而独绳场商，退有后言，亦何怪乎？廿年前仆旧游于彼，其时枭徒至盛，然相约不拒捕。而今半年间，拒捕巨案已四五见。过湖劫夺之案，两年之内已百余起，且有伤官戕兵者。口岸抢夺之案，至不可胜数。此而不思变计，则受累者告讦于外，风闻者交攻于内，实理势所必至。

足下受宫保特达之知，委任之重，自必澄心研虑，博求补救，以归尽善，非一意绝商，自明无所污染，遂足为报称矣。况足下擢大邑以此为功，此事万全，亦自完之要术也。是宫保前次札行革除场商，由足下之痛绝之也。然场商一革，则彼且逍遥以收池利，而分司大使无能过问，办公更从何处着手？宫保之掣空无所归咎，即足下每月派盐三万引，分配三百签，而以五千七百空签下筒同掣之说也。唯先呈资贮库验明，乃听与掣一节，宫保未及，或足下近时始决此策，而宫保尚未悉乎？凡是数策，皆为欲杜场商之弊。然场商运盐，理同业户贩米，本非有干禁令。现在淮南巨商，无不办场，而场商稍有力者，亦皆兼运。即谓票法专以化枭惠民为说，不妨创设厉禁，然亦必因时制宜，使晒丁取利于池，场商取利于场，场贩取利于坝，坝贩取利于关，关贩取利于岸，交易而退，各得其所，如是而犹营非分之利，则执法严惩，亦可无愧于心。若一意行以势分，恐足下意伸而术绌。因人成事，自来不可倚赖，所望足下扩如环之智，使良法得以垂久，是则鄙人之至愿矣。然非于鄙人有纤毫之益也。幸荷体察，不具。道光甲午九月十日，世臣顿首。

畿辅开屯以救漕弊议

水利与屯田，同理而殊势。水利者明农之先务，主于足民；屯田者足食之上理，主于裕国。故水利之兴，多在闲暇之时，民足而国储亦富；屯田之兴，多在有事之秋，国裕而民急亦解。数百年来，兴水田于西北者，何承矩之后，以怡邸、朱鄂两文端为盛。经理数年，垦成稻田至三百余万亩，而不久即废，论者多咎其尚不与民争利之虚名，不开屯而听升科，以致功隳已成，为虑不及远。此固非乐成人美之谈，然详考当日时势，即开屯亦不能以垂久也。南漕岁额平米四百万石，雍正中，曾以运河浅涸，阻滞南粮，至侍郎李绂筹办乃通，事载穆堂文集，然未闻当时都下有乏食之虞，是储蓄未急也。经征官多收羡余，特定为贪官例，是当时不以浮收勒折为当然，则民力未急也。运丁稍形竭蹶，尹文端奏增水脚钱每石五十余文，不闻经征官别有津贴，是丁力官力俱未急也。如是，而必责其不能预为今日之地，不亦过乎？惟当日水田三百万，散在数十州县，随处开屯，不能得如许肯任事而通农事之人，一也。运道迂远，转搬滋费，都下既不仰给，则经费疑于虚耗，二也。北人口味皆宜杂粮，粜卖不售，三也。加以选种不精，米多秕稗，粪本不时，收成歉薄，升科之后，业者或难偿本，故旋踵而废，如是，虽开屯，又独能久耶？

今京通两仓存粮，曾不足以支岁半，运河略闻浅滞，则都下人心为之惶惑，万一有如雍正中阻运之事，何以待之？至南漕专藉江浙，尤以苏松为大。近年吴中民户，田租所入，仅足当漕，而条银必须赔垫。即衿户讼户输纳较轻，亦复倍差额征。苏州漕额，每亩自二斗一至一斗五不等，牵算为见亩一斗八升。近年民户完折色每石至洋六块，为钱七千有零，而糙粮每石市价不过一千七百文，是四石方敷一石，计每亩完漕，当用米七斗余。苏州佃租，每亩米一石，看收成定分数，通牵十年，断不能及八分，故租入仅敷完漕也。民户朘削不堪，非闹仓不能邀减，众志成城，不谋而集，故抢斛、拆仓、殴官之案，相望而起。从前闹漕皆棍徒，近年则皆力农良民。封折大吏，知良民闹漕之实出于不得已也，每事姑容，渐不可长。州县开仓收本色，近已及倍，米足兑军，闭廒开折，民户比市价常三、四倍，衿户讼户或两倍或倍半。无论平日官声，漕开则怨敛，民户日少，讼户日增。而运丁兑费，每船须洋钱千二、三百块，折入之数，常不敷兑费。挪库项、贷利债，漕事幸毕，而奏销限届，公私亏累，十缺而九。旗丁所得津贴，仍不敷沿途闸坝起拨盘粮交仓之费，倾覆身家，十丁而六，是民困官困丁困皆至于不可复加。《记》曰：「穷则变，变则通」，漕弊至此固非变不通矣。必有备，事乃有济，「损上益下，民说无疆」。变通之权，惟决于开屯而已。

考今法，每里为三百六十步，计长百八十丈。田每亩积实二百四十弓，计方七丈七尺五寸。每方一里，为田五百三十亩；方十里，为田五万三千亩；方百里，为田五百三十万亩。稻田中岁可得稻四石，计米二石，以民间业佃例各半计之，得好田二百万亩，岁入即当全漕之半。岁积月累，九年之蓄易易耳。宜于畿辅数百里之内，附近河道通舟处，相地脉，开沟渠，招集江浙老农，用安徽早粳七分，苏杭晚香三分，选其佳种，分试地力所宜，度其地可拓至方三、四十里处，乃下手。附近畿辅，求方三四十里可开屯者三四处，尚非难事。一有成效，即可将江浙之赋，或减轻，或酌改为本折兼征，则民气得苏，官困亦解，而大吏得以执法齐民，免长不逊之习。上裕国而下足民，盖有非名言所能尽者。虽然，言之易，行之难，行之有效易，行之无弊难。夫举非常之事者，固必待非常之人。然所谓非常之人者，非智勇超群，能持一切之法以威众之谓；必其能询刍荛，察迩言，广思善断，集众人之心思材力而归于一，遇小小窒碍，则又能随时更正补苴，以顺民情而就事理者也。是故有识者言之，有力者以为然而行之，发令之始，莫不承顺风指；而胥吏借承顺之势，以阴求其所欲，国未见利而民已被害，好论议者，因以持其短长，盛业中阻，非一世也。北人既不习水田，又食性不宜稻米，是不惟不可抑勒之也，并不必劝谕之。专力治官屯，成败利病，皆官受之而不及于民，则不生阻挠之端。

或云：「一面开官屯，一面劝民习垦，所产稻米，官以厚值收买之，则自乐于从令。」然民从者寡，是徒作一说耳；从者众，收成之后，官何能尽数收买？是不宜预为胥吏筹生计，而自取有言不信之讥矣。至于如何相度土性，如何收并民地，如何疏导泉源，如何安插棚厂，则书不尽言，言不尽意，非议者所当悬断也。

余嘉庆癸酉舟行扬州下河，见马家荡可以成屯，因著下河水利说，刻入中衢一勺。其时江浙漕政，尚未否极，故止为地方官言为民兴利一层。今若能为官举之，则可纾江浙民困，以上培国脉。然非两江督盐使者，则力不能筹此巨款，以必有成。盖开屯经费，当十倍于原议也。近年盐法更否，每年奏销，搜括不遗余力，尚难赶保处分，再议于盐务筹巨款，真令闻者失笑矣。然得其窍，则事不劳而集，非指空迂谈，但不能明言耳。道光己丑，经山东运河，见闸河东岸，自鲁桥至伙头湾，西岸自安沟至枣林，长约八十余里，两岸各宽二、三十里，共宽五十余里，土性胶黑，保泽长谷，若以开屯，较马家荡作力为易，因著闸河日记，并有五言诗纪之。此事东河督及济宁牧有心者，皆能为之。附记于此，以告有心世道之君子焉。

开河三子说

开河三子，谓子河、子堰、子沟也。土工必坯头分明，乃能帮坦底平。渗水不积，则起土担土，行立皆便。法宜于河心先开子河，宽以四尺以上，搭跳一块为度；深以一尺以上，起土两坯为度。子河成，则两腮渗水沥入，并归水口车出。次傍子河起土，则坯头自能齐平。起土一坯，子河亦加深一坯，比及完工，验子河之水，头尾并无深浅，则土工之至善者也。然出土太远则苦工费，太近则苦土坍，法宜核明应出土方，分堆两岸。各应占地若干丈，竖木为界，从远处堆起，以渐而近。先于河唇筑一子堰，行硪坚实如老土，使坍土不得入河，则土山必远，而费省工速。子沟者，子堰外抽沟行水，使子堰遭雨而不滑。且新土淋水，由沟引至水口，不致淋损河帮。有子堰以界土，有子沟以出水，土山虽近，断无坍卸入河之患矣。

凡开河最重河身收分。浚旧淤之河，以二五收分为度。若土性沙松已甚，则加为三收。若生地开河，察其土性坚实，则一五收亦可。再减于此，则必有臌墙塌崖之患。二五收分者，河每深一尺，则两岸各收窄二尺五寸。假如河深一丈，底宽三丈，两岸各较底宽二丈五尺，则口宽八丈，以此差之。明于此，则突肚、贴坡诸弊，无所容于其间矣。

凡实土一方重一万斤，每担以六十斤为率，每方计土百六十担。假如开河宽十丈，深一丈，两岸土山，先远后近，牵得十丈，中分河心，牵得五丈，又起土并高深相乘，牵作十五丈，是担土往还为六十丈。一重一空，合三担为路一里，日五十里，一人可出土百五十担。余大小夫头督率，及看篷、造饭、起土、装箕之夫，十分去三，是夫十名，日共可出土六方半。以一月起算，每夫一名，可出土二十方。是二十万方之工，用夫万人，得晴天一月，可以集事。法宜先将工程丈尺核明，见丈为土若干方，安夫若干名。每夫五十名，插为一塘。其棚即搭本塘之旁，以木板写明小夫头姓名，领夫实数，工若干丈尺，土若干方，限若干日完工，竖于塘头。每三日一较分数，以核勤惰，勤者有赏。大都借众力者必得众心，劳其勤动，恤其疾苦，则众心自得。若一任威刑，无不偾事者。

其地形支错，及河在两山之中，不能以子堰、子沟限新土者，则必送土过分水，不可拘子堰、子沟之法。而子河则不可改。凡估河，大率谓配平河底，然必先于两岸较明旱平，悉其高低分寸，乃能得河底之实。底虽贵平，仍宜上浅下深。大约河长三十里，当作为三大段，下段较上段加深一尺。若河尾直达江海，则下段尤宜加深，使水势建瓴，以敌潮汐，而骤溜刷淤也。凡钉桩，必取硬志，使无可移抬作弊，切勿拘河身丈尺。收工时，但就桩较明原估丈尺。其长河是否如式，但看子河水平，一目便了。仍饬每段子河，留一底堰，以较上下段高深之数，则河底自平，而就下之势亦得。徒阳河每三十丈，两岸各钉信桩，河心又加志桩之法，必不可用。河心钉志，必留土墩以候量验，一志留土，少亦数方，为土五六百担，工竣仍须留夫数百名，以备收工后起除志墩。收工之后，人心已散，起除必不能净，是徒使工员多费，而河身反增症瘕。且河心有志墩，占碍子河，不能分中直行，常至河形迂曲，病发坐湾也。十年来江省水利之案，予颇与闻，故条别其利病所亲历者著于篇，以告来者。

江苏水利略说代陈玉生承宣

江苏泽国也，而水利湮废且数十百年。嘉庆甲子大水，江浙两省会议疏浚者累年，竟无成说。道光癸未，水尤甚，苏、松、常、镇、太、杭、嘉、湖八府州被灾，为雍正乙巳以后所未有。其明年，议者以为太湖之源来自湖州七十二溇，宜兴百渎者半就湮；其委归于元和宝带桥、吴江垂虹桥者半就塞。两省会同勘估疏浚，而尾闾之吴淞江、则估而未办，刘河白茅塘并未议及。乙酉，予出守松江，道经常州，闻孟渎河淤为平陆，民田失灌溉者数万顷。且雨水入江无路，荡漾阡陌间，则又为潦。而徒阳河常为漕占，估舶少此间道，滞累为苦。地非所辖，然心志之不敢忘。既视事，以办海运，日往来沪上，益详知吴淞之为利害。丙戌调守苏州。是年值大挑徒阳河，予虽不司其事，颇探究其得失。此河既为漕运咽喉，而南货附重艘入都，北货附空艘南下，皆日用所必需，河之通窒，则货之贵贱随之。又头舵水手，以身钱置买南方货物，藉为沾润。若回空稍迟，天寒潮耗，则例于江北卸货，而绞关犁泥，伤船仍所不免。所卸货物，多系梨枣年需，失时辄败。水手顿加穷困，则勒丁增身钱，纠伙扰行旅，相因迭至。及重艘北去，春潮未生，并苦磨浅，每帮常带拨船百数，既费拨价，又加抛撒偷扒，深为旗丁之累。丁借口以搜求州县，州县又取偿于粮户，所谓「斧打凿，凿打木」，不必虞及误运，而公私已交困矣。故徒阳一河，似于农田水利无涉，而关系之重，较吴淞诸河为尤甚。

丁亥，宫保陶公命予摄上海道，以松守李君葛峰权苏事。葛峰尤属意吴淞，筹款决策，遂得举行。然予窃怪嘉庆戊寅甫经挑办，何以数年之间，淤垫如是？遍访土人，佥谓：「前次工程，本属草率。且居强两湾，并非河身，以旁溃失道，潮迂回至千余丈，停淤之速，半由于此。」予遂主取直之议。时大坝工方半，而取直系在旱地，即饬安夫开工。比及合龙，架车戽水，而旧河淤沙已见，群议始息。当大坝金门收窄，东潮迅猛，合龙极为棘手。予虔祷太仆祠，沉羊豕于坝上。密侦下游，并无捞获，心知神已昭享，即日追压稳固。及辛卯、壬辰，连年异涨，东南诸省，大半漂没，而苏、杭八郡，独得收成，吴淞一江消水之力也。经今七、八年，冲刷宽深，且逾于旧。吴淞工竣，宫保续将孟渎、刘河、白茅各工，先后入告，而经费殊难筹议。予亦以都转赴粤，旋擢浙臬。及壬辰冬调任苏藩，孟渎工已前举，苦雨骑年，不克蒇事。迄予至，乃趣毕前功，而深宽增于原占焉。癸巳秋冬，又复苦雨，客岁濒海，木棉受伤十八九。抚部林公力持以工代赈之议，于今春并举刘河、白茅塘两工。予以从前办理吴淞、孟渎，皆受天时之累，默祷明神，求一月晴霁。开工以后，两月不雨，竟得克期蒇事。七月杪，吴郡西山迸出巨蛟，郡城至悬釜而炊。予飞檄挑开刘河、白茅拦潮两坝，一日夜水消立尽。田禾没头仅两三日，而田借新淤，正当苞秀之时，得此滋培，颖实加倍，为数十年仅见之丰。然入八月至今百余日少雨，江水陡落，抚部驻横闸筹送回空，极苦徒阳枯涩。适故人安吴包君慎伯至苏，予就求良策。

慎伯曰：「敷衍目前，买日而处，无所用吾言。若能为拔本塞源、一劳永逸之计者，则请陈其略。徒阳河无来源，全资潮汐输灌，山高河窄，不能以底水济运，一也。横闸顶潮，病发猪婆滩，二也。大工至岁暮乃兴，经费由工员捐赔，舣漕候坝，不能考诘工程，三也。徒阳之例，每年小挑，镇属捐赔且二万，六年大挑，通省捐赔且十万，而公项津贴在其外，仍不得一日之益。不筹变计，何以堪此？明史有『京口闸底与虎邱塔顶相平』之说，土人谓『猪婆滩系息壤』，其实皆非也。瓜洲、京口，夹江相望，瓜洲未闻挑浚，从不浅船，京口每年必挑，重空无不磨浅。岂水土之性异乎？盖瓜洲为淮河之委，虽当江潮盛涨，倒流上泛，而淮水仍自下行，潮淤不能达底。京口南至猪婆滩十里。又五里抵横闸，闸外江口，则在京口东三十里。江口至闸门才里许，故横闸之潮常先到闸门，正向运河西岸，潮势横截正河。京口潮尚未到，则正河水低，出闸之潮，南北分行者各半，其北行者常与京口之潮相遇于猪婆滩。潮顶则淤停。故凡小水合大水，河形须成人字，乃顺流无阻。而横闸之形，则成丁字。孟渎江口，亦同此病。故江海闸外，河长四里，昨棹小舟过其地，滞浅者四日。若作小河于镇东圩埂之外，折而南趋，以顺江势，则断不淤；即淤亦不如是之速，是与猪婆滩可例观也。壬辰、癸巳秋冬皆多雨，两年冬底，皆曾乘舟溯流入横闸，至吕城始复顺流。今年七月吴门发蛟，闻其水逆流至奔牛，以此测之，则自京口至吴门，河身不甚悬绝已。是故言治徒阳河，必能变其无源者为有源，乃可为良策也。即善蓄练湖，止足暂济滞艘耳。

「丹阳草堰南门外，有香草河。尹公桥南有金坛漕河。按地图：武进西北隅有洮滆两湖，其水出宜兴之东氿、西氿，北去金坛漕河及香草河皆不甚远。若南截两氿之路，引其水北注金坛漕河，又北注香草河，相度陵口七里桥之间，建闸以宣节之，使两河长年有水注运，北出横闸，即用横闸江口为运口，而弃丹徒桥以北至难挑浚之运河为市河，以节经费。唯瓜洲协职司相风招度。运口下移三十里，则鬼脸城升旗平旗之例可改，一奉明文，营议自息。然此举必以秋晴之暇，煞坝将徒阳全河，挑成南高北下、建瓴注江之势，益以洮滆二湖源水汤汤，则与瓜洲情形略同，自不至有淤阻。而漕艘遄行，估船通达，丁免拨运之费，民受贱货之益，官无岁派之累矣。唯其地未遍历，河形之长短，土性之刚柔，工项之多寡，不敢臆断耳。若果能决策者，来年重运经临，吕城以北断不能不施畚锸。则可先以此法，确估运河，挑浚如式。来年春暇，再行勘估引湖、建闸两节。是此次挑河之工，不为虚费。以丹徒桥北十五里之经费，加于尹公桥以下，使谙练工程者主之，无不集事者。」

慎伯之言如此。予承乏江省十年，水利粗举，唯徒阳河未得要领，故附著其说于篇，以备参验。

江西或问

或有问于余曰：「吾子再至西江，前后已将一载。吾子生平游历所至，莫不究民生疾苦，告诸当事，于以起弊救伤者。况兹宦游吾西，又非他所流寓比也。然需次已久，未闻当事有所采择，以幸吾西民。意者，吾西之病实在不起乎？吾西自道光十一年至十五年，水旱洊至，死亡过半。十六年岁事渐好，去年、今年尤丰，而谷价大贱，农不偿本。收成之后，干稻一石至钱四、五百文，米价倍之，小民粜稻四石，或不能完条银一两，新旧并征，鞭挞无已。自盐政并入督府，州县考成严急，按粮派销盐斤，盐色掺杂不可食。前年张护道示减价后，每斤仍至五十五、六文。西省子包例重七斤四两，以稻一石易盐一包而犹不足。至西盐聚于青山，当事特设卡员督销。小民向商店买盐一包，例给店票一纸；而巡役见小民柔弱者携带盐包，斥为买私，示以店票，随手抢去，即捕盐送官。委官祖役贪功，横加诬枉，民不堪命。西省七十余州县，旧有最优者十数缺，次优者二、三十缺，瘠缺不过十余处。近来瘠者更瘠，次优之缺，半已变瘠。约计通省断不能不赔累者，三分居一，余亦仅足自存。向之所谓最优者，所入尚不及前此次优。凡居瘠缺者，必滞留，莫过问，幸遇乘公调剂之举，而瘠亏未补，优亏已生。人之常情，衣食足而知荣辱，追呼外迫，交谪内讧，方寸乱矣，奚暇为廉？于是太阿倒持，书役借手，吏治日荒，民生愈蹙。至西省官盐，商皆视为畏途，各府不立分店，水贩无从招徕。州县不得已自出重利借资，向省商买盐赴县，照省价派民分买。水脚店费，皆出官赔，缺分本瘠，又须剜肉以肥商，官不堪命。通省实亏，本有百万，有一交案必添一摊案，后重推前，载胥及溺。吾子手无斧柯，徒托蒿目，不审亦有奇策，可以济此巨艰否也？」

余喟然曰：「空言无补，更滋多口，以吾子数十年垂爱，聊一言之，不足为外人道也。西江事势难矣，言盐法于西江则尤难，然善者常因难见巧，是必有图难于其易者也。淮商莫肯业西岸，以告退恫喝当路久矣。果得大有为者，一力承担，西额每年销盐二十七万引，正杂奏销及考复钱粮，共计不过五十万两。照近年官运之例，先盐后课，将一切肥商外款悉与督盐熟商删除。（自道光十一年，江安近江纲食各岸，凡无商领运者，运司委员赴场，领入官盐岭及扬州搜盐斤存贮功盐，配赴各岸销售。其水脚辛工，则领运库间款，一架售完，造册报销。除补完钱粮，归还盐价经费外，盈余充公。近年无官盐可领，亦系运库借款赴场平买矣。西省仿办，断难借动运库，故止言后课也。然行此断不可交各州县捉店设肆，恐酿云南省嘉庆二年之祸。）三年来粜盐坝交之价，每引不过平砝银二两三、四钱。（仪征盐务，用曹平九四兑，名为平砝。）今若和雇民船，直至泰坝受载至扬州，由运司掣验，开行直达。或用原包，或照票盐例改为百斤一包，以免子包抛撒，及包索诸费，大约水脚每引五、六钱足矣。至奏销之期，由西省委员将一年奏考两项，全数解交运库，以凭报拨，计盐一斤，成本多则一分二厘，以现在钱价计之，每斤才可十七、八文。尽撤诸卡巡役，按程途远近，以三十文上下一斤出售，比现在西省私盐价值，尚减十余文。而盐色白净，斤两充足，将见招私亦无肯至者矣。

「西省户口旧三千余万，今虽稍减，以四十人食盐一引计之，总可溢销十余万引，每引除辛工犒奖外，定可赢钱四千文。以四十万引计之，每年可赢钱百六十万千矣。或值淮南场荒，盐产腾贵，则转尖运淮北额外余盐。由盐城天妃闸入口，出孔家涵子，到扬城掣验，仍交南课，则成本倍减。每年三运，每运九万引，合盐价水脚计之，筹出银三十万两，便可辘轳转运。（动官帑间款，得此颇难。善筹者，虽倍此可立就，但不可预形纸笔耳。）一年之后，先造官船三百艘，如江船式，以受千二百石为度，使可直达各府。每船工料钱一千串，为三十万千。查西省圩田，附近省城四面二百里，每年春水下注，即有破决。其时鄱湖尚涸，而上游业形溃败者，以东鄱阳上承箭江，西鄱阳上承章江，两江入湖之处，各有砂埂数道，拦水不行，倒遏上泛故也。得二十万千，可以浚此积沙，以后则仿古人浅夫之制，设立捞船，使可永护圩田。再，各郡邑圩坝当修筑者，公事当兴举者，皆可次第筹办。分作三、四年，先完库亏，其通省瘠缺，实在办公不敷需津贴者，得十五万千，则办公之外，尚可稍余。仍有不称，则执法严惩，在下无可借口，在上无以顾惜矣。又酌提公费，分给上下各署书役，以为纸墨薪水之资，则摊捐可以革除。通省公事，取之盐利，既皆充裕，然后减折色太重之区，锄用刑太猛之人。看年成丰俭，仿李悝敛散之法，以兼利农末。更斟酌分并事简小郡，或改为直隶州，又改一、二冲繁之府为题缺，使贤能有升途，可以歆劝。远则五年，近则三年，西省必变为福地矣，何病之不可起乎？」

或人叹悦而退，遂于灯下笔记之。时道光十八年十一月望日也。

校记

〔一〕非 原无，据吴校稿本补。

中衢一勺卷第七下　附录四下

答桂苏州第一书

丹盟五兄同年阁下：承来教示以均户收漕，竟能使三月初，属船尽开，固由调和得宜，亦可见民情之当俯顺，不可与之争胜也。去年仲冬下旬，阁下见访白门，世臣备言今岁吴中漕事之难，官民与丁俱有万下不去之势。盖赋重之区，民力本敝，又数十年无此贱米，数百年无此贵银，漕运者米，而费用皆银，不宽民力，则伐国本。然不宽官力，无以宽民；不宽丁力，无以宽官。是必通盘筹画，一无窒碍而后可，非一枝一节所能奏效也。且漕期甚迫，彻底查明，往返札商，时无以及事，故世臣但劝阁下稍缓抵任之期，使视事在开漕后，则可变被为中。凡告漕止告县，而府实为被首。或者上可进言，下可导谕。及阁下以季冬二日受篆，次日开漕，而常熟滋事，大府与以重惩，旋采用鸿议，委员督办，宽民力以散其党。继以昭文，大府志平众怒，不加深究，而所宽仅在常邑，同城环观，焉得不生觖望？惟漕棍畏威远罪，小民不及聚议，是以暂得蒇事。转瞬新漕，不可不及闲暇预为之地。

松太两属，以木棉入优，稍胜苏属。近来洋布盛行，价止梭布三之一，梭布市必减滞。去年木棉客无不折阅，年复一年，亦断难堪此朘削矣。月前有自淮来者，艳述漕帅新政，委员之数既少，又严禁需索以宽丁力，此真足令人闻声起舞也。阁下婉白大府，以漕帅之赤心为国，大府函嘱其沿途细察各丁费用，及抵通一切，核明可省及必不能减者，分别纤悉，以各人皆得下去，而不兴大狱为度。督、抚、漕三院，并力以要仓帅，必可见诸实事，则丁力宽而官力亦宽。官之稍解事者，必可仰体德意以大宽民力，民力宽则棍徒无助，不得不从官令以与小户均。户均之法定，则官可举其职，而棍徒无以持其长短，是人心风俗一转移之大关键也。

原漕弊之始，官以民为鱼肉，故宠任爪牙。大户不甘鱼肉，而非爪牙之所能箝制，不得不输漕规。小民欣羡大户，不得不诡寄大户。大户反得与爪牙比，以噬小民。漕艘泊在仓前，习见官之噬民，不得不诛求于官。而通仓及沿途漕委，知丁之讹索州县甚优，亦从而噬丁。爪牙又密比尖丁，多方恫喝，岁增兑费，以朋分其利。此所以从前官以漕为乐国，而近反视为畏途也。洞悉弊源，乃可披隙导窾以为补救，然必心诚于宽民，始克有济。道光七年，陶文毅为四五六之奏，似亦和盘托出。然其意主于克丁以宽官，又不为丁筹出路，而绝无意及于宽民，是以奏定之后，竟未举行。少穆继之，两次奏与丁争而不胜，大县反增费，岁以万计，皆由不知政本在安民之故也。穷则变，变则通，漕事至今可谓穷矣。得阁下不分畛域，以广宣大府之新政，吾望其有慰乎。拙集中衢一勺内之海运南漕议、下河水利说、庚辰杂著三、四、附录目录叙、海淀问答、闸河日记、畿辅开屯以救漕弊诸篇，皆此物此志也。

至银价日增，中外皆以为忧，惟世臣忧之独早耳。拙集齐民四术内农政门有与张渊甫书、答王亮生书、再答王亮生书、银荒小补说，皆言救银贵之弊者。三书王亮生已刻入其钞币集中。小补说，江西各官皆有抄本。近日台谏所言，大都依此以立说。然鄙意不定银价，听长落于市，则可潜移默运，贫富相安；强定价值，恐令而不从，徒多枝节。拙集已排成奉寄，乞加诲削，以济其不及而无误后来。因卷帙颇充，阁下无暇遍阅，故揭其端绪，但检目录以求之为较易。书生匡居之言，未必能取信于人人，阁下见爱逾常，故详及之。

小儿奉命入谳局，得以日日亲炙甚善，唯祈痛加教诲，俾学习有成，心感无极。小儿记性颇可，看卷亦速而能细，唯赋性褊急，世臣屡加诫谕。闻其近来颇知耐烦恕物。问案得情，事非甚难，唯得情后办案，必使曲直不爽，而又不苦牵掣，比附伸缩，殊非易事。阁下授以定南，使效指臂之力，尚可勉为耳。

拙诗过承嗟许，惭悚无已，然实不能自已而有此什，非世俗赠答之谓也。肃泐寸楮，敬问崇安，伏希涵鉴。不具。道光丙午四月望日。

复桂苏州第二书

丹翁五兄同年阁下：前月廿八日，洪梦琴别驾来白门，小儿附到阁下初六日琴川舟中惠书，并刷价廿番，所谓「鲍叔不以为贪，知我贫也。」发缄三复，情词恳恻，非学道爱人之君子，岂易有此？小儿又于信面注云：「顷闻昭文首犯已获。」盖十七日所发，梦琴行抵无锡，闻首犯二人，有廿二请令之说，则昭文巨案庶可了手。若辈趋死如鹜，固不足惜，然推曾子「民散」、孟子「罔民」之旨，罪致有由，仁人能不怵惕耶？江浙漕事，无不以为敝极，而旧习莫肯稍更，实由当路未尝悉民间疾苦耳。盖问之吴中老吏，惟恨民刁；问之吴中巨绅，惟恨佃顽。欲富者人之同心，民隐何由上达？世臣生性好问好察，是以深悉而窃忧之。四十年来为当路言者，无不深切著明，其有成书，则皆刻入四种，想已阅悉，不烦缕复。至近年银价骤贵，而米价更贱，如大力人两头引绳，引急则中当必断，故忧之尤切。非敢云忧世也，惟以迫于忧生，不惮苦口、不辞疏辱而至于此。当路闻之，未尝不动念，然卒未尝遇有肯将前后所闻世臣之言，细心考核果否真实切当者，是可叹也！

前来示言「银荒为急症」，信已。然欲重严土禁，屏绝呢、羽诸洋货，增茶、丝之值，窃恐无益。土禁莫严于戊戌、己亥，都中罪至藩服，而外省幕府友丁，灯未尝息，员弁兵役，瘾日益大，以日夜捕土，不烦钱买而自得饱餐，故也。其大吏主烧毁者，闻信即提土箱，解辕又驳土伪，间日辄于狮子口烧毁枪土，观者怪无烟气，而真土佳枪，顾在上房。今即重修土禁，阁下能必诸公之洗心涤虑一反前事乎？茶、丝价值，非官所能主，呢、羽本非例禁。夷人鼾睡卧榻之侧，卖盐卖硝，明犯大禁，而封圻率破例受如恐后，况欲新倡此条目乎？且内外富室贵胄，无不尚洋货，其将悉出之焚于通衢以为民先乎？抑将洋货店悉加籍没乎？在在窒碍已。今年夏秋之交，有眢族子孟开及致许滇生大司马两书，备言救银贵之方，抄稿呈览，或可小助高明，然非阁下力所能及也。唯漕额以苏、松、太、嘉、湖为至重至多，而苏州为其领缘。是故为大计言，则要如关键；为阁下言，则切如剥床。数十年来，漕事虽无安静之岁，而尚未至成大祸者，以苏松之田多属饶户，小民之自田无几，以佃户之脂膏津贴自田，尚可周章。近既银贵米贱，则饶户之脂膏亦竭，必诛求于租户，业佃皆竭，则事殆不可问矣。昭文镇洋，直嚆矢耳。凶渠伏辜，理同扬汤。太上曰：「民不畏死，奈何以死惧之？」斯之谓也。

来示谓「漕政病入膏肓，虽卢扁不可为计，唯海运稍可补救，而中外无肯主持者，亦已焉哉！」阁下苦衷，世臣深喻，而未敢以为然也。诗人所叹，乃自恨不辰之词。漕事其可已乎？事不可已，则必求所以为之。海运之创议发行收功，皆世臣于局外一手所定，幸得举行，而利唯归官，无纤毫之益及闾阎者，故有中衢一勺之刻，以自白于后世君子。及米至天津，穆相奉差收米，搜剔弊薮，么小悉达，封米至都，坚白共见。而剥船受指使，多于中途以药败之，户部奏准先放，花户以廒底搀杂，竟至不可食，而当路莫加查究，得米者唯咎海运，所以次年即请停止。若近日夷踞上海，为海运咽喉，倘有得失，梗塞堪虞。且北洋近已多盗，即世臣亦不敢主持此说矣。若谓治漕病非卢扁所能，世臣自问，不过中医之不用反药者，窃自谓有方能起死人；唯病者讳疾，不肯服其剂，是则真非卢扁所能为矣。夫州县之浮勒粮户，帮船之诛求有司，通仓之婪索旗丁，有增无减，上下通知。然中丞与阁下减常熟向来之每石八洋为二两四钱，漕帅委弁之数减五之四，委员闸坝所得规费减十之八九，皆今年现行事也。人之欲善，谁不如我？谓仓帅必欲饱百数十户之经纪，而不恤国是，殆未然矣。仓场例以经纪主收，花户主放，婪索虽俱在漕粮，而其取各有处。然漕帅之漕委闸坝诚得矣，而粮道卫帮及各府管帮船之书吏，其朘削则未之及。盖三处朘削旗丁之领项不止三之一，道为抚属，卫并府属，中丞密察而酌减之，力所优为也。卫帮所入，肥瘠不齐，肥者岁入常倍蓰其官之值。亦可咨商各省，瘠者仍旧，肥者酌减，是亦宽丁力之大宗也。通仓则专责仓帅，买掣则专责户部，划定新章。粮户无论大小，皆收六五折三五，收米以敷兑为度，折色以每石二两四钱为度。今年糙粳，大都不能过八钱。粮户以实米一石，完漕六斗五升，作银八钱，折三斗五升，作银八钱四分，是完额粮一石共计银一两六钱四分，照市价值钱三千二百八十文。以一斗五六之额约之，才及五百文，加两忙三百余文，是每田两税所出，仅八百余文。以民间额租每亩一石实收八成计之，田间所出，尚可剩五分之二。民力能胜，则上下自相安，无虑意外矣。

其兑费则仍陶文毅奏定常属四钱，苏太五钱，松江六钱之成案。以漕粮十万起算，收六万五敷兑，余三万五，折银八万四千两，以四千为亡绝漕尾，现银八万。兑费向例，只出正副改三米，其余口粮等米例无兑费。每船正副改米不过六百余石，并犒劳，照最多之松属计之，亦只银四百两。查江、广、安徽现行兑费，尚不及此数。以意度之，通仓亦以江浙兑费重而婪索之，非有定式。且卷条松个，则旗丁商同经纪噬仓，而非经纪之噬丁也。丁于山东一带沿途卖米，其价常倍于南。至通米少，每一石卷一条子，写明四吊或五吊，至多不过六吊。名曰卷条。白粮或少数，或有霉变，则商之经纪，以七八斗装一袋，谓之松个。通仓有好斛手，能以四斗许为一斛，亦能以六斗为一斛，能制丁之死命。然此等人必知名，数亦无多，若仓帅奋同些粮，访之得实，于点名时收养之，不使入仓，而以他人代之，例费仍给其家，于仓储虚实，大有裨益。额漕十万，须船百三十艘，约费五万。酌减道府总运漕规，以足敷办公为度，并仓用，津贴徒阳河，酌雇县剥，约银万余两，尚有万余两可资州县公费。其中细微曲折，世臣本不备悉，然大致不过如是。如有衿棍作梗及抗欠者，照例参追，即人数较多，不可姑息，则民与官与丁皆下得去矣。访得真实，乃议定稿，将前此之横征暴敛，民不堪命，而官仍苦兑费漕规，以致亏正供、玷官常者，和盘托出。札商江督浙抚，连名作书，抄稿走健步，以请穆潘二相，并请潘相遍告江浙在都之显胱，各发家信，踊跃遵行。并以告仓帅户部，户部鬻仓所得，为数无多，本不足为漕害。通仓之经纪，皆有身家，既见移稿，知南中兑费大减，请旨遵办，而又不为已甚，必能敛迹观望，不肯以身试法。俟得各处回书，乃行入告，并将先行抄商政府一节，夹片声明。阻之者必以为陋规私语，一腾章奏，恐兴大狱。

试思近年英夷攻破虎门，「王赫斯怒」，遍布誊黄，有「不与英夷并立人间，必使片帆不返」之语。而三五任事大臣，知兵凶战危，惧以身涉危机，假民情为词，向壁虚造。圣德如天，遂尔曲从。夫罪莫大于党逆，辱莫大于逃北，而肆大眚，行重购，曾不厌悔者，凡以顺民情、苏民困也。目下吴民真若汤火中矣，以实入告，岂有不得请者哉？但恐当路未能信此事凶危实有什伯于与英夷搏战者耳。阁下达心而口讷，言之未必能尽。古今当路者侧，必有「能令公喜怒」者。即或人非纯粹，用其才以共功名，如王文成厚结张永以锢宸濠，唐荆川厚结赵文华以保梅林，张文忠厚结冯保以延明祚，靳文襄厚结安大以奠河淮，此皆失身辱名之事，而后世莫不见夫君子救世苦心，叹其通权达变，未有议为非者。此举若成，自主议以及与谋，真终始传所谓「有福十世」者矣。巨狱之后，威声已震，乃力举平漕之政，良民心必归我。良民归则匪徒无助，擒纵自我，轻重咸宜。然必行之以诚，持之以久。闻漕帅所以能力挽颓风者，以屏绝苞苴，谢绝请托，故风行无阻。若果举前说，开漕之先月许，必明示严禁各处荐漕友漕丁及挨仓打把式诸小节，虽有怨声，所不能惜。然而世臣在新喻办漕，恪遵漕运则例，禁绝浮勒。此时为阁下谋，仍不外于浮勒。月攘一鸡，论者必讥其不恕。然审时度势，非此断不能行，非敢薄责阁下也。

来示末称「刁民兼悍，刁与性成，镇洋巨案，接踵而起，移风易俗，俗吏未能，惭恧不可名状」云云。虽发于卑牧之诚，然世臣窃意阁下尚未诊得此症之腠理也。镇洋、昭文，前后毁抢官吏绅富之房屋数百千楹，使阁下募勇带兵，出省至再，其病皆由于漕。故漕政平，则刁悍皆从化；漕政不平，则良懦皆为敌。「救死不赡，奚暇治礼义」，孟子岂欺人者哉？又闻之：「不问而告，问一而告二」，荀子所深讥也。世臣以目前可与言者，无如阁下，而世臣又能以言自达，且时已九月，笔札往返，动经旬日，虑不及事，故不避荀子之讥，为是尽言，唯阁下垂察！

承谕再征书一部，谨附便呈两部。如别有欲得之者，其人力可置买，自依坊价；若无力而信有志，阁下尽可移书征取，世臣惟求世间多一同志人，以共扶艰虞，断不以贫故，惜此千余张之纸墨也。肃此奉复道谢，即问近安，诸唯为道为民自爱！不具。道光丙午九月朔日。

答桂苏州第三书

丹盟五兄同年阁下：月之十九日，徐建康送到初三日所惠答书，讽诵再三，惊喜欲狂。世臣以九月初二发前书，至初六闻李公升任滇督，窃疑接手人必存「五日京兆」之见，不肯肩此艰巨。至本月初八闻星使奏明大小户一律征收，未审果否，求其稿不可得。忽奉彩云，深慰！深幸！并知李公不欲举此，则此番升去，真是好机会。而陆护院、周署藩二公慨然以阁下「均户」之说为必当行、必可行，真世臣前书所云「人之欲善，谁不如我」者也。又得星使代达，较易立说，是或彼苍之眷念吴民，欲苏其积困，为国家坚固命脉，使胆怯老书生，得以优游化日也。然星使莅吴中仅数日，所陈漕事，断不能和盘托出。若专言大户包漕，不能将小民苦累，及州县进退维谷各情形，逐细说明，则大户难免有辞。且恐都中当事未能了达，疑此举仍如从前阿雨窗、孙寄圃八折之说，不过为浮勒筹出路，一经允准，则迹近加赋，托体大而择术疏，致阻盛业，则真可痛惜矣。日内想已奉批回，乞阁下将原奏及奉批由驿飞示，以慰渴望。世臣更虑奉准后，办理良非易事。

来示谓「更易人地，以期令出惟行。」然不熟筹广思，罣碍实多。而且奉旨出示，州县匿不张贴，其司事幕友，反谓既已唱明折色，止可趁此鱼肉粮户，即有些小蹉跌，不怕上司不为下身分，以愚弄居停。江浙名幕，识见议论大都如此；若有一语恤民瘼、凛官箴，则是自投闲散，何从得称名幕哉？又松属漕总例不连任，每年营干点差，正费一万，杂费三千。时至十月，恐预定点总，规已入手。又大小漕棍，为漕总鹰犬，漕总所求，或不能得之本官，则嗾棍上控漕总，上游谓总被棍控，不知其实为总使也。又有围绕总屋，拆毁器物，而不多不甚，大抵亦漕总所使以劫制本官者。十年前，如此情形，皆世臣见闻所亲，近事不敢臆断，或亦未能尽改故智乎？

来示欲诱得旗丁用账，此事恐难。然闻镇属兑费，每船不过三百余千，常属亦不过五百千，曾不能及陶公奏定四钱之数。常镇之米，一例抵坝交仓，与苏松何异？苏松受兑多系江淮、兴武两卫之船，彼必以他卫皆有屯田，唯江兴独无，故兑费倍多。然他卫无月粮，江粮道所管虎贲仓以膳给两卫帮丁家口，其入殊不减于屯田。且江兴两卫，有府属三帮，其兑费少者，才每船七十两，多者倍之，其米岂能不入通仓哉？再白粮每船兑费至三千以外，帮书管白船一只，岁入千金，此又何说？若行大小户一律而不减兑费，则必不能行。减兑费，伍丁必纠水手滋闹。伍丁即或安静，州县司漕者亦必嗾之出头恫喝，谚所谓「下马威」、「虎头势」也。是必要厚积吾力，挡其风浪，过了两三浪头而不动，则彼自退听吾令。然言之易，行之难，故前书必云「行之以诚，持之以久」也。阁下仁心为质，虚怀下问，故拉杂及之，所言亦约略耳。变动不居，原无一定绳尺，可以使鬼魅遁形者，惟在掣定舵杆，随宜应付耳。草此奉复，即请日安！不具。道光丙午十月廿一日。

与桂苏州第四书

丹翁五兄同年阁下：前月十九日接初三日惠答之书，即于廿一日由孙北捕附急递奉复。嗣知二小儿已返棹吴门，而敝徒合肥卫籍诸生沈用熙信致大小儿，谓阁下欲诱出旗丁通仓用帐，理势皆必不可得，唯庐州帮有二要人，依法求之或可。世臣以其言有据，即信示二小儿，命其将原书呈览，谅蒙存采。

昨日有江淮卫伍丁来寓乞事，世臣问漕事出入大略。渠言：「仓帅书役皆吃仓，坐粮厅书役皆吃帮。吃帮者绝口不提要费，而帮丁委婉送给以买平安。经纪手下有斛手，其伎俩虽大，然米短不过赔补，唯挑掣米色，顷刻间即成奏案，常至倾复，故不得不预先招呼。招呼之费，松江梭米一船，经纪约百千，斛手约十余千，厅役约四十千，个儿钱本在公费，约三十千。每船到通，各费几及二百千。唯白粮每船必须银五百两。若漕白各船有米少色变等事，则须别议」云云。其人系江兴两卫公推拿总者，言出无心，自当不谬。惟未及询明是否京钱大钱，然即以大钱论，每船到通所费，尚不及百两已。世臣即诘之云：「镇属兑费，每船不过三百千，通仓已要二百，再加垫舱提闸打滩沿途支应催攒员弁，何以持支？」彼云：「松属兑费大，故仓费亦大；他属入费轻，则出费亦轻。然通州坝上拨船及口袋，俱经纪自备，赔垫甚多。近日朱道长所奏盈字一号，须费万数千吊，事皆真确。若不能通盘筹算，但欲一意孤行，事必无成。月前，星使奏定均户，事非不可行，然吴中当事，恐未能了此事耳」。世臣虑问之太切，或致生疑，遂不尽言而散。世臣思仓费只有此数，均户所得，大率可办。至沿途各费，署抚现系漕帅，实心厘弊，必知其真。阁下更偕粮道查核各船应给漕款，及各署书役之剥耗，酌定留减，则均户善政，可以无所格碍矣。即不无怙恶作梗，数谅无多，宽猛相济，威惠兼行，阁下自有真实作用，世臣惟乐观其成而已。专此飞布，即请台安！道光丙午十一月四日。

答桂苏州第五书

丹盟五兄同年阁下：灯节接次儿来信，附致阁下岁杪惠札及炭金廿饼。正札出于书记，札后手批「漕事现尚平安，惟大户多有观望，帮费七折，已具切结，兑开果否无误，尚不敢必，总在县令得人则能行。不胜竞惕，并望详教」云云。仰见阁下为「均户」一事，费尽心力，而好善好问如是，佩谢无可言喻！帮费七折，岁杪即闻之。谓仿东省新奏之案。然苏松道属五府州，镇不及常之半，常不及苏太之半，苏太不及松十之八，一例七折，在苏松尚嫌太优，而镇属则已绌。主之者未能详悉底里，齐以一切，则是均而未均，诚恐切结未可凭准也。

仆又闻松江每船洋银千三百，中有折米百石，苏太七、八十石。尖丁照州县折民之价，稍良善者或八九折。盖漕例津丁加四，节次裁改，仍有一五津丁。丁除折外，中途仍可盗卖。以到通溢米，每石止领银八钱，而折之州县及沿途私卖，所得皆数倍。当此仓储空虚，岂当更听其私折私卖？然非请增余米价值略与海运船等，则立法仍不能行，其机唯操于当轴之肯入告耳。而上游不知此情，州县惟以总数恫喝上游，以遂其鱼肉小民之私。大凡君子者人之美称，而或肯为或不肯为。其上达下达而有成者，则必出于拚得。吴中令长岂尽无恤民之心？吴中绅富岂尽崇破靴之行？而至征输漕粮，则其不为君子之志甚坚，而同志者至伙，以仆所见，盖三、四十年于此矣。诸公皆拚而即得，是以无不肯拚者。阁下笃念邦本，欲反其痼习，其为君子之志坚矣。而同志之多寡，则未敢知。且阁下之能拚与否，仆亦不敢悬断，则信乎能否无误，不可知也。

星使原奏，未能详切。当轴又瞻顾大局，不能得都中巨绅之力。唯有地方官延在籍诸绅，仿张文忠谕三吴父老书意而谆劝之。吴中彭宋两族，向不业此，而未肯出头。韩、吴、董则难言矣。集而谕之，或可有济。太仓以钱氏为巨族，新经小惩，似应引为大诫，未当终恋鸡肋，再为厉阶。松属之绅以张诗舲承宣为巨，其人仆所素识，甚明白，知大体。阁下切致立人太守，谆延而力商之，未必无济。若一委之县令，则分卑力绵，且其可为人持短长处甚多，安能蒇此公事耶？「凡事豫则立」，筹之不豫，而临事又未能上下交得，为阁下计，亦良难矣。昨见漕帅折稿，固祖丁巳甚，而亦州县窾隙太多。犹幸政府志在捐输，尚不至按名指摘，遂兴大狱耳。民困既不能苏，「嫠不恤纬」，自古笑之。春寒犹劲，伏惟珍重千万，不具。道光丁未开印日。

答桂苏州第六书

丹翁五兄同年阁下：四月初接奉三月廿三日齐门舟中所惠书，而次日更正海中被劫米数之书亦到，具见阁下垂意大政，虚中下问，无刻或懈，实深敬服。书末询及丞儿工事，尤荷殷拳。仆因海运之事，关系至重，而为期尚宽，昨接丞儿工次来信，知工久蒇，在浦候收，不日即回白门一行，再行赴吴，是以答复少迟，授丞儿面呈。

漕事能惠及小民，而棍徒亦俱敛迹。来谕谓「揭竿之事，庶可暂免；以云可久，非所敢言。中丞、方伯极力图治，来年必举海运，而招商米船在洋被劫两船，仓帅又奏米色潮湿，此皆力阻海运之机」云云。上年阁下谓惟海运可救漕患，而中外莫肯主持。仆谓从前海运，发谋收功，皆仆以局外撮成。而今日北洋盗风颇炽，夷人驻上海当其咽喉，难保不别生得失，虽仆亦不敢主持者。以此议发自阁下，中外不欲其成者，口众我寡，稍有利钝，则咎有归而事无济。现在睿谋严饬，钦遵妥办，谣诼虽工，无所府罪。闻北洋盗帮，聚人不多，其大帮仍系南洋，在于南北交界处所滋事。然十年来走北洋者，时有失事，而商贾未尝因此阻滞，更何疑于漕运？今春夷人在粤，渐欲寒盟而内窜，仅自二月十八日至廿二即回香港。况上海夷人，本是分岸，如有举动，必须禀命香港。驾驭有方，亦可无虑。且沙船闻风踊跃报效，不似六年始事之难。唯六年海运，利专归官，今年减折已有成案，自不至如前届之反为民病。然必先由院司通饬海运府州县，令其逐细筹议，封雇拨船，运赴上海水脚，及天津至京津贴，如何收本色，如何收折色，即可官民两益。便议自下而上，不犯专欲之诫。又派解事大员，会同粮道代行官，督率该衙门书吏，核查历年减运，及六年海运全帮停泊旧章，实可节省漕项若干。当此仓库两虚之日，为人臣子，岂可视同膜外，不为国家一为深谋远虑耶？

所最难者，天津拨船，力能败成，必筹绕越此关，方为万全无害。本年正初，姚大定赴吴谒署督，问海运之要，仆告以要先奏明，请饬各都统及仓臣详议。海运分起抵津，先核米数，飞咨仓臣，由仓臣分拨某旗前赴天津领运。盖仓米一个，重不过百余斤，实止漕斛八几折，若各旗拨什库自赴津就船运回，则米皆坚洁足斛。其车脚由南优给，不使马甲受累。至马甲人数众多，阅月更时，事故必所不免。或有公项，可以查扣，多关米数，谅亦无甚窒碍。大定比编次成文，然立说未能详切，故复及之。漕运例有津丁加二五米石，若举海运，则悉成正供。以苏粮道所属一百七十万石计之，便溢出米四十万余石。以现在办捐米章程——每石三两计之，已值百二、三十万两。唯前届在津，星使办理过于节省，江南解银四十万，至津办拨运，动用才数万，余交委员解回，银遂不知所之，至今以为口实，此前事之必当引为切戒者。阁下或不知其详，故备述之。

节次来示奖摭之词，或谓「爱人以德，为谋必忠」，或谓「视民如伤，与人为善」，或谓「热肠救世，伟抱匡时。如莘野之纳沟任重，比仲举之揽辔澄清。」实非所任。唯宋儒唐子西有言：「君子期于匡济，至于独善，诚非得已。然当不得已时，而有毫发便利，可以益人，则虽穷厄九死之余，未有弃而不为者。都无可为已，犹思所以为利于后世。」仆则自成童时怀此志以迄于今，垂六十年而不变者，亦唯阁下能谅鄙心耳。夫漕只政之一事，而苏松又漕之一隅，然其关系国脉，盖无有大于此者。仆之败也以漕，废弃还山，足未出阃，不复敢与人家国事，以阁下殷殷善问，故不惮喋喋。前后诸书，几及万言，其于漕及海运机宜，得失亦略备矣。心力早殚，目力尤劣，阁下如有疑难，复检前后诸书，自有触悟，随机应变，非言所尽。奴子汪庆出月即来宇下，一并附闻，余不悉具。道光丁未五月十二日。

与桂苏州第七书

丹盟五兄同年阁下：日昨出吊汤氏，与南坡同饭，因闻吴中现办海运章程。仆询及天津剥船如何越过，南坡答以在吴未闻此说，唯议提银二十六万两，春初派大员带赴天津办理北坝事而已。此层所关至巨，且时已仲冬，故不能待阁下下问而即详说之，以备照行。

夏初子畏赴吴，仆与之切言越过剥船之方，属其到吴备告陆抚部与阁下。子畏深知剥船之害，与仆言，凡归仓无费之米，则经纪必使剥船坏之。其术：于中途有镇店去处，先起米四成，载百石则起四十石，十石归剥船，三十石归经纪，将到通坝，乃以开水发药，引以烧酒，经宿六斗即成一石，然入仓必烂，即未烂者亦不可食用。此说与仆所闻同，乃至吴竟于此事不置一词，实令人不可解。子畏官虽不达，远非仆比，而膜视如此，仆前后致书所为不及「越过」方法者，以子畏面谈详于笔谈耳。「经纪吃帮，花户吃仓」，天下所共知也，剥船虽官船官人，而南粮入仓之后，即停工食，听其撑至直隶各河道营趁，三月归次。剥漕故向归经纪管辖。通仓花户发官兵俸饷，每个止百余斤，多者乃百十余斤，是实米不过八斗余。南坡言今年苏、松、太亦有欠收，正征不过七十余万石，加以报效之三十万，共百十余万石，比六年减五十余万石，如此则「越过」一层，更为易举已。

凡自都赴通仓领米，车皆自雇，加由通到津二百里，每石得京钱一千，可敷车脚，库银廿六万可易京钱百十余万千，正符一千一石之数。必宜先将剥船积弊奏明，于放洋之先，飞奏米数，请饬部议派应领之人，前赴天津领米，并领贴价，以放为收。即收米星使，省却交仓一层，亦属便利。查六年仓储尚充，是以搭放较迟。明年春饷一放，各仓已空，海运米四月抵津，正值夏饷应放之期。廿四旗马甲米，每季额放六十万石，加以王公及满汉文武蓝白布甲应放之米，虽不知确数，想亦不下三十万石，是夏饷一放，即开除九十万石。余米廿万石，连贴价存贮北仓，北仓本受四十万，无虑不能容也。或谓九十万之粮，需车八、九万辆，或一时难集。则可听领米马甲，各邀伙伴，共雇剥船，优给雇价而亲押之，数人监押一船，发水下药之弊必除。盖越过剥船，实为越过经纪耳。剥船得领米人剥价，较各处营趁已优，而应领米人，皆得全斛加二之米。又贴价尚有盈余，利之所在，人自趋之，虽药败此事者多，无能肆其蛊惑。如此则海运可以常行，而嘉湖亦可继办，以避汤火。闻经纪花户声势之大，前年几败惠邸，子畏久任京职，一蹶之后，尤震慑不敢出言，亦无足怪。惟明年海运，米既入仓，则不能问经纪，出仓后，又不能问花户，官员所领，则亦已矣。廿四旗马甲，领米而不可食，且无他米搭配，必不甘默，恐其咎必转归在南经办之人，则后悔无及，且将如国事何？阁下当细思之，痛切白上官，以必得请为度。为国谋固宜，即为身谋，亦非此不济也。言尽于此，天气厉寒，唯千万自爱！不具。丁未十一月九日。

南河善后事宜说帖

六堡口门，已定十五日合龙，杨庄清水束高。塘子新淤，湖口引河，俱已挑竣。清水畅出运河，虽有厚淤，清流出刷，粮艘无虞阻滞。亟宜料理善后事宜，以起积弊，使工程核实、钱粮节省者，条列于右：

一拟行厅营，于厅营汛交界处，各将牌楼修整，大字写明厅营境共长若干里，汛境长若干里。其黄运各河有闸坝涵洞处，各立牌楼，写明出闸坝洞之水，由某河行若干里合某河，于某处入江海。其下游官民各河，是否堤岸完缺，河形通塞，一并查探真实，写明牌楼之尾，使官绅触目警心，随时商办众擎之举。

此系旧章，近多颓废，理应修复。

一拟行各道将督率厅营，查核旧章，兵栽额柳，兵堆额土，兵采额草。其草多兵采不敷之地，准募夫帮采，照漕规半给刀工，实贮备用。其堡夫额土，堆垛高长时日，俱有定数，实贮候验。如有借工开销，即干例议。近年是否遵办，抑系有名无实，悉与查照旧定章程，体察现在情形，酌议新章，会详核夺。

南河向例，一切料土缆橛，皆取诸宫中，是以库贮五十二万，足敷岁用。近世厅员饶裕太甚，工程皆出兵夫之手，惧其挟制，莫敢核实，上游习焉不察，弁髦成例，钱粮糜费，所从来远矣。

一拟行各道将督率厅营，遍查两岸兵夫各堡，房屋是否不漏不湿。其必应制备之需用器具，如丈竿、铣锹、铁锥、木夯、雨伞、蓑衣、灯笼、油盏、火石、煤筒等物，是否齐全。造册报查，仍于堡墙写明△厅营△汛第△堡，及兵夫姓名，使一目了然。

一拟行各厅营，河工向例，三汛时，各厅俱备塘马，以送文报，寻常事件，方由堡夫接递。查每日水报，所以知水势缓急，以定策应机宜，最关紧要。而今年大汛经临之时，竟有迟至五、六日，或至十余日，将水报十余角同送者。又印板模糊，字迹潦草，至不可识，以其时正值河湖异涨，奔走旁午，若加挑掣，转至仓皇失措。今当安澜之后，应与约布定章：距浦在五、六十里者限本日，百余里者限次日，三、四百里者限三日，不准稍有违延。其向例三日五日旬日一报者，准此递展，除另定水报新式饬发遵行外，先行谕知。

一拟行道将督率厅营，查柴束部例以斤计，工例以方计。向例正料以三千束为一堆，购料以三千七百五十束为一堆，均长三丈，宽二丈，檐高一丈，脊高丈五尺，为料七十五方，销单长一百个。嗣又有单长一丈，科料三十八束。又奉通饬，浅水防风，每单长科料三十束，其节省之八束，作银归入下年应办之数。是向来销料多寡，本有未经划一之处，大约皆上游雅爱趋承，欲加意调剂之故。近来料垛方数改少，单长销料若干束，核算钱粮若干，报销时例应逐案声明，是否通融造报，抑系划一办理，应查明节年何任奏咨成案，核议定章。

颇闻近年料一堆，销单长五十个，民料价则自嘉庆十一年议增之后，复又矮小方数，短扣单长，仅得向例之半，乘除四倍。经费有常，何以堪此？因离浦已四十年，成案未谙，故作疑词饬查。不能实心举行，此条虚言节省，实同画饼。

一河工根本至计，惟在清荡。正料皆出荡产，即杂料用大芦开厂纪缆，亦复节省大半。现今大雪，为时已迟，但宜严饬该弁，认真筹盘，俟下年及早遴员督办，以归核实。

嘉庆辛未秋，百制府札询徐库道苇荡兴衰始末，库道禀复，百督逐条批驳。是冬乃派韩太守驻荡督办，委朱江巡道总理。自辛未冬至壬申秋，朱道禀札改章全卷，今俱存海道署。两卷皆出仆手定，共办齐正额二百四十万，外搜采余柴四百三十万束，派厅作收支。冬间，陈河督京控，牵及荡事，星使抵浦，受河员嘱，又与朱道有夙怨，劾以苦累樵兵遣戍，通工欲遂罢荡事，奉睿皇帝饬，仍核实妥办。而续办大员，不敢拂厅意，又鉴朱道之败，不敢实力。唯每年有赢余充公银二十五六万，经今四十年，公项所赢仅及千万。其实朱道督办，草草创始，所办不过什之七耳，再加左营，几可足通工之用。来年若选定妥员，宜令其详阅两卷，踵事增华，取则不远。

一本年六堡，于六月二十八日刷开放黄涨后，数日，仆即白黄淤入湖，必出新滩，绅棍必借尘卷认领报升，渐酿巨讼，宜饬清河令遇此等呈词，严加批驳。比荷采纳，清河令前后驳回报升呈词至数百纸。今已三月有余，外间皆言湖内有新淤三千顷，因败为功，机宜早决。现在船营官艘，运左营荡料已竣，即宜提船出杨庄口门，泊于黄河，俟右营开采，即饬该备弁督船下右营。饬荡弁于采过处所，择刨芦根，交船运至湖内，于新滩上铺种苇根，在茂密之处刨松板土，产苇更旺。而新淤肥衍，不过两年即成苇林。约计新淤三千顷，以极少计之，滩一顷得料一垛，是三千顷即得三千垛。按现行例价，提出二成归傍湖各营，为巡防补种樵采堆垛之费。湖口内有老滩，名养马滩，所产蒿草，向归营津贴。又提出二成归傍湖各厅，为雇船自运贮工之费。官船本少，又船兵偷卖为厅员借口，自运则无可措其唇舌矣。仍余六成充公。每垛可作支百余两，是每年所入，总在三十万之外。本年运根盘之船，酌给水脚，使船兵以归坞余闲，得此沾润，目然踊跃从公。厅员得此津贴赢余甚多，可免任意谣诼。将来船营官艘，分为两帮，大帮泊右营，小帮泊左营，各就路近厅分派定柴束。冬月即装头运到工，以备春工之用，春末夏初，料可全数到工已。其余厅属，稍近北运河者，若车搬止数十里，亦可酌派给，车价稍优，免各厅借词赔累为要。若有设词阻挠，在官不过欲得购价，在绅不过欲占官地，断不可为其所惑，致误大局。果能力举此策，是左右二苇营之外，又添一营，通工五料，十敷七八，而埽坝亦不至有名无实矣。

新定水报式

划一纸长七寸，宽四寸半，方筐宽三寸半，中空一寸，对折各得半寸，以便逐一汇齐，钉成一册便查。其五日探量中泓，仍照向例。

黄河各厅水报式：

△厅营辖△汛，上与△厅△处交界，下与△厅△处交界，共长若干里，有工几段。

△厅营△汛辖△堡，△工有埽若干段，第△段立志桩，长若干丈尺寸，入土若干尺寸，志顶平埽台，上年存底水若干丈尺寸，桩前实水深若干丈尺寸。

埽前顶溜水深若干丈尺寸。

埽前高水面若干丈尺寸。埽后土戗高埽面若干尺寸。长堤高滩唇若干尺寸。堤根滩面矮长堤若干尺寸。

河槽旁滩，受淤常厚，名滩唇，水一漫滩即至堤根，不可以远近论。

滩唇较高堤根滩面若干尺寸。堤外滩宽若干丈尺寸。堤根滩面有无积水长深宽若干丈尺寸。

河槽水面宽若干丈尺寸。本堤抵对岸长堤，河身宽若干丈尺寸。

本日长落水若干尺寸。比较上年今日长落若干。比较上年△月△日盛涨大小若干。

本汛堤面比上汛高低若干。比下汛高低若干。

本汛河底比上汛深浅若干。比下汛深浅若干。

奉派荡产正料若干堆方。到未到工若干。

奉发购料若干堆方。购秸料若干堆方。

以上俱贮工候验，已验，则注明△月△日经△宪验明。△月△日动用若干堆。做单长若干。在何段工候验。

兵柳旧存新栽若干株。兵土若干方。兵草若干堆。

刀工草若干堆。

夫土若干堆方。购土若干堆方。实贮动用若干。

其徐属向不派荡料者，删正料条，各汛照填。汛报止填本汛。

洪湖各厅水报式：

△厅营辖△汛。上下交界里数，照前式载明。

△厅营△汛辖△堡△处立志桩照前式填。

海漫石高湖面若干尺寸，计露石△块。土埝高海漫石若干尺寸，有无马鞍埽。石工搂护，必用钉厢，上压重土，水硪坚实光滑，以批浪花，前低后高，形如马鞍，故名。

△汛△堡△坝△河启闭填明及过水尺寸。

南北运河水报式：照前式开载，唯删滩面河身及兵柳等条。

北运河有桥座，无涵洞，南运河西堤，亦有闸座，俱逐细栽明坐落及过水情形。

右八事，惟新淤种苇，系属因时制宜，余俱申明旧例。然欲挽回南河积习，其有迹象可言者，略尽于此。果能实力举行，则虚工噬帑捏险冒销之弊，不禁自除，而居上者亦可坐收高居远视之效，不至如近事之心悬千里，束手无措矣。至为政在人，非得人无与共治功者。况南河二十年来，上下不以公事介意，有讲求工程做法者，辄为同列所讪笑。捷径多而真材佚，通工所苦，遇事无能办理者。现经节下访求黄发，调堵六堡，亲身驻工督率者六十日，各员弁能否勤惰，自必心仪默识。指日合龙入告，保荐老成，使新进有所观感激劝，力求有造，一反前事，得人共治。以举所列八事，三年有成，虽以复靳白旧观不难也。道光二十九年十月十三日谨白。

复陈大司寇书

子翁三世弟枢密大司寇阁下：月初由至翁交到手复，庄诵再三，深感！深慰！来谕谓河帅有心当世之务，相得益彰，弥惭奖饰。至翁清畏人知，慈切身受，其德实冠绝三江，假造物以百菊翁之临机立断、雷令风行之半毗之，比及三年，必可回人心之狂澜，见求是之实事。世臣衰朽余生，感至翁三使之盛，重游袁浦。生平所学，在节费而不为已甚。至翁闻斯行诸，已觉此举大佛人性，尼之者多。即有遵行，又率增减方剂，著效迟缓。又鄙性固好仁而蔽愚者，真若以水济水。惟淮扬查君，颇同此志，而内外隔绝。查君一身，早集丛谤，又以阅历未深，孤立无助，工程肯綮，多不明晰，不足执谗慝之口。

六堡口门初合，袁浦淮城官绅士民，皆谓空运不能南下，必循嘉庆初故事，大挑运河方可。至翁忧形于色。世臣谓此间绅民，无能解河事者，且以有事为荣，不谋同词，莫问钱粮之是否能胜？时日之是否能办？兢腾浮议，摇惑观听。据报：运河水势，深者及丈，浅者亦三尺。虽积厚淤，然此河向深三丈，重运只须四五尺，空运更减，不过择五道引河之直注束清坝者，疏通二、三道以引湖溜，溜过淤刷，自然足资浮送。日内头进船已南下，而浮议益炽，即如六堡初开时，群议谓不开义河，即与七堡溃决无异，清淮百万户，必痛为鱼。查君亦为所惑，一日三次请放。至翁渐亦不能自主。世臣独持坚守之议，谓义河口门，宽五百余丈，内外高低三四丈，一开必引黄溜南趋，六堡立即夺溜，下河虽以守下坝至秋后，稍有收成，义河水注下河，仍归漂没。长河淤断，将来挽归故道，非开百余里引河不可。六堡、义河两口，必更刷深塌宽，俱成大工，虽有能者，非三、四百万不可。此时何从得此巨款？必至积年不堵，全湖淤塞，运道断绝，为国家深忧。且世臣所谓坚守，并非贸贸而谈。现今山盱所开之两河两坝，计宽二百四十丈，牵深一丈，六堡刷开之口，宽不过六十丈，牵深不及一丈，安徽各郡邑水报皆谓淮源消退。又天气晴霁，划出四坝之六十丈，以抵六堡，尚有百七、八十丈，以泄微弱之淮湖，何忧溃败？计唯稍发钱粮与堰盱二厅多积料土，以备西风，即保安平。若果无真见，世臣何所贪恋而居此危邦耶？至翁聪听决行。

又世臣前以五月二十日，自白门启程赴浦，其时城中舟行已月余，出城见集镇市屋，檐已没水。由仪征、扬州北抵露筋，并无干土。露筋以北，即入扬河厅境，春工将竣，见其工程，甚为如式。登岸省视车逻四坝，询之坝兵，水久逾启坝定志，并闻有六月初一日，道将持令来开各坝之说。二十六日午后，世臣进署，即问至翁，启下坝有日期否？至翁言：运河水大，河员请开坝甚急，道将已定初一日前往。世臣即答以下河去年被水，流亡初集，现在两湖、江西、安徽皆被江患，苏杭尤甚，灾象已成。惟下河七邑，收成较早，有「秋前五，没稻割；秋后五，割不办」之谚。现今立秋不过二十三日，一路见堤工高水面尚有四五尺，工俱坚实，必可保至秋后。下河有二收，便足民食，若延至秋后，可得六分收成，即有余粮二、三千万石，接济邻近灾郡，又省七邑灾赈费数十万，又增新漕十余万，以助仓储。世臣来时，途中闻下河民人，已吃挨饭，若月初必放坝，本年流民无处投奔，且虑他变。河员不过以东堤失事，则下河被害，更烈于放坝；且大小河员例俱摊赔，以为恫喝。此时唯有稍发钱粮，饬令贮土，以备抢筑子堰，昼夜严防，必俟秋后，再行酌放，是为至要。至翁未悉江省情形，闻言恻然，即婉留道将，至再至三，迁延至秋后三日，方启高邮各坝。下河赶收，竟及七成。北则袁浦，南则苏杭，米客纷沓赴下河采买，至今不绝。半年之间，唯此二举为大快。至刷六堡以救淮扬，其时在工文武，计无复之，持此议已两日，世臣不过到彼审度形势，一言决策耳，不敢攘功以自居也。此外，则不如意事，十常八九矣。

孟子曰：「礼貌未衰，言弗行也，则去之。」然言之勿行，不由至翁，又深佩至翁之清德谦光，是以未忍决舍。近阅邸抄，知阁下以枢臣兼大司寇。近时六曹唯司寇最重。司徒专主出纳；则以刑为教，不止明刑弼教而已。世臣忆从前侍老夫子于澄江，师训之曰：「我曾任户、工、刑三部，居户曹，尸位而不素餐；居工曹，则素餐而不尸位；唯居刑曹，则尸素兼至。」虽自谦以勉门下之词，然亦足证老夫子深悉此席之关系至重，称职至难。其时阁下同侍敬聆，想昕夕俱在提命间也。逖听下风，无刑之期，其将有在矣。

小婿杨汀芦，承推爱分俸，厚资行李，俾得返晋。来示谓明春尚可畅谈，以广见闻，谦挹之怀，蔼然若揭。汀芦在少年中，诚为有意识者，不愧有造，阁下政暇赐见，诲以立身涉世之要，俾循持不昧，作人恺悌，斯之谓矣。

浚运巨役，必不宜举，新漕北上，必无贻误，大臣忧国，此宗至要，故纤悉述之，以纾荩怀。书成，即寄晋交汀芦来春面陈，肃请侍安。道光己酉十一月十一日。

说储上篇前序〔一〕

上篇后序

论者常曰：「生齿日益而地不加多，是以民必穷困。」非定论也。今法，里长三百六十步，当官尺百八十丈，亩积二百四十步，开方得七丈七尺四寸，则方里为田五百三十亩，方十里为田五万三千亩，方百里为田五百三十万亩，方千里为田五万三千万亩。今者幅员至广，锦州以东，敦煌以西，隶版图者各万余里。其内地徭赋之区，北尽边墙，西距嘉峪，东并海迤岭而西南界交缅。以天测里，今尺二百里当一度，南北相距二十三度半，东西如之，俱径四千七百里，截长补短，约方三千六百里，为田六十八万六千八百八十万亩。山水邑里，五分去二，为田四十一万二千一百二十八万亩。

前此兵革未起，户口极盛时，为人七万余万口，而工商籍皆两占〔二〕，兵疫丧亡在其中。以田计口，约人得五亩有奇。通以中壤中岁，亩谷二石五斗，除去桑田，岁可得谷十二石。中人岁食谷七石，糠秕饲鸡豕，则耕六而余四，夏冬所获，山泽所出不与焉。且中夫治田二十亩，老弱佐之，可以精熟，以口二十而六夫计之，使三民居一，而五归农，则地无不垦，百用以给。夫人所必需，盐铁烛油，田有上熟，二麦蜀芥，麦盐芥铁，桐柏贸油。壮男耕樵，壮女纴炊，老者饱温，幼能就学。搜剔奸回，劳来孝弟，民乐其生，戴后德吏。政洽气和，灾疠罕至，国富君尊，兵革不试。言虽大略，治要粗备。行之一年，英乂立朝。行之二年，草菅去野。行之五年，可使足民。行之七年，几于刑措。如其礼乐，以俟君子。

上篇序目

近日大吏颇勤图治，而治之大端，则曰弥补。上达者日事追迫，密饬者相劝挪移。夫亏空之罪至重而牵连之狱至多，凡属主守官员，皆若朝不保暮，自救身家，遑恤政体？徒假赃婪以说词，无关积贮之实效。故宜普布腹心，绝其瞻顾，使能实举法意。勉臻循良，莫先于此。为第一。

知勇才辨，民之俊秀，自非泽于诗书，鲜能饬其行检。若复内迫困穷，外遭沮抑，决愤荧众，每为厉阶。夫倡乱执词，必指墨吏，墨吏冤酷，才被数人，奸民口舌，遂摇众志，求之往古，多罹斯难。贤相辅政，治以二科，其才大而措意于正者，求而进用之，教诲之，使不侪于等辈。其才小而措意于邪者，求而诛殛之，斥辱之，使不齿于齐民。故下志得达而吏无废事，逆气不萌而国无卒衅也。七、八年来，西南多故，惟畿甸江淮，致为淳悫。而劫官掠富者，累牍不问，计驱力胁者，知名相望，吏畏民而贪益炽，民玩法而生益蹙，旷才在野，可为寒心。诚能致之以实封，使吐其气，领之以职事，使致其心，则健者可以戢乱，淳者可以抚安，即强梁之流，鸷悍之辈，亦收驱策之劳，并绝凶横之祸。夫屈抑既久，擢拔知恩，致身有途，自新为易，求士固是常经，救弊尤为奇策。且于今缨冕，非无晓事，而稽其施行，尤乖意议，盖为闻见日非，遂使学识交丧。诚能鼓以朝气，作其本心，奉行教令，亦庶几矣。是故精选院卿，委澄京职，亦即精选京职使监外郡，既革瞻顾之源，复授举刺之柄，责核名实，鼓舞廉耻，下愚不移，盖非数见。止乱兴治，斯其要迪。为第二。

刑罚之设，所以救弊，流弊之极，各有攸偏，世轻世重斯其理也。条其败坏政教，于时最切者，以为发凡，推类以求，伐柯不远。为第三。

饔飧不给，非所以优尊贤；经费不敷，则无以责廉耻。官贫志污，浸忘本职，所自来已。略仿故事，条别职守，虽迹似更张〔三〕，而事非繁扰。至整饬外政，功系亲民，详揣人情，归于宁静〔四〕，使议政者不惮一劳，则利及数世；当事者量行一节，亦泽被偏隅。采择由人，列方斯溥。为第四。

理财为古人致治之大端，尤此时当务之最急。凡举事不利于民者，必不利于上，详度时势，条别其宜，依损上之大经，明食人之通义，皆努力所尚能支，亦吏才所必能举。防检极宽，流行自畅；

为计似迂，收效至速。然前四者不举，则行之或未能如指也。为第五。

上篇第四目附论

夫吏者所以缮行文移，检校书簿，习土而明风俗，近民而究情伪。汉魏以前，皆出身辟举，杰才间出，每至公卿。唐宋以还，屏为流外，绝进身之望，去代耕之禄，然而居其地者以长子孙。故鲜无世家，官鲜世禄，而胥吏承袭，遍及天下。惟狱为市，弊极于今。前有部臣因经承招权太重，又曾绍兴客户，盘踞为奸，建议尽驱之，反为等辈所要，致加饭银，乃返视事，遂谓部务非绍人不办，莫敢复议。斯皆吏不事事，倒持太阿，而授人以柄者也。诚命以级，赋以禄，慎选士人而授之，精考课绩而进之，出身有途则人皆自爱，饕飧有赖则官可执法。优者累考而迁，劣者因事而黜，使我髦士，借此观政，时以土风，诏其长官，斯亦与地方贤士大夫共治之遗也。

至各役并无名粮，日供差遣，微忤而刑杖辄加，坐赃则罪过平人，举事无名，莫此为甚。均是人也，而立以为官长，谓其贤能抚众，才可理剧也。今处职者官而理事以友，使友诚贤也，当路者固宜罗而用之，不当听其伏佐人幕已也。诚不贤也，而使与人民社，岂不殆哉？夫幕友之鲜可信用，当路者莫不知也，然予尝与议去幕之说，则哑然莫应，固以相沿已久，重言变更。况今之司刑者，问以律式轻重而不知；司户者，问以钱谷出入而不知；司吏者，问以课选上下而不知；十常五六也。去幕友则依依无所之矣。然思刑钱修脯，重者及千，轻者半之，征号书批诸小胥，膳设仆从之费，每友亦不下岁二百两。计一县延友之费，约岁二千五百两。而大县之廉，不过千两，曲徇陋习，身试刀锯〔五〕，甚无谓也。佐贰助理，名理既顺，劳逸斯当，其幕友果能通达治体，可以条列新科，取进不次，亦无弃才之叹矣。

古之设官也，使贤治不肖，不以卑临尊。今巡典受级，仅比生监；丞簿出身，已劣举贡。故鄙弃于清流，益鸱张其横肆，长齐民不逊之心，养小吏无耻之习。诚使贵贵相承，足资临御，则轻吏之俗革；贤贤相推，广为辟补，则沉抑之士罕。又今学宫饰观，学师备数，职冗于胥徒，行齿于驵侩，良以分既失势，地又居贫，凌迟之使然也。诚以丞理民，复使兼学，则德以威将，刑因礼重。诏令以选举之源，佐令以教化之实，制时之宜，庶乎有中。四民各有生业，亲友有入仕途，遂辐辏以从。惰民试思无此依赖，将能不食而饱，不衣而温乎？游食集署，非本官所乐从，冷面所向，盛气所陵，加以关防所束，蜚语所指，盖十人而八九不堪矣。徒以路远费难，隐忍牵就，或逢意外之虞，竟成流落。又有千里投亲，而或出差远省，降补不讳，至不相及，常至摧折中途，化为丐盗。己力可食，俭则易给，及事乃悔，嗟曾何及？是故议裁延幕，非以绝搢绅养才之路也；议禁随任，非以阻富贵姻睦之心也。裕官财以教廉，止民罢以教富，人情之大原，而王政之急务也。

校记

〔一〕本文说储已收入，此略。

〔二〕皆　原作「多」，据吴校稿本改。

〔三〕迹似　原作「不无」，据吴校稿本改。

〔四〕宁静　原作「平易」，据吴校稿本改。

〔五〕身试刀锯　原作「甘从污衊」，据吴校稿本改。

随时续附

外南厅吴城六堡新庙记代

六堡新庙何为而作也？上以酬神贶，下以志使者之过，而勖有司以思患预防也。南河典祀神祠皆在河口，其各工建庙，则以其地曾失事，故作新庙以酬神。六堡则因刷堤放黄涨入湖，非失事比，而作新庙顾与失事处不殊，何耶？

某以道光廿八年十二月八日，视南河事，勾稽交案，心目几不给。次年开篆，遍阅工程，西历徐州，东届海口，南北运河，洪湖石工，奔走旁午。又春夏连阴数月，淮源盛甚，先启智信两坝，继放仁礼两河，湖犹见涨，堰工堪虞。至减上湖以入下湖，而下坝一启，则下河七邑民命系焉。是以五月杪，运河启坝之志，早逾坚守。至六月十八，得制军陆公手札，趋赴车逻，面商启坝事宜。以廿二午夜回署，次晨外南厅营呈七堡险状手折。某临工督抢，见溜势腾涌异常，埽段蛰塌脱胎者相继，埽后土戗倾卸不绝，工存防料，镶不敌蛰。某四面委提邻厅协料，募收民料皆尽，新埽台宽十余丈，已出水面，追压大土，未及得底，而苏缆四五百条，砉然若刀截，随溜辄去，料物不继，人力无复可施者。在工人员佥云：「北岸有老滩，形如牛舌，恬过河槽五分之四，斜导大溜，逼七堡坐湾之工，一切筑坝挑溜切滩引溜之法，皆缓不济急。」某闻王营减坝为北岸减河最灵之所，而多年不开，工程难靠，急遣妥员驰勘。据称坝脊与平地高低太甚，又引河浅窄，遥堤残缺，坝启必为下游海州、安东、清河、桃源、沭阳五州县田庐之害。而七堡堤后，即太平汪水塘，宽才里许，下游四五里，直注运口头坝。太平汪南，即吴城砖工，实为洪湖堤岸，七堡倘至失守，溜头为砖工所遏，不能入湖，必东下头坝，迤下清江板闸，淮城居民百万，地势低且数丈，必有为鱼之痛。唯七堡迤上里许之六堡，其堤北黄南湖，系嘉庆十六年李家楼全黄入湖刷堤减清之旧路，今若刷以减黄，实合害相形则取轻之机宜。

某按治河方略有云：「自黄河倒灌吴城张福口一带，直至武家墩，卑洼悉为高厚。其清口以内，裴家场帅家庄烂泥浅，周围数十里，垫成平陆。臣挑引河四道，淮水仍出清口，是黄流之灌在当时诚大为害，今则反受其利者有三」等语。某思现在湖水至盛，其宽深者多在山盱及高堰南境，高堰北截所辖湖面，即方略所谓垫成平陆之处。现今黄水虽高湖面八尺四寸，若将六堡减清旧口刷开，黄入而散，必可陡落，一二日后，黄、湖高下无多，断无奋溜之虞。黄溜南行至高堰南截深处，必被清水顶拒，北截旧有高滩，以近年蓄清济运，滩面皆没水内，居民早已星散，新淤过旧滩，必留积成阜，不但不淤湖心，滩面出水抬高，即高堰北截石工，有滩遮护，不受巨浪，一利也。滩高而宽，丛生苇草，可备堰盱搂护之用，即里外桃宿近湖诸厅，皆可就近分运，既节钱粮，又济急需，二利也。遂决计刷开六堡。次日黄已落五六尺，跟探黄影，止于高堰。九堡迤南，俱系清流。其时塘内江广滞船，及铜铅竹木官艘，尚有九百余只，而黄水骤消，河泓才三尺余寸，不敷浮送。以前任河营乞年参将卢君永盛策，于草闸外接做草胡同五十丈，吸深河泓至丈三尺，周章十日，得以全数渡黄。

某驻河口日久，乃知七堡对面之牛舌老滩，系从前纯庙临工指示之桃庄引河旧迹，食其利数十年，而日久懈弛，莫复过问，致酿此难。即相度滩势，筹办引河，以引河所出之土，运还七堡堤工。大溜北行六堡，堵合自然顺手。而黄流既分，河槽极浅处，深止三尺，不得河尾，犯引河之深忌，只得照例调料，集人为堵合六堡之计。当六堡初开时，群议以为必需巨万，某细心筹度，得二十万可以蒇事，遂奏明作为赔款。而合龙之后，节近仲冬，赶浚张福、太平等引河，不能畅出湖流，运口水落丈余，轮堵三闸，抬水接济，而高低悬殊，别寻太平汪以聚空艘，始得全漕归次。假令某于莅任巡视之时，即知此牛舌老滩之必为害，又习纯庙指示桃庄故事，及春初闲暇挑切牛舌之本，靠北岸为引河，引溜东趋，则七堡、周工、顺黄三工，皆可淤闭，所费不过堵合六堡之半，可免清淮百万家惊惶三日夜，又省觅船搬运之费数十万。是某之不学无术，几致决裂，可以为后来大戒者也。六堡开工伊始，先于西坝前筑提脑坝，长至四十丈，以挑大溜。合龙之后，溜势北激，将牛舌滩唇刷动，渐塌宽五十余丈，深至三丈，然盛涨时，溜仍过七堡埽前。痛定思痛，宜求良策。现当钱粮支绌，补苴不遑，拟俟经费稍裕，仍当斟酌勘办，以复纯庙睿谟之旧。可期六堡、七堡、周工、顺坝四工淤闭，移四工之岁修，即可永观厥成，庶以补过于将来耳。

本年霜期之集，在工文武佥谓：「上年七堡奇险，大埽四十段悉脱胎，土堤面宽五丈，而刷塌甚处至不盈尺，屹立三日夜，竟不过水。及冬杪空运经临，尾塘船只出杨庄挂黄，不下千艘，上游冻实，昼夜攒挽进草闸，次早冻解，淌凌下压，势如出岳，船若挂黄，必成齑粉，顷刻之间，成败悬殊。及尾塘船只挽入太平汪，纵横千计，忽有一艘不戒于火，乘风鼓焰，催攒文武齐于河干泥首吁神，其船立成灰烬，竟不蔓延。凡此皆非人力所及，神庥迭沛，无德不报之谓何？」爰于六堡鼎建新庙，中龛奉大王，亲福主也。左龛祀火神，酬熄燎也。右龛供九龙将军，报示现也。落成后，群以镌石之文见属，故纪见闻所亲，以告诸君在事者，共感神德，而益励趋事之忱焉，是为记。

咸丰纪年正月朔旦。

复魏高邮书

默深二弟刺史阁下：熙载来，得手书，具承记念。世臣在露筋市上，悉阁下以邻境有司，不分畛域，出手券谕市人出钱抢险，得以保全新埽三段，可验非恫瘝在抱如吾弟，安能及此！在彼即悉阁下送差后便住扬州，而世臣染间日疟甚重，过高邮竟未上岸。初八夜抵浦，病已解，至今人尚疲弱未复原也。并承垂问「以清送漕，不治下河而下河自保」之法。此时舍阁下更无肯管此闲事者。世臣虽屡告当路，并切言之，而莫能举；近亦衔碑反舌，无处可出微气，故细缕为阁下言之。此事失大机会两次，今日欲举，未可猝办。

本年春间，世臣欲大开顺清沟四十丈，展束清坝二十丈，以畅清刷黄。而主者虑黄水刷深，遂断灌塘之利，谓黄水时有陡涨，措手不及，即淤太平河，绝运路，恫喝至翁。世臣言黄水虽有陡涨，然必至伏秋大汛，此时距伏汛尚百余日，多备料土，相机收窄，何措手不及之有？而至翁深以厅员为可靠，此误大机会者一也。二十九年放黄入湖，即与至翁言：黄入湖必有新淤，棍徒必纷纷请升认领，饬县议驳，共驳呈二百纸，联名至二千人。淤出水面旧老滩不下三、四千顷，冬间移苇荡根盘补种，两年之后，每年可得者例柴三、四千堆，可厢单长三、四十万个，其详在善后说帖，原稿存尊处，可以检核，无烦赘述。而至翁迁延，推以二十九年来不及，三十年再办。去、今两年，仍然如忘，不过受厅员愚，以派料虽有津贴，终不如购料之利故耳。此又失大机会者一也。今日即有心人来如法补种，来年未必能茂盛，须至后年，乃可够事。

去年十一月，陈观察开吊，世臣往吊，席间闻夏间所塌埝工二千余丈。若加搂护，须银三四万两。再加三四万两，须可补还石工，即日摸砌，岁内可必完工。至翁闻言大喜，立即札行。世臣因先以谑言，继以危言。其谑言则云：阁下明日见发议诸公，何不用大脚盆满贮冷水，使之当面洗手脚。大凡吾南河文武官员，皆是半仙石匠，未必即是真仙，掮五、六百斤之石条，赤身于九天下二丈余深水内，可以摸砌，则半仙者亦可当面一洗手脚也。其危言则云：今埝石掣去深者至十一二层，里石砖柜三合土皆已掣尽，且掣动子堰宽至丈许，若不加搂护，一遭风汛，埝无不倒之理。今年湖水比四年息浪庵失事时，尚高至五尺，下河七邑民命千万皆将于阁下索命，恐二品头衔，万里程途，未足为偿也。不然，则求阁下准贱子回家，免致孽镜台前对簿耳。至翁恻然，即晚发银三万五千两，饬工员搂护。世臣更手疏搂护之法，至翁交与扬道严仙舫，扬道饬房照抄数十份，分给工员。略云：「靠未塌之土侧坦处让水五六尺凡浪力在水面极大者，起浪之水，不过七八尺，近底之水无力。铺软草，使胶连，乃钉铺料柴，多用灰缆，做家伙下骑马，至出水面，塌眉扎枕横挡，用人字签签定。乃铺土尺许，撒乱稻草，浇水用硪，打到七寸，再铺柴，层柴层土，撒草浇水行硪如法，乱草打与土和连，则浪不能刷。」又访得山安叶守备晓此做法，即调赴埝工，督率教导。奉派工员，饬其购办石料，等春和开工。然至今尚未完工，而摸砌之工，什七八又被风掣，并掣旧工千余丈。然搂护护堤，屹无动移，以能保全埝工，不至失事。

今要行出清送漕，救下河之良策，若议加高埝石三四层，为费须数百万，且年年修砌，劳费无已。不如即用去冬搂护之法，在埝眉海漫石上，用软草垫底，其被掣之工，不必补砌，一律如法搂护。计埝工长一万丈，除高埝厅所辖之四千余丈，外有新滩拦护，且补种苇柴，分杀风力，相机另办，以节经费。外出圩之六千丈，照例用前法搂护，出海漫三尺五寸，宽五丈，计见丈为单长十七个半，六千丈为单长十万五千个。现在新滩上，自生芦柴无多，未能蒇此公事，补种成林之后，取诸宫中，不及一年，便足敷用，逐年加厢，尤易为力。此工若照现例开销，则库贮太大，或可照旧例七十五方七十五两计算，再提出四成如事宜说帖所拟，则所用钱粮不过十数万，与现事不甚相远。该厅自选大芦纻缆，仍所照购价开销，以资津贴。如此，则黄河日深，清水亦不必蓄高，漕行如飞，下河年年丰收，虽西堤塌坏，无碍也。唯西堤现在情形，既不能使工员照保固例再赔，似必难如原议之摊征还款，世臣意尚未得调和之法，想阁下成竹早已在胸中矣。

熙翁到此与海公皆病，稍可支持，即日回棹。世臣目苦手苦，下笔竟不成字，想阁下能念其病而恕之也。即问政祉佳善！闰月朔，年愚兄包世臣顿首。

再，子埝东面埝身较西面低至三四尺，亦须分年培高，撒草行硪，仍存斜分之势，以泻过埝狂浪，则久安长治之道也。

复杨河帅书

江东布衣包世臣谨再拜上复至翁侍郎节使阁下：初六日二炮，接奉手谕一通，敬悉一切。此间谣传百出，迄无定说，大约以沛县失守、东省穿运二事为最重大。初三日接泇河厅禀云：「二十三日晚，昭阳湖陡涨四尺余寸，韩庄一带，文报断绝。」为有明文如该厅所禀，则穿运在所不免，但不知是否衡马两工旧路；或又在分水之南，合汶冲开戴村坝，下大清河，则东省被灾情形，与嘉庆廿四年不相上下。此间传说灾民渡黄至徐城者，不下十万，语言慢肆，此亦势所必至。当此之际，只有褒如充耳，更无能与较论是非。至上口门相度，既不能以遥度传闻之言入告，亦不可冒昧前进，总要拣地方官平日不与百姓为仇敌者一二人，先去安抚。闻有遣武巡戈什哈至口门带画手绘图贴说附折之说，此似不妥。此间当事禀白之言，向无确切可靠者，何况官人？平日门下之人，除东省乡谊之外，无不屈指祷祀阁下升调者，何况此时？若竟据官人复禀入折，将来星使按临，水势图式不符，真乃授人以柄。阁下生平极慎，无烦世臣赘及也。

制府闻有今日抵浦之信，想必星驾北辕两府临工，以定坝基为第一义。从来大工除河道逼仄，如王营减坝之类，不得不就决口进占，此外，总要详择可以越堵处所定正坝之基。坝基总须于口门之前，相距二、三百丈，相度稳洽。盖口门出口之水，乘高下跌，常有深至七八丈者，而入袖之势，尤非人力所可制。闻现在漫口之地，河身宽千数百丈，南北两岸，各有老淤滩三、五百丈，而该处文武，未闻有曾经大工熟手。法宜于口门之前，上下数百丈之大堤，察看土性与形势便利之处，定立坝基。现在谣传口门，或言二百五六十丈，亦有言三百余丈者。大约口门宽窄，总与河槽相应，塌至二百数十丈，与河槽不相远，则水力不能旁攻。目前裹头想未动手，口门迤下之拦黄坝，想亦无人计及，此两工都是要紧。裹头以防塌宽，拦坝以免积淤，此皆在工人之所能为者。唯定坝基一节，极关重大。盖漫水之时，盛涨平铺滩面，必掣出引水槽渠，方致成事。闻口门之堤，与平地高下三丈七八尺，建瓴冲跌，口门后深塘常不可测。而口门前之引水渠不能过于宽深，故坝基宜定于二三百丈之外，就其浅势，且逐渐倒跌所不及，先刨土槽深丈许，宽与坝等，稍加丈尺，以好土筑土坝，引至将临水之一二十丈地面即用捆厢之法，以固坝本，入水即为坝头。两坝做法相同。坝后土坝长常至数百丈，其近水之数十丈，测滩面高出水面若干，于临水一面，镶做防风数十丈，以防口门收窄时，抬水搜后，此亦要紧。徐属向用秸料，质松劲弱。坝身须宽十二丈，上边埽三丈五尺，夹土坝丈五尺，下边增二丈，夹土坝一丈，高深以五丈为率，口门收窄，刷深尚不止此。大约正坝宽深，总不过口门之半，既可必成，又以省费。二坝临时看情形，或做或否，若必要做，总须于口门后深塘之外，亦去口门二百余丈可矣。

再相度挑坝之基，法宜于新定坝基之上二百余丈，刨槽做土坝与正坝同。上下水皆要做防风四、五十丈，以备不虞。再相度引河头，法宜于口门上游稍远之老滩，开新引河宽五十丈，深二丈五六尺不等。于口门上水未转湾处，引入新河，行十余里，水既伸腰，乃入正河。其正河内受淤，深浅远近，不可预知，比引河头可以稍窄稍浅，总以不阻河流为度。挑坝要宽八丈，斜挺河心与溜争。最着重必与引河头呼吸相通，到口门收至近十余丈之时，挑开引河拦坝，引大溜直注引河，则合龙自不吃重矣。引河之下，各厅详勘抽沟切滩事宜，此自有分任之者。该处形势既未目击，又现在口门宽深亦无准信，以故只言堵筑要工大概，不便悬定估计。估计本是呆事，想在工不乏能者耳。再前月二十七日，世臣与阁下面言大拆顺清沟，展束清坝，引昏垫下河之水，为荡涤河身之用，以免三百里抽切之费。现在黄水清若井泉，埝圩存水一丈八尺九寸，而顺清尚未闻有清水外出礼河，此时东信已无可盼，费虽较多，不能不急筹堵合矣。祥符五瑞本系出清之路，然闻其引河长而淤厚，为费太多，若饬人查看夫工，于工可以刷放，亦可多留河身百余里，不致病淤。日内看水报，外南仲工以下，中泓有二尺之处，海防有一尺之处，此皆簇新稀淤，见水辄去。世臣明知此等话说，为通工所忌，然生性唯知上有君国，下有闾阎，不能为人擦鼻涕，唯恃阁下之能垂谅也。再，吴诚七堡牛舌老滩，趁此时切滩大役，铲去瘕症，以复纯庙指示陶庄之旧，则六堡、七堡、顺黄三工皆可闭。并以附闻，肃请钧安，伏乞原鉴！不具。咸丰纪年闰月初七日巳刻，包世臣谨再拜复白。

此时言请帑难已，然到此时断不可不请帑，以河北本系危民，当此巨灾，若无所维系其心，恐生他故也。现在以送空运为最要，北岸已成巨浸，难言购料，专倚南岸，似尚可办。集饷集料，大约要到冬杪，先做三处土坝，估计引河，以及是时让过凌汛，并力以来年挑汛蒇事。工竣后，再将口门补还。将来有能了此役者，非照此数层，难期妥协。世臣再白。

引河头尺寸系从水面起算，其滩面高下不能悬揣。现在口门上游中泓不过丈许，而口门跌塘倒掣，河身逐日加深，故必预估比现泓加深丈许，使开放拦坝时新河底较低数尺，则大溜全趋引河，事半功倍，似费实省。土山必在引河两岸三十五丈之外，用不登木钉桩为界，两头土路必要摊平，如缕堤加硪，以免放水出槽漫土山后复土填河之患。盖引河浅于河身，则口门吸溜，引河系溜，常至事坏垂成。挑坝不得溜则无用，得溜又恐大溜东趋折搜东坝之后，宜于引河头下腭做兜水坝，逼挑坝溜势悉注引河，即作东坝之盖坝。法虽臆创，实为紧要。世臣又注。

后附

查办海淤条略〔一〕

嘉庆十八年冬，工部尚书苏公于筹议经费案内，采予筹河刍言召买海淤一款入奏。事下两江督部百公，委员不得要领，颇滋惊扰。百公函致两淮鹾使阿公面询。次年正月予至扬，阿公以己意问查办之方，为列十二事如左：

一、黄河南岸北沙迤下至射阳湖，北岸云梯关迤下至云台山，皆系淤出之地，北沙、云梯两集镇是其硬界。宜提集海州、安东、阜宁三州县鳞册、粮册、赋役全书及数十年来所有报升，已奉部复入册征粮及尚未咨部并未入册征粮各案核算，该州县三则田亩如何征收？以粮计地应有田亩若干？并提司册核对，以杜胥吏飞洒之弊，则有粮地亩实数可得，而无粮淤地实数亦见矣。

一、奉部升科征收之案，无论远近，俱作为有粮民地。其尚未咨部及仅在各管该官处具呈请升之案，无论开垦、未开垦俱作为无粮淤地，归入现在召买案内办理。

一、报升各案及有互报控争各案，俱查明原案，准报升最先之人承买，其续报之人作为套报，不准。将来荒地呈报，亦照此办理，以昭平允而归画一。

一、现在隐射侵占各户，明知事干例禁，莫敢承允。委员查丈时从何着手？丈至田头必无业户站界，又以河租隐射大粮，则一亩跨占五亩；以水弓隐射官弓，则二亩不敷一亩。海州一属文契并有内带大粮几亩字样，大约地十而粮一。查办之时，贿赂公行；查办之后，告讦滋起。又海滨之民悍愚，非见誊黄不能信服。宜先将各该处情形据实陈明，并拟定章程请旨。最要一节是将隐射各户，宥其前罪，勒定限期，或三月，或半年。准令自行丈量呈首，其隐射之地仍归该户缴价执业，不许旁人争兢。限外不行呈首者，则准其地邻首告指买，即自己先有隐射，但经首呈者，亦许首告他人。逾限不首之地，即以所守之地丈出，一半归公，一半给赏首告之人。其始终隐匿之户，仍照律治罪追息。若丈出实无隐射，则将该首告之人，照诬告律严办。等因奏奉恩旨，即刊发誊黄，遍行晓谕。如此，则隐射之熟地皆出，而官民之界址及新淤实数可得矣。

一、生地出示招买，不论远近军民人等俱听其踩定地段具呈报买，批准后即听其打围播种。仍给示晓谕，毋许他人套报，以广招徕。又文武各官，例不准在任所置产者，为有势要逼勒之嫌。生地既属公产，似可听其一体报买，以期迅于集事。

一、河租归河库，滩租归盐场二款，系隐射之根株，宜查明底案是否外款，抑或随时报部，分别酌办。

一、灶地有定额，原以草地资灶户煮盐。今淮北系属晒盐，无用草地，且灶地亦属公产，非该场尖丁所得踞业，俱宜查明归案办理。

一、苇营内地宜遵定例，产柴归营办料，不产柴归民升科。然兵民错杂，恐滋流弊，宜划归该营作为营地，扣饷归价地随饷转。

一、生地当分别三则议价；熟地，该业户隐射已久，获利甚厚，当较生地倍差定价，亦分三则。至较远苇营之芦地，自仍听各户执业，唯芦地不费资本，出息与产谷之地不殊，又粮额较小，所有芦地当分别上茂、中茂，比熟地上则，以昭平允。

一、熟地缴价分以三限，每限半年。因定价较多，一时或难措缴，使得以收成之利陆续缴官，固易格外之仁，而国帑亦借充裕。其生地之价亦分三限，每限半年，俱已批准呈报之日起限。

一、总局公费，委员薪水，书役工食，以及各州县盐场造册，皆当优给公项，不得令其赔垫，致起不肖之心。其费当筹款垫给，将来缴价时照大捐例酌定成数，以为火耗饭食弓篿之拨还垫，仍招殷实银匠以专责成。

一、范公堤外接涨百余里，居民渐多，骆马湖淤成平陆者大半，大户隐射泰州版荒至广，亦宜一体查办，免兴另案，又增烦扰。

以上十二条是其大略，临时润泽伸缩，不可执一，以误机宜。

校 记

〔一〕此篇系从吴校稿本中辑得，现附于此。

艺舟双楫

序言

序曰：论文之书，始于典论论文，而文赋继之，魏文评时流得失，士衡论体裁当否。文心雕龙后出，则推本经籍，条畅旨趣，大而全编，小而一字，莫不以意逆志，得作者用心所在。后此则退之、子厚、明允，又自述得力端末，于以诲人谕众者，而明允之尊文为尤甚。南朝以有韵者为文，无韵者为笔，故牧之有「杜诗韩笔」，玉溪有「任昉文笔纵横」之语，然对文则为笔，单言则统于文。近有谓古有文笔之别，无古文之称，而斥称古文者为陋。然汉人以字体而别今古文，至宋既有时文之名，则别称古文亦何不可乎？古文之名，以北宋而盛，其学至南宋而大衰。以迄于今，别裁杂出，支离无纪，且七百年所已。近人姚姬传选古文辞，条别诸家得失，恽子居自述力学所得，实亦焕乎可采，不谬后来。

仆少好诗赋，独学寡闻，蓬转后耳目稍扩，逾五十始自捡葺。间与友人问答，必直吐肝膈。所居既卑，人事酬应势所不免，然卒不敢以所学徇人，幸免谄胁之耻。至于兼备众体，古人所难，上下百世，唯有子瞻。而赋仍冗疹，千应之一，无容吠声。倚声、传奇，体虽晚出，其能者殆非率尔，偶道所见，或殊燕说。八比为近世正业，前明能者辈出，论说多当，然入主之诮，燕石之陋，亦复时有。仆少小事此，费精神于无补，分别径途，不贻染丝之悲，盖亦庶几。其友生之间，有如魏文所云，「此子为不朽」者，盖棺定论，一并入录，以听后人裁其当否耳。

若夫论书之作，创自后汉，崔蔡之词虽简略，而形容体势，兼涵并包。南北朝尤重此艺，工文者史入文苑，以工书托体小学，乃入儒林。下迨唐初，状笔势说结字之文益多。唯孙虔礼大畅旨趣，略不留余，原彼心悟，可以仰匹文赋；薙其拙冗，则光曜尤有推暨。仆姿劣力孱，独耽斯业，五十年来，终始不厌，前后常谈或亦有当古人者，故并纪录其词焉。

附录序言

序曰：易象有言：「观乎人文，以化成天下。」天下化成，君相之盛节，乃归功实于人文，视文毋乃已重乎。然玩其说人文曰：「文明以止。」则知明其文以止天下之邪而归于正，虽君相必受成焉。是以圣人任在兹之重，晚作春秋，以维世运。左氏复据宝书，纪事言以全付托，尽素臣之职，为百世文祖。然左氏丽经以行，后起莫敢拟似者。至司马氏当五百之期，错综十代以作史记，其文直，其事核，不虚美，不隐恶，远则当夏制法之微言，近则过秦规汉之明喻，备之矣，史家取法焉，后世言文故首推司马氏。近今史馆成例，人必历显职，事与言必据官文书，非是不得阑入传中。读其传，以求其人之心术学术，与当时种德播恶之迹，皆不可见。于是欲征信于家传。而家传必出素识之稍有闻誉者，名之以时贵，缟纻夙投，人事丰腆，难以言文直事核矣。况自命载笔者，未必解事，茫然于所事之得失终始，唯以道徇人，苟取悦于求者。幽光不发，儒效无稽，淫诐之辞兴，劝诫之道熄矣。

然则传志碑状，史家者流，虽称美不称恶，与史例少殊，苟能称美不过其情，又不以虚饰之公家言，惑人观听，即时讳小恶，亦善善从长之义也。有本有末，挽近所难。若其吏才无害，而内行不修，则当援春秋美齐桓之例，详稽成效，而一言不及其家事。其有清操自完，雅量容众，短垣不逾，而泽无所究，则必词称其分，旨寓于言。亦有性不吝啬，颇事任恤，而余财既出盗跖，污染故非良家，衡其轻重，无当节取，未便峻拒，宜从婉辞。继不可气折势焰，心移系援，苟移翰札，以得罪名教者已。仆常谓吾人不知自爱，舞文乱德，较之试官卖科名，狱吏卖法律，罪为尤重。盖庸劣倖获，无辜被冤，祸福只集其身，是非犹在公论。若碑志勒之金石，传状乖于简册，果得笔势骏利，议论明达者为之，遂尔骨磐泉壤，名艳通都，实恶以久远渐除，虚美以诵习而逾盛，显贻君子之讥，阴受鬼神之谴，可不慎欤？

仆少本不殖，学由师心，谬被名流推挽，乞传求题者相踵。唯以性好品别人材，搜罗轶事，伟论亮节，不间明陋。虽其雌伏茅檐，寄迹篱下，而出处趋舍，竟系兴坏；又有人仅中材，职非机要，当狂澜共倒之时，犹能持正自卫，详其所涉，则地方兴坏之故，亦因明白；下至闾里独行，闺阁贞苦，考复既真，必悉纪录。为前哲畅流芳，为后来树标准，师保如临，不缘求请。其应求请者，亦多习故深知，并非删节来状，故有行述年谱，言累数万，而文中止采及世系科目官阶生卒年月子姓名职者。世固有一言一动，卓尔可传，且必不可以不传，而子孙不知，或知之而引嫌虑患，不敢入状，其状中刺刺不休，大都寻常，且多虚妄，迹其所虚妄者，事未必美，而真美顾隐讳不言。仆以一人之耳目心力，其焉能使当代贤大夫士之行业，尽有载述而必布闻哉？至于情无可却，而行治不必符记载，或性情足供描写，或先世宜追称述，或款愫当陈缔结，或话言别具指归，取赋微澜，滋生奇趣，文家狡狯，时亦间出。其有闻声相思，奉状乞言，词出人子，多近诬先，采访有征，剪裁斯下。如其距远居僻，无可考询，则必谢彼润笔，辞以不文。五十年来，庶几无愧。古昔有言，苟能制作文章，亦可谓之为史。凡以迹关得失，非具达事变之识，怀旧俗之情者，固不足以与于斯文之重也。故略摭旧稿，符合前说者，录附艺舟双楫之后，当世有识，苟存观省，或亦有当葑菲之采云尔。

艺舟双楫卷第一　论文一

文谱

道光己丑八月，养疴寓园，日与族子孟开论古文节目，因次为篇。

余尝以隐显、回互、激射说古文，然行文之法，又有奇偶、疾徐、垫拽、繁复、顺逆、集散，不明此六者，则于古人之文，无以测其意之所至，而第其诣之所极。垫拽繁复者，回互之事；顺逆集散者，激射之事；奇偶疾徐，则行于垫拽繁复顺逆集散之中，而所以为回互激射者也，回互激射之法备，而后隐显之义见矣。是故讨论体势，奇偶为先。凝重多出于偶，流美多出于奇，体虽骈必有奇以振其气，势虽散必有偶以植其骨，仪厥错综，致为微妙。尚书「钦明文思」，一字为偶，安安迭字为偶。「允恭克让」，二字为偶，偶势变而生三，奇意行而若一。「光被四表，格于上下」，语奇也而意偶。「克明峻德」四字一句奇，「以亲九族」十六字四句偶，「协和万邦」十字三句奇，而「万邦与九族百姓」语偶，「时雍与黎民于变」意偶，是奇也而偶寓焉。「乃命羲和」节奇，「若天授时」，隔句为偶，中六字，纲目为偶。「分命申命」四节，体全偶而词悉奇。「帝曰咨」节奇，「期三百」七十字，参差为偶。「允厘」八字，颠倒为偶，而意皆奇。故双意必偶，「钦明」·允恭

「等句是也；单意可奇可偶，「光被」「允厘」等句是也。虽文字之始基，实奇偶之极轨。批根为说，而其类从，慧业所存，斯为隅举。

次论气格，莫如疾徐。文之盛在沉郁，文之妙在顿宕，而沉郁顿宕之机，操于疾徐，此之不可不察也。论语「觚不觚」句，疾也；「觚哉觚哉」句，徐也。「其然」句，徐也；「岂其然乎」句，疾也。此两句为疾徐也。大学「一家仁一国兴仁」节，疾也；「尧舜帅天下以仁」节，徐也。孟子「王曰：『何以利吾国』」节，徐也；「未有仁而遗其亲」节，疾也；此两节为疾徐也。「天子适诸候曰巡守」一百四十九字徐，「先王无流连之乐」十六字疾，「国君进贤」一百二十字徐，「故曰国人杀之」十七字疾，「尊贤使能，俊杰在位」五节徐，「信能行此五者」一节疾，此通篇为疾徐也。有徐而疾不为激，有疾而徐不为纡，夫是以峻缓交得，而调和奏肤也。

垫拽者，为其立说之不足耸听也，故垫之使高；为其抒议之未能折服也，故拽之使满。高则其落也峻，满则其发也疾。垫之法有上有下，孟子「知而使之是不仁也，不知而使之是不智也，仁智周公未之尽也。」又曰：「且以文王之德，百年而后崩，犹未洽于天下，武王、周公继之，然后大行。」韩非「今有不才之子，父母怒之弗为改，乡人诮之弗为动，师长教之弗为变。」又云：「禹利天下，子产存郑，皆以得谤。」又云：「侈而惰者贫，而力而俭者富，今征敛于富人以施布于贫家。」又云：「视锻锡察青黄，区冶不能以必剑；发齿吻形容，伯乐不能以必马。」史记「尝以十倍之地，百万之众，叩关而攻秦。秦人开关延敌，九国之师，逡巡逃遁而不敢进。」又云：「非有仲尼、墨翟之贤，陶朱、猗顿之富」者，皆上垫也。孟子「管仲、曾西之所不为也。」又云：「非所以纳交于孺子之父母也，非所以要誉于乡党朋友也，非恶其声而然也。」韩非子「磐石千里不可谓富，象人百万不可谓强。」史记「借使子婴有庸主之才，仅得中佐。」又云：「向使二世有庸主之行，而任忠贤，臣主一心而忧海内之患。」又云：「是所重者在于色乐珠玉，而所轻者在于人民」者，皆下垫也。

拽之法有正有反，孟子「万取千焉，千取百焉，不为不多矣，苟为后义而先利。」又云：「文王以民力为台为沼，而民欢乐之，予及汝偕亡，民欲与之偕亡。」又云：「此惟救死而恐不赡。」荀子「蚓无爪牙之利，筋骨之强，上食槁壤，下饮黄泉，用心一也。蟹六跪而二螯，非蛇蚓之穴无可托足者，用心躁也。是故无冥冥之志者，无昭昭之明；无惛惛之用者，无赫赫之功。」又云：「今之学者，入乎耳出乎口，口耳间则四寸耳，安能美七尺之躯？」韩非「今有构木钻燧于夏后之世者，必为鲧禹笑矣；有决渎于殷周之世者，必为汤武笑矣。」又云：「人主之左右不必智也，人主于人有所智而听之，因与左右论其言，是与愚人论智也；人主之左右不必贤也，人主于人有所贤而礼之，因与左右论其行，是与不肖论贤也。」吕览「民农则朴，朴则易用，易用则边境安，主位尊；民农则重，重则少私义，少私义则公法立，力专一；民农则其产复，其产复则重徙，重徙则死其处而无二虑。」又云：「马者，伯乐相之，造父御之，贤主乘之，一日千里，无御相之劳而有其功。」史记「天下以定，秦王之心，自以为关中之固金城千里，子孙帝王万世之业也。秦王既没，余威振于殊俗。」又云：「二世不行此术而重之以无道」者，皆正拽也。孟子「天子能荐人于天，不能使天与之天下；诸侯能荐人于天子，不能使天子与之诸侯；大夫能荐人于诸侯，不能使诸侯与之大夫。」又云：「而居尧之宫，逼尧之子，是篡也。」又云：「将戕贼杞柳而后以为杯棬，如将戕贼杞柳而以为杯棬。」又云：「金重于羽者，岂谓一钩金。」又云：「是君臣父子兄弟，终去仁义，怀利以相接。」荀子「乐姚冶以险，则名流僈鄙贱矣，流僈则乱，鄙贱则争，争乱则兵弱城犯，敌国危之。」又云：「且夫暴国之君谁与至哉？彼其所与至者必其民也，而其民之亲我，欢若父母，其好我，芬若椒兰。彼反顾其上则若灼黥，若仇雠，人之情虽桀跖，又岂肯为其所恶，贼其所好。」韩非「法术之士，操五不胜之势，以岁数而又不得见当途之人，乘五胜之资，而旦暮独说于前。」又云：「智士者远见而畏于死亡，必不从重人矣；廉士者修廉而羞与佞臣欺其主〔一〕，必不从重人矣。是当途之徒属，非愚而不知患，即污而不避奸者也。大臣挟愚污之人，上与之欺主，下与之收利侵渔。」史记「秦并海内，兼诸侯，南面称帝，以四海养天下，斐然向风。」又云：「今秦二世立，天下莫不引领而观其政，夫寒者利裋褐，饥者甘糟糠，民之嗷嗷，新主之资也」者，皆反拽也。孟子「知虞公之不可谏而去之秦」一百二十二字，荀子「凡生于天地之间者，有血气之属必有知」一百八十一字，旋垫旋拽，备上下反正之致，文心之巧，于斯为极。是故垫拽者，先觉之鸿宝，后进之梯航，未悟者既望洋而不知，闻声者复震惊而不信，然得之则为蹈厉风发，失之则为朴樕辽落。姬嬴之际，至工斯业，降至东京，遗文具在，能者仅可十数，论者竟无片言，千里比肩，百世接踵，不其谅已。

至于繁复者，与埶拽相需而成，而为用尤广。比之诗人，则长言咏叹之流也，文家之所以极情尽意茂豫发越也。孙武子「声不过五，五声之变不可胜听也；色不过五，五色之变不可胜观也；味不过五，五味之变不可胜尝也。战胜不过奇正，奇正之变不可胜穷也」者，繁也。「奇正相生如循环之无端，孰能穷之」者，复也。孟子「谷与鱼鳖不可胜食，材木不可胜用，七十者衣帛食肉，黎民不饥不寒。」又云：「天下之欲疾其君者，皆欲赴诉于王」者，繁也。「然则一羽之不举，为不用力焉。」又曰：「昔者禹抑洪水而天下平。」又曰：「口之于味也有同嗜焉。」又曰：「何为身死而不受，今为宫室之美为之」者，复也。「离娄之明」节，繁也。「圣人既竭目力」节，复也。「乐民之乐者，民亦乐其乐；忧民之忧者，民亦忧其忧。乐以天下，忧以天下。」又云：「君子以仁存心，以礼存心，仁者爱人，有礼者敬人，爱人者人恒爱之，敬人者人恒敬之」，繁而兼复也。「得道者多助，失道者寡助，寡助之至，亲戚畔之；多助之至，天下顺之。以天下之所顺攻亲戚之所畔」，复而兼繁也。荀子之议兵礼、论乐、论性恶篇，吕览之开春、慎行、贵直、不苟、似顺、士容论，韩非之说难、孤愤、五蠹、显学篇，无不繁以助澜，复以畅趣。复如鼓风之浪，繁如卷风之云，浪厚而荡万石比一叶之轻，云深而酿霖雨有千里之远〔二〕，斯诚文阵之雄师，词囿之家法矣。

然而文势之振，在于用逆；文气之厚，在于用顺。顺逆之于文，如阴阳之于五行，奇正之于攻守也。论语「公叔文子之臣大夫僎」，逆而顺也。「君取于吴为声去同姓，谓之吴孟子」，顺而逆也。孟子「无恒产而有恒心者，惟士为能」。本言「当制民产」，先言「取民有制」，又先言「民之陷罪，由于无恒心；而无恒心，本于无恒产」，并先言「惟士之恒心，不系于恒产」，则逆之逆也。「天下大悦而将归己」章，「桀纣之失天下」章，全用逆。「君子之所以异于人者」章，全用顺。深求童习之编，自得伐柯之则，略举数端，以需善择。

集散者，或以振纲领，或以争关纽，或奇特形于比附，或指归示于牵连，或错出以表全神，或补述以完风裁，是故集则有势有事，而散则有纵有横。左传「君将纳民于轨物者也，故讲事以度轨量谓之轨，取财以章物采谓之物，不轨不物，谓之乱政。」又云：「将修先君之怨于郑而求宠于诸侯，'以和其民。」孟子「是故君子有终身之忧，无一朝之患。」又云：「彼陷溺其民，王往而征之，夫谁与王敌？」又云：「仁不可为众也，夫国君好仁，天下无敌。」又云：「或劳心，或劳力，劳心者治人，劳力者治于人，治于人者食人，治人者食于人。」韩非子「是以赏莫如厚而信，使民利之；罚莫如重而必，使民畏之；法莫如一而固，使民知之。」又云：「夫离法者罪，而诸先生以文学取；犯禁者诛，而群侠以私剑养。故法之所非，君子所取；吏之所诛，上之所养也。」又云：「故明主之国，无书简之文，以法为教；无先生之语，以吏为师；无私剑之捍，以斩首为勇。」又云：「强则能攻人者也，治则不可攻者也，治强不可责于外，内政之修也。」是集势者也。孟子引「经始灵台」、「时日曷丧」，征古以明意说；「不违农时」、「五亩之宅」，缘情以比事。吕览专精证验，韩非旁通喻释。史记载祠石坠履，而西楚遂以迁鼎；述厕鼠惊人，而上蔡无所税驾。曲逆意远，见于俎上；淮阴志异，得之城下。临邛窃赀，好畤分橐，显晦既殊，心迹斯别。右游侠之克崇退让，而知在位之专恣睚眦；称权利之致于诚壹，而知居上之不收穷民，是集事也。二帝同典，止纪都俞，五臣共谟，乃书陈告，是纵散者也。然龙门帝纪，已属有心避就；金华臣传，遂至仅存阀阅。（宋濂作九朝春秋，事迹悉详纪中，诸臣列传，势难重出，寂寥已甚。今吴任臣书，即窃其本也。）求其继声，未易屈指。史记廉将军矜功争列，与避车连文，以美震悔之忠；长平侯重揖客讳击伤，于本传不详，以叹尊容之广。程李名将，而行酒辨其优劣；汲郑长者，而廷论讥其局趣，是横散者也。然而六法备具，其于文也，犹鱼兔之筌蹄，肤发之脂泽也。易曰：「观乎人文，以化成天下。」士君子能深思天下所以化成者，求诸古，验诸事，发诸文，则庶乎言有物，而不囿于藻采雕绘之末技也夫。

答张翰风书

翰风足下：白门邂逅，欢若平生，班荆倾盖，诚有以相知也。报罢后返棲鸠江，复有小滞，方觅良信相闻，忽奉手教，展缄三复，涕洟横集。足下高才绝学，少所许可，顾乃盛加称引，不惜骇听，足下年未强仕，世臣尚在弱冠，要以有所成就，与天下共见，非可以口舌争也。至古之修身以事天者，极于天寿不贰，况区区苦乐升沉之间乎？虽辱相爱之厚，顾毋以此为世臣戚戚也。筹贼一议，区处明了，如有用我，可翘足以待蒇事，但此事理有共明，不必谓为推演鄙说耳。追惟矮屋一夕之谈，等于笙磬，而临歧握手，唯以苦吟为诫，仁者之赠，心佩不忘。更今三月，竟断韵语，而箧中旧草，未忍焚弃，篇什颇充，不能庄写，附缄去书，敬以相属。

宋氏以来，言诗必曰唐，近人乃盛言宋，而世臣独尚六朝。尚六朝者，皆以排比靡丽为工，而世臣独求顿挫悠扬，以畅目送手挥之旨。是以游历数州，未遇可言，何意足下远隔千里，乃为同术。然足下专推阮陶，世臣则兼崇陆谢。尝谓诗本合于陈思，而别于阮陆，至李杜而复合，既合而其末遂分而不可止，此则同之微异者也。盖格莫峻于步兵，体莫宏于平原，步兵之激扬易见，平原之鼓荡难知，天挺两宗，无独有偶。太冲追步公干，安仁接武仲宣，虽乃遒丽，无足与参。彭泽沉郁绝伦，惟以率语为累，然上攀阮而下启鲍，孟韦非其嗣也。康乐清脆夷犹，以行沉郁，如夏云秋涛，乘虚变灭。故论陶于独至，时出谢右，以言竟体芳馨，去之抑远。宣城得其清脆，而沉郁无闻；参军有其沉郁，而犹夷不显。醴陵、开府，庶几具体，而江则格致较轻，微伤边幅；庾则铅华已重，反累清扬。是故善学者必别其流，善鉴者必辨其源，景阳、景纯，祖述步兵而变为沉响；彦升、法曹，宪章康乐而发以么弦。子坚神骨俊逸，倡太白之前声；处道气体高妙，飞子美之嚆矢。是必心契单微，未易与吠声逐迹者说也。三唐杰士，厥有七贤，郑公首赋凭轼，少保续咏临河，高唱复古，珍比素丝。伯玉之骀宕，子寿之精能，次山之柔厚，并具炉冶，无偭高曾。抗坠安详，极于李杜，所谓一字一句，若奋若搏，彼建安词人不得居其右者矣。

事斯以来，历年三五，师心所向，宗尚如斯。徒以见闻狭隘，材力怯薄，躬之不逮，良用为耻耳。窃谓先王治世之大经，君子淑身之大法，必以礼乐，而礼坏乐崩，来自近古，端绪仅存，唯借诗教。夫言诗教于今日难矣，然而纪述必得其序，指斥必依其伦，礼也；危苦者等其曲折，哀思者怀其旧俗，乐也。凡所以化下风上，言无罪而闻足戒者，今之诗不犹之古乎？世臣生长孤露，早涉忧患，而能饬其领缘，勿迩奇邪，颇谓以诗自泽，言为心声，可意逆而得也。足下幸赐观览，汰其疵颣，使得遵录定本，留存异日，庶几自讼有方，时资省察。达则不昧初心，穷则力贞素志，丽泽之益，斯为不负。此间已无可留，半月后便作归计，敝居去歙，近在三程，或能襆被过访，面承指授。天寒珍重，不具欲言。嘉庆五年十月十八日，世臣顿首。

答董晋卿书

晋卿足下：承示赋册，深辱推许，俾加点定，发而读之，「白云易消息」二首，张蔡不尔过也，「愁霖杏华红蕙」三首，亦文通、子山之亚。斯艺久绝，旧观顿还，欣喜之情，非可言喻。

仆家无藏书，少不涉事，独好文选，辄效为之，以古为师，以心为范，后乃得唐以来赋千余首，检其长篇巨制，殊无可观，惟韩退之感二鸟，张文潜酷暑，差当意耳。成童事斯，越三四年，内省外方，邈尔无偶。暨出游江淮间，乃见近人窦东皋侍郎作，骎骎有慕古之意，伐材近而隶事杂，气象窘迫。大兴朱相国有进御文五十余首，华赡胜窦氏，意卑不能尊其体。张孟迟进士，步趋朱氏而加修饰，然贪多之弊更甚。尊舅氏张皋文编修，识字谐韵，而外腴内竭，金朗甫庶常，承编修之指授，用意秀宕，而怯薄无以自立。斯数君者，固已魁然迥出，卓立颓流，质诸古人柔厚之旨，未窥一间。

仆以奔走风尘，弱冠废学，常叹生秉殊分，使不迫于饥寒，以三年余暇，沉浸遗编，源于风骚，以端其旨，以息其气；播于子史，以广其趣，以饬其势；通于小学，以状其情，以壮其泽；汇于古集，以练其神，以达其变，则虽不能追踪汉魏，力崇淳质，悱恻雅密，接武鲍庾，其庶几矣。且通人有所蔽，鸣者求其声〔三〕，以李杜之材力，耽为古赋，而所作率散缓朴樕，至以其法入杂言为歌行，尤横溃不可理。退之四言碑志，质遒可诵，而诗则怒张无意兴，伪裁自娱，以诬将来。于今千载，始逢通识，而窦朱草创，体间雅俗；张金之才，相继夭折。仆又借词饥驱，不肯竟学，少小之章，俪色不纯，沉思未锐。造物顾何厚于古人，必使之独绝往代？

今见足下所著，乃知仆于辰巳之年，遂弃是事，良以足下于时始基，天靳吾智，以厚间出，自兹以往，其无憾矣。吾党多才，申耆敦让强忍，博物多能，文起贯串今古，通彻兴废，是皆间气特育，任重道远。足下虽以艺胜，唯此独至，可称三足。惭形憎貌，无复敢云，谨检出旧稿十二首，送俟删勘，匠斤所至，或可为足下张军云尔。迟日当奉过，面悉不宣。癸亥四月既望。

扬州府志艺文类序

志书之纂辑艺文，所以观风俗，镜得失。夫扬州居东南之会，文物为盛，故首列历朝土著，而次以游宦流寓，其诏诰颂赠之文，关涉本郡，亦以次编入。陈隋以前，遗文罕觏，史传所载，别集所存，虽或经删摘，加以阙蚀，词义既高，概从搜采。李氏以来，传本稍多，迨乎前明，剞劂大畅，芜秽既所欲略，而清英亦难尽集。亦有书比间笙，词登画臂，即乖遒丽之旨，亦从传人之例，讥贻挂一，迹因逐起。至于近代闻人，流布未广，集藏本家，在彼以求传为耻，在此无索珠之勤，义托盖阙，情同有憾。若其名脱鳞籍，痕留雪爪，固仰山之心所向，亦争墩之诮所由。但征本事，尽去旁侵，凡辑三类，共若干卷。地惟一隅，体备百家，复其升降，故有可言。

盖尝论词无今古，概为三则：诗文赋颂，异流同源，懿彼发伦类之淳漓，讽政治之得失，闾阎疾苦，由以上闻，云霄膏泽，于焉下究，言必有物，斯其上也。若夫风云月露，文焕于天，山川草木，文交于地，忧愉欣戚，文成于人，于以发抒抑郁，陶写襟怀，程其格式，平险分焉。是故气盛者，至平流而多姿；势健者，履险隘而不踬。气以柔厚而盛，势以壮密而健，风裁既明，兴会攸畅，故其所作，直抒胸臆，遂感心脾，日选常言，弥彰新色，斯其次也。至若以形声求工，倍犯为巧，此则属对之余，酬酢之技。又或排比故实，以多为贵，搜罗隐僻，以异为高，聊充筐篚之需，比于角抵之尚，虽臻绮丽，风斯下矣。兹集所载，宦游诏赠，大都借材，土著诸贤，肇自炎汉，维时道南未盛，秀蕲濒江。洎南北分壤，征战日连，传人宜少。乃以唐宋文治，十世休息，较之今日，多寡犹悬。然而详加披诵，则古厚今浇，古劲今孱，篇幅滋长，意义逾薄，则知文气之变，本自人心，人心所流，浸成风俗，君子择术，盖其慎矣。独至救时指事之章，防患设机之论，唯其事变日更，推求渐切。加以河淮迭警，漂潦常至，当事之章奏，韦布之条列，辨多切事，方或当疾，是则用志既锐，结体自尊者也。

是故五声之道通于政，文字之教成其俗。其文质朴，征嗜好之不华；其文清邃，验习尚之不浮，乐道忠孝，斯根本之克敦；备明险易，即智虑之及远。崇实之得也。流连声乐，遂近骄淫之靡；讥讪帷薄，难云任恤之教。藻缋求丽，则缘情有欠；摭采务博，则穷理不真。致饰之失也。观其文以知俗，推其俗以知治，况夫硕画为经，巷议可诵，则已行者旧章不愆，未行者美意若师，展卷而得，斯民不易。后之君子，诚有取于此，则劝惩之方，补救之术，庶乎列国陈风，无愧政书之训也已。

书赠王慈雨 钦霖

士患无以自立，得丧定于命，非人为之所能增损也。心移于得丧，则学必徇人，以徇人为学，且乌能自成其文乎？唯不以得丧累其心，独处以古为师，群居择善而执。受于天者，虽有厚薄之殊，积之久要皆足以自立，自昔工文之士，其基无不筑于此也。至于不虞之誉，求全之毁，今古同叹。誉至则必求所以实其言，毁至反诸吾身而无可指实，既不疚于心，何病人言哉？语云：「争名者于朝。」争名之地，败行尤易，唯自安义分，事贤友仁，不改求己之素，通无妨于进取，塞不至于贻悔，斯所遇皆足以进吾之实学，而助吾之真文矣。

沭阳慈雨王君，将赴京兆试，过扬州，介虚谷张君存予于湖上。扬州古称尘土之乡，予侨此十余年，二君观之以为染尘者几何耶？张君学识过俦辈，而盛称王君。不知其人视其友。予荒落已甚，无以答王君求益之意，只此守自立之心，则廿年前所证盟于大兴朱文正公者，今犹未能自弃，故述以为赠，王君幸无以为悠悠常论也。嘉庆廿一年二月廿二日，包世臣书。

慈雨成进士，观政吏部，勤政自立，为书吏所惮。常言自得包君赠言，举事唯恐失足，负良箴。别后十数年，博视载籍，为文有奇气，不以忤俗自阻，不以殊众自矜，向其意气，有成必矣。而年仅四十，遘疫卒于都下，录此曷胜悼痛！

与杨季子论文书

季子足下：辱书询为古文之要，词意勤恳，世臣何可以当此耶？足下性嗜古书，尤耽齐梁诸子，而下笔顾清迴柔厚，骎骎有西汉之意。世臣塞陋偃蹇，何足以称盛指？谨言其所知，而足下择之。

窃谓自唐氏有为古文之学，上者好言道，其次则言法，说者曰：「言道者，言之有物者也；言法者，言之有序者也。」然道附于事而统于礼，子思叹圣道之大曰：「礼仪三百，威仪三千。」孟子明王道，而所言「要于不缓民事，以养以教。」至养民之制，教民之法，则亦无不本于礼。其离事与礼，而虚言道以张其军者，自退之始。而子厚和之，至明允、永叔，乃用力于推究世事，而子瞻尤为达者，然门面言道之语，涤除未尽，以致近世治古文者，一若非言道则无以自尊其文，是非世臣所敢知也。天下之事，莫不有法，法之于文也尤精而严。夫具五官，备四体，而后成为人，其形质配合乖互，则贵贱妍丑分焉，然未有能一一指其成式者也。夫孟荀，文之祖也；子政、子云，文之盛也，典型具在，辙迹各殊，然则所谓法者，精而至博，严而至通者也。又有言为文不可落人窠臼，托于退之尚异之旨者。夫窠臼之说，即记所讥之「剿说」、「雷同」也。比如有人焉，五官端正，四体调均，遍视数千万人，而莫有能同之者，得不谓之真异人乎哉？而戾者乃欲颠倒条理，删节助字，务取诘屈以眩读者，是何异自憾状貌之无以过人，而抉目截耳，折筋刲胁，踽行于市，而矜诩其有异于人人也耶？至于退之诸文，序为差劣，本供酬酢，情文无自，是以别寻端绪，仿于策士讽喻之遗，偶著新奇，旋成恶札，而论者不察，推为功宗。其有寻绎前人名作，摘其微疵，抑扬生议，以尊己见，所谓蠹生于木而反食其木。又或寻常小文，强推大义。二者之蔽，王曾尤多。夫事无大小，苟能明其始卒，究其义类，皆足以成至文，固不必悉本忠孝，攸关家国也。凡是陋习，染人为易，而熙甫、顺甫，乃欲指以为法，岂不谬哉！

文类既殊，体裁各别，然惟言事与记事为最难。言事之文，必先洞悉所事之条理原委，抉明正义，然后述现事之所以失，而条画其补救之方。记事之文，必先表明缘起，而深究得失之故，然后述其本末，则是非明白，不惑将来。凡此二类，固非率尔所能。而古今能者，必宗此法，机势万变，枢栝无改。至纪事而叙入其人之文则为尤难。史记点窜内外传、战国策诸书，遂如己出；班氏袭用前文，微有增损，而截然为两家。斯如制药冶金，随其熔范，形依手变，性与物从，非具神奇，徒嫌依傍。马班纪载旧文，多非原本，故史记善贾生推言之论，而班氏典引，直指以为司马，始皇纪后，亦兼载贾马之名，贾生之文入汉书者，已属摘略，而其局度意气，与过秦殊科，则知其出于司马删润无疑也。比及陈范，所载全文，多形芜秽，或加以删薙，辄又见为碎缺。故子瞻约赵忭之牍以行己意，而介甫叹为子长复出者，盖深知其难也。通鉴删采忠宣，能使首尾完具，利害毕陈，原父炉锤，斯为可尚。世臣从前纂汪容甫遗集，曾采未成互异之稿，足为完篇，笔势一如容甫。容甫故工文，体势又略与予近，犹易为力。至作谷西阿传，采录其奏议三篇，西阿人能自立，而文笔芜靡不及其意，世臣因其事必宜传，又恐一加润色将与国史互异，致启后人之疑，故止为之删削移动，较量篇幅，十不存五，而未尝改易一字，醇茂痛快，顿可诵读，既与原文殊观，又不乱以己意，较之子瞻所作，难易倍蓰，非足下其谁与喻此耶？

世臣自幼失学，惟好究事物之情状，足下所志，略同鄙人。前后杂文数十百篇，足下大都见之，其是否有合古人立言之旨，以及与近世闻人所言古文相承之法，是否同异，世臣不能自知，又将何以为足下告耶？重辱远问，伏惟珍重，皇恐皇恐。

再与杨季子书

季子足下：辱赐还答，知不以前书为差谬，幸甚，幸甚。然奖借逾分，又有未甚喻意之处，故复进以相开，惟足下照察。

足下谓圣道即王道，研究世务，擘画精详，则道已寓于文，故更无道可言，固非世臣所任，而亦非世臣意也。世臣生乾隆中，比及成童，见百为废弛，贿赂公行，吏治污而民气郁，殆将有变，思所以禁暴除乱，于是学兵家。又见民生日蹙，一被水旱，则道殣相望，思所以劝本厚生，于是学农家。又见齐民跬步即陷非辜，好民趋死如鹜而常得自全，思所以饬邪禁非，于是学法家。既已求三家之学于古，而饥驱奔走者数十年，验以人情地势，殊不相远，斟古酌今，时与当事论说所宜。虽补救偏弊之术，偶蒙采纳，皆有所效，然极世臣学识之所至，尚未知其能为富强否耶？民富则重犯法，政强则令必行，故过富强者为霸，过霸者为王，诗人之颂王业曰：「如茨如梁」，又曰：「莫不震迭」。未有既贫且弱，而可言王道者也。故谓富强非王道之一事者，陋儒也。若遂以富强为王道，古先其可诬乎？荀子曰：「学始于诵诗，终于安礼，学至于礼而止。」孟子曰：「动容周旋中礼者，盛德之至也。」孔子曰：「齐之以礼，有礼则安。以礼为国乎何有？」世臣溯自有识，迄于中身，非礼之念，时生于心，非礼之行，时见于事，惟不敢荡检逾闲，窃自附于乡党自好之末而已。而足下乃取文以载道之卮言，致其推崇。前书方以言道自张，为前哲之病，而足下更为此说，是重吾过也。

足下又谓苦学彦升、季友而不能近，以致词气生涩，非能入汉。夫太白俯首宣城而不珍建安，子美诗亲子建而苦学阴何，智过其师，事有天授。故足下之近汉也，得于天，而好彦升、季友，由于学。然彦升、季友独到之处，亦汉人所无，足下好之无庸更疑也。至询及晋卿往复论文之旨，足下疑世臣之别有秘密乎？晋卿古文之学，出于其舅氏张皋文先生，皋文受于刘才甫之弟子王悔生，盖即熙甫、望溪相承之法。而晋卿才力杰骜，下笔辄能自拔。然世臣识晋卿时，晋卿未弱冠，迄今二十年，每论文，则判然无一语相合，而读其文，则必叹赏无与比方。晋卿亦以世臣一览便见其深，每有所作，必以相示，不以论议殊途为意，是殆所谓能行者未必能言也。

又询及选学与八家优劣，及国朝名人，孰为近古。夫文选所载，自周秦以及齐梁，本非一体。八家工力至厚，莫不沉酣于周、秦、两汉子史百家，而得体势于韩公子、吕览者为尤深，徒以薄其为人，不欲形诸论说，然后世有识，饮水辨源，其可掩耶？自前明诸君泥子瞻文起八代之言，遂斥选学为别裁伪体，良以应德、顺甫、熙甫诸君，心力悴于八股，一切诵读，皆为制举之资，遂取八家下乘，横空起议、照应钩勒之篇，以为准的，小儒目眯，前邪后许，而精深闳茂，反在屏弃。于是有反其道以求之者，至谓八家浅薄，务为藻饰之词，称为选学，格塞之语，诩为先秦。夫六朝虽尚文采，然其健者，则缓急疾徐，纵送激射，同符史汉，貌离神合，精彩夺人。至于秦汉之文，莫不洞达骀宕，刿目怵心；间有语不能通，则由传写讹误，及当时方言。以此为师，岂为善择？退之酷嗜子云，碑版或至不可读，而书说健举浑厚，宜为宗匠。子厚劲厉无前，然时有摹拟之迹，气伤缜密。永叔奏议怵怛明畅，得大臣之体，输札纡徐易直，真有德之言，而序记则为庸调。明允长于推勘辨驳，一任峻急。介甫词完气健，饶有远势。子固茂密安和，而雄强不足。子瞻机神敏妙，比及暮年，心手相忘，独立千载。子由差弱，然其委婉敦缛，一节独到，亦非父兄所能掩。足下试各取其全集读之，凡为三百年来选家所遗者，大抵皆出入秦汉，而为古人真脉所寄也。其与选学，殊途同归。

贵乡汪容甫，颇有真解，惜其骛逐时誉，耗心饾饤，然有至者，固足为后来先路矣。国初名集，所见甚鲜，就中可指数者，侯朝宗随人俯仰，致近俳优。汪钝翁简点瞻顾，仅足自守。魏叔子颇有才力，而学无原本，尤伤拉杂。方望溪视三子为胜，而气仍寒怯。储画山典实可尚，度涉市井。刘才甫极力修饰，略无菁华。姚姬传风度秀整，边幅急促。张皋文规形模势，惟说经之文为善。恽子居力能自振，而破碎已甚，碑志小文，乃有完璧。凡此九贤，莫不具标能擅美、独映当时之志，而盖棺论定，曾不足以塞后人之望。白驹过隙，来者难诬，足下齿方弱冠，秀出时流，然生材非难，成材为难，惟望以世臣之荒为鉴，及时自效，则斯文之幸也。时因风便，复惠德教，珍重不宣，世臣顿首。

读亭林遗书

乾隆壬子，白门书贾新雕日知录出，予翻阅首册，始知亭林之名，爱其书，力不能购。嘉庆辛酉客芜湖，为从游姚季光著说储二篇。壬戌至常州，主李申耆家，出稿本质之。申耆手为缮清，以为其说多与日知录相出入，因得尽读日知录三十卷，叹为经国硕猷，足以起江河日下之人心风俗，而大为之防。唯摘章句以说经，及畸零证据，犹未免经生射策之习，欲删移其半，别为外篇，以重其书，而未果。嗣游扬州，得见唐韵正五书，心伟绝业，而非所好也。又得郡国利病书读之，征录赅备，如医家流之有本草纲目，足为日知录之佐使。迨展侧吴越，近世闻人之书大都得寓目，窃以为百余年来，言学者必首推亭林，亭林书必首推日知录。

继闻亭林有诗文集，求之不可得。今岁家食，见黄修存藏亭林遗书十种，诗文集备在，假归以读，乃知所著又有肇域志，其稿不知尚在人间否？而集中自述日知录之辞有曰：「意在拨乱涤污，法古用夏，启多闻于来学，待一治于后王。」又曰：「有王者起，将以见诸行事，以跻斯世于治古之隆。」又曰：「平生之志与业，皆在其中。道之隆污，各以其时，使后王得以酌取，其亦可以毕区区之愿矣。」然后知予之所以信亭林者，乃即亭林之所以自信，宜其立说之多符合也。如日知录所载「自古有亡国，无亡天下。国亡，卿大夫之责也；天下亡，则士与有责焉。」集中所载「天生豪杰必有所任，拯斯人于涂炭，为万世开太平，此吾辈之任也。」又曰：「引古筹今，亦吾儒经世之用，然今日之事，兴一利便添一害，如欲行沁水之转般，则河南必扰；开胶莱之运道，则山东必乱。」又曰：「目击世趣，方知治乱之关，必在人心风俗，而所以转移人心，整饬风俗，则教化纲纪，为不可阙矣。百年必世养之而不足，一朝一夕败之而有余。」至哉言乎！可以俟诸百世而不惑矣。亭林之自序曰：「少为帖括二十年，已而学为诗古文，以其间纂记故事。年至四十，斐然欲有所作。又十余年，读书日以益多，而后悔向者立言之非。」悬悬乎其不我欺也。予年十八即罢帖括之业，而力求吾儒所当有事者。佣书负米，经三数十年，颇能远伤廉之取，不枉己以求合，辛苦颠踬而不悔。兹读亭林诗文，按其岁月，核其行检，辨进修之日深，信立言之有本，使励志之士，得以倚而自坚。读其集而日知录乃以益重，则信乎其近世学者之首也。

亭林耳目至广，记诵绝人，勤于笔札，至老不倦。于以参较错互，辨正讹谬，其学能举大而不遗么细，沾溉小儒，自饾饤一得之勤，以及考证声韵、金石、舆地，名家者十数而不止。上者推演以自植，下者稗贩而谀闻，是亭林之所长也。予少小鲜所闻见，雅善遗忘，唯以食贫居贱，知民间所疾苦，则心求所以振起而补救之者。稍长困于奔走，涉世事，读官书，则知求所以致弊之故而澄其源。又知举事骇众则败成，常求顺人情，去太甚，默运转移而不觉。必能自信也，而后载笔。然犹必时察事变，稍有窒碍，则不惜详更节目，要于必可举行以无误后世，是予之所长行也。至于诗文一艺，结习同深，亭林之诗导源历下，沿西崑、玉溪、杜陵以窥柴桑，予则托始供奉，溯康乐、平原以达步兵、东阿，而弛负于曲江、杜陵。亭林诗从声色入，予诗从气体入，言必有物，风云月露，不得涉其毫溿，是则所同也。亭林之文，宗考亭以跻南丰，以其立志远而读书多，更事数，时时有独到语，为曾朱两家所未及。予为文能发事物之情状，窥见至隐，有如面谈，繁或千言，短则数语，因类付形，达意而止，是则千虑之一，抑亦有不敢多让者。要之亭林之学，成于责实；予之学，出于导虚。使得周旋几席，以上下其论议，则予可免凭臆之讥，而亭林亦少术疏之诮矣。亭林见韵补而自伤简陋独学，欲求如才老者与之讲习，则予读亭林遗书，而不能不重为之叹息者，亦无怪矣。

自编小倦游阁文集三十卷总目序

凡正集十九卷：内赋二卷、诗二卷、文十五卷，共二百六十一首。别集十一卷：内赋一卷、诗二卷、文八卷，共二百十九首。

叙曰：予为孺子时，初读文选，即仿为古赋、五言诗。又性好搀论得失，援古证今，依眉山、龙川墙壁而为之。所居卑，闻见至鲜。比及成童，累稿过寸，虽未尝出以示人，然颇自矜恃，以为为举世所不为也。

嘉庆庚申秋试，识阳湖张君翰风于号舍。翰风锐精舆地而服权家言，知余来自川楚，询军中事实。予既告以所亲历，复为言贼不难治状，翰风叹绝。旁及诗古文词，遂絮语达旦。既辍试，再三过从。翰风执手曰：「吾子济世才也，然好为诗，是耗神甚；今当别，幸为生民自爱。」予辍韵语自此始。嗣翰风过扬州，为予删诸体诗千余首，存四之一而焚其余。经今三十年，必不得已而有言，亦艰涩非复少小体势矣！

识翰风后二年，又识其甥武进董君晋卿。晋卿甫弱冠，工为赋及古文。览其赋闳廓幽窈，古文亦浑深有作者之意，虽沿用桐城方望溪、刘才甫之法，而气力遒健能自拔。故予雅不喜望溪、才甫而特爱晋卿。退视己作，率芜蔓不可采。自是始专以一心求人情事理之原，有所得而达于词，尽意则止。依傍之陋，渐就澌除矣。

然亦以廿余年蓬转江淮间，行笈难携书籍，旧业韩、欧、苏、王之章句，悉遗忘不能举。唯以周秦诸子自随，尤好孙卿、吕览，然南华内篇、离骚经，反复讽咏，卒不得其旨归。古今文士，言得力必于庄骚，乃后知姿性弱劣，莫能相强也。又未习小学，故训大都依俗说，尤平近不能发奇趣。故嗜书，然畏录副，草稿数十百卷，常改窜至不可辨。从兄子时孟，略以意为缮录；从弟季怀，续加勘校；分言事、纪事、杂著三编，然首尾不完具。

道光甲申，予年适五十，衰颓荒落，自分终已不可用，遂欲芟葺旧文。而笥中稿本，半为鼠耗。存者又涂抹潦草，不能授书手，目力复昏耗不自耐，时作时辍。今年长夏家食，乃锐意择可识别者得若干篇，其有托体较大，关系身世，则归之正集。虽么小不足数，而稍有意兴，与夫乡曲贤士女之宜纪述，以及代言之足济时用者，录为别集。代言中成于受意者，署曰代某，若断自己意则曰为某，以示区别。两渊最少作。说储所言，稍长涉事矣，然唯农政一册，差足自信。余说殊有不尽可见诸施行者，既别录为成书，唯摘取叙论入集。

窃尝谓古今人思力应不相远，而古人成材多者，则以其绩学敦行不怠倦，阅历久而精进深，故出于心，借于手，能以理明词举也。后之人稍长涉事，则颓然自放，以晋卿之杰出流辈，而自壮岁以后，转侧齐、豫、燕、赵之郊者十余年，所作顾平近不能称初志。矧余之学殖既浅薄，而数十年所遭遇，又拂逆郁勃百出者耶？则其文之无可观采也明矣。故集录如右，略述颠末，以示子弟，使有志者得以及时自力焉。

校记

〔一〕**修廊**　「**廊**」字原缺，今据吴校稿本补。

〔二〕**霖雨**　「**霖**」字原作「**零**」，据吴校稿本改。

〔三〕**鸣者求其声**　吴校稿本作「**明者求其师**」。

艺舟双楫卷第二　论文二

十九弟季怀学诗识小录序

世臣幼从先子受诗，读小序而善之，然无从得毛郑之书。嘉庆丁巳为大兴文正公客，乃见十三经注疏，尽九月之力而读之一过。破句谬字，不能自辨。惟略知尔雅存古训，训古书者以古训为宜；而诗疏于大典礼，必博采众说，足为群经之纲领而已。以后负米四方数十年，惟壬戌在武进李申耆家七阅月，旁览载籍；其余舟中旅邸之中，或旬或月，涉猎流览，罕有简阅一书能自首至尾者也。然颇心知其故，能以己意测古人立言之旨，而穷其义之所止。至于论先王制作之原，亦能以近世人情上推之，而原其终始，于郑氏之说常合，是其所长也。然思而不学，以致惝恍不敢自信者，其失固已多矣。

季怀于庚申之春，自里门从至江宁，略受文法。继以就食他去，而季怀遂留江宁。戊辰秋乃携季怀至扬州。世臣出游久，多识前辈，得读书之要领。扬州士人常过从者，辄以所闻授之。而江都凌曙晓楼至诚笃，晓楼之舅仪征刘文淇孟瞻尤颖慧。时歙桐洪生先生主讲梅花书院，善世臣甚，世臣所许可者，辄召入院膳给之，使与其养子敏回子骏、甥因宗肃子敬共几席。世臣以晓楼熟礼记，遂与之言郑氏礼，而使治之。孟瞻好诗，遂使治毛郑氏诗。季怀与孟瞻同业。子骏年最少，而神解惊绝，尤相善。已而旌德姚配中仲虞，在江宁闻季怀之说，治汉易。族子慎言孟开，亦从季怀受诗，先后来扬州。而丹徒汪沅芷生治毛氏，甘泉薛傅均子韵治许氏，皆善季怀，朝夕与砥砺，相劝以力学。季怀念郑氏笺毛，而说诗多以礼，遂学三礼。以古书不可臆通，悉检诸经注疏声义，周、秦、两汉、魏、晋各子史家言，杜氏通典，图经、本草、名物、舆地之书，及文选注，太平御览、玉海，一切有古书之单词片义可采择者。近人则自陈启源稽古篇、邵晋涵尔雅正义、钱坫段玉裁说文解字、王念孙广雅，以至顾炎武、惠栋、戴震、钱大昕、凌廷堪诸氏之说，莫不悉心探索，而要归于求是。盖校阅古今书数千卷，积十年寒暑不辍，始斐然有志于著述。又五年，书乃粗成，其择术可谓善，而用力可谓勤矣。

五年之间，子敬以制举更业，洪先生厌世，芷生渡江去，子骏又不幸夭折。晓楼由都下入粤，倦游而归，迁治郑氏礼者治何氏公羊，成公羊礼、公羊补疏礼书数十卷，虽未能精善，然工力不可诬也。孟瞻去毛郑而治杜氏春秋，成旧疏考证十二卷，驳冲远五百余事，颖锐罕俦。仲虞治易注十卷，实有见于阖辟消长之机，而无凿空之说。子韵以许氏校经，旁征而通其义。孟开亦为文十数篇，以明郑氏实翼毛，而正义误说者。二子之书虽未成，吾党于是盖彬彬矣。然惟季怀之治诗，尤久而不迁，其初稿多论议是非，继乃悉屏攻击，专事证明疏通之学。季怀之于说诗也，信善矣！诵诗者必达于政，故曰入其国而温柔敦厚，诗之教也。故诗之用颂美也，陈古义以为劝；其用于讥刺，犹欲戒闻者，使改悔其行，以不忍遽绝之也。故其失也戆，而事犹可复。今季怀廉厉而尚断，廉厉则远于温柔，尚断则远于敦厚，虽有所得，其失难更。近世之为诗者，推戴氏、段氏，戴氏任馆职而未与政，然吾意其能从政也。季怀之书，固可接武于二氏，其咀含讽咏，自管其情，以达于事变。异日而得从政也，弗如段氏之为天下口实者，则庶乎其近之矣。道光二年九月，从父兄世臣书。

诗礼征文序

季怀以嘉庆戊辰秋始学诗。至丙子冬，推郑氏以礼说诗之意，为书十卷，有自序而无大名。既而弃之。又六年，乃成学诗识小录十三卷。予于其不禄也，已抆泪次之于状。今年春，撰集遗书，检得致仲虞书稿有曰：「学诗八年，自谓有得，奋然欲述诗礼原郑一书。今编次粗就，殊不足发明郑氏，仅征旧文，供制举家摭拾而已。复阅之令人惭恧。而家伯氏以为不可焚弃，俟异日之删定，足下若见此稿本，殆当鄙夷不以齿于吾党也。」盖季怀之深于诗而不自满假者有如此。然孟瞻、孟开反复其书，佥谓援引淹通，实足导来学之前路，故原季怀本意，名之曰诗礼征文，先校而梓之。其稿草纷纠，钩勒拉杂，间有繁复待芟、统类未一之处，则子韵、孟瞻、宾叔、孟开共有事焉。仲虞远在旌德，相距且千里，将来邮寄成书，如指摘疵颣当更正者，削槠以从，固季怀之意也。道光七年六月十九日，从父兄世臣书。

书毛诗关雎序后

序诗者序关雎，通言诗之体用，曰四始，曰六义。体为作诗之本，用为作诗之法。四始，体也；六义，用也，故关雎序以始始之，以义终之。而学者罕能通其说，盖一误于史记述夫子正乐之次，因举关雎之乱以为风始，而以鹿鸣、文王、清庙为雅颂始者，配为四，后儒遂援为四始之正训。一误于以风、雅、颂为体裁之名，使六义止存三，而三经三纬之陋说以起。按序言「后妃之德，风之始，所以风天下而正夫妇。」又申之曰：「风，风也，教也。风以动之，教以化之者，明未有关雎之诗，先有后妃之德。先王所以能风动天下者，以后妃之德实始之，故曰风之始。」又以诗之用于刺者多，或致疑风之不尽关乎德化，故曰：「上以风化下，下以风刺上。」而复说之曰：「止乎礼义，先王之泽」，明风仍自上行也。是故一国之事系一人之本者，风之始；言天下之事形四方之风者，雅之始；人君以盛德致成功而可告神明者，颂之始；达事变怀旧俗，吟咏性情以风其上者，变之始。故总而承之曰：是谓四始，诗之至也。郑氏之说始曰：「王道兴衰之所由」，斯为深得序意矣。是故序言「正得失，动天地，感鬼神，莫近于诗。先王以是经夫妇，成孝敬，厚人伦，美教化，移风俗。」非明乎四始之谓，安能信诗之为至哉？序推明风义，备矣！

至于雅则说之曰：「正也，言王政之所由废兴。」明以正言其事为雅之义，与风之主文谲谏者殊科。颂则述功德以告神。是风雅颂之于诗，其用与赋比兴同，故曰六义，非体裁之名也。编诗者，就诗中得其义之多者而别其名。然立义在诗先，定名在诗后，如后世赋物而名为赋耳。郑氏于王风，谓其诗不能复雅者，正以诗义适当一国之事系一人之本，与言天下之事形四方之风者，义异也。崔集注本，于黍离序、笺，增犹尊之故称王，则知谱所云故贬之者，皆后人羼入，为近世黍离降为国风之说之嚆矢矣。序于关雎、麟趾言化，明王者以德风天下，而天下自化也；于鹊巢驺虞言德，明诸侯被先王之教，各修其德，以风一国也。是以正始之道、王化之基，二南所同，而风始独归关雎也。序末详说关雎，而曰思得淑女，忧在进贤，不淫不伤者，忖度后妃，自微达显。而毛氏以淑女斥后妃。故郑氏破好为和好，破左右为佐佑，破哀为衷者，真能抉经心而通序说矣。

至于编诗者，虽取风雅颂之义以名诗，而六义实多互见，唯关雎为备。雎鸠以物性喻德，兴也；河洲以地势喻境，比也；淑女好仇正言之，雅也；荇菜琴瑟钟鼓铺述之，赋也；诗人深窥后妃之用心，以形容其德，颂也；合五义以风天下后世，风也。故序诗者，既推明关雎之旨，复发其凡而总结之曰：是关雎之义也者，示为诗之要，必依义以求作者之志于文辞之外，而自得之意中，然则不明六义之用，又乌足与言诗乎？同年巴王君劼，以毛诗绎义相质，其说四始也，以变诗俪风雅颂为四，余用豁然于数十年之疑，得四于友，得始于序，而义从之，故述新知旧闻，推论始义以著于篇。

春秋异文考证题词

读书必先识字。字之不识，义于何有？制字有事、意、形、声之别，四者无所属，而后有转注、假借，以尽其变。事之为字无几，意则两文合而后得，故形声之为字也多，而声为尤。转注属形，假借属声，故声之于字居大半，而假借之为用于字也，又复半之，是识字固莫要于审声也。前民传经，谨守师法。一字之异同，一义之轻重，不敢凭私臆以为说。至唐颜氏汉书注出，而古训浙湮，俗解渐盛。降至于宋，学者专事科举之业。刘新喻博辨绝群，始以己意说经，然其见闻赅洽，于儒先助字文义，体究有素，说虽新奇而义理多所独得，然方便门自此开已。后人无其多闻，肆为臆说，至于汉儒说经之书，不能解其助字，明其句读，若许郑家法，览之尤不能终卷，专以世俗诂训，强古经就我；反斥一字一声之学，为无关大义；是犹菽麦不辨，而侈谈授时相穑之精微；楹杙不分，而意缔千门万户之壮丽也。

万载辛君同叔，承家学治春秋。于三传文有异同，则为之广征博引，于凡声之相近而可通可假，又字之古多今少，古少今多，悉明其本义假义；以及假义盛行，而本义反没者，无不条列明晰；无泛滥，无遗漏，可不谓勤于朴学者乎？然而三传义例，各有师承，长短之论，未可尽据，而册中间有评断三家之语，此则仍不免宋人易言之习。盖吾人占毕，必始宋学，洎肄举业，益违雅训，迨至反而从事其本，则少小之所温寻者，如油入面，去之卒不能尽。以同叔之精心果力，尚未能免于此，此不得不为全书累也。敢请酌而去之，专明识字之原；字既识则义自明；读者善择而有得，庶足以娇末学之弊，而亡武断之非。同叔以为然否？

仪礼郑注句读书后

谈君韬华得仪礼郑注句读抄本十九卷于淮阴市中，余为审定为稷若手稿，其朱书则亭林之所校正也。余成童曾见是书，苦坊刻多误，欲以原注雠刊之，卒不果。幸见原稿，故校阅一过而记其后曰：「仪礼之学，晦且千年，自是书板行，而童子塾中能诵全文者，十人而五，则其所以惠来学、助礼教者大已！」

近人武进张皋文，又为仪礼图十八卷，运精思以补阙略，然后揖让之美，人道之贵，洋溢往复，绝无迂拘而不可行于后世者。苟循守二书，以习其节文，系其条理，而深求郑贾之所推类者，以即于人情，则安上治民莫善之故，焕乎见矣。未有者可以义起，本身者百世不惑，使斯世永与立之誉，蒸民远无礼之危，则二张先生未伸之意，而后死所共有责者也。

谈君昔视学贵阳，能以弦诵之治变其塞陋。此物此志，庶乎其有望矣。

论史记六国表叙

孟开曰：「史公序六国表，先刺僭越，次讥暴戾，继言其得天助，据地势，而终以法后王。」秦岂有可法乎？支离其辞，意将何属？曰：「是史公之所观于孔子，而班氏以为微文者也。」盖全书之纲领矣。孔子曰：「人有礼则安，无礼则危。安上治民，莫善于礼，能以礼让为国乎何有？不能以礼让为国，如礼何？」善哉！史公之有叙也。王道缺，礼乐衰，孔子修旧起废作春秋，拨乱世反之正。春秋者，礼义之大宗。礼禁未然之前，而为用难知。盖其幼诵古文，长则讲业齐鲁之都，观孔子之遗风，观多也。史公既不能达所学以变汉，夫是以不让周孔五百之期，垂空文，著兴坏，欲以明齐礼之化而已矣。故编首引礼文以正秦襄之僭，明秦之废礼，自上始也。礼废则必争。争必以利。战功者利之大而争之至极也。好战则财匮，不能不专利；专利则人心不附，不能不严刑；以心移争利之身，涉严刑之世，不能不阿谀取容。史公伤之曰：「先本绌末，以礼义防于利，事变多故而亦反是。」职是故也。至推秦之德与力，皆无可以并天下而当天心者，谓上帝必歆其非礼之祀而助之，则未敢质，故言若以疑之。伯夷传之所反复申明者，仍此志也。是其心忧时变而为天下后世计者，至深且切，寓意六国，则于汉为无嫌，危行言孙之教也。

秦蔑礼用暴，汉不引为殷鉴，而循其故辙，故贾生曰：「秦功成求得，终不知反之廉节仁义。」转而为汉，遗风余俗，犹尚未改。高祖常称李斯有善归主，孝文以吴公尝学事于李斯，征为廷尉，是其举事不非秦也。然则史公谓战国权变可颇采，讥学者牵于所闻，不察终始，而以汉兴自蜀汉，互证秦收功实之故，属事比类，隐示端绪，真知惧之君子哉。惧以汉因秦不变，而礼教遂至废亡也。高祖素慢无礼，唯能以爵邑饶人，陈平谓士之顽钝嗜利无耻者，多归之。孝文好刑名之言，窦太后尚黄老之术，黄老尊生，尊生则畏死，求不死者必矜无外。孝武不胜多欲，而逐始皇之迹，土木兵革无虚日，繇役繁，怨黩兴，而算轺、告缗之法，见知诽谤之律，相继并作，盖平准、封禅所记，其事皆昉于西畤也。迹汉廷君臣父子之间，其惭德洵不后秦矣。

然秦虽遗礼义，黜儒术，而圣人遗化犹在齐鲁之间，申公、辕固生之流，并廉直无所绌意。及叔孙通希世度务，弟子皆为首选；公孙宏曲学阿世，广厉学官之路，举遗滋利孔，兴礼造争端，至使文学掌故，援春秋，比轻重，以求尊显，是礼亡于通，儒亡于宏也。史公知化争莫如让，绌利莫如义，是故太伯冠世家，伯夷冠列传，重让也；表两客穿孔，美两生不行，书王蠋绝吭，纪田叔钳足，尚义也。尚义重让，则礼殆于可兴矣。然而汉廷诸臣，唯贾生为能不以卑近自囿，达制治之源。其言曰：「移风易俗，使天下回心向道，类非俗吏所能为。俗吏务刀笔筐箧，报簿书期会，不知大礼。秦俗尚告讦，任刑罚，今不避秦辙，是后车又将覆也。先王执劝善惩恶之政，坚如金石，而必曰『礼云礼云』者，贵绝恶于未萌，以起教于微眇也。」孝文以为然，使草具事仪，兴礼乐，悉更秦法，而绛灌大臣短而抑之。史公悲贾生之穷乏不止其身也，故既善其推言过秦之说，复齿之屈平以明其志，所以深致憾于媢嫉壅害，而为万世有心维持礼教者恸也。管晏之勋烂然矣，史公乃推本鲍叔，艳述越石，凡以尚让重义之教，必待人而后行，庶几帝臣不蔽、足以黜利去争，隆礼而兴孔子业耳。相其折壶遂比于春秋为谬，自居整齐世传，非所谓作，而卒谓略以拾遗补艺，成一家之言，明为百王大法，非仅一代良史而已。

孟坚读之，乃不得其指归，猥以为陷刑之后，贬损当世，是非颇谬于圣人。史公所为著于书首，大声疾呼，非好学深思，心知其意，固难为浅见寡闻者道也。绌礼尚法以争利，秦治也。汉初因之。至孝武兴礼重儒，顾专饰玉帛钟鼓以欺世，而严刑嗜利，反甚于高、惠、文、景之世。遂使利操大权，而人心趋之如骛。是天意欲变古今之局，故史公发愤而作。全书言废书而叹者三：（一）、厉王好利，恶闻已过；（一）、孟子言：王，何必曰利；（一）、公孙广厉学官之路。其义类可见。

书史记魏其武安传后

或问：「史公传魏其、武安，既云魏其不知时变，灌夫无术不逊，相翼以成祸乱。又云武安负贵好权。则曲直显明，祸源昭著，而复继以祸所从来者，何谓也？」予曰：「此自序之所谓原始察终，见盛观衰者也。」盖忧世之微言，而重斥外戚矣。

其序世家曰：「孔子罕言命，盖难言之也，非通幽明之变，恶能识乎性命哉？」言难以知命责外戚，在下不可恃，而在上不可纵也。故曰魏其、武安皆以外戚重。外戚唯魏其贤，能引大义以阻传梁之失，而太后顾以此除其属籍，故曰魏其之举以吴楚明，非吴楚则终身废弃也。既以贤而废弃，则所举必负贵好权、通贿赂、恣睚眦，如武安者耳。进退人才者，人主之柄，东宫操进退之权，而颠倒如是，岂必临朝称制，乃足为乱哉！外戚重则公室卑，其究则子政所谓「王氏与刘氏亦且不并立者也。」迹武安初用事，下宾客，进名士，欲以倾诸将相，推毂儒术，设明堂，兴礼乐，痛折节以礼肃天下，非新垣平之前车乎？高祖之侯泽、释之也，以为将有功。而台产之并侯也，以父泽死事。恐议者不察，疑为恩泽，故白马之盟曰：「非有功而侯，天下共击之。」侯以恩泽，自薄昭始。昭功与定策，亚于宋昌，顾以建太子恩，使与驷钧、赵兼同科，白马之约始败矣。昭卒变谴良之旧，至杀汉使，是故长君、少君初至长安，而绛灌以为我辈他日命且悬两人手。则文帝示私外戚之祸，可胜言哉。是故窦太后趣侯王信，政君数让丁傅之嚆矢也。条侯力持正议，迟信侯数年，而条侯卒以得死。窦太后好黄老，以清净退让教宗室，诸窦尚如此，则妇人之不可用也亦甚矣！

当武安向用之时，武帝曰：「君除吏已尽未？」其请宅地，则曰：「何不遂取武库？」是不必至魏其、灌夫事，始不直武安也。帝初即位，即以夫守淮南镇天下劲兵处，及其为太仆，以酒搏窦甫，恐太后诛夫，为徙相燕，则帝之知夫而全夫者至矣。至东朝廷辩以两人孰是，遍问朝臣，汲郑对不能坚，余皆莫敢对，武帝之用心，实欲倚朝臣公论以抗太后，而全魏其、灌夫，如袁盎诸大臣之持梁事也。既莫对，对又不坚，而遂无如太后何矣。故怒曰：「今日廷论，局促如辕下驹，吾并斩若属也。」以武帝之雄才大略，而上迫太后，骄所薄，陷所严，况成哀之下材乎？史公盖前知之，而隐其辞以为万世戒。不然，武安之患苦吏民，修成子仲之傅耳。吴楚之功最条侯，魏其、灌夫附条侯以传可矣，何遽如自序所述乎？史公之特立此传者，深忧履霜之戒，不至政君三世称制，龟鼎遂移不止也，是祸所从来之谓也。

复石赣州书

瑶辰四兄太守阁下：上年曾于席间论史公答任安书，二千年无能通者。阁下比诘其故，世臣答以阁下博闻深思，诵之数十过，则自生疑，又百过当自悟。阁下次日见过云，客散后即检本讨寻，竟不能得端绪，唯觉通篇文意，与推贤荐士不相贯串耳，敢请其指归。世臣复答以阁下半夜之间，多则十数过，何能即悟？请再逐字逐句思之，又合全文思之，思之不已，则有得已，非敢吝也。凡以为学之道，闻而得不如求而得之深固也。阁下旋即奉差出省，继复摄郡赴虔，遂尔远违。忽复更岁，昨奉手书，具问前事，委曲详缛，大君子之虚中，真学人之果力，悉见简内。世臣不敢不遂进其愚，以明丽泽互师之道矣。

窃谓推贤荐士，非少卿来书中本语，史公讳言少卿求援，故以四字约来书之意，而斥少卿为天下豪俊以表其冤。中间述李陵事者，明与陵非素相善，尚力为引救，况少卿有许死之谊乎？实缘自被刑后，所为不死者，以史记未成之故。是史公之身，乃史记之身，非史公所得自私，史公可为少卿死，而史记必不能为少卿废也。结以死日是非乃定，则史公与少卿所共者，以广少卿而释其私憾。是故文澜虽壮，而滴水归源，一线相生，字字皆有归著也。

世臣前曾以此疑献于迈堂，嗣接其书三次，近又在省面晤，竟一字不及此事，可谓不以三隅反者矣。迈堂在西省，已为仅有，而尚如是，安得有如阁下三数人，共发古人之覆乎？虔州最称难治，阁下居之，驾轻就熟，无足虑者。酷暑，唯千万珍重。世臣顿首。

与周保绪论晋略书

保绪二弟足下：春杪承寄示晋略，核阅累月，纪传俱未及卒，而目力殊苦不给。属张君司衡为卒其业，各签商数十百事，大都与原书较优劣于章句之间，无关大义，以未能知足下作书之旨故也。及足下至扬，面述叙目必宜改作，使读者知己意所在。昨承见过，示以删定纪传三首，更造叙目一首，文采灿然，义例辨晰，虚怀果力，无异少壮，推此以论，其必举盛业无疑也。欣喜无量，故愿与足下尽言之。

夫事增于前，文减于旧，前人新书之例也。尊著既以略名，是无取矜博眩奇矣，然必综镊得失，著明法戒，以伸作者之志，故凡事之无系从违、人之无当兴衰者，举可略也。至于人心所趋，视乎初政，心趋既久，遂成风俗，风俗既成，朝政虽力娇之，而有所不可，今古一辙，非唯晋代。然而拨乱反正，端重人事，人事修，天运变，不善者善之资，晋略之志，当在是矣。原书于朝章法制，其事多散，人心风俗，其辞多隐，散者聚之而后明，隐者通之而后显，则事略而义详，较之文减事增，为功尤伟，唯足下垂察。断自泰始，当时成议，然追尊之宣、景、文三帝，王业已成，魏志既不立传，未便同之盖阙，故原书三纪之外，记录悉入泰始，并非自乱其例。今宜另立一篇，题为外纪，以明金运之原，且以见司马氏无功于当涂，无德于黔首；而一时藉曹氏之宠，以享丰厚者，竟与输心佐命，真豺虎所不食，有北所不受；顾以若而人开鸿基，创永制，贻谋有不舛乎？无怪枣嵩、朱硕之于王浚，沈充、钱凤之于王敦，匡术、路永之于苏峻，郄超、刘虫之之于二桓，刘穆之之于宋武，接踵而起也。故外纪一论，可以檃括两晋，极言天人之故矣。

原书南渡后，帝纪不详北事，声教既非所及，故其无涉江左，概从简略，是断代之体也。足下依据通鉴，补缀完具，为以便观省耳。至宋武身为宋祖，例不于晋立传，宜详其事于孝武、安、恭三帝纪中，以明金运之委，然后立表以举其纲要，则自然提挈在手，与夺从心矣。晋代年号，诸国丛杂，至难寻检，宜创立一表，国经年纬，档列甲子。诸国主初见始盛，皆注其年之下。其奉晋正朔者，实皆帝制自如。一体编次，未有年号，则以名纪。拓拔氏殿诸国而首北朝，宜与晋初之吴，并作大行，以示区别。国多非一行所容，又宜以地为统，如刘汉、石赵、冉魏同作一层，以归简易。州郡为一表，详载割隶沦没侨置，及其治所。宗室诸王为一表，自非乃心曹氏及辅政与倡乱有事实宜记录者，其世系建徙，悉详于表，以省繁复。执政为一表，不论官联，止标国柄，使治乱之功罪有归，而其时伴食之流，亦与附载以儆庸鄙。方镇为一表，其自称遥授、虚授、权授、命帅，俱随事注明，使不相紊。而伪授一并备列，以彰全局。原其先用诸王，继以世族，非此二途，即系武夫，莫不专制所部，树私人，事封殖，薄亲民，而鄙政事，征求无度，流亡莫恤，新附无以自安，土著无以自植，啸聚以资奸雄，骄蹇成于遵养，两晋兴亡，实在于此。勋封为一表。叛乱为一表。七表既立，详而有要，简而不遗，乃可别功过之等差，定忠奸之标准。

以议列传去取矣，然必爱知其恶，憎知其善。或从宥过，或严诛心，或当责备之科，或在为讳之列，务以昭劝示惩，垂喻方来而已。略陈数意，以效隅举。禅代腹心，不过数人，宜为合传，其配食大庙，多以地望备数，名见纪中，无烦缕述。平吴之役，谋主功首，自宜同传，而附列爪牙。然平吴而主德骤变，驯致八王五胡，马宗遂覆。夫以武帝初政之隆，使释吴以为外惧，而饬疆圉，固藩翰，迟之十稔，吴终自至。叔子腹心三世，智能察微，自宜综初卒、权轻重，以笃不拔之建。顾乃忍俊不胜，迎主心以邀混一之大名。茂先遂事，竟尔伏辜。而叔子身名俱泰，千载无讥，岂非今古之大幸欤？况叔子身仕魏室，已跻通显，徒以景献之故，助马以倾曹。南风五恶，晋武悉知，岂以叔子而竟茫昧，心移势焰，遂复党贾以危马。士之倾危，于斯为甚，斧钺之严所宜首及。及乎江左微弱，衅隙迭构，卒能立国传后，苞含隐忍，茂宏实济其功。然决击华轶，以肇拓疆域、示趋向，虽志在自利，其刚断有足称者。又逆敦近在同气，疏讨刁刘，原欲引入彀中，而能瀰然不滓，上契主心，下孚众望，器量尤为难名。然不纳陈群拔卓茂、显朱邑之至计，遂使勤民之实政无闻，白望之谬尚如故，斯其蔽也。至以私怨倾周戴、弃冲人、挟子出奔，复起周抚，尤为舛矣。士行战胜攻取，强毅精能，故自加人一等，然恪遵酒限，而不守封鲊之训，必灭杜韬以自张，致疑当轴。苏峻之役，始谓不敢越局，既迫于大义，仍事反覆，终乃严劾卞敦以自饰，而反为任让乞命。敦默之役，庾亮辞赏，而士行独受江州，且移镇以逼南门，虽临去有老子婆娑之言，或为参佐求富贵者所怂恿，然心迹至为累矣。太真忠孝英武，峻约小丑，胜算内成，而必引士行，推为盟主，销夙嫌以弭后衅，纯德发为远见者也。道徽当奔亡托命之时，守素不挠，而乞活为之心折。陶庾各具晋阳之甲，惮其持正，销两难于无形。安石步趋茂宏，再定大乱，而游心物外，不使康乐更居形势之地，三贤近于无疵矣。然而茂宏、安石之宽简，未必尽是；刁、刘、诸庾之综复，未必尽非；成败既殊，安危遂判，优游固足养患，操切立至失人。君子平情论世，未尝不叹其不崇实以厉颓风，览末流之莫挽，恨澄源之失术也。

若道徽含饭以哺兄子，乃袭用范书陈言，断非事理。太真迁都一议，宜以入茂宏传。至九锡之谑，燃犀之戏，自是贤智之过。安石千里奔官，以奔弟丧，岂谓不崇礼教？且大功诵可，未便以丝竹小癖，遽坐戎首。凡是之类，宜在讳削。兵凶战危，全争庙胜，若非得算实多，鸿议可法，皆属搴斩之劳，事迹悉附勋封、叛乱两表。即其有当传例，亦与衡量轻重，别无殊异表见，各附主将之末，是史公传卫霍之成式也。至有亲民薄宦，参议真儒，能违时贤之尚，笃念小人之依，必宜力为搜采，事虽小而必详其功，言虽废而必征其效，于以振弊俗而重邦本。「民誉」一门，所宜增立。「清谈」为晋人病源，「书法」为晋人绝业，足下特立两门，诚为允协。然「清谈」当汇及门地时望，使虚车之陋，不致偏枯。「书法」以右军为极则，足下移入列传以重其人，是犹有世儒之见也。但当检括本集，备载会稽荒政，以补传缺，乃为得耳。原书载记之作，仿自史记匈奴、两汉四裔各传，以其棋布中土，故立此名，并非僭制。足下改为外纪，纪之所名，史例专属帝者，自宜循欧阳之旧，别为国传，非专为避卷首也。至原书大体可观，所指大失虽非苛索，然鄙意以为无庸攻击，专明己意，使书自书而略其略，学者既读晋书，必不能不求晋略，则可藏名山、传通邑，而足下数十年之苦心，与天下后世以共见矣。唯希鉴察，暑湿，珍重不具。癸巳六月十九日。

晋略序

晋略六十六篇，都为十册，吾友荆溪周济保绪之所作也。孟子曰：「不仁而得国者，有之矣；不仁而得天下，未之有也。」晋之得天下，可谓不仁矣，是故其得也至易至奇，而分崩荡析，亦至速至惨。中宗东奔，居仇地，用仇民，乃享国奕世，大乱屡作，宗祀卒延，岂不以吴皓暴虐，平吴之役，善反其政，依于诛君吊民之遗。至于败亡逃死，又能决大计，使南土智勇，不失其职，始事有经，济变得权，所以致此，固非倖矣。然则无功叨窃，虽得群小比周之力，而埋狐者扣不旋踵，以当涂孤立为监，而大祸即发宗藩，防患其可极乎？德在黎庶，虽微弱无比数，卒食其报，此可以明天道之不变，而长世者诚不可任狙诈以自获罪也。

唐初儒臣，集十八家之说，纂为晋书，事迹颇具而此旨不明，无以昭劝戒，垂世法。保绪深达治源，取晋书斟酌之，历廿余载，至道光癸巳写出清本。走使相质，既得余复，又解散成书，五阅寒暑，乃成今本。而余赴章门，保绪赴淮阴，转客汉皋，相距较远。保绪继以己亥秋物故旅次，及余还辕，保绪嗣孙炜以刻本来将遗命，乞序言。其分合故籍，若网在纲，简而有要，切而不俚，抉得失之情，原兴衰之故，贬恶而不没善，讳贤而不藏慝，大之创业垂统之猷，小之居官持身之术，不为高论，不尚微言，要归于平情审势，足以救败善后而已。非典午之要删，实千秋之金鉴。至于州郡纷错，详核为难，展卷豁然，庶无遗憾。虽峻洁稍逊承祚，而视永叔之原委不具君纪，情势不了臣传者，亦已远矣。此子为不朽，来哲难诬，必有以余为知言者。

保绪颖慧绝人，迁善不倦。嘉庆甲子，年甫弱冠，访余于白门，一见之顷，问难竟日。归则取诗文旧稿盈尺者付之火，持烬见示，以请极言，勇决精进，宜其所就能至此也。余壮本落殖，近且七十，一事无成，追忆昔游，愧悔何已。道光廿有三年四月朔，安吴包世臣书。

摘抄韩吕二子题词

文之奇宕至韩非，平实至吕览，斯极天下能事矣，其源皆出于荀子。盖韩子亲受业，而吕子集论诸儒，多荀子之徒也。荀子外平实而内奇宕，其平实过孟子，而奇宕不减孙武，然甚难学，不如二子之门径分，而涂辙可循也。蒯通、贾生出于韩，晁错、赵充国出于吕，至刘子政乃合二子而变其体势，以上追荀子，外奇宕而内平实，遂为文家鼻祖。盖文与子分，自子政始也。孔才得刻露，而失其骏逸。子厚、永叔、明允、介甫、子瞻，俱导源焉，后遂无问津者。南宋有伯牙琴，近世有激书，一枝一节，时有近似而世少知者。

夫韩非囚秦，说难、孤愤；不违迁蜀，世传吕览。史公次之易象、春秋，引以自方，其爱而重之至矣。史公推勘事理，兴酣韵流，多近韩；序述话言，如闻如见，则入吕尤多。淄渑之辨，固非后世捋扯规摸者所能与已。子厚封建论、永叔朋党论，推演吕览数语，遂以雄视千秋。小子壮岁，始得二书而摘录之，嗜之数十年。虽姿性弱劣，无能为役，而温故知新，所见固有较诸公为深者，检箧得本，故题其首。道光癸卯初夏。

书韩文后上篇

世臣幼从鹿门八家选本，读退之书说赠序数十首，爱其横空起议，层出不穷。成童见明允笔力健举，辨才雄骏不可难，而嗜之。又谓介甫骜骜，能往复自成其说，薄退之横空起议为习气，且时有公家言，又间以艰涩，未觉必为陈言务去，皆醇后肆也。嗣橐笔蓬转，唯以孙武、荀卿、韩非、吕览自随，遭遇率谿勃，历二十余年，记诵遗忘殆尽。道光乙酉过丹阳，在荒市得韩文鳌测，舟中反覆之，叹为笔势生动矫异，加以丹墨。至松江，为江夏陈芝楣攫去，家仍无本，阅十七、八年，时时思之。今年病目二百日，差愈，过鄱阳陈伯游家，见韩文考异，夙闻为善本，假归读之。目力犹不赖，然日辄尽两卷，既三过，乃知「文从字顺各识职」一语，退之实自道破窔奥。盖文家关键，必在审势，文以从为职，字以顺为职，势之所至，有时得逆以济顺，而字乃健，得违以犯从，而文乃峻，不此之识，徒以从顺为事，则文字不得其职。是退之心契周、秦、先汉，复志赋所称用心古训识路疾驱者，抑时时有合。欧、苏、曾、王，则皆未凿此窍也。世臣读退之文，所见前后凡三变，于其得失，似有可言者。

退之以辟二氏自任，史氏及后儒推崇皆以此。今观原道，大都门面语，征引蒙庄，已非老子之旨，尤无关于释氏，以退之屏弃释氏，未见其书，故集中所力排者，皆俗僧耸动愚蒙以邀利之说。继自度其力，不能入室操戈以伐之，故文昌谆劝著书，而答以须待五、六十时也。释氏书始入中国，止四十二章，其言浅而切，与儒不甚远。后此内典则皆东土所译，耸愚邀利之说已有窜入者。及明上人坛经六卷，独标心印，持论最精，然意主深刻，远于人情，与吾儒平易近民、躬行渐进、善善从长之义始殊。有宋诸儒，援其精言以入儒术，自诩为千圣不传之秘，是释氏之精徒足乱儒。而俗僧世守者，则益倡福田利益，以攫愚夫愚妇之财利，故徒从虽日众，而其道则极衰，是俗僧自衰之，非必退之辟而辟之之力矣。其策问有云：「毋乃有化而不自知者」，意盖谓释氏近墨也。而读墨子，则谓孔墨必相为用，其附丽上同、兼爱者，仅挦扯儒墨字句耳。墨氏之道，其要义屡见吕览，足为孔墨相用之证，而一未征引，其亦薄不韦未省其书如释氏言乎？

退之自论文曰：「记事者必提其要，纂言者必钩其玄。」核顺宗实录董晋、韦丹、孔戣、权德舆各志状，及其他先庙神庙碑，悉严肃有体势，即有酬酢人事者，亦郑重不苟下一语，可谓记事必提要已。原性所称「上之性就学而愈明，下之性畏威而远罪，故上者可教，而下者可制。」则真能钩玄以纂言者。然韩文如是者绝少，盖切要语本自无多。大学一书，只壹是皆以「修身为本，毋自欺也，君子必诚其意」三言。中庸一书，只「为政在人，取人以身」两言耳，又可求多于退之乎？退之之文之盛者，圣德诗序及诗荐士，南溪始泛、和太清宫纪事、檄鳄鱼、释言、行难、五箴、策问十三首，皆无愧古作者。上宰相第三书，虽少作，而精心撰结，气盛言宜，子政无以远过。同时有感二鸟、复志两赋，除晋宋之径路，冥追屈马，虽挽强未得手柔之乐，而纡回往复，意曲而达，其自道立志用力者，信不诬已。

进学解「余应」之下，故为舒缓，遂尔疹靡。王承福传「操圬过富贵之家」以下，亦嫌澜漫。送李愿归盘谷，摹写情状，间入骈语，缓漫乏气势。送穷文，起结亦朴率，俱足累通体，使精神不发越。平淮西碑，最为今古所重，然推本君德而上斥列祖，归功裴相而揶揄通朝，立言既为非宜。且六月、采芑、江汉诸什，并美宣王，而诗人止述将士劳苦，良以将士用命以有功，则君美自见，何必如碑言乃为善颂哉？然其诗则佳甚，分别观之可也。讼风伯、月蚀、射训狐、读东方杂事、谴疟鬼诸作，讥刺当路，不留余地，于言为不慎，于文为伤雅，子瞻斥其性气难容，良非过论。张中丞传后序，记远与巡死先后异一节，含混不能作下文辨驳之势。毛颖传，旧史以为至纰缪，国史补以为逼史迁，后人皆是李说。然士君子立言有体，遇事之必不可无言，而势有必不能明言者，则常托于诸词卮说以见意，彼毛颖何所取耶？无取而以文为嬉笑，是俳优角牴之末技，岂非介甫所讥「无补费精神」者乎？南山、陆浑山火联句诸什，亦其类矣。然核退之生平，则进学解所谓「长通于方，左右具宜」者，实足为言行相顾，胡不慥慥者也。令阳山河阳，刺潮袁，政事论说，绝不以窜逐故，少怠所事，负所学。其立朝，论迎佛骨，论捕贼行赏，论天旱人饥，论禘祫。为吏部，宽假令史，而令史之权反以轻，是左之宜也。守戒、与柳中丞书，论淮西事宜，论黄家贼，说韩宏使协力。使王庭凑，以口舌定镇州之乱。得布衣柏耆以招王承宗，收德棣二州不烦兵力。劝晋公以战士三千袭蔡，晋公迟疑，功乃归于李愬。在晋公固不必以折首为奇，而蔡逆就囚卒如退之策，是右之宜也。唯驳平叔变盐法，未悉当时情事，不敢定其当否耳。至于内行之修，友谊之笃，载于新、旧史，散见集中者尤备。当世硕儒以为气厚性通，论议多大体，可谓乐易君子巨人者，尽之矣。

考异荟集各本异同，以文义核定从否，得者十常八九。晦翁自许一生在文字上做窠臼，信已。其有各本皆不合，而斟酌文义，独得其是者，以无本可据，止附注而不径改，比其注经为尤慎。间有一二不合者〔一〕，则以南宋盛行时文，晦翁少小所业，于退之行文安字之法，固有不能尽通者。假本已两月许，恐征取迅速，故略记崖梗，俟过此以往，考核所见进退焉。道光廿有三年季冬十三日书。

书韩文后下篇

古人论诗文得失之语，大约有三：有自得语，有率尔语，有僻谬语。自得语，以心印心，直见作者真际，后学依类求义，可以悟入单微。率尔语，本出无心，以其名高，矢口流传。僻谬语，自是盲修，诬古人以罣来学。如子长谓司马法闳廓深远，三代征伐，未能竟其义。子政、子云谓子长有良史之材，「善序事理，辨而不华，质而不俚，其文直，其事核，不虚美，不隐恶。」子云谓长卿赋「不从人间来，读千赋则能为之。」魏文帝论邺中七子，钟嵘谓士衡所拟之十二首古诗「惊心动魄，一字千金。」子美谓薛稷曰：「少保有古诗，得之陕郊篇。」其谓太白曰：「笔落惊风雨，诗成泣鬼神。」又曰：「李侯有佳句，往往似阴铿。」太白登华山绝顶题曰：「此地呼吸可通帝廷，恨不携谢朓惊人句，来此搔首问苍天。」袭美谓清远道人虎邱诗「一字一句，若奋若搏，建安词人不得居其右。」孟会谓子美朝进东门营诗「其妙可以招魂复起。」子由谓子美哀江头「如百金战马，腾坡蓦涧，如履平地，下视乐天、微之，直如跛鳖。」子瞻言「智者创物，能者述之，非一人而成。君子之于学，自三代历汉至唐而备，故诗至杜子美，文至韩退之，而古今之变，天下之能事毕矣。」此自得语也。

唐人谓兴公天台山赋「赤城霞起以建标，瀑布飞流以界道」二句是佳处。又谓昌黎进学解、玉川子月蚀诗，「如赤手捕长蛇，不施鞍勒骑生马。」任华爱太白「海风吹不断，江月照还空」两句。永叔谓「清风朗月不用一钱买，玉山自倒非人推」，太白之所以推倒一世者在此。山谷谓「请君试问东流水，别意与之谁短长？」是太白至处。又谓「东坡黄州寒食诗似太白，正恐太白有未到处。」此率尔语也。樊汝霖谓斗鸡联句「争观云填道，助叫波翻海」是韩诗之豪；「一喷一醒，然再接再砺」，乃是孟诗工处。山谷谓退之记梦诗「壮非少者哦七言，六字常语一字难」，只上句「哦」字，便是所难，乃为诗之法。此僻谬语也。自得语，非近有得者不与知；僻谬语，信从者究属无多；唯率尔语，间于可否，至易误人。而率尔语流传至盛者，莫如永叔「晋无文章，唯渊明归去来辞一篇」；子瞻「唐无文章，唯退之送李愿归盘谷序一篇」之说也。固二公心有所感，而偶然所出，然艺苑久以为圭臬矣。

李愿序前已备论，陶词则东坡亦有托其文以不朽之语。按子云谓诗人丽则，词人丽淫，则别诗词为二。孟坚谓词者意内而言外，则与诗固无殊异。归去来词，论其外言则不丽，求其内意复无则，不唯与其诗之肮脏沉郁殊科，即比闲情赋寄意修辞，亦大有间。而永叔唱于前，子瞻和于后，想以渊明耻事二姓，为南朝独行，意词为拔足始基，重人以及文耶？考渊明自序，称乙巳十一月作此词，宋武以甲辰三月起义，旬日间遂铲伪楚，遣迎安帝于荆州，自退藩于徐州，乙巳五月，安帝还都。宋武此时，可谓功盖宇宙，忠贯金石，渊明岂能逆料十五年后之必代晋哉？史称渊明自以晋宰辅之后，故宋武王业渐隆，即不仕，永初之后，唯题甲子。然诗集中书辛丑乃隆安五年，书癸卯乃元兴二年，皆在宋武未建义旗之前，说既无据。史言渊明为镇军建威参军，本无主名，李善注始为镇军参军，经曲阿。题下引臧荣绪晋书曰，宋武行镇军将军，宋武镇徐州，曲阿乃其治所，则镇军之为宋武无疑。近人安化陶澍，祖其远祖，谓断不为宋武幕僚，其所佐者乃刘敬宣也。敬宣以乙巳加建威将军，为江州刺史，未尝为镇军。而荆溪周济，又曲附澍说，谓隆安三年，为武陵王遵镇军参军，移家都下，义熙一年，乃从敬宣为建威参军，说尤凿空。遵在都，官太常中领军，留台暂奉为大将军，以承浔阳之制，并无镇军之名。敬宣刺江州，安帝还都，刘毅谓其过优，敬宣即自解职去。计其去职，当在夏秋之交。渊明以八月任彭泽，则与建威参军相接，词序不得云家贫不足自给，亲故劝为长吏，求之靡途，家叔用为小邑也。其时沈田子朱龄石皆为建威，何取于手握重兵，首先迎降灵宝，致晋祚中绝，卒以及覆，父子并命之敬宣，而以为善择木哉？史又称彭泽公田，悉令种秫，妻子苦请，乃令粳秫各半。八月非种粳秫之时，十一月已去官，焉得有此事？故知想像之辞，通不可信。晋承丧乱，文物凋弊，至秀孝莫敢应试。裴頠崇有，郭钦徙戎，道明议移镇，逸少答深源书、上会稽王笺，俱树义甚高，而词多格塞。然杜韬、刘渊父子、李翺之文载晋书者，则清越浑健有西京风，不得谓晋无文章也。唐文退之外，推子厚。子厚贬斥后，乃尽变少壮风格，力追秦汉，与退之相轧。然其先为骈俪时，气骨清健，固自度越世俗，是外燕许之宏丽雄肆，权李之幽龍宕逸，俱足自植。然燕许中干，权李气褊，唯敬舆文体，虽仍当时，而义取管孟，厌人心，切事理，当其动荡沉酣，贾晁无以相过，实有退之所不逮者。亦未能遂言唐无文章也。祀灶日又书。

书桃花扇传奇后

传奇体虽晚出，然其流出于乐。乐之为教也，广博易良，广博则取类也远，易良则起兴也切，故传奇之至者，必深有得于古文隐显、回互、激射之法，以属思铸局。若徒于声容求工，离合见巧，则俳优之技而已。近世传奇以桃花扇为最。浅者谓为佳人才子之章句，而赏其文辞清丽，结构奇纵。深者则谓其指在明季兴亡，侯李乃是点染，颠倒主宾，以眩耳目，用力如一发引千钧，累九丸而不坠者，近之矣。然其意旨存于隐显，义例见于回互，断制寓于激射，实非苟然而作，或未之深知也。

道邻身任督师，令不行于四镇，故于虎山自刭时，著三百年天下亡于我手之语，以明责其罪。虎山罪明，则道邻可见，不责高刘者，以其不足责也。然福王之立也，道邻中夜结士英以定议。✹见朝宗四忆堂诗。梅村九江哀亦云：大学士史可法、马士英定策奉福藩世子。福王立，则与崑山龃龉，无以得上游屏翰之力，而为之曲讳者，盖不欲专府狱道邻，使马阮反得从从罪也。既书道邻之死不明，而又书祭者责其并不能求死于战也。龙友死战而不书者，以党恶咎重，不许其以死自赎也。崑山之死也，特书后世将以我为乱臣之语者，明其心之非叛，而罪则当死。盖崑山不称兵离楚，则马阮不夺虎山，许定国虽渡河，尚可截淮为守也。至北都自死诸臣，上不能致身以恤国难，下不能引退而远利禄，是直计无复之，欲买价泉里耳，故借书贾射利之语，以深致其诮。其士人负重名、持横议者，无如三公子、五秀才，而迂腐蒙昧，乃与尸居者不殊。然而世固非无才也，敬亭、崑生、香君，皆抱忠义智勇，辱在涂泥。故备书香君之不肯徒死，而必达其诚，所以愧自经沟渎之流。书敬亭、崑生艰难委曲，以必济所事，而庸懦误国者，无地可立于人世矣。

贤人在野，立岩廊主封域者，非奸则庸，欲求国步之不日蹙，其可得乎？然而为师为长，端本为士，士人倚恃门地，自诩虚车，务声华，援党与，以犄摭长短，其祸之发也，常至结连家国而不可救。此作者所为洞微察远，而不得不借朝宗以三致其意者也。

东海记传奇叙

甚矣！折狱之难也。人知刑求之辞不可恃，谓熬审之辞为可恃乎？孰知到案即承之辞之尤不可恃也。故刑求而翻异者十五六，熬审而翻异者十一二三。到案即承，则断无翻异已。受辞者方自诩以为得情，岂知其沉冤有更甚于刑求者乎？

汉东海孝妇事，明书史册，杂见纪载。孙转运谓其诬服为不欲罪坐小姑，似矣，然抑安知其非逆料尸居者之听必不聪，而不忍以纯白之身，见辱伍伯，为此自承耶？故临刑而以缁竿自雪，则知孝妇之冤结无可告诉者，非极至隔绝天地之和，历三年之久，毒流千里不止也。且其时守令之听此狱也，非有所为而为，而祸已如此，良可惧矣。世所传六月雪传奇，或借孝妇为言，而别有所寄，非传本事。近人作东海记以纪其实，顾杂以现行事例，又其文不词，不足以耸动观听。太仓王君季旭更之，其词旨悱怵，其节奏简易，吾知坐华屋绮筵而征新曲者，必有思齐内省之心一时并发、勃然而不能自遏者矣。是季旭之志也。

苏州宝莲寺主松涛法语题辞

「如是我闻，于法果无所说乎？愿解如来真实义，于法果无所得乎？章句积八万四千，而宗旨在不立语言文字。无上微妙之法，故非口舌所能形容，翰墨所能名状者矣。」灵鹫一公尝举此义以难余，余曰：「不立语言文字者，应无所住而生其心也。章句积八万四千者，善以譬喻而晓喻人也。无所住而生心，故于法无所得。善以譬喻而晓喻人，故于法无所说。」一公曰：「善哉！落言诠。」宝莲松上人者，一公座下之龙象也，示余以法语若干卷。善哉！不落言诠矣。余既乐大乘有担荷者，而又吾故人之弟子也，爱欢喜赞叹而题其卷首，以诰读者。

问樵上人海上移情图记

数百年琴谱皆出广陵，广陵固多硕师哉！近世之善者曰吴思伯，思伯之学传释仙机。其别曰颜夫人，颜夫人授梅蕴生。仙机授释问樵。蕴生沉精操缦，遐慕叔夜，名所居曰嵇庵，以喻其志。然其言曰：「琴之妙在声，声者情之所寄也。古之人情有所触而托之声，后之人循旧声而以托其所托，故闻其声，则必知造此声为何如人，人所为造此声者因何如事。具此真解，唯小子与问公矣，吴君仙公未足以与此也。」

余按吕氏精通之辞曰：「钟子期闻击磬者而悲叹曰：『心非臂，而臂非椎与石，悲存于心，而木石应之。』」其博志则曰：「尹儒学御三年而不得，夜梦受秋驾于其师。明日，其师谓之曰：『吾非爱道也，恐子之未可与，今将教子以秋驾。』尹儒为言所梦，固秋驾已精而熟之。」鬼将告之，非鬼告之，精而熟之也，言授受声闻之相交必以精也。是故艺之至者，必移人情，然非其人之情先能自移，则艺固不至矣。夫以伯牙之学，成连之教，而移情必以海上为期，情固必移于海上乎？古人闻涛声、见剑舞而悟草法，览山川雄奇，诗文为之增气，是岂有迹象可拟，理趣可寻者乎？是伯牙之情能自移，而适移之于海上也，是问公作图之指也。

小倦游阁记

嘉庆丙寅，予寓扬州观巷天顺园之后楼，得溧阳史氏所藏北宋枣版阁帖十卷。条别其真伪，以襄阳所刊定本校之，不符者右军、大令各一帖，而襄阳之说为精。襄阳在维扬倦游阁成此书，予故自署其所居曰小倦游阁。十余年来，居屡迁，仍袭其称而为之记曰：

史言长卿故倦游，说者谓：倦，疲也；言疲厌游学，博物多能也。然近世人事游者，辄使才尽何耶？盖古之游也有道，遇山川则究其形胜厄塞；遇平原则究其饶确与谷木之所宜；遇城邑则究其阴阳流泉，而验人心之厚薄、生计之攻苦；遇农夫野老，则究其作力之法、勤惰之效；遇舟子则究水道之原委；遇走卒则究道里之险易迂速，与水泉之甘苦羡耗，而以古人之已事，推测其变通之故；所至又有贤士大夫讲贯切磋，以增益其所不及。故游愈疲则见闻愈广，研究愈精，而足长才也。今之游者则不然，贫则谋在稻粱，富则娱于声色，其善者乃能于中途流连风物，咏怀胜迹，所至则又与友朋事谈宴、逐酒食，此非惟才易尽也，而又长恶习。

予自嘉庆丙辰出游，以至于今廿有七年矣。少小记诵，荒落殆尽，而心智益拙，志意颓放，不复能自检束，而犹日冒此倦游之名也，其可惧也夫，其可愧也夫。

述学一首示十九弟季怀

余本中上资，庭训受先子。提撕襁褓中，即云求在己。差长艳科第，七岁学八比。遂夺读书功，只诵易诗礼。未能详训诂，亦为剿说计。然至关伦常，必审辨非是。谆谆人禽枢，升坠决于此。此学异吾乡，群嗤为迂鄙。此心遵大路，已不踬荆杞。蹉跎且成童，先子病疥痔。五载侍药隙，夙夜读选史。遐追遒丽词，冥心探原委。虽云无师学，略能别善否。又复羡两汉，豪士许国伟。遂攻权家言，成败较丝累。抚躬觉有获，深晦远众傀。不幸背庭训，立脚犹跛倚。幸天牖其衷，就食皖江涘。得游大兴门，朱石君先生乃睹为人轨。遂觉汗浃背，有如暑续臬。立身期返初，闻见亦差启。乃叹前所学，所得皆糠秕。乃知耻剽窃，真积务尺咫。三礼尚完书，能固人筋髓。千载赖郑公，世乱道不否。学者准此的，反求道在迩。续自读通鉴，治乱示掌指。复得君卿书，研索植国体。创制兆兴丧，经纬二书备。今古有作者，莫能与参拟。望途可渐进，蓬转又中毁。幸每遇宿儒，容我居子弟。问难析其疑，一一铭心膂。刘生武进刘逢禄，字申受绍何学，为我条经例。证此独学心，公羊实纲纪。易义不终晦，敦复有张氏。武进张皋文先生，讳惠言。观象得微言明。辨百世俟。私淑从董生，武进董士锡，字晋卿。略悟消息旨。读书破万卷，通儒沈与李。吴沈钦韩，字文起。阳湖李兆洛，字申耆。益我以见闻，安我之罔殆。郑学黄阳湖黄乙生，字小仲。心通，许学钱嘉定钱坫献之。神解。既得明册籍，又得亲模楷。乃见善恶途，判异如河济。乃令苟得怀，涣若冰释矣。忆昔攻时文，殚精忘膏晷。房行蘖汗牛，一一究肯綮。此谓契真脉，谁知土偶耳。于今十年余，弃斯等葑菲。随俗偶执笔，乃如决源水。读书得正路，履之坦如砥。善忘更饥驱，恨难穷富美。悠悠二十载，更张亦已屡。折肱为良医，斯语无虚诡。吾弟向盛年，黾勉思此理。要言必不烦，有耻方为士。

五言一首说八比赠陈登之通判即留别出都门

往昔奇渥世，演讲为小品。山长排比讲义为时文，名制义小品，八比所自始也。于今五百年，用为汲士绠。立言代贤圣，托体纵高迥。于中若无我，得毋俳优并。其法首肖题，譬彼服尚称。伟议非应有，枵然嗟如瘿。韬精承与落，脱手弹丸正。裂帛力在外，张弦直斯应。立势必求安，树义定知劲。一语见真实，万卷相奔并。琢玉必去瑕，熔金贵尽矿。王钱体初成，唐归业斯盛。正声终邓陶，冯许渐为梗。降及神宗末，么麽狡然逞。金黄起横流，噍杀气未靖。安溪差敛锷，朴茂或伤韵。刘大櫆才甫窦光鼐东皋遥相望，高曾轨不泯。殿奔有栖霞，弁廷相默仁风力最凄紧。矫矫百年内，望若怀霜凛。日下执牛耳，蒋第次竹姚学塽镜塘声实等。思力蒋则雄，风裁姚乃整。从学半簪裾，信受如追影。尘腐相扯捋，屈伸随春蚓。利禄途则然，谬种传无竟。岂惟文运颓，实见耻维偾。反经用狂狷，士气庶复振。窃欲挽狂澜，棉薄惭非任。以兹卅载游，事斯同禁黾。容易与谁谈，深藏自守檠。不谓太邱子，违时出独铤。已快同声求，更为吾道幸。所憾赋骊驹，被放急归省。前期讵可预？服膺矢共永。挥手即天涯，私心常耿耿。

或问

道光甲辰八月，予编录论文之书既成，或问曰：「先生之论文也，上自经史子集，下及倚声传奇，并阐其立意之浅深，纠其措辞之得失，可云切而备矣。唯八比为儒者正经，而止摘五言二首入录，读者就求其法，则门径不明，推广其义，则感发无自。近世多有精通古学而不能八比者，然先生述学诗云：『房行蘽汗牛，一一究肯綮。比谓契真脉，谁知土偶耳。』则先生于此道实深，何不抒少小勤求之蕴，示学者矩矱，以执佌佌者之口乎？」

予曰：「八比取士，历年五百，忠良英俊，类出其中。义醇词净本于经，议鸿识壮酿于史，描摹精切依于子，波澜洪远源于集，与古文固不殊也。唯其结体褊小，风裁矜整，故用法为尤严，而取势为尤紧。古文言皆己意，八比则代人立言，故其要首在肖题，而肖题之机，决于审脉。脉有来有去，其长章巨节，以中间一二闲语命题者，文中词意，俱不得出本题之外。而眼光手法，注射操纵，必使牵全身以一发，现全神于一顾，然意则全身全神，而笔仍一发一顾，乃为能事。其单句为章者，发此言也有由，便是来脉。如其言则得，不如其言则失，便是去脉。故八比尤以单题为紧要关隘，以其题未具间架梁柱，皆须意造故也。然古文言皆己意，故贵能蹈实；八比代人立言，故贵能导虚；古文虽短章，取尽己意，故转换多变态，其墙壁宽而峻；八比虽长篇，取协题情，故推勘少回互，其墙壁隘而夷。自有八比以来，果其能者，未有不外严墙壁之守，而内专导虚以求制胜者也。而或薄为小道者，正以其体成于法，意妙在虚，责其实际，不足当宇宙有无之数而已。然其凝思至细，行文至密，所有近辉远映、上压下垫、反敲侧击、仰承俯引之法，反较古文为备。故工于八比者，以其法推求古书，常有能通其微意，不致彼此触碍者，则八比实足以为古文之导引。唯其始也以八比入，其终也欲摆脱八比气息，卒不易得耳。世固有少小未习觅举，而自慕前哲，博览典籍，穷力古文而不能八比者矣。若幼习举业，继攻古文，古文可观而不工八比者，则事理之所必无。盖八比皆父师督责而成，用心专，积力久，于八比尚无所得，而谓其能窥古文宏深之域哉？

「习八比者，无论姿性之利钝，父师必宜择一隅集，必自集中明白简炼之文授之，并使熟读其旁批总评，以悉一定不易之法。授经书时，则与之讲明训诂，使通字义。成篇之后看其出笔，笔力峭拔者，则使读子厚、明允、介甫之文，而以陶石篑、项水心凿其思路；笔势纵横者，则使读长沙、东坡、同甫之文，而以陈大士、黄陶庵荡其胸怀；笔情幽隽者，则使读傅季友、任彦升、陆敬舆、欧阳永叔之文，而以董思白、郑峚阳和其韵调；笔致重实者，则使读刘子政、韩退之、曾子固之文，而以陈卧子、熊次侯资其典赡；笔意窈深者，则使读战国策、太史公之文，而以钱鹤滩、金子骏诱其雄肆。此后则听其自为，从吾所好，而非父师之所能为力者矣。唯一切讲章，自永乐大全以下，断不宜使之寓目，自窒聪明。至学庸书本戴记之二篇，文理显畅，自宋仁宗御书之以赐状头王拱宸，时儒率援以立说，此不过射策家颂圣之技耳。及南宋考亭别撰章句，合论孟名为四书，抹煞仁宗书赐一节，而以为河南二程，始尊信表章之，一若禅门所谓独标心印者。其徒从反复辨说，愈解愈缚，实则寻绎本文何不可解说之有？凡是理障，尤宜弃择。

「盖义理存乎人心，随所学为深浅，既明字义，又明文法，而必依人为说，从门入者，不是家珍，斯之谓矣。唯文物典章，无可凿空，书阙有间，汉儒已有不能尽通者。而四书内典制，则三礼郑注，尚可考核而晰，近乃束经籍于高阁，使后生小子翻诵典制、文林，文环等刻，讹以传讹。果能概从屏绝，求之遗书，即其质性弱劣，不能诵习全经，招集二三同志，分门各纂，自了原委，亦不必沉淹岁月，始克有成也。若近日小试，题多割截，在主者不过欲杜抄袭之弊，既通文法，临场求其程式，便有依仿，正昌黎所谓不学而能者。而时师乃以其钩意嵌字，纤小无可比似者，珍为秘授，使佳子弟穷年兀兀，卒无一得手处，是可叹也。要之八比一道，本非甚难，而士人业此，并时百万，积二百年之久，其卓荦可观者，曾不能十数，则以利禄之途，人怀侥倖，朝驾南辕，暮从北辙，前邪后许，谬种流传，隳风气而坏风俗，遂致世道人心，愈趋愈下，岂唯八比之尩劣而已哉。」

族兄纪三先生郑本大学中庸说序

世臣提抱受方数，先子即教以字义文义，乾隆辛丑读大学、中庸卒业，颇疑曾子述夫子之言，门人记曾子之意，文势何以与孝经、论语迥殊？子思道传孟子，孟子晚而著书，后中庸甚远，而孟子恺切激荡，不似中庸平衍。及丙午读礼记集说，乃知大学、中庸，系小戴四十九篇之二，陈氏于目录下止注「朱子章句」四字，而不录本经，则以学庸配论孟，名曰四书，盖自考亭始也。细绎礼记各篇，大都周末汉初诸儒，抱残守缺，或杂述三代遗制，或散记七十子遗说，是大学殆记者传闻周国学中略例，而演以己意。中庸则一篇赞圣论耳，未见千圣心传，必在此简。先子严毅，世臣质问稍安，即加呵挞，怀疑莫释而已。

及嘉庆初出游，乃见十三经注疏。郑目录云：「名曰大学者，以其记博学可以为政」，而孔氏申之曰：「大学之篇论学成之事，能治其国，章明其德于天下，却本明德所由，先从诚意为始。」中庸郑目录云：「以其记中和之为用。庸，用也，孔子之孙子思作之，以昭明圣祖之德。」而别录则皆属之通论，初不言曾子述孔及子思忧道学之失其传而作。世臣窃自幸少小所疑，与先儒旧说，微有近似矣。洎阅宋史，始知仁宗御书此二篇，以赐新科状头王拱宸，时二程方在占毕，承学之士，竞为诵习，如近世举子指事颂圣之为，而程氏徒从日多，论说有流传者。至南宋孝宗以太祖六世孙承统，与仁宗世远而源殊，故考亭于淳熙末为学庸章句，遂以尊信表章之功，加于河南程氏两夫子，以树赤帜而悉改郑说。于大学则移补兼行，中庸虽无所移补，而割裂旧次，以分章节。玩章句及集注，皆先标纲领，次晰条目，强经就我，一行以南宋时文之法，中庸注体势尤近。盖大学规模宏敞，中庸论议幽赜，编简无多，诵习为易，推暨可广，立说易成。观理宗淳祐视学诏书，则四书刻本，已为当时青宫童习之编。利禄之途，专归章句，以迄于今，几使师儒不复知有郑孔矣。

然而细绎郑义，在大学注「能得」曰：「得谓事之宜。」注「淇澳」节曰：「此心广体胖之诗，民不能忘，以其意诚而德著。」注「听讼」节曰：「大畏其心志，使诚其意不敢讼，本谓诚其意。」孔氏申之曰：「圣人不惟自诚其意，亦服民使诚意。」注「所恶于上」节曰：「絜矩之道，善持其所有以恕于人，治国之要尽于此。」注「乐只」节曰：「治民之道无他，取于己而已。」注「言悖而出」节曰：「君有逆命，则民有逆辞，上贪于利，则下人侵畔。」注「生财大道」节曰：「不务禄不肖，而勉民以农。」在中庸注「喜怒」节曰：「中为大本者，以其含喜怒哀乐，礼之所由生，政教自此出。」注「道之不行」节曰：「过犹不及，使道不行，唯礼能为之中。」注「舜其大知」节曰：「两端过犹不及也，用其中于民，贤与不肖皆能行之。」注「强哉矫」节曰：「国有道不变以趋时，国无道不变以辟害，有道无道一也。」注「费而隐」曰：「言可隐之节，费犹佹也，道不费则仕。」注「无入不自得」曰：「谓所乡不失其道。」注「父母其顺」曰：「谓其教令行，使家室顺。」孔氏申之曰：「父母能以教令行乎家室。」注「治国如示掌」曰：「序爵辨贤，尊尊亲亲，治国之要。」注「为政在人」曰：「在于得贤人。」注「取人以身」曰：「明君乃能得人。」注「利行勉强行」曰：「利谓贪荣名，勉强谓耻不若人」。注「劝亲亲」曰：「同其好恶，不特有所好恶，于同姓虽恩不同，义必同也。尊重禄位，所以劝之，不必授以官守，天官不可私也。」注「至诚尽性」节曰：「尽性者，谓顺理之使不失其所，助天地之化生，谓圣人受命致太平。」注「优优大哉」节曰：「言为政在人，政由礼也。」注「维天之命」节曰：「天之所以为天，文王之所以为文，皆由行之无已，为之不止。易曰：『君子以顺德积小以高大。』」注「仲尼祖述」节曰：「此以春秋之义，明孔子之德。」孔子祖述尧舜之道，而制春秋，而断以文王、武王之法度，是真作圣之梯航，致王之途径，而可为百世法守者。而章句所集，不过命当作慢，不言后土者，省文之类，于其微言大义，概从刊落。其意以为不如是，则无以大尊信表章二经之功，使二程直接孟子，以承曾思之统，而竖千载不传之新说故也。

然宋儒奉「格致诚正」四字为心印，以格致为始，诚正为终。其初诸儒说格致，尚无一定，自章句释以即物穷理，一若亲承先圣提命者。于此而语以郑君知善恶吉凶所终始，格来物事，其知于善深则来善物，知于恶深则来恶物，言事缘人好来也，鲜不笑其不辞。抑知郑君本易系无有远近幽深，遂知来物而立此义。为大学专以教平天下之君子，其本端于诚意，其效著于格物。意之诚否，征之以知，知之致否，验之以物。物之善者无如德义，其来也，有财散民聚、上好仁下好义之得；物之恶者无如货利，其来也，有财聚民散、言悖入货悖出之失。见休休有容之君子，而举之先之，则致保子孙黎民之利；见实不能容之小人，而不能退之远之，则使为国家务聚敛，有灾害并至之殆。自古君人者辟于所习，任其所偏，敢为自欺以与善者争胜，佛人之性，为天下僇，皆由于意之不诚耳。是故郑义宏达儆切，无可非议，无有渗漏，又况一旦豁然贯通，愚诬之论乞唾余于顿门者哉？且自以即物穷理，为圣学之基，澈悟之源，一时缀学之士，惟长源、樵仲、山堂、伯厚、端临诸君子，专事考核，虽精粗不一，臆说纷见，而工力不可厚诬。然诸君子皆不在传道之数。其自命传道之英，则皆未尝于此致力，言行无复相顾，其书具在，可按而知也。至我高宗钦定三礼义疏，命还旧观，全录郑孔之说以表源流。于是方闻好古之士，以古义说二经者，有十数家。大都谓郑本无可移补割裂。而穿凿附会，亦时出其间。凡以此十数君者，少小熟闻二经为孔门传心秘密，而文以郑君通论之说，事理有必不可以合并者，所谓羊质虎皮，见草而悦，宜其无足以昌郑君也。

今读族兄纪三先生郑本大学中庸说各二篇，其大学上篇，立不闿、必达两义推衍「致」字，以仲郑君，而明好恶之不可不诚。下篇明诚意为本，归于以诚取信于民，虽稍易孔氏之次，发明郑君博学可以为政之意则同。其说中庸也，上篇明中和之用，而不驳不易之训。下篇明体生之德，而不驳干事之喻。辨而不争，斯可谓郑孔之功臣，足以津逮来学者矣。世臣老矣，幼涉忧患，壮困奔走，宋学既非性所好，汉学又不能自力，老大伤悲无可言者。族子慎言自袁浦邮其尊甫遗书，属为弁言，故略述鄙意而归之。先生讳汝翼，纪三其字。先生著述之富，校勘之勤，世臣于寿先生九十序已详言之，故不赘及。道光廿有七年冬十月廿七日，族弟世臣撰书于白门倦游阁。

校记

〔一〕间 原作「问」，据吴校稿本改。

艺舟双楫卷第三　论文三

钱东湖诗序

余以戊午客武昌，始至即识东湖先生。怡怡然与为提携，须发古处。先生为诸侯客数十年矣，涉世深而天真不斲，心殊敬异之。乾隆初武进钱文敏公以诗名，先生于文敏为犹子，弱即以诗见畏于文敏。先生之温厚，其泽诗教深也，然先生自珍，未尝以草稿示人。己未春，先生作夷陵游。其五月，余至夷陵，先生病方起。余前涉三巴，十月返武昌，先生前至月余矣。余自七、八岁即好诗，攻之且十年，然雅不欲与不知者道，有同居岁计者，不知余事韵语也。楚北兵兴，途次多垒，断壁颓垣，损心怵目，往复三数千里，吟咏颇充，抒情而已。见先生乃出以相质，先生谓沉密多厚意。即自出旧稿三册，为言少作多散轶，及游粤乃自检辑，近者偶有涉笔，才力亦非盛年。又言诗人有佳构二、三十首，足以自雄，工拙吾自知之。先生之诗，柔质如其为人，其入古深邃，非笃学锐思者莫与知。

余乡思忽兴，即当别，恨不获久侍先生。然半月间，自觉于诗道少益，则先生之诗之移人速也。盖楚游二载，知交惟先生为终始，今行矣，前期未可定，书此作别，非能序先生诗也。

胡眉峰诗序 眉峰原名梅晚，更名量，长洲人

眉峰年十九，题诗于虎邱石壁，为朱笥河先生所见，遂招携入都。笥河为风雅宗，天下名流出门下，然常曰：「妙才黄仲则，奇才胡眉峰。」故都下言诗必推黄胡。眉峰博学无所不通，尤精于史氏，而喜言兵。明史馆方开，求熟明事者，大学士王文端公、刘文清公合词延眉峰，而眉峰斥王氏明史稿为秽书，非事实，驳正数十百事，二公不能从，遂佩櫜鞬跃马，从吉林将军出关。洎入都，而廷议裁革巡台御史，眉峰走告二公曰：「果尔，则台民必叛。」卒有林爽文之变。眉峰既困踬，笥河言于陕西巡抚毕宫保使同出都，而眉峰一见即劝其速回陕阅兵，练标下以备回民。宫保以为妄，谢罢之。旋陕不数月，而回民叛，宫保大惊，专弁入都招眉峰。其客曰：「眉峰语常丧气，闻者辄不祥。」遂止。眉峰乃从孙文靖至云南，安南之役，文靖不用其谋，眉峰怒，绝去，仍入都。而湖南议改折收苗布，眉峰曰：「吾素知湖南官吏，遇苗民无状，徒以怀朝廷恩德耳，若必改布税，则苗民立叛。」当事闻者目笑之。未几，苗果叛，兵皆集苗疆，川楚教匪乘虚起，兵事连者且十年。

眉峰既不用于世，益使酒作为歌诗，然疏懒不录副，所至辄散失。嘉庆辛酉，始相识于扬州市上，眉峰头白且童秃，行装惟酒具一，幞被一，而酒酣耳热，纵谈南北边形胜厄塞，述古人成败之迹如指掌。又诵其诗数十百篇，皆奇气纷涌不可控制。嗣以爱子夭折而病剧，夫人又相继逝，遂欲

削发入山。既不果，出游无所之，顿踬吴中，至木渎居义学训村童。道光纪年，吴人以眉峰老且病甚，口授壮岁之诗，百不及一，因为收集十数年来宴集酬酢之章，共得若干首付之梓。八月刻成，而予适过眉峰，眉峰卧破毯不能起，执手且泣且语曰：「慎伯知我，为我序之。我住世七十二年，无一是处，读书万卷岂误我？我自误诗书耳。慎伯明述之，使后世知所戒也。」

时仲则殁已卅余年，友人裒其诗数千首以行世，至家有其书。眉峰虽块然尚存，而著述零落殆尽。天之困诗人也，常不遗余力。故少陵之家属，饿于同谷者七人，其身才得一醉，遂以死；青莲卧病江上，其子为土偶所祟，至不血食。仲则之子小仲今年春亦病殁，无嗣人。天之所以困眉峰者，既已备至，而复使其诗散佚无存，兹之所刻，非直不足以见眉峰之人已也。狐埋之而狐搰之，是以无成功。天生眉峰而厄之如不克至是极也夫！天乎！人乎！后世其何从读眉峰之诗乎？道光二年九月，包世臣书于都下。

书述学六卷后

右江都拔贡生汪中容甫文六卷。余以嘉庆辛酉至扬州访容甫，而殁已八年，得仪征阮尚书所刻述学，其题词曰：「心贯九流，口敝万卷。」又有广陵通典，至精覈。继识其甥毕贵生及其子喜孙，因得容甫自刻小字二卷，与阮本无异。又于兰亭册前见其画像。就求遗书，则皆容甫自以属其友宝应刘台拱，惟校读之左氏传、说文解字二书藏于家，然其所丹铅者，皆理显迹，非精义所存。乙丑予再至扬州，与贵生同榻，而容甫入予梦，自言其文之得失甚具，如是者三夕，与贵生共咤其异。而喜孙叩门入，再拜曰：「刘先生病甚，召喜孙付先子文稿，行促不及相告，归舟阻风三日乃得达，先子草稿纷纠，非吾子莫能为订定者。」贵生曰：「舅氏已三日自来属慎伯矣，慎伯其无可辞。」

时盛暑，予竟十日夜为遍核稿本，乃知述学者，容甫弱冠后节录以备遗忘之类书，自于册首题曰述学一百卷，已成者才数卷。至乾隆五十五年，容甫自捡说经辨妄之文，并杂著传记若干篇，以世人皆闻述学，冒其名刊行于世。广陵通典，已成者八卷，其目录自夫差开邗沟至史可法守城，共十卷。广陵对乃其要删，而杨行密以后尚阙。原题曰扬州通纪，改曰广陵通典，又乙之，卒未定其名。容甫少孤贫，无师而自力，成此盛业，不可谓非豪杰之士也。年三十而体势成，多可观采。四十五以后，才思亦略尽矣。既自刻二卷，而心知未惬。然刘君受付嘱者十余年，才校刊三分之一，又时以世俗语点窜之。容甫文长于讽喻，而甚深稳，偶有一二语直质者，则加以芟薙。及喜孙载稿本归，而精诚遂感予梦，以是知文人魂魄常附稿本，可哀也已。杂稿四册，各厚寸许，文皆有重稿，或有至三、四稿者。惟灵表二篇，每篇三、四稿，词各异而皆未成。予为集各稿之精语，不改一字，而成文仍如容甫之笔。别删说辰参、说夫子、京口浮桥议、月令明堂图诸篇，而更刘君所点窜者，题曰汪容甫文集，厘定为正集三卷，其酬酢之文一卷为别集，以授喜孙。

世人皆称容甫过目成诵，而使酒不守绳尺。贵生母，容甫亲妹也，尝语予曰：「先兄每日出谋口食，夜则炳烛读三礼四十行，四十遍乃熟。性不饮，终其身酒未沾唇。生平与人书，虽数言，皆具稿，犹涂改再三，稿中遇应抬头字，皆端写。」余验其稿本良然。容甫三十二始出游，至大兴朱学士安徽学使署，名益起。然学士豪举，幕中多盛气少年。观容甫与朱武曹书，志在远大，使不出学士之门，所就当有进于此。世人又言容甫前妻孙氏死于非命，然孙氏被出后，予至扬州时犹存，盖人言之谬戾如此。

容甫生平所著述，已成未成，予皆得见，能言其学之所至。涉猎经史，不为专家，抑以窭贫无藏书。比壮常远游，及晚岁稍裕可家食，而精力衰耗，故不能竟其业。至其为文，柔厚艳逸，词洁净而气不局促，则江介前辈，罕与比方。贵生有其艳而无其厚，又已早夭；近时扬州有刘文淇孟瞻，攻经籍过容甫，文笔亦几近，而工力伤薄；杨亮季子，充其朴茂，可出容甫上，而耳目浅狭，以艰涩尤伤边幅。二子皆年少好学，常从予游，是当踵容甫而起者矣。喜孙宦游入都，中间相失十数年。道光壬午九月，喜孙乃以此刻来贻，悉改乱非予所定，亦有数篇为喜孙续访得而予未见者。容甫之灵，能自致于予，而不能终呵护之，使不变动以自存其真也，悲夫！

读大云山房文集

右初集、二集共八册，故友阳湖恽敬子居之所作也。子居文精察廉悍，如其为人。其纪畸人逸士，以微知著，常数语尽生平，持论有本末，言气化，言仙释，皆率臆而谈，洞达真契，推勘物情，不事谿刻，而终莫能遁。近世言文，未有能先子居者也。然叙述朊仕富子，则支离拖沓；有所争议，必抑揄显要；即诮讪守土长吏，率多府罪于下，是其不能无蔽也。子居性不欲有所后于人，而义昧盖阙，故于古先贤哲所不言、与言而不敢尽者，则莫不言之。又不耐受讥弹，流辈固无以加。子居震奮气矜，罕能以所欲言进，及进而得尽者。子居之文，必传于后世，然其必以是数者致累，亦无疑也。

然古文自南宋以来，皆为以时文之法，繁芜无骨势。茅坤、归有光之徒，程其格式，而方苞系之，自谓真古矣，乃与时文弥近。子居当归方邪许之时，矫然有以自植，固豪杰之士哉。其两集目录，述古人渊源所自当已，然与人论文书十数首，仍归方之肤说，将毋所与接者庸凡不足发其深言耶？抑能行者固未必能言也？予将访哲弟敷子宽于海宁，子宽心成之士，能言其兄文所至者也，故书以询之。

旧业堂文抄序

天下之所为贵士，与士之所以自贵者，亦曰志于利济斯人而已。然学不足以辅志，则夸大少实；识不足以将学，则迂疏寡效；气不足以持识，则瞻顾无成。然或负气太盛，又常致激切偾事，如山涧暴雨之集，横溃四出，一往而涸。

明佥都御史凌海楼先生，由知县擢御史，廷诤天下大计，拜杖归田。及起用原官，风操弥厉，朝政几肃，甫膺显擢，旋被中伤。迹其气矜之隆，意必句决目眦，字流血泪，而章疏词指，巽婉和易，一若有所必不得已而后有言者，可谓好直而不蔽者矣。至被诬废弃之后，其能放情山水，逃心禅悦者，已为超绝流俗。而先生居于泽国，深求疾苦，委曲达当路，卒使水有所归，出乡里于沟壑。是其用之不终于国者，必求有成于乡。守气平，用识审，夫岂矜名买价之徒所能望其项背耶？

先生诗文甚伙，稿藏家祠。裔孙曙求之数十年，乃得录副，苦资窭，择其实关世用者得若干卷抄付梓氏。使后世尚志之士，受而读之，如坐和风祥日中，而知惊飙怒霆之不克有济，而赋性宽柔者，亦有以自勉，不至坐弃于委靡焉，天下事庶几有起而力任之者乎！

赠方彦闻序

吾闻子瞻氏之论文已。其论六一居士曰：「著礼乐仁义之实，以合于大道。其言简而明，信而通，引物连类，折之于至理，以服人心，使天下知以通经学古为高，救时行道为贤，犯颜纳谏为忠。」其论范文正公曰：「公少时已有忧天下致太平之意，故为万言书。乃其出入将相，迹平生所为，无出此书者。其于仁义礼乐忠信孝弟，盖如饥渴之于饮食，欲须臾忘而不可得，虽弄翰戏语，率然而作，必归于此。」其论乐全先生曰：「公以迈往之气，行正大之言，一皆本于礼义，合于人情，是非有考于前，成败有验于后。」

吾又闻子瞻氏之论学已。其告张琥曰：「富人之稼，其田美而多，其食足而有余；田美而多，可以更休，而地力得完；食足而有余，则种之常不后时，而敛之常及其熟。故其稼少秕而多实，久藏而不腐。是以善学者，博观而约取，厚积而薄发。」其告吴彦律曰：「南人日与水居，七岁而涉，十岁而浮，十五而没，夫没者岂苟然哉？是必将有得于水之道者。日与水居，则十五而得其道。使北方之勇者，问于没人，而求其所以没，以其言试之河，则未尝不溺。故不学而务求道，皆北方之学没者也。」

是故舍礼义忠孝，是非成败，则无所言文矣；舍文则无所言学矣；舍学则无所言道矣。然而世远道丧，以剽字为学，剿声为文。其上者乃能钩稽名物，刻镂风云，正己则失要，治人则无功，师友谬说，聪明锢蔽。是故自任斯文之重者，有根于性，有成于习，举世竞为俗学以求售。其售者，上得以行其欺罔，下得以肆其朘削，则共以为能。而有人焉，遗远世俗，自尊所闻，言依于礼义，心泯乎得失，虽撄怒召谤，以至于顿踬濒危而不悔。穷则守之以终，而教诲其子弟；达则操此以往，而惠保其黎庶。其为文也，则能究人情之极，况于直道，以上继夫作者，此根于性者也。有人焉倡之于前，而健者闻而慕之，独处则以古为师，群居则择善而执，慎守其术，积通所明，不挠于势利，不惑于浮议；其既也以己度人，而其理同，以身体物，而其心安。故其文亦能黜华言、济实用，不悖于作者之旨，而其达也，可以不负所学，此成于习者也。

毗陵方君彦闻，有志于用世之道，为吾友晋卿所推。年三十名誉噪都下，求举辄不当于有司。近世之用人也滥，士获两举，辄以试于政。子瞻氏曰：「学医者人费，政之费人也甚于医。与其不幸而费人也，毋宁费时。」彦闻笃学而工文，故称所闻以告之，并以质之晋卿焉。

赠余铁香序

嘉庆辛未夏在都下，吾友阳湖恽君子居为言新建有余君鼎者，字铁香，年少负奇才，为诗文下笔辄数十言，娓娓可观采，又能持铁槊重十二斤，上马击刺，簌簌风旋不可止，其意气激昂，差似吾子。子居故罕所许可，其言可信重。及丁丑秋，乃识铁香，常剧谈终夜，因以证子居之不妄叹也。然生才易而成才难，才不用而使人咨嗟叹息易，见用而能必成、成而能与人相安、安而可久为尤难。夫才人负气锐往，遍读古今书史，抵掌论天下事，若无可为者，一试于政，常苦纷更而易败，及数经挫折，又遂销铄锋芒，浮沉流俗。是故士无锐气者，平居事襞绩剽窃，以求悦于有司，幸弋获而与人民社，蝇蚋昏瞀，播恶酿乱，不可爬梳。其有锐气者，又以未阅历而少成，及其阅历稍久，乃卒归于庸容，是天下事卒无有能理之者也。

君子则不然，守气以恒，而养气以善悔。易曰君子以言有物而行有恒，又曰无咎者善补过也，震无咎者存乎悔。有物有恒，未能遂言无过也，见过而震悔以补之，所以能远于不恒之羞。则东坡其人也。东坡少年锐意天下事，及其晚年立论，与少壮如出两人，然其心平济世利物，百折而不回者，终始如一。而晚乃弥挚。观其前后论议之殊，盖悔者屡矣。然其用悔也，在斟酌事理之当否，而一身之崎岖颠踬，不以介于其间，此东坡所为深契周孔无咎之旨，善用其悔，而可为百世才人师法者也。

予龆龀时，侍先君子受孟子，问曰：「今天下内外官吏皆以读书取科第，皆读孟子，何不遵行其道，而使贫富相耀，宗族涣散耶？儿异日若得一命以上，持此以出，其可乎？」先君子曰：「儿骨相非贫贱者，然推此意兴，其必不容于流俗已。然儿慎保初心，毋为习俗所染，况事变不常，非一人聪明材力所能备知，儿其慎之。」遂赐字曰慎伯，谨拜受而心识之。稍长，读东坡文，益锐意欲任事，而好言兵。继知善兵者必明农习法，随地咨访，察土谷之宜，明山水之脉，乃集论自汉以来刑法诸书，以迨现行条例，推世轻世重之故，以即于人情，又恐今古异宜，求官书读之，以窥本朝制作之盛。粗有所得，既蹭蹬无所设施，又食贫不能治生，乃蓬转依人，随时建议。或获听信而施行，时有窒碍，则潜更暗转以救不逮，盖亦屡有悔矣。然自念大闲未逾，虽丛谤集身，几至危殆，卒未有荡去绳检，辱身辱先者，是以屡困而守之不变，不为士君子所弃。

子居长于予十五年，其为人果健，为文劲直，为官刚介，皆与世俗相违背，更折磨者数四而不改其初，庶几成才者矣。铁香稚于予亦十五年，相其意气，于子居为具体，非予所能为役，然未经挫折，一往奔放，其归不可不慎也。予之得交于子居也，以善悔而不误用，故自述生平以质铁香。铁香以子居故，不以予为妄诞，其卒能有成而不负生才也，则予所当与铁香共勉，以期无愧为子居之友，斯可矣。嘉庆廿二年九月廿八日。

汤宾鹭先生文集叙

予以嘉庆壬戌至常州，先生前卒已四年。而常州人士称文献者，必首举先生，以为乐善疾恶，坊表人伦，多识前言往行，其为文常依于阐幽显微，至再至三而不厌，殆荀子所谓君子必好辨者也。予既慕先生之为人，不及见，因求其书，积数十年不可得。及道光己丑，先生之女夫张君翰风宰馆陶，为先生校刻遗集，予取道过从，因得受而读之。其诗导源香山而不袭其貌，反覆委缛，必尽其意，长律、七古为尤工；其文则长于记事，论说以达意为主，而横直自成体势，望而知为有德者之言，足以取信来兹。

自唐迄今千余年，以文名者十数家，以诗名者数十家，并以驰骋变化，成一家之机枢，为后世法守。而学者耽精疲神于此十数家、数十家者，规抚形模于长短疾徐之间，盖亦有庶乎维肖者已，而常不足当有识之观采。夫岂古人不可学，抑争章句之末者，固未能与于言志载道之大原也耶？故其杰焉者，沉研古籍，必比类以吾身所亲历。按切于吾心，既了然无所格阂，乃属辞而注之手，自述所见。其条畅指趣，绝去依傍之迹，而又不至于横流奔放。则其所诣，虽未足与彼十数家、数十家者比，而能使读者闻其声如见其人，则亦足以自植而不朽。故自唐以来，有书传而不甚著者，又不啻数十百家，先生则其流亚也。

先生无子，以从侄为嗣。说者谓先生忠厚严正，既博学雄文，不得于有司，无所设施于世，而天又靳其嗣息耶？然往昔达人，如汉之扬子云，唐之李太白、孟东野，宋之程伯淳，近世之顾亭林，是并文切物理，道周世用，彼苍苍之不可知者，何独至先生而疑之？予少游大兴朱文正公之门，大兴实先生尊甫门下士，渊源可溯。予近又与翰风为至戚，托亲串之末属，故不辞不文，而书其梗概以告观者。

方岩夫[珍]诗序

予以嘉庆庚申冬，访翰风于歙，翰风握手即为言有方君岩夫可与言诗。而岩夫已闻予至，炳烛相过从，剧谈彻宵。次日以五言四章为赠，其情动于中，以成尚德之文，沉郁而不激诡，清迴而不促数，庶几作者之风。因与极言诗法源流所自、嬗变之故，上自陈思，下讫次山，其于言之顺序，唯以能断为深，而骤转平流之中，壮密足以履险者，有相应之乐，无壹声之失。盖予展侧楚、齐、吴、越间三十年，所与极口论诗者，翰风而外，唯岩夫而已。

是后则辛酉秋聚白门十许日，庚午秋于韩江一再见，而岩夫遂化去。道光壬辰春，遇子佩于都下，岩夫犹子也。集录岩夫之诗，欲梓行问世，而乞予为序。夫以岩夫之诗之工，而真知者唯翰风与予，则求知己于身后，又岂易也哉！然天下后世如有能以予言诗为然者，则岩夫其不死矣。

韦君绣诗序

谢君默卿嗜诗，游宦于吴，与吴中诗人习，而拳拳日称道自以为弗如者，则韦君君绣。及识君绣，读其诗，默卿固非妄叹也。

夫诗之为教，上以称成功盛德，致形容，为后世法守；次乃明迹怀旧，陈盛衰所由，以致讽喻；下亦歌咏疾苦，有以验风尚醇醨，而轻重其政刑。緊古流传之什，风裁不一，其要必归于此。自当路君子，以总持风雅为己任，退斥苞苴，进诗辞比羔雁，其中程式者，大都入耳而不烦。及其逖陈间作，则又能第别肥瘠肤本，以为酬报仪秩之高下。于是文人才士，莫不瘁心力、揣声病、以必得当大雅。虽与古作者殊科，而其撷藻连采，称道排比，所以夺人目、移人志者，亦一时得失之林也。

予自龆龀学诗，成童以还，篇帙颇淹。弱冠出游，巨公结纳若不及。然当公宴游览赠答之际，苟心中无所欲言，辄至不能成章句，始知所学非所用，自分薄植，卒无以与当代名流相角逐者。遂辍其业，而所遇以益穷。一昨小住默卿官廨，又识蒋君淡怀，读其诗，镌刻而不露，举体浑脱，典籍奔走受驱驰，以视君绣，清迥相轧，而精能过之，言诗于吴中，莫或先二君矣。然二君故才力赡逸，及责以羔雁之能，则亦有近似鄙人者。坡老不云乎「二生有致穷之具，而与不肖为亲，又欲索书往寻黄鲁直，其穷未可量也。」今二君致穷之具，既不后王庠、程遵诲，邂逅厚予如恩旧，虽斯世无黄鲁直，而君绣且索予序其诗，欲以寻天下后世不可知之人，虽坡老亦当为之咋舌矣。故录稿寄默卿，幸为予拉杂摧烧，扬灰于衢，以当广柳之送，且告淡怀，无为其后来者。

赵平湖政书五篇叙

余少服孟子尚志之说，慨然深究天下之利病。人率非笑之，则应之曰：「士者，事也，士无专事，凡民事皆士事也。记有之，学也者所以学为师；能为师，然后能为长。为长之事，不当于为士学之乎？」其后读韩子，至县令子孙累世絜驾，故人重之，则又喟然曰：「韩子亦士之杰焉者也，顾自卑其志如是。不事士事，而语民是浚，是故今之长民者，见利莫为兴，见害莫为除，非必识所不及，而力有不逮也。」当其始为士也，盖亦有志孟子之志者矣，一旦为长，则又重韩子之所重。非唯不掩其言也，复自变其说曰：「兴利除害之政，唯可行于古耳。」或且谓兴利除害之在古可稽者，未必果见诸实事。于此而告以尚志之言，若必不能以为非，则曰：「是匡居常谈，临事辄不可用。」谓为虽善而无征也。

江阴赵君球琳圃，宦游浙中数十年，屡膺大邑，而持论顾与鄙人相出入，于条理加精审焉。凡民生所疾苦，诸公群以为无可措手，而泄泄置之；且因以为利者，则皆察几审势，援例比案，而详为区画之。其举也甚易，其推也无害，民难既纾，官困亦解，作为五篇之书，以诏方来，是可为善而有征者矣。世有尚志之君子，读其书，得引以自坚，而志卑者亦无以饰其说，以助波靡之风，民亦劳止，迄可小休，吾于赵君之书兆之矣。道光壬辰季冬月朔，安吴包世臣撰。

读白华草堂诗集叙

余性癖于诗，无所师承，而冥心探悟者十年，似有得，然未敢自信也。嘉庆庚申秋，识阳湖张琦翰风于白门，张君曰：「吾子高才绝学，而温柔敦厚如是，是必深于诗。」因相与为深言，出旧草二千首属张君，张君为删定存什一二，曰：「后人读之，而深求其义，足以达政专对已，何必多？」余自此遂辍韵语。道光乙未春，因乌程凌堃厚堂识镇平黄君香铁于都下。黄君诗名满宇内，示以刻行之九卷而属为序。黄君诗刻行已十余年，载笔通儒，欲得序其集者甚伙，顾以命余，愧不克当也。读其诗，少作已成体势，节奏转换，缓而不弛，和而不滑，庶几有德之言。壮岁渐变而遒上，缓仍旧，而和若少逊者。然新意时出，真吾迥然见矣。煮酒剧谈，常至中夜，笙磬之同，自晤张君后阅春秋三十有六年，未有若吾黄君者也。

夫推极诗道所致，其单微幽渺，可以夺造物之权，变人心之度，使寒燠不能操其舒惨，哀乐不能主其欣戚，斯固作者偶得之而不自知，读者心领而无以言状者也。至于念衣敝则知爱，状车声则知敬，刺嬖幸则盛陈笄绂，哀疏远则备揄盼倩，是则体之不可不明者也。或无端矗起，万类惊心；或文外旁情，一缕弥布；或群流迸赴，而束以一峡；或一源下注，而散为众派；或崖勒奔马；或梁绕泛声；是又势之不可不明者也。为境万殊，用法一贯，喻志者感其微言，行远者修其尽饰，穷原竟委，吾无以测黄君艺之所至矣。余往来吴越间久，所见工诗者，有无锡赵函艮甫、长洲蒋志凝淡怀，然皆未尝与论其得失之故，殆于失人，于今悔之。异日黄君或遇二君，出此相示，当有雅契，且耤以补吾过也。

述古孝子诗序

人之心不可使放。放必由于无所事。心无所事，而不能无所之，则放矣。故古者教人，于平居，则春秋礼乐，冬夏诗书，行以采齐，趋以肆夏，使此心无时无地不有所事以守之而不放也。至于居丧，则主哀而不尚容；自成服以至免丧，历三载之久。而身以废业，无所事事，若非有束其心者在，不能保其不外驰而忘哀也。是故始丧读丧礼，既葬读祭礼，凡以自管其情。目之所触，声之所发，无非归厚之教，设此闲以防其心者也。

分宜赵南庵先生之执母丧也，居庐之日，检古孝子事迹，摘叙其略，各缀以五言二韵，积二百首。盖三载之中，无日不与古孝子相晤对，创巨痛深，情难自已，与古人丧次读礼事异，而束心于哀则无殊也。先生五世孙芝岩茂才，年少工为文，不忘祖德，以是编见示，乞序而梓以传之。后之得是刻者，罔极之思有不觉其油然生已。诗曰：「孝子不匮，永锡尔类」，类至五世而手泽益彰，其斯为君子之永锡也乎。

江季持七峰诗稿序

夫诗难言矣，尼山以学诗为教，而可与言者仅乃二人。降及李唐，传人万数，而其至者，伯玉、子寿、太白、子美、次山而已。何其靳耶？盖诗教主于温柔敦厚，然其旨趣，寓于意者半，而发于词、存于气者亦半，是则无迹象可求，非言语所能喻也。夫以诗之关键见于迹象，其激射、隐显之可说以言语者，常仓卒不能得解人，况微妙于此者耶？是以余驰驱楚、蜀、幽、燕、吴、越之郊四十余年，诗人莫不识，而可与为深言者，唯阳湖张翰风，其次则歙方岩夫、荆溪周保绪、高凉黄修存，东乡吴兰雪、蕲陈秋舫、无锡赵艮甫、桐城汪奂之、吴蒋淡怀、镇平黄香铁。而岩夫、奂之，皆吾皖产。岩夫之气厚，奂之之词柔，俱有得于诗教矣。而岩夫资力为深。自岩夫、奂之相继物化，有后起者，吾未之见也。

道光庚子，余待辨豫章，多暇日。倪莲舫太守持皖江三家诗板本见示，并言汪平子、余伯扶非江季持匹，拟别刻专行之，而请为序。余受而读之，太守之论盖信。季持余曾一再见于白门，不知其能诗也。今读其诗，庶几有窥于柔厚之旨，不及岩夫而轶奂之，是足以为吾皖三家矣。篇什虽不充，素丝十句，品证上中，陕郊一篇，心倾杜老，亦奚必求益择肥如买菜市瓜之为也耶？余尝诩不失人，以季持观之，则失人正多矣。工诗者未必可言，可言者或又失之交臂，则信夫诗之难言矣。

王海楼[illegible]诗序

诗之为教深矣，其深者必于温柔敦厚而不愚。诗之用有美有刺。温柔敦厚，意其主于美乎？然古今传诗之用于美者什一二，而应制教、希恩泽、充羔雁，不足与于诗教者，已居大半。其他风云月露体物即事之章，苟有善者，亦必出于比物连类，以致寄托。圣门之说诗曰：「言之者无罪，闻之者足以戒。」然则诗教殆寓于刺耶？盖诗义六，而用在于风与兴。一气相感谓之风，微言喻志谓之兴。而所以妙风与兴之用者则曰离合，曰隐显。显则与人以可见，隐则与人以可思，可思故无罪，可见故足戒。离合者又所以妙隐显之用者也。隐显离合之用彰，故其词温柔；温柔故无罪，其旨敦厚，敦厚故足戒。己无罪而人足戒，且何愚之有？以此为教，不其深乎？汉氏去古未远，流风犹存。魏晋以还，藻缋迭兴，而先觉不乏。比及有唐，射洪、曲江、青莲、杜陵、道州，是其选也。宋之眉山，亦庶几焉。不由此不足以为诗，不解此不可与言诗，则非惟其教深也，而言之实难。

同年生王君海楼，蜀产也，于射洪、青莲、眉山为后进。自幼好诗，数十年不倦。前以资作宰浙江，屡膺大邑。被议，左迁来豫章。复入都，再镌级，仍以资复官。道光壬寅，自都返豫章，裒其被议后诗若干卷示余。余受而读之，盖骎骎有离合隐显之意。诗固难言矣，遇可与言者，又不得不言。故与为深言，即以为弁。

淡菊轩诗初稿序

近世论诗，类以侔色揣声为工。若其出于闺阁，则群诧以为奇。抑思国风所列，半出妇女，尼山删诗，以维世道，夫岂以闺阁故，恕而存之耶？夫温柔敦厚，诗教也；微言相感以谕其志，诗法也；循法以知教，其工初不侈于声色。汉魏既远，南朝专取词藻，有唐力穷声调，故侔色揣声之业以日盛。下至以诗为羔雁，而声色之外，殆于无诗矣。然而长言咏歌，极之手舞足蹈而不自知，依永和声，而言志之旨益明，则侔色揣声，固亦诗道之驯而必致。志士多感，女子善怀，苟有能者，必归于此。

阳湖张宛邻先生诗，浸淫汉氏而与余独有笙磬之同者，此也。先生长女适昭文吴彦怀比部者，为孟缇恭人，著有淡菊轩诗，斯能绍家学而昌诗教已。忆余以嘉庆庚申，徒步数百里过访先生，恭人才龀齿，其女弟纬青、婉紃、若绮多在孩抱。阅七、八年，则姊娣诗词稿皆成帙，纬青幽隽，婉紃排奡，若绮和雅，各得先生之一体。恭人则缠绵悱恻，不失于愚；属词比事，必达其志；节族高泽，多所自得；被文采而能高翔矣。比部词坛之雄，倡随自为知己，尤艺林所希有。道光辛丑，恭人年五十矣，其弟仲远，吾甥也，梓行其集而属序于余。前序出刘君廉方，其言既至允，而恭人之学成于艰苦穷困者，若绮后序又备述之。余故揭恭人之诗法，以告观者。若徒见其词藻之温丽，声调之悠扬，而惊叹为闺阁之杰，是仍昧于诗教，未足与论恭人诗也。

为朱震伯序月底修箫谱

意内而言外，词之为教也。然意内不可强致，言外非学不成，是词学得失可形论说者，言外而已。言成则有声，声成则有色，声色成而味出焉，三者具，则足以尽言外之才矣。夫感人之速莫如声，故词别名倚声。倚声得者又有三：曰清曰脆曰涩，不脆则声不成，脆矣而不清则腻，脆矣清矣而不涩则浮。屯田、梦窗以不清伤气，淮海、玉田以不涩伤格，清真、白石则殆于兼之矣。六家于言外之旨得矣。以云意内，唯玉田、白石耳，淮海时时近之。清真、屯田、梦窗，失之弥远。而俱不害为可传者，则以其声之么妙铿磬，恻恻动人，无色而艳，无味而甘故也。

扬州专力词学，自冬巢汪君。冬巢受法于吴祭酒，祭酒于词傅色，其气浊，其格靡，以腻浮为能事。冬巢力能摆脱本师，求诸两宋以自立。继起则西御王君，尤能博综诸家，而心知其故。震伯续自得于声，脆如冬巢，清如西御，涩则隐隐在齿牙间，为二家之所不及。养之以学术，炼之以境遇，则意内之妙，吾将于震伯旦夕遇之矣。

金筤伯竹所词序

诗词赋三者，同源而异流。故先民之说诗也，曰「微言相感以谕其志」；其说词则曰「意内而言外」；而说赋既曰「古诗之流」，又曰「诗人之赋丽以则，词人之赋丽以淫」，是诗与词若有分畺画界者。岂非以其触景物而情有所寄，托于美人珍宝以为讽谕，虽本兴之一义而流弊有驯致乎？诗自汉氏分五、七、杂言，迄唐氏季世，温柔敦厚之教荡然。已而倚声乃出，其体异楚俗，袭词名者盖意内言外之遗声也。然其时流传之章，委约微婉，得骚人之意为多，与其诗大殊。盖其引声也细，其取义也切，细故么而善感，切故近而善入。五季两宋之能者，并臻兹妙。自兹已降，靡者沿流扬波而不知其本，俳谐謔浪，以为能事，蔽锢且四、五百年。及近人钱黄山始凿其窍，而皋文、翰风二张先生继之，高才辈出，复两宋旧观。

筤伯之尊甫尝从皋文先生游，筤伯又亲问益于翰风，其工词也宜矣。并世工词者莫如董晋卿。董君，二张传业之爱甥也。余尝语之曰：「吾子赋亚文通、子山，词兼清真、白石，然吾子词材伐之两宋，是犹未免时世妆也。导源滥觞，以楚骚尊其体，不亦可乎？」董君然其说，卒未能迁业。余苦笔重，体气不相入，以筤伯词之工远来问序，其不谬余言也明矣。筤伯果不谬余言也，则伐材于湘沅以大倚声之门户。是二张所未先觉者，拔戟自成一队，吾不望之筤伯，而谁望乎？

雩都宋月台（维驹）古文抄序

唐以前无古文之名。北宋科举业盛，名曰时文。而文之不以应科举者，乃自目为古文。时文之法坦而隘，古文之法峻而宽。宽则随其意之所之，或致大偭于法，于是言古文者必以法为主。然其时之能者，无论伯长、太伯始事之伦，即欧、王、苏、曾绝足相继，力矫时文之弊，而卒不能尽。

洎乎有明，利禄途归八比，时文之法，较严于宋，而士人习之又最精。其间有志复古，如震川、鹿门者，所为古文犹不及其时文之善。若其专力屏绝时文，一语不以入古文者，则不文而已，何其难耶？盖文之盛者其言有物，文之成者其言有序；无序而勉为有序之言，其既也可以至有序；无物而貌为有物之言，则其弊有不可胜说者。夫有物之言，必其物备于言之先，然言之无序，则物不可见，物即可见而言不可以行远。故治古文者，唯求其言之有序而已。读书多，涉事久，精心求人情世故得失之原，反之一心而皆当，推之人人之心而无不适焉，于是乎言之，而出之以有序，此间世之英，古所谓立言之选也。其能深求古人文法而以吾身入其中，必使其言为吾所可言、所当言，又度受吾言者所可受、所当受，而后言之，而言之又循乎程度，是则可以为有序矣。是故有物之言，时文有时可与古文同；有序之言，则古文有必不能不与时文异者，此之不可不察也。

月台宋君，承祖若父之家学，致力古文者数十年，波澜不尚壮色，论议不求耸听，唯斤斤以无序为戒，是固知所先务，足以加入一等矣。近世古文，推桐城姚氏，其造诣，实能别时古之界，所言信为有序。门下士如陈石士侍郎、梅葛君户部、管异之孝廉、吴仲伦明经，皆亲承指授而有得，然唯吴君为能真传姚氏之法也。宋君尝问业于姚氏，治之不已，何遽不与吴君并称高足乎？予不敏，文于古人无似，而谬为群流所推许，宋君既不耻下问，于是乎书。

乐山堂文抄序

人莫不有所欲言，言之有章则为文，故曰人声之精者为言，文词之于言又其精。文之所以精者，曰义曰法，故义胜则言有物，法立则言有序。然以有物之言，而言之无序，则不辞。故有物者不可袭而取，有序者可以学而致，是以善文者，必尽心于法以为言，而不敢纵其所欲也。自汉迄隋，集传百三，只句碎字，珍若球珙。有唐以来，遗文渐伙，而千三百年所盛称者八家。是外，虽名氏在人口耳，尚不翅数十家，而已若存若亡。其巍科朊仕，因乘资力，结集累卷帙、盛剞劂者以万数，世无得而称焉，彼万数者岂不心勤没世乎？乃旋踵化为粪壤。夫八家者，又岂敢必后来之竟莫比并哉？至所谓数十家者，文固不后于恒人，加以德业在当时，藉得留其文于若存若亡之列。噫，何其难耶！然而是八家者，则既千载如生已。士苟有志斯文，莫不尊之如父师，亲之若椒兰。而并时侪辈，幸得厕名焉，亦复托以不朽。始叹文字之力，吹枯嘘生，功同造物矣。

然吾闻欧阳子为文，脱稿即糊墙壁间，出入涂乙，至不存原文一字。夫欧阳之初稿其超越寻常，岂顾问哉？而必涂乙至不存一字乃自惬。则知韩、柳、王、苏、曾之造诣，亦必尔也。昌黎之颂李杜曰：「流落人间者，泰山一毫芒。」则知古人皆作之多而存之寡也。李杜集有两三稿并存者，则知古人虽再三改窜而犹有未定也。乐山堂文抄，曾君受恬之近作，置邮相质并乞序。曾君以楚南之望，仕优而学，不耻下问。其于文也，遇题便作，作之良亦多矣。多作则可以待删，载删而慎存，又益以善改，若欧阳子之自程者。工力深，风裁峻，澄汰渣滓，菁华秀发，今人何遽不如古人哉？古人夐绝如八家，是固天亶，非人力所几，然浸淫乎不懈以及之，其必不与前此之万数者同归泯没可知也。故书之以谇曾君。

齐物论斋文集序

说者谓天地之气日薄，故古今常不相及。然而在物者，鄱阳之磁，端州之砚，近产则高出前代。其在人，黄、魏、施、范之奕，自昔无与比。乾隆中增试唐律，而近日工试帖者，顾优于唐。邵、戴、二钱、王、段之于小学，推原古训，博辨不支蔓，为宋氏以来所无。赋则自南朝不竞，逸响莫缀。予心仪前哲，私诩绝业。及见晋卿作，深幸德之有邻，益叹其秀出不可到。继又读其古文，说经有家法，情深文明，取势琢词，密而不褊，委婉而远于姚冶，依八家成法，而健举能自拔。晋卿时年始二十有一，予反复洛诵，爽然自失。谓之曰：「八家虽唐茅所次，然无以易之，前人欲离去者，其文率诡诞无统纪。墨守则推熙甫、望溪为杰然者，犹不免为严家饿隶，污流僵走不自耐。姬传近出，较望溪为纯净，而弥形局促。吾子勉之，充其材力，抗颜八家而为九，其在斯矣。」

嗣又得容甫文八十余篇、子居文二百余篇而读之，可采者什二三。予尝谓子居曰：「子之文势，鸷鹜凌厉，接武介甫。容甫文得逸宕于彦升、季友，系援兰台，以摩八家之壁垒，而旗鼓未足相当。二君故自为强国，执牛耳者，虚之十稔，终当以归晋卿矣。」子居颔之。晋卿游楚、豫、齐、赵十余年，晚归袁浦，所至求文者麇集。晋卿面柔不能拒所请，又不欲以千秋之业徇人，率纡回宛曲，必欲读者于言外喻其指，以是益不能自别于永叔、介甫，而拔戟成一队也。以晋卿之奇姿间出，又有学以济之，徒以困于所遭，不得独行其意，晚更困于病，工力中辍，以不能尽其才，岂非命也夫。

唯予弱植，谬为世人所推，而晋卿怂恿尤至。年将五十，自度所学终不可见用，遂亦有志斯事，搴芳八家而不受笼罩，盖庶几焉。然奔走数十年，荒惰相乘，学殖尽落，辞不副其意，予故以悲晋卿而更自悲也。晋卿文无不以示予，所见尚倍于此刻，此刻为申耆所选，而申耆病甚，实出门下士手。文存者多少作。晋卿三十以后文，固为酬酢所苦，然亦有触事发意，优于少作者，而选多不存。晋卿文既不能尽其才，此刻又不能尽晋卿，唯幸赋则全录，其所以上攀班张，下亚江庾而无愧者，犹足使后来有志之士，信古今未必不相及，而及时自力也。道光癸卯重九日，安吴包世臣书。

书陈云乃罢读图本字登之，近改字云乃

道光壬辰，云乃以郡倅签分江苏，未出都为罢读图征题咏。中外能诗者，各以诗赠。大抵谓云乃雄文硕学，屡踬场屋，至以赀进身，出试幕僚，则为不得其职，宜其愤激慨慷而为此图也。既至省，以示其友包世臣。世臣则谓云乃平日读书，若仅为科第计者，则当扯撦断烂尘腐，以期必

得，何以穿穴经史，求立言之本意，历二十余年，遭挫折而不改，是固将有以用之也。今適博学不出之岁，及锋自试，岂复有所憾哉？然则斯图之作，正孔穿所谓王事如龙，勤慎之义也。

世臣既未仕，又素不学，然颇悉近世故事，达民间情伪。以云乃之才识，埤益以郡县事，不足忙乱其身心矣。吾第恐云乃未涉事而知惧，既涉事顾以为中流自在若不足为者，渐乖作图之本旨。愿云乃常守勤慎之心，临事必按以方策所载，是否有合而后行，是其于读书也，欲罢不能，则吾道之深幸也。洎于视事，受民人社稷之寄，接闾阎小民，随在修孝弟力田之教，进都人士于廷，与讲贯立身处事之体要，仕优则学，又安能罢读也哉？

复李迈堂祖陶书

迈堂先生同年足下：尚斋太守来，奉手书，委曲明著，训诲以所不及，深感深谢。世臣自幼失学，家无藏书，至鲜闻见。嗣以饥驱出游，遂废占毕。幸所至不见弃于贤士大夫，随在求师，略有领悉。又性喜体验人情事理，搀论今古得失，如蛩蝉自鸣，非敢言文，何论于古哉？谬蒙四方名流，加以奖掖，甚至指为坛坫，推执牛耳。世臣颇有自知之明，廿余年不敢承也。而友人辱推弥至，遂有往复论文诸书，不过悉愚者之虑，数他家之宝耳。足下沉精斯道且三十年，耳目至广，赵宋以来大集、小编，无不搜览，衡其轻重，平其去取，世臣何敢出旗鼓以相当。重辱雅教，亦不欲默默。

尊谕有物有序是矣，然以搭架式起腔调当有序，则世臣所未喻也。又谓周秦文体未备是矣，魏晋以后渐备，至唐宋乃全云云。鄙见以为文体莫备于汉，唐宋所有，汉皆有之；且有汉人所有，而唐宋反无者。尊谕明代喜称秦汉，近代喜学六朝云云。明代王李诸公之陋，已经论定不具说，近代学六朝者，唯见汪容甫一人，此外等之自郐，乌睹所谓喜学六朝哉？又谓震川不搭架式起腔调。世臣三十年前，曾览其集，于中酬应之作，居什五六，莫不以架式腔调为能事；此固不得不尔，然其由中欲言之文，亦未能摆脱此四字也。恽子居欲以子书救八家之说，自是贤智之过。子居得力，全在介甫，短章小传，定称高足。容甫之文，经世臣手定者，为其子弟所乱。述学二卷中，说经未为精湛，然有深通古人文法者，什可二三。世人盛传其广陵对、琴台铭，皆下乘；哀盐船文，差有哀雅之致，亦非上乘；至如释三九、狐父之盗颂、吊黄祖文、沈椒园状、冯按察碑诸篇，则妙绝于时。至世臣所谓恽汪两家可以抗行者，以足下既深于子居，故言之以广其意，非谓必足下采容甫入文录，庶可不朽也。太守言尊选已刻成，此盛事。近世文集，人不尽见，得此刻可以广其传矣。至于人心嗜好，断难强合，如入都市者，各市其所欲得，岂不为美备也耶？

尊谕作室作乐两喻妙矣，然离宫别墅，么弦孤调又岂可无法而成之哉？梁柱必正，宫商必准，不可破碎，不可散漫，本无间于大小也。大要作文难，知文亦不易，非知其词之工拙之难，知其用意所在之难也。古今传诵之文，无如龙门答任少卿书，童而习之，挦撦无虚日。自兰台载入本传，以书中有推贤荐士四字，因下责以古贤臣之谊一语，揭为缘起。若就此四字推寻答书之意，则书中数千言，十七八皆如醉如狂。读者不得其所以然之故，则为之说曰抒发一肚皮愤懑不平。试思抒发愤懑，遂果为宇宙至文耶？李少卿答苏武书，依仿结撰，书内略摭来书数语，用意往来，实如影响，何此书除令刀锯之余与私心剌谬数语外，悉似狂易耶？二千年来一大疑案，习焉不察，世臣于此稍窥其微，一语道破，则字字皆有着落，故敢献疑于足下。请检本而朗诵之，默思之，累日兼旬，或能示及以决之，则此生之幸也。六国表序、魏其武安列传赞、始皇本纪赞，皆人人肄业所及，然读者不过熟其腔调以供挦撦，世臣细究之，乃知其枝枝节节触处皆不能通，既已得疑，反覆全书，似能见其深而通其意，足下好学深思，故并献焉。

至于八家，昌黎取材至富，虽原本于孟子，而得笔不止一家。柳州以下，皆得之韩吕二子，永叔、东坡所得尤多。夫所贵于子书者，谓其晰理必至精，论事必至当，言情必至显，为后人所不能及耳。非谓其制体修辞异于后人，遂以为新奇可喜也。是故子居以子书救八家之说未为得也。自八股取士之后，士人进身以此。此体文律至严，吾人用力于此亦较他业为深，少小诵习先正时文，稍长则读八家之近于时文者，以资润泽。故士生今日，工时文而不能古文者多有矣，若工古文而反不工于时文，则断断无之。若其少小习时文，规模仿行，以幸弋获；得手之后，托言古文以为名高，遇此等辈，唯与之唯诺委蛇而已，不必与正言庄论也。八家与时文时代相接，气体较近，非沉酣周秦子书，必不能尽去以时文为古文之病耳。若谓以子书救八家，则八家何病而待救耶？世臣虽浅陋无似，然于列代文集亦曾致力，来谕疑世臣以八家为不足观，似不应妄诞至是。唯不能自眯其目，揽归方之祛以求途耳。

足下赐题中衢一勺，非菲薄所敢任。唯后段拟以非伦，故前书略致其意，此次承索原稿，欲删订后段，具见从善如流。亦见俯察鄙人，非为标榜倾轧者，谨如命奉缴。恐太守行速，灯下匆匆。唯不吝教益，是所祷切，顺问道履无恙。世臣顿首。

答陈伯游方海书

伯游仁兄足下：日昨二小儿自白门返豫章，敬询侍奉安吉，扬州馆事甚好，为慰。次早小儿启箧出手书，辱承系念深至，嗟叹枉抑，询所事是否结正，并问贵省有德有造之士，展缄三复，有如握晤。自闰月初十，星使北辕，事即已结，若谓枉抑，则昔人遭遇或什伯于此，无足言者。至贵省为文学薮泽，仆荒落颓唐，何足以知之，然所知亦有足述者。

永丰徐湘潭，字东松，癸酉拔贡，年近六十。诗、古文名甚噪，积稿至七、八寸，多自加丹铅评骘者，尽以见示。其诗不过酬酢，略以诘屈语自饰，无关诗教。古文当得手时，饶有黯然以长、油然以幽之致，且无时文气息，字句间杂其中，唯伤散碎繁絮，良由居地既卑，求请者率乡里富人，斗米百钱，视为奇节，以致黄茅白苇，一望触目。仆谆劝其删节自珍，而骄矜已甚，殊为可惜。若能澄汰沙滓，庶几钝翁之后车矣。生性迂缓，跬步滋疑，然自守不苟，诚一乡之善士也。南昌姜曾，字樟圃，庚子举人，年四十余。博闻强识而文笔芜漫，又所学专求前人错误，极意指摘以夸精博，至古人命脉所存，可以内检身心外起沟壑者，反在所略，似未能卓然有成，在贵乡殆亦原甫、容斋之嗣响也。金谿黄镳字子觉，附贡生，年三十余。耳目亚于樟圃，尤熟明史及贵乡前辈故事，弱冠时读注疏，随手摘为要删，略附按语，颇有阐发，贵乡为此朴学，子觉外竟未见有替人。自作诗文，多至七、八十卷，八股笔力挺拔而太无格辙，古近体诗貌似从横，古文次第顺适，而并伤浅薄。仆爱之甚，所以将顺匡救之者交至，至有涂乙其通篇大半者，子觉不以为非。语人必曰「生平第一知己包安吴也。」然徙义不勇，又耎人而有薄幸之癖，恐未能日就月将以尽其才也。南丰吴嘉宾，字子序，戊戌翰林。文笔俊爽，好读书，能受善，年三十余。此子能不变不怠者，殆不可量。金谿举人杨士达，字耐轩，年二十余。其祖謏，字少晦，君子之有文者也。仆与其兄迈功抚部交久，因识少晦，而少晦远矣。耐轩颇有志于继声，为古文下笔明净，唯边幅太窄，然可望其有成。新建李达观，字惺斋，年二十三，食饩已八年。江西时文旧推陈章，然大士之超逸，大力之沉着，必不可合，惺斋合大士、大力而弥近正希，实一奇也。仆曾奉檄磨勘落卷，阅三、四千人试文，又校阅豫章友教洪都三书院课义，无能仿佛之者。新喻张懋芝，字云阁，年二十三，亦已食饩。八股时趋耳，而排比稳洽，有声色，亦不可多得。二生旧业皆止八股，云阁近馆省垣，仆使之读毛诗传笺，亦时时有所见。新城陈溥，字广夫，伯仁太史之子，石士侍郎之诸孙，年三十余。泛览百家，为诸陈冠，诗文亦有卓荦之概，然自率资性，未见真实工力。南城曾协均，字笙巢，年二十四，宾谷抚部之幼子。八比文笔矫健，近年闭户穷经，语次殊多妙悟。南昌龚轼，字沤可，年七十余。霈次学博，好学不倦，四部俱有探讨。嗜为诗，五言雅近陶苏，而温雅谦抑不自足，与贵乡人士大殊。庐陵萧回琛，字崑圃，癸酉选拔，官南昌府学训导，年方五十。三十年馆谷尽以市书，积三万余卷。仆时时过从，论说偶及，崑圃入内检本，随手即得。通世事而自律严，有血气，重交游，为古文虽未成而门径视时贤为阔大。仆在贵省将六载，所知尽于此矣。

前哲有永新贺子翼先生，名贻孙，与叔子同为遗老，相距才三、四程，而各不相知。其行治不可考，有激书五十七篇，可四万余言。大旨学韩非、吕览，而得其深，体势亦据二子为本。书皆纪载村落俚俗事，就见闻而推致之，则处乱自全之术，拨乱反正之规，悉于是乎在。唯每篇起处，用吕览旧法，而颇涉眉山、永康策冒，少小所业，结习难化，以为疵颣。叔子拟之，瞠乎后矣。求人物于贵乡，立言则贺永新，立功则李临川，殆难与为参矣。激书外间无本，上高李祖陶，字迈堂，仆同岁生也，治古文三、四十年，有选刻国朝文录四十家，又别录六大家，然不过编纂、校核之勤，唯传激书之功为巨远。承足下不鄙，问讯谆至，故直书以相闻。署甚，伏唯珍重眠食，晤期不远，幸勿廑念。辛丑五月。

艺舟双楫卷第四　论文四

张童子传

童子名楚生，姓张氏，和州之乌江人也。其祖年七十余祷于霸王庙而生童子，故名之曰楚生。幼聪慧，六岁就外傅，日记数十百字，同砚席有读尔雅者，童子请于师亦受读焉，遂通古训。乾隆丙午正月，予随先子谒青山寺祖墓，道出乌江，遇大雪，住其家五日。童子与予生同年月日而稚四时，甚相爱。予见其书室有故籍百余卷，翻阅殆遍。童子曰：「读书泛览无益，吾日读二千字，三遍即可倍，五遍即大熟。然至其惬意者，暇隙讽诵，常至数千遍。必使自明其义，注解多不可靠也。」

予诘其所自得，童子曰：「论语『君子不重』章，是夫子教君人之道，非为为学者言也。不重不威，即所谓不庄以莅之，则民不敬也。固，陋也，唯学可以变陋，哀公曰：『寡人固，不固何能闻此言？』是此固字注脚。君人者有威有学，则恐其尚诈任谲，故要以忠信为主，然必求胜己者为辅佐。友不如己，即孟子所谓好臣其所教也。若云为学择友，则恐人将拒我矣。虽然，内有主，外有辅，犹不能无过，必勿惮改而君德乃全。书颂汤德曰改过不吝者，此也。」又云：「齐宣王见孟子于雪宫，是宣王出游，途中遇孟子而见之，故曰于崇吾得见王，而通章皆言游观之事也。非其鬼而祭之，鬼谓人鬼，古惟祭其先曰事鬼，祭非鬼，即礼记所谓与为人后者也。」又言「大畜，刚健笃实，辉光日新，当断句。其德，连下文为句，既叶韵，又与全经笔法相称。若如今读作日新其德，是宋朝人语已。」又言「史记项羽本纪赞，先云羽背关怀楚，放逐义帝而自立，怨诸侯畔己，难已；末云乃引天亡我，非战之罪，岂不谬哉？言羽之失天下，实自失之，非天亡也。盖背关怀楚，则失地利；放帝自立，则负不义之名；怨诸侯畔己，则与天下为难；有此三失，难以有天下矣。」又言「乡党一编记孔子者少，记君子学孔子者多，凡记孔子事皆言似、言如，而记君子学孔子，则言不、言必。」予叹绝，谓之曰：「吾子精熟经史，心有古初，何以尚不学作诗文？」童子曰：「学，在内者也；文，在外者也。俟弱冠，内学充而后学文，岂为迟乎？」

雪霁别去，而次年童子遂殇于痘。后予读汉书、三国志，屡见「辉光日新」之语，知古读正如此。读集解，其训学则不固也，如童子说。见阳湖恽子居论乡党，说与童子无异。而犹疑友于君臣或未安，及读毛传，言国君友其贤臣；读吕览，言敦洽仇麋恶足以骇人，言足以亡国而友之足于陈侯而无上，至于亡而友不衰，然后信童子所说无不根据精当。殆古经生之谪降，而昙花一现者也。予成童后，诵过秦论、古诗十九首皆万过，渐有心得，感此说之实发于童子也，故次为传以传其略，不敢私为己有焉。嘉庆癸亥十月。

毕成之墓志

君讳贵生，字成之，一字孝伯，姓毕氏，仪征县学生员。其先歙人。祖怀图，举人，官湖南永兴县知县。考合不仕。君考娶于江都汪氏，既侍永兴君于汉阳，母氏遂依外家以抚君。君舅汪中以多闻能词赋名于时，甚器君，妻以次女。君舅常远游，母氏故通史家言，于两汉事尤熟，即自课君，君以是谙古有舅风。君好用情而致之或未当，既已不肯下人，而相接常默默。君舅既没，益莫能善君者，境益困。求举又屡黜于有司，所亲之訾毁遂迫也。君故多隐忧，昼夜佣书给衣食，尝日作正书二万字，而不得废酬酢，以是君益羸。

余以壬戌夏客扬州，始识君。甲子复至，交尤善。自甲子迄今四年，余大半在扬州，所遇皆穷，旧友莫复顾者，独君拳拳甚，过从不间。君尝从余问诗法，而所作顾不相似，然君诗每年辄进，每进辄瘦健，无近世闻人杂乱羞涩之态。丙寅秋，君以诗书见赏于两淮盐政，君既极困，或劝君当不时至，因有所请，然君卒未尝再谒也。今年二月，余赴常州视友人疾，君出门即无所之，常语母氏曰：「慎伯去，儿愈益无俚。」余返自常州，君以试事赴泰州。余复赴清江浦十余日，而君自泰州病春温归。余急过视君，君病状殊无所苦，各述近况不可休，亦不倦也。君忽把手语余曰：「吾此疾恐不起，即起，今年终不免。吾昔语足下以梦，前生为断头将军，吾前日归自泰州，阻风孔家涵，仿若登岸，见草中马卧极瘦，血濡颈，旁有语余曰：『彼昔同其主被难于此，今其主生人间已三十年，彼在此伺其主同去。』时闻而恶之，遂惊觉，则恐不得久相见也。」继视君则病势益减，以君寂寞甚，日三四过视之。又七八日，病忽剧，语不可辨，数日遂卒。既绝气，余抚尸哭之，复转睛视余。既手足坚冷经日，而腹温不散，余搴被摩其膺，尚格格作声，肤泽如生时无所恶，则君之积慧信矣。

君考以嘉庆戊午卒于汉阳，丧既归，厝地不吉。君尝属余改卜，不果。君既卒，思有以副君意，遂为卜兆于中雷塘之西南，将迁君考并瘗焉。君于学多所窥测，而嗜诗为甚。草稿纠纷，余删辑之为若干卷。昔李观与韩退之友善，所以称之备至，今观所传诗稍清澈耳，而退之亟称之，莫以为过者，则信乎其才难也。余颠沛较退之为甚，而文行无似，其言不足重君，以取信于人，然观诗而传也，则君何疑焉。君卒以嘉庆十二年四月七日，年三十岁。子复曾，生六月而孤，貌敦实，当能伸君之志者。五月廿一日，泾包世臣。

清故拣选知县道光辛巳举人包君行状

曾祖焕章，字尧文，国子监生，乡饮介宾。祖辑五，字觐之，县学生，貤赠文林郎，候官县知县。父良棻，字重侯，道光登极恩诏赐级九品。安徽宁国府泾县震山乡十一都二图包村二甲，侨江苏江宁府城北和会街，包世荣年四十三状。君字季怀，姓包氏。包氏祖，汉大鸿胪曲阿咸。鸿胪与子郎中福，以鲁诗、论语为明和二帝师，宗始有望。于周隋之际，则东海恺愉昆弟，并以汉书显。

于唐，则润州融与二子何佶以诗，任城文贼以书，著声开宝间。于宋，则合肥孝肃公尤知名，泾之包氏宗合肥。南宋乾道中，忠五教授于泾，因家焉。然曲阿、润州，皆今丹徒，而丹徒族人顾宗合肥，云孝肃有曾孙三：长居泾，次居贵池，季居丹徒。在贵池者则云自震山转迁以泾为宗。吾宗谱则云，教授为孝肃嫡长曾孙，然与宋史不符，不审教授于孝肃世次何别也。教授传十有七世，至明之季，处士悠芳负贩于和州，岁暮将归，而闻邻妇哭甚哀，询知以负债故卖妻，遂罄赀代偿，归告家人以生涯折阅而已。顺治中，有和州人自九华山进香返，过包村，言其父母遗命，必朝山为包布客报德。时处士君已病甚，拜于床前，乃前鬻妻者得留而生之子也，其事乃闻于人。处士再传而至乡宾君，孤贫以析薪为生，而事节母孝，友于兄，接人信义，以见重乡邑，本府长洲宋府君学表其门曰：「雍睦流芳」。文林君为乡宾君长子，始业儒。有子五，其叔则九品君，于世臣为三世父，娶于翟，生四子，君为其季。

君生始十月，而世母病殁，时予母育季妹有乳，文林君命并抚焉。稍长，从文林君寝处。五门食指，群从数十，无升斗之仰，年及童，率四出觅食。三世父贸易于江宁之南乡，为予考府学君集村童，世臣从而授馆焉。惟二世父县学君在家授读，侍文林君。文林君爱君甚，谓必成名，不令习异业，使就学县学君，然应门赴市无代者，或至往返十余里求质库。君故鲁，又不得专意几席，以故年过成童，中经尚未能成诵，然试笔为文，时有奇气矣。嗣予携君同游扬州，与为约曰：「吾年少，不幸盗虚声于斯世，奔走食力给俯仰，学无根柢而词有枝叶，常用自惭。吾先世以经史立家法，中叶衰迟，吾弟性沉锐，能守寂寞，修复先业，其在兹乎？期以十载，勉之矣。」君对曰：「诗固先业也，请学诗。」

君谓毛公恪遵雅训，义最优，简质难晓，故郑氏时出别义以辅之，非好学深思者莫能猝通，或又以私意附会，俚言破道。至于草木鸟兽之性质体用，诗人所由托兴也，又古人习于礼，故举时举地举器服，即以见得失，寓美刺，斯三者有一不明晰，则茫然不得其解，雷声瞽说，诗义几晦。爰托始于嘉庆戊辰，以迄道光辛巳，十有四年，寒暑不辍，成训诂八卷，草木二卷，鸟兽一卷，虫鱼一卷，舆地一卷，名曰学诗识小录；述吉凶、典礼、器服、乐章者又十卷，未有大名，共二十二卷，四十余万言。识小录十三卷中，唯舆地一卷，未经君自写定，述礼十卷，则初稿欲焚弃而幸存故笥者。其贯穿驰骋，分散探纂，洽通而不牴牾，意逆而不穿凿，可以为明述之雅儒者也，然夸者则徒见为耳目之广，采掇之勤而已。君以治诗故，于载籍无不搜览，尤好荀卿、屈原、吕不韦、太史公书，班、陈、范三史，杜氏通典，司马氏通鉴，每岁必数过。流览文选及汉魏以来至近世诗文总集专集，深通文法，明于激射、隐显、繁简、徐疾、得失之故。凡予有所著述，必先示君，君指摘疵纇，予应时改正十四五，久久审之，则君之所言无不当者。盖善论文辞亦莫君若也。然自著诗文甚鲜，尝谓览近人纂作，率未见其精善，然自为之则手不称意，随俗操笔，徒增来者訾议耳。

君性虽佚荡，然以廉隅自励。扬州四达之乡，士人争炫鬻以徼名利，君旅居于是且二十年，常闭户不通人事。遇绩学敦行之先进，则以弟子行自处，于闻人华士蔑如也。然善资友以自淑，甘泉薛传均子韵、仪征刘文淇孟瞻、旌德姚配中仲虞、族子慎言孟开，四人者皆务实不近名，博洽有文采，君子之徒也，与君志趣如一，讲贯至久，故论交为尤笃。君又嗜书，肆力率更，而笔势转换则兼大令、北海，有蕴藉，然常以阑入中岳为歉。君所严事者，侍郎开化戴金溪先生，为其多闻而笃实，以清操先天下也。谓阳湖张琦翰风，诗词逸宕，性毅直而与人可亲。谓吴沈钦韩文起，强识雄文，而学明统类，海人不倦，足以息骄吝，风惰废，皆执礼于师友之间。于古文，推阳湖恽敬子居为百年巨手，而谓仁和龚自珍定庵，文情奥衍，富齿淹闻，造诣未可量。于制义，推卢龙蒋第次竹。于书，推怀宁邓石如顽伯，其次则诸城刘文清公。读高邮王念孙怀祖广雅疏证，叹其精识过休宁戴氏，唯凭臆为疵。谓宛平徐松星伯汉书西域传补注为绝伦。诸城、怀宁君皆不及见。君之随计也，谓可见高邮面质疑义，而年逾八十，不能接后进矣。君深用为憾。

君年十九始应童子试，八试始遇督学长洲徐公颋，叹君文沉丽为八府五州所无，拔府学第一。然幕中士不能喻，争欲黜之，及拆封知为予弟，乃大服。徐公笑曰：「如此才固不愧为慎伯弟，然岂复藉兄以名哉？」应乡试五，道光纪年，侍郎萧山汤公金钊，编修新建熊君遇泰主试，无极刘君本夔为同考，以君四书义用古注不中程，而五经醇茂，五策擅场，遂擢以镇榜。丙戌报罢南返，以七月初至扬州，闻世父于夏间患足，亟赴侍。九月初二染时疾，初十日语其室人曰：「吾不起矣，耄父幼子以累卿。吾女已许仲虞，葬后即归姚氏童养之。卿抚长子至六岁以属仲虞，托次子至六岁以属孟瞻，为吾教海之，必得成立，卿尚不至茕老无依也。」其室人泣请留书为托，君曰：

「孟瞻、仲虞与吾为道义交二十年，非歧视生死者。」是后遂不复有言，以道光六年九月十八日疾革。先是，世父犹冀病势有瘳，及十五日夜，闻异香满室，如是三夕，竟不起。适戚党同里翟惟善楚珍自都返，抚尸垂涕，资其赙得以成殓。

予闻讣奔哭，并从世父卜兆域于城东三十里玉屏山之麓，将以七年春归君之魄。配王氏，会稽望族，习礼能安贫。子二：长士铎，甫三龄。次士铨，君卒八日而后晬。君好学如是而不禄，鲐背拊髆，黄口扶苴，礼堂之写定未闻，通邑之传人难必，生民至戚，备于身后，岂谓同产恩私，实有志吾道者所共悼痛。故缕述行业，以告君之执友，及当世巨儒。锡铭诔以慰泉壤，且使来学有所征信，则斯文之厚幸，匪惟衰宗子姓没齿不朽已也。道光六年冬十月八日，从父昆世臣抆泪谨状。

清故优贡生孙君墓志铭

道光癸巳十月二十日，福建举人陈金城见访，再拜致其师孙君之遗命，涕泣言曰：「呜呼！壬辰正月，吾师过扬州，得识先生，金城实侍事如日昨。及抵都则病嗽，转成脚气，年始五十，精力故未衰，五月二十日，竟尔奄忽。吾师雄文不得于有司，砥行名止闾巷，著述数百卷未流布，而旅丧七千里外，斯亦学人之至戚也。病亟，命金城曰：『吾必不起，吾随举主入都，遂至于是，命也夫！然因举主识安吴包君，接其言论，读其书，当代能任斯文之重者也，而必乞埋石之文于包君，使吾名得附存于世者，则死不憾矣。」金城谨志之。兹以来春定举葬，奔赴襄事，用敢将吾师之末命。」又曰：「金城侍吾师讲论，口授注疏，未尝检本，金城有查核不得者，即告以某卷某页。论六书，检许氏本示弟子，举手即得其字，其精熟如此。然常言『吾人治经，非以矜淹洽，为他日之当治人也，治人先自治，不能自治，徒治经何益？』质吾师生平，可谓言行相顾者也。其居父母丧，不饮酒食肉，不居内者六年。泉俗好斗讼，大姓为甚，孙氏族众万数，渐渍身教，竟为仁里。所学如此，所遇如彼，非先生无足与发潜曜，垂信来兹，而慰幽壤者，故敢以请。」

呜呼！近世师弟相授受，一利禄之途矣，岂必待死生哉？升沉丰约有不忍言者。今陈君以会师葬故，犯霜雪，跋涉万里，而诵述行治本末，尤详备有要，其所受于师可知也。余既感孙君自托之诚，又高陈君义，虽不任，不可以辞。

系曰：君讳经世，字济侯，别字惕斋，福建之惠安人。父至正邑庠生，通经工为文，君学所自出也。道光庚寅，君应岁试，使者奇其文，询所学，博辨切至，遂举优行第一，贡入国子监。使者则今礼部侍郎浙江学政新城陈公用光也。侍郎好善甲流辈，前自闽还都，舣舟咤余曰：「吾归装得一孙济侯，当敌笥河三百石矣。」余因以识君。君所著有十三经正读定本八十卷，春秋例辨八卷，尔雅音疏六卷，孝经说二卷，夏小正说一卷，释文辨证十四卷，经传释词续编八卷，说文会通十六卷，韵学溯源四卷，诗韵订二卷，惕斋经说六卷，读经校语四卷。其通经略一编，则纂集古今治术本于经术者，以明穷经致用之方，无虑数十卷，尚未成书。四书集解十二卷，周易本义发明十二卷。小学辑记，近思录附注，性理辑义，三书无卷第，皆少作。惕斋制义四卷，则陈君集录家塾及课试者。妻某邑某氏。子某，某职。女子子某，适某，某职。葬某原，实某月某日。

铭曰：昌黎谓众万之生谁非天，胡喜厚其所可薄。然往古著书以自见后世者，大都其居穷守约者也，得毋人世之所谓薄与厚者，与天错耶？抑天之所以厚斯人者不一途，而各择其所专托耶？造物之意，谁则知之？呜呼孙君，又何悲矣。

与陈孝廉金城书

世臣白念庭足下：辱枉顾荒寓，是日张馆陶椽舟至扬，世臣往哭，丙夜方返。足下相候，自辰达戌，洎得见，又闻尊师孙君不禄，增人凄惋。馆陶抱璞不剖，老死风尘，然雅儒名遍士林，循吏绩在舆诵，年政七十。孙君才以诸生，促寿旅次，所遇尤绌。是以虽倾盖交，而与馆陶之道义固结三、四十年者，哀戚固不殊也。足下称孙君命以没世之疾相属，孙君学业，真所谓不假良史之辞。即足下万里奔会师葬，世臣有生所未闻见，固由高谊绝俗，非孙君何以致此？此岂复鄙文所能轻重者。重辱贤师弟见许之深，不敢自藏固陋，殚思撰作，录于另纸。足下所述孙君世系行治著述甚备，别后绎思，仍有须面询者，次早走答，而舟已遄发，故并陈其所以。

恭肃公远在赵宋，若是孙氏始迁祖，则宜详其所自来，因何隶籍，若非始迁，不符书例。曾祖与祖，俱有隐德，未能切指事实，则近常谈，故书系止及一代，非故为褊也。妻与子女女夫于例宜书，足下谈次未及，故阙字以备补填。至孙君著述，大都宗汉，则阐宋诸编自系初地，故稍易其次第。夫污附固为陋习，而调和亦非真诠，孙君书故未见，然曾略闻绪论，即校子韵疏证数事，其深于汉学可知，由宋归汉，关造诣浅深，不必更加瞻顾，为调和之说也。通经略一书，最有裨于来学。天下未尝无有志之人，大都为师友所汩没，遂致稗贩经史，徒资弋获，人心世道，日付颓波。足下以高第弟子，所望必竟盛业，较复斋通解，尤足毗辅名教也。荣名无既，造物所以慰求志之勤，然韦布传文既罕，传而盛者则尤罕，良以枝叶单寒，难成荫实。近世闻人，唯侯魏身俱不达，然有大力者负之以趋，而体庞气苶，不足厌观者之意，甫及百年，声称已灭，是其传否，正未可知。况世臣少本不殖，长更就芜，赁庑无五噫之谣，握管无雌伏之叹，白华自戒，利名路隔，而槐棘屏翰，望风摧排，以视侯魏，情事相反，而贤师弟以为必能信今传后，久而益光，恐论者不以为知言也。然世臣亦未敢自弃，每至临文，必慎所许，恒虑一字苟下，重诬后世，名山通邑，并听之造物而已。流水不断，聊助一噱，阴寒累月，伏唯为道珍重千万。十一月十日，世臣谨白。

清故翰林院编修崇祀乡贤姚君墓碑

道光辛卯，安徽疆臣列君与君犹子故刑部郎中之行谊，请祀乡贤，从人望也。次年冬，部臣勘复，以为名实相副，得报可。时君之曾孙莹，宦游江苏，以君遗集援鹑堂笔记三十四卷、古文集五卷、诗集七卷、乡贤录一卷饷世臣，而属文君之墓石。郎中君世所称惜抱先生，而君则惜抱轩集中所称学所自出之伯父薑坞先生也。忆世臣以嘉庆壬申谒惜抱先生于白门钟山书院，请为学之要，语及君者至再至三。嗣读古文辞类纂，中载君论说数十百事，披隙导窾，辨正舛误，莫不持之有故，则益欲求君书，数年不可得。兹得反复之，乃知君博览强识，不主家法，唯以旁稽互证，求一心之是。为诗文必达其意，绝去依傍，自成体势。居恒不著书，而翻阅校勘，至老不辍，藏书数万卷，悉加朱墨，见有错谬羡脱，随手纠正，各纪录于简端。君既卒，书籍颇有散失，惜抱先生收手迹之仅存者藏之，及莹成立，乃举以相付。莹逐条编纂，其有前后持论差互者，悉仍其故，今所版行之笔记，胥是物也。

然君集有书史记六国表序后曰：「世变异则治法随之，故汉以后，多踵秦法，司马氏援法后王之说，以学者不道秦事为耳食，盖深感世变，而诡词以寄痛。」则君盖深有获于古训者，非苟矜淹洽也，固将有以用之。乃觅举至年四十一，始通籍。居词馆数年，即膺察典，当外擢方面，遽引疾去，夫岂恝于世事哉？继读君跋颜氏家训曰：「交道缔结，常为祸福所倚伏，文人志士，于幕府权门，贵判迹于首途，避薰炙于始灼。」然则君之决退，其亦有所不得已于中者也。君既归里无所用，则相与率乡人举义仓，条约甚设，迄今几百年，踵其法而扩之，以故邑屡饥而不害，是亦为政，君斯有所见端矣。读君之书，可为学者稽古法；迹君勇退无濡滞，可为学者涉世法；推君之任恤乡党，可为学者入居里族、出拊闾阎法；则君之所以不朽，固不系墓石之有无，而称述先达流风余韵，以讽谕方来，斯固后死者所有责也。爰次其世家而系之曰：

君姓姚氏，讳范，字南青，薑坞其号也，世为安徽桐城人。曾祖讳文然，康熙中官刑部尚书，谥端恪，雍正中，特旨赐专祠祀于其邑。祖讳士基，湖北罗田县知县，民思其政，祀之于名宦祠。父讳孔瑛，早世，赠翰林院编修。君以康熙壬午八月十八日生，戊戌补县学生员。雍正乙卯选拔贡太学，举乾隆丙辰顺天乡试第二人，中式。壬戌会试第三人，成二甲进士，改庶吉士。甲子充顺天乡试同考官。乙丑散馆授编修，充武英殿经史馆校刊官，兼三礼馆纂修官。丁内艰，服阕，起原官，兼文献通考馆纂修官。庚午京察一等，既引见，以病自免。解组后，教授南北阅二十有一年，辛卯正月初八日卒于家。君卒逾六十年，乡人追慕教思，吁请入祠，而传学之惜抱先生实侍君入。一门四世，先后以政事文学，享国家俎豆肸蠁之报，史氏所谓荣名岂有既者耶？

清故文学汪君之碑

道光八年十二月十日，仪征县学生汪君谷卒，其同志友丹徒汪沅芷生、甘泉薛传均子韵、仪征刘文淇孟瞻、宝应刘宝楠楚桢、泾包慎言孟开、旌德姚配中仲虞、仪征王僧保西御、江都梅植之蕴生、丹徒柳兴宗宾叔、甘泉杨亮季子、仪征吴廷飏熙载、王冀凤勾生，既各为文辞以纪其学行，写其悲哀，又共琢石表其墓。而泾包世臣以丹书之曰：君质脆弱而性和易，居家蔼如也，接人退然如不及，唯力学则精锐强悍，进而不止，至不欲后古人。弱冠即鄙弃俗学，委心许郑，集残缺以求会通，有龃龉不相入者，则旁稽博讨，钩深洞赜，常达旦不寐。又以研经擘史，要领多在舆地，故记简质，后儒各为歧说，纷出无依据，唯近世之图精审，据以为本，比群籍而究事情，口指手画，必得显证而后已。尤嗜作书，约钟梁分法为真行，风发蹈厉，有不可控勒之势，而遒丽一应楷则。积劳致咯血，且病且学。盖君之没也，年止三十有五，而病已八载，然未尝旬日辍学也。

君字小城，系出唐越国公，世居歙。明之季有国儒者迁扬，五传至君考铮，始著籍仪征，举于乡，以知县就铨。初娶吴氏，生长子黼。继娶杨氏，生君及和、秦、程。君娶于母党，生一女而殁，君葬之西郊金匮山。君甚爱其女，孟瞻有子毓崧，歧秀善读书，君雅属意，孟瞻故知之。及君之亟也，告和求为其子妇，君闻而笑曰：「孟瞻厚我，怜我而及我女耶？」君无主后，黼以其幼子寅寿后君。并卜明年　月　日以君丧合于夫人之窆。

自予弟世荣季怀，从洪沂州游于梅花讲院，因得与君及芷生诸君交善，其日相砥砺勖勉者，不为人，不速化，本本原原，不以得丧变所习。予尝以谓季怀所与游诸君，家居相距数百千里，是唯江淮英淑之所发越，使得萃于一地，相辅以有成，夫岂事之适然者耶？然十数年间，诸君既皆困踬无善状，季怀顾不幸奄然物化，而君又为之续。生材实难，受材而不负其生为尤难，而夺之遽而且酷至于如是，天道其果可知也耶！然季怀身后，诸君检校遗书至四十余万言，庶几雅密有条理。唯君造诣已深，而著述未就，无以垂示来兹，尤可悼痛，是宜有铭，铭曰：

呜呼小城！以子守身之谨，而不能厚其生；以子稽古之勤，而未逮乐所学之成；宜博辨雄文如诸君者，不胜哀慕涕陨而心倾也。悲夫！

清故国子监生凌君墓表

江都有生于孤露，不假师资，自力学以成名者二人：曰拔贡生汪中容甫，国子生凌曙晓楼。予以嘉庆六年游扬州，则汪君前卒。及十年再至，乃识凌君。君生贫而居市，十岁就塾，年余读四子书未毕，即去香作杂佣保，然停作辄默诵所已读书。苦不明诂解，邻之富人为子弟延经义师，君乘夜狙其轩外听讲论。数月，其师觉之，乃闭外户不纳君，君愤甚，求得已离句之旧籍于市，私读之达旦，而日中佣作如故。年二十，乃弃旧业，集童子为塾师。稍近士人，然或塞陋不足当君意，故君学为世俗制举文无尺度，同人亦莫肯为言者。而童子尝从君游，则书必熟，作字正楷，以故信从众，修脯入稍多，益市书。君有甥仪征优贡生刘文淇，少贫如君，君爱其颖悟，不忍弃之逐末，自课之，且教且学。刘君齿未壮，即以淹通经史，知名江淮间，而其学实自君出。

君初识予，问所当治业。予曰：「治经必守家法，专治一家，以立其基，则诸家可渐通。然心之为用，苦则机窒，乐则慧生，机窒者常不卒其业。凡读书不熟，则心以为苦，君自取熟者治之可也。」以君熟于礼，遂劝君治郑氏。又以古注义皆激射回互，非深通文法，则苍黄不能得情事，因劝君先诵嘉隆经义三十首，每首以三百过为度。君既习之，得体势，乃出故编修武进张惠言所辑四子书汉说数十事，及予与庶常阳湖李兆洛增缀未就之稿，授君以为治经式。君既明古人文法隐显疾徐之故，益乐益愤，岁余，稽典礼，考故训，补其不备，为四书典故核六卷，以见知于故梅花山长沂州知府歙洪梧。君既治郑氏得要领，又从今宁国训导吴沈钦韩问疑义，益贯串精审。嗣闻今仪制武进刘逢禄论何氏春秋而好之。及入都，为云贵总督仪征阮芸台校辑经郛，尽见魏晋以来诸家春秋说，深念春秋之义存于公羊，而公羊之学传自董子，董子春秋繁露，原天以尊礼，援比以贯类，旨奥词赜，莫得其会通，乃博稽旁讨，承意仪志，梳其章，栉其句，为注十七卷。又别为公羊礼疏十一卷，公羊礼说一卷，公羊问答二卷。嗣阮公出镇，延君入粤课公子。君时方家居读礼，以丧服为人伦大经，后儒舛议，是非颇谬，作礼论百篇，引伸郑义。洎至粤，与阮公商榷删合为三十九篇为一卷。凡君所著书三十八卷五十余万言，皆有显证，远雷同附会之陋，足为来学先路。

君娶同邑范，无出，别宅严举子镛，而范寻殁，君继患风痹，养疴于董子祠之南偏道院，遂以道光九年五月廿六日卒于寓庐，年五十有五。镛虽始龀，哀慕如成人。刘君卜以是年八月八日，祔君于双墩北原之祖墓，与范合封。又图所以不朽君者以属予。予谓汪君虽博览强记，而特工文辞，巨公推挽者多，晚以饶裕，然勤学亦稍杀减矣。君独尚朴学，南北奔走，皆以校书授读为事，未尝与斯世通羔雁，修脯而外，未尝入可以无取之财。予每过从，君必危坐据案，左手翻卷册，右手持笔，客至前而不见，盖自缔交以来，廿余年如一日。君得于天者后汪君，而人力坚致，终始不渝则殆于过之，是不可以不铭。铭曰：

凌氏之先，泰州著籍。儒历佥宪，明史称直。曾祖曰襄，武长千夫。祖鸾父骛，乃寄江都。君寠且鲁，好学根性。自知读书，不隳而正。古有都养，抑闻牧猪。十五年所，其精不逭。吁嗟凌君，远与为侪。名则既振，福乃不皆。抉经之心，以一何郑。排斥诐辞，章明先训。粤有庆允，泣抱遗书。修德必报，成此藐诸。

清故文学薛君之碑

道光九年八月二十日，甘泉薛君子韵殁于福建督学使者内阁学士新建陈用光汀州校士行署。先是，陈公读子韵所著说文答问疏证之书而善之，以质太子少保闽浙总督金匮孙尔准，孙公故小学家也，叹为绝伦，议相与板行之，以嘉惠闽士。猝遘此变，陈公慎于殡之礼，留疏证六卷稿本，而遣使护丧归扬州，厚资其葬。仪征刘文淇孟瞻检遗箧，得旧读十三经本，集录其丹黄手勘之语约可廿卷，闽游草一卷，文选古字通疏义十二卷，草创未卒业。孟瞻与宝应刘宝楠楚桢，予族子孟开，约纂辑缮副以付其家，其家卜明年春祔于甘泉西郊十三里庙陶家冲祖墓。同人以子韵道赢时绌，不可不表也，以属予。

予以谓子韵少工骈文，矞丽常冠侪辈。嗣与孟瞻及予弟季怀友善，因以次缔交于孟开、仲虞，五人者相结为本原之学。季怀、孟瞻、孟开治诗，攻毛、郑氏；仲虞治易，攻郑、虞氏；子韵治小学，攻许氏；皆旁通群籍而据所业为本，砥砺以有成。近世昌许氏者推嘉定钱氏、金坛段氏，段氏士，居馆职者，唯王樵、申受。未几，王樵竟出学，不获乎上，申受左迁祠部，至十三年不得调，亦深悼郁湮矣。迹诸君子所学，此其志岂利禄之路哉？要其稽古自得，皆足以有见于时，而成进古必进乎今，无望其速成，无诱于势利，乃蕲至乎古之人。然而太史读功令，至于废书而叹者，不

荀子曰：「学不可以已，锲而不舍，金石可镂。」非必资性殊绝也。故曰古之学者为己，志乎之善。

初并长推步算术，盖吴越英隽略备于斯已。然必守许氏以推原贾、马、郑、服诂训者，卒莫如于韵地，骖俞正燮理初，通郑氏礼、杜氏春秋，乌程严厚堂，综汉义说易、礼、春秋数十万言，与理能依雅训以捍俗说，楚桢之上世，故崇汉学能不坠其家法，仪征汪谷小城，覃精许郑，尤长于舆缀残补缺之勤，嘉定潘鸿诰望之，能错综许郑，以追大义，丹徒柳兴宗叔，洽诗、礼、史、汉，书如有嗜好，江都凌曙晓楼，洽何氏春秋、郑氏礼，困学而不厌，同邑胡世琦玉樵，墨守郑氏，有黄乙生小仲，通郑氏礼，行不违其言，武进刘逢禄申受，通何氏春秋、虞氏易，虽情钟势曜，而读坚定不惑，以洽有成者又百之一。予弱冠展侧江淮间，常自病盗虚声无根柢，物色朴学，得阳湖会矣。四十年间风尚三变，故学者能有志于古百之一，志古而一再不当于有司，辄自疑迁业，其能扯断烂之弊兴。于是求士者，反其道以为用，或揣摩尘腐之未能也，然遂衮衮骈精要，争言主持风也。乾隆中，大兴朱氏首以许郑之学劝天下，一变揣摩尘腐之习。继声者务名高而不别真伪，则捋徒众尤盛，唯于韵究其得失而右钱氏。钱段皆予旧识，备闻二老商榷之辞，知于韵于斯业甚审

理初、望之、季怀获一解，连蹶春官，忧生之计更迫；余子则困诸生无所合。而自道光纪年以后，小仲嗒然物化，季怀、小城相继奄忽。今年春夏之交，玉樵家食不禄，晓楼以养疴殁于道院，入秋而申受疫没京邸，子韵旅丧闽馆。右军所谓感兼伤痛切，心哀穷不已，又云当今人物眇然凋落可哀叹者，殆犹未至若斯之摧剥酸酷也。爰洒涕而系之曰：

君年卌一讳传均，旧隶溧水今邗滨。迁邗再传璋琏琇，琏次子柄君其胄。以柄后璋璋有孙，孙知好学祖颜温。母李早世继杨慈，妻何淑慎君宜之。维君失职以学显，吁嗟中材何以勉。孝钊总角抱遗书，君子之泽自兹远。

皇敕授修职郎安徽宁国县学训导沈君行状

曾祖彬，妣仲氏。祖载熙，吴县学生，妣钱氏。考培宗，貤赠修职郎，妣马氏，貤封孺人。江苏吴县木渎镇沈钦韩，年五十七状：

君字文起，号小宛。其族望吴兴，分吴江，迁郡城，再迁木渎，为吴县人，至君六世。君深眉巨目，仰鼻而短脰，面麻黑，硕腹下垂，行步蹇连，语言涩呐。年逾三十，乃得以县学生员就嘉庆丁卯江宁布政使司试。领荐赴春官，又辄蹶。丁丑，大挑入二等。道光壬午，选授安徽宁国县学训导。庚寅九月，奉马孺人讳归里，次年十二月廿日卒于家。配同邑王氏。子三：箕衍不胜丧，后君一月以壬辰正月廿日殁，有孙懋官。次瓜衍、天衍，皆业儒。

君质亚生知，而力同困学。幼侍贴赠君习为诗，稍长，自程诵读。家极贫，书值千钱辄无力购致，假之藏书家，莫肯出全部，得数册持归，计日缴换，然必求要领，写为要删。淹通群经，尤长礼与春秋；擘研诸史，尤熟于志；旁及百家故记，官书野乘，古今专集汇集类抄箚记，究其条绪，悉归于统。既弱冠，念汉书至深至博。颜注既浅陋，复多盗窃；范氏书虽简略，而义存实录；章怀杂集众手，故有粹驳；刘氏注司马八志，文殊宏富，然颇无统贯，尤疏于地理；乃覃思廿年，远搜故籍，为两汉书疏证七十四卷，卷率稿书四十页，页率八、九百言，共二百余万言，于以正谬补阙尽之矣。凡以植国之体，端由制度，汉氏虽近古，然离秦立法，为后世滥觞。君故上推姬周，下比有明，详哉乎其言之，损益悉陈，得失备见，使来学有所依据，以当后王取法者。既成，寓柬于余曰：「此书发蒙启复，钩稽贯串，然亲见其成书，或加省览，曾莫能终一卷，复瓿之叹，何待来兹，良玉不剖，必有泣血以相明者，非足下而谁？」盖君之自信，而遂以信余也。

余与君皆业荀子，尝推论为国以礼之指，以为孔子悼时人勃乱废礼，当使天下婴毒祸无可既极，乃见意于春秋，以诰万世。君因谓左氏亲承圣训，博验宝书，依经立传，全付托之重；而公谷家攻之，欲显复晦；杜氏注出，虽得列学官，然多入以邪说，阴败礼教，其蠹左氏也逾于明攻。余涉左氏浅，闻君言未深喻也，及君邮示补注十二卷，正杜氏之大失，其有略陋，并为补缀，别为考异十卷，以辟百家淆乱，则信乎从讼左规杜之后而加详审者也。君又以裴氏注三国志，意在补其槭脱，光耀沉落，而郡县镇戍之仅见一时，名物训诂之不类后世者皆阙，故为补训诂八卷，释地理八卷。又以地理之学，古书唯存郦氏水经注，近人戴东原校定其倒置羡脱，赵诚夫为之刊误，其书乃渐可读。而戴氏短在凭臆，赵氏蔽于轻信，至如古书之有足互证，与近今志乘之目验可据者，二家又皆搜讨未逮也，故为水经注疏证四十卷。然后郡县之废置沿革，山川之高深变迁，流合派分，昔通今塞，皆如提挈在手，指掌可谈。又以一代巨公诗文，非晓然其朝章事实，则不能得作者用心之所至。韩退之、王介甫两集，于唐宋各立其极，而宋人注韩集空疏臆测，宋人注王集止及其诗，虽云赡博，其于人物制度，阙略尚多，故补注韩集及王诗，而别创王氏文集注共四十四卷。又注范石湖集，以著南宋之事，然后唐宋五、六百年之巨制短章，义皆可通。

君深造真积，乐逢其原，陈祥道礼书，王、施、查三家苏诗注，王昶金石萃编，疵谬触目，随手纠正，各成卷帙。凡君著述无虑四、五百万言，皆出稽古心得，求是于实，无一语任意矜眩，罣误来学者，虽云注释，实可单行。唯未习算术，常自引以为憾。君手缮古书至伙，唯所节录太平御览、云笈七签、法苑珠林共若干卷，较原书十存二三，而菁华悉萃，手稿尚存。其幼学堂诗集十七卷，文集八卷已版行。君诗始则导源魏晋，晚乃颓然自放，然而属词比事，必有所处。嗜为俳文，才多而不受其患，深究三史行文离合之故，以故气骨骞举，脉络微至，其声窅然而沉，其色黝然而幽，为自来骈俪家所未有。后更为散文，健入震出，尽破唐宋壁垒，而自合矩矱，一可为后世法。君性至和易，不以所业骄人，有问者必就其端绪，原始要终，反复推寻，使皆洞澈。唯少小颇事口腹，游处有不暇择者，渐来久要之责。又遇仆隶过谿刻，相与造蜚语、肆谤讪。尝一至秦中，游装稍润，有华服数事，交游复共掎摭之，虽非大失，唯余亦不能为君曲讳也。余生平言学推君，论文则晋卿。庚寅夏，自删定旧作为三十卷，初写出而晋卿物化。今年秋，携稿本访君于木渎，入门则君奄在殡宫矣，呜呼哀哉！

原夫居下以思往，其言有文，始于诗，盛于春秋，秦、汉作者，递相祖述，幸得垂谕方来，莫不珍同鸿宝，功力羸绌，殆难强名。李唐以还，著述滋广，衡其得失，乃有可言：杜氏撰集通典，蔚为政书之首，然前承刘秩，后录国故，搜讨尚易。宋世不刊之书，唯涑水资治通鉴，然亦借助群材，非一人心力所及。章氏考索，马氏通考，则俱以独力成大业，然依类探纂，事有循持，而舛误亦复时见。近世学者，首推亭林顾氏，迹其成书，郡国利病、宅京记，不过捃拾之勤；肇域志虽未见，要亦其类也；唐韵正五书，功同镌金而学止一孔；唯日知录闳深简切，足副其守先待后之志，而间出么小考证，仍不免帖括末技。顾宛溪、胡朏明、齐次风覃精水地，优义居多；顾复初穷究春秋，分合著绩。专家成名，于斯为盛。与君并世，则钱晓征，实能穷探群籍，刊落疏通，大都精当，然片句碎义，其细已甚。君博闻兼综，同符顾钱，以言知大，虽略后亭林，而精则过之，又文采鸿曜，非二君自完边幅者比。学问之道，务多则庞杂无纪，而非所以语于吾沈君也。君名故藉甚，而蘉非尤盛。余薄植无可指数，困踬更甚于君，疏附御侮，非其任矣，窃述所知为状，写付瓜衍、天衍。录副二本，一以告君，一编君集之末，使君学大昌之后，知君所谓真知之者唯包慎伯之言之非妄叹也。道光十有二年，岁在壬辰冬十一月十三日，安吴包世臣谨状。

翟秀才传

秀才讳翚，字仪仲，姓翟氏，吾泾之水东人也。本洒阳张氏，远祖有为汉王大将者。汉灭，其子自鄱阳避难至水东，依翟氏以居，冒其姓。支裔繁衍，而真翟氏顾衰弱，今别为老翟家云。秀才貌癯而善病，沉思寡言，慎交游，与先子特善。乾隆丙午，先子始肆力为诗。戊申冬，先子与秀才同为吴氏客，出诗百余首属秀才点定，秀才叹绝，亦录其五七言尤善者十余首，以质先子，始相引为道义交。

己酉，世臣侍先子至郡应科试，始得谒。壬子，先子病痔甚，挈世臣自白门归里，而秀才已以是年先期谢世，年四十一岁，无子。癸丑，世臣求药物于水东，因过秀才墓，作诗曰：「忽忽过荒墓，长怀翟秀才。神期乍谈笑，文采竟蒿莱。寒谷泉空咽，衰杨叶自摧。谁怜霜草宿，萧飒北风来。」世臣返为先子言秀才墓荒凉状，并诵诗，先子嘘唏不自胜。久之，问曰：「儿诗大似仪仲，何以能此？」不肖言自八、九岁侍几席，常课毕，辄自读文选。嗣大人从戴氏假得全唐诗，不肖翻阅之，常彻夜，心有所触，辄效为之，稿累五六百首，大人病不敢以请。先子曰：「吾事诗晚，又苦腹俭不足称其意，儿能终吾业者，异日当以此致大名。」洎先子弃养，不肖负米蓬转，秀才自录诗稿竟遗失。近唯记其病鹤曰：「洒落凌霄翰，苍苔缓步行。穷愁但有骨，江海岂无情。露下寒生警，松阴影独鸣。寰笼休絷尔，得意尚纵横。」归燕曰：「归燕归何处？高秋影渐稀。慕俦非尽室，舍旧独知几。翠幕凉风冷，银塘白露晞。存身深闭户，还复候时飞。」

吾泾在唐有万巨者，太白赠诗云：「吾爱万夫子，解渴同琼树。何日一来游，相欢咏佳句。」是必工诗，然片字无存。唯许棠列于大历十子，全唐诗录其五律二章耳。阅宋及今千余年，未闻有知名士在人口耳者。先达侍御赵星阁先生，先子之业师也，嗜为诗，自刻其各体诗二千余首，为湫芳居诗抄，亦以五律为最工，其浑厚过秀才，则居使之然，而完善精到殊不及，工力固不可诬也。胡玉樵世琦庶常，亦嗜诗，前在都下，曾出其稿本各体千余首见示，夜郎自大，非求益者，才气固可造而未就轨范，非秀才比也。然近人为诗者日益多，又未见有能及庶常者，才难之叹，岂唯吾乡。秀才故蓄一端砚，误碎于地，因仿毛颖为端砚传以自况，文多不能记，不审其族尚有传本否？世臣蹉跎至年七十，日内自编前后论文之书，因补为此传，使访诗于吾泾者，知许君之有继声也。

艺舟双楫卷第五　论书一

述书上

乾隆己酉之岁，余年已十五。家无藏帖，习时俗应试书十年，下笔尚不能平直，以书拙闻于乡里。族曾祖槐直三，独违世尚，学唐碑。余从问笔法，授以书法通解四册。其书首重执笔，遂仿其所图提肘拨镫七字之势。肘既悬虚，气急手战，不能成字，乃倒管循几习之。虽诵读时不闲，寝则植指以画席。至甲寅手乃渐定，而笔终稚钝。乃学怀素草书千文，欲以变其旧习，三年无所得，遂弃去。嘉庆己未冬，见邑人翟金兰同甫作书而善之，记其笔势，问当何业？同甫授以东坡西湖诗帖，曰：「学此以肥为主，肥易掩丑也。」余用其言，习两月，书遁似同甫。明年春，从商邱陈懋本季驯假古帖十余种，其尤者为南唐拓画赞、洛神，大观拓神龙兰亭。余已悉同甫之法，乃自求之于古，以硬黄摹兰亭数十过，更以朱界九宫移其字。每日习四字，每字连书百数，转锋布势，必尽合于本乃已。百日拓兰亭字毕，乃见古人抽豪出入，序画先后，与近人迥殊。遂以兰亭法求画赞、洛神。仿之又百日，乃见赵宋以后书，褊急便侧，少士君子之风。余既心仪遒丽之旨，知点画细如丝发，皆须全身力到。始叹前此十年，学成提肘，不为虚费也。

续纵游江浙，遍观收藏家旧迹。壬戌秋，晤阳湖钱伯坰鲁斯，鲁斯书名籍甚。尝语余曰：「古人用兔豪，故书有中线；今用羊豪，其精者乃成双钩，吾耽此垂五十年，才十得三四耳。」余答言：「书不能佳，然下笔辄成双钩。」鲁斯使面作之，画旁皆聚墨成线如界，余以此差自信矣。是年，又受法于怀宁邓石如顽伯，曰：「字画疏处可以走马，密处不使透风，常计白以当黑，奇趣乃出。」以其说验六朝人书，则悉合。然余书得自简牍，颇伤婉丽。甲子，遂专习欧颜碑版，以壮其势而宽其气。丙寅秋，获南宋库装庙堂碑及枣版阁帖，冥心探索，见永兴书源于大令，又深明大令与右军异法。尝论右军真行草法，皆出汉分，深入中郎；大令真行草法，导源秦篆，妙接丞相。梁武三河之谤，唐文饿隶之讥，既属梦呓，而米老、右军中含，大令外拓之说，适得其反。锐精仿习，一年之后，画有中线矣。每以熟纸作书，则其墨皆由两边渐燥至中，一线细如丝发，墨光晶莹异常，纸背状如针画，自谓于书道颇尽其秘。

乙亥夏，与阳湖黄乙生小仲同客扬州，小仲攻书较余更力，年亦较深。小仲谓余书解侧势而未得其要。余病小仲时出侧笔，小仲犹以未尽侧为憾。相处三月，朝夕辩证不相下。因诘其笔法。小仲曰：「书法之妙，在左右有牝牡相得之致，一字一画之工拙不计也。余学汉分而悟其法。以观晋唐真行，无不合者。其要在执笔，食指须高钩，大指加食指、中指之间，使食指如鹅头昂曲者，中指内钩，小指贴名指外拒如鹅之两掌拨水者，故右军爱鹅，玩其两掌行水之势也。大令亦云：『飞鸟以爪画地』，此最善状指势已。是故执笔欲其近，布指欲其疏，吾子秘之！子书得晋人面目耳，随人言下转，不数十年，化为粪壤。今人攻书至力者，无如吾子，勉之矣！」又云：「唐以前书皆始艮终乾，南宋以后书皆始巽终坤。」余初闻不知为何语，服念弥旬，差有所省，因迁习其法，一年渐熟。丙子秋，晤武进朱昂之青立。其言曰：「作书须笔笔断而后起，吾子书环转处颇无断势。」又晤秀水王良士仲瞿，言其内子金礼嬴梦神授笔法，管须向左迤后稍偃，若指鼻准者，锋乃得中。又晤吴江吴育山子，其言曰：「吾子书专用笔尖直下，以墨裹锋，不假力于副豪，自以为藏锋内转，只形薄怯。凡下笔须使笔豪平铺纸上，乃四面圆足；此少温篆法，书家真秘密语也。」余既服小仲之言，因不敢遽以三君子为非，分习而互试之，乃见其说足以补小仲之所未及。于是执笔宗小仲，而辅以仲瞿；运锋用山子，而兼及青立；结字宗顽伯，以合于小仲。屏去模仿，专求古人逆入平出之势。要以十稔，或有心手相得之境。然余非闻植三之言则不学，非闻同甫之言则中废，非得小仲之传则伥伥毕世矣。余他业屡迁，唯好书廿余年不改，一艺之能，其难如此，况进于书者乎？

嘉庆丁丑，余与翰风同滞都下，以书相切磋，简札往返无虚日，既乃集前后所言，掇其要为此篇，又为中篇以疏之。是年九月出都，道中得王侍中书诀石本，有云：「首务执笔，中控前冲，拇左食右，名禁后从。」细心体味，盖以五指分布管之四面，即同此法，古人文简，不易推测耳。戊寅客吴门，乃为下篇，以悉书之始卒。以示宜兴吴德旋仲伦，仲伦亦叹绝而申之曰：「道固归于墨不溢出于笔，而学之则自墨溢出于笔始。」己卯，又与翰风同客济南，得北朝碑版甚伙，因又为历下笔谈。翰风故工书，改用此法，以习北体，观者每谓与余书不辨。然余书尚缓，而翰风尚峻，微立异同。述书、笔谈稿出，录副者多：江都梅植之蕴生、仪征吴廷飏熙载、甘泉杨亮季子、高凉黄洵修存、余姚毛长龄仰苏、旌德姚配中仲虞、松桃杨承注挹之，皆得其法，所作时与余相乱。然道光辛巳，余过常州，晤小仲，出稿相质。小仲曰：「用笔者天，书中尽之，始艮终乾，正所谓流美者也。书中阐发善矣，然非吾意。」请其术，卒不肯言。

述书中

余既述诸君子之言为书，因以己意通之，而知其悉合于古也。右军以管为将军，明书道之机枢在管，而管之不可乱动也。今小仲之法，引食指加大指之上，置管于食指中节之端，以上节斜钩之，大指以指尖对中指中节拒之，则管当食指节湾，安如置床。大指之骨外突，抑管以向右；食指之骨横逼，挺管以向左，则管定。然后中指以尖钩其阳，名指以爪肉之际拒其阴，小指以上节之骨贴名指之端，五指疏布，各尽其力，则形如握卵，而笔锋始得随指环转，如士卒之从旌麾矣，此古人所谓双钩者也。东坡有言：「执笔无定法，要使虚而宽。」善言此意已。仲瞿之法，使管向左迤后稍偃者，取逆势也。盖笔后偃，则虎口侧向左，腕乃平而复下如悬。于是名指之筋，环肘骨以及肩背，大指之筋，环臂湾以及胸胁。凡人引弓举重，筋必反纽，乃长劲得力，古人传诀，所以著悬腕也。

唐贤状拨镫之势云：「如人并乘，镫不相犯。」盖善乘者，脚尖踏镫必内钩，足大指着镫，腿筋皆反纽，是以并乘而镫不相犯，此真工为形似者矣。

至古之所谓实指虚掌者，谓五指皆贴管为实，其小指实贴名指，空中用力，令到指端，非紧握之说也。握之太紧，力止在管，而不注豪端，其书必抛筋露骨，枯而且弱，永叔所谓使指运而腕不知，殆解此已。笔既左偃，而中指力钩，则小指易于入掌，故以虚掌为难；明小指助名指揭笔，尤宜用力也。大凡名指之力，可与大指等者，则其书未有不工者也。然名指如桅之拒帆，而小指如桅点之助桅，故必小指得劲，而名指之力乃实耳。

山子之法，以笔豪平铺纸上，与小仲「始艮终乾」之说同；然非用仲瞿之法，则不能致此也。盖笔向左迤后稍偃，是笔尖著纸即逆，而毫不得不平铺于纸上矣。石工镌字，画右行者，其锌必向左，验而类之，则纸犹石也，笔犹钻也，指如槌也。是故仲瞿之法，足以尽侧、勒、策三势之妙，而努、趯、掠、啄、磔五势，入锋之始，皆宜用之，锋既着纸，即宜转换。于画下行者，管转向上，画上行者，管转向下；画左行者，管转向右，是以指得势而锋得力。惟小正书，画形既促，未及换笔而画已成，非至精熟，难期合法。故自柳少师以后，遂无复能工此艺者也。「始艮终乾」者，非指全字，乃一笔中自备八方也。后人作书，皆仰笔尖锋，锋尖处，「巽」也。笔仰则锋在画之阳，其阴不过副豪濡墨以成画形，故至「坤」则锋止，佳者仅能完一画耳。惟管定而锋转，则逆入平出画之，八面无非豪力所达，乃后积画成字，聚字成篇，过庭有言：「一笔成一字之规，一字乃通篇之准」者，谓此也。盖人之腕，本侧倚于几，任其势则笔端仰左而成尖锋。锋既尖，则墨之所到，多笔锋所未到，是过庭所讥「任笔为体，聚墨成形」者已。以上所述，凡皆以求墨之不溢出于笔也。青立之所谓「笔必断而后起」者，即「无转不折」之说也。盖行草之笔多环转，若信笔为之，则转卸皆成扁锋，故须暗中取势，换转笔心也。小仲所以憾未能尽侧者，谓笔锋平铺，则画满如侧，非尚真侧也。汉人分法，无不平满，中郎见刷墙垩痕而作飞白，以垩帚锋平刷痕满足，因悟书势，此可意推矣。古碑皆直墙平底，当时工匠知书，用刀必正下以传笔法；后世书学既湮，石工皆用刀尖斜入，虽有晋唐真迹，一经上石，悉成尖锋，令人不复可见「始艮终乾」之妙。故欲见古人面目，断不可舍断碑而求「汇帖」已。

余见六朝碑拓，行处皆留，留处皆行。凡横直平过之处，行处也，古人必逐步顿挫，不使率然径去，是行处皆留也。转折挑剔之处，留处也，古人必提锋暗转，不肯擫笔使墨旁出，是留处皆行也。顽伯「计白当黑」之论，即小仲「左右如牡牝相得」之意。小仲尝言：「近世书鲜不阅墙操戈者。」又言：「正书惟太傅贺捷表、右军旦极寒、大令十三行是真迹，其结构天成。下此则张猛龙足继大令，龙藏寺足继右军，皆于平正通达之中，迷离变化，不可思议。」余为申之，以刁遵志足继太傅。河南圣教序记，其书右行，从左玩至右，则字字相迎；从右看至左，则笔笔相背。噫！知此，斯可以言书矣！

述书下

书艺始于指法，终于行间，前二篇已详论之。然聚字成篇，积画成字，故画有八法。唐韩方明谓八法起于隶字之始，传于崔子玉，历钟王以至永禅师者，古今学书之机栝也。隶字即今真书。八法者：点为侧，平横为勒，直为努，钩为趯，仰横为策，长撇为掠，短撇为啄，捺为磔也。以「永」字八画而备八势，故用为式。唐以后多伸明八法之书，然详言者或不得其要领；约言之，又不欲尽泄其秘，余故显言之。

夫作点势，在篆皆圆笔，在分皆平笔。既变为隶，圆平之笔，体势不相入，故示其法曰「侧」也。平横为勒者，言作平横，必勒其笔，逆锋落纸，卷豪右行，缓去急回，盖「勒」字之义，强抑力制，愈收愈紧。又分书横画，多不收锋，云「勒」者，示隶画之必收也。后人为横画，顺笔平过，失其法矣！直为努者，谓作直画，必笔管逆向上，笔尖也逆向上，平锋着纸，尽力上行，有引弩两端皆逆之势，故名努也。钩为趯者，如人之趯脚，其力初不在脚，猝然引起，而全力遂注脚尖，故钩末断不可作飘势挫锋，有失趯之义也。仰画为策者，如以策策马，用力在策本，得力在策末，著马即起也。后人作仰横，多尖锋上拂，是策末未著马也。又有顺压不复仰卷者，是策既著马而末不起，其策不警也。长撇为掠者，谓用努法下引在行，而展笔如「掠」；后人撇端多尖颖斜拂，是当展而反敛，非掠之义，故其字飘浮无力也。短撇为啄者，如鸟之啄物，锐而且速，亦言其画行以渐而削如鸟啄也。掠为磔者，勒笔右行，铺平笔锋，尽力开散而急发也。后人或尚兰叶之势，波尽处犹袅娜再三，斯可笑矣。

字有九宫。九宫者，每字为方格，外界极肥，格内用细画界一「井」字，以均布其点画也，凡字无论疏密斜正，必有精神挽结之处，是为字之中宫，然中宫有在实画，有在虚白，必审其字之精神所注，而安置于格内之中宫，然后以其字之头目手足分布于旁之八宫，则随其长短虚实，而上下左右皆相得矣。每三行相并至九字，又为大九宫，其中一字即为中宫，皆须统摄上下四旁之八字，而八字皆有拱揖朝向之势，逐字移看，大小两中宫，皆得圆满，则俯仰映带，奇趣横出已。九宫之说，始见于宋，盖以尺寸算字，专为移缩古帖而说，不知求条理于本字。故自宋以来，书家未有能合九宫者也。两晋真书碑版，不传于世。余以所见北魏、南梁之碑数十百种，悉心参悟，而得大小两九宫之法，上推之周、秦、汉、魏、两晋篆分碑版存于世者，则莫不合于此，其为钟王专力可知也。世所行贺捷、黄庭、画赞、洛神等帖，皆无横格；然每字布势，奇纵周致，实合通篇而为大九宫，如三代钟鼎文字。其行书如兰亭、玉润、白骑、追寻、违远、吴兴、外出等帖，鱼龙百变，而按以矩矱，不差累黍。降及唐贤，自知才力不及古人，故行书碑版，皆有横格，就中九宫之学。徐会稽、李北海、张郎中三家为尤密，传书俱在，潜精按验，信其不谬也。

然而画法字法，本于笔，成于墨，则墨法尤书艺一大关键已。笔实则墨沉，笔飘则墨浮。凡墨色奕然出于纸上，莹然作紫碧色者，皆不可以言书；必黝然以黑，色平纸面，谛视之，纸墨相接处，仿佛有毛，画内之墨，中边相等，而幽光若水纹，徐漾于波发之间，乃为得之。盖墨到处皆有笔，笔墨相称，笔锋着纸，水即下注，而笔力足以摄墨，不使旁溢，故墨精皆在纸内。不必真迹，即玩石本，亦可辨其墨法之得否耳。尝见有得笔法而不得墨法者矣，未有得墨法而不由于用笔者也。丞相云：「下笔如鹰鹯搏击。」右军云：「每作一点画，皆悬管掉之，令其锋开，自然遒丽。」侍中云：「崔、杜、钟、张、二卫之书，笔力惊绝。」梁武帝与隐居评书，以中郎为笔势洞达，右军为字势雄强，又取象于龙威虎震，快马入阵。合观诸论，则古人盖未有不尚峻劲者矣。永师之后，虞、欧、褚、陆、徐、张、李、田、颜、柳，各备才智，大畅宗旨。中经丧乱，传笔法者唯明州布衣范的、洛阳少师二家。范之阿育王碑，行间茂密；杨之大仙帖，画外峭险，并符前哲。自兹以降，宋之东坡，明之香光，亦臻妙悟。东坡云：「我虽不善书，解书莫如我。苟能通其意，常谓不学可。」香光云：「画须中直，不得轻易偏软。」探厥词旨，可谓心通八法者矣。若二公肆力九宫，岂必远后古人乎！是故善学者，道苏须知其澜漫，由董须知其凋疏，汰澜漫则雄逸显，避凋疏则简淡真。

余年廿六而后学，四十而后知，少小恶札，脱于心而胶于手。精力既衰，又迫物务，岂望有成？庶几述其心得以授子弟，童而习之，或有能继志以成名者云尔。

跋荣郡王临快雪内景二帖

古人论真行书，率以不失篆分意为上，后人求其说而不得，至以直点斜拂形似者当之，是古碑断坏，汇帖障目，笔法之不传久矣。南唐祖本，字内罕觏，潭、绛、大观、宝晋诸刻，具体宋人，停云、郁冈，悉成赵法。即华亭力排吴兴，而戏鸿不乏赵意，良由胜国盛行赵书，摹刻路熟，虽从真迹上石，而六朝妙笔，已不可见。加华亭选帖之时，甫逾强仕，字尚无笔，鉴复有舛，故旱燥帖，虎儿书；告渊朗帖、东山帖、谢庄诗帖、离骚经、文皇哀册，皆中岳书；先墓帖，中唐人书；黄耆帖，景度书；思想帖、秋深不审帖，皆吴兴书；乐志论、帝京篇，皆伪书，悉令窜入。其真迹唯出师颂、保母志、南库本十三行、朱巨川告身、祭侄文、刘中使新步虚词，尚可以意推见双钩、悬臂、指实、掌虚之妙，为足重耳。

大凡六朝相传笔法，起处无尖锋，亦无驻痕，收处无缺锋，亦无挫锋，此所谓不失篆分遗意者。虞、欧、徐、陆、李、颜、柳、范、杨，字势百变，而此法不改。宋贤唯东坡实具神解，中岳一出，别启旁门；吴兴继起，古道遂湮。华亭晚而得笔，不著言铨，近世诸城相国，祖述华亭，又从山谷「笔短意长」一语悟入，窥破秘旨。虽复结构伤巧，较华亭逊其遒逸，而入锋洁净，时或过之。盖山东多北魏碑，能见六朝真相，此诸城之所以或过华亭也。今观荣邸书，虽模戏鸿木本，而笔势逆入平出，江左风流，俨然若接，不受毡墨之愚，可谓诸城而后，再逢通识者已。铁香得之，装池见示，故欣忭而记之。同观者张翰风、彦惟竹、林容澜止、来止昆玉、徐仲平、魏曾容、叶东卿、方彦闻、胡苏门。

题隋志拓本

嘉庆二十年，西安民掘地得石志二：一隋太仆卿，一太仆夫人姬氏。俱正书，径半寸。太仆志，纵横各三十七行，夫人志纵横各二十七行。字画隽密，词理高华，玩其笔势，断为率更无疑也。永兴称率更曰：「不择纸笔，皆能如志」，于此拓见之。盖其指法沉实，力贯毫端，八面充满，更无假于外助故也。率更书晚而弥峻，姚辨志、千字文，皆大业时书，其体壮实，近遗教经。醴泉铭、捣素赋、心经、梦奠，皆贞观时书，其体雄峻，近曹娥碑。二志字同千文，而更遒丽。

书道习法易而创体难，近世北朝石志出土者多矣，字画率朴茂，敛分势而为之。至率更出，始酝酿分法而尽变其势。厥后祖尚流风，虽峭厉如兰台，圆劲如裴休，卒莫穷浑厚之域，而谓同时侪辈，竟复有学业相抗，而无闻于后者乎！率更碑版传世者，悉伤磨刮，即得宋拓，亦非真相。而二志数千字，完好如新，岂非墨林至宝耶？太仆志，极沉毅；夫人志，稍加妍隽。盖艺之精者，必凝于神，下笔时，因人因文，寄意稍殊，体势与为关通耳。余尝见南唐拓画赞、十三行，沉肃如汉分。今见二志，益见山阴家法，为宋以来汇帖所没，故具说之。

与金坛段鹤台玉立明经论书次东坡韵

昔吾语文笔，于中必有我。蜜成花不见，持以论书可。错综理相安，避就形时椭。常能伏纸骄，始得见笔娜。转换心如旋，骏发势每颇。摄水墨无溢，开锋毫不裹。锋毫辨微芒，水墨分纤么。嗜此二十年，长者力先荷。闻声震合弦，譬巧知扣笥。只今两少师，传书苦不伙。变法心何雄，涉险气振惰。俗学贪速成，锦鞯被驽跛。步颜拥肥娘，趋欧牵病骒。若谓吾言非，试与讯江左。

花之精浮而为蜜，其滓沉而为蜡，蜡中亦无花迹。乃为蜜成未成之先，则采与酿，大有事在。「错综」十句，言酿之事；「只今」八句，言采之事。凡作书无论何体，必须筋骨血肉备具，筋者锋之所为，骨者毫之所为，血者水之所为，肉者墨之所为。锋为笔之精，水为墨之髓。锋能将副毫，则水受摄，副毫不裹锋，则墨受连，而其要归于运指。大指能擫管，则锋自开，名指能拒管，则副毫自平，锋开毫平，而墨自不溢出于笔外，水行笔中，笔势无不遒润矣。王侍中传右军之诀云：「万毫齐力」。予尝申之曰：「五指齐力」。盖指力有轻重，则毫力必不能齐也。柳诚悬、杨景度两少师，皆神明于指法，故一变江左书势，而江左书意，反赖以传，但知之者罕矣。

附旌德姚配中仲虞和作

书学缄秘多，启龠恃有我。我气果浩然，大小靡不可。使转贯初终，形体随偏椭。如松对月闲，如柳迎风娜。书之大局，以气为主，使转所以行气，气得则形体随之，无不如志，古人之缄秘开矣。请言使转方，按提平且颇。注墨枯还荣，展豪纠异裹。字有骨肉筋血，以气充之，精神乃出。不按则血不融，不提则筋不劲，不平则肉不匀，不颇则骨不骏。圆则按提出以平颇，是为绞转，方则平颇出以按提，是为翻转。知绞翻则墨自不枯，而毫自不褰矣。此使转之真诠，古人之秘密也。尤有空盘纡，与草争眇么。草原一脉承，真亦千钧荷。真草同源而异派，草用盘纡于虚，其行也速，无迹可寻；真用盘纡于实，其行也缓，有象可睹。唯锋俱一脉相承，无同凝露，力必通身俱到，不论迅迟，盘纡之用神，草真之机合矣。真自变欧褚，抽掣同发笴。门户较易寻，授受转难伙。字有方圆，本自分篆。方者用翻，圆者有绞。方不能翻，则滞而成疣；圆不知绞，则痹而为痿。河南用绞多，行以抽笔；渤海用翻多，行以掣笔。抽用按提，掣用平颇，两家之所以分也。欧褚合，则宛然旧观矣。愧余玩索频，徒戒临摹惰。行之虽有时，至焉每苦跛。先路道恳勤，遵途骋驶駊。旨哉双楫篇，后尘附诸左。

历下笔谈

秦程邈作隶书，汉谓之今文。盖省篆之环曲以为易直。世所传秦汉金石，凡笔近篆而体近真者，皆隶书也。及中郎变隶而作八分，「八」，背也，言其势左右分布相背然也。魏晋以来，皆传中郎之法，则又以八分入隶，始成今真书之形，是以六朝至唐，皆称真书为隶，自唐人误以「八」为数字，及宋遂并混分隶之名。窃谓大篆多取象形，体势错综，小篆就大篆减为整齐，隶就小篆减为平直，分则纵隶体而出以骏发，真又约分势而归于遒丽，相承之故，端的可寻。故隶真虽为一体，而论结字，则隶为分源；论用笔，则分为真本也。

西晋分书，孙夫人碑是孔羡法嗣，用笔沉痛不减，而体稍疏隽。太公望碑是乙瑛法嗣，结字有逸相逼，而气加凝整。大率晋人分法，原本钟梁，尤近隶势。自北魏以逮唐初，皆宗孙夫人，及会稽晚出，始尚太公望，极于韩史，益趋便媚。分法不古，隶势因之，晋人隶书，世无传石，研究二碑，可以意测。盖中郎立极，梁传其势，钟传其韵，后遂判为二派。至近人邓石如，始合二家，以追中郎，未可以时代优劣也。

北朝隶书，虽率导源分篆，然皆极意波发，力求跌宕。凡以中郎既往，钟梁并起，各矜巧妙，门户益开。踵事增华，穷情尽势。而般若碑，浑穆简静，自在满足，与析里桥郙阁颂同法，用意逼近章草，当是西晋人专精蔡体之书，无一笔阑入山阴，故知为右军以前法物。拟其意境，惟有「香象渡河」而已。平原、会稽，各学之而得其性之所近，反复玩味，绝无神奇，但见点画朴实，八面深稳，更无欠缺处耳。求之汇帖，征西出师颂、大令保母志，可称一家眷属，以其绝去作用处相同故也。

绛帖刻「桓山颂献之铭」六字，相传为大令书，沉雄宕逸，诚亦希有。然以拟般若碑，则如罗汉见六大神通，及见入定古佛，不免偏袒膜拜耳。穆子容碑，乃其云礽。

北碑体多旁出，郑文公碑字独真正，而篆势、分韵，草情毕具。其中布白本乙瑛，措画本石鼓，与草同源，故自署曰「草篆」，不言分者，体近易见也。以中明坛题名、云峰山五言验之，为中岳先生书无疑。碑称其「才冠秘颖，研图注篆」，不虚耳。南朝遗迹，唯鹤铭、石阙二种，萧散骏逸，殊途同归。而鹤铭刓泐已甚，石阙不过十余字，又系反刻。此碑字逾千言，其空白之处，乃以摩崖石坳，让字均行，并非剥损，真文苑奇珍也。

刁惠公志最茂密，平原于茂字少理会，会稽于密字欠工夫。书评谓太傅茂密，右军雄强。雄则生气勃发故能茂，强则神理完足故能密。是茂密之妙，已概雄强也。

北魏书，经石峪大字、云峰山五言、郑文公碑、刁惠公志为一种，皆出乙瑛，有云鹤海鸥之态。张公清颂、贾使君、魏灵藏、杨大眼、始平公各造象为一种，皆出孔羡，具龙威虎震之规。李仲璇、敬显儁别成一种，与右军致相近，在永师千文之右。或出卫瓘，而无可证验，隋龙藏寺，庶几绍法，逊其淡远之神，而体势更纯一。

齐隽修罗碑，措画结构，极意经营，虽以险峻取胜，而波发仍归蕴借。北朝书承汉魏，势率尚扁，此易为长，渐趋姿媚，已为率更开山。朱君山碑，用笔尤宕逸，字势正方整齐而具变态，其行画特多偏曲，骨血俊秀，盖得于秦篆。山谷以箭锋所直，人马应弦为有韵，验以此书，信为知言。谏议学之而不尽，遂成平滞一路滥觞矣。

古人书有定法，随字形大小为势。武定玉佛记，字方小半寸；刁惠公、朱君山，字方大半寸；张猛龙等碑，字方寸；郑文公、中明坛，字方二寸；各碑额，云峰山诗、瘗鹤铭、侍中石阙，字方四五寸；云峰、徂徕两山刻经，字皆方尺；泰山刻经，字方尺七、八寸。书体虽殊，而大小相等，则法出一辙。至书碑题额，本出一手，大小既殊，则笔法顿异。后人目为汇帖所眯，于是有黄庭、乐毅展为方丈之谬说，此自唐以来，榜署字，遂无可观者也。

北朝人书，落笔峻而结体庄和，行墨涩而取势排宕。万豪齐力故能峻，五指齐力故能涩。分隶相通之故，原不关乎迹象，长史之观于担夫争道，东坡之喻以上水撑船，皆悟到此间也。

用笔之法，见于画之两端，而古人雄厚恣肆，令人断不可企及者，则在画之中截。盖两端出入操纵之故，尚有迹象可寻，其中截之所以丰而不怯，实而不空者，非骨势洞达，不能幸致。更有以两端雄肆而弥使中截空怯者。试取古帖横直画，蒙其两端，而玩其中截，则人人共见矣。中实之妙，武德以后，遂难言之。近人邓石如书，中截无不圆满遒丽，其次刘文清，中截近左处，亦能洁净充足，此外则并未梦见古今书诀，俱未及此。惟思白有笔画中须直，不得轻易偏软之说，虽非道出真际，知识固自不同。其跋杜牧之张好好诗云：「大有六朝风韵」者，盖亦赏其中截有丰实处在也。

北碑画势甚长，虽短如黍米，细如纤毫，而出入、收放、偃仰、向背、避就、朝揖之法备具。起笔处顺入者无缺锋，逆入者无涨墨，每折必洁净，作点尤精深，是以雍容宽绰，无画不长。后人著意留笔，则驻锋折颖之处，墨多外溢，未及备法而画已成，故举止匆遽，界恒苦促，画恒苦短，虽以平原雄杰，未免斯病。至于作势裹锋，敛墨入内，以求条畅手足，则一画既不完善，数画更不变化，意恒伤浅，势恒伤薄，得此失彼，殆非自主。山谷谓征西出师颂笔短意长，同此妙悟。然渠必见真迹，故有是契，若求之汇帖，即北宋枣本，不能传此神解。境无所触，识且不及，况云实证耶？

北碑字有定法，而出之自在，故多变态；唐人隶无定势，而出之矜持，故形板刻。

十三跋是伪物，子昂虽陋，未必至是。然今世盛行其说，受病最深处，无如「陈隋人结字非不古，而乏俊气」二语，五百年来佳子弟，多为所误。夫千人曰俊，君子正衣冠，尊瞻视，俨然可畏，所以为有俊气也。岂必龋笑慵妆，作失行妇人状哉！永叔曰：「书至梁陈之际，而工极」，余尝叹为知言。惜南朝禁立碑，墓志出土，惟保母一种。而原砖又亡。幸有始兴王碑，剥蚀之余，尚可以证前说之谬妄。思白但于汇帖求六朝，故自言廿年学魏晋无入处，及学宋人乃得真解。盖汇帖皆宋人所摹，固不如宋人自书之机神完足也。近人王澍谓江南足拓，不如江北断碑，亦为有见地者。

唐人草法，推张长史、钱醉僧、杨少师三家。长史书源虞陆，故醉僧以为洛下遇颜尚书，自言受笔于长史，闻斯八法，若有所得。世所传肚痛、春草、东明、秋寒诸帖，皆非真迹，惟千文残本二百余字，伏如虎卧，起如龙跳，顿如山峙，挫如泉流，上接永兴，下开鲁郡，是为草隶。醉僧所传大小千文，亦是伪物。惟圣母、律公，导源篆籀，浑雄鸷健，是为草篆。少师韭花、起居法，皆出仿写。至大仙帖，逆入平出，步步倔强，有猿腾蠖屈之势，周隋分书之一变，是为草分。其余如屏风、书谱、绝交诸帖，虽俱托体山阴，止成稿行而已。

自唐迄明，书有门户者廿人，爰为续评：永兴如白鹤翔云，人仰丹顶；河南如孔雀皈佛，花散金屏；王知敬如振鹭集而有容；柳诚悬如关雎挚而有别；薛少保如雏鹄具千里之志；钟绍京如新莺矜百啭之声；率更如虎饿而愈健；北海如熊肥而更捷；平原如耕牛稳实而利民用；会稽如战马雄肆而解人意；景度如俵骡强僵，布武紧密；范的如明驼舒步，举止轩昂；玉局如丙吉问牛，能持大体；端明如子阳据蜀，徒饰銮舆；山谷如梁武写经，心仪利益；海岳如张汤执法，比用重轻；子昂如挟瑟燕姬，矜宠善狎；伯几如负暄野老，嘈杂不辞；京兆如戎人呀布，不知麻性；宗伯如龙女参禅，欲证男果。

后附四则

「枞阳门」三大字，在安徽省城南门，字径二尺许，雍容揖让，是山阴家法。唯「门」字右直稍挺腹，不敢径指为右军书耳。赵州城内，永兴所书「攀龙鳞附凤翼」六大字，尺寸与「枞阳门」相当，比之则脚忙手乱，局促窘迫，不自赖矣！庾亮持节江西，右军为其从事，或庾自书，或使王书。时右军年少，书势或稍加作用，未可知也。然断非永师以下所能至矣。「天监井栏」，在茅山，可辨者尚有数十字，字势一同瘗鹤铭，其字同者则笔法结法悉同，可证鹤铭为隐居书，而逋翁、消臣之说废已。

杭州龚定庵藏宋拓「八关斋」七十二字，一见疑为鹤铭，始知古人鹤铭极似颜书之说有故。苏州城内，有太白书「观音之阁」四大字，字径七八尺，整暇有永兴风，唯笔势稍抛松耳。然较「逍遥楼」颜书，相去不可数计。

论书十二绝句

书道以用笔为主，然明源流于所自，则笔法因之。故纪汉世以来，迄于近今，宗派脉络，次为韵语。其人所共见，而名实复副者，概从略焉。己卯季秋，书于历下西司公廨。

程隶原因李篆生，蔡分展足始纵横。更依分势成今隶，不辨真源漫证盟。

说详笔谈，自真、隶名别，而古人笔法始失。

中郎派别有钟梁，茂密雄强正雁行。底事千文传祖法，顿教分隶意参商。

钟之乙瑛，梁之孔羡，北朝隶石，恪守两宗。至隶不本分，草不本篆，实滥觞于真草千文。其自题曰真书，盖亦有意变古也。

吕望翩仙接乙瑛，峻严孔羡毓任城。欧徐倒置滋流弊，具体还应溯「巨卿」。

西晋分书有太公望、任城太守孙夫人二碑，虽峻逸殊科，而皆曲折顿宕，姿致天成。至率更法任城，会稽法吕望，惟于波发注意，其牵引环转处，多行以今隶之法，中郎洞达之风息已。

朱杨张贾是梁宗，渤海荥阳势绍钟。更有贞珉镌般若，便齐李蔡起三峰。

荥阳郑义、渤海刁遵、朱义章、杨大眼、张猛龙、贾思伯，皆北魏碑。般若碑字方二寸，三百言尚完好，无时代年月，书势敦厚浑雄，予臆定为西晋人书，实古今第一真书石本也。

从来大字苦拘挛，岱麓江崖若比肩。多谢云封经石峪，不教山谷尽书禅。

泰山经石峪大字，完好者不下二百，与焦山鹤铭相近，而渊穆时或过之。

梁武评书致有神，一言常使见全身。云峰山下摩残碣，啸树低腰认未真。

郑文公季子道昭，自称中岳先生，有云峰山五言及题名十余处，字势巧妙俊丽，近南朝郗超。

谢万常疑其父墓下碑、经石峪大字、刁惠公志，出其手也。

中正冲和龙藏碑，擅场或出永禅师。山阴面目迷梨枣，谁见匡庐雾霁时？

隋龙藏寺，出魏李仲璇、敬显儁两碑，而加纯净，左规右矩近千文，而雅健过之。书评谓右军字势雄强，此其庶几。若如阁帖所刻，绝不见雄强之妙，即定武兰亭，亦未称也。

伯英遗篆为狂草，长史偏从隶势来。八法幸窥龙虎气，东明春草总成灰。

伯英变章为草，历大令而至伯高，始能穷奇尽势，然唯千文二百余字是真迹，他帖皆赵宋以后俗手所为。余玩千文，而悟伯高为草隶，藏真为草篆，景度为草分，虽同出伯英，得笔各有原本。然征西风流，遂尔邈绝，此大令所为叹章草宏逸也。

三唐试判俗书胚，习气原从褚氏开。究颂只今留片石，独无尘染笔端来。

先任城公究公颂，骏和兼至，唐石本之恪守古法者。

巨川官告是书雄，健举沉追势并工。悟入指尖有炉冶，转毫犹憾墨痕丰。

谓会稽本唐帖，真书之善自变者，行书则兰亭题句，同此妙悟。

洛阳草势通分势，以侧为雄曲作浑。董力苏资纵奇绝，问津须是到河源。

东坡、香光，俱得力于景度，然东坡谓其雄杰有颜柳之遗，香光谓其以险绝为奇，破方为圆，削繁成简，是犹未见彼结胎悟入处也。

无端天遣怀宁老，上蔡中郎合继声。一任刘姚夸绝诣，偏师争与撼长城。

诸城刘文清相国，少习香光，壮迁坡老，七十以后，潜心北朝碑版，虽精力已衰，未能深造，然意兴学识，超然尘外。桐城姚惜抱京堂，晚而工书，专精大令，为方寸行草，宕逸而不空怯，时出华亭之外。其半寸以内真书，洁净而能恣肆，多所自得。怀宁布衣邓石如顽伯，篆、隶、分、真、狂草，五体兼工，一点一画，若奋若搏，盖自武德以后，间气所钟，百年来，书学能自树立者，莫或与参，非一时一州之所得专美也。

国朝书品

平和简静，遒丽天成，曰神品。

酝酿无迹，横直相安，曰妙品。

逐迹穷源，思力交至，曰能品。

楚调自歌，不谬风雅，曰逸品。

墨守迹象，雅有门庭，曰佳品。

右为品五，妙品以降，各分上下，共为九等。能者二等，仰接先民，俯援来学，积力既深，或臻神妙。逸取天趣，味从卷轴，若能以古为师，便不外于妙道。佳品诸君，虽心悟无闻，而实则不失苦攻之效，未可泯没。至于狂怪软媚，并系俗书，纵负时名，难入真鉴，庶几雅俗殊途，指归不昧。其人皆以既往为断，就所见而条别之，同等则绍以世序为其后先。道光四年正月望日，泾包世臣慎伯甫编次。

神品一人

邓石如隶及篆书

妙品上一人

邓石如分及真书

妙品下二人

刘墉小真书

姚鼐行草书

能品上七人

释邱山真及行书

宋珏分及榜书

傅山草书

姜宸英行书

邓石如草书

刘墉榜书

黄乙生行榜书

能品下二十三人

王铎草书

周亮工草书

笪重光行书

吴大来草书

赵润草榜书

张照行书

刘绍庭草榜书

吴襄行书

翟赐履草书

王澍行书

周于礼行书

梁巘真及行书

翁方纲行书
于令淓行书
巴慰祖分书
顾光旭行书
张惠言篆书
王文治方寸真书
刘墉行书
汪庭桂分书
钱伯坰行及榜书
陈希祖行书
黄乙生小真行书

逸品上十五人

顾炎武正书
萧云从行书
释雪浪行书
郑簠分及行书

高其佩行书
陈洪绶行书
程邃行书
纪映钟行书
金农分书
张鹏翀行书
袁枚行书
朱鋐稿书
朱珪真书
邓石如行书
宋镕行书

逸品下十六人

王时敏行及分书
朱彝尊分及行书
程京萼行书
释道济行书

赵青黎真及行书
钱载行书
程瑶田小真书
巴慰祖行书
汪中行书
毕涵行书
陈淮行书
姚鼐小真书
程世淳行书
李天澂行书
伊秉绶行书
张桂岩行书

佳品上二十二人

沈荃真书
王鸿绪行书
先著行书

查士标行书
汪士鋐真书
何焯小真书
陈奕禧行书
陈鹏年行书
徐良行书
蒋衡真书
于振行书
赵知希草书
孔继涑行书
嵇璜真书
钱沣行书
桂馥分书
翁方纲小真书
张燕昌小真书
康基田行书

钱坫篆书

谷际岐行书

洪梧小真书

佳品下十人

郑来行书

林佶小真书

方观承行书

董邦达行书

华岩行书

秦大士行书

高方小真书

金榜真书

吴俊行书

陈崇本小真书

九品共九十七人，重迭见者六人，实九十一人。又在都下前门西猪市口堆子前路北，见火镰店柜上，立招牌两块，有「只此一家，言无二价」八字。字径七寸，墨书白粉版，版裂如蛇跗，其书优入妙品，询之不得主名，附记于此。

道光廿四年重录，增能品上一人：张琦真行及分书。能品下三人：于书佃行书，段玉立小真及草书，吴德旋行书。佳品上六人：吴育篆及行书，方履篯分书，梅植之行书，朱昂之行书，李兆洛行书，徐准宜真书。

答熙载九问

问：自来论真书，以不失篆分遗意为上，前人实之以笔画近似者，而先生驳之，信矣！究竟篆分遗意寓于真书，从何处见？

篆书之圆劲满足，以锋直行于画中也；分书之骏发满足，以毫平铺于纸上也。真书能敛墨入毫，使锋不侧者，篆意也；能以锋摄墨，使毫不裹者，分意也。有涨墨而篆意湮，有侧笔而分意漓。诚悬、景度以后，遂滔滔不可止矣！

问：先生常言草书自有法，非字体之说也，究竟何者为草法？

书谱云：「真以点画为形质，使转为性情；草以使转为形质，点画为性情。」是真能传草法者。世人知真书之妙在使转，而不知草书之妙在点画，此草法所为不传也。大令草常一笔环转，如火箸划灰，不见起止，然精心探玩，其环转处，悉具起伏顿挫，皆成点画之势；由其笔力精熟，故无垂不缩，无往不收，形质成而性情见，所谓画变起伏，点殊衄挫，导之泉注，顿之山安也。后人作草，心中之部分，既无定则，毫端之转换，又复卤莽。任笔为体，脚忙手乱，形质尚不备具，更何从说到性情乎！盖必点画寓使转之中，即性情发形质之内，望其体势，肆逸飘忽，几不复可辨识，而节节换笔，笔心皆行画中，与真书无异。过庭所为言「张不真而点画狼藉」，指出楷式，抉破窔奥也。至谓「钟不草而使转纵横」，此语并传尽真法。盖端庄平直，真势也。古人一点一画，皆使锋转笔以成之，非至起止掣曳之处，乃用使转。纵横者，无处不达之谓也。盘纡跳荡，草势也。古人一牵一连，笔皆旋转，正心着纸，无一黍米倒塌处。狼藉者，触目悉是之谓也。草法不传，实由真法不传。真草同源，只是运指换笔。真则人人共习，而习焉不察；草则习之者少，故谓草法不传耳。然草书部分，亦是一大事。晋书所谓「杀字甚安」，是专言结构。不力究此义，所以日趋狂怪，缭绕而不可止也。草故有法，然岂有别法哉？千年黑洞，今始凿出一线天。然工力互有深浅，吴郡所为叹「右军博涉多优」也。抑余有更为吴郡进一解者，书之形质，如人之五官四体；书之性情，如人之作止语默。必如相人书所谓五官成、四体称，乃可谓之形质完善，非是则为缺陷。必如礼经所谓「九容」，乃得性情之正，非是则为邪僻。故真书以平和为上，而骏宕次之；草书以简静为上，而雄肆次之。是故有形质而无情性，则不得为人；情性乖戾，又乌得为人乎？明乎此而自力不倦，古人未尝不可企及耳。

问：先生常言左右牝牡相得，而近又改言气满，究竟其法是一是二？

作者一法，观者两法。左右牝牡，固是精神中事，然尚有形势可言。气满则离形势而专说精神，故有左右牝牡皆相得而气尚不满者，气满则左右牝牡自无不相得者矣。言左右必有中，中如川之泓，左右之水，皆摄于泓。若气满则是来源极旺，满河走溜，不分中边，一目所及，更无少欠缺处。然非先从左右牝牡用功力，岂能幸致气满哉！气满如大力人精通拳势，无心防备，而四面有犯者，无不应之裕如也。

问：吴兴言：「结字因时相沿，用笔千古不易，陈隋人结字非不古而乏俊气，此又存乎其人。」华亭云：「古人以章法为一大事，尝见襄阳西园记，端若引绳，此非必有迹象，乃平日留心章法故耳。」二说孰优？

赵董二说皆陋，结字本于用笔。古人用笔，悉是峻落反收，则结字自然奇纵。若以吴兴平顺之笔，而运山阴矫变之势，则不成字矣。分行布白，非停匀之说也，若以端若引绳为深于章法，此则史匠之能事耳，故结体以右军为至奇。「秘阁」所刻之黄庭，南唐所刻之画赞，一望唯见其气充满而势俊逸，逐字逐画，衡以近世体势，几不辨为何字，盖其笔力惊绝，能使点画荡漾空际，回互成趣。大令十三行稍次之。曹娥碑俊朗殊甚，而结字序画，渐开后人匀称门户，当是右军誓墓后，代笔人所为，或出羊侍中，而后人以为王体，误收右军帖中耳。乐毅论各本，皆是唐人自书，非出摹拓，只为体势之平，实由笔势之近。北碑以清颂碑、玉佛记为最奇，然较十三行，已为平近，无论画赞、黄庭也。内景经，纵势取姿，可谓有韵，然序画雅无奇趣，鹤铭神理正同内景，以为右军书者，皆非能见匡庐真相者也。降至王侍中，用笔渐平，而结字益实。盖二王以前之书，无论真行，帖中所无，不能撮合偏旁，自创一字以参其间。侍中以下，则渐可以后人体势入之而不嫌矣。草书唯皇象、索靖，笔鼓荡而势峻密，殆为右军所不及。伯英诸帖，大都是大令书。圣于狂草，空前绝后。只是行以篆法，下笔如鹰遒搏击，遒而不褊，疏而不凋，虽经挪行，尚可想「所向无空阔」之意态也。

问：前人言小字如大字，褚遂良以后，经生祖述，亦有能者。大字如小字，未之见也。题署如细字，跌宕自在，唯米襄阳近之，斯语是否？

小字如大字，以言其用法之备，取势之远耳。河南遍体珠玉，颇有行步媚蛊之意，未足为小字如大字也。大字如小字，以形容其雍容俯仰，不为空阔所震慑耳。襄阳侧媚跳荡，专以救应藏身，志在束湿，而时时有收拾不及处，正是力弱胆怯，何能大字如小字！小字如大字，必也黄庭，旷荡处直任万马飞腾，而藩篱宏固，有率然之势。大字如小字，唯鹤铭之如意指挥，经石峪之顿挫安详，斯足当之。

问：每作一波，常三过折，「无垂不缩，无往不收」，先生每举此语以示学者。而细玩古帖，颇不尽然，即观先生作字，又多直来直去，二法是同是异？

学书如学拳，学拳者身法、步法、手法、扭筋对骨，出手起脚，必极筋所能至，使之内气通而外劲出。予所以谓临摹古帖，笔画地步，必比帖肥长过半，乃能尽其势而传其意者也。至学拳已成，真气养足，其骨节节可转，其筋条条皆直，如对强敌，可以一指取之于分寸之间，若无事者。书家自运之道，亦如是矣。盖其直来直去，已备过折收缩之用，观者见其落笔如飞，不复察笔先后之故，即书者亦不自觉也。若径以直来直去为法，不从事于支积节累，则大谬矣！

问：匀净无过吴兴，上下直如贯珠，而势不相承；左右齐如飞雁，而意不相顾，何耶？

吴兴书笔，专用平顺，一点一画，一字一行，排次顶接而成。古帖字体，大小颇有相径庭者，如老翁携幼孙行，长短参差，而情意真挚，痛痒相关。吴兴书则如市人入隘巷，鱼贯徐行，而争先竟后之色，人人见面，安能使上下左右空白有字哉？其所以盛行数百年者，徒以便经生胥吏故耳。然竟不能废者，以其笔虽平顺，而来去出入处，皆有曲折停蓄。其后学吴兴者，虽极似而曲折停蓄不存，惟求匀净，是以一时虽为经生胥吏所宗尚，不旋踵而烟消火灭也。

问：华亭言学少师大仙帖，得其破方为圆，削繁成简之妙。先生尝是其言。再三寻讨，不得其故！

香光论书，以此二语为最精，从过庭「泯规矩于方圆，遁钩绳之曲直」悟入，非果得于学大仙帖也，此以香光所诣知之。至大仙帖即今传新步虚词，望之如狂草，不辨一字，细心求之，则真行相参耳。以真行联缀成册，而使人望为狂草，此破削之神也。盖少师结字，善移部位，自二王以至颜柳之旧势，皆以展蹙变之，故按其点画如真行，而相其气势则狂草。山谷云：「世人尽学兰亭面，欲换凡骨无金丹。谁知洛阳杨风子，下笔便到乌丝阑。」言其变尽兰亭面目，而独得神理也。兰亭神理，在「似奇反正，若断还连」八字，是以一望宜人。而究其结字序画之故，则奇怪幻化，不可方物。此可以均天下国家，可以辞爵禄，可以蹈白刃之中庸，而非非之无举，刺之无刺之中庸也。少师则反其道而用之，正如尼山之用狂狷。书至唐季，非诡异即软媚，软媚如乡愿，诡异如素隐，非少师之险绝，断无以挽其颓波，真是由狷入狂，复以狂用狷者，狂狷所为可用，其要归固不悖于中行也。

问：先生尝云：「道苏须汰澜漫，由董宜避凋疏。」澜漫、凋疏，章法中事乎？笔法中事乎？汰之，避之，从何着手？

澜漫、凋疏，见于章法，而源于笔法。花到十分名澜漫者，菁华内竭，而颜色外褪也。草木秋深，叶凋而枝疏者，以生意内凝，而生气外敛也。书之澜漫，由于力弱，笔不能摄墨，指不能伏笔，任意出之，故澜漫之弊，至幅后尤甚。凋疏由于气怯，笔力尽于画中，结法止于书内，矜心持之，故凋疏之态，在幅首尤甚。汰之，避之，唯在练笔。笔中实，则积成字，累成行，缀成幅，而气皆满，气满则二弊去矣。宝晋斋辞中令书，画瘦行宽而不凋疏者，气满也。戏鸿堂、摘句兰亭诗、张好好诗，结法率易，格致散乱而不澜漫者，气满也。气满由于中实，中实由于指劲，此诣甚难至，然不可不知也。

答三子问

修存问：先生薄吴郡书，而常举其言为学者法。其所谓「察之尚精，拟之贵似」，先察后拟者，将毋必能察而后能拟耶？敢问古帖真伪优劣，如何能精其察？

书道妙在性情，能在形质，然性情得于心而难名，形质当于目而有据，故拟与察，皆形质中事也。古帖之异于后人者，在善用曲。「阁本」所载张华、王导、庾亮、王廙诸书，其行画无有一黍米许而不曲者，右军已为稍直，子敬又加甚焉。至永师则非使转处不复见用曲之妙矣。尝谓人之一身，曾无分寸平直处。大山之麓多直出，然步之则措足皆曲。若积土为峰峦，虽略具起伏之状，而其气皆直。为川者必使之曲，而循岸终见其直。若天成之长江、大河，一望数百里，瞭之如弦，然扬帆中流，曾不见有直波。少温自矜其书，于山川得流峙之形者，殆谓此也。曾忆相人书有曰：「眉要曲兮不要直，曲直愚人不得知。」曲直之说至显，而以为愚人不知，则其理正通于书，故米赵之书，虽使转处，其笔皆直。而山阴伪迹，多出两家，非明于曲直之故，恶能一目辨晢哉！秦、汉、六朝传碑，不甚磨泐者，皆具此意。汇帖得此秘密，所见唯南唐祖刻数种，其次则「枣版阁本」。北宋蔡氏、南宋贾氏，所刻已多参以己意。明之文氏、王氏、董氏、陈氏，几于形质无存，况言性情耶！然能辨曲直，则可以意求之有形质无形质之间，而窥见古人真际也。曲直之粗迹，在柔润与硬燥。凡人物之生也，必柔而润；其死也，必硬而燥。草木亦然，柔润则肥瘦皆圆，硬燥则长短皆扁。是故曲直在性情，而达于形质；圆扁在形质，而本于性情。唐贤真书，以渤海为最整，河南为最暇。然飞翔跳荡，不殊草势，筋摇骨转，牵掣玲珑，实有「不草而使转纵横」之妙。凡以其用笔较江左为直，而视后来，则犹甚曲之故也。能如是察，则近于精矣。

蕴生问：先生言察古帖之术，微妙至不可遁。自宋至明，真迹流传者，真伪尤杂，仍用是以察乎？抑别有术乎？

太傅呕血以求中郎笔诀，逸少仿钟书胜于自运。子敬少时学右军代笔人书。可见万古名家，无不由积学酝酿而得。虽在体势既成，自辟门户，而意态流露，其得力之处，必有见端。赵宋以来，知名十数，无论东坡之雄肆，漫士之精熟，思白之秀逸，师法具有本末，即吴兴用意结体，全以王士则李宝成碑为枕中秘，而晋唐诸家，亦时出其腕下。至于作伪射利之徒，则专取时尚之一家，画依字抚，力求貌似，断不能追踪导源，以求合于形骸之外。故凡得名迹，一望而知为何家者，字字察其用笔结体之故，或取晋意，或守唐法，而通篇意气归于本家者，真迹也。一望知为何家之书，细求以本家所习前人法而不见者，仿书也。以此察之，百无一失。

霞伯问：善哉先生之言察也！敢问拟其术从何始？于何终？

始如选药立方，终如集腋成裘。立方必定君药以主症，为裘必偏毛色以饰观，斯其大都也。学者有志学书，先宜择唐人字势凝重，锋芒出入有迹象者数十字，多至百字习之，用油纸悉心摹出一本，次用纸盖所摹油纸上，张帖临写，不避涨墨，不辞用笔根劲，纸下有本以节度其手，则可以目导心追，取帖上点画起止肥瘦之迹，以后逐本递夺，见与帖不似处，随手更换，可以渐得古人回互避就之故。约以百过，意体皆熟，乃离本展大加倍，尽己力以取其回锋、抽掣、盘纡、环结之巧。又时时闭目凝神，将所习之字，收小如蝇头，放大如榜署以验之，皆如在睹，乃为真熟，故字断不可多也。然后进求北碑，习之如前法，以坚其骨势，然后纵临所习之全帖，渐遍诸家，以博其体势，闲其变态，乃由真入行，先以前法习褚兰亭肥本，笔能随指环转，乃入阁帖。唯争坐位，至易滑手，一入方便门，难为出路。要之，每习一帖，必使笔法、章法，透入肝膈，每换后帖，又必使心中如无前帖。积力既久，习过诸家之形质、性情，无不奔会腕下。虽曰与古为徒，实则自怀杼轴矣。唯草书至难，先以前法习智永千文，次征西、月仪二帖，宜遍熟其文，乃纵临张伯英、二王以及伯高残本千文，务以「不真而点画狼籍」一语为宗，则拟之道得也。善夫吴郡之言乎！「背羲献而无失，违钟张而尚工」，是拟虽贵似，而归于不似也。然拟进一分，则察亦进一分，先能察而后能拟，拟既精而察益精，终身由之，殆未有止境矣。

艺舟双楫卷第六　论书二

书谱辨误

书谱云：羲之入都，临行题壁，子敬密拭除之，书易其处，私为不恶，羲之自都返，见曰：「吾去时真大醉也！」敬乃内惭。又言：谢安素轻子敬之书，子敬尝作佳书与安，谓必存录，安辄题后答之，敬深以为恨。之二说者，不知所自出，大约俗传非事实。按右军癸亥生，当西晋惠帝太安二年，至甲辰生大令，为东晋康帝建元二年，至穆帝永和九年，大令年十岁，会兰亭尚不能成诗。永和十一年春，右军辞官誓墓居会稽，是后断无入都理。是右军入都，至迟亦永和十年，大令年始十一，焉得拭除父书而别作之事乎？谢安长于大令二十四岁，大令始仕，系为安卫军长史，太元中建太极殿，安欲大令书其榜为百世光，卒以难言而不敢逼。是其极重大令，又焉得不存录大令佳书，题后答之之事？况安为大令父执，已又系其故吏，即不存录其书，又何至深恨耶？大令临命时，自言唯念及辞郗氏婚事，深为疚心，则其他行检，无瑕可知。且南朝深重礼教，东山丝竹，尚贻讥议，以灵宝之悖逆，闻呼温酒，遂伏地流涕不可止，况自称胜父，如虔礼所述乎！恣意污蔑，是不可以不辨。

至玉润帖，世皆署为右军，以予审之，实临海太守凝之书也。右军卒于辛酉，当穆帝升平五年，大令年十八。升平三、四年间，右军致周益州书，有「唯一小者尚未婚，过此一婚，便得至彼」之言。未婚之小者，即斥大令。前此升平一年，旦夕都邑帖，止言「无奕外任」，「仁祖日往」，尚不及蜀中山川诸奇。嗣有省足下别疏，及年政七十二帖，始订游目汶领、峨眉之约。最后乃言「待小者婚，乃能至彼」。十七帖有云：「吾年垂耳顺」，其时想已五十七、八，故知是升平三、四年间书也。不一二年，右军遂厌世，焉得见大令之小女玉润，且言「发痼疾，少有差」耶？临海奉「五斗米」最虔，帖称家长，是固兄之称耳，其书视右军差敛，而姿态远逊，又其辞愚悫，非临海不至是也。

若保母帖乃越僧得之，以五百金卖与韩侂胄者，书必出大令。或其时大令书尚多，集字精刻，以诳侂胄，未可知也！右军卒辛酉，年五十九，至哀帝兴宁三年乙丑，右军仅六十三，而李氏顾七十，是长于右军七岁。右军七儿一女，皆郗夫人生，帖言同生，则自有妾媵。然东床坦腹，右军尚少，焉得有妾，反长于婿至七岁之多耶？

自跋删拟书谱

吴郡书源出子敬，序述右军诸帖，略不一及草势，是其意故不尚右军草也。学宗子敬，而论排之者，以文皇有「饿隶」之诮耳。然鼓努者，屈铁抽刀之类；标置者，让头舒足之类。此在右军无定法，而子敬真行所不能免，则其目击心迷之叹，亦有自来矣。吴郡虽得子敬之笔，至于体势则未也。书断谓其有天才，少工用，真行雅于草者，正以其草无点画处，遂无字耳。笔墨利病，推阐几尽，而每为谀词掩意，故删浮词以显名理。六篇之谱，亡于南宋，今传者止其叙说，白石所续，非吴郡旨也。臆测其目，当为执、使、转、用、拟、察，凡是数法，余于他书言之已备，故将删本拟写一通，察其结法，依据永师，善为变势，遂能立家。予书此取势仍旧，而料白处行，大都以子敬之意行之。嗟夫！「察之者尚精，拟之者贵似」，此卷分之则似，合之则不似，能知其所以不似，是在精于察矣！写竟传示修存、熙载、蕴生、扆伯，当共喻此秘密。道光壬辰闰月晦日。

自跋草书答十二问

余自得版本阁帖，笃嗜大令草，乃悟吴郡「不真而点画狼藉」一语，为无上秘密。及见华亭复澄清堂帖，载右军「又顷水雨，以复为灾，彼何似」两行十一字，叹其如虫网络壁，劲而复虚，真吴郡所谓「同自然之妙有，非力运所能成」。因信「『高坐』两行，素书入神，『高闲』以下，只可悬之酒肆」，襄阳之言，良非无见。遍阅唐人传书，成篇幅而不偭山阴家法者，唯屏风书及书谱。然屏风书，遗笔处恒伤疾，又形骸多有未检，书谱守法颇严，而苦凋疏，无屏风书茂密之致，遂俱置不习其势。

今秋薄游武林，求书者沓至，行笈无可抄录者，从友人假得书谱，各临写数行以应之。以其文多芜稚，略为删截，返邗乃写出删本，授子弟诵习，反复察其结法，空旷而完密，气力实有过人。拟之数过，益能尽其得失。篇端七、八百言，遵规矩而弊于拘束，凋疏为甚。「而东晋士人」以下千余言，渐会佳境。「然消息多方」以下七、八百言，乃有思逸神飞之乐，至为合作。「闻夫家有南威」以至篇末，则穷变态，合情调，心手双畅。然手敏有余，心闲不足，赏会既极，略近澜漫。是故吴郡语虽过分，然使稍存谦抑，不尽所明，则机枢永秘，希风无从，草法如线，艺林实载其功矣。蕴生曰：「先生拟书谱，岂欲操吴郡戈入室以代之耶？至两答之文，极言学书功用，六篇之阙，顿还旧观，若写出流布，斯乃明火煸蝉之盛业，视拟书谱相万也。」余谢以非任，而友生误闻其说，以佳楮相饷，遂试为之，以质蕴生。道光壬辰孟冬甲子。

右军作真如草，大令作草如真。作真如草，率更雅有神解。襄阳赞以真到内史而状之曰：「庄若对越，俊如跳掷」，信为知言。然率更下笔，则庄俊具到；右军下笔，则庄俊俱忘，此则欲从末由者已。作草如真，有唐三家，略存其意：长史八法完具，而不能无检摄不及处。醉僧藏锋内转，瘦硬通神，而蚓墨挫毫，不无碎缺。少师铺毫入纸，至能齐力，而矜奇尚褊，踽踽凉凉，未免已甚。下此遂无可言者，草法不传，其真不传也乎！次年二月上丁，展视是卷，点画多不称意，骤雪如掌，目眩指挛，不复成字。

后十二日校勘晋书，见卫瓘传云：「汉兴而有草书，不知作者姓名。后之善者，称杜度、崔瑗、崔实。杜氏杀字甚安，而书体微瘦；崔氏甚得笔势，而结字少疏。张伯英因而转精甚巧，下笔必为楷则，号匆匆不暇草书，至今宝为草圣。」索靖传云：「靖与卫瓘，俱以草书知名，瓘笔胜靖，然而楷法远不能及靖。」始知「作草如真」，乃汉晋相承草法。吴郡传衣未远，非由冥悟。余前读晋书，于此章句，视为词藻，心镜不明，目精遂眯。是以释子传法，名曰证盟，法必心悟，非有可传，不得真证，难坚信受，余今日则不啻亲承狮子吼也。欢喜赞叹，并记于后，以告天下后世之同此志者。

怀宁篆、隶、分，已臻绝诣，真书虽不入晋，其平实中变化，要自不可及。唯草书一道，怀宁笔势，固如铜墙铁壁；而虚和遒丽，非其所能，尚留片席，使后来者自择所处。

十七帖疏证

十七帖，初刻于澄清堂，其本未见，宋以后汇刻本、单行本、有释文本、唐临本，所见不下十余种。大都入多尖锋，出多挫锋，转折僵削，俗工射利所为也。碧溪上人，以余删拟书谱已刻成，欲写刻十七帖，以道吴郡之源，其意甚盛，故为作是卷。梁武帝称右军字势雄强，若「龙跳天门，虎卧凤阁」。唐文皇称右军「点曳之工，裁成之妙，势以奇而反正，意若断而还连」。余远追微旨，结体则据枣本阁贴，用笔则依秘阁黄庭、文房画赞，而参以刘宋爨龙颜、北魏张猛龙两碑，以不失作草如真之遗意，为自来临写十七帖家，开一生面。以俟异日，或得澄清堂本，证其得失。各本帖或多或少，前后编次及释文亦互异。又句读多不可离，余故据史传按文论世，为之移并。随手作行，不拘成式，而别以真书释而疏之如左。

十七日先书，郗司马未去，即日得足下书，为慰。先书已具示，复数字。

全帖前人皆以为与益州刺史周抚道和者，有「阁本」周益州送邛竹杖帖可证。以帖首二字为名。郗司马名昙，字重熙，鉴字道徽之子，右军妻之仲弟，大令前妻之父。永和一年，会稽王以抚军大将军辅政，引为司马。道徽尝过王敦，留姑孰。抚时为敦从事中郎，是宜与郗氏有旧，然重熙未尝膺梁益之命，或遣信而附书也。

计与足下别廿六年，于今虽时书问，不解渴怀。省足下先后二书，但增叹慨，顷积雪凝寒，五十年中所无。想顷如常，冀来夏秋间，或复得足下问耳。比者悠悠，如何可言。

右军为敦从子，至承器赏，抚以府寮为私人，故与右军特厚。太宁二年，敦为逆，抚以二千人从；敦败，抚逃入西阳蛮中。是年十月，诏原敦党，抚自归阙下。时右军为秘书郎，同在都。咸和初，司徒王导茂宏辅政，复引为从事中郎，旋出为江夏相，监沔北军，镇襄阳，历守豫章，代毋邱奥监巴东军，刺益州。计自太宁三年，至永和五年，适廿六年。是年大将军褚裒北伐败绩，「悠悠如何可言」盖指此。玩词意，是久别得书而复者，当即附郗之先书，帖宜居前，以全帖名十七，故存其旧。

诸从并数有问，粗平安。唯修载在远，音问不数，悬情司州，疾笃不果西，公私可恨。足下所云，皆尽事势，吾无间然。诸问，想足下别具，不复具。

抚，王氏故史，殆拳拳右军诸从，故详答之。右军以永和四年，由江州刺史入为护军将军，在都城，故问数达也。修载名耆之，王廙世将之子，为鄱阳太守，故云在远。司州名胡之，字修龄，修载之兄，皆右军同祖弟。永和五年，石季龙死，朝议以修龄有声誉，用为司州刺史，以绥集河洛，辞有疾，未行而卒。「所云皆尽事势，吾无间然」者，永和六年，以殷浩督扬、豫、徐、青、兖五州军事，假节图北伐，似抚来书，亦不以此举为然，与右军有同心也。书定出其时。各本或有或无，他帖刻者，「戏鸿本」似出徐会稽，然最有行间法。

去夏，得足下致邛竹杖，皆至此。士人多有尊老者，皆即分布，令知足下远惠之至。

往在都，见诸葛显，曾具问蜀中事。云：成都城池、门屋、楼观，皆是秦时司马错所修，令人远想慨然。为尔不信，具示，为欲广异闻。

「显」字，依草法定是「显」。检蜀志，显父攀，攀父乔。乔，瑾次子也。瞻未生前，瑾命乔入蜀为亮后。恪既族，攀仍后瑾。至显，乃与瞻孙京同移河东。华阳国志云：平蜀之明年，移蜀大臣宗预、廖化、诸葛显等于东。按中宗即位建康，右军年已十五，时诸葛诞孙恢，为会稽太守，显或南依恢，故右军得在都见之也。上距东移盖五十二年。「令人」六字，本旁注，唐人临入正文，从之。

知有汉时讲堂在是，汉何帝时立此？知画三皇、五帝以来，备有画，又精妙，甚可观也。彼有能画者不？能因摹取，当可得不？信具告。

「知有」至「此知」十五字，各本无，唐临及阁帖有之，今依补。

彼盐井、火井，皆有不？足下目见不？为欲广异闻，具示。

朱处仁今何在？往得其书信，遂不取答。今因足下答其书，可令必达。

处仁当是龙骧将军朱寿。穆帝纪所载，永和五年，与抚同击范贲平益州者也。通鉴或本误作焘。焘乃西蛮校尉，别一人。

以上五帖，当是一书。先谢远惠，次杂问蜀事，末附致朱书，系由护军出守会稽后作。

得足下旃罽、胡桃药二种，知足下至，戎盐乃要也。是服食所须，知足下谓。顷服食，方回近之，未许吾此志。知我者希，此有成言。无缘见卿，以当一笑。

至，挚也。别帖屡言情至，此其省文，非「至止」之「至」。谓，勤也。如「追其谓之」、「遐不谓矣」之「谓」。索戎盐，先致谢耳。方回，郗愔字，右军妻之长弟，史称其栖心绝谷，修黄老之术，与右军及高士许询游东土，不乐参朝政，有迈世风。「顷服食」作「须」者误。「未许吾此志」，言方回虽近道，犹未能深信也。

吾服食久，犹为劣劣。大都比之年时，为服可耳。足下保爱为上。临书但有惆怅。

连上「服食」而申言之。

天鼠膏治耳聋，有验不？有验者乃是要药。

天鼠，即今飞鼠，毛赤而尖，苍白似黑狐，蜀产也。

以上三帖，当是一书。

虞安吉者，昔与共事，常念之。今为殿中将军。前过云：与足下中表，不以年老甚，欲与足下为下寮，意其资，可得小郡，足下可想致之耶？所念，故远及。

墨薮载安吉善书，别帖有「虞义兴适道此」，或即其人，然史无可考。帖云：「远及」，当与抚也。

来禽、樱桃、青李、日给滕子，皆囊盛为佳，函封多不生。

足下所疏云：此果佳，可为致子，当种之。此种，彼胡桃皆生也。吾笃喜种果，今在田里，唯以此为事，故远及足下，致此子者，大惠也。

上「此」，此来禽四果，下「此」，此会稽胡桃，即抚前所致者。故云彼以明之。前列果名，乃索其子，定是一帖。前人有谓此帖，为与桓宣武者，宣武以永和三年灭蜀，右军以十一年去官。帖云：「今在田里」，是去官后语。宣武未再至蜀，何能与宣武耶？

旦夕都邑，动静清和，想足下使还。具时，州将桓公告慰。情企足下数使命也。谢无奕外任，数书问，无他。仁祖日往言，寻悲酸，如何可言。

抚以永和九年斩萧敬文，「使还」，指此。「具时」，州将时是也。抚已由征虏、安西进平西，言以此功，朝议当进为镇征，极州将之荣也。入升平，果进镇西，其卒也赠征西。桓公以永和十二年，大败姚襄于伊水，收复洛阳，修五陵。「告慰」者，言接其告欣慰也。「情企」、「数使」，抚前助桓公平蜀，或欲引之北伐，有疏请也。仁祖，谢尚字，尚弟奕，字无奕，升平一年五月尚卒，朝议以尚在北得人，故以奕代。尚刺豫州，北伐慕容隽，明年卒于军。外任指此。此升平一年书。

省别具，足下小大问为慰。多分张，念足下悬情武昌，诸子亦多远宦，足下冀怀，并数问不？老妇顷疾笃，救命恒忧虑。余粗平安，知足下情至。

陶侃士行，以咸和四年平苏峻后，由江陵移镇巴陵。五年斩郭默，加督江州，复移镇武昌。九年辞镇归国，登舟而卒。属吏画其象于武昌西门，故称之。士行十七子，九子旧史有名，抚妹为士行子妇。「老妇」，右军称妻也。

省足下别疏具，彼土山川诸奇，扬雄蜀都，左太冲三都，殊为不备。悉彼故为多奇，益令其游目意足也。可得果，当告卿，求迎少人足耳。至时示意，迟此期，真以日为岁。想足下镇彼土，未有动理耳。要欲及卿在彼，登汶领、峨眉而旋，实不朽之盛事。但言，此心以驰于彼矣。知彼清晏岁丰，又所出有无。乡故是名处，且山川形势乃尔，何可以不游目。

知彼帖，承上帖之意，定是一书。「所出有无」，言有他处所无，是当时语。「乡」，读如「乡」也。「吾见于夫子之乡」，言蜀本古之名邦也。或以为无一乡，或以为有异产，皆误。

足下今年政七十耶？知体气常佳，此大庆也。想复勤加颐养。吾年垂耳顺，推之人理，得尔以为厚幸，但恐前路转欲逼耳。以尔，要欲一游目汶领，非复常言。足下但当保护，以俟此期。勿谓虚言，得果此缘，一段奇事也。

右军祖名「正」，故讳作「政」，抚以太宁二年自归，至兴宁三年卒于益州，历四十三年。前在教所，已洊历显职，史虽不言其寿数，大都七十余矣。

吾有七儿一女，皆同生。婚娶以毕。唯一小者，尚未婚耳。过此一婚，便得至彼。今内、外孙，有十六人，足慰目前。足下情至委曲，故具示。

「同生」，一母也。未婚之小者，乃大令。右军孙桢之，外孙刘瑾，皆知名。此帖说欲游蜀而尚未果之故，以坚其约，当是最后书。各本无，唯唐临本有，从之。

以上十九帖，定与抚。

云谯周有孙，高尚不出。今为所，在其人有以副此志不？令人依依。足下具示，严君平、司马相如、扬子云，皆有后不？

蜀人谯秀，周之孙也。李雄、李骧、李寿据蜀，三征皆不应。「今为所」，言蜀已内属。在，察也，犹「在帝之左右」之「在」，连「下」九字为句。「云谯周」下廿九字，十七帖本所无。「严君平」下十四字，「阁本」亦别为一帖。唐临本及大观帖，皆连为一，文义为优，从之。此帖定是永和三年，右军为江州刺史时，闻宣武平蜀而致之者。留意人材，表章气节，乃怀柔反侧第一义。宣武荐秀不起，未必非此书启之。抚欲炙之士，观虞安吉帖，止叙弗论资，是未可与言此也。

以上一帖，与宣武。

吾前东，粗足作佳观。吾为逸民之怀久矣，足下何以等，复及此似梦中语耶？无缘言面，为叹，书何能悉！

会稽在金陵东，南朝时所谓东郡、东土、东中，皆斥会稽。云：「吾前」，是辞内史后语。等，待也，言同具逸民之志，何以迟迟不决？作「方」者误。「复及此似梦中语」，想右军去官时，有书留之也。此帖当与方回。方回既姻亲，又同志，故措辞直爽。胡桃帖，「未许吾此志」之说所由来也。此永和十一年书。

瞻近无缘省告，但有悲叹。足下小大悉平安也。云卿当来居此，憙迟不可言。想必果言，告有期耳。亦度卿当不居京，此既避，又节气佳，是以欣卿来也。此信旨还，具示问。

两「告」字，各本俱作「苦」，传模误也。晋人言苦，皆谓病，帖意殊不尔。「此」，此会稽，「避」，谓尘嚣不及。「想必果言」为句，「告有期」，属其先告来期也。

知足下行至吴，念违离不可居，叔当西耶？迟知问。

方回以黄门侍郎，出为吴郡守，固辞，乃改临海。此右军初闻吴郡命，喜其近东而致之书。「叔」，谓重熙。「当西」，谓其代荀羡为北中郎将镇下邳也。

以上三帖，皆与方回。

龙保等平安也。谢之甚迟，见卿舅可耳，至为简隔也。今往丝布单衣财一端，示致意。

「今往」十二字，各本皆别。唯唐临本合，良是，从之。

胡母氏从妹平安，故在永兴居，去此七十也。吾在官，诸理极差，顷比复匆匆。来示云与其婢，问来信，不得也。

永兴，今萧山，「此」，此会稽，「婢」字绝句。

彼所须药草，可示，当致。

「须」，各本草法皆成「顷」，笔驶所致耳。

以上三帖，不得主名，大都其群从也。

道光十三年四月十七、八、九日，作于小倦游阁，两目似雾看花，而下笔如鹰鹯搏击，饶有「不草使转纵横」之意，但发波时有剩墨，以为憾耳！嘉庆二十二年在都下，为新建余鼎铁香作述书一卷，字大，才当此书四之一，而雄肆有若方丈。余明经久返道山，述书不知流落何所。盖二十年来，作小正书，唯此二种也。延平剑合，以告有缘。安吴包世臣自记。

与吴熙载书

熙载足下：承以裹笔不裹笔殊异之故为问，善哉！善哉！近人可与言此者希矣。仆亦略涉藩篱，数他家之宝耳。虽然，不可不为足下尽言之。

二王真、行、草具存，用笔之变备矣，然未尝用裹笔也。唯南库本十三行，「收」、「和」、

「颜」三字，有一、二裹笔，自系宋人摹镌，间以己意，非其本然。夫字始于画，画必有起有止。合众画以成字，合众字以成篇，每画既自成体势，众有体势者合，自然顾盼朝揖出其中，迷离幻化出其中矣。裹笔则专借他画以作此画之势，借他字以成此字之体，健者为短长排阖之雄，弱者为便辟侧媚而已。故二王传书，虽中间间画，皆起止完具，刀斩斧齐，如清庙之瑟，朱弦疏越，一唱三叹，无急管繁弦，以悦淫哇之耳，而神人以和，移风易俗，莫与善也。渤海宪章右军，抽锋一线，如猿腾鹘落，而泯上下相承之迹。永兴祖述大令，裙带飘扬，而束身矩步，有冠剑不可犯之色。是虽舒筋敛骨，刻意求工，然犹未出裹笔也。河南始于履险之处，裹笔取致，下至徐颜，益事用逆，用逆而笔驶，则裹锋侧入，姿韵生动，又始间以肥瘦、浓枯，震耀心目。后世能者，多宗二家，东坡尤为上座。坡老书多澜漫，时时敛锋以凝散缓之气，裹笔之尚，自此而盛。思翁晚出，自知才力薄怯，虑其懈散，每以裹笔制胜，然亦用之以救败耳。及近人刘诸城，及专恃此，又先以搭锋养其机，浓墨助其彩，然后裹笔以作其势，而以枯墨显出之，遂使一幅之中，纤浓相间，顺逆互用，致饰取悦，几于龋齿堕髻矣。晋字宋拓，人间罕见，但得一、二裹笔，方自诩为盛业，何能更知其实为下乘乎？

仆学裹笔，廿年而后得，继求之古，悟其用意伤浅，力克除之。又十年，乃见裹笔与用逆相近，而实悬殊也。用逆以换笔心，篆分之秘密。裹笔则如词章家之倍犯蝉连，按歌家之啾发投曲，拳勇家之接步靠手，虽不能尽废，要不可恃为当家也。足下资性卓绝，而自力不倦，自能悟入单微，故以相授。然不龟手药，虽出江头洴澼人，执珪之赏，是足下材力自致，非聚族而谋者，所敢与其巧也。有暇望过我面悉。初暑已蒸湿，珍重千万。世臣顿首。

书黄修存藏宋拓庙堂碑后

贞观刻，在北宋已不可得。余前得南宋库装王复本，北宋拓者，已足见永兴嗣法大令之血脉所在。后其本归闽中伊氏，廿余年思之不置。是本乃南宋贾拓，纸墨虽劣，而格致如一，可珍也。大都初唐书肥本多近真帖，贾恐转拓转肥，乃磨治碑面，使画瘦，始全失之。而世人或以瘦为贵，宜唐法遂荡然也。永兴面目似右军，神理则大令，抽锋杀字，放肆豪迈，古人谓为得王筋者，岂不以其牵掣劲健，骏快奕奕洞目耶！然亦稍异右军，逊于渤海矣。修存知书而得此，故具以讯之。

书刘文清四智颂后

近世小真书，以诸城为第一，此尤其经心结撰者，可珍也。黄庭、洛神之遗法，至谏议护命经而绝。坡老、思翁，有意复古，而苏苦出入无操纵，董苦布置不变化，此外大都胥吏之能事矣。诸城壮岁得力思翁，继由坡老以窥「阁本」，晚乃归于北魏碑志，所诣遂出两家之外。然其笔法则以搭锋养势，以折锋取姿，墨法则以浓用拙，以燥用巧，结法则打迭点画，放宽一角，使白黑相当，枯润互映，以作插花援镜之致。卷帘一顾，目成万态，见其心思悴于字内，筋力尽于画中，必责以琚珩璜瑀之节，则朽木为柱，有不能辞其诮者矣。小真书取势必远，而置节尚促，用意必险，而措画尚平。夫以是览之无奇，探之不尽，唯余事斯，素有微契，而敝帚自享，从无连篇累牍之作，工力未副，冥悟空深。近更以目力劣甚，腕不复能离几案，无以发势远意险之妙。反复兹册，爱与惜兼，逝水之伤，情难自已。道光癸巳二月几望。

乾隆之间，都下言书推刘诸城、翁宛平两家。戈仙舟学士，宛平之婿，而诸城门人也。尝质诸城书诣于宛平。宛平曰：「问汝师，那一笔是古人？」学士以告诸城。诸城曰：「我自成我书耳，问汝岳翁，那一笔是自己？」学士之子以此语质于仆。仆曰：宛平书是工匠之精细者耳，于碑帖无不遍搜默识，下笔必具其体势，而笔法无闻，不止无一笔是自己已也。诸城冥悟笔法，而微变其体势，正是深于古人，必云「自成我书」，亦稍涉于夸张矣。仆尝谒诸城于江阴舟次，论晋唐以来名迹甚协。诸城曰：「吾子论古无不当者，何不一论老夫得失乎？」仆曰：「中堂书可谓华亭高足。」诸城曰：「吾子何轻薄老夫耶！吾书以拙胜，颇谓远绍太傅。」仆曰：「中堂岂尝见太傅书乎？太傅书传者，惟受禅、乙瑛两分碑。受禅庄重，乙瑛飘逸。汇帖唯唐摹戎路，略有乙瑛之意，季直表乃近世无识者作伪，中堂焉肯绍之耶？中堂得力在华亭，然华亭晚年，渐近古淡，中堂则专用巧，以此稍后华亭耳。」诸城默然。良久曰：「老夫数十年心力，被吾子一语道破已！」近刻清爱堂帖，被钩摹者，以世行伪吴兴法，逐字移改，至为失真。唯其家藏石十二方，乃诸城自督良工所镌者，皆小真书，精妙不减墨迹。诸城有摄夫人黄氏，嘉兴人，笔势极似，唯工整已甚，较诸城疏散韵味微减耳。诸城晚书，多出黄手，小真书竟至莫辨。有家书十册，黄夫人原书后，诸城批答，皆绝妙。世人罕有知者，故附记之。

予在都市，得诸城书许敬宗传三百余言，字径小半寸，行间颇任意，而朴茂中自在恣肆，绝去平日作用。乃近八十时书，几于拙胜，「老去渐于诗律细」，亮哉！

自跋真草录右军廿六帖

右军作草如真，作真如草，为百世学书人立极。降至赵宋，描、涂、戗、刷之字行，而其法绝于人手。逮停云、戏鸿、郁冈、渤海诸帖纷出，而其法绝于人目。余得南唐画赞，枣板阁本，苦习十年，不得真解。乃求之琅邪台、郙阁颂、乙瑛、孔羡、般若经、瘗鹤铭、爨龙颜、张猛龙诸碑，始悟其法。作草虽纵逸互用，其环转连属，有自三五字至八九字者，而用锋洁净，牵掣悉归平直，无一笔伤偏软缭绕。作真必斩尽枝叶，流注迎送之迹，至不可见，而用意飞腾跌宕，筋摇骨转，如悬岩掣电，无一笔板刻纸上。笃守此法，盈科而进，未尝不具放海之势。无如冥悟虽深，实证终浅。又自珍正书已甚，每以行草应求。及日光昏敄，正书盈百，非返视数四不成。十数年来，几于绝笔。近更精力疲惫，颇恐正书一脉，所明遂湮，复勉为之，此其一也。月前为扬州诗僧碧溪作十七帖疏证，字数累千，碧溪谆请熙载、震伯摹勒流传，与此同是合作。然彼草则俊胜于庄，真则庄过于俊，此本庄俊相涵，较为得矣。道光癸巳季夏书。

书陈云乃集其先公写废寿幛字为四言诗卷后

故侍御玉方先生，以书名宇内，称为华亭后身。华亭为近世书宗，执笔者莫不学，劣者不能似，优者得其形，盖由未悉华亭源流所自也。华亭受篆季海，参证于北海、襄阳，晚皈平原，而亲近柳杨两少师，故其书能于姿致中出古淡，为书家中朴学。然能朴而不能茂，以中岁深襄阳跳荡之习，故行笔不免空怯，去笔时形偏竭也。侍御酷嗜华亭，而导源平原，故形神皆肖。异于世之学华亭者。然侍御尝谓世臣曰：「二百年士大夫善学华亭者，惟诸城耳！」则其宗旨盖亦主于求变，而侍御之卒不变者，则年为之也。然侍御终身未染襄阳，故姿致逊华亭而下笔近茂，则其自得固别有在矣。

云乃自成童时，已骎骎能发家尊之势，而侍御每作书，云乃必侍从伸纸和墨之役。零章断简，收检弆藏，珍重异闻，过于举世之展转泥求者。兹卷乃侍御书李氏寿屏后填名衔之四幅，以有所窜易而别写，云乃以衔名不文，难以行远，而方二寸正书，尤侍御所廑，断不可不使流传，故剪裁集为四言诗以迪观者。装成后，名流借观，欢喜赞叹，帙如牛腰。世臣谓千余年来，以书世其家者，推大、小欧阳，大、小米。然沿袭家学，楂不如梨，以习见而易视也。今云乃用心之勤如此，则贤于古人必矣。

书临平原祭侄稿后

平原三稿，以祭侄文为最奇纵，定是真迹。然考禄山以天宝十三载十一月甲子举兵，未出范阳，即命安志忠将精兵守土门，以遏西兵东下之路。及禄山至藁城，常山与其长史袁履谦出迎，禄山大喜，加以金紫，使仍守故治，兼辖附近诸军，改命蒋钦凑率曳落河百人，团练兵七千守土门，属常山统辖。常山以十二月丙午，定起义之谋，假禄山命，召钦凑至郡受犒，日暮抵城外，常山命暂就传舍，遣属载酒召妓醉而斩之，尽杀曳落河，而散土门之众。丁未，禄山遣征兵幽州之高邈，自幽州南返至郡，常山又遣属计擒之。少顷，郡南报何千年自东都来，已入境，常山遣迎于驿，千年已闻邈被擒，指挥从骑斗，皆死，因擒千年。河北从风反正者十七郡。常山遣其子泉明，送钦凑首，并邈、千年至长安。至太原，同行之张通幽说太原尹王承业，留泉明，更其表，别遣送都，没常山之功。及太原陷，泉明被擒，囚于范阳。先是，禄山命互更诸郡守，饶阳太守卢全城一名皓不受代，禄山命张献诚将五郡兵围四十余日。及闻常山兵起，钦凑等被擒，解围遁去。又禄山所命景城守，为县尉贾载、穆宁诛死，禄山自东都命史思明攻之。思明兵至景，遣人说穆尉，穆立斩之，共推平原为盟主，平原遣常山之甥卢逖诣常山，约同起义。禄山闻常山兵起，欲归自攻之。时已定十四载上日称帝东都之议，因遣蔡希德自河内将万人击常山，思明亦与李立节自景城率万人同至常山，正月壬戌常山城陷，擒常山及履谦，送东都遇害。

史不言常山遣季明诣平原事。常山郡今真定府，土门在获鹿县，去常山西一舍，平原在常山东南，土门非道所经，且其时土门已无守兵，城陷，无关土门事。文：「爱开土门」云云，殊不可解！及思明降，平原已改刺蒲州，泉明及得归蒲州，平原命泉明访求常山之子女陷贼者。泉明先至东都，求得常山及履谦尸，又在常山访赎眷属多人，亦不言得季明首榇事。文云：「再陷常山」，「陷」字当「访」字之误也。「贼臣不救」，斥太原尹王承业。承业固匪人，然太原距常山且六百里，思明兵至常山三日，城遂陷，虽救亦无及也。常山自起兵至城陷，前后止十七日，思明破常山，移胜兵攻饶阳，月余仍不下，而临淮救至，击败思明军，饶阳乃解。常山之起义反正也，以前赵州司户包处遂，而近在肘腋，不与之谋军国，饶阳距常山一程，常山为盟主，复不与饶阳图事，反远结王承业，心目中唯见头衔高卑，真白面书生也。临淮至，用司户谋，遂大破思明于嘉山，饶阳之忠与能，不下睢阳，司户谈言微中，有仲连之风，而名皆不著，真有幸有不幸哉！

此丁酉夏临平原稿书，而签其错误，以应阳湖刘廉方者。廉方好学、治古文，工北朝书，于仆笔法，尤为笃嗜。而忽以癸卯夏，旅化于浙，年廿三岁，录此为之垂涕。甲辰八月，倦翁记。

跋重刻王夫人墓志

嘉庆丁巳，吴人修短簿祠，土名东山庙，安设大铁炉于殿前。掘地丈余，得志石。首署王夫人，尾署子二人：长子珣，次子缺其名之右半，其左斜王旁具在。群以为所缺者乃「民」字，遂指为东晋之石。召镌工穆大展，拓之数纸而石损。大展携碑去，遂为所匿。壬戌予至吴，访大展，许以重值，求一纸不可得。后在扬州，于修存处见初拓本，较此尚多数十字。其书浑厚而少变化，乃中唐人习北海法者。「三从有义，四德无亏」，断非乌衣子弟语。正月廿八，乃殁日，其年不可知。岁庚戌二月廿七，乃葬日。按庚戌为晋穆帝永和五年，王珣以隆安四年庚子卒，年五十二。上溯建生，系永和己酉，是庚戌二月，珣不过甫晬，安得有次子珉哉？东山庙，系珣舍宅为寺之旧址，亦断无葬母于宅中之理。虎邱至唐，以避讳改「武」，志正作「武」，其非晋也审矣。廉方得此，珍为正书鸿宝，仲伦曲徇其请，廉方以原石既亡，欲嘱予审定，重摹以广其传，未果而殁。仲远为终其志，予故具论之。然此志在唐，亦自罕觏，足珍也。道光癸卯十月十二日。

记两笔工语

王兴源者，归安之善连镇人，估笔扬州兴教寺，甚困。扬市羊毫无佳者。嘉庆丙寅春，兴源介友人进其笔，试之而善。兴源欲将去再修，谓此笔固已无弊，然见君指势，修笔势以称之，当益工。已而信然。因问之曰：「寻常市笔，差可用者，不过十一二，何耶？」兴源曰：「此修工之优劣也。能手所修，虽千百管，皆精良如一，出俗工则必无幸焉。吾善运女工、习扎头，男工唯主修。然俗手取值，当能手才十一，而能手出货，当俗工亦十一。估笔者多嗜利，用笔者少真知，此市之所为无佳笔，而佳笔之所为难售也。能手之修笔也，其所去皆毫之曲与扁者，使圆正之毫，独出锋到尖，含墨以著纸，故锋皆劲直，其力能顺指以伏纸。俗工意亦如是，而目不精，手不稳，每至去圆正之毫，而扁与曲者反在所留。曲且扁之毫到尖，则力不足以摄墨，而著纸辄臃肿拳曲，遇弱纸即被裹，遇强纸即被拒，且何以发指势以称书意哉？」

丙子秋，在吴门，又遇王永清，永清，吴之大郎桥人，治笔于家，不传徒，不设肆，试其羊毫尤圆健。示以兴源所制，永清曰：「此笔善矣，然尖善而根不善，着水则腰胀，未足以言佳笔也。其修工净已，而劣毫之根未去，选锋虽健，被劣根间错，不能朋谐周比，出力以到尖。书道尚顿跌转换，而顿跌转换时，指取笔力，常自尖达根，根有病，则尖必散，是尖被根累也。劣毫尖去根留，则劣毫所占之地步犹存，佳毫出力时，遇空有以自宽，其势易以偏缩，则力不聚尖，而直者反曲。吾之治笔也，先纳笔头于粗管，修去其曲与扁之甚者，胶尖俟干透，乃倒梳其根令净，换管再扎。又择去其不甚直而圆者再胶再梳。又恐曲与扁者虽净，或有圆正而其材不长、不能齐尖者厕其间，上齐则下所藏入管者少而根硬，下齐则腰发胖而尖薄，是亦未足以发挥指力曲折如意也。又择而梳之，然后固扎其根，而漆以投于精管，故终笔之用而无一褪毫，尖尽秃而笔身仍韧好不僵也。」

予先后遍赞于嗜书者，两笔工之名，遂甲吴越间。既而思之曰：艺之精者，必通乎道，两笔工其进乎技者耶？兴源之为说也，其有举直错诸枉，举枉错诸直之意乎？芟夷蕴崇，绝其本根，勿使能植，则善者伸，永清之艺近之矣！予故备记之，庶几漆园牧马童，柳州都料匠之有继声也。

记两棒师语

予既记两笔工语为书，因忆旧识曹竹斋之论拳，潘佩言之论枪，录而传之。竹斋，闽人也，江淮间健者，莫能当其一拳，故称曹一拳。老而贫，卖卜扬州市，少年以重币请其术，不可。予怪之，则曰：「此皆无赖子，岂当授艺以助虐哉？拳棒者，古先舞蹈之遗也，君子习之，所以调血脉、养寿命，其粗乃以御侮。必彼侮而我御之，若以之侮人，则反为人所御，而自败矣。无赖子以血气侵凌，其气浮于上而立脚虚，故用其奔赴之势，略借手焉而仆耳。人之一身止两拳，拳之大，才数寸，焉足卫五尺之躯，且以接四面乎？唯养吾正气，使周于吾身，彼之手足近吾身，而吾之拳即在其所近之处，以彼虚嚣之气，与吾静定之气接，则自无幸矣。故至精是术者，其征有二：一则精神贯注，而腹背皆干滑如腊肉；一则气体健举，而额颅皆肥泽如粉粢。是皆血脉流行，应乎自然，内充实而外和平，犯而不校者也。」

佩言，歙人，以枪法著声，称潘五先生。其言曰：「枪长九尺，而杆圆四、五寸。然枪入手，则全身悉委于杆，故必以小腹贴杆，使主运，后手必尽镎，以虎口实擫之。前手必直，令尽势，以其掌根与后手虎口，反正纽绞，而虚指使主导，两足亦左虚右实，进退相任以趋势。使枪尖、前手尖、前足尖、肩尖、鼻尖，五尖相对，而五尺之身，自托荫于数寸之杆，遮闭周匝，敌仗无从入犯矣。其用有戳有打，其法曰二、曰叉，二以取人，叉以拒人，此叉则彼二，此二则彼叉，叉、二循环，两枪尖如绕指，分寸间出入百合，不得令相附。杆一附则有仆者，故曰千金难买一声响。手同则争目，目同则争气。气之运也，久暂稍殊，而胜败分焉。故其术为至静，吾授徒百数，而莫能传吾术。吾之术，受于师者才十之三；十之七，则授徒时，被其非法相取之势，迫而得之于无意者也。是故名师易求，佳徒难访。佳徒意在必得师，以天下之大，求之无不如意者，至名师求徒，虽遇高资妙质，足以授道，而非其志之所存，不能耐劳苦以要之永久，则百贡而百见却矣。」

竹斋以嘉庆庚午没于扬，年八十余。佩言自丁卯回歙后，遂绝信问。夫兵家贵后起，故曰：「重用兵者强，轻用兵者弱。」又曰：「仁人之兵不可诈，延则莫邪之长刃，婴之者断；兑则莫邪之利锋，当之者溃。」竹斋其知此意乎？兵要在乎善附民，委身于杆，斯其术矣。「敬事无圹，敬敌无圹」，非有迫而后得者乎？人之自淑也，在得师，既得师以自淑矣，则必求其有传，而传之不可必得也。古人所为叹「志卑则轻物」，轻物不求助，苟不求助，安能理者也。善夫！

右记两棒师语，言武事似于书道无涉，不知使枪棒者，皆有指法，力聚指，则气上浮，故尤重步法。予尝自题执笔图曰：「全身精力到毫端，定气先将两足安。悟入鹅群行水势，方知五指力齐难。」盖作书必期名指得劲，然予炼名指劲数年，而其力乃过中指，又数年，乃使中指与名指力均。以迄于今，作书时少不留意，则五指之力，互有轻重，而万毫之力，亦从之而有参差。故两棒师说武事，乃深合书道，故附录于此，使来者知触类而长，求有余师也。

仲虞自离扬州归旌德，阅十数年，今年首夏过其家，仲虞出其说智果心成颂文，谓此乃传立书之法，拨镫止宜于坐书。至长幅大字，不得不立书者，则其法著于心成颂，而注家误会，于其言执笔安足者，皆以字体画形说之。盖立书长幅，必不能用左手称翼如之势，以平其气。是以右半腹必贴几，右腹贴几，则左半腹侧离几，左足舒而注后，则气不至偏右而上浮。故言「长舒左足，潜虚半腹」也。右手斜伸如一角向前者，则右肩必展，故言「回展右肩，峻拔一角」也。非仲虞之精心锐思，不能及此。此盖可证两棒师语之通于书矣！忆予初识宁化伊墨卿秉绶太守于袁浦，墨卿，诸城之弟子也，因从问诸城法。太守曰：「我师授法曰：『指不死则画不活』。其法置管于大指、食指、中指之尖，略以爪佐管外，使大指与食指作圆圈，即古龙睛之法也。其以大指斜对食指者，则形成凤眼，其法不能死指，非真传也。」予曰：「玩诸城书势，其执笔似不如是。」太守曰：「尝求吾师面作书，此法断不误人。」后在客邸遇周姓，乃诸城侍书者，自十五供诸城研墨伸纸之役，至廿七，诸城乃荐之闽督。予因问诸城执笔之法。周曰：「诸城作书，无论大小，其使笔如舞滚龙，左右盘辟，管随指转，转之甚者，管或坠地。」予因告以太守之语。周曰：「诸城对客作书，则用龙睛法，自矜为运腕，其实非也。」

及在都晤陈玉方侍御，侍御尤为诸城高第弟子，言所授之法，与太守同。而侍御守其法，不如太守之坚，故其书较胜。尝闻横云山人，每见其甥张得天之书，辄呵斥。得天请笔法，山人曰：「苦学古人则自得之。」得天因匿山人作书之楼上三日，见山人先使人研墨盈盘，即出所墨者，而键其门，乃启箧出绳系于阁枋，以架右肘，乃作之。得天出，效为之经月，又呈书。山人笑曰：「汝岂见吾作书耶？」古人于笔法，无不自秘者，然亦以秘之甚，故求者心挚而思锐，一得其法，则必有成。后之得吾书者，慎毋以其不自秘而易视之也。道光甲辰八月廿六日倦翁记之。

完白山人传

山人安徽怀宁之集贤关人也，姓邓氏，字石如，其名以敬避今上御名下一字，遂以字行，而更字顽伯。集贤关当皖公山下，故又号完白山人。少产僻乡，眇所闻见，顾独好刻石，仿汉人印篆甚工。弱冠孤露，即以刻石游，性廉而尤介，无所合。七、八年，转展至寿州。时亳人前巴东知县梁𪩘主讲寿春书院，巴东以工李邕书名天下。山人为院中诸生刻印，又以小篆书诸生箑。巴东见之叹曰：「此子未谙古法耳，其笔势浑鸷，余所不能，充其才力，可以陵轹数百年巨公矣。」因为山人治装而致之江宁举人梅镠。举人为文穆公季子，文穆虽贫宦，然梅氏自北宋为江左甲族，闻人十数，弆藏至富，文穆又受圣祖殊遇，得秘府异珍尤多，盖秦汉以来金石善本备在焉。山人既至，举人以巴东故，为山人尽出所藏，复为具衣食楮墨之费。山人既得纵观，推索其意，明雅俗之分，乃好石鼓文、李斯峄山碑、泰山刻石、汉开母庙阙、敦煌太守碑、苏建国山及皇象天发神谶碑、李阳冰城隍庙碑、三坟记。每种临摹各百本。又苦篆体不备，手写说文解字二十本，半年而毕。复旁搜三代钟鼎，及秦汉瓦当碑额，以纵其势、博其趣。每日昧爽起，研墨盈盘，至夜分尽墨乃就寝，寒暑不辍。五年，篆书成。乃学汉分，临史晨前后碑、华山碑、白石神君、张迁、潘校官、孔羡、受禅、大飨，各五十本。三年，分书成。山人篆法以二李为宗，而纵横阖辟之妙，则得之史籀，稍参隶意，杀锋以取劲折，故字体微方，与秦汉当额文为尤近。其分书则遒丽淳质，变化不可方物。结体极严整，而浑融无迹，盖约峄山、国山之法而为之。故山人自谓吾篆未及阳冰，而分不减梁鹄，余深信其能择言也。山人移篆分以作今隶，与瘗鹤铭、梁侍中石阙同法。草书虽纵逸不入晋人，而笔致蕴藉，无五季以来俗气。

山人客于梅氏八年，学既成，梅氏家益匮，不复能容山人。山人乃复如前草屦担簦，遍游名山水，以书刻自给。山人游黄山，至歙，鬻篆于贾肆。武进编修张惠言教授歙修撰金榜家，编修故深究秦篆，为修撰所器。编修见山人书于市，归语修撰曰：「今日得见上蔡真迹。」修撰惊问，语以故，遂冒雨偕诣山人于市侧荒寺。修撰即备礼客山人。修撰家庙甚壮丽，其楹皆贞石，而刻联及悬额，修撰精心写作，盖百易而后定，谓莫能加于此也。及见山人书，即鸠匠斲其额，而石楹既竖，不便磨治，架屋而卧楹，请山人书之，刻成乃重建，其倾服至此。山人侨居修撰家，编修遂从山人受篆法一年。修撰称之于太子太傅户部尚书曹文敏公，文敏请山人作四体千文横卷，字大径寸，一日而成。文敏叹绝，具白金五百为山人寿。乾隆庚戌秋，纯庙八旬圣节，文敏以六月入都，强山人同往。山人独戴草笠，靸芒鞋，策驴后文敏三日行。文敏舆从，以山东发水转后，与山人相值于开山。时巡抚以下命吏，郊迎文敏，山人策驴过辕门，门者呵止之。文敏坐堂上，遥见山人，趋出延入，让上座，遍赞于诸公曰：「此江南高士邓先生也，其四体书皆为国朝第一。」诸公乃大惊，为具车从。文敏曰：「吾屈先生甚，乃肯来都，卒不肯同行，愿诸公共成先生之志。」遂率诸公送山人至辕门上驴去，乃入就坐。时都中工书者，推相国刘文清公，而鉴别则推上海左副都御史陆锡熊。山人至都，二公见山人书大惊，踵门求识面，皆曰：「千数百年无此作矣。」山人遂留都中。未几，文清左迁失势，而副宪以忧暴卒。时都中作篆分者，皆宗内阁学士翁方纲。阁学以山人不至其门，乃力诋山人，耳食者共和其说，山人顿踬出都。文敏为治装，致之于兵部尚书两湖总督毕沅。尚书以鉴赏名家，然于此事实疏，不能知山人，而深器其高尚。时吴中知名士多集节署，裘马都丽，山人独布衣徒步。居三年辞归，尚书留之不可，乃为山人置田宅为终老计，而觞山人之行。曰：「山人吾幕府一服清凉散也，今行矣，甚为减色。」四坐惭沮。后文敏病笃，语其长子曰：「吾即逝，邓山人必有挽联至，汝即以勒吾墓华表及专祠前楹足矣。」

山人年四十六乃娶于某，不数年没，继娶于某。然山人游兴不衰，常往来江淮间，鬻书以给旅费。余以嘉庆七年识山人于镇江，过从十余日，以余为能真知山人书。明年复于扬州相值，山人作泰山之游。至九年秋，山人由山东至常州，过扬，不入城。及十一月杪，晤阳湖今凤台知县李兆洛申耆，始知余与翰风同客扬州。翰风，编修弟也，余始闻山人名自翰风。时山人得家书促归里，乃买舟回扬，访余于天心墩，而余适去东台。山人俟余至十二月初八，乃语翰风曰：「岁尽矣，去家尚千里，吾不及终待慎伯矣。」遂解缆。翌日而余至。山人归里不复出游，遂以明年十月卒于家，年六十有三岁。子尚玺后更名传密尚幼。山人书至伙，而少碑刻，有书百轴存于家。又有百轴付怀宁大观亭僧悟本，闻悟本守之甚慎。申耆亦藏山人各体书精良者二十帧，议勒石以永其传。

包世臣曰：余性嗜篆分，颇知其意而未尝致力，至于真行稿草之间，则不复后人矣。然吾见山人正书方寸以上者，简肃沉深，雁行登善，非徐裴以下所及。余在镇江初识山人时，嘉定钱坫献之、阳湖钱伯坰鲁斯先在，皆与余为忘年交。献之自负其篆为直接少温，然与余同游焦山，见壁间篆书心经，摩挲逾时曰：「此非少温不能作，而楮墨才可百年，世间岂有此人耶？此人而在，吾不敢复搦管矣。」及见山人，知心经为山人二十年前所作，乃摭其不合六书处以为诋。鲁斯故服山人篆分为绝业，及见其行草，叹曰：「此杨少师神境也。」遂因余以见山人。然鲁斯正行书名，自文清厌世，论者推为第一。而鲁斯执笔，则虚小指，以三指包管外，与大指相拒，侧毫入纸，助怒张之势，常谓永叔使指运而腕不知之论，为指腕皆不动，以肘来去。又谓作书无以指钩拒之理，痛斥古今相承拨镫七字说，意以山人篆法当同，乃借山人以信其旨。及见山人作书，皆悬腕双钩，管随指转，与鲁斯法大殊，遂助献之诋山人尤力。私意所中，真识遂蒙；青云之交，不渝终始，宜山人之痛哭于编修与文敏也。

删定吴郡书谱序

夫自古之善书者，汉魏有钟张之绝，晋末称二王之妙。评者云：「彼之四贤，古今特绝，而今不逮古，古质而今妍。」夫质以代兴，妍因俗易，驰骛沿革，物理常然。贵能古不乖时，今不同弊。余志学之年，留心翰墨，味钟张之余烈，挹羲献之前规，极虑专精，时逾二纪。观夫悬针垂露之异，奔雷坠石之奇，鸿飞兽骇之姿，鸾舞蛇惊之态，绝岸颓峰之势，临危据槁之形。或重若崩云，或轻如蝉翼，导之则泉注，顿之则山安。纤纤乎似初月之出天崖，落落乎犹众星之列河汉，同自然之妙有，非力运所能成，信可谓智巧兼优，心手双畅，翰不虚动，下必有由。一画之间，变起伏于峰杪；一点之内，殊衄挫于毫芒。而东晋士人，互相陶染，至于王谢之族，郗庾之伦，纵不尽其神奇，咸亦挹其风味。去之滋永，斯道逾微。方复闻疑称疑，得末行末，古今阻绝，无所质问，设有所会，缄秘已深。遂令学者茫然，莫知领要。徒见成功之美，不悟所致之由。或乃就分布于累年，向规矩而犹远。图真不悟，习草将迷。假令薄解草书，粗传隶法，则好溺偏固，自阂通规。加以趋事适时，行草为要，题勒方通，真乃居先。真以点画为形质，使转为情性；草以点画为情性，使转为形质。至于伯英不真，点画狼藉；元常不草，使转纵横。且篆、隶、草、章，工用多变，济成厥美，各有攸宜。篆尚婉而通，隶欲精而密，草贵流而畅，章务检而便。然后凛之以风神，温之以妍润，鼓之以枯劲，和之以闲雅，故可达其情性，形其哀乐。嗟乎！不入其门，讵窥其奥者也。

又一时而书，有乖有合，合则流媚，乖则凋疏。略言其由，各有其五：神怡务闲，一合也；感惠徇知，二合也；时和气润，三合也；纸墨相发，四合也；偶然欲书，五合也。心遽体留，一乖也；意违势屈，二乖也；风燥日炎，三乖也；纸墨不称，四乖也；情怠手阑，五乖也。乖合之际，优劣互差。得时不如得器，得器不如得志。若五乖同萃，思遏手蒙；五合交臻，神融笔畅。当仁者得意忘言，罕陈其要；企学者希风叙妙，虽述尤疏。不揆庸昧，辄效所明，庶欲宏既往之风规，导将来之器识，除繁去滥，睹迹明心者焉。至于诸家势评，多涉浮华，莫不外状其形，内迷其理，若乃崔杜以来，萧羊以往，代祀绵远，名氏滋繁。或藉甚不渝，人亡业显；或凭附增价，身谢道衰。加以糜蠹不传，搜秘将尽；偶逢缄赏，时亦罕窥。其有显闻当代，遗迹见存，无俟抑扬，自标先后；复有龙蛇云露之流，龟鹤花英之类，巧涉丹青，工亏翰墨，异夫楷式，非所详焉。夫心之所达，不易尽于名言；言之所通，尚难形于纸墨。今撰执、使、转、用之由，以祛未悟。「执」谓深浅长短之类是也，「使」谓纵横牵掣之类是也，「转」谓钩环盘纡之类是也，「用」谓点画向背之类是也。方复会其数法，归于一途，举前贤之未及，启后学于成规，穷其根源，析其枝派，贵使文约理赡，迹显心通，披卷可明，下笔无滞，诡辞异说，非所详焉。今之所陈，务裨学者。

右军之书，代多称习，良可据为宗匠，取立指归，试言其由，略陈数意。止如乐毅论、黄庭经、东方朔画赞、太师箴、兰亭集序、告誓文，斯并代俗所传，真行绝致者也。写乐毅则情多怫郁，书画赞则意涉瑰奇，黄庭经则怡怿虚无，太师箴又纵横争折。暨乎兰亭兴集，思逸神超，私门诫誓，情拘志惨，所谓涉乐方笑，言哀已叹。岂惟驻想流波，将贻啴缓之奏；驰神睢涣，方思藻绘之文。虽其目击道存，尚或心迷议舛，莫不强名为体，共习分区，岂知情动形言，取会风骚之意。阳舒阴惨，本乎天地之心，原夫所致，安有体哉。夫运用之方，虽由己出，规模所设，信属目前，心不厌精，手不忘熟。若运用尽于精熟，规矩谙于胸襟，自然容与徘徊，意先笔后，潇洒流落，翰逸神飞。尝有好事，就吾求习，吾乃粗举纲要，随而授之，无不心悟手从，言忘意得，纵未穷于众术，断可极于所治矣。若思通楷则，少不如老，学成规矩，老不如少。思则老而愈妙，学乃少而可勉。勉之不已，抑有三时，时然一变，极其分矣。至如初学分布，但求平正；既知平正，务在险绝，既能险绝，复归平正。初谓未及，中则过之，后乃通会，通会之际，人书俱老。故以达夷险之情，体权变之道，亦犹谋而后动，动不失宜。时然后言，言必中理矣。是以右军之书，末年多妙，当缘思虑通审，志气和平，不激不厉，而风规自远。子敬以下，莫不鼓努为力，标致成体，岂独工用不侔，亦乃神情悬隔。考之即事，断可明焉。然消息多方，情性不一，乍刚柔以合体，忽劳逸而分驱，或恬淡雍容，内涵筋骨，或折挫槎蘖，外曜锋芒，察之者尚精，拟之者贵似。况拟不能似，察不能精，分布犹疏，形骸未减，跃泉之态，未睹其妍，窥井之谈，已闻其丑。纵欲唐突羲献，诬罔钟张，安能掩当年之目，杜将来之口。慕习之辈，尤宜慎诸。

至于未悟淹留，偏追劲疾，不能迅速，翻效迟重。夫劲速者，超逸之机；迟留者，赏会之致。

将反其速，行臻会美之方；专溺于迟，终爽绝伦之妙。能速不速，所谓淹留；因迟就迟，讵名赏会。非夫心闲手敏，难以兼通者焉。假令众妙攸归，务存骨气，骨既存矣，而遒润加之。亦犹枝干扶疏，凌霜雪而弥劲；花叶鲜茂，与云日而相晖。如其骨力偏多，遒丽盖少，则若枯槎架险，巨石当路，虽妍媚云阙，而体质存焉。若遒丽居优，骨气将劣，譬夫芳林落蕊，空照灼而无依；兰沼漂萍，徒青翠而奚托？是知偏工易就，尽善难求。虽学宗一家，而变成多体，莫不随其性欲，便以为姿。质直者，则径挺不遒；刚狠者，又倔强无润；矜敛者，弊于拘束；脱易者，失于规矩；温柔者，伤于软缓；躁勇者，过于剽迫；狐疑者，溺于滞涩；迟重者，终于蹇钝。斯皆独行之士，偏玩所乖。至若数画并施，其形各异；众点齐列，为体互乖。一点成一字之规，一字乃终篇之准。违而不犯，和而不同，留不常迟，遣不恒疾。带燥方润，将浓遂枯。泯规矩于方圆，遁钩绳之曲直，穷变态于毫端，合情调于纸上，无间心手，忘怀楷则，自可背羲献而无失，违钟张而尚工。譬夫绛树青琴，殊姿共艳；隋珠和璧，异质同妍。何必刻鹤图龙，竟惭真体；得鱼获兔，犹吝筌蹄。闻夫家有南威之容，乃可论于淑媛；有龙泉之利，然后议于断割。语过其分，实累枢机。吾尝尽思作书，谓为甚合。时称识者，辄以引示，其中巧丽，曾不留目，或有误失，翻被嗟赏，既昧所见，尤喻所闻。或以年职自高，轻致陵诮，余乃假之以缥缃，题之以古目，则贤者改观，愚夫继声，竞赏毫末之奇，罕议锋端之失。夫蔡邕不谬赏，孙阳不妄顾者，以其玄鉴精通，故不滞于耳目也。向使奇韵在爨，庸听惊其妙响；逸足伏枥，凡识知其绝群，则伯喈不足称，良乐未可尚也。至若老姥遇题扇，初怨而后请；门生获书几，父削而子懊，知与不知也。夫士屈于不知己，而伸于知己，彼不知也，曷足怪乎？故庄子曰：「朝菌不知晦朔，蟪蛄不知春秋。」老子云：「下士闻道，大笑之。」不笑之，则不足以为道也。岂可执冰而咎夏虫哉？

自汉魏以来，论书者多妍蚩杂糅，条目纠纷，或重述旧章，了不殊于既往。或苟兴新说，竟无益于将来。徒使繁者弥繁，阙者仍阙。今撰为六篇，分成两卷，第其功用，名曰书谱，庶使一家后进，奉为规模；四海知音，或存观省。缄秘之旨，余无取焉。垂拱三年写记。

吴郡论真、草，以点画使转，分属形质、情性，其论至精。盖点画力求平直，易成板刻，板刻则谓之无使转；使转力求姿态，易入偏软，偏软则谓之无点画。其致则殊途同归，其词则互文见意，不必泥于真草也。余近仿真草千文、争坐位，见其下笔无不直者，乃知古人无论真草，皆遣以篆意，故形直而意曲，是为真曲，若求曲于形，失之转远。近悟如是，附记于末。道光戊申九月七日，重校书此。

艺舟双楫卷第七上　附录一上

皇诰授奉政大夫河南涉县知县候补同知赠资政大夫都察院右副都御史兼兵部侍郎江南河道总督徐君墓志铭

君讳振甲，字解时，姓徐氏。其上世家余姚，后徙德清之新塘，为德清人。曾伯祖某，礼部侍郎。伯祖某，工部尚书。考志丙，举雍正甲寅贤良方正科，起家甘肃碾伯县知县，迁岷州知州，丁母忧，以兵事留，遂卒于官。妣嵇氏，封宜人。君侍岷州君宦游，而君妣病亟，君封股以疗之，既差，病渴甚，索瓜，医氏不可，竟不起，君以故终身不食瓜。岷州君既卒，君奉三殡归葬。服阕，游吴恭定公甘肃按察使司幕。恭定故与岷州君同举制科，甚器君，属屡试被放，即为君援江赈例指捐县丞，分发江苏，补江宁县县丞。膺卓荐，擢清河县知县。

君初莅清河，而老坝口决，黄溜悬注逼治，米船不得达。时山东寿张县民王伦为逆，征调堵截，兵水仍至，众惰惶惑。君集小舟，载千馔，以次赈给，喻国户粜米，有无藉乘机抢于肆，君尽法惩之，商民得相安，平市如故。未几，山阳劫掠四起，而清河独否，人以此多君。初君署句容县事，廉知猾吏蠹漕，下车即发其奸，民输将如限。后二十年，句容以吏舞法兴大狱，溯历任十数，独君无弊。调江都，获邻境巨盗，擢同知候补，而君适引疾。既痊谒选，改河南涉县知县。县徭例于冬月合围取皮革，猎户以此苦民，君即为除之。调署信阳州，值筑青龙冈口，阿文成公以大学士持节督工，檄君开引河，君不事追呼，而集众常多，蒇事常速，文成以为能。时君长子端身任畚锸，文成即命以本捐衔投效青龙冈工，工竣，补兰仪通判，君遂解组就养兰仪署。端擢知淮安府，迎养，君道出清河，居民扶老携幼，扳舆铺饮如家人，观者夹路嗟叹。嘉庆八年九月六日，卒于端淮徐兵备道署，年七十有五。配赠夫人钱氏，早卒。生二子，长端，太子少保，都察院右副都御史兼兵部侍郎，江南河道总督。次章，候补通判，前署桃北同知。晚纳侧室王氏，生一子竟，二女俱幼，王氏后君一岁卒。孙七，镂、锳、镛、鑅、锟、铃、镲。曾孙一，淳。端章以某年月葬君于某原，以钱夫人、王孺人祔。述君行而征文于余以志君幽，余按状而系之铭曰：

伊嗟资政，明德维孝。名臣循吏，先业克绍。爱以试丞，洊登佐郡。视事廿年，不改清慎。学则既优，仕乃不显。知止曰明，初服是践。乃笃哲嗣，谨率义方。心劳力瘁，为民保障。嗣有良苗，君则艺之。君有嘉实，嗣则哜之。君泽维何，曰咨行道。旧民怀恩，涕洒丹旐。粤宜祭社，岂必葬桐。奉兹阡表，无念崇公。

宫保素昧生平，在友人黄心庵所，见余文，延访二年始得招至节署，以其先公窀穸之文相属。既得稿，具衣冠肃谢曰：「后人读此文，必谓先公为乡里之善士，州县之循吏，宜其有后，则徐氏世世子孙拜赐多矣。」乃出浙中先达所撰至七首，率长二三千字，并以称扬宫保过多，不洽意，卒用小子文入石。司马请题显人名，宫保曰：「今日之显人，未必能显于身后，慎伯必显于身后者，且安知其终不显耶？」录稿附记，以志真赏。

清故中宪大夫山东东昌府知府原品致仕前兖沂曹济兵备道军功加一级熊君行状

曾祖某，皇永康州学生员，貤赠中宪大夫，直隶大顺广兵备道。祖光远，皇雍正乙卯乡试副榜贡生，赠中宪大夫，直隶大顺广兵备道。父恩绂，皇直隶大顺广兵备道，特赠太仆寺卿。广西太平府永康州东城第一图熊方受年六十四状。君字介兹，号梦庵，其先世隶四川巴县。君之高祖迁永康，为永康人。三传至太仆，以进士起家，备兵大名，被逆贼段文经之难，阳湖毛燧传为碑铭，论其功甚辨晰。太仆举三子，君为冢嗣，好学夙成，下笔诩诩有生气。乾隆庚子领乡荐，庚戌成进士，癸丑授检讨，在词馆八年，改刑部主事。君少侍太仆宦游，历府道署十余年，更吏事。初至刑部，即硁硁持议，尝诤于堂曰：「用法宜核情罪，不当揣上意为高下，益便吏胥。」以是不能得题缺。计俸选礼部员外郎，入直军机处，题升郎中，提调嘉庆辛未科会试，旋擢江西道监察御史，不数月简授山东兖、沂、曹、济兼黄河兵备道。

故事，道员于士民赴诉者，准提则为属吏所不快，率皆违例转发，至批答详禀，率无所可否。君一概绝去，衡以事理，诉词始有获伸者。嘉庆十八年九月，防河在工次，闻曹县之变，未知虚实，即募土夫勇敢者二百名，星驰赴难，声称率弁兵五千人。贼望风弃城，分逃至县境之扈家集、李家庄、范水坑、蔡家大小楼各处屯集，君以故得入城。缮守具，督兵勇搜剿，先后败贼目李克让、蔡五伦、曹永贵、蔡五言、李克顺、李名扬之众。惟李克让得逸，余悉就擒。事闻，奉温旨，拜花翎之赐，仍议叙军功加一级。十九年调赴睢工，督挑引河，同官以卑约太甚，忤使者，并劾君，夺职。既竣事，降一等开复，二十年补东昌府知府。

山东自乾隆六十年，恩赦民欠之后，至嘉庆八年，清查州县积亏，至百二十万。巡抚承宣以为忧，乃议视缺肥瘠，岁提节省银三十二万两，归司库，通力合作，以六年弥补亏项，其余以津贴买补仓谷不敷者，奏奉俞允。既积数至百万，而上游不循成案，非有力莫能邀拨补。其暂署承宣者，至有视事一、二月，而动拨数十万。州县忿其不公，缴解益懈，至十四年弥补期满，而亏数反增至三百余万。遂减节省之数为岁十八万两，具奏展限三年。及十八年，限又届满，而亏数又增至五百余万。时值曹滑军需，肆为滥冒。十九年，上命大学士驻东督查，分别准驳，计实亏总数六百余万，而某人某任亏若干，则奏交巡抚核实参办。二十年，巡抚念亏数重大，一出员名，恐成大狱，先将亏数较轻之四府三十余员名，开单补奏。得旨甚严切，而事不能已，乃议提冬羡弥补，授意六府二州，先造册短报亏数，以结前案。冬羡者，山东州县一岁所需，取给于漕余之强名也，其致规于本管也颇厚。各府州顾恋观望，莫能实举其议者。东昌所辖十州县，皆有漕君先事即细核属亏实数，却所致规，立程式，除办公必需之外，尽提羡数以补旧缺。及二十二年，八府州册齐，各员亏数，皆不至干重辟，然惟东昌之册得其实。二十三年冬，恩旨赦免民欠，查办半载，不能得要领。承宣为属吏所愚，遂照报部奏销册数，将三次清查奏明之官亏和入民欠，以八百余万具详，巡抚据以入奏。上察其朦混，值巡抚身故，遂除承宣名为民，而命提刑会同新任承宣确查剔除，由新任巡抚核奏。计剔除已入清查旧亏之外，又积新亏七十余万。巡抚念新亏之法至严，议以垫支垫解作抵。有候补府者，家世于巡抚为恩门，檄署济南府印。而续更提刑，又其所能左右之者，乃相倚以倾承宣。济南遂自定册式，札致十一府州，照式造送，汇呈巡抚。君以关涉钱粮文案，例皆由承宣核准，呈巡抚，以达大部，从无首府汇呈之事，不照行，触怒。而巡抚以君为词馆前辈，迟疑未即发。济南不及待，遂于二十五年春初，嗾学政劾君。巡抚惟惧，亦续奏君迂缓不任事，以原品致仕。

道光纪年，君挈眷来扬州，为乐仪山长，侨寓虹桥之西园。既萧然无囊橐，又老病兼至，而戚友习受资助者，不能相谅。修脯所入，仅以供任恤，薪米之需，每于岁杪辍讲出游以取给。道光四年十二月十二日赴杭州，五年正月七日返棹至嘉兴，卒于舟次。公子接凶问，匍伏奉移于扬州寓前僧院，以图归榇。娶桂林陈氏，其祖谥文恭，乾隆中为大学士，称名臣。父兰生，湖北荆宜施兵备道。生女子子二，长孟娴，工诗而夭。次润华，适陈聚昌，道光辛巳科举人，充景山官教习，荆宜君之孙也。君既除陈恭人服，以长洲韩氏为继室，生子一，贵龄。娶江都汪氏。君通达治体，其所欲举事，多切究有本末。既已伤于哀乐，衰羸善病，气怯未能称其志。常信笔为诗文，不起稿，应求不自珍惜，放失甚伙。搃其箧名偶园草者，尚有若干卷，皆跌宕可观采，偶园者，君在都所居得孙退谷宅一角之旧名也。贵龄侍君宦游，年幼未能详君之行业。余以嘉庆七年，识君于镇江。后在苏州、在都下，交益善。君任兖沂，任东昌，皆曾一过其署。而山东复查民欠时，余实客承宣署司其事，备知始末，故掇其生平，以告有道德能文章而与君交善者，征信以托不朽焉。道光五年春二月三日，包世臣谨状。

额侍郎别传

故户部侍郎额公之卒也，史馆例立专传，其叔子冠军使宝奎以状上，史臣既摭其政绩入国史矣。阅三年，当道光壬辰，余适至都下，冠军以别传请，为予得交于公久，知公深，且素为文不妄有称述，可传信故也。夫征信莫如史，然必载笔者，其事专，其业世所见所闻所传闻，莫不真确，又深通情势，达事理之所以然。是以纪述筹议计画，本末赅备，而笔力恣肆，又足以发之，使读者如见其人，如闻其声，故两汉、三国之事迹数千载犹彪炳人耳目者，以其为世业专门之私书也。晋书以下，大都成于后代，为时既促速，又与斯役者，唯论官阀，罕能悉典要。故英隽之士，非常之谟，不复涌现楮墨间，无以称读者之意。

今国史固皆以时人纪时事矣，然以谓遍采家传，及散见他说者，或多恩怨抑扬，不足昭详慎，故一以红本为据。其科抄所不及，军机档册所不载，虽列圣忧勤惕厉，与二三大臣从容论议，于以救民间所疾苦，为天下传诵赞叹者，检核科抄军机档无可证验，则不得恭纪简册。至部院题奏事件，例系六堂佥画，非一人所可主名。又率由胥吏具稿，白司呈堂，文采不足以照耀方来。若在司员卑分，例无专达，即有硕画显著，不登红本。唯封圻特使，政得自主，而决策之故，多在牍外，又或中途受事，未蒇已移，溯前则无源，考后则缺委，其是否奏绩能垂久远，红本无文，悉从盖阙。至其人学问所就，心术所存，概以传例，摹写尤难，宜冠军之不能已于此请也。

予以嘉庆丙寅夏识公于扬州，时公视淮鹾已三年。淮鹾繁富甲天下，使者骄贵简出，出则舆从华盛倍封圻，而公常从二三骑，自策骡穿街巷。尝祷雨于甘泉山，步烈日中，往返至三数十里。梅花岭旁有书院，为使者课士所，唯存枯槎一二，公补植五百株，以还旧观。公故善其山长沂州知府歙洪梧，时时相过从，携中冷泉，煮苦茗，辄遣骑招予。或追取厨馔作竟日欢，肴蔬不过数事。又尝访予于逆旅，谈笑忘倦，同舍生群惊讶。而令节才以果饵两器相饷，曰：「极念吾子旅困，此间另库岁征且数百万，乃鹾贾结纳势要物，非所以待吾子。仆为盐政，吾子为盐政客，殆为扬州开一生面也。」戊辰秋，公被议入都，鹾贾送至王家营，环跪纳会子四纸，纸镪各十万。公诘其何为，佥曰：「大人节官费岁数十万，又奏增盐息至分半，岁溢且二百万，计大人按临六载，众商所受恩，且累千万，区区者诚不足言报称。」公笑曰：「我前节官费，以为今日地，是攫寮寀所应有也。请增盐息者，为岸猾持若短长耳，若等竟以作市价，是裒民以益商，我负疚滋重，况分若肥耶？」必不听者，以状上闻矣。是年秋，公故当入觐，例以珍玩为面贡。公阅实制备，仅值十六万，先期贮京第。及至都，部议当差热河，不得面，无所用贡。公濒赴戍，遣使悉送还扬州，费脚价银六千，实己资也。扬州士民前闻公少时奔丧至山西，士人醵四万金为赙，公一无所受，事闻达聪，犹疑信相半，至是乃莫不叹其廉介矣。性嗜易，通志堂所刻七十家易说，皆能条列而缕举之。偶为小诗，栩栩有苏陆之意。己巳春，予初入都，公已起视长芦鹾，不相值。辛未再至，则公已失明家居，然闻予至，必迎至中门，握手坐，絮语移晷。及己丑春，公年已八十余，予寓外城宣南坊，去公第十里，公犹数见过，使短童掖下车，剧谈今古事，无少舛失。予之所知于公者如此，旨状所未及也。其世家官阶，本传例不详备者，皆按状而次之曰：

公讳额勒布，字履丰，号约斋，姓索佳氏。先世居鄂尔坤部落，归附后为满洲正红旗人。祖彰莱，盛京副都统。父农起，山西巡抚管提督事，任安徽布政使时，以办灾能勤民有声。公虽世禄子，然好读书如寒素。成童补弟子员。旋食饩，八试不得于有司，乃弃举子业，筮仕工部。历笔帖式主事员外郎，迴避改户部，擢郎中，遍本部各繁要差。以管部王大臣密荐廉能第一，径擢本部右侍郎，管钱法堂事。旗务，则为副都统者四，护军统领者一，公中佐领者二。兼官，则为内务府大臣者二，管理三山总理工程处总理奉宸院事者各一。差遣，则查办陕西军需报销，兼祭告西镇山川，督办河南衡家楼大工，审办山东陈文思控案，查看天津一带河道者各一。为司员时，一随本部尚书查办甘肃监粮亏空，一保用坐粮厅，一加四品服，总监督昌陵工程。外任，一署仓场侍郎，两为长芦盐政，一为两淮盐政，一以主事衔为热河副总管。虚授未之官，则为鸿胪寺卿、大理寺卿者各一。降谴，则侍郎任内，失察宝泉局铜斤左迁本部郎中；两淮盐政任内，以前监督昌陵工程，漏参同官侵克工价，充热河马甲。公去两淮时已病目，再任长芦则益亟，力请解组，旋失明。阅二十有二年，以道光十年八月二十有五日，卒于私第，年八十有四。

皇诰授荣禄大夫户部左侍郎提督江苏学政周公神道碑

公讳系英，字孟才，号石芳，湖南湘潭人。曾祖新彩，祖昭俊，考世守，皆不仕，以公贵，皆赠荣禄大夫。曾祖妣胡，祖妣谢，前妣唐，皆赠一品夫人。妣王，累封一品太夫人。荣禄公有三子：伯系蔚，副榜贡生，永绥厅学训导。仲系茇，早世。公其季也。公生二岁而孤，稍长，颖慧端重若成人。甫弱冠，以乾隆戊申举于乡。庚戌登第。以疾故，癸丑改庶吉士。乙卯授编修。嘉庆戊午、庚申，皆充顺天同考官。己未充实录馆纂修官。壬戌充会试同考官，其夏擢右赞善，充咸安宫总裁。癸亥大考二等，迁右中允。甲子擢司经局洗马，直文渊阁事，福建副考官。乙丑充日讲起居注官，其冬授四川学政，擢翰林院侍讲，转侍读，进侍讲学士。丁卯入都供职。戊辰转侍读学士，充江南副考官。己巳以讲官扈跸东西两陵，五月命直南书房，九月擢太常寺卿。庚午特旨改上书房行走，充三阿哥师傅，三阿哥今惇邸也。以大雨旷班，实镌一级，仍留直。八月扈跸热河，左授光禄寺卿，旋授山西学政。辛未擢大理寺卿。癸酉擢内阁学士兼礼部侍郎，入都供职，复入直。甲戌擢兵部右侍郎，充殿试读卷官，兼署工部右侍郎，管钱法堂事，充治河方略馆副总裁。乙亥四月，奉太夫人讳回籍。丁丑起复署兵部右侍郎。戊寅补吏部右侍郎，充顺天副考官。己卯转左，兼署礼部右侍郎，充殿试读卷官，兼署工部右侍郎。九月降编修，逾月除名，勒回籍。庚辰八月，今上登极。十月特召，以四品京堂起用。辛巳正月至都，特派实录馆总纂官，其冬，补翰林院侍读学士，旋擢内阁学士。壬午正月，授工部左侍郎，充实录馆副总裁。二月，授江西学政，其秋调任江苏。甲申改户部左侍郎，仍留任。是年十一月三十日，卒于江苏学政官署，时公年正六十也。

公金声玉色，须眉如画，望之若神人。故事，小翰詹任学政，请训止一面，公以洗马使四川，独召见至再，知上之眷公者深。及己巳陵差，屡召对，和宸章尤称旨。时南斋需人，上命掌院学士保荐考授，曰：「朕意中止一周系英，卿等可将其名列入荐牍。」未几，上书房出缺，例由掌院择翰林之可者拟正陪，而公由特简。且命公曰：「不但授读作诗文，须教阿哥为人居心以忠厚为要。」公因奏书房例课八韵诗，臣愚以为宜令阿哥加读资治通鉴，以知今古治乱兴衰之故，悉民间之疾苦。上是之。公服阕还朝，年才逾五十，诣热河行在上谒。上见公须发尽白，讶曰：「居忧两载，乃至此乎！」嗟叹者久之。公遍历卿贰，翱翔内廷，每奏对必移晷，然慎密甚，虽子弟莫得闻之。

其降守编修也，以是年五月湘潭土民与江西客民构衅仇杀者累日，公见抚臣初奏，与所闻殊异，遂于召对时，力陈其状。上命军机大臣据公言诘抚臣，旋又调抚臣抚福建，而敕督臣就鞫。抚臣候代未行，因折差附书问起居，公以抚臣出都时，曾约地方事有见闻，必无相隐，恐或受属吏愚弄，为地方深忧，因复书告其实。抚臣既疑为公所短，及得公复书，而公长子汝桢附折差致书在籍之给事石承藻，询本案曲折，并入其手，因先奏陈公书。事下都察院，台臣当以因事属托私罪例革职。上喻阁臣曰：「案关地方公务，非伊一家私事，周系英不妨具折再奏，乃辄向本省巡抚私致书函，本应斥罢，念其人朴实，着以编修用。」公既左迁，而抚臣续奏陈汝桢书，由是汝桢得减杖徒。而公被严谴，然上犹于饬督臣确审本案喻内，朱添曰：「周系英平素鲠直」。故今上承二宗畀遗老臣之至意，命公视学东南，皆许以夹片言地方紧要事，及人材贤否。公之视学江苏也，适值大潦。灾赈事向无与于学臣。公所驻之江阴县，地濒江，灾尤剧，而其文武之素得民者，皆当代去。公札商当路而留之，并假库银三万，采客米以平市价，又倡捐以济例赈之不足。高堰之溃也，公卧病已数月，闻信惊悼，病遂亟，口授遗折，犹谆谆以河事水患为念。

呜呼哀哉！公饬身至严肃，而性和易，遇人辄倾吐无余，体察人情至委曲，专掩覆过失。然嫉恶深，至于舞弊觊行者无少纵，而劣员陵铄庠序，及奸民藉端倾陷士类，公必力护持以直之。若士林自涉讼，或以争家产阋墙，公则深悼教导之不行，引咎自责。其奏报考试情形也，事无巨细，虽案已外结，必详列无隐饰。而雨旸苗势谷价，以及勤心民瘼之员，有实迹，或舆论所可否尚未自得确据者，皆分别入牍。至如分校必反复三场，主试必遍搜败卷，固亦近人所难能，而不足语公之盛节也。嗟夫！爱憎之至变也，自古叹之，岂唯君臣。人之情于夙昔亲近，一旦罣误心移，则前所听受，悉若被愚，旧有勤劳，皆成罪状。当公之初被吏议，迹疑涉私，而仁庙褒其朴实。乃放逐之余，复引鲠直，追念平素。既不以一眚迁怒，又不以曲全致屈成宪，是固大圣人无必无我，度越寻常万万者。而公之造膝输忱，其所以自给主知，亦必有在矣。迄于新政，错枉举直，向用方隆，遽尔奄忽，相公之所以自处，固非曰侍从词臣矣。士患无所挟持；有挟持，患不遇；遇患不久。公以朴诚动天鉴者，前后且二十年，而所就遂止是，岂非命也哉。夫人谢氏，诰封一品夫人。子三：长汝桢，以免徒后，复奉恩旨，改名铭恩，副榜贡生，江华县学训导。次贻椷，国子监生。次贻朴，广东候补盐库大使。孙某某。铭恩等以公卒之次年　月　葬公于某乡。公家无一椽，铭恩薄宦留故土，夫人率贻椷、贻朴还都下。壬辰四月六日，夫人卒于京寓，而世臣适在，贻椷、贻朴衰绖雪泣而言曰：「母氏又弃养，不孝今当以丧归，而先大夫墓碑未立，以属吾子。」世臣自着藉门下者，于兹二十有五年，颠踬百出，重为公知人累，唯不苟为文，尚足取重后世，以永公德，故次其状而系以诗曰：

天笃哲人，于湘之浒。弱冠起家，班于鹓鹭。再跻列棘，十枋斯文。匪惟造士，抑孔勤民。诚格两朝，欲试以事。天不憖遗，周行空置。位并道崇，泽乃未溥。目营寰中，志赍泉下。爰伐贞石，以纪名德。必有达者，善继无极。

故大臣昭文吴公墓碑

吴氏至德之裔，以国为氏，南并浙，北抵淮，皆吴地，而苏州为都。其族当望苏，然今吴氏在苏者，皆源徽。徽又自别为歙、为休宁。始居休为唐左台御史文惠公，其后析休之环珠村，又析大斐，至公考赠资政公，迁昭文。昭文，苏支县。苏之吴氏，多以科目起其家，或源歙，或源休，近世冠盖尤盛，而其盛实自公始。公讳熊光，字望崑，别字槐江。考讳敬，贡生。祖讳宏祖，岁贡生。曾祖讳国启，贡生。皆以公贵，累赠资政大夫。曾祖妣金，祖妣查，妣金，皆累赠夫人。赠公以上皆隶休。赠公初至苏，侨郡南桃花坞，实诞公。既卜居昭文迎春桥，以公应童子试，请入籍。乾隆戊子举顺天乡试，出故吏部尚书秦承恩门。秦公父翰林学士大士，推公造曰：「师为假总督，弟乃真总督耶？」时秦公年二十四，初授编修，公年始十九，闻者殊不谓然。后秦公以尚书署直督，而公历两湖、直隶、两广三督，如学士言。己丑、壬辰两举中正榜，授内阁中书。乙未挑直军机处。己亥擢侍读。庚子记名御史。辛丑擢刑部郎中。甲辰授御史。己酉擢给事中，奉赠公讳去官。壬子服阕补原阶。嘉庆丙辰迁鸿胪寺少卿。丁巳迁通政司参议。故事，科道司纠劾，通参班厕大九卿，皆退出军机处。公以明达勤慎，当轴特保，得留直。

国初沿故明制，票拟承宣皆由内阁。至宪庙许内外职掌官具折奏事，凡事有出入者，皆奏定，然后循例具题。设军机处于门下，选三品以上鸿达亲信者为军机大臣，得挑小四品京堂以下，至阁部属之能者为章京。每日寅刻，奏事处纳折匣，上炳烛批览毕，即发军机处，录入档。乃面喻大臣寄信各原奏衙门可否之，名曰廷寄。班次非朝贺，皆绝席。会议大政皆主议，实当古录尚书事同平章之职为政府。其大学士在内阁者，则承明发票题本受成事而已。公初挑章京，即为阿文成公所器。前后随文成剿办兰州回匪者一，谳浙闽重案者二，督堵东河漫口者四，查阅海塘、淮河者各一。与文成同柄政者，为故大学士伯和珅，丁巳，文成薨，益横溢无检，至于廷寄前行专署己衔姓，天下称「伯相」，从风尽靡。以文成尤善公，积不平。是年闰六月，纯庙幸滦阳，时苗匪未靖，而教匪渐猖獗，训政忧勤，或午夜视事。一日以宣军机大臣不得，命召章京，唯公已上直，入对称旨，次及同直章京之戴文端公。少顷，伯相至，上曰：「军机事日繁，傅森、吴熊光皆任事，可在军机大臣上行走以助若。」伯相谓：「公官才五品，不符体制。」上命加三品卿衔。又曰：「其家贫，大臣例开轿，恐力不办。」上命赏户部饭银一千两。又曰：「戴衢亨出身状头，官学士已四品，在军机日久，与吴同，用吴不如用戴。」上曰：「此岂殿试耶？」伯相语塞，乃承旨。然文端卒与公同加三品衔拜命，而班次仍居公下。傅公任侍郎久，日昨召见，诘问甚厉，人共危之，及上直，乃知圣意疑傅公识度或未胜大受，审试而后发，与一面之顷决机授政者有间矣。公在政府六阅月，伯相深不便其所为，出授直隶布政使。

己未春，纯庙升遐，和珅败。公言和珅管理吏户刑步军，统领各衙门日久，多变旧章以营私，大憝虽除，猾吏仍可因缘为奸利，亟宜逐条更正之。睿庙得公奏，即授河南巡抚。自丙辰兵兴，川、陕、楚、豫之督抚，皆驻边界治戎务，公在豫以防剿功，赏戴花翎，加叙军功三级。辛酉夏，擢两湖总督。壬戌春，会同各省领兵官，奏报余孽荡平。晋太子少保，既回省视事，有以收受沔阳知州秦泰金，及两淮匣费二事劾公者，查验无迹，事以白。甲子夏，调督直隶。乙丑，圣驾东巡奉天，恭谒三陵，九月十一日，公接驾于夷齐庙，赏穿黄马褂。时百文敏公已由粤抚莅楚督任，而是日都察院有据广东已革知县讦控文敏在粤婪索各款之奏。两广总督那彦成与文敏互讦之奏亦至。次日，上命侍郎托津副公往抵楚，讯得其门丁婪索状，未定谳，上复入粤抚孙玉廷言，当那公以倡抚洋匪三千余人，擅赏匪魁李崇玉翎顶，严旨逮入都，调公督两广，以楚狱交托公。公甫行而文敏亦被逮。公在北久，粤中尤潮湿，性不习，渐作寒热。洋氛剧，力疾治事，而温纶屡问病状，给优假，公益不敢有他请。戊辰七月，英吉利兵船十三只泊香山鸡颈洋，其酋度路利以兵船三入黄埔，并有三板船入省河，声称法兰西欺凌大西洋，欲夺澳门，英吉利素与邻好，故派兵来澳，帮同防护，而意殊叵测。故事，外夷兵船或寄内洋，俱调兵立时驱逐。会念三年来，督率镇将转战重洋中，匪氛虽获稍戢，而师殊老，故务为镇静，唯饬令回帆归国，传喻大班，停开舱以绝其望。而夷舶迁延至十月起碇。奉严议夺职，效力南河。己巳春，公行抵苏城，买宅城东之平桥居眷口，乃赴工。会文敏为后督，有旨饬查夷船来去之由，以公葸懦复奏，遂逮发伊犁。抵戍一载，特旨召还。辛未授兵部武选司主事。癸酉春，乞病回籍。其秋，林逆变起，上思公，议起家为楚藩。时柄政者为军机旧属，恐公难为人下，乃止。道光戊子重宴鹿鸣，恩赏四品卿衔。又六年，以癸巳二月二十七日卒于平桥私第，年八十有四。

公之初赴戍也，文端已在撰席，尝与予论京外大僚优劣曰：「吴公谪戍可惜，吴公在外治事不具论，其自蹇调直，初入谒，上谓曰：『教匪净尽，天下自此太平矣。』吴公曰：『督抚率郡县加意抚循，提镇率将弁加意训练，使百姓有恩可怀，有威可畏，太平自不难致。若稍形松懈，则伏戎于莽，吴起所谓舟中皆敌国，岂可备防哉？』又皇上返自关东，驻跸夷齐庙，董师相、老夫、吴公同起召见。上曰：『外人言不可听，此次有言道路崎岖，风景略无可观者。今到彼，道路甚平治，风景绝佳，人言岂尽信哉？』吴公越次对曰：『此非读书人语也。皇上此行，欲面稽太祖、太宗创业艰难之迹，以为万世子孙法，岂宜问道路风景耶？』有顷，上目吴公曰：『卿苏州人，朕少扈跸过苏州，风景诚无匹矣。』吴公曰：『皇上前所见，剪彩为花，一望之顷耳。苏州城外唯虎邱称名胜，实则一坟堆之大者。城中街皆临河，河道仄逼，粪船挤帮，午后辄臭不可耐，何足言风景乎？』上曰：『如若言，皇考何为六度至彼耶？』吴公叩头曰：『皇上至孝冒天下，臣从前侍皇上谒太上皇帝，蒙谕曰：「朕临御天下六十年，并无失德，唯六次南巡，劳民伤财，实为作无益害有益，将来皇帝如南巡，而汝不阻止，汝系朕特简之大臣，必无以对朕。」仁圣之所悔，言犹在耳。』」文端语至此，挢舌良久。乃曰：「老夫见闻所亲略如此，论语言勿欺而犯，史记言引大体慷慨，吴公殆于近之矣。」

戊寅、己卯间，公家居，余始得谒，面质文端所称述。公笑曰：「诚有是言，然坟堆粪船两节，乃乾隆初故相讷公奉差江浙查道复奏之言，老夫重述之耳，无足异也。」公又尝语余，「刑赏者，圣主之大柄，而其柄寄于封圻大吏，以有司援案比例求免驳斥之术，处之舛矣。例有一定，情则万端，故遇事必当详细审情以施刑赏，赏一人而有裨于吏治，有裨于民生，虽不符例赏，赏所必加也。刑一人而有益于世道，有益于人心，虽不符例刑，刑所必及也。即不得请，必再三力争之，乃为不负。若忧嫌畏讥，随波逐流，其咎盖非溺职而已也。」初公赴楚督任，未出豫境，遇协防陕西兵赵士福等二百余人，以缺饷两月逃回本营，而陕营咨会亦至。公命集讯，或言是皆死法，公仁人，且已非豫抚，可无理此。公曰：「察其情形苦累，缺饷必矣，协防非临阵，回本营非避匿山海，岂可同论哉？」遂杖首谋者二人，悉分拨豫边防堵诸镇将，给与口粮。既入楚，有乡勇纠抢民寨，被寨民缚送三十余人，公即日受词，而骈枭之。移粤甫下车，李崇玉悬首莱市之信已至，那公罪且不可测，而东莞县报郑流唐率众投诚，当事者莫知所措。公审其悔罪情实，不可杀降以为功，婉奏请仍遵前旨，免死安插，被胁者递原籍。其驻邓也，讹言贼将大至，一夕揭帖遍街巷，而州民复告密有村庄、有期会，公杖而逐之。军吏请增防，公曰：「是贼党肆煽惑以求便隙耳。」嗣得贼间，讯之皆间所为也，乃大服。其驻卢氏也，当灯节，川陕贼各万数窜入南山，迫卢氏。公命大张灯贺节，贼遂远去。尝与余论兵兴以来诸将贤否，首推湖北游击李东宣，曰：「不逐利，能用众，老夫以讯馘知之。专荐得请而部贿不至，经十五、六年，仍未一迁也。」后余游大名，李公适居其镇，得相识，洵端厚君子，能任重，益以叹公之知人。

公娶金氏，累封夫人，前卒，生一女。其子二女六皆侧室出。长子华基，太常寺博士。次沂基。孙一，兆诜，昭文县学生。七女皆适名族。公署伊江别录、春明补录、葑溪笔录三书，纪所见闻满汉诸大老言行，足以维系国脉民命者，每见余辄为述一二事，皆得所未闻，然索观必不可。曰：「俟老夫身后，从华基取阅耳。」公未晬失恃，弱冠宦游违定省，时切鲜民之憾，故营生圹于虞山北麓，傍先人兆域，以致哀慕，可谓有怀无忝者也。公既卒，其年十二月二十四日，卜者曰宜葬。公之客泾包世臣次行治为墓碑。题曰故大臣者，从昌黎权文公碑例也。复铭之曰：

公之始出，失职居藩。幸用不颙，豫楚持旄。俯同群碎，以刘蓬蒿。逾岭遘疢，嗟哉毒淫。威用不振，予怀风议。诗于公碑，为大臣纪。

皇诰授朝议大夫礼科给事中吴君墓志铭

道光癸巳六月十有五日，礼科给事中吴君卒于官。乙未正月，其孤走书都下乞为墓铭。其明年二月，予滞迹豫章，乃得发状次其世系阀阅行治，授其孤以贞石埋君之幽，以永余与君缔结之谊，而慰君志。

君系源延陵，世居安徽泾县之茂林都。曾祖善诱，早世，以君积叔弟恕恒官云南宾川州知州，加四级，貤授中议大夫。曾祖妣王，赠淑人。祖功，考宗泽，俱由国子生受职布政使司理问，以君贵，赠如君官。祖妣徐，继徐、倪、王，俱赠恭人。妣王，封太恭人。君娶同邑王氏，封安人而没，以长洲张氏为继室，与王氏俱赠恭人。再继仁和成氏，封恭人。子二：长慕曾，廪膳生；次梦曾，郡庠生；俱张恭人出也。孙一，崇位，尚幼。女子子四，并适士绅族。女孙一，未字。君以乾隆戊申入郡庠。庚戌食饩。嘉庆辛酉以选拔中式本科举人。丁丑成进士，改庶吉士，丁外艰。庚辰散馆，授编修，历充武英殿纂修总纂官、国史馆协修官、云南辛巳乡试正考官。丙戌改陕西道监察御史，稽查工部宝泉局。丁亥转掌广西道。戊子兼掌四川道，稽查通州禄米仓；旋擢户科给事中，稽查户部颜料库。己丑丁内艰。壬辰补授礼科给事中。癸巳充会试监试官。君食科俸已三年，例出为监司，命将下而卒。

君初补弟子员，尚未成童，而岁科试常冠军。成名后，益力学，缔结知名士益谨，久而益挚，友于兄弟。宾川君假居，为始祖墓被山邻侵占，构巨狱，君出死力周旋，履险而不避，人以为难。近世谓京职为闲冷，居科道者，皆屈指计外出，所言率毛举细故以塞责。君居谏垣，如严查参罚、惩办亏缺、整饬驿传、禁庙员冒滥、察海运弊源、劾大班纵贼使要犯漏网诸折，皆上净当路，下抉外吏之私隐，略不自为异日地。其蒙俞允饬议通行十数事，多为人所称诵。余与君居同里，生同岁。甲戌同试礼闱始相善。余间岁辄以试事赴都，乡人宦都中者皆善予，唯君最欢。余邑乙未生者四人：予日月较先，次则胡君世埼玉樵，次君，次君之族人鸾凤白。凤白最先成进士，作宰江西。玉樵入词馆，出为山东宰，旋蹶而又已殁。凤白再宰江西，适予亦以试令至，而凤白养痾省垣，旋以劾去官。唯君致身清要，卒亦不得尽其才。君属望于予至切，予每报罢，坦如也，而君忧形如色，不怡者累日。予顾相慰劳，君曰：「一进士不足为吾子重，然非此无以使斯民被吾子之泽，不能不为天下惜人材也。」虽过言，非予所任，亦足以见君之用心能识其大。及予得一官，而君已物故，伤已！予羁阻扬州数十年，君出入都中，取道必过从，剧谈竟日。及君丧，舣舟邗江，而予不及觉，又迫物累，不得归故里致一恸于殡宫，念巨卿死友之言，辄呼负负。君讳敬恒，字爱庭，姓吴氏，年五十有九，以　年　月　日葬某所之原。铭曰：

嗟嗟吴君志远屈，仕优益学日匪迈。求民疾苦心自瘝，蕴德未施后乃大。系铭君藏君其快，藏与吾铭同不坏。

艺舟双楫卷第七下　附录一下

清故予告太子太保文渊阁大学士食全俸晋太子太师在籍除名大庾戴公墓碑

公讳均元，字修原，号可亭，姓戴氏，江西大庾县人也。戴氏祖南唐柱国忠恭公，世居安徽休宁县之隆阜紫竹园。二十五传至公曾祖，讳洪度，自隆阜迁江苏甘泉县之西浮桥戴家村。祖讳时懋，携二子旅食大庾。考讳珮，始著籍为贡生。自考以上三世，俱赠光禄大夫。曾祖妣汤，祖妣傅、周、梁，嫡妣温，妣江，俱一品夫人。国家求旧多世德，常熟蒋氏、桐城张氏、漳浦蔡氏、阳湖诸城两刘氏、无锡嵇氏、大庾戴氏，皆继世入相。常熟、桐城、漳浦、诸城、无锡以父子，阳湖、大庾则叔侄。然自宪庙设立军机处为政府，内阁唯受已成事，是故班首百寮而不入军机与值军机，而官在尚书以下者，犹皆不得为真相。常熟两相，在未设军机以前，桐城后再世阁臣值军机者，唯大庾而已。睿庙时辅政之久，莫如文端公，而公为其季父。文端之父第元，官太仆寺少卿者，实公伯兄。文端之兄心亨，与公同以乾隆乙未成进士，散馆皆授编修。戊戌，文端继之，以首选除修撰。

父子兄弟并在词垣，而主试督学之差，星轺交驰，络驿道路，故其时阶虽未崇，天下翕然称西江四戴，已无与比隆盛者。公年十二，少仆官翰林矣，未几主江南试事，而公力学勤苦如寒素，赴课应试率徒步，篝灯山寺，诵读常彻夜。洎通籍以讫当轴，起居服食唯具，性坦白无畦町，履封圻、居政府，一切导人使尽言，择其善，必推功焉，舛误则以身任，务欲遮蔽人过失，使得竭力。比寿登耄耋，以相国予告，天下达尊，一身俱备，地方大吏，又率门下士及再传弟子，而公恂恂怡怡，与故乡父老话桑麻，寻钓弋旧迹，诱掖后进若不及，接礼宾客，虽甚卑幼皆敌体，群从百数居乡党，无子弟之过，莫知为相国孙曾者。汉之石氏、唐之柳氏，不能过也。

嘉庆丁巳，文端超授军机大臣。戊午冬，公以学差还都，故事，内外大臣亲属任科道者，对品回避。公官掌京畿道，例改六部员外郎，纯庙命以科道应升之鸿胪少卿候补，时当训政，燕翼谋至深远，见公才器堪大受，将试以事，不欲使更滞郎署也。次年，睿庙亲政，善继善述，既补实，旋改光禄寺少卿。庚辰春，擢大理寺少卿，不半年，累擢詹事府詹事，内阁学士兼礼部侍郎。嗣是四、五年间文端柄政，公亦洊历卿贰，及总理内务府工程处，监修督堵，驰驱无虚日。乙丑冬，南河事亟，黄溜夺运达瓜洲江口，西风掣高堰石工，瞬息数百丈，有藕粉运河碎磁高堰之谣，公驰往筹度，空重粮艘以俱达。丙寅秋，初将北辕，忽授南河正督，公偕副督徐端，昼走风沙，夜核文簿，堵合黄河之周家堡、郭家房、王营减坝、陈家浦、运河之二堡壮原墩、高堰之义字坝，拆修惠济正越闸。大工次第举矣，拜太子少保及花翎之赏。而工当修治者尚多，积劳遘疢不可支，戊辰正月得假归里门。四月，两江总督铁保请帑六百万帮培汰黄堤，分别销摊归款，睿庙以斯事体大，命文端偕觉罗长文敏公赴工审度，并谕文端曰：「清江距江西才二千里，使事毕，卿可一归省卿叔父。」故文端纪恩诗有「此去竹林勤问讯，亲传天语到柴门」之句。以须臾不可离之重臣，恩予返往四千里以省视公，则自汉氏以来，史册纪载所未闻见，盖睿庙寄重之意，已于是乎定矣。是年冬公起病，左迁都察院左副都御史。己巳春视顺天学，不数月，以花户积蠹，案须核办，擢仓场侍郎。辛未文端薨逝，给公假一月为治丧。癸酉秋杪，南漕既归仓，而东河睢州漫口，改东河总督。时逆匪窜聚不常，曹、兖、济当运道处，伏莽尤多，又微山湖蓄水短绌不敷送，公飞饬各粮道，以军法部勒丁舵水手，戒严攒行，督河员遍导坡水集湖以济运，空艘得尽数南下。甲戌春，以吏部左侍郎召，途次擢都察院左都御史，抵都晋礼部尚书。丙子调吏部。丁丑以原官协办大学士。戊寅春，入直军机处，冬授尚书房总师傅。庚辰春，拜文渊阁大学士，晋太子太保，管理刑部。七月，公偕满相托文恪公扈滦阳围，甫驻跸，圣躬骤有疾不豫，变出仓猝，从官多皇遽失措。公与文恪督内臣，捡御箧十数事，最后近侍于身间出小金盒，锁固无钥，文恪拧金锁，发盒得宝书，公即偕文恪奉今上即大位，率文武随瑞邸成礼，乃发丧，中外宴然。公扬历数十年，凡有兴作，率依据成式，去已甚，不事搔爬为激矫惊众之行，故事办而无赫赫名，至是乃大服。及梓宫还都，都下有谓遗诏中措语微误者，事闻，文恪及公并退出军机处。上以公先帝老臣，派充实录馆正总裁，旋奉命相度万年吉地，偕故相国英和，督兴工作。甲申，公年七十有九，谆乞骸骨，上赐诗宠行，准驰内河水驿，所在官护送，在籍食全俸。乙酉，公八十，颁联匾珍异有加。丁亥，就加太子太师。戊子重赴鹿鸣，既奉赐「三朝耆旧」之额。适宝华峪地宫渗水，被严旨，与英相国同逮，籍家产，合计田房衣饰，才值万余缗，上意渐解，除名放还。又十三年，庚子九月初七日薨逝，年九十有五。哲嗣诗亭卜以是年十二月十八日葬某所之原，与夫人合祔，礼也。

夫人崔氏，同邑人，长于公二岁，前公卒十三年。长子即诗亭，由县学生荫户部员外郎，晋郎中，侍养在籍。以公故褫职，旋赏给七品顶戴。齿儿日耄，依依膝下如婴儿，人呼为小莱子。次诚亭、晋亭、孚亭俱前卒。公以晋亭为叔父䀋赠光禄大夫璠之后。孙曾孙某某，四世孙某某。公衡文差，任主试者五：庚子江南、戊申湖北俱以编修，甲寅浙江以侍御，甲子江南以侍郎，辛巳顺天以相国。任学政者四：己酉四川以编修，乙卯安徽以侍御，庚申山东接任以理少，己巳顺天以副宪。任会试总裁者三：壬戌以阁学，丁丑以参知，己卯以军机大臣。一读乙丑殿试卷。一读甲戌拔贡朝考卷。教习庶吉士者二。水利差：督办东河衡家楼大工，查南河工程，查勘直隶永定河应否改道，查看山东张秋运道通阻，及河南马工堵筑机宜者各一。查勘漳河冯宿口及红花堤应否堵筑者二。马工之役，时当冱寒，其行也，上手赐酒一卮，侑以黑狐马挂，为自来遣使所未有。内官：则充日讲起居注官，直文渊阁事，经筵讲官，管理户部三库，历翰林御史鸿胪光禄大理詹事，吏户刑工四部左右侍郎兼户工两部钱法堂，都察院正副堂，官礼吏两部尚书，尚书房总师傅，军机大臣，大学士，管理刑部，太子少保，太子太保，太子太师。外官：则南河仓场，东河各总督。五十年经手事宜，巨细毕举。唯睿庙特简，欲以公之清慎诚悫，变内务府积习，使为总理。而三督工程，皆以获咎，嘉庆中监修吉地，失察工弊，夺一官，褫宫衔花翎，不旋踵而俱复者，圣明曲体其不逆不亿也。裕陵隆恩殿专金四柱，俱丈二围大木，而十五、六年之顷，遽致蠹朽。宝华峪泉涌地宫，则皆人意料所不能及，然后知旧例内务府事务，不使汉大臣参预，良有深意矣。公门墙至盛，登黄阁，柄枢廷，有与公相后先者，跻卿寺持节钺陟内外台省至百数，多有可称述。而阳湖李兆洛、荆溪周济、秀水王良士，虽不达，并以博学雄文知名当代。唯世臣应童试时，公于本署观风，集生童至千四百，而榜高第止世臣一人。世臣故荒落无足道，谬以名氏为宇内通儒所齿，然风檐中真赏，仅一遇公。世臣初隶弟子籍，即承召追陪杖履，袁浦节署，尤为朝夕，马兰镇行馆，侍谈达旦，习公最久。公之葬也，世臣与在执绋。谨次公行治，以诗于丽牲之石，其辞曰：

有福百世，忠恭之庆。自徽徂扬，为光庾岭。跻端揆席，实行相事。导公先路，公有犹子。公齿初壮，已赋鞅掌。八十悬车，永式耆长。曰期曰期，颐神邱壑。称道不倦，允矣旧学。公之经德，持宝贵让。言各有蔽，埋忧泉壤。

曾抚部别传

公讳燠，字庶蕃，一字宾谷，姓曾氏。世居江西之南丰，明嘉靖间迁南城，为南城人。曾祖世麟，祖邵，雍正己酉举人。父廷枟，乾隆乙未进士，改庶吉士，散馆授刑部主事，历员外郎中，总办秋审，出守山东曹州府，调济南，护理济东武临道，俱以公贵赠资政大夫。曾祖妣丁，祖妣丁，俱赠夫人。妣罗，封恭人，晋封太夫人。济南君举二子，公为其季。生而颖异，甫成童，从宦都下，耆宿见其诗文，多折行辈与论交。乾隆庚子举顺天乡试。辛丑成进士，改庶吉士，派习国书。甲辰散馆授户部主事。丙午丁济南君艰。戊申服阕，补湖广司，入值军机处，擢贵州司员外郎。壬子京察一等，奉特简授两淮盐运使，即充钦差大学士庆文恪公随带司员，至江南谳狱勘办事竣，次年始莅任视事。嘉庆丁卯，擢湖南按察使。戊辰调湖北。庚子擢广东布政使。乙亥擢贵州巡抚。丙子以太夫人年高乞养。壬午养亲事毕，上以两淮疲惫日甚，特命公以巡抚衔巡视两淮盐政。丙戌召还，以五品京堂候补。庚寅卒于京寓，年七十有二。配同邑亓氏，累封夫人。子二：长在埏，捐职同知，次协均，国子监生，并年少绩学，能不失世业。孙五：某某。

公性尤嗜诗，至老不辍。自汉、魏、六朝、三唐，两宋以及近世闻人专集汇集，皆悉研究，辨晰其得失。公以世家子，弱冠即涉词苑，值枢廷，洊登封圻，居华朊清要者数十年，未尝历怫逆失意之境，而其为诗顾深悉民间疾苦，微言激射，顿挫沉郁，绝无珠翠罗绮之气染其笔端。咏山烧有曰：「层峦从此瘦，春草几时生？」望岱有曰：「须知天下雨，还望一山云。」寄意遥深，有寒畯专家所不及。溯公宦辙，留扬州者至久，其地居水陆之冲，四方名流所集聚。自赵宋时，韩、欧、刘、苏相继守土，宾宴之盛，辉映古今。阅数百年至国初，周栎园侍郎，监督钞关，远绍逸响。而王阮亭尚书继以司理扬州，诚心求士，士归之如流水之赴壑。二公皆履卿贰，立治绩，而世人之艳称者，乃在钞关司理时，诚哉其难之也。后又百年，卢雅雨、朱子颖为都转，稍续前绪。至公而大盛，是以扬州人士，以公丰采为上接阮亭者，信矣。公著有赏雨茅屋诗集二十二卷，骈体文二卷，续金山志十二卷，又选刻苏文忠公奏议二卷，虞文靖公诗集八卷，吕子易说二卷，江右八家诗八卷，朋旧遗诗十八卷，江右诗征一百廿卷，国朝骈体正宗十二卷，皆行于世。唯选批国朝诗为清真集者未竣事。

包世臣曰：公二子皆晚生，从弟试官水部，未尝从公宦游，故具状不能详行治。按国史馆例官二品，皆据红本及军机档以立传，则公之政事，自在良史，非私家所能增损。公任都转时，余尝朝夕，读公诗词，闻公谈议，殊不以鹾官为乐，其意盖欲大有为者。陈臬以后，相去辽远，信问阻越，然余客百文敏公两江节署，语次及粤东平海事，文敏谓委署支调，公常拘牵成案，以掣其肘，颇衔公。文敏气焰逼人，举事多任意，同城官之将军巡抚，莫敢立异同，而公为其属，独能举方伯之职，是亦一节之可见者矣。

赵提刑家传

公讳仁基，字厚子，江苏武进人，系出宋魏王。康熙中有任户部尚书谥恭毅祀贤良祠海内称为名臣者，公之五世祖也。祖汇，增监生。考钟书，举人，任丰县训导，保荐知县。俱以公贵于山西平阳府知府任内，赠如公官。祖妣杨、妣恽俱赠恭人。公少颖异好读书，长六尺，白皙丰下。赵故旧族足科第，然躯貌率短小，公居群从间，丰仪伟岸，见者知为大器。成童，侍赠公之丰县任，赠公俸满膺保荐，里居候铨，公即橐笔游湖北，侍修脯给菽水，故食贫。又客游久，悉民间疾苦。

道光乙酉，举于乡。丙戌成进士，以知县发江西即用。初署宜春，旋补崇仁。会秋谳，所民部有于邻县犯绞者，解省时中途逸归，公侦知密捕，追踪至湖南之湘潭而获之，以归邻县，邻县得不被议，论者以为难。未几，部选之安徽泾县知县，回避巡抚，与公对调。先是，泾屡构巨案，公在任三年，邑无大狱，上游以为能，调怀宁。怀宁治附省郭，滨大江，奸宄之所出入。江苏桃源有决河要犯陈端，逋诛日永，公捕得之，奉旨赏戴花翎，以直隶州知州升用，遂擢滁州。入都蒙召问家世，知为恭毅公后，温谕有加，时以为异。数调署六安州。旋奉特简升山西平阳府知府，抵任未匝月，复升授江西赣南吉宁兵备道，兼理赣关道。境间于闽粤，民鸷悍轻犯法，然终公之任，惟泰和县有枭徒戕卡弁之变，公驰往督捕，首从悉获，此外鲜有巨案，较前此为安靖矣。及英夷在粤滋事，扰及浙闽，公义愤中积，常忧形于色。及南安设粮台，公奉委襄理，悉心检核，积劳致疾。道光二十一年六月初二，奉旨授湖北按察使，时公病日甚，延至十九日遂不起，距生于乾隆己酉六月廿二日，年五十有三。配高氏、继钱氏，俱赠恭人。再继方氏，例封淑人。子三：长铸早殇，次熙文、烈文俱幼，俱方淑人出。女子子三：长纯璧，适阳湖县增生李岳生，予友李兆洛申耆之侄孙。次纫珠，适阳湖附生周瑛，予友周仪伟伯恬之叔子。次细琼，字江西安福县附生阮泳经。公性嗜诗，有幽栖集一卷，登楼集一卷，折腰集二卷，郎邪集一卷，姑射集一卷，崆峒集一卷，词一卷，杂文二著江水论卷，皆藏于家。九迭山房和陶诗一卷，已板行，而予皆未见。公任怀宁时，连年被江灾，著江水论十二篇，识者以为得江水致灾之源云。

包世臣曰：予客游数过常州，公之诸父及群从兄弟姻戚有学行者，多与予交善，独于公未尝一面。及公宰吾泾，接人士，语次必及予，殷拳备至，而予适挈眷侨扬州。逮予薄宦江西，公监司南郡，相距较远，故不能悉公之治迹。然予滞迹豫章，见公之族戚赴虔者，往返络驿。公凶问至，常州之留豫章者，皆为叹息。近世卿大夫，身履华朊而厚自封殖，视所亲如陌路者比比也。公起于寒畯，既显贵，其卒也，几无以敛，而笃于睦姻如此，其古之所称长者欤？故据来状次为篇。

皇诰授资政大夫广东布政使司布政使军功随带加一级熊公墓志铭

公讳常錞，字象于，一字椒实，号声谷，姓熊氏，江西铅山人也。熊氏自宋居南昌，康熙中有绍凤者，捉店铅山，为其土人章氏婿，遂家焉，其后为铅山人，实公高祖。曾祖熙材，妣陈氏，簉金氏。祖枚，乾隆辛卯进士，遂刑部主事，仕至刑部尚书。追赠三世，皆光禄大夫，章、陈、金皆一品夫人，以尚书为金出故也。考培，封文林郎，赠资政大夫。妣黄氏，封太恭人，晋赠夫人。尚书未通籍时，读书山寺，与其老僧善，一日尚书自家还寺，涂遇老僧，与之言不答而行如飞，甚讶之，比入寺门，知老僧已圆寂。其徒致遗言曰：「丁未年当再聚公之诞也，适当是物。」尚书咳然曰：「是老僧再聚耶？」挈以随任。当尚书承宣安徽时，巡抚为大兴朱文正公，知人好士，宇内之所宗师。及公入都，文正招至澄怀园，与其孙涂，同学于故协办大学士萧山汤金钊，间自课其诗文。初，章夫人苦节抚五子，窭甚，尝叹曰：「椒五粒岂无一辣者？」既而其季负贩，得巨金于水路，物色还主，章夫人欣然曰：「辣者其在是矣。」是实生尚书。文正习知其事，涂字兰实，文正遂更公字曰椒实，命之曰：「字以敬名，当念汝祖德也。」

丁卯，领乡荐。己巳，成进士，改庶吉士。辛未，散馆授编修，旋闻封君讣去官。甲戌，服阕补原官。己亥，充国史馆纂修。丙子，充本衙门撰文，派办院事。戊寅，充云南乡试正考官。己卯，京察一等，以道府记名，是秋，奉视学广西之命。癸未差竣，记名御史，旋蒙简放陕西汉中府遗缺知府。比至陕，而汉中缺系奏升，遂留陕候补。未几，西安出缺，疆吏以公在省谳狱明速，遂署首府事。甲申六月，兼护盐道。九月补榆林。榆郡地多斥卤，又时有榆溪水患，公疏渠以资溉，筑堤以防涨，水利既得，变瘠为腴。又捐廉创义仓，民从劝谕，不劳而集事。乙酉冬，护理延榆绥道，以新疆南路逆回滋事，征调边营，卒旅于例外需索，有司不能供，因大噪，公申明纪律，惩其渠乃定。丁亥八月，调西安，时撤还东军，络驿不绝，及戊子五月，俘送逆酋张格尔，供亿护军，尤旁午倥偬，公督办既无贻误，而本属公事，及一切发审之案，巨细毕举。大吏奇其能，保叙军功，随带加一级，复首列计典荐牍焉。己丑冬，太恭人弃养。壬辰入都，补行卓异引见，旋奉简放山西蒲州府。次年秋调太原。先是，大狱屡兴，首郡被议者相继，群视为畏途。公从容受事，阅三载，竟无京控案。乙未春，赵城变起仓猝，人心汹惧，公镇抚之，省垣民倚以自安。继积雨坏汾河，田庐城垣皆被浸，公设法防堵赈恤，赖以不害。公念灾至而捍御，不若先事预防之为得，因议浚筑兼施，疏尾闾以畅宣泄，植蒲柳以固堤防，至今赖之。丙申，擢山西冀宁道。是秋，署按察使事。丁酉，署布政使事，值巡抚北阅，兼代行院事。秋，擢直隶按察使。冬，以陆费瑔升浙江按察使，回避原籍，与公对调，公因赴浙。适浙江布政使程矞采丁外艰，公署其事。未期，擢广东布政使。时粤东以查办鸦片，英夷逆命，征调召募，筹拨支应，驰驱海壖，积受风湿，冬杪忽中急风，请给调治。庚子春，假满不痊，请开缺。以五月五日痰涌卒于藩署，年五十有四岁。配南城曾氏，贵州巡抚煥之爱女，诰封夫人。子三：长存泽，次存泰，俱国子生。次存瀚，己亥举人。女子子一，适江苏按察使张晋熙。孙三：为莨、有筠、文策。孙女一，俱幼。存泽等以某年月日葬公于某原，礼也。

公以贵介起家，历跻清显，居外任唯榆林为瘠，最后至粤东多宝之乡，而归橐之资，实藉寅戚赙赠，眷属赁寄豫章，无一椽之宅。忆嘉庆丁巳冬初，余甫弱冠，应文正公召至皖，尚书闻声相求。次日予走答，尚书命公出见，年十岁，眉目如画，戴高梁帽，衣紫布袍，红青布套，带银项圈，倚肩立。尚书曰：「吾子试使之背周礼。」余抽问五六事，公琅琅背诵，虽序官无错误。余起贺，尚书欢甚。以承宣爱孙，而衣饰如韦布，尚书俭德之可风也。而公履丰厚数十年，不事封殖，可谓无忝尔祖者矣，是宜有铭。铭曰：

呜呼！人之生也，有以为施也、抑以为报。而其报也，或以前生之苦行，或为先世之永好，其宣也孰蓄之，其茂也孰膏之，其来也有自，其去也有归。造物者不以我告，而吾于熊公省其机已。

皇诰授朝议大夫江苏松江府知府加一级荨村李君墓志铭

君讳宣范，字君式，号荨村，安徽宣城人也。其源出陇西，至宋有令旌德者曰份，子孙遂居其邑之汤村。明末有孝子曰廷臣者，自汤村迁宣城西门内，始为宣城人。至君凡六世，祖梦夔，县学生员。考承时，并以君贵赠如君官。祖妣张，赠恭人。妣王，封太孺人，赠恭人。君五岁而孤，家赤贫。乾隆癸丑，君年仅十九，贸贸走都下，佣书为生。久之考取内阁供事，积劳送国史馆，议叙未入流即选。庚午，选山西盂县芹泉驿驿丞，兼巡检事。乙亥，遵豫东例捐升县丞。丙子，选江西南昌县县丞。庚辰，代理永宁县知县。道光辛巳，王恭人在署弃养，归葬。比服阕，遵常例分发直隶委用。丙戌，委办天津海运局事，得尽先，是年九月代理南皮县知县。丁亥，署大名府经历。是年七月，代理清丰县知县，旋补房山县县丞。庚寅，以防永定河汛安澜功，以知县尽先升用，辛卯，署顺义县知县。壬辰，署良乡县知县，调密云县县丞，癸巳，坐升密云。乙未，调宝坻。丙申，署通州知州。丁酉，升授通州。戊戌，兼署东路同知。是年十二月调涿州。己亥冬，奉特旨简放江苏苏州府遗缺知府。庚子春抵江苏，补松江府知府。四月抵任，未几遘末疾，五月乞假就医，授回籍，以壬寅九月二十日卒于里门，年六十有八。配同里丁氏，前卒，赠恭人。继常熟倪氏，封恭人。子一，㮾，豫工例候选知县。女子子二，俱适宦族。孙五，某某。女孙一，俱幼。㮾将以甲辰年　月　日葬君于建平县南乡史家坝之原。

先期具状请铭，予按状：君以无藉入都，洎出都完娶，奉母氏尽室寄都下，备尝艰辛者十有七年。得一官，浮沉佐杂。又廿有三年，乃专城而居。阅八年，遂领大郡。当其绾黄绶也，虽代理永宁、南皮、清丰三县事，代理例不支廉俸，不主征收，且俱止二、三月，无可短长。及署顺义、良乡，补密云，调宝坻，擢通调涿，事可自为，而缺皆极瘠。又通为漕委，涿首孔道，星使台司冠盖常络驿，而君迎送有隙，勤民事无怠倦。民甚宜君，以得擢优郡，莅任月余，遽尔遘疾。原佐杂例禁擅受，其能守旧章，收规费者，已为完士，而君在芹泉拒赌厂规，在南昌司老民堂，不攫孤贫之利。及擢密云，以其地逼沙塞，文教塞陋，集绅士兴书院，严课核，使诸生登贤书者相继。在宝坻拓义冢，设药局、棺局，一皆捐廉为倡。每届升调，奉檄即行，仓库公事无亏缺。归里后未有一椽之宅，顾罄橐以建宗祠，置祠田备祭扫周恤之需，皆常情所难。至其缉捕匪徒，常先隶卒，奋前不顾；谳冤狱苟得情，必绝瞻徇，委曲白宪府直之；与寻常日行无留事，㮾状颇详具，然循分供职之常也，故不著，著其宜铭者。铭曰：

耳目所寄苞苴集，苞苴既通耳目塞。实论优瘠名繁简，舍名取实任自择。善事上官优更优，勤求民隐瘠弥瘠。共逐颓流争菀枯，谁向穷檐哀跼蹐。李君晚节似朝阶，移瘠入瘠毗赤畿。善哉竟不受瘠累，子孙世传清白吏。

皇诰授通议大夫按察使衔陕西凤邠道查公神道碑

道光辛丑九月十三日，前陕西凤邠道加按察使衔查公卒于白门侨第，其孤同知衔江苏即补通判德基，候选布政使司经历德本，卜吉于城东武冈山麓，以癸卯　月　日举葬。即葴事，涕泣来告曰：「先大夫生平相知之深，无如表叔；当世任斯文之重，一言不苟下，可以信今传后，亦无如表叔，今窀穸已安，而墓表阙如，敢以请。」按公于先母氏为族子，里居相距仅二十里。嘉庆甲戌相识都下，论议如笙磬，相得之欢，亲串中无与比者。虽衰颓不文，固无以辞。爰述予所习知，而确凿有据，为天下共闻见者，编次之以授德基，使刻贞石于墓道，以告后来。

曰：公少小孤露，群从莫相恤，不能卒儒业。乾隆己酉甫弱冠，徒步五千里，入闽投所亲。既至则无可弛担者，寄逆旅佣书以就口食。好问好察，渐通晓时世事。以书记游小吏署，数年，为福州将军魁伦所知，延入幕府，为腹心之友。乙卯，闽中大狱自浙起，上悉逮诸大吏，而以魁公署督事，主其狱。闽中州县，少自然之入，历任大吏，责供张无艺，纵所属罗织大户，勒巨贿，民不堪命。是狱既结正，贪酷之吏悉伏辜，其风遂息，闽民始有生人之乐矣。大吏继至者争客公，复醵金援例以通判留闽。嘉庆己巳，巨盗蔡牵歼于海，当路归筹策功于公，拜五品顶戴及花翎之赐。牵平后，南洋惟朱渥为猾贼，欲归诚而无可托命者。公既得要领，只身至舶上，见其男妇，谕以祸福，遂受降而返，洋氛靖以至今。

壬申，署台湾淡水同知。下车即访获妖言惑众之高妈达，讯得刘林、祝现定以次年闰八月望，在都举事、四方起应之情，通详起奏。刘林者，林清别名也。上游以其语不经，仅照寻常传教例论决。及癸酉十月，台湾闻都中九月十五之事，而高逆伏法后，其党已解散，竟得不起。假疆吏据实入告，先事扑捕，何至噍血阙廷，毒流三辅哉？其甚者，癸酉九月十四日，芦沟桥巡检飞报祝现等奉林清命，定十五日午时进宫滋事，党羽本日已入城。而兼尹尚书并不部署防卫，唯以事宜委婉劝谕、不可冒昧声张酿巨变为批答。又前此陈德之变，虽睿庙至仁包荒，然其事卒疑不能明。及癸酉八月，代理山东金乡县吴阶，捕获逆目崔士俊，究出嘉庆八年陈德偕祝现、林清至崔士俊家住一月，赶车者为支进才，始知陈德本林清逆党，并无别故。而东抚以事属既往，删不入奏，使陈逆疑团，至今莫释。近世大吏遇小民茹素祈福者，莫不张大其词，以炫能邀功。至于防微杜患别嫌疑机栝攸关至巨者，则虑其别无证据，事难收拾，置不问，以贻伊戚，比比然矣。

甲戌，公当以道员谒选，乃去闽，需次都下。丁丑，选河南南汝光道。己卯，恭值睿庙六旬万寿，普施惠泽，免民间积逋。河南例有帮河工料价摊征，民间逋数甚巨，又山东以窜入官亏奉严旨，河南同惶惑不敢发。时公以摄臬在省，力持损上益下之义，疆吏夙重公，卒用其议。虽不尽如指，而案得照复，实惠及民，为十八省之冠。老教头刘松之缘坐子逃遣刘文焕，数十年海捕无获，公侦知其传教于安徽之宿州，委员往捕，解豫讯办，未定谳，而公奉太淑人讳去官，然邪教根株，至此遂净尽。道光壬午，服阕，谒选得陕西凤邠道。乙酉，逆裔张格尔扰新疆南路，调主嘉峪关军需局事。自川楚军兴，费帑累大万，与军事者莫不饶沃。将吏习川楚之故，支销多重复，公不避嫌怨，核实应付。大兵出关时，佥谓当雇长马驼送军装，公以内地马不习关外寒苦，必多倒毙，且关外台站，皆有伺应，关内长雇到彼不适用，唯增喂养费，开销重沓不便，议者无以屈，节帑至二百余万两。事蒇，叙功加按察使衔。公在监司任内，摄豫臬者一，摄秦臬者三。凡案有疑窦，皆于初详指驳，使属吏得研审更正，招解后无复翻异，以故得依限完结，官民胥免拖累焉。乙未，公年六十有八，悬车遂初，本籍故无田宅，卜居白门青溪之侧。

计公幕闽二十年，官闽十年，官豫三年，官秦十二年，先后决大疑，捍大患，饬官方以苏民气，靖伏莽以奠民生，皆持大体，不事声色。然初为丞倅，即系理民剧任，洎当刑名总汇地，虽能者苦丛脞，而公卒未尝以公事罣纤芥吏议，其谨细慎微检点周至又有如此者。公幼历艰辛，未得博涉书史，出门同人，始乘暇隙亲群籍，而吐属尔雅，翰札隽妙，馆阁诸公，罕能及者。从前为诸侯客，虽被信任专而且久，然因人成事，岂能尽如我意？及任监司，摄提刑，又事事须关白、取进止。若以公之才识阅历，独当一面，则功业可以广暨，而限于资格，又所居已僻，莫能为推挽者，故所就遂止于是。然被其泽者歌咏慈祥，闻其风者企仰俊杰。吾乡先达有赵先生青藜，以编修改官御史，勿欺而犯，权贵侧目，能不负所学。叶先生居仁，以进士官广东知县，清操自厉，诚格幽明。惟公通人情、达事变，与赵叶先生前后鼎立，为吾乡之伟人矣。公安徽泾县人，讳崇华，字九峰，晚号实庵，年七十有四。

李凤台传

君讳兆洛，字申耆，姓李氏，江苏阳湖人也。本无锡夹山王氏，明神宗时有本成者，育于武进三河口李氏，遂冒李姓，武进分阳湖，三河口属之，故为阳湖人。祖衍曾，国子生，貤赠奉直大夫。父征兰，阳湖学生，封奉直大夫。妣奚，赠宜人。娶宜兴路氏，封宜人。子二：𫝟，愿，前殁。国学生。女一，适同邑陆佑麟。孙六。曾孙二。

君短身硕腹，豹颀刚目，面麻黑，望之峻耸若不可近，而就之和易，终日手口无停辍，而未常有疾言遽色。幼聪慧好读书，日能熟百余行。予以嘉庆庚申识于白门，壬戌过访，住其家七阅月，遍检其所藏书，卷逾五万，皆手加丹铅，校羡脱，正错误。矢口举十三经辞无遗失，上自汉唐，下及近世诸儒说，条别得失，不检本。尤嗜舆地学，备购各省通志，较互千余年来水地之书，证以正史，刊定顾景范读史方舆纪要之与原史不符者。并世先达，唯开化戴简恪公，友生中，唯吴沈钦韩文起，记问差足相上下，余无能为拟似矣。而虑以下人，见一材一技殊么小，盛加推掖奖借，自以为不及。予稚于君六岁，所学至浅陋，而君见说储稿本，谓其虑周亭林，词媲敬舆，以涂改勾剔甚芜累，手为缮清至十余万言，楷法一本渤海，十日而毕。予逢人诵说曰：「以能问于不能，以多问于寡，有若无，实若虚，吾申耆其几近之。」闻者骇然，久之则皆以为知言也。

成童应县试，阳湖令陈君见君年最少而投卷太速，疑之，君应答如流。陈君款询家世，曰：「汝可即归，吾不招复汝矣，通场虽皆未投卷，然知必无及汝者，招复非第一不可。汝童年初试，即盖一邑，非吾之所以期汝也。」即在厅事书联为赠曰：「他日定成名进士，乃翁真有好儿郎。」一时传为佳话。旋丁奚宜人忧，服阕赴试，督学使为仁和胡文恪公，奇君文，既首擢，及发落，文恪已将君原场及复试卷刻成，九学诸生各给一本。曰：「归家熟读之，若毋薄李生新进，老夫衡文半天下，未见有如李生者矣。」嘉庆甲子，应江南乡试领解。乙丑，成进士，改翰林院庶吉士。戊辰，散馆一等，授知县，选四川，亲老告近，改安徽凤台。凤台为寿州分县，民悍同寿，而地特瘠。君莅位，知汉芍陂在邑境，勘之，今名焦冈湖，滨淮而山冈环绕，易为旱潦，君增堤防，设沟闸，督耕耘，民以有岁。邑多豪猾，为逋盗薮者相望，君常骑，率健勇循巡闾里，每出不意得其魁，又察其中有重气节矜然诺者抚用之，盗以敛戢。

辛未秋，百文敏公任两江督，先是，仪征有劫杀巨案，戕一家三命，文敏侦得凶盗为蒙城人而匿凤台，严檄两邑，限一月捕送。君侦知容隐凶盗之巨猾不受捕，乃召抚用者至内室赐之酒馔，曰：「吾当解组归里门，故与若作一剧饮。」受抚者怪语不伦，请其故，君示以督檄。受抚者曰：「役故知其人匿巨猾家，然力不能取。」君曰：「若力能取者，吾早以捕事责若矣。吾即去此，若亦不能终做好人，故与若作别耳。」受抚者呜咽良久，曰：「有一计或可试，收役家属于狱，而发朱签谕役往，然三日不回，则役死猾家已，役之妻若子，可终身伺应夫人公子，供洒扫，幸得延宗祀。」

君诺之。猾家距城廿五里，受抚者即日至猾家。猾款之曰：「云泥路隔已三载，何幸临此，得毋为仪征案耶？」示以朱签，猾曰：「信在此，可召出共饮而商之。」凶盗出，则曰：「我公之新友，而彼则旧友，且我一身而彼一家，顾为新友之一身，陷旧友一家乎？我即从入城耳。」次早，猾遣长矛二十，护送至城门而返，盖凶盗至矫劲，猾恐受抚者非其敌也。君初遣受抚者下乡，即于署内制坚槛，并集舁者护者百余人以需。受抚者引凶盗至，君适在厅事谳他狱，一讯名姓，立槛解蒙城，而身督护送。凤台去蒙城七十里，中道有镇为分界所，槛车入饭店，君降舆当门坐，环观者如堵。君曰：「此巨盗断不能捕，而我竟捕得，若等知吾乐否？」取巨觥痛饮，又命侍者酌饮其父老，与话嘈杂不可休，醉甚乃升舆前行。猾已遣数十健者来劫，见君拦店门轰饮，遂出镇外候，良久，君舆过，猾党问槛犯何尚不来，答以随后，猾党返至店，则早已毁店后墙，舁槛车前去，计且抵蒙矣。猾党既返，君即改乘快马，疾驰至蒙，会蒙令受凶盗词，即联衔会印通详，声明凤邑捕得，遵檄交蒙邑转解仪归案。君返凤之次日，凶盗越蒙狱。蒙令先以亏缺，奉督院严诘，事未竟，又失凶盗，遂缢。君尝语予曰：「凤颍泗三府州，拣集五千人，可以方行天下，然唯其豪能用之，宜用之必帅至千里外，或客兵势盛，足相钤制乃可，否则骄蹇难为降伏已。」然则君真体察北方强者之性情至熟易，故扤一发而必达，非徒恃智若镞矢已也。

甲戌，君奉奉直君讳去官，以交案羁滞岁余，服阕，例还原省。君无意出山，而凤台犹有官项，就馆数年，以修脯补亏缺。官事竣，遂旋里，江阴延主暨阳书院，居之二十年，而卒于家，年七十有三岁。君为诸生，每试必冠曹，士论谓君文利小试，遣子弟从君游，求弋获技，故前后从者数十，无能受君之学者。及主讲暨阳，江阴人士颇能信受，毗陵之隽亦从而假馆，四方般舟问字者无虚日。君乃得各就性情所近，分途讲授，就染既久，多有能得其一体者。古今文辞行世者，君无不披览，时论盛推归方，崇散行而薄骈偶，君则谓「唐宋传作，皆导源秦汉，秦汉之骈偶，实唐宋散行之祖。」与予持论若笙磬，而予以辞达为宗，君则规模体势。朋侪中能文者偶过君，君辄仿其章句，至本人不能辨，亦以此少所自得。唯官凤台时，撰邑志十卷，晚年校刻舆图，督造天球，为精心之作。君名日益重，求文者接踵，君自信其文非行远，遂亦不甚珍惜，点窜来状，率如人意付去，即弃稿。门弟子各私录副，或有检得于故纸者，咸宝守之。君既卒，首选弟子蒋彤为年谱一卷，又述平日所闻，仿宋人语录为暨阳问答二卷，邮致，乞志墓。其明年，薛子衡又为行状。而高承钰裒辑同门所藏君文，以聚珍板排印为廿六卷，犹以君文多散轶为憾，欲随访随续，俟备更付梓氏，邮排印本来乞传。道光甲午春，予过常州，以张馆陶墓表邮书质君，君复云：「衰颓已极，不数年，即当以此事相烦。」是君固早命之矣。予无以辞，故编次所习，略不取材谱状，以传君之真焉。道光乙巳八月望，包世臣书。

艺舟双楫卷第八　附录二

甘泉训导郑先生碑阴述

武进郑先生以嘉庆十一年十一月廿一日卒于甘泉县训导官署。其冢孙国子监生良弼，既述其行以请于有德而能言者，而先生之门人知县左辅，又自为之状，故吏部郎中贵征志其墓，安徽巡抚初彭龄又摭大节而为之传，则先生之美言善行，亦庶乎备矣。然世臣辱知于先生者深，所言当有当。

先生以经学名宇内，为宿儒。然人称先生为经师，则先生不乐，即世臣亦不以经学推先生也。先生之治经也，尚调停汉宋之间，又喜采异说。然近世之治经者数十人，世臣盖尽识之，虽精粗不一，大略以说经名髙，眩鼓聋聩，而巧为取利耳，退核其所为，则僻违怨诽，与所学相反。而先生之持身接物，必准诸礼，廉洁退让，至死称道不乱，此可以为躬行君子者矣。先生之志在经世，所学既成，而不得用，则常与当路讽诵民间所疾苦，于兵政、海防、屯田尤详切。然当路莫有能听之者，其偶有听受，则事属微末，而节目条理，复不能称先生之指。是故当路之遇先生也，虽貌礼口颂，而其心则未有不倦且厌者。先生审知之，然有所闻见，必详疏以告不已。

世臣自弱冠遨游，见器于公卿，盖亦志先生之志。询今证古，卒不得一见诸实事，而其言又每验。诸公亦以为悔，然而继言之复不见用，积悔以成嫉者，且比比也。世臣于此盖有戒心焉。然先生每有欲言，必与世臣商可否，世臣或审势而沮之，则怫然怒曰：「天赋子以智勇，盖将有为，子安知当路者不有一时之明，能行吾言，以全活生灵而不负天命耶？为一己之避忌远谤，遂忍为默默，非吾所以望子也。」先生之操持坚定，不从流俗也盖如此。良弼以嘉庆十二年四月十三日，扶先生柩归葬，世臣故揭先生之志，俾良弼镌诸石背，使后人知先生之可以为百世师者，在此而不在彼也。先生讳环，字梦杨，又字清如。泾包世臣谨述。

是日辰刻，闻先生凶问，急往唁。入卧室，见先生朝衣冠端坐，持笔疾书。予退出至听事，问诸生先至者，则曰：「先生以丑初疾革，浴毕敛以公服，天始曙，先生忽起索纸笔曰：『吾注易有四卦未卒业。是以回光续成之。』」予遂与诸生坐候至酉，先生掷笔长叹一声而瞑，急舁上床，身已僵冷，而卦注毕矣。去来能自主如此，实生平所未闻见，附记以告后世。

钱献之传

君讳坫，字献之，姓钱氏，江苏嘉定人。钱氏祖吴越武肃王，散处江浙，多贵盛，然以嘉定为望。君季父少詹事大昕，通经史百家言，为三吴老宿。君沉博不及詹事，而精当过之，学者所为称翏成二钱者也。君少孤贫，于世事无所通晓，独好读古书。乾隆中，士习朴陋，率诵四子书本经各一部，时文数百首，以资弋获，其全读左氏传、礼记者，父兄辄以为务外废正业，同辈亦相率嘲笑。君年十二，已无力就外傅，顾闭户读书十三年，三礼、左氏春秋、毛诗、史记、汉书、许氏说文解字、杜氏通典及马、郑、孔、贾之言，皆能错综其义。年廿五乃娶，三日即彻夜读书如故。君故未习宋人经说，始就小试，以汉说说之，有司至不能句读，黜之至再。乃补弟子员。贫无以自存，乃入都就詹事。

时都中尚为诗，声酒征逐以为名高，而君不能韵语。詹事以君通许氏书，乃命习篆。时都中能作篆者，唯学士翁方纲。遂购李阳冰城隍庙碑，昼夜习之，三月不能成字。忽患痫，医者诊之，脉无病，而手足厥冷，目瞪视，鼻微有息而已。如是者七日，忽中夜跃起，濡墨作篆书乾卦象毕，不胜饿而寝。翌早，詹事来视病，君尚未寤，见案上篆一纸，大惊。君病顾已解，詹事问病状，君答曰：「儿故无病，儿梦至石室中，见唐巾老者，指授儿作篆，七日夜不得少间，作成辄批抹，最后书乾卦象，老者曰『此可矣。』儿遂觉，追忆笔势，中夜作此幅。」詹事细询梦中所见，盖即少温云。翁公闻之，即从君索书，叹绝以为神授，一日君篆书遂名天下。

君名既籍甚，试官物色君文，辄失之，以副榜贡生就职直隶州州判。从陕西巡抚毕沅游，遂官于陕，二十余年，历署文山县、乾州、华州事。嘉庆二年，教匪扰陕西、四川、河南、湖北，而华州为陕西入河南要道。君兼摄州县事，率众乘城，力遏其冲。城无弓矢，君仿古为合竹强弓，厚背纸为翎，二人共发之，达百五十步。又以意为发石之法，石重十斤，达三百步，一发辄毙数贼。前后接战者四次，守城者八月，未尝败衄。三年春，河南有谋启贼者，众数万人，招贼渠张添伦取道君部者三，卒不能东，而河南贼事泄就擒，西贼亦折回南山。督师以功上部，前后得军功加五级。贼势渐衰，而君以积劳偏废，引疾归，囊橐萧然，以左手作篆自给。

所著书有汉书地理志注、许氏说文解字注若干卷，皆能驳正前人之误，不为异说，而要归于是，已板行。君在陕多得古人金石，其文字尤瑰异者，绘而版之，为图说若干卷。数十年来，三代、秦、汉之法物多见于世，而世之知古者亦渐多，君其始事也。近世士人，争为经学、小学、金石学，大抵疏剔字句小节，不能旁通其大义，又皆矜己屈人，莫适于用。唯君以书生薄宦，安则抚民，危则拒敌，迹其本末，斯可以为不愧者矣。补史记注百二十卷、十六国地理志及诗文集，皆藏于家，未版行。

君病归，以嘉庆八年始与余相识于苏州府署。时君已六十余，而余齿方弱，又所学不相似，然君一见余而深器之曰：「吾周行天下，识人无如包君者。」又常谓人曰：「南阳有亩可耕，而犹吟梁父，今包君身困至是，率口必及民间疾苦，绝无怨尤不豫之色，是其所负者大而且远，贤于古人必矣。今日包君自给不足，异日衣食天下者，必包君也。」又曰：「包君诗妙接陈思，而赋如平子，观其与人书，累千言皆率笔无稿草，然条畅雅密，近眉山父子，吾以专家之学与之言，彼略一涉之，则数十年沉精所得，不过也。自古文人少所树立，皆器褊好气矜，不自检饬，今包君可谓纯净无疵者矣。」然君初至吴，当事仰望丰采，结纳唯恐不及，卒以极推余故，见嫉于当事，而君境以益困，君不悔，其称余益力。君以嘉庆十一年十一月某日，卒于吴寓，年六十有六。君长子不慧，病后有二子皆幼。君尝自为墓铭及行述，余未及见，谨具所闻之确切详备者著于篇，以备史家采择云。

包世臣曰：余识君，君即云：「足下异日论史，国朝当倡经学传，自唐以来，治经无盛于本朝者，虽纯疵不一，其可录者，皆存之于史，使吾名藉以不朽，足矣。」余谓：「君经学为学者宗，而骈文亚徐庾，篆书自邓山人外莫与比，所谓不假良史之词者矣。」余困踬如旧，重负良友，车过腹痛，此言是矣。

周节妇传

节妇姓汤氏，宜兴人，考九上，母沈。年二十四归同邑周起云，及期而起云殁，有遗腹子应华。周氏故贫瘠，而起云以上四世皆单传，无期功亲。起云之殁也，考若思，妣吴，年皆七十余，节妇治针枲以奉，中馈无匮乏。舅姑既终天年，节妇治丧葬，以有礼见称。复迎养母沈，抚其稚弟，蔼然无违色，乡里以为难。节妇今春秋五十有六，为应华娶于徐，孙四：某某。

包世臣曰：应华余素未之识，嘉庆戊辰九月，应华不远数百里，涉大江视余于邗上，辞色端谨，既出其母氏行略以乞为文，又示其中表叔吴辰所为跋。吴君厚重不苟君子也，备称节妇训诲应华有法，而应华能体母志，持身无所失。古人有言：「获亲有道：不信于友，不获于亲。」余既以吴君信应华，又以所见于应华者，信其母氏之教，故撰集为传，以为后来征信者采择焉。

邵生碣文

生讳式谷，字子良，姓邵氏，江苏山阳人。其家世为武吏，而生独业文，性尤嗜书，默而寡友，唯与邑人周寅善。周生长于生四岁，同学平原千佛寺碑二年，周生书名遂噪起一郡，求者接踵。生名虽稍减，而郡人固以能书推生矣。嘉庆十一年，生年十七，周生年二十一，而荆溪周济以进士任淮安教授。始至，二生以其书谒教授，弗善也，二生意不能平，遂请教授书纸尾。二生心既不然教授书，因请古人用笔结体相承之要，欲因其所得者以折之。而教授曰：「书之道微矣，其略固有可言者。大约用笔患直则务求其曲，笔既能曲，而用意又患浅，则务求其直。其始唯曲也，故其力洞达而筋骨始能成其直；而终唯直也，故其意醇厚而波发有以遂其曲。此秘发于大令，而备于永兴，是后遂莫窥也。吾友包君慎伯得之以授余，余既受其法，自视曩昔书，及视两宋以来名人书，遂俱弗能善也。」二生即日备礼为教授弟子。数日，二生书皆顿改其旧。周生故贫甚，以求书者多，差自给。不数月，周生自谓略解书意，而郡人遂绝无求者矣，周生益困，与生善更甚，日日偕过教授。教授又曰：「用笔必气平而势侧，气平故力厚，而峭利内涵；势侧故韵流，而丰神外焕。结字要外方而内员，必先打迭中坚，使其神聚；然后纵放手足，使其局疏。分观其画，则攲曲偃亘；合观其字，则团结骀宕。而其要归于执笔运指，执笔须五指密攒，皆着指尖，若管当指节，则毫偏而指法不能拨换矣。指擫管紧，则意滞而真力不至毫端矣。肩与食指平，臂与小指平，臂曲如抱儿，掌曲如掬卵，腕不动而指不停，心不散而息不急，则全身之力皆赴毫端，而又出之自然，故字画员劲，而气势雄远，细如丝发，血肉备具。此慎伯之授余者也，今悉以授二子矣。」

十二年秋，教授送考至江宁，则日日称邵生善。又为邵生乞余书，余病未能作，教授代之，余以为不减。生一见曰：「此非包君作也。」检字裹有置考具单，曰：「此真包君书矣。」即袖归装池之，置座右。十三年春，余至清江，生闻余至，时已二鼓，怀刺来。余初见生书，谓必精悍，及见生羸怯如不胜者。生出书请业，余观其笔势雄厚，虽受法于教授，而精爽且欲过之。因授以必极笔力，使锋芒四杀，然后聚墨笔心，以取员浑，每于去笔戒侧，力崇淳质，则尽之矣。生拜受而去，越三日再至，呈其书，则诸弊去者大半。余勗生曰：「余自幼拙于书，又无师承，及廿六岁，乃稍以己意求古人遗论，证之墨拓，而有微契焉。十年来遍窥江左诸家收藏真迹，始知用简。夫每作一波常三过折者，盖为笔心着纸则曲，则副毫用力，则肉胜而画褊气怯，为书家大忌。故一笔而以三笔成之，使副毫但辅笔心以去来抢衄，不致着纸而成偏锋故也。今以墨裹住锋力，大指直提，腕心重压，则笔心着纸而不曲，副毫敛入笔心，以一笔之用，备三笔之功，故曰简也。其法原于石鼓，而见于右军旦极寒，大令、吴兴忽动诸帖。永师千文，伯施庙堂，以得此秘，雄视千秋。董华亭书性卓绝，而未能解此，遒急侧媚，少士君子之风。以后转相仿效，如邱山近、姜宸英等，仅知步趋。张照颇有工力，而结法尤俗。王澍枯直无血，王铎僵燥无韵，近人唯邓石如、刘墉、姚鼐三家为特出。邓氏篆分逼古，真书遒逸，皆成家法，草书亦强健，行书颇染习气。刘氏用意伤巧，势虽遒媚，而边幅殊窘，其得力处，乃华亭之十五、六耳。姚氏行草超脱而不空怯，小正书亦遒丽，而方五六寸以外，则笔势蹇滞。余识到古人，而无工力。教授力行甚猛而嗜好已多，未能纯一。生其勉之。」生唯唯谢不敏。

今年春，余计偕北上，过清江访生，则病痔甚。六月出都，而生已于首夏物故，呜呼伤已！生之所就止此而天夺之，后人其谁谓余不妄叹者乎。其尊甫武人，生书散失无复存者，唯与周生往复论书十数纸，尚足寿诸石，使人想见其横绝不可控驭之势。周生书性，故非生比，然亦教授之亚也，故备纪其始末，以明生志，而授周生。周生如能书以表生圹者，亦庶乎以道合而有始卒者也。嘉庆十四年秋九月，安吴友人包世臣述于吴门舟次。

此予未受法小仲之前，所自得执运之法也。在京口见邓怀宁，其法略同，益以自信。及与小仲同居，断断者三四月，试之善而后从，详在述书。恐阅者疑前后互异，故复记此。

余九传

君讳观德，字君怀，姓余氏，安徽歙人。其祖望孙甚，既得君，名之曰狗儿。江淮间每名子曰猫曰狗，取其易长育也。歙人呼「狗」与「九」同，遂为余九。父某早卒。祖某举人，为南陵县教谕，俸满保荐，携君入都，以知县就铨而歿。君年方成童，无以为殡，遂鬻身于旗籍兆公家，以葬其祖。兆公征新疆，败而仆，君以死捍之，被十余创，遇救，兆公乃得脱。事上闻，纯庙嗟叹，赐八品顶戴，宝二枚，开其户。大学士庄文恭公巡抚江苏，高君行谊，礼聘为司阍。君尽力事庄公，有不可者必力争，得请乃止。后庄公以蜚语被逮，君为庄公受刑夹二次，事以得白，还原任。大学士陈文恭公继抚江苏，所为以诗歌赠君，而称为忠孝奇男子者也。

君具知人鉴，太子少保四川总督李世杰，以从九品试用江苏，君与语而奇之，醵金为加捐知州，又白庄公得奏留。歙人山东学政福建道御史程世淳，少孤贫，入苏州布肆习贸易；当涂人山西知县进士梁云五，曾丐食扬州，君一见皆振拔之，使得习旧业以至通籍。君自苏迁扬，开怡昌客寓，而李公适总督两江，视君犹同产，君顾不肯一至其署。李公防汛，每岁四取道扬州，皆往君家，君为言地方疾苦。两江自尹文端后推李公，多君之力也。嘉庆初，扬州科名沦落，君相城内有河二道，久淤塞，遂尽其赀得白金三万两，独力浚治，以其余建太平水仓。今扬城街衢皆有水仓，火患大减，循君之法也。河既成，是年秋试，文武解首皆在扬，于今尤盛。乾隆末，高邮州知州孙某，负君银五千，君索逋至其署，而孙病甚，君即欲去。孙执手以稚妻幼子为托。孙既殁，君为买宅于扬州小东门，任其支度，子能就学，君以属名师；比君之卒，周给之不绝。

余以嘉庆六年，始识君，君年已七十，言西域兵事及东北各部落风土形胜如指掌。十三年三月，卒于扬寓，年七十有八。资财荡析，仰屋数椽。子厚存，亦古处有君之风，而困乏不能自存矣。

皇诰封奉直大夫河南永宁县知县加三级国子监生魏君墓志铭

君讳云，字应乾，晚号健斋，江苏武进人也。父瓒，以孙襄贵，貤赠奉直大夫。妣王氏，赠宜人。君性颖悟，泛览百家，尤好内经、素问、金匮诸书，遂弃举子业而专治之。既久，乡人有积年沉痾，及异症为方书所不载者，而君诊之皆痊，名遂大起。君治病之旨，在审病者体之强弱，性之静躁，与平日之所嗜好，然后证之以脉，而得其致病之源。又穷究物性相克相助之故，而比杂以神其用，故有同症异治，异症同治。虽善医者视其方，多所不晓，君为剖之，则皆叹曰：「非所及也。」

君所入既渐饶，有米数百斛，值大饥，将以平粜。所知止之曰：「各处饥民肆掠，吏不能问，谷勿继，必有后患。」君曰：「吾拥多谷而视乡人饥，心不能自安，事变果出，岂能预计耶？」卒粜之。不旬日而谷尽，后至者君指空囷示之，皆曰：「先生盛德不欺人。」悉散去，无异词。有邻人不戒于火，君告家人曰：「吾自问无隐慝，应不患火。」火既灭，环君宅者皆灰烬矣。无赖子夜缢于君之邻孙氏，孙移其尸而叩门以告。更夫沈保郎见之，愿为切证。君戒沈勿言，即具报验讯，给埋葬而案结。沈诘君，君曰：「彼自图赖耳，孙惧祸，故为此，非以仇我也。若言之，则孙以移尸陷罪，且倾其家而仇尔没齿，岂如我费数十缗，邻里相安之为愈乎？」沈惊服，而孙尤惭感，多君长者。君之不辞苦累掩覆人恶，胥是类也。

君长子襄，以嘉庆乙丑进士，分发河南即用知县，补永宁。迎养，君手书示襄曰：「吾为乡人治病，弗能离，儿母自率子妇来耳。吾不习吏事，然吾业医五十年，医之所入，不以事居积，财之所出，不以求虚名，是以行年七十，而无大不安于心者，吏道殆如是矣。吾今有市屋数十椽，较少时生计，优裕已多，儿又幸以进士为长吏，若系念家室，营私废公，即幸逃吏议，吾不乐有是子也，勉之矣。」十六年，襄举卓异，调洛阳。君又手书曰：「儿去永宁，百姓扳辕之声至江左，儿学力不足以致此，审已，是必有要誉市恩者，以愚弄小民，非实心实政也，吾甚忧之。初至洛阳，即闻倡修学宫，文教固长官之责，然所至宜先问民间疾苦，劳来抚慰之，信而后劳，今所先若此，是为名心所使，失其次矣。」其通治体知先务如此。嘉庆廿四年六月廿九日，卒于里邸，年八十有四。配长洲王氏，诰封宜人。子二：襄，五品升衔山东招远县知县，衷，国子监生，皆侧室符宜人出。女子子六，适某某。孙五，秉、秩、秋、谷、颖。襄在洛阳奉王宜人讳去官，服除谒选，得山东招远。君讣至，襄将奔丧治窀穸，予适在山东，以志幽之文为请，故次其行事而铭之曰：

士人贵自信其志。不近名者名归之。回禄睢盱不敢肆。有子人称君子子。遗泽始今永世世。

一彬益和尚像赞

和尚，浙江黄岩县林氏子，童时矫健尚气侠，常负重骞越山径，出入瓯闽，日行百数十里，群少以为豪。年二十八，力悔夙行，舍身本县嵩岩山之法轮寺，不数年，记诵经典语录各数百卷，遍参古德，传磐山之法于天台山茅篷正海大师。和尚悼本师具足道德，未得主席，又深耻因人成事，不能昌本师之风教，行脚吴门，见临顿路有灵鹫寺，系萧梁古刹，而山门三椽之外，尽为荒蔓，遂弛其负担，矢志兴复，示现感应，竟还旧观。吴俗崇尚释氏，琳宫相望，卒居积丰裕，莫修苦行，和尚表明心印，独领炷香，远近归从，趺坐广单者至二百人。吊椎辨难，应机立断，校录刊布，与国清曜冶论说相上下，僧俗赞叹。又延主楞伽、半塘诸寺，晚年以社坛之涌莲庵为静室，其地间于阊胥，途径通达，拓宇以接众，较灵鹫尤宜。和尚命法嗣永华经画之，至道光五年十一月二十五日，开堂未就，而和尚圆寂，世寿七十一岁。

计和尚生平所得布施，不下白金二十万，悉以建寮宇，置常住，己身未尝着丝裘。虽暮年遇雨雪，必以油伞油鞋从事，未尝乘肩舆。缝纫必用棉线，漆饰必用瓦灰，持杀戒之严如此。日再食，唯盐齑而已，昕夕拜经，当膝处皆穿，旅邸舟航不间也。永华亲承付嘱，必终其志，更名为宝莲寺，供像开山，以别于灵鹫。予辱交于和尚廿余年，未及铭塔，故赞其像曰：

谓和尚为内重耶，胡为号召之众而兴建之勤？谓和尚为外重耶，胡为奉身之约而求道之殷？心乎济众，贞之四十年，卒不以利其身，庶无愧于乞士，为阎浮之所共尊。

姚节母传

节母姓张氏，安徽桐城人。考寓，顺天府治中。妣姚氏。张氏族望甲安徽，子女率聪慧俊朗，然恃门地习豪侈，而节母独事勤俭，言动必端恪。及笄而治中卒，服除，适同邑赠奉直大夫河南临淳县知县加三级姚原翤。善事翁姑，有称于闾党。阅四年，举子柬之，甫百日而奉直夭折。翁以衰年丧子，家无次息，忧思至不能进食饮。节母为门户计，忍哀慰藉，持家事，抚遗孤，翁乃渐不觉丧子之为戚也。嗣姑氏患风痹，转侧床褥，节母性至洁，然扶持便溺，洗涤亵衣，婢媪不堪其臭苦，而节母安之，人以为难。柬之既成人，节母为娶于其党，连举孙而妇殁。道光壬午，柬之成进士，分发河南补临漳县。先是，邑人共举节母节孝，有旨旌其门，至是柬之遵例呈请，得诰封太宜人，迎养于官。节母在室即丧兄，又丧父，于归不数年而称未亡，而姊氏又寡，继丧姑丧翁，最后丧母，盖自有识以来，四十年间，未尝有欢愉之境。然柬之留滞都中不能归省者，逾十年。及迎养至署，而诸孙皆嶷然成立，启处有法度，善读书。柬之在都，继娶武进徐氏，节母至署，即督之治家，井井然，使柬之得不以家事纷其心。溯节母生于华朊，中更荼苦，晚就禄养，可自逸矣，而卒不以所处变其恒德者有如此。故工诗，有集若干卷。以道光九年卒于临漳官署，年六十有七岁。子一，即柬之。孙四：世恩、世熏、世恺、世恭。女孙二。曾孙二：袒曙。

包世臣曰：记称：寡妇之子非有见焉，则弗友也者，以其不奉严训，鲜克有成也。柬之自十五六即知名，翱翔名公卿间，而伉直重然诺，无唯阿媚世之行。及其治临漳也，予方客大名，相距不百里，策马过访，政声溢田亩间。并以为吾侯恪秉太夫人教，有数事几不能决，受太夫人指而决之，言之历历可听。柬之之为诸生也，不以贪困而徇人，其居县也能治，又能使四境归德于节母也。君子察柬之不匮之志，即节母可知矣。

霈霖雨和尚塔铭

和尚讳祖雨，字霈霖，霍邱徐氏子也。出家本邑节孝祠，稍长，受具足，参扬州静慧寺长老慧公，传平阳宗法，于木陈国师为第七世。先后主香阜、静慧之席，还故里，开山为云台寺。晚游南昌，开山为长清寺。四启期场，度众至五百余人。以道光八年十一月八日，示寂于长清丈室，僧腊七十三年，世寿八十一岁。法嗣在扬州者，地藏寺开山住持先德、静慧寺住持先初、香阜寺再传住持明恒，俱谓和尚中兴香阜，主席久，为神期所属，因建塔而迎龛于南昌，供养经岁，卜　年月　日启龛入塔，而请铭幽之词。

江淮间崇奉释氏，布施山积，是宜有龙象能负荷者。卒之盛徒从、饰威仪，机锋取足耸冠盖，祸福取足震愚蒙，贪炽嗔深，与所学相反者，比比也。和尚独循朴实，重然诺，力所能及，常先人而后己。呐然如不能言，而行必相顾，劳苦淡泊，以身先众，数十年如一日。平居无诳语，无私财，既登大耋，犹徒步日数十百里，无倦困之色。余少耽禅悦，所识缁流知名者以百数，唯白门聿芳，力行同和尚，而规为狭隘；吴门一彬，济众不以自利，设心同和尚，而常出权奇以炫善信，非法门正术。则和尚独出而莫能与偶者矣，是宜为铭。铭曰：

当世所谓禅宗者，莫不开堂聚众，吊椎喝棒，然而迹其行事，则解缚愈以自缚，祛障转以重障也。和尚而今已矣，更何从求实证于躬行，以解脱夫世网者乎？

皇敕封孺人山东馆陶县知县张君妻汤氏墓志铭

道光十有一年七月十四日，山东馆陶县知县阳湖张琦翰风之妻敕封孺人汤氏卒于署，其年十一月二十四日，葬江宁府东郊龙山之麓。哀子曜孙先期扶榇南下，以志幽之文为请。翰风予所兄事，曜孙又吾甥也，且予知孺人为深。孺人，编修大绅之孙，国子监生修业之子。通书史，娴礼则，尤工绣，以意剪彩数寸，为山川人物数十百事，缚以色丝，善画者所不及。既归同邑张氏，家无一椽，侍君姑姜，偕姒妇吴，寄女公董氏宅。后随夫子侨歙、侨嘉兴，乃归里，五徙乃僦居，最后从宦山东，遂卒。事君姑终始得欢心，和女公姒妇无违间色，养母氏万如在室。翰风晚而远游，孺人以妇工自给，然督课子女，能使皆有学行，知自立。及迎取之官，孺人称贷建君姑节孝坊，营考妣窀穸，经年蒇事乃成行。平昔食贫操作，使夫子不以家累身，能求其志；从宦不事簪珥居积。使夫子不以家累官，能成其政。又时时节俸入以润夫子之族亲交游，老病则加以衣裘，恩旧更为筹长久，此大较，里党所知也。

惟予始访翰风于歙，因得以兄妻礼拜孺人。后予过其常州寓庐，住半载，孺人治酒食日益精洁，至以床褥易薪米，而予殊不觉，截发剉荐弗过也。又予尝以翰风久滞都下，过存探耗问，时严寒，而孺人棉衣未具，语次充悦，略不及贫难状。予退而叹曰：「『辛苦无此比，常有好容颜。』常以为陶公自尊之词，今乃于吾嫂氏见之矣。」孺人自丧长子，始旦暮礼大士祈嗣息，然必祝曰：「天果不绝张氏，求赐善医儿。」生平痛无力者为医家居奇，常不得其正命，及诞曜孙，自知读书，尤嗜医，童时即洞晓经脉方药，弱冠注扁仓列传，识者惊为绝业，予雅不事祷赛，至是不能不以为至诚之有感也。初，翰风留歙不得归，有富子与论五言诗而欢，以其力能清负，而孺人曰：「此君拥多赀，既性不近利，又无魄力以自用其财，是终不足以保家。」不十年，其家竟落。前年夏，予取道馆陶，孺人病痹已年余，掖两妪再拜，属为国子君序诗文集，不以至戚故简仪节，其识力超绝，而造次以礼自泽有如此。孺人得年六十有九，子二：珏孙早世，曜孙国子监生。女子子四：褶英适刑部主事前庶吉士吴廷鉁，珊英适国子监生章政平，先孺人卒，纶英适国子监生孙劼，纨英适国子监生王曦。孙一，晋礼。孙女一，字曦子弼臣。铭曰：

介甫谓列之于风以为后世观而无愧，此行治之出仙源县君者也，岂不为以礼辅佐劝勉君子，知其子必以才于世有闻耶？吾于孺人亦云。

皇敕授文林郎山东肥城县知县丁君墓碑

君讳履恒，字道久，别字若士，姓丁氏。其先世集贤校理宝臣者，当宋景祐中由醴陵迁晋陵，子孙家焉，晋陵，今江苏之武进，遂为县人。曾祖复来，县学生，赠通议大夫，妣吴氏，赠淑人。祖廷让，以进士累官江西按察使，授通议大夫，妣沈氏，封淑人。父汝骅，国子监生，赠文林郎，妣瞿氏，封太孺人。文林君四子皆通籍，君为其季，弱冠补县学生员。嘉庆辛酉，选拔贡太学，朝考不得于有司，恭应戊辰淀津召试，入二等，赐大缎二匹，充文颖馆誊录官。蒇事，叙铨赣榆县学教谕，俸满保荐，道光丁亥，选授山东肥城县知县。庚寅，以病足自免。未行，而太孺人讣至，惊悼拊擗，病益亟。回籍后，偃郁昏迷，至壬辰五月廿五日卒于垩室，年六十有三。配同邑庄氏，封孺人。子二：长嘉葆，嘉庆己卯顺天举人，充觉罗宫学教习。次嘉葆，道光壬午顺天举人，充咸安宫教习。女子子二：长适同邑庠生吴梦征，次适同邑龚绍声。孙三：寿承、寿涛、寿溥，皆幼，寿涛君以为犹子嘉琛后。

君生性磊落慨慷，而所学又足以助其识、坚其气。汉、唐、两宋儒先之书，无不旁搜切究者，然襞积武断之说，性天愚诬之论，盖未尝一关其口。居平与昆季友朋相砥砺，唯于日用寻常语默作止之间，质求真实。每酒酣耳热，极论立身成败，民生利病，常痛哭唏嘘不能自已。读书史，至古先哲人揞拄艰虞，遂以转移祸福，及鸠集流亡，起沟壑而措之衽席者，必反覆深求其故，或抚卷瞑目，至终日不出语。盖君之中怀蕴蓄，非苟为夸耀淹洽，矜诩章句，为俗儒所为者也。庚辰秋，君年已五十有一，赣榆返里，中途中恶风，病蹇涩者数月，意气自兹日就销减矣。又七、八年，乃知肥城。君学深于诗，常守毛公「烹鱼烦则碎，治民烦则扰」之训，然其居县也，听受无留事。又时时存问耆旧，询疾苦，率绅富修社仓以备灾欠，举保甲以戢奸宄，立普济堂以恤茕独。民安其政，年谷顺成，是以去任之日，老幼扶携饯送数十里，或至涕泣，叹仁明为近今所罕闻见。而君顾慊然以为不称，负所职，悲夫！

尝谓天赋人以聪明材力，今与古率不相远，而晚近成材独少者，大都为俗学所汩没。幸而有意思深长，欲崭然以头角自见，则师友劝诫，必相与翦除之，斥为客气不可用。又幸而有少小不汩没于俗学，其游处四方，复不为俗论摇夺，以庶几有成者，则常患与斯世枘凿必不相入，而穷困老死不见用。若有用之者，无论大小，固皆有所表见以利泽斯人，乃又署盛壮可任事之精力于闲散无所设施之地，及其既衰将不能自举，乃以试之事。幼学之卒不见行，而劳民不可休息，彼苍苍者其意岂可测哉？君著有春秋公羊例、左氏通义、毛诗名物志，说文谐声类篇、思贤阁诗文稿、倚声写韵斋词稿、燕齐游草、熊湘游草、沤寄剩草、宛芳杂著、望云听雨山房札记各若干卷，皆可观采，而非君意之所属也。余与君交三十余年，能知君之志，故于其葬而铭之曰：

志盛气衰，治不副意。未曜之德，以昌其类。

缪孝子传

孝子缪士毅者，字藩公，江南天长县庞家尖人。康熙中分设安徽布政使司，故为安徽人。小名华保。父廊宾，邑庠生，饶于财。顺治十七年，海贼犯江宁，其党刘清海掠天长，知县缢，城陷。庞家尖去城二十里，廊宾率家属匿高邮湖中，乱定而怨家诬掠为助，控于高邮州知州吴之俊。之俊置廊宾于法，徙其妻石氏、黄氏及其长子于沈阳。士毅，黄氏生，以就乳郑氏从母家得免。稍长，知被难事，径走山海关寻母，无引不得出。归娶于李，举一子。遂以康熙二十二年四月，请引至沈阳，访得石氏与长子皆故，黄氏前于康熙五年拨赴宁古塔屯乌喇，配苏州朱孟官，以新例，沈阳流徙男妇，着分配不许自便故也。士毅展侧至乌喇，遍访无知者，唯言去此五百里有江南人庄。士毅跟踪至弗喇河屯，遇一妇人云：「此庄无朱姓，有薛孟官妻黄氏，皆江南人，生子六儿，今已十五岁，见居宁古塔城者，或是也。」士毅入薛氏门，望见坐炕上妇人，貌如郑氏从母，伏地呜咽曰：「儿乃江南天长庞家尖缪华保也，今日得见吾母矣。」黄问有姊妹否？曰：「大姊适曹，二姊适魏。」黄乃抱持大哭，邻里奔集，莫不嗟叹，有涕泣者。宁古塔地瘠产薄，禁留旅人耗口食，居十日，官吏催迫。二月，士毅抵家，而子前殇。继举秉文、秉彝，拮据成立。携贾都下，得薛六儿书，知黄再徙艾浑而没。艾浑，今黑龙江也。士毅舍二子，独赴艾浑守母墓，僦墓傍僧舍，授生徒以自给。而秉文旋亦遣秉彝罢贾归侍李，身赴艾浑迎士毅。士毅不听，秉文留侍五年，迄士毅卒，乃扶榇返里。时李已故，合葬天长之丰扬山。秉文无子，秉彝以次子之壁为其后。松江大学士杨瓒，谪戍艾浑，初至闻士毅名，排闼请见，为孝子行七百字以赠。百年来文学之士，多以诗文纪录两世孝子之事实者。乡人屡合词请有司达封圻，大吏卒以原案故，莫敢上闻，余故次其传而论之曰：

甚矣！州县之不可有匪人也。当海氛猝至，廊宾举家避入湖，氛靖归业，助贼之诬，其事可不辨而明。且廊宾身在胶庠，所谓怨家，不过以饶财之故，干糇失德，非有枕戈切齿，必得而甘心者也。及其匆匆避寇，岂能更捡赀囊？幸得生全，田产之外，俱为贼橐，怨家亦可藉释忿憾矣。斯必吴之俊平素垂涎，苦其无隙，指授爪牙，嗾怨家为此，以遂谿壑耳。而廊宾恃直负气，重财轻命，卒以诬服，上蔽达聪，匪人之害，遂至于是，悲夫！然廊宾不被奇冤，则士毅、秉文之奇节，不可得见。而之俊者，亦得幸从蝼蚁，同朽粪壤，不为斯世所指名也，哀哉！

募醵欧湖坊归榇赀启

原任铅山县湖坊分司欧镜湖四兄，桂林之秀异也。文战数奇，以赀筮仕，自嘉庆十五年到省，迄道光二十年卒于湖坊官署，宦游江右，前后几三十载。补临川尉，政成名起，调尉新建，论俸升湖坊司，中间署宜春涧言岭分司，代理吴城主簿。不卑小官，必行其志，奉委听讼，务在和民息争，所至民安乐之，以是无例外之入，虽佐首邑繁剧之区，起居服食，唯具而已。其尉新建也，堂署不戒于火，延及尉署。先是，山东抚部经公，由抚州守擢云南监司，道远又多陆路，不欲重扰馆人，以君为旧属，素敦久要之谊，节历宦所积有箱笼十二事，寄贮君署。君扃置惟谨。及堂署火发，君竭力扑救不熄，比延己署，君始急回，冒火入上房，将经公寄存箱笼，尽数运出，而已物悉付灰烬。嗣重建堂署，允为君修复，卒之尉署修费，仍君自称贷为之，以是重困。擢任湖坊，官迁而缺弥瘠。年五十有一，以疾物故，周身至不能备礼。孀妇二人，抚六龄遗孤，停丧三千里外之萧寺，归榇无赀，旅食益急，此亦生人之至戚矣。

夫薄宦本以为贫，苟能分上官之忧，不扰小民，不取非有，已为近世之所难。至如君受抚部之寄一节，求之前古，唯盛轨受友人寄金五百，后以事覆家，寄金独存，书之史册，以为美谈。而君之所受，其数远浮盛公，又当顷刻呼吸之际，不顾身家，唯取必于全谊重诺，又较盛公所遇为仓猝，是则古人之所难，而有识所共钦仰者也。是用缕述生平，布告诸公，或宜托同舟，或籍隶旧部，或感触闻风，或心发即事，各量其力，不拘成数，庶几裒成集腋，举自众擎，俾邱首得正，循良有后，是则先哲所谓不求福而福随之者也。所有诸公慨助之资，悉由新建县署归总，谨启。

刘国子家传

江淮间有笃行君子曰怀瑾刘君者。嘉庆甲子，余再至扬州，识凌曙晓楼以识君及君之子文淇孟瞻。晓楼盖君妻弟也。孟瞻时年十二、三，颖敏诚朴，善读书，余尤爱之，因数过君家，与君习。

庚午，余挈眷来侨，汔道光甲午乃移居白门，前后三十年，中间晓楼不禄，孟瞻名日起，故余论交于扬州，以君乔梓为最久而善也。扬人之称君也，谓君龀齿失怙恃，沦落甚，年十二始入书塾。甫三年则已熟经书，解文义，窭贫不能卒儒业，乃习贾。而所业复不足自立，君私购医家言，乘夜诵习之，昼执贾业无遗误。久之，人知君能，求治者多应手愈，遂改业医。君治病者，不问贫富皆辄往，富室酬报从其意，贫者且赠以药饵，或袖钱资将息，其有疮溃，脓血臭秽，至家人莫敢近者，君见可治状，必亲为洗涤，加膏丹，以瘳为度。君医名既噪，洎耋老不改其初。君家故有祖遗神香肆，各房轮值司肆事，其不值之房，值者岁贴白金三十两。值者欺君孤弱，遂据如私业，起家累万。旁观怜君困，皆愤，劝君持约剂结算，当得钱千缗。君曰：「贫富命也，为财利伤同气之和，吾不忍也。」后据业者荡其积，君境渐给，振助之有宗人恩。凡君生平行治，其见称于乡里者如是。

余则谓挟术者多居奇，攫利者必乘危，君虽不讳自济，而意则专于济人，市肆中无是人也。世儒读书，于无关考试者辄莫省，或稍加披览，又厚自矜异。君记问过人，虽不事举子业，暇辄温寻经籍，泛览史册，答问者无所隐滞，而绝不以知能自炫，庠序中无是人也。古之被褐怀玉者，大都任情绝俗，而君和易恺悌，无崖岸，山林中无是人也。是可谓幼壮孝悌，耆耋好礼，不从流俗，修身以俟死者矣。君讳锡瑜，号琢斋，怀瑾其字也。援例入国子监，以道光庚子八月八日卒于家，年九十有二。曾祖春和，始自溧水迁扬州，以长子起寅贵，赠明威将军。祖起泰，国学生。父瞰，始占籍仪征，与从兄曈，俱为县学生员。配江都凌氏，前卒。子一，即孟瞻，嘉庆己卯优贡生，文学为江淮甲观，艺林无异词，而年逾五十，闭户著书，无几微不豫色。孙一，毓崧，道光庚子优贡生。其未成童也，文笔已腾踔凌厉，排突前哲，而驯谨呐言，俱有君之风。女一，适同邑庠生陈传洛。孙女一，适江都国学生田溥光，曾孙一，寿曾。

方补德传

君姓方氏，补德其字也，安徽旌德之隐龙山人。祖富。父嗣锈。君少孤，依兄以居，年十二、三就傅，不能治生业，嫂氏将不利于君，君觉之，遂出走江西。欲觅乡人店，习贸易，偕族中知途者行。两人所携钱才百余，行两日，至徽州当附舟，而资已尽，饿坐河侧。有舟泊岸，其客以失物斥舟子为盗，噪聒甚。君轮指为作卦，曰：「此物在中舱破竹筒下。」客如言求得所失物，乃延君及同行者上船，船价饮食皆客供，以得达。初入店，例学徒，知数人使给扫除役如仆隶，君愤甚，转侧走杭州，以方素名考寄籍为钱塘附学生员。杭人王包灵见君而器之，妻以爱女。一年而女夭，王君乃携君幕游湖北。君从妇翁习申韩家言，甫半载，即就恩施令尹英图聘，司其刑席。时嘉庆丙辰春也，君年始十七。

未几，邻邑有秦加曜、聂杰人、张正谟等，相继为乱，焚掠裹胁，势甚张。君为尹君练乡勇五百人，而身帅之以遏贼锋于界，屡捷，贼他去。邑东北有广福桥，巨镇也，商贾所集，君驻其地。至丁巳夏，请饷道为贼断，恩施小邑无垫款，粮将不继。君劝谕助饷，镇有客籍周姓者，进士也，阎镇人视为行止，易君年少，挠其事。君具名帖谒进士，殊谦谨，进士答拜，入营门，君即升帐，饬左右止而诘之曰：「贼去此不半程，我朝去，至夕若镇即成瓦砾场，商民争出赀以留我，而若阻挠之，是必通贼，若不吐实，则毙于刑夹已，我且斩若以绝贼线。」进士惧，愿输金五百。君曰：「若拥赀五六万，若果不通贼，贼至即灰烬，五百金何足道，速加刑！」进士愿输千金，君曰：「若作字遣人取所输金来，乃释若。」进士既归，无颜见镇人，而镇人踊跃，是日即集银万余两，军心大定。贼闻君粮绝，径促君，君率众北出二十里，迎战于马稚波，大破之，而官军亦败贼于黄柏山，恩施城乡得无恙。尹君以得知府衔，拜花翎之赐。君见贼势已靖，遂偕王君由贵阳入广西。己未夏，余过广福桥，见阛阓完富，询其故，土人云：「吾邑有小方师爷活我。」并述劫周进士事。予心伟之，惜不得其名籍。

嘉庆癸酉冬，予自扬州携眷小住白门，存友生，所存者适延君诊病。君曰：「病在肝，方剂力不能除，吾仅能使之少差耳。国家兴于大东，以木德王，今内外贵人，什七八病肝气，此自关德运，非调摄失宜之咎也。」予闻之，默叹此非医师语也，因偕过君医室，见壁上尹君赠诗，乃知驻广福桥即君，因剧谈军中事，间日辄相过。次年大旱，予怂恿巨绅秦易堂侍读倡举捐赈，而家居之太守某某为梗。侍读招予过其家议事，太守力言城内富室之苦，持其说甚坚，不可谕。君排闼入，厉声责太守曰：「阁下以寒儒得大挑知县，洊擢知府，拥赃银三十余万以归，城中人莫不知者。日前阁下邻巷不戒于火，阁下家粉白黛绿者十数，走避火，搬箱笼多至不可计，重至不可胜，人莫不见者。城内外饥民十余万，皆啧啧骂阁下阻赈事，万一有变，祸必首中阁下家。阁下已逾七十，余年何足惜，然面此粉白黛绿者，为饥民群肆污辱，虽大度，其能甘乎？」太守欲走，君截止斥之曰：「若明白否？」太守惴惴答曰：「闻命如梦初醒，不敢再助富室阻捐矣。」而侍读卒苦孤立，方葆岩尚书居忧在籍，君为书三千言责之，尚书乃出助侍读。江督百文敏从侍读策，集绅富于钟山书院，侍读谆劝，一日得十万。阅日再集，而文敏知余实主持之，遂寝其事。风信一厉，道毙至七千余人，予作书致文敏，词甚切直，尚书、侍读皆言不可上，君力促即日缮呈，赈竟得举行，活者至八万人。

君于学无不通，尤好道而精医。同业妒恨者，竞言君用药狼虎，非白下人所堪，唯必死之症，乃可相委耳。以是白门病者，非垂死不延君，然延君无不起者，故君所入虽不丰，而名殊重。侍读以赈故重君，为主婚娶合肥李氏，以有三子三女。君既由湖北入广西，又入都，及出都侨白门，皆偕王君，翁婿相守，未尝一日离。道光辛卯七月九日，君卒，距生于乾隆庚子四月十七日，年五十有二。王君治君丧葬毕，年已八十有八，径策杖入山，近有人见之于江淮间，康强如故，盖年百有一岁矣。君在广西制旌德五言以祈雨，传习之者皆有验，土人为板行之，而君顾无本，故予未见。君又常被道士服，住武昌之黄鹤楼，来医者日数十百起，或以为纯阳现化也。入都，自名方德裕，隶太医院。值如妃病危，其母家奏荐君，一药而愈。侮院使，故辞职出都。最后以本籍捐国子监生，名曰方震，三应秋试不售。君躯干雄伟，有勇力，能举移三百斤，喜单刀长槊，酒酣耳热，论议风发，无不依于利民济物者。君在广西著烟瘴症治，在白门著喉疯论、痘疹本义、伤寒辨证，皆板行。君故后，医者皆奉为法守。君长子曰菩萨保，后君二年殁。次曰观音保。季曰金刚保。次业药肆，季业儒，俱聪慧有君之风。长女适旌德吕氏。次女适旌德饶氏。季女尚未许嫁。今年四月予至旌德，君长女来谒，亲昵不殊同产，既请为君传，又取金刚保于白门使来就学。予故稔君之行治，唯不得其家世及生卒月日耳，后世有好奇之士，读此传者，必能知所向慕矣。道光甲辰十月，白门倦游阁外史包世臣书。

清故文学旌德姚君传

君讳配中，字仲虞，姓姚氏，安徽旌德人也。其先世居湖州，宋宝庆间有述虞者，为旌德教谕，子孙家焉，故为旌德人。君颖悟绝人，用思沉挚不怠倦，甫弱冠，已博览经史，旁通百家言，而尤嗜易。既善毗陵张先生虞氏人，因求李氏集解，研究群说，郑氏最优。苦其简略，意推之至形梦寐，尝梦请业于郑氏者再，侍郑氏与虞氏辨论者一，又梦吞乾爻自初九至九五，意乃豁然。客广陵五年，成周易参象十四卷，又为论十篇，说其通义，附于编后。予读之叹为绝业。时仪征刘文淇孟瞻、甘泉薛传均子韵、丹徒汪沅芷生、江都汪谷小城、丹徒柳兴宗宾叔、予从弟世荣季怀、族子慎言孟开，以治汉学，与君朝夕，皆叹为莫及。季怀则曰：「仲虞书行于今世，自不及张先生之盛，百年后当独为学易者宗矣。」遂为之序。仲虞旋归里门。至道光甲辰，予游旌德，去广陵别已久，君出示定本，点窜原书至什七八，删说通义之十篇为三，移冠编首，题曰周易姚氏学，而序则仍季怀之旧，其微妙详审，益非予所能测识矣。

君又以月令一编，实先王体天勤民之大经，其义一皆本于卦气。为月令笺三卷，继总其要为月令说一卷，复合之，为周易通论月令二卷。而后知王者一居处，一举止，无非顺天地阴阳消息之气，以为生民锡福消疹者。征引谶纬，发明至理而不附会，别下己意，疏通儒先而不凿空。则天地人呼吸关通之故，古先圣王万物一体之谊，作易者其有忧患之旨，悉于是乎在，可谓通天地人之谓儒，足以当后王取法者矣。

君又嗜琴。东南琴学，有金陵、常熟、武林三派，而谱则皆出广陵。君长于金陵，而游广陵，杂习各派。及归里，潜心默悟，乃知传谱多舛误，更正世所盛习者十数曲。又自制七曲，原数说声，上溯本始，为琴学二卷，亦出以示予。予未习此事，惟惊赏文义瑰奇而已。君言「七弦各有本数、倍数、半数，损益上下，旋相为宫，以定宫商角徵羽，正变清浊之位。而六十律、三百六十四声，俱以和相应。凡吟猱必在角羽位，盖宫为君，商为臣，徵为事，角为民，羽为物，君臣所有事，皆为民物，故吟而上，猱而下，往复迟回，必当民物之位。」予闻言不能解，请君一再鼓。君于对几设副琴，鼓至窈眇之时，则副琴弦不动而自鸣，又几案所置杯盎及枨楄，时或响应。余怪问之，君曰：「各物皆有数，数同则声应。唐书所载寺磬每无故自鸣，僧虑其不祥，万宝常为克磬成痕而鸣止。盖其磬与宫中钟同数，钟鼓于宫，则磬应于寺，克痕虽么细，而磬之得数已与钟异，故鸣止。秉笔者不解此义，是以载其事，而不能言其故，虽宝常精察，然其数不可诬也。」予考董子同类相动篇云：「调琴而错之，鼓宫则他宫应，鼓商则他商应，比而自鸣，非有神，其数然也。」又云：「其动以声而无形，人不见其动之形，则谓之自鸣。又相动无形，则谓之自然，其实有使之然者。」盖和声之道，自古如斯，末俗失传，故诧以为奇。然则君真冥契古初者矣。

君又嗜书，为书学拾遗四千余言。又注智果心成颂，以传立书大幅执笔之法。又和予论书次东坡韵五言十四韵，实如亲受法于晋唐诸公，扫宋氏以来谬说。而自书亦足践其言，时流无与比者。君家贫而守坚，学优而遇蹇。吾乡士气恇怯，厕名庠序，辄欲结纳有司以为荣而攘利。前后莅旌之长官十数，慕君学行，求识面而卒不得。其督皖学者前后亦十数，皆奇君文，而杭州学士胡敬、湖州侍郎张鳞尤器君。张公奉使当乙酉选拔期，于旌德学拔吕贤基，及谒谢，张公语吕君曰：「姚生学行，宁广九学无其匹，非止冠旌德已也。吾所为拔若者，以姚生文淡而弥旨，胎息班马，风檐中断无能识之者。若颇能墨裁，是可成进士，登词垣。若归当益亲近，请业请益，庶不至终于孤陋寡闻也。」同谒者以其语告君，君一笑而已。而吕君以词垣历科长，驰驱主文衡，君竟困诸生，及甲辰例出贡，而考贡领单之资无可筹，遂以廪膳生卒于家。张公有识有守，为督皖学者所仅见，然为子孙求不荒之庄，遂无暇为斯世惜人材，习俗移人，贤者不免，悲夫！

君卒于道光二十四年十月廿九，距生于乾隆五十七年十一月初六，年五十有三。祖士凯，国子生，邑志所载孝义君子者也。父灿，国子生。娶同邑汪氏，继程氏。子四：长邦选，季怀之女夫也，携妇至金陵，居母家，而训蒙于乡以自给。次邦道，就时武昌，渐可自植。三邦进，君使为叔弟经珊后，侨宣城。皆汪出。季邦达，程出也。女子子二，长适同邑吕振宗，汪出。次程出者，尚幼。孙一，阿宝，女孙一，归子，皆幼。君善病已三四年，至甲辰六月而剧，君之弟子汪守成季郑、郭维演文澜，昕夕更番侍疾，潜备棺衾于外。前卒一日，君召季郑、文澜，指邦达曰：「此儿质可向学，我死无培植者，姚氏书香自此绝矣。」语次呜咽不自胜。季郑故教授文澜家，文澜曰：「先生设不讳，弟子即挈邦达使就学季郑，十年内衣食纸笔考试费，弟子任之。」季郑任醵金五百，刻所著书，以其余置产赡程及幼女。文澜农家，强自给耳。季郑赤贫，以洁己任侠，为邑人所重，竟得醵金如约，市板开雕。君教授乡里廿余年，从游者多，惟季郑苦寒力学，颇传君之业。荀子曰：「水深则回，叶落粪本」，君当之矣。道光乙巳夏四月望，包世臣撰。

梅蕴生传

道光癸卯九月廿四日，江都梅君蕴生卒于里门，以其年十二月二十日，祔甘泉县施家冲之祖墓。孟瞻为之志，述其用情之幽挚，力学之沉博，载笔之哀艳，而境遇蹇厄，与之相迫以促其生者，简而有法，质而不俚。君学行固能自传，孟瞻文又足以传君，予复何言？君之弟子薛寿谆请再三，抑以孟瞻述君材艺，犹有未能尽者，故次其所遗为传，并手书付寿使镌诸石。

孟瞻之言曰：「君工书善琴，而所嗜尤在诗。」君之嗜诗固也，然君诗在扬州为杰然于侪辈耳；而书则不囿于地与时，足以排突百年来之宇内英贤；琴则冥追千载，悟入古初，又出书之上远甚。君书跌宕遒丽，颇宜观者，然锻炼旧拓，必见其血脉所注，精气所聚，使奔赴指腕下，则非观者所能知。熙载与君，同昌江左遗法，所得至深醇，而持论每不敢先君。君之琴，少小受法于吴思伯之女弟子颜夫人，其神解得自天授，人力又足以发之，积久，知思伯传谱多舛误，加以纠正，识者叹其和。故记载孔子学于师襄，七日而见文王。君曰：「此不足以奇至圣也。」君闻古操辄能知制曲之人，与其人所以制曲之故。琴学盛于江浙，江浙所推硕师，首扬州释问樵，问樵至善君，能信君之神解，而卒不能得其解。君既深于琴，又慕中散之为人，署所居曰嵇庵。尝谓今世所传广陵散，真嵇公生前所秘，洛西仙传，无可疑者。

仲虞旅扬州，亦善君，虽俱嗜琴而其时所学俱未至。仲虞归后，沉思十年，悟宫商角徵羽之数，上下损益，各依定数为位。又有倍数半数，以适旋相为宫之变，故猱吟必在角羽之位，通一弦为宫一弦为徵，两法而一之。其鼓琴也，鼓宫则他宫应，鼓商则他商应，应者不动而自鸣。盖君于琴，通声之义而得其所寄；仲虞于琴，原声之数而得其所立；是皆精思独辟，仰承间气。然仲虞著琴学二卷，阐古人之绪，正俗师之失，书行后，其传必盛。君既奄忽，寄义之故不可传，广陵散自此绝，嵇庵斯为谶矣。其在洛西，俟之何日？悲夫！君讳植之，字蕴生，晚号嵇庵。其家世妻子科名年齿，详孟瞻志者，皆不著，著君所自得者。

刘烈妇杨氏传

烈妇姓杨氏，江苏阳湖县人。父近宸，游河南，有声幕府。母吴，家世诗书。渐渍缃帙，烈妇以故好典籍，明大义，有母氏风。父倦游归里，始议婚于同邑刘梁成，年盖三十矣。梁成故宦族，而窭贫觅食常远出，结缡两月，即不能家食，阅数年始一归，归亦旋出。烈妇奉姑陈，能兼子职。梁成嗣以薄宦签发四川，未几，奉陈讳去官。服阕，无力之官，仍浪游积年，啬馆谷为需次赀，乃得以道光己亥赴川。年余，署沪定桥巡检，不半载卒官，实辛丑六月十八日也。八月初九讣至。先是，烈妇迎母吴住其家，会遭此难，十一成服，遂送吴归，至十三午夜，袭衰绖，端坐引绳自勒以殉。烈妇寿终五十有二。虽归刘二十三年，而唱随相守，曾无匝岁，闻者莫不伤悼。族长为立其犹子喜官为嗣，在城绅士联名请于有司，癸卯奉部复，准建坊入祠如例。次年，梁成榇舟抵城外，其家先发烈妇引赴墓所，出巷，柩不行。族长抚柩祝曰：「岂欲改道先至河滨与夫柩偕行耶？」柩遂行，送者莫不惊叹。予次婿传第，烈妇长弟之子也，为乞传，故次其事而论之曰：

古人云：「死生亦大矣，岂不痛哉！」国家旌节有限年之制，而身殉则不问年齿，所谓贞女贵殉夫，诚贵之也。传第又言，烈妇正命之前一日，叔父安国自都抵里门，盖以陕西即用知县，由部请假归省也。闻烈妇得赴，而哀恸不甚，意其定死，即往唁，欲相将之任所。烈妇曰：「在室从父，出嫁从夫，夫死从子。我无子，礼岂有从弟之文乎？」然则烈妇固非计画无复之者，斯足以为从容就义矣，可不谓贤乎？古者责士也厚，而责女也薄，故夫死止责其终丧，即至绝族，亦止以无施服为杀，被出不适人，则为女师，固未尝责以必死也。故其守一齐不改之经者，咏于诗，书于春秋，二百余年，仅乃数人。至于在士之节，则随在致死，其他见传记，责士以必死者尤多。而古人当此无不死，不死则谓之迫生，迫生为下，人莫与为齿矣。近世责女也厚，而责士薄，故女子之重贞信、矢靡他者，小郡下邑，率以数百千计。即捐生赴义，从夫地下，亦所在时有。而士则于守身之大，国维之重，无可藉百行相除为说者，一皆自期于迫生。凡人之仕以为利，死不利故不死，吕氏之危言谠世也，而士人奉为笃论。是岂物莫能两大，清淑所钟既厚于女，将必薄于士耶？良以女子无外事，不见可欲；轻贞信，人则非笑之以为大辱，故自爱挚而舍取决。士之富贵利达者，驰驱鞅掌，日涉利途。即伏处贫贱，见利事固亦倍蓰什佰于女，利集则荣随之，非笑者转为歆羡，法语不闻「颓波莫挽」？悲夫！焉得有自任礼义大防之君子出，顺风疾呼，使彼都人士，反务利于徙义，以知死生之说，而免为巾帼所羞者乎。

姚烈妇杨凤姑传

烈妇杨氏者，贵州大定府知府桐城姚柬之伯山之季姬也。小字凤姑，广东新会人，年十八入侍，阅十有四载，年三十一而殉夫致命。伯山以道光乙巳引疾归金陵，其明年五月六日，伯山手札召客曰：「今日为亡妻张恭人三十周忌，而杨姬之三十初度也，谨治具集二三老友，以广异闻。」青浦侯君写石榴于纨扇为祝，而未与会。余至，伯山乃言嘉庆丁丑五月六日寅时，张化于桐城，是日寅时，杨诞于新会。道光甲午，柬之承乏揭阳，上省白事，过番禺陈氏，见杨而惊。陈怪问，柬之告之故。陈言畜此女已十年，举止颇不似小家，相距五千里，相隔一时，而容颜如旧，是古今奇绝事，愿以奉赠，成两世姻缘佳话。既来归，检奁中得张遗物如旧弄，性情嗜好皆无殊，而书字尤若一手。余因谱圣与高阳台题扇背曰：「余迹流芳，周遑遗挂，伊人托想蒹葭。宦寄羊城，屋庐春最宜家。迷离似慰相思久，却扇时俊眼难遮。缅当年，笑镜香浓，照水枝斜。　吞声漫说生离苦，问沱洹自度，谁为抟沙？马坠丝牵，惊魂幸保容华。刚能认玉箫真个，待韦郎不间天涯。细看来，半蹙红巾，尽扫浮花。」杨讽诵不置曰：「得包老一阕新词，不枉侬阎浮两度已。」

先是，张恭人举二子曰世恩、世憙。伯山纳周氏为副室，甚宜之，使主家政。后在都继娶徐恭人。宦游河南，南北眷口始集。及丁内艰，卜窀穸于勾曲，乃侨金陵。周举一女二子：曰樵章、樵恬，徐恭人亦举子恭懋。伯山服阕，移令广东，乃纳杨。擢理瑶同知。挈眷返金陵。伯山入都，奉命为贵州守，杨随之官。徐恭人携恭懋及世憙之妇张，前恭人侄也，返桐城。周率其子女留金陵。杨前后举一子二女，皆不育。壬寅，金陵有夷警，周踉跄奔桐城。而世憙适自贵州来葺新宅，而勾曲基田构巨讼，劻勷经岁不能支，遂往浙江，就食于其外舅。伯山解组，徐恭人已前卒桐城。周率其子女至金陵，则已病。伯山躬治米盐，凌杂无不至。女年盛矣，字方而未嫁。樵章甫逾成童，樵恬尤幼，伯山自课之甚严，又欲集汉、唐、宋诸儒经说，分经克期，各勒成一书，检勘摘抄无虚日。而周病竟不起，伯山力疾，于勾曲祖墓旁卜吉攒厝，以是伯山疾忽愈忽剧以为常。丙午，世憙秋试又落解，乃入都分发，指省浙江，依外舅以需次。世恩前已携其累属需次江西。丁未九月四日，遣桝章省勾曲墓，时伯山已僵卧不思饮食者月余，而犹健谈。初六，伯山遂奄然物化，在室惟杨与桝恬及字方女。伯山虽年逾六十，而岁制未备，求之肆，得一具差可，舁归而短，更求善者。杨曰：「此不必还肆，可留与我用。」恭懋在桐城有所闻，以小艇破浪来省疾，而已后属纩。急足召桝章于勾曲，次日午后始至，杨治周身具，已弗之有悔。余闻信往，抚尸大恸，而杨哭殊不哀，心疑之。是日分遣讣桐城、浙江、江西。至二十五，世熹妇张自桐城来奔丧，杨交割家务，托字方女于张。二十九日夜，杨与张及字方女，絮语至三鼓，各归房。杨闭户后，梳洗除丧服，艳装，仰药就枕。三十日早，家人怪杨不起，拔关入，启帷，杨已绝气。几上留书曰：「妇人至此，大事已毕，不死尚欲何为？祈诸位原谅。早想别过，实因小姐无伴，此刻放心矣！随身衣服，不用再添，千万不可花费，令死者不安。仙丹早已有之，并非人买者。」面色如生，是可以为从容就义者，呜呼哀矣！安吴包世臣敬纪其实而论之曰：

记有之「名者，人治之大者也。」其不信矣乎？然古之言名也与实对，故循名必质实，实至则名归。今之言名也与利对，利所在则名无权，利既盛则名亦益盛。婚者礼之本也，故曰一与之醮，终身不改，或事变猝至则有劈面截发，未尝责以死也。传曰：「宾客诸臣未有出涕者，而妇人死于房中者二八。」是其于妇人厚而于长者薄。至独馂者流，并不责以不改。传曰：「以殉葬非礼也，嫁之，卒以不从乱命，获结草之报。」史言婢妾贱人感慨而自杀者，非能勇也，其计画无复之耳。是古人不惟不责妇人以必死，而死亦不为当世所重。近世则不问妻妾，不改者曰节妇，殉夫者曰烈妇，烈之名为尤贵，而国家旌荣之典从之，是以妇人节烈之行，所在多有，岂非名治之明效大验欤？然而方策所载，人生于三，事之如一，随其所在而致死焉。见危授命，死绥死制。当死不死，谓之迫生，迫生不如死。明训章章如是而士夫之从事迫生者，何其多耶？「凡人之仕以为利，死不利，故不死。」是利在则名无权之说也。「窃钩者诛，窃国者侯，侯之门，仁义存。」是利盛则名亦益盛之说也。迹烈妇之随伯山归金陵也，世恩、世憙、恭懋先后皆至，三子皆无母，烈妇典质衣饰，周居行之不及，三子皆德烈妇甚。伯山故廉吏，而自河南至金陵，置田宅为久计，自广东、自贵州归，俱有所增置，而桐城之旧业未毁。烈妇坚志内定阅二十五日之久无退转，临命遗书数言耳，情义周致，无怨尤之色，是其来也有自，其去也有归，固万非计画无复之感慨自杀者比。生贱死贵，义之利门，斯之谓矣。然旌节之与旌忠，厚薄至有间矣，赠恤之隆，袭次之远，夫人所习知也。一旦临事，则不顾君国之辱，不惜闾阎之难，弃军城如敝屣，自诩全躯保利，已而法吏议其后，或惊悸自戕，或跼蹐圜土，或投之遐荒，或致之东市，名利两失。余是以深伤士夫之不肯受治于名，而一意营利，而更不得不致概于士夫之善求利者之不可概见也。道光二十七年十月十六日。

烈妇行其心之所安耳，观临命书，何尝有矜名买价之念扰其中曲耶？故鄙论名利之说，不为烈妇发已。传稿归姚氏。后数日，余诣吊，见棥恬衰绖跪灵。出询棥章、恭懋，云：「大定见烈妇又丧女，谓之曰：『我老病，未必能使卿更有子女，或以棥恬为卿后，可乎？』然未尝有成命。及事，棥章等佥以烈妇不可无后，而棥恬感协同抚字之恩，愿以慈母之礼事烈妇。」是有合古人妾无子、妾子无母之义，能承志从治，而大异乎世之与为人后者也。姚氏子弟以此稿勒石陷祠壁，以垂久远，余遂补书传后，以告读者。是年十一月二十日。

艺舟双楫卷第九　附录三

程孝妇传

歙人程氏，年十七，归同邑监生吴栗堂。姑患痫不审，程侍药除秽，家人难之。越五载，舅以腹满昏绝至再三，程祷于灶神，封左股和药以进，神稍定，然竟不起。明年，栗堂殁于都，程抚子女，持门户，有称于乡。程今五十一岁，子四，女子子二。长伟，即述程行治乞传者。次杰、佺、俊。女适某。

包世臣曰：余读孟子分定之说，必掩卷唏嘘不能自已。曰：「人人亲其亲长其长而天下平。」君子守分之效如是哉？后之人读吾书者，推求其意，卒不禁兴叹于六亲不和有孝慈也。悲夫！

眭履平墓表

君讳秉衡，字履平，姓眭氏，江苏丹徒人也。眭氏皆祖汉儒眭孟，族望于北，江以南则丹阳，其迁徙世次不可纪。君之五世祖由丹阳迁今籍。自考以上皆习贾。君性好自异于人，同学为举子业者，尚为腴腐之词，君独钩沉研虑，又好读资治通鉴、山堂考索，以求今古兴衰之要，人率非笑之，而君益自喜。就试，既不当有司，乃挟赀远贾，溯江，绝洞庭，穷五溪，度九厄，三致万缗皆辄覆。君故不事积，以是益喜交游，通宾客，晚而弥甚。

君方弱，君考病甚，怨家乘间陷以事。时有力者故衣食于君家十余年，考命君往请事，阳许君而阴中伤之，几覆其家。君考切齿，君从容启曰：「儿见彼衣食吾家时，所求未足以遂事，而不能不受德色，固日夜伺吾隙以泄忿而厌其欲耳，大人何怪焉？」及君居考忧，或有以非礼构君者，君衰绖求援于君考所不快，人共危君，然卒以其力免，如君策。其通世情识事变自少然矣。君善奕，于国手不及二棋。多力，好技击，丰腹而趚胫。又力治杨筠松相墓法，及太乙奇门六壬之术，皆能以己意通之，适于日用，而远乎诡怪，然亦以多好未能精入云。嘉庆八年秋，余流寓镇江，始识君。论相墓甚惬，遂住君家，旁及兵农名法之说，常夜分不寐。余奔走秦、蜀、楚、豫、吴、越之郊者十年，所至必交其贤豪长者，君历问其名状行谊而壮之，扼腕顿足，即欲治橐同作海上游。又尝与余夜坐浮玉山顶，闻江涛澎激，捉余手疾行至麓，喟然叹曰：「余少见江涛之来也缓，触石则其声訇然以博，去而阒然。今其来也速，触石则铿然以锐，既去犹么然以远。」又曰：「余三十年前见梨园子弟用点鼓，中绷径三寸，下点曼声洞洞相接。今鼓心才径寸，下点促，革急如裂声。乐之道通于政，人事急矣，不谓造物自然者，已趣数乃尔也。」遂相与唏嘘达旦。

今年三月朔，余自苏州赴淮安，存君于家，期首夏返棹，为君遍历南北郊山。余去不半月，而君染疫。寝疾数日，忽呼曰：「慎伯已来吾家三日矣，汝等何不吾告。」促绍祖扶之出，遍觅不见，乃寝。日夜轮指占余还期，既亟，乃属绍祖曰：「儿告慎伯为卜墓宅，且慎伯知吾深，必得文以志余墓。」是后语遂不可辨。然君自始病以至疾革，才七日，其刺刺诂语盖未尝不及慎伯也，呜呼哀矣！君以嘉庆十一年三月二十六日卒，年五十有一。娶同邑田氏。子二：绍祖、绍成，皆能嗣君之业。女子子三，适某某。孙一，廷珍。五月四日，余始返棹过君，而君之孤斩焉，牵余袂且号且述君之遗语。遂为卜兆于焦石山之麓，于杨氏术为吉，复纂述生平，以达君志，而系以辞曰：

述君之事君有子，郁不可信是君志。谁明君志揭贞石，君之友曰包慎伯。

云鹤老人小传

君名坣，字竹冈，姓黄氏，系出江夏，江苏吴人也。晚游天台，脱然有遗世之思，更名云鹤，称吴中云鹤老人。君壮岁，裴宗锡巡抚安徽，礼致君，事无大小皆咨之。裴公调云南，卒于官，节相李侍尧兼署抚篆，以君熟手，客延之。未几，裴公殡归，公子幼，无期功强近为护丧者，君即辞节相为裴氏送丧，盖水陆万余里云。嘉庆甲子，君入都，属言路大开，君即伏阙上书。意谓践土食毛之忱，不能自尽，数十年间，足迹遍天下，于民情时务，见闻亲切，其确凿可行有利无弊者四事，垂死之年，岂复有所觊觎？区区愚诚得以上达，死且不朽。七月十四日封进，得温旨放归。条奏既留中，君即削稿。外人颇有谓君言已举行者，以问君，君笑应而已。自己未春初，今上亲政，常熟监生周玠上万言书言事，继其声者，至君共十人，闾阎疾苦，几于尽达。

数年来，王言涣汗，深洞民隐，属有司奉行不力，未能尽称上旨，然困敝亦少苏矣。以布衣下贱，芹曝至愚，而九重虚己曲纳，有古先圣王所不及者。况三事大夫，膺天子之所严事重寄，共念圣心望治之切，朝夕论思以宣德化，则薄海仰风，匹夫匹妇可以咸得其所矣。而乃缄默雍容，坐养资望，其得失交战之心，至老益炽，以致水旱频仍，兵革迭见，利源下竭，国用上滋。欧阳子之言曰：「国家有事，谏官不言而他人言之，异日书之史册，以为朝廷羞。」况此岩廊不言而草泽言之，甚或草泽言之而岩廊沮之，则其为异日羞者，不仅什伯卨司谏已也，岂不痛哉！

余故知君名，丙寅夏，于扬州旅次相值，同居两月，备识君之生平。君老矣，有子而不能继志，恐没世无闻，故纂集为小传。其命君之子，百年后即镌诸圹侧，以备志乘家之采择焉。

节母盛氏家传

节母姓盛氏，浙江金华人也。其父挈眷贾山东之济宁州，业中落，以故世次不可纪。常熟蒋赡岵官汶上县知县，纳为簉，时年十六。嫡室金性严肃，节母安于礼命，能委曲受事，无间言。金先举子二：因培、原培。节母亦举子二：文、天培。女一。而汶上君物故，未几，天培又殇，贫无以归，节母佐金抚子女，资缝纫以助薪水。及文年十八，就婚于番禺县丞姚侍龙署，遂留焉。逾年，举子成而殁。节母之女归济源李师彭者，又无出，先后夭逝。骨肉凋丧，备极惨酷，然节母终不敢以私戚废家事。嘉庆癸酉，因培知泰安县。成年已十七，始自外家奉母姚至泰安。庚辰，成投效武沙工次，得县丞分发浙江，而因皆适被劾罢，节母乃携姚及成妇至就成。道光辛巳，成补奉化县丞。成在奉化举一子，节母名之曰奉吾。癸未十二月九日卒于成署，年六十有二。

计节母事君子者十年，佐嫡理家政者二十七年，依嫡子者八年，就养于孙者四年，自贞恒德，辛勤无不至，庶乎无愧夙夜，贻美彤管者已。因皆有文采，善居官，成智略有过人者，而慊爽无俗吏龌龊消沮之习，能称节母志，予俱与善。成以节母行略乞文，故撰集如右而论之曰：嫡庶之间，至难言矣，况以稚齿称未亡人，依嫡以居，而所生又远游，中更颠沛阅数十年之久者乎？是非惟节母之贤也，汝上君刑于之化，因皆不匮之志，并有可称者。节母例不受夫封，而年行并符旌典，故次其事实，使观风者得以采览焉。

仪征县学生王君妻刘孺人墓表

孺人讳某字某，姓刘氏，扬州甘泉人也。祖健地，扬州府学生。父乡久，国子监生。孺人年二十六，归同郡王家干。刘王皆旧族，孺人事翁姑，接戚党，咸有礼则，见称于二姓。生子三：僧保、翼凤、庆保。女子一。僧保娶于嘉兴朱氏，有孙四：懋和、崇和、泰和、贵和。翼凤娶于江都唐氏，庆保尚未娶。女子适甘泉士人蒯正九。孺人以道光七年十月二日卒，年六十有三岁。

王君籍隶仪征，而家郡城。扬郡土杂沙涂，水回复而湍急，居人多乍贫骤富，饰辎辐，侈游观，倾耀阊阓。夫十室之邑，必有忠信，岂无古处自敦，守身不贰者乎？而入内则困于交谪，出门若无以自比，家室为累，同于缧牵，负厥初心，所自来矣。王君有声庠序数十年，僧保为童子即冠军，翼凤未弱冠补弟子员，同列无与为偶。论其家世，程其人材，稍规时俗为俯仰者。此其居扬州不贫，而父子修脯所入，常不给薪水，裘葛未得以时具，而所业日益进，所守日益坚，然则孺人之相夫育子，使得从所好以自成名者，可不谓贤哉？王君将以道光八年十一月二十有四日，葬孺人于西郊金匮山之糙石街，僧保、翼凤乞文表墓，故按状而系之，并为辞曰：

是维女宗，宅是幽宫。以利其嗣人，无忝尔家风。

清故四川邛州火井司巡检杨君墓志铭

君讳长泰，字履安，姓杨氏。宗望故辽阳义州。先世用靖难功，授本州镇将。十叶相继，崇祯中，太子少保左都督国柱，与犹子赐蟒玉都督振，先后战殁于松山，其宗遂覆。振仲弟捷，亡命海滢。世祖既定鼎，念东南尚未归化，求故明将裔知兵者，乃用荐起其家。论平江西、福建功，至世袭轻车都尉，历官至少保、太子太保、左都督昭武将军、留镇江南，提督水陆诸军事，赐籍江南扬州卫左所，后遂为江苏甘泉人。薨赠太傅，谥曰敏壮。圣祖御书「丹诚」二大字为其赐第额，而称以老将军者，实君高祖。曾祖懋绪，直隶大名兵备道，赠荣禄大夫。祖铸，古北口提督，署直隶总督，改山东巡抚。考景达，延绥镇总兵，左迁沙州营都司。

君年方成童，延绥从大将军雅尔哈善征回部，三当霍集占，战皆大胜。大将军嫉其功，中伤之，逮至都。高宗察大将军奸妄，得减死论戍塞屯。君里居闻耗，即挈一奴小金万里趋侍。延绥寻起用沙州营都司，君乃奉命就婚外舅商潼道署，成礼，仍出侍塞下。未几延绥坠马伤足，因得奉归里第，十余年不去左右。自延绥病废，族子大学士应琚督师滇中，以失律致凶。伯兄景震守嘉兴，至被议籍产，戍东陲。季弟景素历督闽、浙、两广、直隶，至太子太保，然身后且二十年，怨家构旧事，复籍产，戍其子兵部选司炤于西域。唯景震之孙大壮，袭世职为参将，而两足渐不仁。簪缨沦替，丁黄凋谢，期功强近不数人，率无以自存立。君乃谒选求微禄，得四川邛州火井巡检。

时兵燹方亟，户口逃亡，而有司掊克益深。君一切务为宽厚，顺人情以理谕说，民便其教。川例治盗至严，君捕得但追赃给主，薄笞而遣之，率不过十板。然所遣多能改悔为善士，以为此身乃杨十板所赐也。火井辖十余集，市人皆福建、江西、湖南北、贵州五省客民，各立一客长，部敛其属，以答应征求，率通胥役为奸利。君悉罢苛令，而更客长之扰市太甚者，市为之平，火井有土练三百，君课以技击，明示恩信，乐为用。适兼署吏目，而印官以他事公出，檄君代行州事。妖人王应龙谋为变，里甲察其密，君故善骑射，久侍延绥于塞下，尤习兵事，遂部勒守捕事宜。贼知谋泄，仓卒不及期，纠现党千余人裹红巾起。君料贼不敢逼城，必乘虚趋火井，星驰率土练遏之于金台山，大败应龙，追入蛮洞，生擒之。邛人既免于难，深德君，讼君功于大府，然大府竟莫能以君名上者。

孺人屠氏，讳玉辉，湖北孝感人。屠故孝感巨族，伯祖沂浙江巡抚，为名臣。父用中，由知县历府道内擢鸿胪寺卿。孺人从君之官，年已逾四十。为君纳蜀人陈氏为簉，生子亮，不数年物故，归葬其党，而抚亮如己出。洎君卒官，孺人携亮扶柩道峡江，邛人夹岸设奠泣送者，汔其境不绝。而土练范源竟护君丧至里门乃返，盖往返万五千里云。舟初出峡，次东湖，有盗括其装，唯图史数百卷，路费百余缗。源挺身力拒被缚，盗呵之，源曰：「吾杨巡检故部下练卒也，孺人公子归公殡，无资财具仆妪，故以死相卫耳。」盗惊曰：「杨公果清官，两日尾其舟行，闻孺人课幼子甚切，亦贤母也，子又义士，犯之必不祥。」遂释装去。范君义足以感群盗，而君之所以感范君，是可为动色嗟叹者已。时大壮已病罢，而赐第入官后，转归市估，郡中贤士大夫醵赎以祀敏壮，孺人乃得携亮居邸第。然庆吊问遗亲旧无失礼，有称于乡。君以嘉庆九年卒于邛，年六十有三，明年葬扬州之西郊。孺人后君二十三年卒，年八十一岁，当道光六年。而亮以藐诸孤，长于君母，卒能笃学敦行，为有见之士。孺人卒之次年，亮卜北郊两皋桥荣禄墓侧吉壤，将以道光八年正月二十六日，改葬君而祔孺人。亮故从予游，冒风雪、涉大江、绝黄浦、千里至沪东，述君与孺人之行谊，以乞志幽之文，庶几有怀明发者。予次其状而铭之曰：

三世为将道家忌，烜赫难求税驾地。薄宦人讴召伯憩，雌伏斯能树尔类。有子曰亮承衰坠，瞻念松楸思善继。

皇崇祀名宦陕西白水县知县告改江苏青浦县教谕王君墓表

君讳希伊，字耕伯，姓王氏。其先世隶吴，明初有得全者迁宝应，为宝应人。十数传至有容，为泰和县知县，有惠政，民为立祠。泰和君季孙式丹，康熙癸未一甲第一名进士，官翰林院修撰，则君之叔曾祖也。祖懋竑，康熙戊戌进士，选安庆府教授，以荐奉特旨授翰林院编修，上书房行走，卒祀乡贤邑祠。父箴传，雍正乙卯举人，恩授国子监典簿衔。妣同邑朱氏，赠孺人。

君弱冠领乡荐，八上春官不售，以资截取，选授陕西白水县知县。白水山僻小邑，地高土厚，苦乏水，溉汲皆倚白石河。河源出同官之红土坡，坡西南有三尺岭，系富平县境。岭北有山涧，涧水本东北流，富平民议开浚山涧，令深宽，以接红土坡水，截白石之源，西南流至三尺岭，而于岭下穿洞引水，下注富平之老峪河，以益灌溉。君闻之，急勘详以止其议。白水去冲道窎远，向例惟兵差奉派协济栈内之武关驿。乾隆四十五年，数月之间，四派协济潼关流差车马，民不堪命。君援例请豁免，而附近之韩城、大荔、朝邑、蒲城、郃阳、澄城六邑，以情形略同白水，因得并免。君邑旧议建书院未成，君就其基拓为彭衙书堂，以居诸生，身自督课，邻邑亦多负笈向学者。又就书堂兴同善会，邑之富人慕义踊跃，利垂到今。在白水六年，引疾归，白水民就书堂以祠君。君既归，告改教职，选青浦县教谕。苏松长吏常纵漕吏铄庠序，而青浦为甚。至君始举其职，稍振士气。在青浦亦六年，引年归。归四岁，当乾隆之五十九年，以十月廿一日卒于里第，年七十有六。配山阳邱氏，赠孺人，前君殁三十年。君之长子候选训导直，奉君与邱孺人殡祔龙首村祖茔之左。君之讣至白水，士民哭君如哭私亲，相率请祀君于名宦，而书堂之私祠如故。

君家学源自泰和君，恪宗紫阳，至编修而盛。外大父泽沄，与编修君以紫阳相切劘者尤笃至。泽沄之学，传其子光进与其高第弟子邱照。君师光进，而婚于照，少奉话言，师友戚党间，见闻无非紫阳者。君亦毅然自任，然其作吏白水，与友生书云：「忽漫从官，弊端结聚，夙夜冰兢，惟思退藏，势与愿违，未获如志，不敢以怨艾空言，贻误民社，力省前非，以图晚盖。」又云：「紫阳尝谓『一生在文义上作巢窟。』文法一也，古文深，时文浅；古文疏，时文密；浅者深之基，密者疏之本。自有时文以来，时文不通而能通诗古文辞者，未之有也。故时文于读书为最要，不得以科举之业轻之。」嗣司铎青浦，与所亲书，则曰：「白水一行，所得不偿所失，每着一衣，触一物，皆宦囊也，曷胜幽咽。」又自书公牍后云：「固知迂阔而远于事情矣，然耿耿于中，如物在喉间，必吐之而后快，诚知无益，然能无动乎？动则吾事或济矣，安敢贪天之功，聊以尽吾心焉。盖必计其可而为之，天下无可为之事矣。」验兹数事，则知君之居家善读书，在官能仕事者甚信，而非近世依托理学为名高，以巧射声利者比也。

君卒三十有七年，君之乡后进刘宝楠，以直状与君文集属为墓表。予前周旋范光、白马诸湖间，尝闻父老言其先世业渔，前明编为渔里户，共五百余家，供漕船麻胶翎毛折色差。本朝溢徭尽革，而渔里户仍征银百三十余两，业久迁而徭不改，里胥因缘为奸扰，累至百五十余年。及邑绅王白水，力言于地方大吏，以公项拨抵豁除，重困始苏。又闻士人言：吾邑旧有同善会，王白水见其不率旧章，事无实惠，呈请停止，变旧会存产以修学宫，费仅什一，卒以蒇事。继又修复同善旧章为恤嫠会，永垂利济。今读君文集，乃知君于青浦引年归里后举此三事，时君年已逾七十，可谓任重道远，敦善行而不怠者也。明道先生有言：「一命之士，苟存心于利物，于物必有所济。」亮哉！

道光十年五月既望，泾包世臣表。

董定园墓铭

吾友晋卿卜以道光　年　月　日，葬其尊甫定园先生于某原。晋卿甫成童，即以通易、礼、春秋，工为赋颂古文辞及倚声，知名当世。其友生多与先生为纪。群交者，以予为先生所尤厚，故属为埋幽之词。予为之系曰：

先生性豪宕，喜急友朋之难，涉困踬而不悔，遇人辄倾吐无余，唯不能赖荟蔚朝隮之气，论者疑其有褊心，是则耿介之姿，迫于所遭而然也。先生最嗜诗，为半野堂集数千首。又工制举业，既十试被放，乃遍走燕、齐、晋、豫、楚、粤，又落拓无所合，而畴昔携手之俦，既高举，率鲜能为终始。于是先生亦垂五十矣，乃却扫奉母氏以终于家。先生左目微眴，晚作琵琶侠传奇，托茂秦以寄意。先生之诗，虽大要治声色格律，然抒写情性多自得，既与茂秦殊科矣。然渝盟有太仓、历城，而曳裾无赵王，至假于俳优，求知己于舞衫歌扇之中，斯其志亦可伤也。

先生初以国子生赴都下，母夫人命之曰：「儿此去毋问业于钱坫，而出王昶之门。」先生既才名藉甚，二公争识面，先生竟谢绝之。先生讳达章，字超然，晚以字行，更号定园，姓董氏，武进人。其先本赵氏，五世祖为后于姑之夫，遂托董姓。一传为汉中知府遂升，先任大同丞，有惠政，民至今祠之。父开泰，昌化知县。母钱氏。娶张氏，前编修惠言、今馆陶知县琦之女兄也。编修昆弟并有文行，晋卿之学所自出。先生卒于嘉庆十八年十一月一日，年六十有一岁。子一，即晋卿，名士锡，嘉庆癸酉顺天副贡士。孙二：毅，县学生；殷，为先生弟达源后。女孙三，皆幼。

清故候选兵马司正指挥鲁君墓志铭

君讳湘，字兰舟，姓鲁氏。先世隶六安，明初有镇江卫左所百户政者，子孙袭职，因著籍为丹徒人。考铨，起家进士，官至直隶清河兵备道，署理直隶布政使。君性颖悟，笃友朋，幼侍宦游，无纨绔之习。应童子试，被屏者七，由国学觅解顺天，又辄不遇，乃以赀得兵马司正指挥。清河公既卒官，君内侍重闱，外搘门户，未遑谒选。遂以道光八年七月二日，染暑疾终于家，年四十有四岁。

清河公曾守余郡，前此郡守试士率论赀为进退，惟清河公慎简阅，却苞苴，前茅多寒畯，称得士。君又殚心文事，顾每试辄蹶，不足称人意。然当君屡蹶小试时，清河公任安徽道府，相距才三数百里，声气摇撼相接，则清河公之砺官箴以式后昆，与君之绩学自重，不欲阍然躁进者，并足为士林光宠，则君亦可无恨也。配同邑包氏。子二：庆恩、庆贻。孙一，荣高。君中表弟纪干贞与余习，谆乞慰幽之文，故次其状而铭之曰：

文吏有子文战屯，郁若文采厚文孙，谁其不信视此文。

汪冬巢传

君讳潮生，字汝信，别字饮泉，晚又自号曰冬巢，姓汪氏，江苏仪征人也。由附学生举乾隆乙卯副榜贡生，道光壬辰五月六日卒于家，年五十有六。配闵氏前卒，无子女，君竟不娶，独居十九年以终。君颖悟绝伦，于文于书，皆能深知其甘苦曲折。性温恭而淡定，于时人一无怫忤，至所亲则必有材艺能自植者。生平无他好，唯以倚声设色自娱。江淮间言倚声者，宗朱彝尊、陈维崧，君独好清真、玉田，然于朱陈亦无所雌黄也。设色则盛行恽格华宕之法，君志在远绍宋人，每兴酣落笔无粉本，即见以规势，花叶掩映，若承朝露而漾和风，其工丽鲜润，雁行院本，以云气韵，且时欲过之。倚声适称所画，皆近世所罕也。

予以嘉庆辛酉秋至扬，即识君，未相知也。嗣予挈家寄扬州，居址稍远，不相闻者二十余年。道光戊子秋，君忽叩门修款，出精楮索书所为古文辞。庚寅冬，予自删定文稿，乞诸友朝夕者分缮清本，君顾从他友所分去赋与文各一卷，字数累万，呵冻精写，点画清俊，有紫芝、中江之意。是岁君之执友三数人，皆以物故，君嗒然自伤，为寒林独步之图。君故歙人，家昉溪之侧，先世以业鹾留扬州，遂着籍。业既久落，扰攘尘土间，非其意也，欲归歙不得，又为昉溪秋隐之图。皆乞予序其意。今年春，见阳湖张琦翰风诗文词与书，而心善之。张君官馆陶，君手界朱丝一册，嘱予转乞张君书自著诗文，而予已北去，因留柬予寓曰：「仆自问不当久人间，身后孑然无能弆藏珍玩者，然心慕张君甚，即仆死，必请张君竟为之，流传后世，知张君此册为仆作者，足矣。」予返扬则君丧已逾月，感其意为加书请张君，非所谓解脱而真挚者耶？斯可哀矣。

君以图归歙故，累八丧未葬。弟沄生二子而殁，长文郁，次文蔚。君恩勤抚育，而文蔚以目疾几废，文郁当承君祧，君曰：「兄弟之子犹子也，不必为后。」君画为时所珍，脱手即归有力者。家藏唯词稿三卷，出手定，戚友议醵金梓以传之，并议于举君殡时，并葬入棺。而资文蔚寄食僧寺为行者，业文郁习会计，一切如君遗命。君身后颇有琐碎，君之友甘泉王寿鹏汀居间措拄，备任劳怨，庶几不间生死者。

赵承德墓志铭

道光十有四年春，阳湖赵申嘉告其友包世臣曰：「申嘉不肖，不能敬承庭训，蹭蹬无善状，以仰慰先子者。兹窀穸有期，若不得当代立言之君子为埋幽文，又将永贻憾于泉下，幸得交吾子，申嘉不敢无实以诬其先，唯吾子不能徇流俗而诬后世者，故敢以请。」又曰：「吾祖贵西公四子，先子其叔也。赋性敦笃，而颖悟好学，作诗书，每与贵西公相乱，最得欢。生不逮君母刘恭人，而事继母程恭人、母蒋太安人，数十年无违色。贵西公卒，家渐落，太安人故好施与，先子计出入虽不敷，然必不使太安人知，恐不得遂老人意。郡邑公事无不与，饥岁劝赈倡捐，核户口稽散放，必尽心力，贫者获全安，富者无怨谠，此乡里闻见所共称者，以属吾子。」

忆予初至常州，贵西公年已大耋，著述百卷，至家有其书，而接后进论今古事犹极口无舛失，可谓耄期称道不倦者也。继知贵西解组后，游故州将李相国闽浙幕府，主议封还纯庙命台湾镇臣柴大纪弃城以兵护遗黎内渡之旨，郡城得固守以待大兵，而世人无知者。予笔纪其实以诏方来，曰书二赵事。盖以郡城一弃，则全台失守，鹿耳门、鹿子港、八里坌三口皆天险，难进兵。且自削平郑氏，开海禁，漳、泉、嘉、应无业民纠渡认垦，孳生以百万数，岁三熟，产谷至伙。糖利甲天下，糖商益治大船，指上海、天津无虚日。又全闽兵谷所取给，福、漳、泉三郡民食所专仰，与郑氏窃据时情势相什伯，则国家东南之忧，殆未可以岁月计也。而贵西决策俄顷，功同曲突，终其身不以自居，是其为隐德也尤大。贵西既有大隐德，而君于诸子为最醇谨，内行修，能传家学，是宜光大贵西之业。乃郁而不曜。君之子申嘉最贤，有文学，然则造物所以厚赵氏之积累而光大之者，斯有在矣，于法宜铭，故按状而系之曰：

君讳廷俊，字苕士，别字海珊，姓赵氏。系出宋宗室，居常州已十七世。父翼以进士及第第三人，官贵西道，学者称为瓯北先生。君在幼学，即补府学生。旋食饩，援例训导，未得缺，改加府通判，例授承德郎。以侍贵西洎太安人故，卒未谒选。道光十三年七月七日卒于家，年六十有四。配同邑汤氏、继黄氏，皆贤淑有称。子六人：长庆龄，顺天乙酉副榜贡生，八旗官学教习，前卒。次申嘉，本省丙子举人。次申奎，前卒。次申佑、申宪、申善。孙七人，某某。铭曰：

名父有子天所厚，当厚而薄以笃后，刻此乐石征诸久。

清故例封太孺人赠征仕郎萧君妻刘氏墓志铭

道光甲午二月，山东试盐运司经历清河萧令裕，与其弟两浙试盐运司经历文业、国子监生树勋，走书扬州，告其友包世臣曰：「自癸巳九月十四日，母氏弃养，过隙之驹，忽已更岁，兹卜三月八日，奉祔于山阳人庆一乡先子之茔。不孝无能光大先德，惟是发潜隐示后昆仰慰灵爽者，幸有埋幽之石，而当代畜道德能文章，莫如吾子，不孝幸得奉教，若不获一言以永其先人，是必其束身无状，不见信于君子，而重贻先人羞也，伏望垂哀苦毒，感且没齿。」其状略曰：

母氏三岁而孤，伯舅彭年、仲舅永年未成童，季舅允年甫生，赤贫无藉，不自意得存活。及归先子，仍以十指力佐日需。连举子三，乳哺缝纫，口食繁，益困惫。嘉庆戊午，先子避负游都下，外祖母命诸舅迎母氏携三子寄居其庐，给朝夕。时令裕、文业已就傅，夜则母氏督坐灯下，程诵读，必命之曰：「穷困至此，非力学，则终于此矣。非立身，则求终于此且不得矣。」今不孝幸以稍有知识，不为士君子所鄙弃，惟母氏之端其始趣也。阅九年，先子南返，僦屋与诸舅别居。而命令裕为世父后，始之居寄庐也。母氏必预积针黹入，以仲春率三子诣先世冢墓，上土致奠。忌日必洒扫洁羞以祠，虽别居，值刘氏先忌，必素服，终日不笑乐，以讫其身。廿余年来，令裕、文业缟纻入丰，而衣食财取具，督诸妇治家事，无改于初。然四方士大夫过从，咄嗟治具必丰洁，三族当恤者，力所及不待其告，体媪仆艰苦，不事积余，使诸孙知必求自立，盖母氏之行治如此。余以辛未冬识令裕，已有声庠序矣，而僦居斗室，唯饔飧是急，然能振拔意气，无寒涩苶靡状。文业尤激昂，驰骋文笔。及昆季名重公卿间，弓招币聘遍南北，而力学不倦，常有以自下者，是则处约不慑，处乐不汰，志念深矣。信乎其深服教于贤母也，是宜有铭。其辞曰：

贤母系出山阳刘，父珩早逝母严劬。严抚一女与三子，幼方计日长计岁。续莞闭门稿为藉，辛苦作家日匪夜。子能成立女归萧，相夫育子靡室劳。夫子遄深事远游，健妇茕茕哺三雏。居无一椽责负急，母慈兄友招寄食。十载恩勤植诸甥，诸甥克家能知名。贤母持盈惠三党，下逮婢仆无怅怏。七孙环膝含饴欢，凤喜符庆桂保兰。有曾家督实凤出，皎若玉笋芽初茁。贤母寿脐七十四，子继孙承永昌世。

赠君讳景相，字稷若。嘉庆丙子，年七十一卒于家。耿介不随俗，生平未尝得职，愿悫不欺心，乡里推其长者，后此食报，人以为宜。

赵江宁家传

君讳本扬，字直夫，别字靖庵，贵州瓮安县人。源出宋宗室，世居四川遂宁。明末有紫祥者，避献贼入贵州，侨桐梓，其子伦迁瓮安，遂为瓮安人。祖荣先，父安仁，俱不仕，以君贵，荣先貤赠文林郎、江苏沛县知县，安仁封奉直大夫、江苏江宁县知县，加三级。母戎氏，封宜人。君成童补弟子员，弱冠领乡荐，屡蹶春官。以道光丙戌大挑一等，为江苏试用知县。甫到县，即查赈高邮，旋署甘泉。丁亥署江宁府北捕通判，未几改署赣榆，调充戊子乡试同考官。己丑署通州、直隶州。庚寅署睢宁。辛卯以催漕保荐尽先补沛。壬辰调江宁。癸巳被讼者讦，解任。甲午事得白，而君遂病，乞假归里，以积累不得行。丙申四月七日卒于省寓，年五十。娶徐氏，赠宜人；继娶刘氏，封宜人，并同邑人。子一，忱，邑增生。孙二：曾庆、福庆，俱幼。

余与君为嘉庆戊辰同岁生。君莅甘泉时，余正侨邗上，友生多谓君多蓄古书，善鼓琴，工诗与书，余于扬州当事，非旧好率不与通谒，故讫君之年不相识。诗书亦未寓目，不敢质言其攻苦。治赣榆，能诱擒巨匪袁二，劝学校，奖节孝，济疫疠。治通州，值旱，河涸米舶不至，能疏通支港，招米商以平市价。治睢宁，能靖盗贼，化魏姓积年阋墙之讼。治沛，能除捏灾冒赈之积弊。诸治绩颇在人口，然余虽有闻而未审也。扬州赈弊至伙，常酿京控，而君督高邮赈，无后言。任甘泉能事事，则余所目击。在江省有司，可以为有心于民者矣。

包世臣曰：州县为亲民之官，首县当标准之地，是固非贤弗居矣。然首县率炳烛盥漱，昧爽出，周旋各大吏唐皇中，午后方得归，饥渴交集，而客谒接踵。院司道府房室什物不时征取，日至耗钱十万，而将迎之费尚不出其中，帑藏无可挪移，不得不结绅富资称贷。故首县之能者，唯善事上官，多识贾人，不开罪于宾客而已，心力终无以及其民。上游习首县之艰苦，不得不议调剂之优缺，调缺不可频数，不得不左袒，使可多取于民。缺利尽，民力竭，而亏累尚至不可复。故余作游客时，常从容告疆吏曰：「修饰堂室，铺陈器具，家家所有事也，何不明核历年首县用数，确估各署所必需者，量首县力之所及，分别折致，饬纪纲自办，则浮费什减八九，不致以亏累烦上游矣。非常参日毋许上谒，则首县有暇以自理其事矣。」疆吏多然其说者，然以奔走疏数定所属贤否，其来已旧，且深避取财所属之名，又不便于中饱，沮挠者多，卒莫能举行也。

夫官不能亲民，则署外之钩串易矣；官不能居署，则署内之防闲难矣；贾人昕夕出入，则小民之蜚语起矣。余足迹半天下，所见首县能尽心力于民者，唯江西南昌县石君家绍耳。人材至难，焉能责天下首县必如石君哉？况石君能得民而不能获上，非近时居官人所愿效法。是故吾人束发受书，得膺百里之寄，以行其所学，岂非至愿？然慎毋以贤能自见，至首百僚，以致与其所怀来者大相剌谬也。

谢承德墓志铭

道光丙申六月八日，仪征谢君莪删卒。明年七月，其出为兄后子举人增以状乞墓铭。呜呼！余忍为君墓铭也哉？忆嘉庆辛酉，余初游扬，扬之工诗者卅余人招赋小秦淮泛月诗，余时已辍韵语，不得已成二十字，诸君奖借之，推为擅扬。阅数日，于故贵州巡抚曾燠两淮都转署，遇故礼部左侍郎谢公，坐定问名，起揖曰：「吾子即赋小秦淮泛月二十字者耶？」订次日饮其家。乃为设四篕曰：「老夫与乡人为四篕约，不敢以尊客故败。」出见二孙，长为君之兄议叙盐运司提举增贡生彦昭，次即君，眉目如画，进止庄雅。侍郎曰：「君试杂举五经使背诵。」则琅琅如贯珠，清脆可听。余起为侍郎贺。癸亥再至，侍郎已厌世。戊辰夏，嵯使者以余旅困，使司文汇阁秘书，君之考廪贡生赠奉政大夫者，实领袖其事，因得岁一再见。而君与哲兄相继入庠序有声矣。

庚午秋，余挈眷至扬，顾以时时出外觅食，踪迹转疏略。及道光乙未春闱，邻号少年诵头场文殊尔雅，索阅其卷即增。款询乡贯家世，乃知奉政君以己卯、提举君以乙酉，相继谢世。而君以送增考在都下，试事毕，过从叙契阔，又悉君家业中落，群从百口皆系君，益敬君友爱敦睦，能守侍郎教。君齿正强壮，选期近，家督文采噪都下，相与为慰藉。讵意丙申君再送增赴春闱，归至中途染疾，抵里门不数日，而遂奄忽。忆余受知于侍郎，年方二十有七，侍郎已耋耄，奉政君长于余十年，君昆弟皆甫及幼学耳。而提举墓草久宿，君之孤降服又已阕，况以余忧患丛集之身，穷年奔走，衰惫童秃，宜其为君铭墓，而酸鼻不能下笔也。

君讳承炜，字彤文，居奉政忧后，以字行，更字莪删，由廪贡生以府通判候铨而殁。娶江都汪氏。祖讳溶生，世所称未堂先生者也。考讳士松。妣李氏，封太宜人。子三：长即增。次奎，国学生。君殁之前六日，侧室郭氏生子坊。侍郎居卿贰时事，不能悉，其督学湖南，至今楚士思之，是其积泽深而流远，况数世孝友相承。而增以弱冠当室，强近相守，无改父道，继侍郎之声以达君志，当于是乎在，故铭之曰：

真州谢氏自白门，其先家歙源文靖。五十八传乃及君，秘书外监宗伯孙。少小玉立望如神，田宅日匽富者文。玉树长埋恸斯人，天道悠邈难具论，是有佳嗣慰幽魂。

书毛节母朱氏行状家传墓志后

易曰：「家人有严君焉。」父母之谓也，是教子之责，母固不后于父矣。降至战国，阃教衰，韩子始谓「慈母有败子」。汉儒依托传闻，则母亲而不尊，能食不能教，寡妇之子未有见焉，弗与为友，诸说杂见传记。将以无父之人之必不能成材欤？嗣后史氏于孤子成名者，必详记贤母之行治，而或犹疑之，以为人子之欲显其亲，无所不极，况念嫠母宅身荼蓼之中，其家乘纪载，尤多溢美，史氏据为事实，未可尽信，是盖习见簪珥罗绮之末俗则然也。

吾友宝山毛岳生生甫，甫晬而孤。节母朱夫人前随夫子侨都下，旋奉姑之舅四川中江官舍。未几，舅奉檄从幕府事戎马，三数年，擢知简州，遂以死事。节母奉简州丧归，家无一椽之庇，生甫才髫龀耳。以恒情言，节母竭十指力，仰事俯育，幸得生全，已为过望，安望其为有见之士哉？而生甫成童，即橐笔游公卿间，能卒祖若父之业，为当代推重。节母之卒也，武进李兆洛申耆、娄姚椿春木并据生甫状为传及志，二君皆积学方闻，非苟徇人请者。唯小子之失怙也，年已几冠，无以为生，担簦奔走，涉形势之途数十年，幸不致失身，为世所指摘，实母氏身教之功。前年母氏弃养，小子摭拾懿行为状，挂漏什七八，况生甫之生不识父，而节母又曾经生死呼吸之场，是其具节母状也，下笔顾此则失彼，盖有倍蓰于小子者矣。夫闺闱之事，非州里莫能详，知人论世之君子，考其境之所遭，察其子之所就，则母氏之行治可知矣。

清故处士吴君星宇墓表

君讳明煌，字星宇，姓吴氏。籍仪征而家扬郡之运司前街，就家设相肆。余常避雨肆中，与君谈相人术，君大都依「部位」说为人邪正，依「气色说」行事是非，吉凶祸福，率依于此。余诘其术之所受，君笑曰：「是君平卖卜术也，吾受之，移以相人不可乎？吾先世望徽，迁白门，四世至吾父，游扬州，遂不能归其故。然吾父虽穷士侨人，尝有假人白金五百者，请吾父居间，金已偿而券未退。金主据券索金，已偿金者曰：『若但问吴君，果吴君言未偿，即如命。』金主意吾父困甚，议以半为酬，乞吾父一妄语，吾父不可，券遂废。先人自守之严，而见信重于人如此。吾无他技能，恃相人为生，言吉凶祸福能必中乎？即尽中，或且以长邪遂非，唯依是非邪正以为说，虽不中，不为人害，庶不辱先人，异日得面目以上邱墓矣。」余乃叹君非市中人，又高君考行谊，求其名籍，则江宁县学生员名文相字志书者也。以询扬城耆旧，尚有能言其事者。

君娶同邑汪氏，亦源于徽，故鹾贾，家业落而归君，相夫育子，备极艰辛，没齿无怨，为闾闬所称美。君年七十四，以道光辛巳九月初四日卒。汪以次年五月廿五日卒，年六十。合葬甘泉县西山南都天庙西，君所自卜也。君前葬文学君于司徒庙之收鸡滩，地隘不可祔，君常以无力省祖以上墓田为憾，故自卜兆域，使子孙来省者，必取道收鸡滩，先省文学君墓，盖君之用心如此。子廷飏，仪征县学生员，博学多能，书法尤卓越。君家单传三世矣，廷飏年甫壮，文行为侪辈所推，又已举歧嶷子三。君承文学君教，两世皆有隐德，将于是乎食其报。廷飏既葬君，阅十有八年，以余薄宦西江，远来襄助，具状乞文。余雅重君，尤厚廷飏，不可以无言，故为表其墓道焉。

秋灯课子图记

记论交友，于孤子必有见焉者，岂不以母氏溺细人之爱，况稚齿称未亡，抚藐诸孤，鲜能督责以义乎？然史册所载知名士，率多成贤母之手，盖其计门户者深，鞠育以正，孩提浸渍，柔巽善入而易化也。程君镇北，孤露能自植，弱冠举于乡有声，念赠君违养早，奉教太孺人以得成立，属友生写秋灯课子图，乞名人题咏，而问序于予。

太孺人姓汪氏，歙人。父损之，以善诗及分书负重望，侨于扬。与黄君秋平友善，因使太孺人学于黄君。与黄君妻净因张□人，受毛诗、尔雅、周官礼、周秦以来大家古文词，以是太孺人善为古近体诗文，著有雅安书屋集。赠君亦歙人，游扬，弦再绝而无子。太孺人归，举镇北。赠君为戚友治鹾业，性豪侠，好与人之缓急。既移家回歙，以太孺人能教镇北，无内顾忧，复游扬。未几赠君物故，犹子伟南扶榇归，太孺人治丧有礼，称于乡。镇北初龄，太孺人即督课如严师，至是教之益力。镇北成童来扬，依舅氏近垣，以寄籍试仪征，辄冠其曹。虽能自力学，善取资于师友，抑其少小植基于慈训者深也。太孺人今年已四十有九，行符旌例矣。观镇北作图之指，其兴怀明发，必有志于夙夜无忝者，而不徒以历金门跻朊仕为太孺人食报券也，予故乐得而道之。道光九年岁次己丑秋九月，安吴包世臣撰。

丙午春初，镇北见过白门，知排印旧稿，因问此文是否入集。予答以当日未有存稿，嘱镇北回扬录寄。镇北名葆，癸巳成进士，观政水部。能不交书吏，自举其职，有暇则读书史，虽京职食贫，而力所能及，于戚友缓急无所吝，善继赠君志。此文虽寻常题图语，然知之有素，故附排于后，不复以日月为次。

渔浦牵衣图记

渔浦牵衣图，仪征吴熙载为南陵牧友山作。南陵北郭外舣舟处曰渔浦，太白诗所谓「渔浦南陵郭」者也。友山家素足自给，嘉庆甲戌大旱，尊甫耐轩先生，倡乂赡族人以毁其室，是后遂不能不事游。前后历楚、越、吴几遍，晚游吉原，与居停相得甚，稍复其产，可家食已。道光庚子冬，居停遘急难，走书促装，子妇皆劝阻，先生毅然行。友山以尊甫年逾六十，尚不避风霜，亦不敢家居，同日买舟分途游横江。先生竟物故于吉原，友山痛牵衣之日，即违养之日。阅七年秋赋至白门，属熙载为图以寄哀慕，而以记属予。

予谓人子之事亲也，固非徒侍晨昏撰杖屦已也，必有所以立身成名而称亲志者。记有之：「欲为善，思贻父母令名必果；欲为不善，思贻父母羞辱必不果。」友山免丧已数载，而哀未忘，推此志也以往，则其所以事亲于身后者，盖必有道矣，予故欣然而记之。丙午秋八月，安吴包世臣撰。

毛节母传

毛节母余氏者，浙江余姚民应秀之女也。年十七，归同邑毛高扬。毛故贫家，高扬业贩定海之岱山，余侍姑以勤俭孝养有闻于乡。及高扬归而病殁，姑相继物故，无以为丧，然拮据殡葬无失礼。时余年廿九，子二：秀甫十一岁，秀章四龄；一女在抱。余以十指力给四人口食。而所居屋后隙地，时有以善价购者，期必得，余以祖业仅此，不忍弃，至再三强之，卒不能夺。子渐长，余督之力耕，啬岁入营婚嫁。又率两妇纺绩，日夜皆有程课，数十年无改，家以渐裕。乾隆三十五年，余年八十，遘小疾，乃谓秀甫曰：「自若父夭没，一寡两孤，不自意得成立，今孙曾绕膝，固天幸，吾亦可见若父于地下。唯非诗书无以光祖德，吾忍死守舍后地，后人有能业儒起家，于其地建造房屋，以大门户，则吾瞑目矣。」言毕遂逝。有孙五，至曾孙有有声庠序者。以道光十三年，邑绅列其行治，请于有司，得上达，旌门闾如制。

包世臣曰：扬州药肆有毛长龄者，以善书名阛阓。及见仪征吴廷飏书，尽弃所学而学之。吴君书出于予，因介吴君问笔法，诚笃好学，安安而能迁，君子之徒也。既朝夕，乃出其兄以和所为曾妣行略以乞予文。予先高祖母翟孺人之称未亡也，先曾祖乡宾君，与伯兄国学君，年俱在幼学，孺人课之，昼采樵，夜择棉，日啜粥两器，纺车声常彻夜，以得成立。今验节母之行事，何其近似耶？

不负苦节天道也。观节母临命之言，其贻谋远矣。后人有食其报者，尚无忘遗泽所自哉。

此二文本在剩稿，友山及仰苏得四种后，书来乞附刻图记后，重其意补入。友山名侨；仰苏，长龄字也。

安徽古籍叢書萃編

包世臣全集

三

清·包世臣 撰 李星 點校

黃山書社

安徽古籍叢書

包世臣全集

管情三義
齊民四術

〔清〕包世臣・撰　李　星・點校

目 次

管情三义

卷三　赋三有韵文附

卷四　诗一

卷六　诗三

卷七 词

卷八　浊泉编一

齐民四术

卷六　礼三

卷七上　刑一上

卷七下 刑一下

卷八 刑二

卷十一　兵三

卷十二　兵四

补 遗

附 录

管情三义

序言

叙曰：记有之，礼乐之设，管乎人情。盖礼以管身，乐以管心，然则管情之用，乐为尤至矣。自汉氏以来，先王之礼荡然；近世仪文尤为简略。以至简至略之礼，而行者则以为谄，受者则以为骄，故君子欲自管其情，唯乐而已。乐之声容，其亡尤甚于礼，而义则存诗。赋者诗之流，词者诗之余，皆诗也。诗有六义，而取其三者，谓赋也风也兴也。赋陈其事，兴喻其志，风感其言。至雅则正言朝政，颂则以功告神，二义非草莽所及。比则罕譬形质，鄙人颇无得于此。

仆自髫龀事诗，成童而体势成。弱冠出游，才思风发，酒酣耳热，捉笔濡墨，不能自止，以应求者。散落世间殆数千首，多信笔无稿，而存稿已逾千首，自识翰风，属删定之，遂焚余断韵语。以后或数年得一二篇耳，亦或情有所触，不能自已，则效翰风为词。不谙声律，又笔重不能谐么渺之致，殊苦艰涩。入仕以后，友人谆劝，谓吾子以不作诗颇见媢于当路，乃复为之。实苦才尽，到彼则无须此。途中所得，题曰浊泉编，以分致中外诸友，代柬札者亦附录于后，共为八卷。凡仆之为此，皆主于管情，以远非僻，世有总持风动教化之责者，览之或亦有取焉尔。

管情三义卷第一　赋一

行宫赋二首 并序

乾隆庚戌，江宁吏民为皇上祝釐，丹臒焕发，纵人瞻仰。世臣幸际盛隆，心眙目愕。而游客或言壮丽瑰奇，不及大差十一二。本年驾幸山东，圣躬康豫，必且垂眷江南。或言甲辰南巡之时，百货畅销，自后无此利市；或言从前承办差务，奔走疲惫。世臣谓贾人居奇好利，小民惟惜筋力，其不知大体一也。窃慕太白，十四赋就明堂，世臣不才，年又过二，故仿班、张旧制，设为问答，以折群言而明忠孝，极知童稚无可观采，亦庶乎抒下情之遗也。其辞曰：

有尚华公子者，性体奢侈，仪度雍容，博学好游，访古于金陵专城，与述靡丽之迹，诧土木之雄，遂联辔于绣剧，仰止于行宫。俯仰瞻玩，悱然无声，阳气直上，洋溢耀衡，不及旋传，秉烛而过于抱一先生。时观情处士在座，请名未毕，公子抚席喟然而叹曰：「今而后知昭代之文也，宫室台榭，以养德而别轻重，诚哉大儒之言乎：是故汉初人民敝烦，莫不云反雕为朴。鉴阿房之燎原，而谨慎前识之萧公，必以为不极美丽，不足以重威灵而壮笼寰也。卒使大汉之所以华国者，同符三代。尔后十载，固陋之声无闻焉。且吾尝登终南，扳剑阁，涉云梦，越恇辕矣，其台基殿址，颓废荒凉者，又何论乎。若关中伟建章之烈，许昌著景福之勋，九龙峻宇于中州，迷楼雕墙于东藩，目力未及，制在遗文。方以今日所睹，诚宏丽之无足云矣。

「且是乃省方之一储胥耳。巍岩岿岃，隆峙岿突，嶒崚崎岖，若蜃浮海门，涛卷江都也。嶒竑旷邈，烂漫莘𦺌，蟉虬回纡，若九疑隐现于洞庭，岱云连蜷于太虚也。赫奕璀璨，流离皓耀，藻秀绮疏，若彤霞昼焕，明星夜敷也。规运神工，体浮浩渊。石幢康基，如鳌抃山，扁瓮星置，埴版是安。散点纤靡，嶒竑溅涓，清羽细穆，自调么弦。表金阙以崔嵬，仿洞开夫阊阖，参宏赫以并敞，建霓旌而并辙。辅紫微之秘殿，度广裁而立双。宪招摇于上垣，隘九筵于周堂。玉础磊磊而竞仡，丹楹林林以相撑，游树攒而斜据，飞檐超而上翔。甃文玉以为陛，附崇墉而屑香。伏流殷殷汩汩以荧听，察歙艳而清眬苍黄，彤彩升以上抗羲和，乃反戴而激光。

欂栌曲直，栭桁杈枒，偃蹇磬丽，要绍虹遐。阳马勒驰，禁楄翼斜，岨峿虚拄，狎猎交加。悬栋反渊，夫容吐葩，刻房翠缯，实珠绛纱。纵横雕镂，万族支离，变化不极，各陈其仪。苍螭卷句，垂翰襂缅，乘云骧领，蝬略蕤绥。白泽奋首以拿攫，轩鬐鬣而作之而，虎蹊踞以相着，视眈眈而若远追。雾蛇交桷，怒猊跃榱，鱼呿猱掷，山崪藻垂，杂沓鳞骈，柴虒参差。东方擎桃于栋间，叔卿驾鹿而来驰，子晋挟鹤而吹笙，宓妃采珠于上楣。綮众灵之杂遝，羌仿佛而前移，虽秋毫之远察，犹瞟眇以䁪眙。

「遂造配厅，修除荫唐，八隅九户，曲折相当。户启长壸，周徼蔽阳，甬道绮错，后宫分张。室各二六，临池纵横。槛桥岐萦，水榭星煌。锦鸳嗈鸣，赤鲤低昂。碧梧朱柱，海树珠光〔一〕，九真青玕，三㚇苍筤。莲舟锦缆，白鹤翱翔。太湖洞石，翡翠是房。委宛通达，燐烂无常，珍玩充牣，不重一相。环廊欹径，如计盆里，不辨方隅，莫知终始。返术自迷，进途难揆，通陛直穷，便户旁启。排扉遂前，金铺铿尔，万户千门，惑方迷似，诘屈逶迤，谁其谛视。后敞秘境，是曰瀛洲，琼草甘露，以环沧流。乃攀飞桥，坠弱起遒，急巡回途，邈不可求，魂悚失度，抚心定气。云缕出岫，萃兮上蔚，轮囷解散，焕为五采，聚散成形，不常一态。扳藤梯岫，忽若无地，列台中霄，复道相纬，瑶池琼楼，于兹失丽。俯览长江，滞沛如带。飞甍百万，远近鳞次。钟山龙蟠，石头虎踞，蜒蜿而来，壮我气势。若游天表，乐不可记，强台之观，夫何足喙。

「若乃献岁发春，时迈被制，涉夏徂秋，子来王事。为木绣绨，为土丹雘，中室无材，垂堂藏砌。壁带宝缸，钔金饰翠，玉几晶屏，纤尘无翳，珠帘蔽闱，从风裔裔。日役千人，功竣卒岁。彩亭挟逵，不虚数咫，玉山崔嵬，机人妍美。珠非随侯，璧非和氏，纽错为容，秖形儸鄙。齐纨蜀锦，贱如敝屣，浮彩腾香，氤氲雾靡。变化尘寰，唯仙之似，耀富饰贫，以媚天子。

「是故予之所见，犹斯宇之末饰，至揄扬于吾子，又大较而未尽其则也。观业力之所至，即道力之可测，非壮丽其若兹，何以彰我朝之文德？又况于训后示成，壮观天府法苍黄，以备制度之紫宸枫极！虽监二代而郁郁，犹无能依稀其万一也。」

先生曰：「痛哉，富贵之移人也！夫多文为富，非为斗靡，所以致用拯世也；委任授权，非为昵私，所以推心责最也。吾子承阀阅流风，温故知新，辱觃江濑，方面曾不周咨乎政治之得失，风俗之淳漓，而漫游以相娱乐，于义固有亏矣。而吾子反啧啧贤此巨丽，则是放勋以土阶贬圣，而禹以卑宫不足大也。抑知外御风寒，上避霜露，古人已以为作之者疲、居之者泰乎？且巡狩者，巡所守而省远庶也，故先王因土木之质，建明堂于方岳，以为觐诸侯之处，而补助之政以行，于是颂声作而歌游豫也，今乃辟途千里，役工万数，技艺则征之梓匠，资币则科之商贾，珍宝则输之故家，力役则派之编户。胥吏牟侵，假威官府，窭乏不敷，鞭挞囹圄。饥弗得食，劳弗得处，贩夫失业，瘠农去土。集数州之睊睊，以供行在之一既。是徒乐栋宇之壮，彩饰之丽，而不恤筋骨之疲，膏血之竭也。且吾闻华国以德，不闻称其宫阙，君子一言以为知，何吾子之修辞无物也〔二〕。」

处士愕然，俯首良久，乃犹尔而起曰：「劳心劳力，天下之通义也，夏葛冬裘，偕行之时制也。不达于义谓之蒙，不明于时谓之昧。君子由义而随时，故能免于斯累也。今公子长其惑志，贵靡而贱俭，是张十宫三阁而以攸介烝髦为玷也，先生之余论，是黄帝垂旒不足法，而齐高碎玦顾可范也。藩篱之鷃，不能薄杳冥；尺泽之鲵，不能量汪洋，先生又乌睹所谓熙朝之大烈耿光哉！走将摅歌声之蓄念，陈宣德之大纲，助子以帝力，示子以清行，切倦恒谈，未及言长，请缘督举凡，而吾子自揣其详焉。昔者明氏失政，上下养痈，逆阉秉钧，斩戮良忠，佛意刘九族，逢恶命三公〔三〕，罪已贯盈，诛致斋宫，众愤未泄〔四〕，奸继如蜂，剃氏遇民，震怒皇穹，乃夺厥年，二八无逢。于是饥民聚啸，巨猾揭旃，旬始之气如霓，欃枪之焰亘天。野靡行人，邑不举烟，骨积齐熊耳，血流溢紫渊。守将望风，稽颡乞怜，斩关克邑，如抉枯箨。伊书契之纪灾，曾未之有或前。维时遗黎如沸水之跃鱼，灾林之鍒翟，号呼上诉，期所暂憩。古帝不康，求莫无寄，乃眷东顾，致命我世祖章皇帝。世祖奉命赫怒〔五〕，拔剑而起，乃握乾符，爰整虎旅，越山海，渡柳水。蚩尤拜风，狂跳远抵，走死荒原，厥诛不莅。壹戎衣而有天下，功拙有熊，德惭汤武。于是苍生若枯旱之见云霓，亡婴之遇父母也，挥涕飏言曰：「崇德者帝，高功者王，功德并隆，是谓帝皇。今凿齿磨牙，以忧陛下，鼍弧西指，大乱既康。而慕劳谦之德，不君临子庶，照以玉烛之光，是犹生婴儿而不为之长育怙恃也，奚以塞来苏之望哉？」辞避不获，大宝乃佶，宇内莫不喁喁慕义者：余孽间窒之，乃群黎厌兵，命之作藩，以屏我王室。不匝二期，而天下謐如也。追禅圣祖，齿让冲人。岭海长鲵，祸心遂纷，奋鬣扬鬐，天邦为屯。苍生被其蹂躏，流血溢于江津。乃命上将，靡旗骤轮。乌合云散，电闪雷震，胁而从之，伐谋夺亲，粮不三载，南荒靖氛。回师西扫，鹖子赭裙。北猎穹庐，噶尔为燐。神武不杀，三隅重春。夫凶德已快齿剑，而兴仁未庆在宥。于是三事大夫讽周诗之时迈，考虞书之岁狩，皇皇济济，肃然进曰：「我皇圣德旁魄，载覆怀生之类，靡不浸沤。而江浙之民，区中殊秀，向风最先，沐浴天子之明懋，思披云雾而睹龙颜者，有曰于延颈揄袖矣。今其沈潜渐渍仁风者，不异京圻，而恳恳之念，独未获副。盍举南巡之盛典，慰东南之徯我后。」帝曰俞哉！于是苍虬驾，玉舆设，金吾建櫜，八神警跸。朝服渡江，阳侯引纤。于斯时也，江淮之氓，千里奔轶，士女杂遝，郊逵比栉，携行襁趋，红尘四溢。其杖筇垂白者，伛偻康庄，抃舞颠蹶，乐过而泣，异声同达，不虞迫景于修夜，复得亲炙乎瑞日！乘舆既还，臣民思皇恩之荡奥，尤不鄙吾江淮，而重赐以瞻眺，而行在经止之处，未穷丽极耀，不足以乐吾圣君，非所以效拱辰而尽忠孝也。亿兆恧焉，至今四叶。实惟我耄念皇帝，成列祖重熙之德，广世宗无逸之誉，以为越我圣祖，诚格太虚，神化深浃于民隐，风声遡听于海隅。然犹旁作穆穆，勤勤焉求前人之当，不遑宁居。朕祇守丕业，唯骏命储休，不克是虞，敢不则圣祖之德，以宴佚朕躯？又恐万世惑于旧典，不知节其乐娱也，是故问百年，存诸孤，觐方伯，省守区，曾不信宿，遂弭节于上都。是故庄临万里，至栗也；席丰湛恩，至逸也；来王百译，至德也；纂书四库，至式也；承欢太后，至孝也；崇举五经，至教也。巍乎焕乎，靡不遍被，塞鬼神之款望，毕天人之盛事。而乃减省掖庭，数赢并百；饬堤缮塘，巨万弗惜；赦租与漕，如伤是格；四诛跳梁，民不知役。如是，而犹于古稀仁寿之时，日跻圣勤，以亭毒南藩，诚所以懋知依之德，敦保惠之恩，度天命之常，靖小大之怨，岂为乐物华之盛，玩风景之繁，壮观土木，淫览芜蕃，袪珠玉之的烁，丽锦绣之缤缁哉！缙绅耆老，从怀柔之风，诵湛露之篇，故辟途饰宫，穷精极妍，编氓所以忠爱也。天子知之，辞让而弗允，则重有司之过，生黔首之眕。且夫王道固未有施之缕缕，而不得报之勤勤者也。而观者则无逃之义不知，听者则时措之理未闻，徒见小民为君王而耗一日之资植，曾不思君王亦已被小民以百年之絪缊。」

言未毕，先生、公子蹶然避席再拜曰：「文考灵光，实而无义，长卿上林，虚而无征；今处士述大清之德，远与三代相绳，然后知行宫之壮丽，初不足为有司之厉民而奢侈是矜也。非处士之好学深思，其何以风动民性，歌咏成能，小子不敏，请终身服膺矣。」

东三陵赋 并序

（文具小倦游阁集，此存目。）

校记

〔一〕珠　原作「夜」，据清吴熙载手校小倦游阁集稿本改。

〔二〕修辞　原作「出言」，据吴校稿本改。

〔三〕佛意刘九族逢恶命三公　原作「佛意刘族党，逢恶命孤公」，据吴校稿本改。

〔四〕众愤未泄　原作「众祸未悔」，据吴校稿本改。

〔五〕「世祖奉命赫怒」以下至「南荒靖氛」一段　吴校稿本与四种刻本差异较大，吴校稿本作：「世祖冲人，受命统一。性耽书史，实始岐嶷。授政叔旦，悉索而西。平西崩角，遂决神机。尽释积恨，赫整义旅。乃命平西，缟素作簪。贼阵如林，列亘海渚。烈风助顺，血流漂杵。走死荒陬，厥诛不莅。于是苍生若大旱之见云霓，亡婴之遇慈父。从令踊跃，剃发欢舞。滌除垢染，齿之鹓鹭。喁喁慕义，浙及首鼠。伏莽余蘖，南服间岨。爰建大藩，揆文奋武。曾不匝岁，而四方无侮也。洎乎圣祖道隆，廷议撤藩。岭海长鲸，构祸纠群。鼓鬣扬鬐，势胁气吞。百粤八闽，凶党实繁。封圻畏威，交臂孤恩。恫蜀喝秦，道梗途屯。圣谟内定，命驻命援。乌会云散，雷震电奔。胁而从之，南荒靖氛。」

管情三义卷第二　赋二

七辨八首 并序

六义之教尚矣。采风失职，述变怀旧无异焉。夫述见以寄思，焕言而成体，称文多滥之姿，推志止礼义之则，使人悦其艳发，绎其性情，讽喻明，动化速，故曰：骚辞兴而风流著也。汉氏之初，教化未举，枚叔明夫得失之迹，痛玩物之非，知亲贤之效，故因物宏理而作七发，以为感悟不可以骤也，则浸润以须其自解，法语不长于风也，则巽与以博其欢心。假设吴楚，托喻起病，以发解蒙惑，明治身善国之策，变度格心之方。其章丽而易省，其义则而易知。则而易知，故言者无罪；闻者足戒；丽而易省，故大罩天地，细入纤毫。阅者忭舞而不能为厌，虽托理以全制，恻隐之义何以加兹？当时作者莫不工为形似，长于讽喻，则有子虚、上林、大人致其意，甘泉、长杨、羽猎论其事，广成、灵光、两都、二京议其制，是皆牢笼万象，漱涤二仪，质标锦绣，气挟风霜，外焕宏博之娱，内崇俭约之美。然而杼轴独创，不过虚浮，劝讽之业，于斯为盛。其后傅、崔、曹、张之徒，高华遴祖，纪制更严，即浩奢殊科，咸绮丽有则，逸响缀焉。若夫徘盛而古意漓，律兴而往轨湮，升降之数，有可言矣。盖文以情迁，则兴会标举；辞以理胜，则体气高明。故平流期于柔远，履险贵乎壮密，谐合则宫羽舛节，风裁则悲雅相宣，善累有殊，专家之得也。至于引声筒中，溢兴神表，在古人之情好万端，而兹妙之飙流无诡。如欲取效俄顷，争胜目睫，则必摭袭韵调，殚精恢张，斯虽子安采莲之什，太白大猎之篇，亦复标能擅美，独映当时。而淫丽乖雅，夸竞失则，方之遗文，弗啻珉玉。详其休拙，斯言非谬。盖闻促柱急弦，无懦下之响。游睢阅涣，效绨绣之文。余既进慕高风，退感匏系，故采韵抽思，以为七辨。穷设声华之可欲，折以道义之至衷，虽不足继辙前良，庶不违孔氏亦各言志之旨云尔。乾隆癸丑八月朔书。

搏微先生，木食草衣，玩世好遁，游心息机，娱神于箕山之亩，澡形于颍水之湄。于是有观情处士者，惜其果顽，壮其慨慷，思就说以微词，进拟以大象。乃远想长思，裹粮振杖，冲沙砾，披荆莽，骇兽更蹶，惊禽失响，俯怵坤虚，仰隘乾敞。巉岩上飞，谷深下荡，瀺灂穹磐，出没马象，怒浪崒幢，激沫悬幌。阴颖白蒂，阳条丹茎，施翼垂房，烂如列星。映波翻霭，随风悲吟，扳藤梯槎，精夺形轻，山足虚藏，唯闻松声。

遥见先生槁颜而鹄立，当风而长喟。处士遂进曰：「吾闻通人不歧术而灭名，君子不违情以求誉，先生之命隐有日矣，何其色之不豫也？夫万物芸芸，先觉为贵，造物非以独厚之，固将借以安奠群汇也。今先生不思弃天之非，而盛慕陆沉以自异，此宣父所为兴叹鸟兽，而果哉之无解于荷蒉者也。必志所安，固非君子之懿也，矫而行之，又非养性之事也。贞苦节，废大义，无一是者，而先生崇之，进退失据。今将为子辨孙马，雕衍龙，敷德华之极乐，演性趣之大同，以解曲教之束，而效与易之功。庶使挥羽而火林收焰，吹竹而冰壑回风。」

先生曰：「唯唯否否。养血脉之和者，不恣耳目之乐；知天爵之尊者，不觉蓬荜之恶。仆见俗情颠倒，世途险厄，灵株柔脆，而婴伐性之铦；黄庭饮和，而甘腐脏之药。是以飘然拂衣，栖迟绝壑，岂犹陋洁而羡缁，恶完而思削也耶？今观吾子，蓬心未宁，竞于辨囿，招忌抗灵，乃举高趾，集荒垧，恐搅予以败德，渎予以劳形，故垂不屑之教，示杜机之情。子徒嘲予以弃天失性，吾转悲子之徇华而丧名。少进毕词，不佞采听。」

处士曰：「糜浮有部，粟叟孤竹，合以太液之雕，拿以修门之稛。炮南山之雾胎，炙东海之土肉，和以吴酸，间以周蔌，四味之羹虚名，五侯之鲭坐恧。俎登松鲈，硎发昆玉，素刃霜飞，红肌日旭。析无重铦，鯖如引曲，翕纶拟细而有余，渊绡方薄而不足。燕盘既陈，殷箸乃接，芳射遗空，滓滑如雪。以御不嗛，饱莫能节，陈庭卜宵，齐宫坠月。乃进春醺，白澄绿溢，挫醑沸烈，并熟不涩，椰尊文缦，玉瓒理瑟，一引如衡，泽颜散惕。越岂味乎一河，代空醒乎千日。杜君叹其得方，仪氏惭其失术。尔乃齐间献讴，郑舞留客，合尊促坐，男女同席，襦开襟解，香肌微出，姝光眇视，目眙交怿，史不志过，监不规失。此亦闲燕之至欢也，先生能从予以食之乎？」

先生曰：「春初韭肥，夏晚菘茁，糜厚蔬香，二饱自适，未暇食此也。」

处士曰：「求木山虚，治埴川就，因山创台，环川启囿。鲁师运工，郢匠效力，万楹相扶，千户如一。连观岩岩，日月亏光，鸿纷锇镐，气象不常，郁若重云出岫以虚坠，娇如彩鸾乘风以空翔。岩突反宇，旋室离榭，包含阴阳，转移冬夏，崇墉皓曜而连冈，复道峣岘而飞电，既丰敞以瓘谲，亦绮疏以璀璨。绘镂眩精，品类多奇，委形捷猎，变化生姿。若翔若滞，若决若疑，因类索情，委曲得宜。于是乎润以巨浸，带以长陂，顺阿导流，振陉防池。批岩触穹，滞沛而来，宓汩趋浥，激埼逆施，泌沛转腾，潏漏怒驰。于是乎腾蛟乘雾，神龟游荷，老鼋昼暴，灵鼍夜歌。文翼蝎足，提印拥剑，或潜处于深岩，或凌跃于波面。鸟则鸂鶒舒其绮翰，鹔鹣奋其长喙，鸳鸯罗行以雝鸣，鸿雁候时而辞塞。王雎水鸥，属玉庸渠，踦趾刷翼，容与成队。汛淫泛滥乎其内，参差随流，漪澜如绘。其植则榕藤百亩，芙蕖、芡实，青菱、白荇，芬芳于湜沚，揭车、石帆，江蓠、廉姜，布磨于屿沚。其植则榕藤百亩，桂林八行，嘉号万年，名卉千章。槐檀木兰，石楠朱杨，橄榄控云，棠梨傲霜[一]。正直无柯，椰子槟榔，九真射筒，卢陵筼筜。离靡缤纷，眩人精光，应风披偃，奏簌扬芳。乃有猿父悲吟，猓然哀噭，仙鹿舒闲，毚兔遽躁。罴虎蹲圈以怒羁，射腾接标以骋越，孔雀夸耀而相存，白鹇耿介而守操，鹦鹉矜笼而译言，黄鹄骞翮而仰啸。于是征丝竹，召姬姜，鸣玉佩，被薄装，步通术，循周廊，登桂台，命兰浆。楚舞举，赵激扬，清丝促，潜鱼翔。欢穷百戏，饮溢千觞。尔乃月映长薄，云淡远天，芰气随风，罗襟染烟，咏魏风，诵陈篇，回洞房，御秀先，荡涤情志，乐以永年。此亦居室之极安也，先生能从予以处之乎？」

先生曰：「敝庐足以蔽雨，斗室足以容膝，未暇处此也。」

处士曰：「霜濡而风日淑，露结而宇宙清，悲疏林以慷慨，乐秾芳以纵横。于是比房之实，稚齿之姬，规面层颊，倚耳棱眉，唇牙值式，语笑相宜。饬云装，曳雾绮，步摇从风，杜芳远靡。芙蕖之笑晴晖，翡翠之嬉春风，调兹中肠，惑彼下里。尔乃激楚扬，结风迫，新莺争声，夭桃比色，尘飞游树，云凝空碧，明珠竞走于琼盘，锦绮争停于绣陌。则有足蹀阳阿，蹑节驰美，发容尽意，与志迁似，体迅惊鸿，凌虚远徙，景不赴形，为象莫拟。鬟翻乱云，钗横落蕊，断虹飞带，回雪急袂，驻莲步而整鸦鬟，眇青波而愁翠羽。于是白日倏颓，娱心未既，兰灯张九微，桂尊倾百味，羽帐绛曲琼，锦被烂齐翠。此亦女侍之至盛者也，先生能从予以娱之乎？」

先生曰：「予怀明德，未敢娱此也。」

处士曰：「关中之美者，有岐阳之古梧焉。列峰振秀，孤岩腾虚，千里资其肤寸，二仪钟其和欱。宝无存爱，气有所息，木出精英，性谐吕律，本络云根，干凌雾窟。寒瀑泻其槎，彤云护其翼，霹雳施鞭以老材，列缺吐火以熯液。朝则黄鹄慕类而哀鸣，暮则彩凤将雏而安宅。于是伶伦度相，公输梯云，离朱引墨，匠石运斤，弦纠园丝，徽缀江佩，金柱雁斜，文池玉碎。尔乃气草衰野，时潦沉渊，金风拂地，素月流天，旅雁动悲，吟于月浦，轻蝉惊冷，吹于风园。于是命舆水榭，酾酒寒烟，素女调张，湘灵抚弦，悼玉兔之易缺，悲驶波之无旋。顷乃合奏众曲，悲雅相辅，戛击鸣球，凝竹播鼓。间以人声，宣以千羽，节以柷敔，人无恐卧，兽有率舞。此亦声乐之至妙者也，先生能从予以听之乎？」

先生曰：「丝竹聒耳，山水娱神，未暇听此也。」

处士曰：「太白降精，作冶越关，大宝欲出，天运与环，涸若耶之溪，崩赤堇之山。乃采铜合锡，捧炉装炭，飞廉鼓舞以喘息，回禄睢盱而涊汗。身灿濡金，神凝成剑，阳文游龟，阴理解缦。冷风入匣，紫气腾牛，霜花怵目，秋水不流。越抚则乡都失价，楚挥则晋郑白头。因神以壮，威耀无留，薛烛失睛，巨阙含羞。渥洼钟骏，房驷散灵，尾如发植，首若削成，双眸悬镜，四下竖楹。衔以玉勒，题以珠靰，黄银以为铍具，绿地以为障泥。承声便欲半汉，应策即以腾虚，骋威凌乎八阵，运神发于天机。山川瞥目，精接不续，扬尘锐高，起不渐毂，金乌为之顿翰，夸父为之茧足。此亦剑之至利、马之至骏者也，先生能从予以服之乎？」

先生曰：「太上有言『带利剑是谓盗夸』，曳杖安步，终无痿蹶之嗟，未暇服此也。」

处士曰：「将以肃杀之秋，选甲车戎马卒徒，器械储积，共偫羽猎于长洲。会营盖未审利兽之乐也，亶察夫虎络之遍巡绕，储胥之远绸缪。高原深林之布列，长陂斥泽之缘周，兵甲之威耀，金鼓之震亮，旗帜之鲜稠，刚翼之星置，坐立之乌聚，轻铁之蚁游，部曲分合之变态，队伍进退之严修，浩如漫地之波汩汩，涣若垂天之云油油。虽有天机骏利，以含毫理纷，犹鄂眙底滞，岨峿而不得俦，则足以爽视极听，俯仰忘忧矣。于是绥旄弧，驾騄駬，乘嬖姬，骖媚子。孟贲、庆忌之伦，被合犀，杖巨阙，夹辕而掎。乃令以鼙，鼓行镯止。植罦乱云，张网蔽垒。彀乌号之弓，挟夏服之矢。轻禽狡兽，萃佽蹶弛，絓地罗，遮织女，蹈霜蹄，触尘轨。乃择厥肉，分弦施技，发无不中、中则如指，猛不及奋，鸷不及起，震惊耆颠，闷绝多死。尘浮中林，莘莘缵缵，慕味别追，伏貘吼驶，拿攫扫地，凌越前抵。夹辕之士，弃于释戈，与手而靡，奄忽之间，毛转蔽风，血流排芒，下不见趾发，上不见翼张。然后浸淫弭节，较上不创。其余手足之所击蹦，弓弩之所决裂，车骑之所辚轹，与夫窘困之所啄噬，互毙于横突奋强者，交积枕藉，计数莫量。尔乃相羊乎震泽之渚，消摇乎钱塘之津〔二〕。涛气驾轶，突怒而上驰，浩浩岩岩，若望雪山。敞灵闉，水族砰磕，出入如神，则有泗师解衣直起，蹈浪侁侁，探禹穴，谒阳君，伐健甲，登文鳞。鼋鼍骧首以纷窜，鲸鳄怙鬣而潜跧，怒泉涌峄，声惊千里，不数丰隆之奋磝。于是下浅幭、御文茵，开雪帐，进红裙，羹鲜炙肥，以羞嘉宾。醉以玉液，承以簏珍。义分形色，明于洁珉，壮观淫乐，千载常新。此真足用以荡思娱情，先生能从予以乐之乎？」

先生曰：「大块混沌，物各遂生，驰骋田猎，令人心发狂，未敢乐此也。」

处士曰：「将与子游于词场，观于文苑。先绵邈以含毫，洎踌躇以挥翰，妙万物而生姿，澄众虑而为焕。叙寒则长夏飞霜，语温则严冬流汗，田巴之舌自扪，孟尝之涕如泮。按凛志以怀雪，恢嘉藻而凌云，公输之机不足拟其巧，邹阳之叹不足喻其神。」

语未既，先生称善曰：「声华豪举，只乱予衷。信乎年寿有时而尽，荣乐止乎其躬，二者必至之常期，未若斯文之无穷。」

处士乃扬眸俯首，逌尔而笑曰：「此乃词人之事，未足美也。夫壮居伟仪，非以示奢，所以辨等明礼也；锦衣玉食，非以靡财，所以酬劳责是也。因乘富贵之资力，而贤右邪佞，上负君，下朘民，其魏阙固未足齿也。而文学之流，外不思所以利人，内不务所以修己，徒役心雕虫之藻华，骈辞之斋傀，欲胜人以浮言，致身以一技，是犹勤炙背之献，画无象之形，而适足以耗神遗鄙也。且先生固未涉夫周行也，独不闻君子奉天之大道乎？研兵农之所宜，通王伯之所造，储将相于渔樵，定治安于莽草。身用未行，酬价尽职，驱策百万于边陲，抚摩亿兆于衽席。贤哲连茹，奸佞绝迹，外无窃发之虞，内寝追胥之役。然后守姬公元首之箴，凛老君满堂之惕，泛扁舟于五湖，寄孤心于虚场，否则，撰驭临之规，陈治平之理，乐情志以终身，垂信则于来祀。故曰编蓬为扉，积土为邸，弹琴其中，以咏先生之风，亦足以乐而忘死矣。若徒遗荣于穷岩，待毙于瓮牖，生与木石为俦，死与粪壤同朽。生无济于世，死无闻于后，君子疾没世而名不称焉，诚焉能为其无有哉？」

先生于是恤然若有所失，悱然若不能言，敛衽而称曰：「鄙志近俗冗，然未达君子之真也。处士闵其顽素，诲以谆谆，其逸足奔绝乎？蒙也请寻而尘也。」

春怀赋

何征人之善怀兮，伤春心于千里。从双龙而羽乖兮，接孤鸟而翼垂。陟幽谷兮采兰，涉暄濑兮搴芷。亮予美兮不来，空延伫兮想似。爱有巨室，丽者凝妆。微闻琼珮，侧见云鬟。纤腰磬约，规靥玉光。蹙翠羽以映权，似朝山之承旸。蹑远游兮裔裔，婉鸾雏之轻翔。罗带从风，曜曳明珰。意象中得，志态横扬。飘忽不群，欻饬相当。薄攘皓腕，巡墀摘芳。

相庄姝之多奇，欣及荣以贻女。念交希而导言，若棼丝以缫绪。惟志泰而明诗，撰妙辞兮歌遵路。感大夫之复章，顾芳华而复自抚。指摽梅兮及时，或感帨而招侮。或短垣之自循，屈与娀兮贻沮。伊陈王之感灵，期良会于神浒。终人神之道殊，虽寄心其何补？嗟佳人之允哲，蹇达情而不怡。意彷徨以若失，神振荡而溢兹。眷悃中之先协，理柔瑟以通辞。伤含英之有晖，叹芳萎之无时。目转睇而与予，衡连娟以愁己。曷云含诺，徙倚有疑。往还不察，惄我如饥。忽舒鹤引，还闷鸳顾。华裾遥卷，渌钱接步。神俦祁祁，俯仰称遽。越予心之颠覆，羌回肠而若失处。怨洛川之我欺，惭巫山之颊怒。

于是丽者屏营顾影，迁延异观。驰思整带，顺风挥兰。情若离而若合，意欲退而复前。抗绣袪而遗视，似流湍之未阑。幸持防以无陷，哀扼吭而长叹。念求贤之不易，洵慕义之良艰。匪朱颜之必薄，惧要盟之易寒。尔乃回流眄，步修唐。呼文媵，归洞房。颜弱劬，声清扬。感一顾于邱山，纷五内之难忘。歌无生于桑间，赋不遑于道傍。信女萝之求施，岂魆垣之待望？逝思恋于来告，毋伊堑而增伤。于是江介珮失，观上云归。秋霜在怀，展侧无依。如见容光，露月侵袂。中抱谁语，申旦嘘唏。

辫赋 并序

嘉庆壬戌，仆销夏紫金浮玉山。京口好事年少，多以诗酒过从。有末座者，尤丰发，共相叹美曰：「自有辫发，未闻赋什，吾子擅体物浏亮之技，何不为属辞焉！」仆已被酒，不能操笔，口占属同人书之。

夫茸茸方生，种种未燥。清扬洁彩，翠微承曜。见皮而辨性聪，远额而征达早。三叉能语，自系情之子洵侯，人羡黑头。剃痕黛浅，解势云稠。揽则盈把，垂或高抠。称兹皓腕，宜尔明眸。原深。一孔不花，非关思少。则见乍剪其髾，厥形似桃。立而如锥，坠焉若绦。狐惊出草，鹊噪投巢。箍宜阑月，挑或分绹。于是鞧鞧欲委，黝黝贯中。凝匪傅膏，散不随风。缘督滋浣，束线拖红。捩疑螺髻，蟠接眉峰。幸二毛之未见，嗟美首之难逢。

若乃炎景横流，凉风不发。眷西畏霞，侧东迟月。葛巾留歆〔三〕，竹径延暍。泚与霜期，垢共愁结。矫首清泉〔四〕，踟蹰搔发。乃有艺堪待诏，色冠仙乡。柔识归荑，洁喻怀霜。金环深约，象揥轻飏。雾深香重，扣密丝长。莫不拟烟绕于希有，叹蛇滑之无双。主人闻而叹曰：「寡发近利，短发长心。飞蓬日迈，食粟忧深。念历乱其如此，思古人而难禁。」

扇赋 并序

美人芳草，楚客绝业。降自江左，鲍参军、江醴陵、庾开府，并延芬绪，然鲍激壮而伤密，庾骀宕而伤怒，悱恻之旨，江氏盛已。大业已还，逸响遂辍。吾友武进董君晋卿，弱齿硕学，蹶兴斯制，亦由矩步之难，与余并迹。缨濯邗浦，羽渐浙干，索居易久，新纨出箧。华亭姜生为作二美人珮玦掩扇之状，因依不凡，顾睐无已。冶彼婵娟，念我俦侣，焉能怀情不发，终兹邃远，故效董君作短颂，以系江氏流风焉。

粤有并蒂，夫蕖出水。蓝桥云生，赤城霞起。不然瓯僮，来舞梧宫。怯彼秋霜，宜尔春风。汗染丹题，戒服招携。翔裾珮珶，裔裔声齐。纤纤作细步，一步一回顾。回顾落江流，双楫苦难渡。镇鬓欲轉，投脂微涴。汉珠在怀，湘瑟谁和？匪占袂良，知凝唾香。应宝名而圭瑑，繄卷帘而月光。

谇曰：玉玦兮有晖，纨扇兮庶几。步空阶兮自虞，思公子兮未归。望千里兮极目，愿接手兮依违。玉玦兮不返，纨扇兮伤晚。捐玦兮弃扇，不奈予兮思远。思远兮魂越，见苍梧兮云结。念目成兮恩深，愿同心兮无绝。尔乃波鹇改照，镜鸾作舞。苔滋砌闲，风乘云伫。梁空聚尘，楹长哀杵。信朱颜兮遒薄，忍端饰兮倚柱。知绣文兮末资，念夙夜兮多露。伤蕙草兮含英，美丹橘兮怀土。太息兮媒劳，思离忧兮子慕予。

丽情赋 并序

宋大夫赋讽赋好色，司马文园赋美人，繁侍中赋定情，陶令赋闲情，江醴陵赋丽色，皆竭思遥况，深婉比于风人。夫情生无极，感丽而兴，不必辞动目欲，过称志回者已。扬州小寄，续自为篇，且邮致江州，属晋卿同作焉。

拔戟争车，大逵不归。小史含睇，淑若朝晖。前鱼易泣，后薪岂齐？流眄授精，中首将疑。永誓婉娈，丹青不移。谁能出烛，宜歌卷衣。素腕初呈，绿鬓微搔。项明宝索，膺拊金绡。绛唇徐启，危坐弄箫。低靥不回，令我魂销。维时虚馆，吹万滥发。流苏高垂，宛来明月。寒香切肌，沁芳闿烈。兰缸坐青，鉴此玄瓮。绳床对展，步障深开。迎风卷叶，承露舒蓓。暖若披帷，两心无猜。讵为指环，内手迟回。偏其反而，鄂不铧铧。岂无可显？颓思伏第。茼珠就贯，累累想似。惟闻泽芗，席流惊沘。定气求衣，扬声呼媵。毋忘日新，犹堪夜炳。玉绳带户，银床络井。帘外露滋，风前花静。花露往来，池波淡貽。莫有鸳鸯，波间徘徊。

竹 赋

王子猷不见安道，返棹山阴，徘徊庭阶，抚竹而叹曰：别君一日，尘思侵矣。则有亭亭砌表，猗猗水浔。梧翠相接，凤实来寻。叶交芜没，筠蚀霜沈。无鸩鸣而不芳，匪火入而空心。若乃涉渭川而计树，假南途而求雄。眷染泪于潇阴，伟生叶于巴东。歌有斐于王刍，叹有心于贞松。岂[illegible]削汗铅刀之下，实土宣房之中。

至于飞觞竭而舒啸，鸣琴停而延月。非小山而留人，异前营而伤别。居幽谷而天寒，处路难而岁阙。乘夜凉以成韵，奏秋空而积雪。莫不嗟异采于内疏，坐阳阿兮晞发。别有志士奋袂，旅客思家。缁化京洛，白改蒹葭。宵警鹳鸣，朝谢槿花。睹袅袅于秋风，感变衰其弥嗟。若夫阴交池荇，声解园箨。露或零甘，风如引朔。孤羁独步，遥情谁托？念得雌于易水，缅飞土于荒郭。空著美于东南，怅徙倚而袖薄。重曰：云容容兮无侣，蹇独发兮江之浒。伐竹兮为参差，吹参差兮怀何许？果芳草之可玩，古之人兮吾谁与？

司盥项锁赋 并序

扬州玉肆有项圈锁一具。圈式海棠四瓣。当项一瓣，弯长七寸，瓣梢各镶猫精一颗，掩钩搭可脱。当胸一瓣，弯长六寸，瓣梢各镶红宝一颗，掩机纽可叠。左右两瓣，各弯长五寸，皆凿金为榆梅，俯仰以衔东珠，两花蒂相接之处，间以鼓钉金环。东珠共三十六颗，每颗估重七分，各为一节，节节可转。白玉环九，上属圈，下属锁。锁横径四寸，式亦海棠，翡地周翠，刻翠为水藻，刻翡为捧洗美人。其背镌「乾隆戊申造赏第三妾院侍姬第四司盥」十六字。锁下垂珠九壬，各九珠，蓝宝坠脚，长约当脐。估客云：「系老尼寄售。尼少侍贵人爱姬入都，锁面即其小象。贵人败，以婢故得自赎脱籍，惊悸舍身。」仆览其干质珍丽，制作精巧，殆累万之值也。重佁下婢，奢僭至是，他物称之，民何以堪？自戊申以迄嘉庆戊辰，仅二十年，「金玉满堂，莫之能守」，老氏明诫，其在斯矣。故为之赋。

金拣句骊，珠浮鸭绿，滇池浸翠，葱岭韫玉。砂摩宝坻，泉淬黍谷，式冠都市，工征吴局。钩心分村，凿金为房，明珠六六，辖辘流光。九环上属，一锁下横。翠围如羽，翡洞似肪。面写真容，背纪班行。蝤蛴深押，喜溢清扬。

则有南国丽娃，心容兼善，舞解外旋，歌称内转。爰从小星，来实篁馆。匪曰青衣，姬姜是选。何以定情？上服司盥。尔乃声应珮璲，色耀飞鬟。细步增妍，巧笑殊观。肃尔承匜，娇若翔鸾。进退晖映，如月在湍。卑以就濯，玉膝知寒。高以接漱，玉臂知酸。以答姬爱，以永郎欢。

富甚宠隆，时移势改。火烬烟沈，人非物在。原夫东珠禁服，唯嵌朝顶。重限三分，贵登极品。谁其汰恣，犯上无等。重倍有差，用饰婢颈。民脂民膏，取以鞭梃。献之豪右，资其淫骋。身陷雾露，名齐枭獍。艳妻爱子，给役铁领。谁睹不祥，殷鉴能省。

都剧赋 并序

嘉庆十四年春，予以随计，始至都下。夙闻俳优最盛，好事招携，遍阅各部。其开座卖剧者名茶园，午后开场，至酉而散。若庆贺雅集，召宾客，则名堂会，辰开酉散。其地度中建台，台前平地名池，对台为厅，三面皆环以楼。堂会以尊客坐池前近台。茶园则池内以人起算，楼上以席起算。故坐池内者，多市井儇侩，楼上人谑之曰「下井」；其衣冠皆登楼。面楼近台之右者，名上场门。近左名下场门，呼为官座。下场门尤贵重，大率佻达少年前期所预定。堂会则右楼为女座，前垂竹帘。楼上所赏者，目挑心招，钻穴逾墙之出，女座尤甚。池内所赏者，则争夺战斗劫杀之事。故常排其文令相间，依于金瓶梅、水浒两书，西游记则兼有之。自师涓作靡靡之声，至于战国，雅乐渐废，入秦而灭，汉氏以后，唯唐代为盛。然老师宿儒，按其图籍，所谓「立部」「坐部」者，自冠履皆不悉其制，遑问节奏腠理乎？奇渥之世，始有院本，虽多不经之谈，抑以阐扬忠臣孝子义夫节妇之行谊，所谓闻其声不如尽其容，殆亦古乐之遗意欤？荀子曰：「奸声感人，而逆气应之，逆气成象而乱生。」又曰：「乐姚冶以险，则民流僈鄙贱矣，流僈则乱，鄙贱则争。」诗序曰：「治世之声安以乐，其政和；乱世之声怨以怒，其政乖。」方今苞苴不行，自宰辅而下，皆以室家为忧。小民不得于其长官，则赴诉于都；而大臣往返万里，为鞫其实，可谓世治而政和矣。顾声乐如此，意者，如傅武仲所云：「余日怡荡，非以风民而无害者乎？」故为之赋，事物名称，皆用方言纪实，使后世得以镜览焉。

繄贱子之计偕，块独处而不适。薄伯玉之买琴，鄙子美之欲炙。闲步大栅，茶园卖剧；市过骡马，堂会召客。则见两门四柱，方台作场。台后连厦，是谓戏房。池列台前，荫屋窿厂。走楼向抱，客坐环张。乃召梨园，徽、西分侪。徽班眣丽，始自石牌，苏扬两部，附名尤佳。丑色用京，滑稽善谐，随口对白，谑浪摅怀。乃有南国优贩，妙选子弟，首工京话，语柔声脆，次习酬酢，手口之技，衣香若兰，肤滑如脂，仪态万方，素女是师。读曲按歌，宫商未辨，弦吟板激，珠累喉卷，有声无辞，洞微达远，弓鞋细步，宜尔婉娈。于是合班分股，认领行头。金盔吐火，锁甲凌秋，冠飞滇翠，带束吴钩。鸾扇日耀，舞袖云修，亵裳袒服，丽冶罕俦，莫不郎来灌口，女现巫邱。至万汇之象生，锡嘉名曰砌抹。侏儒十围，长人九约。山魈六臂，水妖八脚，龙虎飞腾，狻猊拿搏。帐殿撍云，假山耸崿，藕孔訇洞，蛛网络索，丰狐惊草，长蛇盘幕。径绕豆棚，阶翻栏药，锦衾角枕，宛如绣阁。

于是进揖老郎，测景向中，巾毵并施，粉墨殊工。旗收五色，鼓发三通，乃开早出，觱栗声洪。间以小戏，梆子二簧，忽出群美，炫耀全堂。中出又变，矛戟森钒，承以么妙，双雌求雄。缀裘六出，全套两终，大出续开，官座遂空。其中则有名部艳妆，倚门斜睐，睇楼上之古欢，遂蹙口而叫好，环三面以继声，似连珠之试炮。亦有恶人窄束，登场狂呼，冠忠义于寇仇，指劫杀为丈夫，劓刃逼迫，洒血模糊。哄满堂以喝采，爱变好而呼乌。或杂十锦，绝艺争秀，袂接高跷，人舞双头，五圈十卵，参连筋斗，飞铙奔星，跃马荡舟，鬼魅出没，火焰横流。

尔乃演完牌派，卸妆便捷，登楼访旧，窥帘劳睫，一膝初弯，两股遂叠。池人仰视，座邻面热。飞去飞来，罗浮仙蝶。泥订晚餐，不论开发。粤若请分折柬，名堂高会，帘垂右楼，媚于阃内。久闭深闺，乍招侪辈，冶容尽饰，以骄优队。压领三重，滚边五派。朝珠补服，助作骄态。剧至午后，渐及淫秽，桑中髻鬟，柳阴解袷。垂帘忽卷，风暖声碎。互论妍媸，各矜宠爱。迨至日薄西山，寒风递荐，堂会客稀，茶园人散。骊驹在门，华毂交乱。竞赴饭庄，重申缱绻。雅座宜宾，尤珍独院。方恋藏钩，莫知传箭。更有移尊优寓，为乐永宵。群居未协，剧饮方豪。履舄交错，芗泽招摇。归炫所知，揖我称傈。

是故观光佳士，自分著作，或以题名兴高，或以落第神索。渐看囊而羞涩，继胠箧以单薄。逢人饰词，见金便攫，不恤诡随，趁填欲壑。以及谒选常调，索米京职，挥金买笑，轮指奋翮。短票屡转，对扣何惜。取偿穷檐，任意罗织。比肩宜岸，相望绝域。举国若狂，沦胥相委，前辙初覆，后旗复靡。惟首善之名区，表万方以仰止，信文武所不能，道一张而一弛。

绣春园赋 并序

嘉庆己巳秋，薄游吴门。有仿成都取酒故事，求为解悲愁之词者，款于绣春园中。亲受指于主人，池馆陈设，人物装束，皆纪事实，多据现名，古艳虽损，讽谕为良，庶使长门序语，无疑卮说也。

有美一人兮块独居，颦翠眉兮伤其初。欲抑郁而不言兮，情惨怆而不舒。妾簪缨之弱息兮，席膏粱之逸性。怙阿姆之爱怜兮，违先公之严训。女红既已娴习兮，肆书史以多娱。尤寄情于丝竹兮，工越舞而擅吴歈。

恃艳质与袨服兮，念求贤之良难。惧子晳之强委禽兮，日自藏而长叹。登妆阁以远望兮，感浩浩之逝波。见吉士之维兰椹兮，独矫首而高歌。声嘹冽而词清迥兮，貌绰约以岂弟。心惶惑而惧不得当兮，又耻慕才以越礼。

阿姆乐妾之有家兮，良媒讯其门地。懿覆辞之悫诚兮，里居结乎大义。弛负担而惠以婚姻兮，愿聘迎于侨宅。先出古称姒妇兮，各主室而当夕。始问名而终请期兮，讵室家之不足，飞九凤而蟠九蟒兮，纳冠帔之肃肃。

千人皆言婿殊兮，美提提之左辟。乐觏止之则夷兮，更饥渴而来塈。掀玉笛以迟曼声兮，次芳华以耀髻。薄秦嘉之轻别离兮，矢形影之永丽。娇娆杂沓以荐觞兮，目曾不以一瞬。谓吴侬之多丽娃兮，信观水于海润。

利屣之燕雏兮，侍宾筵而独目成。知慧美之宜夫子兮，妾券置于下媵。超等夷以与御兮，心不快其青衣。骋淫巧以蛊君兮，渐怙宠而构非。妾不任其褊怀兮，嫉施德而不报。追项锁而返婢役兮，睽木瓜之永好。

遂躞蹀以东西兮，越千里而自投。饰卮言以劫夫人兮，重夫子之愆尤。录弃婢以为导兮，舣舟而召夫子。妾眷玉兰之敷荣兮，避正阁而延亲姒，讵谗言之孔甘兮，占同居之不相得。跨上津以就赁兮，妾虞湫隘之为慝。

率亲侍以先除兮，分玩好而实华堂。故婢来相新宅兮，骤扱地而中惝惶。妾既劳其道远兮，复解环以为赐。为依善事夫人兮，惟旧恶之交弃。承夫子之明约兮，庆鼠姑于新冏。何一水之足限清尘兮，倏干支之两匝。

惟亲姒之广惠兮，逮银环于俀妾。岂饮食之足乐朝暮兮，遂忘人而不答。炳银缸以夙兴兮，艳花蕊之餘起。惧华色之潜凋兮，揽晓镜而自拟。指喜气于清扬兮，谇司栉之家妓。必夫子之惠来兮，须盛服而祗俟。

顾亲侍之饬装兮，钗十二而成行。翠云颤袅以扎额兮，压领飘其琅珰。拂蛛网于青栊兮，铲阶轩之钱绿。植箫管而理弦索兮，和宫调其必淑。开架钟以噌吰兮，走悬崖之流瀑。搴镫裙而出琉璃兮，纷冰箸之倒簇。

绛丝幔为瑶池兮，约双钩以连玉。垂金镂之球花兮，照罗帏之四角。热都梁以沁衾枕兮，吐青烟于雁蠋。织象齿以蔽闺兮，钉地衣而毳氍。左珐琅之足洗兮，右镀錾之沐盘。幂紫绮而垂同心兮，见颠倒之双鸾。

雄琢翠而雌磨翡兮，藏唾壶于菡萏。间并头以陈素女兮，师万方之冉冉。告汤热而就兰湢兮，泽花露以凝芗。挑鬟发以益两鬓兮，似侧翼之翔凰。集采瓴以护肩兮，曳鞙鞙之璎珞。裥素绉以为裙兮，瑟瑟缀其襕脚。

细步之无双兮，纤纤出于洞房。倚修竹而抚高梧兮，乌鹊噪而交翔。凭池栏以瞩清波兮，数罗列之鸳鸯。榭待月而久虚兮，鹦鹉隔帘以唤人。聊卷帘以游目兮，惊丛桂之已新。援桂枝而欲采兮，咏损伤而中罢。沿危桥以陟松亭兮，老鹤盘而不下。

舒锦屏之陆离兮，怜妒艳之孔雀。莲溆横彼方舟兮，张架灯而的皪。水辔归于邓尉兮，闲画桡以阅九夏。忆联吟而过兰馆兮，读俊雉之后诗。谓挟两而翛往来兮，有皎日以为词。信诗意之无渝兮，忽假寐而见之。

作成说而道契阔兮，欻回身以告别。谂乡里之淹寥落兮，复执手以哽咽。怀旧恩而责久要兮，身忽陨于卷阿。乘飘风而不可止兮，援施松之女萝。心震荡而求归兮，恍问途于仙娥。娥授妾以松子兮，曰执礼而用和。仪遗谶而未察兮，泪泉涌以滂沱。

静言思夫曩昔兮，悔逮下之寡慈。思古人以获我心兮，慕赵姬之下隗。掩空房兮悲妾身，伤盛年兮忖诸姬。讽后诗兮占昔梦，愿推恩兮终无猜。怒力兮加餐，如玉兮几时，惟旧恩之不可忘兮，毋愁思以自摧。

校　记

〔一〕橄榄控云棠梨傲霜　原作「橄榄岂云，棎梨傲霜」，据吴校稿本改。
〔二〕钱塘　原作「胥毋」，据吴校稿本改。
〔三〕巾　原作「中」，据吴校稿本改。
〔四〕首　原作「手」，据吴校稿本改。

管情三义卷第三　赋三

小倦游阁宝砚赋 并序

嘉庆丁巳夏，客朱文正公皖江节署。时废沟出砚径尺，深池广腹，形制甚古。予购以白金二斤。摩挲月余，土花渐褪，背刻「藏真」字，及南唐印文，余忠宣铭词，乃都可辨。盖忠宣守城时所用砚也。同舍有力者十倍其值以夺之，不可。予恐缓急难守，不敢以随行笈。乙亥春，复移家至广陵。有以藏真天姥吟直幅求售者，予力不能有，而笃爱其体势，出砚临写。顷刻得墨盈池，竟五六卷，犹未竭。端溪西洞，邺都南台，皆出其下。爰状上德而为之赋。

有物如此，非土非石。腹山以涵胎，藏沟以远厄。采异雕绘，学由默识。居廉而近贪，身寿而质脆，好文而善兵，敦儒而通释。臣愚不知，敢问所职？曰：此夫德韧而理腻者乎？玩之弟好而循之廉厉者乎？功在去墨而性不乐水者乎？更世变而弗迷，用民力而不勩者乎？与物迁化，膏泽无壅。静以为体，动以为用。不留滓痕，洁身自重。夫是之为砚颂。

竹刻嫦娥臂阁赋 并序

嘉庆丙子冬，桐城汪均之游都下，其侍姬兵化闽中。均之在都于市上得明人画嫦娥像，与姬逼肖，遂携以归。复纳姬吴中，与画尤似，宛然故人也。以戊寅春至扬州，语其异。江都吴双玉为削竹而移其图。余以小赋铭诸背。

求美瓯阳，择精瓯东。作时迟景，以相国工。运心侔色，凝神规势。翠筠初杀，素女冉至。至自广寒，曰念寂居。侣辞药臼，步蹑霓衢。峨髻烟浥，长裾雾卷。枕君玉腕，侍君瑶简。瑶简其遒，信结明漏。乐永知新，悲寄怀旧。怀旧繄何？梦游海峤。盈盈方娥，漠漠潜曜。捐玦涉江，得环移舍。庶几几席，无虞休暇。春兰终古，轻云可见。珊珊称遽，微闻绻缱。洛灵感珰，汉妃弃珮。如何怀袖，置兹三载。属辞未得，示意无声。玉腕劳矣，言依竹卿。

洞庭秋舫赋题陈太初图

粤有美者，洞庭秋舫。木兰送远，瓦官迎浪。明镜乍澄，轻桡始拨。有如飘空，一叶徐脱。劲飙渐凉，生帆不卷。飒若借羽，抗弦激箭。豁尔达观，胶杯浮芥。惟彼卬须，谁与击汰？宜纵迅棹，以绝天堑。念言柏舟，中流自泛。我欲乘此，横笛君山。蛟舞珠室，螺没烟鬟。遂起湘灵，为予鼓瑟。缅怀张乐，重增太息。

夫椒山馆赋为周伯恬题图

具区有山，厥名夫椒。吾友择处，于焉诛茅。下循山麓，俯接舟楫。上因坡陀，仰承甍翼。老树亏明，复涧藏风。构台翠微，以揽远空。南则钱塘弄潮，北则勾曲求药；西则天都抚松，东则华亭闻鹤。春则邓尉万株，夏则莲浦卌里；秋则石湖月穿，冬则缥缈雪霁。四时角胜，四方争异。俗知力本，岁无从疠。蚕必早登，谷皆晚熟。鱼蟹不论，羊豕在牧。饳酒宜老，珍果树类，以终其身，以乐吾志。

娇舞倚床便面赋

若乃颊覆玉罍，旋停节鼓。燕凝睇而不飞，鸾戟翼而犹翥。艳持裙以留仙，惊坠钗而顾步。欻回身以敛衽，遂颓颜而就床。娇态横出，逸志莫量。如依草之飞红，似拂地之垂杨。风鬟半掩，云裳不饬。独与目成，惆怅如失。

碧云箫赋 并序

横塘毕郎，都丽善歌，忽携美姬，来比邻院。更深人定，辄闻倚箫度曲。怪其声特清冽，谇郎索观，箫名碧云，翡翠纯色，绿嫩如鹦鹉颈毛，而水气透澈表里，焕发荡漾，真希世珍也。妆姬出拜，冶雅有如天人。郎言在专诸巷见此箫，问值甚昂，力不能有。取而调之，工尺准的，沉亮无比。而对门妆阁卷帘，惊其艳绝，知在盛年，依母待聘。走媒返命，得箫押庚，事则可谐。依急减资产，以白金六千购箫，偕媒径造插定，母言前实相戏。姬人敛衽受箫，亲脱白汉腕阑为答。丽人奇玩，遂尔同归。母怜姬甚，媵以两婢，分财同男，益此别业。内子美而知乐，然色艺皆在姬后。依家故蓄枣皮汉、锏金铁、蕉白端、湘妃竹四箫，皆精好可弄，然合之不足当碧云。故置姬奁宅，以护二宝。予因为赋，授郎镌诸匣盖，道光辛巳八月。

滇西之山，高峻无极。瘴雾亘四时，彩云凝五色。丛千年之奇木，叠百仞之怪石。日月过而亏明，霜雪降而不释。乃韫石英，其色正碧。逐暴雨之崩洪，止深渊以养泽。胞作虎文，紫毛四磔。泅入鼋鼍之宫，盗出蛟龙之宅。剖万璞而见宝，获全绿之盈尺。

鸠工较巧，相材论协。钻作洞箫，匀圆备法。缺上气通，贯尾绦接。五孔得声，底眼独抿。万里不胫，吴市惊慑。有尽室之殊婿，慰倾心之丽妾。异海上之碧云，方沟中之红叶。于是古欢如莜，细君似玉。携手畹眉，凭肩池角。俯怅深落，仰怜修竹。激清商而怨遥，命哀丝而伤促。

尔乃精婢祁祁，细步肃肃。双移绣登，对抽象椟。发锦囊以腾彩，艳孔屏之迎旭。审密理之藏辉，蔼露叶以承烛。唇近管而逾朱，指依孔以先绿。爰蹙口以和宫，待成声而取窄。乍依乍违，如思如绎。延曼则晴丝空袅，啴缓则檐溜骤剧。噍杀则风力凄怆，幽咽则雪花淅沥。擅新调以名勾，唯人声之所适。羌引喉以沉细，旋发齿而壮激。和出涧之泉清，写流天之月白。

曲终敛衽，中无留液。云河直户，露气侵足。微转琼珮，言归金屋。环张镜灯，平铺鸾褥。嗔钗长之挂缨，嫌圈重而弛服。则有舞姬并进，鞠蹬步蹩。腰比柳纤，舌同莺熟。落花随风，发容应曲。曲曰：竹不如肉，移肉就玉。就玉舍竹，舍玉就肉。以奉夫子，受兹百福。

援桂淹留图赋为杨生挹之作

攀援桂枝兮聊淹留，桂枝何在兮山之幽。石齿齿兮崎岖，草萋萋兮迷途。知恶木之不可栖兮，恐椷棘之贱吾。

褰裳兮举蹰，蹇修来兮为吾蠁蹩，谓何处无香草兮，必无人之空谷？桂性烈而味辛兮，人谓不可以怡神。盍共服此萧艾兮，胡踽踽而异人人？

嗟吾生之尠愉悦兮，厌萧艾之骚屑。桂在山而山馨兮，桂在身而身洁。山阻兮水蹇，念桂枝兮岁晚。讵平地之可怀，忽不知兮吾行远。远望兮山童童，见山腹兮桂丛。何桂树之必丛生兮？信馨香之道同。趋林中兮恐后，得攀援兮桂为吾有。吾胡不闻其香也？知入林兮永久。吾忽自忘兮远疏，愿与桂兮终为徒。惧橘迁而枳化兮，愧高岭之泫华。贞吾志兮不改，语桂枝兮吾将采。采以贻夫所思，所思不来兮吾谁待？

重曰：艺蕙百亩，兰九畹兮。摘兰折蕙，贮玉碗兮！兰蕙不来，吾忧难缓兮！援桂淹留，聊慰悃款兮。

拟春赋

东风吹绿来瀛洲，萋萋绿上妆妇楼。薰衣欲夺春花气，理曲不数春莺喉。汤汤流水走香车，袅袅连钱装宝马。一笑何辞珠箔搴，相望直待银瓶泻。指花丛而遂入，顾酒旗而径下〔一〕。发以嶰阴之竹，调以河阳之匏。飞梁尘而尚激，遏行云而愈高。忽引哱以同箛，更袅余以和箫。红袖自掩，绿鬓频搔。移清宴于兰舟，荡雕栧于天镜，疑凌波以生尘，笑照井之见领。盼出水之芙蕖，嗟屈指兮日永。

山衔半日，路接归鞍。灯明兰苑，座列金盘。嘉宾杂沓，狎客盘桓。何知程李贵，唯解窦田欢。清歌未阑，雅舞初骋。络臂东粤珠韝，缠头西蜀文锦。渐染襟芗，时迷鬓影。众工称妍，一石能饮。河汉星小，杨柳乌藏。并携素手，齐解明珰。银缸四照，黼帐高张。水中罢㶉鶒，被底召鸳鸯。依作博山之精炉，欢为沈水之名香。紫霞凌一炁，红绶许双凰。

梦醒帘栊日已红，当关为报客来同。浅茵宜校骑，雏雉待鸣弓。鞢羽胶霜鹗，障泥织彩绒。斜阳罢猎血毛腥，割牲一例醉娉婷。谁访垂帘读老肆，更寻闭户草玄亭〔二〕。

反悲秋 并序

宋大夫伤其师志洁行芳，遭时错昧，为谣诼所倾陷，而作九辨，词旨哀艳，使人酸鼻流涕不自已。故仿贾生吊湘、扬子反累之意，以为之辞。

夫何大夫之多微词兮，平分四时而独悲凛秋。草木摇落而变枝柯兮，松柏乃显其寡俦。夏恢台以茂育兮，长稂莠而荣荆棘。非戒露而申严霜兮，讵见萎黄而于邑？悯蚩蚩之至遭命兮，无斧柯而叹失职。感廓落而私怜士贫兮，岂处富而改臆？豹隐雾而养文兮，安七日之不食？鸟于飞以谋稻粱兮，惊矰缴而垂翼。远行洵必有归兮，胡憭栗以丧吾宝？无友生以惆怅兮，盍却埽而乐其道？既君心之异予兮，何尚一见之萦愿？信反躬之足逍遥兮，又何有于蓄怨？蕙华必自异于众芳兮，宜萧艾之交妒。知狺狺之守君门兮，胡重足以迩怒？秋霖溢而土不得干兮，肆振衣于高山。畏迷阳之伤吾足兮，及沧胥其谁怨？执辔志在近郊兮，驭千里其焉往？进系苕于阿阁兮，志岂期闻乎归昌。骥牵盐兮谁惜，凤栖枳兮谁省？谓初德兮不可忘，待阳春兮无徼幸。抗行尚被伪名兮，车下谁其闻讴？甘芜野以待后败兮，视辍耕又何吁？念蹇蹇之匪躬兮，虑汶汶以辱身。保不肖之赐躯兮，毋布名之振振。

忆旧游赋 并序

道光丙戌五月，滞迹都下。张玉卿时时过存，为言海州东西中三礌之胜，而东礌尤绝。玉卿为图东礌一角，恍如前游，因为赋以忆之，词曰：

矫首兮东海，凌云台兮绝三礌。石齿齿兮水潺潺，环礌腰兮足莱田。珍禽兮奇树，隔世氛兮诛茅吾所慕。念每生之疮痏兮，不忍交弃而不顾。伤迷阳兮病跳，愿凭高兮舒啸。若有人兮独目成，睇予以巧笑。谓瑶台之不远兮，觞戴胜于四照。策騄駬以笊云兮，羌鸩告而鸠诮。起嗔然以一骨兮，载鸾镳而相傲。良酝败以不售兮，伊谁疗瘕与侍耄。

果初度兮不改，踯躅十年兮吾何悔？信居陋之不辞，贞介石兮将谁待。取材兮无所，吾心馁兮莫予可。怀玉兮抱芳，恸蚩蚩兮悲琐琐。抚身世兮若失，忆旧游兮何极。揽写作兮表吾臆，愿此心兮终不易。

拟庾子山小园赋

粤若馆开梁国，号忘忧而曳裾。第广长安，取武库以见诮。侈便体之私，佛多阴之教。痿躄之机自伏，瞰室之祟斯召。况乎于行三日，伤宾雀之巢林；弛负一朝，希旅人之后笑者哉！

戊寅夏仲，小住|阳羡，良工|褚生为作九壶，爰为之铭。

九壶铭九首

歌则事异和平，艳曲则词生危苦。萧瑟最其平生，江关动于年暮。伧㭎事以测意，谁与明天人之故。

愤懑兮填膺，倏忽兮终古。|陈徒荣于五世，|楚竟沉乎三户。刿非宦而不田，焉拨天以绣虎。劳

遂白。九顿之泣血何从，三川之被发已迫。岂无醉之数穷，信耻维之道息。

乃有緜䗲聚于洲西，貔貅散于航北。小人则家出壶浆，君子则箪将玉帛。辑拱之彀犹丹，金粉之门

溯自德矜远届，遵养时贼。肉食竟其刀锥，儿戏示其矛戟。弓王垂大盗之涎，干羽慕有苗之格。

逸，有赏奇之|羊仲。感洽安之沸流，读离骚而饮痛。戒潚井以羸瓶，习忘机而抱瓮。

尔乃洒扫庭内，板舆是奉。少长云集，妻孥爰共。鸡彘之时毋失，菘韭之鲜足供。无坏葵之|马

迎绿野，登小阁而挹翠微。则可以俯仰宴息，听夕栖迟者矣。

墙，起柔壤而治畦。缀以桃柳，间以枣梨。丛桂宜援，修竹是畦。径依浅草，沟激新泥。启柴门而

于是铲平瓦砾，诛剪茅茨。因高成阜，就湿疏池。趁陂陀以作畔，编荆棘而为篱。筑刚埴以兴

豹隐未深，异泽文之孔棘。其橘或得，本无情于羽仪。借枝可安，且何辞于蚊睫。

漫临舟而访处，善苟完以容膝。树木无十岁之谋，居室有一日之葺。鹊来虽远，匪成美之是求。

方　壶

方而能容，实由虚中。

鼎　壶

有鼎有鼎趾且铉，无否可出不利颠。

椭　壶

高毋大，大矜尔色，下将不赖覆其实。

扁　壶

卑毋隘，履方守正，酌之不竭，饮水何病！

直　壶

平直而浅，泽不及远，是用戒褊。

镜　壶

其用壶，其体镜，不别妍媸乐清净。

瓶　壶

毋恃守口，损下则漏。毋恃炙手，热中非久。

白　壶

尔质尔色，易污易缺。濯之磨之，宁缺其体，毋损其洁。

常　壶

古称庸容后多福，实地错躬乃不覆。

江苏抚部署平面日晷铭

经线纪时，五十有七，纬线十三，候气于日。气有赢缩，景依线界，始信大浪，引针东杀。以晷辨方，以方正时，极高日高，求故斯知。天以法行，人以法测，敬司其仪，夙暮不忒。矧伊吾民，相近维性，谁守成宪，而有梗令？试观天行，健以有常，谁其代工，而不自强？粤若前哲，曾惜分阴，抚兹晷影，敢告盍簪。

观世音菩萨赞

何名观世音？目治速且广。所以世上音，悉入菩萨观。菩萨善用观，千目又千手。目乃在手内，手岂能用目？世间有不得，各以音求达。音达莫能听，乃入菩萨观。菩萨观其音，即知其所苦。苦如在己身，即为引手救。有目而无手，见苦不能救。手中若无目，救苦或未当。以是慈悲心，一手有一目。手目虽各千，千岂周世用？用手与用目，止此能用心。一心大慈悲，发为千眼目。千目悉慈悲，托于千手指。究竟非手目，亦复非其心。惟恃大愿力，世音皆得达。其实观自在，非别有秘密。若知观非观，即知世非世。观与世相忘，即复无有音。世人既无音，菩萨亦无观。非观非非观，是名观世音。

公祭朱文正公文

嘉庆十一年冬十二月初五日，太傅大学士大兴朱文正公薨于官。明年春正月廿三日，其门下士，前沂州府知府歙洪梧，扬州府知府宁化伊秉绶，故吏部文选司郎中仪征贵征，附学生泾包世臣，共为位于扬州之梅花书院，哭而奠之曰：

呜呼，维我夫子，幼学登朝。寿跻大耋，敭历中外。六十匝月，为众人母，为帝者师。恩在道路，功在枢机。脂膏不润，敬慎自宅。温树无言，零雨满泽。既孚一德，实备荣哀。汗青载笔，垂耀方来。伊维梧等，以文受知。仰测余力，逮述其始。

乾隆中叶，学专帖括。芜史荒经，舍本齐末。维我夫子，兄弟相羊。推挽绩学，不间微行。彬彬向风，父教子率。语师马班，诂从何服。圣教渐明，士风亦正。凡我同人，知惭先训。

乾隆中叶，势趋资格。但别云泥，莫询道德。唯我夫子，兄弟倥偬。虞罗遗轶，胜士求公。照兼暗壑，膏凝小草。得五用誉，肫肫向道。自崇飙雅，方有提倡。凡百君子，知培民望。呜呼标准，万夫所效。觍陈庸德，讵有阿好。百航趋海，中流断棹。匪伊一身，用深悲悼。

梧以善病，解组沂上。谒选来都，日奉几杖。论文举擘，荐士惭赏。九日送归，别如俯仰。秉绶守扬，手墨枉加。谓持淡泊，以遏颓波。世多好官，羸老则那。倏成遗迹，泪落滂沱。惟征不谨，爰罣吏议。旋荷天仁，赐归田里。惭奉话言，缅仪风轨。严平恸深，武乡已矣。世臣草茅，辱称国士。诵遍百寮，期在千祀。摩顶付嘱，言犹在耳。有鸟不鸣，知人斯累。伊维四人，天涯洒涕。共切心丧，敢忘初志。渊路殊年，赐宪异事。慈训同归，神实鉴此。

自古在昔，斯言难践。厥有由之，称道易倦。维我夫子，三复无玷。非惟始之，亦既克终。非惟终之，亦既克躬。维我夫子，树影罔穷。或骑箕尾，或运斗杓。翩然被发，大荒逍遥。有来必去，理则常然。矫首云际，莫觏慈颜。篆香如缕，表我寸丹。犄嗟终古，无替春兰。呜呼尚飨！

祭周石芳先生文

道光五年三月日，门下士包世臣谨以清酌伺于京口，酹户部侍郎江苏学政座主湘潭周先生之灵而言曰：呜呼！先生之视学江介也，当蹶后复起，是宜画职而守，惩前此获咎之以勇于赴义也。而乃心乎恤民，不惜越俎，以重怫守土者之意。卒使灾民小息，而阳侯之虐不得重肆。故途人歌之曰：「讳灾之吏寿以康，谁求民瘼弃我亡。」可以为之仰首问天，而低首流涕者矣。

久已！天下之相习以不任事也，以全其生，以保其富贵。先生见义必为，不渝终始，谓非不解于位民之攸塈者乎。世臣居不避负下，学不从枉己，争名者之所共摧，当路者之所深忮。而先生则擢既败之卷，而进之门墙，又录旧著之书，而藏之箧笥，夫岂有门户之见存其胸臆耶？深知士君子所有事者，在任重而尚志，而大臣之责，则在乐育人才，为天下储不虞之备也。

世臣年已五十，精力衰耗，其何能起行所言，以白先生贵士之效于斯世乎？陆氏庄荒，无可言者，而先生竟逝矣，谁其嗣之，至可悼痛！非徒为惠子知我，洒西州之泪也。呜呼哀哉！尚飨。

祭张馆陶文

呜呼翰风！君少服权家言，精综史义，习山川阨塞之形。而飞尘西晻，飓浪南涌，曾不得当一校之任，效一障之勤。君文撷班陈之实，诗搴阮左之华，书窥钟梁之奥，曾不得登著作之庭，和雅颂之声，勒燕然之铭。年垂耳顺，乃试令于齐郊，牛刀割鸡，凛若不胜。历莅三邑，民从其化，神格其诚。而十年不调，湮河海之润，遂以戕其生。

呜呼翰风！君具韬世之量，而持躬循循，疾恶如仇，慕善无厌，不言而心成。然而见疾于君者，未尝有隐恨伏怒，或感悔以自惩。其愤发所为博学雄文自奇之士，闻声愿见，小叩大击，则皆以为坐春风而醉饮醇也。盖君无欧阳子之位，而有才德与其名。

余多识天下贤豪长者，道固义坚，既久不渝，曾莫君与京。早契金石，晚缔婚姻。别如俯仰，遂隔杳冥。讣书在手，涕泪横倾。心驰迹阻，贻憾巨卿。子瞻有言：「上以为天下恸，下以哭其私。」三复之以寓吾哀，君亦其知之乎？呜呼哀哉！尚飨。

祭张南昌封母方恭人文

婺垣散精，瑶圻韫秀。月受震符，金融西岫。诞毓贤母，族望于桐。不教而成，无烦公宗。所天病羸，爱借弱妹。夙夜药铛，积年无怠，身代弗从，乃依姑姚，来嫔封公，粤赋刈翘。

封公食贫，为诸侯客。负米千里，尊嫜在室。色养二老，妇兼子职。教诲二子，谷似焉式。色养伊何，滫瀡抑搔。教诲伊何，爱能勿劳。有时为养，克符故记。并谓严君，斯则无愧。遭家多难，其类不丰。遂出二子，分后兄公。救丧尸祭，实维斋季。封公远游，是用不匮。

有子学成，早捷南宫。弱冠释褐，筮仁司农。乃偕封公，相庄就养。犖毂驰声，曰女师长。司农课最，出守江州。遂移豫章，为度群侯。内言不出，母教益修。损珥救灾，退食恤囚。豫章深念，有子无后。鼠思陈情，得移重所厚。豫章秉教，力肩艰巨。志大心劳，悄不殄愠语。讵意贤母，示疾佛仿。凋孔翠于回视，调黍吹而谥响。缅顾复之神期，几不反于所往。悼牉合之忽乖，难忘情于太上。呜呼哀哉！

乘严风兮桑柔，变缌帷兮纨帱。紫萱枯兮堂寂，绿钱滋兮泉流。震罔极之孝思，甘危身以自投。念遗训之谆谆，复嚅息而若抽。效孺子以奠刍，闻敬姜之治命。善守身以事君，毋徇亲而灭性。顾靖共以来毁，怀椒兰以何病。诵褚伍与裘拚，唯止谤以弗诤。坚素心以久要，慰九京之怲怲。话言在耳，仪型莫接。珩璜声毁，翟茀彩熄。衢巷拊心，亲知陨涕。虽复藐姑云遥，若木芬闷，犹能遏春相之余韵，耀彤管而有炜。呜呼哀哉！

瞻松梴兮不曙，悼爱子兮永慕。唯德馨兮庆余，愿锡类兮声树。呜呼哀哉！

款穷文

道光二十年，倦翁待辨洪都。望舒九圆，遂逼岁除。忝腊讵具，谪摧交至。追呼不时，乞假无继。独对孤檠，一樽守岁。乃有五丈夫排闼进曰：「吾党五人，故天民之穷者也。常饬身而谨度，抑用和以守中。然而望彼连甍，路跙富室，遽逢嗔怒，目我为贼。游历通都，邂逅贵人，复遭诎诎，弃我若尘。既无所归，聊谋诸野，幸遇吾子，庶几主者。不款自留，胥命无违，居诸征迈，兴寐因依。今见吾子，动辄得咎，止则丛谤，雄文危行，悉成罪状，难匪己发，实缘吾党，助子乖时，以罣文网。繄吾五人，古称上族。末世鲜终，韩送杨逐。吾子得毋为杨韩之续乎？谨此肃辞，免受重辱。」倦翁曰：「五君名字性行，可得闻乎？」五丈夫曰：「斯人同群，恫瘝切身，近自闺闱，远及埏垠，沈究利病，默筹补救，起疾问苦，趋厥恐后，名曰『仁穷』，厥字『爱伯』。见得必思，见险不避，唯争可否，不计钝利，先人后己，力无留余，人有负我，不以改初，名曰『义穷』，厥字『制仲』。好善也诚，事上则敬，横逆之来，自反不吝，矢之斯须，以淑其躬，庶免傀然，日如不终，名曰『礼穷』，厥字『让叔』。守虚若镜，以审枢机，持平如衡，以察是非，从非则得，循是则失，枯菀虽明，无偭绳尺，名曰『智穷』，厥字『潜叔』。行而后从，言必可复，肯为诪张，替其肫笃，悬流在前，贞风自希，敢辞硁硁，以食以肥，名曰『信穷』，厥字『季诚』。吾五人者，夙以道术，相忘江湖。兹承良讯，用避新图。」

倦翁曰：「五君名字性行，则既闻命矣，敢问舍此，去将何之？」五丈夫曰：「吾周寰宇，选择从子，子累以成，吾知过已。吾生于彝常，长于诗书，舍子奚适，径还太虚。我本自来，舍去何恋？幸毋念我，再蹈往蹇。」倦翁曰：「在昔杨子艳福禄之如山，韩子欣不磨于百世。是用辞谢不直，垂头丧气。小子不敏，略无远志，唯不忍五君之去而遂无所止也。敬延上座，共馂脯酒，动息相随，要之永久。」

校　记

〔一〕径　原作「逕」，据吴校本改。

〔二〕玄　原作「真」，据吴校本改。

管情三义卷第四　诗一

乙巳杂诗

寒蝉鸣自稠，栖禽啼不喧。晨出望墟落，抵暮无炊烟。长夏既不雨，秋末已严寒。质卖亦略尽，流亡日以繁。灾情既不达，谁贯下忙钱？哀哉鞭挞余，舍命自投渊。万里诚金汤，哀鸿抑可叹。曰余虽孺子，念兹忧如煎。圣君怀如伤，视听寄屏藩。良臣致忠爱，唯在仁化宣。谁其念灾黎？驰传速一言！及闻赈缓诏，肉骨颂荒村。

彩凤飞鸣来，五色斑云霄。赤野落哀鸿，喁喁叹渥膏。赫斯亲民侯，料人乘锦貂。曰吁听无哗，宦况兹萧条。蝇头良亦微，勿谓肆渔牟。居贵岂无心？升阶有递高。爪牙胡假威，血枯朘其骸！入封块作银，量小飧无朝。叹息若贵人，毋念圣衷劳？愿缓及微稔，肥囊不若警。

丙午春入江宁城见文武各署演土地会剧感赋

先王相吾民，祀神致冥祐。故岁不顺成，遂塞社蜡酭。神律比课吏，失职当自疚。饿鬼哭遍地，焉能乐笙奏？去秋地尽赤，冬雪尚存岫。二麦浪翻处，白骨无老幼。孑遗十四五，手足面皮皱。活于赈给者，近复疫疠遘。算到青黄交，尚须百日后。民灾吏束手，神亦无术救。二月之二日，演戏为神寿。信矣杜陵言，朱门酒肉臭。

三世父假太冈寺居家严课读口占示十七弟子和

赤地秋大祲，春熟隔青黄。远举双飞鸿，云何谋稻粱。黄鸟有集栩，白驹无食场。君子几在陈，挈我适诸兄。拮据备薪水，讲席借太冈。我年十有二，而亦十龄强。并作千里游，随侍严君旁。我母家哺妹，饔飧餍糟糠。而慈况水谢，父鬓欺秋霜。赵至闻叱牛，捧书涕淋浪。我而荒于嬉，岂不愧中肠。我苗实黄茂，而亦非莠稂。而我衣食晏，世父手足僵。语而初亭午，冉冉已夕阳。何以慰劬劳，努力希显扬。

丁未杂诗

建康评事街，春灯戏灼烁。三江贤制军，知与民同乐。首县勤报效，飞签梨园索。聚其年少艾，择其貌绰约。分班装古事，嬉笑兼战搏。自从兴灯来，视兹总洛度入声。观者夹巷逵，男女皆踊跃。送至制军辕，辕前鼓吹作。彩张春花空，中庭垂珠箔。忽听急驲来，灯戏尽驱却。满汉民百万，哄然齐一愕。杂以传呼声，终夜慑心魄。明晨询标兵，答言闽南墿。缩舌复不言，双眸泪雨落。

天南涌赤浪，山立翻鸿溟。飞涛撼江淮，万里铿雷霆。青云方干吕，海隅歌德声。干羽舞百年，枢运三阶平。天吴尔何物，出没骄长鲸。稽戮哀穷鱼，肝脑涂沙腥。安得任公钓，三杈观深情。飘然浮峤去，纶卷澄沧瀛。

月夜江行家严命和

流镜落澄练，开帆入浩素。隔浦风悲笳，扣舷衣滋露。疏烟织平林，明沙数栖鹭。空翠没层澜，遥苍荡寒雾。闻诗即孔庭，辨树鄙谢句。奇怀撰良辰，惭诵东征赋。

隐仙观听王朴山炼师弹琴

遥认隐仙观，独访王先生。入门觉謦耳，满耳皆秋声。高堂卷湘水，凄凄有猿鸣。顿令炎夏日，坐客心怀冰。吾师真隐仙，此艺信无前。他时跨鹤去，应在洛西传。

留别仙人矶禅阁

古寺临江立，轻舟一叶横。诗魂依酒白，禅梦绕棋枰。云湿朝帘重，江流夜槛明。不堪挥手去，烟际望飞甍。

题第一塔最上处

九级压晴烟，盘梯百栈连。谁携谢朓句，搔首问苍天。俯见白门柳，酒楼无谪仙。广陵暮涛起，飞翠画窗前。

秋日散步鸡鸣寺北极阁鼓楼钟楼至小仓山房小憩题壁

鸡笼足游人，六学迹谁问？访桂到小山，承盖惜非任。

舣舟谒翠螺风利不果

欲谒谪仙去，停桡不自由。兴迂波浪阔，梦锁水烟愁。星落江寒重，螺旋石翠流。应嗔污壁语，未许得重游。

朝发二首

朝发桑坑铺，暮至棄岭头。岭头一登望，见我故山秋。故山别四载，晚烟殊疏稠。问吾偕行人，吾兹其梦不？抵门叩屈膝，惊声问归客。门开见大父，须鬓更前白。二妹趋牵兄，道妣苦相忆。妣见讶儿瘦，抱儿泪珠滴。二妹亦无眠，寒灯对终夕。

群弟立或坐，环我语言喧。执手再回顾，嘉亨今何存？阿姊泪泫然，欲言声复吞。连年遭荒歉，糟糠不饱餐。以此苦饥乏，酿为痡下患。归魄西蓝垅，草宿霜茎繁。炎夏月色黄，或见新鬼魂。小儿隐拭涕，褰衣倚墙根。近来时入梦，索食仍咿呻。我诸兄六人，餬口各散分。诸弟亦六人，嘉亨相颇敦。龀齿饥已卒，生也初何恩？侍游阅四年，艰辛岂备论？不谓四年间，同气有凋残。死者既已矣，生者讵自完？载讽北门诗，忧心终殷殷。

游钟山二首

昔闻沈光禄，愿从息心游。今来北阜峻，桂枝扬芬秋。雾卷江树薄，一览青徐收。地脉结南戒，流英钟七州。岂无草堂秀？云窟缄名遒。赤岩绿萝古，鸟迹飞真留。风泉泻松涧，万壑龙鸣修。耳尘涤仙乐，胜洗清颍流。何当遇青鬟，紫金经可求。跪读三千日，一雪山灵羞。石扇不我辟，空望馊霞楼。眄彼楼中人，万里霜烟愁。

悬崖若飞观，云石斑苍青。苔晕游鹿迹，松涛鸣鹤声。香雾薄亭午，隐隐见柴荆。长须一老者，侍童二娉婷。了知是金仙，再拜求丹经。借我一卷书，谓我骨宁馨。以正则治国，知奇乃用兵。展之皆赤文，驳棨不可明。跪请授真诀，轻云触膝生。云生忽天半，仙乐飘纵横。

子夜春歌

子规啼起绣窗间，见说红旗绕玉关。寄语香风缓催信，好留春色待郎还。

代团扇篇

薰风入罗帏，习习吹我魂。良人惠携手，巧笑如春云。春云在何许？含情理新纨。绣作乘鸾女，引领晨风翰。愿借区区心，千里承古欢。匪美织文巧，唯悲行路难。何日入君怀，得毋过时叹。幸尘君笥中，敢怨秋风寒。齐红甲天下，微物宁足观！徒念惠绥德，终夜思漫漫。

登天下第一塔

浮屠一千尺，中极断灵鳌。丽界金绳立，登盘玉磴劳。九成穷道力，一气卷神皋。浴景迟文桷，惊风早法旄。栱流天阙翠，檐转海门涛。鳞起秋苍远，霄垂越雾高。毒龙潜德水，仙梵奏云璈。应照迷方误，降心见白毫。

白门倚棹待月

长啸白门楼，北山高素秋。芦花风一夜，空系木兰舟。垂柳亦如昔，青莲逝不留。倒瓶佳句歇，霜月始应愁。

杂　诗

转蓬卷秋高，客心郁不写。蹢躅青溪上，徙倚长松下。浮云滋暮色，栖烟寒四野。衰枝归鸟疾，薄浦去帆寡。摇摇倦游人，谁与遣此者？

月霁知野深，岫高望未逖。遥泉度风声，疏林栖烟色。沉寂怨中宵，殊响感畴昔。妙物信为赏，怀人良已戚。

古朗月行 辛亥五月十四夜见月望作

霮符借夕照，桑榆悬玉钩。飞镜来云端，皎皎明瑶楼。五月阳尚壮，清瑟忽如秋。但见圆影垂，万方无不周。垣次何微茫，庶星摇汉流。讵须腾精化，故知阴力稠。哑哑南飞鸟，能忘爱止愁。精诚谁与鉴？徒劳杞客忧。忧劳竟如何？恻恻成此歌。

拟塞下曲

饮马河西岸，悬营塞北陉。五行听律响，三法望尘形。夜月迎翰电，晨霜冻绛星。楼兰如可斩，热血报彤庭。

紫塞飙沙暗，旌头赤焰明。九天飞虎竹，五将按龙兵。百战甘酬国，三伤敢丐生。如何留一矢，竟为下聊城。

冒顿骄如虎，嫖姚怒若霆。衔枚乘雾月，转战度沙溟。风卷千营黑，河流万骨腥。从他闺阁梦，夜夜到龙庭。

耀武矜雄略，櫜弓尚庙谟。由来深畏服，不在嗜残屠。弦劲鸣霜月，兵奇散雪乌。何当遵上伐，长此弛天弧。

杂诗薄暮

春风薄暮起，习习开罗衣。明月云间来，皎皎窥空帷。感此不成寐，徘徊阶露滋。坐惜夭桃花，努力修荣姿。佳人在远道，薄采将何时？愿因北飞鸿，寄君迟暮思。

翟仪仲丈翚墓下作

忽忽过荒墓，长怀翟秀才。神期昨谈笑，文采竟蒿莱。寒谷泉空咽，衰杨叶自摧。谁怜霜草宿？萧飒北风来。

租圃

小子方成童，严君苦多疾。返哺惭飞乌，空抱赵至泣。蔬圃力可胜，邻地幸有隙。方开三十队，租之二斛麦。依墙植山药，瓜藤缘之密。萝芥期御冬，瓠苋永夏日。采采上村市，朝夕无壅积。差足供米柴，余以买药物。书史几荒芜，温故趁暇夕。惧孤遗经训，非羡朝跻客。

机灌

予圃托地高，不易得水力。山泉伏入村，沟池何湜湜。圃左两石版，省知旧沟迹。地势比予圃，低以七八尺。揭石凿小池，下流斯可积。取竹纳池中，屈曲与水射。激水出竹梢，入队如潮汐。机心岂能无？俯仰总开益。推此利吾民，庶几霸者泽。

橹上望水西

翠玉厂屏风，秀色连城远。白云如相待，向我遥舒卷。缅惟坐茅人，神期一在眼。言愿走轻筇，积虑于此遣。

吾慕

吾慕鲁连生，被褐抱清真。韬光终不发，翛然自无尘。片言折田巴，只箭偾燕军。先名既排患，行己亦洁身。耻学鸱夷翁，胼胝谋家珍。翩然拂衣去，东海一孤云。

杂诗

待月出东轩，迟客步南陔。阴风敛纤云，空气升薄埃。芳麻展中期，云台玉镜开。河汉忽如洗，佳人殊不来。虚声谓謦咳，隐色想光仪。其雨念徒结，引领情欲摧。俯仰且自割，无为空徘徊。冰轮不可掇，皎皎光阶苔。俯察白露滋，仰观明星回。芳醑良可酌，谁与伐金罍？

改诗

余性颇近诗，亦有学古力。每于静夜中，讽咏遍千百。平流若无奇，深思求有得。庐山参未真，屏气似不息。如此三四年，古人意可识。譬彼山阴书，芒角无偏侧。涉世况崎岖，一一练心魄。诗趣触世态，崛岉罗胸臆。落笔翻奇艰，猖獗殊畴昔。乃笑昔猖獗，真同蔺不择。亦或有志兴，芜稚多伤格。苦炼刊陈言，真气浮奕奕。雕琢当未安，不觉废眠食。始信古作者，此境先我历。

删就诗稿属十九弟季怀录之

次韵三千日，稿累六百首。意若有深得，不自觉其否。事斯既肆力，心始别去取。语或涉靡浮，意或伤温厚，篇或丽酬应，斯态皆绝丑。未忍弃前鱼，焉敢享敝帚？斯如吾治圃，培蔬去僵偶。一区三本，瘦者为僵。一区二本，短者为偶。亦如穰苴兵，斩庄试辣手。吾弟今日归，嘉平正十九。编题属弟写，毕事十日后。写成我当祭，与弟馂脯酒。

别圃

种菜且一年，诸菜颇熟习。各种标新名，一一皆相识。父老怜我疲，为我设讲席。明日来圃中，便是路行客。予性最肮脏，与菜情相得。新雨土未坚，足留故人迹。长揖别吾圃，吾菜惨颜色。汝何患无主，暂别漫戚戚。

来日大难

来日大难，今当喜欢。今日大难，忧来无端。昔游东溟，言谒赤松。食我松子，颜色常童。孤鸿嗷嗷，戢翼未翔。挟矢共之，失路可伤。曰余爰止，岂必嘉木？念彼迷阳，履之伤足。飘飘黄叶，随风辞树。有如客心，乘忧无处。积雪在山，内手如冰。长剑宵鸣，丹衷矜矜。

鸡鸣篇纪同邑王氏事

露井上何有？上有李与桃。虫来啮桃根，李树为萧条。异本乃如此，同株反不如。南枝日益荣，北枝日益枯。

请陈阿仲歌，阿仲穷无归。自分近沟壑，不敢遂为非。引绳泣入内，泣涕共妻语：「我死汝即嫁，鞠子或延绪。」妻知当诀绝，牵儿语呜咽：「今日你爷死，我你收其骨。勿谓我你生，迟你爷几日。」儿乃大号咷，走过告阿伯。

阿伯一何如，高名辉庠籍。华堂开绮宴，肃肃集豪客。宰羊烹鲜豕，金觞流玉液。寒具间温粱，六博呼五白。岂知儿号咷，乃逢阿伯怒。急遽来丐生，非敢败门户。

阿仲命既绝，藁尸出大路。路旁有人来，裘马何楚楚！借问来者谁？乃是儿伯父。头上何所有？红缨烂生光。足下何所见？丝履五文章。奚童鲜且整，裾带自飘扬。借问何庄严，赴讲明伦堂。我欲竟此曲，此曲断人肠。多谢友于人，千载莫相忘。

孤儿行述翟氏乞者

孤儿沿街泣，跣足履霜行乞食，面瘦如鬼肢无股，劳君道旁为酸楚。孤儿生，孤儿生命未为剧苦，儿年似背上弟时，爷提娘抱，不知冻饥。爷娘今弃我，阿弟早遭此祸。无柴无米，讵养我弟？严冬雪漫漫，阿弟袄薄不耐寒。并我破裋，勿谓我被霜风，肤裂不完。晨出望烟火，君子周给我。乞不得，中心怆悲；欲之他，未知否可。愿得吾弟腹果，愿得吾弟温饱长大，孤儿下去地下黄泉，见爷娘，我无过。

过旧赏桃圃作

萋萋芳草趁游人，绛口无言独怆神。一夜东风开未得，仙魂消处泣残春。

山　游

山僻知春好，翠微樵径深。和风交麦气，老壑养云心。鹿迹留苔浅，松涛出谷沉。此中闻犬吠，接响任幽寻。

仄径偏环麓，阴阴竹几茎。深云通鸟语，高日听鸡声。花过山逾静，心闲梦觉清。倚林问牧竖，借我一牛行。

乐游不可极，于此净名心。随水未宜远，入云始觉深。烟鬟自真色，风竹和长吟。堪笑东山客，功成待弃簪。

月下

今夜一轮满，清辉万里心。应怜怀远苦，共此寄愁深。烟湿鬟香怯，阶寒屧晕沉。徘徊人不见，花露泻重阴。

禅院赠友人

行吟感招隐，远步到幽山。鹤羽留松杪，龙声出竹间。云来琴牖湿，钟静梵僧闲。嗟我犹饥役，无能乐闭关。

宋丈奕岩兵备赠裘褶裌禅絺衣各一袭帐被褥席各一具机绸六端绵葛布各二端赋谢

志道耻恶衣，圣人不与议。贱子矧食贫，家世远罗绮。使君知人寒，念兹踵决履。为备裘葛衣，纨布及帷被。匪言与人骄，虑长布衣侈。欲求性所安，恐掩使君美。尊者赐不辞，却之或非礼。再拜受重贶，何以畀君子？愿公布阳春，大裘覆下里。

敬和太宰节使朱公赐诗原韵用摅鄙怀

贱子生草茅，少小耻不祥。业故托估侔，志不囿词章。揆文求保赤，奋武究驱羊。靖彼萑苻豪，起此沟壑尫。明公奇诛魃，手书召洛阳。倚马赋山海，掷地异琳琅。实愤豫楚郊，欃枪射妖芒。接壤暂小安，微公孰振纲？若不备不虞，伏莽且无方。溃痈必流注，歼渠岂探囊？位高况远民，德意难自将。择树集良吏，千椽拱一梁。化雨遍崇朝，取斧惟伐扬。愿再图豳风，待公陈瑶阊。

附太宰原诗

包生麟之角，乙贡天笃祥。清抱冰雪骨，焰发云火章。览子祷雨篇，濡墨舞商羊。遂令薛螭号，不用诛巫尫。观察携以来，奇才夸洛阳。试以山海歌，跋浪摆雪琅。胸罗表饵策，武库森星芒。聚米辨势隘，周陆控维纲。终军对奇木，郝侯赋圆方。贯串腹经笥，缜密括智囊。百炼大冶金，且勿跃干将。豫章拔地深，夏屋资栋梁。迟尔培风厚，不独火色扬。养成九苞翮，一鸣翀天阊。

奉同侍御学使戴丈可亭侍读沈云梧编修汪静厓游采石山

骢马解霜威，金闺凝珠液。怀迟啸深云，挂席发白壁。河堤杨含花，麦陇雉整翮。在宥万物昭，得遣寸心适。翠卷接天阴，古松森寒碧。飞鹭若轻梅，散落江城笛。凌波渊娥笑，蹴澜阳侯踖。想见控鲸人，散发双颜泽。十步九太行，倜傥志不易。卷身抉浮云，龙泉竟何益？贱子本鸴鸠，栖枝借乔柏。旅百既醉酒，函丈亦饱德。鉴行訾燃犀，作言笑击楫。末座珍今欢，中饮知古惑。

太白楼观萧尺木画壁应侍御学使教

绝巘开云蹬，苍茫辨越秦。扪萝逢翠发，应是遗书人。泰岱

匹练飞云叠，银河落玉京。餐霞人不见，谁为紫烟生。匡庐

高掌擘丹谷，玄精运石台。茅龙漫相促，迟尔玉莲开。华岳

底事猿声激，蛾眉片月高。绿烟摇荡处，万里照宫袍。峨眉

奉同太宰节使朱先生和郭景纯游仙九首次其韵 并序

神仙祖老子，而其言曰「死而不亡者寿」，则不死之说盖虚。或又谓：「积功成神，伏气得仙。」夫岩廊而慕山林，湖海而怀魏阙，是俱有不得已于中也。太宰德厚政成，游志清虚，列仙之趣深矣，钟氏所贬，盖无有焉。奉命同作，辄述鄙意。

反经足兴民，好辨徒栖栖。智哉漆园叟，朅来潜蒿莱。中栖惮白茅，化蝶怡丹荑。观妙治赅跃，抟空云垂梯。鼓盆饯灵匹，缘督御姹妻。肯作歧途怅，踧踖求亡瓶。皜皜善吾生，素丝斯可齐。

东访沧海君，坐有年少士。进退艳光仪，坐人玉山里。云何游圮上？心未化孺子。遂与人家国，蹑

足复语耳。炎汉良已造，沟壑苍生起。将母谷神勤，赤松顾而齿。始悔十三年，空为黄石使。

紫阁秀青霄，亭午羲轮鲜。虚岩发清啸，犹疑鹤驻山。土室凿云根，咏风挥素弦。俯仰游八极，飞轮驰弱泉。玉舄宁误秦？苍苍求蜃烟。出入无穷门，揭摩广成肩。厌世疾不称，寄语王子年。

拔宅腾太清，婴儿脱迁谢。帝曰余汝嘉，为卿舞韶夏。笑彼晋相国，蓬心终不化。仙僚追游娭，云隙翔鹤驾。回首见妖氛，苛政爇编舍。手援无斧柯，忆昔转悲咤。

周王乘日车，追风薄四游。汤汤既西澜，戴胜舣棠舟。觞开买电笑，飞琼三百投。珠云耀不昔，琪树华无秋。一闻祈招歌，泪沐丹颏流。

昔观爇绵上，王生曾不灾。跃出五色烟，招我游蓬莱。飒尔借羽翰，耸臂凌丹台。瓜枣奏瑛盘，玉膏流霞杯。慎毋逐陈人，眈眈颠其颐。言念敦三节，焉能超九垓？俯首问初心，不敢失提孩。多谢授真诀，惭我殊丹才。

卓午日昃影，索震月生魄。人生抱冲和，一如受采白。瞻言周德者，岁寒知松柏。大夫与役人，逸劳泮夕夕。畔草逐风偃，弓角及春液。不见郭山巅，炉鼎余薛石。谁怜散豆姬，徒悲化鼋客。

括坤奠天台，步溟浮方丈。孔牖六浊人，到兹五根朗。碧童双云鬓，峭峦发妙响。跪求紫金经，仙书见存想。一都理运毂，五岳图归掌。七宝自满堂，三清可恣往。王母垂霜眉，顾恧衰有象。遂投极乐园，聊解微尘网。

驾言望东岳，日观矗如颓。但见九约伯，鶺鶺怵我怀。尔胡乐淫刑，鬼哭声如雷。血拇竟逐人，驱驱何日回？念兹再三咽，长啸独归来。终留一只履，虚步蹑云堆。鸟飞任武叹，鹄呼从阮哀。

将赴布政司试书怀留别太宰叠游仙九首韵

诸葛南阳卧，安石东山栖。雾深埋文豹，亦云终草莱。横流在一振，筹策敷春荑。汗青垂末照，望如天不梯。范生泣贤母，王子拒哲妻。与乎濡首狐，宁贞羸角羝。尚志友古人，向往心思齐。

先子海其孤，有耻乃为士。汝父行可师，学在一表里。文艺亦已末，况效纷华子。方人授等身，襁抱初提耳。禁发术三省，任重裕一起。勿持颖慧质，翘与曲儒齿。须慕第一流，道左指仙使。丙午太宰主试江左，得望眉宇。

旅庭学诗礼，岂意民成鲜？遗书半未成，逸响绝高山。瞠矓谁与发？操缦无安弦。哀哀魂梦中，涕下如流泉。飙风不宁树，迟魂无驻烟。声颓岂不惧？心碎遑能肩？痛哉手泽存，逝矣驹隙年。

夬二夜惕号，刚柔恤代谢。玉衡丽继明，金柅姤仲夏。鲲怀断罟德，鲵扰烹鲜化。鲁女不食葵，倚柱思逸驾。目营衽起蛰，术信川决舍。终秘荷箠辨，冀免牵羊咤。

樵采愧卢力，米负从仲游。送蜚咏猛虎，陟圮肃归舟。丧牛义翼垂，弹铗交石投。海若坐运化，百川争灌秋。浚距浍渎派，朝宗沧溟流。

注饮北溟渴，拔豪中山灾。上宰策精思，弹指现蓬莱。半千应名世，尺五声兰台。取将下天孙，为酌流霞杯。羽轮驾不发，眇眇嫣其颐。古帝牖庶莫，迟君游云垓。懋和敕若保，耳目注皆孩。使知绥猷力，不善罪非才。冻絜融玉马，温荑跃虎魄。非亲君子光，曷由不浴白。知止信邱隅，怀我瞻乔柏。奕奕光复旦，惺惺灵不夕。身教模人伦，雅言倾玉液。始悔溺延丝，未知谐夔石。志持忧夺帅，气生慕逐客。三日汗浃背，六旬席函丈。律调生黍温，烛凝穷发朗。义问听无声，辞达掷有响。事师服斯文，科第岂吾想？修己瞻成人，酬知措运掌。笃志惭漆雕，形辞神独往。虽受金仙诀，未足征龙象。自信非宝树，无为慕铁网。芝兰室是远，馨香渐蕤陨。从善故如登，念此恐永怀。露珠警癯鹤，云峰收薄雷。蒹葭白门楼，水月交徘徊。遵渚盼鸿飞，衮衣东国来。荐铉愧膏实，调烛昭洼堆。愿终保素丝，不贻钜子哀。

阻风登鹊起矶

鹊起截江起，走势欲横渡。回澜卷日寒，气没阴陵树。轻策扣苔根，曲径穿云路。翘首摩残塔，蜷身眺层雾。铿锵石鲸鸣，出没豚鱼怒。老僧赤足来，坐我说无住。形胜在必争，穴借长鲸固。指顾瓦砾开，炮马凌虚驻。俯仰感今昔，兴衰等钩注。漫愁长风阻，转滋浮生惧。

皖城拜别太宰发楚程

趋皖谒太宰，命作南楚游。南楚足江山，诗境助冥搜。唯尔诗骨骞，皖士莫能俦。精勤功自知，唯余日拭眸。责实况盛名，副言无易由。克己以恕人，道不在远求。记余临别言，内外多优游。再拜即书绅，含酸赴修舟。

祖舫斋承宣枉顾酣饮终夜即席占呈

孝感猝告变，公独镇武昌。制府策鹦囚，羽檄驰苍黄。只知监劫狱，未暇别凶良。烛下公接檄，手书何皇皇。分饬首郡守，黄州及汉阳。立提千囚徒，齐集承宣堂。执讯两昼夜，胁从悉免戕。后此忽流言，贼党潜渡江。二万城内伏，二万城外藏。约期夜举火，合城民恐惶。至期火果发，弁卒乘城防。公独启城出，救火仍如常。群吏跪曳舆，勿出轻冒伤。公叱谨守门，竟往婴欃枪。城外民见公，踊跃心遂康。入城及鸡鸣，演剧传伶倡。云为封君寿，纵观民若狂。密遣守江渡，渡口察迎将。静机不可测，樽俎折贼芒。以此护黎民，上邀天子庆。百里半九十，求士笃尊光。为政有体要，公诚能揽纲。况睹饮酒豪，观态征德量。愿更进一尊，与公谈秘章。龙泉带腰下，三载韬铦铓。果试刳断功，吾军斯足张。中饮闻飞鸿，寥廓愧高翔。

三月十九日赠别丰城傅布衣卧云应经略辟入蜀

世纷苦不解，啸咤竟何求？逐雀丈夫志，岂在壮封侯？愧我二千里，来从文字游。楚北糜烂余，山川为含羞。何幸识君子，武库交森修。即今西去楚，持石巴江投。讵谁蹑珠履？实同苍生忧。赠君以一言，谨慎为远谋。示象未忘战，金木刑旄头。水距金南尺，赤焰交芒流。庶星光摇摇，魔劫何时休？神武作新民，迓奔誓依周。积甲齐熊耳，咄嗟汉有俦。长子膺锡命，能揽英雄猷。敌国矧剧孟，亚夫获同仇。受书黄石喜，论剑白猿愁。行戮凿齿歼，绥胁疮痍瘳。妖星二十四，经略奏明川匪有二十四股。能久井翼留。千载笑书生，画饼涎饥喉。再振倜傥勋，揭此布衣斿。肯作儿女别，契阔怨衾裯。会当射聊书，争我五湖秋。

早发汉阳县

假寐汉阳县，惊见西窗月。市阛晨未辟，征人问早发。狂澜流涨汉，重冈峙大别。险设争不忘，神禹功焉阙？草木腥回风，飒飒吹战血。千年剩粪壤，谁识英雄骨？近岁况妖民，邻域聚草窃。衣带郎官湖，遂免万家厄。丙辰夏，孝感贼欲躏汉阳，以湖涨不果渡。蔓延借四州，荆、豫、雍、梁。毋乃用师拙。抑闻天德生，明井不明钺。哀哀索命魂，衔冤竟谁说？乱久恐民危，司牧惠期实。数馁从而爱，至理不可忽。卫霍多金盘，悖入亦尽出。兵燹有遗黎，缓欠本纤忽。何必问追征，两税知力竭。割鸡饲化鹰，杞人五内热。唯睹麦欣欣，同忧颜暂活。

奉和陈祭酒学使由乾镇驿趋天门韵二首

鹭飞倦云际，轻梅落晴湖。振振点微波，散入杨花无。何处鸡犬声？知有幽人墟。疏篱昨夜雨，曾否花事殊？南山青松烟，抑闻惊催租。君子故劳心，非荣驰传舆。原诗盛称田间之乐，故云。

堤上谁家妇？驱犊犁春雨。急呼田中人，街上传新语。朝廷念艰难，今年征缓举。写入使者诗，风人思如许。况闻大造德，跳梁赦饥鼠。长子议抚给，日计米合五。经略奏行条例。人乐妖不作，非斯吾谁与？有道贱且贫，清夜心自抚。

潜江县

山远没晴烟，苍苍到郭前。雨新多刷地，木古尚中天。流妇野炊石，穷耆路乞钱。危民看失所，发政竟谁先？

堠自竟陵划，干戈乍息时。上街氓抱布，晒日米调丝。土产粉干。城蚀苔纹古，烟留午饭迟。此中有豪士，奇绩土人知。

杨家嘴却寄舫斋承宣

汉川雨彻宵，晨发苦泥泞。出郭行半日，路借双桨劲。夹溪垂杨深，人语绿烟定。和风送飞帆，百里入天镜。村远疑舟浮，烟岛递潜泳。古木灭原萁，虚云绝鸟径。直疑水雾天，颇惬蛟龙性。怪非图记地，毋乃苍生病。腴麦十万亩，淫雨遭泛滢。岂惟陇亩失，庭卧鼋鼍靖。去年虽有秋，获谷俱蝗剩。今作神君馆，人鱼地交竞。准灾两税缓，否则旧欠并。欠课输固当，饿莩不遑更。大臣计盈绌，先在恤民命。怆我乐水怀，不觉涕横迸。

过潜江怀人

昨历潜江北，今阅南郊外。南北皆安堵，朱君奇功在。朱君何桓桓，四十多几岁。棱棱数茎须，面黑身长厉。有诚是其名，必亮是其字。京山武举人，寄潜籍阅世。城西三十里，村名曰上驷。朱君桑梓情，朱君践食义。艾贼朱君勇，驱人朱君智。

三年之三月，川东兵失利。贼遂出房陵，焚掠漳汉濑。股数亦不一，五万十万大。南漳又来南，五日沙洋次。沙洋抵潜城，四十里而至。朱君号其乡，二万人随臂。器械亦粗有，行伍即宿肄。宵出遏贼锋，甲首累百聝。生擒六执旗，揭首潜城示。初贼隔河屯，见君畏君鸷。君马疾如鸟，君刀飞如翅。贼忽上君马，贼足见君背。腰下骷髅血，累累射赤彗。所率二万人，皆伏叹不置。后贼逼长湖，不敢犯潜界。激众欲长驱，追歼尽贼类。督师竟掣肘，以不遂厥志。贼乃趋襄樊，并股复振势。亿户顿灰烬，至今瓦砾秽。贼炽功亦多，花翎何轩轾。朱君视浮云，鲁连风不坠。

近况闻督师，赏功颇后悔。出没贼不常，团练食不继。谁其如朱君？大义壮士气。聚之则貔貅，散之仍树艺。能收保障功，不受横决害。宿昔仰英风，朅来详实事。何当与君子，画荻谭金匮。

江陵

荆州用武地，西扼秦蜀胸。从阴秀杀气，埒旷生雄风。丈夫有失足，竖子无奇功。我来后千载，空此哭英雄。疆事况多警，怅然怀文忠。谓明太师张居正。

谒大庙 庙即幕府旧址

神力周天地，荆州庙更尊。建牙犹旧府，守祀有文孙。赐炮闻垂梦，丙辰贼兴，荆州无守炮，神示梦于马厂，掘获炮九位，石子十万斤，奏闻，赐名曰神赐大炮。挥戈见辟门。戊申，江堤崩，水没入城，居民皆乘屋。见绿袍人拥长刀挥城门，洞开十数丈，水进出，民获全。苍生仰保障，邻域贼烽存。

发松滋雨次宜都

汉阳越江陵，千里郊原荡。松滋一夜雨，洗出万青嶂。成邱更岩壑，接武变偃仰。初讶入谷底，忽觉出云上。峰矗排云危，江流撼谷踢。峭堑行心怵，踏蹴舆人怆。终朝苦泥滑，亭午复霖涨。跼身儿成翁，散蹄马亡壮。惨淡湿烟澄，隐见陆城张。候馆人皆疲，指呼神不旺。一雨山行艰，半日物力创。况怀兵革交，终夜心悢悢。张正谟、聂杰人前年据邑之杨山为乱。

夷道途次

宜都被兵燹，疆域亦依然。溪渡横初涨，峰晴带旧烟。回冈低夹路，绕峡曲开田。谁恤灾黎命？轻轺问麦年。

三载杨山血，遗黎半落魂。谷烟谁煮石，茅屋不成村。挑麦女归栅，饭牛童闭门。昨宵闻啸雨，钲鼓为声吞。

有萋春草

有萋春草，偃我露阶。不悦见之，亦孔战豺。趯趯螽斯，滑滑维荓。眕此鸣蝉，念彼黄雀。迈迹惟终，孰违详听？岂不克庸，东土肆命。冰非履霜，干非引绠。毋离令名，乃念骨鲠。容光必照，唯德乃馨。渚无鱼潜，皋有鹤鸣。式臧式谷，式慎机枢。宠辱若惊，毋效驯狙。君子择树，春阴秋实。缨牵燕足，曷由楚秣？匪数速疏，匪止去辱。远愧舍从，近孤耳目。

奉同右参赞渡江次韵

天上来荆江，怒不泄峡口。一夕震骊睡，千里乱鼍吼。曲追荡山罢平声，旁奔翔屋蔀。恤兹横流神，乘尔恶风久。欲击祖楫前，无恙殷帆否。流驶侧舠截，风惊杀篷受。勿谓夹蛟无，不必燃犀有。维主忠信亨，足涉波涛厚。心戚忘遇坦，神夷失境陡。灵长用先五，行尚孚中九。识将东山谢，养岂北宫黝？睹公定力胜，不负虎竹剖。况闻洪波咏，刘生城不守。

蛇见退过数十步至鬼见愁

山椒鬼见愁，山麓蛇见退。蚁缘折叠梯，出没云内外。夹峦仡石拳，百丈不见臂。上返和仲骖，下拊丰隆背。颓垣三五堵，瘦麦百十穗。人古若毛公，鸟尊皆望帝。朽石濡细流，滑断猿狖队。山君游踟踖，哀啸怵徒辈。双缆挽轻舆，湍洄溯峡对。岂伊叱九坂？臣道不可悔。始悟蛇存身，一退了诸碍。

管情三义卷第五　诗二

红孩卡

连峰绝云路，一径开中丈。地名红孩儿，设卡御贼党。贼果缘山来，攻剽莫施仰。撤兵近二载，卡址未全荡。余孽尚谷沈，睹兹心养养。

马难坡

仆口钻天地名，在马难坡东十五里，最险。过，遂卑红孩卡。谁识马难坡，所难却在下。隧风谷如埽，印沙蹄皆赭。百重压峻岭，五里开平野。境累高极云，往无不复者。陟巘已伤人，下坡休问马。

望归州

峭峡夹江天，荒城嵌峡烟。流香妃嫁后，名胜姊归年。黄缀山椒麦，青劖石罅田。青黄皆朽气，早晚慎邮传。

午日渡屈沱谒大夫祠墓

午日屈沱渡，空舲咽不流。美人不可思，枫夹墓门秋。

早发归州缘峡行亭午止中石门眺镇江阁

伐鼓震夹峡，百夫牵扁舟。肩舆道悬崖，尺线萦江流。水澜回黑蜧，山石眠黄貅。五步十跬躩，一蹶千生休。子规叫冥冥，哀猿啸啾啾。丽亩汗散雪，复涧霜凝秋。石门键岸断，江阁镇云浮。辞州四十里，半日聊淹留。扳阁梯滑苔，嵲屼蛟宫愁。暮气三巴来，苍茫不可收。明发更西行，永为东流羞。

召堡

战罢麻湖险，功争召堡高。有民余板屋，无陇不营濠。烧树种包谷，鸣金锄附毛。流亡初自植，莫忘致锋劳。玉菽土名包谷，香附草土名附毛。丽亩高埋堿，居人指翠空。未宜京观壮，遂落保障功。垣总颓飞炮，氓多散举烽。万山遮月黑，幽壑转燐红。天将填壕下，围姬正赌棋。法虽信斧锧，鲲已饵鲸鲵。富室倾归子，骁军没养儿。神枭终复卵，盗贼尔宜知。

长阳首逆秦加曜，入巴东建始，七大将驻兵召堡累月，贼屯麻湖，去召堡十里，俯视历历。及额侯至，领本部乘高压战，追剿累捷。先，长湖有富户，逆委与联姻，后逼为饷主。又遣其党事宋参将为子，断其马膺，不得走，擒之，陷其军，于诸逆尤为奸黠。后有归诚者，导天兵坏垒入，逆拥五姬手谈，急出帐指挥，众莫应，逆告其众令尽散，手刃五姬，以紫纱裹索就囚。

雨行入建始道

山深云不干，蜜远霆转迫。俯仰重冈峦，瞻顾变昕夕。云低摩天柱，霆高导地脉。青苍气趁人，涌坠雨如墨。江上来萧条，山中集凄瑟。烟沐螺鬟青，流掘战骨白。取道溯瀑布，接武凌怪石。如通箭栝门，惧点吕梁额。归版本苗疆，候气犹殊域。帷车袭绒纩，五月寒无色。戢乱况新更，表堠梗旧辙。数险戒王君，寻山匪谢客。自非骧骥首，岂为假鸿翼？回首路三千，倚间嗟于役。

余本

余本伐檀者，坎坎清河湄。勿谓寒心女，竟受朝饥欺。硕鼠自食苗，朵颐窥灵龟。息壤敵如忘，市虎一已疑。白圭岂不洁，青蝇易为缁。芳桂尚不采，恶木况无枝。丹橘移淮北，化枳辱场师。寄语远行人，石见空离离。

历戍营纪见用鲍参军苦热行韵

巴山峻千仞，萃兹夏日威。嗟尔远戍人，何日赋来归？火云盘沸闸，峡中水旋至广数百丈者，名闸。凉飙避袭圻。月入峡皆赤，雨经碛已晞。章卒分并伍，列幕域十围。苦乐知炊烟，瘦黑思曝晖。宵奋就纯茅，朝饥贯寒衣。肃肃蝎或跃，营营蝇不飞。举足无全黄，履沙有焦腓。死则就命正，生犹炽患机。践土恩既重，防边力亦微。赏薄岂足论？忠义士所希。

兵书峡

下峡飞擢迅，冈峦不延妙。耳目变湍涛，崩奔更平声奇峭。平壁三十里，长年忽我诏。是名兵书峡，神师藏剂约。千年谁得者？风雨随叫啸。至今云雾间，楮墨时照耀。余幼闻斯言，到兹更嗟悼。妖术惑黔黎，奸人煽桀骜。岂知死民信，百胜唯忠孝。权家余夙嗜，颇识丹书要。气机设轻重，地力辅窔奥。和民能揽贤，饵丰乃利钓。天官及风角，驰谬多讥诮。诡道古有作，讵谓误不肖？子房帝者师，岂伊黄石教？鲸鲵空齿剑，向迩毋原燎。破壁释民愚，矫首真宰告。

广福桥

乱后思名将，当年拔帜回。民新花县治，山旧竹王开。望岁移星使，巡邮认劫灰。一尊供法酒，真自贼中来。

翘首一章

翘首问月亭，慨然怀太白。有诗何必佳，出口无偬迫。充隶三四年，畜鸟一千翮。出峡囊仇头，宿湖枕白额。颇能题画鹰，亦解谈中策。终愧射马风，况攀送鸿色。自登时相阶，无复荆州揖。请看手版书，东海钓鳌客。

哀竟陵寄舫斋承宣 时承宣已被召仍履勘水灾

朝帆发章台，暮宿关睢口。百里浩波澜，烟水灭蒲柳。河道旧云窄，怪问看罾妇。妇闻语先啼，欲答咽复久。六月日初七，襄江堤失守。潜沔及天门，堤田亿万亩。堤崩水如雷，白浪封户牖。骨肉各趋生，儿媳背姑舅。小孩幸周岁，顷刻不离肘。家产籍神君，捕鱼活子母。鱼随南风起，饘粥尚可取。近日北风多，儿啼已无糗。芦棚依薄洲，寝食蛇虫偶。于今六十日，水泛力仍厚。昨闻新圣君，特谕大臣某。勘灾告实情，饥溺如身受。但恐赈到时，难民骨已朽。又恐安集难，流亡终十九。熟田偶被灾，荒弃遂泽薮。三载被兵火，耰锄少着手。今年差治田，灌决伊谁咎？视我湖北民，天如不克纠。两月发不栉，睹客遑惭垢。听此再叹息，斧柯竟谁有？

哀秭归

连日望桑榆，有气如死灰。又如赤杵冲，翼折千里来。八月初五日，归州闻贼至。急探得其实，去关才五里。官吏惊无措，夺舟避江隈。居民半明昧，飞炮倾橹台。后仰千丈山，前俯万仞溪。孤障悬峡间，一线路萦回。老弱齿刀戟，少壮矶岸隤。尸壅闸不流，涧血奔鸣雷。生途十无一，万宝遽烬煤。贼股入楚三，一由兴扰归。兴山驻军门，贼亦过其治。令人千里外，存没俱疑猜。数日绝真息，蹂躏更不知。南漳荆襄害，闻多伏疮痍。兵勇拔营卡，望风尽反驰。终此贼罔悛，生道无由开。始信保障功，浩怀颇牧才。圣主已拊髀，苍生犹降灾。卷身竟何言，唯用纪其哀。

西楼古梧南枝六月中为风折

古梧高十寻，两枝抱我屋。当我别春旸，及君阴未绿。君招火云寒，客集焦烟酷。冀彼新秋阴，涤此风尘目。入门急问君，见君惊偏祝。北枝叹蕙焚，南枝嗟松独。匪用谐宫商，讵由闻鸾鹭？唯君中直姿，易为蝼蚁辱。长风六月来，摧折亦何速。折梧枝尚可，毋损楚民谷。师旅兼凶年，引领望秋熟。

怀友四首

丰城布衣傅卧云

布衣三十载，燕赵遍经过。说剑须眉舞，论交屠贩多。之荆真孟浪，入蜀更如何？好射天狼落，匡庐老薜萝。

阳湖秀才毛洋溟燧传

洋溟有传志，冰去声齿出飞霜。皮里阳秋盛，山中松柏长。春晖犹涕泪，秋鬓已梧杨。寂寞千年事，名山发石藏。

歙秀才程蕉云川佑

巴水奔三峡，狂才羡妆飞。只无春苑柳，张绪想依依。暑避眠同席，宾知出易衣。夜郎山绝险，记取梦来稀。

同邑秀才翟丈太虚金兰

三十年狂客，云泉负此生。青门瓜不熟，白眼醒尤明。殴郗鹘拳老，倾田鸩舌惊。只应黄户部左田，诗敌早行成。

别武昌

远游逾千里，匪云必有方。笔耒代牵牛，讵致洗腆庆。登高望白云，白云自飞扬。况驱巴夔郊，马尘惊欃枪。昨夜玉轮寒，故园此清光。弱媳侍慈姑，念客历星霜。自古莼脍思，游子热中肠。岂为玳瑁夸？不怀杯炙伤。回首黄鹤楼，铁笛声不忘。苟非夙缘深，吴楚故殊乡。君看南乡雁，六翮轻苍茫。整翮去中泽，横绝再回翔。

扬帆下赤壁越樊口 即西山上有晋陶侃读书处遂达西塞俗名道士洑

赤壁记前游，寒嘌带客舟。访遗寻曲磴，谒像拜危楼。劖石龙蛇古，盘岩虎豹愁。泛涛今纵棹，烟树认黄州。

坡老寻梅处，山溪闻夏寒。更谁怀运甓？结屋白云端。连岁妖氛降，苍生血未干。樊山形胜地，方面慎儒冠。

西塞镇全楚，横江锁下游。当年经百战，山压阵云愁。洲渚况多盗，宵烟警柁楼。水师须日戒，三峡正防秋。

江上望匡庐

寻山仰齐云，扬帆俯澄练。云虚练影寒，帆转山形变。烟紫火雯朝，镜白月船晏。九叠洽隐沦，五老憩欢宴。心与雾窟遐，迹非风逵便。缓此存乡愤，郁吾蕴真恋。矫首高蹈人，神期若可见。永当云松巢，终息荣利战。

入皖境却寄楚中游好钱东湖钺

猛虎多苦心，艳歌益愁思。愁苦非一途，情以思归致。幸洽怀士忱，复予乐水志。尚怨东流长，不觉归帆易。吴山见青初，楚尘化素未。古节虽夙乏，越乡忧已塈。回首念君子，老病孤舟系。濡迹荆鄂间，能无霜露劚。草堂宾白云，日待诗人至。岁晏风雨愁，应诘王录事。谓楚北当路，允为东湖谋归资者。

泊舟皖城奉怀太宰朱先生 时已内召

九罭歌飞鸿，甘棠咏拜枝。周民仰乐岂，皖士念命提。倚棹望省垣，登舻见节旗。城郭信如是，函丈空瞻依。启心命老臣，能遂颍川私。衮职岂有阙？跻敬思格非。嗟余旧亲炙，未能战胜肥。道虽若大路，自择易途歧。唯公吐握心，令德日崇辉。羁旅易荒落，何以报公知？

卧病怀舫斋

朝议今奚若？牛衣镇日思。孤军完半壁，一字拜余师。风鉴予奇中，客冬相舫斋当有幽蓟之行，今秋果验。冰操帝特知〔一〕。虞卿书漫著，尚慰醮坛私。舫斋解任赴京，楚民遍为祈禳。

杂诗示十九弟季怀

余于书最拙，执笔能悬腕。饱后亲硬黄，聊使尘心缓。旧拓楮墨香，启匣龙蛇断。于中吾尤爱，神龙兰亭本。画赞亦超然，俗刻皆奴算。日仿此二刻，抢锋出趯管。久久觉芒角，有如纯钩划。乃视近人书，大半没平软。求王虽不伯，或足固闭键。又复勤摹追，直纵曲有转。覆毫抽笔心，锋常画内展。抑悟布九宫，非必尽捺满。有神任形空，毋作秋蛇绾。苦无暇岁月，进与临池选。举事求过人，斯病吾不免。请为歌毛诗，甫田齐无田。

拟古二首寄翰风

皎皎云间月，流辉烛幽房。中有怀春女，抚弦歌陌桑。谁谓瑟和柔？增我慨以慷。义心多苦调，长叹不成章。整襟步重阶，俯仰思傍徨。清露湿兰林，衣袂皆芬芳。所思千里遥，悲啸若怀霜。宁嗟蕙草晚，之子忧无裳。

悲风来万里，白日垂寒阴。暮色滋川原，出没浮云深。抚剑欲何之？索居怀所钦。坚冰塞洪河，衮雪暗高岑。岂敢惮艰险？独伤失路心。念彼南山姿，忧思浩难任。

山川出雨云，河岳多灵异。趋舍非一途，丈夫重意气。混混叹川上，郁郁伤涧底。谁恃云外翮？自损腹下毳。去矣梁楚郊，独从剧孟醉。风尘千里黄，荆棘走双骑。空庐日抱影，中夜不能寐。老农晒琅邪，遑事问仲蔚？

禅室四怀诗

峡布衣陈仙圃

中州有布衣，沉勇深泠渊。卧云述行谊，卓尔信英贤。帷幄摧欃枪，庶几靖尘边。试可桑梓邦，耕凿顿安恬。敌国知求孟，卖塞岂闻田？恨不与布衣，剧谈金匮玄。寄书与卧云，劝我早归山。感君知我名，千里示真诠。余遂秘商歌，愿君长策宣。终此保障功，雍梁销幕烟。谁知府主换？君若星流天。矫首望嵩岳，五色云连娟。

丰城布衣傅卧云

己未三月杪，君应经略辟。蜀事仍劻勷，知君久他适。别君岁过半，不得君消息。不识匡庐云，曾卧餐霞客。忆我初见君，目我以英物。一为长夜饮，再拜结莫逆。谆谆言羸躯，精气宜秘惜。功名不可为，吟咏复何益？名利今煎熬，寤寐惊魂魄。近或一梦君，相对多惭色。伊余邱壑志，苦为薪水迫。蹇驴鸣秋风，骅骝亦求食。何当得蓑笠？奉母耕穹石。

浦城抚部祖舫斋

侍郎藩楚北，倒屣昔经过。庶几当一面，得于恭俭多。理剧气愈闲，定变治不苛。抚民以守地，会垣销偏颇。谓我真雅儒，反手能起疴。长策竟废弃，督师听不和。自为幽蓟行，道路闻易讹。旌节或驻秦，忽移洞庭波。波流绕皖公，击楫兴如何？

武进处士张翰风

扁舟君去矣，别泪尚盈把。拭泪写两渊，不为知我寡。九日莫愁湖，倦游聊痳假。假痳梦见君，黄岳红泉泻。我今颜阘求，君亦刘蒉下。载讽无衣诗，寒风何潇洒。酒薄不可醉，踟蹰步四野。言念同袍人，千里路坎坷。何用展殷勤，在远分日亲。

昔年

昔年十三四，慷慨志奇功。弱冠谒太宰，词茫阶朝虹。问我川楚策，指画欃枪空。叹息天下才，谓可轶贾终。游楚策安边，承宣来趋风。相期息原燎，先试固楚封。督师见小利，狐裘嗟蒙茸。参赞误有闻，追寻锁院中。夺势竟漏言，几至祸丛躬。矧闻启沃人，荐辟皆雕虫。使余用世志，日随江水东。长剑遂归来，菽水谋倥偬。坚冰塞长途，行旅无前踪。踯躅出门去，忍冻凌峣峰。回首雍梁郊，鼙鼓声逢逢。载诵沔水诗，怒焉伤心胸。

龙门渡

渡水深尺半，环作绿玉寒。扁舟循侧石，一篙未可安。佳名锡龙门，确荦无留湍。那知九谷底，不有蛟龙蟠。两崖峻千仞，积雪回羲骖。行子畏斜日，橐糗不遑餐。顾见呼渡人，男女颀且顽。汹汹百十辈，手刃或长竿。千里避水灾，骨肉弃团圞。以礼食则死，何能苦自完？我本为饥驱，穷岁扳巉岩。况闻流亡言，遂深漆室叹。蚁穴有溃防，善厝故匪艰。寄语专城人，信此涕汍澜。

行黄山下

龙门岭名见黄岳，奇秀非言诠。循麓百回转，坚我志霞烟。千年埋紫雾，定知藏真仙。宁无英秀钟？俊杰生其间。玉兵偃涿鹿，问道摩层巅。胡为寿三百？人耶疑上贤。得毋傲吏心，拜风皆卮言。大隐隐朝市，斯言古所传。吕召守黄庭，谁作周之翰？始悟用世人，故乏山中缘。蹇劣有如斯，庶几宜林泉。

余雪散穷岩，苍黄互低高。畛陌艺麻菽，粤集流亡曹。聚散均齐民，此政非吾嗃。不以隶编氓，异性驯则劳。何术驭其渠？乃在乡贤豪。礼可维其心，威可制其剽。维制果有素，曲突功无僚。不然有稂莠，与成市井交。山谷倘不登，万口齐嗷嗷。用六戒履霜，山越斯其嚆。斧柯竟谁有？引领遂长谣。贤豪信兹乡，行子毋忉忉。

箬岭

箬岭歙北门，黄岳浮岭头。望望欲到天，远令行者愁。绕谷及其麓，豁若行道周。始信锼镵功，能荡天地幽。岂谓壮士怀，登兹百虑缪。末富甲东南，人不爱里州。环野瘠且隘，奈此穷民稠。四山新蛟痕，辑辑千垂旒。形家言有征，毋乃气休囚。一身不自存，遑先斯人忧？去去勿复道，日昃念途修。

岩寺

倦客远到家，家事纷不理。我本拙治生，屏当亦无俚。展转念良朋，藉以解愁否。冬日幸暄和，言访北郭子。裹粮登狙杙，崎岖三百里。行来四晨昏，岩寺指前市。张生隐其间，望兹我心喜。暂足避俗氛，又得引妙绪。生涯各飘蓬，珍重十日聚。我思古之人，鸿轩有嵇吕。

留别程秀才川佑

总角耽诗书，深鄙志富贵。劻勷及穷途，怀刺谒当事。烛下初识君，紫衣短及地。轩然似成童，落笔常千字。谓君秉殊质，博览益其智。合辙须异时，苍生望可寄。聚首不可常，余振游楚翅。思君三千里，夜夜萦梦寐。归棹倚鸠江，重修几席谊。回计结交日，春秋已更四。唯君积问学，尚亦无殊异。妙质竟蹉跎，得毋类自弃。余应山泽癯，君终廊庙器。异时讥无术，吾望云何慰？珍重岁不与，及时宜自媚。励此千里心，勿为缧牵累。良月廿八吉，君当结大义。惜我行期促，不获侑君醉。我闻儿女怀，实短英雄气。抑闻居室近，君子道已备。详味古人言，明者择所自。更宜慎失足，亦复靳谑戏。前期未可请，言别诚不易。赠君言三百，即作鞧鞧璲。

偶成

远游积乱梦，梦思竟无端。归计十年拙，穷途一饭难。帘前霜影怯，烟外客魂单。展侧孤衾冷，空城漏未阑。

赠甘泉王岩芝绂 并序

绂本名福，余为改名，并赠字。自成童为同邑贡生姚雨田澍侍书，通历律阴阳权家言，过于其主，性坚质能任事，机警有权略。事主廿年，见利思义，识度所及，卓越冠盖。感叹激楚，辄赠此章。

降衷赋恒性，平荡无偏陂。永言求多福，托地空尔为。在子生不辰，微贱沦青衣。所幸事贤主，能食复可师。我作广陵游，飘蓬无定期。中途遇黄发，倾盖语移时。招要过其家，睹子颇有奇。朴樕固无文，睐眄皆生辉。终日侍不倦，侧听何依依！夜分送我归，路远心弥怡。导子使尽言，分决其庶几。唯余善鉴人，如子亦良稀。努力取诸身，志士宜自希。韫璞及盛年，日益更事机。殊遇固无方，鸿渐终能飞。若主已就衰，诸雏犹角羁。李善苟不兴，引愆有钟离。愧无君子誉，未遂拔王尼。

偕步保障湖由长春桥至惠照寺次韵

严秋飒已暮，羁思不可释。矧追川上游，兴念远行客。逝者有如斯，得毋梦昔昔。不见澄澜清，寒烟破暝色。娆娇芙蓉花，扬辉岁将夕。慨彼绝世姿，弃置横阡陌。隔岸垂深杨，隐隐丽金碧。展侧曲径间，萧寺六朝迹。道力阅兴丧，古雾涵经席。举手阐灵关，杳冥不我辟。明发念岁寒，寸心自求怿。谁为日浴者？双鹭飘云白。

客邗江一月诸君子日相过从知余有中州之行各以诗饯辄赋二章奉答

一枝无安巢，广陵试秋翅。翔而存旧知，新交亦群至。浊醪环斟酌，瑶章各编次。叹我何蹭蹬？问我何憔悴？奔走四五年，间关谒当事。闻誉竟何益？好名宜颠踬。于今求闻达，安心已消渍。载讽郎邪言，不觉更涕泗。

玉鞭不可借，金匮谈纵横。屡称东土山，讵闻丝竹声？太白昔已矣，矧余非降精。安能免蓬飘，高枕乐吾生。诗人念明发，日月犹迈征。君子各努力，及闻蟋蟀鸣。临流赋沔水，行人不濯缨。愿移惜别意，信兹叹逝情。

送别张古余领守

在昔闻韦杜，相知厚且真。古处逝千载，于今重见君。维君夙通籍，升卿领守频。欃枪欲芒炽，谈笑靖沙尘。己未秋，古余署南昌守事。利器有如斯，俊英谁出群？不谓进竖儒，延为倒屣宾。下交疑毛薛，矧余非其伦。诚恐累明哲，抚虑常振振。贱子初惑性，同室视乡邻。俯仰顾无藉，先忧念愈殷。以兹事周游，长策时敷陈。好龙乘叶屋，鼓瑟坐齐门。敢云莫我知，庶几耻贱贫。遂坚独善怀，耕稼期躬亲。苦乏草堂资，垂翼从艰辛。赖回长者辙，暂使颓眉伸。得侍谓可久，结旌载邗滨。行矣懋明德，霖雨其日新。

赠江都汪孟慈既留别之吴门约八月重来扬州故有末语

行子逐飞蓬，倚棹邗江侧。岂忘接淅心，谓与吾子直。容止何翩翩，间年初六尺。沈思发其华，安雅征于色。接席心已倾，绎词更叹息。自言先君子，卅载穷册籍。博综汉唐编，精破儒先的。遗书多未成，继述伊谁责？痛无趋庭闻，惧孤执手泣。佽人亦少孤，十载存手泽。感君永孝思，志同愿相饬。象数故粗文，义理研精液。虑受古人愚，非必前薪积。不见顾崑山，吐词无杀激。矧求闻誉施，实累身心益。亲仁远戏谑，稽古慎攻击。自见则曰明，早服莫如啬。守身以事亲，相期终不失。

人称君子子，斯乃显扬则。语浅情苦深，引领数秋昃。

赠邓完白山人

斯冰骨既朽，千载绝妙迹。吾皖产布衣，壮观顿还昔。自从二徐来，气象苦逼窄〔二〕。不谓见君书，激宕震心魄。结构何窈深，森森露矛戟。间出骀丽姿，旌旆战风黑。和若母乳子，纵似马惊埒。乃至无画处，逸韵流空碧。又工为八分，气与中郎迫。其余作行草，亦足偶凝式。专精古所难，兼技况绝迹。二李如可作，正宜复舌咋。闻名七八载，于今奉颜色。修髯初飘摇，质雅到裙屐。忆昔吾友张翰风，述君足奇逸。担簦游歙州，五摩天都脊。每到穷岩壑，辄见题顽伯。吸彼万峰奇，以助十指力。嗟君负此才，不勒燕然石。蓬转市肆间，邂逅歌代食。曹霸貌行路，俗眼反遭白。真识故罕逢，妻子当嗷啧。唯余亦蹭蹬，诗笔颇无敌。监狗亦有人，凌云竟何益？各怀矩步伤，况是同乡客。握手妙高台，聊足散劳积。把酒为君歌，此日足可惜。不歌已三年，歌语殊刺刺。

奉酬熊介兹枢直

皖江有书生，所学在齐治。少小习孟子，即怀运掌志。哀哉方成童，当室更力佽。乃从千里游，依人作生计。忠事尽吾分，悯人怀亦遂。宁知廉耻衰，斯道久弃置。略存谋道心，便负忧贫思。湖海浩万里，无着孤云地。以余困饥寒，知民足憔悴。谁为朝餐者？不解存此虑。蓬转到京口，僧房聊借寓。何幸遇君子，下交不遐弃。议论多英达，襟怀何坦霁？赠我以佳章，三复见君意。意谓夙通籍，国恩渥累世。有日居可为，荐贤乃先事。累累银青公，鲜此明大义。君善守是心，斯民待攸塈。维今草莽臣，实云足贤智。伊余阅数州，已觉精英萃。共叹莫我知，未堪衣食累。得毋结网疏，华阳放骐骥。近闻秦粤郊，饥鼠复纵恣。岂无安边策？其如兄弟咥。吾已学无生，铲尽龙泉利。忘世非初心，独善愧犹未。但得买山资，便欲谢尘彗。南山深雾中，时洒思君泪。

纪芜湖事 并序

芜湖县宝塔湾居民汪某，年十八岁，其父于孩提赎之育婴堂，抚为子。嘉庆八年六月二日，某从无藉博游，父谕之不从，督过之，某遂踞灶拳碎两釜，母拽臂止之，遂批母成伤。少顷，某晕绝于地，两股热如火炙。既苏，股肉坌起成文，左股曰「不罣不欠」，右股曰「十五日雷打不孝」。父母惧甚，延道士于雷祖殿忏求，爇香不燃。某自炽炭爇之，竟不燃。某自知不赦，初八日夜缢于厕，然竟夕绳绝，卒不得死。余适至芜湖，悉其事。夫父母之爱子也，凶逆如是，而欲贯其命；天威之无爽也，凶人捐生，而不改其法。夫卷阿歌翙翙之羽，而庭氏、射鸟氏，职详周官，然则牛羊在牧，必有败群，在牧人能斥去其恶者而已。钦亮天工，幽明一致，保甲湮废，吏不事事，以致人道沦绝，欲鬼不神，其可得乎？是故神道设教，非诬民也。阊阖九重，呼吸遂通，天高听卑，良可惧矣。说者谓雷为戾气之积，物相值则有伤。呜呼！使是说而信也，不亦渎侮天鉴而便于怙恶者乎？余故据见闻所亲，笔载之以信将来，且以明天心不讳用刑，而顺天者昌之，不必在纵恶也。

上帝非任刑，殛恶著成宪。阳故设斧钺，幽复信雷电。辅此孚佑仁，革彼不类面。所以契圣心，每闻则必变。自古云神诛，常发人不见。良由恶既见，早已登明谴。陈殷师正贤，读法州党遍。教耻加明刑，大憝即屏远。无如身教衰，徒取公事办。误读在宽书，阴骘惑本愿。藉辞扰狱市，矢意从末減。渐令游闲多，极致伦常舛。于此鬼不神，从恶益肆慢。于此天默诛，人犹疑虚幻。谆谆命如斯，赫赫德不显。乃能格凶逆，就死无悔怨。恶积固灭身，武贞亦止遁。若人虽不道，其始犹可谏。孝弟讲庠塾，骄纵遏童丱。其有违教令，鞭朴即递荐。折抑其杰骜，振作其忌惮。鸮有颂食怀，草不图滋蔓。岂遂累辜孽？至上达汗漫。亮非赋性恶，职竟由习惯。初闻极愤怒，旋思转悲叹。且复愁神力，无方亦有限。焉能日冯冯？下与人为难。教先有父兄，刑齐则州县。一恶可得罚，火烈终难犯。不善善之资，别慝树风范。毋伪为仁厚，以苟避谤讪。其去害马者，实为骐骝便。不见雷示威，亮工恃雄断。

乙丑初春东园步雪同翰风成之作

闭固冬不密，穷阴无藏蛰。三日酿春燥，风云骤相合。寒响追远苍，冻影团空罔。积云忽破散，随风并萧飒。东园近倚郭，携手良朋集。复阁眺清旷，连缟没郊隰。砌竹尽垂箨，堤草或吐甲。时见跣樵行，顾送过鸿踏。土膏良已融，蛹孽信可戢。庶遂望麦怀，聊慰伤春睫。

校 记

[一] 冰 原作「水」，据吴校稿本改。

[二] 苦 原作「若」，据吴校稿本改。

管情三义卷第六　诗三

吴门逆旅四怀诗

大兴相国

几度移书问薜萝，不言温树意如何？只应洛下留才子，为述吴公治最多。

甘泉学博郑清如丈

年来政府求民隐，朱大兴、刘诸城、戴大庾不时存问。此老雄心未忍删。闻说长鲸骄海窟，时蔡牵陷台湾。梦魂还上大洋山。

故江西抚部陈药洲丈

老人清兴近何如？日望江干问谪居。为报年来漂泊甚，等闲蜀素未能书。抚部在浙江得唐白麻笺，长丈二尺，珍藏四十年，遇余乃出以相属。然诺之三年，未报也。

贺善青左田

皖上群曾好辨时，此心耿耿只君知。如何待诏文征仲，终被人称老画师。

题胡智珠内史琴松风图照

人声协天籁，听琴如听松。横琴古松下，再鼓临长风。风绕万壑出，飞送双吟龙。能令听者心，缅历九疑峰。夙昔知夫人，七字声摩空。写生绍兰陵，爱女术兼工。竹琼、定生两女郎，初龀齿，即善诗画。肮脏许公子，悲歌吴市中。乐惟闺房秀，交须屠钓雄。邂逅值贱子，不语神已通。何当拜帘前，环佩闻琤琮。

题赵谷庵风木余悲图

伤哉树欲静，悲风千里来。今古共抱痛，游子情尤哀。赵至释书泣，负米走燕台。椿萱同凋谢，恸绝荒山隈。马鬣虽可识，稻粱谋复催。舣舟辞新垄，瞻视何梅梅。此身倏蓬梗，此心寄崔嵬。爱写风木图，即与补南陔。

奉同百菊溪制府舟勘清口五道引河改陆勘高家堰至蒋家坝制府先成二律依韵和答

天静水无波，舟疑镜里过。重关镇清口，全势注黄河。激溜今趋北，神谟定不磨。纯庙于头坝前盖坝，屡敕接过金门，逼溜北出，用以刷黄。临工昭率旧，心感到牵萝。清河士民屡请接长盖坝，河员卒莫应者，昨日制府临工，其议乃定。

奉𪊲金堤上，弯环仅带围。萧南传溜夺，淮北想鸿飞。上智善因势，奇功在握机。使人知赏罚，所愿自无违。

叠前韵呈制府并示幕府诸君子

八九水同波，谓七十二山河同汇洪灘也。黄流并北过。定资疏海口，先与漱盐河。湖水澄黄以出御坝，即下王营减坝，盐河新淤，可藉刷涤。一线堰盱道，经年风浪磨。瑞符本分泄，试遣问烟萝。靳文襄建祥符、五瑞二闸，以泄洪灘二河入湖之水，后反借以减黄，今黄既断流，若测量可以挑切而减清入黄，则湖可无虞过旺，而宿桃百里河身，亦得刷涤之力。减坝分双五，民河互绕围。高堰上减坝五，高邮下坝应之。坝下民便河，分路归江归海，引原入委，旧制本善。本能分涨势，岂遂逐涛飞？闻策重门障，宜参并用机。纯庙曾谕尹高两使相，早年宜启坝以济下河，不可拘守蓄清敌黄之说。倘更筑为浚，利益系从违。河帅近估修高堰二堤，经费二百余万，若移以浚下河、民便各河，则启坝不至成灾，湖水可无容过已。

壬申冬杪过平原谒鲁公祠用公裴将军诗韵寄兖州都督陈默斋兖沂兵备熊介兹

受土作命吏，所职固埏垓。治乱常倚伏，图终在慎哉。论资署纸尾，铅椠障雄材。伊谁信求福？临难独不回。丈夫置周行，肯辞陟崔嵬。将吾识所达，匪为名震雷。聪明果在躬，祸福必先开。毋待事变至，始虞非意来。寄言专城者，郑重鲁公台。

丁丑正月偕歙闵子敬宗肃自扬州发程随计分赋得臣字

又际辟门盛，相将踏软尘。敌无坡老应，刖比卞和频。予报罢者三矣。菽水谋仍迫，栖迟愿讵伸？义颜期慰籍，至泣更酸辛。为苦鸠生拙，何当花样新。不耕容有获，未猎岂悬鹑？铁砚非求己，轻裘敢羡人。从来乡曲誉，几误草茅臣。惭说知途马，欣陪观国宾。淮阳浮片席，幽蓟碾双轮。利器发硎日，霜蹄入埒辰。祝君致身早，高足据前津。

邵伯埭同子敬作分赋得东字

淮贯江河腹，长堤一线通。重湖争走下，累石捍流东。黄减清应涨，桥开浪自雄。里河鱼米地，生计吸嘘中。里河七邑连年多于成熟时被水。春首称归墪，波光尚接空。雨行兼坝启，岸坏未墉崇。河吏以西岸加高七尺，请于河帅，库项支绌，允而未行。蔀屋留沙迹，污田辍岁功。湖西居民被水患已十年。白生治更愈，赤子命难同。黄运两河，虽同属南河，而失事处分悬殊，故墪有所择。闻说怀仁力，全胜束水洪。千年歌谢傅，名义岂吾讧？

淮阴钓台同子敬作分赋得阴字

缅彼垂纶客，观情坐水浔。固知秦德厌，难遣古怀深。怒绝亭妻蓐，恩萦漂母砧。佩刀时顾盼，搦竿漫沉吟。谢诗「息阴倚密竿」作上声。未达不纲术，徒劳独茧心。食苹空逐鹿，贪饵竟成禽。细行遗穷巷，高功困积阴。长淮呜咽水，流恨讵能禁？

滞迹吴门和小宛见赠韵即效其体

四旬有四齐兄齿，逝者堂堂已不还。感节行藏余肮脏，悲秋情绪尚间关。听残反舌声依约，饮遍香茗事等闲。坐使如神笔花落，全输勋绩付名山。

嚣嚣邹国语吾游，自见何须察眊眸。一任畜狸夸捕鼠，岂宜负鼎悔函牛。苟全我待开三径，不朽君经出一头。屈指几人守先训？廿年心迹信无偷。

小宛过访订游灵岩叠前韵嘱再和答

昌黎席金不足攫，安道门船未宜还。只为文章真习结，顿忘身世旧心关。甓阶无复分阴惜，竹院聊期半日闲。莫怪行踪更濡滞，间邱招上虎邱山。

樯燕依依语客游，蜚鸿刁刁送秋眸。空闻劳者相求友，谁解商歌急饭牛？幸不断长悲鹤胫，悔将尚白问乌头。却怜早漏商君网，依旧骚坛试狗偷。

与金坛段鹤台玉立明经论书次东坡韵

昔吾论文笔，于中必有我。蜜成花不见，持以论书可。错综理相安，避就形时椭。常能伏纸骄，始得见笔娜。转换心如旋，骏发势每颇。摄水墨无溢，开锋毫不裹。锋毫辨微芒，水墨分纤么。嗜此二十年，长者力先荷。闻声震合弦，譬巧知扣笴。只今两少师，传书苦不伙。变法心何雄，涉险气振惰。俗学贪速成，锦鞯被驽跛。步颜拥肥姬，趋欧牵病娥。若谓吾言非，试与讯江左。花之精浮而为蜜，其滓沉而为蜡，蜡中亦无花迹，乃为蜜成。未成之先，则采与酿大有事在。错综十句，言酿之事；只今八句，言采之事。凡作书无论何体，必须筋骨血肉备具，筋者锋之所为，骨者毫之所为，血者水之所为，肉者墨之所为。锋为笔之精，水为墨之髓，锋能将副毫，则水受摄，副毫不裹锋，则墨受运。而其要归于运指，大指能揭管则锋自开，名指能拒管则副毫自平，锋开毫平，而墨自不溢出笔外，水行墨中，书势无不遒润矣。王侍中传右军之诀云「万毫齐力」，予尝申之曰「五指齐力」。盖指力有偏重，则毫力必不能齐也。柳诚悬、杨景度两少师，皆神明于指法，故一变江左书势，而江左书意反赖以传，但知之者罕矣。

松江舟中守岁 并序

予以嘉庆庚午夏，奉母侨扬州，负米常数百里，唯度岁必归侍。戊寅冬，滞迹吴门，小除夕以冗反役于松，独坐小舟，无伴侣共言笑，无卷帙供翻阅，默记东坡馈岁、别岁、守岁诗韵，和之以破岑寂。无取附题，亦非言志。不作此狡狯已十九年，录出殊觉可意，所谓见似人而喜者耶？

廿载废书史，枯肠索字佐。有如入荒市，客至售无货。赵州锥也无，昆阳敌转大。白战骄袖长，绿沉涩苔卧。少小薄韩苏，出语必惊坐。未宜名占时，所愧命次磨。海气足风涛，蓬窗惊岁过。莫使笔挟行，永谢巴人和。

诘朝半九十，岂曰日迟迟。屈指数迷误，虽悔安可追。挈眷远坟墓，就食韩江涯。岁杪隔团圞，倚闾慰何时？书来报幼子，思爷食不肥。况念居与行，豫为新岁悲。堂堂岁弃我，弃我亦何辞？汝年已非壮，又增慈母衰。

长年挟策游，有如乞儿蛇。蜿蜒自道工，见者眼先遮。双石昔歌舞，卌算今谁何？此生分寥落，前事安足哗？静思得岁时，心花如鼓挝。巨觥趣险韵，遑问玉绳斜？幼学兹荒落，壮气日蹉跎。岁去不可守，努力将焉夸？

己卯岁朝松江即事

除夕三鼓泊松驲，诘旦谒庙逐香客。士女骈阗钟鼓喧，酒棚茶帐罗殿前。帐外占风有黄耇，岁朝东北当大有。今年又收十分租，摘银折漕骨髓枯。石米块八价在市，吴市用洋钱以块计，每块分十角，角分十分。盖熟米一石，市价一块八角也。官漕石折六块四。豪衿交米二石三，民户入仓横笞詈。松漕亩正斗五升，折色倍蓰何能胜？入夏征银发雷火，摘催条银，江省用雷签、火签。田租粜尽税未清。狐裘叔伯尚清净，讦上顽风不可竞。只望歉岁无租收，忍饥不受吏诛求。可能重见大兴朱，万姓疮痍得再苏。自文正内召，以及其卒，七八年间，江浙收漕不过加二，未召之先，既卒之后，漕折顿殊，故民思之如此，其实文正未尝治吴也。

初二日莘塔舣舟看中天王会

莘塔小镇吴江乡，乡民醵赛中天王。初春祈年仿昔古，请神出巡驱疠殃。神本宜兴宋刘令，刘宰南宋为宜兴令，今俗称为猛将。民传令有治蝗政。官祀从民充入蜡，蜢蚱猛将称无正。封号不经敕市张，吴俗尚鬼，居民欲尊其土神以为观美，醵金馈张真人，承制降玉敕，无不封侯王者。有舅配食尤荒唐。卤簿千人拥黄屋，舍身孝女披银铛。刘君泽未及中吴，河水沦漪有说无。乃知民心乐除害，不必身受同歌呼。民苦渔侵事非一，害稼何须蟊与贼？邻鸡果见月一攘，身后悬知堪庙食。却忆宜兴曾薄游，长桥终古说袁侯。一桥利物功原细，须信全无利己谋。

己卯历下守岁叠戊寅松江舟中韵

骑驴去京华，历下从宾佐。府主官承宣，所职岂司货？握算日不给，何暇计远大？属部苦秋霖，黄流并北卧。大溜穿会通，狂淦啮城座。驰檄议赈防，日夜蚁旋磨。灾黎未遑生，遑惜春讯过？恤民乃裕国，斯言竟谁和？胥吏弊有薮，其薮在纡迟。唯假慎重名，弊乃不可追。是心既诚求，为治岂无涯？前牵后荷箠，讵见羊走时？况复念飞鸿，独饱焉能肥？逼发雪累尺，阴沴更增悲。俯仰顾无裨，素餐咎谁辞？夜夜梦家山，甚矣知吾衰。从好亲翰墨，目惊入草蛇。兴酣偶落纸，心慕饥鹰遮。心已不及目，手更如心何？敛墨畏木强，开锋虑喧哗。将毋笔花谢，徒劳羯鼓挝。双眸况懵松，勾画时旁斜。已失卌五岁，自分任蹉跎。中夜愧烛奴，犹将花蕊夸。

庚辰初春留别大明湖三首录寄吴槐江宫保丈苏州胡墨庄给事陈秋舫修撰都下汪均之上舍汉阳以代答书

山东本齐鲁，儒泽垂千载。云何间古今，遂称难治最？讦讼连岁月，越蕺成侪队。劫掠既时闻，枭匪复相倅。半年佐行省，始得悉其概。民心实淳朴，官方太芜秽。以此成交恶，岂非上征利？纵蠹作爪牙，养奸为腑肺。务为不可知，六廉读应废。庠序尽坐铄，闾阎悉凋瘵。凡有诉谒者，百计加苦累。志在使道路，以目无罣碍。察吏示此意，亲民趋不回。偶有服古士，夙知学道爱。一再伤沉沦，更端步时辈。闻有故究令，陈醇字贞白，长洲人，知滋阳，以二十年冬被议。亏帑发被逮。时正值岁除，军民相惊骇。谓此贤父母，来者莫与配。虽无听断才，宅心不吾害。若不勤输将，必至惊薄对。家家卖钗钏，累万顷刻萃。以此称难治，毋乃疚省内。平易民必归，圣训章章在。窃尝持斯言，群议訾狂悖。

野人养君子，斯义古有训。纠察实繁科，短长易授柄。制廉况未优，摊捐数日盛。查扣与委提，一一语盘硬。又复责供张，络绎从将迎。岂能更率属，相与恤民病？取偿在收漕，攘夺过倍称。廉平人所难，赔累矧无竟。吾欲事调和，官民两遂性。先务取其心，取财势则顺。近世民苦瘠，治生各自竞。不必言抚字，但无增苛政。稍为除强梁，良懦便称庆。迨至收漕时，输将自多剩。胡乃反此为？唯知事暴横。终岁恣昏昏，怨讟已早孕。民唯待浮收，恃直得上请。又曰予不戕，刁劣梗吾令。周鼎马履鼠，为恶不阳行。敬告有心人，治民莫求胜。

无非同有非，无罪同有罪。齐治自古然，于今竟莫改。夙昔秉微尚，所至见丰采。不能行吾志，卷舌即言退。岂意来山东，化枳杂萧艾。徒为稻粱谋，竟作提挈傀。牵掣固难工，备责斯有在。曾未起沉疴，坐见增新痗。屈指计偕期，拔足出孽海。已贻素食讥，悬知从政殆。故人劳致书，期许千里外。匪无裁答间，执笔中自馁。少小奉庭训，廉隅为胄铠。谁应恋鸡肋？雌伏淹半载。深负府主怀，岳龄安字松庭，满洲正白旗人。遇事咨询再。中夜抚初心，汗涊不遑悔。

书会宁纪事编

李堡号雪涛，吴人，以进士宰会宁，乱平后改教，为安庆府教授，卒于官。

先朝阿文成相国海超勇公足智勇，不数卫霍汉廷重。阿浑争食如鼠饥，草枯不戒燎西陲。羽檄征兵郁云上，喋血猿沙染黄壤。筹笔才劳三望舒，曲突止须一亭长。会宁赖有神明宰，筑垣蓄水奇功在。所惜功奇耻自居，谪守青毡功不再。载舟覆舟自古然，治民莫扰如烹鲜。必云愚懦无仓卒，请读会宁纪事编。

写扪虱图寄翰风 时客古北口杨军门节署

景略不偶世，卖畚嵩山侧。弛担谒宣武，扪虱吐胸臆。扰攘苦尘沙，顾盼伤兆亿。夷甫岂足讥？陆沉难未息。驽骀鸣秋风，骅骝久失职。江东无卿比，倾盖要肝鬲。宣武虽不终，亮具知人识。珍重写斯图，飒飒蝟毛磔。

登谷城山望黄石公祠

一卷书传素，千秋石祀黄。名山缘地督，孤宇接天苍。客子频怀古，劳人此息缰。流飙钦汗简，遗蹋况仙乡。风雨今灵异，神期岂渺茫？只应呼孺子，犹得契真王。巇並云霞蹬，斑烂薜荔墙。何当凌绝顶，重与奠椒浆。

自题梦游东山图

缅怀东土山，卅载劳梦魂。讵须双骏马，丝竹犹可闻。少小有微尚，所尚亦屡移。庶几待来年，能知今日非。

寄庐灯影图为清河萧枚生令裕梅江文业两参军昆弟作

幽壑绝行迹，芳春閟崇兰。桂枝托岩扃，秋来馨一山。英英两萧君，名满江淮间。风雨对匡床，篝火怀青编。为学综今古，所至交豪贤。深情托斯图，岂惟念艱难。从来贤母教，不以穷达迁。譬彼机中丝，受采惟质鲜。贞此广厦志，勿忘寄修椽。炳烛照绮罗，懔若寒檠前。平生缟纻情，敢以金石宣。称觞试诵斯，或开慈母颜。

题蒋奉化成闭门种菜图

熙甫判顺德，诵读兼灌溉。其余无所问，方惧公事废。乃有老胥吏，谓前有陈倅。名宦五十年，公来作其对。闲曹肯居间，闾阎少扰害。中医不服药，此言殊可爱。予常持此论，闻者或讥悖。请看奉化丞，闭门能种菜。

二月二日江上行

二月二日江上行，江边日暖蒲秧生。远山映树眉初翠，新柳窥人眼未明。东阁巡檐犹索笑，北墙负曝自多情。劳歌遮莫歌劳事，求友时闻一鸟鸣。

二月二日江上行，江头黎老初春耕。忽忆去年夏涨异，谁知老岸沙痕平。农书旧进中和节，野谚从征瓜瓠生。谚云：「二月二，瓜瓠齐下地。」惟愿年丰同子美，闲吟自和候禽声。

追题张荻州刺史政绩图

为吏不夺人，已服俭者德。何况求水利，躬为筹民食。伐木开塍刞，备歉事贮积。猛虎不得类，自去非神力。污莱匪予戕，争践皇父迹。再拜读遗图，抚时更叹息。

题濮栩生飞文馆图

濮君清门裔，都下称墨妙。结交皆老苍，侯门臂常掉。涕泣述先德，传家唯忠孝。佐命洪武中，三军推嫖姚。受土镇皖城，牖民士不剽。校射筑飞文，敬止况游钓。偏师徇百济，失道陷泥淖。剖心誓天日，岛夷惊奇操。弱息留皖江，潜德久未耀。正史误书名，家乘幸可校。馆址在荒郊，茅茨苦不扫。近更事远游，遗迹谁凭吊？写图示子孙，绳武期维肖。感君维则心，敬为观者告。

被放南归留别姚亮甫抚部姚伯昂学士

杜陵破万卷，一艺得闻罢。青莲泣鬼神，马耳东风射。莫夺西倾葵，屡称东山谢。伊谁借玉鞭？相将辅构厦。矧予幼颛愚，性安藿食者。常移恤纬心，独发倚柱咤。穷年究今古，余事涉骚雅。傅蔡颇追风，王阮欲骖驾。约见恶溪从，嘉庆丁巳，芜湖苦旱，为宋兵备作文祷神，即日雷殛旱魃，大雨如注。诗有旗亭画。乾隆庚戌，白门妓薛桃哥以予子夜春歌被之管弦。好士大兴朱，下交洛阳贾。阊阖迟培风，栋梁资养槚。文正公以吏部尚书署安抚，闻声招取，赠诗曰：奇才夸洛阳。又曰：豫章拔地深，夏屋资栋梁。迟尔培风厚，不独火色扬。匣剑时一鸣，投笔事戎马。矢靖雍梁氛，惊氓安耕耙。绕朝徒策秦，仲宣终辞灞。己未仲夏，应参赞辟入蜀，仲秋即赋归来。衡门可乐饥，负米敢自暇。海上问乘槎，河壖视塞罅。佣书代服力，雌伏齿旅亚。宗臣持使节，谓觉罗长文敏公，戊辰夏奉使视南河事。轻先谊高跨。叹息辅世才，推食箸前借。夙昔悯昏垫，手援幸有藉。未见金成堤，翻使锦成哆。狺狺吠相迎，逴逴飞讵下。教言谅不犯，跼蹐哀知化。誓遂江海志，卷身宝学稼。埋齿即远焚，避崖自剔麝。时有为贫宜，心因捧檄下。遮莫蹶霜蹄，依旧跃祥冶。众人争弃捐，君子转优假。求艾忧瘕症，说甘比脍炙。幸托德有邻，讵嗟曲和寡。匪忘贫贱耻，其如山川舍。矫首玉泉山，烟水相吞泻。系此千里心，萋萋生如乍。逝将纳履去，魂梦绕茅舍。抚时并徇知，无寐犹中夜。

喜闻回逆张格尔除夕就擒于铁盖山用工部官军已临贼境韵

敖罕应通堠，张逆成擒后，其妻子在敖罕，大帅檄令致送，许以重赏。卡伦竟铲壕。卡读平声，卡伦清语外围也。神孙赫斯怒，逆裔死何逃？张逆系逆酋波罗呢都之孙。上相新玄衮，谓扬威将军拜团龙补服之殊赐。中枢旧白袍。谓参赞杨公以行伍起家，两平青海，威著西域。宴军灯照席，求赭雪封旄。黑帽途难假，张逆入卡伦，被黑帽回子截回。红光马更高。生口供临阵见红光中兵马高大，不能抵敌，是以败退。山沟犹掷石，张逆弃马滚入沟内，犹掷石拒追者。眢井漫兴涛。继绝诚天德，孤恩信若曹。八城图入版，波罗呢都与弟霍集占，俱以回部世子被拘准部十三年。纯庙既平准部，命护送归国，反闭关拒命，遂收其土为回疆八城。遗孽役重劳。此日欣输槛，从今罢绣弢。不闻惊马角，尽解买牛刀。用命原开网，投缗必引鳌。头目八人，同时生获。东师歌破缺，长杨两帅奏以东省凯撤兵二千护解张逆入都。西旅遣酋豪。回王伊萨克遣回子十八人护送。前识怀先哲，乘时匪幸遭。硕猷明德害，凶性忖腥臊。阿文成公曾言回部性顽难治，以汉法宜择酋建国，而设大将军于乌鲁木齐，责其贡赋。不然，恐办事领队诸臣或有贪淫等事。不过六十年后终当有变。今张逆适符其期，参赞武公重进此说，以故上命直督那公驰往会议。讵意三权握，偏征四守牢。莠民锄附柿，献县奸民谋以正月十五日为逆，其戚先期告密，遂以十三日捕获，时捷报尚未至。番子去临洮。四城失守，青海生番乘间扰河北，及克复四城，番贼急渡河远遁。戮力群雄集，歼渠庙算操。尊亲通有气，耕稼变无毛。卡伦外每岁至八月辄大雪封山，今以除夕，擒张逆于铁盖山，故云。欢合归慈圣，王公以擒张逆，请恭上皇帝尊号，而皇上跻敬谦让，只敕命部臣核拟恭上皇太后尊号。茅分涣大号。扬威封威勇公，参赞封果勇侯。酬勋容未已，酌兕荐春醪。

回酋被擒五言意有未尽再用少陵洗兵马韵为长歌

国家劲旅出三东，谓东三省。盘马弯弓鹰隼同。飞驰万里夙无拂，指顾四城归掌中。首逆偷生弃城走，兆阿不得并论功。谕旨云：若张逆成擒，便与兆惠、阿桂后先辉映。筹笔几经蒲菖海，插羽时入明光宫。猛将谓武参赞霾轮逾班搭，回语谓山。胜兵奉凯度崆峒。张逆出卡，大帅奏请凯撤一半。月照关山犹晕毕，旂迎乌鹊正占风。部落安集延虽小，布鲁特性忠良少。敖罕新强更助逆，铁盖山高古雾杳。贷尔游魂未足多，留兹余孽终非了。煽惑若被逞犬羊，蓦越谁哀穷鱼鸟？道远路迷七间疏，树密云深三匝绕。悬购无能要领得，斥堠空传刁斗晓。老师縻饷势难当，欲援荒服置来王。武公请分封四城，使自拒守。天遣妄疑兵力弱，人教私诩马蹄强。张逆以官兵凯撤，噶城兵少，除夕入卡，及官兵追至，犹纵马冲阵。欲试狼嚎辞兔窟，思张魁祟出蜂房。善占多算小无敌，身先群雄策鞠苍。马名，果勇乘以临阵，十余年矣。大憝成擒歼党恶，庙谟克禀称明良。忽见尘中飞露布，如闻云外鸣归昌。回疆自此仍输贡，慎选摩伊减将送。摩伊，国语谓领队。无艺不征捋须钱，有心自破追豚瓮。都护果能聚民欲，和卓何缘留舆颂。回民闻大小和卓名皆流涕，询之自西域来者，甚信。在军恩许安室家，新令新疆官许携家属。导山源足资耕种。回疆多山，山皆有泉，以无沟洫之利，唯平地近河处，始生五谷，可立村庄城堡。路南老把新疆以回部八城为南路。老把，回民称长老也。乐康居，辽阳少妇罢愁梦。须识佳兵不祥器，圣人不得已而用。

画松寿陈登之别驾三十

青松初拔地，本性自高洁。亭亭百尺姿，矫矫岁寒节。既能承雨露，又解傲霜雪。不为雨露恩，低柯示容悦。不为霜雪威，改叶随磨涅。得荫遂攸墅，与期仰不谲。终成栋梁材，凡卉徒骚屑。

题乌程凌厚堂堃注经图

义理在人心，故训须师授。但得诂解明，深浅任探取。凭臆谈经义，正学晦已久。近儒渐好古，一得同饤饾。用心本西笑，致力每东走。伊谁能决川？回澜导狂溜。粤予有意兴，推测或八九。所苦德不恒，故籍罕研究。何幸遇所钦，尚志事不苟。征实攻凿空，操戈伐墨守。生木还食木，前贤常畏后。博学戒不出，先训意何厚。雅儒必好辨，惟忌争心糅。君子故有恶，乃穷抑尚口。何许并老师，高密尚发覆。陈思仅华士，定文虎称绣。注礼依三家，笺诗推毛右。过此或未知，得毋悔舍旧。爱至望苦深，敢循标榜陋。羞涩看囊中，一钱笑无有。

己丑六月十三日泊舟分水龙王庙谒宋尚书白老人祠作五言二首

宋讳礼，字大本，河南永宁人。白讳英，史失其字，山东东平人。

尚书无人说，琼山有微词。邱琼山去尚书不过三数十年，而刻祠壁诗云「更无人说宋尚书」。得毋不与立，谓同柳下知。责贤固责备，苛求或未宜。老人信先觉，觉民事有涯。所恐不逮事，岂在夸粱肥？尚书祛媢嫉，聪断复兼兹。遏汶贯河卫，公私起疮痍。不然秉麾节，踞床骄如痴。以位色拒人，攘功巧构箕。国是未遑惜，清议安足维？不涉世途险，讵知今则微？斯人不可闻，牛渚发哀诗。闭户忧乡邻，愧乏箪瓢姿。

汶水改南流，用良非禹绩。遏其北东性，岂伊龙王力？庙正祀分水龙王，附祀神禹。老人洞水学，三七分南北。裕源则导泉，就下爰汇泽。湖空纳汶涨，汶弱挹湖汐。齐鲁间谓水入复出者为汐。下游复引泗，掣汶使不激。悬流载高地，正供输上国。于今五百年，远矣食明德。祸福耸愚蒙，榱栋走玉帛。闸河有村落可泊舟处皆祀金龙四大王。如何祠白公，侧屋仅容席。神不歆虚赛，民宜道其直。典祀谁同符？南有平江伯。成祖八年，白老人筑戴村坝，开会通河。十三年，陈平江筑高家堰，开清江浦，而后南漕得以一水直达。

十五日宿南阳再作五言一章寄题白老人祠

三日渡河湖，伟矣老人绩。予忖忧悯怀，岂仅转漕急？嘉祥济宁间，堤外平如织。百里土涂泥，利可兴沟洫。膏腴不自爱，颇足当漕白。惜哉宋与金，金纯字德修，泗州人。官侍郎，佐宋尚书治水者，今配食祠中。未有明农力。或谓转重空，珍水至涓滴。安能问疾苦？更事距川役。不思水利兴，水害乃能革。十年五被潦，秉耒民持戢。相时谨宣蓄，导脈疏湮塞。灌溉与浮送，并行斯两益。谁为后来者？听此言无惑。

行峄山下喜望大云

雨遍不崇朝，云唯泰山有。岌峘既相属，郁蒸气遂厚。脐如一突炊，蓊若万马走。此出果不归，殷望成川薮。老农悯失时，朝牧间万耦。恻怆行道人，欲去重回首。

题癸虚禅师自写南屏放参图照

却从身外现由旬，认取如如不坏身。更仗画禅生炁笔，云烟遮断散花人。

题魏修邑负米图

负米虽云劳，所喜近百里。良辰庆洗腆，长歌闳陟屺。倚闾垂白亲，相思或噬指。追从绕膝欢，朝发夕则至。繄予苦飘蓬，奉母侨邗水。坎坎伐檀心，皎皎白华志。必求仁者粟，分为世所弃。守身幸不失，戒养亮非计。以此念所欢，颧若专求己。努力永终誉，无惭君子子。

题陈玉生承宣三世传砚图

自有文字来，人谁不用砚？而砚流传者，屈指数何褊？得毋物依人，人重物乃艳。义门徙江夏，潼川承宣之祖初豹变。宣城承宣之父又长者，奚为困薄宦？日积忠厚基，以引承宣蔓。载览传砚图，三世须眉现。言绎维则心，用知贻谋远。式谷信善承，聚久无不散。所期德日崇，无负位弥显。利泽被果深，誉闻垂自缅。始作家之琛，终为世所羡。真砚故不坏，坡老语非诞。后有夻吾物，道同即属眷。叠山寄桥亭，石斋铭碑断。忠宣题筹笔，百世珍瑚琏。人寿能敝石，出处同斯愿。

题汤雨竹先生遗照 雨生协镇之尊甫也

父为忠臣子孝子，艳说卞家石头死。死已百世气犹生，继声毗陵有汤氏。汤氏薄宦非卞比，死制同守无逃义。子无官守似可生，见危岂有弃父理。父既死忠子死孝，孝子有子式谷似。孤儿生若不识父，精通欻来得古纸。丹青草创款识无，节母一见哭不起。只今展卷拜光仪，依依弱柳垂烟里。始知千古争一息，斯乃孙卿非相旨。三十二相见如来，转轮圣王何曾是。

题朱岳云炼师麦浪舫图

卅年前谒姚惜翁，白门英俊尽评骘。有造诸生唯管梅，朱老黄冠尤秀出。心仪苦无识面缘，忽有巨卷来江边。展卷乃图麦浪舫，惜翁诗字妙如仙。惜翁当日此游赏，江静无波麦生浪。惜翁化去阳侯骄，麦浪不见见江涨。涨退沙留白接天，麦田芜处舫随烟。唯留珍重道人卷，博得山阳感旧篇。

书邓青云家训百条后

经典有明文，蒙亨以养正。日用作止间，厥功乃跻圣。自从科目兴，利禄途争竞。诗书供裨贩，廉耻恣蹂躏。处为妻妾羞，出播生民病。何幸见邓君，百则著家训。易知复易从，切实尤浅近。提撕孩童时，少成则若性。人禽信在择，富贵故由命。尝谓宋儒书，小学推最胜。君书庶其续，三复义未竟。

壬寅六月甫返白门城中纷纷逃窜予独扫除庭宇课诸孙诵毛诗作五言十韵

有栈行周道，幽草玄且黄。云何望重乔，不闻歌绣裳。陵苕叶青青，悠远信不皇。涉波白蹢豕，离毕知月行。雪消因见晛，傅天鸟高翔。薪柞析其叶，谁与陟高冈？新田可采芑，美地况中乡。右有后左宜，汉监岂无光？洌泉浸获薪，讵见坟首牂？伊谁乐吾心，眷言顾隰桑？

次婿阳湖杨汀芦传第入舍八阅月偕女仲仪淑媞归觐作五言廿四韵以侑其行汀芦好学博览予新授以毛郑氏诗尚未卒业仲仪自少受诗故与言诗使汀芦必卒其业而勖仲仪妇道焉

至道察天地，造端夫妇是。其义备于诗，伊谁明诗义。六义始曰风，关雎为风始。荣辱有枢机，居室应千里。一国系一人，郑斥作诗子。毋乃尊文甚，或匪采风旨。不知能文章，即可名曰史。以彼善性情，自然通事理。抑惟达与恕，是真作诗髓。达则知体要，恕则不求备。择言发为声，旨远言仍迩。扩之以正人，卷之以管己。不为犹面墙，孔庭训亹亹。杨生向学诚，推测契微旨。卒业岂旦夕？有成已可拟。不教复不出，充实斯为美。光辉见日新，必由健笃累。吾女以晚生，娇小闺闼里。敬戒虽夙闻，非仪宜谨辟。妇固学于姑，贤姑况习礼。每事请而行，父母无诒罹。吾宗世诗望，远绍有吾季。谓亡弟季怀。子女育蒙泉，三百俱昔肄。包女与包婿，家法期不坠。

桂丹盟同年超万之苏州调任过访白门临行以养浩堂诗集见示爱其朴实

得诗教题词却寄

言志复永言，岂以充筐篚？授政使四方，得失迹明备。咏史喻咏怀，感事筹任事。今古有作者，立言道由此。贱子幼受诗，颇解风兴义。旧俗伊可怀，管情期自媚。所惜早辍业，卌载废无次。何幸饰巾时，同声得桂子。心生本和平，章成远芜靡。能使眊焉眸，豁若洗云水。勉哉方面重，况移标准地。惠绥即康劳，盘错期别利。入山手戒空，伐柯视为睨。食黜靖毁室，注水正欹器。三复养浩编，庶几举此理。一国系一人，珍重郑君意。

题韩啸庄击壤图[一]

治道推尧舜，而尧独称神。舜藉十六族，尧唯恃一人。弥缝泯汲汲，耕凿自归淳。所以击壤歌，万载声犹新。阅今几蒿首？比隆始有伦。上有咨俞君，下有作息民。丈人生际此，遑耻贱且贫？珍重写斯图，曝背思振振。

校 记

[一] 此首原无，据吴校稿本补。

管情三义卷第七　词

谱东坡水调歌头 并序

墨卿守惠州时，补书朝云墓志，立石于六如亭。移守扬州，以拓本征题咏。

谁与继坡老？把酒问青天。一时操翰哀逝，尘覆几经年？此日荒山砻石，只怕琼楼月到，依旧是清寒。鹏翼任横笛，休更向人间。　知好义，忠所事，总长眠。可能悟入如幻，明性认同圆。奚事尚书春梦，做到春归司马，此梦又难全？漠漠榕阴下，空自痛婵娟。

谱白石扬州慢慰陈郎桂衾

芳事娇娆，车尘怅触，等闲都作愁程。记栏干十二，有弱柳初青。乍偷眼捎帘一转，五中先醉，无籍酒兵。认仙魂销处，红香真个倾城。　漫搔绿鬓，只罗襟痕在犹惊。更月晕珠还，眉猜钿合，重与伤情。为问玉钩何在？枫江怆绝叶声声。算红绡将泪，春来空望潮生。

谱清真六丑 并序

杨郎紫炘与所眷合写茶烟轻漾落花风图乞题，即留别之月浦。

者飞红一阵，便断送年华如掷。倩伊有情，纤纤轻似翼，步作香迹。底见嫣然未？缘鬟青鬓，镜里争倾国。娇娆漫解怜芳泽。锦瑟珠喉，雕鞍绣陌，寻春不逢谁惜？但茶烟细细袅，薰透兰槅。空庭春寂，恨枝头剩碧。又酿封姨妒，还叹息。披图者，远行客。正搔蓬日短，为卿愁极。愁销处，沥残高帻。难忘却、万里狂奴故态，一番颠侧。轻帆挂，苦问归汐。纵发笺写出相思泪，争能寄得？

个侬贺洪通奉即用其莫雁慰姬人韵 并序

通奉美丽自喜，弱冠结缡，比屋藏娇。孌先同于小白，请期迎相，稚更比于莫愁，鼠姑乍开，封姨惊艳，礼故宜于积薪，情转孚其好少，可谓绮思横飞，风怀遒上者也。即事催妆，以助欢爱。

者高堂却扇，现十二螺鬟无恙。可知凤雏，深凭香钿几。眇眇愁睇。欲省春风面，影摇华烛，照眼眯金翠。移前鞠启通眉语，顾烂盈门，奔闻有礼。衾裯待承齐季。任仙郎爱护，分付扶起。交匏三呼，碍冠珠半倚。信有仙桃艳，春色醉。均余沥，遍诸姊。问轻盈舞袖，我心降未？风怀日泥仙郎意。浑不料，者番银环左右，怎生编次？红巾外，仿佛纤指。怕平视未许西园客，商评七珥。

附原词

溯银河六涉，曾未见花笄罩髢。执鸣雁行，御轮声几几。授绥一睇。真黄麻贵种，纤腰围玉，两当宜孔翠。毡单上青衣休语，半凤耀鬟，全金见礼，泛沲自为叔季。肃雍承若主，辛勤居起。银尊泥哜，垂泪依肩倚。莫感花王艳，便心醉。星虽小，行为姊。问体横钗挂，私盟记未？冰人乍道渠伊意。浑不呀，几许小家碧玉，偷嫁无次。身材外，备询腕指。要分颁各合娇娆度，珠裙宝珥。

谱子瞻洞仙歌刘郎莲似以淮平倚之

红莲试水，似窥人颜汗。小髻横斜黛烟满。却新纨，绣褶低掩青蒲，环未索，纤指拈花恼乱。武陵沿旧渚，禁几番游，曾向迷津问银汉。莫漫赋思归，岸抱溪回，篙纹外，浪痕犹转。正屈指芳魂绕深丛，只玉尺轻抛，叶间鱼换。

瑶华次壁间韵 并序

安东行馆，芦屋几椽，枯藤一架，纠葛依然，萧瑟殊甚。壁间有那绎堂尚书词云：「璎穿珞结，高架明霞，看一庭浸碧。满身清影玲珑甚，筛透衣香几叠？清寒约住，解留得而今春色。讶石家步障凌空，翻起流云娇活。　　凄清转忆前游，是那曲栏干，春最奇绝。十年花梦，应不识，今日等闲蜂蝶。诗魂遥越，更何处悠扬孤笛？怕者番吹彻阳关，惊舞翠虬香雪。」

辞旨清远，姿致不凡，「树犹如此，人何以堪？」一子山所为赋枯树也。劳者自歌，诗人不废，故谱此曲，以示同舍。

修鬟绕缬，宜颤春风，藏架阴厚碧。一枝枝玉钗头上，深锁明金百叠。而今络索，蛰龙偃盘云无色。祝阿奴好护枝柯，雷雨须看惊活。　　最怜明月窥人，只濯濯张郎，能伴娇绝。影迷篱落，应招入，春来断魂蝴蝶。者般清越，称骚客中宵横笛。更暗香沁入孤山，同浸一江寒雪。

谱太虚望海潮 薇垣女养内侄，车服摄盛，唯以本氏行名质明，乃以半冠成独拜礼

楼骞霞外，帘垂香里，春风肯驻韶华。旅次闲情，劳人谕志，姑攸偏乐颜沙。请氏授同车。记琼琚珮转，九十仪加。翠帨朱帻，金钗无事艳卢家。　　双鬟絮语城笳。欸密云涌髻，奇服羞花。臂珞挼巾，腰犀敛衽，明诗习礼堪嗟。流眄指参斜。有襦珠暗解，低罥栖鸦。肠断王孙，只今芳草又天涯。

南浦和陈伯亨韵为徐郎依云题所藏进舄图 并序

图高尺许，长三丈，写楼阁花石皆精细，而人物尤胜。屏风前一少妇，淡妆倚隐囊坐。一

女翠翘青衣，绣半臂跪捧其左足。地上置新旧舄各一事。左有冠帔侍坐者二，右有珠冠云裳侍立者十。席地坐垂髫奏伎者八，艳婢环者数十。记文断烂不可读，约以意测，都金夫人王氏，前以名部为富子妾，事大妇恭勤而不见容，去事市上守门卒，怂惥更业从武举，积功都金。王年始廿四。侍坐者一表妹，一旧院义妹，王招之同出。侍立十姬，则贵息富雏，以被贼而都金得之军中者。继有爱将献美妇，都金幸之，即故大妇也。王恩遇之，因自请供进舄役，写图以表盛德。徐郎，吴人，年十四以歌游裹渚，为豪公子所昵。而公子别妻逼辱之，备创楚。后归吴，娶妻齿稚而宜，郎损奁买针黹婢为闺伴。以其美丽能弦索，使得通房。渐泄前夫，盖即以妒辱郎者。郎妻怒甚，欲斥之，郎为请曰：「渠居上不宽，今日为婢妾亦足矣。」郎妻笑诺，惟撤其坐。事与图剧相符，俱奇艳也。故并吟以书卷尾。

奇艳梦重寻。旧图开，跨凤箫声吹醒。门左顾鸳鸯，高堂上，挟瑟歌遥人近。纤纤一握，凿金未信红氍冷。莫惜当年双玉腕，还掠小鬟新鬓。　前鱼记跃兰舟，只婵娟不照，锦鳞同暝。少妇购金钗，么弦进，猜绝城隅女静。归荑似手，抱衾帘外星河定。应笑秦宫花里活，输与莫愁湖影。

谱清真解连环 并序

江夏陈玉生同年，继娶于张，美而好文，从玉生学诗甚工。结缡期月，以产而殒。玉生属友人作蕉窗问字图，携至都中，乞诗以写其哀。予披其图甚劣，故为更之，而系以词。

芳魂谁托？来珊珊可近，是非绵邈。只平生、灵慧堪追，展瑶帙爪痕，泽香尘薄。梦醒罗浮，看遗挂、一齐萧索。想潘郎搔鬓，几屏年时，口脂面药。孤衾远寄兰若。便胧胧能到，镜奁枕角。把卷还凭秋棂，有奇字绿章，从头记却。春恋枝南，奈笛里、惯看冰萼。算蕉心者番剥尽，泪珠迸落。

谱清真拜星月慢 并序

玉生以中秋日悼亡，复为作秋宵怨月图。

月色如银，有情偏照，池树浅明深暗。灯灺芸窗，异年时亭院。更依旧，在手翡床珊架，对映锦衾犹烂。趁我劳心，只素娥应见。步苍苔，露气皴波面。星三五，自度银河畔。玉骨濯出冰壶，禁博炉香散。广寒人，不念萧条馆。秋风急、为送寒蛩叹。拚只有，梦诉长离，奈惊魂易断。

谱碧山花犯 并序

嘉庆壬戌，曾赋杜十姨辞八十七韵曰：「粤杜仙乎仙福宜，腕纤如玉辅如规。绀发郁若雨云阹，曼波流浸簟纹低。早以香名饮绣闺，金钗丝履称瑶姿。乘龙自有专房私，叶当花对迎春晖。新柳枝柔浪不肥，高堂挟瑟相招携。月明莫照绮罗机，消受银环五日期。大姨武林凤山施，诸昆执戟明光墀。排户心知上客饥，愿得巧笑同车归。二妃珠佩艳江湄，顾步探怀言不违。见此粲者世所稀，更将何德堪祁祁？解语花屏十二围，妙舞翩翩夸手垂。娣袂尤良阳翟倪，响遏行云和四姨。双凤争衔红绶飞，游水嘉鱼情是非。有美东墙启瓠犀，贿迁将谑说跻西。五姊傍徨为授绥，而翁远过王孙慈。六鬟窈窕胜奁资，娇小七姨卢玉徽。十三未习横陈仪，抱衾应与念柔荑。八姨姊赵眷朱扉，翟茀来招心不移。自挽乌号策駃騠，裙钗双跗一握齐，丰柔能使君忘疲。九姨工画小姨诗，缃背牙签手所治。因母相攸攸在兹，骨像应图年及笄。李生同出城南韦，以君母服登彩舆。裲裆珠结翔锦鸡，孔嘉六举于兰其。不烦左辟惊提提，亲卿畏我两何居？礼无当夕恩画眉，服缁序御进兰闱。黼帐中悬帱侧揞，宝圈压领唇涂脂。携手宵征敬不迟，盛饰晨朝侍盥匜。春秋佳日惜芳菲，舞扇歌衫细步追。咄嗟各以嘉肴随，并堪中馈无贻罹。入门左顾乐无涯，锵锵扱地同致辞。薄酝难酬惠绿丝，依依造膝更导卮。妾卮不尽妾容媸，合欢促坐弛文袿。香泽微闻表亵衣，秘戏未嫌精婢窥。华年珍重永娱台，卷衣赐浴集瑶池。扶起娇羞不自支，侍儿环雪雪环谁？鸳鸯被底何如斯？蔷薇酿露渍香肌。彩褶刚宜裁绉絺，有情安能遣此时？北枝蓓绽须折之，摩挲玉树怨葳蕤。遽进琼箫取次吹，樱桃红蹙晕涡微。共嗟仪态转多奇，我师不必素女为。三年犹忆好腰肢，妖娆更许狂奴持。狂奴故态苦栖栖，江阳猎席未应讥。为报帘前姊妹知，莫扰苏州刺史思。」词出，好事者争传。粤仙以甲子尽室上舶返广州，过洋被掠。甲戌在都市见顾，烂图长卷，图中人尚可别识，感时伤往，聊复倚声。

过云烟，追寻往事，流年去如水。只今栗里，可绾住花魂，留伴相思。故人日暮心长寄。蒹葭怜昔倚。更记说，石鲸波壮，帆开天镜里。　枝枝蕊蕊任芬芳，江陵只旧侣，风流云萎。君信否，鸾笺未尽蕉心悴。春阳曲，讵应忘却。回舞袖，金屏人不起。待梦得、鄂君同去，寒香侵绣被。

谱白石琵琶仙 并序

为徐郎清蓉咏洛神装照，即留别还扬州。

罗袜凌波，浑不是、用楫渡江桃叶。离合谁感神光？明珰坐愁绝。修眉蹙，含情欲寄，怕恼起、山中𫚤䴗。三尺新绡，千年旧憾，心事难说。　屈指计、仙侣灵俦，逮携手、清流怨芳节。拚取一生惆怅，付漫天飞荚。凝望里，珊珊细步，肯为君、更舞流雪。只奈骓辔盘桓，一时轻别。

谱白石长亭怨慢 并序

清蓉别写「落花人独立，微雨燕双飞」图照，词以系之。

剩一片，漫空飞絮，绕遍台城，画梁朱户。燕语留人，向风前诉恨如许？雨丝剪断，休睇入深深树。只碧草萋迷，几恼乱王孙游此。　薄暮，任兰皋极目，是处堕红难数。东君管领，可还记往时分付。只一例冷落天涯，算烟月湖山谁主？怎盼到春光，依旧迟迟如缕。

谱清真琐窗寒 并序

长新店却寄翰风、兰风、曾容、蕉云、铁香都中，并示徐郎，谢其菊屏之饯。

八月随尘，骑驴早出，富儿何户。家山入梦，强半对床风雨。整归鞭，今宵甫能，撤宵苦忆霏霏雨。又感灵光合，绕屏香乱，也应伤旅。　乍暮，经行处，任适涣旗亭，杜韦尺五。传觞刻烛，旧曲停云思侣。问天壤、同病几人，隰苓激楚无悔否？算归来、蒯锳飘零，只为尝闻俎。

谱稼轩贺新凉 并序

南皋店闻琵琶。

候馆鸣檀拨，急商歌，长空洗碧，一轮寒月。百尺飞泉倾秋涧，遏尽西风不发。只一夜、双蓬如雪。楚客离忧三十载，问行藏心共孤云没。偏付与，四弦说。　霓裳旧谱真传绝，肯更弦，徐张缓上，暂调眉睫。谁试宝常身手好？寺磬时时惊彻。凭一抹，云凝尘灭。铁笛李郎风流息，任龟年高唱同哀歇。能否写？此悲咽。

谱介甫桂枝香 并序

将之济宁访晋卿，雄县先寄。

江山满目，正易水送寒，风力萧肃。卷地黄云起处，老林低簇。斜阳惨淡车尘外，碍秋空、雄关前矗。渡河三呼，凌州一骋，千古同足。 叹逝者，年华竞逐，只西笑东迷，残梦如续。书剑飘零到此，执鞭非辱。董生早就名山业，怕霜华侵鬓凋绿。狗屠犹旧，还知能和，渐离哀曲。

谱稼轩摸鱼儿 并序

河间题壁，其守令皆知名进士，词以诱之。

问谁禁者般凄雨？瞻乌栖又飞去。乌飞休啄饥民屋，仰屋乳黄无数。留客住。剩蹑屐，挑招依约春前路。呼春与语。怎断送年华，津梁点染，并没飏风絮。 贤王业，大雅流传久误。缥缃空惹蟫妒。读书讵必能治赋，疾苦务通民诉。文易舞，看十万，瑶签化尽江陵土。取盈未苦。更缇骑宵来，乡耆绕索，三日断炊处。

谱稼轩永遇乐 并序

闻吴曹州次升入都，计途中可相见。过刘智庙不值，此去取道各殊。自次升以试令摄金乡，首发大难而能收之，擢守曹州，当三年报政之期，急欲面询治要。良觌既阻，辄寄此章。

当代书生，伊谁无憾？为得为处。卅载闲情，拚将块磊，付与檀槽去。浇愁不尽，囊锥欲脱，叉手领符权住。便惊传、孤城拒贼，贼心悖踞城虎。 经秋叶落，分平头勤扫，飘叶纷纷讵顾？耐有吟怀，尚堪留此，驴背寻梅路。只今须记，泾泥数斗，赢得村农赛鼓。还须问：鸣鸠拂羽，鸷鹰化否？

前韵 并序

旧县道中，望黄石公祠。祠在县东黄山。坐祠内闭目，辄有狂风雨之声，开视仍晴朗，曾验之，甚信。

瞻谷城山，嶕峣能记，黄石祠处。梦雨灵风，千年见说，不共炎刘去。神师天遣，神解天授，诸将怎留人住？弃重关，才消贾竖，况惊气结龙虎。　　猴冠匆匆，分鸿沟西壤，衣绣仍前东顾。胯下圯边，一般坚忍，除就阴陵路。紫芝歌寂，赤松游远，剩有椒旃桂鼓。休重问：居巢已老，好奇果否？

长亭怨慢和王西御茂才韵 并序

西御见虹桥外柳株被伐而吊之，予适反自都中，感而属和。

记风外月明烟渚，绿绉丝垂，依依如许。桂棹萦回，多情点缀轻絮。惜春情重，拚付与新红雨。怎会得青青，便怨绝长亭吟苦。　　延伫，盼东君不见，况说危栏无主。湖山犹是，忍重问当年张绪。纵杜宇唤得春归，只横笛伤春何处？剩赋就兰成，凄怆江潭前度。

谱清真单衣试酒 并序

过富庄驿访讴者月梧不见，土人述其所遭，已递还高阳旧籍也。

乍闲情赋就，只几度新愁抛掷？欲寻断魂，扬州频过翼，梦境难迹。却指红楼外，荻帘低押，雪影留香国。罗巾未减啼痕泽。拾翠清流，条桑绣陌。年华可堪追惜，竟云封院落，蛛网椳楣。　王孙路寂，任萋萋草碧。欲诉天涯事，无消息。杨枝不解愁客，故长条踠地，袅娜何极。章台上渐青如帻。怎忘得此日，横波月小，敛烟山侧。残红坠，祝与春汐。只旧池好认高阳路，孤根寄得。

谱清真拜星月慢 并序

七夕携玉卿游目天孙祠，玉卿即见作池上午妆图，予系以词。

有泛无声，善怀多怨，禁惯泪明珠暗。挵隔韶华，怪春生新院。更看遍，十二雀钗丝履，消受抱衾星烂。念我劳人，只旧愁谁见？　影翩跹，恰称凌波面。深深拜、祝与云河畔。共结卐字心香，香肯随烟散。退银环，别筑蚣蝑馆。调冰柱、永闷姬人叹。凭画出、卅六鸳鸯，愿成行不断。

谱玉田长亭怨 并序

壬午冬初，富庄驿雨夜。

经几番、敲篷秋雨，望入交河，声声凄绝。落尽霜梧，并教遮尽照霜月。重帘溅透，忆青女、容光全别。碧玉随风休再问，凤箫衰歇。鸣咽。只寻春去暮，便惹杜郎愁结。酒狂犹是，忍重把、高阳池说。凭翠鸟传语层城，恐惊堕、寒香仙叶。檐溜无情，零到天明时节。

谱玉田湘春夜月 并序

徐郎赴陇右三载矣，癸未都下见佩秋演絮阁一出，虽肌理微燥，颔颊微削，然仿佛徐郎在丁丑夏秋时十八九也。玉卿为泽其肤，丰其颊，遂尔逼真。

望长安，众芳争绕吟魂。一样看遍春光，偏我醉眸昏。蔽日柳棉如雪，只小枝斜倚，着意伤春。问有情解否，无眠一曲，纤步温存。瑶台月下，龙泉雨后，翠帨经门。玉腕招携何处是？一双兰棹，同梦巫云。甘州入破，怕转蓬凄断离根。重回首，玉箫依约在，冰绡半幅，留住香痕。

谱酹江月平仄二调 并序

壬辰武林中秋，南屏书记谦谷，招游湖上。容与竟夕，乍云乍雨，涛声远震，月色骤明。谦谷朗吟叶少蕴、苏子瞻酹江月，泥请续谱，予亦咏子瞻水调歌头以属谦谷。

客中佳节，有蜀僧文老，凭问升沉。不道西施还未嫁，难忘柔绿成阴。鱼鸟当年，风流依约，来共酒杯深。涩滩飞棹，莫惊起渴龙吟。犹记神浒微波，要灵俦解佩，徙倚追寻。谁遣湖山凋敝也，不许明镜重临。鼍怒潇阳，蛙翻洛浦，应悴广寒心。天香飘否？云外遥认云林。

右平调依叶。

问涛何气？乍惊心匹练，转雷无迹。碾出冰轮摇绉浪，霜意浸人同碧。一醉钓天，谁磨玉斧？知素娥倾国。清光如许，照孤鸿影凌历。放歌与寄山阿，女萝飞翠，招出骑鲸客。料得清虚高处也寒气不殊今夕。潋滟横斜，湖边岭外，冷漾垂天翼。一声何处？裂穿云老蜈笛。

右仄调依苏。

谱大江东去 并序

廿五日，谦谷导游理安，憩松颠阁，分赋。

髯翁归去，参寥化，闲煞西湖风物。桂棹潆洄，西向笑、遥认螺峰一壁。树古徯盘，瘦藤扶上，心地凉于雪。烟霞深锁，望中虚阁称杰。　谁信携手松颠，下窥飞鸟，与孤云同发。极目蔚蓝、天一色，暖暖空中如灭。法雨清泠，可能容我，濯此萧萧发。后期凭订，朅来还踏新月。

前　韵 并序

范吾山观察招同姚伯山明府、谦谷书记泛西子湖，谦公即席谱此阕，予倚其声，即送伯山之官粤东。

乍开天镜，照澄澈，刚称中空无物。解事兰桡，招倦客，深坐青螺四壁。泥泼新醅，沈浇旧憾，散我襟如雪。湖山堪恋，俯仰娇娆英杰。　休道多宝羊城，酌泉吴隐，愤悲笳清发。阅尽阎浮，弹指间，涌现无生无灭。烽火惊心，江湖满地，种种卢蒲发。输君驴背，赋孤山问秋月。

前韵 并序

熙载以「观海者难为水」六字刻印，余为谱大江东去，以写其意。

谷王西受，百川灌，骄尔天吴何物。水立漫空，凝望处，遮断蓬莱绝壁。似此奇观，终归想像，古憾焉能雪？回头眙愕，悔年来自称杰。　休问沟浍皆盈，咄嗟时雨，集纵横雄发。立涸贻羞，无本者，都付浮沤兴灭。万派源泉，一齐东注，齿齿真梳发。烟云光里，洗来双眼如月。

管情三义卷第八　洪泉编一

余幼嗜为诗，至嘉庆庚申而辍业，以所欲言所当言者，皆已有言故也。三十年来，有酬酢被迫，率倩人为之，人亦谅其才尽性疏，不苛责以酬报。兹当出山，心与境有所触，或不能无言。酬酢尤人事所重，不能似山中人可以任性所安。且初涉其地，无可倩人，是以勉理旧业。越石云：「不复属意二十余年，久废则无次。」矧余废此为年更久耶，既录存之，而题为洪泉编者，明非水之本质矣。白门倦游阁外史记。

道光乙未闰月二日左墅谒先子墓田告之官江西

小子初四龄，蒙养承严训。辟唯诏数方，即述孝肃令。哀哉学未成，弱树当风劲。负米走四方，潜究生民病。亦有借箸人，疾苦谁深省？酱柄竟蹉跎，奉母惟归隐。不意河南公，今工部右侍郎会稽吴公。说士甘扬庭。遂以指使年，试从西江政。贫仕不择禄，况寄百里命。虑在血气衰，计或子孙盛。重贻遗安羞，轻来画饼评。再拜祝松楸，神启佑咸正。庶敦任敬强，得远折覆阱。仁者粟自求，岁时几筵净。今名思必果，遗体矢不磷。使信趋庭闻，实导溉釜径。洽任检敝簏，南山有旧印。南山草屋之印，嘉庆丙寅所刻。载讽诫誓文，邱壑允何竟？

五日玉屏山谒三伯父墓十九弟季怀夫妇祔葬

先子五昆弟，友于无怫忤。以同客白门，尤厚三伯父。季怀伯幼子，至爱钟吾祖。先子承祖意，欲亲授章句。窭贫卒未遂，憾遗易箦语。小子续携游，卅载江淮浒。质鲁学则勤，颇能穷今古。著述惊宿儒，年矢促矩步。伯父精地学，自卜玉屏土。岂意百世谋？季怀顾前祔。伯父继厌世，涂启未获赴。兹当远从官，敬瞻松楸路。季怀妇并逝，子羽伯父仲子复晞露。孤寡奚自存？扶服招同住。子和伯父叔子有三子，长者渐知务。命为家督后，昏痫忽发痼。小子老始仕，群从望难副。与尔虽夙承，在桑贵均哺。所愿牖诸孙，克守青毡故。恶疾速痊除，手口得相助。情深语逾质，庶免神期怒。

过龙山张馆陶琦墓奠辍有作

忆余初识君，即有结邻约。陶谷谢墩间，未肯负邱壑。时事骤难并，此志终不铄。无何君宦游，遂致虚前诺。一官阅十年，龙山竟归魄。维君与贱子，夙究治人略。当君莅山左，观政三解屣。弥缝良已勤，兴除斯未博。善建与善抱，量必十百度。区区事补苴，所学疑维葎。君言垂白翁，精力难自作。粤稽君治效，健猾化淳恪。所至本疮痍，所止遂丰乐。新店设城市，新屋环村落。飞蝗避境土，严雹聚水泊。谷歧五穗垂，龙见千鳞烁。皆君任章邱、馆陶事实，详余所为龙山墓表。岂伊天责吏，视听自民薄？始知清净功，不试无妄药。繄余衰羸余，续作出山浊。烹鲜有前修，酌酒告无作。

六月十三日余自都赴江西取道扬州同年李兰卿(彦章)兵备招仪征刘孟瞻(文淇)吴熙载(廷飏)王西御(僧保)勾生(翼凤)江都梅蕴生(植之)集钞关署为饯以淮南二十四桥月七字拈韵分赋题茸城女士许定生(淑慧)为余所作捧檄图团扇以宠行者余得月字席阑即发枻赴白门长行有日补作此诗寄谢兵备并示诸君子

新居卜筹市，谓得奉黄发。焉知柯亭赏，乃及涓人骨。征轮壅维尘，不寐速明发。触热心未劳，恋阙头每掠。舍车就演漾，借庑指隍陧。(余扬州旧居西门城壕旁。)摄衣践华茵，入宴赴仓卒。此邦冲要地，来往萃簪笏。旧赏惟烟花，多君采薇蕨。举知尽贤才，(诸君子皆余所荐于兵备者。)维旅肆肴核。主宾多韪言，绅佩焉敢忽？扬风托团扇，去酷当炎喝。澄清初志愧，壮盛年矢戕。幸非展足骥，况羡摩霄鹘。扁舟溯西江，可掇明如月。

九日启程留别荆溪周二保绪(济)桐城汪四均之(正鋆)仪征张大司衡(铨)保绪十日后亦之官淮阴矣

周汪皆人杰，识面始甲子。并以从秋赋，邂逅白门市。周生最杰骜，虚受求胜己。汪生盛贵游，折节下奇士。咸谓一日长，相与严兄事。缅怀东土山，异日偕隐此。射策忤当轴，周生怀谷耻。投劾早归来，涸迹终不滓。汪生侍移节，相距累千里。旬月必疏达，恳恳析疑义。尚书厌世后，践诺伊人始。继之者周生，惟余迹苦滞。不忘接淅心，抑迫需泥累。并力拔余足，卜宅如鼎峙。回忆邗上游，吾党学寖炽。于中迹尤亲，张生称腹笥。以是骤言别，实亦难为意。汪生择子师，招来重联袂。方幸卅载约，自今其永遂。不谓捉将急，三人乃及二。山泉岂甘浊？白发况垂耳。移文续北山，知为饥豹哂。聚散信不常，染丝悲何已。挥涕谢留者，无使青溪愧。

十日昧爽燕子矶出江薄暮宿京口驿

还家当小暑，候气入第二。秧罫已半坼，山垄未全莳。圩田专候潮，斗门出水际。两旬三小雨，蛹子翻长翅。粮价市渐昂，似见歉收势。绝江涨色黄，与前殊红腻。红蜀黄来楚，青乃豫章水。舟子估客之占如是，甚信。红黄先后见，独无青涨至。得毋彼地旱？不与白门异。薄暮抵京口，舣舟争橛系。怪此夜行川，何为日留滞？答云河近荒，夜行常失事。耽迟不耽错，非敢惮劳勚。又说毗陵城，西郊河十里。襄饼船挤搁，两月不通利。嗟此系水驿，宜定拨重志。若听船自积，加以水日匮。坐使成梗塞，官民知同累。抑闻止盗方，不欲为神刹。上理难骤致，勤捕亦其次。夜劫无如何，驯致昼不避。猥余粥饭僧，竟涉风尘吏。三行必有师，见事唯勤记。

十一日早发登舻北望怀仪征刘孟瞻高凉黄修存洵江都梅蕴生朱震伯铉仪征王西御勾生吴熙载占此却寄计诸君相送邗滨匆匆已廿七日矣

忆余初游邗，诸君童或丱。及今当远别，伟矣皆英彦。刘生备三德，手胝破万卷。黄生工五言，建安风不远。文藻盛梅生，挥送追中散。超妙能入神，吴朱书同擅。王生嗜倚声，白石欲焚砚。哲弟体稍弱，属辞亦黄绢。斯并天下士，岂况淮东选？羁客常恃此，终老忘贫贱。讵谓捧毛檄，相将试陶县？不怨别路长，所嗟素丝染。遂令鄙吝深，转觉观摩浅。有善谁与证？有恶谁与谏？繄余藿食姿，所志非刍豢。平居讲贯者，诸君实共鉴。出任万人忧，居戒一身嫚。西江邗属岸，扬人谓湖北为楚岸，江西为西岸。估舶多闻见。人患不自知，相告毋相谩。古谊庶复敦，流言闻不间。

十三日抵毗陵示张氏女孟仪

惟余与若翁，道义为昆季。蹭蹬事略同，出山年不异。若翁宦十载，内顾仍如洗。贤者必有后，清白声不坠。唯若能持家，贫不废交际。事事师先姑，胼胝相夫子。余老事宦游，此情非得已。祖母况卧疴，展侧须伺伺。若母与姑母，不解带经岁。祖母时念若，携孙来省视。贤甥毛羽丰，即日赴秋试。若挈诸孙随，以博祖母喜。余在千里外，心为稍安止。逮余舍馆定，迎取若偕至。庶以团圞欢，仰娱老人意。作家以累官，此情知免矣。举室食于人，若翁是前事。

保绪以诗赠行弃之木笥未审也十八日抵吴门启笥见诗感其训词深厚依韵寄答

官民日交争，时论喻卵石。从知酿不阳，长吏难辞责。抚我与虐我，仇后在自择。官本来自民，何为互相迫？终岁使睊睊，相望苦脉脉。以居亲民位，实败亲民绩。原其郁民气，殆为竭民力。古称予不戕，非疑民未急。伐柯则犹远，取譬己欲立。不闻在桑鸠，宜夺七子食。为师与为长，学者固所职。自非信而劳，焉见生也直？昼程念清讼，夜禁靖意室。淳良气渐伸，健猾计日绌。乃导利源开，尚虑民听惑。养民事至纤，防民理孔密。勤求疾苦始，聪听父老述。官民久相猜，欲速安可得？积久民我归，庶几执左契。斯为拙者效，或冀劳止息。多君仁者赠，雅言如经翼。坚我守初心，矢不与民敌。待赋归去来，一一与君质。

兰卿寄桥字韵题捧檄图饯别诗附书责和依韵寄酬

频年踪迹苦儦儦，昨得山居傍石桥。白发已惊催孟浩，读书未许懒边韶。敢因将母封陶鲊，转怕谐声瘦沈腰。余三十六年不作诗，日昨始复为之。差幸故人持节近，问途迂直最昭昭。

为朱玉存宫詹[琦]题霜帷课读图

近世儒者宗，共推昆山顾。溯其学所由，母氏教有素。阿母亦何如？有生未识父。行其心所安，不避嫁殇苦。来嫔抚犹子，提抱授章句。非见莫与友，经训良可怖。孤儿实聪听，弗能学弗措。遂抉群籍心，后来祛迷误。儿名久益昌，母教与俱著。茕茕二百年，吾乡有朱妪。一切继顾母，所异孤儿遇。生际圣相承，早涉承明路。禄养二十年，文行粤可慕。论学朱稍绌，较遇顾则输。所愿励前修，益广慈母鏖。百里半九十，称道息无处。庶几齐昆山，夙夜永终誉。

七月朔后大雨连日农田深透河道泛涨桔槔既停舟楫遂通喜极作诗次鲍明远韵

千里痔火耨，三月困骄阳。矫首望云气，蹙额怵曦光。炽菑罢龟坼，蝗蝻起泽乡。塍伏遗泉水，坟壤变污潢。蕴隆真积力，云雷忽相庄。骤雨挟迅风，奔檐遂溢堂。槁苗顿怀新，含苞竞吐芳。米舫连樯楫，民情庆仓箱。始知乘时化，俄顷定皇皇。

吴门七夕施姬已卿不供针水诗以讯之次谢惠连韵

窈窕藏丽娃，招携出珠栊。丁丁腕阑韵，裔裔裙拖风。莲步移修唐，彩云眄苍穹。瓜果玉盘荐，蟢蛛金盒从。祝请闻细语，启处见雍容。涉心怀锦缽，天路降云踪。卅载卿入侍，七夕遇始双。反归袂仍苦，泛舟惭亦悰。常自薄纤巧，岂况乞虚空。嗟余故曳尾，讵羡厕为龙？安拙卿能守，恋故余弥重。

七月九日元和黄南坡明府冕约震泽周祝君明府恭寿联棹送至宝带桥为祖道于桥右新建之乙未亭即席赋赠

昔贤留宝带，叠石遂成桥。呼吸三江接，归墟百渎遥。势争宣节要，利系挽输饶。于道谋修复，伊谁任巨徭？

治吴专治水，终事有黄侯。吴中当事，十年来加意水利，屡兴大役，以修宝带桥为告成之举，迟疑数载，至南坡为首邑，始力任之。既得穷檐信，宜分大府忧。德从民质遍，成以子来收。七百年来事，重逢乙未秋。至和塘告成于乙未，故名塘上之亭曰乙未，今已久湮，此工适值同物，是有数存，故南坡修桥就创此亭，以复旧名焉。

建亭延胜迹，蠲洁礼前修。傍亭筑室祀吴中前此有功水利者。有客初于役，观成为舣舟。邦君盛郊饯，邻域借贤侯。治谱同传我，翻疑载酒游。

大潦筹疏浚，庞山震泽别名实始谋。道光癸未，吴越大水，甲申两省会筹水利，祝君时以需次末吏，佐方伯外任勘估，内决机宜，遂以知名。专城频蹙，烧尾几乘流。祝君擢大邑，八年不调，而濒危者再。丝茧知时亟，楠梗验楚尤。南坡产楚南，祝君产楚北。更当稽底定，为作一程留。祝君订今晚宿其官署。

宿闸口

十五日早抵武林携已卿谒上天竺翻棋盘岭憩龙井顺至理安访谦谷遂

救苦必寻声，非谓礼天竺。生辰适至止，膜拜资母福。大慈锡母寿，签示吉我告。已卿敛衽前，引为主翁祝。蓝舆穿青云，梯磴万盘复。俯视西子湖，一勺近可掬。襟带南北峰，将迎赭龛瀑。陟降恣瞻眺，追奔劳伛仆。遂得憩龙井，井泉澄鸣玉。汲泉煮野荈，香甘无为目。行行望理安，螺髻峰名净如沐。飞翠浸松颠阁名，坐令万虑豁。主者辨才流，愧我非坡谷。出示新诗词，清脆赖人读。所憾日高春，闸口问征舳。

七里滩钓台下作

论世际汉新，人才荡无耻。缘饰经谶文，以巧求禄利。实由开基初，悉用顽钝类。不以礼为国，终贻子孙累。项田并武人，既亡有为死。刘氏龟鼎迁，稗贩顾至此。敝俗成若性，拨反惟天吏。矫枉必过正，先务作士气。狂奴态自昔，非可驭以贵。物色得故人，乐善备恩义。阳格不旋日，星文一足异。遂令天下士，闻风乃兴起。凌夷及桓灵，维持赖清议。救时诚有要，得要万事理。四维果稍张，损益皆余事。韩侯一投竿，贪饵卒自毙。致用在当无，遐矣披裘子。

十九日乘丑潮发闸口风利日和继以皓月遂抵乌石即事寄谦谷

霆转知潮上，窗明容月照。浪涌一帆飞，山迎两岸笑。鋆回锦翼张，峦耸螺鬟峭。云染岩如黛，麓环江若沼。人语闻烟中，屋角见林杪。遥情接披氅，远响拟舒啸。屐齿托慧业，萝带宜窈窕。得毋称客星，坐茅仍独钓。惟余亦淡荡，性笃山水乐。所憾有程期，不得恣幽讨。少历川江雄，老搅之江佼。洄游虽异势，淹留并阻好。缅想武林游，南屏有同调。为语山中人，梯航毋负约。余四至杭州，唯壬辰秋，谦谷为南屏书记，导游兼旬，备寻幽胜，倚声相调答，今主讲理安，恐不得复尽行脚乐也。谦谷初游浙，保绪为作梯山航海图，余书其首，故及之。

廿日乌石滩加纤行八日始入常山境程不及四百里挤滩搁浅动辄经日舟子驼拉掮撬备极艰辛然劝以上下水互让再通力合作则可易迟为速卒莫有肯变其旧习者率尔成诗以讯后来

乌石抵招贤，常山入境埠名。江自兰溪划。下流多山麓，上游尽卵石。水面良亦宽，漫流数百尺。鱼梁兼水碓，截河使偪窄。益遏滩令高，水石转相激。滩上通舟槽，容舟才一只。不论上下水，入槽即扼隘。舟子各不让，坐卧满船脊。挤船为争途，迟滞胡不惜？生涯别有在，藉此好留客。及船过滩浅，底板常磨砾。不异罔水行，心耳惊淅沥。我思万民济，是惟统辖职。募人浚城下，衢州为金严道驻扎所，其西门外两滩皆至浅。是否泄水亟。备知用徒数，与所当给值。有效乃通行，分委估其实。曲折顺河势，爬梳置滩侧。中槽宽四尺，深验重船迹。撤梁改碓渠，石磡饬令直。不许截河心，拦水张两翼。一路见鱼梁百数，梁上鱼长方寸许，得利殊薄，故可禁绝。水碓转轮之渠，不过五尺，直磡拦至滩头，宽及二丈，并四倍之水，已可济用。筹款先垫办，勾稽各埠役。通计定限期，归款以集腋。居民或侵损，有司勿姑息。必与正其罪，修复仍严责。全竹五齿爬，饬各船遵式。大四小备二，方入揽载籍。河槽宽且深，上下通不积。或遇大水后，河道有变易。各船抵滩时，通力爬其塞。必使复旧制，有司勤考核。水陡提溜艰，各船复集力。出滩船先行，灭耳使共识。行道人过虑，敢谓有一得。聊备刍荛询，听者谁无惑？

九姓渔船 并序

夙闻浙河江山船有同年嫂同年妹，艳丽蛊媚，或云桐严，谓嫂妹皆雇觅桐庐、严州人为之。余取道武林赴西江，坐陈姓茭白船，乃知其船有头亭、茭白两种。船户共九姓，汉王败鄱阳，其部曲九姓奔过山，至严州之建德，以渔为生，改而业船，不知所自始。今有船千六百号，名九姓渔船。建德县收其赋。其家属随船，皆习丝弦大小曲，以侑觞荐寝，而世人误称为江山船云。其真江山船，顾甚小，无女子，唯在浅滩拨货，散搭肩挑背负之客。又有船名芦乌，形制同茭白，甚宽敞，唯旁无窗棂，乃义乌人所业。驾船之外无他事，水脚之外无他费，其不开旁窗者，殆不欲自同于九姓船也。此道号为八省通衢，又福建之茶果纸笋、江西之夏葛磁纸、广东洋货、宁波海物，来往所必由。豪宦富贾，非头亭、茭白不乘坐，沉溺倾覆，前后相望。而十日来所见嫂妹且数百人，未尝有珠翠锦绣之饰，则知花粉所资，大都多在衙前也。其船水脚，已较苏松加倍，而登舟后绝不与嫂妹通一语，无可设计交引者。杂派茶酒之费，复同正价，名曰一底一面。扰行旅，坏风俗，无有甚于此者。贵人经过，既耳习以为固然，地方官吏，复目治而莫过问。余深悔问涂不审，故疏记以诏后来，其赴闽及东郡者，可雇觅芦乌，江西、湖南、广东诸省，自有江行正路，不必迂道，自取迟滞多费也。

圣世励风化，天下无教坊。玷箴亏行止，矜细至狎倡。奈何九姓众，听作化外氓。各船榜金字，自署温柔乡。经涂七百里，宏开脂粉场。究其缠头资，半肥蠹役囊。吁嗟尔九姓，百人器最臧。转输自食力，俯仰未苍黄。移其少艾者，岸居习为良。并未使失业，不必虑更张。嫂妹既离船，便与芦乌行。茶酒罢杂派，足为行旅庆。九姓聚建德，户籍在官藏。举此如反手，永言著斯章。

常山县与张念哉明府祖基论赈缓得失

歉收辨分数，给赈视为例。赈口分大小，大一当小二。折色银五厘，大口日给制。名折米半升，市价久倍贵。民生岂赡足？民心藉维系。使颂我圣君，饥溺真由己。无奈开顷亩，先有买荒费。邑胥构奸民，取成在乡地。一纸初报出，宪委络绎至。居止责供张，酬劳争馈遗。比及领帑时，司书索无艺。事后办报销，部费较司敛。实惠及灾民，得半尚不啻。仲秋已准灾，眄到仲冬既。招携赴赈厂，道路常僵毙。得之未必生，为之先死矣。况将赈比漕，谚云南漕北赈。非无不肖吏。所以愚如余，屡为司农计。罢赈专用蠲，公私并攸暨。歉收及五分，钱漕令半贯。帑无冒赈亏，丰免倍征累。中饱人实繁，闻之必腐齿。是惟造膝时，痛陈疾苦意。恫瘝洞圣抱，中旨破成议。部胥一与手，能使言者蹶。斯说竟无成，念兹时惴惴。从前国用充，百弊丛如此。况今经费绌，农部苦告匮。大臣计赢缩，不敢私所莅。然以悬磬室，复迫追呼厉。沟壑驱盗贼，父母能无愧。庶几勘不成，缓征稍宽气。乃料实户口，与其减食饩。合麦豆杂谷，熟田所获稊。审察囤积数，邑食缺凡几。先劝殷实家，采买自觅利。次讽好义士，粜煮互相济。一切任乡贤，官人绝染指。听断更加勤，缉捕毋惜勚。义分各自安，麦秋有来岁。官固食于人，操纵岂一致？慎勿恋冬羡，民瘼视如赘。一致酿事端，收拾弥不易。仕学君并优，敬事如承祭。虑此良已熟，惭赋何以畀？

廿八日过山入江西境

武林至常山，三百滩有名。一滩高一丈，人在云中行。万山簇插天，仰望心怦怦。谁知环麓转，有路如悬衡。邱山为地险，崎岖不可撄。及至托地处，必归无偏倾。委曲势可顺，坦荡衢同亨。岂况人心险，不能得其平。西郊四十里，浙界尽草坪。界东栖亩禾，焦卷如蓬征。贤令得其要，荒政早筹成。司农嗟仰屋，待哺盼编氓。能操衰多权，以鼓慕义诚。草坪更南首，便入玉山程。玉山陇已刈，杂粮苦难耕。入秋已将半，炎暍使人瞠。疑为土性异，佥云夙未经。早谷晒欲萎，通川舟不胜。朝歌世所衰，饥馑况相仍。休云别利器，事理殊升卿。勉效奔走力，庶将抚字情。

仙人桥 贵溪县东门外三里

仙人胡好事？空驾一环桥。毋乃襄陵日，悬流不可超。非然心渡世，示象在山椒。凶岁求生路，能不自此跳。

贵溪县怀故友陆祁孙继辂即效其体

卅年前醉秣陵秋，云谊风怀不可俦。家学阮咸齐季父，谓劭闻征君。孝思周颉重南州。君为其母林太儒人乞字内能诗文者表章阐德，汇刻为贞珉编。千篇诗与江山在，两载官应老病休。慈父严师遗颂榜，舆人指点故贤侯。

入余干县境怀故友恽子居敬任浙江之江山、富阳，改江西之进贤、星子、新喻、余干、瑞金，由瑞金署吴城同知而败，败后三年，卒于里门

事小民兼事上官，两伤双美合离难。以其所独谈何易，不耻见污良可叹。治狱廿年无枉纵，罢官一

日有饥寒。只应并入名山业，留与人间作巨观。子居著大云山房古文集。往复健举，为南宋以来绝业。

八月初六龙墩见飞蝗 余干乡镇一名龙津

夹岸高粱叶尽羌，惊心真见在龙墩。褔褔煽草道为白，蛰蛰穿云日欲昏。害稼原应无罪杀，畀炎不觉有神尊。侧闻烂翅惟霖雨，牟麦油菘地待翻。

瑞洪谒令公庙 并序

庙祀唐忠臣张睢阳，无碑碣。询住持，谓建自明初，屡著灵异，舟过者必奉牲币其下。余谓自李翰等倡「蔽遮江淮沮贼势功在天下」之说，而昌黎申之，江南庙祀之盛以此。然或曰东平王，或曰昊天大帝，皆以为掌瘟疫神，从无「令公」之称，又不司水府事。且皆祀张许，唐时已称双庙，而此庙则专祀张公。考汉王大帅张廷边，官中书令，战死于鄱阳之康山，而汉遂亡。十八伍奉其子越歙岭至吾泾，冒翟姓以存，其有恩士卒可知。瑞洪去康山十余里，为由湖入河要道。「令公」之祀，既始明初，殆廷边部曲私为之，故称为「令公」，而托睢阳以避祸，如花蕊祀孟昶为张仙，吴人祀周王为张王大帝者也。敢以质实事求是之君子。

李说韩申曲辨冤，江淮俎豆慰忠魂。收瘟尚本必为厉，镇水何从问祀源。花蕊宜男愚宋掖，张王托色享吴门。瑞洪湖背奔逃地，旧部工酬主将恩。

初八日朝子瑞洪舟中听雨喜极有作

梦回淅沥正三更，起卷篷窗辨雨声。檐溜紧知云气厚，船身轻觉水槽平。暴旸晚谷兴之勃，被暵荒畴版可耕。最喜飞蝗应胀烂，快心无寐到天明。

昧爽过鄱阳湖亭午雨急舣舟乌龟寨让涨 南昌乡镇

侵晓渡鄱阳，风帆重不张。推篷三面黑，击汰一湖黄。未任溯流急，偏宜命酒忙。凄其趣絺绤，开箧检棉裳。

十日清晨抵南昌冒雨登岸谒长官至十八乃毕事

庭趋始觉身为令，队逐方知口是戎。事上敬非求获上，自公勤即习从公。固应每事问先进，敢负初心忘贸功。卌载不耕宜害稼，可能情竭悫生通。

九月朔用天长崇琴川桐林陈梦云凤飞见赠出都原韵代柬寄都门袁浦邗上白门吴门武林诸游好

识字已自撄忧患，不涉畏途岂壮夫？翳余少小耻不详，卌年任事远偷儒。时为闾阎说疾苦，有如村妪眩巩珠。居今稽古笑狂简，曳踵矩步安迂拘。食藿姿化尘容走，同志望属苍生苏。讵谓已齿何算列？弛负却为胥靡徒。修唐惟事亭亭立，昧爽自刁盈盈趋。与波氾氾醨欲啜，余晖蔼蔼云犹孤。流亡满地皆菜色，郡邑大半为灾区。移粟不给卒岁谋，共叹抱金同守株。蒿目亦知堂可处，挟策空思世实需。因败为功默予忖，用尔何以难自诬？铅刀奚能割错节？驽马幸未供载驱。还欣逐队罢亭午，余阴足与铅椠俱。不负朝云兼暮雨，滕王高阁天下无。

齐民四术

序言

叙曰：明农之教熄久矣，樊迟亲炙至圣，欲深究稼圃之法，以安集流亡。而至圣谓民之所以流亡者，由上不依于礼义信，多虐使以致之，非仅农事不明之咎也。盖好礼必正其经界，好义必取民有制，好信必不违农时，则其民莫不敬服用情，力勤所事，怀土归业，固无待上之教以稼圃也。近者农民之苦剧矣，为其上者，莫不以渔夺牟侵为务，则以不知稼穑之艰难，而各急子孙之计故也。仆深以为忧，故少小讲求农事，为郡县农政一书。近世人心趋末富，其权加本富之上，则制币以通民财，使公私交裕，实治道之宜急者。农事修矣，而天灾流行，代事也，救荒之政，所宜豫虑。至关榷近唯主于益上，然或有新设而利民，或有仍贯而害民，事异农而农之利害系焉。盗臣轻于聚敛，故记之言伤已。若聚敛既非以益上，仍复不免于盗，官吏之弊薮各半，知其薮则宜求所以塞之。然而莱芜游鱼，非恒情所堪，则养廉之术必出于俭，有能留心民瘼著成绩者，是前事师也。故并检集其书，以广农政之所极，庶使已仕者有所取法而改其素行，未仕者知学古入官之不当专计筐箧以兼并农民。果有能好礼义信之君子出而为上，鄙仆为小人，则固仆所愿望未见而不敢辞者也。农事不缓，为小民筹生计者得矣。

孟子曰：「人之为道，饱食暖衣，逸居无教，则近于禽兽。」孔子曰：「为国以礼，安上治民，莫善于礼。」记曰：「君子观于乡而知王道之易易。」孟子曰：「乡田同井，出入相友，守望相助，疾病相扶持，则百姓亲睦。」乡田同井，礼之制也；百姓亲睦，礼之行也。然乡田同井之制，后世不可复，而近似于此者，则有保甲是宜。最先科目之设千有余载，为民择吏，而进以一日之文，其法已非尽善。然乡举里选，以此日之人心士习言之，断不可行已，则谨学政以教士，亦在纲之说也。无贵贱一，古惟丧服，周公作丧服一经，以维持万世之世道人心，而国家编于律例之首，其用意至深远。士大夫忌为凶事，置之不讲，则其去野人父母何算者几何矣？科目进身，原其本意，欲因文以见学，使出学以为治。是故领于礼部，以驱率天下之人才，大而封圻，小而州县，什七八出于此。然而决得失于一夫之目，且弊端百出，以坏廉耻之防于就傅挟策时，推其究竟，可不为之寒心哉！课绩者，考之始事，而所系至大，故首列之。孔子之论士曰：「行己有耻。」士人不勉养而类充之，其何以长人以教人哉？至韦布下士，食力小民，闺阁秀异，或守陈编以自淑，或本至性而成文，亦足以见礼教本在人心，非由外铄我者。故并采录焉。

语曰：「齐之以礼。」斥齐刑之政为不足得民耻，故曰刑自反此作，则刑与礼固对待之具也。治狱之于治民末已，然万民托命于此。而挠小民生计者，尤以此为大端，不必至鬻狱卖法也。稽延之苦，实遍闾阎，居痴床者，已罕计及，况士人未习吏职，而计专筐箧，则邪说荧之、匪人比之矣。至失刑之甚者，一成不可变，前此君子，不知尽心，以为后世戒。苟无纪载，且何戒之有？凡是编录，庶使秉礼以司刑者，有所鉴择焉。

大刑陈之原野，为其悖礼已甚，非常刑所能制，于是乎有兵。兵者，禁暴除乱而非得已也。故老子曰：「战胜以丧礼处之。」孟子曰：「善战者服上刑。」古人之言兵事，如此其慎也。然入使长之，出使治之，左之左之，君子宜之，右之右之，君子有之，则其事固宜豫立也。仆少小有所戒而究斯术，未几，兵事连起，前后与当路陈说机宜，条别得失，不幸而言多中。近则阅事稍多，闻警而惧，非复少壮豪举矣。夫兵之为费甚大，其及人至惨烈，故以能销兵于未形者为上；朕兆已见而能弭者次之；兵势已成，而能谨守吾圉不被蹂躏者，又次之。至置身锋镝之中，与士卒同心戮力，百战以捍疆场，尤近日所罕见，故并录之编后。呜呼！明农以养之，贵礼以教之，刑且可以不施，何论于兵？仆老矣，况废弃之余乎！然生平所学，或亦有足裨当路君子之节取者。生民之难，庶其小有瘳乎？

齐民四术卷第一上　农一上

农政

周公曰：「先知稼穑之艰难，乃逸，则知小人之依。」孔子曰：「使民以时」，「既庶矣，又何加焉？曰富之。」孟子曰：「民事不可缓也，易其田畴，薄其税敛，民可使富也。」夫民归农，则谷植繁，奸邪息。上明农，则力作劝，侈靡衰，仓廪实而知礼节，先王之本政已。本政衰于上，游民盛于下，旷土则州郡荒芜，稠乡则椽檐比栉。又水谷之区，遂绝旱种，标梓之土，不识桑麻，各蔽土风，曷由济弊？故谷贱者薪贵，畜丰者衣窭，肥硗各殊，疾苦同贯。是故君子之主其土也，省偏枯之失宜，酌高下之定势，精其所习，兴其所缺，因地制利，以力待岁，使民困少瘳，则国脉益厚。自士不兴学，鄙夷田事，高者谈性命，卑者矜词章，洎乎通籍，兼并农民。盖田输两税，复摊丁徭，则一田而三征，内外正供，取农十九，而官吏征收，公私加费，往往及倍。绅富之户，以银米数多，而耗折较轻；力作之民，以银米数少，而耗折倍重。是故鬻狱卖法，分绅富之膏肥，折粮加漕，浚茕独之膏血。至于申诉所及，绅则势胁，富则利诱，听论常速，以助其逾荡武断之威。乡里愚民，不识城市之区，未睹官吏之面，自非极屈，鲜敢吁号。而官则受词若罔闻，吏则居奇以责赂，偶有蹈触，厥罚必行。故农民终岁勤动，幸不离于天灾，而父母妻子，已迫饥寒。又竭其财以给贪婪，出其身以快惨酷，岁率为常，何以堪此？推原初心，匪尽无良，知识溺于俗学，情性汩于师友，见闻所限，酿此伊戚，不亦伤矣！

余居家辅野，且以食贫，幼亲园圃。近岁客游，颇究吏术，足迹所及，东西越数千里，访其风俗，验其得失，爰证旧闻，殊不相远。窃谓治平之枢在郡县，而郡县之治首农桑。衰集农说，断以今宜，条比旨趣，务在易晓。其有验而不切日用者，则从芟除。言必切实，非文献之无征，法可举行，无迂阔而远事。别为郡县农政，详其节目，使劝课有方，而惩罚可据，士君子或有所采择焉。其目有七：曰辨谷，曰任土，曰养种，曰作力，曰蚕桑，曰树植，曰畜牧。

辨谷

稻类之多，其要二：粘者名糯稻，蒸而曝之，炒为点心，炸之可为糖，磨粉为粢糕扁食皆可。酿酒。其类有赤、白二种，白者佳。赤者惟可供酿，皮硬厚，收成斤两多而得米少，南人多以充租。不粘者名粳稻，今供常食。其早者名籼稻，立秋而获毕。其尤迟者名晚稻，白长，味香美，尤益人，九月杪熟。其八月熟者，专名粳稻，以红者为益人，收成相似，惟籼稻差薄，取其早熟接济，又避秋旱也。又有香者，皮带紫黑色，名香稻，味醴，不中常食，和糯以酿特佳。其草为牛冬粮，抽其心，可织鞋打索，去穗去稃取净秆，可以灰煮为纸。又烧灰，和新熟酒，连糟入盐沥取汁，淋跌打伤处。又烧灰，取新汲水淋汁定清冷服，解砒毒，皆验。古名稌，名秜，名占，皆谓稻。其种自二月下旬至五月中旬，获自六月中旬至九月下旬不等。南土多收两熟者，上熟厚，下熟薄，上熟移秧栽芸，如他处旱稻。六月中旬获，先十日撒种禾下，获去上熟，下熟秧长四五寸，以锄芸之，如治旱种法。八月杪获，仍种大麦，名三月黄者。其籼稻既可获，可种荞麦。八月获者，于未获前撒泥黄豆于禾下，如种下熟稻法。粪力厚者，田不损。其水田不能种麦者，获毕耕起板田，放水为畦，种白菜萝卜皆于田有益。其种麦者，亦可先栽白菜。初伏多雨，不能栲田则叶盛，入秋多生结虫。立秋日雷，主多风落，稻亩减至五六斗，宜及青获。当秀畏旱尤甚，宜先备水。又有旱稻法，收成略同水稻，河北人多种之，未得其法，著其名以俟博考。

麦种二：其有壳而谷黄白者，名大麦，有三月黄、四月黄之别。撒种丛生，收成至早而丰，去其壳曝干贮之，其壳中粪。舂者微浸以水，舂去其皮，名麦米，和稻米炊饭颇香脆。其涨锅胜稻，而熬饥亦过，然味减不为人所贵，惟饥年乃以为谷。炒而磨之，取其面可为点心，宜为酱。以养牲，尤肥猪。可酿酒，性至猛。糟亦可饲牲。又有名赉麦者，形性皆相似。其无壳红黄者名小麦，为沟塍以种，五寸而一丛，丛二三十茎。亦可撒种，磨为面，供常食。其麸可饲猪。又可以粗布置筛内，和水揉成面筋，为素食要品。其渣仍可粪田。下沉者为小粉，可为浆。其草可织为帽。麦性热，不宜炒食，其头面极细白者尤热，须和次面杂为食，乃益人。常食令人轻健。麦性凉，以夹被盛为褥，能治身体疼痛，及疮疡溃烂，及小儿暑月疮疹溃烂不能着席者。炒面入腻粉，油调，治汤火伤灼。其成疮者，和栀子仁油调傅之。麦芒入目，取大麦煎汁洗之即出。取隔年小粉陈者，炒之成黄黑色，冷定研末，和陈米醋为糊，熬如黑漆，以瓷瓶收之，名乌龙膏，摊无灰纸上，翦孔贴患处，治一切痈肿、发背，无名肿毒，皆验。古名来、名牟、名秄、名青稞，皆谓麦。下种自八月至十月不等。关西多种春麦。南方亦有田极旱不能起板，至岁底即撒子裂缝中者，来年麦殊美。盖谷宜蓄地热，秋冬燥，田积热入地，春得膏雨而上蒸，故麦盛也，然不可为常。麦宜冬，有雪敛之，便不甚长，又土润，则传科大。其冬暖麦起节者，遇春雪常折损。中州于春分前纵马牛食麦，至分日乃禁，不十日而长数尺，亦其地气厚也。惟忌猪食，食则不复透出。麦宜春寒，太暖则于松花时黄苗，名松花瘟。春多雨，麦脚着土而黄，名黄疸瘟，最忌。春甲子日、惊蛰日、二月十二日、四月初八日，晴，则麦熟。其雨反是。凡粪麦，小麦粪于冬，大麦粪于春社，故有「大麦粪芒，小麦粪榰」之谚。其小麦地种棉花者，不及耕，就麦塍二丛为一窝，种棉子，计麦熟而棉长数寸矣。凡大麦二芸，小麦三芸，乃善。麦田旁可种蚕豆，又大麦，蚕豆，宜为秧田底。

荞麦：紫茎，弱而歧生，枝枝结实，花细白。实黑，甲三棱，以磨面如麦故名。收成不盛，为间谷不当正熟。立秋前后下种，八九月收刈。性好雨，亦不甚畏旱。最忌霜，一霜而枯，再霜而落，霜重则茎萎矣。面色稍缁，味与麦等，稍腻滑，消练肠胃沉滞，岁必须食数次。其常食者，和猪羊肉热食，令人发热风，落须发。又忌黄鱼，有黄病人不可食。头风畏冷者，以面汤和粉为饼，更令护罨出汗，虽数十年者皆瘥。又腹中时时微痛，日夜泻泄四五次者，久之极伤人，专以荞麦作食，饱食二三日即愈，神效。其秸作荐，可辟臭虫、蜈蚣，烧烟薰之亦效。其壳和黑豆皮、菊花装枕，明目。其春社前后种者，名苦荞，味苦劣，聊充荒备。古名莜，名乌麦，名花荞，皆谓荞麦。

黍、稷本一类，粘者为黍，不粘者为稷。今名芦稷，又名芦穄，又名芦稷，又名荻粱，又名高粱，其实亦名黄米，随地异名也。其种获熟迟早之则，皆与稻同。宜熟田壮土。古撒种，今俱移栽。为饭香淡，舂粉可为饼、为糖，酿酒尤美。久食令人烦热，缓筋骨。宜养牲，穗可为扫帚，秆皮可织箔，秆心可饲牛马。古名穄、名秬、名秠，皆谓芦稷，而色各有别。

玉黍：一名包谷，一名陆谷，一名玉高粱，一名御米。形似芦稷而秆较肥矮。六月开花成穗如芦叶，心别出苞，外垂白须，内结谷，攒簇成穑。生地、瓦砾、山场皆可植，其嵌石罅尤耐旱。宜勤锄，不须厚粪，旱甚亦宜溉。米舂为饭亚于麦，惟不耐饥，可炒食，磨粉为饼，味粘涩。收成至盛，工本轻，为旱种之最。煎汤饮可治淋沥。

粱：今名粟，亦名小米。有硬软二种，如糯粳米。有有芒无芒二种，如大小麦。米作粥饭香脆，软者尤佳，亦可酿酒。有青白、赤黄诸种，以黄为上。早熟者名赶麦黄，晚熟者名雁头青。旱者皮薄而米实较胜。凡粟耗地力而收成薄，故宜薄地稀种也。秆惟中薪。久食能益肾，研粉和蜜，可治小儿满身疮溃如火烧者。研粉和甘草煮取汁，和蜜灌之，可解一切毒药。研粉煮粥如饴，婴儿生七日后，日哺少许，解毒益元气。其淘粟米泔洗瘙疥甚效，可嚼烂，傅犬咬及冻疮。古名众、名糯秫、名青粱、名黄粱，皆谓粟。

稗子：本草种，今多植者，秆略似薏米。或名龙爪、鸭爪稗，皆状其穗也。米形似粟。四五月种，八九月收，不择肥硗，耐水旱。最能保岁，收成胜粟。煮饭甚香滑，益气厚肠胃。磨面作饼，味为劣，酿酒味胜糯米，汁少减。秆中粪，可饲牛马。古名穇子、名莛、皆谓稗。

薏米：丛生，秆叶似芦稷而瘦狭，种法同。亦有夙根自生者。米益人心脾，尤宜老病孕产。合糯米为粥，味至美。价于谷中为至高，然人罕种之。此种不耗地，不耗粪，保水旱，可度植也。

菽：荚谷之总名，其角曰荚，叶曰藿，茎曰萁。今名豆。其青豆、赤豆、黑豆为大豆。荚豆、六月白、绿豆为小豆。宜高赤土，太肥则叶茂少实，名发青科。南人多沿田岸开窝下种，撒灰其上，不锄不粪，亩收二斗。桑下收豆又益桑，此分外之利也。赤、黑，皆可杂米炊饭，黑者尤益人。青豆尤鲜美，炒食可为蔬。黄白者可磨为腐，其渣宜饲豕。又可榨油供食，比菜油性为和平，味亦不熘。可燃灯，又可合蜡为烛。其饼中粪，亚于菜饼。可为酱、为豉，其荚中薪。炒豆忌与猪肉同食，小儿食者多壅气致夭，十岁以上不忌，然亦非宜。以水拌大豆湿，炒热，以布裹熨猝然腰痛，神验。凡汤火伤者，煮大豆汁为饮，易愈，可灭瘢。其叶捣傅，治蛇咬。煮赤小豆汁饮之，通乳汁。绿豆食法尤多，软糕、荡皮、搓索，皆为素食佳品，生研和冷水，解一切砒信、金石、草木之毒。古名尗、名荅，皆谓豆。

泥黄豆：其萁短，著地多混泥，故名。亦有黑、黄二种，豆之最小者，为腐色淄而味转滑，可炒食，饲马豕，又煮以粪田，过菜饼。南人多种于稻下，为间谷，虽收成薄，然不损田，不劳人，亦分外之利也。古名穞。

豌豆：种收与麦同时。南人多杂大麦中种之，性耐旱，又耐冻。其苗中蔬，收成盛而价值低，宜饲豕，亦可食。古名戎菽、毕豆、麻累，皆谓豌豆。

蚕豆：荚状如蚕，种收同豌豆。南人多傍麦田种之。收时嫩可煮食，老则甲坚，炒食加以盐，可代蔬。磨粉以为酱，特鲜美。不择地，可保岁，宜多种，古名胡豆。

豇豆：一名角豆，一名羊角。蔓生，以竹援之，花实至盛，采折复生。荚俱双垂，长者至二尺。色备各种。嫩时中蔬，老收子可炒食。可杂米为饭，可合糖为豆沙，病水肿者忌食。

扁豆：一名刀角，一名蛾眉豆，蔓生同豇豆。采为蔬，味冠诸品。性尤益人，患寒热者忌食。又刀豆，似扁豆而荚长巨数倍，采入酱为蔬，味美又益酱也。

脂麻：一名胡麻，有黑、白二种，种刈同稻时。子炒碇为粉，和糖食，味鲜馨，尤益人。能解百毒，生嚼末傅，治小儿头疮坐板疮疥，煎水洗一切疮毒，皆效。打油香美，为素食要品。秆烧灰，可以腌蛋。煮粥下少许即稠，且去火毒。

黄麻：一名火麻，一名大麻。其子名麻仁。古名蕡，为八谷上品。今惟入药，未见充谷。以打油，可油物。皮可绩布，秆置水田中沤空，取出曝干，可代火把。又肥田。其花捣傅一切肿毒，古名麻勃，捣根及叶取汁服，治挝打淤血、心胀、气短、骨折痛不可忍者，皆验。古名枲、名苴、名蕡、名汉麻，皆谓黄麻。又苎麻一岁三刈，麻尤坚洁。

任土

凡地肥而有水源者宜稻，其冬无水浸者则植麦。麦资粪，不损地力。其源水浸灌不绝者，放干刈稻，即起板，凡刈谷后耕过，为起板。勿劳。劳谓耕过块大，以耙碎其块，使养根保泽。水田冬不种，劳即渗膏，故勿劳，水弗令没块背，作田缺五寸，上令水流。水浸块则冬不提冻，块不舒。缺低则水刮田底，流去土油，缺高则绝下田水。五寸则水入田滃渟而后出，不害泽也。断水则日通浮膏下老土，令浮土瘦。又水荡能活土气，保温泽，稻根须横出，全资浮土力，力薄者资粪。古谓地无良薄，水清则稻美者谬。其水源发自石山者，性寒，又清洌无膏，宜粪以石灰。资浊流溉者不用，灰性能板田，尤宜勤耕。入春冻解又耕之，及时又耕之，乃劳。耕宜率常，勿太深。若起老土（谓年年耕所不及之板土），即硬软不相入，能害禾，又漏田不保泽。劳有二：耕过以耙碎块，乃以木锛锛土。木著土者厚半寸，阔五寸，起两柱，上为横枕，人凭枕，牛引行，则土从锛上翻过，块匀而活，复耙平。冬不耕者，老土耗下泽，流水刮上膏，土板不经冻块硬，稻柔不能起土，收常减。古云：冬冻不密，夏发不盛，匪直阴阳循环之理，实资冻舒以养土气。春不再耕者，土性冻涩不和，亦减收。其植麦者，起板耙过，以锄聚为畦，沟宜深阔以备泄水。麦喜耘资粪，收成，尚有遗泽益田也。其非系源水，资潴水溉者，并同平田，不必为沟。其山乡水落石涧，又无停潴，步步低下不可灌者，宜相左右夹涧之山，形势便利处，沿山开沟。截断归涧偏源，拦水入沟，展转浇灌，并省桔槔工力。其离山既远、落地又高、远过流涧不能吸灌者，宜于涧之上流，较田稍高处，以桩排沙石截溪流，旁开沟拦水入，展转浇灌。秋后不资水，可灌水碓，利人工也。稻利不必极重，而谷正益人，又省工力，计三耕两劳三耘一莳一刈，每亩不过费人工七八日耳。六月草盛，刈置田中，水热日炎，三二日辄腐，水色如靛，最肥又松土，亩四担，计人一工而膏庇两熟，至要。不植麦者，宜种白菜，萝卜，既充蔬，又资粪益田，萝卜尤能松土，且佐冬粮。其植麦者，耗粪工太甚，宜三分之，以二分植麦，一分植菜子。菜子冬春之交，采充蔬，多可卖，亩收子二石，可榨油八十斤，得饼百二十斤，可粪田三亩，力庇两熟，菜子利同麦，粪工同麦，秆供薪同麦，而得粪可济麦田之耗，至要。其平乡有大川，而田去远不能资灌者，度地为渠以潴泄之，如计地若干里，以渠绕之为圩。假川水不甚盛，不能济渠者，则量开池塘，平乡土骨坚保泽，池深七尺，常蓄水五尺，池十亩，可溉田二顷，又资鱼荷之利。凡圩远渠处，皆开池及小渠潴蓄，外绕渠为大堤，面广一丈以上，内外障拒。堤内外皆植柳、白杨，二木喜水易生长，又根须深远能固堤，空土不扇田。且平乡乏薪，尤资其利。又，遇旱运水入渠，昼夜不彻，柳阴最能祛暑宜人也。

凡芸稻，须上有蓄水，放干芸之，则杀草利谷。须绕苗纵横疏之，以土附苗本。其一区田一家所种者，芸自下起。凡植物皆新根夺旧根，横须夺直根，直根深者保泽，须多者得膏。以土护苗本，苗附土长新根，则膏沃。乃放水灌之，芸过翻土压草，水浸没之，则草郁蒸而死，并资为粪。芸旱种亦然。惟豆宜远本，近则伤根，走膏润。凡芸宜于稚苗，以治草舒根。故冬再芸则麦茂，及苗长既遮碍，又土滞嫩根，不复滋盛。

凡度备水源垦荒种稻者，先就地刈其草烧之，既熯土易耕，又益肥。缓耕使深，盖土深则泽固膏足，熟田恐动老土，生田以初耕为度，故宜深也。耕毕引水渗之，或就雨土湿，锄筑为畔，令广，常放牛践之使实，乃劳，不漏水，植豆仍不弃地。凡治稻田，皆以滑泥泥岸令阔，种麦乃复之田，稻争水，麦争地也。初播种宜疏，新田力盛，密则发青科，力归叶，实不足，常减收。一熟后，辨田性以增损之。凡粪皆宜田，惟忌鸡粪，一粪即尽地力，丰收无继。惟畦种瓜果者，资粪力不资地力，则为美粪也。

其必不能开通水利兴稻田者，亦须多开池塘，蓄水以溉旱谷。北方土厚，冬冻多雪，麦性好寒，籍土温润，根须舒实，苗叶不长，无入春伤折之患，故收常倍。然春雨愆期即大祲，诚蓄水入春得再溉，则无不成矣。其下熟，择土最厚者，种芦稷、包谷随宜差。薄者种棉花，尤薄者种粟及豆。盖棉花利厚，然资粪，地稍薄可成。黍深根坚秆，全资地力，故以厚地与黍，而以黍粪与棉花。粟最耗地，又收薄，惟不甚费人功，故以薄地种之，薄收以备谷耳。豆惟宜耕劳地熟，一芸可收，自有膏润，不资粪力。土薄者，密种即相当，其土骨太厚，地不能及泉者，宜度亩凿井，约一顷而三井，上为架，架辘轳以木盆接竹，引水入队灌饮。

不论山水平原，各乡皆宜树桑种蔬果。桑宜近居，土既肥，又便采折修理也。蔬果，地少人多而粪足者，宜畦种，地广人少而粪乏者，宜漫种。凡作畦，不择地，掘长八尺，广四尺，或长四尺，广二尺为坑，深尺许，掘平，外为沟环之，深半坑，以土壅坑畔，筑令坚实。坑内掘出土，劳碎和熟粪或蚕沙拌匀，先以足践坑底，令平实保泽，以草薄烧之，下和粪之土，铺二三寸，摊平足践实，以水浇之令透，乃下种。上以粪土轻覆之寸许，俟芽出土一二寸，乃于早晚灌之。计中填比外沟稍高，雨多渗出，坑不积水，旱则以水灌沟，使之遥润，不致灌刷粪力。

凡山，除巉岩峭壑莫施人力，及已标样柴薪外，其人众地狭之所，皆宜开种。开山法：择稍平地为棚，自山尖以下，分为七层，五层以下，乃可开种。就下层开起，凡山系土陇者，开如高田。其石骨诸山开种者，皆石七八土二三。每大雨，山水发洪，刷土膏下流，故三年之后，不复可用。又山膏附皮而流，开通则膏内涸，常畏旱。先就地芟其柴草烧之，即用重尖锄一劚两敲开之。初开无论秋冬，先遍种萝卜一熟。此物最能松土，且保岁，根充蔬粮，叶可饲猪及为粪。凡棚须备二三间养猪，山谷之下者，饲之，岁出二槽，收利既重，又资其粪。鸡亦宜多。乃种玉黍、稗子、杂以芦稷、粟，其土膏较重者，亦可种棉花，皆宜择稍平地。掘坑种芋山药各瓜菜十数畦，以充蔬，且备谷。山棚人多，粪非所乏，故宜多备区种。两年则易一层，以渐而上，土膏不竭。且土膏自上而下，至旱不枯，上半不开，泽自皮流，限以下层，润足周到。又度涧壑与所开之层高下相当，委曲开沟于涧，以石沙截水，渟满乃听溢出，既便汲用，旱急亦可拦入沟中，展转沾溉也。至第五层，上四层膏日下流，下层又可周而复始，收利无穷。冬可种腊芥子。其田农就山岭开地种麦者，实为非计，山去家远，粪溉不便，山多赤土，杂以沙砾，二麦弱根，难为滋茂。其赤白土者，阴宜植茶，阳宜植竹。若去出水在五十里外者，则竹无利，以油桐为宜，或种松、杉、鸦臼也。其黑黄土者，阴宜松、杉，阳宜树漆，收利略远，而计入十倍。

凡圩底及河沿，当夏必没不可树艺者，宜植箕柳白杨，利不减谷。其山河岸坡，常被冲刷，石六沙四者可种麻。麻根夙深，一岁数刈，出水一二日即过，无损，且淤泥资粪。其受潮浸溢者，可种腊菜子，此菜四月即成，潮尚未盛。即有旱浸，结荚已坚，泥淤不损，十可九收，利且胜树。

凡附城民，令多备缸桶，至城运粪，仍以桶置各家收尿。凡尿须和大粪破水，或牛粪，乃可下田，否则火气、碱气逼谷不长，得大粪、牛粪济之，发力最足。官时饬输作清街巷大小各沟，于城外可通水处筑坑贮之，使乡民便运积粪，既收利裕公，又沟港不停秽恶，居之不生疾疫。流通积滞，无秽汁污城河，水泉香美，食之不生淫邪。凡城内瓦砾荒场，皆宜多树柳柘，以备不虞，其下有积土，饱粪汁最肥，木加长亦收利也。凡近河渠池荡者，至冬以竹夹取底泥，粪田最美，凡粪止藉力，河泥力不减他粪而增浮土，故尤妙。又藉浚深也。

凡治稻皆宜精，虽地宽之处，广种薄收者多耗本，又教惰，且不保岁。可举代田之法，每田一区，分三分，每岁更代，收成过漫种不治者。

区种，即畦种法，相传伊尹制以救旱。择近居高处为之，以备水，人二十区，节次艺豆、黍、芋薯，垫粪负浇，可以夺岁，地狭处尤宜究此，荒丘故址，皆可尽力也。

养种

凡稼必先择种，移栽者必先培秧。稻、麦、黍、粟、麻、豆各谷，俱有迟早数种，于田内择其尤肥实黄绽满穑者，摘出为种。尤谨择其熟之齐否迟早，各置一处，不可杂。晒极干，黍、粟各种，以绳系悬透风避湿之所。稻、麦种，晒时以竹簸摊薄晒之，晚以物覆之，勿聚罨令伤伏热。极干时，抬簸置檐下，高架掠去日气，簸去浮秕，令极净。洗瓦器微火炕之，冷过收贮。麦种每一石，和干艾四两藏之最宜。稻种少者，亦可择肥好之穡，断一节悬当风如黍粟。凡种伤湿，郁热则生虫，种不齐，则早晚失节，迟收零落，早收春多碎，炊饭多夹生，不宜人。凡农皆宜备瓮，于冬至后接收雪汁，埋于地中，于各种先种二十余日，出种淘去浮秕，则无莠，薄摊晒燥，再于日熯时，出雪汁溲之如麦饭状，以薄布盛而轻拌之令干。明日复溲，天雨则止，七溲后曝而藏之。至种时，以余汁和原蚕矢拌匀种之，则不虫，又耐旱辟蝗。其蔬蓏种，以鳗鱼骨煮汁冷浸，和柴灰炒大麦下之，起土不生虫。冬至日以布袋分盛各谷，平量各一升，合埋阴地，立春后五日发之，其息最多者，岁所宜也，则多种之。又谷精通于木，稻视柳、赤白杨，麦视杏，小麦视桃，黍视榆，大豆视槐，小豆视李。记本年某木盛者，来年多种某谷，岁收常倍。凡黍更记落霜冻封条日种之，假如初三日冻树条者，则下种亦以初三日。十月冻树早黍宜，十一月中黍宜，十二月晚黍宜。三月皆冻，早晚皆宜。凡冻树皆谓其月之始日，记准无差。凡秧田，择厚田耕劳极熟，取浮土和牛粪乱草烧之，以石滚滚田，使坚平。乃滚火粪，以筛筛之，去粗者，匀铺田内，厚寸许，以水渗之，令平湿透，筑畔令极密，乃下种。常以水浸过谷面，以妨鸟啄。又有种旱秧者，下种以水饮之，使着土即止，常以人护鸟雀，秧长一寸即止，以备春旱亦佳。又有先择田，种大麦或菜子蚕豆，三月犁掩杀之为底，再三劳极平，下种亦不减火粪。

道光庚子，南昌姜曾樟圃签云，文内常以水浸过谷面以妨鸟啄，此就撒谷田中发芽成秧者言也。今俗间扎草人，画面目，持竹旗，挂响铃以驱鸟啄，此与水过谷面之说相辅而行，皆可妨鸟害，难妨人害也。近有暗向田中捞取谷种之弊，此固俗之坏，亦田民穷耳。惟歙乡现行浸种之法最善，以近春社前后浸谷，谓之社种。先将蔑箩大者，容种一二石及七八斗不等，箩内衬以秆草，举谷种倾入秆草中。即将秆草包固，用石压定，每日水淋其外一次，必以浸透为度，如蒸酒者先淋酿饭一般。四五日后，种将发芽；又四五日，芽长成枪。积至半月以后，开包出之，用筐盛之，抖散其芽，抛撒田中。芽根落泥，二三夜即现青梢，所谓秧针是也。撒芽之时，喜晴暖，爱夜露，秧长甚速，畏东风，忌霖雨，恐烂秧也。惟浸种于家成芽，然后撒田，过二三夜，秧尖出水，则既免鸟啄之害，又无人窃之虞矣。

凡黍、菜、芋、萝，一切须移栽者，先为畦种秧，皆宜肥粪为底。其植经冬者，尤宜火粪，藉其力以耐霜雪。

作力

良田膏深，当种晚谷以尽其力；薄田膏浅，天寒则泽涸，当种早谷以接其泽。凡旱种，雨后下则遂性，小雨趁湿下，翻劳使种合土气易生。大雨土沾沃，湿劳则块结滞种，宜待块背白下种，劳之则舒爽匀实。凡种，耧下撒下及为畦点种随宜。凡锄草，须一往二复，不先附根锄土，径前锄空土覆根旁，则附根草受掩土泽侵谷。宜顺锄两锄，再覆断草根，一摆一推，则土舒草死，故又名倒草。锄欲数，苗二寸一锄，芟密补空。苗八寸再锄，过尺三锄，后更一锄，则无不美矣。苗浅则根弱不能起土，草附地夺气，故宜勤锄。尺以上根坚实，又地经锄松，和膏上升，不滞块。苗深阴密扇地，草不得泽，故可疏锄也。工忙者亦宜三锄。

稻最苦莠，秧田恐有草子，秧出时即以竹箸拣拔之。凡草皆长而深碧易辨，田极净者，于拔秧时细辨去之亦可。长七寸可任拔栽。栽法：人立定，左手持秧把，右手分之，左右极一手之所至。下六科，科八寸，纵横如一，则易芸。拔秧时，以两手所握，濯其根合之，扎为一把。一把栽廿四科。计下种亩子三升半，拔秧亩二百五十把。栽法：分定浮水压下，使根须四散着浮土。忌深，忌根偏及聚。其土坚者，宜以猪毛莳之，一人腰篮撒猪毛片浮水上。栽时以根压着秧心，肥而起土。凡下石灰田当用此，剃发亦可。凡石灰，皆待稻传科叶相接以上，日气不能逼土，冽泉浸本时，风散扑之，亩二十斤，热土并杀虫也。若秧长至尺二寸以上，手绞去长叶栽之，毋伤苗心。栽时，各处自立夏至夏至不等，既地气有殊，亦种之早晚异也。然皆宜植早籼稻，以接青黄，早籼立秋前熟，其栽则小满时也。大约植谷性喜温，迟处可略早，早处断不可迟。刈稻：除择为种外，宜堆田中，穗相向为员堆，三日而后打，则青谷皆熟。藏之仓，无板底者，当置芦簟隔湿气。凡砌仓，宜用土墼，砖石回湿皆害藏。凡稻生结叶虫，每亩以桐油二斤，趁无风日斜时灌之，油随露提上叶尖，则虫死而堕水，且资肥。

旱稻：及时渍种令开口，耧种之乃再劳平。其黑坚土未生时，遇旱宜纵人及牛马践之，土湿则忌足迹入田。苗长三寸，耙之欲数，每经一雨辄耙。以苗根弱，又旱土坚密，草易夺气故也。天雨，宜冒雨薅之。地不期良，废田不生草者乃宜，地良苗盛恐折，熟地多草，耙疏则夺气也。余同水稻。惟耕耙尤宜熟软，古说如此，盖略如今种麦法，存以俟考验。今邳宿多此种，询之土人，云撒种后见苗，一芸而已。丰岁亩收米三石，不资粪，不费工。然未亲验其法。

麦以经两社备四时为善，若天旱不能起板，可灌者灌而耕之，不能灌，待泽迟种亦可。小麦宜各粪，须于下种时散着田中劳之。大麦则否，于春社时，以熟粪破水薄泼之。麦熟宜带青收，过熟则抛费。收到即薄摊场上碾之，起秸扬子。待收碾都尽，再晒碾秸上未净之麦，则工夫匀裕。收获如救火，麦为尤甚。蚕稻并兴，一值阴雨，便成灾伤故也。

荞麦入秋种早获田内，六十日而成。子下层黑，上层白，有汁，即宜刈，堆之皆黑。迟则落，及霜则萎。

黍下种以椹赤为度，入小满便可移栽，稍迟亦得。其地广者亦可漫种，亩子三升。地耕欲极熟，芸可稍疏。刈欲晚，待力尽。有一种零落者，宜及紫黑，勿待黑。粟、稗皆同。粟皆漫种，疏处亦可移补。黍剪过，尚收子黍，乃拔。

种豆时同稻，地不求熟。生叶一锄之，生五六叶再锄之，叶落尽乃刈。亦有摘取黑荚者。诸豆中豌豆、绿豆成熟最早。蚕豆同麦种，治法同诸豆，下种亩五升。

脂麻宜白土，时同豆。截雨脚，接湿种则易生。亩子二升，炒细沙和子，空曳耙劳之，人践劳，则土厚不生。锄三遍，再亦得。及荚青刈之，十数茎为一束，五六束斜靠为丛，上束之，束小易干便持，斜倚，可当风。口开倒抖之还竖令晒，三遍乃尽。其乘湿攒积者，蒸热易干，然不中为种，又油烛然之不明。

凡植欲近舍，当旁植脂麻，以遮六畜。

菜子，古名芸苔、名蜀芥者，今之腊菜子也。种时同麦，起板撒牛粪播子而劳之，亩二升。宜冬一芸，腊菜子同。入春，其苔可供蔬，掐一遍即止。四五月荚黄，拔置场，曝而碾之。其苔能利血，产妇宜食之，腰脚有病者忌食。其油调蚯蚓泥，治汤火伤灼。蜈蚣咬者，取油倾地上，擦地上油涂之立愈。勿令孕妇见。

棉花，即古吉贝，又名木棉。于花熟时选瓣大而白者，收其核以青黑色为上，曝藏之。谷雨后，淘取坚实者，沃以沸汤，和柴灰种之。宜夹沙之土，凡根坚之植，及地下结实之种，皆宜沙土，取其松和易长。耕欲熟细，为沟塍，点种，以灰土厚覆令着实，虚浅则苗出易萎。其空土专种棉者，宜冬春再耕，过清明即可下种。其沟塍种小麦者，及小满可于麦根点种，刈麦棉长数寸。锄密补空，每窝三茎，深锄细敲，无减专种。大麦地即宜耕过劳种。种下地，旬日乃出，长尺半，摘去中心以长旁枝。旁枝长尺许以上，亦去其尖，枝交揉者芟之。勤芸厚粪，夏末开花结桃。入秋桃开，花瓤乃吐，随吐随摘，盛者亩收干花二石。杂种脂麻，云能利棉。

芋，宜沙白土，欲熟耕，资粪力。旱则二月，迟尽四月，惟忌三月。深沟高塍，塍二行，相去如稻。常锄草以缓土，以数为妙。旱则灌之令透湿。九月掘之，盛者亩三十石。近用移栽，收成常盛。盖植物皆喜易土，兼受粪力也，其禾亦可食。有水、干二种，水种尤佳，种法同。又区种法，开区方深皆三尺，以豆萁置区内，足践实，厚尺五寸，取区上湿土和粪铺萁上，厚尺二寸，以水浇之，足践平令保泽。取五芋子，置四角及中央，足践之。旱数浇之。一区收数十斤。冬月可常食，宜杂姜煮之。

山芋，亦名土瓜。择肥好者掘干土坑藏之，覆以草。谷雨后取出，四面皆生芽一二分许。摘芽种畦内，蔓生以竹或柴缘之。及夏至，剪取蔓枝，每一叶下截过节，为苗，栽之沟塍，略如芋法。以薄草护日，活科后即以为粪，蔓缘塍。隔三五日，即翻复辫之，毋令着土生丝根，致瘦芋本。九月掘之，亩常收二十余石，可切碎和米煮饭，多食亦动气。

瓜择食时最美者，收其子，截去两头取中央子，（近蒂子瓜曲，近头子瓜短。）拌细糠柴灰，和著壁上则不变。欲早者，瓜生数叶即结子，谨养之，老取其子，名本母子，留子法同，种之则早熟，然实减小。择良田先密种蚕豆，入三月犁掩之，再耕劳。以水淘净瓜子，和以盐，开坑大如斗，锄碎燥土，令润和。乃下子四枚，每枚旁下大豆二枚，（豆为瓜起土。）下粪和细土轻覆之，足微践令平。生三四叶，掐去豆。（掐豆出汁藉为粪，拔之则土虚燥害瓜。）宜苗稚时数锄之，则实盛。凡实多留则小，少留则大，随意酌之。蔓长时，趁朝露以杖举蔓，拌柴灰石灰散于根下。后两日，复耧土堆护其根，则去虫。地多蚁，以带髓骨置瓜下，待蚁聚，将去之，二三次则绝。又瓜忌闻麝，每塍间栽韭薤数株，则不损。凡摘瓜，以杖起蔓，引手摘之，毋翻复践踏，则瓜至霜下实不烂。菜瓜、黄瓜、丝瓜、南瓜法，皆同。缘以柴，或不缘，随宜。西瓜种法同，科宜稀，每三尺一本，本留一瓜，摘去他花蔓，则瓜大如斗。冬瓜傍墙阴作区，员二尺，深五寸，以熟粪及细土相和，正二三月晦日种之，以柴倚墙缘之，旱频浇。

八月掐其梢，去余实，本留五六枚。十月霜足收之，枚常重四五十斤。凡瓜冬种者常胜春种。六月雨后种绿豆，八月中犁杀之，十月再耕，开畦掘坑，大如盆口，深五寸以上，壅其畔，坑底令平正，以足踏之，令保泽，以瓜子大豆各十枚，遍布坑中，以粪五升覆之平，又以土一斗覆粪，以足微践之。冬遇雪，聚雪于坑上为堆，至春瓜生常有泽，不畏旱。五月即熟，肥美特异。瓜苗尽生，同豆掐去，止留四茎。冬瓜古名白瓜，名水芝，名地芝。全颗削皮埋湿地，一日取出，破取清水，治消渴不止。任意吃之，治一切水肿病。发背溃欲死，取瓜切头，合疮上，瓜烂削之，又合，拔毒神效。一切肿毒，皆可削贴。久病阴虚人忌食，未受霜者，食之亦损人。其子为末，温酒服，可治积年损痛。收瓜忌酒、漆、麝、糯米，触之则烂。南瓜不可同羊肉食，有脚气黄胆病者忌食。以叶作菹，去筋净乃妙。菜瓜，古名稍瓜，名越瓜。小儿天花后不可食，多食令人虚弱动气，发心痛，惟宜酱为菹。烧灰傅口吻疮，及阴茎热疮，有效。黄瓜，一名胡瓜，多食动寒热，小儿尤忌，和醋食令人生疳虫。丝瓜古名天罗，名鱼鰦，名布瓜。小儿出痘不快，或未出，以老丝瓜近蒂三寸，连皮子烧存性调砂糖水服，多者令少，少者令稀。烧存性为末，搽风热腮肿。烧存性为末，盐汤服，治男子下血各症。热酒服，治小肠气痛、腰痛不止。认架上初结之条，俟瓜尽叶枯摘下，烧存性为末炼密调成膏，每晚好酒服一匙治偏坠，左者服后偏左睡，偏右如之。其叶汁治癣疮，及头疮生蛆。西瓜皮晒干为末，常服，治积年目疾。

茄子，一名落苏。九月熟时，擘破，水淘子，取沈者曝干。二月畦种，生四五叶，带雨合泥移栽之。晴则以草覆之，勿令见日。冷性，人不可多食，妇人多食伤子宫。

萝卜，古名芦葩，名雹突，名土酥。七八月漫种，地宜沙软，欲耕熟为沟塍如法。亩子二升，渐间拔为蔬，约七八寸留一窝，窝四五科。十月拔起，窖之土坑，以草覆之，勿令冻空。亩常二十石，味甘，杂煮粥饭俱可。九月择萝肥叶茂者，拔起掐去直根，栽下，以草护之，枯取为种。又随时皆可种，秋味特美宜人，可多食，同羊肉、银鱼煮治劳咳。胡卜种同法。

白菜，古名菘。种法与时同萝卜。培秧移种，宜黑壤，资粪力，亩常四十石。芥菜同白菜捣烂，傅小儿赤游漆疮，滴飞丝入目。子作油，长发，拭刀剑不锈。乌菘菜，一名挞菜，叶深碧而员厚，味特腴，经霜雪尤美。种法同。

苋菜，三月漫种。莴苣，正二月点种。菠菜，一名红根菜，古名波棱，名波斯草。当月杪种之，遇朔即生，随时可种。俱留不掐者，老收种。蔓青，一名芜菁，一名诸葛菜，法同萝卜。胡荽，一名芫荽，种法同苋菜。苋常服令易产，不可合马苋食，令下胎。百虫入耳，捣莴苣汁入之自出。苋菜畦内，常生旱莲草，凡妇人生蛀发癣，不久髻前即开门，用灯草蓓蕾灯草扎成把，其上有黑而硬不中点火者，名蓓蕾一把，壁土上擦平，用擦蛀处即止痒，久久杀虫尽癣即好。若发已落或稀者，用旱莲草熬膏，白水冲服，久之则发生如无癣时。此病近最多，最难治，若有验则不费而得功，故急存其说。

姜，十月收种入炕房。三月种之沙软地，和粪熟耕为畦，每尺一科，上搭棚，勤锄松土。至五月挖出老根，依苗掘下，掐取之，不去者，浥烂损子姜。九月子姜实满，掘出和草入地坑，亩常二十石。解毒辟邪为上品，孕妇及疮痈人忌食。入秋不可多食，令人患眼泻气。

山药，古名薯蓣。沙白地，先掘坑长一丈，深阔各二尺。坑相去各三尺，中为沟，广一尺，深尺五寸，周匝内浅外深，以备渗水。四面筑坑令坚实，拦乱根使不入傍土。以掘起土和烂牛粪，劳匀铺坑，内厚一尺。拣肥长山药上有芒刺者，折长二三寸，鳞次匀卧区内。区苗七十枝，分两层，复以粪土，匀覆五寸，以木概平。苗长则以竹为架缘之，旱则引水灌沟，以取遥润，不可太湿。霜降后出之，窖以沙，将芦头另窖，来年清明种之。忌大粪及冻损。以其藤所结子种者，为坑如法，一年子长三寸许，可为芦头移种。外有脚板薯，种法皆同。亩八十坑，坑如法，收七十斤。去蚁虫如瓜法。掘起后垡土种蚕豆，来春垡杀为底，不减牛粪。性甘温，多食甚益人。惟不宜和面食，动气。截鲜者磨取泥，治手足冻疮。

蒜，宜良软地耕熟，九月种，为沟塍五寸一窝，撒麦糠少许乃下种。正二月锄之三遍，条卷则扎为拳，叶黄则拔之，苔、杆、根皆中食。子亦可种。近法多种瓣，能解暑毒，多食损目。捣泥过夜不可食，为其聚室中毒气也。炙各疔疮，嚼傅，皆有效。其茎叶俱细，瓣小辣甚者，名小蒜。取汁浓煮勿着盐，饱食之，治积年心痛不可忍者，神效。

葱，收子令阴干，勿浥。韭，收子法同。葱韭皆宜畦种，剪则益茂，剪过加粪，永出不穷。葱白捣汁傅脐，煮酒灌治男子诸脱阳危症。小儿盘肠钓腹痛不可忍，炒葱捣贴脐上，尿出即止。小儿无故猝死，取葱白纳下部及两鼻孔，气通即活。小便不通转脬危急者，以葱管吹盐入马口，即瘥。多食耗气，又不可合枣及犬、鸡肉食。又薤葱，种法略与蒜同，二月初种，三月杪叶青出之，不可剪叶，令损白。

靛，一名蓝草。择良为地畦，三月浸子生芽种之，生三叶，晨夜浇之，勤治草，五月雨后，接湿拔栽之。沟塍如法，窝三茎，相去七八寸，晴则锄以舒土，数锄厚粪。七月拔之。中两手握为把，积桶内，以水浸之。三日去草，取其澄汁，灰收之，贮以畚。亩三石，草中粪。近法多漫种，亦有种两熟者，下熟颜色殊鲜明。

红花，择良地熟耕，二月杪趁雨后漫种之，四月杪即有花。花开，日日乘晨凉摘之，碓捣使熟，以水纱布绞去黄汁，薄摊竹簟晒之。五月子熟，拔晒干，打之可为油。乃种晚花，七月摘之，鲜明尤胜。凡摘花须多人速摘，则不黦。

瓠，有区种法，种受一斗者可受一石，经受一石者可受十石。其法先掘地作坑，方深各三四尺，用蚕矢及牛粪、麻豆秸与土和拌，一重草，一重土，一重粪，践实，向上尺余，专着粪土，水浇令平，种大瓠子十颗，轻覆土粪。既生二尺许，便聚置一处，用竹刀各刮去皮一片相着，以麻皮缠缚五寸，黄泥封裹，数日合气，留强者，余悉掐去。引蔓结子，初生二三子不佳，去之。留四五后，择周正圆好者两枚，掐去枝蔓，旋生即摘食之，则较原种十倍。此古法，其理可信。若地方乏陶器，可仿行也。

麻，用白麻子。色白，咬破无膏润者，乃秕子也。买于市，口含少时色不变者，则佳。宜熟耕熟粪，亩子三升，芒种时截雨脚漫种，空曳劳。子先用雨水浸则易生，浸二时漉出，着席上厚三寸，搅之令匀，得地气则生芽。若水浸，十日尚不芽也。初生数日，常驱鸟雀。三叶则锄去其太密者。花如灰，便刈。古法宜岁易，今皆用宿根。古沤而后剥，今皆生剥，惟沤其秆。

苎麻，宜沙薄地，喜近水。耕劳极熟，作畦长二丈，阔三尺，耱令平实。入夏将下子，隔宿水饮畦令润。亩二升，撒毕不可覆土，以细木于畦内轻概令平。搭三尺高棚，用稀芦箔遮盖，天阴及夜去之，地皮燥，用帚洒水于棚上，常令皮湿。苗出高三指去棚，有草拔之，稍干浇之。长三四寸，即将别熟地作畦，浇润，将苎种饮透，带土分栽，相离四寸。宜勤锄，三五日一浇。二十日后，十日一浇，以后旱则浇之。初年长过尺，便割一镰，麻未可用，掩根为粪，再割者即堪渍。至十月，即将马粪厚盖根楂数寸，以避冻。二月苗出，五月割一次，六月半一次，八月半一次，中间所割为最。凡小芽出土半寸齐，其大麻即可割，小芽便是下届所割。若不割，则既抑小芽，又损大麻也。刈倒即折其秆，令褪皮，以刀刮其白瓤，青皮晾于竹桁。以水煮之洁白，便可分接成缕。水浸一宿便可纺。纺成，用桑柴灰淋水煮一宿，用细石灰拌匀放一宿，去石灰，用黍秸灰淋水煮则白而软，再清水煮一度，晒干便可上机。苎价倍黄麻，尤需用。宿根再生，不过劚地加粪，又一劳永利也。

茶，收子和湿沙土拌，筐盛之，盖以净草。二月种之背阴地，或树下山阴尤宜。开坑员三尺，深一尺，相去二尺。熟劚和粪土，每坑种二十颗子，土盖一寸。旱则以米泔浇之。二年外乃治草锄土，以原蚕矢浇壅之。亦不宜太厚，忌水浸根。三年可收茶，子可榨油。

立春修农具。浴蚕。锄麦。织草鞋。织箔。芟削诸木枝，烧树植地。雨水移芟松竹。修篱。移桑。出牛粪。掐菜苔。惊蛰压桑条。粪菜子。放鱼秧。插柳。造酱。春分粪大麦。锄蒜。种薤。种茶。种山药。种早芋。种红花。清明溲种。种靛。合牛马。温蚕。封姜种。种瓜瓠。谷雨播稻种、菜种。扫蚕蚁。种苎。种茄、苋、莴苣。筑场。收榆荚。种芦稷、玉黍。种山芋芽。立夏刈大麦。剪桑。种姜。灌豆。收桑椹。伐木。移芦稷，玉黍。刈豌豆、蚕豆。种迟芋。拔蒜。小满刈小麦。栽早稻。种棉花。种脂麻。收菜子。蚕上箔。芒种栽中稻。栽芋。种粟、稗。芸早稻。刈苎。移靛。拔红花。缫丝。夏至栽晚稻。种葚。种麻。芸中稻。种次熟红花，剪插山芋。小暑芸晚稻。收蚕、稻。伐竹。大暑种下熟稻。摘绿豆。刈苎。樵柴。晒一切物。立秋刈早稻。种荞。采棉花。收槐花。割漆。筑场。下白菜、萝卜种。处暑种泥黄豆。拔靛。白露栽白菜、萝卜、胡卜。收枣。刈中稻。收玉黍。拔二熟红花。秋分种早麦。修仓。收芦稷。刈粟。刈苎。收桑叶。寒露刈晚稻。拔稗。收脂麻、大豆。种油菜。收柏子。收荷叶，种豌豆、蚕豆。霜降掘芋。掘姜。拔棉花。拔山芋。堆稻草。留萝卜、胡卜种。种蒜。立冬掘萝卜，胡卜。掘山药。收冬瓜。腌菜。种迟麦。藏诸谷种、菜种。下乌菘菜种。刈芦苇。小雪芸麦。耕水田。粪麻田。刈蒲。包裹各树。烧炭。大雪酿酒。刈蒿棘。罱河泥。编蒲。冬至粪小麦。埋各谷占岁。开鱼池。伐木。取竹箭。小寒冻蚕种。接雪水。科桑。大寒锄菜麦，掘瓜、姜坑。其余种杂蔬、葱、韭之类。治杂具，编囤、搓绳之类，秉农隙，无定时。

农民治其业，自非岁时伏腊，省祠墓，通亲戚，则晴事耕耘，雨勤织绩，赤背而薅草，跣足而犁冰，出入见星。工作常倍者为上农，自耕其田，岁息钱不过十四五千文，其佃耕与疲弱者可知也。或有忩迫，奔呼吏门，受断明速，而岁计已虚。略事迁延，常继横贷，滚垛之困，累世不复。且均其稠，旷县五万户，户输两税，各稽一日，则岁耗邑力十万工也。三工治荒田一亩，顿臻熟腴，是岁芜邑田三万余亩也。治田亩加一工，则溢粟二斗，是岁减邑谷二万石也。贪酷未形，病民已炽，论非黠刻，理则固然。呜呼！乘时争力，无忘勤动，抚躬推物，能无怵惕。故总时日兴作之务，附著作力，敬告在公，或不以为小人之识也。

齐民四术卷第一下　农一下

农政

蚕桑

桑有二种：鲁桑一名湖桑，叶厚大而疏，多津液，少椹。饲蚕，蚕大得丝多。荆桑一名鸡桑，一名黑桑，叶尖而有瓣，小而密，先结子，后生叶。饲蚕，蚕小得丝少。然荆桑心实耐久，且生叶早，可为树桑，饲蚁及头眠。鲁桑枝丰不耐久，生叶迟，可为地桑，饲老蚕。桑不宜远居，便采折，便修治。种之有种葚、压条二法。压条易长而难得，宜兼用之。椹熟，收黑鲁桑椹，水淘净，晒干。及四月耕地令熟，粪而劳之，为沟塍，以黍、桑子各三升，蚕沙三斗种之。轻概平，勿令土厚压，二月种旧椹者，多不生。黍、桑俱生。三锄三粪，桑密者去之，令相间五六寸。黍熟刈之。桑长等黍，以利镰附地刈倒，乱草覆之，曝燥顺风走火烧之，火太甚则伤根。加牛粪覆之。春芽出，每科留一肥者，频浇之，至十月移栽，北方地冷，则用八月。先以墙围成园，园宜约乡里数家公围，或四家各围一面，或两家各围两面，既省围工，又互藉粪水之力。园内地牛犁熟，方五尺掘一坑，坑相直以便犁。坑方二尺，深三尺，先以乱石填深七八寸，下土二三寸，践平实，石乱舒直根，且畜粪保泽。将烧过土粪三升，熟牛粪三升，和软土三升，匀下坑，水一桶搅成泥浆，若过年及春分栽者，先于秋末掘坑，和粪细土填坑一半，以收冬润，栽时，抛开如法，下苗者不用火粪。提三五次，令根舒顺。连根掘出桑苗，去根七寸截断，烧锅令红，倒案桑瘢烙过。将根坐稀泥中，按至底，靠桑身处勿筑，檐土坚，自随低下着实也。以桑顶平地为度，乃下细土填坑满。次日，绕坑檐，筑土下七八寸，令坚实。及春融拨粪，和土为桑隔，时时浇之。隔员二尺，中聚松土如锅覆，旁筑坚为池畔，以渟水。二月在隔东北种黍，以遮新芽。三年便不须此。芽丛生出土，每一根止留二三条，任长足，来春便可饲蚕。作地桑者，附地一刀割断，其一割不断者，则条楂生出不齐。芽出，可留五六根，以渐增之。作树桑者，去土三尺以上，割去梢条，则条自横岔，任令滋长。至十二月乃科砍之。当夏科砍，走汁，则数年不茂。凡春摘叶，夏剪条，摘叶不可屈枝，剪条不可当午。地桑剪条附土，树桑剪条附老瘢，小瘢凸出多者，损新条也。树桑枝宜员，向外出，中可立一人。科砍时，凡条向下生者，名沥水，向里生者名刺身，皆砍去之。相并生者名骈指，稠杂生者名冗脞，皆科选之，以养新叶之力。凡夏剪过后，所发条有一叶者，则入春为芽，长一横枝。凡树桑砍梢后，芽出，择其员正肥旺者，留五六芽。其明年剪条时，各留尺许留芽如初。明年又留尺许剪之，但择肥长，不必取员向。以后剪条皆齐老瘢。树本三尺，枝两节二尺，合高齐人。三年科砍。一树廿五头，中员空二尺，每头留四五条。凡桑隔宜常治净，则不生虫，或有步屈亦易捕。凡桑田皆宜春秋两耕，隔间三尺，一犁顺逆之地也，纵横耕之，遇浮根则去之。秋种菜子，春种赤绿豆、芋头、脂麻，余植皆病桑。每熟，宜三粪三锄，粪锄皆宜及桑，则地不荒而桑益茂，且叶早生也。科方五尺，则亩为二百四十科。地桑盛者，科得叶十斤，则亩饲蚕廿四箔。大眠起秤重四斤为一箔，今名一盘。树桑阴相交则不滋下植，先栽时可相间一丈，掘坑深三尺五寸，方二尺五寸。粪量加。亩六十科，科盛者叶四十斤，亦饲蚕二十四箔。压条者，春初将地桑隔旁开小沟，深广四寸。将桑条扳倒，截梢烙过，横卧渠中，以钩钉土仰钩条，使离土寸许悬空着，其芽皆向上生，每五寸留一芽。至五月内晴天取泥和水搅淖，晒热拥卧条上，晚浇其本根及卧条，则生根须。至秋其芽条皆成条身，十月或来年春分，节节剪断栽之。凡移栽皆宜多带本土，保护根须，远移者尤宜包裹固密。凡三月桑芽已动，最畏霜冻。倘天气斗寒，北风大作，宜于园北预积粪草，夜深发火温之，以解霜冻。接桑如接梨法，详后。本树老不长叶，及谷树、柏树皆可。凡桑生虫者，以杖打落，拾取于上风烧之，余虫闻气即尽落。乃以苏子油涂树根，令不得再上。其食皮攻心者名蛴螬，俗名凿虫，当食皮时，有脂流出即削去，并跟根寻其子如蛆，去之。其已至树心者，以凿去之。凡虫皆因隔荒而生，熟治者断无此也。椹熟时遍收曝干，藏之可备荒。浸酒煎汁常服之，益人。惟小儿忌食。皮可为纸，可入药。材中各器。叶和麻叶煮米泔汁，沐发令骤长。叶皮煎水洗风泪各眼，以嫩枝炒过煎汁，治消渴。干椹间饲牛，使不疫。

蚕，阳物，其性所宜在连今名蚕纸宜极寒，成蚁宜极暖。头眠起宜暖，停眠起宜温，大眠起宜凉。老宜渐暖，入簇今名上山宜极暖。蚁时及眠时宜暗，眠起以后蚕大宜明。向食宜有风，风自架下缓入者乃佳，宜紧饲。新起时怕风，宜慢饲。冬隙广拾牛粪，积至春暖，打破和水，筑成墼子，以备烘蚕。十二月刘茅去穗，椎软以备蚕薅，俱宜蚕性。秋深，捋将落桑叶曝干，俟腊月捣为粉，以净瓮盛收于不近烟火处。腊八日长流清水，或井甜水，浸绿豆、白米，每箔半斤为度，浸一日晒干，俱备大眠后和叶饲蚕，能消热病，坚丝绵。正月修蚕架、蚕盘、蚕筷。架二种，古名槌，大者高六尺，三足展之，广亦六尺。六层，下层去地八寸，以空盘隔湿，上层以空盘隔尘，中置蚕有四层，每层相去一尺。当每层高为一凳，以便抽盘出架。小者高三尺，三足展之，广二尺四寸，每层相去六寸。小架以架苗蚕，大架以架老蚕也。盘以竹编之，员径五尺，边高寸许。苗时用筛，软茅垫之，上加薄纸。三日后去纸，惟用茅薅。网以竹片为骨，蒙败网如盘而差大。如盘上叶，使蚕上叶背，以抬蚕除砂。蚕筷以毛竹，长尺三寸，削极尖。细糠炒净以除恶蚕。蚕室向南为上。忌向西，受夕照，起西风，皆害蚕。屋宽者，宜割一所，东南北三面开窗，以纸糊之，加苇箔草帘于外。靠墙根东西北三面，各开三气洞，以草塞之。屋狭者，随处以帘箔遮风日亦可。及蚕大眠时，扫一通风净室，以簟铺地。凡晨剪叶扑去露。夕剪叶尽日下，挑来摘下嫩条，薄摊凉，去郁蒸之气，乃饲蚕。常宜备来日叶，凡叶有露及黄沙，须揩洗净尽，铺簟上凉过，乃可饲蚕。整箔架，备火盆，箔架以竹为椽，去地尺许，架之上铺芦箔。上簇，去地七尺，以绳挂大木五六根，横铺竹椽，加芦箔上簇。簇以稻草去裤鲜，中拆岔为覆钟样。撤蚕其上，为入簇。凡屋一间两架，可上蚕十盘。火盆以铁为锅，或坦瓦盆亦可，以木为架，高五六寸。修抽丝车，备丝柴。柴，栗为上，柏次之，曝极干，二木皆无烟故也。桑叶见青乃卧种，谓以连置暖处，令生蚁，出早则蚕叶两损。自下蚁至大眠，每盘食叶廿五斤，大眠起，每盘食叶一百斤，连嫩枝秤实净叶七十五斤。约净叶一百斤饲蚕一盘。先自量叶，乃无缺乏。缺多蚕不成，缺少丝不足。先掘一坑，以草垫之，以置蚕砂。砂出即下坑，毋置蚕旁。厚洁桑皮纸以为连收种，桑皮索以系连。蚕畏麻，近之即不生。割地桑，厚背钢斧。剪条，大头钢剪。切叶，薄口钢刀。以上物皆于清明前备齐。

护种之法：蛾下连，即于晴日侵晨日未出时，汲新水浴连一顿饭时，浸去蛾遗便溺毒气，以桑皮索系两角平单空挂。孕妇产妇不得浴连。三伏时再浴一遍，挂如初。至十月收连，卷如轴，桑皮索扎而挂之。冬至日，腊八日，皆展之，先沃以牛溲，乃以新水浴之。遇大雪可铺连于雪中，令压一日。或无雪年，至腊月望，以高竿挂连轴，夜立于阶，令出屋墙以受寒气，并受星月精华。正月十五，以研细朱砂，调不冷不热温水浴之，或用端午、重九所采马齿苋桃枝。晾干，以极熟细木棒慢卷，一棒三连，桑皮索扎定。以净瓮铺干茅草为底，贮黑豆斗许，将棒空插瓮口，以纱布覆之。每十余日，及雨雪后，待日影已高，取出瓮中连展开，使略见风日，即卷插瓮内如初。凡贮连挂连，皆宜于无烟处，值烟薰者多不生，生亦多病。及清明即出瓮中，连展开，系角于无风温室内，去地七尺空挂。及谷雨桑叶已生，于辰巳间取连出，以背铺日中晒至温，即于厂下舒卷之，四角顺反互卷。到第一日，以变灰色者十分，三分即收瓮中。次日又舒卷，变至七分收瓮。此二日收，皆须以纸密盖瓮口。第三日于午后，出舒卷提掇以变十分为度。乃以两连相合，或一连对折，紧卷扎定，以盆盛黑豆置无烟凉房内，棒虚插盆中。凡子色初变，红和肥满，再变，尖员微低如春柳色，再变，蚁周盘其中，如远山色，是为好种。

若顶平焦干，及苍黄、赤色者，弃之可也。三月晚开展，以不出蚁为上。其先出者，以鸡翎扫去，不用。此名行马蚁，留之则蚕不齐。凡蚕欲蚁齐眠老齐，不齐则生病。盖已眠者被未眠者食压，未眠为已眠者拖饿。入簇老者欲出蛾。嫩者尚薄茧，事倍功半。虚卷，放在暖房净箔上，俟东方白时，展连铺箔，移于厂下。半顿饭时，乃移入暖房，置近地一架。少顷，黑蚁齐生。称明分两，写记之。即用桑叶现切如丝发，先铺软荐，荐铺薄纸，将桑以筛匀下纸上，以连覆叶上，蚁闻叶香自下。不可用翎刷杖敲。若连覆叶上久不下者，此病蚁可弃也。蚁既下，乃秤空连，看下蚁分两多少。每蚁一钱，老蚕一盘。有叶三十石者可下蚁三两，略多备拣，不可太过。凡蚁三两，当虚摊如一盘大地方，密则伤蚕。凡蚁止食叶之津液，故须快刀现切薄筛，久停则津干无用也。凡养蚕，固合家帮忙，须择一精细耐勤劳人为蚕母，总经其事。下蚁时，沐浴净衣入蚕室，焚香祀先蚕，忌生人及穿孝人，内外人哭泣声，鸡犬皆远驱之，毋舂米、筑墙、扫尘，酒气、臭气、秽言，及诸忌言。虫鼠之类凡蚕屋内，必畜一猫。

凡蚕畏冷，然亦不可伤热。一日内各分四时，寅卯辰如春，巳午未如夏，申酉戌如秋，亥子丑如冬。又阴晴风雨，即分寒热，须以进退熟火调剂如一。蚕蚁宜极热，时天气犹寒，以盆烧牛粪墼，令烟净烧熟，送入蚕房。旁置火锸一具，多留热灰，以便拨覆。火盆不宜太近，宜以苫席围其暖气，使上下四面温和如一。以人身试，稍凉即添火去灰，稍暖即聚灰覆火，务令顺时。

凡饲蚁叶，宜宿浇其树，使液出，现摘现切薄筛。顿数宜频，第一周日，可三十六顿，第二周日，可三十顿，第三周日，可廿四顿。第一日切极细，筛次薄，第二日切极细，筛次薄，第三日切细，筛又次薄。三日后切稍大，周日十七八顿，筛稍厚，以后递增减之。凡蚁生色黑，三日后渐白，则向食，叶加厚。变青则正食，宜益厚，饱亦不伤。复变白，则慢食，宜减薄。变黄则短食，蚕向眠也，宜益薄。纯黄则住食，为正眠，一日一夜起，是为头眠。眠起自黄而白，白而青，青而复白，白而黄，又一眠，是为停眠。再一眠是为大眠。又有四眠者，不宜育之，饲法增减皆同初眠。凡头眠，蚕向眠时宜极暖，正眠宜温暖。初眠起后，遇晴和天气，巳午间宜去东南窗帘，使稍通风日，此为有蚕屋者言，其随养各处者不必。望蚕有七分黄光时，先以软茅蓐空箔。蚁一箔者，头眠则分三箔，周日食六顿。二眠分十二箔，周日食四顿。三眠分二十四箔，周日食三顿。三眠起食六顿则落蓐，谓空箔不用蓐草也，可分三十箔，今法皆于三眠后，秤蚕四斤置一盘，尤捷。俟十分黄光，并手抬过，分如指头大，疏布，使入眠不蒸。其抬饱食者，辅叶使蚕上叶背时，夹叶略带沙茅抬过，分如钱大，散布，其叶可切一分阔。二眠可食三切叶，三眠可食全叶，落蓐可带嫩枝铺撒矣。凡叶须记明斤数增之，如头眠食六顿时，每顿叶十斤；则二眠四顿时，每顿叶五十斤；三眠三顿时，每顿叶一百廿斤；落蓐时，每顿百五十斤也。其叶食薄露白者，即时添补。惟巳午时宜薄，以避蒸湿。亦自辰上叶至巳，已饱；至未又上，及夜已饱；二更又上，使至晨。亦须勤起视添，以叶斤尽为度。此三眠后顿分以前照此差之。二眠前，天气尚凉，又蚕沙少，皆一眠一抬。二眠后，三日一抬。大眠起，饲四顿一抬。凡抬蚕，皆不可远掷高抛。凡抬蚕秤蚕，皆宜人多手速，勿令久罨致伤。凡蚕沙干松，则蚕无病。其成片湿润者，则有病，宜急抬解之。如正抬时，遇阴雨风冷，抬过又恐蓐冷伤寒，宜切软茅如豆大，每一箔用斗许，匀撒蚕上，再上叶，使蚕缘叶上芽，隔沙蒸，俟晴和更抬。此谓二眠以后，前不必也。凡蚕必欲其眠齐，如一半纯黄，一半退白渐黄，是不相远，宜薄铺频饲以赶齐之。若尚是青白，则必不相及，宜以蚕筷挑出，另置一箔频饲，始不压遏正眠蚕也。凡蚕向眠时，见有三分黄光者，即减叶三分，切细三分，薄撒三分，顿数加三分，八九分例此。齐眠乃断叶，齐起乃上叶。其乱游及食毕即昂头者，嫩蚕也，拣弃之。如已起九分，有一分尚眠熟，亦宜挑出。蚕大眠起则宜凉，尽退熟火，开窗下风眼，其随处养者撤遮障。自三眠后渐去之，若骤去则惊蚕。惟起西南风，则以荐障之。若暴热，则宜于房外贮清水，并以洒房外地，使透凉气，平和则去之。凡眠起，宜薄饲一日，第一顿薄令露白，第二顿再薄，令间露白，第三顿如第一顿，此三眠起饲法，二眠当例此差之。次日渐厚。自蚁及老，俱辨蚕色加减其食。取腊月所浸绿豆，水浸微芽晒干，白米蒸熟，磨成粉，于大眠起第四顿，摊叶于箪，以新水细洒，以细罗绢筛绿豆粉于上，拌匀。凡粉一斤，用新水四升，每箔蚕用粉六两，计数减叶，饲之一顿，甚益蚕。干桑叶末，罗拌如豆粉，可间饵三四顿。桑粉一斤，可减新叶五六斤，叶再缺者，可用米粉如法拌饲一顿。凡此皆防缺叶，叶足者不必用此，惟以新水洒饲三四顿而已。凡水叶，惟巳午时可用，他时不宜。老蚕由青转白向黄，则渐老矣，又宜微温，渐增遮障，阴雨宜微进熟火。宜切细撒薄饲频。均大眠起十六顿即老，抬护温凉得法，加减适宜，廿五日可老，每盘丝至二十余两。日愈多则丝愈减，叶愈增，三十七八日老者，每盘丝不过七八两。且桑叶剪迟，则新条不能及夏至前发足，条枝稀短，来年生叶更迟，常损叶误蚕也。

凡进火，当铺叶上顿时，使蚕循叶食上乃进。拨去灰者同，食了即退，或以灰掩之。若饥而进火则伤火。初上叶，蚕在叶下沙上，若进火，则叶罨沙蒸而伤热。凡蚕怕湿、怕热、怕冷、怕风，伤一即病。伤湿则黄肥，伤风则节长禁口，伤蒸则脚肿，伤冷则亮头，伤火则焦尾，伤寒则黑白红僵，伤热叶者亦蒸黄，伤露叶者亦节长禁口。病初起者，进退火盆，开闭窗帘，抬分沙薙，以解护之，然已减丝矣，宜节节如法保持也。

蚕老齐乃上簇，宜轻撒疏布，簇外以苇荐蔽风，进火盆暖之。约屋三间，火四角并中央五盆，盆各以席围之，使火气向上反下，则匀而不燥，结网成胎。火尤宜暖，昼夜不可断。茧成即剥去皮，薄摊，毋令蒸罨。居簇中央向东南方明净员厚之茧，留为种，余缫之。缫不及者，晒茧令燥。地上埋大瓮，瓮底铺竹簟，次覆桐叶，乃下茧十斤，洒盐二两，又铺桐叶，重重隔开，满瓮密盖之，蛾不出而丝不损，惟缫时宜频换水耳。

凡茧雄者多在簇下而尖细紧小，雌者多在簇下而员慢厚大。摘出时，疏布透风凉房箔上。蛾出时，第一日出者名苗蛾，不可用。先于屋角置草，凡不可用蛾皆放其上。次日以后出者，每一日为一等，分清上连。末后出者名末蛾，亦不可用。以厚桑皮纸为连，铺箔上，雄雌相配。当日提三五次，去其尿。过午后，摘去雄蛾放草上，疏布母蛾于连。其环生子成堆者，即摘其蛾，刮去子。其余生子足者，仍令在连上伏养五日，然后将蛾母亦置草间。十八日后，合埋净地。凡蛾出，其拳翅、秃眉、焦脚、焦尾、重黄、赤肚、无毛、黑纹、黑身、黑头者，皆不可用。凡蛾在连时，若遇天气炎热，于午未间，将连铺凉房净地上，至申仍上箔。十八日后，浴而平系单挂之。亦有蛾在连时，即平系单挂者，更透风凉，不停尿屎也。

缫车及缫法，各处知之。其地素不知蚕者，须于他处移缫车及能缫人教之，非文字所能明，故不详。

头多不可抽者，为棉茧，可剥棉。乱头及抽剩汤皮，为汤茧，可捻线。蚕白死者名僵蚕，可入药。夏蚕名原蚕，不宜多养，损叶，人工尤苦。惟宜少取其矢，以备浸谷种耳。又原蚕矢，薰臭虫神效。

树植

竹：宜高平山坡，沙白软土。正二月掘取西南园角少去声根多带土，于新地东北角种之。地宜耕劳，坑深二尺，长随宜。以稻麦糠和稀泥下根，以土松覆三四寸，不可浇水，勿令六畜入食其笋。竹性喜向西南，东北引蔓，数年便满园。竹性畏水，惟种时宜趁雨接湿。丙丁日及起西风日种之，多不生。凡花木通忌。园中宜多为深沟，使不停雨水。其种竹茎者，三四茎作一丛，芟去梢叶，土令附根而止，不可深埋实筑。忌足踏手摇，及洗手面脂水。凡种竹须择雌雄，八雌二雄则滋茂。自根上起第一枝观之，双歧者雌，单歧者雄。竹开花结米则枯死，一株开辄满园。于初米时，择园中最大竹一竿，去根三尺五寸截之，通其节，实以河泥熟粪即止。竹园败者，宜于腊月尽砍去，劚之再遍，以汤猪水浇之，则笋茂过常。凡竹须隔年，色淡白乃中砍，嫩青者，蔑脆且损笋也。竹稀，砍常拣留大者，则笋肥盛。三伏及腊月，砍竹不蛀。竹盛者，亩岁可伐五十担。朝入园见笋无露者，此必不成竹，可掘供蔬。

松柏：移栽者，宜正月，多带故土。树大者科去繁枝，记旧山南北顺栽，逆者多死。他月栽者亦多死。种者，九月中收成熟子，来年春分甜水浸子十日，治畦下粪水，散子如瓜菜法，上覆松土半寸。搭矮棚蔽日，旱则浇之，秋后去棚，十月以黍秆夹篱御北风，撒麦糠覆树令厚数寸，至来年谷雨去糠浇之。再一年，便可移栽。先掘区以粪土水调如粥，乃下科，壅土令区平，以水浇冲使平。忌筑踏，有裂缝则脚践合之。桧同。

榆：扇地，东南北三方各与树等，惟宜于园地临水，山北畔。然不丛生则曲戾，且聚雀损谷。宜割白土、薄地、不宜谷者一方，先耕劳令熟为浅塍，至榆荚熟时，收淘取坚实者，点种，四五寸一科，科置二三荚，劳平。荚出则拔其稠者。明年正月初附地刈杀，以草覆而薄烧之。科根之上如七八丛生，止留强者，余悉掐去，本年即长八九尺。初生三年，不可采荚叶及捋心，仍刈附地草曝干，于正月走火烧之。三年便中为椽，十年以后，无所不任。三月初，及青收其荚干贮，为粥甚香滑，食之益人。古人供常食，今可贮之以备荒岁。色白将落及已落者，可为酱，古名醔酳。采其仁，入冬酿酒，香烈胜稻秫。其皮湿捣如糊，可粘瓦石。以皮焙为末，孕妇临月日三服，服一钱，令易产。棠种同法。榆子可为腐，八月初，收叶曝干，可染绛。

白杨：古名独摇，亦名高飞。中屋材，性修直易长。割地熟耕，正月犁为垄，横掘垄为小坑，斫白杨枝大如指、长三尺者，屈着坑中，以土中压尺五寸，令两头出土向上，一根两株，计亩二千五百株。明年正月，芟去恶枝。三年任椽，十年任栋。古法岁种三十亩，三年九十亩，三年挨卖，周而复始，比之勤农，利逸百倍。其枝可为矢，皮可捣傅热毒金疮。柳同。

柳：正二月取弱枝大如臂者，长尺五寸，烧下头二三寸，埋之令没，常足水以浇之。必丛生，掐留其茂者，别竖一木为栏。本年即高丈许，尽去旁生枝叶，令直上，随意取长短。掐去正心，枝即四散垂下。凡下田停水不可植谷之处，皆宜树柳。六月取春生少枝种，长尤捷。其劚地种者法同白杨，耕尤宜熟。自五月至七月，遇雨即折，春生少枝长尺许者，插垄中，相间尺五寸，三岁中椽。其枝新鸡时不可供爨，能杀雏。

箕柳：下田河岸卑湿之处，水涸时熟耕。春冻释，刈柳枝长三寸，漫栽没土，劳平，乃引水渟之，至秋中箕骨矣。凡杨柳根下，种大蒜一科，则不虫。

漆：宜沙石山坡。掘根截三寸许长种之，三年或五年后，于七月以斧斫其皮，侵肉开二分许阔，向下螺旋，及根开口大如新月，以大蚌盛之，每早收讫。复插入，以汁枯为度，即截去重种。三尺一株，亩七百五十株。二岁可获净漆一石，价比谷三十倍。木中器用，可及工本。

谷：古名谷桑，又名楮，名构，俗又呼为檀皮。宜涧谷间良地。秋收子净淘去浮者，曝干，二月耕地令熟，和麻子漫撒之，劳平。秋冬留麻为楮作暖。明年正月初，附地芟杀，放火烧之，本年即没人。三年中砍，不砍者徒失利。砍以十二月为上，四月亦可，非此则枯死。每岁正月，就落地干叶烧之，二月剔去恶根，移栽亦宜二月。剥皮煮熟卖者，利尤胜。煮法，结皮为把，以石灰拌堆水田中，浇之，三四日水气如蒸。月余就水揉去青黄移皮，略如麻片。又以灰沤之，摊石山上，令露风雨，二三月洗而曝之，其价十倍谷。柴供爨，可及工本。其实煎汤服，治骨哽。

槐：收子宜勤曝，辟虫。夏至前浸子生芽，趁雨种麻时和麻子漫种，本年与麻齐。麻熟刈去，以木为倚栏如柳。明年劚地令熟，再种麻胁槐令再长。三年正月移栽，亭亭修直。百年若一。五月收花可染黄，九月收子可染皂，又供入药，卖之为岁利，其材作器用，最美。

楸梓：秋末收角，曝打取子。耕地漫种之，再劳平，春生有草拔治之。再春正月，耕熟地移栽，方丈一科，亩六十科。十年后中伐为器，收利较迟，成材特美。

桐子：古名椅桐、白桐、泡桐、荏桐。材中乐器，子取榨油。树似梧桐而小，叶更大，子形如柿，先花后叶，月令所谓桐始花即此。宜朝阳高敞之地，耐旱易长。子生者，一年三四尺；根分者，一年五七尺。九、十月收子，正月耕地种如榆，明年即收利。其花可傅猪疮，和物饲猪，肥大三倍。

梧桐：九月收子，二月作员坑大三尺，下水和土，如治畦法。每五寸下一子，略以熟粪和土覆之，生后勤浇，当年即高一丈。至冬以草竖满坑护梧两重葛紧束之，明年三月移栽。冬再裹草一次。树美观多阴，宜园亭官廨。子可炒食。人家不宜植，能损人门户。材中乐器、棺木、轿杠。

杉：宜山坡沙软土，惊蛰取枝插种，劚地熟，接湿无雨则浇之。以杖刺地作孔，插杉枝深七八寸，下细土松筑，以水浇之。凡插枝法皆如此，木弱者当以棚遮日，杉性强，不用。明年正月，芟其下枝歧枝。地肥者，十年中为柱及棺。以七月伐之。其桩入春丛生，一桩两株，传生无穷。

鸦柏：又名桕子。收壳开露子者埋牛粪内，至春芽动，畦种之。两年移栽，方五六七尺，耕劳如法。九月收子榨油。有皮捞清之分。其壳供爨胜柴，煨其煤胜炭，饼且粪茶。树最多毛虫，先以稻草在下烧烟冲之，即落下，不然伤人。树老砍之，中栋及各器用。其桩接桑最茂，不生虫，且耐老。惟宜摘叶，不可剪条耳。

柘：种熟地，作沟塍。收子淘净晒干，密种，劳之，常拔草。三年芟细者为杖，十年以上任械材、弓材。山石阴地尤好。叶可饲蚕，不采者宜打落之。

梨：取熟时味美者全埋之，经年至春二月分栽之。一梨十数子，惟一二子梨，他生杜，杜酸涩不中食，以之接梨，乃大佳。区着粪水，如治畦法。至冬叶落，附地刈杀之，以炭火烧头，二年即结子。凡杜经年大如臂，即任插梨，小者对插二枝，大者四五枝不等。梨叶初动时，以麻紧缚杜，去地五六寸，以锯截杜，削竹为签，刺杜皮肉之际，深寸许，折美梨向阳老枝长五六寸，斜削之如竹签，刺入之，度使青皮与杜桩青皮相对，拔去竹签插下。以熟泥封杜桩头，旁以破篮拥土过杜，培梨枝，仅出其头，以水沃之，透松，覆干土，数日即活。活后有杜叶出，掐之，三年即成树。凡果树皆喜接，桑尤甚，接法同。凡远道取梨种者，折其枝即烧根三四寸，数日犹生。霜后收子，于屋内掘土坑，常令燥，和萝卜藏之，则经夏不坏。今以箬裹于树上，解热毒，多食益人。产妇忌食。凡果树皆占正月七日，二月十二日，三月三日，无风则熟。桃熟时，择佳者，合肉埋粪地中，至春既生，合土掘移，分栽实地，粪以熟粪，三年即收子。四年以刀直劙其皮，令皮缓，七八年则老而子细，便附土砍去桩，旁生者掐留如法，则如新种。

樱桃葡萄：种同法。葡萄蔓弱，须为高架，下可避暑。宜近枣树旁栽，钻枣为孔，引葡萄出其孔中，俟蔓长满孔，砍去葡萄根，托枣以生，则肉厚甘如枣。立冬宜作坑，卷其蔓下埋之，护以草，乃覆土。惊蛰中舒之上架。枣、李、梅、杏法皆同，诸树大率方八尺一株，太密则子小而肉不脆。

花红：古名林檎，压条栽之如桑法。

栗：皆种生，实熟出壳，即裹埋着屋里湿土中，宜深以避冻。二月生芽，出而种之，生数年不用手近。凡新植皆畏手近，栗尤甚。三年内，至十月即用草裹，二月解之。枣、栗材皆坚韧，栗枝为薪炭尤妙，缫丝所必用。

石榴：三月初取枝大如指长尺五寸，八九枝共为一科，烧下头二寸，掘坑员径尺、深尺七寸，竖枝坑畔，匀布，置枯骨碎石于枝间，一重土，一重骨石下之，筑平坎，没寸许止。水浇常令润泽。

木瓜：种法同桃，秋社移栽，至次年即结子。白果，古名银杏，须雌雄并栽，三棱者雄，二棱者雌。乃实。单植者临水照影乃实。春分掘深坑，下水搅泥成浆，乃下子，松土覆之。移栽者同橙、橘，皆分根下少枝移栽，宜沙土厚粪。

凡诸果，皆以正月望前移为妙，过望则少实。得佳种，三月上旬，取直枝围二寸长五尺者，贯大芋头种之，或大萝卜亦可，胜种核。正月朔，鸡鸣时，把火遍照树下，则无虫，果木不实者，以社酒余沥洒之则盛。挂人发于枝上，则辟鸟。结实时忌白衣人过。正月朔，日出，反斧班驳椎枣，望，反斧班驳椎花红；正月朔望，以砖石着李树歧中；腊月望正月晦，以杖轻打歧间：俱令实繁。凡桃李皆锄草而不可耕。五月初以杖击枣枝，振去狂花，则实固。橙橘不实，于除夕，妇点灯，男执斧，至树下欲砍之，妇云：「明年不实乃砍。」再三劝止，乃砍一斧，回身，不得重顾，即繁矣。除夕以女裙系树下亦可。梨同。生虫者，以桐油竹灯挂枝下即止。凡木果生虫，以鱼腥水浇之则自落，若于九天预浇，则次年自无虫。

荷花：八九月收莲子坚黑者，于瓦上磨其头，令皮薄，取熟泥封之，长二寸许，蒂头平重，磨处尖小。正二月掷池中，重头沉下，自然周正易生。又折藕节，于春着池中，亦当年即花，叶子根皆收利。池浅不可养鱼，又藉灌者，当栽之。

鸡头：亦名芡实、角菱，皆着子池中自生。苇蒲皆移根带土栽，如移竹法，宜浅濑薄洲。

凡作园篱，宜度墙地熟耕，种酸枣及榆柳之属，俟其密生至四五尺，乃芟除斜编，岁编其枝，高以意为度。

畜牧

牛：宜时其寒热，勿令内伤。冬耕宜待日出，薄暮而休。夏侵晨而耕，及午放之阴林，申酉再耕。九月草枯后入栏，储草宜足，故谚有「水牛三千、黄牛八百」之说。谚又曰：「畜生不要好，只要窠干食饱。」每夜以草铺栏厚五六寸，食之余，践以为粪。常以草覆粪，毋令粪贴牛身，入春即出之，则不蒸溽。夏秋则十日一清栏，冬月，仍时以干桑叶和麦麸、剉草剉豆其饲之。以蚕沙浸水一桶置栏内，能除春病。每放必令先饮水足，乃牧于丰草之区，必令极饱。三月合其牝牡，凡有胎者，役使尤宜珍护，孕六月后停役。犊初生剥去胞衣及蹄黄，须令净尽。以温水浴之，擦令周遍。

马：初生无毛，才行便能饮水。数肋骨得十三根，头项员起如鸣鸟者，皆千里。马腹脊上下平，项员，毛起腕上腹下，毛逆生，肋骨十一根、十二根，尿射过前脚，前两甲膊毛逆生，后甲膊毛逆生过前甲膊到喉者，皆五百里。耳根下生角长一二寸，放尿时举足，眼有双瞳者，皆善走。马善相，头皮光紧如剥兔，耳后小尖而齐，左耳却害主，右耳却不入阵。眼员满如双悬铃，眶肉额前锥毛浓盛，鼻宽大，唇阔大，皮缓色鲜红，上方下员，舌如悬钩，胸脊广平，胫平短，肋骨分明，鞍肉厚，阴小，肚方，胫骨细无毛，尾毛细软，尾根齐尻骨，汗沟深，甲膊横纹分明，膝员而高，蹄厚而大，前脚直，后脚曲而开，腿如琵琶，前望如鸣鸟，后望如蹲狗：皆良马也。无此诸相，而肋骨止十一以下，芝兰孔生毛，长一寸，项扁、头垂、阴大腰长者，皆驽马也。

马有白点入口，目下有毛横起，旋毛在吻后，白马黑鬃，鞍下有回毛，胁下有白毛直上汗沟过尾根，腮上有旋毛，后足左右有白毛，纯白而四蹄独黑，从前膊起旋毛到腮，项有旋毛，爪黑而白。以上皆为毛病，不利主，犯一者不可供御。

饮喂有三则：一曰少饮半刍，饥肠休饮足，尪羸休饮足，妊娠休饮足；饥肠休喂饱，出门休喂饱，远来休喂饱。二曰忌饮净刍，浊水休饮，恶水休饮，沫水休饮；谷豆当筛，砂灰当洁，毛发当择。三曰戒饮禁刍，骑来不得饮，料后不得饮，有汗不得饮；腰大休加料，炎暑休加料。凡战马，次日欲出阵，则先日禁草料，吊之栅下，良马有可吊十日者。战后，唯饲以草节，日许乃下料，则马不伤。凡马远来牵转，喘定汗息，乃去鞍，系于迎风所，移时乃饮喂之。冬暖屋，夏凉棚，梳毛片，涤四蹄，常令净泽。其尿清粪润，鼻息温和，唇舌鲜明，皮毛光彩，则无病也。骑行长路者，一行二走三驰四奔，周而复始，人数上下，则马不伤。凡马方行而渴，人下使饮水，复听久息者必死。须骑而听其饱饮，好加鞭疾行，使出汗，便无妨也。马方行上料，夏连勤喂之，俟其嚼过豆半升许，乃解勒，冬则去鞍留鞯而已。

马久步则筋劳，筋劳则生蹄痛；久立则骨劳，骨劳则发痈肿，久汗不干则皮劳，皮劳则骣而不振；汗未燥而饮饲之则气劳，气劳则骣而不喷；驰驱无节则血劳，血劳则发强行。何以察「五劳」？终日驰骋，舍而视之，其不骣者筋劳也，骣而不时起者骨劳也，起而不振者皮劳也，振而不喷者气劳也，喷而不溺者血劳也。筋劳者，两绊，却行三十步而已；骨劳者，令人牵之起，从后笞之起而已；皮劳者，夹脊摩之，热而已；气劳者，缓系之枥下，远喂草，喷而已；血劳者，高系无饮食之溺而已。马槽忌以石灰泥之，及以猪槽食马，又乘汗系着门环，皆令马落驹。驹初生，忌石柴各灰气，灰新出炉未经水者，驹触之多死。系马宜向南，向北则马易病。厩必养猕猴，令马不畏邪，辟恶消百病。马入厩，宜以绳络其腹，勿令夜睡。野牧至秋，宜以棉鞯护背辟露。骡驴大率同马法。骡驴宜解兜放，夜喂草上料二遍，常以绳约其腰勿令睡。骡不能生，皆马驴所乘，故有马骡、驴骡之别。骡壮者可耕可驮，最得用。驹一岁二月可破鞍，割其蹄钉铁皮，以宽为得。骡长高俱四尺四寸者为上相。凡受胎即停役，一月后胎固，如常役。六月后减役，临产一月前，仍停役，尤宜勤料。

羊：常拣腊月、正月生者为种，十一月、二月生者次之。非此数月生者，毛多焦卷，骨骼细小，伤寒故也。八九十月值秋肥，然冬杪乳竭，未得新草。三四月草美而羔未能食，常饮热乳，五六月雨热相仍。惟冬春之交，母既不瘦，乳尽即接新草，故佳。大率十口一羝，羝无角者佳。有角则触，多伤胎。牧羊忌停止，忌急行，忌渴，忌频饮，宜缓驱，来往于远水有树多草之区，间日一饱饮之。宜时寒暑，春夏早牧，秋冬晚放。圈宜近人以防狼惊，圈宜为厂以御霜雪，不宜屋以习耐寒。圈开小沟作窦，出墙外粪坑，使不停水，二日一除其秽。靠墙须立木栅，使羊不揩墙损毛。羊二千口，四月先种豆、杂谷百亩，八九月并草刈之。若不种豆，须于秋草结实时，广刈曝干，勿令浥湿，以备冬饲。圈中当置长竿，挂一板，置猕猴其上，避狐，且使羊不疥。其有疥者宜急治，不则多死，且染群。芦根、鹿梨敲破，以米泔水浸之瓶，盛放灶边，数日味酸。先以瓦刮羊疥令赤，有痂者以汤洗之，涂以瓶中汁，再上即愈。三月剪毛毕，以河水洗之洁，再生毛即白茸。八月中剪毛，天凉即勿洗也，以瓦器置盐挂圈中，羊往返舐之，则入圈不瘦。

猪：有六牙者则不肥，畜母猪择短喙无柔毫者。牝者子母同圈相戏，常减食，止乳即分出。牡性游不忌。圈宜小宜秽，小则猪安易肥，秽则猪凉不病，上为厂覆之。春夏秋生草时，三放一饲，水生苹藻之属，尤宜猪就食之。冬则入圈，饲而不放。初产者煮谷饲之，三日掐去尾，六十日削之。冬生豚以绳络蒸，令出汗以温其脑。凡母猪二十，一猪郎。母两年五乳，猪削过疮口平复，以巴豆两粒，去壳，和麻子粉、糟糠之类饲之，半日当大泻。乃以薄米粥饲之两顿，则易肥。欲速肥者，以麻子二升捣破，盐一斤同煮，和糠三斗饲之。又，桐叶、桐花最宜猪。

鸡：宜饲粟稗，则多卵。取九月出者为种，守窝善育子。雏初出二十日，饲以燥饭，毋令出窝。

鹅鸭宜有水处可放，以一岁两伏者为种，则雏成，少冻死。鹅三雌一雄，鸭五雌一雄。大鹅伏十子，大鸭伏二十子，小者减之。数起者不任为种，贪伏不起者，五六日一与食，起以温水浴之。皆一月出雏，雏出前四五日，忌打鼓、纺车、大叫、舂米、新产妇。雏出，先以粳米粥饲一顿饱，即以粟饭、切菜叶与清水饲之，浊即换水，驱入水少顷，即驱出。生不得水多死，入水久，脐未合，冷透亦死。于笼中高处，铺草令伏，十五日乃放出笼。今法皆火烘，其伏者用鸡抱。然古法如此，断非无稽之谈，故存其说，以便试用。

鱼：每六亩池，中作九洲相错，使鱼环游。求怀子鲤鱼长三尺者廿尾，公鲤鱼长三尺者四尾，以二月上旬庚日纳池中，令水无声。至四月放一鳖，六月放两鳖，八月放三鳖以防鱼飞。至来年，即得鲤鱼长尺许者数万尾，留数百尾作种，余捕货之无穷。所以养鲤者，取其不相食也，其非近江湖不能得大鲤者。若养小鱼，积年不长，须载薮泽、陂湖涸出之土铺池底，此土中有大鱼子，二年即自生大鱼矣，古法如此当有验。今多养白连鱼、草鱼，其利亦岁十倍，惟宜日收草投池中饲之。约养鱼千尾，日食草三担。霜降后鱼伏，停饲。

庄子云：「鱼环游之，不知其几千里。」故池中作九洲相错。近人尤悉鱼性。鱼行必摆尾，有十八摆而转者，有三十六摆而转者，每摆自二寸至尺许不等，若池面不敷摆数而折转，则鱼性不舒，常不肥。摆尾直行而触物，则伤额，尤不宜鱼性。古法以六亩为率者，盖每亩方七丈五尺，六亩方之，横直俱十八丈七尺许，虽错置九洲，犹敷摆行之数，是古人未必不知摆尾之说也。

齐民四术卷第二　农二

庚辰杂著二

帝典曰：「敬授民时。」周公曰：「予其明农，知稼穑之艰难。」孟子曰：「民事不可缓，五谷熟而民人育。」文王视民如伤，制其田里，教之树畜。圣人治天下，使菽粟如水火，而民无不仁。百亩之粪，上农食九人，下食五人，人事之不齐，则收成相悬如此。是故圣王治天下，至纤至悉，莫不出于以民食为本，生之务尽其道，而不敢使有或耗者也。黄帝始制币以通民财，书曰：「惟金三品，懋迁有无，生民乃粒。」今法为币者，惟银与钱。小民计工受值皆以钱，而商贾转输百货则以银，其卖于市也又科银价以定钱数。是故银少则价高，银价高则物值昂。又民户完赋，亦以钱折银〔一〕，银价高则折钱多，小民重困。是故银币虽末富，而其权乃与五谷相轻重。本末皆富，则家纵足，猝遇水旱，不能为灾。此千古治法之宗，而子孙万世之计也。

国家休养生息百七十余年，东南之民老死不见兵革，西北虽偶被兵燹，然亦不为大害。其受水患者不过偏隅，至于大旱，四十余年之中，惟乾隆五十年、嘉庆十九年两见而已，宜其年丰则人乐，旱干水溢，人无菜色。然而一遇凶荒，则流离载道，屡受丰年，而农事甫毕，穷民遂多，并日而食者，何也？说者谓生齿日繁，地之所产不敷口食，此小儒不达理势之言。夫天下之土养天下之人，至给也，人多则生者愈众，庶为富基，岂有反以致贫者哉？今天下旷土虽不甚多，而力作率不如法。士人日事占毕声病，鄙弃农事，不加研究，及其出而为吏，牟侵所及，大略农民尤受其害。故农无所劝，相率为游惰。西北地广，则广种薄收。广种则粪力不给，薄收则无以偿本。东南地窄，则弃农业工商，业工商则人习淫巧，习淫巧则多浮费。且如兖州古称桑土，今至莫识蚕丝。青齐女红甲天下，今至莫能操针线。西北水利非不可修举，而数百年仰食东南，其利弊固皆历历可数，然未易更仆。况吏非素习，亦难猝办。请言近日本末并耗、所以致民穷而不能御灾之故：一曰烟耗谷于暗，二曰酒耗谷于明，三曰鸦片耗银于外夷。先分晰详指其弊，而后陈救弊之法。

烟出于淡巴菰国，前明中叶内地始有其种。数十年前吃烟者十人而二三，今则山陬海澨，男女大小莫不吃烟。牵算每人每日所费，不下七八文，十口之家终岁吃烟之费，不下数十金。以致各处膏腴皆种烟叶，占生谷之土已不为少。且种烟必须厚粪，计一亩烟叶之粪，可以粪水田六亩，旱田四亩。又烟叶除耕锄之外，摘头、捉虫、采叶、晒帘，每烟一亩，统计之须人五十工而后成。其水田种稻，合计播种、拔秧、莳禾、芸草、收割、晒打，每亩不过八九工，旱田种棉花、豆粟、高粱，每亩亦不过十二三工，是烟叶一亩之人工，又可抵水田六亩、旱田四亩也。凡治田无论水旱，加粪一遍则溢谷二斗，加做一工亦溢谷二斗。以种烟之耗粪与耗工乘除之，则其耗谷殆不可计算，不仅占生谷之土已也。且驱南亩之民，为做烟打捆包烟者，其数又复不少。至各处开烟袋店铺，烟袋头尾大抵销青黄铜钱为之，制钱十文重一两，而好铜每两则值制钱二十余文，故虽严法不能禁，沮坏钱法此宗最大。且做工之人莫不吃烟，耕芸未几，坐田畔开火闲谈，计十人做工止得八工之力，其耗工又复无算，减谷亦无算。所谓烟耗谷于暗者，其弊如此。

古之用酒有三：以成礼，以养老，以养病，非此而用酒，则谓之荒湎。尚书酒诰言之最切，窃谓周公以忠厚立国，明德慎罚，而群饮者即执拘以归于周，似乎太苛。自往来吴、越、齐、豫之郊，见荒郊野巷莫非酒店，切倚悲歌莫非醉民，然后叹周公立法不为过当。尝以苏州一府推之而知酒之为害不可胜言。苏州共辖九县，为天下名郡，然合九县之境，南至平望，北至望亭，西至广福镇，东至福山，截长补短不过方百七十里。名城、大镇、山水所占，五分去二，得产谷之土方百三十里。每方一里为田五百三十亩，方百三十里共计田九百十万亩。苏民精于农事，亩常收米三石，麦一石二斗。以中岁计之亩米二石，麦七斗抵米五斗，当岁产米二千二三百万石。苏属地窄民稠，商贾云集，约计九属有人四五百万口，合女口小口牵算，每人岁食米三石，是每岁当食米一千四五百万石，加完粮七十万石，每岁仍可余米五六百万石。是五年耕而余二年之食，且何畏于凶荒？然苏州无论丰欠，江、广、安徽之客米来售者，岁不下数百万石，良由糟坊酤于市，士庶酿于家，本地所产耗于酒者大半故也。中人饭米半升，黄酒之佳者，酒一石用米七斗，一人饮黄酒五六斤者不为大量，是酒之耗米增于饭者常七八倍也。烧酒成于高粱及大小麦，高粱一石得酒三十五斤，大麦四十斤小麦六十余斤，常人饮烧酒亦可斤余。是亦已耗一人两日之食也。以苏州之稠密甲于天下，若不受酒害，则其所产之谷且足养而有余，其他地广人稀之所可知。所谓酒耗谷于明者，其弊如此。

鸦片产于外夷，其害人不异鸩毒，故贩卖者死，买食者刑，例禁最严。然近年转禁转盛，其始惟盛于闽、粤，近则无处不有。即以苏州一城计之，吃鸦片者不下十数万人，鸦片之价较银四倍牵算，每人每日至少需银一钱，则苏城每日即费银万余两，每岁即费银三四百万两。统各省名城大镇，每年所费不下万万。近来习尚奢靡，然奢靡所费，尚散于贫苦工作之家，所谓楚人亡弓，楚人得之。惟买食鸦片，则其银皆归外夷。每年国家正供并盐关各课，不过四千余万，而鸦片一项散银于外夷者，且倍差于正赋。夫银币周流，矿产不息，何以近来银价日高，市银日少，究厥漏卮，实由于此。况外夷以泥来，内地以银往，虚中实外，所关非细。所谓鸦片耗银于外夷者，其弊如此。

烟酒耗本富，鸦片耗末富，既悉其弊，则救之不可无术。烟本非例禁，农民种之，商贾业之，若骤加禁绝，则商民并受其累，而胥吏讹索之后继以包庇，必至立法不行。惟有预饬大吏遍行恺示，假如甲年下令，则乙年禁种，丙年禁卖，其甲年农民所种之烟仍可收利，乙年遵令改种他谷，于农民耗无所损。甲年所产之烟不过足供乙年之卖，商贾渐收其本，改营他业，于商贾亦无所损。凡植物一年不种，其子即不能生，禁之之法不必科以重罪，但令犯禁种卖者，他人取之无罪，则自绝耳。禁绝之后，以种烟之土种谷，又分其粪与人工以治他亩，谷之增者无算矣。广设烧锅本在例禁，今但加严禁民间不得私酿，本系两汉、唐、宋相承之旧法，且专为民间惜谷而杜饮食之讼，出圣人爱民之诚，与天下共见，岂处处有所格碍？然酿酒皆在深宅，非如种烟之于田野，若司事者奉行不善，诚恐徒多驿骚，于实事反属无济。必各直省院司大吏皆得人，率其所属，尽心民事，上下相孚之后，乃可议行此政也。

鸦片之禁已严，而愈禁愈盛，以中其毒者则难以自止，而司禁之人无不早中其毒，又复得受肥规，却再加严法，终成具文。此物内地无种，自嘉庆十年后，浙江台州、云南土司亦有种罂粟取膏者，然必转贩至澳门，加以药料，方可吸食，是内土亦待成于夷药，仍不得谓为内物。但绝夷舶，即自拔本塞源。一切洋货皆非内地所必须，不过裁撤各海关，少收税银二百余万两而已。国课虽岁减二百万，而民财则岁增万万，藏富于民之政，莫大于是。说者或以为回市已久，而骤绝之，恐生他患。从来外患，必由内奸，通商各国以英夷为强，然其地其民，不足当中华百一，前此屡次骄蹇，皆洋商嗾之，而边镇文武和之。夫海防大政也，亦常政也，回市后，司防者上下据为利薮，废弛本职，而反张夷威以恫喝中外。现今东西两洋，皆与中华回市，西洋来市，东洋往市。西洋夷民所必须者，内地之茶叶、大黄，则照宝苏局采买洋铜之便，准商人携不禁货物，赴彼回市，彼货仍可通行，西夷更何词之有？且关撤则洋商罢，夷目无汉奸为谋主，自必驯贴。义与利常对待而交胜，征利自上行下，则大夫士庶皆争利而不事事，一旦撤关罢税，则薄海共仰贱货之至德，谁不争自濯磨，以求称上意者。设有逆命夷民，不过自外生成以求死耳，而何患乎？大圣断于中，与明智有远识之大臣，熟商而行之，天下臣民晓然于宸衷之眷念民天。天所助者顺，人所助者信，民皆力穑，士学为长，吏求知依，风雨时节，庶草繁芜，斗米三钱，行千里不赍粮之盛，可翘足而待也。

与张渊甫书

渊甫先生阁下：承示亮生先生大著，拜服拜服。世臣力持此论三十年，而不学无术，未能以执訑訑者之口。今王君广征博引，根据灿然，必有能举之者，但迟速不可知耳。世臣平日谓今之官照，及私行之会票钱票即钞法，何不可行之有？唯未议行，先议收，乃可行可久。其收之也，在内捐级、捐封、捐监，在外完粮、纳监，必以钞，则不胫而走。其实朝三暮四，仍与实征银钱无异。唯鄙意不唯不废钱，一切以钱起算，与钞为二币，亦不废银。而不以银为币，长落听之市人，则藏镪者不嗟失业，无以肆其簧惑之说，此则与王君稍有异同。

王君现在何所？若在都，愿一通谒。若在外，希阁下为致区区也。

答王亮生书

亮生先生阁下：都中由渊甫得读大著，钦佩之至。嗣至浙，满拟必得奉教，而以秋赋相左，想何子贞兄弟能达此悃也。春间手教下贲，涣若发蒙，而无便奉覆。行钞之说，弟于癸酉年痛发此议，惟未有成书。及读尊刻，征引详确，是以乐得同志；唯鄙意稍有殊异，曾属渊甫转达，不知有可采及否也？

鄙意以为钞既以纸为之，必先选纸，近高丽镜面及敝乡贡宣皆至精好，宜先征两处好匠合为之。

两匠征至，使中官领之。商和合之法，使中人学之，而终身给两匠不使出。制成先盖印发纸式于直省，遍行晓喻，使民人先识纸式，作伪者无所用力。乃制钞式，或以五百文起数，或以千文起数，或以五十千止，或以百千止，断不可更大。不及数者以银行，奇零者以钱行，银钱凑数者各从其便，银从钱价，不拘一文一厘之例，行之稍久，银自消退矣。近世贵人富商多藏银，若与禁绝，则贵富知其不利也。奋其唇舌，阁下岂能与争可否哉？其行之必自上始，未议行，先议收。收之以现行捐例为最妙。凡上兑非钞不行，先赴局买钞，指数以钱起算，银亦照时价，勿以例价累捐生。州县征解钱粮、关榷征收皆收钞，非钞不行，不过一年，民心趋于钞矣。然后将一切捐输之事停止，是富国利民之无上妙谛也。阁下更欲增补前人成说以求备，是亦甚善，成时望寄示数册。小儿赴白门，命其晋谒，伏乞不吝赐教也。

再答王亮生书

亮生先生足下：客腊奉手书，兼示大著两册。古文一通，本无定法，惟以达意能成体势为主而已，尊作传记、书论略备，不拘守古人格辙，而自远尘俗。较之哲兄惕翁，令人兴难弟之叹矣。

钞币一事，足下研究数十年，乃为书刊布。近又以为尚有不尽者，更加探讨，务求尽善，况复不自满，假以稿本，邮质鄙人。薄植浅识，岂宜当此！然真读书人有心世事，固应如是精益求精；但当世学者，未见异人耳。钦佩之忱，无可言喻。然君子立言，必期可推行而无窒碍，以千里未接一面之人，再辱不耻之问；苟有异同，亦不敢不自竭其狂瞽以助高深也。钞法上利国而下便民，事理至明白易晓。所可虑者，一则细民不信从，一则匪人为奸利。欲细民之信从，世臣前致渊甫书所云，未议行，先议收，而收之莫如正供常例，二事尽之矣。然前书谓奇零乃杂用银钱，未免重钞轻币，当以相半乃为善耳。杜匪人之奸利，世臣前答足下书所云：取高丽及贡宣两纸之匠与料，领于中官，和合两法为纸，即使中官习其法，而两匠则终身不出，其纸既可垂久远，而外间不得其法，无可作伪，固已得其大端。然钞有大小，则纸亦随之，虽至小之钞，皆令四面毛边。更考宋纸宽帘之法，使帘纹宽一寸以上。又用高丽发笺之法，先制数大字于夹层之中，正反皆见，此为尤要也。足下征引五六百年已事，并及成说，以明行钞非衰世苟且之法，非小人务财用之举，甚盛心也。大旨已明，不必更条分缕析，多列款目。条列一多，不能不少有得失，一有得失，则訾訾者争持之以为阻挠之柄矣。

前明倪文贞十便之说，惟以铜尽铸军器一便，或当时机宜，未能悬揣。至银实帑一便，其中具有妙用，一则足资歆动，一则实济缓急。盖缓急之时，钞或不行，而银则未有不行者也。轻重相权不相废，为古今之至言，行钞则以虚实相权者也，银钱实而钞虚。古人三币之制，上币想非民间所常行。黄金为中币，而汉书曰黄金一斤值钱万，是仍以钱起数，则币之流通者，惟刀布耳。唐以前银止为器，其时银产尚少也。近世以钱为国宝，而银以便总统之用，至夺黄金之权，是地不爱宝，非人力所能轻重之也。惟一切以银起数，而钱反听命于银，未免太阿倒持耳。足下欲于行钞之后，即下废银之令，仍恐怀银者失业。斟酌许其为器，取今值之一半，足下假藏镪大万，不数年即折阅其半，谅亦未甘从令也。且行钞而废银，是为造虚而废实，其可行乎哉？十数年内银贵，而公私交病者，以仅以银为币，不惟珠玉黄金不为币，则钱亦不为币故也。今法假银罪止遣，私铸则至诛死，是固重钱而轻银已。民间称富室曰有钱，下至博徒，无论大小摊场，皆曰赌钱，从未闻以银为说者，是钱之当为币也明甚。然国家地丁课程俸饷捐赎，无不以银起数，民间买卖书券，十八九亦以银起数，钱则视银为高下，故银之用广。富贵家争藏银，银日少，盐米必需之物，商贾买之以银，卖之以钱，故物价腾涌。欲救此弊，惟有专以钱为币，一切公事，皆以钱起数，而以钞为总统之用，辅钱之不及。然银价久昂，制钱一千当银一两，例有明文，一旦改银为钱，难免觖望。兵饷尤难调和，似宜将兵饷月给银一两者，改为给制钱千三百文。其他俸廉应支之项，皆酌改为旧准银一两者，制钱千二百文。统计现在春秋二拨，每年各直省报拨之项，约一千七百余万两，当加出制钱四百万千，每年正供杂款课程常例，岁入四千万两。以脚价为说，旧输银一两者，改为制钱千二百文，羡耗同之，是每岁可加入钱八百万千，出入相乘，有盈无绌。各省现征钱粮，至少之处，每两收制钱一千八百文，经征官解司，一正一耗加火工解费，每正银一两，须银一两一钱七八分方敷，而一千八百文，不能得市价银一两一钱七八分。小民共知银一两钱一千之例，以千八百文输官，怨讟已起，而官每两尚须赔钱二三十文不等。若改为输钱，是一正一耗，止须钱千三百二十文，此外则官可资为办公之需。虽有贪吏，不能不减于旧数，民之从令，不待其辞之毕也。如是乃可决行钞矣。造钞既成，由部发各布政司，转发州县。州县必立钞局，与民平买卖。其水陆大镇店去处，由司设局。大要卖钞收银，必照市价，倾熔批解之费，不可以累州县，宜据旬报为准。州县以九四折解司，司以九七折解部。富民见行钞之便，知银价必日减，藏镪必出，镪出益多，而用银处益少，银价必骤减。然须以消息盈虚，使至库纹一两，准制钱一千而止，是其大纲。钞宜始于一贯一锭之数也，终于五十贯一宝之数也。如尊说至千贯以便藏者，原行钞之意，以代钱利转移耳，非以教藏富也。

尊议云「造百万即百万，造千万即千万，是操不涸之源」云云。从来钞法难行而易败，正坐此耳。初届造钞，以足当一岁钱粮之半为度，陆续增造，至倍于岁入钱粮之数。循环出入，足利民用，即止。行钞之初，银价尚昂，利之归国者不过五成，银价渐减，利可七成，大行之后，利可九成。凡官民相交之事，必有耗折，如近日收漕明加之比，岂可如尊议于钞载明文，别加虚数？名为利民，更生枝节。凡善谋国者，夺奸民之利权，以其七归之良民，而以其三归之公上，事乃易行而可久，行钞则主于揽兼并豪强及钱庄虚票之权，以归之上，而其利则官与民各得其半，与他术稍殊耳。至于钞纸上写格言选书手之说，以为富而寓教，则尤为隔膜。教亦多术矣，古书具在，何必此？若谓珍藏佳书，试问藏钞者，为藏钱耶，为藏书耶？唐之开通，宋之大观，皆精书，世固有一二人宝玩之者？岂可通之齐民乎？

尊议又兼铸当十、当百大钱，以济现钱之乏，而严铜禁以饬钱法，云云。钞法一行，则现钱足用，而私铸自息。铜禁之严，莫如宪庙，其时政事，无不令行禁止者，而铜禁竟不能行，况可必于今日乎？当十当百，法虽自古，然唐以河北之故举行之，深不便民，不数年皆准常钱当一乃已。而数年中，官费不偿，民之受其害者已伙。又尊议盗贼得之而用于市则立败，及海洋载鸦片土来者，得吾钞则不能行于彼国，势将自止，以此为断盗源烟土之二大利，益非事实。今盗贼得会票钱票，用于市而不败者多矣，何尝无号数可稽、印记可辨乎？中土既禁用银，只许为器得半价，是正可用以买土，岂不驱银尽入外夷乎？足下行钞之议，载于前刻者，读之而信以为必可行者，尚不数人，若必欲禁银，且并禁铜铸大钱言之，恐斯世罕有能读之终卷者矣！盛业以此被阻，世臣所深惜，故敢直其私意。要之，钞法非盛时不能行，尊议固已明言之矣，然亦止救弊之良策。世臣见三十年来求利之术至亟，而迄无效，故力持此论。若即以为理财之大经，则世臣亦未敢附和也。

小儿极蒙嗟赏，惭感无似。秋赋在迩，当得识荆于白石青溪之侧，畅聆高论，以开茅塞，以慰愿望。谨先缴手稿，并附拙刻三种，以求来教。诸惟为道为民，自玉千万。道光丁酉六月之望，世臣顿首。

各省情形不一，省中郡县，又或悬殊，举此盛业，在当路润泽于内，而抚藩伸缩于外，非一人之心思所能周，语言所能尽也。大要总在损上以益下，初行之年，上之所损，当以千余万为率，以半益民，以半益官吏。官吏既得此益，则虽严妄取之法而可行，其行之也以断，则民不受妄取之害，其所益又当倍蓰于上之所损。损上愈多，则下行愈速，下行既速，次年上即可不损，以后则上之益也，遂至不可究诘。然益上之指总在利民，乃可久而无弊，若一存自利之见，则有良法而无美意。民若受损，亦未见其必能益上也。甲辰八月，录稿附记。

致伊扬州书

墨卿先生阁下：前奉手书，承以洪湖泛涨，河库支绌见示，斯非世臣所能有裨益者，故未即裁答，定不罪也。日昨下河坝水为灾，男妇任抱来扬觅食，而当事莫以安集为意，唯饬门管闭门下键，有如戒严。其先入城者数已盈万，围守盐典两商，呶呼填塞，几至罢市。文武乃督率兵隶，纵横驱逐，老幼奔突，民情汹惧。袁浦去此稍远，传言想必加重，但未识已得彻听否耳？制府冶亭先生调阁下摄河库，原为慎重收支，非苟以观察头衔为阁下荣，更非以工需平余为阁下润。然扬州实阁下所守之土，灾黎实阁下所亲之民，无论或酿巨案，滋成窒碍，即灾黎守死无他，其能不伤仁人之心乎？扬州地属可为，鹾使约斋先生又君子也。世臣昨谒鹾使，言及此时灾黎田庐皆没，退无所归；京口禁渡，进无所往；且淮源渐弱，水消尚易；流亡四散，回籍为难。唯有留养在扬，以俟本籍大赈，乃为得计。鹾使深然其说，唯以现在当事眈眈盐库间款，群欲借灾求富，是以持重不发耳。若阁下即日旋节，鹾使必能望风相助。盐义仓谷，只须发碾；薪蔬之资，醵金立集。扬城内外，名刹如林，广廊复厦，足敷安插。分别男女族居村聚，人日给以米半升，钱十文，无须更扰街市。灾黎本皆有业良民，结队来讨，计出无俚，阁下以仁政渐劘之，是必能守法而从令也。

一面商请鹾使，查案饬商在各灾区择便开厂，计本籍给赈有日，资送回就。以需水退葺屋种麦，不致漂宕失时，尤灾民所至愿也。留养月许，下河水势渐落，赈厂必可插定，乃集舟于五台山，募剃头人为剃深发，给资遣发，以免重复。仍先于留养处所，各置官医，给与戳记。约千人而一医，医方有戳，药肆即与付药。留则有柴有米，归则有船有资，病则有医有药，死则有棺有敛。人数多则三万，日需米百五十石，钱三百千。日数多则一月，当用米四千五百石，钱九千贯，加以医药、棺木、船价、路费，醵白金二万两，必可蒇事。而归还谷价在其中，则灾黎顿获生全，居民坐免驿骚，专城远不恤民隐之讥，逖听无距城骇众之说，阁下谅无不乐闻而急举者也。制府素不谬世臣言，唯以调拨道府大政，非局外羁人所宜搀越，故不径上书。阁下如不得辞者，或即以去函白制府，必得所请。且得制府为鹾使一言，尤易集事。伫望台旌，守日如岁，伏唯垂察。六月二十六日，世臣顿首。

嘉庆丙寅六月，予寓扬州观巷大顺园。灾黎以二十二日始至，二十四日闭城者再，二十五日遂不启。予以二十六日，由递发书，二十七即达。太守炳烛谒制府，制府命二十八即启行，并以存扬之粟麦二千五百石为助。是月小尽，太守以七月初一日昧爽回任，而制府书已以二十八薄暮达鹾使，鹾使即筹款以须矣。太守如法安插，初二挨散钱米，一切克扣搀杂之弊，剔除净尽。太守每日仍青鞋布袜遍历诸寺院，共留养灾黎三万二千余人，无一人更扰市肆者，阅二十八日，下河厂开，中间病暑湿者千数，死者才五六人。三君子泽溥而机速，谁谓人定不可胜天者！嗣后每遇灾荒，辄恃闭城驱逐为上画。世俗言古今不相及，谁知前事已绝响二十余年耶？录此忼然。道光庚寅季夏，世臣附记。

为秦易堂侍读条画白门荒政

承业谨启中堂老前辈阁下：日昨晋谒，缕陈本年旱荒情形，并及在乡目击无藉子弟醵饮齐心酒，富户恇惧，现议出资各周乡里，切恳阁下速筹捐赈以救坊郭。蒙谕详议事宜，以凭与香谷方伯酌办。感佩鸿慈，非言可悉！谨就愚见所及，拟列五事。曰救荒总略，计五条；曰劝捐事略，计五条；曰采买事略，计三条；曰平粜事略，计四条；曰粥赈事略，计五条。诚知书生迂谈，无当大雅，虑切剥肤，不敢自匿固陋，敬谨录呈，伏惟垂察。七月朔日，业谨启。

救荒总略

一、宜清理庶狱，以免重累也。民间雀角，最苦拖延。至遇歉岁，富者以一身护家，贫者以一身糊口。若遭讼累，为害尤甚。宜饬有司将现审易结之案，缮出清单，计日审结。但得实情，从宽发落，然州县事剧，又要查办荒政，一人之力，诚有难周。宜分委候补干员一二人，代为清理，使贫富各能归业，良莠俱免怨咨。至奉发钦部各件，似当遴委候补大员，随同司道审办，不宜发交现任府县，使不得一心筹办荒政也。

一、宜速禁槽坊，以裕口食也。本年麦秋有六分余，城乡各槽坊，普收二麦，陆续吊酒，驴驮肩挑，每日进城以千百计。约计城内一日，销酒千石，便糜谷千二百石。然委员签差，徒滋骚扰而民志，约于何日开粜官米，次贫但准平粜，极贫先以平粜，继以粥赈，其粥赈，须于十月初一日开则于该五日下，皆印到字，厂簿上亦用到字印印之，以杜重复遗漏之弊。筹定章程，即先出示以定日食米半升，则一日须米五百石。该户持票到厂买米，厂者即于空头月日下印一到字。如一买五日，后刊空头月日，票尾填某人查给第几号字样，户给一张。约城厢居民，次极两户不下十万人，每人理，而家口众多者，皆分别定为次极贫户。查确，即给以票。票式用方尺皮纸，前书该户名口住址，丁较少，而女口幼口较多者，为极贫；其孤儿寡妇在门摆摊不成店面，及有兄弟数人，只一人有生头查办。先刊册式，各给两本，凡居民无论在街在巷，其仅住屋一两间无生理者，即为贫户；其男者，分为东西南北中五城，每城或八人，或十人，以本府名帖，延至学中公议，就近画开街巷，分不可委之员役，本年查办门牌，具文可笑，是其往辙。宜谕令三学，实举庠生之重耻好义不避嫌怨

一、宜确查极次户口，分别平赈也。本城以丝为生，今年机坊大坏，失业尤多。查户口一事，断

可官定市价，致米商裹足，闭城坐困也。

户较多，约有四五十万石，则可严示平价，其不足者，官粜循环，便能补苴。若囤数无多，则断不约以本年七月初一为始，算至来年四月底，计三百日，米麦兼用，需粮六十万石，方能接熟。若囤积，凡囤粮，皆须驴驼人挑，其约数邻里无不知者。约数若干。查本城每日需粮三千石，荒年减食，亦需二千石，

一、宜派妥人密查囤户，以定筹应也。本城有五处米市，存数易知。其余城厢居民，是否有囤无实济，宜张示许其邻里稽察，各自为禁，则该坊所囤米麦，自渐粜卖矣。

厂，俱于示内载明。其户票内极贫者，即载明自某日起买官米，某日起领粥赈。该生等分头查户，十日可毕。每人每日给薪水钱二百文，其自愿捐办不领薪水者听。事结之后办理妥善者，咨明学院注优册，办理不善及有他弊者，除立时撤换外，咨明注劣。

一、宜严巡盗贼，以靖闾阎也。歉岁最多盗贼，既为民害，又为官累。宜加派兵役，督率甲捕，昼夜巡防。偶有报案，立时差缉，不可压批压票，重扰良民。

劝捐事略

一、宜劝谕巨室，以为赈主也。本城虽多殷实，而大富亦不多见。必访实最饶之户，加以优礼，驭以术数，使之首出重资。其余以类推之，既昭持平，尤资集腋。富户习近奢淫，鲜能明乎义理，性悉锱铢，必知虑其祸患。财者富人之所甚爱，患者富人之所最惧，能以其所惧夺其所爱，则轻从我矣。然劝捐之事，一发不中，则事无可更，须详计妥议而后举行，上户既定，则责成绅士广劝而集矣。

一、宜明示捐项，以安富室也。语云「一家饱暖千家怨」。富室义捐，固以济人，亦以自保。其著名大户，环而观者无算，果能输厚资，即宜出示该户门首及各城，奖其义举，严禁一切借端勒索强借情事，使贫户共知该富户好善济人，阴消嫉妒之心，则富户既得美名，又远实祸矣。其零捐各户，俟捐齐之日，另行粘单遍示，俾免偏枯。

一、宜查议叙成案，俾知踊跃也。乾隆五十年，常镇各府绅士捐赈，奉部优叙有至知府即选者，宜饬查案明示，以资劝诱。该富户等既树阴德，又荷显荣，自更乐于为善。

一、宜清厘各富户控案，分别劝惩也。富户乘其厚资，每荡绳捡。如有互控在官之案，其好义乐输者，苟有理曲而不至丽法者，即量从末减以示劝，悭吝刻薄者，但系理曲，即从重议罚以示惩。既资公费，亦快人心。乾隆末苏郡守曾罚布商修府学，至白金廿万，至今传为美谈，此其比例也。

采买事略

一、宜遴员分买，兼利人己也。本年邻省，收成皆不甚丰，宜飞札询问得实，遴委候补微员中，需次未久、素习贸易者，领银分投赴买。盖官高则仆从多，不耐劳苦，易滋亏累。一处采买，需货太多，则粮价立长，我既贵买，且为害于该处居民。再江河风色不齐，分投各办，则先后陆续到省，尤易接济。

一、宜慎选米色，俾免发变也。采买米色，不必精熟，第一以干为主，其色以花红为上。盖花红之米价既略低，且出于乡户自做，并无水潮，又性宜人，煮粥胀锅而味美。

一，宜兼买大麦，以裕经费也。本年邻省皆有麦秋，大麦较米不及半价，以充口食，一石可抵七斗，则可节省经费，以为循环折阅之用。但江宁土俗，止用大麦酿酒，麦米之制，少有知者。其法将大麦晒极干，略拌以水，斗麦用水一升。用铁嘴碓舂出麦糠，筛去糠，将米晒干入磨，满槽倒塌。筛分整碎两种，和稻米煮粥饭，计麦百斤，可得米七十斤。其糠炒熟，和炒大麦磨作粉，可调食。其值可抵舂磨之工。

平粜事略

一、宜定地分厂，以便照料也。本城地势辽阔，城中当分五厂，南门外另设一厂，分定街坊。每厂派官一员，专司弹压。其董事则用绅士正副各一人。每厂设米盆十余处，书明某街坊官米在此卖，庶几验票收钱，打米即去，不致拥挤贻误。或每日皆卖，或三日一卖，或五日一卖，随宜酌定。

一、宜较量升斗，抽验米色，以杜弊窦也。用漕斛较定升斗，别置五升斗、半升筒，以资便捷。

一、宜分次极，以定平价也。现在市价，每升至四十五六文。将来开粜以采买运到，通计成本，次贫较本价折每升七八文，极贫十一二文，以示体恤公允。

一、宜先借仓米，用救燃眉也。筹计虽定，而采买在千里之外，鞭长莫及。宜查复成、虎贲两仓存米若干，除支应兵饷及运丁行月粮外，先行动借若干，示期开粜，俟买到拨补，庶符古人救荒如救火之义。

粥赈事略

一、宜明示定时，以腾厂地也。既择宽地设米厂，不能另觅粥厂，即于米厂内，明示定时，以辰巳两时卖米，午正开粥厂，未末闭厂。

一、宜较定粥瓢，以期实惠也。粥赈，大约以漕斛米一升赈四人。先以好米一升煮稠，分为四瓢，即照式造瓢。赈时见票上有几口，即给几瓢，以止争竞，而归简易。

一、宜先期买柴，堆贮备用也。开赈之时，六厂约日需米百石，须用柴三百担，每月约用柴万到乃设厂，城乡共十二处。八月初四日，节相发帖，延绅富于初六日集钟山书院议捐。先有干然卒以八折勒各坊具领，而米色潮杂不堪。又嗾使阿公借盐仓米万五千石，与上江两县平粜米商八扣。诸卷坊环控藩司，司大怒，斥县尹甚严。县尹乃面众许司以九二扣发出，司语塞而罢。司以为善。县尹乃传卷坊三十二家至大堂，指天誓日，舆论允协。次日复帖延各卷坊至花厅，情节相百公得侍读书，乃议以司库闲款六万办采买。江邑尹蔡君弼，力主即派本城卷坊承买，院亦有成效，前迹可师，是尤在当事者加之意而已。

同胞之怀，须筹集泽之策。熟思固理有可通，待哺则饼难空画。乙巳年常州守金公，条议周详，解悬难缓。诸政并举，势匪缺一。平赈兼行，流亡藁化。资送则彼无归，驱逐则此滋事。欲副苦拔辕之扰。是故勘灾形以定民疑，惩居奇以和民气。乡富在田，则积谷宜多，聚抢迭见，则以上五略，止就本城言之。至四乡为城之根本，五城为乡之表率，若乡民兴后我之嗟，则府吏

麦米，则三千石之用，合计不过二千四百石之费，是四日便增出一日，四月便增出一月也。

一、宜麦米对搀煮粥，以裕经费而支永久也。厂开每日百石，一月须三千石，经费浩繁。对搀米粘锅底，食之殊伤人。查有此弊，即可予以杖毙，罪坐所由。

芝麻秸灰少许，则汁浓而粒化。每有粥厂舞弊，图偷米石，且得锅焦，私和石灰，则粥既浓厚，而

一、宜买芝麻秸数百担，烧灰备用也。煮粥米色难纯，多系澄汤，稀稠不一，须于水滚后，加担。先期收买，既干而易烧，又使乡民挑卖，藉资口食。

民捐项内提银十二万归司库盐仓之说，侍读属作书切沮之，节相无以应。初六有富室四家，捐银十万，初八日再集，节相意别有在，劝捐中止。郡侯邱树棠，主民捐官办，而侍读力持民办。延至十月二十日，风信初起，而城厢死者几八千人。节相皤然悯恻，延侍读及方葆岩尚书，重举捐事，匆迫太甚，乃改为按口散钱，然府县犹持官办。尚书商于予曰：「不劄费以赈三大饥民，其事必不行，吾子为思其名目。」予曰：「流民安集于城外，毋令进城，是以官主之为善。」尚书以为然，遂劄捐项二万七千，付一府两县，余十五万归绅士赈土著。上邑尹沈邦基曰：「吾无才具办此事，亦不能向饥民口中夺食。」郡侯遂委江邑尹独办，所费不及一万，余分入橐。然沈君来岁遂卒官，而郡侯与江尹皆得超擢。

银荒小补说

天下之苦银荒久矣。本年五月，江西省城银价长至制钱一千兑库纹六钱一分，是银每两为钱一千六百三十余文。下邑不通商处，民间完粮皆以钱折。新喻现行事例，每钱粮一两，柜收花户钱一千八百八十五文，除归外纸饭辛劳钱五十八文，实归官钱一千八百二十七文。定例制钱一千准库纹一两，老幼通知，今花户完正银一两，连耗至用钱一千八百八十五文，不为不多。况两三年内，年谷顺成，刈获时谷一石仅值钱五百上下，现当青黄不接，而谷价仍不过七百数十文，是小民完银一两，非粜谷二三石不可，民何以堪？然有司征银一两，加一零三耗，又派捐款银一分，司银号三分六厘，外添平三厘，道款杂款，视司正款几于倍之。载钱上省，水脚人工、投批挂号、领库收乡征官吏薪饭钱、征各友修薪节礼，合需银一两一钱七分零，方敷解正银一两之用，是征正银一两，官实赔钱八十余文，即以新喻额征四万三千余两计之，岁须赔钱三千四五百千文，官何以堪？若必以赔累之故，勒增钱数，民力既不能胜，情势必生窒碍。

窃谓钱为国宝，自古公私皆以为币。自前明中叶，始以银为币，以便转输，因缘三四百年，公私之币，专属于银，宾主倒置。以钱从银，此非专重钱币，使银从钱，不能力挽颓波。仆于答王亮生书备细言之，然其事非心膂辅弼造膝输忠不能举行也。至疆吏所可为力者，则亦有说。查各省正供，年额四千万两，除去民欠、报拨之数，每年不过千七八百万两，是外省存留，与起运几相半也。部饷、甘饷、贵饷等项，万不能不解银。至如本省公项，坛庙祭品、文武廉俸、兵饷役食，私用，则延请幕友、捐摊纸饭、衙门陋规、漕务兑费，斯在受者仍皆以银易钱应用，故出入之利，皆归钱店，使市侩操利权，以上困官而下困民。若照旧章银数，按月依市价折钱给送，并不短克图便宜，谅无不可行者。先由司核明本省应支解之数，分别饬知各州县，每忙解银若干，解钱准银若干。查向来省城银价总以五月奏限，及岁底兑军之时为极高，以各州县皆运钱来省兑银故也。江浙两省，故无省仓，与江西情形稍异，其余地方应用之项，大略无殊。若江浙两楚与江西六省疆吏，札商定稿，合词得请。唯各营去省远近不一，解送钱文，运脚较重，断不能责营员自备，又不可令州县外加。查银号例有火耗规费，以钱上库，则火耗一项，可提贮以备运解兵饷脚费，弁兵亦无可借口矣。如是，则六省所减用银之数，几及千万，岁计有余，银价不患其不减，钱价不患其不增，而谷价亦不嫌其太贱，于官于民不无小补。道光十九年六月六日，安吴包世臣说。

上百节相书

部人包世臣顿首奉书节相大公祖阁下：诗人有言：「谗人罔极，交乱四国。」窃谓谗人中伤君子，其祸止及于一人，而诗人推广其义，遂至交乱四国，未免甚其辞而失其实，乃今验之，而知其信然也。以世臣之不才，阁下误有所闻。十六年六月，甫拜两江之命，即由都中发手书招商河务。世臣捧檄喜动颜色，以为昏垫之灾可弥，而平成之绩可奏也。江苏政务最繁，地方之外，有河有盐，闻阁下远招世臣，群以为一切上欺下虐之事，将必破露，百计沮挠，荧惑聪听。世臣抵浦上谒，阁下以病谢客，洎悟谗言之非，中夜相召，开诚下问，立决盖坝之策，使清淮以安枕。阁下欲录其微长，登之荐牍，而世臣褊心薄福，力辞不就，始触左右欲炙之怒，初及两月，遂成沟水。然阁下致书中外，未尝不以盖坝一事自任，以为治河已得把鼻，是阁下心知世臣之不负府主也。

十八年，豫东滋事，扬州龌龊之乡，豫东匪徒旧所集聚。世臣书迂胆怯，力劝鹾使团练乡兵，说既不行，遂挈眷迁白门，依托宇下。次年计偕返棹，正值六月初旬，三时已过，大雨未行。秦易堂侍读时时过访，世臣为言今岁枯旱，不殊乙巳，宜早赞当事筹备荒政。侍读素未明农，闻言不省，及见乡民宰豕酿饮，名齐心酒，约以抢掠富室，乃大惊，属为画策。先乞粜于盐仓，次请司帑，分投采买，卒以义赈，裒富益贫。阁下俯采侍读之言，于八月六日轻身莅钟山书院，率同司府，劝谕富室。始事之日，二李、陈、陶四家，慨输十万。阅日再集，富子百数，仅得五千，阁下谕令听便，立时返署。又数日，阁下过方葆岩尚书，尚书怪问，阁下答以前日实有意吹散义赈，因事系旧友主持，不欲其布衣在局外成此大功，尚书唯唯。次日相过，告世臣曰：「吾子可速远去，节相于吾子深矣，迟将有变。」世臣应之曰：「祸福自召，非人所能为。」卒不他往，然捐赈之事遂止。日昨一发风信，而四城关厢报僵仆者至七千八百人。世臣窃念义赈已成，阁下徒以世臣与闻之故而解散之，是此次死于冻馁之七千八百人，世臣断不能不任其罪戾，若不以此情实告阁下，则此后风信方厉，死者接踵，索命冤魂，皆将唯世臣是问。今世臣不避斧钺，上达此情，阁下倘不以为未足乎？世臣与阁下为宾主两月，所以相助为理者甚伙，徒以不受牢笼之故，非有深仇大隙也。嗣闻阁下所亲以阁下议治河之功，首推世臣，恐复见信用，乃揑写家书，谓世臣作札致都中当轴，非薄阁下。阁下赫怒，乃遍致书中外三品以上，以世臣为负府主。而得阁下书之当轴君子，亦有三数人将原书寄示，以危行言孙相诫，则在阁下此举，亦未必人人以为然也。况阁下炙手可热，而世臣独立异同，虽非中道，或尚有当知仁之观。岂意阁下前既取快所亲之意，而今又以此殃及灾黎耶？

且世臣倡办义赈，区画章程，如果妥善，则不费阁下之修膳，举此巨政，是于阁下为有劳。若不协众论，则阁下按律执法，使世臣无可置喙。阁下既得公尔忘私之美名，又可阴泄其数年不快之实，为阁下计，亦何所不利焉。世臣草创此书，侍读尚书闻声力沮，唯医士旌德方补德，以为阁下善根纯熟，必能幡然改悔，使必就沟壑之流，重登衽席。事不可迟，迟延一日，此间必有非命者，谁执其咎？世臣深感其意，冒渎威严，字多不能庄写，尤为荒率。倘阁下止督过其妄诞，而不以为所言为非，则灾黎十万，顿获生全，虽屏世臣于遐裔，使不得复读圣贤之书，复接君子之光，心戴盛德，没齿不朽！皇恐上陈，伏惟鉴察。嘉庆十九年十月二十日，世臣谨再拜状上。

世臣诣辕呈书，节相谢罢之。即日延侍读尚书于二十四日重集书院，并命府县偕董事，传集小绅商劝谕，共得捐项十七万七千两。遴委佐贰二十四人，举人二十四人，分十二路查户给票。遂于十一月初六日，分六厂赈饥民共八万九千口，人钱四百文，小口半之，病者有医药，死者有棺敛。又赈流民九千口。至二十年三月，故录稿于集，以志转圜之美。世臣记。

答方葆岩尚书书

葆岩先生尚书阁下：昨午踵辞不值，今早至河下觅舟，回寓知台旌枉送，又失迎迓，尤为歉仄。奴子呈阁下留示，捧诵再三，钦佩无似。上年冬初，以商倡义赈，时接清晖，见阁下心乎利济，又复通达人情，动中窾要，久欲有所陈渎。以易翁有仁心而无远见，况阁下久任封圻，不得不浮沉粉饰之场，恐视苞桑为不祥，将吐而茹者数矣。昨日走辞，正为机不可失，决意面陈，而适不相值。今读留示，深副鄙怀，是以诚欣诚忭，走笔奉复，伏唯垂察。

阁下以城中无七日粮，万一有跳梁饥鼠，必使人无固志，欲将聚宝门外窑湾之砻坊三十二家，移至城内，而问策于小子。敢不直陈其愚，以备采择。按省垣周五十二里，正北以大江为堑，自仪凤门至通济门，皆临秦淮，且自三山门西迤二十余里，城皆依山，林木丛翳，高逾五六丈，坚峻无与比，真金汤之固也。满汉两标劲兵逾万，万一有警，不敷登埤，势必藉士民之力。而粮在城外，仓猝之际，移徙为艰，内讧外走，委金汤为区脱，理势所必至也。然耆坊居城外，莫知所始，勒迁则无以为名，是必因势利导，运以微权，乃可冀其有成。现议四月停赈，义赈经费，尚可余二万七八千两。省中士民谈风水者，大抵皆谓徐温截断蟒蛇仓龙脉，为省之病。阁下与易翁精于堪舆，本为全城士民所信服，易翁发谋，阁下一力赞成，人心归向，令如流水。且前此屡遭荒歉，莫言义赈，此次易翁若以修补蟒蛇仓龙脉为说，在彼做一大坝，中置石闸，定以白露下板，立夏启板，其冬春赴溧水、句容小船，皆泊闸上，拆通济门外小坝，疏通东水关十三水门，全引淮水入城复其故道，必谓阁下为地方风水起见，断无阻挠者。城中沟渠无不淤塞，污秽无归，侵淫入井，以致井水苦咸。夏秋潮通内河，而夹河多妓馆，净桶上泼，居民即于下流汲用，是城中居民，自少至老，肠胃皆渐渍污秽而成，志趣卑下，实有自来。似宜于筑坝造闸之外，以余银造拨船四十号，每船三夫，以二十船周环罱泥，使内河日罱日深，以二十船，仿苏城挨河收粪之法，所罱肥土，及船收之粪并插厂于三山门外，及青溪旁满城根，卖与乡间农民，所得价值，以抵修船给夫，有赢无绌。又导满城东北隅青溪之源，使出竹桥，而于后湖穿入台城之闸外，仿河工成式，加做涵洞以节宣蓄。引其水一下浮桥，一下进香河。又疏鼓楼以西各沟渠，使下干河沿，则城中河道既通舟，又长年有河水汲用。阛阛之沟，督令各行清理，城北空地，及穷民零星小聚，则以局费接济之，赈余银两，是以办此数事。砦新闸下板，则外河水势不能浮送米船直达窑湾，况在石城门内，空宅甚多，价亦极贱，不过两年，砦坊必自移入石城矣。

闻砦坊每家有粮万余石，是三十二家所贮足敷城中三月之食。又城中富户租入，亦不下数十万石，闻俱囤乡庄，陆续运寄砦坊，按日送宅济用。诸富室中，阁下必有亲旧，可劝其建仓于空屋，以船运租至家堆贮，若自行舂粜，使乡邻得受小惠，尤为亲睦于平日，以备缓急之妙道也。此举不劳集费。现在赈局之二十四孝廉，皆廉能任事，阁下但与易翁商定，以杯酒集之，席间便可定议，况以工代赈，亦荒政之一事也。小子即日上船赴扬，不再奉诣，即问素履不具。嘉庆乙亥正月十八日，世臣顿首。

答族子孟开书

孟开足下：月之十八日接手书，知伊翁已达袁浦，书中推许鄙人，虽过分非所敢任，然五十年甘苦，实被足下一语道破。安得世间有如此者十数人，赏奇析疑，共成是盛业耶？吴碑遵改，却于文势无碍，尊意存此故实一节，鄙意则谓此事自当有纪载者，不必附见拙集也。至所谓言利不忍割爱，立论甚高，然非鄙意。好言利似是鄙人一病，然所学大半在此。如节工费，裁陋规，兴屯田，尽地力，在在皆言利也。即增公费以杜朘削之源，急荒政以集流亡之众，似非言利，而其究则仍归于言利。鄙人见民生之朘削已甚，而国计亦日虚，其病皆由奸人之中饱，故生平所学，主于收奸人之利，三归于国，七归于民，以期多助而止奸，用必遗身，俟诸后世。至于海运、海淤、票盐三事，发之收之，皆由鄙人。三事名利之丛也，而鄙人一无所与，杜门倚虹园中，但望其上益国而下益民耳。若票盐取利尤速，中外与陶安化有一面者，莫不骈集，安化与鄙人虽非心知，然所言多听从。又其中委员，多系鄙人指引者，而鄙人困守虹园，不涉其途，此足下所目击而深知者，是其言利也，绝无为己之意介其间，似与历来言利者有差别矣。

开矿之说，仅见笔谈，鄙意度群议必出于捐输，欲以此易之，唯未身历，故仍作疑词。且前明专任大珰，是以其病百出。近世既无此政，即不能无漏泽之弊，然其益较多于他途耳。若行钞之说，鄙人于嘉庆中力持此议，与友生及有力者言之屡已，唯未有成书。及见王亮生刻本，故有三书与之酌剂妥善，非和亮生也。至近日银价之贵如此，而米价更贱，官民均苦，非此不足以救之。然再迟数年，即将有欲行而不得者矣。江浙之漕，今年幸得蒇事，然新漕瞬届，其事殆有不可知者。松太利在棉花梭布，较稻田倍蓰，虽暴横尚可支持。近日洋布大行，价才当梭布三之一，吾村专以纺织为业，近闻已无纱可纺。松太布市，消减大半。去年棉花客，大都折本，则木棉亦不可恃。若再照旧开折，必无瓦全之理。去年政府颇持行钞而卒见阻，其阻之者，未必止恐损国体而下忧病民也。其人若现当权要，家多藏镪，知钞行后必复钱一千银一两之旧，是自减其所藏之半。若现尚未得手，而势将得手，此物最便苞苴，恐所入皆此物，一旦变法，则恐成故纸，大不便于子孙耳。是故行钞之外，更有良法，可以减银价，复旧规，则自当从长计议。鄙人日夜思维，实无他术，是以持此颇坚。节目不详及者，为条列多则难保无得失，且举行之时，主之者自当详慎酌择之，不必设人一纸说完也。

鄙意常谓吾人立志不可污下，而持论不必太高，贵在能克己识务，不虚生人世耳。足下以为何如？鄙人素非拒谏饰非者，明辨一节，是学人吃紧关头，况此事所系甚大而甚急，足下再有以纠正之，以归尽善，非止袁翁一人受丽泽之益已也。书断可成，出月半间，见亭可到浦，从前见亭携着来白下，仆已赴西江，消仆还山，见亭馆于乡，岁不过一再晤。此衣以无馆，在寓助抄缮校字之事，勤慎细心，深解文法，似可不坠家业。将来到彼，足下自能玉成之以不负死友也。余容续致。郝小峰已起复到浦上否？即问文祺无恙。道光丙午五月二十四日，世臣顿首。

程漕帅今年委员甚少，而禁需索尤严，以宽丁力。若到坝，再能逐细体察，与仓场商议减坝费，则丁力大宽。而况费可减以宽官力，官力宽则漕折可以大减，良民不苦诛求，而奸民不能以煽惑为把持。整官方，饬民俗，戢大难于无形，其为福盖不仅十世已也。恳前致桂丹盟书，属其与抚军商榷，趁此贤漕帅猜扶漕弊，失此机会，则真宝山空手回矣。以足下近来讲求颇切，故略言其端绪。拙刻至浦，漕帅若尚未北去，以足下意送一部质之。仆与漕帅无交，自送则近于攀援故也。世臣再拜。

致前大司马许太常书

江东布衣包世臣谨再拜状上滇生先生大司马阁下：奉违十载，无日不思。以阁下潜研故籍，切究时务，位愈尊而心愈下，事益繁而神益静，实为当世所罕，非仅离索之感也。辛丑夏，子诜过豫章，言阁下测世臣所以被议之故，情至委曲。甲辰秋接樟圃书，言阁下垂念至切，从樟圃所取去论近事文一册，手录副本，升沉异路，而心迹共喻，古之闻流不信，何以加此？复闻哲弟信臣侍读，同具此志，昆季自为知己，各就见闻，细榷调燮，世间岂复有不能了彻之理，不能转移之弊哉！从前曾以拙著奉质，猥蒙推许，以为「二百年来，惟亭林、穆堂可与鼎立」，称「宇宙不可无之书，一字一句之工拙，在所不计，速付剞劂，否亦宜多录副本，以广流传。」虽非世臣所任，然不可谓惠子不真知我也。近始裒集，排成四种三十六卷，五十余万言。谨具两部，一呈阁下，一饷哲弟，敬祈收览转致。

昔吕览书成，自谓备天地古今之事。天古非世臣所敢知，以云地今，良亦庶几。拙书所载，为术孔多，方今要务，固亦纷歧，而至急至大者，莫如银价。南方银一两皆以二千为准，北方闻更增于此，较之定例常倍有差。又连年丰稔，上米一石，价银七八钱。而民户折漕，重者至银六两，折条银重者，银每两至钱三千有奇。是米二石方能完条银一两，米七八石方能完额漕一石。田内所收，不敷两税，乐岁终身苦，斯之谓矣。今年蚕收亦丰，而叶价至每石钱五千。木棉梭布东南杼轴之利甲天下，松太钱漕不误，全仗棉布。今则洋布盛行，价当梭布而宽则三倍，是以布市销减。蚕棉得丰岁而皆不偿本，商贾不行，生计路绌。推原其由，皆由银贵，银贵由于银少，不二三年，恐当由少入无，则钱漕两奏，势必贻误。中外大吏，颇亦忧此，条画救弊，其说有三：一开矿，一铸大钱，一行钞。荧惑阻挠，迄无成议。驳开矿，则援前明矿税，此与近法迥殊，无足虑者。官吏干没，势所不免。然楚人亡弓，事仍有济，唯银苗有验，而山脉无准，开矿之家，常致倾覆。当此支绌之时，谁敢以常经试巧乎？铸大钱尤为弊薮，古多已事，且即民间行用，于银价仍无关涉。唯行钞是救弊良法，挠之者皆依日知录以为说。然前明之弊，悉由翻覆之臣怂恿变法，但杜此一端，则各弊皆绝。若谓奸伪难防，则拙著已为详密，其要唯在明示以钱为币，使银从钱，以夺银之权归之于钱，而广钱之用操之一钞，乃有说以处钞耳。法宜先布明文，公私各项一切以钱起数，银随市价，以准钱数。钱质繁重，其总统轻赍之便悉归钞，则钞重而民趋之矣。旧以银起数者，皆改为钱，斟酌现行市，旧定银一两者，为钱千三四百文，而没银之名以定民志。然必以重典禁绝官吏耗折之弊，则民受实惠，而公收实效。耗折弊绝，则官吏无以为生，百事皆废，峻法徒增具文，是必以定例钱一千银一两相准为度，而以新定增出之钱为官吏公费。各州县钱漕，为数悬殊，宜仿耗羡归公之例，责成抚藩，酌盈剂虚，并将向来捐款，皆于此项内分别给领，而正供所入，则仍银一两钱一千之旧。此鄙说所为有初行之年，上之所损当至千有余万，而补苴则需之次年之语也。所为不逐细分晰，以此事体大，又各处情形非一人思力所能兼赅，举行者自必广思集益，润泽详慎耳。

至官吏于办公从容之外，故智复萌，则姑息断不可长也。颇传鹤舫相国持此议甚坚，而外吏亲近阻之者尤力。盖银价腾贵，唯不便有业之民，而闲民则甚便之。中议一出，外吏奉文，必商之幕客，幕客修脯有定，知钞行则银必贱，是自减岁入之半，自必力阻以便其私。若辈岂有远识，能计及为利之日无几，而大不利者之必踵至耶？盖银价之于钱漕，如米之与饭，现在势如厝薪火上，故其毒必发，而发必烈。若世臣本籍寄居，皆无寸产，唯白门现住破屋廿间，岁完地粮银二钱许，聚宝门外先墓一所，岁完漕升半，即加至五七倍，曾不足为轻重之数。而还山以后，唯恃卖文售字为生，近更卖书，以及四方旧雨缟纻之投，所入大都白金，是银贵于世臣固有益而无损也，忧世非山中人所及，而忧生日迫，故不能不为有力者切言之。余不备及，诸惟为道为民，珍重千万。道光丙午六月十八日，世臣谨状。

复陈枢密书

子鹤三弟枢密阁下：六月杪，得二月间惠答手书，展缄三复，足慰十年契阔也。近闻荣领枢廷，实居政府，此其有为，又非来翰所谓五年来皆居有为之地比矣。平章机要，古重和衷，然笙磬之谐，未必翕如。若其事非艰巨，理同猎较，至纪纲风尚所系，苟避异同，难期报称。在昔大庾文端，尚为世臣言深苦不能得君，每事依违，自负所学，则此地居之，良亦非易。阁下自幼侍宦京邸，通籍以来，遨翔直庐，亦且十载，知之详，揣之熟，无容山中老朽过虑矣。至来书述新喻已事，奖掖鄙人，既多逾分，且有传闻未实之处，故略陈其始末。

戊戌秋初，新喻有出缺之意，此缺素号简优，兼藩臬使因颠倒班次以厚妾戚，而其人倚与上游有连，下车即助皂役凌藉庠序，以为钱漕地，遂致莅任七月有余，止有外客索欠米一呈，本邑士民，竟无一纸入县署，而粮捕两厅，至不能容讼者。前此乙未奇旱，钱漕并缓，知县无所取给，因授权于皂役。至此，邑人已若无知县，各役皆一无所事。官役失势，邑民曾受鱼肉者，自寻报复，至入署捕头人，剥殴于大堂，每日数次，各役逃散。而官之垂涎于漕弥切，未示漕期，先禀本府，开列邑中知名生监，请府访拿。本府受愚出示，首列万国彩、胡尚友等三人，目为漕棍。其实新喻向无吃漕规事，而列示三人，于漕皆无案据，实为凭空取闹，迫成京控。乃撤前任归案，而以世臣接署。世臣视事，有来谒者，皆以礼接。久之，万国彩亦来谒，世臣告以原告毋庸避匿，汝可拂理家事，随我进省。彼诺，订期前往，而省中管押年余之胡尚友逃归，遂不赴案。前任捕万国彩，曾悬赏三百金，无获，是当为承缉官。世臣接缉，即如臬司之意，以万为重犯，亦不过罚俸轻议。乃抹杀前后情节，详请奏摘顶带，世臣旋即卸事。回省月余，竟至用兵，毁民房至三百余家。万胡二人逃至邻邑，邻邑令侦知所匿村庄，饬令交出，否即请兵焚庄。万国彩闻信夜逃，追至廿里外，由旧匿之庄擒献。来书称几于纵囚故事，而以世臣为实有感乎，为不得其实也。至来书所称首畔者，想必出贵省官常之口，其人固非善类，然加此二字则已甚。世臣以壬寅五月买舟还山，万犯在监内，痛哭不止，再三央狱卒至舟中，叩首代谢。

来书又谓新旧钱漕，无丝毫蒂欠，此亦过誉。比户自催输将，亦止经征新款归数，旧欠尚多，其时银价已至千六百文一两，每两须赔数十文，计办己亥奏销，赔钱二千千，邑民醵钱如数禀偿。世臣再三批驳，及漕毕之后，又以钱无可归谆请，只得批提外库，俟通邑有应办公事，由众绅公领办理。及卸事，接任者颇有黩名，世臣惧为干没，即具禀解贮府库。声明归邑绅公禀请领。世臣离江西时，犹在府库，微闻中丞定案复奏，指此为科派退还之据，不知果否？若果如来书新旧尽输，则世臣赔项不啻七八千已。参案之源，以粮道既收漕规，而细察世臣漕政，为遵例禁绝浮勒，阅四日退出，小价不肯领回。粮道即拨归应解漕项，而心终怏怏。学使与之姻戚，恐他处亦以不夺人为法，则粮道为空做，出头明暗叠劾。中丞畏学使甚，遂先期严参，本意于定案时开复。而庚子科场，中丞以谕词忤众，士子万人，齐上至公堂肆骂，大指皆以新喻参案为说。中丞愤甚，乃定见不与开复。学使出参折后，采访舆论，惧有后患，访得新喻有诸生五，向以讼为生，自世臣视事，即闭门搁笔，学使意必深憾，遣亲信以千金啖之，授词稿使至其衙门投递。五生以雷神不可当拒之。数日后，中夜有叩门来谒者，具言前事，欲诓其词稿及银，禀请直揭，世臣谢罢之。学使闻之尤惭感，嘱其门生与世臣同官者，委曲解说。适戴师相薨逝，学使力言于其嗣君，谓老师墓碑，非求包君大手笔不足垂示百世，意盖谓世臣必以此为荣幸也。未几学使以谳楚狱去。新喻兵火之后，新臬以曾任临江守，特驻新喻，下学讲书，欲以感召万胡，使投案。正讲时，有人在明伦堂下桂花台弹月琴唱门词，被捕。臬使饬随员赴县会审，而月琴已打破。其人名刘得祖，不识字，只能弹唱。因假三弦授之弹唱，乃新喻新事，名曰万岁牌楼记，共十六回，第九至十三，皆唱世臣在任所办各件。随员回省，说新闻，省中官幕，乃知世臣在彼之拊循整饬，毫无错谬也。刘得祖带省收禁，中丞过堂，曾叫彼弹了数回。后湖南星使从袁州过江西谳烟案，路出新喻，有数千人环船递呈。星使收呈，谕以明早去验火场，半夜鼓棹去，至省以呈词二十张咨交中丞，而摘词由入奏。星使行至安徽，接回折，折回江西谳此狱，一切无所更动，惟提刘得祖唱了三日而开释之。临行，谓其同年东乡令铭东屏曰：「包君我竟未敢识其面，然万岁牌楼记已听完，中有大小文武官十八员，包君以一青天，居十七狗子之间，而得免于刑戮，幸矣！」中丞心究不自安，为世臣了公私事，得以脱然无累。今已六年，并无咨追到南。以上所述，乃是真实，想阁下所闻与此互异也。

世臣还山时，有谢豫章诸公书，附呈，所言互有详略耳。来书既不以窃比亭林为非，且谓垂览拙刻，在舟中一一记出，或可见诸实事，此无上吉祥语也。以此更有欲进之阁下者，丹盟调苏州，至白门问办吴漕之法，因有前后六书与之。无录副者，故以改定之本奉寄，阁下可令人抄出细看之。此时阁下更无读书之暇，而江浙收漕及海运二事，国脉攸系，无有重于此急于此者。阁下细览六书，自然触类引伸，知其事易行而理不可改。近闻捐米之船，被海盗前后劫去七舫，又闻到津之米霉黑，不中食用，虽传闻未审，然此不足以阻海运也。六年运米百五十余万，穆相国驻津验收，分船打样，以示都中，坚白共见，岂二十年间海水性有变动乎？闻现在海盗，并非从前蔡牵、朱渥之比，多者才数百人，沿海水师，此而不能制，尚复何为？巨及此闲暇，一大加惩创，亦足小壮威声，使并海凶徒有所畏惧，乃一举两得之事。此外又有两书，皆论银荒之弊，惟行钞可以救之。阁下阅过，再捡拙刻农政诸事细绎之，知其说之必可行，而更无他策可以代之者。阁下能商之同舟，或能并举，或偏举一节，则上恤国是，下济民艰。而尊府之百年履丰席受，世受殊恩，皆可藉手以为报称矣。

再承询及扬州事无可为，作何生涯？此诚知我艰者之言。然世臣在扬二十五年，取其路在中道，信息易通，负米南北，自食其力。即有缟纻之入，亦必受之无愧。求书荐馆，贫士恒情，而世臣橐笔数十年，未曾出此，当亦阁下所习知也。还山以后，杜门未出城闉，芸阁、袁浦、丹盟、扬州、默卿仪征，皆水途密迩。而丹盟、默卿每上省，必面订往游，卒未尝一至其署。若与人家国重事，筋力忖已不堪，故介春闻声相求，而力辞始已。书局书院，非以大力为之先，又自能力争，然犹幸乃得之。自度不材，何堪以垂死之年，顿变素行？小儿需次吴门，木差之后，一无进入，然一家廿口，只得付之。世臣唯以卖文卖字，自资药饵，及周恤族戚之万不得已者。近年生涯如此，而生涯淡泊，诚如尊谕不合于时、不贬于道，其困厄亦有可券者。还山时有告帖，附博一灿。小儿止有海州州判一缺，惟缺系改繁，例须得保。昨以六塘河工，荷陆署督保得尽先，始有可补之望，然保举从不及寒门贫宦，亦非望之得也。

陈伟堂相国，前于乙未夏初，侍直天坛。相国在肃王下处详述世臣文学，为会试五千人第一，政事为一等六百人第一，而贤王主挑得此人，真不愧为国求贤。其时肃王之甥蒙古孝廉兴科在侧，以告世臣。相国至今未望颜色，不知何所见闻而有此誉。嗣至江西，相国令弟伦堂，同官中相待至厚，想亦习闻相国论说也。世臣耳目既劣，且不欲自通于显者。附去四种一部，乞阁下转呈。世臣生平受虚名之累不薄，或者相国赐览有所取尔，以为惠闻阁，则较之面肃王加不虞之誉，其可感不翅什伯也。世臣现以暇日，自加校定，其有芜蔓，间加芟剃，亦复增收紧要后出之篇，并离其句读，拟觅精楮重付剞劂，是亭林三刻日知录之旧事也。然此事非四百金不办，未必能如亭林果成其志耳。师母老人健饭，闻之欣慰。哲兄在沂，自时有问。春间捻案，罪人斯得否？念念！匆匆不具，惟为民为道珍重千万。道光丁未八月朔日，世愚兄包世臣谨再拜状复。

校　记

［一］「银」字原缺，据吴校稿本补。

齐民四术卷第三　农三

密云税口说

予既入西山，览檀柘、大钟诸胜，遂循独石边墙，沿檀白二河东至密云，意欲敬瞻东陵。入界百余里，借宿民家，路近青桩，山中无民居可借宿，乃返。沿途皆高岭巨石，山间有小溪，溪旁安设水磨不下三十座，皆磨柏根为香末，以货于都。密云城外有税口，专收木税，起自前明。询之主者，云都中松根各器具，皆出于此。考此山场，外距青桩百余里，内与接界，本和伯、相福大农私业，自嘉庆四年查抄入官，归并与风水山，由马兰镇总兵及守陵王贝子督率弁兵管辖，青桩以内，民有携锛斧入伤树木者，罪即殊死，且自抄入之后，并未与风水山分别轻重，立有明条，则小民偶有触犯，势必归风水山案内一例查办。其山场北逼边墙，此外更无寸草尺木可供剪伐者。剪伐人多而日深，势必延及青桩。又地险无水路，伐树者皆用锛，平胸锛断，乃斧其枝，斫其皮，烧而烘干之，每一树止取板一块，亦难保无延烧放荒之祸。烘干后乃以人负骡驼，至白河扎箄，顶关上税。税口止知征收钱粮，不复诘其来历，商民皆视为上税正货，岂知其身犯大禁耶？似宜奏撤此口，明示科条，以免罔民之惨。

又张家口户税额有骟马一条，而兵部例禁民间畜养骟马，户、兵两部例既歧出，商民何从遵守？又私参入口，例禁极严，而上海关则例第一条，即载人参一斤税四两。收税治罪，理宜画一。于偶见及，故备为之说，以俟有心民命之君子采择焉。嘉庆己巳四月八日，书于顺义旅店。

青口议

嘉庆二十年秋就食海州，见闻亲切，爰为此议以讯当路。

直隶海州三属壤地之广，东西至二百七十里，南北至三百五十里。虽有山水侵占，营灶错杂，及斥卤不毛，约去其半，此外可稼之土，麦地、稻田、杂粮豆地，各居其一。近奉查办新淤，居民渐知贵谷重土，生殖益繁。其土产粮豆、腌猪、咸鱼，向来贩卖畅销处所，皆在苏松，因地属淮关关境，出境土产，例由王营、草湾一带，陆运渡黄，赴淮关报钞，往南销售。其需用纸张、布匹、棉花各种南货，例亦应由淮关报钞渡黄，陆运赴海。唯赣榆一属，三面环山，一面距海，中无内河，于乾隆五年，经总督郝公奏明，准该县豆石由青口出海，对渡刘河，赴上海关纳税。其豆油、豆饼、鱼肉各货，如有夹带出口，即为透私。若赴南船只，回空时携货回赣，亦属违禁，历经遵行在案。然海州三属集镇百数，商贩贸易，以青口镇为最大，海沭各镇所用布匹、纸张等物，皆由青口转贩。青口行铺，又以油坊为最大，油与豆饼，皆属奉禁出口之货，然从未见其陆运赴淮，则其由海来往，不问可知。盖产货者农，而运货者商，若遵例绕淮南下陆路，近者百余里，远者二三百里，又系村庄小道，不通大车，计其运脚浮于买本。是以贿纵偷漏，习为故常，致今刁劣生监，纠结青皮，串通蠹役，以收规包送为揽载，截河拦船为婪载，每至争夺码头，凶狠不殊枭匪。

窃谓青口设禁，但为海赣两属棍徒兵役之利薮，于淮关漏卮，毫无裨益。纵能一概禁绝，则三属黎民有货无售，实为谷贱伤农，所产必归红腐，尤觉无当于撙节裁成、以左右民之义。查户部则例载：奉天省黄豆，山东省青、白二豆，福建省及江苏之赣榆县豆麦、杂粮丰收之年，准商民由海运往邻省及附近州县发卖，均令报明地方官，给与印照，到关查验。是奉天、山东各货，南来北往，系属隔省，例尚准由海通行，况海属与苏松系属本省。又他省往南船只，皆须经由鹰游门内洋，横过青口，而本地各货，乃不准其流通，既无关于海禁，小民不明大义，焉能免其觖望？检从前郝公原案，亦以此意立言。赣榆豆石，始得奉准对渡。如当事心切民瘼，以今昔情形不同，援引户例，除严禁透漏硝铁之外，凡他省奉准流通者，海属概与照例。于淮关分口内，裁移一处，在青口设立，即派淮关委员，前来驻扎。淮关监督，统辖淮、宿、海三关，每关各有一笔帖式协办关务，名为委员。轻减火耗，加意招徕，使棍徒不能把持，商民无所疑虑。则流通日广，输将自盛，固足裕课便民，更资整饬风俗。惟试看伊始，不能定额，未便多设书役，巡拦港汊。查海沭之货，皆由州城外之临洪口出入，应即由州立栅，设簿按船发票，准其沿海到青口关纳税。其由青口完课进临洪口者，亦即赴栅验票。其州境之响水口、冽子口等处，均由州派役巡查堵截，至赣邑沿海港口，稍可透漏之处，亦由县派役巡堵，总归青口。如此严密巡查，则于稽防绕越之中，即寓申明海禁之意，似于关榷地方，均为有益。

然前于乾隆五十七年间，总督书公曾议于海赣适中之地设立关口，经常镇道以为青口设关，则东豫各商，公然取巧，便可绕越扬由两关，致亏税额，通禀沮止。查扬关征收税课，以豫东货物为大宗。常年豫东丰稔，饼豆遄行，扬由税额便自充足。青口现未设关，长年透漏，亦与扬税无补。况豫东大宗之货，断无在黄河舍舟，盘绕青口，以越扬由之理，是扬由额征赢绌，殊不关青口之设关与否也。若谓南来绸布各货，经由青口，扬税又绌，不知京庄济宁之货，例由运河北上。现奉奏明查禁浦口、六合盘旱绕越，是淮扬南杂货税，止有盘旱之弊，并无出口之虞。至青口本有巡检一员专缉，口内系海州营中军守备巡辖，口外系东海营巡辖，又去赣榆县治不过十里，足资弹压，无庸更议移驻员弁，以节縻费。近年来所见地方必应查办之事，因各关争额，牵掣贻误者多矣。故备论青口形势，使人人共知其于淮关有益，于扬由无损，海属农民得裕生计，而刁劣亦免罣于罪戾。以俟有心勤民之君子采择焉，谨议。

答杨承宣书

迈功先生承宣公祖阁下：辱承损书奖掖，以世臣前在武林与阁下「论屏藩之职，首重清厘亏缺，兹莅吴藩，中丞论亦如此，可见理得则议自符，止亏必有要术，幸不吝教益」云云，是诚阁下不择细流之盛心，世臣何克当此！然世臣前说，与中丞词同而指异。测中丞之意，不过为叠奉部饬：丝毫不许存留属库，谨守管钥而已。夫藩司以承宣为名，总辖吏、户、礼、工四曹之事，一切用人行政以养以教之责悉系焉，岂曰谨守管钥已哉！世臣见近日属吏之能自结于上游者，必以亏缺为偿；其才力未能自结者，则是以亏缺为贽。属吏一有亏缺，上游虽深悉其不职，以牵掣重大，莫敢轻发。既不能退，则转与为进计，设法弥缝，虽素能自结者，其获上不是过也。属吏知上游之无如己何也，则因以求利，益肆意于地方。地方不胜其毒，而呼吁于上游。上游心亦怜其冤抑，不得不借全局政体诸美名，昧心抑勒。是以民生日蹙，帑藏日虚，循环相生，遂成沦胥之势。属吏习见亏缺之无害而有利，其趋向可知也。故使上游莫能自举其职者，则亏缺为之缰纤也。故世臣所以谓清厘亏缺为先务当急者，非为帑藏起见，而与中丞异指也。亏缺不已，而出于调济；调济无益，而出于清查，以清查之难于措词，而议及提解；至提解无实，而粉饰之技穷。于是转其词曰，以交代为盘查，然后亏缺之方便门大开，而上游得藉以自遁，朋比挟私，以蔽明达。明允所谓大吏之为不善，非特簿书米盐出入间者，殆谓此也。

阁下从前曾藩吾皖矣。皖岁征才百万，而亏数几于七倍，则调济为之也。需次者往署一邑，回省即自陈亏求参劾，上游曰何遽至是，然后求调济。及调济所至，又复如前；而上游之事调济也，亦不得不如前，故有亏者常进用。偶有谨慎不敢做亏者，则群啄之曰：「是子发财矣，不发财何以无亏？」上游遂锢之闲散，是以无亏者常废弃。故其以公私罪戾被劾者，大抵皆无亏者也。其有以亏缺参劾者，非事由中出，则或以礼去官、起复不回省之员，无所爱惜者耳。人之情莫不求进用而畏废弃，是直上游教属吏以自固之术，非亏缺不为功也。山东于嘉庆八年初次清查，实亏八十万，议以缺分肥弊，提节省银归司，通力合作，以六年拨补完款。及十三年限满，二次清查，则亏三百万矣。十九年三次清查，则五百万矣。是故清查议出，而惩亏之条为虚设；提补法行，而新亏之起为有因。甚至江苏有委清查之说，取库贮现款，以三七与藩署为市，而骤增亏缺百余万，骇动观听。然推究各省办法，殊不相远，唯江省明目张胆，又数多时骤，致独受此名耳。清查提补之术皆败，不出奇策，则无以俄延时日，于是为以交代为盘查，责成最后出结之员，以为断不肯为人任过。其为说固足动听矣。然勒逼通关，遂至通省无一可参之属吏。而士民之有事在官者，自非极窘乏无可搜索，而不被沉冤者，盖亦幸矣。当此凋敝已极之时，非截断众流，固无可以言为治者矣。

然即实心清厘，亦不能废调济、清查、提补诸法，而专任参揭，不过其所以用法者，与现行例大异而已。必也先审缺分肥瘠，分为三则，明定调济章程，仿李悝丰歉敛散之意，以一年而代。盖久处累缺，则奸侩权子母以剥官，至不可复也。其需次之私债重而度支宽者，察去之，使不得以人人累缺。驿店骚扰，书吏苛求，劣幕盘踞，一切可以剥官之事，力为遏止，以裕其源。其亏数较轻，实系因公，而居官尚可者，既不符调济之章，则度其缺之力，使之力崇节俭，勒限自补。逾限者不听。实力举行道府旬月征解折报，以取厥成。盖道府取节寿陋规于州县甚微，而亏缺摊赔至重，然道府知重赔为虚害，而微观为实利也，故以鸩毒为宴安。使于州县亏重者，立与刻办，于折尾附参道府徇庇，俟定案再行照例摊赔，则道府各知自爱，而无不发之伏亏矣。然刻后又复听嘱，授意设法，则亏数暗增，为患更巨。各省情形，大都似此。至于分忙解款，则于抵限之时，核其欠数，立提库书户吏来省监追，解足乃释。此上游力所能为，而无忧掣肘者也。然其效则过于劾官锁丁。江苏全省，唯高淳无亏，以四十年前曾严办库户二吏，至今吏司库钥，官不得私挪库项故也。前事不忘，是为至监，如是则新亏永绝，旧缺渐少。凡属吏之贪酷阘茸不可训饬者，可以决意锄去而无所顾忌。属吏知上游之无可挟也，亦必洗厉濯磨，以自保考成，庶可以培国脉而阜民生，举屏翰之职矣。然下之从上也，不唯其令唯其意。以上所言，皆平平易行，非有奇特创见。而各省卒莫有能收其效者，则以上游所好，或不在是之故也。辱厚爱久，又承下问，进其忠直，唯阁下鉴察，幸甚！嘉庆二十年四月既望，旧部人包世臣顿首状复。

答姚伯山书

伯山大弟明府阁下：在古北口见邸抄，知已外用，遂以五月九日入都，次早奉诣，欲与阁下言而已后。读留别之书，殷殷问居官之要。世臣滞迹都下，徂秋涉冬，时时询耗息不可得。日昨有来自河南者，言阁下现奉差至新蔡，岁内可以补缺。面言既未能，而前书又久不报，歉仄殊甚！阁下博通今古，又涉事已深，百里任非所难堪。况吏事本非甚难，唯在加之意而已。一行作吏，便负本来，非尽庛劣不职也，良由志卑而囿于俗。抑或初至有声，遂尔自足，旋踵改操，反下杂流。

夫吏事至伙，非言语所能尽。吏治所为日下者，在居官而不知为民。世臣每告友生曰：「印到为官，印去即仍民也。」故计一身，则为官之日少而为民之日多，计一家，则为官之人少而为民之人多。

是故欲举一事，发一令，必自思曰：「吾之父母官以此施之于吾身，将以为何如？」执柯伐柯，道至近矣，持此心也以往，而贞之永久，则视民如吾身。于凡害之当除，利之当兴，自有不能已于中者矣。然举事唯去其太甚，发令勿骇乎众情，潜更敝俗而不觉，乃为善之善耳。若信未孚于人，而求治太骤，则吾心未足以喻良民，而奸民得以播弄是非，以簧惑听闻，甚且持吾短长，则吾方自救之不暇，遑言治人乎？虽然，士人治生至急，而居官为尤甚。故经理私事，与勾当公事并重，而常相待也，弗能使有好于而家，则公事必将受牵掣而不能自遂其意。予前告曾容曰：「先公而后私，公不废私；先私而后公，私必害公。」曾容以为名言。故世臣所谓经理私事者，非苟营橐橐之说也，唯世臣亦几经阅历而后能为此言。故及阁下未得官之前，纤悉相告，使于莅事伊始，即知私事之足以累公，而预为之地，则庶乎得之矣。日内当有保定之行，恐到彼簿书繁冗，不及详悉。所言平平，统希亮察。道光三年十一月朔日，世臣顿首。

复陆蓬莱书

彦若明府同年足下：前年冬见邸抄，知选授蓬莱。嗣晋卿自袁浦寄到足下致保绪书，属故人转交，乃知已抵任视事。去年春暮，纪子隅持足下复书相示，略不他及，唯咨嗟缺分清苦，深以万里奔驰，求此一官为悔。此固故人所不愿闻，而亦故人所料及者也。今年春初，接张馆陶书，盛称在省见足下，述其新政。莅事才半年，已课民栽树至三百万株，讼简刑清，顾不得于州将。幸上游了悉曲直，不得已使出远差，而足下唯自引怨艾，学养深醇，尤不可及。馆陶诚笃君子，所言自不谬，然故人亦未敢遽信也。

至五月杪，有人致书，知为足下使，急召入，而其人已去。发书读之，备言蓬莱地瘠而褊，求区种旧说以惠穷黎，又刻行之劝息讼、劝种树及救急医方，共三纸，且万言，词气谆恳，蔼如也。反复展诵，惊喜过望。然为政不在多言，顾力行何如，书之史册，以为至论。故人旧诗云：「近世民苦瘠，治生各自竞。不必言抚字，但毋增苛政。稍为除强梁，良懦便称庆。」虽每况愈下，然亦至言也。夫君子之爱民也，固不如其爱身。足下中间家食，以插讼奔走官府者数年，是固以歆羡保绪被诖误，然齐中宦况，谅不乏如保绪之可歆羡者。以此读足下息讼之书，虽情文悱恻，不敢闻善而疑，而犹未敢自必也。

近世学术多途，居官与持身常为二事。如张兰渚侍郎，其于夫妇父子兄弟之间，至不可污齿牙，而为吴中藩抚前后且十年，不纵虎冠，不优盗臣。及乙亥丙子之间逆词案起，督臣恇惧，江以北旧为督臣专政者，毒遍比户，至莫敢拾街巷弃纸，而抚臣所主之江南五府州，宴然如无其事者。洎川沙有烧香传徒之案，厅县视为奇货，密解白门。张公不动声色，预遣标弁持令守于浒关，提回发司，照例结正，得免辜磔者数十人。时督臣恣睢，安西两抚，河漕两督，争承望风指如末属，而张君独能自举其职。论抚藩于吴中，所见未有能先张公者也。然此乃史公所谓毋令独蒙恶声者，非以张公为可法而告足下也。抑又有欲闻之足下者，故人前过齐中，见蒙阴令吴君种树歌，遍贴逆旅，勤民之意流露行间，颇委至可诵，因心仪之。后数年，又过其境，则吴君已改官，而去思碑穹然道左，大书深刻，大都以治蒙六年劝民种树为说。然行尽百里，一望山原童秃，无可息阴饮马处，不禁哑然，又辛巳荐举途开，州县小吏饰虚声以博超擢者伙。陈江都洁己爱人，政声艳闻里中，为江省甲。半载之后，以不得密保，复蒙故智，求富之术，较前在崇明、常熟任内为尤工。然而天道好还，曾不数年，橐罄子夭，名利俱丧，足为至鉴。

虽然，君子尚善悔。足下甫居官，而能力排流俗，变其素志，是真善于用悔矣。古之循吏且有出于群盗者。足下旧以忧贫艳非有，亦未与盗比也，幸能贞之终始。诗不云乎，岂弟君子，遐不作人；孟子不云乎，久假而不归，恶知其非有也。汉人旧说，最得经义，宋儒不审文法，务为深刻以阻为善之路，故人素所不取。足下周旋几席，想亦熟闻而强记之也。莱芜游鱼，奉尝百世，且未必遂至斯极。语云行百里半九十，矧在发轫，诗云庶几夙夜，以永终誉，况已小挫，足下勉之，故人与有荣焉。区种之说，即载农政册内，足下昔曾录副，检故笥自可得之。相距数千里，寄书甚难，故仍由馆陶转达，唯望曲谅此心，吾道幸甚。八月五日，故人包世臣顿首状复。

答陆曹县书

彦若明府同年足下：月之八日，用明过寓园，适故人他出。返得足下书，并刊示曹民教令，以责前书之复。故人得前书，附馆陶致答千余言。及馆陶归棣，方知馆陶见答词戆直，遂不以达，欲补缮别寄，则为时太不相及，非故人之有吝于足下也。前书劝息讼，课栽树，今书兴水利，劝艺蔬，修保甲，责守望，皆故人平居所熟筹。今足下力举其事，是宜深快吾道之行，而前答及今答，顾皆若有未慊者。

凡以条教既布，不可得更。刊本远布，是其意当不出于请益也。闻之为政不在多言，以言教者讼。为政者，先察民心之所向，次验民力之所堪，因势利导，政成而民安之，乃为善耳。故记曰：「君子信而后劳其民」，明渐进也；「君子之道闇然而日章」，尚实至也；「有其善丧厥善」，诫自矜也；「名者公器，不可以多取」，惩盖人也。足下自周旋几席时，已非能自远名利，洎万里求仕，岂能不以一官为轻重乎？以故人萧然事外，著述百卷，未尝出以示人，见人片善，则心好之，口称之，不遗余力，是宜与斯世无所争忤者。徒以交游间称诵逾当，以为无所不能，遂触不能者之怒，排抑数十年，至无以自存。况足下涉形势之途，而心乎取名如此，其触怒也，必相什伯矣。夫党同伐异，人情也，既见足下之教令，固必进核其实，核之而实也，在足下已蹈有善之诫，且以举世所未闻未见，其有不以蜀日、粤雪相待者乎？核之而不实，既为谈柄所资，恐捣虚导隙者乘之，遂跬步成荆棘矣。

道光之初，荐举路开，蒋节相力为尤大，留都中四十日，荐达至八十余人。其中程抚部、吴转运，皆曾自录公牍镂版散布。然其所以致超迁者，自别有故，足下其真以为得剞劂氏之力耶？节相主试贵州，得解首士曰赵毓驹。赵君任山东陵县廿余年，尽心民事，平反巨狱，东省舆论，共推第一，在陵妇孺皆识，而未尝与一富子缔结，中更大捐九次，其群从无得一官半职者。节相数千里外，每月必有手记，嘉奖廉明，然竟不得与八十余人之列，是可证程、吴超迁之不关流布治迹也。敝乡胡玉樵知曹时，疆吏飞章劾州县数十人，而荐称职者唯胡君，故人移书诫之曰：因不失其亲亦可宗也。钱抚部、董廉访素不满人望，而君衰为举首，且君抵曹才两三月，何便见为称职乎？深望勉崇谦抑，毋为通省之的。传曰：「的于人非有恶也，而射者必欲中之，恶其示人以难也。」胡君不纳，未几为人所击去。胡君之为的也，不由自求。今足下力求为的，恐人未知其难，而委曲示之，故人之未慊也，不亦宜乎。

北方水利久废，稻田不习，风沙数至，蚕事多碍，审势即可举行，为力殊非旦夕。至于大小村庄，环以垣，周以濠，两头设楼棚，断以吊桥，桥板必以厚尺为度，假冉徒君以此令于贵镇，足下能首率邻里以趋令否乎？相距既远，不可悬度，唯望摄名心以求事实，果有成效，曹虽下邑，舆诵何遽不达远，而必足下自言乃为信乎？前答与此答，辞意虽殊，条理不异，足下如必欲见者，仲远近在聊城，索之或仍可得也。诸唯自爱，以期远大，不具欲言。道光十四年六月望日。

留致江西新抚部陈玉生书

道光十有六年四月十三日，世臣谨再拜状上芝翁五弟节使阁下：世臣上年八月十日到省，九月初肃函奉告，并呈《洩泉编》，谅登记室。本年二月十八日，得阁下持节来西之报，窃为西江士民幸，而亦为阁下庆也。阁下屏藩江浙，几阅两考，建牙开府，实所固有，西江非复乐土，夫又何庆？孟子曰：「饥者易为食，渴者易为饮。」董子曰：「皇皇求仁义唯恐不及者，卿大夫之行也。」虞升卿曰：「不遇盘根错节，焉别利器？」以阁下勤求民瘼而抚待哺之邦，事半功倍，其为俎豆馨香也易，况西人责望不奢，霁峰吴公下车，见米价涌贵，即日示禁囤积，发闲款二十万，委员分投采买，市价立平，讴思至今，是岂可求之江浙哉？世臣逐队四月，遽构闵凶，延今始能屏当回籍，并未涉事。然地方疾苦，不无闻见。稔阁下取道之江，为期尚远，不及祗候面悉，留书竭意，伏唯鉴采。

古人有言：周公为右，孔子为御，入山而问樵夫，入泽而问渔父，岂渔樵之智加于周孔哉？盖以疆吏视事之始，一言一动，莫不倾耳侧目仰望丰采者。虽阁下六德素成，一时断难周察，世臣辱引为同志垂三十年，不敢不举其所知以告也。且世臣需次新班，略无可以及人，而讣问一至，城市关厢，叹息累日，诚惭诚感，亦思有所为酬报者，以借手于阁下。夫为政在人，劳于求贤，逸于得人，先民之训也。即如陶宫保抚吴，叠遇大祲，连兴巨役，而所举必成者，以阁下居江宁、苏州，倡守令为之仔肩也。及阁下藩两浙，倡三郡圩岸，而几于不成者，则吴杭州为之金柅也。南昌张守，任艰巨，耐烦恼，以尽力民事，而上游莫为之推挽者，故所举虽有成而泽不远。暨阁下所至，皆为斯民必世之谋，今兹独断千里，而有南昌为之后先，引重致远，则如王良驾騄駬矣。西人之子，行当歌「熊罴是裘」也，斯其庆幸，可胜言哉！旧好傅卧云处士，已为世臣择定葬期于本年七月，南昌谆订葬后即来主持通志之局，莲史廉访相留，意亦甚殷。然回籍之后，能否来此，颇不能预定。至服阕出山，实已怀善刀而藏之志。伏唯盛德日新，与古人争胜负，使世臣得赋浣花老人「明公」、

「妙年」、「安危」、「出群」之什，则于愿为至足矣。言不能悉，亮察幸甚。世臣谨状。

一、江右民心从士，而士习颇敝奔竞。初政一二事，有以大服其志，则士附而民以归，所谓下令于流水之源也。澹台子羽游楚，友教士大夫，是江右文教之祖，其墓在贡院东南，墓前有祠，今悉倾圮，而墓亦芜秽不治。孺子台在县学之前，台傍有祠，几同栖流。汉司徒下车不入廨，先谒孺子，本明公家法也。吴顾邵下车修孺子墓，谢景于墓前建思贤亭，齐王纶之下车祭孺子墓，唐张曲江下车立碣表孺子墓，皆以振动人心，垂徽青史，当时岂遂无簿书期会紧要当办之事哉？儒者为政，见大识远，前事不忘，莫先于此。张南昌视事三年，凡在祀典官祠，悉为拓大修葺，而二祠独遗，此殆造物者留之以资阁下。所宜展谒修复，务极蠲洁，所费不多，而于人心风俗转移之故，大有裨益。再，豫章书院，七八年来，山长嗜利，改旧章为随课升降，颇有以执贽厚薄为等第高下之讥，至使能文之士，以谒师为耻，亦宜还旧，以收士望。

一、江右产谷，全仗圩田。从前民夺湖以为田，近则湖夺民以为鱼。圩田大都在会垣四面二百里内，失收六年，流亡过半，而堤身情形，皆壁立不能御涨。民力既殚，公项亦匮，若遂听之，则余黎嗟靡遗矣。检阅志乘，每县圩名累百，其实圩堤不多，皆以一大圩包数十小圩，而小圩在腹内之业户，于大圩修废，从不闻问。大圩当江湖之冲，有如城垣，小圩包于大圩，随地立名。间有子堤为界，不过如城内民居之院墙。大圩一堤，关数十圩之利害，而承堤止本圩业户，是焉得不壁立乎？有司注意，唯在钱漕，从未有周历巡视，问钱漕之所从出者。今年张南昌极力从事于此，然亦未能悉要领。观志乘之不明，断可见从来治江右者，均未尝知此事为第一义也。是故一圩着险，有司以其完破无关大局而轻置之。及决后修复，仍不思为变计，审定善后章程，于是无年不破圩已。江右变腴为瘠，职由于此。宜饬守令认真勘圩，何处坐湾，何处迎溜，绘图贴说，注明田粮若干。图必仿蒋图计里界朱之式，使远近广狭，一目了然。官民合力修复巩固后，立定新章，令小圩子堤，各圩自承，其大圩总堤，分别平险，如何划分协修协守，规条刊刻成帙，使官民各有其书，庶几增高继长，以人胜天，是先务之当为急者。

一、各圩缺口之下，一望白沙成阜，是皆六年前良田也。田去粮在，民安得不流亡？无征有解，官安得不亏空？然晓谕查办，则荚放熟田，徒为奸胥之利。宜与有心民事之郡守熟筹，借定承堤之章，接查奋办，先得水冲沙压田亩确数，乃发明文，则官民并受实惠，而正供亦不致为诡寄所累。

一、江右年限奏销最严，州县什七八不能任两年，与江苏同。而道府以年限案开缺，则各省所未见。故接任州县，不能不挪经征钱粮，为前任办奏销，以保道府考成。是江右奏销，历系以欠作完，从无以完作欠弊混之事。唯以欠作完，入册报部，而以实欠在民者，作抵人交。上年奉豁道光十年以前民欠，则交案尽翻。现在清查局查出应赔银七十余万，若追经征之员，徒累孤寒而肥书役，于帑项断无实际，若问奏销之员，则前已垫完，今又着赔，尤为重困。官既困甚，终必困民，而仍困帑，徒为不肖吏借口挟制上游耳。张南昌谓前在户部，曾见垫完民欠迄请豁官之案，欲援案声请，以全省局，而前院前司莫敢执咎。南昌业已遣人赴都，抄录成案，将来抄案到西，阁下察核。若可与仿行，不唯惠遍属吏，实则泽周穷黎也。

一、州县缺分肥瘠，大都论钱漕多寡。然不详察今昔情形以得其实，则无以立均平调和之方。且不得其所以变易肥瘠之故，则更无所施整饬转移之术。江右钱粮，平余无几，断不足资办公。南赣无漕入，故吏多墨，其民性悍而尚廉，遇不墨者，则悍为之敛。广饶折色优，故吏多惰，其民好讼而避案，遇不惰者，则讼为之清。余郡一岁之给，皆于漕乎取，然其漕有官征官兑、民征官兑、民征民兑之别，而官征又有城仓、乡仓，乡厂之别。民征民兑，则于官无所得失；民征官兑，初皆出于卖图署事之员。择富庶图分得规卖放，其斗斛敷勉兑军，按石收运送省仓水脚钱数百文，一切仓费兑费漕规皆须官赔。大约有民征官兑之处，必以官征官兑之漕倍其数，乃可拉平。若上游以其漕数较多，认为优缺，在自爱而幸能拔足者，唯有乞休，否则无所不至。官方之败由此，民俗之坏亦由此。故励官方，饬民俗，其要必于审缺分，酌盈虚，使属吏得以自尽其材始矣。

一、江右风气淳朴，有司稍恤民隐，辄感颂不置，较江浙大殊。吏治弊止因循，罕有任意非为、芜玷不堪者。至士民共深信服，推为乐只岂弟者，则有新升铜鼓营同知石家绍，通省知与不知，称为石爹爹。生性诚笃，好读书，心乎爱民重士，历任龙南、大庾、新城、上饶、都昌、新建、南昌，终始如一，庶几悃愊无华，日计不足，岁计有余者。若有紧要难办之件，委之此君，必能洽民情而蒇公事。

皇敕授文林郎山东馆陶县知县加五级张君墓表

君讳琦，字翰凤，别号宛邻，姓张氏，江苏之阳湖人。初名翊，故字翰风、宛邻者，以善顾宛溪读史方舆纪要之书，欲刊正其舛误为德邻也。阳湖，常州附郭邑，君族聚居大南门德星里，丁中才数十，然十余世以儒为业。常州文人显宦，大都著门下籍，故虽贫弱不达而为名族，称常州大南门张氏。祖金第，寄籍天津县学生，貤赠翰林院编修。妣白氏，貤赠孺人。父蟾宾，本县学生，赠翰林院编修。妣姜氏，赠孺人。赠君早世，君之兄编修惠言，世所称皋文先生者方四岁，而君为遗腹，诞弥之日，则乾隆甲申十二月十四也。孺人以纺织抚两孤，年及就傅，无力行束脩，族人外出教授，率半月有一归者，孺人具蔬食，招使授君兄弟书，而自督念诵。渐能解字义，审句读，博览载籍，转益多师。编修通许、郑、何、虞氏，君通马、班、陈、范氏；编修工选赋，君工选诗；编修工篆，君工分。君晚以分法入真行，尤沉酣蹈厉完固不可犯。其古文、倚声、举子业三事，工力略同，而编修雄厚，君幽深，卒不相袭也。

君故善隐忧，早岁慨然任天下之重，究生民利病甚设，既不得于有司，嘉庆壬戌编修遂捐馆，次年君一子珏孙继夭，遂嗒然意尽，弃诸生以医自寓。及举次子曜孙，乃浪迹齐、鲁、晋、郑间。癸酉适至都，友生援例强与顺天试，领荐，应甲戌春闱，挑取誊录。庚辰冬传补实录馆誊录官。道光癸未议叙知县，其夏签发山东试用，君年盖六十矣。以季冬署邹平县事，山东州县倚钱漕羡余为生，岁饥则无入项，而供亿馈遗不能减，故相率讳灾。是岁邹平旱无禾，君以封印之次日受事，见大田皆龟坼，未种麦。时山东巡抚为今直隶总督一等侯琦善，承宣为今广东巡抚朱桂桢，二公皆知君。君受事，即下乡谕父老，佥谓：「初秋报旱，被前官鞭扑，秋灾例不出九月，今征漕已竣，何敢更报？报且何益？」君曰：「若以荒田输漕，筋力已竭，上忙倏开征，又将安出？或其以秋冬无雨不能种麦为词，我遍历四百七十二村庄，小除夕乃能回署。是日各村庄以一人至城，我新岁携若词进省白大宪，当可蒙恩缓征也。」父老莫不涕泣，至期毕集。甲申正月四日，君旅贺二公毕，复谒朱公，呈牍备述所见穷困状，朱公以白琦公，破省例准君牍。而附近邹平之十六州县灾形同者，因得共吁二公汇奏缓征。至秋后未几，长山县解抢夺受伤事主至。君受其词，则曰：「贤父母莫问！彼猾吏，欺吾父母初任，小人必不与休，贤父母毋代人担重咎！」君曰：「若失事所，得毋有大树不？在大树南抑北耶？」曰：「在树北五六步。」君曰：「若是则吾界也。吾岁底遍勘村庄，见大树知为长山分界处。」出官图示之，其人愕然曰：「小人见贤父母下车，即为合邑民请命。在署每日堂讯五七次，无不公允厌人意，小人伤已平复，所失止布三匹，钱两吊，若以此累贤父母担处分，小人心不安，且为合邑父老所唾骂，小人不愿讼矣。」及五月卸事，乡民饯送万数，以汔其境。

七月署章邱县事。章邱距会垣一程，绅富所聚，尚气好讼，而院司道府五署书吏千数，皆章邱人。章邱例单日放告，月十五期，新旧事至二百纸。五署书吏走书请托，使长官不得举其职。负者复不甘，上控五署，犄摭官吏短长无虚日，甚者蓦越入都，至难治。君自邹平回省，而章邱缺人，朱公以君名上。琦公曰：「张君长者，或非理剧才，况章邱之健猾耶？」朱公曰「正以章邱健猾，欲得长者化导之耳。」琦公笑遣君。章邱固缓征十七州县之一也，壤接邹平，习君治，闻君至则已悦服。视事月余，民以瑞谷来献者接踵，有至四穗五穗者，君谢罢之曰：「去秋旱无禾，今春旱无麦，阳气深伏，得暑雨润发，地力足，故生长倍常耳。」然他邑同被旱者，卒不闻有此。一日当期，君阅所收词，有原被中证皆邹平人者，不可受理，反之。其人号咷曰：「自父母去邹平，民受屈者多矣，然无如小人之甚。知父母不能越境理事，私念此情得白于吾父母前，则不啻伸雪也，故来此。」时同具词者百余人，皆为之嗟叹，有泣下者。君莅章邱岁余，五署书吏竟无一纸至，而结正新旧事二千余起，亦无一案翻异控及会垣五署者。会朱公擢山西巡抚，未行而奉讳，君上省唁送，因谒琦公。琦公曰：「朱公知人，君在章邱，真不愧『治大国若烹小鲜』者也。」

乙酉秋西府歉收。次年春旱，又遭风霾三日夜，至对面不见物，沙尘压麦苗皆死，黍不能艺。大吏饬郡县筹接济，馆陶在西府尤为瘠悍，其长官遂引疾去，君往代。比至，则饥民聚抢富室之案，已积十余起。而旱日甚。邑故有龙王庙在城外，君虔祷得透雨，田可耕，乃严捕诸抢案为首者。又严勘得富子藉借贷装点，图陷其平日所不快状，悉分别置论，民以大服。君察灾势，度民力，虽已平粜仓谷，不足全活，因请普赏两月口粮。馆陶故褊小，君造送应赈户口册，视邻近大邑且过倍，上游颇以君为不堪事。忽奉中旨责问岁饥状甚切，乃按临灾区，灾民迎诉赈弊无不至，唯馆陶灾情钱数悉得实，始撤参尤玩视者数人，而厚慰君。既而临清、堂邑、邱、冠、莘五州县，环馆陶四面，蝻孽覆地，至不见土，而毗边界馆陶处，一线如界。黠者妒而移置之，则皆蠕蠕返故处。及成飞蝗，东面者东飞，西面者西飞，蔽天翳日，而无犯馆陶境者。君前在章邱，蝗自东府来，及界退飞，馆陶民素闻之而未信也，至是乃相与讴咏君德。君叹曰：「神怜吾民瘠苦，宰官与食其福，吾唯当勉为好官，若等勉为好人，敬承神庥耳。」入秋禾黍芃茂，忽大雹如盎，碎屋瓦。君念嫩禾必不堪此，即出署履勘，吏役谏，不听。西门外故有洼田千余亩，被水占为泊，深尺许不可涸。君至泊，而雹已堆满出水面。比至大田，苗殊无损伤。召问村农，唯言午间有大雨一阵，不见冷子。冷子者，东人呼雹也。遍勘四境，皆不言有雹。初君祷龙王庙，见颓坏甚，议与邑绅移建城内邑庙侧隙地，邑绅难之。既大熟毕获，忽庙壁坼缝见物如蛇，方首，两角嶷嶷，遍身鳞作金色。群谓龙见，聚观三日。君诣拈香，谓众绅曰：「若神愿迁者即隐形。」语毕不见，移庙之议始决。嗣后祈祷皆应，迄君之卒，馆陶无歉岁。

君未莅馆陶前二载，馆陶民被奸民马进忠罣误者甚伙。及壬辰春，奸民尹老须案发，党羽连五省，州县以失察被议者百数。尹老须隶直隶清河，馆陶与接壤，竟无一人污染者，论者叹为儒效。君以丙戌四月署事，戊子正月补实，癸巳三月十二日卒官，前后在馆陶七载，年七十岁。君为政不矫激，无奇异，唯以近民为宗，不缓为的，用法恕而执之坚，十年操持如一日。陋规可取者仍之，钱漕则规前任十年内至轻者以为额。公事应为者，所费不多，则任以独力；巨工则劝谕绅富，而已为之倡。至于服食起居，取具而已。通籍之前，故有逋负四五百缗，及宰县所历多优缺，而身后遗累，顾倍差于初。集寅好嫥赠，乃克以丧归。其理讼也，原被中证有一人到案，即受词而遣之，以其词质后至者，莫或狡饰不承也。若情事纠葛甚，及须履勘者，亦不过再讯，故事日简而人不扰。章邱至繁剧，半载后，讼减已大半。馆陶后数岁，常旬月无赴诉者。御书役至严，驿骚小民者论如法，然筹其生计，必均必一，故民怀而吏不怨。生平所著述，战国策释地二卷，素问释义十二卷，古诗录十二卷，已版行。自定所著古诗文辞目录付曜孙，去取甚严，命毋得增采一字，才三四万言，藏于家。配同邑汤氏，封孺人，前二年卒，余为之志。既刻石而不克葬，以今年十一月六日，合窆于江宁府东郊龙山之阴。子息已前详孺人志。

余与君为道义交三十有四年，申之以婚姻，知君宜为深。然君之文行，为宇内名流所共推崇，治绩又东土士民所共闻见，则人人所谓宜书者，余固不得不书也。而余所独知独信、欲书之以告天下后世者，又以虽善无征，而有所不得备书也。曜孙依限结交代，以八月杪扶榇附粮艘南下，须十月望后方达，而葬期已迫，故不待曜孙具状，就余所习闻于东人者编次之，伐贞石以表墓门，庶使诵诗读书而能论世之善士，有以推求小扣小鸣之故焉。大清道光十有三年，岁在癸巳，季秋月戊辰朔，越二十有五日壬辰，泾包世臣撰书。

张馆陶墓志铭

道光十有三年三月十二日，山东知馆陶县事阳湖张君卒于官，以是年十一月六日葬白门之龙山。

余为表以待其孤曜孙，及抚禄至，则谓：「母氏汤孺人志石，外舅词也，今合窆，不可无言以掩先子幽。昔昌黎撰王洪州志，又徇其子初作碑，不孝敢援以请！」余无以辞。

系曰：君讳琦，字翰风，别字宛邻。生而孤贫，妣姜尽十指力以抚君及君之兄编修惠言至成立。弟兄相与为师友，致显名，称毗陵二张。君志在用世，而识能鉴人，治权家，覃精地理，其于山川厄塞形胜，及今古割隶战守成败得失之故，上下纵横数千年如指掌。工五言，得仲宣、太冲意。嗜书，移汉分法入真行，又以北朝真书敛分势，并腾踔蕴藉，当世无与比。性毅而温，未尝以所能加人，而名流雅自矜尚者，皆出君下。盖其德量渊远，足以伏凌嚣之气。古有不言而心成者，则君近之矣。年五十乃领乡荐，六十以馆班知县，签发山东。历署邹平百有四十日，章邱十有三月，馆陶署一岁，遂补实，又阅五年而卒。年政七十。

山东俗好讦上，章邱为最。馆陶处西北极边，尤瘠而悍。然君莅邹平才两月，至事主不愿讼，恐累君被疏防议。其去也，耆老垂涕饯送以万数。在章邱有一茎五穗之祥，有蝗来千里至境退飞之异，有沈君任无上控翻异之化。在馆陶，大雹积尺许，皆在不耕之地。蝻孳环县境，四面接壤处若或界之，无一跂阑入者。龙王庙颓圮，议移建，绅民疑旧制不可改，而龙见庙中，昂首望君所欲迁处。此余所为邮文哭君，谓神格其诚、民从其化者也。君所至务求闾阎疾苦，宣达其郁积以和民气，是故君常承大祲以受事，而天和下应，辄成大有。馆陶至僻陋，既庆屡丰，又无牙角耗，数年之间，阛阓村庄，富盛几如都会焉。

君年四十，以药误，丧长子珏孙，乃肆力于医。尝有病心痛者，剧甚则倒悬以求缓，众工检方书，不得主名。君诊之曰：「此肺胀迫心作痛耳。倒悬则肺张而心舒，故缓。」以行水消满之剂投之，立愈，其精如此。馆陶向无良医药，民多夭枉，见病者君即诊之，然终以入署为艰。君族子赐从宦，传医术，乃于署西设惠民局，使赐司诊。贫者并给药，疑难甚，则以质君，全活无算。局初立，日诊数十百人，经岁渐减，最后至旬日无就诊者，亦如君之治讼焉。君尝言为吏为医，事异而理同。医诊病得情，而用药过其情，则病解而药伏余毒，常酿巨症；吏听讼得情，而用法过其情，则讼结而人积余憾，常酿巨狱。原君之治讼治病，所以能变繁为简、消简为无者，职是故也。曜孙生而知医，君以为胜己。十二年冬，诊君脉而心忧之，焚疏邑庙请移寿。及二月杪，君病不能出视事，有在城地保刘见文者，为冥隶，当值，则厥逆数日，苏常述冥中事。至是，言上帝命县公为本邑城隍神，以公子疏稍缓其期，必过三月十三，病乃望起。然迎取夫人之吏卒已南行，恐不可冀也。曜孙闻而忧甚，盖以具疏事无知者。十二日昧爽，南关居民见君鼓吹幢盖导行彩云中，正惊讶，而闻疾革矣。东人来江南者，盛传其事。夫聪明正直而壹，神道也，君以是道被馆陶也久，食其土不亦宜乎，故为之诗曰：

猗嗟张君，求志隐居。曰左曰右，是储是胥。良图莫骋，老弃州县。政则已成，泽乃不远。食血旧治，归魄新阡。雅儒循吏，用告万年。

皇崇祀名宦浙江余姚县知县张君行状

祖鹏，乾隆壬申恩科举人，赠文林郎，浙江余姚县知县。妣朱氏，赠孺人。父王茂，赠文林郎，浙江余姚县知县。妣范氏，赠孺人。继妣范氏，封孺人。江苏苏州府吴县张吉安年七十一状。

君字迪安，又字树堂，号莳塘，晚眈禅悦，号石牛居士。系出清河。先世自浙江龙游迁苏之昆山，又徙苏城，遂为吴人。五岁失恃，抚于祖母。举人君授以句读。十七入都，次年领顺天乡荐，九试春官不售。乙卯赴大挑，以一等发浙江试用知县，君年已三十七矣。时钩稽亏空至急，浙中大吏设法弥补，以迟速多寡为殿最，杂流竞进，有丞簿摄县事不数月而弥补至累万者。君从容白大吏曰：「宇宙之财，止有此数，前人以不谨致亏，而责弥补于后来者，非掊克闾阎，何以应命？皮之不存，毛将焉附？方今楚豫奸民蜂起，皆以有司贪残为说，似宜使读书人加意抚循，休养生息，图之以渐，方可保全大局，有裨治道。」不省。施委摄县丞及判杭州事，投之闲散。君自忖戆直不能谐时世，乞改教职。上游有欲用君者留之。丁巳署淳安。旋改署象山。象山踞定海上游，洋盗由闽扰浙，必由县境之南田大佛头山而入。沿海居民业鱼盐者，多以米及淡水火药济盗，且为向导。君莅任，即严水米出洋之禁，盗渐穷蹙。又值飓风复其艇，泅至岸，悉为舟师所获，盗不敢犯象山者屡年。君尝建议南田居大佛头山之下，为海中大洲岛；明初汤信国弃瀹洲，并封禁南田，今宜重申止禁，以断盗翼。其外洋韭山，直对日本，为海道要冲，番舶所必经，石圃、昌国中设防，而兵力单薄，不足资震慑，宜增官弁，以防患于未形。比虽见格，而日后卒如君议。

未几，以逃犯镌级。己未复原官，署新城。邑去水远，仓设省垣，民以折色输官，官购米兑军，官既浮取，丁肆其需索，习为故常。君平其折价，丁亦敛迹，官不困而民输之钱大减，民至今讴思之。庚申署永康。六月蛟水猝发，山石大如屋，随流下，平地水深丈许，田庐荡然。君即日履勘，搭棚厂资栖止，其被水阻不能出者，以舟载馍饼糜粥遍饲之，急具状请赈。同官以浙省偏灾向少查办为言，君不顾，上游果斥其张皇。本道行县，见居民安堵，遂执「水荒一线」之说不与赈，灾黎大哗，几至激变。君力争于大府，得给赈及修费，且展赈如例，灾民得以存活。

是年处州府苦旱，而丽水尤甚，以君能恤灾民，又檄君往。君下车祈祷，甘霖立霈，转歉为丰，民情大洽。丽水多山，地险而道远，君念赴诉者废时失事，时就民于山寺讯结之，民既得直，又不苦期会焉。癸亥春奉急檄，君至省，命即日赴浦江，以浦江叠遭水旱，不逞之徒，聚众抢夺富户，并伐墓木，邻邑多煽动，非君莫能肩仔巨艰者。君白大府曰：「聚众滋抢，非法无以止奸民，众聚以饥，非米无以安良民。良民心安，则奸民气散，敢请浙西兵糈之余，以安良民心而散奸党。」大府许之。君中途廉得倡议者主名，民知君已请米，凶党渐解，下车擒治首恶论如法。民气既和，天时协应，麦秋大有，贫富各遂其志。起沟壑而衽席之，舆诵为不诬矣。是年冬补余姚县。甲子春雨伤禾，米价腾涌，君既请粜仓谷，又请于上游官运川米五千石，民食以足。乙丑夏复甘雨，邻邑煮赈者，专设城中，就食者深不便，拥挤伤亡日数辈。君分乡设厂，分男女，官项之外，劝绅富量力接济，汔撤厂无枉死者。邑多名区，君次第修复之。至己巳君乞养归里，侍封君封母，养亲事毕，君仍不出山，以道光己丑正月三日卒于家。永康民思君不置，请祀名宦，并醵建专祠以奉尝君。丽水民祀君于遗爱祠。余姚民奉君栗主于洞霄宫之一庵，即君所修建以祀苏文忠公者也。君素优于学，尤嗜坡公诗，没而配食，共以为宜。

呜呼！自人心陷溺于南漕北赈之说，而吏治民生难言矣。南利既在漕，美其名曰冬羡，故相率讳灾，必不得已，乃与以花缓。花缓者，择最重村庄间予缓征之名也。次年未必丰稔，而并征之病，尤甚凶岁。州县倡议，封圻一口，苟有求瘼稍切者，则非种之锄及之。列圣轸念民依，遇地方水旱，无不恩膏立沛，数十百年，未尝闻驳报灾之牍也。而封圻为州县惜冬羡，借词酌剂盈虚，置道殣沟瘠于不问，为国敛怨，可胜道哉！君在浙前后二十年，所莅多灾区，皆能举其职以惠穷黎。唯新城系有漕地，而君收数，竟减旧什三四，官民相安，可不谓贤乎？而浮沉宦海，竟得登于岸，不膺腐鼠之吓，以全其初，不贤而能之乎？予数至吴门，虽未得与君相识，而颇闻其丰采。君之孙寿基，薄宦江西，论议主于近民，有君之风，出示浙人请祀公牍，及词人学士于君去浙后之歌咏文辞，予综核事实，撮其要为状，庶几上之史馆，使物色循良者有所采择焉。道光二十有一年，孟冬月朔，安吴包世臣谨状。

齐民四术卷第四上　礼一上

说保甲事宜（说储下篇之一）

保甲以十家为甲，十甲为里，十里为保，十保为乡。乡立乡长，无定额；保立保长一人，保贰一人；里立里正一人。甲有甲首，有直甲。十家之中，择其家少殷实，年逾四十无过犯，不为其邻所恶者，为甲首。十家轮直，察核其当轮之家为直甲。今保甲久废，骤举其法，以甲属里，以里属保，以保属乡，则疑众而难成。先断自编甲始，俟甲成，然后割里；里成，割保；保成，割乡。知县先备资措笔纸，饬史遍提二十年来讼案，及各处访关案件，摘出其人：其理曲持人曾经审处者为一等，其健讼屡积并未对审者为一等，其理直受屈伸诉者为一等，其为户族应审者为一等。

凡应审多案者，必系人所信服，或家世智计得人者也。于该等人名下，注某年讼某一次，或被某讼一次，应某讼审一次。分都图为册，计日缮毕。乃刻编甲告示，详载条例，先发各处保役张示。俟刻编甲门牌、甲首高脚牌式成，知县自备饮膳，出城分乡驻聚，就近召集各村衿耆，导以睦邻里弭盗贼大有便益毫无滋扰等情，令其转相告谕。藉以看其人之明暗邪正，参稽案册有无名过，以预后日里正保长贰之选。每家给门牌二张，令其亲填家口、年貌、产业、钱粮、畜牧、竹树一切的实，以备查验。一样两张，一张褁挂门首，一张俟知县回验该乡时，保役汇缴。即诘问其乡之善人，明白为众所推者为谁，分等记注，以备参核。知县即考其产粮较多，及家有业儒者，参以案册，点其人为甲首。发高脚牌一张，令其造牌褁实。从甲首家为始，轮管此牌，以昼查同甲，夜巡同更，十日一周。其大村以十计除，奇零八家者即八家为甲，五六家者，即就近五六甲，每甲增一家缀之。其小村止七八家者，即以为甲，或十二三家亦以为甲，或止二三家者，就近集数小村为甲。工商僧道，一律办理。其延请远师，寄寓小贩，附本户。

先查该县前届户册，与田相较，人得若干亩，以定户法。约计其家每人得田六亩者，为上户。人得四亩者，为中户。人得二亩者，为下户。人不及一亩者，为贫户。全无财产，又无生业，老病无子孙，及子孙幼弱未能谋生奉养，或一子已壮，俯仰至四五人者，为穷户。其家过十口，而口过十亩以上，为饶户。上万金者为富户。富又差以三等，皆书于高脚牌。分户无定额，约以地人相当为下户，并资产酌之。

凡城郭市镇，一律办理。其寺观及宿店寓客者，俱给循环簿，详诘名籍、年业、来去何处登记，夜半巡户时再问。其应答参差者，于籍记一某；来早放客时，按名至某，即留加盘考。有状者，交里坊役致之官。

凡城郭居民，分保皆分门，曰某门内左保，某门内右保。城中则曰城中前后左右保，城外则曰某门外左右保，街长则曰某门外前一、前二保，以此差之。定分地名、有警派守城，即有条绪。边海各邑，尤宜切究。

门　牌

某保第几里第几甲何等户某人（家长姓名年过七十者书长子姓名）年若干岁某（职业）妻某氏（某甲某人之某年若干）

祖某（某职业 某年故）父某（年若干 某职业）母某氏（年若干某甲 某人之某）姑（某嫁某甲某人 某嫁某甲某人）

弟（某年若干某职业 某年若干某职业）姊（某嫁某 甲某人）妹（某年若干许 嫁某甲某人）侄（某年若干某 职业）

子（某年若干 某职业）女（某年若干许嫁 某甲某人之某）媳（某年若干某 甲某人之某）孙（男某年若干 女某年若干）

师某（年若干 某甲人）知数（某年若干 某甲人）雇工（某年若干 某甲人）奴婢（某年若干某地人 某年于某处买）

寓客（某年若干某地人 某年至此作某业）店（若干所开张某 所与某人合伙）冢墓（坐落某所）

田（若干亩自种若干 佃种若干）房（若干间自住若干 典赁若干）柴木山（若干 顷亩）园地（竹若干顷亩 果若干顷亩）

牲口（若干头匹）钱粮（几两 几钱）漕米（几石 几斗）

总男（上若干丁 下若干丁）女（上若干口 下若干口）

其伯叔甥舅赘婿同居者，如法开载。姑姊妹女虽已嫁，仍开载。其同居者，注明同居。凡男女某业，现在家或在某处作某业。官吏生役工商帮雇皆注明。凡佃人田者，载自田若干，佃某甲某人田若干。其奴婢分出者，载明主某。分授田若干，自买田若干。

市籍门牌

某保第几里第几甲何等户某人原系某府某县某乡人年若干岁于某年至此开张某店

伙计某年若干某地人

房若干间租某甲某人房租若干

器若干件如染坊计缸油坊计榨之类

工匠某某

总男上若干丁下若干丁

其住客地者填注如本籍

十家牌

某保第几里第几甲

甲首某　男几口 丁几口 老几口 小几口　女几口　奴婢几口 丁几口 老小几口　外人几口 丁几口 老小几口

二户某 何等户

三户某 照此排十户其单丁户及穷户多者量增数家

四户某

五户某

六户某

七户某

八户某

九户某

十户某

编甲既成，相其形势，割十甲为一里，里百家，村里连络附近止四五十家，或百二三十家，皆为一里。割十里为一保，如割里法。割保为乡，度其地可方十许里，界山画溪为定。乡保皆为取名，里则名某保第几里。其里正保长保贰，着该居民公举，不拘绅士耆农，惟推行业。惟世业工商及现执工商业者，不准。

凡直甲派直，其单丁老妇幼子及穷户不派。派直家，以一人巡更，巡必遍一里，屋舍前后，敲梆巡徼。每一次必周两遭，一夜五次，计十甲由人巡百遭，可以免盗贼及子女奔逃、纠众抢亲、扛尸图赖牵累之祸。凡甲里近大路、岔路者，必巡过路岔，遇有夜行人形迹可疑者，即加诘问，其应答支吾，则呼众喝留，系贼以其赃十二充赏，系奸拐等情，官俱给赏。如捕犯法系贼，即送归该被窃甲，计赃之十二，令直甲者出一分，被窃者出一分，为谢。奸拐子女，亦送还本家，听该家礼谢，官更给赏，他视此。其窃案，直甲家代报，审质时，直甲亦须到案一次。不许设协缉罚赔诸苛政，以累齐民。

凡乡老、保长贰、里正，官皆待以客礼。今法，每保有役，或一人专充，或挨家轮充，以便唤集将行文字册籍，又有里书以催赋过割者，仍旧不革。

每保一图，详绘山川、田地、村里形势，集各里甲编为籍，仍取门牌高脚牌，集抄胥书就，改署某乡、某保、第几里、第几甲、几户，给散本家裱张。每富户科纸笔钱四十文，饶户三十文，上户廿文，中户十文，下户五文，贫户二文，穷户不派。册有正副，正存官，副发保长。

凡十家内，斗争户婚田土之讼，皆不相连。惟不孝不友，如殴骂尊长之类，窝赌窝娼贼及自为娼贼之类，同甲切加劝戒；不悛者同甲公白于里正，里正劝戒之；不改者白之县。论有差，其夙恶为同甲所知而不举者，笞四十，分肥者论如法。其父兄不加教戒，减本犯二等，罪止杖一百，输三年。其在外犯窃被获，同甲及家并不知情者，免坐。仍饬保长协里正、甲首、直甲，白书本犯之门曰「出贼之家」。娼赌等案皆同。其果痛自改悔，三年无过者，同甲公白于保长、里正，转白官除之。其三年内尽心巡守能截获贼犯者，亦除之。

凡里正、保长皆给与戳记，使条白得达于官。保贰皆须能笔札者署充。凡赴讼者无论进词喊禀，令丞听受，除命盗大案外，察被情非悍暴，系田地界址、雀角短长、户婚牵割、气性斗争等事，批副用印。仰原告持批投该保长协里正至公所，唤集被告及证应人，详加研讯。保贰录三造口词，察其是非，判割清楚，务令输服。判定录为长单，粘连官批之后，用戳骑缝，连名判后并用戳记。凡口角争斗，是非立判，一日可决。集讯日，原告出供膳钱一千文。若田土、户婚，须勘踏查验者两日，原告出供膳钱二千文。被屈者剖正所争，仍罚备酒于翌日，请在讯诸人慰劳原告，仍认赔供膳钱。原告出具允服，粘连判后，三面公同用戳，给被告持至城，跟服词缴息。吏受词研问，如判准息销。其长正公判而原告不服，长正公将用戳粘单给原告赴县重告，被不服者，即给被赴县跟诉词呈缴，官乃集讯如法。凡所讼，系邻里亲族，即仰本保里。系他保里人，即仰原告持批，请里正同赴该被保里长正公同研讯，供膳如之。凡长正皆须公平处断，以息争竞，不得情庇偏袒。其听问不平者减酒帛，甚者于召问赐食时，罚立侍看他长正食终，乃退。致酿大狱者革斥，受赃者科罪如法。终岁剖决公平，息讼至十案以上者，优加赏赉。

编甲既成，摘出穷户，查其亲族外戚有三等富户及饶户者，分别劝派养给有差。上中富户，有胞叔伯祖、胞叔伯、胞兄弟、胞侄、外祖父母、舅父母、姊妹夫、外甥、妻父母、妻胞兄弟实系穷户，非缠扰过度，而人少不加收养，人多不酌加存给者，分别勒令养给。其阳奉阴违者，即饬长正白署其门曰「不友」。俟养给三年后除之。其素能养结期功外内亲族穷户者，饬长正朱书其门牌曰「义户」。能推惠及无服之亲，存活至十人有状者，给额旌奖。其下富户饶户，照上中富户例差减之。其上中两户有能养给期功以上内外亲族者，朱书「义户」。至三人以上者，给额旌奖。其内外亲族并无饶户以上可以派令养给者，官为设法存恤。如乡族义仓、城坊养济之类。其派养给而不遵，及阳遵而阴违者，量其所应给之项倍罚充公，仍署门派给。再违者及有他情可恶者，坐不友律。吏下乡随时摘问，以求实情，并备后日孝弟之选。

凡无子孙者养之，有子孙者给之，其孤儿亦养之，派给下富户。户四人即全给。大口日米一升，小口日半升，俱半月一给。年终，絮被一条，棉袄一件，为全给。人多者以此项差散之。仍以亲服为杀，上中富户量加。万金富户，岁捐米十三石八斗，棉絮银八两，以赡其亲族，力所优为，且杜绝侵扰，尤为便富也。

凡贫户，其有服亲族，各推一本之谊量加存恤，不在派给之例。孚数者准与朱署。其下户力穑原可为生，其富户能岁时优助者听。若下贫等户，恃亲缠扰，使富户不能安业者，论如常人律。其穷户既受给而格外苛扰者，并论如常人律。凡民无田产，又无生业，不为人执事者，惰民也，非骗窃侵扰平人，则何以为生？害良教惰，大坏风化。其力技出众者，中府署标兵，次补壮快弓三役有差。余才力不任公役者，迁之他乡，交保长分给该地饶富等户为雇工，该长正时加约束，辛力从轻，以渐量加。游手民必有头目，其党皆椎鲁人耳。不为人执事者，既因好闲，亦士人不敢受耳。至他所则其气已馁，往往有较平人为驯贴者，且以官迁之，尤可无虞。其仍惰游滋事者，保长以戳封寄城白官，输之作役。

凡同里庆吊必集，饮食筐篚之仪随宜。富无过丰，贫则以身到，不责货财可也。异里之亲旧，仍听往来。其乡长、保长、贰保望有大庆吊，同乡之长正致礼焉。里正、里望，则同保之长正致祀焉。酒食筐篚皆从俭，身到者亦可。期无失礼，以酿嫌怨。

凡朔望，里正集里望甲首直甲并里中儒士、及外师诸在书房子弟于公所，讲说乡约。其愿听者，无论长幼客寄悉听入，惟禁女子。侵晨，分甲轮值之人设香案，旁挂「扬善屏」两幅，众集，里正里望率众向上行礼。序齿五十以上者坐，以下分立，择里中知书者立案左，恭宣圣谕条目毕，乃坐。将孝弟姻睦守望诸事，用俗话方言编列，高声讲说，务使愚氓通晓。讲毕，彻案，献一茶。分甲轮值者办。乃取所悬屏下，朗诵一过，里正里望随宜称说以为劝戒。屏二：一记通乡内已经乡举而官验准，不必书「旌善亭」者，上书某行某人以某某行业，为乡人重，经某官旌奖。一记本里内尚未达官，可预后届乡举、孝弟、力田等科者，书某人以某某事，实可钦敬，克当某行之举。读毕有当增入者，里正里望同里众公议下笔。书毕，纳之椟，交揖而散。若全保同集一村者，则分保长一处，保贰一处，各领五里，他如法。

凡开印日，知县首行劝戒告示。每里一张实贴，后粘大书「旌善」、「瘅恶亭」人名事迹。旌善亭，书孝弟节义某名色、某保甲、某人父某祖某、某氏夫某父某。瘅恶亭，书不孝不友、淫乱刁顽、名色、某保甲、某人、某氏。仍注明存殁。其在瘅恶亭人，子孙有以孝弟举者，得缘除。仍准注明该孝弟人名下：曰父某祖某。其在旌善亭人现在，而子孙犯盗逆诸罪书瘅恶亭，情罪重者，其父祖坐失教除名。

凡县编保甲册成，以田计口。人得二亩者，中岁可足食，地隘者农必精，中岁亩三石，以大小口计之，六石可支人一岁食，杂粮济之，可以无饥。为下县，得四亩者为中县，得七亩者为上县。以上为饶县。人得二亩以下者，为瘠县。开明富三等若干户、若干口申府，府总县，酌以五等，以饶济瘠，无饶者，以上济瘠。若通较府属得下县或不及者，为下府，通较得中县为中府，通较及上县为上府。申之藩司，司受而通较之，以酌接济。知县于将获时出示各保，劝富户俱须积粟三年，饶户二年，上户一年，中户一年或半年。其资财及饶上而田数不充者，皆置备如教。皆计算到接新，再多者乃为积，其余乃准粜卖。凡劝积，皆酌以三年为率，转新去陈，如数乃止。知县于巡辖时，再加谆谕，于二月巡辖时，时加挑查，以实蓄积。知府相度水道，以饶上等县接济下瘠。司相度水道，以上府接济下府，俱就近酌定。大熟，则司府酌派各县以封贮粜项，量于饶上等处买贮仓谷，不拘稻粟积之。偶有偏歉，县即于九月通谕该富饶等户，出家积粜于市。仍谕以十月即开仓粜济，仍有他县接济，不必居奇病人，自失利算。十一月，知县即造空白执照，照户册计日计口填明，给下户贫户就三等富户支借口粮，三日一升，勒至三月止。借项皆小麦，熟还三分之一，秋熟清还。惟平借让息，以申姻睦。其过期者，官为严追。逃绝者，官按照拨公费给偿，以纾富力。其穷户及贫户之产微口众，度遇熟不能还者，官酌给赈。仍预将情形申府，府于十月、十二月、二月，派不荒县运其储谷，至该县境粜卖三次，以平市价。若一府歉者，则司调丰入诸府，酌受荒重轻，拨运储谷接济，以绝居奇。其或一省遇歉者，邻省接济如法。其粜得价银，以本归籴，以利充公费，任县经画，不归销算。

凡民间借贷，利止月二分，过者罚去利。其过三分者，罚本入公。凡借钱还钱，借粮还粮，俱月加二息，不得以粮抬价垛利，亦不得以钱放粮，指青收黄，潜剥贫民。违者罚本入公。

说学政事宜 说储下篇之二

知县于保甲册内，摘出所辖生童，各分乡保，汇为士册。仍注明年履九等户法，其训蒙他甲与从师他甲者，俱两处附注。每册一页只书四名，以便条记行学举止。其乡士人，有奉接尊长无悖慢，沉潜书籍，言语端谨，训读有则，无斗讼、游荡、赌博、买卖中保诸事者，长正以告，就近传见。该士惟书刺曰：习某经、某氏学、某保甲、业儒某。见令丞礼：入门至堂檐，令丞离座起立拱手，乃向上三躬，命旁坐，再一揖就坐，待茶。语毕，三躬乃出，令丞拱手，俟下堂乃坐。令丞详问为学之要：观其行止言词容貌，条列其等注记名册。其成童以下愿谒见者听，仪数同传见。凡因公出署，随地摘召问讯。俟识见已遍，乃檄乡老、长贰、正望公举应试。以行为首，令集其状，参列署为儒士，以现业士人十之二三为数。其准赴试，行同较学，谓记诵讲说家法。学同较文，文同较言。署弟子数浮于额者十之五，其副倍之。使尉教以射，并习仪。集官所，给以日食。射差成，择日行释菜先师礼。先一日射于戟门，揖让耦罚，略如古仪节，升降有差乃申送于府。其巡辖劝农，见从教尤力，桑麻树艺殷盛者，间就其家，阅畜牧如法。家人辑睦者，即加奖赏外，仍记名以备力田之举。该保甲内，旧有技仗精敏者，验试补入伍教目。其有举移三百斤以上者，随时送司府补材官选兵；举移五百斤以上者，县府司校验，以其名艺递申之。

其有匿丧及预捏过房为后日减丧计者，比照居丧无状律科断。其故隐冒举之长贰、正望俱斥革，决杖六十，乡老罚酒帛筵宴。如该犯系乡老同里，及内外有服之亲者，同长正科罪。其他举不以实者，每一名记过一次，至三名以上者，罚去酒帛筵宴，六名以上者斥革，乡老俱减一等。其该长正所举，如系劣迹有状，而舞弊改名冒图进取者，照本犯减一等，其馈遗从重科赃罪。凡老长贰正望赏罚斥补，知县皆为教叙其状，发该乡保贰录其稿于籍。

凡子弟就傅，皆须在六岁以上，蒙师教以事内外亲族尊长隆杀之节。书房坐立之次，皆叙分齿。先授小学，谓宋儒所集之书，非五雅及许徐说文解字之小学也。须为讲明其义，其不能讲解小学、字义、仪节者，长正稽察，毋许教授。凡令丞至乡，皆就近召蒙师勤加劝谕。其有下贫人户，子弟端秀聪颖而力不能终其学者，长正白于官，官召验，经画培植之。凡子弟成童以上，现从师长，而在外犯法至杖一百者，该师长有职者夺一级，无职者杖六十，收赎。其犯系悖逆乱伦情重者，师减三等的决。其本年初附在半年以内者，递减二等，仍科其旧从之师，照现从例减一等。其子弟悍傲不遵教训者，许师白长正屏出，仍书于里正之籍。若凶暴已甚者，长正即白官安置。其一岁校试入等补弟子，有三人以上现从一师者，令优教致酒帛于其师，仍注册备宾兴老望之选。

禁淫艳书词。其刻印之家，限十日内缴板焚于学。通所辖，限一月内，将家中所藏各小说曲部，新旧整残通缴。官给纸价，新整者每斤六十文，残破者每斤二十文，违限者没其价，决杖八十，至十种以上者杖一百。其说书、做耍、卖药、卖棋诸人，酌递还原籍，或安置本境。故犯者杖八十，输作。卖拳者集验署入伍教目。稽查僧道度牒，除已往不议外，有新剃度而无度牒者，本师科漏课律，新度人还俗，追身价入官。禁革淫祠，其书册无考之神悉罢之，迁其住持于丛林，改正门字以为乡学，香灯田产归学。其住持自置者，听其变卖，其愿还俗者听，产仍归管。其有不能买牒僧道绝户房产，一律办理。凡乡学听士人读书习礼射其间，其学有经费可延师者，该长正白于官，官为选邑之行学可表率者置为师。值举试之年，长正集应举人于学，行乡饮酒礼。迎送、坐立、饮射仪节，酌今古以为之制。

府受县申送，校考如法，择其尤者补生员。如定额不及额，则缺之。其县署弟子不入等者，退为副。释菜较射如法，其在甲送列者仍与，皆三年两举。三年，令遴在学之行业端正、身材平直、学问有本、文射兼优之生员。其副之尤者亦与解。举宾兴礼而上于藩司，藩司受之，考校如法。入等者署为贡士，而贡于礼部。礼部试如法，入等者为进士。约解十五而贡一，贡十五而进二。

以上学政诸条，一皆生于保甲。保甲未明，则跬步罣碍矣。夫为政，在正心以求实效，在细心以审真势。好名高者，举善政而害人；求速效者，推至诚而不达。夫令为亲民之职，天下虽广，积县以成，故其职为至要，而其治为至易。有心之士，差知其要，而震沮以为难，故一切委蛇，从俗波靡，此所以教化凌迟而民生日蹙也。夫辖隘职近，廉问得真，一易也；权专任久，威德自制，二易也；一事得民，劝谕遂孚，三易也。故学为政者，必先求民生之要；初任职者，必先求风俗之略。夫千里异风，百里殊俗，淳淳相较，去若楹莛，而乐安好善得自秉彝者，初无改也。故令之得民，至捷莫如击猾吏，至信莫如革陋规。击猾吏则得外奸，革陋规则绝内愧。稽检图籍，一月可毕，巡城下乡，必勤问劳。慎无先于绅富，就八十以上者遍问之，可得人才地治之概。即其不贤，教民长长，亦未为失也。巡辖既周，就闻见以较错互，亦可十得五六矣。威名既振，而优礼继施，清操显著，而恺谕温加，不骄巨室，不简细民，实心谦德，以张信威，令之下也若流水矣。然则操约御繁，三月而保甲可举；身勤术简，三月而保甲可成。山川既悉，可教树艺之宜；闻见既周，可得贤能之实。长正得人，老望不失，迨于期月，教条粗备，然后利导以措学，选拔以教礼，虽非郅治，庶几补苴之益矣。视此以往，中材可企。苟观者指为迂远之谈，行者昧其先后之序，则良法美意，反为厉阶，咎归作俑，非吾所知已。

与沈小宛论礼书

小宛足下：日昨承示大集，发帙先检议礼之文读之，征引贯串，准制酌情，通儒之效著矣。然有数事不能无疑，故复诵其所闻，而质其是非。世臣睽隔经籍已十有六年，记忆荒落，又行笈无书可捡，所述疑义，多有不符本文，是未师而非往古，罪无可逭。唯足下审察而纠正之，世臣幸甚！礼教幸甚！

古人吉凶不同制，故丧每为祭所屈。说者因礼「有丧三年不祭，唯祭天地社稷」，传有「宫中有死者则为之三月不举祭」之文，以为自缌以上皆废祭。愚以为三年之丧，分皆体祖。礼天子有下殇五，是人君之丧至三年者，四亲同恸，幽明不间，故为之废祭。唯天地社稷尊于祖，不敢以所亲而简所尊，故得越绋行事也。礼「支子不祭」，是期功之丧，谊与庙远矣。且天子备百姓嫔御之数百二十，又王姬适二王后者不降服，又周公时同姓之国五十三人，尊同则不降服。若以其丧而废祭，是天子诸侯之祭或寡矣，故袁准「释服而祭」之说，愚尝谓其能通礼之权也。齐衰期章，父卒继母嫁从为之服报，愚以为齐衰三年章「继母如母」之文，当在此章「父在为母」之下，此文之上，以类相从，而「出妻之子为母」次之，妻又次之。夫亲母父在则期厌于尊，明子必随父之义也，父卒则三年。说者谓尊者不在，子得以尽其私恩，继母以路人而体父，故父在则如母之服期，父卒而仍为之服期，亦足以明其配父之尊，而见孝子之不忍死其父矣。古不以期丧庶母，虽杀于亲母而无嫌。若必加为三年，既无私恩，而尽同所生，似无所取义矣。

说者以伯鱼之母死期而犹哭为丧出母，此谬说也。孔子在，则伯鱼之母服正期，服除而犹哭，故以为甚。「为父后者，为出母无服」，终其心丧，此传重之大纲，以义断恩，至不为父后之子，身不体祖，以母绝于父，不敢服父所不服。故以加隆之再期服之，取卒母子之恩耳。至君母继母被出，本因父以得名，既绝于父，遂为路人，其为无服何疑？经言「出妻之子」者，著其所生也。「父卒，继母嫁」，继母终父丧而嫁，其妻道有终，是即其能终母道，故子从为之服期以报其能终于父，传所谓「贵终者」是已。郑氏尝谓母子之说，专以名重，已不若传义之善。而王肃倡为说曰：「从乎继而寄育，则为服，不从则不服。」是以养育为重，义无取乎父卒。终丧为卒，虽出于注家，然以舅殁则姑老之文例之，是卒为终丧信已。且寄育之恩，自出嫁继母之后夫，何以无文？肃知继母本路人，不得同亲母，因生继父之名，虽渐于乱俗，而辞犹有不敢尽者。然后儒多从王义以从为从嫁，「继父同居」传云：「与之俱适人」，此以一从字包之，何其不辞也？从本服中之一事，经言「从服」，皆有所从，此从生于父卒，故变文言从为之服，更言报以明之。愚少读此经，即疑此报字与全经殊例，后见通典载马氏云：「重成母道，故随为之服，继母不终已父三年丧则不服。」贾氏疏此经云：「感恩者皆称报，此子念继母恩终，从而为报。」又云：「父卒还嫁，便是路人，子仍着服，故生从为之文。」详其文义，盖与孟子从而为之辞相类，因叹先儒实有先得我心者。

肃又云：「服也则报，不服则不报。」若与马氏同义，则与其寄育之说大殊。若云嫁继母报服其子，仍视其子之服与不服，不思子既行服，则母已死，何以行报？说已氿杌，而贾氏疏本经统说全经十二报之义，又云：「母以子恩不可降杀，即生报文」，为骑墙语，以致后儒皆以报字属嫁继母。按丧大记云：「妇人不居庐，不寝苫丧，父母既练而归，期九月者既葬而归。」是凡丧者，必就丧次也。出母嫁母，子本天合之亲，而经无报文者，以出与嫁，皆绝于前夫之族。子死，其次在前夫之家，义不得往就，反在室，与夫家绝。继父为子筑宫，使主祀嫁母，尚不敢与，况能于母家及后夫家、以别室为前夫子次乎？成服变除受释皆无所，非仅方隆宴尔不能忽加髽衰也。故出母、嫁母皆无报服，况继母以路人，又绝族，且何服之有？子感继父恩为服衰期，本在其丧次，故异居即降为齐衰三月，以身为父后，不能以恩私屈十五月之祭故也。继父虽养如子，然与子非族非亲，故经不制服。设子死于继父家，则亦宫中死者之类已。以义揆事，出母嫁母，嫁继母之丧，子皆当就其丧次。故射慈有如远不得往，则别为异室，亦有庐与垩室，其说为能补经文之阙矣。经言「为父后者为出母无服」，服继父者皆为父后，服嫁母、嫁继母则为父后者与在，其为释服而祭必矣。

至亲母嫁者，贾意以为三年，固以依神龙天宝之令。然子于母尚恩，母之嫁否，无损于私恩，已不为父后而丧之尽情。且以别于被出，其何害乎？「为人后者为其祖父母」，自古经以及今令皆无文。愚意以为仍服本服无疑也。「为人后而降其父母」，重大宗也。女子子出嫁不敢降其祖，明有归宗之义。古唯大宗立后，其立于何时无明文。固有宗子死而族人为之立后者，其宗子老而自立后，亦事理之所当有，大约六十闭房则可矣。礼宗子有母，则族人不服宗子之妻，是宗子之必无父可知也。或既后大宗之后，而宗子自有子，又或已之为父后者死，皆当有归宗之义，其不应降祖与女子子之出嫁同矣。尊祖故敬宗，礼别嫌明微，故降其所生而服所后之大宗。祖本服期，期多无嫌。愚谓兄弟之亲，因父而得，故为人后者，既降其父，则父之兄弟已之兄弟因父得亲者，皆从而降。既不降祖，则高曾皆不降。经言：「女子子嫁者未嫁者为曾祖父母。」传云「不敢降其祖」。而叔伯祖父母，从祖兄弟，因祖得亲者，皆不降矣。经大功章言：「为人后者为其昆弟。」记言：「为人后者于兄弟降一等。」二文皆言亲兄弟，不得以小功以下为兄弟之别文说之。若以小功兄弟为说，岂为人后者，大功以上不降乎？贾氏于本宗余亲皆降一等之说，非也。至所后者大宗，其与本服亲疏不可必，其所后者亲属之服。愚谓「后大宗者」，专为传重，其亲属如与本服相等者，自各仍本服。若世数已远，则以族人为宗子服衰三月，而报之以缌，是亦以义起。亡于礼者之为礼，不得以近人争继图产之乱法，而诬先王尊祖收族之大经也。传「为人后者，为所后者之祖父母妻，妻子父母昆弟，昆弟之子若子。」记「为人后者，于所为后之兄弟之子若子。」二条恐有舛错。或衰周现行之事，非周公本意。盖继者唯大宗，宗子安得有祖父及父哉？所后之兄弟之子，即如今法，已是从父兄弟，不得言若子。贾疏「举疏以见亲，言外以包内」之说，尤不得经义。

至「妾母不世祭」，与「妾祔于妾祖姑」之文有碍，或者偏文不足以例为人后者之于其祖父母乎？君之母非夫人，则群臣无服，近臣唯君所服服，庶子王为其母练冠而燕居。左氏载庄姜以戴妫之子完为己子，秦策载华阳夫人以楚为己子，故夫人无子立右媵以班次之。小记有为君母后者之名，是虽庶子，必夫人以为己子而后得立可知也。若循为后之例，而降其所生则嫌，若侪所生于庶母则忍，故朝祭从吉，练冠而燕居，则恩义两尽之制也。郑氏「小君在则益不可」之言，为破汉人之谬而立此说。其实妾母不得为夫人，先王杜乱之微权，不系乎小君之存否也。周法子以母贵，公羊母以子贵之文，系汉人附益以逊时君者，不足据也。若国有大变，而庶子承统，其时小君若在，如汉太皇太后称制传统者，则仍为君母之后。若小君不在，而依托君母，则近于与为人后而忘其所生，是其为妾母也仍三年，所谓三年之丧达乎天子者也。然群臣为君之母服为其配先君也，君之母既不配先君，则群臣自无服。其以别子入继大统者，小君在则固所后之母也，所生之父母，自当从士大夫降服之礼而意推之。故欧阳、张桂之说，未必尽非，唯入庙称宗，则大悖而阶厉有由耳。

至「继父同居服齐衰期」、「不同居服齐衰三月」两条。愚谓此先王顺人情以恤孤，又辨族类以明宗之大法也。传释同居以妻稚子幼，与之俱适人，传者又恐人误会为嫁母别生施服，故云「必尝同居」，然后为异居。盖异居者，或子成立后归本家，或自立门户也。其言子无大功之亲，所适亦无大功之亲者，为有大功亲，则子虽幼而有同财之亲抚育之，可不随母俱适。既无同财之谊，不能以之责疏属也。所适若有大功亲，需其抚育，财力或不能旁及，故陈铨不能专财之说，义是而犹未备也。若子有大功亲，而年在襁抱，不能离母，所适有大功亲而无需其货财抚育，自可听其同居。先王以为不制服，则义轻恩薄，无以维系恤孤者及孤子受恤之心，而不制报服，则所以杜养为己子以乱宗之渐。故郑氏此以恩服，未尝同居则不服之，体味经义，至为审已。传又言「别筑宗庙，使子以岁时主祀」，系言继父之道，推至其极。全经传言若是者二条，慈母条下，备陈生养死服贵父命之义，此条但云继父之道，明非为随母子言也。娶嫠在衰周时，已通上下，究以庶人为多。庶人祭于寝，已且无庙，况为路人别筑耶？疏谓「三者有一不备，则不为同居」，即三者俱备，而继父后有子，则已有大功之亲，即为异居，未免深求，而转失先王制服之本旨。史公讥儒家博而寡要，其事多难从；名家使人俭而善失真。贾氏此疏，实兼两失。徐氏读礼通考，依傍通典而推暨之，节目过繁，而无杜君知统之识，囿于末俗，时有不协人情者，何足下遂推许之至如是耶？世臣再拜。

庚辰杂著一

孔子曰：「行己有耻，可谓士矣。道政齐刑，民免而无耻。道德齐礼，有耻且格。」管子曰：「礼义廉耻，国之四维。」孟子曰：「人不可以无耻」，「不耻不若人。」何若人有？「人能充无穿窬及无受尔汝之实」，「而义不可胜用」，「未有义而后其君」。凡以耻者，人所共受于天。怀于心则为耻，见于事则为义。人而无耻，惟利是趋，无所不至。是故吏无耻则营私而不能奉令，士无耻则苟且而不畏辱身，民无耻则游惰而敢于犯法。然而民化于士，士化于吏，吏治污则士习坏，士习坏则民俗漓，古今一理，未之有改，先圣昔贤未有不兢兢于有耻者也。

今富民出资财使人司贸易，而其人干没其息，侵吞其本，则无以自比于人，不见容于同业。而吏收钱漕，既已恣欲浮取，又复任意亏空，至于杂项钱粮，征而不解，尤为习常，而皆恬然不以为怪，人亦莫有非之者，是耻之亡于吏者一矣。穷檐匹妇而有外私，则为族里所鄙弃。为吏而市狱，与妇人外私无异也。而市狱者相环，恬然不以为怪，人亦莫有非之者，是耻之亡于吏者二矣。士民家用雇工，而所雇之人不能供其役，则自行求去。为吏而不明吏事，以旷其职守，与雇工不能供役无异也。然内而六曹，外而郡县，居其官而不能举其所当有事者，盖比比已，又恬然不以为怪，人亦莫有非之者，是耻之亡于吏者三矣。贫民无行而为穿窬，则齐民莫与共居处。夫通天地人之谓儒，为士而仅注意于记诵摹拟，以博科第，已为儇陋，至于科场舞弊，则与小民穿窬无异也。而怀挟冒籍，请枪手打关节，恬然不以为怪，人亦莫有非之者，是耻之亡于士者四矣。凡是四者，皆为争利。利心胜则耻心微，是故利者义之反，而耻者义之源。廉耻不明则礼义路塞，吏与士如此，且何责于齐民乎？是故游惰多而奸宄出，大则结会聚众，抗拒长官，小则挟诈健讼，鱼肉良民，甚至杀父兄，托鬼魅，恶逆不道，所在而有。推厥从来，皆由无耻。

汉陈寔为乡里判曲直[二]，人曰："愿受官刑，不为陈君所短。"盗牛者为主所得，盗曰："刑戮自甘，乞不令王彦方知之。"可见耻之为用，原不绝于人心。以陈寔、王烈尚足化其乡人，又况神圣御宇，感天不旋日而风行草偃者乎？孟子初见子思，问治民之要，子思曰："利之而已。"孟子曰："闻仁义，不闻以利。"子思曰："仁义固所以利之也。"是故赏罚者为治之大柄。今小民犯义者则加罚，而行义者未获赏，是未使小民得仁义之利也。善为国者，使人之趋义者，既有令名，而又得行义之利。骛利者其名既不义，而复得不利之实。是故民之趋向有定，风俗日厚，而刑措可期也。

恭维我皇上登极之初，即敕停捐例。又命内外大吏，将捐班严行考察，罢进献，贷亏欠，数至不赀。且复躬自厚而责人薄，俯念外官廉俸，不敷办公，饬大吏确查向来陋规之不至病民者，明以予之。使君子受野人之养而可无愧于其心，无患于其后。直省臣工，共见圣心之贱货贵德，愧励兴起：循义者日增其修，放利者立改其行，作人之化，固可计日而成矣。然捐班未尝无人才，即有不忘市道，存好官多得钱之见者，其为害于地方犹小。惟有钱即可得官，使民心日趋于争利而害及廉耻者实大。窃谓国家设立科目，求服古之士以备入官之选。而贡监一途，名为俊秀，本以待民之秀异者，使入太学以造其才，故其章服与举人生员无异。然常例报捐之人，未必尽系俊民。至于捐职，文自从九以至道府，武自千把以至参、游、都，少者仅数十金，多者二三千金，朝珠蟒服，遽同真官，衔耀闾衖，人不见德而但见货。其农民力耕以奉公上者，虽内行修于家，自好闻于乡里，若报捐无力，则穷老岩穴，无异齐民。国家旌表之例，须有奇节，其仅修庸行者不与，且表异即及其门，而章服不加于身。夫好荣者人之至情，诚恐山野小民，闻见僻陋，于皇上贱货贵德之实政未能周知，尚无以革其好利之习，而动其有耻之天。

嘉庆十八年筹备经费案内，大臣查复每年常例不过二百万两。本年恭逢恩诏开复文武官处分，又奉特旨公过不罣升调。则捐级者较少，想尚不及前数，涓埃之项，于国计曾无增损。若蒙皇上俯念风俗至重，标准攸关，停止常例，仿西汉孝弟力田之科，修复世宗故事而变通之，饬直省大吏转饬州县，实力访求农民中敦笃力作，数十年不入公门、行谊为族里所称者，分别详请题咨，量给职衔。而其选不必太精，惟务善善从长，拔十得五，使足以劝诱而已。从前报捐之职员贡监，日少一日，而孝弟力田得举者，日多一日，小邑下乡，皆知矜式，则齐民深信非笃行劝农莫可仰邀荣宠，父兄教而子弟率，莫不鼓舞振作，以求无忝于圣人之氓。其有莠民乱化，则有司以时锄而去之。或有至行异材，且可上应不次。诗人所颂，「攸介攸止，烝我髦士。诚不以富，亦只以异」，量如是矣。

盖商贾出资以得爵命，则利操其权。农民积善以得爵命，则义操其权。利有权则邪慝并兴，义有权则忠孝踵至。数年之间，贵德之俗成，官吏士民共以孳孳求利为耻，不以不若人自安。将见罢民不能齿于乡，劣士不能齿于学，污吏不能齿于官。为民者共戒游惰以尽地力，为士者共励名节以求实用，为吏者共究利弊以恤民隐。朝廷举其大纲，封圻张其群目，郡县奉行如指，利无不兴，害无不除，于变时雍，唐虞可以复见，尚何教匪之足忧，盗贼之待缉哉？又况吏以亏空为耻，民以抗欠为耻，正供所入，必能年清年款。比较近年所增，且不止每年二百万而已也耶。

校记

〔一〕寔 原作「实」，据吴校稿本改。

齐民四术卷第四下　礼一下

书亭林答王山史与王仲复两书后

与仲复书　略曰：华阴王君无异，有诸母张氏，年二十六，其君与小君相继没，无异以兄子为后，方四龄。张氏独守节以事太君，二十五年，太君亡。又三十年，年八十一，及见无异之曾孙而终。无异感其节，将为之发丧受吊，而疑所服。仆以免服告之，读来教与无异书，未之许也。礼经免之制有二，其重也，自斩至缌皆有免；其轻也，五世之亲为之袒免。五服之制，有冠有衰，免则无冠，是故有免而衰者，有免而袒者。在五服之内，则免而衰；在五服之外，则免而袒。袒非肉袒，乃无衰而谓之袒。史言汉高为义帝发丧，袒而大哭，兵皆缟素，是无衰而袒者。今无异欲表张氏之节，而报其恩，不可以无服，故援汪踦勿殇之义，请为之免，既葬而除，吾岂敢如叔氏专以礼许人哉？

答山史书略曰：仲复之言，自是寻常之见，虽然，何辱之有？小星、江汜列之诗，纪叔姬列之春秋，虽今之媵与古之娣侄不同，然父母所爱，没身敬之不衰，况此五十余年之苦节乎？使人谓诸母为尊公媵者，其位也；其取重于后人而为之受吊者，其德也。君子以广大之心裁物制事，当不尽以仲复之言为然。将葬及墓，当自西而上，不敢当中道。其反也虞于别室。设座不立主，期而焚之。

先祖有二妾，炎武所逮事，其亡也葬之域外。此固江南士大夫家之成例，而亦周官冢人或前或后之遗法。今诸母之丧，为位受吊，加于常仪以报之，足矣。若遂欲祔之同穴，进列于左右之次，窃以为非宜。

包世臣曰：无异别字山史，与亭林为道义交，所事予不悉原委，仲复之书亦未见。玩亭林两书，似仲复欲无异以嗣母礼为张氏发丧，讳言妾媵，而无异质其是否于礼宗者也。礼齐衰三年章「慈母如母」，传曰：「贵父之命也。」衰绖五月章「君子子为庶母慈已者」，传曰：「以慈已加也。」郑氏申之曰：「若慈母不命，则亦服庶母慈已之服。」缌麻三月章，乳母传曰：「以名服也。」郑氏申之曰：「谓养子者有他故，贱者代之慈已。」礼曰：「为慈母后者，为庶母可也，为祖庶母可也。」亭林以无异由兄子出嗣，与妾子殊科，又自明祖颁行慈孝录后，为庶母皆衰期，而父妾则无服。亭林于此名以父妾，则心实不安，名以庶母，则衰期有令，故变其文曰诸母。然郑氏注「诸母不漱裳」曰：「诸母，庶母也。」此其意有所穷，而辞不能不遁者也。无异嗣父既没，而太君犹住世二十五年，是其殁也，年不过强艾之间。张齿正盛，则其嗣无异，在张称未亡之后可知也。其入嗣也。太君必命之，其父母必命之，从四龄之孩提为人后，揆以人情，张虽贤淑，不命为母子，太君及其父母之心，能必张之顾复鞠育不殊所生耶？古人有长于嫂而报以母服者，君子不非也，叔嫂于礼亦无服之亲耳。唐初以武后言，改母服为三年，不问父之存没。至明皇时，饬诸服仍遵礼经，故昌黎服嫂，实用母服也。今张以稚妾矢志，嗣貌诸以延祀，奉垂白以尽年，天祚节孝，使无异年未六十，已抱曾孙。而亭林且必使之不得与贱者代之慈已者同服，是则予之所不能解也。

推亭林之意，以为嗣母也，则其嗣父有已故之妻；以为慈母也，则无异非其嗣父他妾之子；以为庶母也，则张无他子女，故援郑君报之则重降之则嫌之例，而绝之以无服，为亲竭之袒免，以受吊而示优。亭林自谓善于议礼矣。记曰：「不及知父母，与兄弟居加一等。」传曰：「小功以下为兄弟，为父母早卒，不忍懿亲之远也。」贾疏申郑以或幼小未有知识，当矣。今无异既不及知嗣父母，又当降本宗，宜其闻亭林说而不许也。且古礼有必不可行于近世者，亭林故知之。古人吉凶不同制，故丧服常为祭而屈。今则自上下下，宗庙之事，虽斩衰无阙也。亭林之曾祖侍郎章志，生长子左庶子绍芳，次子生员绍芾。绍芳生长子同德，次子同应。绍芾生子同吉。同应生长子缃，次子绛即亭林。同吉早卒，聘王氏未婚守节，而以亭林为嗣。必执小宗绝之经，则同吉之继未宜；通以大夫无子则为置后之权，则绍芾之爵不应。且王贞其苦节，实冒周公之禁，而违孔子、曾子之教。然亭林诵其嗣母奇节，涕洟交集，君子哀其志，历今且二百年，未有援为殇后之说，而讥其不知礼者也。何其不忍于所嗣，而使无异之忍于张至于此极耶？

至自述葬其祖妾于域外，为得冢人或前或后之遗法，岂以天下后世竟无复有诵读周官者乎？冢人掌公墓之地，辨其兆域而为之图，先王之葬居中，以昭穆为左右。凡诸侯居左右以前，卿大夫居左右以后，各以其族。凡死于兵者不入兆域。凡有功者居前，以爵等为邱封之度，与其树数。郑氏谓居前者，居王墓之前，处昭穆之中央。王公曰邱，诸臣曰封，引汉律列侯坟高四丈以例之。凡内命妇之命服，贵者视卿，贱者视大夫，若族葬例此为法，则亦必有明文。故周官于内命妇丧纪，言之甚详，而冢墓独不及者，以意测之，其必如近世陵寝，妃嫔同入幽宫无疑也。故高爵者大为之垄，非只为等差，亦以嫔御众多，惧不能容矣。大车之诗曰「畏子不奔」，而矢之曰：「死则同穴。」氓之诗曰「以尔车来」，继之曰「三岁为妇」。盖彼以车来，是成为妇，此言奔，则自居为妾，是妾得同穴也。记曰：「以殉葬非礼也，况又同棺乎？」是婢子可同穴，非殉葬，非同棺，则于礼不悖也。投诸茔外，所以为战阵无勇之罚。以罚妾媵，义无所居。且张之于王，可谓有功矣，而亭林必使其柩当西上，不得当中道一行，以此说经，得毋近学儒三年归而名母者乎？

至设座期而焚之，更为无据。将援不世祭为说耶？则期不足为一世，将以今丧庶母期为此耶？则免以葬除。亭林殆亦据当时吴中士大夫之所行，以为成例而夸秦人耶？至于有免而衰、有免而袒、袒乃无衰之谓，尤不知所出。丧礼凡言袒非执事，则将有所变，与袭对，不与衰对也。礼疾病既废床，男女改服。郑氏谓当有宾客来问病，亦朝服，主人深衣，复而不返曰既卒，主人袒括发袭绖而免。三日大敛，又明日成服，乃衰而着丧冠，是免时故无衰矣。启殡之后，未葬之前，三虞卒哭，皆免而散麻。郑君谓丧自卒至殡，自启至葬，主人之礼其变同，日数亦同。贾氏申之曰：「启日朝祢，同小敛之奠。明日朝祖，同大敛之奠。」明日乃葬，主人主妇变服亦同于未殡，唯君吊不及免时，主人虽免不散麻。郑君以为为人君变，自若绞垂贬于大敛之前，既启之后，故孔氏疏「复殡服」，则引

「虽不当免必免之」经注以申之，而定其服曰：「苴绖免，布深衣」，又言「诸侯来吊，主人必为之重礼」。凡五服为免之节，自始死至殡皆免，启殡又免，以至卒哭皆如始死。细绎经记，及郑君孔贾之说，是凡言免则无衰也。

丧服大功上为重，凡当免，大功皆散麻，成服则绖麻，经所谓绞垂也。启殡复见棺，故变服如始死，以致哀痛。卒哭则脱绖于庙门外而受葛，不复麻，唯异国君有于葬后来吊者，仍免而不散麻，虽尊人君，然哀痛非见棺比，注所谓自若绞垂也。已君断无葬后始吊之理，故经云「诸侯吊，所吊虽已葬，主人必免」，以别其非己君也。大记云：「君吊则复殡服」，与小记「虽不当免必免」，正是一事。君虽有当葬之吊，然其时正当免耳。郑注「曾子问共殡服」曰：「殡服，谓布深衣，苴绖散带垂」。孔氏据以疏复殡服，唯参用小记不散麻为说，此承殡而为言也。士虞礼，主人及兄弟如葬服」，郑注葬服，丈夫髽散带垂，则承葬而为言也。成衰则绞垂，经有明文，是散麻不以加衰，则葬服即殡服矣。檀弓曰「吁弁而葬」，乃天子诸侯变服接神之礼，不达于大夫士已。士虞礼，「祝迎尸，一人衰绖奉篚哭从尸」。郑注：「一人，主人兄弟。」丧服记小功以下为兄弟，小功为轻，故以轻者一人服衰绖奉篚，特著衰绖，明余人皆免也。小记「缌小功虞卒哭则免」。故孔疏小记，引崔氏丧服变除，将葬男子免，妇人髽，与未成服时同。「其服则如丧服」，谓彼虽准约经记为说，而不取其乖僻。盖崔氏所准约者三事：一小记，父母之丧偕，先葬者不虞祔，待后事，其葬服斩衰。一曾子问，父母之丧，既引及途，闻君薨，遂既封，改服而往。郑注「改服」，「祖括发徒跣，布深衣，扱上衽，不以私服包至尊」。一丧服记，改葬服缌。崔以为葬如丧服之据，不知启殡免者，为无饰以从重。小记言其「葬服斩衰者，不以母丧包父」，故用「斩之苴绖免」，以别于齐衰之免布，故云「斩以明之」。曾子问，改服专重括发，为始闻君丧，应鸡斯。然为鸡斯，则疑于自吉，故著括发，明不以父丧包君，而类及徒跣扱上衽之常礼耳。若葬时非布深衣，则此服从何忽至。故唯以徒跣扱上衽为变矣。至记言改葬，是其除服已久，唯见棺不可以吉将事，故用五服之轻者，以别于正葬之免。凡此皆崔氏之拘文法，而不能旁通曲达以说其义，故冲远斥为乖僻。若亭林以袒免为受吊为主之服，是又不得援崔氏说以为解。

若汉高为义帝发丧，袒而大哭，是正其名为共主，则正应五服之首，所谓诸侯为天子者也。三军缟素，而谓汉高必无衰乎？且发丧依始闻之礼，是正未成服之免而袒，以证亲竭，又何疏乎？

再母党之服，今令除加舅为小功外，皆与礼经同，嫡庶无别也。而令注云庶子为已母之父母服，若其父母系属贱族者，不在此例。此其说出于徐乾学读礼通考。乾学亭林之甥，一皆本其舅说。亭林尝论庶子母党之服，载或难以贱族，岂可制服？而解之曰：「以族贱故，使其子不得为服，是其父之过也。」余谓其父，则亦何过之有？妾之贱以奉君与女君，非贱于其子也。其子服外祖父母舅若从母，非服其贱族也。三吴绅士，当明之季世，豪纵骄淫，姬侍充斥，常恐外畜以毁家，故绝其母族，偶有通往来者，亦不齿以重折辱之，使妾不得父母其父母，而子不得外祖其母之父母，不夺人亲之谓何？故近日士庶，犹有念一本之谊，而戚其所生母之党者，至卿大夫家，则绝无其事，所关于人心风俗之淳漓者至巨，而亭林实阶之厉。

亭林于顺治癸巳甲午间，以其家旧仆陆恩，薄其中落，叛投里豪，遂擒之，数其罪而沉诸水。亭林怀精卫之志，守狙伏之身，乃不能眕一附炎之仆，几陷大戮，非溺于平昔豪绅之闻见乎？是不能不为亭林深惜者矣！

书贞珉录后

阳湖陆继辂祁孙以其母氏林太孺人年谱，乞言当代，集其尤，得十八首为贞珉录，镂版行世，又属其友泾包世臣书石以永其传，近世人情简侧副，故姬侍鲜能自安义命，而人子尤深讳之。传曰：

所以不聘妾何，人有子孙欲尊之义，义不可求人为贱。通典曰：「身为国君，母为妾庶，子孙所不忍，国人所不安。」是以先王致严于并后匹嫡，以杜乱本，复立「母以子贵」之条，而后礼与情并得其宜。太孺人之于归也，恭城君正室久虚。太孺人复以淑惠宜家，称于闾族。今法禁妻在以妾为妻，妻不在则无禁也，是虽升为再继，固未有讥恭城君为非礼者矣。而太孺人执不聘，明不升之义，恪守初命。祁孙昌其母德，事亡如存，是母是子，贤于古人远矣！爰谨缮为四卷。每卷虚首行，俟祁孙乞翰风以八分标其检。录中文以恽敬子居作为键，廉悍矫捷，不可控勒。铭词尤奥衍质厚，惜其雄于文而疏于学也。

其言：自春秋时以妾为夫人，皆其君夫人之，然其端必由妾之自僭始。太孺人之志，以为强附礼之变以求荣，不若退守乎礼之常以去辱，于以成恭城君之贤。其推测贤母用心可谓善，而竖议尤洞微察远，足以严未然之防。至其谓古者人君不再娶，夫人卒，娣升于嫡，其嫡死不更立者，祭宗庙则摄焉。盖媵之未及事女君者得为夫人，如聘嫡未往而死媵继往是也。白虎通所谓立其娣尊大国也，媵之及事女君者不得为夫人，如次妃称继室是也。白虎通所谓明无二嫡防篡杀也。太孺人不及事女君，然而非娣侄，敬又质之礼，士妾有子则为之缌，此不必娣侄而可比娣侄。然则太孺人殆可升于嫡者。是则割裂经传，为无稽之谈，非所望于子居也。左氏、谷梁氏皆谓人君不再娶、嫡死不当更立，祭宗庙摄其事，谓之继室。记所谓摄女君是也。公羊则有嫡夫人死娣升于嫡之说，是国君虽不再娶而夫人可更立，与左谷异义。按白虎通谓娣可升嫡而经不讥者，据纪叔姬之书卒葬。然叔姬卒之传曰：「从夫人行，待之以初。」夫言从夫人行，是犹摄也，然则公羊与左、谷师法故无殊矣。子居乃创为及事未及事两例，何其汰耶？

考伯姬以隐二年归纪，叔姬以七年归纪，盖待年也。庄四年三月，纪伯姬卒。是年夏，纪侯大去其国。六月齐侯葬纪伯姬。十二年叔姬归于酅。二十九年叔姬卒。三十年葬纪叔姬。夫伯姬以三月卒，而齐侯以六月葬伯姬，是纪侯大去迟则在五月耳。夫人在堂，又加以师旅，而即自立其娣，且周衰礼废，亦不应如是之速。或纪侯大去之后，立叔姬为夫人，挟以奔鲁为寓公耳。郯伯姬虽亦升嫡之文，则又媵而非娣。是则班氏据经不讥叔姬，以立不敢以卑贱承宗庙尊大国而立其娣之说，为不善持论，而子居又据班氏说以为未及事可升之证，则叔姬事伯姬已阅二十七年之久，情事正反矣。至所谓嫡未往而死媵继往者，似据班氏嫡未往而死媵当往否乎？伯姬卒，季姬更嫁鄫，春秋讥之以为说。按班氏此文，本有脱烂。公羊僖九年伯姬卒，传曰已许嫁，故用诸侯夫人礼书卒。十四年季姬遇鄫子于防，使鄫子来朝以请己。十五年季姬归于鄫。十六年鄫季姬卒。十九年邾娄人执鄫子于会。何氏谓季姬本许嫁娄，以淫佚使鄫子请于鲁，二国交恶，痛鲁不能防正其女以至此，亦不言是伯姬之媵娣。据公羊家法，诸侯娶一国，则二国往媵之，以侄娣从。礼君不求媵，二国自往媵夫人，所以一夫人之尊，以侄娣从者，所以防嫉妒重继嗣。一人有子二人喜也，故二媵皆先来夫人之国。成九年二月，伯姬归于宋。夏晋人来媵，虽后期，犹先来鲁。唯僖八年禘于太庙用致夫人，讥鲁胁于齐媵之先至者，而黜废楚女，要之，君既不求媵则媵名不先达可知。嫡未往而死媵继往，为代嫡行乎？则不待夫家之升。若仍侄娣耶？则无所从，其为不当往审矣。况公羊立子之说，嫡无子，先右媵，次左媵，乃及夫人侄，夫人娣又次之。故二媵及夫人侄为贵妾，夫人娣与二媵侄娣五人为贱妾，是即升嫡亦不得立娣也。子居以士服有子之妾，得同大夫贵妾，以证太孺人非侄娣而可升。记曰：摄女君则不为先女君之党服。此正娣不得即摄之证，若以娣摄，则先女君之党即其党耳。夫国君之礼，在古本不通于大夫士，况议礼于今日士庶家，而引古人君以为说，又凭臆舛谬如是乎？子居世臣所严事，惜从前未见此文，不及面诤，故备论之以无误学者。

又别文多有称太孺人为祁孙生母者。父母者生我之专名，不能别加称谓非生我。父则有继父，母则有君母、继母、慈母、乳母。经言父在为母，父卒为母。其以人君之尊厌母服至五服之外，大夫之尊厌降母服至大功者，则曰公子为其母，大夫之庶子为母。可见士庶之子，无论嫡庶，皆统之于父在为母父卒为母之二文矣。郑君曰：「大夫之妾子，父在为母大功，则士之妾子为母期矣，父卒则皆得伸也。」贾氏申之曰：「期章之父在为母，不可云士之妾子为其母。」郑知者推究其理，大夫厌降为大功，士无厌降，明如众人服期也。或曰：经无为君母服之文，疑所谓为母者，在庶子则斥君母。然经言继母、慈母如母，又别言为君母党，则君母之服可知，故不专见也。其以出后大宗而降期者，则曰为人后者为其父母。贾氏始著本生父母之文，是如礼家之言妾母，乃区别文法以便指斥，非人子之称，然终不如杜氏称本父母之为安也。即移父母之服，以服所后之亲以重祖统，然亦不加父母之名，以乱所生。雷氏明为所后父五字之说，是以无可斥而为此称。贾因生妻即后人之母之说，俱非古义。汉书张贺有一子早死，子安世，小男彭祖，后宣帝追恩贺恩，下诏曰封贺弟子侍中彭祖为阳都侯，赐贺谥曰阳都哀侯。晋书凡为伯叔父后者，传中仍称伯叔父。可见汉唐皆无嗣父母之称。昌黎薛助教志云：父播尚书礼部侍郎，侍郎命君后兄据，据为尚书水部郎中，赠给事中，尤可证也。且非唯至亲为然也，虽外姻亦如之。小功章为外祖父母，缌麻章为舅，皆斥所生之党不分嫡庶也。其从服，则云君母在则为君母之党服，君母不在，则不为君母之党服。至君母党服，小功章则云君母之父母，不云外祖父母也。缌麻章君母之昆弟，不云舅也。言昆弟，则男女皆统，经文「从母」二字，系后人误加。不然，昆弟既不言舅，而姊妹仍言从母，是自乱其例也。既母矣，而加言生，虽从俗，于文为不辞。名者人治之大者也，故亦备论之，以质诸天下后世之善言礼者。

代丁忧江苏臬司裕鲁山具稿

为敬陈管见，请旨饬议以光孝治事。窃惟丧服一经，管乎人情，又有小记、大记、四制、间传诸篇为之义疏，然后知古先圣王制礼之原，所以使人心得各即于安，故曰礼自中出也。及唐升母服为斩衰，前明升庶母服为齐衰，事出随时，义本从厚，是以沿袭至今，未之或改。故孟子曰：「事孰为大，事亲为大」，又曰：「养生者不足以当大事，惟送死可以当大事」，又曰：「亲丧固所自尽也。」夫子曰：「子生三年，然后免于父母之怀。父母之丧，天下之通丧也。」又曰：「父母之丧，无贵贱一也。」孔孟遗言，彪炳百世。童蒙肄习，沦浃骨髓。

而臣伏见现行事例，汉员无论内外大小文职遭丧，皆去官守制，扣足二十七个月不计闰起复。旗员文职京官遭丧者，穿孝百日后，进署当差，扣足二十七个月不计闰起复。其外官遭丧，则去官回旗穿孝，百日满后，道府以下回原衙门行走。每年十月开单请旨，分别内用外用。督抚藩臬穿孝百日，满后则自行具折请安，若蒙简署，亦扣足二十七个月不计闰起复。由部题请实授，唯汉军任汉缺者，丁忧始得照汉官例开缺终丧。是旗汉既属分歧，即旗员亦未画一。若急公奉上之诚，汉员应亦不后于旗；而创巨痛深之私，旗员又岂独薄于汉？推测例意，或系开国之初，各旗生齿未繁，四裔尚有不靖，政务紧要，人少缺多，以故权为此制，习焉不察。方今六圣相传，重熙累洽，孳生十倍，英才辈出。从前射生之家，亦多托业诗书，进身科目。各衙门候补候放旗员，大都已苦壅滞。且万里无纤尘之警，百室有盈止之庆，更非有必不得已则出于夺情之事者也。然而率土臣民，幸际礼明乐备，养生丧死，莫有遗憾。唯旗员遭丧，独不能尽礼伸情，揆以同心，难免隐痛。且官无内外，职无大小，皆有应办公事，治文书，检例案，研究情形，细入毫发，尚未能事事允当。况人子居丧哀戚时至，悲来填膺，常苦昏瞀，虽当查核文案之时，莫不抑情黾勉，然或有所感触，不能自禁，则一时之疏忽错谬，似难保其必无。至于甫及百日，哀情遂断，衡之孝道，不为无歉。夫教孝即所以作忠，事君必资于事父，是百日后即使服官，不惟人子不得备尽其心，实于一切公事，更滋窒碍。

臣愚昧以为因时制宜，可否使旗汉一律，于终丧起复后，再行服官。庶使人子哀戚之情得伸，而公事益昭详慎。合无仰恳圣慈，俯念罔极之恩，终天之恨。旗汉同为人子，谅无殊情，饬下大学士会同礼部详议施行，似于不夺人亲不可夺亲之教，不无少裨。臣在署理江苏藩司任，丁亲母忧，现已百日孝满，例应泥首宫门，恭请圣安。而以积哀致疾，不获俯伏阙庭，除具另折陈请外，谨举管见所及，冒渎宸严，伏乞睿鉴，谨奏。

答张南昌问能否归宗议

来问略云：寅已故祖父郡庠生裕淮，生有四子：长为已故邑庠生同椿，次为已故嘉庆辛酉科举人拣选知县栋，即寅之所后父，又次为告病回籍浙江大岢巡检森，又次为邑廪生效彬，即寅之本生父。长二两房，未有子嗣，三房生寅嫡堂兄开运，四房生寅，及胞弟已故县学附生开第。四兄弟贫鲜立锥，虽皆觅馆养亲，不私所有，实属各治各生，并非有财产分异。本生父见二伯父母生一子而殇，年既近大，又长年外出，忧郁几致疾，即云二兄嫂毋以为念，当以长子寅为兄后，时寅年始十二岁，而本生父母，年俱未及四十。及嘉庆十四年二伯母病危，本生父即凭族命寅出继为嗣母成服。服阕应试，即以嗣父名列入三代入学。洎大伯父亦年老无嗣，愀然为忧，本生父遂又以胞弟出继。后嗣父身故，寅遵例丁忧。及以进士官户曹，遂迎本生父母入都就养。而开第与寅皆未有子，惟开运生有三子。于道光六年，开第身故，遂遵例以开运次子传顺为开第后，奉大伯父祀。寅亦继开运第三子传和为嗣。及外放知府，本生父母皆就养江西。原本生父母之心，本发于孝友至诚，故以亲生之两子，出继毫无资产之两兄，且复抚之教之以至成人，数十年虽未生育他子，而绝不以无嗣之故稍形辞色。寅自历职中外，日侍本生父母，虽各强健，私幸期颐可祝，而人生不百年，偶一念及万不忍言之一时，不能不为之通身汗下，心疚若割。在都时，尝与通贯礼经及明习例案而身在礼部者商榷归宗之事。佥言礼不贰斩，既已为嗣父母服斩矣，归宗后又当服斩，是二斩矣。生前孝养，本无二致，降服例亦去官，仁人孝子心有所不安，则私为之终三年之服，然后出，闻前人有行之者。律云：若所养父母有亲生子，及本生父母无子欲还者听。今所养父母无亲生子，于事实格碍难行，寅心终不安。先生明礼习例，不知此生此世，能使寅得归宗以遂乌私否？如蒙示悉，幸得有成，生生世世，感且不朽。

议曰：此事必原经而贯例，乃无窒碍。世臣按之仪礼不杖期章：「昆弟之子为人后者，为其父母报。」夫报服不施于父子，出继之子独云报者，所以尊大宗之统。故言报以远其子，原以别嫌明微，尊祖收族，所关至重也。来问出仁人孝子之忱，且事有区别，敢不竭其荒落，测例研经，以答盛意。世臣恭按钦定大清会典，细研礼经而知宗之必当归，与请之必能听。谨查会典刑部事例，开载「同父周亲独子准其承继两房宗祧」一条，系据乾隆三十八年议准纂修。原议云：大宗无子，小宗止有独子，而同族实无可继之人，不可令大宗绝嗣，俟小宗独子生有二子，过继一子为大宗之孙。倘独子并无所出，或仅生一子，则当于同族孙辈中，过继一孙，以承大宗之祀。如此明立科条，自无控争讦讼之患等因。又查会典宗人府职掌，内开载如生子先已出继无嗣者准撤回承祀，不得另行入继，如奏明过继者，亦准奏明撤回。又户部旗人抚养嗣子事例，载凡抚养他人之子为嗣，殁后其子本生父母年老乏嗣，仍令归宗，各等因。查天潢事例，固非士庶之所得比拟，即旗汉亦时有殊异。然父子骨血，至情至性，无贵贱一也。其所谓「不得另行入继」者，以另行入继，则所后与所生两宗承祀皆非骨血，故撤回承祀，其先前所后之宗，自必别议应继。至原议所载，俟小宗独子生有二子，过继一子为大宗之孙，至止生一子，则于族人孙辈过继以承大宗云云，是即一子两祧者，止以孙继大宗，己身不得自绝本宗之明文也。

按仪礼斩衰章「为人后者」，正义曰：此文当云「为人后者为其所后父」。阙此五字者，或后祖父，或后曾高祖，故阙之。礼有为祖后、为曾祖后之文，是当日廷议过继一子为大宗之孙，正据礼经所谓「穷则变，变则通」者也。至礼经所谓「不贰斩者」二，皆见不杖期章：一「为人后者为其父母」，传曰：「何以期？不贰斩也；何以不贰斩？持重于大宗者，降其小宗也。」一「女子子适人者，为其父母」，传曰：「为父何以期？妇人不贰斩也，未嫁从父，既嫁从夫。父者子之天，夫者妻之天，妇人不贰斩者，犹曰不贰天，妇人不能贰，尊也。」据此二经，为明男子为人后、女子为人妻，既持重则当降本之义耳，非谓人终身不能持斩服两次也。古礼，惟父服斩。今母亦服斩，若庶子为嫡母斩，有继母又当斩，其母又斩，是且四斩。古妇人唯为夫斩，今舅姑皆斩，是亦三斩。古为君、为长子皆斩，何不贰斩之有？况嫡孙为祖后者，为祖服斩，先必服其父。不杖期章传，所以谓「父卒，然后为祖后者服斩」也。且「女子子在室为父」服斩，礼故有二十三年而嫁之文。注家谓有故为遭丧，及其出室之后，不幸而遇夫丧，岂以在家曾为父斩，而遂降其夫服耶？

经曰：「名者，人治之大者也，可不慎欤。」若不正归宗之名，而他日擅服，其服以尽私恩，则正礼之所谓贰斩耳。至律言「若所养父母有亲生子，及本生父母无子，欲还者听」，系蒙上文「养同宗人之子，所养父母无子，所生父母有子而舍去者，杖一百，发付所养父母收管」以为说。及者，因类而推，若言「或所养父母有亲生子，或所生父母无子，皆听还归宗」云尔，非谓所生父母无子，必所养父母有亲生子乃听还也。况阁下已有嗣子，本属祖父之亲曾孙，所后父之胞侄孙，以为所为后之孙，与古礼为祖父后，今例「孙辈中过继一孙，以承大宗之祀」之语，无不吻合者耶。阁下前此出继，既非垂涎资产，所后父母俱已服丧三年，而所后父母与所生父母，又俱已恭膺覃恩，是此归宗之请，既属前无所规避，亦后无所觊觎。若不及早正其名称，则所生父母，本有子而终无嗣，揆人子之心，实为万分跼蹐。应即沥忱详请咨达，迅速定案，非唯阁下得以自遂，而日后有似此者，得缘为例，于世风礼教所系，实非浅鲜。谨议。

陈情得请编序

道光戊戌五月朔，世臣再至豫章，谒桐城张子畏太守于郡斋。太守曰：「前年奉吾子教，详请归宗一案，已奉吏部复准兼祧，现在得正父子之名，异日得尽父子之礼。已将详咨各稿，汇刊流布，而颜之曰陈情得请编，吾子其为我序之。」世臣受读卒业，喟然叹曰：「礼乐之设，管乎人情。人有礼则安，礼先王未之有，可以义起，亡乎礼者之于礼，其动也中，太守斯举当之矣！」

先王立大宗以收族，族人为之行高曾之服，而辅以四小宗，使天下万世上知尊祖，下得亲亲。不能必大宗之皆有后也，故立重降之礼曰：大宗继。然爨相之圃，以与为人后见屏者至半堵墙，则图产争继之薄俗，盖不始于后世矣。后世宗法既废，而小宗支子悉得立后。考唐典有绝产入官之制，则其事殆始唐之季世，虽不符重降之义，要亦民德之厚也。然古经但曰「为人后者若子」，不于所后加父母之名，以自绝所生。雷氏倡议曰：当言为其所后父。贾氏申之曰：妻即后人之母。贾氏又疏「为人后者为其父母」曰：既为本生。本生二字，甫见于此。要皆礼家强名，以便斥言，非当时人子所称谓。然终不及郑氏于「所后之亲」一亲字之为得也。按汉书，张贺有一子早死，无后，后安世小男彭祖，宣帝追思贺恩，下诏曰：封贺弟子侍中彭祖为阳都侯，谥贺曰阳都哀侯。晋书修于唐初，凡为伯叔父后者，传中皆仍称伯叔父。韩退之志薛助教，次其世家，曰「父播，尚书礼部侍郎，侍郎命君后兄据，据为尚书水部郎中，赠给事中」，尤为显证。至宋儒斥濮议为邪说，近世遂有反称所生为伯叔者矣。亭林为二百年言礼之宗，其嗣母嫁殇，亭林笃于所后，殆近人称所后为父母，而称所生为本生父母者所由昉。

故世臣尝谓士生今日而为人后，虽不持尊祖收族之重，诚不能不谓所后之亲为父母。然当正名之曰嗣父母，而于所生则仍称父母，以符经意而安人心。盖父母者生我之专名，似不宜加称本生以自抑疏也。人心不古，惟利是趋，非唯图产争继之讼遍天下，其饰继以规降服而速利达者，所在有之，此诚为人子者所不忍见、不忍闻，不欲以污齿颊者。夫仁孝之心，来自秉彝，熟读是编，其亦可以油然而生矣。道光十有八年仲夏之望，安吴包世臣书。

答蒋清江书

矩亭二兄同年阁下：十四日奉手书，传本府谕，谓弟初九日在郡，随同接敕谕哭临毕上院，独不肯更服入谒，径索手版回县，学使闻之甚怒。十五日起马按袁州，取道新喻，断不可再持服出迎。学使初八申刻莅郡，知敕谕濒到，即在舟中着朝衣上岸谒庙毕。进院，院中所备蓝色铺垫，悉发出，更换红色。次日开考，印卷皆朱印，点名悉用朱笔，是其性忌持服，若必再逆其性，殆将不利云云。此本府与阁下曲加保全之苦心，弟岂木石，竟无知觉耶？

唯弟前闻二月晦日，赍敕使者宿落花，距省四十里，省中大吏，当以三月朔哭迎江滨。而初二系抚军生辰，压使者于沙井，至初三乃渡江。记曰：天子之与后，犹父之与母也，故资父事君，则事后资母。豫章峻拒继母，是固无所资，新建又杂流，不足责，南昌亦复敢于逢恶，弟故移书切责之。今弟若以学使怒故，故犯不韪，释服远迎，不亦进退失据乎？且学使之不快于弟，以粮道见弟去冬收漕，遵例禁断浮勒，因不敢收漕规，学使与粮道儿女戚也，故为初次暗劾，远在母后大事之前。弟既不敢朘民以餍上欲，况敢欺君以避上怒乎？十七早学使船到，弟率文武白衣冠迎送，并遵例不出郭，学使辞以疾不见，亦不泊舟，差事尚为简省。远承照拂，谨以复谢，并乞代谢本府，附承日安不具。道光二十年三月十八日，世臣顿首。

答陈庶常立书

卓人太史足下：得手书，示及致竹村户部、河南俞氏三祧论，并问及近世轻犯礼教，其服与刑所宜，诚足下读书维俗之盛心也。俞氏之案，仆未悉原委，案在道光之初，则因嘉庆十九年，山东济宁黄氏有三祧成案而出者也。黄氏济宁富室，有三子，唯第二子有一孙，三房因各为娶妻，又各置一妾以图继嗣。其孙又早世，而三妻三妾各有子。至是二房之妻死，其子与妾子皆在庠，而长房所娶妻之子已食饩，惧人指斥。时黄左田枢密以阁学为山东学政，黄广生呈请是否宜比嫡母丁忧？学臣据请部示，部复亦不敢下一十成语，但云礼无二嫡，但可多置媵侍以广生育，长房之子，或可援养母之例，地方有司，宜广行劝谕，不可差查滋扰，云云。

夫议礼必据经，论事必遵例，为下不倍之义也。独子出继，坐不应精重仍更正者，旧例也。乾隆中叶，和相骤起，贰户部，值枢廷，甚用事。有浙人为户部员外郎，其伯父死无子，前已分析祖产，各八十万，员外以其半贿和相，因倡同父周亲，准其一子两祧之议。然原议尚有小宗有独子，不可使大宗无后，独子生二子，过继一子为大宗孙。倘独子止生一子，则当于同族孙辈中，过继一孙以承大宗之祀，是犹依据礼经「或为祖后」以立说。以后纂例，皆出刑书之手，删节原议，而同父周亲一子两祧，遂若仁至义尽之举。嗣后以两祧之父，皆当持服，部臣又泥「不贰斩」之礼文，而生兄之子为弟双祧，则仍为大宗持重服；若弟之子为兄双祧，则当降其父之服。礼敬宗以尊祖收族，故始祖之嫡长为大宗，高曾祖父之嫡长，皆为小宗，非兄弟少长之说也。且一重一降，是仍为过继，于双祧之名不符。而皆依据礼文，良由在部诸君子，其出身甲科者，十九未尝读礼经，若郑、孔、贾疏通古义，则寓目者或至无其人。而晚近图产之恶俗，则上下之心，皆胶固而莫可解故也。即准双祧，则三祧未为不可。双祧则有两父，有两父则有两母。妇人之见尤小，俗有子晚孙不晚之说，谓过继他人之子为晚子，而己为晚子娶妇生孙，则为己妇所出，襁抱顾复，一同己孙，此孙不晚之说所自来也。双祧三祧，大抵皆富室，恐过继远房，则财产落他人手。故黄氏、俞氏皆三房各娶妻妾，以上中下旬分住，三妇相谓为妯娌，各姑其姑，洎生子能言，则祖母、与伯叔祖母、母与伯叔母之称，亦理势所必至。例载：有妻更娶妻，杖九十，后娶之妻离异归宗。案则有更正作妾者。富室之婚，大都好户，更正作妾，断非所甘。至于离异，其夫已故，无可言离。子不能自降其母，故部复黄氏，不得不以胡卢提了事。援及养母，尤为无着。而三祧则成定案，故黄俞两案，非儒生所能质言其是非者也。足下异日居得为之地，因事而发，则当请复独子不准出继之旧例。从前有双祧、三祧者，准其报明原定年月，听其从旧，以后一概禁绝，庶可昌明礼教，截断众流耳。盖每届修例，皆有奏明删改之条也。

再询及两头大，或俱有子，其子持服宜如何？或两妻均无子而别继，又或娶后婚为填房，不宜于夫，夫外出别娶，别娶亦无子，而恩养嗣子，后婚填房，虽不宜夫，而继配之名早定。别娶之嗣子，遭丧宜如何？若通籍，请封宜如何？庶可不撄物议，不悖礼教。足下虚中求是，然是谋非吾所能及也。夫婚丧之礼，在今日难言矣！丧服奉颁发，载律例首卷，麻冠非屦负版草带，与古经不相远。而今宦家皆着青布靴，白布开气袍，摘缨帽系白布带，以为遵制。不读官书，而信巷议。婚礼在古必备六礼，乃成为聘，不备则名奔，聘则妻，奔则妾。律则载婚书为凭，而俗唯买娶后婚及买妾乃用婚书。正娶所凭庚帖、礼帖。即旧家女嫁人为妾，不由价买者，亦多凭媒灼过帖，唯庚帖明写兑造，以示区别。两大则一切无异正娶，或隔境各居，或同里别居，不相闻问。亦有通往来，论年齿称姊妹者，并有交呼为姊者。律载有妻别娶，杖九十，后娶之妻离异归宗，令典明著。而吴越之俗视若弁髦，是固未尝计及其子也。初配之子，未闻有为两大持重服者，两大之子，心知非礼，而义无自主。若遭初配之丧，不列入讣，则必为外家所讦，是陷父以决杖，陷母以离异。若侪于庶子，是亦显父之过，而处母于贱。盖两大前此虽有更正作妾之案而不纂入例者，以律文明言后娶之妻，为其始议为妻，不能抑使为妾。议刑人以官治民，尚为人治惜名，况在人子。至继妻来自后婚，外出别娶，而别娶者恩育继子，子通籍，后婚例不加封，此尚易处耳。若两大败露到官，讯系男家欺诳，或言未娶，或言妻故，则女家出于不知，其女家知为两大而许嫁，则兼坐以不应情重，俱为照律离异，不得援案大开方便法门。别娶所生子女，比奸律责夫收养可也。

又询及小民与妇人通奸，因刁娶其女为妻，事发到官，从何科断？婿奸妻母，男女并绞，为其越礼犯分已甚也。原其始奸，不过军民和同，本无名分。恋奸刁娶，不得谓为成礼，自宜依奸本法，而离异其女。所生子女，责刁婴人收养，方为持平。至奸妾之母，律例无文，仆谓此不得同凡论也。律载奸妻前夫之女比缌麻法，为其母既为我妻，自不可奸其女。故以无服之卑幼而上比之。其女既为我妾，岂可更奸其母？是亦无服之尊长也，比引定谳，情法两洽。以足下好察善问，故连类及之，诸唯研究是正，礼教幸甚。附问胜常不具。道光乙巳六月。

齐民四术卷第五　礼二

说课绩事宜 说储下篇之三

令课丞，以民不诈讼，衿兴于善，为上。案无滞狱，学少劣衿，次之。能决疑狱，能击豪奸，专指在学者。次之。听断无法，多积讼词，教导不明，庇养奸劣者，为下。

典史：以壮快技精，盗贼罪得，为上。城市严肃，输作均一，次之。反是为下。

巡检：以盘诘严明，截获逸犯，扑得奸民者，为上。弓兵技精，听乡里小讼情得者，次之。反是为下。

令自上计，依所主事件，条其施行之状，及击除奸民为地方害者，如绅富武断，棍恶把持，市侩居奇，滚垛兼并，刀笔唆教，聚众恐吓，结盟凶横，窝窃保娼，囮囤讹陷，搭台喝散，挟和命盗乱逆大案，得自廉访者。其经告发者，仍归听讼例。并课寮属，合为计，于封印日上之郡。郡受县计，先课其僚，略如县课。县以保甲修明，长正得人，图籍详切，渐致盗窃奸拐期功亲属师弟相争讼弭息者。旧窃多获，旧案多结，狱词较旧多减，已结未结案无上控，控案无实者同。无人在该吏案控吏胥者。访除奸民，迁之屯伍，收籍城市无赖，村里强丐，分别束以输作。察得不孝不友，为尊长含隐日久，骄恣不悛，分别正其罪状者。学政修饬，兴举行学，无抑无滥，使地方恶习渐消者。申明制度，惩创骄奢，使民不至贫富相耀，以致失时失礼，等威有辨，以寓激劝者。讲求水利，使旱潦有备，兴一切树艺纺绩之利，本地可行而人不知者。教劝勤恳，畜植滋茂，以尽地力人力者。约束壮快，无敢滋扰，教练技伍，闲熟精强者。率属辖吏，有奸必发，有善必奖，赏罚敏当，使人劝善者。存恤无告，经画有法，不致流离道路者。皆为上。

保甲修明，讼狱差减；听受如法，判断无留；在控奸猾，无有漏隐；在案恶逆，无有宽纵。整肃僚史，约制胥役，不致滋扰。行伍技勇，亦差可观。命盗重案，即时勘验，洞得情实，不至牵累良民；拖累宿案，廉访摘发，使罪人斯得，雪白冤民，劝勤饬惰，使民乐于本业。秉公考校，不使奸劣玷厕庠序。劝课有方，使民急公输将如限，不累里胥花户者。次之。

奉行保甲不力，举正长不如法，登答上司，尚不能举长正之名与其优劣；及该县山川险易，水利原委，保里饶瘠广狭，风俗美恶，民情所疾苦者。巡视骚扰，并胥役下乡不如法，失察，及知而故庇者。狱讼烦兴，不如限听判，及听判不得情者。大狱牵累多人，及轻易用刑者。于地方笃行君子及奸猾小人，全不闻知，及知而不加惩奖者。当勘验事，不即时履看者。胥役技仗不精，及服杖钝弊者。劝农无法，地多荒芜，桑榆凋零，家无畜牧，致百姓饥寒者。废疾孤寡，穷老无依，不加存恤，使流离满路者。无赖恶丐，不加收束，使滋凶横者。骄奢违制，不加惩遏，败坏风俗者。考校任意，致失真才，或专取文学，致厕入无行者。僚史胥役有犯隐庇者。盗窃繁多，十不获五，而预避考成，勒和匿盗者。办理大案，意恐干连良民，不能洞察事情，致有漏网，转滋奸习者。劝课、无法，使民不急公输将，专恃比较，滥刑滋费者。课计僚史，贬褒不得其真，出入至三等者。为下。

正月上旬，郡以空白计上之藩司，并以计专达吏部考功司。藩司受府计、课府、首课上计，课绩得实。余略如府课县法，惟课戎政从兵律。以开印日，汇全省长贰绩课为计，上之吏部。

凡课下无抵者，俱夺职。其有赃私酷恶，任意出入人罪，侵盗主守，及疲惫不任事者，该长官俱即时参劾，遴员接署，不在岁终课计之例。三年，则各长吏并计其僚属治行进退，以九等殿最之。通核三年，政行日进，其殿四最六、殿五最五、与无殿最而治理粗明者，为入等，（即第五等。）无罚。政行进退不常、殿六最四者，为六等，夺三级，殿七八最三二者，为七等，决夺一级。政行日退、殿九最一者，为八等，决夺三级。殿十无最者，为九等，夺职。殿二三最七八者，为四等，加一级。殿一最九及最多无殿者为三等，加一级，加级衣冠一袭，准其服用。凡化成善俗为上最，裕植民生为中最，剖决疑狱、击去豪强、缉获要犯，每一事为下最。其公罪至笞五十者，为一负，三负为一殿。杖八十为一殿，杖一百为二殿，公罪议殿，止徒二年为十殿。课僚属一人失出入一等者，为一殿。以入等为六等以六等为入等者，为二殿。无殿最多而有中最者，为二等，加二级，衣冠一袭，准服用，食加级俸，或擢升一级。无殿最多而有上最者，为一等，擢无定法。凡无中最者，不准上最，中最一抵十殿。上最一抵三十殿。终年听狱讼，缉匪窃，征收钱粮，无奇能亦无误失者，量叙一最。其课最入三等者，私罪徒一年以下，公罪盗犯顶参要犯失防越狱，准抵改为五等。入二等者，私罪徒二年以下，公罪要犯在解逃失，正刑失检杀人，（正刑，谓当其罪而刑其遵度者。）准抵改为五等。入一等者无定法。

凡藩司到任，限二月内查清图籍，及访问僚属，究前任得失之概。即遍巡所辖，见各长贰文武官员，问其政治所先，与地方果否切当。及召各乡耆，参问得失。观其城市乡里，市谷贵贱，风俗奢俭，阛阓贫富，畜牧盛衰，即时登记册籍。于阅遍回省日，汇上吏、户、兵三部。约陈该地习尚，应如何补偏救弊，孰先孰后之概，以凭参验。

府到任，限一月外，即遍巡所辖。回署上之司，如司上部法。

县到任，限一月外，即遍巡所辖，详考得失上之府司，如府上司法。

凡藩府巡辖，俱备簿自记见闻所来，及各处治否？各官能否？详载问劳登答之语，以备参核岁计。

答钱学士书

学士阁下：日前与友人论直隶秋试文，而阁下为言场中校文之法，惟以规模近科词调为人彀，其恪守程度，铨说名理者，则与主司所求相背而驰。时以宾客沓至，不尽所言。继奉手书，其说尤详。良以世臣久困场屋，思所以变更之，以当一夫之目，诚阁下垂念旧识相爱之盛意也。虽然，言为心声，人心不同，各如其面。世臣虽力学，其能自变其面以似阁下乎？略陈固陋，伏惟裁察。

世臣自七岁从先子学为文，十岁而嗜嘉鱼，年十三读毗陵、昆山遗集而善之，迁习其法。又以毗陵、昆山之文，出于庐陵、眉山，遂变而益上。以至成童，颇尽其窾曲，郡邑长老，皆叹赏以为取科第如反掌也。世臣私念得科第，则当入仕，深恐以雕虫无用之学，殃民而自贼，遂潜心研究兵、农、名、法、治人之术。及弱冠，所学粗成，又恐古今异宜，方策所载容有古人成迹不可推行以见诸实事者，乃游学四方。西溯岷蜀，东登海峤，南渡章江，北涉大河，体察人情之所极，风土之所宜，证以传记，殊不相远。然而访问政事，则治民之官，星罗棋布，而其为治之方，率与古大殊。古之为治也，民与官相恤，今之为治也，官与民相嫉；古之为治也，抚良以化莠；今之为治也，结莠以虐良。世臣窃怪同此人，同此心，今日之官，皆昔日之民，何以为民则既嫉其官，而为官又复虐其民？或者文法拘滞，古人惠鲜怀保之政施诸今日，竟尔窒碍？遂以游幕观政，司其事既久，以情就例，务求其平，则今之令与古之意，亦复并行无悖，然后知所学之卓然可用，乃求举以为入仕之基。六举而后获解。又被放于礼部者七。然则世臣文成而后学政，政成而后求举，其至今不得者，是在彼苍之意，而非斯文之罪也亦明矣。

世臣少读眉山答谢民师书，载欧阳文忠公言：「文章如精金美玉，市有定价，非人所能以口舌定贵贱。」因记其后曰：市上无棍徒拦行霸市，则物价平而珍货至。文章固有定价，眇侩截市，精美何益？永叔、子瞻，身充官牙，老诚殷实，不知奸牙朋充，扰害良贾也。是故非尘腐断烂则不可售者，乃不遇者怨诋主司之陋词。而阁下四主文柄，竟以此为教，何其肯居负下，而贬损道德之不遗余力也。阁下吴人也，吴俗喜艳饰。七子钗，妆之朴者也，两股共用珠十四颗耳，然必大如胡菽，值常至四五百缗。近妆之最盛者名满钏，扎额围髻，过桥宝簪，雀钗十二股，垂珠三十六鎏，皆员白光耀，左右罥耳门，迤后渐长当腰脊，然其质则搏黄蜡而裹鱼白，以较七子钗之一股，曾不足当什一。下里小妇，虽以此自炫，然其价值岂可诬吴市乎？犹记廿余年前，阁下曾自命良贾矣，今幸司牙估，乃欲退阻马木难，而进瑜石鱼目，阁下辈行较前，徒从较众，一唱百和，是将使献珍路绝，而嘉谷失荫也，岂不殆哉？

吾乡董小槎编修，绩学士也，自以羸怯不任劳，遂罢考差。一昨于陈秋舫修撰所晤郑朗如编修，闻其言论云：闱中每得佳卷，集同年四人相商榷，然其引用书籍，不能举出处者十仍五六，自矢下届且不考差，力诵读三数年。董君自度精力不足以称职，郑君以他日未尝学问为憾，皆得君子之用心，何阁下之羸怯既不亚董君而持论又善与郑君为反也。明春，阁下大都得分校，惟愿有以更前说，毋使明月夜光，悉遭按剑，幸甚，幸甚！世臣虽在都候试，然不以得失扰乱，枉己从人。守之三十年，为流辈所共知，阁下其勿得以冯开之旧事相猜矣。天寒珍重！不宣。

却寄戴大司寇书

金溪先生司寇阁下：撤棘后，荷蒙枉过，索取领回败卷，藏之怀袖。世臣语次及长洲宋翔凤于庭、黟俞正燮理初、归安凌堃厚堂、阳湖赵甲嘉芸酉，试卷咸出世臣上，阁下询悉住址，轻身以先，远则庐陵，近则大兴，艺林佳话，至此而三。世臣将归，分俸资裔秣，又枉送作竟日谈，咨嗟叹息，若不自胜。夫以世臣辱知之深，且久而被放，是亦足以厉躁进之俗，适当无之用矣，况荒落之余，本无可采录者，即使道如退之，文如方叔、敬舆、子瞻，斯有前事，何阁下悔憾之深耶？

原夫科目之设，所以网罗天下人材，分资治理，而仅决以一日之文，是虽使前明名家，自黄子澄迄黄淳耀，皆登道光壬辰之榜，于治道何增？即获隽诸君子，文尽尘腐佻薄，于治道复又何损？方今幅员万里，治安且二百年，而人心岌岌常若无以自存，岁计常凛凛若难乎为继，其病果安在哉？管子曰：「礼义廉耻，国之四维。」礼义见于事，廉耻存于心，则廉耻尤礼义之本也。讼狱者万民之命，而有司以为市；正供者聚人之本，而有司以为利。甚至疆埸告警，河防为灾，而自大吏以及在事人役，莫不趋之如骛，岂真忠义愤发，输忱自效哉？乘危抢夺，不忍为方，然则民生之所以日蹙，国用之所以不支者，凡皆廉耻道消，见利忘义之所致也。近世用人，虽有三途，曰科目，曰差使，曰捐输，而差使、捐输两途，究不敌科目之广而且重。进士每试放二百余员，上者立阶侍从，其下乃膺民社，大都一榜之中，任监司当方面者不啻百人。假令每试得有耻之士四之一，约以十年，则中外有司能自爱者，且数百人矣。君子之道有不长，仁圣之泽有不究乎？

夫周孔之书、儒先之说，举子皆童而习之，学官所布，无非遗经正史，即八比小技，亦有颁发程式，要以清真雅正，固未尝有束经史不寓目，只揣摩近科墨裁数十篇，摘句套调，乃为入彀之令也。其坊本经题策略，并在禁例。而阁下谓今年中式之士，后场条对语，卷卷相同，误且同误，其为怀挟抄写，无可疑者。世臣自领荐预试十有一次，矮屋相比莫不携有细字小本。可信其无怀挟者，唯阳湖张琦翰风、吴沈钦韩小宛，及亡弟世荣并世臣四人而已，而四人者皆在被屏之列，其得手者可知也。世臣前曾假看邻号之书，翰风呵之曰：「他人冒险怀挟，而吾子坐享其成，是何异盗贼窝主也。非君子所为。」则谨谢曰：「后此不敢。」今闻阁下言，不得不致慨于冒险之易为得手矣。夫学则古昔，文守矩范，士之荣行也；怀挟坊本，规抚时墨，士之丑行也。凡在占毕，共服此论。然丑行之近于利禄途也久矣。而有人焉，言行相顾，置遇合于度外，是必其廉耻较厚焉者也。异日有不剥民以肥家，不亏帑以要上者，必此子也。若其惟利是趋，不愧不怍，甘从丑行，是必廉耻较薄焉者也。异日从政，吾不能量其所至矣。举子之去分校，裁一间耳，分校诸公，大都近科，衣钵相传，每况愈下，是故衡文得失，有关治道隆污者，凡以国维之所系者深故也。

抑又闻之，造物生人，皆有所以用之。世臣自为童子时，不为干禄之学，数十年来，与同人论说，必依于此。其始大怪之，继则不乏同志信从者，是其穷而在下，而不欲自弃于无用也。阁下弱冠负儒林重望，宜总持斯文也久矣，衮衮同僚，济济门下，谅无不欲以得真士为光宠者。所望阁下力持此义，大倡鸿议，庶几闻风而起，不负所职，三数科间，有耻之士日出，寡廉之迹渐远，集群材以维国是，其为用顾不大哉？阁下居西曹几十年矣，清操为天下第一，悉心衡决，无枉无纵，固宜获不变之休，著刑措之绩矣。而弃市者前后相望，后起案由，仍同前事，法日严而犯益众者，岂不以吏出于士，士为民望，廉耻之道不昌，而非伤肌刻肤之所能奏效也耶？至于怀挟之风，实由乾隆中陋儒，妄以士兼五经为文物之盛，于是删摘蜂起，驯至士人不读本经，主试又以怀挟终不可禁，视二三场为虚车。夫诵诗三百，明著圣训；论语半部，章在史册；孟子亚圣，尤长诗书荀子老师，只明诗礼；汉儒兼通五经，不过数人，况在晚近？阁下淹贯群流，天下所共推尚，若于从容造膝之时，详陈利病，必蒙圣明采录，不以固陋致疑，得以复五百年专经之旧。其后场则专以史事疑义，与时务有比附者发问，治乱兴衰，唯主通鉴；制度文为，唯主通典，使学者有所法守。又集馆阁诸公之有经术者，依江都贤良策意各守所长之一经，精心撰作进呈，选其尤数十首，详加校订，刊布以为策式。除搜检之令，听士子自择所处，稍增誊录对读之数，严责外帘，使必于三月、八月二十日蒇事，不可草率错落，稍宽校阅与进呈之期。头场上堂，主试官不得遽行批中，必俟三场并荐，公同校核，方定去取。揭晓后败卷到部，责成堂官，分派司员查核。如分校有于二三场竟不寓目，及使随丁照对读黄点断句舛谬者，严参重处。复奏下，乃发败卷，士子领卷后，有后言得实者兼坐部员主试，仍将二三场佳义同头场一并刊行，批明去取之故，虽不无幸进逸才，较之现事，其必相远矣。如是，则绩学之士必可得，波靡之习必可挽，则世臣虽老死岩穴，岂足惜哉？

世臣自五月十一日出都，中途在翰风馆陶署小住数日，以月之八日到扬。扬城自二月杪有疫，入夏而剧死者日数百，至今未艾，不能棺殓者十四五。而敝寓自老母以下，率皆平善，是为大幸，江省麦收颇丰，小暑后连得雨泽，山田亦不至失时。高堰水志丈五尺以上，虽已甚大，然比上年小三尺许，下河可望有秋。世臣愚昧，素荷在宥，故复以面陈不悉之言，加详为书，使杨生亮捧呈。杨生字季子，四百年将家子，近衰落矣，而志昌祖德，学不能博，文嗜古而不免于拙，其人则行己有耻者也。虽在都待秋无可引嫌者，唯赐览而教其不及。道光十二年六月十六日。

书宝应训导张君遗像后

江苏州县，居大江南北者各半，江以南利在浮收钱漕，江以北利在冒销抚赈。州县之浮收冒销，皆取成于胥役。胥役势日张，家日裕，于是庠序之不自爱者，起而与之争。庠序与胥役争，则事连州县，州县不得不助胥役。州县助，则庠序常不胜，于是公愤起，而读书自爱之士，不得不与不自爱者比，以求其直。庠序之力集，则州县不能敌，而求救于封圻。封圻之视州县，犹州县之视胥役也，胥役能自达于州县而左右之，州县能自达于封圻而左右之，故胥役之所欲，常可必得于封圻而无所窒碍。予游江苏卅年，见封圻十数，自觉罗长文敏公、会稽陈公大文、桐城汪公志伊而外，大都为胥役仇庠序，而无暇分别其自爱不自爱者矣。于是不自爱之甚者，遂至与胥役为鹰犬，以鱼肉闾阎，虽足以快州县之意，国家养士诚亦何赖于若人也耶？主庠序者曰校官，与胥役事无所涉，而不能不仰给州县，故州县之仇庠序也，常藉手于校官。偶有不昧初心，与州县微抗，则封圻示之意指，无不从风而靡。

霍邱张君为宝应训导。宝应之为政也，右胥役以及乡地，故庠序常被轹于乡地，而君能力为之直，使州县不得助乡地以虐庠序。故君官宝应十五年，以病自劾归，归半年而卒。卒后又五六年，而遗爱不衰。楚桢，故君所举优行士也，以君之遗象及其状来乞题辞。楚桢学行，予所爱重，其言常可信，询之他士，为说佥同，则君固校官之杰，又幸其出于吾乡也，故为书后。君讳鼎，字爱吾，庶几能顾名思义者。道光八年春正月。

南昌县重修学宫记

道光十有五年夏四月，余既签分江西，就其乡士大夫在都下者，访吏治民风所宜，即闻翼城石君家绍治南昌之贤。秋八月抵南昌，石君已擢郡丞，当赴部，候咨未行，见其博闻强学，善用心治吏事，乃知循声之所由起。冬十月石君北行有日，署南昌县学训导万君以县学重建，实石君始终之，请为记，而石君以属余。

余谓自唐以孔子当先圣，而郡邑皆庙祀孔子。宋制附庙立学，士数少则止有庙。今郡邑皆有学，其实庙而已矣。传曰「学以聚之」，「学以致其道」。学道之人，必聚而后能致，古人所以重为学也。然古者教养之权操于上，凌夷至宋，吏犹有公田之入，其贤者得以羡余养士。近世勾稽益密，一丝一粟，非吏所得私，不得已藉野人养君子之义，取于两税耗羡。继以取耗羡者多无艺，乃定额而归其度支于承宣使，则办公之资，必待取盈于额外，而吏与民始争。民之秀者为士，士欲自异于民，而吏不能听，则吏与士又争。治民者与民争，养士者与士争，爱人之政息，易使之俗浇矣。专司教士者则曰学师，师之所入尤薄，不得不取给于诸徒。师徒或至不识面，而唯见诛求，则相与造怨尤，而兴诬徒之叹。是以余游历所至，瞻仰学宫，常至风雨无所蔽，庑墉穿，门阙颓，庙且有鞠为茂草者。

况石君视县事、万君视学事之时，先后四五年间，水旱相继，贫者多无以自存，富者亦日不暇给，然而士民输将恐后，唯速观成之为快，则其所以处吏民师徒间者，必能和而不争、达而不诬无疑也。余幸见之于江西，且当始至，故按其簿录而记之曰：

南昌学宫，本宋之东湖书院，洪武初就院基为学。以迄嘉庆之季，增新拓旧者盖十数。道光庚寅五月毁于火。辛卯江涨，湖滨之屋皆被浸，故议培殿基高五尺以御水，袤增丈有八尺，广增丈，增楹桷之崇如其基，以壮观瞻，门庑从之。名宦乡贤祠同毁者建之。崇圣殿、尊经阁、明伦堂、奎星阁、忠孝节义祠，旧存者修之。又或辟其门径，周以回廊，饰加美焉。又葺戟门红墙泮池，使皆若新设者。经始于壬辰九月，落成于甲午五月，为日六百有三十，为钱六百万有奇。是宜永其事于乐石，而署出泉人数于后，使后之览者，有以验人心风俗之厚，而信政教得民之训之诚不可改也。

上海县新建黄婆专祠碑文

道光六年，沙船在上海受雇，载江苏布政使司属额漕百五十余万石，由海运抵天津，兑交官拨。驶鲸波五千余里，不两月蒇事。米数无所损失，而质坚色洁，为都下所未见，中外庆悦。于是上海士民相与谋曰：黄婆诞降至正之初，自崖州附舶至吾沪乌泥泾，教民纺织，棉始为布。化行若神，法流松太。近世秦、陇、幽、并，转传治法，悉产棉布。然松太所产卒为天下甲，而吾沪所产，又甲于松太。山梯海航，贸迁南北。黄婆之殁也，乡里醵葬而祠之，递迁递毁。乐利在人，肸蚃无所，有功则祀之谓何？常用为恧。今兹幸以沙船运漕，懋著成绩，而沙船之集上海，实缘布市。海壖产布，厥本黄婆，饮水思源，不仅生养吾民人已也。合词吁闻，宜必得请。则皆曰诺。有司稽诸载籍则有征信，以转请于上官。士民闻黄婆之得建专祠也，争舍资财，不劝而集。隆榱桷之制，极轮奂之饰，趋事孔亟，不日落成。附近郡邑，欢呼感慕，捧腥熟，挈香楮，伛偻踊跃，泥首阶下者，肩踵相摩。嗣以公牍有海运功臣之语，近涉牵附，上官指驳，格于入告。沪人以未列祀典，不足称成功盛德，征言于予，以讯将来，余应之曰：

显晦有时，神人一致。夫以棉布之利百蚕丝，而无主祀之神，异日秩及无文。举先棉之祀，舍黄婆其谁与归？诸君子推本海运，归美黄婆，固非无说。然国家承平二百年，徒以河事多故，偶举海运，著绩也犹暂。至于松太两属方壤不过二百里，岁供编银百余万两，额漕六十余万石，而因缘耗羡以求利者称是。其地土高水下，风潮日至，沙松不保泽，虽得木棉种于闽广，差宜土性，而车弓未作，莫利民用，农不偿本，久必罢废，追呼急迫，驯致流亡，则虑财赋之邦，鞠为瓯脱矣。而今数百年来，红粟入太仓者，几当岁会十二；朱提输司农者，当岁会亦且三十而一，而士民仍得各安生业，称东南乐土。其以宦游至者，又皆挈驾齿肥以长育子孙，凡所取给，悉出机杼。以此程黄婆之功，其仰关国计盈虚者，较之海运，奚啻什伯而已哉？沪人以为然，故为之铭，其辞曰：

天怜沪民，乃遣黄婆。浮海来臻，沪非谷土。不得治法，棉种空树。惟婆先知，制为奇器。教民治之，踏车去核。继以椎弓，花茸条滑。乃引纺车，以足助手。一引三纱，错纱为织。灿如文绮，风行郡国。昔苦饥寒，今乐腹果。租赋早完，昔苦逋负。今乐盈止，以安子妇。我衣我食，五百年所。远矣明德，谁忍忽诸。享祀不闻，墓没祠芜。无隐不彰，新庙奕奕。沪民奉尝，神飨具醉。降福吾民，自今有岁。岁有民足。居足思匮，敢告司牧。

宁海曲氏义庄规约序

周公歌棠棣以亲兄弟之恩，其辞曰「和乐且孺」，又曰「乐尔妻孥」。说之者曰：「九族会曰和，族人和则保乐其家中之大小。」又速诸父迩兄弟而作伐木，其辞曰：「伐木丁丁，鸟鸣嘤嘤。」说之者曰：「丁丁嘤嘤，相切直也，友其宗族之贤者，以道德相切正，故亲亲以睦，友贤不弃。」是后棠棣废而兄弟缺，伐木废而朋友缺，乃叹周公忧世之深，而乾糇失德有自来矣。富者事兼并，贫者从游惰，其士人务治卮言以求售。至有身享万钟而手足不能免丐贷，于是豪杰之士，鄙恶薄俗，广异居同财之义，以联系一本，要之久远。中吴范氏，实为始事。文正倡之，忠宣继之，良法垂于奕祀，慕义无穷者求则焉。然大都显宦巨室，不敢独享丰厚，取吾余以厚族人，未闻有厉志食力之士，铢积寸累以成基业，遂能集所有而会之，自留其一，割其九以为义庄，唯恐祖若宗之孙子，有亏养失教，略不为其后人谋如宁海曲君连吉者也。

予以道光甲申秋过山左，得识哲嗣克德，乃知曲君创立义庄之事。继得其亲条而读之，于其子孙中，择贤能者一人为总理，于族中择贤能者二人为董事，皆有犒饩。司事而不协公论则易之。限年计产，给谷布以赡不足，助婚嫁，资殡葬。若年力可自给而不事生业者，不得与。立义学，延名师以教之，而斥其不帅师训者。设祠位以妥祖先，修谱牒以明昭穆。于其有功于祠谱义庄，及敦行学文能显其亲者，又于祭后为会食之礼以宠之。其败行检不自爱者，则集族而记于过籍。怙过不悛，则除其名，使不得与祭。甚者置之理，能改而复之，其于棠棣和乐，伐木切正之义，则殆于兼之矣。草创粗就，而曲君捐馆舍。哲嗣念盛业未卒，治丧葬毕，即首营祠屋，出君遗资，增田亩十之二以扩庄产，又与族人集论君所常诵说而著录之以昭世守，庶几肯堂肯构，如忠宣之于文正者。

考文正建庄之初，族众亲疏不一。然数百年来，范氏闻人辈出，皆源于文正，是非惟得保其家口之大小已也，流泽余庆，远润百世。然则曲君之薄于其子孙，而彼苍必有以厚之可知也。诗曰：「孝子不匮，永锡尔类。」太上曰：「既以为人，己愈有；既以与人，己愈多。」曲君当之矣。

三溪赵氏续修宗谱序

嘉庆庚辰孟秋，旌德之三溪赵氏，以宗谱修于康熙丙戌，阅今百一十五载，殁者久虑其易湮，生者多恐其无纪，至侨寄去籍，尤惧其涣散庞杂，将至不可考诘，醵金续修。其族人有季珉者贾都下，前曾以己资助祠费，故祠长走书嘱季珉，求都下之明礼而能文者为之序。季珉因奉旧谱，介其乡人刘勋以乞言于余。

余谓隋氏以前，谱牒掌于官。李唐以来，选举不关氏族，其学寖废。宋人始自为族谱以合其宗，至明而大盛，凡聚族而居者莫不有谱。然或世次不明，攀援他望，或居处不一，收并殊源，上诬其祖，下乱其宗。今三溪赵氏断以初迁为一世祖，而别纪世系支派于卷首。其自三溪迁往者，则又详纪世次，明注方所，祖确而宗治善矣。凡载于谱者，皆书其生卒位号。其有懿行宦绩者，则别为立传，又各为主升祔于始祖之祠而祭之。或者谓先王之制，大夫三庙，故宋儒常祀三世。或以为当及高祖，今祠祀其先不啻数十世为非礼。然礼云别子为祖，继别为宗。大宗百世不迁，族人为宗子齐衰三月，贵者以上牲祭于宗子之家。先王立大宗以收族，尊祖故敬宗。族人百世以高祖之服服宗子，所以尊别子也。宗子奉祖以收族，则别子之有祭必矣。窃谓宗法虽不行于近世，而有祠以集之，有谱以序之，则大宗可见。故谱者下以合族，上以明宗，使人亲亲而尊祖也。然而人之情久则怠，怠则忘，谱牒已阅数世，各支分受而藏之，于其先祖之嘉言善行，不能称述者盖亦多矣。逮闻续修之说，则凡为子孙者，莫不振作奋发，搜采祖若考之行业，以期登家乘。而子姓生者之名，及徙占他郡邑者，又皆以属系于其后，横行斜上，展卷可得。将毋曰某也盛，某也衰，而推求其所以致此之故。于是发无忝之思，怀干蛊之志，遂以兴孝弟，崇惇睦，然则续修宗谱，固非徒纪世次明生卒已也。

余既深嘉是举，遂按其旧谱而次之曰：三溪赵氏源于天水。其始迁祖曰崇赟，系出宋太宗第八子周王俨。俨至赟九世，赟家于杭，淳熙初为旌德汪氏赘婿，遂家三溪。赟之六世孙同盟，以太祖所颁玉牒，分太祖、太宗、魏王三派，各立十四字，周而复始。而太宗派十四字中，有不字难以命名，别立二十字，以「冀」为首。同盟长子冀圣，又谓赵宗本三派合序昭穆，今中更派字，后将不辩，其自「冀」字以下，仍依宋牒原颁之字。故季珉于赞为二十世，上溯周王为廿八世。凡三溪私派之字，较三派皆后一世云。

龙山包氏重修家谱序

昔楚平王无道失国，大夫申包胥哭于秦庭七昼夜，得秦师以存楚。楚既存而不受赏，立臣道之极，其所为包氏。包氏望上党，姓纂称上党四望，包氏为首，然不详其立望之人。在汉居曲阿者曰咸，习鲁诗、论语，学于长安，归过东海，为赤眉所拘，晨夜诵经自若，贼异而释之，乃立精舍讲授于东海，东海至今有包氏。卒归曲阿，举孝廉，为论语章句授明帝，拜大鸿胪。子福，拜郎中，以家学授和帝，两世为帝者师。故包氏祖大夫，而谱载鸿胪为第一世。在萧梁，有明月工诗，世传前溪曲。至隋，东海国子助教恺与兄愉，并以汉书显，名齐萧赅，天下言汉书者自包、萧氏。

唐开宝中，任城文赅工书，有兖公颂碑，润州集贤学士融与张若虚、张旭、贺知章称四杰。二子何佶并工诗，居显职。禄山之乱，常山守颜杲卿迎于藁城，禄山承制赐金紫，使仍居故职，加五军团练使。及东京宙破，前赵州司户处遂，上书劝杲卿反正，杲卿从之，诱斩禄山之土门守将蒋钦凑，并擒禄山使者高邈、何千年送长安，河北从风者十七郡。及史思明陷常山，执杲卿，诸郡又为禄山守。而李光弼引朔方军至恒阳，与思明相持，司户出奇策干光弼，光弼用以大破思明于嘉山，不数月，竟降恩明。司户有子曰谞，著河洛春秋，纪安史事，简而明，详而有要，为有唐别史之冠。至赵宋，则合肥孝肃公尤知名。史载时诸道转运兼按察使，多摭刻细事，使吏不自安，即论罢之。性恶吏苛刻，虽甚嫉恶，必推以忠恕，严而有惠，而世之称者异于是。南渡之季，建昌文肃公官刑部尚书，赠少保，史称其明察刚正，政声赫奕。其卒也，有光陨地，唯以用肉刑为酷，或误以文肃事概之孝肃也。然孝肃故多异，生平宦辙所经历，至今莫敢居其听事者。其去端州也，渡海，船被风不行，索从者橐得一砚，投诸海，风止而砚壅成州，长八十里，使至端者不涉海，于今称为砚洲。则其所以维系人心，通中外，达妇孺，久而愈固，两宋人物，虽韩、范、欧、苏莫能与京者，固有非史臣所能状也。

自合肥迁泾者忠五讳辉，谱载以舍试就泾县教授，遂卜居县西之丹山乡。丹山今为包氏主山，而乡则以震山名，故包氏在泾者，称震山包氏。教授四子：伯东一讳昂，袭父业。仲康二迁秋浦龙山，为今贵池。叔杰三迁五松青山，为今铜陵。季淑四迁淮西昆山。谱所载兄弟共约，逢山则止者也，淮西相距远，遂失其州邑主名。教授葬丹山之花坟头，龙山、青山皆以泾为宗。然龙山时时来谒花坟教授墓，通庆吊，最有宗人恩。教授于孝肃为曾孙，谱载父仪称清一公，祖镛称熙一公，曾祖即孝肃。史载孝肃尝出其媵，至父母家而生子，孝肃长子繶早世，妻崔抚稚儿继殇，因取媵子归，名之曰綖，以奉孝肃祀，是孝肃止二子，而长不传系。则谱载孝肃有四子，皆夫人蔡氏出者，显与史文忤已。又花坟教授墓碑见在，明万历中补立，碑题宋赠吏部尚书。按谱，东一次子洑生千驹，千驹任吏部尚书。然谱载千驹以进士任弋阳尉，中间一领铅差，遂受吏部尚书之职，史策无名，已滋疑窦，且宋制推恩大臣之先，皆别赠官，赠如其官者明制也，或立碑时，主者不知宋法，而以现行事例题之耶？谱载康二任绍兴副帅，其官于史无可考，或用兵时所置，而谱失阙阅。谱首载鸿胪至集贤为二十八世，至孝肃为三十九世，至教授为四十二世，一线相承，皆有名职。然郎中身为帝师，而谱无其名，别撰名广德者为第二世。自西汉末禁二名，后书所载无二名者，又何舛也？又载集贤祖汝道任乌程令，其子华三遂占籍，五传至翱自乌程迁庐州，又四传至爵一迁合肥，爵一为孝肃高祖，庐州在宋已治合肥。谱既误割为两地，文尉后教授且百年，虽同源合肥，非吾宗正支明甚，而谱首载之。署职为学士。入之明初，至东海任城赵州，是否吾宗适祖，则不敢质言。然远在合肥前，顾皆失载，其他官阶郡邑，概多近世称，虽有举莫敢废者，要不可据为信牒矣。

道光壬辰，龙山宗人以予侨扬州久，远来相访，告以旧谱系震龙合修，今且二百年，不早图，虑有泯没遗失者。予以转告吾族，佥曰宜然。而癸巳甲午叠歉，吾族自救不赡，旋作旋辍。丁酉春，龙山以新谱成告，且嘱为序。予固未得见新谱稿本，是否能订正旧谱之误，抑仅以新续旧，要之，非人人共念一本之谊，气聚而和，无私见参错阻挠其间者，何能成而且速如是乎？予闻之汉书曰：「形气发于根柢，柯叶汇而灵茂。」言始祖有大功德，则族类繁昌也。是故三闾言志，裔纪高阳；龙门述德，业传南正。子云祥发伯侨，孟坚源承令尹。以至霍光忠辅汉室，而博识通儒，援终始传以褒黄帝之德。故曰五政明，修礼义，因天时而利民者，有福千世。简策所颂，不可诬也。迹大夫之行必顾言，信不欺友，忘身以为君，其福固可千世矣。而鸿胪颠沛不违，居荣宠无改厥初，使帝者尊儒术，养一代之士气。助教集贤，学有家法，文成豹变。司户以谢职未倏，际苍黄之会，而抗谋折柬，遂以覆安史已成之基，续唐室将倾之祚，使颜李名敝天壤，而赏不及身，名不彰楼，发踪指示，其功盖略与大夫等。孝肃清操亮节，千载无间。凡皆大夫德泽之所远流，而数公克光大之，以笃庆于子若孙者，岂有量欤？诗有之：「无念尔祖，聿修厥德。」凡我宗人，其念之哉。道光十有七年秋八月朔，震山分二十二世裔孙世臣谨序。

续修弓氏家谱序

氏族谱牒，唐以前主于官。科目既盛，进身不以门第，而谱牒官废。至唐中业乃有姓纂，及宋有百家族谱、万姓统谱，虽详略各殊，大要辨其源、表其望而已。至欧阳氏、苏氏自为谱以收族，于以敦本支，寓劝惩，遂为近世法。而夸者为之，攀援依附，又或无以传信。弓氏小香中州进士，需次江西为同官，以其尊甫菱溪先生之举于乡也，与余同岁，尤相善，出续修家谱相质，而属为弁言。

余受而读之，源必审，望必审，其遭兵燹而不可考者，悉从盖阙。先列世次，旁行斜上，秩然有序。继则按世数，分行记其妻室子嗣，及茔穴碑碣。其为人后者，于所后名下书嗣子某，又详书其本生父某，又有书隔世嗣孙某，隔二世嗣曾孙某者，实符先儒或为祖后或为曾祖后之说。至庶母为父妾，本出雅训，自郑氏注曲礼，谓诸母为父妾之有子女者，律文据以别名，故弓氏旧谱，妾有子乃得载，而续修则载及妾之生女成立者，凡皆依据经传，不为俗说牵误，何其善耶！其人有行谊、政事、文学堪纪述者，不别立传，唯注明其名之下，文简而事实，不为虚美，尤近世所罕及。又于同源而分支别居者，为失考宗族一卷，纪其可述，而阙其不能知，又何情敦族类，而致慎派别乎！真可以为修谱之式者矣。余既重小香请，又善其书，故备述要领以告观者。

上吴侍郎书

世臣谨再拜奉书梅梁先生少司空阁下：世臣颛愚，不能随世俗为俯仰，诵读书史，体察风俗，常以为古今人情不相远，时时为有力者颂说闾阎所疾苦，积触隐怒，被排摈者数十年，不厌不悔，不改初度。自忖当遂偶木石，学农圃，徒以无田可耕，求菽水所资藉，仍复逐队北来，欲博一青毡以为奉母吏隐之计，岂复敢以衰朽樗散，觊觎非分，与诸贤豪争浮沉哉？而阁下以名德重臣，当辨论官材之任，于素昧平生之下士，面王公卿士盛有称说奖惜者，固非世臣所可胜受，然阁下为劳民择良吏之盛心，实与天下人士以共见矣。称此以谈，治部务必能作新人材以靖共厥职，遇大政必能破一口之积习，决择进止，斯民幸甚！吾道幸甚！岂曰世臣一身之感激知遇已耶？

拜别出都，筹议居行，逾百日方抵豫章。豫章积潦之后，继以旱蝗，凋敝困惫，不可言说。犹幸需次末吏，未婴物务，诵杜老「安危大臣在」之章句，藉以自诿。委署补缺，期俱非远。事上也敬，获上有道，世臣虽不材，亦尝侧闻君子之风，若至必有窒碍，一官如寄，断不能丧所怀来，以重为知我者之羞。北风渐厉，伏惟为道为民，珍重千万！浊泉编一册，古今体诗三十五首，纪行纪事，阁下政暇览之，足以见其迹之所涉、心之所寄也。九月廿一日世臣再拜。

跋石瑶辰所藏明新城县知县赵日崇新城保甲图册

嘉庆辛酉天津姚承谦从余游，问古今治乱之故，予与极论斟酌损益可措施补救者，作说储二篇。其下篇专言郡县，目有五，而第一则保甲。编户为甲，割甲为里，割里为保，必度地可方十许里。界山划溪为定，户分等，乡别则，每保一图，详绘山川、田地、村里、形势，一切讥非常、察听讼狱、敦姻睦、劝课、选举、捍御诸政，悉基于此。友生见者皆以为善。然三十年来，同志出山治人者以十数，卒莫有举此盛业者，岂实有窒碍难行哉？

今观瑶辰石君所藏赵君新城保甲图，何其先得我心如是符合耶？予匡居之说，虽善无征，而赵君以明神宗时知新城，新城民至今祠之，是可以为可信可从者乎？石君幸镌版广其传，使慕义者有所标准，则中材可勉焉。图眉列山川、户口、桥梁、寺观、居民色目详矣，后此有仿行者，宜增入四至里步若干，田地某则若干，钱漕若干，则民业之丰耗瞭然，平居可以息户狱，灾歉易以集荒政。质之石君，以为何如？

以啚统里，于文无所取义。啚，古鄙字，窃意以都统啚，即古之都鄙，非必俗字减口也。今观此册，乃悟以啚名者，盖合数里为一啚，故以啚为名耳。

齐民四术卷第六　礼三

书所见二生

予以嘉庆辛酉九月至扬州，未几，有江都东乡佛感洲之卞孚升茂才萃文，偕其邻丹徒学生某甲见过，出示刻本两册，皆举地方公事者，条目甚详具。其行止权在太守，吏胥需索掣其肘。时张古余权守事，余以告，遂得举行。及甲子夏，予避暑金山，去佛感洲十里许，益闻卞君所以为乡人敬服者。卞君方居母忧，予往吊。其地村聚相望，远者才半里，而一聚不过十数家。中途见村童十数人偕行，举步端整，长幼有序，必疑为卞君弟子，因问卞君居，其长者引予行。其时已逾百日释麻期，而卞君面深墨，肌瘦削，与辛酉初见时大殊。丧礼久废，见卞君，令人深素服素冠之叹。留其家一宿而别，问之聚人，自奉讳后，足故未一出户也。

又后数年，闻卞君与某甲离婚事。某甲好交游，选刻时人诗文，事扳援，卞君谓其有心世道，因为子聘其妹。地方公举，乡人以重卞君故，言无不从。而举行经理，则某甲司其事。历十余年，卞君乃知其染指不堪状，因延附近十余村之耆老，具酒食，亦召某甲，饭毕，卞君下阶四拜，告耆老曰：「萃文不识某行径如此，前后误诸公不少，我之子何能为伊家婿？」即出庚贴，当众退婚。某甲窘甚，收庚贴出走，遂入扬城。因缘岁余，纳女于阮氏，既与阮氏结婚，乃回里。搢绅间以阮氏故，益重某甲，而乡人卒不齿之。

丙子，予薄游宜兴，见吴谨枢茂才辰，行治略同卞君，其乡人敬服，亦不后卞君。后此如国家再有孝廉方正之举，卞吴二君，宜足以当此选矣。观于乡而知王道之易斯民也，三代之所以直道而行。予得见卞吴二君，益以信先圣所言，阅百世不能改也。故备记其事。

钱鲁斯传

君讳伯坰，字鲁斯，姓钱氏，江苏阳湖人。钱氏世为名族，居郡城，君独居西乡之仆射山，故又号仆射山樵。文敏公以甲科任刑部尚书，于君为季父，招君至都下，君时方弱冠，诗书豪健惊老宿。每试辄蹶，归里，橐笔幕游以养亲。

乾隆中，纯庙将举第四次南巡之典，大学士于文襄使浙江抚臣王亶望奏请上因杭州以至湖州。命将下，大学士程文恭公争之甚力。上曰：「朕至湖州，非为游观，因北方古称桑土，而今民乃不识蚕，故欲至彼察蚕桑之法，以利北人耳。」文恭曰：「皇上至湖州，不得见蚕桑矣。守土者必促民伐桑麻而树桃柳，将使嘉湖之民，累世不复业。」上乃降旨罢之。而文襄又致书抚臣，言以两浙耆老意吁恳，犹可行。浙中例以盐法道主大差，时江西巡抚陈淮为盐法道，抚臣谕意。君客陈公所，陈公以告君，君曰：「阁下能必止其事，某当为具稿。」陈公曰：「为欲委曲请行耳。」君曰：「上意果欲来者，守土臣且当陈民间疾苦，以止其役，况已奉明文停止耶？某断手不为此。」陈公曰：「吾客足下三年，未尝敢以琐亵相渎，兹事必须大手笔，乃如是吝惜耶？」君曰：「某请即退，还山啜粥饮水，终不以恋馆谷住血海中矣。然阁下为陈少保子孙，事若必行，何颜见少保于地下？」君归，而陈公卒以君言不上禀。君自是遂以鬻书为生。

乾隆丙午，朱文正公主试江南，榜发无君名。流涕曰：「钱鲁斯被放，吾真负此行矣。」君书由董文敏、黄文节以追李北海、颜平原，本于梁巘，坚实不及，而流宕转换时或过之。诗笔亦劲达如其为人。以嘉庆十四年卒于家，年七十有七岁。子三：某某。君书至伙，吴楚士大夫家家有之。诗若干卷，多可诵者。

包世臣曰：陈公与余言此事，甚德君。然抚臣犹必欲举其役，檄绍兴知府赵君循湖州道试舆舫。赵君者忘其名籍，其人循吏也，潜布木石于河中，舆舫触之不得行，时已迫，不及浚，役始止。后抚臣知之，借案中赵君罢职。道出湖州，湖州民号泣送之百余里。文恭以辅臣面诤，能不负所职。而赵君有术以行其仁，陈公闻善而能迁，皆有可称。独君以布衣游食，而侃侃为斯民请命也，善夫！

黄征君传

君讳乙生，姓黄氏，江苏阳湖人。父景仁，字仲则，姓豪宕，不拘小节。既博通载籍，慨然有用世之志，而见时流龌龊猥琐，辄使酒恣声色，讥笑讪侮，一发于诗。而诗顾深稳，读者虽叹赏，而不详其意之所属，声称噪一时。乾隆六十年间，论诗者推为第一。江浙俗：名父之子，多以父字为字，而加小称，故君字小仲。

君自幼从尊甫游，多识前辈，而端凝寡言笑，又不事文藻，以故无称于父执。治郑氏礼，能墨守先儒之说，以通己意而躬践之。同邑陆继辂才士也，广交游，尝谓余曰：「吾人每有所惑，欲从败行，念小仲则妄心自息。」其立身严峻，为人所矜式如此。乾隆中崇尚汉学，治郑氏者尤多，然大略不责躬行，以单词片义争胜负取名誉。君既不著书，又默无论说，然达于「礼管人情」之原，以自淑其身者，莫如君。君又嗜书，攻之甚力。自董文敏后二百年，书疹靡无可采。君志在复古，尝曰：「书诀多伪托，唯用笔者天，流美者地，非凡庸所知。」是真太傅语也。余尝从君问笔法，语在述书。近之能书者踵出，而君实为始事。君又深于五行九宫阴阳家言，唯武进董士锡、张成孙能领其指。君善病，每病辄三四月不饮食，亦不困，犹手古拓作书，然自以为不工，书成辄涂抹，以故传书甚少。道光纪年诏举孝廉方正，有司以君应，佥以为名实相称也。未就征，以道光二年三月廿九日卒于家，年五十岁。君初娶于某，举一子殇，妻亦寻殁。继娶于卜，时君已病甚，扶掖拜起，竟未能成礼。自君以上五世，无期功强近，难为择后嗣。余得交于君最久，故述其所知以诏于世云。

小仲卒数年，同人谓小仲不可无后，求于其族得一独子，广两祧之例，以为小仲嗣。名志述，字仲孙，今已二十五六，甚醇谨而能文。予未识。道光乙巳夏，次婿杨传第言之如此，故附记于后。

姚生传

生讳承谦，字季光，直隶天津人。父逢年，进士，嘉庆六年由福建诏安县知县，升安徽太平府同知，延余授读。生时年十四，到馆三日，生曰：「谦在福建，知得侍先生。福建知名士，争言先生年方弱冠，诗文若涌泉，不日即掇巍科。今年正秋试，窃观先生意，殊无意于科名，何耶？」余告之曰：「科名者入仕之基，仕以治民，不明于治民之术，而得科名，谚所讥学医者人费也。」生曰：「谦自幼未尝闻人言治民之术，今谦亦欲学之，当从何始？」余授以资治通鉴。生一日检阅十数卷，问之，略能言其始末。余曰：「此仍经生射策之技，非真学也。通鉴善在先述其事，乃叙众议，然后载廷议所从，而详记其得失于后。学者阅其事，先为画上中下三策，然后阅众议而验己见之是否有合；又筹廷议所当从，再阅廷议，则后之收效与否，已可十得八九。如是则如置身当时之朝端，庶几异日临事能不惑也。」生自是每日止尽一卷，一月之后，其意与古人合者十常四五矣。乃纵问近日救弊之要，余具为答之，再三辨难，以归于协当。以文多繁复，删问词而编次类序，为说储上下二篇，理财用人兵农之要，盖略备于斯矣。生录副而题其后曰：「谦事先生三月，为著此书，其立议浅近而切于事情，中人之所能行。先生之学，以救一身之饥寒则不足，以致天下于饱暖则有余。菽粟足而民仁，言近者旨乃远。」余不敢任，然不能不以为知言也。

太平君初娶于某，有三子而殁。继娶某，有生与生之弟承恩。生之仲叔两兄皆居里门，唯伯兄随任，以不慧失欢于父母。生未周岁时，太平君以所授徒方块字散于席，生一一持而转之，字皆正，无倒侧者，太平君以为有夙慧，尤钟爱。余初至，不习其家事，然每为生道古人友爱之迹，于异母昆弟尤详切。生闻之至再，肃然起白曰：「先生为谦言故事，而独谆谆于友爱异母昆弟，得毋疑谦之不悌于兄长耶？」余曰：「子之友于兄与否，吾无能预知，然子以古人成迹，返躬自省，此学问之最切近者也。」生默然。数日后，生兄至书室欲与余语，见生来辄止，而状殊跼蹐。嗣遇盛暑，生当午纳凉厅事，书室为厅事西厢，纱窗相接，生故短视，生兄从帘外过，而生未起，生兄即搴帘入，批生颊，生受之惟谨，良久乃入书室，指痕犹未尽。晡后侍坐，余语之曰：「子进矣，今子实无罪，然吾观子之色甚愉，入书室久之，无怨忿之意。且若兄前此谨候若声色，而今乃自居家督，重督过于子，子真进矣。」生曰：「先生谓谦无罪，然谦自奉教以后，旦夕思数年所以事兄者，积戾多矣，得兄督过之，方自幸稍偿前愆，况敢怨忿耶？」其时，盖生从余游两月许已。

世俗授读，以八股、六韵为正经，以三、八日为课期，不能尽废。生文义本已粗顺，诗笔亦清澈，余为择其旧读文十数篇及义乌、少陵长律数十首，使专诵习，月余，于余法所得已十之五六。余秋试后，以事他去，而生亦回天津应试。余辗侧吴越，耗问遂隔。十九年入都，始知生以十五年中式副贡，十八年秋试后，染疫而夭，而太平君亦卒于官。其世家及妻子皆不能详。余多识天下奇杰之士，然立志不退转，勇于自克，通事理，近人情，未尝见有能与生偶者也。别后阅十二年，生之造诣所至不可知，然吾知其有进无止也，不敢以臆断失实，使无以取信于后世，故述生与余周旋时事，以传生之真，而写余之哀思焉！

翟孝子传

孝子讳彩令，姓翟氏，安徽泾县震山乡水东人也。生六岁而母氏物故。未几，父双喜病瘫痪。孝子乞食里中，年十二，力能樵采，始罢行乞。每遇里中合食，孝子食必舍肉，一饭即起，告主人以另器持饭与肉归奉父，主人共爱怜之。稍长，改业卖菜，饔飧外有余钱，多寡悉归之父。孝子年逾壮，父颇以嗣续为忧，孝子乃置童养媳，及笄乃成礼，以有二子。父性素严，既久病，尤卞急。孝子故有伯兄，不胜噪聒，遂逃去。久之，父思长子，孝子以有妇代侍，遂告父间关寻觅，竟得伯兄归。父欢甚。然居月许，伯兄复乘间走，遂莫可踪迹，孝子终身以为憾。孝子自乞食奉父，以比其卒，阅三十有三年。父贮孝子所奉钱于敝簏中，父卒，启簏，积钱三十余千文，以举殡并买地并葬父母及祖父母焉。嘉庆壬戌夏，长子殇于痘，明年春，孝子亦卒，实五十有八岁。

包世臣曰：谚云：「久病床前无孝子。」有孝子值事，而兄归仍不能居月余，可以知孝子之难矣。予得孝子之行治，从翟玉山廷珍学博。学博笃行士也，以道光癸卯秋试来白门，持巨卷属予。展卷则吾邑贤长官及乡先生题咏具在，大都以孝子行至奇，而未得邀旌典为歉。予谓旌别淑慝，国典也，此自主持风教者之责，于孝子无谓损也。计孝子之次子，今当已年四十余，翟氏族逾万人，虽近支多不相识，学博葳试事归，幸物色之，使人知孝子之有后，此与助经费以请旌荣，功相百也。予以嘉庆丙辰春初过水东，曾即见为孤儿行纪翟氏乞者曰：「孤儿沿街泣，跣足履霜行乞食。面瘦如鬼肢无股，劳君道旁为酸楚。孤儿生，孤儿生，命未为剧苦。儿年似昔上弟时，爷提娘抱，不知冻饥。爷娘今弃我，阿弟早遭此祸。无柴无米，讵养我弟？严冬雪瀌瀌，阿弟袄薄不耐寒。并我破袒，勿谓我被霜风肤裂不完。晨出望烟火，君子周济我。乞不得，中心怆悲。欲之他，未知否可？愿得吾弟腹果，愿得吾弟温饱长大。孤儿下去地下黄泉见爷娘，我无过。」其时孝子年盖五十矣。一时小民中有此奇节者二，翟氏真巨族哉！

陈羽士传

羽士陈见圣者，字心尧，江苏江都人也。自八九岁时，即佐父采薪负米给朝夕，积劳成鼻衄，流血常盈盎不可治，乃舍身扬州府城隍庙依住持萧定郁出家。数月良愈，而思念父母不置，其师听返俗。未几疾复作，仍归庙，然稍间即归省父母。明年母王病，归侍，医祷罔效。见圣于窗外煮药，乃引刀刲其股，刀钝不能断，割至四五，创及骨。室中人惊望窗外红光照灼，恐不戒于火，急趋出，见鲜血自衣襟流溢地下，所刲肉已置药铛中。王饮之而沉疴立起，乡里皆以为纯孝所感，争为诗歌以赠之，其师以此益爱重焉。见圣和以蓄德，俭以殖财，交友有然诺，数十年无改其旧。以道光九年七月二日，疽发背而化，年六十有六岁。扬州士民服其行谊，多伤悼以为斯人而有斯疾也。

扬人又盛称王尝告见圣曰：「我行年已七十有六，犹未抱孙，儿岂可求诸神乎？」次年正月，见圣因朝句曲山祷于三茅君，归至，逆旅假寐，月下见髯翁抱一子予之曰：「好抚之。」遂惊寤。归以告王，是年十一月，其兄果举子。王以生于神兆，命之曰兆生。王年逾八十复病甚，至不省人，见圣泣祷于城隍神前七昼夜，请以己算三益母寿。王病忽霍然，曰：「神命我归再住三年。」果至期乃卒。事虽近怪惑，然信而有征，故备著于篇。

园丁三李传

予以嘉庆庚午挈眷至扬，假馆西门外之倚虹园。园丁共六姓，守门者句容李氏。李妪有三子，曰鹏年、鹏高、鹏万。妪躯肥而健啖，然夏秋间辄患痢七八十日，鹏年昼夜抱负上下，侍沐浴梳洗，涤垢秽，积年无厌倦。鹏高在城中为需次者厨役，每日必再归，以新美食遗母。鹏万洒扫亭阁，分游观酬值，市甘旨，必厌妪意。鹏年、鹏高皆逾四十未娶，鹏万才三十余，有妇稚而婺，衣饰值白金百余两，现资亦且二百，欲挟以嫁鹏万。鹏万曰：「彼来能为我善事母乎？若不能者，是得妻而失母也，不可。」有姊嫁殷姓，甫举子而婿死，妪怜之甚，鹏年迎与同爨。妪年八十三而鹏年卒，逾年而鹏高又物故。鹏万以照料园事，或侍奉不能以时，遂以管园业授甥，而奉妪赁屋居园外，身自上铺舁轿，用力为养，然赡给殊未减鹏年、鹏高在时也。鹏万嗜酒，醉则与人诟谇，唯事妪至谨。道光己丑八月廿六日，鹏万疾甚，乃告其姊，有钱三十千，举息所亲处，以半治发送，留半备老母后事，家用器具，甥悉将去，迎老母回园。语毕遂瞑，盖妪年八十有七矣。

园丁又有歙曹氏者，其季曰小连子。五六岁时，曹妪卖之丹阳，以勤慎得为养子。阅八九年，妪闻丹阳人殷实，且已子小连子，遂渡江肆扰。其人不得已，以小连子还妪。小连子在彼逸乐，未习生业，既归宗，唯能卖水烟。未几其兄死，有二子才三数岁，而妪卞急饕餮，不解生人事。扬州饼饵以东关为最，去园且五里，小连子每早，驰买供妪下床餐。有新异食品上市，虽珍贵必果妪腹，而妪犹诅咒不绝口。小连子无几微望见词色。其日入，勉给口食，无力置卧被，夜则以败絮拥妪上身，而自卧草中，抱其双足著胸前以为温，如是十年，妪乃死。小连子今已三十余，二侄亦渐成立。李曹在扬看守园亭，今俱为甘泉人。

包世臣曰：孝子体大矣！慎守其身，毋贻父母恶名，则殆于近之。故居处不庄，事君不忠，莅官不敬，交友不信，战阵无勇，皆以为非孝，夫岂口腹云尔耶？然李曹细民，岂可责以他行？至其至性独发，史册所载，未能相远也。世有不自胜其多欲，而藉亲为说，以丰一日之养，卒不能不任不义之名于后世者，可胜道哉。予故纪二十年闻见所亲，毋令泯没焉，其亦可以风矣。

张琴舫传

张琴舫者，吴人也。世居胥门之新桥，名二官。入都中三庆部习梨园，更名才伶，字琴舫，色艺为一时冠。有富商召侑酒，强狎之，琴舫骂曰：「他人皆欲涎若钱物，吾不欲涎若钱物，若何必妄诞无礼义？」商怒，命家丁殴之，几毙，商之姻戚某驰救，乃得脱。自此始专意学技击。余识琴舫时，琴舫已弃其业，欲还吴中访名师，益精所学。余为书介之吴中女侠姜翠桥。姜年老而子不肖，尽以所能授琴舫。见琴舫家居艰苦，以洋钱七百赠之，琴舫力辞，不得命。后二年，姜以讼破家，琴舫归其原物，封识故宛然也。琴舫学既成，复入都，有谒选知府孙姓，琴舫业梨园时旧识也，许赠以五百缗，回南取眷口。孙既签掣广西，遂悔约，仅许携之出都。既又不为具车马，琴舫自赁轿车同发。及山东旧县，巨盗数十人环孙之三妾，将括其装，琴舫驰前奋击，仆其渠，群盗惊走，复只身力追，伤右足背乃返。孙既免于难，重举前说，而琴舫遂兼程独行，不复与孙相见。

湖北彭姓者，以技击教授都下，称彭师傅。有公子从学，颇传其技。公子在江淮间遇琴舫曰：「闻彭师傅困于都，殆及冻馁，我一时仓卒，若入都为我举子钱给其居处衣食，以俟我。」时嘉庆廿一年十月也。琴舫至都，彭负累已数十百缗，琴舫乞假清其负，旦夕赡给。明年夏，彭辞舫琴曰：「以若之贫，为我又增重负，公子来而如忘，今又已去，我困命也，岂可常以相累？」琴舫不可，卒资之。廿四年，天津同知某，礼琴舫为缉私。琴舫曰：「官府欲捕贩私耶？抑捕商私耶？所恶于私盐者，为其漏国课也。而商之私数十倍于贩，以豪富为此，比之穷民肩挑背负贸食者，情罪相百。若利官府之财帛，助奸商，绝贫民谋生之路，某虽贱人，不忍为此也。」同知大惭而罢。京营游击某，廉知西城有赌窝，不受捕。招琴舫，不可。游击曰：「子矜勇，何怯耶？」琴舫曰：「非怯也，赌者人情之所常有，官府此举，徒为邀功计耳。若廉知叛匪所在，虽千百人，某愿以一身先试其锋，上报践土食毛之恩，下以湔除门户，安能为官府捕赌耶？」琴舫性沉毅，以居贱业，吐词常委婉，然必自达其志。见利思义，见危授命，久要不忘，如琴舫者，庶其近之矣。余识琴舫久，知其事颇详，纤悉不具论，论其大而余所深悉有征验者。廿五年七月十七日，乘马出前门，马惊而坠，遂毙于道，年三十岁。在都娶于唐，其母在吴未知也。又聘于胡，胡举一子，当琴舫之不禄也，子年始四岁。道光二年，余至都询其家室姒娣相守，以抚稚孤，庶乎能不负琴舫者。

包世臣曰：孟子重良贵，其不信矣乎？君子喻于义，小人喻于利，喻利则贱而喻义则良，与近世良贱之说也盖殊。以余所闻，乾隆四十八年，山东巡抚国泰以赃被逮，卿大夫故与交美者，皆诋诟以自饰。惟所厚旧伶太平，追随至都，破装为治后事。嘉庆十四年，侍郎广兴以赃被逮，爱将故吏莫顾问，惟所厚旧伶吴人陆双全，周旋诏狱，治棺敛。二子外遣，众妾家食，陆皆为部署，所费累万，冒重险而不避。嘉庆十八年滑县之变，有湖北流妓名玉珍者，姊妹三人，为贼所掠，欲以为伪妃，俱极口骂贼，备楚毒而死。徐如意者吴人，居因果巷，嘉庆十七年六月，有二兄而其父死，其兄欲领棺于同仁堂。如意年十一，号泣曰：「岂有有子三人，而使父眠施棺者乎？乞卖我以葬父。」遂指身假钱三十千举葬。葬毕，卖于优贩入都中春台部，改名富伶。二十二年，余在吴知其事，其明年至都访之，闻其母病目甚，以年未满不得归，泣血潸潸，今之董永也。曹文澜者，字春江，亦吴人，年五十许，以教优为业。攻八法二十年，下笔洞达，有廉悍不可犯之色，都中善书者莫能先。居恒手资治通鉴一编，然绝口不论今古事，往昔秉翟执簧之流亚已。余往来都下十数年所见所闻，能皎然不欺其志，成行谊可纪述者，多世之所谓贱人也，哀哉！

刘烈女传

刘烈女者，宝应刘准之女也。生数岁，准以字同邑应铨。未几，准妻物故，而准当往山东，烈女无可依，归应氏为童养媳。稍长，给井灶浣漱役如成人，铨之父母咸宜之。追吉而铨病，医疗转笃。烈女饮以臂肉，竟不起。缞绖三年，至嘉庆庚午服既除，铨父遗准书曰：「吾夫妇老无他息，倚君女如子，然不忍其久失时也。」准答书听主婚议。烈女闻之，遂中夜缝缀衣裙，启门而溺于河。闻党哀叹。同里柏杨葵以闻乡大夫士，请于有司，岁甲戌，得旨旌门，而配食于邑庙之戚烈妇祠。其以状乞传者，烈女之族兄优贡生宝楠。宝楠好学有文采，乐道人善，余雅所爱重，爰次其传而论之曰：

烈女可谓亡乎礼之于礼而动也中者矣。近世尚为苟难，以嫁殇为贞女，殉殇为烈女，而周公之禁，孔子之教，不足以夺流俗师心之说，致良家淑媛于非命者数矣。考烈女之行，其得谓之殉殇乎？名者人治之大者也，故成礼曰夫妇，备礼未成则曰兄弟，童养于礼无可准，然呼为养媳，则妇名成矣，礼有吉日而婿之父母死，则女家使人吊，婿家葬而致命，亲迎，女在途，则改服以趋丧，明在途则女道已终，而妇道伊始也。有吉日而婿死，女斩而吊，葬而除，以其无三年之恩也。烈女长于婿家，以在途累之，为终重服宜矣。礼不贰斩，闻变而殉之，不亦可乎？然则何以女之也？律：于未待命而与养媳同处者，依违犯教令，以烈女之不镂而雕，动止合度，其不以情欲之故，陷婿于不义亦明矣。若烈女者，信乎其亡乎礼之于礼而动也中者也。

熊贞女事实册跋

旌表南昌县故民卢宗坊未婚妻现存熊贞女事实册，吾友姜君樟圃既为之叙，援据博辨。其夫从弟卢济泰，欲刊行以彰奇行，而乞言于予。前哲归熙甫、毛大可尝论其事，皆执周官、戴记以立说，非持之无故者。然炎汉高尚不屈之士，每有于举主之卒也，徒以一辟之故，千里奔丧，持君臣之服，千载以为义。聊厚不为薄，斯其匹矣。夫夫妻相守，人之至情，而遭人伦之变，广从一之义，匪石不转，永贞苦节，数十年若一日，以能匡持门户，慰藉俯仰，可不谓难乎？然斯人也，必具激烈之情，坚定之守，其初家人莫不引重以相夸羡，而日长岁远，或寂寞不宜人，或刚介不容物，驯致诟谇时闻，维家之索者，盖亦屡矣。是故士君子遭家不造，构此闵凶，固不可爱徇禽犊，议夺其志。尤不可好为名高，稍从耸勉也。若其习成若性，茹堇如饴，则资助其不及，激扬其风徽，是又士君子之责也。吾读是册，不独见贞女之贤，而济泰所为，亦可以风矣，于是乎书。

先妣行状

先妣姓查氏，讳会意，在母家名婉娣。来归时，先祖父奉直君更命之。安徽泾县震山乡九都二甲人。外祖讳世镅，国子监生，初娶生王氏从母，及伯舅毛耇。外祖贾于徽，以知医多缔交绅士，因再娶休宁汪氏，生先妣，及仲舅毛麟，季舅毛郎。季舅方乳即出继，故外祖父母钟爱仲舅。仲舅晬日，偶失足，外祖杜门治之六年，卒成跛。先妣自十一岁时，常昼夜抱持，视汤剂，节寒暄。仲舅病甫起，即归先考郡学君。郡学君弟兄五人，班在积叔，妯娌间有患多言之痾者，遂彼此诟谇无虚日。先妣性和顺无可寻衅，然犹时以冷言相侵，先妣处之以不解，手进烟茶款接慰劳如平时，以故三十年居唇舌间，而断断不能相及。

郡学君以文雄郡邑，属不得于有司，益尚气，不就馆他氏。至乾隆乙巳春，朝夕无所藉，而不孝已十一岁，遂携游白门，假僧舍，集童蒙，修脯仅能给两人口食，无可寄赡家者。是秋大饥，先妣里居，抚王氏、翟氏两妹及从弟嘉梅。考名世荣。王氏妹五岁，翟氏妹三岁，嘉梅二岁。先是甲辰冬，三世母归宁得暴病，入门而革，嘉梅在怀抱莫肯受，先妣遂分翟氏妹乳而育之。吾乡山皆产蕨，遇荒则群掘蕨根为粉以充粮，极窭者至食其粕。先妣两昼夜率成男鞋一双，得工值，市米与蕨粕，先取蕨粕炒而磨之，稍细者以饲幼小，余乃杂少许米为糜，供常食。时仲舅家尚裕，王氏从母至拥资数十万，烟火相望，不相恤，而先妣始终未尝一过从商称贷。有以为言者，先妣答之曰：「寒莫向灯，穷莫向亲。」

壬子秋，郡学君病痔甚，挈不孝归，展侧床席。先妣率两妹治针黹，不孝租屋旁地十畦，艺疏果，鬻于市以给饘粥汤药。癸丑，楂塘董氏集村童十三人，使不孝为之师。去家十五里，不孝间日于晚饭后，以馆餐可苞苴者归省视，五鼓回馆治早课，而侍疾则先妣专任之。郡学君疾日甚，虚火炎为狂易，而先妣前后三载，无一语怨尤，乡里以为难。嘉庆丙辰不孝服阕，以词赋受知于故侍御程公世淳、故侍郎宋公镕。丁巳夏枯旱，宋公时为芜湖道，祷祈靡不至，最后使不孝为请诛旱魃文，即日大雨，三日后属邑献雷殛旱魃之魄。文稿谊达于故太傅朱文正公，手书召不孝至安庆抚署，垂询练乡兵安江贼事宜，赐诗以贾生、邺侯相期许，留署中匝月。

戊午冬，致之湖北。己未夏，故相国明文毅公任川楚左参赞，自湖北提入蜀，洽戎事。信至家，皆大惊悸。先妣召嘉梅曰：「我不识字，儿依口写信与汝兄曰：『母字告嘉禾儿，儿入川信到，族众皆说凶多吉少。我闻汝父说，古时男子生，以弓箭射四方。弓箭场中，正男子之事，死生有命，何必怕！唯闻军功多冒滥，若藉以进身，谁为儿辨真假者。若听计能济巨艰，儿一心事之，若其不然，则速返，毋恋束脩优厚，负汝父之教！』」嘉禾者，不孝乳名也。不孝入蜀仅三月，发奇谋不见用，而府主辞泄其机，有戒心，又得母书，遂决归计。庚申始为江淮游。故粮储道汤公潘任安徽学政，下车即告太平府学师致书本学师，促应岁试，为辛酉选拔地。先妣曰：「此必出朱公爱士之诚耳，吾儿自宜使明者摸索于暗中。」卒不召。而庚申、辛酉秋试连被放。文正手书招入都，先妣曰：「人贵自立，戊午年朱公监临，乡人皆谓儿必首选，吾深以是科不中为幸。今若应朱公召，得手于北闱，必遭物议，且以累朱公。命应中，自有南场在也。」

已，王氏妹倩没。庚午秋，遂假倚虹园迎王氏妹归宗，随先妣就养扬州。王氏妹唯一幼女，先妣命不孝子之，名之曰令娥，时仲舅家事破败，中表弟三人皆未娶，又无业。而三世父、五叔父各有三子未娶，又生涯冷落，不足以自给。先妣并节啬岁入接济之，命不孝以渐为完婚事。不孝念食指日增，世路日窄，缟纻之投不可恃，惟刑钱两席修脯较丰，遂以此作游。先妣命之曰：「儿自少违众为有用之学，而数奇不能自为，藉人手以济人，是亦一道也。吾自为女时，见捕役开花，贼盗扳良民，常倾覆人家。又见叔侄兄弟翁婿甥舅构讼者，审断后负者以为耻，仇隙益深，常酿巨案。又闻查办亏空，承办人受请托，多拨归已故之员，孤儿寡妇，不知当日衙门事，差役追迫如狼虎，常冤结无可告，此数事儿尤慎之。」后在山东、直隶两藩署，江苏、直隶两臬署，查核成案，似此者故多矣。辛未秋，就故相国百文敏公两江督署聘，分司江西案牍，兼办河工。始议筹盘苇荡，文敏以荡事甚巨，而无人能谙其要领者，委亲信大员督办，出不孝司其进止。壬申冬，文敏劾河督陈公不实，陈公诉之，辞牵苇荡，睿庙命故相国松文清公，故尚书初公彭龄来谳。松公与主荡事者有夙怨，持之至急。两淮盐政阿公，梅花山长洪公，皆遣人告知，当及早寄顿箱笼，悉检各官幕书札焚毁之。先妣出面使者曰：「吾儿所入，唯修脯缟纻，簿记甚明晰，其往返书札，皆为斟酌情形以济公事，无私语。果被查看，星使验出入帐目，知吾儿无贿入，验来往书札，公事尤得明白，何畏惧而为寄顿焚毁耶？」及事息，二公皆叹服。

自癸酉至道光壬午，内外群从，先妣次第为举九婚，又先后给资本，使各以所能治生计，覆则又资之，或至再三。王氏从母家亦落，其子若孙，先后来扬州者，先妣皆不识，然典质衣饰资之无少吝。嗣不孝赋闲，而诸中表诛求者益频数，资助不如前，至面肆怨詬。先妣唯命取钱米店帐折及质票示之，谢匮乏，终不以前事相稽也。先妣食量素隘，于腥牲尤纤细，每进一味之甘，必手自分散，下逮婢仆，均平齐一，乃下箸。常曰：吾性不能偏众。及辛卯夏目力劣，又渐不良于行，每食犹必遍问家人无所遗，食毕，必以茶涤器而饮之。曰：「先姑年八十余如此，汝等宜惜福，莫忘先人家法也。」庚寅春，不孝回里奉郡学君迁葬江宁县南乡吉山之麓，遂家居白门。甲午冬始买宅北门桥西北，自扬州移居焉。乙未会试值大挑，先妣促不孝赴北，以一等掣分江西。临行，谕不孝曰：「儿数十年出游，受恩多矣。不图报，非也；为报恩而自陷非义，尤非也。儿为诸侯客久，于民门及衙前情伪悉已，刑钱两友岁修千余金，儿居官可自领其事。节此千余金者，以当酬报及周恤戚党之用，虽数少人尚可相谅，且有限制。至地方旧有陋规，为办公所必需，苟非大不可者，毋轻言裁革。吾颇闻有卖陋规者为后人唾骂，且办公不敷，势将他求，儿其慎之。」不孝谨志之，讵谓需次才四月，遂为无母之人耶？呜呼痛哉！

不孝自乙巳侍郡学君游白门，至壬子，中间惟戊申冬一归家住三月。至丙辰冬，不孝自出觅食，或年一归侍，或二三年一归侍，而归侍不过月许，或仅十余日。虽庚午秋迎养扬州，然依侍膝下，岁率不过数十日。近年家居得依侍，又以拮据故，不无烦慈虑，晚得一官在近省，而终不得伸一日之禄养，罪莫大于不孝，斯之谓矣。然不孝早违严训，奔走浮沉于名利之场，当路宿儒结纳若不及。而四十年来，未尝有不可告人之入。与乡试者六，与会试者十二，唯甲戌一出房。故相国长文敏公、戴文端公及故尚书秦公承业欲特荐者各一，明文毅公、百文敏公欲汇荐者各一，而名卒能不登于牍，尚未至使人指摘，为失身慕荣之不详少者，实有赖慈训深厚也。癸巳夏，先妣八十寿辰，故尚书戴简恪公以楹帖邮祝曰：「天下共知此子，因有此母；同人竞挼其文，不尽其芳。」论者以为知言。

先妣生乾隆十九年六月二十四日，卒道光十五年十一月十日，年八十有二。子一，即不孝，嘉庆戊辰恩科举人，江西试用知县。娶同邑文氏。女子子二，长适太平县新丰王象曾，夫故无子，依礼归宗，丙申春，王氏族长共立寅亮为后，象曾之胞侄也，戊戌从至江西。侍先妣至得欢心。自先妣患目及软脚，扶掖伺应三数年，衣不解带，辛勤十倍于不孝。次适同邑水东翟修保，前没。孙二：长家仁，考名诚。国子监生；次家让，考名家丞。县学生。女孙二：长令媞，适阳湖张曜孙。曜孙博综群籍，尤神于医，令媞时时献珍药。先妣自辛卯损目后，遂善病，屡濒于危，其得延阶中寿者，多曜孙、令媞医药之力。次淑媞，未笄。曾孙二：希范、希鲁；曾孙女一，粽子；皆幼。不孝忍死匍伏回白门寄籍，拟卜期祔葬郡学君吉山之墓，伏乞当代通显硕学，垂意哀矜，锡之铭诔，使先妣言行，得厕前世独行君子之后，则不孝世世子孙，感且不朽！道光十五年十二月十五日，哀子包世臣泣血谨状。

齐民四术卷第七上　刑一上

读律说上

南朝有律学。唐沿隋制，公式首载讲读律令之条，至今因之。军民能熟诵律文深明律意者，准免犯过失因人连累流罪一次。说者谓律意精深，故设此条以劝讲读，所以重民命者，似已。然于先王治天下微权之所寄，盖犹未见也。仆于友生之绩学工文者，无不劝其读律。或以为知其必将出而问世，故预习法家，以免受欺幕客，而不知非也。吾人既多见闻，有文采，则父兄钟爱，友朋钦服，放旷襟怀，易涉邪僻，其所学又足以拒谏饰非，谁复能匡救其恶者？唯读律而内讼行习，或丽科条，无可自欺，则必惭惧交迫，是省身之要术也。故先检核二死，苟有犯焉，虽未败露，实已罔生迫生，非力求所以自赎，则不可以立人世。自赎之道，唯在随时随地以济人利物耳。次及五军三流以至五徒各条，身果无犯，则可厕乡党自好之列，以老死牖下。如有犯焉，求赎又岂可缓哉？若其杖笞琐碎，概无罣误，则古之所谓成人矣。已犯既力求自赎，未犯夫岂敢轻蹈，怀刑之训，殆谓此也。至律许免过失连累者，以深明律意之人，自不犯法，至过失出于思虑不及，连累不由自主，故许免一次，而不及有心正犯。盖以有心正犯，则为知法犯法，岂得妄援免科乎？自省既久，一旦出身加民，自必慎恤并至，为地方造无穷之福，此仆劝人读律之指也。

今上御极之初，曾以大臣言饬查各处陋规明以予之。一时都下哗然，以为必不可行。唯仆欢喜踊跃，颂为至善之政，然心终疑封圻大吏，莫肯一心奉公，而自替威权者。未几而复奏入，竟如所料。而建言者亦不能坚持其说，遂使天下无一不犯法之官，至可悼惜！盖为民上而身先犯法，何以令众？吏治之不阳，民生之不遂，所从来者远矣。此则非匡居读律之所能为功也。

读律说下

读律以省身，前说尽之。至于出身加民，则尤当详审律式轻重，以救时弊，而挽颓风，经所谓「明刑弼教」、「世轻世重」者也。时弊至重者，在廉耻道衰，而廉耻之衰，唯士人为尤甚。仕途今为极宽，而惟出身考试者名曰正途。士人幸获两举，上者阶侍从，下乃主一邑，其重如此。顾自其为童子时，已不惮以身试法，及乎立朝，岂可望其慷慨引大体？临民岂可望其深求民间疾苦？是犹以利刃资剧盗，其为害可胜言哉！

世所最不齿者，曰当娼，曰行窃，而娼与窃罪止论杖。至于考试舞弊，重则殊死，轻且外遣，律式之悬殊甚矣！考试之弊百出，大要有三：曰办夹带，曰倩枪手，曰打关节。数十年前，为此者尚知讳饰，近则明白告人而不愧不怍，且有假托以自诩者。娼与窃虽随处有之，然未闻有面人自承者，是士人之于廉耻，尚远出娼窃之下也。近年试弊，颇有败露，虽十不及一，而亦足以示惩创。无如败露之案，主者意在保全，以为忠厚，莫肯穷究根株。彼作弊者固志在求利，然未尝不畏法。而前车始覆，后车接迹者，知主者之必不执法也。父师训诲子弟，不与讲贯经史文法，而专为之访求遗文，觅书手作方寸千言细字，掌握之间，辄可万篇。枪手且有揽头，皆于试期前先集面试以定赌价，拜门递条，略不避人。以上三事而得手者，指不胜屈。果能从败露之案，逐节研究，上及其父师，旁及居间说合造作之棍徒，依律重究，必可稍挽狂澜，使后来者畏威远罪，维将丧之廉耻，绝流传之谬种，其有益于世道人心者大矣。不此之务，而惟曲全是事，以为积福，其弊不使天下士人皆丧尽廉耻不止也。较之纵盗殃民，其效实有倍蓰千万者。若谓试弊必除，而真才始见，八比八韵，曾何关世道人心之数，而诩为真才，嗟其屈抑乎？唯舞弊者波靡而不知止，则害廉耻以害政事，实有算数譬喻所不能尽者，故腐心切齿而详说之。世岂无有心世道人心之君子乎？当不以仆言为谬诞也。

议刑对

嘉庆十六年试春官毕，刑部尚书金公光悌，招至其第襄核秋审册。至山东民人黄某，因妻与子皆他往，见媳在室内刺绣，即入室行强，媳急取剪刀戳其臂，乃得脱。黄伤平复，媳拟绞候，入服制情实一案。予曰：「此案当奏改，从前奉行照覆，可检举也。」金公曰：「此案并无出入，且较旧例已为末减。」予曰：「从前系照子妇殴舅姑律拟斩决，改监候。至乾隆中始以四川案改拟绞候，世臣审知之。然大司寇所职在准情酌理，维系治化，非如外省小吏奉行例案已也。夫子妇之于舅姑有犯，一切与子同论者，徒以义重也。当黄某淫念炽起之时，翁媳之义已绝。律载子婿远出，而妇翁嫁女及纵容犯奸者，皆为义绝，有犯以凡论。礼妇称翁曰舅，女夫称妇翁曰外舅，服制虽悬殊，而情义本不相远。况使媳被箝挟而竟从，将不拟以斩决乎？拒之又得绞候，是为女子者不亦进退无生路也耶？」

金公曰：「此案必邀免勾，将来减流收赎，罪属虚拟，何必苦争？」子曰：「世臣岂不知案之必邀免减赎乎？然父母在不有私财，日后减等收赎之银，仍由翁出，数年之间，妇色或未必遂衰，而其翁淫心犹炽，妇知守贞之所获者，不过数年囹圄拘囚之苦，而其翁且以为奸媳无罪，而律不准其拒也。抑贞为淫，终陷大戮，理势所必然者矣。」金公曰：「吾子意且若何？」子曰：「凡人调奸拟杖，而期亲即拟流；凡人强奸未成拟流，期亲当加为外遣。而本妇依拒奸勿论，离异归宗，方得理法之平矣。」金公曰：「以妇之故而罪其翁，非所以尊名分也。」子曰：「翁媳犯奸，男女皆斩决，何尝分别名分，以为减杀乎？且整饬伦常，以官法治乱民，非为媳报仇也，何害？」金公曰：「然则又何以离异其妇？」子曰：「与翁既义绝，不可更为其子妇矣。且父以妻之故得外遣，而其子犹以为妇，非所以教孝也，故必宜离异。阁下果决计，世臣当为具稿，反覆比引，必蒙垂允。」金公曰：「吾子言诚辨，然吾在刑部三十余年，未见有于秋审时翻尽前案者，言之徒使老夫获咎，必不能行也。」

是年夏末，伊犁将军公晋昌谳一狱，情节同此，而新疆无例案可援，具奏请旨，奉特旨将其翁发遣为奴，而释其妇。其秋，山东抚臣援伊犁案覆奏，乃置黄于法而著为例。

议刑条答

嘉庆二十五年夏，刑部尚书韩公独对出手谕，司员将现行律例中有未安者，各献其疑，以凭奏明修改。时余滞迹都下，刑部总办主稿来问者十余人，各为条议数事，其呈堂蒙采录与否不可知。是年仲冬集录各稿，删并具于篇。

律载：夜无故入人家内者，杖八十。主家登时杀死者勿论。已就拘执而擅杀伤者，减斗杀伤二等。窃谓此夜无故入人家内，即例所谓图奸未成罪人也。何以明之？谚言夜无故入人家，非奸即盗。然窃盗已行不得财，笞五十，而此律杖八十，比已行未得财之窃盗，罪加三等，是此条之非盗也明甚。查和奸律杖八十，既有图奸之实迹，故即以奸罪科之，然律不云图奸未成罪人，而云夜无故入人家内者，盖奸者人情之所深讳，其奸既未成，妇女之有约与否不可知，君子不欲深求以伤良家之心，故科以奸罪，而讳其奸名，入于盗贼门者，仁厚之至也。议者不能深明律意，乃于杀死奸夫例内，续增杀死图奸未成罪人，无论本夫及本妇有服亲属，不问登时事后杀死者，均照擅杀问拟绞候。及妇女拒奸杀人，除登时勿论外，其拘执后迭殴致死，系调奸照擅杀减一等拟流，系强奸再减一等拟徒，两条，应请于本律下，增注云：若白日入人内室图奸，有确据者同论。而删杀死奸夫例内之续增两条，以免参差。

纵容妻妾犯奸律载：用财买休、卖休和娶人妻者，本夫、本妇及买休人各杖一百。妇人离异归宗，财礼入官。若买休人与妇人用计逼勒本夫休弃，其夫别无卖休之情者，不坐。买休人及本妇各杖六十，徒一年。妇人余罪收赎，给付本夫从其嫁卖。妾减一等。说者因本律注有「因奸不陈告而嫁卖与奸夫者，本夫杖一百，奸夫奸妇各尽本法」之文，遂谓此条并非因奸。凡民间以本夫不能养活嫁卖其妻者，皆科卖休，以致嘉庆十六年有山西赵姓买娶有夫之妻为继妻，而继妻谋杀姑及夫两命，援引买休离异仍依凡论之案。窃谓买休、卖休，若非有奸在前，自当入「嫁娶违律」之门。且夫妻相守，人之至情，或以贫难饥馑离散逃生，任教养斯民之责者，方当引以为愧。至小民力不能依礼聘娶，买妻以图宗祀者，揆以情理，又岂能齐以一切之法？是寻常因贫卖妻之案，不得指为买休、卖休，断无疑义。

又律载：强占良家妻女，及妻背夫在逃自嫁，皆坐实绞。买休人用计逼勒，情同强夺，妇人用计逼勒，罪浮逃嫁，何以罪名悬殊，至于如此？详绎律意，如奸，奸妇奸夫各杖八十，奸妇从夫嫁卖，愿留者听。若嫁卖与奸夫者，本夫杖八十，妇人离异。纵容犯奸，本夫奸夫奸妇各杖九十，妇人离异。盖和同相奸，必瞒本夫，至于纵容，必系奸夫奸妇多方衒诱，以致本夫利其资助，故比和奸皆加一等。至于买休卖休，奸夫恋奸而图夺，奸妇恋奸而弃夫，本夫始则利财纵容，后遂以妻归之，故又各加一等。和奸律内，嫁卖与奸夫止杖八十，而卖休则杖一百者，盖彼系比时识破，此则纵容已久，无耻更甚，故加之也。其逼勒卖休，因有纵容在前，开门揖盗，孽由自作，故买休人及本妇之罪止科轻徒也。然律不云奸夫，而云买休人者，盖称以奸夫，则本法止杖八十，此重在买休，故称为买休人，不得以文无奸字，遂疑其非因奸也，且律目已明言纵容犯奸已。然纵容律皆离异，何以逼勒卖休，仍给本夫嫁卖，而不坐本夫以卖休之罪？盖为愚懦小民，内不胜奸妇之刁悍，外不敌奸夫之豪强，迹涉纵容，情实隐忍，律言别无卖休之情者，谓平日并不利其资助，故俯念愚民之隐衷而免其科。然本夫既已知情，则买休人及本妇自得概从轻典。本夫初本出于迫胁，终不利其资助，是与实心纵容者有间，故妇人仍给本夫，然止听嫁卖，不听愿留，可谓仁至义尽者也。查例因随时整饬，故轻重多与律殊，律注皆为申明律意而补其不备，唯此注与和奸文歧出，致滋疑窦，应请从删。

律载：犯罪得累减之条，原指案犯内，为从自首公罪递减之类而言。因而犯罪减等发落而又遇赦者，亦援累减之条，以次递减。故斗杀例拟绞候，自非情近于故，皆得归入缓决。及邀恩免勾，计年减流。减流之后，若遇国庆及清刑、雨泽、涖期等曲赦，又得以次减徒。其遇大赦者，径得援免。而死者之子，有于赦后相报复者，以故杀论斩永禁，本为广皇仁而重国法，岂容更生他议？惟人子之于父仇，义不共天，凶犯遇赦即还本家，近在目前，情难瞪忍。查唐以前有命犯遇赦避仇千里之制，所以下体人情，上尊礼教。窃谓斗杀入缓减流之犯，已得全生，若遇小赦，不必更援累减；遇大赦，即就配所湔除为民。其未减之前遇大赦者，即免为民而迁徙之。若死者之子，寻至迁徙之处仇杀者，仍照现行事例科以故杀。若迁徙者乘间逃回，遇仇戕害，仍应查照杀死罪人本律，量加办理。庶足以伸孝思而警凶党。至历朝赦典，原为湔除，近乃加记册档，赦后再犯，加本罪一等，是本为湔除，而反增疵颣，义无所取。至徒犯以上，援免递籍，而经过官司仍行收禁，尤为本末不称，俱应请改。

律载：妻妾夫亡改嫁，与旧舅姑有犯，并与舅姑同。奴婢与旧家长有犯，依凡论。注云妻妾被出及奴婢赎身者，皆不用此律。窃谓妇人从夫，故事舅姑如父母，徒以义重也。夫亡改嫁，已自绝于前夫之家，因其绝也不出于旧舅姑之意，故未便同转卖之奴婢，竟依凡论。然议刑必与礼相权轻重，古礼妇为舅姑服，与同居继父相等，继父不同居则服三月，今妇服改为三年，而旧舅姑则无服，衡其情义，与异居继父同科，已可明其夙分。古人为旧君制服三月。而旧君无礼者则不服，律注之所以谓被出不用此律。今赎身奴婢，既另有专条，改科轻典，应请增修例文。妻妾被出及夫亡后由舅姑逼嫁者，同凡论。其由妇人自愿改嫁，而舅姑依礼主婚者，与旧舅姑有犯，依继父法。

白昼抢夺例载：凡总甲快手应捕人等，指以巡捕勾摄为由，殴打平人抢夺财物者，除实犯死罪外，犯该徒罪以上，不分人多人少，若初犯一次，发边远充军。再犯发原抢夺地方枷号两个月，照前发遣。诈称内使等官例载：凡诈充各衙门差役，假以差遣体访事情、缉捕盗贼为由，占宿公馆，妄拿平人，及搜查客船，吓取财物，扰害军民，犯该徒罪以上者，无论有无签票，枷号一个月，发近边充军。若审系捏造签票执持锁链，所犯本罪未至拟徒，但经恐吓诈财者，即照蠹役诈赃一例问拟，仍各加枷号一个月。未捏有签票，止系口称奉差吓唬者，杖罪以下，亦加枷号一个月发落。若计赃逾贯，及虽未逾贯，而被诈之人因而自尽者，均拟绞监候。拷打致死，及吓诈忿争殴故杀被诈之人者，均照罪人杀所捕人律拟斩监候，为从各减一等。如假差有伪造印信批文，或以捕盗抢夺伤人，按律应拟死罪者，仍各从其重者论。若被诈之人，殴死假差者，照擅杀罪人律拟绞监候。

谨查恐吓取财例载：凡恶棍设法纠众系颈、谎言欠债、逼写文券者，不分曾否得财，为首斩立决，为从绞监候。又载凶恶棍徒，无故生事扰害良人，发极边足四千里。又白昼抢夺律载：勾捕罪人因而窃取财物，准窃盗论。又例载出哨官兵，乘危捞抢，照江洋大盗例，不分首从斩决枭示。又强盗例载：「捕役兵丁为盗，均照为首律斩决，造意者枭示」各等语，推原例意，凡以棍徒纠党横行，公然挟势滋扰，不得不加重惩办，以安善良。彼此参观，窃谓此二条，尚有应行修改移并之处。其止口称奉差，相机吓诈，未经得财，即被捕控到官者，应分别有无假印，照诈伪律办理。若其党势横很，平人被其吓唬，出财买安，即使赃数较少，必系贫难无出，核其情罪，实与无故生事扰害之棍徒无异，似难比「勾捕罪人因而窃取」之条计赃科罪，必入杖徒，方行加重。又蠹役诈赃，皆施于有事之人，与此平空设计者迥不符合。若至排闼围屋、将平人锁捆拷打、逼索搜抢，是则与恶棍之系颈逼券事理无殊，比强盗之捆缚吓禁情形一辙。况强盗虽为闾阎剧害，然犹自居匪徒而目人为事主，此则转目事主为盗贼，而自居捕人。又强盗之来，本家悉力拒守，邻佑例得协拿；此则以抢劫为营业，以缉捕为屏翳，本家战栗，邻佑屏息。及至识破机关，业已身婴桎梏。甚至将至荒僻，拷逼扳引，明目张胆，按户搜括，害遍愚懦，既多畏累而吞声，偶逢败露，又得幸邀乎轻典。是以此等案件所在时闻，水乡尤甚，似宜准情变通，从严惩创。至于被害之人，有与争殴适毙者，应核明死者情罪，查照致死凶恶棍徒及本犯应死而擅杀与格杀各律例，分别办理，以昭公允而垂炯戒。仍应以类相从，分纂于诈伪、恐吓、强盗各门，以免牵混。

威逼人致死律载：凡人杖一百。若因奸盗而威逼人致死者，斩。推原律意，恶其以罪人而敢为强暴，以至害命，故重其法。而本条例载：凡与妇人并无他故，辄以戏言觌面相狎，致妇女羞忿自尽者，拟绞监候。其因他事与妇女口角，彼此詈骂，妇女一闻秽语，气忿轻生，及并未觌面，止与其夫及亲属互相戏谑，与村野愚民，本无图奸之心，出语亵狎，妇女听闻秽语，羞忿轻生者，并杖一百，流三千里。查觌面相狎，有近因奸，而事殊威逼，绞斩同为死刑，已属不符律意。至彼此詈骂以下三条，与奸无涉，而从死刑量减，尤为未允。谨按律文奸盗同科，而窃盗例载：窃盗逃走，事主追捕失足身死，及失财窘迫因而自尽者，如无拒捕伤人及赃重积匪三犯各重情，照因奸酿命例，杖一百，徒三年。然检查奸律，则因奸酿命拟徒之条，实无明文，良以屡次因案加重，将本例删改无存。查现行条例，惟本夫及各亲属捉奸非登时杀死奸妇者，本夫问拟满徒，亲属各按服制本例减一等，奸夫俱拟满徒。其本夫登时杀死奸妇，则本夫杖八十，奸夫拟绞。亲属登时杀死奸妇，则亲属拟满徒，奸夫拟满流。

夫立法以惩奸，固不可市恩以纵恶，又岂可深文以罔民？世轻世重，实异祥刑。和奸本律止杖八十，今例加为满杖枷号，然去满徒相差五等。其杀死奸夫分别登时非登时，相悬至远者，原于维风化之中，仍寓重民命之意。至杀死奸妇，登时非登时，止宜于杀者，分亲疏别轻重，奸夫同一因奸酿命，再行区别，于义无取。奸妇同系罪人，杀者既得减科，奸夫何缘议抵？虽未便竟同止杀奸夫之奸妇，仅科奸罪，拟以城旦，实足蔽辜。若云本夫登时杀死奸妇，止杖八十，不同事后杖徒，故重奸夫之法，然不闻两徒可敌一绞也。应请修复因奸酿命本例，凡有获奸止杀奸妇者，无论本夫及其余亲属，不分登时事后，奸夫概拟满徒以归画一。至调奸未成而妇女捐躯明志，例准旌荣，所以劝节。而狂且始念，实不及此，竟与拟抵，似近过当。若谓贞妇无辜殒命，不得与失身之妇被杀同科，则事主追贼失足，岂云自取？况彼盗已成，而此奸未成，同拟杖徒，何疑轻纵？应请凡有图奸实迹，但不至于强暴者，概坐满徒。其仅止觌面相狎，并无手足勾引挟制窘辱者，比例量减。至并非觌面，止与其夫及亲属恶谑，与愚民出语秽亵本无图奸之心者，皆当比引威逼正律，科以满杖。其因事互相詈骂者，则依肇衅酿命，杖八十。凡罪止拟杖者，其轻生之妇女，正所谓感慨自杀，计画无俚，无庸一体议旌。再各例内，有比照某例治罪，而本例已经删除者甚多，意为高下，殊非明昭法守之道。应请于各条律文后，先纂本例，申明例目，使以后本条或别条比照之文，皆有依据。其事犯相似而杂出各条，罪名间多出入，亦宜先将罪同者，修于前为正条，而将随人殊科之处，分晰声明于正条之后，务使详尽。若本例实有未可复用之处，则将比照之文查核删除，以免疑窦。

庚辰九月为秦侍读条列八事

一、案件积压至为闾阎之害。本年恭逢大赦，除十恶谋故之外，已发未发、已结未结咸与湔除。

有以赦前事告讦者，罪以其罪。在民控讦，则为诬告；在官受理，则当为故勘。然民间田土界址，钱债、婚姻，仍应与剖断结正，以杜葛藤；此等案件既属无多，所有应得罪名，又可援赦，尤易了结。应请饬行督抚，严饬所属，将以上各旧案摘出，或勘或讯，悉与判结，则积牍尽清，新案可以随时审理，不至再有积压，拖累平民。其奉行不力，延搁偏袒，酿成上控、京控者，即照易结不结例参处。至前后京控，奉旨交审及部院咨交各件，一体分别应结应销，遵照恩诏事例，悉与查办。

一、州县自理词讼，例载按月折报，由道员查核是否依限断结。从前各州县积案繁多，并不遵例折报，止于交代时造案件交代册，由道员核送臬司，转送藩司，入于交案。其册内开载寥寥数件，久成具文。本年恭逢赦典，刑狱扩清，可以申明定例，整饬官常，应请饬行督抚，责成道员，严饬州县将自理词讼，遵例将已结未结及如何断结之处，按月折报，由道员查核。其有隐匿遗漏草率迟延，俱照例移司详院参处。道员失察及徇庇者，由督抚照例参处。庶小案不致再积，免酿大狱已。

一、外省摊捐之款，日多一日。大州县有每年摊至七八千金者，小州县亦不下千金。以廉抵捐，数常不敷，州县官上亏国帑，下朘民膏，常以此为借口。查各省公事，如承办科场铺垫供给公项不敷，承解颜料砖木拨船水脚不敷，势不能使一人独任赔垫，自应通力合作，全省摊帮。至院司书役、纸张、饭食盐菜，提塘报资，俱系耗羡项下，作正支销之款，其各上司自出告示，自应捐备纸张，定例严禁摊派。近来各省，任听奸胥巧立名目，逐件禀请详摊，每省每年，至有数千万两之多。应请饬行督抚，申明定例，严行裁汰。其院司书役，除额设之外，酌留贴写办公，其缺主盘踞，冗役朋所以外省拖累无辜、羁候省城经年累月者，一案常至数十人。扰害良民，莫此为甚！应请饬行刑部，意展扣。且有迟延太久、无可措词者，折尾竟不声明是否逾限，刑部既不查诘，吏部遂至无案可稽。吏部，唯核明案情，应准应驳，于限期一节，竟置不问。以致两部书吏，彼此关照，使外省得以任有应准展扣、不准展扣之分。吏部未谙刑名，唯照刑部来咨，查例定议；刑部又以参处逾限，事属处分尤严。近来各省，多有饬部案件延至三四年不结者，其弊由于刑部主核覆，吏部主议处，限期

一、外省奉旨交审，及部院咨交之案，例限四个月、两个月不等，逾者参处。若任意展扣，则多，钱漕拖欠者，即以昏庸参处。

入折内，以凭饬部查核。不得仅加虚奖，致启钻营。其本属易治之区，而该员到任后，转致案件繁是否任内并无被人京控、上控之案；从前拖欠钱漕，近已踊跃输将，是否年清年款，切实成效，叙该员历过任所，从前如何难治，该员到任之后，命盗窃贼以及自理上控各词讼，逐渐减少若干分数；

一、外省保举人员，虽出切实考语，而无切实事迹。应请饬行督抚，嗣后保荐升补人员，应将胥乘机弊混之事。应请饬行督抚，查明报部酌量拨用，以裕经费，而杜舛错。

贮多年，并不报部拨用，止于每年办春秋二拨之时，随拨册报院。积数日多，存库又久，难保无奸

一、各省司库皆有附贮之款，多者至百余万，少者亦数十万，通计各省，应不下千数百万两。存量奏明加增，则书役既足办公，而州县亦无所借口，以饰其贪黩矣。

充，概行斥革，以节浮费而杜招摇。如原设纸张等费，委实不敷，该督抚将该省耗羡，通盘筹画，酌

责令嗣后核覆案件，即将审限应展、不应展之处，确切于本尾声明。其有应参处者，知照吏部议处，督抚折尾不声明限期者，一并参处，以挽痼习。

一、各部各司，皆有则例，永为法守。司员果能悉心推究，何难通习？况遵例不遵案，迭奉大行皇帝明谕，尤为简约易循。然部中自日行稿案，以及奉旨交议之件，堂稿出于司员，司稿出于书吏，书吏又别请稿工，引案附例，上下其手。是以外省事无大小，部费为先。堂司各官，莫不欲剔除书吏之弊，然不能明断例案，欲求权之不归书吏稿工，其可得乎？应请饬部院大臣，转饬实缺及行走各司员，限三个月内，将本司则例，详细讲求，三月之后，集而考校之。其能约记例文及通晓例意者，定为优等，酌量鼓励。其全不谙晓，又不上紧学习者，分别撤任降俸，以观后效。如此一二年间，迭经教考，部中司员皆明例案，书吏自然无权，不能舞弊矣。外官知部书无权，一挂吏议，无可挽回，自必饬其廉隅。且该司员等将来内擢卿寺，外放道府，亦得驾轻就熟之效。至部院大臣，亦宜时以例案自课，于司员晋谒画稿时，随事诘问，以造真材。

一、外省公事，皆有幕友佐理，是以书吏之权，较轻于内。然幕友与书吏结联为奸，则遂不可究诘。定例院司幕友，不许过五年，后任不许接前任旧友，违者议处甚严。原以日久则弊生，不可不防其渐也。近日外省院司幕友，甚至有盘踞数十年，接连七八任者，其弊由于督抚两司首府同在省城，官虽互相监辖，幕则连为一气。一处换官，则三处之友，并力引援。偶有生手参错其间，则三处并力倾轧，必使之仍延旧友而后止。该幕友皆住家省内，年深月久，院司书吏奔走其门，通书递息，曾无间隔。且每遇案件，授意书吏，先查成案具禀请示，幕友即于该书禀上批准，更或迭加批驳，俟该书再三援案禀辨，仍复准其原禀。在本官见幕友批驳该书，以为秉公，不知该书实先受幕指，以为腾挪日期，外间议增贿赂之地。即有精强之员，难保不堕入术中。若稍近阘冗，则唯拱手受成而已。该幕等根深蒂固，招聚徒从，荐与府县，管理刑钱重务。府县知延其徒从，则公事顺手，并可借为关通。外省吏治之坏，多由于此。应请申明成例，饬行督抚，将盘踞之旧幕概行驱逐。别延有品绩学之士佐理，亦不得逾五年定限。则书吏与新幕，既非素识，心有畏惧。而新幕无书吏为其爪牙，彼此顾忌，不能任意妄为。再武职在省，委署及补缺时，必先考弓马。其升补俸满引见，亦必先于兵部堂考弓马。文职之律令，即武职之弓马也。应请饬行督抚，于初选人员到省，照考教官之例，核明是否通习律令，分别等第，以为进退。其俸满升补人员，引见验到后，由吏、刑二部，会同考核，既以知该员之贤否，又以验督抚之是否奉行。如是一二年，外官皆明于律令，幕友书吏，自不能勾串卖法，于吏治民风，所系匪浅。

书粤刻补洗冤录集证后

韩子曰：「无参验而必之者诬也。」夫谳狱莫重人命，定谳必凭尸伤。唐绍隋而刑书始著，验之方，犹无闻焉。至宋乃有洗冤集录，而平冤、无冤二录继之，现行洗冤录，即集三书而成者。近有录表尤简明，较前式致详慎已。然录载致死而无伤痕可验者，如灰桶蜡鸡之类，必尸腐检骨乃有辨识。若毡卷醉人，唯闻酒臭，银锄腐脏，并无验法，其痧胀及阴阳各症，情形悉同服毒。若以毒状既明，不加试探，必成冤狱。又中毒、服毒、灌毒，竟无辨别，遇此其何以措手耶？幸见此编，远导书册，旁稽案椟，于以申录说之未详，补录载所不备。至鸦片晚出，近事多被此毒，独能标出成式，使有依据。至有疑不能明，仍从盖阙，可谓必之参验而不诬者矣。又复章断句分，圈点关键，更于眉端，摘要博论，使读者如奉提命。黑海慈航，庶几拟似。予尤愿得是编者，于身所亲历及闻见真确，如有可证明存疑待考诸条者，随时补入也，故书其后。

齐民四术卷第七下　刑一下

为胡墨庄给事条陈积案弊源折子

工科给事中臣胡承珙跪奏：为直陈外省案件积压之源，敬抒管见，仰祈圣鉴事。窃照听讼乃无讼之基，积案即兴狱之渐。民间雀角细故，有司随时听断，别其曲直，则贫懦有所庇而足以自立，凶强有所惮而不敢滋事。若经年累月，奔走号呼，有司置之不理，是始既受气于民，终更受累于官。则其憾无所释，构怨泄忿，于是有纠众械斗者，有乘危抢劫者，有要路仇杀者，有匿名倾陷者，并有习见有司疲玩、不以告官径寻报复者：此皆以积压小案而酿成大狱，并使人心风俗，日趋刁悍之实在情形也。

我国家量能授官，其有志振作、率属勤民者，谅不乏人。而臣闻江浙各州县，均有积案千数，远者至十余年，近者亦三五年，延宕不结，节经各上司饬属清厘，尘牍如故。岂俱阘冗不职，玩视民瘼者乎？盖听断之权在官，而勾摄之事在役。假如甲乙构讼，甲富而乙贫，甲贿役而必拘乙，乙知甲之贿厚，以为衙门有人，势将必胜，非上控以架案，即远避以逃案矣。或乙直而甲曲，值长官廉明，无可关说，则甲必贿役以搁案矣。复有两造俱到，书役婪索未厌，不送到单。又有蠹役私押，留难既久，两造互避：原告久候而归，被告即来催审；及补传原告到案，而被告又去。展转稽延，旧案之审无期，新案之来日多，此胥役搁案殃民之实在情形也。然各州县中，岂无不与胥役为市，而力振积弊者乎？实由书役承办案件，皆有赔垫，长官习知其苦累情形，不得不量予假借，以为调剂。

查外省公事，除河工、盐务之外，凡州县上下文移纸张、书工、封套、印朱，皆由各书捐办。遇有大案通详，详册六套，每套至数万言，限期急促，雇觅书手，所费官既不认，唯有标赏呈辞，俾资津贴。至于衙役办公，始则勾摄，继则解送，寻常案件，杖徒解府。军流以上解司过院，命案徒犯，例亦解司。其命犯招解，唯谋杀情重，有首从加功或二三人外，斗故各杀，皆止正凶一人。至盗贼盐枭，多有一案招解至十数人者。承办原役不过一二名，及至解犯，例须一犯二解，本役督解，势必雇倩散役。又人犯到官，未经定罪收禁之前，皆须原役供给饭食。又解役到司府时，例须一人在监伴犯，一人在外筹送囚饭，苦秽情状，非齐民所堪。故应雇之人，大约无赖匪徒。系原役按照解审正限核计，将囚饭役食算交雇役，外加雇值若干，使费若干，言明若到上发审稽延，计日再加。本役名为督解，实不上路。该犯知到上翻供，则解役拖累，中途虚辞恐吓，需索酒肉，开放镣靠，该役不敢不从。甚至每过市集，强索各铺财物，与该役朋分，常有中途失囚解役俱逃者。

臣查外省案件，以州县为承审官，府司为勘转官。命案统限六个月，州县分限三个月，府司院各分一个月。盗案及寻常案件，统限四个月，州县分限两个月，府司院各分二十日。命案以凶犯到官之日起限，盗案以起获正赃之日起限。故解审一案到省，略无留难，加扣一日五十里之程限，往返已须百日。假如一案三犯，例用六解，九人百日饭资，已非百金不办。再加投文，铺监、伴监、铺堂各费，虽痛经裁革，势不能尽。而犯到司府，供稍不符，即行发审。府发附郭，展扣发审限一月；司发首府首县，亦展发审限一月；审上复驳，别委他员，又起驳审限一月。并有抚院过堂时，因案情未确，驳回臬司，而该司复发首县别起审限者。是正限之外，可以发审、驳审等名目，展加限期，几逾正限。虽例有任意扣展严议之条，而外省总得以委审驳审挪移迁就。故一案招解到省，往返总以半载为期；一犯所费，总以五七十金为率。凡此费用，皆由原役赔垫，是故每案起解之时，原役即以预支工食为名，先借库项。借项不敷，便指案禀求签票。及到省日久，雇役信索接济，原役在家筹费送省，又复指案索票，至再至三，择肥而噬。该役既得赏票之后，持票下乡，鱼肉小民，情状万变。即有被害之家，告讦到官，势不能不稍为袒护。此书役之所为得遂其索诈之私，用其冰搁之技，而滔滔不可禁止者也。

至于捕役以缉捕为职，而获盗到案，招解翻供，原捕必至覆家。故豢贼者常逸而肥，捕贼者常劳而败，闾阎惊扰，职由于此。并有瘠薄之区，贫役不能垫赔解费，命盗等案，到官收禁，事主稍弱，即薄加惩创，不行详办者。其民习见杀人不死，为盗无刑，所以贫僻下邑，民风更坏。是故大狱之兴，源于小讼之不结；小讼不结，源于胥役之贿搁；胥役贿搁源于解犯之赔垫；解犯赔垫，源于发审之展扣。夫流之浊者必澄其源，汤之沸者必去其火，此言正本清源之易为术也。方今小民京控之件，经部院奏请交审者，现奉谕旨，必须督抚亲审，不得转发。其余小民上控经府司两院亲提，或督抚仿司道亲提，司道仿府州亲提者，皆系提取全案人证，势须隔别研讯，互校供词，有非各上司一人之力所及者，或就需借助群才。至于招解人犯，已由本州县研讯得情，命案有凶器尸伤，盗案有赃具正赃，方始定谳招解，众供确凿，备载书册。解到府司，不过核对正犯供词是否与原审无异。如州县有刑求捏饰嘱等弊，该犯一见上司，势必鸣冤，就供指摘。果其冤抑有状，轻由驳回再审，重或提案亲鞫，方足以得真情而昭平允。

今解犯到府，必发附郭。附郭与外县谊属同寅，谁无情面？假有翻异，专事刑逼，令依原供，不问事理之虚实，唯以周旋寅谊为心。或经附郭以原勘解府，该犯于过府堂时复翻者，又仍发回附郭，则拷讯酷烈，更甚于前。查知府之事，较县为简，附郭政务，又较外县为繁。彼既须自理其民，又代各外县鞫狱，非模棱于发件，即抛荒其本务。况每府一年招解之案，不过数十起，而该府尚不能自审得情，必倚重于附郭，是岂知府之当逸，抑知府之必愚耶？洎由府定谳，转解至司，司又发首县。原国家设官之制，使贤治不肖，不以卑凌尊。今以各府谳定之狱，而使首县复之，是以县监府也。且臬司分尊，一经亲审，假其案有出入，府县既不敢以私语形于禀牍，欲假公上省面求，则又缓不及事。狱果冤抑，易为平反。至首县与外府，分同所属，外县交若兄弟，书札嘱托，馈遗瞻顾，遇有翻异，仍前刑吓，痛则思死，沉冤谁雪？是则发审之本意，原所以慎重刑狱，而明则狱囚遭无辜之拷掠，暗则解役增守候之浮费。迨解役所费既多，内以挟制其本官，外以取偿于编户，是展转发审之弊，直使家居良民横被扰害。况书役既以办公赔累，得行其意于本官，则一切蒙赌寅媚，包庇匪徒、私铸私贩、常人计虑之所不及者，皆可无所不为，言念及此，实为寒心。

臣愚以为招解之案，命犯不过一二人，即盗犯、盐犯人数较多，事已明白，无难问讯。似不宜假手首县，致滋扶徇，况外县恃首县挽回之力，唯事夤缘，上司借首县指臂之助，曲加听受。是以勘转官颐指气使，习为因循，承审官任性市狱，习为草率 其关系政体，尤非浅鲜。若谓首县明干，料不能出府司之上。臣愚以为即府司勘转翻异，提案亲鞫，及上控亲提之件，遴选能员帮办。查臬司在省，自有候补丞倅州县，其中不无明白公事之人，各府亦有同通首领幕僚各官，俱可传至署内别厅，督同研鞫。在府司亲审，本有一月正限，为期已宽，似不必别起委审限期，希图分过，益事稽延。若招解之案，皆责令勘转官亲审，则承审官知案关出入即干例议，自必虚中定拟。且案件皆依正限完结，解费可以减半。计州县招解各案，至繁之缺，每年不过十起，简缺更少。近日外省摊捐各款，如上司书役、纸张、饭食，皆由州县捐解，而州县书役，反须自捐办公，揆以名义似有未协。臣愚以为各督抚，当酌量地方情形，于旧有捐款之中，核其可以裁汰者，从实议减。而于各州县自办公事之纸张，书手解费，均以该州县三年成案，酌中定制，作为该州县捐款，同现行捐款各条，造册详报，以昭核实。庶几该员办公，不借书役出财，遇有舞弊延搁骫法害良者，可以直行己志，执法严惩而无愧于心。则胥役不敢公然搁案，而亲民之官可以设法清厘尘牍，不致酿成巨讼，以副我皇上宵旰勤劳、辟以止辟之至意矣。

臣生长江乡，迤北各省情形，或有不必尽同于此者。谨据见闻所及，竭忱缮奏，是否有当，伏乞云云。

为胡墨庄给事条陈清厘积案章程折子

工科给事中臣胡承珙跪奏：为敬陈外省积案必可清厘，与新案不致再积之法，以苏民困而饬吏治，恭折奏闻，仰祈圣鉴事。窃照外省公事，自斥革衣顶，问拟杖徒以上，例须通详招解报部，及奉各上司批审呈词，须详覆本批发衙门者，名为案件。其自理民词，枷杖以下，一切户婚、田土、钱债、斗殴细故，名为词讼。查外省问刑各衙门，皆有幕友佐理。幕友专以保全居停考成为职，故止悉心办理案件，以词讼系本衙门自理之件，漫不经心。而州县又复偷安，任意积压，使小民控诉不申，转受讼累。臣查案件虽关系罪名出入，然一州县每年不过数起，即或未归平允，害民犹隘。至于词讼，三八放告，繁剧之邑，常有一期收呈词至百数十纸者，又有拦舆喊禀及击鼓讼冤者，重来沓至，较案件不啻百倍。若草率断决，或一味宕延，则拖累之害，几于遍及编户。是故地方官勤于词讼者，民心爱戴。明于案件者，上司倚重。然州县莫不以获上为心，常有上司指为能员，而民人言之切齿者。此皆以词讼为无关考成，玩视民瘼，或以既得于上，反恣意朘削其民之故也。是以各弊相沿，州县旧案，常至千数。署前守候，及羁押者，常数百人。废时失业横贷利债，甚至变产典田，鬻妻卖子，疾苦壅蔽，非言可悉。

近年封疆大吏，皆知听讼为恤民之首务，积案为病民之大端，飞檄交驰，饬属清厘。又派委员分赴各郡，专驻帮办。然未定以章程，明示赏罚，州县词讼，无册籍详报可稽，印官委员勤惰能否，漫无觉察。故印官奉檄若具文，委员安坐郡城，略不事事。上以名求，下以伪应，吏治民风，毫无起色。查律例及处分则例开载，州县自理户婚、田土等项案件，定限二十日完结，仍设立号簿，开明已未完结缘由。该管府州，按月提取号簿，查核督催。该道分巡所至，将该州县每月已结未结若干件，摘叙简明案由，开单行知该州县，将未结之案，饬令按限完结申报，并将一单移知臬司，申详督抚查核。如有逾限不行审结者，照事件迟延例分别议处。若号簿内，有将自理词讼，遗漏未经造入者，罚俸三月。案由朦混填注者，降一级调用。系有心弊匿，或未结捏报已结者，革职。府州查出揭参者免议。如不行查揭，州县应革职者，府州降三级调用。州县应降调者，府州降一级留任。巡道查报不实，罚俸六个月。不随时查催者，降二级调用。查出弊混捏报、不申详督抚者，降三级调用。至上司批审事件，即责成批审之上司，凡有已违一月之限，催提不覆者，即指案移司详院查参。

又云：内外衙门，小事五日程，中事十日程，大事二十日程，并要限内完结。若事干外郡官司，关追会审，或踏勘田土者，不拘常限。又云：州县审理词讼，遇有两造俱属农民，关系丈量踏勘，有妨耕作者，如在农忙期内，准其详明上司，照例展限至八月再行审断，若查勘水利界址等事，现涉争讼，清厘稍迟，必至有妨农务者，即令州县亲赴该处审断速结，不得票拘至城，或致守候病农。其余呈诉，无妨农业之事，照常办理，不准停止。仍令该管巡道，严行查核申报。如州县将应行审结之事，借称农忙停讼稽延者，据实参处。道府不实力查报，一并严参。又云：各省有刑名等官，每月自理事件，作何审断，与准理拘提完结之月日，按月造册申送该管府道司院查考。其有陷漏装饰，按其干犯，别其轻重，轻则记过，重则题参。如该地方官自理词讼，有任意拖延，使民朝夕听候，以致废时失业，牵连无辜，小事累及妇女，甚至卖鬻妻子者，该管上司即行题参。上司徇庇不参，被人首告，或被科道纠参，将该管各上司一并交部从重议处。又云：上司批发道府查审，以奉文之日起限。道府自行准理，以告官之日起限。

又云：审理词讼衙门，无论正署官员，于词讼审断之后，即令该吏将各案犯证、呈状、口供、勘语，粘连成帙，接缝钤印。离任时，将一切已结卷宗造册交存外，其未结各案，分别内结外结，及上司批审，今省咨查，并自理各项，汇录印簿，逐一开具事由，照依年月编号登记，注明经承姓名，造入交盘册内。并将历任递交之案检齐，加具并无藏匿抽改甘结，交与接任官。限一个月查对，出具印文，由该管上司核明，详赍巡道臬司存核。臬司核明，仍移送藩司，入于交代案内。若造送迟延者，分别议处。倘不粘连卷宗，降一级留任。已粘连而不用印者，罚俸一年。未经粘连用印，以致抽匿改换，滋事舞弊，降二级调用。又云：地方窃案，经事主报官，州县讳匿不报者，每案罚俸六个月。不行查核之该管府州，罚俸三个月。又云：州县申报窃案，该管上司详记档案，于岁底汇查，量记功过，以为劝惩。统计一年内报窃之案，能拿获及半者，毋庸记功过。不及半者，每五案记过一次。及半之外，多获五案者，记功一次。记过至四次者，罚俸六个月。记功四次者，纪录一次。缉获前官任内窃案一案，记功一次。俱准其与过抵销，开单咨部查核，各等语。推求例意，以府司皆有勘转重案专责，道员既不管谳定罪名，是以将自理词讼，责成道员，位尊足以资弹压，缺闲足以资查核，任专则无可推委，议严则有所惩惧。良法美意，可云详切。无如外省办案，唯命盗及军流以上罪名，尚照定例扣限。其寻常杖徒之案，则于详文尾，声明案系外结，请免扣限字样。照前届交代原册，略增数案。各上司收受文册，从不核对驳问，绝不闻有以隐匿遗漏案件揭参之事。

至自理词讼各件，则从无遵例按月册报各上司者，州县交代之时，虽造交代案册申送，然皆仿及民人上控，亦不提交案件册查核，此案曾否造入？即州县审结自理各案，亦从不遵例申报，各上司无凭查核。其卷宗除奉文提审之案，从不粘连用印。是以日积月累，词讼积压，盈千累百；恬不为怪。视民瘼若儿戏，玩条例如弁髦，相习成风，牢不可破。今若以数十年积弊，而一旦绳以一切之法，则外省大小各官，无不被议，势必仍前朦混，不肯使真情显露。似宜仰恳皇上旷恩，宽其已往，饬督抚酌量地方实在情形，先将积案清厘，以观后效。查各省候补丞倅州县及佐贰人员无虑数百，应由督抚严饬州县，将所有积案，分出招解批审。自理及窃盗各项，按照月日，摘具事由，造简明册籍，分别已结未结，限文到一月内，通详申送。督抚再凭册核查，派委人员前赴该州县帮同分投办理。其重案及攸关人命窃盗应缉城内词讼，俱仍责成该州县自理。所有各乡词讼，及奉批发审人证在乡、事理较轻之件，委员到彼，会同本州督饬经承。将各乡分开，约以方二三十里，居中择一寺院公所，委员检齐卷宗，带同谙练经承皂隶各二三名，前往驻办。督抚俱先将清厘章程，及民间讼累疾苦，恺切谆示，广发张挂。其讼经年远，查核两年之内，原、被告俱未呈催一词者，自属民气已平，不愿终讼。摘出案由，十起一册详销，仍榜示于署前及该乡公所门首。委员到乡，即摘出应审各案事由，大书榜于公所之前，声明如有愿息者，即同原、被告协同户族乡地，赴委员处具息请销。凡具息者，除事关命件抢夺聚众械斗之外，不许苛求驳讯。其应审事件，即票仰该乡地，传集赴公所听审，量从轻减议结。仍会同本州县备摘案由，载明断语及息词，十案一册详结。间有被告远出而原告负气不愿息讼者，委员于办完一乡，开单移回本州县自理。若原、被或有一造外出，而其亲族出头调说，具词求息者，亦即准息。仍俱摘明审息缘由，仿照秋审榜示之例，校示公所之前，晓谕众目。其榜仍准本州县会同列衔，委员约繁缺三四人，简缺减半。委员不敷，则以该州县佐贰巡检，隔汛对调帮办。

其省城词讼，臬司首府各委干员，勒限先清以为首倡，府城附郭除上司委员外，该府仍委丞倅，先将城内词讼，率同清厘。所有应行审解之案，仍照原限，不得藉口清厘，转滋迁延。约计积案至多之省不过十余万起。迤北各省，词讼较简，想尚不及此数。除去两年不催径行详销、及两造愿息、窃盗应缉有一造远出候提之案，约去其半，每省不过四五万起。分投查办，限以半年，无不可以审结净尽者。上司以委员结案之迟速多寡，分别功过。其审结之案，经半年无上控翻异者，定为一等。以次差之。凡列一等者，咨部分别议叙，拔补拔委，以示奖励。其有审断不公，因循迟延，及住城掩饰者，立与严参。盖书役之长技在延搁，使两造不齐，不能听断，以遂其养案肥私之志。必官自下乡，则官民相近，乡地一呼，两造可以自行投审，胥役不能间沮，如此则积案可清矣。旧牍既清之后，所有新案，严饬州县照例按月申详，责成道员督催提验。督抚仍按季加造词讼事由册籍，分别已结未结，咨明刑部刑科，查出迟延积压，照例议处。遇有民人京控之件，则由收词衙门行部科，查核本案有无造入册内。其有未经造入者，则系有心隐漏，道员照徇庇例严议，院司府亦各议以应得之罪，不事姑容。是原告尚未解往，而吏议已及，部费打点，无能为力，则各知禀慎，不敢貌为宽容，代人受过。如此则新案不致再积矣。

再，州县窃案积多，功过不能相抵，例有处分，不能隐匿。势必认真缉捕，不敢怠玩。其有关于民瘼吏治，似非浅鲜。查近年民风刁健，上控京控之件日多，是以严立章程。凡未经本管官审断而辄上控者，即所控得实，亦治以越诉之罪。臣愚以为州县受理有正限二十日，若民人控告，已逾二十日，及程限每日五十里，如上司提审扣正限及提解程途各限之外不与审理者，即准其再赴督抚衙门控告。督抚批审，亦有正限一月，如该民人守候，又逾例限，来京控诉者，责令该民人于呈内声明在州县守候若干日，府道督抚各守候若干日，果系已逾例限不与审断者，免其越诉之罪。仍将各官照迟延例议处。庶大小各官，自顾考成，不敢任意疲玩，拖累良民矣。臣愚昧无识，生长田间，谨据管见所及。是否有当，伏乞云云。

书三案始末

嘉庆二十一年闰六月初一日，江苏铜山县新集民段继干门首，有男尸浮出池面。初三日知县杨秉临诣验，尸身溃烂，照例以无凭相验殓埋立案。新集距城六十里，县差张源持朱签率白役数名拘继干并其男邻张起入城。始知十八日，有原充本县刑书之叶姓具呈，云前六月三十日，遣子孝思往段继干家讨帐，至今未回，闻继干门首池内有溺毙男尸，是否即系孝思，乞与查究。继干到，秉临立诘负欠杀人状，张起证以并未见有索欠人来段继干家。遂用非刑熬审继干、起两昼夜，不承。乃遣张源至狱中，讽继干输白金二千两，再加五百以了衙门，则事可已，继干不允。翌日又刑讯，昏绝再四。继干长子拦徐州道严烺舆论冤，发县收管。继干妻李氏，敏达公曾孙女也，见夫囚子押，遂遣其母家侄诉于都。及继干、起同毙于狱，秉临恇惧。其友张姓教以前去车戽池水，以验形迹。七月廿八日，车见池底，得茧绸裤一条，白布单袜一双。叶认为孝思物，当厂具领。次日叶击鼓呈袜内原书一封，系竹纸叠封，骑封写信面，秉临坐大堂，面众用火炙干。拆封，略云前帐已结清，尾欠说明不论，无奈歇业之后，愚父子行同乞丐，数次承兄台帮助，今遣儿子造府，不敢再提前帐，求兄台做好事，只当帮衬，外附原帐一纸。秉临当堂用印粘卷。

未几，江苏巡抚胡克家奉旨亲讯，饬司六百里飞提人证卷宗。申刻文到，而戌刻继干子毙于押所，其妻闻信奔入城，缢死。有子才周岁，母死无乳，号哭两昼夜亦死。案提至省，拖延半载。而按察使出缺，协办大学士两江总督以试用道署理。署臬需次时，秉临以乡谊有所资助。问官承指，当以叶孝思于前六月三十日晚，到继干家，继干款于玻璃套房。谈至夜半，提及索欠，继干喝令长子拉地毒殴，继又自取门闩连击。孝思碰开窗棂，奔出投塘。继干父子赖欠行凶，张起扶同隐饰，自伏天刑，应毋庸议。李氏痛夫情切，原情勿论。而秉临密行厚贿，并告以张源拟抵。李氏系不识字，既画允服，署臬乃勘转。适抚部病故，江苏布政使坐升，当入都，上命阁督兼抚部事。阁督故倚信署臬，又值岁暮，不暇亲讯，依详奏结。次年春，张源坐轿过李氏门詈辱之，李氏知被诳，乃携幼子入都，捧赃出首，呈出贿和之样银十锭，期票二千两，又田四百亩文契。奉旨交新抚复审。叶在抚部堂供认：报县原呈，乃县署刑友张姓所做，张源转授投递。其袜内书信，则继干既死之后，张源引至署内密室，杨知县手写信稿，命其照誊。新抚既受词，欲循例自下而上，添委素名廉干之开复知县周以勋，随同苏州府知府讯详。

新抚有中表弟祝纯嘏，以从九品在苏试用，每有所干，既得请，而率为贿者所夺，积怒禀揭新抚贪枉十二事。新抚畏阁督先发，遂奏请查办。适阁督按苏大阅，以勋迎于浒关，禀知奉委审段李氏案。阁督问是否已得要领，以勋对曰：「叶姓呈出袜内原书，并未拆封，是其子孝思尚未入继干之门。」阁督曰：「此案吾例回避，人命至重，苟能得情平反，吾自当奏请严议，断不可稍涉瞻徇，谢罢之。」时宝山县出缺，其缺在苏省为最优，先以安徽布政使故，定调其兄句容县知县韩慧均。而原任徐州道单沄，自本籍迎阁督于镇江，遂改用其侄江苏布政司理问单鹏图，命沄具稿。及闻以勋言，乃于校阅苏标折内，附奏以周以勋补宝山。折回，以勋欲辞委赴新任，而新抚所奏祝纯嘏事，已下阁督，交质约成。新抚知以勋工为上下手，不听其去。以勋乃急谳此案，搜根剔骨，使人讽秉临禀讦以勋，曲徇原告，有意倾陷。以勋乃执委员被讦回避之条，得脱。延至廿三年春，阁督当纯嘏诬妄挟制发遣，新抚遂以李氏始终固执，依妇女收赎例复奏。

道光纪年，余自都偕江苏按察使诚端之官，取道铜山，道路言段李氏之冤甚悉。抵署调卷共阅之，乃得始末。月余，接任江苏巡抚告居停曰：「今早接京信，段李氏又携子行丐至提督府喊冤矣。此案初起时，吾陈臬浙江，深知其沉冤，到时须吾子悉心为之平反。」居停答以「途中闻人言啧啧，月前阅核原卷，信为谬诞。」及李氏递到，抚部言：「细思段李氏，恐意在诈财。」居停笑曰：「段继干若非富子，则不涉此祸，今既人亡家破，即诈财岂偿本耶？」抚部默然，自后遂不提段案。七月二十六日，抚部以监临出省，密嘱苏州府知府额腾伊告居停，催委员速讯，照案议结，揭晓回辕，便须复奏。予久闻抚部意移，居停渐亦不能力争，遂托故辞馆。临别，居停谆求赠言，予曰：「但愿阁下得调他省，不结段李氏之案而已。」居停旋调陕西，接任者如督抚指议结。阁督复专奏段李氏刁健不悛，当以永远监禁。而断干起衅之日，山东有徐文诰之案。

徐文诰者，山东泰安县东乡富人也。嘉庆二十一年前六月三十日夜，巨盗奄至。文诰与弟文显，侍母宿后楼，闻盗哄，各持火枪下楼，拔关肩倚而出，连放数十响，及栅门，于枪火光中见人躺地。

盗已去，呼众炳烛，验死者则其家武士柏永柱也，当栅门内夹道尽处，为文显妻住房，被劫银两衣饰。文诰以闰六月初一日入城报盗，初三日，知县汪汝弼诣验。入栅门即马号，厂屋五间，系骡九头，皆高健膘壮。栅门着向外火枪砂子痕如黑子。失盗之屋，有窗临夹道，破损而不能进入，门扇无劈撬形迹。诘失单开载衣裙，文诰无能言表里颜色者。汝弼当开导文诰曰：「家长疑贼杀雇工人，罪止科徒。且汝有力纳赎，不必装点盗情，自取重戾。」文诰惊惧，即入城嘱其故识泰安副将以白金三千两馈汝弼。汝弼却之，欲收文诰，文诰逃归。文诰家距省百余里，初二日，历城捕役获伙盗杨进忠、郑二标二名，讯认随王大壮、王三壮等十一人，于前六月三十夜行劫泰安徐文诰家银两衣饰，并枪毙其雇工柏永柱。起出哈喇套袍一件，当票两纸，系分受徐事主之赃。历城刑书飞信告文诰，文诰得信，驰至省认赃，即抄供赴司控汝弼讳盗。

时按察使与汝弼同乡，同居馆职，又其长子之乡会同年也，乃檄长清县知县戴屺，带犯赴泰安会汝弼勘详。进忠等指出入状甚晰，汝弼怒，拂衣回署。屺续至，而汝弼已以四可疑单衔禀复。随禀上省谒臬使曰：「文诰系事主，若无别情，何肯以重贿行求？」臬使见汝弼禀，已是汝弼。及闻却赃事，遂定计严勘文诰，发济南府审办。知府为杭州名臣子，承指拷讯文诰及其管事族弟文现，两膝溃烂，筋骨皆见，蛆球出入如弹丸。以进忠等又供伙窃章邱事主驴头，真赃未获，不能竟纵。于是上谳曰：「徐文诰依家长殴杀雇工人律拟徒，杨进忠等若归文诰报劫案内议结，殊多窒碍，应请归于章邱县事主被窃驴头案内，俟获赃日，从轻议结。」臬使据情详咨。奉刑部指驳，格填柏永柱胸膛，火伤一片，砂眼三十七处，脊背火伤一片，砂眼四十三处，一枪何能伤及两面？况火器伤人，例拟故杀。驳令复审。时济南已擢登莱青道，接任者嘉兴大世族，督同委员拷掠逼供，遂遵驳，当文诰故杀论斩。上谳曰：「柏永柱尸伤两面，应请删改一伤，以符部案。」臬使方核转，以升广西布政司去任。文显见家资荡复大半，而兄又以无辜拟斩，遂挺身赴诉都下。奉严旨，斥汝弼教供诬陷，而苦累事主，纵盗殃民之问官，比盗贼更为可恶，审正后即宜正法，以快人心而饬官常。于是自巡抚以下，莫敢复言此案者。

故直隶总督温承惠，起用山东按察使，以东省盗风最炽，访得东平州丁忧在籍之原署广平府知府王兆奎，三世窝盗，饬首县戴屺前往密捕。檄留省审案之招远县知县魏襄，代理历城县事。襄核卯簿，有邢学孔、邢志顺者，邢家洼人，而文诰卷内伙盗，有邢进朝亦邢家洼人，疑其同族。遂召学孔等密询之，许以重赏，与五日限，捕进朝。既到案，则供认如进忠等。并供商同上盗之邢泰，前曾借伊京钱五吊，分赃后同行至章邱界，天尚未明，当分道遂向索欠。邢泰答以当赃还钱，进朝欲得其所分女绉袄充算。邢泰执所值浮多，不肯付给。进朝即拔顺刀吓戳，适伤小肚倒地，弃刀惊跑。襄即赴同查案，章邱果有是日验报受伤无名男子详文，年貌与邢泰同。移提库贮衣服，有女绉袄一件，金耳挖一枝，春绸搭膊一条，皆文诰失单内物。温公始信此案甚确，莱提文诰、文显之禁。登、莱、济南皆恇惧，乃布流言于中外，以为各犯到案，皆不拷而承，显系贿买。又言柏永柱之妻美艳，文诰占为妾，假盗谋杀有状。及提到柏永柱妻，则麻面龋齿无人形，登、莱、济南语塞。续获三犯，供亦如前，而贿买之说益甚。

计此案正盗十一人，立时戕杀一人，病故一人，逸犯止三人，而凶盗王大壮、王三壮在其中。温公欲依获盗过半，先后到案，众供确凿例，先决从罪。巡抚和舜武，既为谣诼所惑，又虑问官咎不可任，必欲监候待质。温公乃募线人张鹏，参济南府快头，取大壮母家书，浮海至吉林，召大壮等。先得大壮。三壮故能徘优，大壮偕鹏追寻，三日乃得之。同至吉林将军署，具呈，请批入关。鹏密投温公文牒，将军亲鞫大壮等供认不讳，乃械系护送归案。先由六百里录供咨复，而和抚部疾故，接任巡抚，即前袒汝弼之臬使，已视事。温公提讯大壮等，供称在历城乡间，起意纠杨进忠等十一人，同赴泰安劫徐文诰家。苦无路费，先在章邱之宋家庄，窃得衣饰十余事，并得火枪二杆，药葫芦一具。大壮喜曰：「文诰家有柏永柱，技勇绝人，流星无敌，既得火枪，则无畏彼矣。」三十日二更至文诰门首，夺开栅门。永柱住门外土室，闻哄奔入栅内，喝称：「我柏永柱来也！」大壮厉声言，「来者即开火。」永柱曰：「来者不怕，怕者不来。」侧身使流星直上。大壮、三壮分站夹道墙跟，一齐向外开火，各伤其一面，余砂著栅门簌簌。文诰闻大壮供词，始明永柱枪毙之故。盖以渠兄弟一路点放枪火，心中颇疑误杀永柱故也。三壮又供伙党入栅门，即欲取骡头，侦知文显妻装奁最盛，住夹道傍屋，遂直前推门甚坚，以砖击窗断数棂。闻屋内妇人言：「吾儿才数月，莫惊吓，吾自起开门，放汝等入搬箱笼。」故门不伤损，窗不可入，而赃得入手。大壮、三壮专持火枪防永柱，未经搜赃，不意永柱枪毙。又闻屋后枪声乱发，仓皇奔散，不及牵制头口。

文诰因哭陈失赃皆弟妇嫁服，故仓卒不能记颜色表里，然后汝弼所禀之四疑尽豁。谳上，抚部面诘大壮等曰：「事隔四年，尚能记忆如此清楚乎？」大壮曰：「自己做事，如何不能记忆？」抚部又曰：「且仔细思想，但一画供，即绑赴市曹矣。」大壮等哗曰：「做强盗该杀，又枪毙事主雇工人，反累事主受四年牢狱。且闻其百万家资，十之七八已耗入官吏囊橐，我辈该杀久矣，有何冤屈希冀，再容思想。」抚部默然。犹捏大壮供称弟兄二人放枪，皆系向天上吓放，且并未装砂子，驳回复审。温公次日以原详复上。值曹济水灾，抚部委温公勘抚。温公知抚部意欲乘其出省月余之隙，匿情奏结，乃引勘抚系布政专责，不肯行。而兖沂道擢江西按察使，亦抚部子同年生也，抚部与密谋所以倾温公者，而以之为代。时布政使岳龄安，敦厚持正，虽不显抗抚部，然检案由旧，常不能快抚部之意所欲为，议俟西臬调回东后，并击岳公而荐之。二十四年八月六日，抚部入闱监临，西臬即以是日赴北。十七日，抚部于奏报三场完竣折内，夹片密参承惠自以曾任总督，不甘受人节制，为乞病避贤可哀怜状，而西臬即以递折日陛见于热河。上怒，褫承惠职，而代以西臬。抚部即奏请回避徐文诰案，交新臬勘奏。

温公临行，别岳公于藩署，握手曰：「徐文诰案，所以能得情平反者，陵县知县赵毓驹之力也。我去，彼人必泄余愤于毓驹，毓驹有母年逾八十，断不可使作万里行，以属吾子。」岳公曰：「公去，我即其续也。假得留此，敢不闻命。」温公遂行。抚部先出城至候馆，居民万数汹汹诟詈之，至不可道。抚部虑有他变，跄踉返署，不及送温公。新臬抵任八日，即劾承惠在臬任一年，审结二千七百余案，采舆论，核卷宗，有四案委不公允，奉旨发问新疆。抚部见温公已外遣，无能助文诰者，乃决意翻异。调温公倚任之武定府知府王果复谳之，果仍照原详。撤改登州府知府杨世昌，世昌亦温公所可者，许以济南。到省一讯，即引疾月余，抚部不得已，乃使与新臬共密谋之署济南府知府谳之。济南先收张鹏，当以教供诬良。一日文诰候讯坐阶下，有温公所捕之他案盗犯，锒铛过文诰前，问曰：「若非徐文诰乎？」文诰曰：「诺。」盗犯举锁链击文诰头流血，骂曰：「畜生！为若故，坏吾山东数十年未有之好按察，畜生还敢靦然见人耶？」济南望见之，惭沮趋入。文诰旋出逃，抚部意其必入都，命戴屺追之不及。抚部接邸抄，见文孚等驰驿带回徐文诰赴东之旨，忧迫无措。新臬虽力持翻案，然以改委再三，阅两月未得一接本案犯证。抚部急就温公原详，略加删削，匿节奉严旨，援他条减议问官，以新臬名具折稿。而稿长七千余言，缮写两昼夜乃成，召新臬至其署拜发奏结。折出三日，而星使按临，提犯复勘，枭大壮等，释文诰归业，加议汝弼论遣。其余问官悉照新臬奏所议，重者褫职，轻者镌级。而督堵河南马营坝决口合龙之大臣协办大学士吴璥，与故济南姻亲，以合龙功，故济南、故登、莱遂得复列官联矣。

嘉庆七年，故两江总督阿林保于浙江布政使任内面奏八折收漕，上命回任具折。浙省官民误传以为面奉俞允矣，官吏欢跃。谓既准外加二五，则一切无艺诛求，皆有出路，而浮收勒折，可以无所顾忌。及折到，上念农民终岁勤动，衣食每苦不给，所赖封圻屏翰，勤求廉吏以拊循生息之，岂宜别科条，为贪官巧留地步。况奉准额外浮收，即同加赋，非家法也，遂明发谕旨驳斥之。是年冬，归安县知县徐起渭，欲捏造新定八折谕旨张示城乡。其友谓湖州多乡宦，邸抄无不见者，不便。不如只以朱牌写奉旨八折收漕六字，排列仓门，既可哄吓乡愚，又肘腋易防，不至他患。十八区民陆名扬，完粮至仓，见朱牌，纠乡人掮牌去。其时上游风气，尚不能明目张胆袒护浮收，起渭恇惧，急以白金八千两讲。名扬谓十八区，尚有未完下忙条银七千余两，尽截串给花户。并定以开仓之第四日，专收十八区额漕，万五千余石，每平斛一石，作漕九斗五升，绝捉猪飞斛诸弊，乃可还牌。起渭不得已，与定约。十八区民德名扬甚，又念其公廉，一切鼠牙雀角，皆就名扬平曲直。名扬剖析平允，乡人悦服，称曰：「名阿爹。」阿爹者，老人尊称也。附近邻乡县慕其行谊，往质成者无不厌其意。十八区至富庶，自七年至廿五年，其乡遂无一纸入公门，倚衙门为活计者尤切齿。

江浙虽连界，漕甲天下，而浙省浮收，至重不过加四五，比江省大为平减，唯捉猪飞斛则同。乡人完粮，皆以一麻袋盛米一斛，漕书于斛过数袋后，取一袋到廒中，不与过斛，名曰捉猪。其过斛而朦混不下斛筹，则名飞斛。捉猪明而飞斛暗。浙属大约十斛捉一猪，江属大约五斛捉一猪。飞斛则乘利便，无定数。计前后十八年之中，十八区完漕，唯程三立任归安三年，名扬告乡人曰：「程父台为官清正，当与戴一帽，以资办公。」戴帽者淋斛尖也，每石可赢米五升，然程君去任辄止。府县恨名扬甚，而无可如何，每于上游前诉苦累，辄指名扬。湖州府署有钱友王五者，盘踞廿余年，勾串搭抬，累资数十万，而结连省幕，莫能去。常持请红夷大炮洗十八区之论，以此固上下之欢。二十五年夏，上游以候补知州王寿榕署归安县事，诣辕谢委，官厅内坐州县七八人，而起渭适在，举手为寿榕贺。起渭曰：「吾兄此去，如何为治？」寿榕曰：「首办陆名扬耳。」起渭笑曰：「吾兄材力如何能举此事？莫出大言，免贻后悔。」寿榕曰：「徐兄以己度人，故轻量天下士，我老王岂肯为戏言者。」起渭知寿榕尚气，易激以秽语，乃曰：「小弟本懦弱无用，但恐自命干济才，到临时反懦弱无用之不若。老王果了此事，情愿请诸兄当面，看小弟做乌龟爬出辕门，以供一笑。不能者如何？」寿榕起哗曰：「老徐本是乌龟，诸兄异日着眼看爬。」语未竟，内传寿榕，寿榕即力陈非办漕棍陆名扬不可。时巡抚为陈若霖，然其言。

寿榕遂在省募拳勇素著者数人，同之官。厚结王五，考核书役，皆以武事为进退，内外监所有猾贼枭徒，悉释而豢之。至八月，集众且六百人，联航百数，更余发椳。归安乡河支蔓，众请所之，寿榕指水道，不告所事。至夜分，距名扬家不一里，有横港，寿榕命入港口。众曰：「进此港即名阿爹家，岂欲拿名阿爹乎？」寿榕曰：「然。」众曰：「名阿爹正直好人。」各鼓椳散去，寿榕即与丁从五六人棹舟返，天尚未明。王五自府署遣人至县探消息已十余次，知府方士淦坐王五书房中商禀稿定，拍掌笑乐，见寿榕，索然意尽矣。而德清令踉跄亦至，无冠带，发辫臭秽不可近。十八区处归安边境，其后则德清，寿榕密约德清令断其后路。德清令率快壮百余人，夜入十八区界，去名扬所居十里，即纵掠。居民惊起捕盗，德清令坠粪窖中，余众纷窜。德清令潜爬出窖，手足相助，穿稻畦里许，至河边得舟，即转舵赴府哭诉。寿榕曰：「兄为我受累，不能不会衔通禀。」王五曰：「此时距收漕尚三四月，难以措词。现当天下缟素，可捏为陆名扬演戏集乡众，预约抗粮，如此则本县与邻县皆例得弹压禁止。而名扬竟敢纠众抗拒，殴辱官吏，则事近大逆，不慭上游不严办。再改名扬为明扬，以触怒圣心，则事济矣。」士瑜等皆以为善。王五遂具禀，归安、德清会印通禀，而府加转。

若霖以绍兴府知府张青选，曾署潮州，较士瑜为能，飞调同往查办。青选、士瑜携吏役二百余人，坐船至菱湖，过桥入浜，尚未至十八区界，从役见岸上有居民百余户，乘机抢掠。居人各持梃桶拨拒，役奔小船，四窜避梃。士瑜座船笨重不可转，吏役争上士瑜船，士瑜船沉溺几毙，府役死者二人，青选以乘马获免。其地距名扬家且二十里。初，德清之役，居民以为盗去，无所损失，未报案。及士瑜舟沉，名扬方知为捕己故。自念年逾六十，二子幼弱，产仅中人，度无可伸诉者，乃寄其子戚友家，自剃发入湖，至江苏无锡县乡僧寺。而青选、士瑜联名禀明扬率众拒捕，杀府役，挤溺知府，请大兵。若霖以命按察，叶汝芝不欲行，乃行布政伊克札木素。布政领省兵四百名，行抵湖州，晤湖州协镇，悉前后情实，乃不开兵。青选、士瑜不得请，乃请悬赏购捕。布政曰：「我未携幕友来，可代拟禀。」青选具禀曰：「获名扬者赏银一万两，报信半之。」布政以禀示随员候补同知瑞麟、阿督部之季子也，对曰：「何不查刘第五、朱毛俚赏格银数？」布政乃怒裂其禀，即日回舟。

而若霖于布政带兵出省时，已据府县禀入奏，闻布政不主用兵，因日日差弁候问舟次。及闻布政回，遣门丁迎于五十里外，布政见之，谓曰：「不意大人老成练达，乃为贪酷小儿女愚弄至此，我若稍粗率者，几助桀为虐矣。」门丁驰白，若霖惶惧失措，自迎于城外候馆。故事，两司出省差旋，先上院，乃回署。巡抚于次日看拜，布政闻若霖出迎，乃改由他城门入己署。若霖随至布政署拜看，布政以病固辞。急召幕友商具折奏参，为言始末，愤甚，喷血盈盎，稿成不能看，幕友诵之，布政切齿狂叫，诵未毕，血迸而逝。而若霖擢两湖总督，代者为刑部侍郎帅承瀛。抵任，忧捕明扬不可得。仁和、钱塘两首县献策，遣兵七百名往发明扬祖坟，承瀛许之，以候补通判吴嵰领事。明扬本吴氏子，后于陆，陆吴两姓坟无主名者，被发数百千家。十八区男丁皆窜匿，妇女守门户者，被弁兵淫掠，至有以强暴捐躯，而尸经虫腐不收敛者。明扬闻乡人被难，略如前明倭贼时，乃于道光纪年四月，自投于白把总。嵰闻信飞禀曰：「卑职访实该逆所在，身先士卒，扯住发辫，白把总续抱其腰，遂得就擒。」承瀛得嵰禀，乃撤兵。兵入省，多厓瘠扶杖而后能行者。按察鞫明扬何以无发？明扬供去年九月内，削发为僧，以图逃匿。按察笑曰：「汝发辫被吴通判扯脱，乃诈云为僧，欲没其头功耶？」谳上，承瀛亲讯。明扬到抚部堂时，风日尚晴丽，及反接出署，天忽沉黑，对面不见人，竟日不解。而归安、乌程、德清三县居民，醵金为都土地庙以祀名扬，以正法信至日开光，买香楮祭奠者，为之空市。次年，江省州县遍奉阁督行知，给事中王家相廉得其稿，乃具十不可折指驳，户部侍郎江苏学政姚文田，续奏尤婉切。而侍讲学士秦承业，以旧学恩，从容为今上诵祖宗成宪，乃奉通谕止其事。江省匿不誊黄，是年江都县知县陈文述收漕时，竟以奉旨八折撰示张贴，士民莫敢谁何。而归安令欲乘杀陆明扬之威，浮收十八区捉猪飞斛如他乡。十八区民噪，令捕得四人，锁押入署。乃大哗曰：「四人必死矣，吾辈第求得其当。」入仓缚官亲厫幕漕书得八人以归。令急白士淦，士淦曰：「今年能如去年再办大案耶？若能了者了之，不能，吾唯有实揭浮收，不能以薄命为徇。」令乃遣人至十八区讲，仍以第四日专收十八区米九五折如前，送四人还，以易八人。初四人就捕，自分不测，而令以知府故急讲，未暇受四人词。及八人回署，则皆身无完肤矣。承瀛渐悉其故，悔恨饮泣，以至失明。

论曰：近世之言冤狱者，推柴大纪、杨天相。大都谓大纪之祸，起于与福文襄拉手；天相之祸，起于提督陈大用欲擅功，单奏不会总督苏凌阿衔。予友宝山张孟如故与大用、天相相识，为予言苏督部贿纵之洋盗八人，蔡牵实在其中，非仅后有二人在山东破案已也。然实系千总周非熊所获，天相为其营主，倚势以白金三千夺之，是则行财冒功，天相故非无罪者也。嗣与果勇侯杨宫傅共事马兰，述及大纪之案，宫傅言闻之时斋宫保。其时宫保以武举从文襄渡台，柴伯被全红雨拨，坐城外道旁，侍者三四十人，皆少健，衣服都丽，马膘壮，鞍辔灿然。过钦差十数，柴伯皆不起，文襄至，乃执敌礼，文襄故不快。入城见士民乘城者皆躺地闭目，以手拉草根和土纳口中，无生人色。文襄言饿甚者，近粥饭辄死，命先以糖浆徐灌之，两日乃与薄粥，得活者数万人。入镇署又见铺垫华朊，查存仓尚有米二万石，乃大怒，欲据实参劾，闽督李侍尧力请，始得以他事论死。予前闻在台当长随之周姓，言其目击事，与宫傅说略同。当共济遇风之时，而不惜士卒，自纵至此，其不至他变者，列圣深仁厚泽，有以作立信之民，激发其忠义，自捍疆场。大纪顾藉以幸邀异数，虽殊死斯当其咎矣。至段氏有财而不知自卫，几无完卵，媳烈妻义，莫加省识，斯所谓殆有前缘者耶？徐令罔上行私，独名扬出与为难，虽财不入己，固非自全之道矣。而乡里敬信，至不烦官府者二十年，家产无所增入，曲者不以为怨，其廉让有足多者。戏言挑激，竟报夙怨，所谓壁不忘鼠者也。「人怕出名猪怕壮」，谚言其不信矣乎？文诰之竟不死，幸也。温公初任直督，颇不能孚众望，蹶后复起，而东省吏治为之丕变，击贪酷，苏困起弊，不可更仆数，皆予客岳公署所亲见，岂非君子之善用悔哉！荷戈未久，复畀大藩，谗口沮尼，卒以不用。迹温公自曹郎起道府，用陟封圻，荟蔚不可遏，是必有推挽之者矣。幡然晚盖，遂婴众怒，伊公济仁无术，顿至戕生，得毋将有所厚而去其疾耶？帅公抚浙六年，政声为封圻最，偶失详慎，遂贻重悔。然草菅民命以为得计，而终身安富康强者，比比也。帅公独知所悔，遂以瞀而废矣，悲夫！

论曰：岳松庭承宣山东，诚述堂提刑江苏，皆延予为总理。初予皆与约曰：「贱子才力，但能办七分不公道事，过此不敢闻命。」然在松庭所，庶几践言，佐述堂未免有阑入八九者矣。吴棣华提刑闻而怪之曰：「人言吾子办事，必以七分不公道为约，有诸？」予曰：「画地自守，鄙志也，然常愧未能无渝盟。」棣华曰：「不公道至七分，甚矣，吾子得毋愤激而发此谈乎？」余曰：「岂弟君子，无易由言，何阁下之言之易耶？衡时度势，非至七分不公道，必不能行。不公道仅至七分，则吾心差可自安。而讼者一胜一负，亦皆得以自慊。贱子调和而为此期望不可必之谈，何阁下反疑为愤激耶？」棣华曰：「愿终其说。」予曰：「案至两司，则承审官已为被告，故本案之曲直与有司之平枉，以十分为率，官民各居其半，其在官之五分，难以言公道矣。民与民争曲直而成案，有司枉之，然后兼与官争，甚至弃本案之曲直，而专与官争平枉，则上游之有以驱之也。故善者惟于本案曲直争多寡之数。曲直在本案者，果五而得三，是谚所谓「大头已向下」也。讼至于提省审办，两造之力皆已疲，盖有求已而不得者矣。公道昭至五分之三，直者之气必平。曲者之健也，常恃官吏，见公道昭于上游，则已失其所恃，而又不为已甚，留不公道之二分，使得借以自饰，则岂有不可已之事乎？本案之曲直明，官吏之平枉自见，而直者之气平，则其与官争也不力，而枉在官者，上游可以意消纳，而不至翻异。故予尝谓保全官吏，在舒民气而不使之郁者，良以此也。今在省谳狱办案者不然，人卷至省，其曲直未尝不了然于心目也，以为顺其曲直，则官吏之获咎至重，必颠倒黑白，垫禁而强持之。益深使之喻水之必溺，益热使之喻火之必焚，以甘心就枉而不悔憾也。夫直者以不甘受民之枉，而诉于有司，有司既从而曲之，激为上控，而枉更甚，其果能甘乎？且上游曾亦何利于其间哉？然而启口必以为事关全局，不可长讦上之风，酿祸造劫，殆有不忍逆料者，此贱子所为必以七分不公道为约。而自忖平生所经，犹深内愧者也。」

棣华曰：「吾子之言痛切矣，世间竟无不公道在七分以内之事乎？」予曰：「州县受理，稍持公道，虽使至八九分可也，至两司则格碍多矣。然不曰三分公道，而曰七分不公道者，为不公道之取数已赢，不敢更以公道自居，故变其词，使居上游者知所儆惧也。贱子所经民与官讼之案，数十百起，诬枉在民者，不过三五事耳。受理之初，解结梳根，务求得实，官吏栗栗惴恐，问官亦为之咋舌，相结肆谤蔫。然其卒也，未尝办一参案，而绝无酿成巨狱者，以不欲郁民故也。近世以郁民而成巨狱者，如安徽之寿州案，江苏之丹徒案，浙江之德清案，皆仰烦圣虑，星使交驰，同官道府以下联袂赴戍，而剖别本案曲直，诚未能得十分之三，阁下所悉也。有一案，参一官，则一省之可居官者或寡矣。结正其本案，而通融其因缘牵掣者，七分不公道，不亦可乎？」楝华称善者久之。然而是说也，只可用之于控讦之案，至官吏自为觎法，复何顾忌之有？虽然，不可以不务昭其信也。故曰：「人而无信，不知其可。」君子信而后劳其民。阿、孙两巨公为八折收漕之奏，其用心固未必专为属吏开方便法门也。惟素行不足取信于民，而属吏之信之甚挚。揑旨征愚，为国敛怨，岂必归安始有徐、江都始有陈哉？铜山诣验，照例殓埋，初心固无他也。吏诱于外，友耸于中，凡此皆有司自为觎法，不关讦上。而上游不举其职，动引投鼠忌器以为说，罪坐所由，恐若者未必同此梦梦也。泰安勤而疑，疑而导以出路，未为大失也。事迹明白，乃任性负气，尚上游以与民争，议以首恶，不亦宜乎？予留别大明湖诗云：「无非同有非，无罪同有罪。齐治自古然，于今竟莫改。」岂惟齐而已哉？

与次儿论谳狱书

告汝兴安：接来书知苏守舒自庵先生招入谳局，全省刑狱于兹总汇。汝看卷颇快，亦能记忆，唯性急不耐寂寞，此大诫也。谳狱非甚难之事，而尚书谓「服念五六日，至于旬时」，又云「两造具备，师听五词。」至述古先王之政，必云「明德慎罚」，易言「君子以明慎用刑而不留狱」，何其重耶？

我始至江西，陈莲史提刑以广信廖氏部案，司府鞫之经岁，不得要领，札委审办。我到南昌看卷三日，已见端倪。而江西陋习，签押刑招房站堂差皂，无不插嘴问话。我因告南昌，嘱在堂人役，皆莫开口，南昌殊不谓然。我告以试问一堂再看，南昌乃如指谕其丁役。堂讯两日，已得真情，而有要证未到，禀请委提。南昌见我审案得法，谆托代审其自理积案。各处词讼，止有三造，江西独有四造。三造者原、被、中证也，江西则原、被各请其私人为中证，故有四造，以此应审之人更多。我先看明卷宗，乃开场，谕原差带全案人证上堂，照点名单过朱，问其年齿、住址、父母、兄弟、妻子、生业皆遍，饬带下堂。乃独传原告，和颜款语，谕以将所事原委逐细告知。原告既毕词，又谕以你事已隔年余，保无记忆不清，匆促误说，且慢慢想明再说。即前供有错，准汝想明改正。原告词又毕，仍谕令再想。如是者三，乃谕以汝三次细想过，以后若添出别情，便出讼师教唆，即是真情，我也不听了。原告叩头说断无别情可说，我又谕之曰：「你三次所供，有前情说在后，后情说在前处，今既仔细想明，前后都清清楚楚，可将真实的话，从头再说一遍我听，以便招房录供。」原告下，乃传被告，亦如前问原告之法。次传要证亦如之。招房呈供单，有不符处，逐笔核改定，乃传全案人公同看供。仍谕以各看各供，有写错处回明更正。看别人供，有捏诬处，逐层指驳。四造辨驳锋起，我总静听，俟其毕词，乃各摘其罅隙而切讦之，无不承者。两造既承服，乃面写谳语于供后，示四造公看，乃饬带下，照断具允服遵依限状。再带第二案，如前问讯。在南昌四十日，问过自理案三百起，有七十余案人证不齐，其余二百三十余案皆结，未尝一用掌责笞责。

我旋奉讳回籍，服阕重到，查询所结之案，并无一翻控者。即人证不齐未结之案，我亦将审过供情核定，加看于后，声明俟某人到案，察看有无别情再行定夺。我回籍后，诸未结案，中证出具和息者，亦十七八。盖卷经看明，曲直已得十七八，再据供定谳，自然平允，无可翻异。问官第一不可先说话，不可多说话，不可动气性。我走过多省，见谳局中能员堂坐，但闻问官乱喝乱叫，先教供，后逼供，箠楚无数，号恸盈廷，是非曲直，安得不颠倒乎：此系我弱冠客朱文正节署时，见文正审办发交及提省巨案而心识之者，故以告汝。我耳目虽劣，尚可足用。家中大小平安，汝一心从公，毋庸远罣，年下或有便差，来白门度岁也好。道光癸卯季夏父字。

与次儿论谳狱第二书

字告兴实知之：前书言谳狱之法颇详尽，然止言得本案之情实。至于首府谳局，为全省总汇，或京控奉发，或上控提省，或翻异提全案人证，其案多有自数年至十数年者。又本案两造先后控诉之词，多出岔头，更有牵砌别案作证，自数案至十数案者。提卷动至盈箱，提犯动致数十百人。首府有发审友，例为主政，然近来幕友，莫肯悉心看卷，且难保不别存意见。此宗大案奉委，例有一月审限，为期本宽。必须将本卷先看一遍，摘出紧要之人，再将全卷逐人摘出其紧要情节。遇有岔出头脑，必须细想前后，与本案是否有关涉处。盖岔出情节，每有股大于腰、指大于股者，一经挑掣，常至本案不可收拾。此种情节，虽要摘出，然须于摘略内注明不可追究。或竟不置一词，以便正案合龙。摘节略时，务要详明，日后堂讯，但看节略，免再查卷之烦。摘定节略，把鼻已得，必须细检律例，拿定一正经归宿，讯供时皆注定正条，则供成而看亦成。发审友即有意见，不能动弹供情。

盖发审大案，断不能如自理小案，一一得实。然或移情就例，或择例就情，务求平允而宽厚，则问官与犯人两无所憾，而讼师不能簸弄其间，则案易了结，而自无翻异。若一挑掣岔头，必致展转提犯，逾限既自关考成，拖延更累及无辜，造福作孽，只争一间，慎之又慎。至于牵砌之案，其已结者勿论。其未结而人集者，于本案有涉而无碍，便宜于大案后提出，略加数语，便可带结。若牵掣重大，头绪纷繁，便宜以人证不齐等语，蹬归原衙门自行集讯结正。分合机宜，至为不易。又堂讯数次之后，每有两造当堂递禀，此必情有难白，而以笔代舌，必须细看细想，或收受，或发还，断不可草草下一字，或反为所持，有碍大局。说虽浅近，大要尽此。盖看卷摘略，最为紧要，然亦有堂讯时，真情与卷载迥异者，又不可执略硬做。至案情既得，与承审官常有干碍，不得不设法周旋，则书三案后论之言具详，兹不赘及。后八日父字。

齐民四术卷第八　刑二

邵和州事略

乾隆四十八年秋，铨部以礼部主事浙江进士邵君为安徽直隶和州知州。君携二仆之任，既受篆，悉召书役问名齿。谕之曰：「汝等占缺皆由买受，然吾来，不能虐吾民为尔等赡家计。汝等及此时尚有余财，可更他业，日后汝等苦赔累，求迁业不可得，将重怨吾，吾故先以相告。」即日谕承发吏，限一月将州属远近未结之案，分别城内、关厢、各乡都图为清册，同卷先后送阅。吏莫喻其故。至期，城内及关厢册至，约二百余案。君昼夜检核，乃手书榜于署门曰：某某日、某某地保、某某案人证赴城隍庙听审，如有弊捺者，许原、被自赴庙报到。十日而二百余案悉结。每结一案，君辄朱书案由及谳语，榜庙门，人心大服。君乃择各乡有庙宇，摘出四面十余里之案，分都图谕其地保带人证如城内之法。携书办二，刑杖二，厨役一，乘马下乡，居庙中就决之。三月各乡旧事千七百余案皆结，其新事随时批审无留。州属既无事，乃乘马至所属之含山县，督令审理如其州，三月含山之积牍亦清。君不携眷口，不延幕友，书役值日者，于内厨给其饮食，食指不过十数人。

和州故事，食用物皆有官价，下乡则地保备供应。君一切罢之，便商以利民。两江总督署所用牛油烛，向由和州供应，吾莅任止其供。督署檄取之，君乃买柏油烛一千斤，专役赍送，而牍内言宰牛干例禁，今和民遵例不复宰牛，无以得牛烛。具印领，领柏烛价并其运脚。大府笑曰：「此书迂见小。」如数给之，于是各上司不敢有所征求于君。君善饮，在州无事，则日乘马，携一役，担酒出郊野，遇耆老耕者，呼与共饮。而询其乡里有不率教者，召至薄惩而切谕之。民相劝从善，以无烦我君也。在和州十七月，部有错拟之案，君既出，则群引君，吏议君降一级调用。五十年正月遂去任，和、含之民，皆阖户以赆君。州城在大江西，至止马河上船，相距四十里，君出城五日乃得达。民为君具巨舫八以收馈遗，不能容，又增小舟五。君故少仆从，民为押送至君家。君既登舟，而江头数十万男妇号哭之声，震动东岸，东岸居民亦为之流涕。君既去，而后任悉改君法，如未至之前，民愈思君。和、含士人追念君德，各为诗文张背于州堂，至重叠不可辨识。余十岁时，从先君子至和州上墓，寓张老家，目见其事。张老谓余曰：「郎君日后做官，当学吾邵公祖。吾今八十余，见公祖数十，唯邵公祖满载而归也。」阅今三十余年，忘君之名，恐久而并忘其事实，故笔记如右而论之曰：

近世守土者，多以士刁民顽为说。以余所见，阳湖吕荣字幼心，知桐城，以失鞘被劾。吕君亏帑万五千，桐民醵金万八千以完其亏，其余以资捐复。吕君入都，眷属百口寄桐，民争以薪米鸡肉馈膳之，历二年不绝，以汔其行。河内白守廉字省之，知合肥，捕役斗殴杀人，以革役具详，上官劾其讳饰。白君去官已二年，总督阅兵至合肥，士民具呈请为捐复者至万人。吕君为人尚权变，其治行固非邵君比。白君又出吕君下，而民皆爱之如此。婺源县知县沈恕，上游所称能吏也。以受赃为民所持，不得已，使出铜差。其眷口出署，民争揭舆帘视之。从者曰：「此沈父母官眷也，不得无礼。」民皆曰：「吾虽贫，一看沈父母官眷亦可矣。」当涂县知县顾之焱、太平县知县曹梦鹤、南陵县知县徐心田，每下乡，所坐轿辄为居民所碎。至州县升调去任时，民争以纸钱撒其舆前者，不可胜数。夫非犹是安徽之民耶？司封圻者，可以鉴矣。

永康州知州方君寿序

世臣弱冠得交天下贤豪长者，其敦行能文章，强半皆常州人也。今年又识方君彦闻于都下，彦闻常州后起之尤秀已。常州士人之为外吏有政声者，推左君仲甫、吕君幼心、吴君礼石、李君申耆、魏君曾容，世臣皆得交之。礼石、申耆、曾容治行尤异，与交亦尤欢。唯彦闻之尊甫友槎先生，宦辙较远，同人盛称其治行，而迄今未得谒。先生以乾隆丙午举于乡，赴乙卯大挑，以知县签掣甘肃。历知成、礼、平番三县事，擢静宁州。奉讳去官。服阕起用，改发广西，授永康州知州。所至皆有能名。嘉庆丁丑六月先生年登六十，彦闻之友在都者，谋所以祝先生，而征文于世臣。时俗尚祝嘏之词，率谀漫无足重，世臣雅不为此。然以十余年思慕而未见之人，得以一言自质其是非，是乌敢辞！

盖尝论吏之失职久矣。为吏而能举其职者，内则刑部，外则州县。然州县之所有事，钱漕则丞主之，案牍则簿主之，缉捕则尉主之，庠序则校官主之。是故长官之职，在兴利除害，劝课农桑，激扬孝弟而已。自长官以钱漕为利薮，案牍为威权，始尽夺丞簿之职。至风俗之淳漓，闾阎之安扰，以其无利于己也，而置之不问，于是校官与尉之设，始冗于胥徒，污于驵侩，而州县之本职抑尽废弃已。为其上者，复专以钱漕、案牍行其考核，是以天下州县千数，几莫有能言其职者也。吏职废而世道衰，民之敦内行者则以为懦，事力田者则以为鲁，其因事呼吁，凶徒之所构，吏役之所噬，则常在焉。唯长官之好文者，乃能与浮华词客相亲近，事唱酬，外是则皆豪强武断，与官吏为市，以渔牟吾民，否则能挟持其短长者也。民见良之被害，而奸之有宠，风尚所趋可知也。语曰「视君长如父兄」，今父子异居、兄弟相讼者，遍天下，长官反因以为利，其父兄之不知，而况如之者乎？是以一旦有急，如当阳、长阳、曹、滑之已事，左右为仇敌，尽室靡遗，斯国家何赖焉？

先生前摄礼县时，西北教匪充斥，礼间于陇蜀，为出入必争之地。贼首王三槐以数万众薄城，环攻之四阅月，而民人固守，城卒不陷。说者以为先生有奇略，然非其平时敦崇孝弟，掊击奸猾，使民人鼓舞信服而得同其好恶，乌能使之如手足捍头目，守死百余日而无猝变邪？先生既耻军功之冒滥，名不登于牍，又不欲自张其绩，故所以致此者罕能言之。先生性强项，不肯剥下以媚上，上游鲜有能善者。以先生长于决狱，他郡邑有疑难，必飞檄调鞫，以此得相容。然言听讼于州县末已，言决狱于听讼，则尤隘已。闻先生更事至熟，而意气不衰。意气者，吾人之所以能任事也。然不获乎上，则民不可治。其视先生日懋德修，而平乃意气，使得以尽举长官之职而风示天下，以为国家干城之卫者，吾不于先生望之而谁望哉？彦闻即趋省永康，其诵之以进觞于左右，先生其亦然吾言也夫！

送毕子筠分发浙江知县序

子筠以教习期满，例得知县，签掣浙江。余滞迹都下，于其行而告之曰：知县，世所称父母官也；或又称为白面盗贼。何哉？诗曰：「岂弟君子，民之父母。」说之者曰：「岂，乐也；弟，易也。」言君子以乐易为政，故民爱之如父母。乐之反也苦，易之反也烦，君子以苦烦为政，则民恶之如盗贼，所必然矣。诗曰：「谁能烹鱼，溉之釜鬵。」说之者曰：「烹鱼烦则碎，治民烦则扰。」易曰：「易则易知，简则易从。」「易知则有亲，易从则有功。」有亲有功，是父母之行也。吕览曰：「圣王所恶，无恶于不可知。」举事而使人不可知，是其心深恐人之知也，是盗贼之行也。近时州县廉俸，常不足以抵捐款，需次既无廉俸，又群居省垣，酒食征逐，人事所不能已，其势必举人钱。子母相权，岁时倍称，一旦得缺，急偿私债。更有待聘之友，闲暇过从，导为不善，甚至与友为市，名曰包办，失足之后，欲悔无从。故世人呼初入仕途者为下炉，言精铁至此皆熔化也。故予以二言赠子筠：曰俭，曰勤，俭则需次不举人钱，勤则莅任不留民事。

难者曰：「子言诚是矣！然廉俸不敷办公，又有摊捐、伺应、延友、购募必不可省之经费，其将安出？故父母之名虽美，而入内谪摧，情所难堪。盗贼之名虽恶，而善事上官，小民其如我何？」余应之曰：「无野人莫养君子」，「劳心者食于人」。今中县率五六万户，以父母自居，则此五六万户皆子孙也，天下有五六万户之子孙而不能养一父母者乎？以盗贼自居，则此五六万户皆事主也，天下有五六万户之事主，而不能捕一盗贼者乎？世之为吏者，固无不劳心，心为民而劳，则近于父母矣；心为己而劳，则近于盗贼矣，史公有言，「廉吏久久更富」。吾足迹半天下，见吏之归于富，大抵皆近廉者也，子筠勉之矣。

为江苏提刑诫述堂通示合省

为谆切劝谕，以正风俗而息讼源事。照得明刑所以弼教，道政先于齐刑，欲息民争，务救俗弊。我皇上御极之初，首饬命吏崇教化之源，继谕齐民遵婚丧之制。明礼所以防未然，先教所以挽积习，圣意谆切，薄海周知。本使司恭应简命，陈臬斯土，颇闻滨江诸郡，士风秀颖；沿河一带，民气劲直。最为大省，夙称易治。然好文之弊，易近浮华；尚武之流，易邻刁悍。则有寻常宴会，必穷山海之珍；制造冠裳，竞为奇巧之饰。甚至以聚赌为谋生之资，视狎妓为敬客之具。奢能败俗，先自陷于滔淫；事既犯科，尤授人以挟制。又有席厚之家，负气之子，豢拳勇以助势，养讼棍以树威，常至睚眦小怨，奔诉连年；口角微嫌，喝令成狱。抑思出豢养匪徒之资，为睦姻戚党之费，则群情顶戴，干糇无愆，积善留贻，降福可必。岂有构怨结忿，荡产亡身之祸哉？更或觊觎官荒，垂涎淤涨；藉词子母，则用沙棍之谋；倚势欺凌，则资沙虎之力。利能昏智，巨讼必覆其家；天道好还，骤坍并累其后。有力置产，何必为此？至于讼棍，亦读书识字之流；拳勇，皆手足便利之辈。自食其力，尽足养生；又何取多行不义，自贻伊戚耶？

本使司职主提刑，时切无刑之志；官名廉察，不以苛察为能。固不肯假耳目于近习，致启报复索诈之风；又岂敢博忠厚之虚名，反长荡检逾闲之俗。为此示谕阖属绅士军民人等知悉，务宜各执其业，各安其分；以终凶为戒，以有耻为期。为盛朝改过迁善之民，成大省声名文物之盛。将见贫者不终于贫，富者长守其富，则本使司之所厚望也。倘若教而不改，是谓怙终，法所必加，焉能曲宥？遏奢淫以裕民生，除强暴以安民业，固本使司之职守也。后悔无及，各宜凛遵，须至告示者。道光纪年四月廿五日。

为江苏提刑诚述堂通札所属

札某官知悉：照得广思所以集益，求助必先咨询。虽讲若画一，成法可守；而因地制宜，治道所尚。本使司恭应简命，陈臬此邦；宦辙初经，士风未习。徒怀兴利除弊之心，不得挈领提纲之术。该某官供职有年，讲求素切。大则事关通省，小则一郡一邑。无论现莅之邦，旧治之地，果于民间疾苦，确有见闻，或以事权较轻，未能径举；或以量移太速，未及观成。但有真知确见，可以裨益吏治民风者，如系本使司专政之事，即时采纳施行。其应详明两院宪及会同藩司各道者，亦即据情详咨，熟商办理。既以匡本使司之不逮，亦足觇该员之才识所至，以备任使。即有迂远不切之谈，本使司断不以此见责。其各直抒所见，逐条开折，悉意详陈，毋存隐饰。至于佐杂微员，近民尤甚，但通政体，奚限官阶？札到，该员即抄录移行所属，俾其各言心得，径申本司，务使民隐得以悉达，襄举善政。此系本使司虚怀求治之衷，惟望同舟共信，以期相与有成。仁切仁切，须至札者。道光纪年四月十四日。

为直隶承宣陆心兰通致所属长吏

言初至直省，地方情形，诸未谙习。然前此两任京职，久居本境，三官东土，近在邻封。颇闻直省地瘠民贫，以差务殷繁，苦累尤甚。惟顺天二十四属，伺应跸路，民累而官亦累。其去京较远之区，派差里下，民累而官反乐。我皇上惠泽畿辅，无微不至，本年冬差，特减车辆。闾阎输纳，供亿清尘，固是分所应为，尤属出于至愿。然绅士既免差徭，而稍有力之家，指捐职衔，即入优册。是唯终岁勤动之农民，方供杂派。优免既多，飞洒益重。在诸君子身为民上，目击重困，未必更存自利之心。然内不能不委任家丁书役，外不能不假手地保里胥，侵牟愚弱，征一科十，理势之所必有。迨至痛极吁呈，而议者又以事关全局，难与伸理。言来自田间，夙知稼穑；出守闽中，切近州县，官常累况，亦已渐悉。

东坡有言：士大夫莫不爱其同类，然官吾类也，民亦吾类也。窃尝谓：以一家而论，则为官之人少，而为民之人多；以一身而论，则为官之日少，而为民之日多。即如宦游外省，戚友过从，未尝不询问本地父母官治行何似？固未有以纵吏为能，虐民为得者也。求仁莫近于强恕，取则不远于伐柯，我心所同，无烦赘说。言谨与诸君子约，来春办理差务，当本年剧灾之后，即有收州县，亦多附近灾区，必期一率旧章，无增有减。革除积弊，少宽民力，则言得相安无事，藏其樗拙，幸甚幸甚！若仍有洒派不公，以及朘民自植，言身居屏藩，曾不能少纾民间疾苦，平日读书，所学何事？而尚能靦然为诸君子之长官也耶？御下如束湿薪，固素性所不肯为，然一家哭何如一路哭？书之史册，以为至论。言虽不材，又敢上负圣恩，下孤民望，以博宽厚之称于百数十员属吏乎？言闻有司更换之际，吏胥因缘为奸，供亿迎送，于民无益。然至其不得已也，则两害相形，必取其轻。唯望诸君子共体此意，毋使言之必至于不得已也。

为民设官，古今通义。所为尊卑相维者，原以力能举事，则上游足以有为；而洞悉民隐，则州县得之切近。诸君子宦游直省，阅历有年，民间疾苦，亮多加意。而或事有牵掣，势难径行；或不时受代，未能竣事；或差次体察，权不由己。是皆卓见在胸，长才未试。利关全省，固属鸿猷；害除一邑，亦为隐德。言承乏下车，情同墙面，虽怀勤求之心，未得诚和之要。倘荷诸君子念切同舟，不吝教益，各抒所见，以匡不逮，勿拘体裁，唯祈迅速，说果可采，言必陈明大府，商同司道，渐次举行。即或意见不同，亦征心乎好我。言接见诸君子，有所闻知，无不披露，原期交勉有成，并非恃势矜己。惟望诸君子，鉴察言心，毋有所隐。

人之才具相悬，而性同一善；行径万变，而道无异趣。古今称吏治者，必曰循良。凡以循良者，有心人可勉而至，故史传纪之以为百世法也。孔子曰：「有能一日用其力于仁矣乎？我未见力不足者。」康诰曰「若保赤子」，世之养子者，固有善不善之殊矣。而其子皆得长育成立，则以母氏之求之诚也。故其识见警敏、更事繁多者，苟肯诚求，效可立致。即或资性迟钝，初登仕版，廉养于俭，拙修以勤，人一己百，强明可必。古史所称居官无赫赫名，去后多留人思者，此其选也。更有罣误习染，素行不检，震无咎者存乎悔，往昔贤豪，如斯不乏。近世郭尚书初仕吴江，颇著贪酷。暨汤文正公抚吴，郭公改行，与陆清献公并邀行取，为世名臣。假郭公以失足自弃，其能免登汤公之白简，而为后世言恶者所稽乎？诸君子起家科甲，人官固由服古，其或借径异路，亦必夙业诗书。凡所征引，谅皆习闻。南宋王梅溪以黄堂樽酒，感化所属。言顾何人，敢企梅溪？唯区区之心，不敢厚自菲薄，故诵习旧闻，与诸君子共勉之而已。

孟子曰：「欲贵者人之同心。」孔子曰：「富而可求也，吾亦为之。」圣训彰彰如是，而宦途犹有专以奔竞为事者，亦可谓不善读书矣。言自知不敏，公慎夙矢。民誉民望，则加拔擢，众所欲也；积劳阅俸，则与量移，遵定例也。至缺分肥瘠，人殊甘苦，悉心调剂以期均平，实恐偏累误公，非关为人择地。言现在斟酌正佐班次，划定委补章程。至于酌委之缺，或因整饬地方，或因调剂勤劳，心迹难掩见闻，争讦必加惩创。诸君子各宜自爱，勿受愚弄，勿求系援。幸不挂于弹章，已见鄙于清议。近来民气偾薄，必期共挽颓流。诸君子级无崇卑，分皆长人，各饬廉隅，以为民倡。庶几廉让之俗可见，而顽懦之风可息也。勉之望之！道光二年十一月二十六日，武林陆言谨白。

诚述堂性懦才钝，而居心无他；陆心兰自命豪杰，而行不顾言。仆为之代言，虽俱不能见诸实事，而两公品诣实殊，阅者详之。

石公祠碑

君讳家绍，字瑶辰，姓石氏，山西翼城人也。以嘉庆癸酉拔贡生教谕壶关，己卯举于乡，道光壬午成进士。签发江西，补龙南县知县。调上饶，再调南昌，历署大庾、新城、新建。擢瑞州府铜鼓营同知，署饶州、赣州知府。己亥五月二十八日，卒赣州府署，年四十有八。君耽精书史，通百家之言。和夷坦荡，口呐呐若不得辞。而以己度人，以情求物，临民折狱，常得其真。巨猾负嵎，服君清德，遂来归命。狂潦洊岁，君尽心焉，灾以不害。迹君宦辙，来则老细欢迎，恬嬉讴舞；去则壶浆塞路，涕泣横流。知与不知，称曰石爹爹。爹爹，江西民呼父也。

乙未秋，君谢南昌事，寓省垣。予从询土俗淳漓之故，君曰：「仆绾符十余载，闲居追溯，无一可对士民者，惭憾而已，遑知其他！」予闻斯言，怿乎若饮醇醪而自醉也。是年十二月朔，省开粥厂，主者循例备三千人食，而就食者五万，汹汹不可止。君往谕曰：「汝等速散，明早看告示，断不使有一饥民无粥吃也。」则皆曰：「石爹爹不欺人。」遂散去。先是在事诸君，所以谕众者较君倍谆切矣，然非君言卒莫听。君集书六万卷，常就予论析疑义。君或未习，归则竟夕检本，必见其深，时发予所未及。治安于民，道信于友，如是可以为易简理得、仕学交优者也。君既卒官，所莅旧部，各请祀君于泽宫。南昌绅耆更醵金钱建专祠以奉尝君。官斯土者，慕君行治，集力弥踊跃，遂以庚子冬落成祠宇于百花洲恒沙寺之右。佥谓祠有兴废，唯明德为不朽，然非托于纪述，何以昭示来兹？兴作向往，爰伐贞石，载兹清颂。庶几中郎不作，仍传无愧之辞；文子来游，不昧与归之智。其辞曰：

于穆石君，天笃诚悫。自乎孚人，不负幼学。懿德之好，声继召父。胡不慭遗，以福蓬户。民之戴君，谓察谒请。君子弃民，谁瘉瘝症？桃李不言，荣名岂既？新祠有翚，以妥岂弟。君心乎民，自兹有岁。民心乎君，无怠永世。

石君尝问文法所宜，至碑版，予曰：「当以中郎为极则。汉碑传者，既多阙文，其有可读，亦近朴樕，韩欧诸刻，或已诘屈，或已委缛。唯中郎文质得中，事简而人具见。」石君以为然。故此作依中郎旧法，颇为惬心，欧公有言：「所以慰吾死友耳。」今古真有同情。祠成进主，予榜其龛曰：「得人心所同，为吾党生色。」道光壬寅六月，录稿附记。

书两知州事

嘉庆中，吏部以杭州庶吉士某甲为溧水县知县。其父至署，钩稽触怒，遂欲递解其父，为书启友汪衣白批颊而止，通省莫不闻。邑人有徐氏子，好博而善窃，其母告官收系之。数月，邑有窃案，赃甚巨，捕人白：非得徐氏子为线不可获。某甲出之，许以获案则释归。案果获，知县释徐氏子。乡人公呈以为必释徐氏子，且杀母。某甲不听，未几，徐氏子竟殴杀其母，某甲护前不受理。案延三载，至嘉庆二十五年四月，邑民不胜愤，共缚某甲于舆中，舁至知府署，曰：「还汝好官！」知府惶遽曰：「大府虽出省，有藩宪在。」民又舆至布政使司大堂，置而去。某甲故自结于大府，乃遴试用道员署。按察使治其事，遂抽改文案，依过失杀父母律拟绞，覆大府。大府檄之还任。某甲入谢，大府谕曰：「吾计政体耳，若往必不保，其静候擢任。」是年冬，即荐为泰州知州。而考之曰：「久任溧水，民情爱戴。」

江宁巨绅秦承业、董教增，在都阅邸抄，笑曰：「戴则有之，爱则未也。」大府出考，可谓拔十得五矣。」中书吴嵩梁闻之，叹曰：「此有故实。乾隆末，吾江西有知县祖逆子，为合县所讦，调省质讯。案既结，捧檄回任，县民共闭城乘埤掷瓦石，不得入。遂回省，大府乃擢之知州。」

吴谐

戊子岁杪，候友生于钞关逆旅。案上有绥寇纪略，同舍翻阅。至虞渊沈服妖类，载京师妇女宴会出游，好蟒服乘车，不避呵殿，视其衣交龙烂然，乱上下之序。台谏屡以为言，禁不可止。喟然曰：「尽信书则不如无书，世岂有民妇蟒服宴游者乎？是必失实。」

其别客，吴人也。笑曰：「君不信耶？今其习染于吾吴，请得以目治者为证，特前朝尚有能言禁止者耳。夫荣华光耀，则百恶除灭，盖自古叹之，矧在妇女。荼切氏者本赍产，或献之巨室，列于比屋，未幸也。其主人庄佃遍南北，患诸仆出司庄佃，辄侵租入，故常遣爱姬督其成，优其名曰别宅。荼切氏乘间言别宅去主人远，常私司庄仆，役小隶为鹰犬，厚馈遗主人左右，交构蔽主人，苦累佃客，将使主人庄荒，减岁入，终必为家计忧。主人深念荼切氏内不比诸姬，外不比诸仆，贞而察，又所言得裕家之本，而庄佃以在吴为最大，遂使居吴，以务宽佃力。

荼切氏至，则服凤蟒，御彩舆，历阡陌，谕佃客以主人意。佃客感泣叩头，颂夫人贤明慈惠，洞小人疾苦。诸仆栗栗请条教。已而有小隶之谨者遇佃宽，荼切氏怒曰：「如是则入数较少，若何以自给？且挪正租，渐不可长。」又有侵租自肥者，积数巨，至不可掩覆，惶遽无所措。而荼切氏语管家曰：「吾尝过彼管，彼伺应甚具设，是宜多费。若其集诸小隶，酌盈剂虚，醵举之，毋烦主人听。」于是诸仆竞纵小隶剥佃客，而槀租簿所收存者。然心惧荼切氏，或一旦宠替，事辄败，相率购姬侍常幸者，浸润称誉之。及佃客不胜朘削，环诉主人，荼切氏乃曰：「诸仆皆主人所遣，职在管庄佃，非率小隶严督佃客，额租且不办。彼佃客何厌之有？若以佃客言责诸小隶，是诸仆亦有咎。即更他仆，益不能约束佃客，佃客且益骄。虽妾且无权，又损主人威。况诸仆隶力办庄佃事，多有不能销算经费者，又各有妻妾子女仰赡给。佃客自愿于租额外，别输小租为酬报，事非始今日，今乃受不快诸小隶者愚弄耳，实不出佃客意。」主人惑其说，严斥诉者。佃客多毁家，渐至无力粪畎亩，庄日芜秽。大小租故不减前，然簿籍大都子虚矣。监奴备知之，以荼切氏故不敢诘。荼切氏又时时以诸小隶廉干白主人，得进禀饩者过半。主人谓荼切氏督庄佃有成效，既佃客与小隶相安，益治田致丰裕。戴主人恩德，乃大宠幸。

「八月，荼切氏为秦淮赏月之游。以其古金粉地也，艳饰加盛以称之。秦淮凋敝久，闻见朴僿，观者为之倾市。过于吴，时云间并海处有异禽，质鹰也，头略如虎，自秋浦来，于潮诞日集城中作人言曰：『鼓牢牛具』，殊不避人。荼切氏闻之，命管家致之吴，以待返棹。妪婢夙亲幸者皆识之，曰：『鸺鹠也，当为室家不祥。』最后有羌婢羊朱氏自诩知书，独曰：『非鸺鹠，乃鸱鸮。自紫阳训鸱鸮为鸺鹠恶鸟，致诸姑姊沿其误。其实鸱鸮名巧妇，又名女匠，工为巢，以所系卑弱，故常为人毁侮，见诗疏及孙卿子。若夫人畜而豢之，齿于鹈练，则莫不佩服夫人博物淹通，不惑俗论矣。』荼切氏大悦，悉以别宅事柄授羊朱氏。诸小隶奔走承羊朱氏意指无不至，羊朱氏珠翠妆艓，骑从游街巷，炫煌烜赫，略等荼切氏。居人争侧肩引领望颜色，叹羡不绝口。斯非所谓蛇化为龙、不变其文者耶？谁复赋『不称其服』哉？」

同舍与闻者，或询其住址阀阅。客大笑曰：「是谐也。」吴人故善谐，因笔而题之曰吴谐。

书饶啸渔文后

饶君文略云：予过揭阳游于郊，遇鹾馆捕枭客，述前任揭宰桐城姚侯之贤，不知予与侯旧也。谓侯治方万端，姑言所目击者。其时城外居民各守隘，出隘即道梗，豪强攻掠乡堡，虏人口以勒赎，惨酷至无人理。乡堡被毁之人无归，则去为盗。地不能耕，赋税无所出，潮属皆然，而揭为甚。官其土者，如坐漏舟。姚侯莅揭，先集骁健而教以击刺步伐之法，次集绅耆而谕以锄暴安良之意。时西乡乔林之林，与砧浦之黄，最为大姓，而相仇杀。林姓共四房，亦有自仇杀者。其林居、林国祥、林守与黄某尤积猾，各鸠众数百，日事斗劫。侯设计弋获论诛之。侯偶率骁健下乡，遇持火枪者结队行，望见侯，悉没水中。侯命以渔网取之，得五十七人，讯详伏法。揭之盗薮以十数，箕头乡为剧。侯率骁健围之三日，获其魁，即先截手足，而后杖毙之。河婆司地袤延数十里，林箐深密，土豪开质库其中以济盗。侯斧其林，爇其库，邑人始可通行。又尝捕一凶盗，据供积十八案。侯缚之大竿，命以火枪下铅丸轰之十八出，如其案数，谓非此不足儆凶顽也。侯闻盗即轻骑往捕，故得不远飏。盗风息，地可耕，故民赋不负。侯以课最擢理瑶厅，去官日，揭民饮泣走送者万数，而豪强则酌酒相贺。客之言如是。

予以为治乱民如斩乱丝，非武健不胜，儒懦者溺其职矣。使侯得竟所施，当进于此。卷怀而去，惜哉！侯之弟石甫，在闽任厅县时，如侯在揭。今天下易肇乱之郡凡十数：广东则惠潮，福建则台湾，江右则南赣，江苏则淮徐，安徽则凤颍，河南则南、汝、光，陕西则南山。皆宜特选能者，授便宜，不拘文法。有成绩，则加秩赐金，使久于其任。既久，乃超擢大僚，许选贤自代，而保任其终始。侯之兄弟，实可当此任矣。

道光廿有五年三月，伯山辞大定守，归老白门，登岸即相过，握手道契阔。曰：「吾子出山未几，旋遂初衣，吾侪中不忘平生之言者，殆无异人。余作令临漳时，依侍慈训，其行事附见吾子所撰先母传。拣发广东补揭阳，置身矢石炮火中，与乱民从事者三年，庶几焦思竭才。守贵州，唯尚不失本心耳，无可言者。稍暇，当缕述在粤事质吾子，以乞名世之文。」时世臣正病目，及六月，伯山乃出龙岩饶廷襄啸渔所作书客言揭阳宰事见示。啸渔与伯山及其弟石甫友善，亦世臣旧好，为古文辞，闽士莫能先也。世臣受读卒业，掩卷起叹曰：「呜呼！啸渔诚闽人也，习闽中之官与民仇，以胜为能。何其昧治道之甚耶！」

夫治道如医道也。医者治病，必审症之寒热、察人之虚实而为剂，则病去而人安和，故治寒以温剂，治热以凉剂。然人实而症虚，得其道则易如反手。实症虚人，补之则症得其助，攻之则人受其殃。实症既久，则人无不虚，此固良工之所为内手迟回而不敢率尔处方者也。捕枭客唯知勤捕多杀耳，无足怪。而啸渔为之说曰：「治乱民如斩乱丝。」意盖本于齐文宣。彼时遇民如薙氏，岂可更污笔舌乎？至谓：「当不拘文法，便宜从事，加秩赐金久其任。」则本于龚遂传。然龚遂之求不拘文法便宜从事者，乃施抚循之政，以反前此诸公所为。而汉帝以加秩赐金久任之，所以使之优游渐渍，变民心，成善俗，非纵之行非法，又日久积威以劫民也。盖丝不得理故乱，乱者理之，故有取乎治。治丝而棼尚不可，况斩乎？易曰：「云雷屯，君子以经纶。」「经纶皆治丝之事，当屯难之时，必如治丝者循省以求其端，委曲以引其绪，则乱者就理，而理者顺治。黼黻文章，斯为始事。如见丝乱而即斩，则天下无理丝矣。

龚遂曰：「治乱民如治乱绳，不可急也，惟缓之然后可治。」书之良史，以为至论。揭阳之乱民，持械结队，而见官即没水，是其乱尚未至如龚遂治渤海、虞诩治朝歌时也。虞诩治朝歌善矣，非此必无以自脱，而临终命子犹以为悔。孔子曰：「子为政焉用杀？子欲善而民善。」老子曰：「民不畏死，奈何以死惧之？」管子曰：「民不可胜。」龚遂曰：「欲胜之耶？将安之也。」至孔子止盗之方则曰：「苟子之不欲，虽赏之不窃。」今天下言缺之优者推广东，而广东之优缺又推三阳。三阳者，潮阳、海阳、揭阳也，皆潮属。海滨斥卤，故当瘠，地瘠而缺优，其诛求可知也。官诛求于民，必任猾吏，猾吏必构莠民，猾莠交构，民不胜诛求。而求得所当，则黠者附莠，而劲者自为盗。吏恶盗而创为非法，莠民即效之以虐，良懦乃成乱民，于是盗有薮，薮日盛，则吏不能制，而缺反瘠。故伯山之莅揭也，揭为畏途已。而其源实不外此。

盖闽粤之乱首械斗，大姓之公堂皆积巨资，乱民觊公堂之资而无以攫之，则与他姓构衅以成械斗。斗成，则官赂山积，官乐乱民之械斗以纳贿，乱民乐官之纳贿以开销公堂。故例有械斗案定，即将公堂分散其族，唯留祭资之专条。然定例后卒未见有遵行者，盖公堂散，则械斗息，是官自塞利源也。然后知孔子不欲之言之不可改也。伯山受事，固未知其当如是久也，急近功以称用我者之意。故数年间，课已入最。然去官时，豪强相贺，是豪强固在而习未变也。继伯山居其地者，缺必复优，此固近今之所至称赏者。第恐优未久，当必仍伯山未至之旧耳。吕氏曰：「威不可专恃，若盐之于味。」凡盐之用有所托，不适则败托。威亦然。威恶乎托？托于爱利。爱利之心谕，威乃可行。威甚则爱利之心息，爱利息而疾威，则身咎。数十年来，上游之欲威民甚矣，故任武健之吏以疾其威。威之疾至过于乱民，而民之乱未见其有瘳也。著威之尤能者，或及其身少杀减而已。啸渔更持非武健不胜、儒懦溺其职之说，盖本于酷吏传序酷吏传序。彼儒者固无适而可矣，啸渔以儒侪之，是恶知儒效乎？

龚遂诗儒也，渤海之治，无愧诵三百焉尔。孝经曰：「则天之明，因地之利，以顺天下，是以其教不肃而成，其政不严而治。」先之以博爱而民莫遗其亲，陈之于德义而民兴行，先之以敬让而民不争，示之以好恶而民知禁：是儒者之效也。盖地方虽极乱，乱民之数，断不及良民什一。唯乱民气聚，则良民无以自保。官仇乱民而不得其道，则良民滋惧，乱民因得肆讹言以愚良民，而使之服从，是良之从乱，皆官为之驱也。儒者为政，必能聚良民之气。良民气聚，则乱民势孤，势孤则抚胁从而锄稔恶，可以惟我之所欲为而莫之梗。久而成俗，则善建不拔、善抱不脱者矣。且啸渔所谓「非武健不胜者」，是胜民之说也。官求胜民，民亦求胜官，官民争胜无已，官必终于不胜。官既不胜，则反事姑息，姑息以优乱民，所鱼肉者唯良民而已，可不为之寒心哉！

善乎班氏之志刑法也！曰：「伯夷降典，折民惟刑。」言制礼以止刑，犹堤之防溢水也。今堤防凌迟，礼制未立，饥寒并至，穷斯滥溢，豪杰擅私为之囊橐，奸有所隐，则狃而寖广，此刑之所以蕃也。孔子曰：「古之知法者，能省刑，本也。今之知法者，不失有罪，末矣。」今承衰周暴秦之后，民既不畏，又曾不耻。故俗之能吏，以杀盗为威，专杀者胜任，奉治者不治，乱名伤制，不可胜条。是以网密而奸不塞，刑著而民愈嫚，诚以礼乐阙而刑不正也。此固非今州县所能举，而亦今州县所当知也。伯山、石甫，皆与世臣善，皆负绝人之姿，善读书，伯山尤习久。世臣既见啸渔文，谓其文不足重伯山，而深虑其误来者。伯山虽老矣，好善不倦，非不能受尽言人也。故书复伯山，并以谇斯世真儒焉。

齐民四术卷第九　兵一

两渊缘起

予龀齿受论语、孟子，至「以不教民战，是谓弃之。」「善人教民七年，亦可以即戎。」「壮者以暇日，修其孝弟忠信，可使制梃以挞坚甲利兵。」慨然慕先圣之神武。及受礼，至「男子生而设弧于门左」，「三日，桑弧蓬矢，以射天地四方。」说者谓弓矢御兵也，生而习之，明为男子所有事。乃大怪兵既男子所有事，又世事所必不能废，何以学士大夫职入长出治者，平居莫以为意，一旦有急，则付之武夫悍卒，其去谓弃也几何矣。稍长，读留侯世家，至视老人所授书，乃太公兵法，与诸将言皆不省，乃知斯世讳言兵，盖自亡秦焚书销锋镝时始也。卒至将贾人子，身国同卖，岂非百世之至鉴哉！

乾隆丁未春，见江宁驻防劲旅，调赴台湾，当行者执途人而号哭，军官皆无人色。予深惟沔水之义，利器示人，则奸民生心。乃求古兵家者流言，得孙、吴、司马三家之书，业其章句，苦注家不详义类，猥依文字以为说。及读荀子议兵篇，乃知孔子所谓「我战则克」者甚信，切于司马，正于孙，而大于吴矣。窃谓战用众力，能用众力者，在先得众心；能得众心者，在善推己心。虽曰三军一人胜，胜者之战，若决积水，善战人之势，如转圆石。然非众心先得，又乌能听其如驱群羊，投于无所往，而坐待其决与转哉？是故兵虽绝学，然求之于心，则其意固当未绝也。嗣闻近世以兵名家者，有许氏虎钤经，唐氏武编，茅氏百将传、武备志，戚氏练兵实纪、纪效新书，郑氏筹海图编，王氏登坛必究，李氏金汤借箸十二筹，袁氏洴澼百金方，其书皆秘不可得。求之三载，陆续见断烂写本，或一二卷，或五六卷，大抵编排门类，雷同陈迹，又其术杂怪惑，事多繁费，未见切实可施行。惟戚氏为差善。然右僚见小，不足窥大勇之门户，乃探索左氏春秋、国语、战国策、越绝书、史记、汉书、三国志所载战迹，以参伍荀、孙、吴、司马氏之说，然后知「佳兵者不祥之器」，圣人「不得已而用之」，则吉祥善事也。虽后世兵农不可复合，然其能者，未尝不依于以佚道使，以生道杀，务在顺人情、爱民财、惜民力，以宣布威德而已。虽然，兵无常势，盈缩随敌，是不可预言也。其可预言者，唯利地右兵，然而称众因地，非如材技之可料拣于众也，又非仓猝之可深恃乎导言也。于是步平陆广袤，以度容人之数，而推目力所及，极之曲直锐圆，必求其当。望山则测其可否登陟，察草木土石之气，以知其是否有水。又望阴以意阳之形，规阳以拟阴之势，其是否峻可以缘，卷可以覆，皆足验心仪。移之绝巘深谷，必要于合，旷则度奇，阻则度间，入隘迎高则度身手，必备其变。如是者又三年，窃欲以通先民之志，祛后贤之惑，为书十六篇，名曰两渊。曰将本，曰战本，曰刑德，曰奇正，曰将道，曰将任，曰将事，曰将权，曰将术，曰胜全：十篇为雌渊。曰冲陈，曰陈营，曰车陈，曰骑陈，曰步陈，曰五地：六篇为雄渊。渊之为体，性明而气静，受之有容，而出之不竭，雌雄犹言内外也。抑以举男子之职，明儒者之效。使是书而不用也，则纸上陈言，小用之或迂疏无功。然而有胜残去杀之君子者，执军命以当勍敌，其亦必有取于此也。乾隆癸丑十月朔旦，安吴包世臣书于宣州南楼。

雌　渊

将本章第一

兵无异术。治兵者，必先明农而习法。阍于农，则无以食人；疏于法，则无以坊人。能食以坊，国体尊矣，则兵之深也。明农，则爱人重地。爱人不轻用民力，重地不轻取民财，故安常而民不离，持变而国不急。习法，则见微能断。惰民必诛，奸民必诛，则民业安矣。酿乱无赦，激乱无赦，则民气和矣。故举事不怫人，任人不废事，知此二者，乃可为吏。夫然后济之以五德：曰慎、曰恭、曰让、曰信、曰节。行此五者，乃可为将。

战本章第二

将以决胜，争胜在国。位称其才，功遂其报，而兵胜于朝矣。政安官吏，业耻惰游，而后胜于野矣。祀致精诚，神馨明德，而兵胜于庙矣。不胜于朝，不可以师。不胜于野，不可以战。不胜于庙，不可以胜。居胜度义，居义度将，然以合战，则莫为拒矣。朝兵不胜，将良用不终。野兵不胜，将仁维不固。庙兵不胜，谋奇功不成。呜呼，鱼贪其饵，乃牵于缗，士食其禄，乃轻其死。

刑德章第三

善战者，使民知死而有生途。民无生途，不畏死矣。以死惧之，则生自下求，鲜不殆矣。善战者，其民谨而不惧，奋而不虑。谨而不惧，知死之在己也；奋而不虑，知生之在将也。守分者不疑，犯令者无幸，众莫敢欺，则乱情不隐。知敌情而后合战，故众未见胜而已意胜也，夫是以有生途。民见生则知所死矣，使民知者，其刑德明也。

奇正章第四

以奇用兵，正与奇隅。奇者正之动，正者奇之用。正不奇为偶军，奇不正为尝旅。故善奇正之变者，正以制师，则敌无所为奇，奇以制敌，则敌无所为正。其用柔而致也刚，其用缓而施也疾。正复为奇，奇复为正，机之握已。夫以兵胜人者，其犹阖户乎？将欲闭之，必固启之。故敌强能使之骄，敌暇能使之惰。骄则隳谋，惰则失固。怒锐压之，坐自碎矣。夫蓄其怒者其发猛，静其锐者其决躁，善迎其机矣。知机之用者，其知奇正乎！

将道章第五

道之所在，天下归之。天之道好生而恶杀，人之道好逸而恶劳。兵者禁暴除乱而非得已也，故杀人以生道，劳民以佚道，是故诛无罪之人者，威不立。广不急之地者，兵不强。立威不当，则用刑易；用刑易，则三军惧；三军惧，则谋主去。强兵不当，则师久暴；师久暴，则国匮贫；国匮贫，则食税多。弃谋主以资敌，多食税以虐民。民怨于内，敌乘于外，求国无危不可得也。故以道佐人主者，不以兵强天下。

将任章第六

凡将之任，当修四易之法，而明四难之道。地易阵，阵易人，人易变，变易胜。四难者，反其道而用之者也。易常在我，难常在敌，百胜之术也。方圆曲直锐，聚散进退，人安吾法，能得地利，能知战所，因形以制变，因势而授兵，故地易阵。什伍相保，卒率相维，立散进退，人安吾法，能得地利，能知战所，因形以制变，因势而授兵，故地易阵。什伍相保，卒率相维，立散而缀圆，斗乱而伍治，卒无非吏，吏无非将，故阵易人。前军有节，踵军有制，大军控势，犄军利行，后斩前北，前哨敌猝，援声会战，千里无忒，故人易变。利以饵敌，必入其机，形以示敌，必衷其覆，故变易胜。吾与战之地不可知，吾欲攻之形不可见，敌疲于设备，众四分而兵不宜，故地难阵。行间谍以离其上下，兴妖语以疑其士众，以治陷其乱，以利乱其治，敌于是卒离其吏，吏去其将，故阵难人。吾张其疑而集师者糜，吾设其形而分队者孤，故人难变。饵而勿食，是敌自沮其势也，伏而勿越，是敌自杀其力也，乖其谋以挫其锐，因其计而恬其利，狡穷气倦，乃疾击之，使之前后不相属，左右不相救，故变难胜。能操难易之权者，其为军命乎？

将事章第七

桓文之节制，不可当汤武之仁义。仁义所加，其乱节制者也。节制所摧，其贼仁义者也。故仁义自敌名，节制自己出，修节制者，必明于授兵。是谓将事。车阵易，怯骑而铄，拇步而薄。骑当车，前则谋，后则胥。步当车骑，众则议险，寡则议避。后阪面野，是利弓弩。坐原仰陵，是利牌铳。旷泽轻尘，是利倭刀。险易相迫，是利短矛。溪径交错，深林丛翳，是利棒斧。夫兵者，以杂为济，以利为胜，是谓将事。

将权章第八

以恕宽人者无沮理，以信结人者无留威，以耻优人者无扞义，以法一人者无挠智，以识镇人者无侮恃。备五而将，甲兵不暴，而夺敌心矣。鼓未声，刃未接，所以夺敌势者五：一曰卒有常吏，二曰阵有练锐，三曰刑不免上，四曰赏不遗下，五曰法必连纠。为将明于二夺之道，将之以忠贞，国家之宝也。是故礼义之俗成，虽饥，饱也。廉耻之心浃，虽弱，强也。营阵之地危，虽寡，众也。身率之道修，虽劳，佚也。饱饥，强弱，众寡，佚劳，将之权也，未有能挫其机者也。

将术章第九

将之至计有四，所以用之者一。恩以取之，义以激之，赏以劝之，刑以威之。一者何？术也。术也者，神其计而不可知者也。其事又有五：一曰联纠之术，二曰联掖之术，三曰联竞之术，四曰联谊之术，五曰联等之术。拣别勇捷，优饩异名，盈其气以激众，推其锐以励功，是之谓联等之术。比详乡籍，近者同伍，谨择其长，久任其吏，使之声色相治危难相救，是之谓联谊之术。以乡比伍，互耻不肖，决功争胜，莫不奋前，是之谓联竞之术。推赏有功，优恤死事，折准重伤，必奖其教者，是之谓联掖之术。人死而伍不前，伍陷而卒不救，士犯而伍不揭，伍揭而率不诛，坐之无赦，是之谓联纠之术。明乎五联之教，以神四计之用，入无坚城，出无重围矣，命之曰废敌之师。

胜全章第十

善凌人者不攻城，善应人者不守城，攻守之权，皆出于战也。战之要有四：相众，利地，审敌，豫虑。明其誓，作其怒，一疑惑，灭妖厉，阵闲习，器坚利；饬之以严明，假之以鬼神；因愤而战，因畏而备，因器而使，因欲而责，因危而用，因势而令：是谓相众。进有以往，退有以返，扼其要塞，通其间径，阴后生已，阳前人死；居祛疾，处取给：是谓利地。将治可固，将忧可解，将隙可构，将轻可来，将怯可迫，将缓可陵，将骄可张，将愚可谲，交贪可啖；军怨可携，军疲可陷，军怠可袭，军惧可薄，军扰可击；行疑可崩，阵摇可叕，视数可走，意沮可服；服强以智，服穷以德；兵治则强，法屈则弱，吏掌则戾，令数则疑，哗则将轻，吟则军慑；士贱则将愚，营尘则军乱；噪先则枝，噪后则馁，前喧则虚，后喧则实，同鼓则行，同麾则治：是谓审敌。猝变不迷，猝乱不扰；善间知敌情，善候得地利；小挫振，小利戒，险益备，斗慎弱；列不失固，进不凌节；是谓豫虑。四者纵兵之机，决胜之要也。古之所以策无虚发，胜必获全也。

雄渊

冲陈章第十一

不知简异，兵多而不练；不知制节，卒练而不治；不备器械，士治而不用；不修阵队，士用而不胜。古之军命，守则不可攻，攻则不可守，备其具，修其变矣。甲士万人，穿山鸟二百，腰弩千，弓千，矛二千，钺六百，鸟铳千，倭刀千，棒千，单刀自副，飞城二十有四乘，行垒四十有八具。飞城广丈四尺，袤八尺，舆高摩顶，轼深隐脐。内外二轮，轮间六尺，轮员锐径如其间。轼下蔽以板，不及地六寸，犀幂絮而着织女焉。去地二尺，凿板为直棂，轮外当毂垂耳，上属楣，下受桄，桄尺六寸，轮后平毂，横长桄径板。趫乘十人，前后引桄以发之，退则转人。战地易而经道阻者，脱也，载旗麾、钲鼓、号头、角铎。材士毂弓二，楯二，剑二，令手二，率一人，秉桴登，全卒属焉。下棂承穿山鸟二，鸟三子腹母，母身为漏槽，以知直也。跨漏槽为虚照星三，以得准也。母腹为两耳以受环通，环通铁索也。稍为尺以度升降，以比远近，长齐棂而刻，十分之，二卒伏之。环通属于楣，以为前拒。行垒之广，杀三以一，以为左角右角。步卒百人，鸟铳三十，矛三十，腰弩二十，倭刀二十，飞城四十，行垒各三十。扶轮为伍，人方二步，剑楯六十人均之，差伍为蔽。飞城横八步，纵称左右步卒，共横二十步，并左右队而广四十四步，左角横六步，纵八步，左右步卒共横二十步，并左队而广三十六步，右角右队并，其步如之。步方三尺，中人之足再举也。骑百有四十，弓矢成矛兵，三骑为参，参有长；三参为群，群有长；群有限，限二步；三群为辈，辈有吏。并辈间有道，道六步。前拒骈辈，左右角特。骑去步六步，前后八步，左右并如之，是为冲队。

采蒙铁连骖八驷，分二队，位拒角之间，后双齐。材士赭墨被重铠，执铁棒，夹马立。角一声援乘，二声以奔折。闻鼓群辈乃随之，是名陷骑。凡骑常阵闻鼓，变视麾，诸军皆如之。战：望敌掌号，步楯散伍以实队；振铎，盾坐，弩铳发，鼓发，步楯斗。足视率鼓，角一声止进，二声复伍。失律者，教与长通坐。连骖发，即翼骑以为勒也。凡车步，皆有缝卒，正三而一，共三百六十五人而为一卒，纵与横从，中百有十六步。五千人为小阵，阵十二卒，中四百六十四步。以四为正，章以四正；以八为奇，章以四间。驻队八以骈环，犄队坐四，余六百有五甲，将握以居中。辈为队，分十队，环其前后。余奇绕纛，是为游骑。因敌制变，以骛突之，二万五千为大阵。方实补隅麾奇。

陈营章第十二

营塞有分军以犄角之，壁外五丈周斩，勒沟坦径。军各有辖，而域其交焉。大钩小络，纵横相当，势等布阵，度倍列行。营法始于薄，战守二卒，其率统中百人者，聚为一薄。薄四比，比五帐，乘执皆在焉。帐有径，径三尺。三分其径之一以为沟，中分其径以为比沟。三分而加一其帐径，以为比径，中分比径以为薄沟。三其沟以为其径，中分薄径为屯沟，三其沟以为其径，上之俱三而益一。九薄为屯，屯三为大屯。三大屯以为垒，三垒以为营。凡屯皆垣之，营外筑壁。其洫方七尺，壁门四薄亦如之。刍门壁方各二，军各由其门。凡道交错之处，设表如其军章，百步而一焉。置吏，其卒越薄者，其率诛之，不诛与同罪。至他薄者，他薄长诛之，不诛与同罪。其帐长不举者，与同罪，越表者如之。卒无薄章，吏无将节，而违其域者，无贵贱徇于军门。八军外环，日各以三队戒，分三虞，亘昼夜而遍更之。戒者半列壁外，半乘壁。轻骑二十人为候，授节分方，以察不虞。凡门立旌旗，击鼙鼓。吏一，卒矛剑各二，腰弩四。有诣壁者，门吏以节谒其状，然后通之。

车陈章第十三

易则利车，车曰驻队。其法百人，攻车三而守车一。械装干馃，各在攻车。攻车之制，广八尺，袤四广以三，高四袤而增一。去地五尺五寸，可设板立人为舆，战则撤之。双轮，轮腹游干，外挟重桄，前蔽叶。左右各设叶扇，扇有棂如前叶，可施长兵，环钩属于干。干去地尺，游干贯楣，中垂环通，属子母鸟一。四人夹轮以发桄，二人腹之。扇外各二伍，累纵，兵后腰弩，前矛，倭刀济之。行，头迎尾逆，左右从环轮为阵，蔽扇为营。守车中焉，变可以谋地，用可以谋势，炮矢之利不入，铁骑之突不施，斯其节也。

骑陈章第十四

骑陈，易为奇，难为正。易奇则防乱，难正则严律，是故骑左右相去四步，前后八步。三骑为参，参有长；三参为群，群有长，后有限，限二步。三群为辈，辈有吏；间有道，道六步。三辈为卒，卒有率，率居中，间有队，队十二步，后十步。卒三而有裨，骑千而有帅，帅居中，八卒环之，千分八卒，帅统其零。外列八辈，而奇圆于中，是为一旅。旅队间三十步，后二十步。三旅而为师。师三而为军，军有将。军万骑，轻铁五千，握奇如旅法。中为中师，左左师，右右师，各三分之。前为提击，中为闪冲，后为飞陷。夫然后方圆以神，行缀不棼，左右右左，后前前后，敌向为首，八边俱救。觑其轻虚，伺其便隙，闪冲冲之，飞陷陷之。遇变而分，撄利而合，虽断为阵，虽骤成行，自出自入，天下莫当。

步陈章第十五

步卒之当，伍马两车。五人为伍，五伍为两，三两为队，三队为列，在列为卒，三卒为旅，三旅为师，三师为军。吏道，皆如骑，旅弗奇。其位，方十五步而画两，赞骑者，八马当一两，列为二驷，其位亦如之。其兵，长居前，短佐之。其行疏，可齐刃也；其势密，可鼓气也。骑居中，相敌以制变，其合以正，胜以奇也。既阵，角一声，队散而两齐，去后两以五步。兵及，三声皆坐，轩兵以虞，乃鼓之，呼击以进，十步则复两，骑视麾而张翼。常阵闻鼓，中军中道出，左右阵辅出，后略阵出。三出三入，去敌无及五十步以御猝，然后形以邀其来，机以导其隙，斯战之节也。其败车骑者，必得地利，次修具而明法。纵伍，牌为长，戚氏之良也，戚氏方牌。中铳子者，三十步洞，五十步仆，授兵未宜，且束伍而不能庇伍也。参其制，令长负牌，辅鸟铳，翼矛。牌，途背之，阵肩之，驻而坐，进步，闻鼓，铳矛随牌，铳热而牌退，伍更。牌制，高六尺，广四尺五寸，左右各开，棂方四寸。牌三层合之，层干皆厚寸。内层干檀，余以杉。外层，施蔑张布里，着以垢发，刲绵杂润物，团之如弹，密置再重。表蒙布，采之。中层空，以绳系布条，长五寸，虚悬十桄。内层，表蒙牛皮，里健桄系韦鼻。三干上下，皆分凿二寸，以环束之，铳子入采布，附润而煨。中层空拂悬布，子力莫注，则不能攻皮已。采布柔，不受子力，则负人不黾已。凡教步，择场方千二百步，纵分为四。一纵横画界，如棋枰，纵界赤，横界垩，步跬墨。一界纵而不横，一界横而不纵，一无界，一鼓跬，一鼓步。一鼓二声趋，一鼓二桴走。一钲止，一钲二声退。麾则移，卒皆甲负，其足齐。进之横界，以观其纵；进之纵界，以观其横。进之无界，以练其准；既习无界，进这陂陀险阻，以习其变。足变既习，乃教手技，车骑皆准是。

五地章第十六

因地制利，操于阵形，阵形转移，本于队数；队数分合，始于伍法。是故不修伍法，不可以分队；不习队数，不可以令阵；不闲阵形，不可以制胜。伍法，伍人为伍，名籍共一符，一收于卒率，一收于伍长。五伍为两，名籍共一符，一收于旅师，一收于两长。凡伍，中一人为长，左右为辅，次左右为翼。教法，先五人平列，次辅前一步半，次长前三步，次翼敛为鱼贯，合之两。五伍各以位并于前行，谓之两齐，其他变皆如伍法。骑参法亦如之。队数，传铃，伐队鼓，植方色幡，军各视其幡色。三队合，则鼓二；六队合，则鼓四；九队合，则鼓六。传铃，声队钲，则散；复队，其数亦如之。散合既习，然后示麾。是故方阵，主阵也。伐鼓，举白旗，则为圆阵。方卒环于外，阵奇方于中，金腹土也。伐鼓，举黑旗，则为曲阵。形散如撒星，势聚如张箕，水母金也。伐鼓，举苍旗，则为直阵。纵分三横，木母水而子火也。伐鼓，举赤旗，则为锐阵。势如燎原，形如列炬，颖行以差，后密而前疏，焰升于上，土成于下也。伐鼓，举黄旗，则返方阵。五地之形也，以生序克五行之用也。坚伍，土阵也；乘隙，水阵也；陷坚，火阵也；齐刃，金阵也；要截，木阵也。五行之推也。九阵之变，其正各有五行。吏知变，士知阵，是以触处为首，而可使如率然也。四正为实，四隅为虚，交分其四之一，而设八奇，四时而乘四方之义也。其聚散以辰旂，旂植而聚，弊而散，挥指而前。

附次婿杨传第后序 字汀芦，江苏阳湖人

传第幼学时，即闻外舅慎伯先生之名，云年方成童，成两渊一书，总摄权家，沙场老将，皆叹为精妙。至道光甲辰得缔姻，乙巳三月，传第为馆甥，日侍先生。秋闲，先生集录生平著述，付排印，传第幸与校勘之役，乃得读两渊，面质要领。先生曰：「兵机莫神于左氏，兵事莫备于通典，其专以兵名家者，古书六种，后世则雷同剿说而已。」先生年弱冠，明文毅公督川楚师，客延先生，尝问兵要。先生曰：「三字而已，再申以四字，则尽之已。」文毅曰：「何谓也？」先生曰：「三字者，近人情。四字者，不难为人。盖人以为难，则事不立，苦其难，则心不附。」传第侍先生八阅月，见其行己接物，无不依于此七字者。闻从前钱献之先生见两渊，谓先生曰：「书虽兵家言，然非深于礼教者不办此。此书乃通古先王制之源以养人，非攻于后世变诈之术以戕人者。」则殆于知先生矣。又闻翰风先生录两渊寄都中，质皋文先生。皋文先生欲注之，两年而卒不成，则其精醇，断非浅学所能窥测。姑就所闻于先生者，撮其要为后序，非能有所发明，志在为骥尾之附蝇而已。

孔子曰：「有文事者，必有武备。」予贡问政，曰：「足食足兵，民信之矣。」允矣其言之也。夫君子常思患于未萌，防隙于未作。是以兴周之制，六德以时合教，九伐列于司马，示国不忘

乱，民不忘战也。及夫承平日久，人耻干戈，而保邦兴刺，思靺鞈以作师，鱼藻见微，刺那居之在镐，其垂戒昭昭然矣。太公遗教，则有神韬六十篇，其言先内而后外，至论军，形势穷困者亟矣。顾皆有胜策焉，可不谓善哉！兵家宗祖未虚耳，夷吾、穰苴以匹夫相继用齐，通太公之术，修司马之法，威立当世，名传到今。善夫史氏之言也：「闳廓深远，虽三代征伐，未能竟其义。」吴子迪君以富教，黄石乃原于道德，孙武明势，奇正相生，虚实相激，桴端之论，其亦宜矣。夫兵无仁义不立，无权诈不行，善之者，交济互施，如胶在漆。三子条策，斯尤神者乎？尉君之论理官，有味哉，有味哉。刑以伐之，德以守之，读其分塞、经卒、束伍、攻权、兵教、兵令，较他家详恺焉。世儒鼓其无稽，且谓杀戮已甚，将呕哑如老妇，乃称良将耶？夫兵期制胜，胜在不穷，是故荆尸作而辟楚方行，彻行治而强晋枭视，荀、吴五阵，太原八晋，马隆偏厢，乃启凉州，然田单火牛立国，智伯水堰灭家，唯人所用之而也。大都古未必宜于今，今当推意于古，且古人陈言多秘。两渊者体神武不杀之机，通稽智无败之事。以尚象，必核用，以任势，无简民，知威力之胜，深法巧之权，斯以间古今而详以斯著者耶，呜呼！止戈为武，戒弛也与？非助崇黩也。先民有言，胜忌数，将忌世，可不慎哉！

萧何功第一论

帝王之起也，必萃群材。而群材之输力也，又必有一人焉主持，其成败得失之故，其关系之大，机枢之捷，非深明于立国本政者不与知，非如攻城略地、斩将搴旗之显赫众人耳目间也。昔汉高祖既灭项氏，大封功臣，以萧何为第一。诸将不服，高祖喻以人狗之说。及论位次，诸臣又首推曹参。鄂千秋以何素守关中，遣军补遗，给食不乏，为功在万世，然后何为第一之论定。高祖尝论三杰曰：「运筹帷幄，决胜千里，吾不如子房；镇国家，安百姓，给馈饷，不绝粮道，吾不如萧何；连百万之军，战必胜，攻必取，吾不如韩信。」似高祖之意，亦首良而次何。史公谓：「良从容言上事甚众，非天下所以存亡，皆不著。」似史公之意，亦以汉之存亡系之良。又比信于周、召、太公，而齿何之烈于闳、散，则又以何居信后。然则高祖之心欲何第一者，其果以何为故人而私之乎？吾尝观项氏既得天下，而卒失之者，而知何之功在汉廷为最盛也。

项羽暴戾灭秦，所击者破，所当者服。初入关，几危高祖。及军荥阳，侵夺甬道，相守广武，汉军屡败。当汉王乘虚劫五诸侯，兵破彭城，夺其根本，众盛至五十六万。而项王以三万人奔回击之，一日几尽。及划鸿沟东归，汉兵追之，又大败。虽垓下诸侯皆会，然犹败信兵。是信虽善战，尚非项王敌，而知项氏之不灭于信也。夫项羽击齐，汉王遂得以入彭城，是项羽无谨守管籥如何者也。故淮阴乞三万人，破魏、赵、燕、齐，以绝楚粮道。彭越数反梁地，与刘贾抄绝楚粮。项王内无可以托国之良臣，悬军深入八九百里，迫于险阻不能进，兵虽屡胜，而力疲食少，是以汉王得乘敝以破之。假使项王有治内之臣，肘掖有备，辎重相继，则进可以兼并，退亦不至于败亡矣。高祖独怀远虑，以全秦委何，兵虽屡败于外，而内顾无忧，养锋待时，以暇制急。是故汉无良、信，固未必能功也。淮阴引兵至齐，汉已遣郦生下齐，信欲止，通曰：「将军受诏击齐，而汉发使下齐，有诏止将动信反，其罪宜死。即云各为其主，又非季布、栾布、贯高、田叔等比也。」高帝之所以不杀者，念

难者曰：「以韩、彭死于吕后，自可明高帝之不戮功臣，何必决之不杀蒯通乎？」应之曰：「通而世率以为高帝罪，过矣。

世人多言汉高帝杀戮功臣，余观高帝之不杀蒯通而决其不然也。以雍齿之夙怨而先加封，卢绾叛后，且欲待病痊入谢。黥布、陈豨之反也，虽亲征而皆就戮于诸将。所最畏忌者淮阴，以伪游禽之，降为侯而处长安。彭越有罪，赦为庶人而迁之。是其无意于杀也明甚，其卒也皆死于吕后之手。

蒯通论

守关之功，固为不称，然而何之功无可与比者，固不必借高祖之言以增重也。

祖之折诸将也，以何之功为发踪指示。余谓良常画奇策，庶足当此，虽韩信亦在指使之中。以颂何之安百姓，给馈饷，不绝粮道，是非惟善治国也，其于治兵，亦非身被七十创者所可比拟矣。然高「汉兵锋不可当，深壁待之，其势无所行食，可无战而降。」故深知兵者，未有不以粮道为先。则何

淮阴陈兵击赵，广武君说陈余曰：「韩信粮食必在后，愿得奇兵绝其辎重。」戎且救楚，或曰：成，即关中之地，安能保乎？楚之败也如彼，汉之兴也如此，则信乎何功在万世矣！

蒯平天下，若无何储兵峙粮，以济困乏，则一败不可复振，人乘其虚，不惟良之智，信之勇未必有

军乎？何以毋行？」信从之，遂击破齐，齐烹郦生。论者常以郦生之烹为淮阴罪，即史公亦谓遥乱齐骄淮阴，其卒也亡此两人，是亦未以通为汉之功臣也。

昔高祖至武关，郦生以利啖秦将，说下之，留侯以为特其将欲降，不如乘懈击之，遂破关入秦。项王既割鸿沟，引兵而东，留侯又曰：「此天亡也，急击勿失。」则善谋兵者，固未尝拘牵小义小信也。假以郦生说下之故而止兵，当汉王困京、索之间，齐近在楚之肘腋，其有不反汉为楚者乎？汉王以五诸侯兵入彭城，一败，尽反汉为楚，是其前事矣。况淮阴既破齐，以破楚兵二十万，杀龙且骨鲠之将。及武涉之说不行，楚必分重兵以备齐，当龙且大败之后，又分后备齐，此楚之所以兵少食尽，而有垓下之败亡也。故淮阴破齐，乃楚、汉存亡之关，而其策决于通，故通之为功于汉甚大。

难者又曰：「淮阴不击齐，必引兵至荥阳、广武之间，与项王决雌雄。汉王得淮阴助，未必不胜项王，何必袭齐乃成胜势哉？」应之曰：「项王兵少食尽，解而东归。汉王食甚盛，追之而又大败。及韩彭皆会垓下，而项王击淮阴，齐兵仍却，是淮阴虽善战，非项王敌也，况益之以龙且二十万之众而又无强齐议其后乎？故通之功唯高帝深知之矣。」

然而吕后必诛淮阴、彭越者，何也？盖高帝旧将如张良、陈平等，皆文吏自爱。周勃、樊哙事吕后日久。唯淮阴自楚入汉，未几即南面而王，彭越虽数反梁地，然自以兵属，为魏相国，此其位高才雄，断不甘为吕后用。吕后为人刚毅，其称制之心，在高帝时已具。夫高帝、吕后皆天授。高帝封吴王濞，知其应东南五十年后之反气，告吕后以相王陵、陈平，后非汝所知。然则吕后岂不能知高帝之未能久临宇内乎？吕后自知不能得韩彭，必为异日产禄之忧，且非及高帝在时，尤不可制，故以计先锄之。托名为刘，实以为吕，且树威使人知所趋向也。观孝惠崩而哭不哀，是其于刘氏可知。故明允、用董之论为得矣。高帝歌大风，思猛士，及白马之盟，与廷臣歃血，非心惧吕氏之变而何？是故心伟通劝袭齐之功而借跖犬吠尧之说，置其怂恿相背之罪。以此言之，则高帝之不戮功臣也，明矣。

书志林后

坡公晚年志林文十三篇，机杼独出，下笔矫变有神力。其论始皇使扶苏监蒙恬兵于北边，而任蒙毅侍帷幄，以制内外轻重之势；策李斯闻赵高邪说，即陈六师而斩之，以为德于扶苏与蒙氏；讥始皇使智勇辨力之徒失职以速秦亡。数事皆洞悉机权，为自来策士学识之所不及。独谓范增当以杀卿子冠军时去，推义帝为天下之贤主，增之所与同祸福。数百年占毕之士，惊叹瑰玮，尊为定论，予窃以为不然。

史称增年七十余，素好奇计，方其从项梁于薛，进立楚后之策，以收故楚蜂起诸老将之心。梁听而推求怀王孙心于民间，从民望号为怀王。然梁自号武信君，以五县封陈婴使为上柱国，辅怀王居盱眙。及羽主约，乃云怀王为吾家所假立耳，非有功伐，其君臣之间可知。故怀王深恐虚名未可久居，欲锄项氏而无其地。会梁败没，项羽恐，沛公、吕臣共引军东还彭城，怀王即乘势并将羽与吕臣军。而用吕臣父子居枢要，侯沛公，使长砀郡，将其兵，以深结之。又知宋义前谏梁不见听，而使之于有隙之齐，是其于项氏无恩，擢重任，加显号，使尽督诸别将，北救赵。使羽为之次，以止其西行。又恐义初为上将，不能独制羽，以增前定策有深德于己而羽之亚父也，使参立以折其桀骜。而独遣沛公西行，以秦劲兵悉在河北，楚既以重兵驻河南与赵为声援，缀秦军，则沛公得以乘虚略地而广楚圉，又使其势足以抗项氏。故义之留安阳四十六日而遣其子襄相齐以树援者，即怀王所召与计事而大说者也。增窥见至隐，故嗾羽矫斩义，而率诸将立羽为假上将军，以必击秦而存赵，以收诸侯之权，而成项氏之霸业。不然，义既被羽斩，诸别将前属上将，唯增以末将与羽比肩，首立楚者将军家，今将军诛乱之言，非增出而且谁出哉？予谓羽之初知名也，以斩会稽守通；其盛也，以斩上将军义。然斩通梁使之，斩义增使之。梁之使羽斩通也，征于可取而代之言之壮；增之使羽斩义也，征于拔剑斩通之行之决。及不忍鸿门，而增遂有吾属为虏之叹矣。盖增之去志决如此，而势有不可耳。

至坡公谓项氏之兴也，以立怀王；而诸侯叛之也，以弑义帝，则尤非事实。怀王以丙申一月尊为义帝，二月徙都江南，十月衡山王、临江王击之江中。是年四月，诸侯各罢戏下之国，而八月汉王已还定三秦。二年，河南王申阳、魏王豹已降，韩王昌、殷王卬已破，汉前后收其地，置陇西、北地、上郡、渭南、河上、中地、河内诸郡。及三月至洛阳新城，始以三老董公言，为义帝发丧。遂部五诸侯兵五十六万入彭城，收其宝货美人，置酒高会，是果缟素之义师耶？不数日，羽以兵三万挤汉于濉水，而诸侯复背汉与楚，则诸侯之不以义帝故叛西楚也明甚。且临江王敖，身为怀王柱国，而与衡山王芮，亲击义帝。九江王布，遣将追杀之郴县，而汉首遣客招布，号为武王，卒封之淮南，芮则徙封长沙，为义帝报仇者当如是乎？敖死子驩嗣，及羽败，驩与汉将靳歙、卢绾相距数月乃降，虏致洛阳而杀之。史记言驩为项羽叛汉者，得其情矣。当梁初渡江，止精兵八千。西至东阳，而陈婴属。渡淮，而黥布、蒲将军属，兵众遂至七万。至彭城击秦嘉，走景驹，降其军。至薛，而沛公亦来附，合众十余万，其势已张。徒为陈胜败固当之言所劫，乃立怀王。继大破秦军于东阿，又破之濮阳，羽与沛公又别破秦军于雍，斩三川守李繇，而梁旋败没。是其兴也，亦无与怀王之立。自楚怀王客死，距梁起已九十一年。增之生也，后怀王远甚。董公为新城三老，与义帝又非有一日之分也。是其为说，皆短长家之出奇进身者耳。世儒不察，齿于经义，予故按其时势情事，疏通本末而具说之。

书东坡晁错论后

晁错议削七国，七国以反，袁盎谮之，景帝诛错。苏子论之曰：错欲居守而使景帝自将，择处至安，故天子不说，奸臣得乘其隙。错之自全，乃以自祸。然错上书言削七国事，即曰削亦反不削亦反，削之则反速而祸小。是七国之反，错早知之矣。错父以责让多怨告错，而错答以不如是，天子不尊，宗庙不安。夫彼既不避众怨以尊天子而安宗庙，则其不欲自安亦明矣。

且夫七国之反也，天下驿骚，京师震动。当是时，将百万之众出关以征吴、楚，非坚忍不拔之士，固不能任。然扫境出师，抚虚空之都城，御群臣，安黎庶，筹随粮，非忠臣智士而素亲信者又孰能当此任乎？故居守与出将，其重均也。错以文学为掌故，洊为太子舍人、门大夫、家令，文帝虽奇其材，位不过中大夫。景帝即位，乃骤贵。军旅之事故生平所未习也。夫以留侯长于军旅，然未尝特将。淮阴之善兵，尚云非素能拊循士大夫，而出背水陈，使人自为战，乃有功。人各有能有不能，错固不敢自信。景帝虽亲用错，又岂肯以兵柄为尝试哉？昔淮南王布，谓高帝老，必不能自将，乃反。既而高祖欲使太子将，四皓曰：「太子将尝与上定天下之枭将，犹以羊将狼，不肯尽力。」以故高祖卒自将，而布成禽。错为景帝所听幸，在廷之臣，皆与错忤，即贤如窦婴，亦与错异议，其谁肯为尽力者？厥后条侯以绛侯子，深知兵，犹以梁委吴，绝吴粮道，然后敢乘其敝，又会吴王不听田禄、伯桓将军计，是以有功。则苏子所谓错自将击吴楚未必无功之言，亦臆说非事实明矣。故错欲使天子将者，正欲以天子制诸将，使各尽力，且使吴楚闻声心惕也。彼景帝者，苟能如高祖自将以定淮南，则群臣捍牧圉于外，错守社稷于内，庶几可以百全耳。然则苏子之论，未足以服错矣。

然而七国之反，吴为首祸。吴之反谋，因皇太子提杀吴太子而始造。皇太子者，景帝也。以错之亲幸，诚以先王之道朝夕献纳，使景帝持大体，亲骨肉以塞瑕衅，则诸侯方共戴之不暇，又安有从吴王为逆者哉？惟其所学在刑名刻核之术，专以削国为计，而又举之太骤。诸侯见侵削无已，即使错为吴楚谋，亦必有不能自安者，况以吴之国富兵强，怀不轨者数十年，而错与以称兵之名，有不假诛错以起者乎？而错反欲因以治盎，故使盎出生入死，间以急谗。是则史公所谓「变古乱常」、「为之不以渐」者，尽之矣。夫以周公之亲而且圣，成王犹疑于流言。况错不预定济难之策，而轻发难端，七国同叛，景帝有不摇惑者哉？不然，帝素亲错，安得以盎一言，而遂加族诛耶？然而错之进用也，以术数教皇太子。景帝自为太子时，已守其教。故其诛错也，使中尉召错，给载行市，而错殊不知。然则错之所以自祸者，乃即其所以自进者欤？

书权书十后

老苏论项籍战于巨鹿，为虑不长量不大，实兆垓下之死。以为宜急引军趋秦，及锋用之，而引田忌救赵疾趋大梁已事以为说。又以亡秦之守与沛公之守、沛公之攻与项王之攻较善否，而决其必可入关。吾按时度势，知其为书生游谈无当事实也。当二世之初，天下土崩。故以陈王之猜虐，周文之庸妄，而杀守尉令丞以应者，千里相望。不数月，遂率众数十万入关，军戏下，时秦几亡。然章邯请赦骊山刑徒，授兵以击文，三战遂斩于渑池。又败田臧于敖仓，破李归于荥阳，走邓说于郯，五逢于许。又击破房君、张贺，遂杀陈王于城父，灭魏王咎于临济。而项梁继起最知名。邯既屡胜，又得欣翳益兵之助，遂破杀梁于定陶，乘胜渡河击赵，隳其故都，围之于巨鹿。于是郡县旧为诸侯徇下者，皆复为秦城守。以沛公、项羽之善攻战，至不能下外黄、陈留，而谓羽引兵径西，为必可入关乎？夫田忌以强齐与魏接壤，其时魏境不及千里，四面为战国，故重兵在外，而强邻直侵国都，其势不得不释赵。至秦楚之际，诸侯皆新造，当汉王入关之后，秦所亡失至伙矣，而富尚十倍天下。及汉王与楚相持京索间，数破败，萧何遣关中未附，辄以大振。而老苏以齐魏为比，谓王离、涉间必释赵自救者，舛矣！

况沛公之得入关也，实借势于巨鹿。稽其奉怀王命而西也，以二世三年十月。羽以十一月矫杀卿子冠军，十二月大破秦军巨鹿下，端月虏王离，沛公乃引兵西。至昌邑合彭越军，攻秦军，战仍不利。还至栗，并刚武侯军，又合魏将皇欣、武蒲军，攻昌邑，仍不拔。二月，羽又攻章邯，邯军却，于是秦河北之军尽大败。沛公乃能袭陈留取积粟，连破秦将杨熊军，屠颍阳，略韩地，破南阳守𮣳于犨东。六月，邯约降未定，而羽遣蒲将军急击，再破之，又自击大破之。七月，章邯降，南阳守𮣳乃以宛下沛公。而赵高作乱为弑逆，然沛公犹四战而后得至灞上。故沛公自谓将军战河北，臣战河南，不自意能先入关破秦者，非饰言也。况邯虽前后十余败，而吏卒尚二十余万，皆续发秦之锐士，非初将刑徒之比。泣言赵高，明其降非力屈也。且邯之用兵，略与羽同，非羽固莫可当邯者。当项梁既破，怀王本虚名无足重轻，唯张耳、陈余最贤，恐安集稍久，得以距河自固，故以别军夹壁于城阳杠里，以收梁威楚，而自以大军击破赵。张耳奉王歇，弃都走保巨鹿，而陈余收常山兵数万，与诸侯救兵，俱壁巨鹿北，莫敢纵。故邯使别将王离、涉间围巨鹿，而自军其南，夹重势以制诸侯之师。羽之战巨鹿也，先遣当阳君、蒲将军将二万渡河，战数有利，乃引大军从之，用当阳君以少败众之锋，而大军借势追压，围王离，绝甬道，遮断章邯之大军，使王离腹背受敌，犯偏而攻暇，故功必成。故邯乘屡胜之威，而不纵大军击巨鹿北之十余壁，羽持必死之志，而不犯邯军于棘原者，凡以兵机之变，争于俄顷，非极持重，则仓猝或生得失也。果如老苏所言，急引兵西，秦当迭胜之后，士气百倍，梁韩之郊，名都十数，径西则坚城议其后，攻城则力不能拔。而巨鹿去彭城仅数百里，邯留他将持赵，而选锋急走彭城，所谓罴据虎穴搏其子，虎返而碎于罴者，喻此乃为切当耳。然羽自破秦军于巨鹿，诸侯尽属，又降邯于殷墟，距函谷仅千里，乘胜遂前，则入关仍先于沛公。兵法曰：「得车十乘以上，车杂而乘之，卒善而养之，是谓战胜而益强。」又曰：「兵闻拙速，不闻巧久。」然则羽之喜兵法，而不肯竟学者，乃天之所以为贤者驱除难与。

练乡兵对

嘉庆丁巳季秋既望，世臣谒大兴朱冢宰于皖江节署。冢宰喟然曰：「楚豫匪势猖獗，糜烂人民，安徽西接黄州，北边固始，势若处堂，吾子亦有万全之策，可近护桑梓、而远戢妖氛者乎？」世臣对曰：「为政之道，先戒为宝，冢宰戒之矣。观今之势，不强民而令，不扰民而强者，莫若练乡兵。」冢宰曰：「今势极苦无食，支销不能，募捐莫应，则乡兵之练，费将焉出？」世臣曰：「川楚初招乡勇，人日给钱二百，摧锋有绩，世臣则窃笑之，卒有新野、竹溪之役者，势然也。今仿行其法，即多慕义急公之士，捐饷数十百万以招集无赖，散处乡邑，世臣恐练之未成而安徽已乱也。行世臣之法，匝月间，安徽费不及银三十万，可得胜兵五十万。」

冢宰曰：「甚哉！吾子说之奇而震人也，果凿凿可行，老夫愿从尔后也。」世臣曰：「不知而言，不智；知而不言，不忠。不忠、不智，皆世臣所不敢出。且邱墓之邦，冢宰为之栋，栋之隆，世臣所庇也。窃惟乡兵之练也，上下均其利，乃利则未收而先已不胜夫害者，则以制之未得其术也。昌黎之言利详矣，而未睹其害；赵完璧【五扰】之说，止见一偏。夫必尽知其病者，乃能收其利。盖民无所饵则不应命，人给以粮则不继，其病一；籍农为兵，势不能集城而教习，迨拣阅，技仗钝弱，罚不可胜，罚胜则激，其病二；强梁之徒，授以凶械，欺凌争斗，滋生狱讼，其病三；其率长总领兵众，挟持官吏短长，少不称意则横呼狂啸，桀骜难驯，其病四；污吏激之，奸民煽之，或至不测，其病五；为寇集众，凶莽拨调，彼既无所顾恋，遇敌辄溃，其病六；寇贼既戢，乡兵当罢，不能归业，善后为难，其病七。虑兹七病而不得制之之术，故议多中沮，而乡兵之利，更代莫收。

「夫十室之邑，必有忠信，矧江皖民多劲恺悫直，好气矜，鲜有诡黠不可驯驭之辈。宜明饬守令，实力奉行后法：课绩视为殿最，令下，州县于文到五日内，即行详切示谕。十日外，即自备日需，减从下乡。乘马习劳，以身先众。唤集附近各村知事衿耆、为人推重者，赐坐与食，面行恺宣盗贼之害，团结之利，使众庶晓然共信官长为民筹画保全之至计，而无调遣阵斗之患。尝见村庄延教师演拳棒，子弟无不踊跃，旁观亦见猎心喜而同演习者，其患难救援不啻手足。况乎官为置师，以怂恿其前，又邻有寇氛，以怵惕其后，而不欣然从事者乎？巡乡时，一面给门牌、查户口，略改十家为甲之法。以二十五丁为一甲，其业儒及行贾者不与，立其素为众服者为甲首。甲册成，乃议派兵。古法，三丁抽一，今州县十六以上五十以下之丁壮，常过十万，五而派一，则邑可二万人。家有六丁，则正派一人，余与别户合派。户一二丁者，并户派人轮操。五人为伍，五伍为两，两置长，拣甲首点充。兼督教阅，不附兵额，忧患相恤，善恶相保，同两人素有仇怨，长为解之。坊郭工商，一律编派。

「兵法：四两为卒，乡兵若置卒长，恐聚人较多难制，故相恤相保，至两而止。二两一师，令择兵之能者，或武生及邑之有材技者充当。优给饩食，于农暇教以技仗步伍。器械用长枪、倭刀、腰弩，就材分习，齐眉棍令皆习之。寿蒙平原近贼烽处，加习竹篺、狼筅。鸟枪、过山鸟一切火药器具，仍禁民家不得藏造。颍、凤、庐、六，家有器械，他处官酌造给，费不敷，则用缠竹枪、合竹弓、柳条箭。贫富必均其役，古富者出财贫者出力之说，断不可用。其有好义愿输备兵需者，从优奖励，不愿者不强。各两汇册呈令，令据总册，割为几乡。乡合兵千余人，于各乡度旷地为演武场，每委就阅。清册内但记家长姓名，其丁多当出兵两名者，两行记名，丁少与他户合派一兵者，两名并记一行。其家愿随师学习者，皆听。值季轮派应阅之人，两长临操，呈单备点。阅后于清册原名下，注云某季某人应阅。暗记其能否，以备查核。每单止二十五人，两长可以立辨。其师之名，则注于每两之册端。阅时不精技仗，坐师；不遵约束，坐长；优等多者，师与长有赏。凡令下乡阅兵，甲日阅子乡，发丑乡牌，乙日阅丑乡，发寅乡牌，乡里既无驿骚，又使人莫测定期，平时不致怠废。阅法，比营卒赏差厚，罚差薄，行之必信。其凶横滋事为民物害者，两长白于阅时，据律重惩。知情而长不白，事发，减二等坐之。间有拔众之能，数阅后，即申请褒异，拔于营标效用，以明收材力之益，阴除鸷悍之害。且各州县俱有豪在大府籍，有急易以联属。阅毕，照文课例，榜示优等于乡。盖兵有常数而无常人，则无逃籍与无事而食之弊，而有人皆习兵，兵皆可用之效。

「又仿古更楼之法增损之，每二两而联一更，更各植高竿一，使可揭灯，夜以五人执仗击柝巡之。

度地形，使数更联为一会。夜有盗贼，即悬灯击锣，下更应声，则起贼处止击，下更望灯即应悬如法。直巡人分守隘路，贼就执，则某处先落灯，余以次落。见灯闻锣而不应，同会议定罚例，戏以惊人者，罚出合会巡夜酒、面、灯油钱。

「部勒粗就，则议割两为里，约以百家，立众推知事者为里长。举行保甲乡约各令典，并仿古义仓之制，谕同里随力输成公堂，以备修添器械。令阅两载之后，守于仲冬就县一阅，赏罚拣擢，法皆如令。并责令成，甲日下谕各乡，使丙日来阅，戊日即返，人往来三日，公堂给费二百四十文。每里所需，岁不过钱三千文，捐公自利，不经吏手，劝谕应不甚难也。公费渐多，则劝贮粟枲籴备灾歉，皆里长主其事，而令稽其籍。封疆大吏，时差亲信人员，廉察守令勤惰，于大计外，劾荐其尤，以示劝惩。夫家结为伍，伍结为两，比户相为保恤，虽无赖群横，所向而皆遇其敌。流匪闻风，势必远窜；来则人自为战，据阨拒之易易耳。本境苟有稂莠，则无所得而必成擒，又可以默消觊觎，相率改过，以自崇正业。是故农事不废而乡里日睦，追胥渐息，而教化可行也。永守不隳，治道在是，更无容忧罢散矣。夫民习战斗则心能自固，而流言不能以摇惑。练有法制，则人皆遵节，而乌合不至于放纵。计一载造册、奖赏之费，于官者若干，而什伍知方，城郭不露，若网在纲，唯吾指使，七病尽去，收利无穷，虽古之静能守其所固、动能成其所欲者，亦不出此矣。且城者所以守地，郊鄙虽入保得全，而室家无复旧境。况今城中类皆稠密，一旦有警，则唯坐视乡民之流离颠沛，而莫能为策，如何其不早立苞桑之计也哉？安徽现属平靖，尚可及也。近乃调兵远戍，使齐民惊恐，奸民得肆其讹言，毋乃为非计乎？然而教技仗，严步伍，不得其术，终亦无济于实用。凡一切制器及乡政条教，兹皆未及详，唯冢宰察训之。」

冢宰曰：「善，吾子老其材，充其气，以储大用。洛阳年少，不足多矣。」世臣谢不敏而退。越二日，冢宰命笔，为书以献。卒为臬使所格，不果行。

安江贼对

献乡兵议之明日，冢宰曰：「斯事体大，同官意见不谐，非吾所办也。近皖境江面五百里，水盗纵横。或言楚北停运，水手滋扰；或言安陆、汉阳告急，匪势甚炽，意欲遂东，此其嚆矢。舟商缆贾，剽掠及身；野渡村渔，斗米斤盐，皆见攘夺。兵弁巡江，曾未远城，裂檄碎舟，日常数辈。斯事甚急，子为我策之。」

世臣对曰：「楚运停已三载，为盗不俟今日。匪果欲东，势可直下，无须先声。且潜匪入境，必约期分匿，待大股齐发，断无漫肆小劫之理。此不过安汉难民流喘残生耳。夫流民弱则丐，强则劫，自古为然。今江面五百里，而水贼不下数千，措置或失，岌岌之势也。以世臣之策行之，旬日间可不诛一人，而江贼自尽，且收以为利。然进其愚忠，冢宰不能用也。安徽忧贼东下，共捐银五万两，议招水军而未决。夫投军者皆无藉砖丐，且不习水，出江而伏呕者十三四。今江贼皆楚人，长于舟楫，虑无五十以上二十以下者，性剽气悍。自兵兴应募充勇，见干戈，习技仗，被贼奔流，进退无路。近日商舰，结帮而行，日中而止，劫掠不便，故小舟米盐，一切剽取，亦足明其为饥所驱，非素习劫人者已。今诚设重募于各口，悬格恺谕，招应水军。彼前得安生，后远死法，其从令不待读檄之毕也。怀之以恩，简其强而知事者，别为哨长，以领其属，派干弁分辖教习。万一有警，彼其父母妻子，皆被匪毒，其根匪深入骨髓。因其情而抚用之，倍于常兵，无容以楚人而疑有奸也。此与招疍丐不习水者，功利相百也。」

冢宰曰：「善！然安徽无战舰，人言每楼船一，费五六千两，故招水军历三月而议未定。行吾子之法，江贼安诚可必。或言不备战舰，犹无用也。造之，则费无出，奈何？」

对曰：「非唯费不支也，亦日不暇给。楼舰之制，高二丈五尺，长十丈，椂橹拍竿，非期不成。此古人侮亡之师，非应急之用也。今以意创分水龙百艘，艘用银百五十两耳。其制：船底尖，两头锐如梭，度载人水痕所及，上五寸。置毂贯船，外着轮夹船，船二毂，轮员齿板，舟中发毂以足，如水车法。平捺棍出走围，如太平船式。外垂板卫轮，及水二寸，以藏行舰之机。上架单梁，盖牛皮幔，如木驴，以御炮矢。旁开铳椂，左右各置三子穿山鸟一，上属之梁，入船巷而发，无不碎者。皮滑顶尖，不能钩着；往来梭织，倏忽如飞；无桅仓，不受风力；以轮分浪，极稳。其发飞凤筒者，去幔，筒增损古法，以竹围四寸，长尺四寸，五寸上去节，炙取汗，令极圆平，矾水浸透，使不粘火。取四层铁落之薄而大者，和潮脑、松香、斑毛，胶为小饼，杂今花炮药最上者实之，人三筒，高可十余丈，药饼附物，无不粘焚者。得此截江，虽精兵十万，不能飞渡也。」

冢宰曰：「善！」世臣曰：「招安三数千人，五万之饷，仅支七八月耳。」冢宰曰：「然。如何？」世臣曰：「嘉庆纪年以来，八卦门外，新洲出水，阔约三里，长约十里。大涨不没洲顶，其傍水深处，不过二尺，是可围为田也。宜查明有无人报水影，妥置归公。应招人，今冬且使住营，习规制及一切技仗，不可遽劳，致生惰犷之心。开春正二月间，春涨未至时，出令围洲。分段督工，堤厚一丈，高五尺，外傍清丈，以方五亩为畛，约可得田万五千亩。人给一区，动借公帑无碍之项，优给牛种锄棚，督令出屯。且洲势抱城上游，实为最要，兴屯其上，尤得地利。成熟时，十分取二贮公，以备潦岁给饷，陆续制备军装。一收之后，人有恒产，各怀安居，则善建不拔者矣。」

冢宰曰：「善！」翌日语长洲宋兵备鎔曰：「包生真奇才，其言应变不穷，确凿无饰说。然老夫旦夕且去此，未即用也。」兵备退谓世臣曰：「吾子说又不行矣。江贼吾责也，为吾思其次。」世臣曰：「是有驱之而已，行吾法，十日内江亦可靖。贼船皆楚中双飞燕，易辨。总计其人虽多，然分散港夹，曾无衔尾联桄至十艘者。每艘四五人，是大群才三四十人耳。贼畏死与人同，舟小不耐风浪，难挂江宿也。宜饬本属，移书臬司，转饬江北州县，一体捐廉添捕，移营勒兵协防。但守港口，不出巡江。计五百里，南北港夹可宿船者，不过四十余处，共十一州县分之，每邑止四五处。每处渔船百数，日轮十五船应用。三人一船，每县兵役约二百人〔一〕，旬日，费不过二百两，曾未足办一宗盗案耳。叠示张挂港口，凡双飞燕来，不许入港，违者捕击。彼必奔前港，又不得入，各觅便地暂宿，不能聚集定谋，又无可掠取，必东下去安境矣。若江苏仿此行之，当窘而入海耳，庶几下策之得也。」

兵备从之，不及半月，江安二境，舟行者俱无恙。

筹楚边对

嘉庆三年十月，世臣应陈祭酒之招至湖北。友人傅卧云言世臣知兵事有奇略于湖北布政使祖公之望。祖公枉顾，世臣诣答，祖公延至密室，屏侍者而告曰：「自嘉庆纪年兵兴，楚北最为糜烂。贼烽近虽少远，然奸民伏莽，随处皆是。制军防竹溪，抚军防巴东，提军防兴山，与秦蜀接壤之处，深岩密壑，延袤千里，节节立卡，合计兵勇尚五六万人。而昕夕惊恐，流言日至。从前招聚乡勇，节次裁撤，数不下二十余万。郧、襄、荆、宜四郡，或数十里无人烟，裁撤之勇，无业可归，流徙攘窃，在在可虞。藩库现存款，不过五十万，连扣存报销军需部费十七八万，尚不足七十万。各省调拨无余，司农几于仰屋。此间名为省垣，存兵不过数百人，各郡邑或至不敷看守门管。势同火上厝薪，焚如立至。吾子亦有奇策可以保护疆域，使之少安者乎？」

世臣对曰：「智者常因败以立功，岂止少安而已乎？今春二麦大熟，汉口近在隔江，存粮不下二千万石。有铁行十三家，铁匠五千余名，又鹾商之所聚。库内存扣银两，介公私之间，是可动用。阁下再作札致鹾使，截鹾商之课十数万，合银三十万两。以十万两买二麦，以三万派买铁行之铁，督各匠昼夜赶造农器数十万事，约工价五万。一面通饬各州县出示，招散勇之流亡者，妥为资送，前赴襄郧。一面派委曾带乡勇为众所信服之文员，前往度地势插屯。每屯相去以五七里为度，使声势连络。无论逆产，及逃亡遗产，每人给地二三十亩，农器二三具，籽种口粮若干，漫撒麦种。即就墟落居住，不必别搭棚屋。若辈久经阵战，大率有胆力，无家室。防兵为其藩篱，年底必可播种齐全。正二月间，稍集什伍，演习技艺，以助防兵之气。其地荒已二年，收成必倍。比及夏初，贼匪探知麦熟，并力豨突。以逸待劳，其势必败。威声一振，可以扼要设防，渐减堑山之守。一麦之后，人各拥谷数十石，已有固志。官运其半，赴汉口粜卖，为置牛具。秋后酌收五分之一，就近拨济防兵口食，即在各兵应得粮饷内扣收，以归原款。楚北行之有效，秦蜀必相继仿行，各屯力足自守，则兵可专意剿办。贼内不能耕，外无可掠，聚众益多，其势愈蹙。然后开以生路，剿抚兼施，芒尽雾消可翘足而待也。」

祖公曰：「善。」嘱条具六事，上之两湖总督景伯。景伯以示襄阳知府，知府间之曰：「楚北兵兴三载，动用钱粮六千万，将来不能报销者，约十之五，均指此产以为弥补。今招集无赖，以兴屯田，其成否既不可知，而报销窒碍，恐大府将受无穷之累也。」景伯以为然，遂驳其牍。

说城

城以守地，台以守城。筑城而不足守，是劳民于无用之地也。俗儒无识，以兵为忌，则城为虚器矣。夫台者，以实击虚，故兵法曰：「百楼不攻。」楼左右十丈，长兵及，百楼则二千丈之城已。凡台，必出城丈五尺以上，或员或锐，无使露角。址视城低丈许，曲级而下，虚墙齐城，使人不能攀越也。平址开炮眼，间二尺而一，眼外方尺，内方尺五寸，平人目开窦，外方七寸，内方尺，常以画板如砖形蔽之。女墙下为层级，高一尺，厚三尺，备坐，且为固也。址上尺六寸，开垛，阔二尺，内侈之，使人技可施。垛高如人，厚一砖，城面广丈二尺以上。每十垛，炮眼二，石堆四。池近者逼址，使游水无所施力。远者使可筑垣，施屯桥宜阔而短，丈五尺以外，人不能超而已。城上下差以十四，每高丈，则外敛二尺五寸，内敛尺五寸，使漏水不能伤，有倾朽不至坍泻。橹址逼女墙，飞檐外出，可以缒引上下。橹必六面，前面平，左右前角迤杀，左右后角及后面平。前三面置扇蔽轩，下斜向外，推之足以远瞭，收之足以自卫。每门二栅，必严启闭，居常不使人登望。长官巡城，入栅即闭，不得纵人随观，以备不虞。

所见城以百数，平原则荆州为善，倚山傍水则武昌，东流亦名哲之址。至拙莫如江宁，宜其一传而革也，堪舆之理信矣。明祖见钟山西麓，止太平门，门北蒋王庙一带，山冈悉直，西奔江滨，乃翻身南行，逆上至北郭山，与狮子山交牙。虽环抱完固，然低小，恐江风灌脑，故别筑紫禁城于钟山正南。而广旧城至狮子山，以截江路，自以为形势、理气两得之矣。不知绕江诸山，较钟山不及半，而视北极阁则倍高，六朝宫殿，当北极阁之前，西岸老龙山环抱恰好，并不受江风侵劫。其所以不久易姓者，以钟山火盛铄金故耳。而明祖反依钟山以筑宫殿，钟山高绝诸山，火未转化，江风正劫其顶，岂不悖哉？又城广至周五十余里，且周环不设台橹，更番乘城及分段策应，共须五六万人，运石送饭在其外。又堰白河、下关二口，则迤南半城悬釜而炊，且峻过六丈，孱矢石之力，垛眼仅能径尺，垛下五尺，高掩人肩，又何谬也。若北据后湖，东包覆舟山，西包百子亭，南据内桥，毁南唐旧城，复秦淮故道，则南自桃花坞以西，北自城坊门以东，皆吾亭障矣。又据北郭山西南迤至狮子山，为仓城，以便运道，而截江路，迁句容治于龙潭，以联京口，分设县治于仙人矶、三山营之间，以接历阳，则固圻辅之道也。乃以都城倚江自防，东南空地皆二百里，故兵自淮来者，乱洪泽湖，出明光集，徇桥头，则牛渚失险；下邗沟，趋真州，出沙漫州，则京口无隘；乱高邮湖，徇六合，出浦口，则都城自战矣。外失指臂之形，内失固守之势，岂有幸欤？

凡筑城，当择张山食水之处：则洋宽土厚，水曲流畅，后山丰坦，左右环抱；则生人忠信而富饶，斯可守也。若前后俱有高山，中开平原者，是名囚垣，不可用。凡城后有山，宜跨分水以为固。城前有山，近者徇麓曲折为垣，远宜在三四里外，断要途为亭障。若后山虚出，则瞰城失势；前山压城，是为敌筑堙也，皆不可守。其高岩环绕周匝者，于隘口累石为关，以资启闭，不必建城。凡平洋筑城，必凹凸环顾，杀转勾绕。两凸之间，穿山鸟力所及，又相直也，凹处按步加敌台以联之，凸者皆内狭而直，外阔而员，如入鼻形。月城傍直狭处，两面开之，则敌不能焚门矣。炮眼必量火路，以便照星。其地势高下不齐，以滚水坝堰水为湟者，必筑直台压堰，跨坝出水，则敌不能夺坝决湟，且资左右策应也。凡作砖法，长尺四寸，阔七寸，厚三寸五分，用淅米水煮沸，和泥日下模而阴干之，断性烧青必煮。凡筑，错砌下土，按层三砖而一筑。以糯米薄粥杂和之，外板差以匀，使砖与土牵互如一，则尽善矣。宁小毋大，宁卑毋峻，以高城之力，浚深广池有余而功倍之，莫要于此矣。

郡县戎政（说储下篇之三）

知县检图巡境，必先明要害控御之地，间径出入之所。凡我据其地而贼不得过者，为要地。我据其地而左右可过之地，贼不敢过，惧我抄截其后者，为害地。不明间径，则要害之险失已。宜绘总图，将要害间径，贴说详切。知府同。

今屯田虚名官田，实皆民间卖买，过业过粮，不可追诘。藩司当饬各县，查荒芜平田、地塌无主、无粮山场，沿河可堤平塌，其二千亩以下，即属该县，酌输垦以裕公费。三千亩以上归屯，仍留近城一千亩畀县。知县将现在充役差壮快三班人校挑，择其年四十五以下，二十以上，或力能举二百斤，及有手技者署役，余发归业。其无业可归，及愿迁屯田者，妥酌安置。挑不及额者，虚其缺，以俟选补。知府将现拨归标兵丁，照县役挑例处分。司标如之。

凡江河新涨洲濑皆归公，毋许奸民指报水影，致滋争斗。其傍水田地有冲塌者，该长吏即时捡明，申报除科，岁终咨部。

凡请迁与无业安置屯田者，计口给荒田四亩，其单丁则给八亩，锄、种、牛、粮，官给有差。以收成一熟为度。督令树艺、畜牧，成熟以为世业，惟不听典卖。绝者归于官，丁耗者归于官。其竹、树仍半给之。岁收其租十之三，以一分修兵械，二分充公。皆田二十亩而征兵一人，其单丁给八亩者，则三年一轮上值。该辖轮上时，听雇借与人耕种。其以罪迁者，一屯一值，任拨调不为世业。其子入屯受田者，除为良，用常人例。

凡标屯役法皆同，五人中，择一心地明白应答周详者，为伍长；廿五人，择一身长技高才能服众者，为两长；每两择置一师。伍长给腰旗一面，竿长三尺，旗阔八寸，长尺六寸执仗。两长给背旗一面，竿长五尺，旗方二尺，不执仗，鼓悬于肩，擂桴，腰一刀。三两为队，队长旗六尺，左右各一人，不执仗，分执钲鼓，长持铎。凡授仗，四十以上习弓矢，以下习长枪、齐眉棍有差，俱带倭单刀一口，遍习其法。仍教投石，前后平俯，以重一斤以上，去十丈命中为度。

凡屯，皆择地种柘、白杨、毛竹、苦竹、桂竹有差，县亦如之。其土地所宜，及树艺法详农政。以十一月斩为仗，柘条直而性坚忍，且易长，中枪棒弓干，约县五百具。桂竹于中伐月雨后斩之，和汁破为四五不断，以羊肠裹之，加刃，漆再重，亚于白蜡。凡枪刃宜利，有脊阔径寸而上下杀之，长不过二寸，重不过一两。竿宜头软腰硬尾粗。又毛竹取其精者为丝，方二分，二十茎为骨，加刃，以水竹篾缠之，置池中浸一月。取出以老油油透，外缠毛竹蔑，紧簇一层，浸油如前。又缠，约以径握为度。浸油至五次，则妙无比矣。毛竹取精者两片，合弓干如筋角法。里层较外层厚杀五分之二，上下二层，中皆略抽薄，加铁胎，嵌胶如法。当靶处，皮裹为手握形如法，两头以胎出骨外周匝裹之，胎三阔两狭。弓两头各凿一孔，以精铜固束出环。以牛筋为弦，以精铜钩属之以张。白杨、苦竹，皆可为矢。翎胶如法，或以精铜裹鞘，刻为额，以上弦。凡箭镞，以透甲锥为妙，镞本可包杆末，则无中坚食镞之弊。镞深入杆者，约五寸。杆中粗两头杀，扣深没弦三之二。箭以人之左臂，自胁窝直量至中指出二寸为度。弓以彀等箭，略让镞出寸为度。弓大者张弦去靶五寸，小者四寸半。或竹弓，皆炙去汗，刮黄净，尤须两头节平，上下纹合，乃合弓，合就以生漆漆两重。凡弓重十斤者，箭重八分两之一，以此差之。约县弓百张，矢千枝。又为弩百床。苦竹削锐其头为弩矢，以粗糠同炒，糠焦为度。再以沸油煎之，入坚而不折。约万枝。凡仗力，轻重皆为三等，县屯皆以渐筹造贮库，俟仗备。凡得举者，皆给弓一矢十为奖。其行射礼弓如今法，县二十张。

号令：旗、鼓、钲、喇叭、哱啰、笳笛皆同。铎铳。凡正行，声钲，铳一声。喇叭吹摆荡者，令下营。营成而铳发，乃造饭；再发，吃饭；三发，拔营。鼓发，启行，正行间铳一声。喇叭吹天鹅声者，勒阵。敲钲边植麾将旗也，则裨率授旗鼓于辅，而秉节以入阵中受令焉。令校，则两长入阵。府校，则队长入阵。皆执腰旗。裨长复其位。声铎，鼓则前。哱啰发，则噪。铎、喇叭并发，则执旗者望麾所指，而以己旗指之，卒从方以前。铎、喇叭、鼓并发，则骑出。钲则止。弊麾则坐。弊麾复伐鼓植麾，止转阵也。重征则退。营内无铳而喇叭吹摆荡者，放樵汲。无铳而喇叭吹天鹅声者，收入营。陈内无铳而喇叭吹摆荡者，放挑阵。无铳而喇叭吹天鹅者，探所入而将更令也。自令尉阅其辖皆令习之。凡旗之用一，曰导：其变有三：曰植，曰弊，曰麾。其别自大将至伍长有差。鼓之用二：曰进，曰斗。其异名曰鞞，用以令鼓。其别自大将至两长有差。钲之用二：曰止，曰退。其别自大将至队长有差。

铎之用一，曰传令。将有令而先申之以警耳也。铳、喇叭之用，皆以发易号令也。哱啰之用二：曰噪，曰发骑。其步伍营阵之法详雄渊。

较射，掌号引弓，号声绝而鼓，闻鼓乃发。违节者笞二十，三箭不一中者视之。皆以五人同射一靶，较弩法同。

凡城垣倾坏当修筑者，法详城说。

府度宜畜牧之地一区，与诸县营屯合公养马，以充武备，济公费。严禁牧子杀卖，授以牧法。法详畜牧。

今教场直北设将台，南向。台左为旗台，西向。直南竖营门。其阅也，十人之长，以皮插绲旗于背，无方色，手执鸟铳，立于伍人之前，裨率皆会。使吏请主将，再返。将乘大舆，四人舁铠从至营门，众夹道跪。舆至旗台降，向东祭旗毕，遂升将台坐。冬袭重裘，炽炭于案右；夏登座，即除凉帽，俊童执羽扇挥其后。率各引兵一簇，环场旁走，遂北向自为员陈。无步伍，以铳声相属为度。将台右阶，一率以红旗霍霍挥之。旗台前，一吏持双桴，击鼓声无数，鸟铳沓放，烟焰迷茫。顷阵中出枪手数人，枪长不过六尺，盘旋击刺。又出籐牌数人，口交呼杀。三合，交入陈，遂撤伍。乃校铳箭，械之精窳，靶之远近，放之迟速，皆不问。惟听鼓以记其中否而已。又一人连三四次唱名应校，将不知亦不问也。寒暑，则令减数以为恩。乃校长率以骑射，人箭一枝。遂导引升舆去，众跪送如初。推求其故，自明末迄今，皆尚野战，所谓大将，仍一夫之用，其能选精勇数十百人为亲兵，名曰戈什哈，恃以陷坚尝阵，则为善者。其主帅但能不断盗粮饷，不行贿赂请托，有功者得收录，即为名将，非有不可败之节，料敌先胜之智，使三军若使一人之武也。专城之未经兵革者，倚职牟利，以操演为具文。老于行阵者，尤视为俳优角戏，甚者谓古兵法不复可用。故当跳梁小丑，以力相角，尚可幸成；设遇有制之敌，贪利者冒进而无继，畏难者苟退而疑众，坚瑕杂糅，未有不一败涂地者矣。

嘉庆己未夏，予从明参赞入蜀，至巴东校阅楚抚营防兵毕，参赞曰：「吾子视此阵势，可谓娴熟否？」余曰：「吴子有言：『将专主旗鼓耳。』夫教者，所以习战；阅者，所以验教也。今帅阅而无旗鼓，何以为兵？」参赞曰：「何谓也？」曰：「凡阵皆向敌，则今日置鼓之所，正异日敌阵中耳。旗鼓者将之大命，三军之所待而动，今以一小吏主之，去将数十步，挥击无数，军士自聚自散，非视听所属也，何谓有旗鼓哉？」参赞曰：「善。如何？」余曰：「古者入军门则用军礼，周法弊旗而诛后至，斩牲以左右徇，乃教以进坐趋走，以表为节，最后三发三刺，遂以鼓退。汉唐故事，天子讲武，躬擐甲胄持仗，介长勒阵，巡三匝而驻于华盖，甚者以军容不肃，斩徇本兵。通典载天子大阅，前期除地为场，场北为墠。至期设大次御座于墠，南向，天子戎辂入，就次以观。自本兵大帅皆介胄持仗，立阵勒兵以誓。誓遍举旗，鼓进止略如周法，所以同劳苦作武毅也。自后寖失其意，将率矜贵，乃仿御座设将台，并屋之以避寒暑，迎阵以观，而旗鼓之权乃委裨副。裨副之位已尊，又复耻莅戎事，展转骄佚，遂归率吏。武人悍卒，日益无识，虑旗鼓在中阵，则前军无由闻见，乃移于台前，迎阵以教进止。凌迟既久，遂至今日。夫安养舆座，过于闺帏，考校步伍，疏于吏率，耳目所习，莫加觉察。盖中阵麾击，古无明文，略迹逆志，默契非易。夫大将居中，树五色麾，秉桴建晋鼓，指示之威，非求遍也。如前军回首以望旗，倾耳以审鼓，则首已悬于敌旌矣。盖视将麾听将鼓者，裨副。视听裨副者，旅帅。视听旅帅者，卒率。视听卒率者，队两之长。而长之旗鼓，各令其辖。故耳目有专属，而三军若一身也。既职旗鼓，又责技击，上材所不能。故两长执旗以上，惟以短兵自卫。」

参赞曰：「善。然中阵阅校，何以知前列之能否？」余曰：「发策决敌人之机，望尘决敌人之势，敌人开合，必速入之，矧前行之能否哉！」参赞惭曰：「请究其说。」余曰：「国制虽以汉兵隶绿营，备木色，然旗边可镶方色以别队。阅时乘马入营门，祭纛振铎而誓。中阵部勒，麾为二以挑阵，为迭合之势。将自巡阵督战，执小麾仗剑，壮士四人严兵以从，左右夹卫，以观出入队伍交格兵刃之状。且将自熟，置身于锋刃之场，亦足以习其胆智也。其吏士离散，步伍错乱，技击松懈，决罚有差。使上下各知其职属于战，心属于令，则庶几矣。夫素习于治，临战而乱；素习以乱，其如之何？以今之法，御今之人，食累世之粮，闻征而泣；守百仞之卡，望尘而奔，不亦宜乎？」参赞曰：「戚氏谓教兵者，练重于操。操者演习其法，练者课授其技。如子所言，犹操之事耳。」余曰：「否否。孔子曰：『以不教民战，是谓弃之。』盛周之教兵也，以六礼教其进止。晋文之教民，以义以信。孙子曰：『教令不明，将之罪也。』吴子、尉缭教兵以旗鼓进退，不言技击控引也。夫枪棒投射之师，随在有之；长筋骨之术，随人知之。将但当广募精考，授以伍法，使偏帅责其成而时督课之耳。乃以之当练，为大将教兵之要，戚氏所以终为武夫也。夫步仗以练其手足，旗鼓以练其耳目，赏罚什伍以练其心，而练之要尽矣。郭李治兵，易将而溃；齐赵技击，遇秦而废。岂其技之不善哉？夫戎事之要，进止分合，兵习其变，将制其节，故曰三军之命在于桴端也。虽然，尤贵于简，简则士卒易习。雍正中李穆堂为广西巡抚，编号令为口诀，以授标兵者，则庶几矣。」参赞曰：「善。」以贼警方亟，未敢更张。未几，余亦告去。今纪郡县戎政，既条别号令之宜，惧其狃于习而昧于用也，故追述此语著于篇。

入蜀行三日，至七里卡，闻夔道梗。卡有七摩伊，犹言领队，军中称谓如此。各领兵勇一万。余欲拣兵一千以行，参赞以为少。余谓精拣，则一可当十。参赞曰：「经略来促甚急，拣此兵非十日不可，姑以兵二千行耳。」余曰：「公能听所为，明日食时为公集之。」参赞笑曰：「吾子毋太易事。」余曰：「公能从而事不集者有军法。」参赞曰：「何至出此言？吾子姑行之耳。」余乃檄甲喇大。犹言翼长，帅令皆由以行。移会各摩伊，每哨备六尺竹竿二根，三百斤石二块，明早伺于教场。而别告营伍处，略如巡捕，而事权较重，甲喇大之属也。会各摩伊营伍处，各备五尺六寸竹竿二根，二百四十斤石二块，以俟令。明早，参赞率七摩伊至教场，为余设幄于将台少东。遂下令曰：「植六尺竹竿，量兵勇身材中度者，上将台。试举三百斤石，其长不中度，而力举三百斤石者，自赴将台报名候试。」未及午而拣毕，得八百人。其长不及度者，才二十之一。

参赞回帐迎拜曰：「不知吾子神机如此，老夫经兵事四十年，未尝见也。但不及千人，奈何？」予曰：「八百人者，恐摩伊未必肯放耳，拣出精勇，则余皆羸弱，七摩伊如梦初醒，必不听将行也。」语次，七摩伊上谒，长跪求留所拣兵。参赞曰：「吾友已言及此，诸公同就吾友商之。」余曰：「留半与诸公。」参赞不可。余曰：「尚有二等册未来，当可得数倍于一等。」少顷册至，有二千人。予乃出檄草，条别马步技仗，使甲喇大会各摩伊分拣之。以一等三百人，二等六百人行。行者一等给三饷，二等给倍饷，留者加饷半之。参赞以是委任甚挚。行至老鸦坝，而王连登以四万人营白土坡，塞去路。予为奇策干参赞，不从。而参赞酒中漏其语，予乃扬其说。次日，王连登遁。予自此已决去，至达州，故忤经略，参赞乃听予行。附识于此，此为仓卒集兵者发凡焉。

畿辅形势论

嘉庆十四年春，随计赴都，试事毕，访檀柘、大觉之胜，遂由西山傍边墙，历易州、怀来、赤峰、密云、顺义、香河诸邑之郊者半月。入城，求舆地全图，以形家言核之，形胜结作，为天下冠，始知明人安能起脊之说为大刺谬也。儒家言聚人以财，形家言山主人，水主财，水上其堂，则财赋归之。故都于建业者，能辖西南万里之九真、日南，而不能统东北三百里之淮阴。即东北百余里之广陵，亦时得时失，以淮水北去，余分下邗沟以入江者无几故也。南干自葱岭分支，绕滇粤，逾五岭，以至黄山。走天目，绕震泽，渡广通坝，起茅山，倒钩食江水，而结于北山。石尖峰二为廉贞体，跌覆舟山，为培塿土，起鸡笼山。山分鸡鸣寺、北极阁、鼓楼走马三献天金。六朝宫殿，北近鸡笼山，火大土小，金被火铄，故一再传而革。革命之时，宗室歼戮无存，而市不易肆，士大夫各仍旧列。及南唐移牙城于南偏，中跨秦淮，起宫殿于今钟山书院之左右，系由朝天宫左分下支脚，为北极阁之盖砂者，以非南干正结，不能吸尽江水，故南唐之境，西不尽豫章，南不及吴郡。而归命之后，兄弟四人三百口，得以无恙。盖两金之杀气，由鼓楼冈接陶谷，为连气水，生倒头木，以结余穴故也。

京都龙来自北戎，由龙门出塞外，千起万伏。起玉屏山为少祖，飞鹅展翅，西南接房山，东南至昌平，各长百余里，为祥云捧月之形，为第一重砂。东抵山海关，西至井陉口，各长七八百里，为第二重砂。永定河自雁门来，东南行几二千里，与白河会。白河会潮河，潮河由古北口外西南行入塞，亦且六百里入白河，与永定河交于通州，为内堂第一重水。而拒马、滹沱、唐滏诸河会大陆、宁晋两泊，及南北九河之水，至赵北口为西淀一聚，迤东至天津城外为东淀，与大清河所纳渤海之潮一合。漳、卫、淇来自太行之阴，五汶来自岱宗之阴，皆东北行数千里，至天津三岔河，与渤海之潮丙合，为内堂第二重水。右恒山为盖天旗，左泰山为顿天鼓，正朝霍山，三岳钟秀，天造地设，而黄河合淮以行于旗鼓之前，朝案之后，为中堂水。大江合洞庭、鄱阳，以行于朝案之前，钱塘江又在大江之前，为外堂水。江河去都城三四千里，而皆上堂者，以都后镇山，东北行塞外，绕出吉林接高句骊。南与台湾交牙，为都城左臂，与右臂之陇蜀诸山相应。故江湖之水，涓滴皆上堂，唯食故也。都城居中原之东北，于八方为艮，艮成终成始，故都城乃是上弦之月。西实东虚，以中原五千里地面为实光，以东洋三千里水面为虚影，山朝水绕，天下归心，故其形势，有万非长安、洛阳所可比拟者。艮数八，旺气应之，故势之雄，境之阔，都之久，未有能如之者也。

明人好为异说，如深凿胶莱新河，以避海运成山之险，深凿天长、六合之禹王河，以泄淮涨。二说皆至谬。而近世嗜奇之士，尚时以为言。泰山之龙，由旅顺、沙门各岛，涉海而起成山，西行尽于曲阜，尝周历泰山之东，有所谓长城岭者，乃牵脊以至海澨，为齐楚分界旧迹，北有小清河，南有五汶，皆西行四五百里，会于齐河之大清河，由利津入海。以二水证之，则泰山之脉，起自海中无可疑者。胶莱河成，则泰山脉断，岱宗为天帝长子，其能以人力胜之乎？排淮注江，误由断错，必欲附会禹王河之土名，以为禹迹所经，欲凿石山二十余里，开平地二百余里，北属淮，南达江，以合排注之义，谓可泄淮涨，免溃堰为灾。唯潘时良言其不可，河事莫精于潘氏。凡以泄涨者，为保堰全下河诸邑也。而所开之石山，实扬通二府州龙脉所自来。浅凿，则不能过水；深凿，则必断地脉。其为祸未见轻于决堰也。且淮未入湖而先下江，则清口永无刷黄济运之利。又湖身腾空，必有议开毛城铺以减黄者，黄淮将并入江。以形家言测之，则其为患，殆有不止于水潦者。故附论以告实事求是之后来君子焉。

书二赵事

台湾之役，镇臣柴大纪守城半年，以易子析骸入告。督臣李侍尧尚未渡台，故贵西道赵翼从戎幕，上得镇臣奏，怜台民死守，而大兵不时至，发六百里加紧，谕镇臣以兵护遗民内渡，命督臣拆看，即时封发。侍尧以示翼，翼曰：「翼目昏，愿于帐外就明视之。」遂失所在，阅二时始至。侍尧大怒，翼曰：「中堂尚欲封发耶？柴总兵内渡之志已久，畏国法故不敢。一弃城，则鹿耳门为贼所有，全台必失。且以快艇追败兵，澎湖其可守乎？大兵至无路可入，则东南半壁，从此多事。宜封还此旨，已缮折矣。」侍尧大悟，从之。翌午，接追还前件之谕。及折回，侍尧膺殊赏。而大将军福康安续至，遂得由鹿耳门进兵破贼。

大将军既告捷，而逆首林爽文为淡水同知某所得。赵五者，同知之父行也。他友闻获林逆，争缮禀禀大营，而赵五顾高卧。漏初下，同知押林逆至署，闻赵已卧，怪之，排闼入问。赵五曰：「将相亲督大兵剿贼，而首逆顾为汝得，汝尚欲逃死耶？」同知大悟，求计。赵曰：「此去大营二十里，即押林逆谒见大将军，但云同知今日巡山，遇一人持马缰，问大营所在，云身犯重辟，欲归命大将军而不识路，乞指引。大将军虎威震慑，使逆贼不敢逃死，微同知，一小卒皆能引之来。深自谦抑，若大将军必欲入荐牍者，则以死辞，如是当不失富贵也。」从之，大将军大悦，遂奏亲擒林逆，而附片荐同知为台湾道。二赵事，近世少有知者，无锡周姓与予同寓扬州市肆，言其时亲在督臣及大将军营目击云。

包世臣曰：赵五不知何许人，闻其后在台湾道署，用事纳贿赂，囊资十数万，遂至吴中买声伎娱乐以死。迹其行径，盖非君子。然当群于好乐之时，而能计深远，亦识时务之俊杰也。翼博览有文采，以近利见薄清议，然其功在民社，享上寿，博盛名，宜矣。世有能见事势，而嗫嚅不言，以为奉令承教可告无罪，而自致鸩毒，以偾乃公事者，可胜道哉！

书故明恤赠太子少保荣禄大夫左都督怀标总兵杨国柱告后

义州杨氏，世为辽蓟名将。先是崇祯十二年，金国兵围松山，诸大将莫敢赴援。荣禄之兄子振，以副将请行，遇伏被执，使说城中降。而振告以援兵既至，被杀。至十四年，祖大寿困锦州，洪承畴以八大将往救。荣禄先至，陷伏中，四面呼降，而荣禄突围被矢坠马以卒。盖即振殉难之所。荣禄与振，当时并有小无敌之称，而无救于败殁。廷议优恤之以劝励忠贞者，亦不可谓不至。而大帅望风奔降相继，卒至革命，岂果忠义湮绝，激劝无功哉？良由死事之报虽隆，而酬勋之典，亵夺于弄笔冒功之徒，偾事之诛不果，而斧钺之威，专加于守职忤奸之辈。井渫不食，可为千秋炯戒者矣！此告下于崇祯十五年，其时国事久非，然告词与书字，尚尔整饬，而制辅亦未至苦窳，是其人心固不甚苟且也。而宗社为墟，近在匝月，此古人所为笃信阳九百六之说，遁世无闷而不悔者乎？道光八年七月朔。

平闽纪书后

甚矣将材之难也！自川楚兵兴，征召遍寰宇，云蒸虎变以百数。其见贼辄溃，遇民辄掠，吞饷以肥家者勿论矣。即有智能料敌，勇能决战，膺干城腹心之望者，亦复下不知戢士卒，上不知恤国计。而守土之臣，又复肆其侵掊，因以为利。是故以全盛之力，从事一隅，蠲祖宗数世之蓄，而廷臣筹议经费，至不遗余力，幸得蒇事，休养生息阅二十余年，而公私困惫，卒以不起。

若故太傅昭武将军杨敏壮公之征闽也，其事势艰虞，与川楚相百矣。调兵不过五千，兑粮之外，所费不过给援兵家口月支耳。受命伊始，即具靖寇必先安民一疏，略谓兵难遥度，战守机宜，容抵闽次第熟筹。唯闽省自叛变以来，百姓流离困苦，全借地方有司，加意培养，至安插投诚，尤宜使其得所安业，不萌异志。剿寇本以保民，若有司拊循无术，则民不安生，势必流为匪类，乱将滋蔓。及抵任视事，则倡议团练乡壮，使守望有助；编查保甲，使奸宄难容；严禁驿骚，使难民复业。故能以客当主，以一击十，使三世狡逞之巨寇，十七阅月，而山海廓清。耕食凿饮，于今受其赐。孙子所谓将为国辅，穰苴氏所谓战胜之后，其教可复者，公近之矣。

公之五世孙亮季子从予游。出示平闽纪十三卷，兼爱之怀，蔼如若揭。杨氏在前明为辽右世将，公之仲父伯兄，百战徇亳社以覆其宗。而公于孤露窜伏之余，偕季父犹子，归命兴朝，从征江西、广东，援剿福建，勇略彪炳竹帛，家声再振。既而镇山西、山东、江南，靖余氛，拊残黎，父老称惠政者，百年不衰。公既平闽贼，回镇江南，遂蒙赐籍扬州卫，子孙建节树旄者数世。今虽陵替，而季子慷慨有志兴，习史事，能读公书。公之明德远矣，其昌后必深，季子勉之矣！

扬州营志序

今之营将，古都尉职也，务在振扬威武，扑剿寇警，以捍卫地方。而劫杀略卖抢夺，则寇警之由蘖。故营伍之任其责也，与有司同。扬州间于江淮，鹾贾之所聚，繁盛甲于东南。国初改卫为营，就坐营指挥署，建置统兵游击，辖中军守备一，左右二部千总二，头二三四司把总四。嗣裁高邮卫为本营外汛，调存营千总一，为宝应之衡阳镇巡盐千总。又渐增设马家桥、邵伯北坝、僧道桥三巡盐把总。凡汛官巡盐者，盐官快役皆归钤束，继以巡盐与协守地方，未便歧视，归并职守。又改三江营守备，专司巡盐，为本营外辖。而高邮、宝应两州县，先后由存营拨防者，皆兼巡盐之职。后复改三江营，径隶狼镇，而于本营设左军巡盐守备一，前哨千总一，改右哨把总为后哨千总，改游击为参将，共辖守备二，千总四，把总七。马战守额兵，增至九百七十有八，而各汛巡盐之职如故。良以扬州声名文物，民气敦庞。一切劫杀略卖抢夺非法之事，大都出回侉流民。回侉皆无赖子，徒手千里，冒厉禁，不约而集者，为扬州有私盐可业而为利至厚故也。然而凶徒既集，则必时时因利便以荼毒行旅，侵暴闾阎。更有盗跖余财，罣误良善。小民不明大义，贪重值，或为之导引搬送，致罹重咎。甚且裹入伙伴，不闻鲍臭。故法以巡盐责成本营者，非徒为阻坏官引计也，凡所以塞劫杀略卖抢夺之源，使寇警无由而起，以正人心而靖地方。所谓防乱于未萌，起义至为深远者矣。陇西陈公述祖，字小云，以名将嫡裔，五等崇班。幼敦廉让，长习韬钤。需次江南，大府安化陶公试之繁剧，并文无害。近以回侉扰扬州甚，使摄其营将事。公至则广布线目，督率掩捕，以属有司无虚日，民乱得小息。公因究本营建置原委，伏莽徯途，欲求所以挈挞其要领者，而图籍阙如，无可稽按。继乃得赵君旧辑营志十六卷稿本，简而明，要而有法，巡防镇抚机宜略具。而所辑止于乾隆壬申，阅今已八十年，情形殊异。至于沿革增并割隶，亦明有更易。而本营司案牍之外委李君，实赵君再传弟子，能守家法。相与钩核存署案档，删取要略，续载各卷之末。公复亲加厘定，不尚文辞，专明事实，使弁兵一览可晓。捐俸付梓氏，庶以彰往察来，俾因时损益戎政者，有所依据焉。

予与先公有一日之雅。侨寄扬州，亲见公行事，能持大体，达本原，年在弱冠，无群姓小侯之习，其克承前烈，光大家声可必也。适值此志之成，故为弁其首简。道光十一年七月朔日。

书萨乾清事

道光六年六月，张格尔乱回疆，陷四城。上遣近侍习兵者廿余人，分领东三省劲旅，赍扬威将军印，以授大学士伊犁将军长龄，御前侍卫前锋统领安福，与其子乾清门二等侍卫萨炳阿与遣中，又命固原提督杨芳为启行。七年，四城俱复，而张格尔逃出卡。上怒，褫扬威翎顶宫职，罢太子太保陕甘总督杨遇春、山东巡抚武隆阿参赞事，以授杨芳。谍者言张格尔依妇家，在敖罕，群公多欲以为功者。参赞谓孤军行卡外二千余里，不能得要领，危道也。扬威强之行，参赞手书诀朝贵，朝贵以书闻，不数日而败书至。上以是益望扬威，九月遂敕参赞回镇。时群公争求自脱，皆往贺。参赞谢曰：「官兵新失利，家宫保前奉入关之命已治行，武公又左迁，扬威病甚，乞休不可得。我若去者，恐内奸构敖罕乘虚豨突，兵无统纪，贻国家深忧。」因沥情乞留。已而有旨追回前敕，甫发递，而告留奏入，上为之垂涕。是年除夕，张格尔率众入卡，参赞追及于卡外铁盖山，以八年正月二日生擒之。论功封果勇侯，授太子太傅，加紫缰，双眼花翎。虽资亚扬威，而恩眷尤隆。果勇自弱冠以布衣杖策从戎行三十余年，言名将者，推二杨。至是，而天下仰望风采，过于宫保矣。

当果勇之徇敖罕也，从满汉领队官以十数。既深入，陷围中，安福中矛坠马，贼将下马欲馘之，萨炳阿跃马斩贼将，负其父，并拔所领两队，溃围出。及凯撤，父子进官一等，画象紫光阁。萨君之祖，即阁上所画纯祖钦定金川五十功臣第一之头等侍卫台萌阿也。昔条侯、魏其悬军横扼七国于梁楚之郊，不三月而半天下之叛者悉平，伟矣！彼灌夫者，徒以父死事故募壮士入吴壁，身被十余创，父仇未复，壮士亡失十八九，然犹以名闻天下，声居窦周之右。今萨君立歼仇雠，救父以全军，忠孝备于一时，则贤于仲孺远矣。且醇谨退让如儒者，非仲孺无术不逊比也。果勇智能料敌，义不怀居，信足度越时流矣。然比功程行，其能如条侯、魏其乎？然果勇以九年正月入都，都人士夹道争先望颜色，至拥塞马首不能前，而萨君之名顾不著。予前因果勇以交于萨君父子且十年，故参验在事诸公目击之辞，以纪其实，使天下后世慕忠孝奇男子者，有所与稽焉。

书录右军简椟后

右简椟六首，右军本传所载，而世无石本。微规体势为此卷，非敢效尤襄阳也。答殷浩书在永和四年，时右军解江州刺史入都，浩引为护军将军，不拜，浩致书谆劝而答之也。止殷浩再北伐书，及上会稽王止殷浩北伐笺，俱在永和八年。右军既拜护军，即请居郡，改授会稽内史，书言顷被州符，增运千石，是在郡之辞。通鉴署其官曰中军将军，误矣。与谢尚书，史以为与仆射谢安。然右军去官后六年，安始出山，尚则以永和九年四月，由安西将军入为尚书仆射，十二月，以姚襄故改授豫州刺史，出镇历阳，正右军居会稽时也。故从周济说署之。与谢万书，在永和十一年去官之后。万时为吴兴太守。与桓温论谢万书，在升平二年。朝议以万为西中郎将，监司、豫、冀、并四州军以图燕。温时虽镇江陵，实为宰相，执朝政。故右军致书止其役，不从，乃移书以诫万。万既之镇，三年冬，遂帅师自下蔡至颍，闻郗昙病退，疑为燕师大盛，命遂溃散。万矜豪傲物，甚失将士心，以故败，卒如右军言。

按永和五年，赵石虎死，冉闵为乱。赵刺史王浹以寿春降，西中郎将陈逵移镇之。大将军褚裒镇京口，表请北伐。即日出师，士民前陷赵者，扶携内附，日以千万计，裒遣将王龛、李迈迎鲁郡求附民五百家，与赵将李农战于代陂。龛等败没，裒遂退，逵烧寿春而遁。裒旋卒，代以荀羡，右军他帖所称荀侯者也。六年，冉闵灭石氏，改国号曰魏，石氏故臣多不附，乃以殷浩督扬、豫、徐、青、兖五州以图进取。魏刺史周成、张遇以廪邱、许昌，魏将军高崇、吕护以洛州，先后来降，故赵大将姚弋仲，亦遣使来降。朝议以弋仲为大单于，其子襄为都督并州刺史。

初，温屡请乘乱北伐，不报。至是，乃拜表率大军由江陵顺流至武昌。温自永和三年灭蜀，威震中朝，朝议引浩以抗温。右军屡劝浩和同内外，不听。温忿甚，所督荆、司、雍、益、梁、宁、交、广八州，士众资调，俱不上供。浩闻温东下，大惧，欲避位。王彪之、高崧为会稽王画策，以馈运难继，当图万全，致书止温，温惶悚还镇。八年，浩遂督师出许洛，以谢尚、荀羡为督统，屯寿春。尚抚遇失宜，遇复畔，送款于秦，浩军不能进。尚与姚襄攻遇于许昌，秦遣相苻雄以二万骑救遇，败尚等于诚桥。尚奔还，以后事付襄。浩退屯寿春，书所谓「安西丧败」者也。雄遂徙遇及许洛之民入关。浩耻无功，谋再举。襄退屯历阳，课农训士。浩恶其强盛，屡图之，而为所觉，襄至遣使诘浩。遇入秦为雄所辱，欲反秦归晋，秦人孔持、刘珍等，又各拥众数万叛，遣使请兵。浩因遣人入秦，诱其大臣梁安、雷弱儿。安等伪许之，请兵接应。遇作乱，已伏诛，而浩不审，遂以九年十月，自寿春帅众七万，进发洛阳。彪之为会稽王言，不宜轻信安等，不从。浩仍以襄为前驱，襄伏甲邀浩，大破浩军。浩始谋北出，孔严力言降附不可信，宜深思廉蔺屈身之义，平勃交驩之谋，穆然无间，乃可保大图功，与右军议略同。褚裒之北也，蔡谟深以为不可。书谓：「当与有识者共之，不可复使忠允之言常屈于当权」者，指蔡、孔、王、高诸公也。笺谓：「虽有可欣之会，而内顾诸己，可忧乃甚于可欣。」意盖斥温。及浩再败，温乃以十年正月，疏浩罪废而徙之，温之专制朝政自此始。

盖是时能处兵任者唯温，而中朝与构猜衅，供给所出，唯扬江二州，徐州自给且不足，一兴军旅，即横征于东郡。笺所谓「以区区吴越，经纬天下十分之九，不亡何待」者也。

夫南北分疆，边陲必设重镇以为藩篱。务昭忠信，勿见小利。而选守令，抚惊氓，督耕教战，使士民安业，新附有劝，蓄余力以伺敌衅，是其大都也。以奔亡孤立之姚襄，尚知恤民务本，是以丧败之余，民从如归。而中朝卿士，非图苟安，即冀非分，未雨无彻土之谋，临事无集思之益。笺谓「为不可胜之基，根立势举，谋之未晚。」书谓「更与朝贤，思布平正，除其烦苛，省其赋役，与百姓更始」。右军真知本政者矣。卒之忠告莫省，割剥遗黎，以酿孙卢之祸。麋鹿不止游林薮，胜广之忧无复日，竟成蓍蔡，岂不哀哉！然而书言「保淮之智，非所复及，长江以外，羁縻而已」，虽激于浩之不量，立言实为过当。夫守淮必于河，守江必于淮，乃古今不易之势。且其时仓垣以南，洛阳以东，沃野方千五百里，苟得其人以善救败，亦复何事不可为？而遽欲弃为羁縻，使都城距江自守哉！良由王导当国，石氏骑出涂中，至滨江而不觉，上相亲征，未出而罢，贻笑戎索，可知瓯脱江外，乃王氏之家法。又右军为庾亮幕僚，目击邾城之败，遂宗陶侃正以长江为限之说。侃由江陵移镇巴陵，本无北向之志，及再移武昌，诚恐邾城增守，石氏必疑，故为及身之谋耳。而亮以恃坚不救，成侃前识之名，舛矣。然侃谓邾城迫近西阳，蛮中利深，晋人贪利，蛮不堪命，必引外寇，则可为边防永鉴者也。

至于抚慰新附之任，匪唯非浩尚所能胜也。彼敌将拥众挟地来归，是必后有所迫，前以为功，故在此雄略足以服远人，大度足以安反侧，使彼恃吾以托命，则得其地可以益富，并其众可以增强。若反藉彼力以济吾事，有功则成彼骄蹇，无功则敝吾腹心，不必措置失宜，猜嫌叠出，而去胜算亦已远矣。然在此势力既张，则又恐健将悍卒，奴虏其人，一生反复之心，祸常发而不救，是处弱固难，而居强亦未为易也。然如苻坚之待朱序，于驾驭英雄，可谓得其道矣，尚以肇淝水之败。故与其受之而不终，不若拒之而不纳，抑或羁縻之而不为其所使。然则右军羁縻之说，亦可用之边陲新附也。

右军不居护军之意，与蔡谟不拜司徒正同。司徒在晋为柄国，护军则所谓处廊庙参讽议者也。谟见内外不和，间阎凋敝，而各谋分表。右军不得其言，知必偾事，耻居其位，为世所指名耳。故蔡司徒不拜，深源欲当以大辟，非荀俣、桓文之言，几不免，盖深源亦憾其深不与己也。南唐韩熙载以淫秽避相，其自爱与蔡王情异而指同。

史言安劝万厚抚诸将，不从。安乃遍就僚佐，慰勉备至。及万跳，诸将欲乘败图之，以安故而止。通鉴采其事，而考异不置一语。身之唯叹安性迟缓，而为弟谋周密如此，宜异日之能定乱活国。然安当万由吴兴镇下蔡之时，高卧东山，无因得接诸将，殊滋疑窦。及检右军别帖，有「重熙旦便西，与别不可言。不知安所在，未审时意云何。」甚令人耿耿。又云：「不审比出，日集聚否？一尔缅然，恐东旋未期，诸情惘。」乃知安虑万不终，径至其镇。史文偶有不备耳。

答魏默深书

默深二弟同年足下：仲春奉手书，并尊著圣武记十一册，属为审定。足下虚怀乐善，荒落善忘如仆者，何足以塞盛意？然亦不敢不尽其所知。国家武功之盛，具载官书，卷帙多至不可究。足下竭数年心力，提挈纲领，缕分瓦合，较原书才及百一，而二百年事迹略备，其风行艺苑，流传后世，殆可必也。仆则以为兵制者，武功之本，必宜列于卷首。而备述部曲、俸饷、军装、行粮，前后增减裁并之成规。次列军法，又次列军赏，皆由关外以及现行事例。其奉特旨者，随事声明，以昭详核。至于序述事迹，不必因地分类，唯宜挨顺前后，逐案编纂，使事因时出，义随事见。得失之故，成败之机，了然心目，则深得古人激射隐显之意，其书不仅以当无为贵矣。

仆少小留意武事，据所知闻，自入关以及安南各案，与尊著不无出入。然时远路遥，诸家记载，乡曲传闻，未必尽属可信，且难觇缕指陈。唯川楚教匪，则仆亲见其终始，且在事司命秉笔者，半为旧识，虽身履行间不过百日，综其大要实有可言者。善状兵势，无过史公。巨鹿之役，所云「九战绝其甬道」者，只六字耳，在当时自有故记可据，若每战分叙，岂复成文？即樊靳诸传，亦止据功簿，分别身自擒斩及所将卒斩获，亦未尝逐阵挨序。况近世军报，本不尽实。乾隆之末，和珅柄政，军报皆先责副封，奥援可恃，向壁虚造，十常八九。洎大憝内除，而军官幕客，凿空路熟，此弊不革。自古用兵，一经大创，而开其生路，无不投戈乞命者，岂有无日不战、无战不捷、旋剿旋抚，而匪势转盛如教匪者乎？盖教匪先后大小，为股数十，而领兵官分据要害，皆能专折，一处报捷，即各营知会，免致以重复遭驳诘。此仆所身历切齿，不旋踵而即纳履者也。故据仆所审知，为足下详言之。

乾隆六十年，陕西获教首刘松供，有大徒弟在安徽太和县名刘之协。一面入告，一面飞咨，而陕西咨捕之文与廷寄俱以六百里同日到安徽，莫解其故。枢要言纯庙假寐，刘之协入梦，是以谕令急捕。然其事疑不能明也。刘之协先以事解赴河南扶沟县，委员往捕，中途泄其事，使逸去。河南扶沟县事主报盗案云：在楼上月下，望见盗共五人，四大汉，一童子，劫银二百两。即日捕役盘获五人，童子名王双喜，四大汉名张汉潮、齐麟、姚之富、高均德，被囊内有银二百两。堂讯系嵩山香客，其银系借之安徽太和县照墙后开参药店之刘之协。扶沟关提质对属实，乃释双喜等。而太和县忽奉安抚径行六百里捕刘之协之檄，令转委丞往扶沟。丞离扶沟五十里，遣役持名帖前往。丞役入城，遇县役，遂偕诣之协。之协令丞役暂缓，县役入署，索得回照。既出城，丞役乃往投帖。而丞亦至扶沟，急追太和役回，役言我管解来，不管解去，扶沟无如何。会营分投捕三日不得。丞回太和，以扶沟纵逃具禀。安抚据奏，扶沟县正法，知府以上皆外遣。之协等六人，匿扶沟县书家十日，乃同往湖北。而齐麟案旋发，安徽委员跟踪缉至湖北，湖北印委藉端诛求，姚、高、张三逆相继起，称大将军。齐麟之妻王氏，尤骄盛，世所称齐二寡妇者也。楚匪未起时，安徽已捕双喜解京。双喜又名牛八，云是王之明五世孙，皆指朱姓，以惑众。和相讯双喜曰：「是刘之协兔子也，安有少主之说？」议外遣伊犁，而改其名曰发生。及教匪平定后五六年，犹有河南、安徽人出口省视之者，案屡发。乃诛发生于配所。而邪说渐绝。其党多在湖北，湖北司捕者，择肥而噬，民不堪命，遂以蜂起。变出仓猝，征调不及，各募乡勇。而募一报十，州县领帑多者至数十百万。而统领京兵与地方大吏过境，供张馈遗，盈千累万，上下皆以豢贼自殖。教匪杀掳焚而不淫，兵则杀掳淫而不焚，乡勇则杀淫掳兼备，故民间称官兵为青莲教，乡勇为红莲教，有三教同源之谑。楚匪迤北者，渐流入河南，迤西者，渐流入四川。楚地差靖，不得不奏散乡勇。勇散而无业可归，又群聚揭竿，其被难良民莫加存恤，从贼如归，此教匪之所以日盛也。及内帑告匮，开捐不济，始有坚壁清野之议。遗黎有所依归，匪无可掠，聚深林丛菁之中，饥疫相仍，匪势始衰。将军成德用外委陈平川策，遣偕线人往收川陕交界观望之剧匪四百余人。提督杨遇春，因立大红旗，选就抚之健桀者隶之，匪因以灭。

自丙辰迄甲子，九年中，情事百变，四端则尽之矣。记载者能明是四端，则机宜见而法戒具矣。其匪股宜各分为小传，记其始卒及窜扰之地。各帅亦用史公卫、霍附传之例，务取切实明白。不审有当于高明否？尊著大都据官书，然亦有采自传闻者，如常丹葵贪虐逼变，及连州之瑶目与厅役互争，贿买投诚诸事，似非官书所有。敉罕灭于邻国，系近日途说，未便遽以入书。傅鼐攻苗峒，大败而奔，中途饭后，鼓众气选锋反战，遂擒首逆，灭其峒，威名遂振，所向皆平，实靖苗之机栝，似宜补入。其「守城」以下诸篇宜自名其书，不当冒圣武大名。仆目力劣甚，心思忙乱，草草率复，以足下北行有日，恐心悬报答耳。诸惟为道自爱，珍重不具。道光廿三年四月六日，世臣顿首。

复方广昌书 对扬

觐宣三兄同年阁下：六月十二日，阿韵来，奉手书，琅琅千余言，字字珠玉，非阁下岂能更望之他人耶？阁下心地质地，俱异恒人，尽力为之，何事不可成？加以筋力强健，有济胜之具；勇往直前，有必胜之志。唯求治太急，视事太易，恐终受此累耳。试以吾人一身言之，初有意于学，勇猛精进，若古人不难至者，旬月之间，卓然有除旧更新之观。数岁之后，抚躬内省，则仍一故我而已。古人所为重藏修息游者，此也。地方当积坏之后，遇有志振兴之吏提唱之，而绅士之有志者从而和之，旬月间颇觉有丕变之机。然久久不过稍去已甚，未见有竟能更旧俗、垂之永久者。此「百年必世」之说所为不可易也。

汤文正之治苏，为近世所仅，然读其教条十三则，验以今日风俗，则固未尝能遵行已。至贵部为阳明所开，迹其抚赣时，于戎马倥偬中，集生徒讲学，当下即有闻人，迄今尚为诵说，而赣州恣谈理学之风，实昉于此。陋儒以为过化之妙，世臣则谓此阳明微权，以虚声耸动愚氓，而济吾事耳。盖其时讲学之名至高，阳明之望极重，以单车受剧任，莅岩疆，负嵎者相望，而伏莽尤多，必一一以兵力治之，事既难蒇，且非久安计。故诱其稍有志识之子弟，入营讲学，歆动以传道入圣之易，则伏莽可销，而负嵎亦易解。是以阳明驻赣不过半年，铲数十年之积匪，至今道以不梗。如果于戎马场中，求传道种子，阳明不如是腐谬也。然亦幸而半年即去，此窍不为人凿破。而曾与闻论说者，已自命圣人之徒，为乡里所宗仰。设稍久于其地，则技必穷已。阁下既自许以三年，则下手时，毋过为高论，依于因陋就简，而暗去其已甚，以渐而进，一变再变，自有可观者。此小以成小，积小以高大之术也，且不树高名以来群谤，尤自全之要道耳。平易近民，民必归之，因民之欲，则事易举。

仆向语友生有云：先察民情之所向，次验民力之所堪。阁下以此推之，则自得之。至贵部风土人情，仆无能悬断也。保甲条约，乃仆少作，彼时锐意有为，常以一人之思力，求契万人之好恶。虽不中不远，然必有不能悉合者，阁下采择而毋胶泥斯可也。

仆到白门不数日，即有江警。都人士纷纷逃窜，所知皆谆劝避地。仆坚持不动，见街衢告示，知当事无可与语，迄今月余不谒一人，唯葺房室、理乱稿而已。又有绅士拉入保卫公局，仆力却之曰：「出城接战，弁兵事也；婴城固守，则民之事。而绅为领袖，果贼至城下，登埤筹守具，督民夫，仆虽老惫，义不容辞，变不待诸公牵率。至公局主于敛钱，仆不识一富人，何益乎？」盖城中官绅，皆以望风迎贼犒师为长策，仆残喘余生，何能更当此一蹶哉！承示志书一局，来年拟以八百金相招，固无不可来者，唯祈先以其半，俾安家屋，则必为阁下蒇此事。志书与史，事同理同，果得有成，固所愿也。城外汹汹已十余日，仆验以云气，今年必可无事，后此则不敢知耳。阁下日内已庆弄璋否？此间事想日日有官文书知照，无须草泽言之，致滋口舌。诸唯珍玉不具。道光廿有二年七月既望，世臣顿首谨复。

校　记

〔一〕百　原作「三」，据吴校稿本改。

齐民四术卷第十一　兵三

答萧枚生书 时客粤海关署

枚生一弟足下，文祉佳胜。人日，仪墨农来，奉手书，示及依人况味。直道不行久矣，况地涉脂膏，府主职显而事实贾人。于此必求心所安，欲以仆为人谋者为法，岂能顷刻居乎？足下洞见夷估至隐，谓十年之后，患必中于江浙，恐前明倭祸，复见今日，非足下固莫能远虑及此也。足下前次回江，曾言英夷占夺新埔，招闽粤逃人，事深可虑，欲著粤権志储一书以发其机括。仆入都，就潮、惠、漳、泉计偕解事者问之，多言新埔夷人，近改名新嘉坡，广刊汉文书籍。兹询墨农尤详备。且言前岁英夷兵船，淹滞省河，洋行醵洋钱十八万酬之，乃去。或言系洋行招海盗为之。又有夷使下国主书，要制军亲受，不得已，使中衡广府上船受书。夷使出舱，岸人哗曰：「若乃洋商伙某烂崽也。」遂狂窘入舱，而中衡等即下船，其船旋遁。则知历届恫喝，皆洋行所以固垄断鸦片之局者。果尔，虽必有事，不足患矣。所虑者，或者失职无行之士厕其中，如汪直、徐海者耳。英夷乾隆中已有招宝山之请，是其垂涎江浙也久。足下有真见闻，幸以相示。闻制府甚推重，则其署册档可得见，参以粤关册档，及时著述，不朽之业斯在。珍重千万。道光丙戌正月，世臣顿首。

致广东按察姚中丞书

亮甫先生大公祖阁下：顷在吴门，晤朱虹舫学史，得悉阁下荣荷特简，陈臬广东，欣慰无已！阁下资深望重，久膺节钺，徒以公直难行，廉洁少与，弃置闲散者积累岁月。兹竟复起，仰见圣心，俯同舆论，天下幸甚！阁下枢廷老宿，天下事无不经练，岂复草茅下士所能以细流土壤备不辞之数哉？唯厚辱推许，相期以古人，不敢自外，敬陈所闻，以供采择。

窃闻广东多宝之乡，吏治至芜，舶市之所，人心至浇。是故广东有中外上下共知之大弊四。外知而中不知、下知而上不知之大患一，非阁下固无能起此沉痼而杜此乱萌者。从前节相吉公，不过中材，惟以上念国是，下恤民生，遂使敛薄刑省，官民相安。况阁下挺不挠之节，坚不渝之守，威德信于寰宇，咨诹逮于刍荛者乎？省垣两县案件繁多，胥吏择肥，任意牵累，羁押班馆，人常数千，瘐毙者日有数辈。离省较远之高廉各郡，渡琼商旅，每有指为匪徒，飞禀省府委员扶同，遂成冤狱。上游知而不问，大弊一也。广东盗风最炽，需次佐贰，因缘入审案局，勾结蠹役，买盗报功，超擢相继而真盗并未伏辜。上游知而不问，大弊二也。惠潮一带，大姓公堂至富，族匪垂涎，构衅械斗，买人顶凶，贿官定谳，首祸正凶，逍遥事外，以讼费开销公堂，坐致丰厚。上游知而不问，大弊三也。勒缉巨案，上游限紧，有司辄将平日羁系大炼之匪徒，逼供销案。上游知而不问，大弊四也。凡是四弊，皆臬司所可独断独行者，阁下断无不知、断不肯知而不问。唯痼疾已深，为之须以渐，党援至众，必得相助为理者数人，方可使小民实受其福耳。

至于大患，固亦臬司职应筹办者，然斯事体大，非与制府一德同心，则力不能举。故以所闻始末，为阁下详陈之。粤海通商夷国十数，以英吉利为最强。闻乾隆四十年间，粤东外洋有封禁地名新埔，距省垣千里而遥，粤之惠潮，闽之漳泉，无业贫民私逃开垦。英夷回帆过彼，欲占其地，为闽粤客民所败。数年后，英夷以兵船至，客民降服，英夷遂踞其地。每来粤市舶，返辄留人三分之一在彼建置城郭房室，迄今几五十年。并招嘉应州之贫士，至彼教其子弟。又召粤中书匠，刊刻汉文书籍。又闻鸦片毒烟，亦以其时始入，粤东并不行销。十数年后，省垣及惠、潮、漳、泉居人，渐染其毒。嘉庆纪年，吴越人亦吸食。比及其末，烟毒遂遍天下。此物向在例禁，各小国所产，不敢显售，必附英夷与匪徒为市。是以粤海夷商，亦以英夷为最饶。洋商但与英夷交好者，无不立致不资。而沿海大户，皆以囤烟土为生，至以囤土之多寡，计家产厚薄。夷以土入，华以银出，以致银价踊贵，公私交病。于是议严纹银出洋之禁，而禁后银价益长，是禁之不行可知也。

夷船通市，止粤海一关，而厦门、兰台、宁波、乍浦、上海各关，皆有闽广鸟船抵关，转输洋货。新埔客民虽降服英夷，并未改从服色，是到客关之鸟船，未必无新埔客民在其中，以分散烟土于各省，而交结其匪民。是英夷虽未至江浙，其党羽实已钩盘牢固。再阅数年，银长无已，公私更行困惫，不得不筹塞漏卮，漏卮之塞，必在厉禁烟土。烟禁真行，则粤闽之富人失业，而洋商尤不便此，势必怂恿英夷，出头恫喝。又闻粤中水师，皆食土规，一旦有事，情必外向。然英夷去国五六万里，与中华争势难相及。而新埔则近在肘腋，易为进退。况内地既有谋主，沿海复多胁从，英夷亦难保其不生歹心。乾隆、嘉庆之末，英夷两次蓦至天津入贡，骄倨殊甚，是固有主之者。而乾隆中，饬由直隶、山东、江苏、浙江、福建内地至厦门放洋回国，嘉庆中，饬由安徽、江西、广东内地至虎门放洋回国，使之目验内地形势。又江浙各省市易，皆以洋钱起算，至压宝银加水。凡物之精好贵重者皆加洋称，江淮之间见祸事将起，辄云要闹西洋。凡此兆朕，大为可虑！

新埔地向封禁，客民私逃，本应重科。似宜选胆识俱优之员，密至新埔，查看得实。或宥各客民之前愆，悉徙之内地，仍从封禁。或驱逐英夷，而设重镇郡县如台湾，庶可销逆萌以弭边衅也。说者必谓英夷占踞日久，聚众已多，与之理谕，势必不从；怵以兵威，或至构怨；目前无事，正可苟安。一官如传舍，安能远虑百年，轻犯祸始？是则非世臣所敢知也。举此诚非易事，然事之难者，必有人举之。君必为其难者，是不得不望之于阁下也。十数年后，虽求如目前之苟安而不能，必至以忧患贻君父，夫岂君子之所忍出哉？世臣游历未至粤东，所陈五事，皆访之粤人，其说一口，故属虹舫附递上渎。以虹舫行速，灯下草创，语无诠次，字杂行草，伏唯涵察。道光八年四月日，故民包世臣谨再拜状上。

职思图记为陈军门阶平作

道光廿年秋，阅邸抄，见英夷再犯厦门，失利远遁。先是英夷一窥定海，遂至失守。夫厦门、定海均天险，而胜败迥殊者，岂不以吾雨峰军门驻厦先事豫防哉？权家言曰：「凡胜，三军一人胜。」诚哉是言也！是年仲冬，接军门手书，述拒御英夷事。并非近日英夷游奕，莫敢进口，故作职思图，吾子幸为记之。职思者何？思筹海以称职也。闽中名流，目击军门之忠悃，各以诗文纪事实，虽世臣何以加于是。然世臣所欲言者，则有异于诸公之所言，故不得以不文辞。

前明倭寇之乱，郑若曾客胡宗宪幕府，为筹海图编一书，详哉其言之。今之英夷，事略同而情迥异。十数年前，姚亮甫中丞陈臬粤东，世臣移书二千言，为言英夷据粤洋之新埠，逼肘腋，意殊叵测，固早知有今日之事也。盖英夷利在卖土，而土利之归英夷者什三，其七则分散内地。席其利者，乘资力以奔走势要，所欲无不遂。而犹虑或有洁身自好者介其间，沮败乃事，故始则游谈恫喝，继则设形势，张威武，使当轴从风而靡，其端倪前已三数见矣。及十八年，黄侍郎请设厉禁，虽为时已迟，尚非必不可行也。夫政先治内，罚不遗上，古之所以令而行禁而止也。今以受烟毒者至深，食烟者至伙，欲以一切之法，齐之于一旦。而官幕兵役莫过问，大猾窑口莫过问，塞囹圄，投遐荒，率皆细民，受者固已觖望。而缴解及捕获之烟枪烟土，主销毁者，辄更以新枪伪土，焚示通衢，观者莫不掩口，是令固不欲其行也，而禁则日厉。奸徒念不破此局，终不能显专其利；欲破此局，非借力英夷不可。故英夷骄蹇于粤东，濡滞经岁乃去粤而肆毒于浙，情实见矣。厦门为全闽户牖，军门以全力经理之，逆夷来辄失利，有成效，若宜可高枕无忧者。抑思漳泉之富人，以业海舶，率中烟毒。兵役见贼氛稍息，或以勾摄烟犯为利薮，溪壑无厌，众怒难犯，则引寇召祸，亦事理之所当有矣。

是以居今日而言筹海，必以拊循闾阎、苏民困、固民心为先务，而激厉死士，决命于鲸波不测之中，犹其后焉者也。近世司牧民者，类以民畏之得民财为善政，以善政御危民，官民相仇久矣。委而去之，舟中皆敌国，何暇问溟渤之外乎？然此非军门职所能及也。世臣辱交垂四十年，稔军门之材，见军门之心，舍军门更无可与言此者矣。军门而必筹海以靖海也，则请与封圻诵说民间疾苦，使贫者有以为生，富者得以自全，共发其亲上死长固有之良，是与推求炮火之利钝，舟楫之攻苦，功效必相万也。世臣不才，不能剥民自固，以奉职无状闻，而仍敢以此言进军门者。传曰：「可与言而不与之言，失人。」军门职有所限，而思则无极，其亦察此心而然此言也乎？道光庚子季冬之望，安吴包世臣书于豫章旅馆。

与果勇侯笔谈

侯佩参赞大臣印，驰赴广东，督办英夷。以道光廿一年正月廿四日，取道豫章，枉驾荒寓。侯两耳稍重，故与笔谈。

英夷国居极西，地不过千里，人嗜利而健猾，以其智勇，凭凌邻国。三十年来，造作鸦片以害中华，每岁取中华银不下四五千万，而该夷主收其租，岁亦千二三百万，以富益强。邻国所产各货，皆被该夷于要害处所，设关收税。今鸦片禁绝，则该夷岁入，什去五六，且邻国以畏其富强为之役属者，亦有以窥测浅深。此英夷之不得不以全力争此局者，固情势所必至，非仅前明倭患之比也。大海周环，西南自广东而东北至奉天七省通海口门，皆一帆所达。该夷又有火轮船，瞬息千里，以伺便利。通商已百余年，汉奸引为奸利，内地一举一动，彼无不知。若海口皆备以重兵，此兵法之所谓无所不备无所不寡，若有一处空虚，便恐被乘。是必宜通筹全局，不仅以广东现在情形，一隅着重，而计出于头痛医头、脚痛医脚也。

兵法曰：「以夷狄攻夷狄，中国之势也。」英夷之长技，一在船只之坚固，一在火器之精巧，二者皆非中华所能。而通商之他国，则多与英夷同技，不过英夷强梁，各国不能独与为敌耳。以目下传闻之势而论，似宜俟靖逆到粤，会商请旨，先掣各海关以断汉奸通信往来之线索，且示各夷以永绝回市而激之。措辞略谓仁皇帝所为开海者，知各夷非大黄茶叶不生，西口陆路艰险，所通无多，故仰体昊天好生之德，设关通商，以全各夷民性命，并非为榷税起见。不意英夷造作毒烟，贻害我内民至此。又复恃强怙恶，坚不具结，是以绝其贸易。而各国恭顺无过者，自仍旧贯。及上年春间，英夷自海中封港，阻各国货船不得入口，固知非各国之意。然英夷悖逆如此，实有不得不封关绝市之势。如各夷国，效顺求生，集众弱以为强，共翦英夷于海中，叩关内请，自当论功行赏，仍准通商，并分别功能高下，减免各该国货税云云。查广东茶叶过三年者，夷人辄不肯买，是陈茶不能消瘴之明证。我但坚守以持之，经岁之后，各国必不能堪，是或以夷攻夷之策。若遣洋商谕意，是谚所谓「羊吃麦叫猪去赶」也。

再，广东十年内，添造快蟹船五十余号，专为运送烟土，其人与夷船交接熟悉，是当全数收取入官，抚而用之。又澳门一带，有游手习海浮没咸水数日者，四五千人，号「江边崽」。前林大臣过江西时，谆切与言。此项皆匪徒，收之即未必得力，且足以杜其外向，实所费少而所全大，不知采行与否？又英夷去国数万里，粮运断非易事，彼方与中华为难，亦不敢抄夺邻国。而台湾一郡，孤悬海外，产米至多，为福建省中仰之区。似宜增防严守，以定众心。又潮州业土者多系大户，难保不为英夷奸细，其地逼近福建，若被汉奸引诱占夺，则茶叶为其家产，中华制夷之权失矣。且其地壮勇极多，器械皆备，比营伍精善，官收则从官，匪收则从匪。烂崽从官，则大户无人附从。又嘉应州贫士，多有就英夷之馆者，一请三年，习其地势人情。似宜明示，宥其既往，收为我用，或亦可得制炮之法。盖天下物之利者，无不有制也，再此役一开，蒇事迟速不可预知。七省设防，经费浩繁，势必至于开例。然为数断不能多，无济于事，而示贫已甚，为英夷所轻，案谋国者所不宜出也。

闻广东琼州府昌化县银苗甚旺，居民有偷爬银砂一百斤者，可煎银六十两，以八两给工本，外皆赢余。似宜与当事熟商，择有心计而廉能任事者，密查有迹，先行试采以济军需，果能旺产，再行酌办。或者天心悔祸，地不爱宝，能救银荒之病耶。唯得自传闻，确否则不可知耳。又论者皆谓英夷长于水战，一登岸则技穷，此言断不可信。英夷虽习船，其生长本在地上，何不可登岸之有？且彼舍舟登岸，则已自致死地，而我兵与之短兵相接，是又兵法所谓「自战其地为散地」者也，尤宜加意。至于制器练伍，设奇应变，此君侯独擅之奇，驰名宇内已四十余年，无所庸失职下士效曝背愚忱也。

答果勇侯书

诚村先生君侯钺下，奉手书，并抵粤后章奏稿十事，发缄庄诵，踊跃无量。前闽林大臣十九年五月巡阅虎门，夷船偏以飞炮，而水师奉令开炮抵御，竟莫应声。迫改授粤督，又经年余，章疏数十上，迄未提水师一字。近闻虎门水师，将火药给英夷，而以砂七成掺药三成装炮，以致失事。窃疑传闻过甚，月前林大臣过豫章，详询其实。据云粤营以水师为最优，其岁入，得自粮饷者百之一，得自土规者百之九十九。禁断烟土，则去其得项百之九十九，仍欲其出力拒英夷，此事理之所必不得者。以林大臣之言推之，则传闻殊不虚也。

钺下初到粤，即借词英夷最长水战，诱入二三百里，方可决胜，请改水师为陆路，不动声色，默消大蠹，判祸福于转移，不愧古名将矣。日昨茶估急足携来山原里义民示谕一通，愤发如云，义形于色，虽当事苦为逆酋乞命，不无扼腕。然逆夷之掘冢淫掠，义民立歼其贵人颠地伯麦，交恶已成，鼓其气而用之，犹当有济。今闻虎门内外炮台，逆夷仍不准修，巢鹜闭俊，何以善后？窃谓夷好不可恃，海防不可废。粤人素羡水师丰厚，且山原里奇功，碍难声叙，似宜选义民使充水师，以渫率为其汛弁，义民必皆乐从。逆夷惊魂未定，岂敢出头与较？仇深隙巨，旬月内断难撮合。相持数月，便可趁热兴工，将大角、沙角、三远、横档、虎门各炮台，并力修复。吾圉既固，或可直收香港，既以振威雪耻，又以酬功得用，因势利导，是或一道也。唯书生遥度，未必有当，钺下存其说以商靖逆，幸甚望甚。道光二十一年，四月廿二日。

上两江督部裕大臣书

部民包世臣谨再拜奉书钦差大臣鲁山公祖钺下：春间，欣闻旌节莅浙，总揽戎行。夏得读严劾琦伊两节相之稿及求贤、戢兵、安民各示，简明详切，真不愧两世凌烟将种也。世臣自吴门得谒于臬署，即已自托隆栋，谬承不弃葑菲，倾盖结布衣交，今果节钺三江，将压之虑，吾知免矣。

粤中夷情，始自据新埔为汤沐，觊觎之始已怀。继以借洋盗为兵船，主使之机亦露。十数年前，姚亮甫中丞起陈粤臬，世臣移书切言，须早为预防之计。中丞以书呈李节相，笑为迂怯，置之不议。古今事，不能有所弃者，必不能有所取；不能澄其源者，必不能清其流。安苟待其及身，忧必贻于家国，然亦不料其遂至此极也。及养痈将溃，苟能得其要领，尚属可为。而主者内庇强宗，外诈狡寇；悉水师外向之奸，而不议所以起沉疴；患渔船济恶有素，而无计予之以生路。继之者痈已溃，尚不用败毒培本之剂，酿成流注，伊于胡底？况吴楚苦潦积年，中州河溢要害，开归以东，本民气不靖之区，哀鸿遍野，安集为劳。近更骇闻厦门之役，较虎门为尤惨。而江浙洋面，俱有游艇。且各省劲旅，齐集麾下，然军政久弛，遇敌辄奔。广州之众五万，而辱逾城下，闻之寒心，言之腐齿。因循不革，祸固同于讳疾；操切已甚，变或出于意外。况重文轻武，浇风久成，军官罕自尊重，文吏唯计筐箧。欲为转移，全视举劾，稍滋物议，便失人心。又营员分驻，各领所属，勇怯不一，漫无区别。迨至临事，怯者无以自立，勇者莫肯尽心，则势处于必奔。故兵法曰：「兵无选锋曰北。」而吴子之教，必先「聚为五卒」也。凡是外攘内拊之机，唯仗壮猷之一方叔矣。西省夏间苦雨，入秋寒燥不时，风旱兼至，晚收必歉。吏治久芜，民生益蹙，局外人不能不蒿目深忧也。

世臣自上年夏初，待办匝月，抚部星使，俱不使之一面，奏结后亦无只字可见。至于交代，以两前任款项纠葛，致稽结报。现已奉司严催分结，岁底当可挈眷东下。维时钺下谅已馘酋莅署，定可拜马尘于白下桥畔也。坡公诗云：「十口无依更累人」，以世臣不才，而累人之具三倍坡公，想早在钺下意计中矣。再者，日昨有人述钺下奏大江情形，略谓狼山以内沙多水浅，夷船万不能达，以问世臣。急索观原稿，则云得自传闻。世臣笑曰：「裕公素性谨慎，且在江年久，地势最悉，焉肯作此无稽之谈？」狼山、福山，对峙海口，中间江面宽百五十里，虽不无沙洲，而水泓数道，宽自数里至十数里，深自十数丈至数十丈不等，较之广东省河，宽深倍蓰，广河尚容夷船，何况大江？按狼山虽有重镇，御夷实难得力。上游三百余里，并无险隘，唯京口迤下五十里有圌山一座，横截江面，通溜之处，不过二里，夷船过此，大炮火箭，力皆能及。意裕公必于圌山安设重兵，以备不虞，使重空粮艘来往无惊，以维国脉。若果谓大江沙多水浅，则夷船扬帆直入，圌山无备，镇江、扬州必无以自全，而白门亦非乐土矣，裕公岂出此哉！来者憬然而云，谨觅急递，敬问起居，并以附闻，聊资一噱。道光廿有一年七月廿日，民世臣谨状。

答傅卧云书

卧翁三兄阁下：苦雨弥旬，咫尺不能相过。顷奉手书云：扬威已抵江南，欲作手书，觅急递告知一切事宜，敬询吾子云云。阁下年将八十，犹念切民瘼如是，曷胜钦感！然闻扬威发六百里调陈福兹于湖南，不闻求钱少阳于豫章，是殆非可与言者也。今年夏初，豫章初开铜炮厂，仆偕阁下往看。途中有挑煤人偶语云：「夷人以铜炮胜我，我必宜求制炮之术。今效之铸铜炮，即精善亦是其徒，徒岂能胜师乎？」阁下叹为至论。又九月初八日申刻，得裕大臣徇难之报，而西刻协署传班演堂戏，班头与之百钱云。江西不演堂戏已三年，况裕总督尽忠之信才到，闻者莫不惊悼，岂有演戏作乐之理？来差怒掷百钱而去。少顷，印票来发戏箱，次早，司道各营毕集，唯抚军不到耳。而司道各署继之，八日夜乃罢。是识机宜者在断养，讲情理者在獶狙也。扬威果能与豫章踞床诸公异趣乎？唯以阁下既发大愿，仆亦不敢竟隐所知耳。

粤东集兵五万，一鼓而散，江西兵至逃回本营，后知不加追问，乃返粤归伍。今调集浙江者，半系粤中逃兵，焉能使之并命矢石间耶？为扬威计，必当出于募勇。江南之怀远，最精火器，其抬枪以一人负而放之，前装药，后夹火，左右俯仰，无不如志，约有二三百人。江浙之交地名黑风泾，附近水贼约有数百人，能以肚皮贴船腹，手持斧凿攻船底。咸水或非所习，夷船若入江河，则无不可制其死命者。仆前过杭州，见出温将军会，前行有大炉十数，重各千斤，一人负以行，百余步乃迭更之，约其侪亦可百余。杭州舆夫，扛小竹轿，舆内坐一人，后置大包箱一，行李一，复有搭轿人，坐包箱上，重以四百斤为度，行走如飞，土人呼为萧山牛，约可二千人。能招此三数千人，精授技仗而厚结之，则何求不成乎？怀远炮手，在洪湖打生，不闻有头目。黑风泾则小白龙与其子黑二为魁。小白龙久死，黑二年亦近六十，存亡不可知，然必有继为渠率者。吴江、嘉兴快手皆知之。抗炉人询之将军庙祝，自得主名。而仆所深忧者，夷人既唼血宁波，殆必垂涎乍浦、上海，以入狼山，至瓜洲截运道。长江唯丹徒之圌山为要害，仆前曾以切告裕大臣。阁下若必发书，以上数事，或可助高深之百一。但不可及仆一字，仆唯待结报到司，即归老白门，无意更为人擦鼻涕而已。蜀门在粤，近有家信来否？念念！稍晴即奉过面悉，不具。辛丑十月朔，世臣顿首。

答傅蜀门夔书

蜀门足下：接手书，知粤中官绅钦服伟抱，谆请练训健男局壮义三千人，已稍习部勒，进止有法度，闻声欣慰。近日之兵难言矣，望贼辄奔溃，而抢掠齐民，使齐民亲贼而仇兵。主兵者复与兵朋比以仇民，有司莫可谁何。乡勇之为民害也，向甚于兵。足下又以布衣为督统，有事权而无刑罚，为日稍久，犷悍必生，若不摄以微权，断难相安无事。

盖以下令召募，来者辄受，勇怯不齐，分例无别。夫人负异常之材，莫不自异，而不得见异于人，则常怀觖望，滋生事端。法宜俟部分稍定，与首事密商，简其形貌魁杰，膂力殊众，或精通技艺，或谙习水性者，别为亲军，优其日给，使倍差于侪辈。彼自异，而我能异之，心必归我，人数无多，易为亲厚。侪辈无魁然者为之倡，则可无意外之虞，设有不逞，亲军为之箝制，亦不致成大患。迨至用之有事，自必争先恐后，强弱并能奏效。若置之一概，是正兵法所谓「兵无选锋曰北」者也。凡大帅督师，必在数万以上，须于各营中精拣百分之二三为亲军。其裨将领兵千人以上者，挑百分之五六为亲军，即哨弁亦必有此，方能同患难，应缓急。至练兵必先教以拳勇，上者习软功，次者练硬功，使之力长身轻，乃可分授营械。若如现行营例，昕夕操练，徒费火药，绝生计，终其身不成技艺也。足下承庭训久，当能深喻比旨。仆一切如常，尊甫日相过从，眠食悉安适，幸勿劳念！

道光辛丑十月望，世臣顿首。

致陈军门阶平书

雨峰尊兄军门钺下，客冬奉手书，并职思图刻本，属为记。春初附驿奉答，未几见邸抄，以颜制军故休致回籍，是前书得达与否盖不可知。日昨奉特旨起用，协同奕扬威筹办浙军，仰测圣意，自以钺下驻厦门时，夷匪再犯皆失利，而颜制军一遇夷匪，遂至失守，是以褫颜职而起钺下。曲直既明，向用自专，钺下发摅忠智，自此可以上报知遇，下辉竹帛矣，庆幸无量！

英夷事诚不能遥度，然兵兴已二载，其情实伎俩并可见矣。所忧者汉奸胁从已多，海壖被躏已甚，恐别生枝节耳。英夷久据宁波，渔船悉为所用，是大江之路，不可不防。况瓜州为漕运咽喉，若夷逆于来春，以巨舰横截瓜仪之间，粮艘不能北达，相持数月，都下难免惶遽，此其可忧，较之直犯杭州，波及乍浦、上海，奚翅十倍？钺下生长河淮，历任江南北裨将廿年，遍署三镇，又驻节松江统辖全省者数载，江海情形，自最熟悉。江南海防，以狼山、福山对峙海口为天险，然水面宽逾百里，夷船行于中泓，两岸炮力所不及。虽近来沙涨滩多，而水泓深阔，岂有沮碍？且海船极熟沙线，能保不为之导引乎？兵法曰：「无恃其不来，恃吾有以待之；无恃其不攻，恃吾有所不可攻。」狼山以上数百里，江面并无险隘。唯丹徒境内之圌山，四峰插云，横截江身六分之五，其小峰排过江心，距对岸沙滩不过二里，大炮火箭，力皆可及。又矶峻溜急，溯流而上，即乘风亦必迟缓，易为对准。宜于此移一重镇守之，其大峰之麓，土名大江，村落不下千户，足可设镇。唯其山系石崖，是否山足有沙脚可筑炮台不敢知。大都集巧匠，或凿石开山，或用南河木龙之法，扎栅安炮。环山嘴之三面，用大中小炮位，分三层以当其兵船、火轮船、三板船之高下，以败船为的日日演试，以期必中。栅外又以红船载小炮，上下巡绰数十艇，皆佐以火箭。而于对岸沙滩，近三江营署前，筑炮台以资夹击。有此声威，夷匪探知，自不敢内犯。设竟冒死而来，压而焚之易易耳。闻夷船之舷受吾炮子，不过摇摆再四，而窗篷断不能如此坚实，此兵法所谓「攻瑕则坚者瑕」之术也。

此举经费，岁需十万，一旦用之，则所保全者在国脉，岂有算数？即夷匪不至，正兵法所谓「不战而屈人之兵」，古名将所以重无智名无勇功者也。愿钺下与两江牛制军、奕扬威熟商采行，是即草莽臣所以输践食之报者矣。钺下于友朋间，一言之益，终身不忘，况于君国。他不及缕述。世臣事已毕，唯资斧未集，岁杪春初，必可归老白门。知在廑念，并以附闻。眠思图记，恐前信或不达，再附一稿。唯为国为民，珍重千万！道光辛丑十月望，世臣顿首。

歼夷议

太上曰：「福兮祸所依，祸兮福所伏。」斯言深也。英夷犯顺至抵江宁城下以逼和，其所诛求，前无比并。今以蕞尔之英夷，去国数万里，孤军悬天堑以恫喝全盛之中华，而所欲无不遂，所请无不得，英夷之福，中华之祸，盖俱极于此矣。英夷自粤而闽而浙而吴，皆恃习海。近竟鼓浪入江，越狼山，窥圌山。而大吏修书遣弁款之数百里外，江宁臣绅又大具牛酒随犒其师。洎抵城下，小吏末衿，又各为私馈，并献歌颂，或希酬答之利，或乞齿牙之余。岂真兵势孱弱，人情携贰，至于斯极耶？其远款也，殆欲诱之深入也；其近款也，殆欲诱之弛备也。而小民又担负米薪食用物，日数百辈上其船与为市。英夷复出所掠箱笼，及带来烟土，减价招匪人。其觎中华而不备不虞也如是。始有和议，夷酋即饮大吏于其船，耀示兵威，招岸上士民上船，纵观其楼橹炮械，然犹遣其党累日掠城外，备极惨毒。登埤者多忿怒欲发，而奉令不得以一矢相加。是以日昨四大酋携仆从三十余人，入城赴宴，马上四顾，全无惕息之意，骄横至无可加。是殆天欲灭其丑类，故使之就死地而不自觉耳。是宜因其觎中华而益骄之，以尽歼其防。

明谕常川夷船之员弁，侦各小酋主名，与船只大小之确数，间日辄分别馈遗犒之。密求能者，精制火药，杂用飞炸钻粘各机器，错置养火桶内，每桶以重三十余斤为度。本城官绅兵民，率善漏言，是断不可与谋。而调集城内之河南、徐州各弁兵，多健骜，尚气矜，不与本城兵民习。其将领谅不乏忠愤解事之人，可与激发众志者。夷船至坚，能御我炮，而火药得入其舱，则无不立焚。宜谕可与机密之客将，使各物色所辖，以重赏募死士，得二百人，足以集事。先使之杂担负小民，上船入舱，以悉曲折。乃订日复宴其大酋于城中，而使道府副参分宴其小酋于江滨之静海寺，寺去仪凤门才数十步，去夷船不二里，夷人所常至，既便此之入城，又绝彼之疑虑。各伏健者以伺便，约定时刻，死士藏药桶于薪菜担内，上船即发火，健者骤起缚其酋。船无主令，人莫自保，起碇逃避，装炮进命，皆仓猝无可措手。临江埤上，各乘高开炮以助势。出劲卒于太平、神策二门，以兜剿蟠龙山、卖糕桥、白土山各陆寨之贼。先期飞咨扬威将军，率兵由无锡出孟河，参赞率兵由丹阳，出操瓢港，会于圌山。檄运司在仙女庙木棚，扎小筏数十，载生芦覆以沙，截圌山隘口，断其走路。咨安徽巡抚率兵由芜湖下压，杜其窜扰。必使万逆同歼，片帆不返矣！乃捞积尸以筑京观，俘累酋以献成功，此真转祸为福，振威雪耻，不可必得之大机会也！夷船悉焚，所掠银数千万沈江中者，召水手摸之，尚可得十七八，以偿三年军费，较之拨帑集捐，功效相百。军国安危，争此呼吸，唯望有心国是者，断而行之而已。道光廿二年七月廿四日，江东布衣谨议。

英夷内犯，沿海卖土，薪蔬淡水，势不能不资内地。至猖獗入江，则尤不能不与内民为市。此策乃百发而百中者。骄志懈防，为白门城中，一无防御之具，故须缓兵十日，方能募死士制奇器耳。若平日有备，不必更为此委曲也。自记。

致祁大臣书

春圃先生大司农枢密阁下：六月杪，白门定计和夷，急报到都下，独阁下伏青蒲哭排其议，天下传诵，伟矣！所知与有光荣已。夫夷匪滋扰海疆，疾比癣疥，而调兵亿计，率望风溃走，纵其猖獗。然广州之山原里义民，被毒不甘，集乡人歼其渠魁，有司反为逆夷乞命，致留遗孽。嵊县之沈山头义民，愤切同仇，再破其火轮兵船，夷匪不敢言复仇。即江宁人最荏弱，六月中夷船初到，汉奸结盐徒二千余，肆掠各乡，花山住持率两寮二百僧众，拒之山下，立毙四五百人，余匪逃窜，而四十八社村民，追杀之殆尽。是月杪，夷船大集，分遣陆路贼掠神策、太平两门外村庄，据卖糕桥为屯。贼屯去嘉善寺不二里，避难妇孺千余匿寺中，夷匪踪迹至，而其住持只身持械迎敌于山门外，马步贼惊退。阅五十日，不敢再至寺前。是草泽中固大有人在。

五月初，吴淞接仗，陈军门授命。牛督统河南、徐州、江宁兵二千，不战而走。夷匪舍舟登海塘追牛督，河南游击陈平川率两外委三马兵断后，开放虎蹲百子小炮五门，击毙塘上贼百余，贼下塘避炮，牛督乃得脱。时各营军械皆弃，唯陈君所部无遗失。牛督逃回江宁，急调陈君入卫。陈君驻江宁城内月余，见夷船有机可乘，力请一战不可得，气忿成疾，调治痊复乃领众回营，是军官中亦未尝无人也。患在封圻节钺不知既不求，知者复不用，甚且扼塞其志意，沮遏其忠愤，以馁吾士气而张贼威耳。

夫节义本于民性，国家恩德在人，当轴诚能反其道而用之，拔擢英俊，申明法守，往者诚不可谏，来者亦何事不可为乎？唯是军兴三载，经费支绌已甚，虽各省水旱间作，民生迫蹙，司权利者，固无不知也。然持筹以策府库之盈虚，殆无暇更计及闾阎冻馁矣。然粤、闽、江、浙之已事，近贼者输心导引，远贼者聚党抢夺，是伏莽莠民，未必仅在并海也。从来官民相仇，皆斥掊克，此时若更薄保障而崇茧丝，窃恐驱良民以资莠，且迫智勇之困阨者，为之谋主选锋，可不为之寒心哉！夫有余不足，非天下之公患也，自古急国多矣，然有善者则变急为纾，是必能审察轻重缓急之故，固结民心以迓天和，而驯致此效也。

世臣归田之后，有公书告帖刻本二纸，专恃卖文为活，其不欲更与人世事明已。侧闻阁下赤心救世，又有一日之雅，故敢悉其狂愚，唯垂裁察！丰城傅夔字蜀门，客游粤东，为官绅练健勇三千，技艺纪律，冠绝营伍，是亦草泽中之一人，其末有见者也。为友人牵率入都，附奉此缄，想有以拂拭之。诸唯为国为民珍重千万。道光壬寅十月十八日，江东布衣包世臣谨状。

致前四川督部苏公书

鳌石先生节使年大人阁下：前此出守吴门，世臣适旅部下，采听政声，深仰清德。徒以谨守无介之义，又不欲使云汀、芝楣为先，是以迄今未得一望颜色。本年夏杪，闻阁下有海外书生之刻，上御乙览，耆旧复起，望风欣忭！日昨晤谢果堂同年，说及吴中得谒，阁下有一轰千古之策，虽以谏言示意，足想见忠愤气填膺也，钦慕无可言似！

英夷不靖，事机早伏。戊子岁，姚亮甫先生起陈粤臬，世臣移书为言英夷踞新埔，并召集嘉应州失职士人，必有边患。思患预防，为事尚易。姚公以呈李节相，笑为迂怯。及兵事已兆，林少穆督部佩大臣印赴粤，取道豫章，召至舟中，委问竟日。世臣大指谓止浊必澄其源，行法先治其内。林公误以治内为惩犯禁之官，澄源为绝土来之路。相持累岁，竟成边衅。次年，杨果勇佩参赞印过豫章，世臣时尚待辩，下顾荒寓。世臣意主撤关绝市，以激诸夷，使之共攻英夷自效，乃以通商减税为酬。果勇则谓通商为东南大局，然必欲为世臣筹转身，世臣心感之而非本意也，辞之力，止面授笔谈为别。及厦门失守，信到豫章，世臣测夷人必仍回定海，渐及宁波、乍浦、上海，入大江以绝运道。急附递致书裕鲁山督师，讽其移重镇守圌山。信到不旬日，而定海复陷。又十余日，靖节遂死事。旋闻授钺扬威、容澜止侍郎襄事，起陈雨峰军门于家。澜止都中夙好，雨峰忠赤有机略，缔交尤久。即驰书二公，谆以圌山设重守为嘱。今年春初，陈沂州晋恩奉扬威飞调过豫章，枉顾询事。世臣为绘圌山图，贴说以防守之方甚具，而皆不报。以致夷船直抵白门。督府自吴淞逃回，急调各省兵入卫，数已逾万，分派仪凤、神策、定淮、石城、三山、太平六门，又别驻策应兵于清凉山、鼓楼两处，共八营，皆在城中。世臣遍过其营，讯问士卒，唯河南及徐州兵，尚有气可鼓。而领兵官，唯河南总统游击陈平川字靖宇者，老于戎行，勇而尚义，廉而轻死，因与缔结。夷船驻城外久，世臣所居左右小民，担负上船为市者，日数十百辈，言船上情形甚悉。至七月二十二日，夷酋入城赴宴，街邻往观者如堵，世臣询悉一切，私谓夷逆骄纵至是，有机可乘，连夜为歼夷议一篇。而无可与言者，泄之则祸及而无济于事，乃袖稿以商陈君。陈君最为督府所器，立即上谒，而不见采录。是殆气运所使，非尽人事之失也。

今者城下之事，已成既往，追溯前此失守各处，皆以空城待贼。踩营盘，掠粮台，拆焚衙署，抢夺行道，皆非夷匪所为。民情不附如此，此其可虑实倍蓰于夷匪寒盟也。故居今日而言补救，唯在收摄人心、物色人才而已。收摄人心者，结良以化莠，省刑薄敛，以固良民之心，则莠民无与助势。物色人材者，举强以劝弱，吊死问疾，以作强者之气，则弱者有以自立。若待任钩距以锄莠民，恣鞭挞以迫弱兵，是速之瓦解者也。阁下再秉节钺，是指顾间事。世臣幸托同谱，故敢录议于另纸，赐览及之，知天下无不可为之事，将来大昌儒效，为国家留千里干净土。世臣或得托帡幪，为农夫以终老，是为厚幸！世臣年几七十，壮志久隳。前此迭致书于当路者，以食毛践土之义，不能自已。又承诸公相赏风尘，所知不敢不尽，非以自为地者。其说皆不幸而言中，文多不及录呈。现在专以卖文售字为生。初抵白门，有公书告帖二纸，附博一粲，亦藉明鄙意。次儿家丞不能如世臣之守贫乐饥，以本班需次吴门，昨接来信，知以年家子晋谒，备蒙训迪，并以伸谢，即请钧安。临楮神驰，伏乞垂鉴！道光廿有二年十一月望，世臣再拜状上。

致徐侍御松书

星伯尊兄侍御阁下：侧闻入台数日，即以封事谕夷情，虽道路莫能详所陈者，然以阁下研究阅历，自必虏在目中，竟入夷务包为可惜也。昨见董云舟给事八月初折稿，几有胡铨之风，足比金陵山川而一洒之。唯于「机会决不可失」一节，尚为疏略，想老成硕画，必当周密无此罅漏耳。

世臣六月初抵白门，夷船尚未至京口，而城中文武官眷早空，绅富纷纷逃窜。世臣独洒扫庭内，课诸孙诵诗。作五言十韵曰：「有钱行周道，幽草玄且黄。云何望重乔，不闻歌绣裳。陵苕叶青青，悠远信不皇。涉波白蹢豕，离毕知月行。雪消因见晛，傅天鸟高翔。薪柞析其叶，谁与陟高冈？新田可采芑，美地况中乡。右有后左宜，汉监岂无光？冽泉浸获薪，讵见坟首牂？伊谁乐吾心？睠言顾隰桑。」是月下浣，夷船大至金陵城下，而官绅以牛酒迎犒者，交午江中。小民以薪蔬刍豢上船与市者，日以千百为辈。至七月廿二日，夷酋初次入城赴宴，世臣察其机有可乘，因为歼夷议一首。商之忠勇有识之河南统兵官，密白当轴而竟不行。如所议，不过费五六万金，必使之片帆不返，且可尽获其掳掠之资，以偿三年军费。说既不行，世臣念夷船近在肘腋，城中吏民多外向，此稿一泄，则祸必及身。及夷船退，又念夷船再入大江，事属必有，存此议可为后图，是以谨藏其稿，不以示人。阁下心乎国是，故以奉告，仍不敢录稿奉质也。

现虽防后尽撤，而厝薪烈火，有识共知，则莫急于训练；积贮告匮，夷欠限紧，又莫急于征敛。世臣窃谓二事固急，而尚非其至者，民情携贰，宜急所以维系之；兵气涣散，宜急所以镇一之。维系散民，在用良吏；镇一懦兵，在亲选锋。若以忧贫而勤茧丝，起弱而恣鞭挞，则委而去之，舟中皆敌国，孟吴之言，未必不验于今日也。国家爱民重士，二百年无一虐政，而士民所以为报者乃至此极。是岂畏义畏法之良，尽汩后起？练心用众之术，竟绝前识乎？亦唯在上者，重气节，敦廉耻，以大示转移之机已耳。说者谓势迫载胥，而论侈上理，既迂阔而远事，更纾缓而无及。然阳格天不旋日之谓何？及今不为，仍前苟且，抑将伊于胡底乎？当京口初破，而桃北遂决。日前冬至之夕，自酉至亥，雷电风雨，五阵继作，有如炎暑。又物当乙丑，震动金库，真无敢戏豫无敢驰驱之时也。世臣自豫章返白门，有公书告帖二纸，附呈一览，知其无意人世事。而复为此言者，实欲阁下深察情势，与同志诸公，戮力不退转，世臣庶得托身农圃，以尽余年耳。伯昂、滇生二公皆贵而好学，心存世道之君子，不及另缄，晤时出此书同览可也。昨接卧云书，有与蜀门要缄，乞确致之。蜀门心力颇可用，其招同入都之李春台游击，亦有意兴，军官中不可多得者。诸唯为道为民，珍重千万。道光壬寅十一月望，世臣顿首。

上安徽徐承宣书

部民包世臣谨再拜状上访岩先生太公祖方伯阁下：上年五月，晋谒薇垣，备承训迪。世臣欲为避地计，面陈李云舫太守，人材可依，阁下力任汲引。至李公际会之隆、英夷扰攘之骤，则皆非所逆料，然大庇欢颜之宏愿固无歉也。六月望后，吴淞、京口之兵，节次调集，并本城满汉士，数几二万，分为八营，而城外要隘当守之处，并无一幕。世臣青鞋布袜，遍历八营，唯河南兵有慷忾轻敌之言。各省军官，亦唯河南总统陈游击平川身经百战，勇而廉，能得士，义愤形于词色，因与缔结。七月望日，三大老赴夷酋召，京口被掳士人因得放还。内蒙古贡生清瑞，系旧相识，备述在夷船三十一日所见闻，始悉夷情。廿二日，夷酋入城赴第一次宴，世臣见其机决可乘，而陈君能任事，密为歼夷议，袖商陈君。上院转呈，而主者执和议可成，不宜失信夷人为说。陈君气忿呕血，一病几殆。

八月十二日，购银全输，抽退有日，而佛郎西兵船忽至。英夷供给甚谨，邀同游眺者，半月始退。佛夷犹迤后缓行，沿途登岸，至重九始尽出海。歼夷说既不行，世臣本欲毁稿，唯以英夷此役，兵半假之与国，见此弱形，难免生心。况佛夷无故远来，必怀叵测，诚恐深入长江，事或再有。夷人大舶，载兵二千，粮糒即充、薪蔬必藉内地。且戒山原里、沈山头两次大败于乡民，断不敢上岸肆掠。逆夷送死，终必在此，是以仍存此稿，以俟来者。八月廿四日，三大老饯夷酋于正觉寺，璞鼎查执耆宫保手，言破吴淞后，即定计至南京，先遣火轮船入探江势，上至芜湖者七次，是上江形胜，半在夷目。加以至日雷雨大作，上日大雾幂路，长星见毕参之间月许，均非吉占。故录稿呈教，或可备一朝缓急之采择也。

白门城坚池广，山深林密，至易守，惟城中无七日粮，不能自固。夏间迁逃十余万户，费资既数百万，而出城遭掠甚多，迁回无不病者，共切悔恨。又共谓夷性反侧不可恃，深忧再来，而满汉两标兵无一可用。世臣每遇守土者及绅富，皆劝其谆谕积谷，使城内有半年食。又告当路檄外营，选身手壮健口齿明白者百之二三，以原饷送辕为亲兵，藉访各郡县情势，以备仓卒。并饬游都以上统兵，至三百人者，各挑十一存营为亲兵，使遇事有所倡劝。闻者皆以为是，而莫肯采行。皖城情形，似亦有同此者，故并献其愚。世臣自返山时，即出告帖，以卖文售字为活。属遭乱离，人鲜需此，幸无攫席之刘叉，尚给饘粥。刻本二纸，附呈一粲。所望勋猷日茂，使故里士民，共仰生全。私心翘企，不能自已，临楮神驰，意非言悉。道光廿有三年三月望，民世臣谨再拜状。

齐民四术卷第十二　兵四

白将军轶事

将军于乾隆之初，以侍卫任江南都司。大学士尹文端公为节使，奉旨裁汰江宁、京口驻防。文端心知旗人藉钱粮为生，少不公，辄起物议，召将军至密室谕曰：「江宁吾自为之，京口事以委若。」将军请进止，文端曰：「年六十五以上，十五以下者汰之，毋弊混。」将军出。三日复进见，文端曰：「若尚未行耶？」将军对曰：「某已毕事，敬缴令。」文端问：「裁汰几何？」将军呈册籍曰：「皆不当汰。」文端曰：「岂无一人在六十五以上、十五以下者乎？」将军跪白：「六十五以上、十五以下者，约有十之四，某皆增损其年齿，以称中堂意，是以得不汰。」文端怒。将军曰：「中堂请听某毕辞。我朝幅员万里，贡赋岁入，岂不能赡此数旗人耶？旗人不着于四民之籍，汰之，则强壮者为盗贼，老弱丐徒而已。京口当冲途，外藩朝贡经过者不绝。若必裁汰，旗男姑勿论，旗妇章服殊民人，满街丐乞，恐有伤国体，为夷使所笑。」文端泣数行下，手扶将军起，指其座曰：「此席当君居之，吾何人而竟忝窃耶？」遂切疏论罢其事。后廿年，复汰驻防。至今犹有旗妇丐于江口者，牵路人衣，且哭且语，伤不能再遇将军也。

将军任扬州游击，有通州奸人，告海外沙民谋逆有状。文端檄将军率己部先往，将军即具文乞病假。阅四日，文端至扬，命舁验，辞以剧不可风。文端信将军不避事，而不解其意，逆行抵六闸。将军上谒，文端曰：「故未病耶？」将军曰：「某何病？某度沙民必无他，以兵行，必惊扰，或生事。某单骑驰往，廉察仇怨所自起，召其父老，谕令指亲串之住内地者，传集讯验，取切结三百纸，并带晓事人数十名驰迎中堂。」文端握将军手曰：「吾故知君能了此事。」即集众谕而遣之，置告者于法，沙民安堵。扬城爨薪藉江芦，每束有定价，以四时分温枯，斤重亦有定数。而文武各署爨薪，皆取之柴店，不给价。柴贾克扣斤重，包杂草蒲以为奸。将军既视事，节制文武各署，不得取官柴。过柴店抽柴束拆而秤之，柴色斤重有不符者，辄予杖而饬改捆。将军念柴束来自瓜州柴苑，而江防、扬粮两河厅，承办纤道防风，皆派柴苑输工料，岁赔累以万计，遂白文端罢其差。文端感将军言，奏请悉裁革徐、淮、扬三府民料，工需由厅员平购，民困以纾。

扬州大旱，故事祷雨无与于武职。将军素服至龙王庙，长跪阶石上，自暴三昼夜。既大雨，而阶石遂有两膝晕，扬民至今以为将军至诚能穿金石也。将军累官至漕标中军副将，以漕运总督毓奇事华朊，投劾解组，侨寓于扬。去官扬州时已十余年，日乘马出天宁门，登梅花岭，童儿戏于门者，争为控马传呼。又十余年，以没将军之身。将军以乾隆五十五年卒，至嘉庆十四年，扬民思之不置，吁请祀将军于名宦祠。既得旨，将军之长子守清，以盐知事需次扬州，先期作主。而扬民舁羊豕祭主，至排塞通衢不能行。主既入祠，扬民男妇，又争进香楮，竟夕，学宫门至不能阖。扬民诵将军之言曰：「官乐则民苦，官苦则民乐，以吾一人之苦，易数十万人之乐，吾独不乐乎？」将军工诗，善草书，人争弆藏以为秘玩。扬州士人胪将军之政绩于公牍，又文人学士，为传志歌颂者，不下数十百首。大抵皆述其缉捕救火、戢士爱民，与武勇无敌而已。至其大节，顾阙略不备。余客两江节署，有老材官言之娓娓，余调验公牍，参以舆论，纪其略如右。使后世知将军实通达人情治体之原，而为资格所限，不能尽其才，为可惜也。将军讳云上，字秋斋，姓白氏，河南河内人。次子守廉，庚戌进士，官合肥知县，以拂上官意罢职。守清曾署余东临兴场盐大使，所至吏民，皆以将军故，称其能守职也。

高文端任两江时，将军已为漕标中军。文端纳江宁讴者陶千节署，有二子：安徽巡抚广厚、吏中侍郎广兴。时江宁布政亦陶姓，认陶氏为姑母，文端遇之如内侄。适文端奉旨兼署江西巡抚，当往豫章，调将军署督标中军。将军至，即饬弁役不得从两公子出署。陶生辰，布政率属馈寿礼，将军又拒之。陶与两公子衔之甚，文端返，陶宛转哭诉。文端笑曰：「吾为汝不能管教两子，故烦白君，汝不以为德而反憾之，真是小家女不知大体也。」待将军益厚。及将军乞病，文端切责毓漕督，不能为国家惜人材。文端在两江，颇留恶声，然视此风度，数十年曾谁为继耶？故附记以告观者。六十五以上十五以下者汰之，系据印档入文，然心不解其所以然。仆他文纪事，心不了然，则不以入文，唯此条为异也。

给事中谷先生家传

先生讳际岐，字西阿，姓谷氏，云南赵州人也。其先世隶江南合肥，始迁祖原一，于明初从黔宁王入滇，以功授指挥，占籍赵州之景东卫，名所居曰谷旗营，子孙家焉，遂为州人。曾祖逢年，妣刘氏。祖思勋，州学生，妣张氏。考茂，国子监生，妣叶氏。以先生官翰林，恭遇纯庙七旬万寿，特旨得封赠三世。

先生幼善病，然英异好读书，常拥被篝灯，达旦不寐。成童补州学附生，弱寇以选拔廪生中式副贡。乾隆甲午秋试后，遍阅同人文，谓同州生师范必第一，师君亦谓先生文必第一，同人不许，已而果然，滇中士人至今艳称之。乙未成进士，改翰林。戊戌散馆，授检讨，与校四库全书。同考庚子礼闱，得士多知名，兵部尚书莱阳初彭龄、漕运总督夏邑李奕畴，其尤著者也。辛丑，乞假归侍叶孺人疾，旋奉讳。既葬，以云贵总督富纲聘，主省城五华书院，遂迎国子君至省就养。国子君有足疾，每夕必涤濯，先生亲进巾匜，三年无少间。国子君卒于书院，先生徒步九百里，奉榇归，丧葬尽礼，士林以为式。先生主五华三年，从游士且三百，而癸卯、丙午两秋试得隽者至五十四人，故滇中名流，大半出门下。滇省附城有六河淤塞，山水发，无所泄，民甚苦之。先生白于富公，浚治如法，数百里以无水患。先生自甲辰奉国子君丧归里，积劳成怔忡，养痾本州之龙华山寺十年。及乙卯稍痊，入都起原官。嘉庆戊午冬，改福建道监察御史。

川楚自丙辰春，教匪跳梁，糜烂数省。先生遍就秦、楚、蜀、豫之士人入都者，询问其由，笔记成帙，参考其虚实，既灼知遇变之始，因赃吏藉端诛求过甚；而滋蔓之故，则系督抚畏葸扶饰，养寇糜饷。既居得言之地，必效其职，将属稿，以其年十二月十五日，具疏祷于前门关庙。其词曰：川楚邪教滋扰，稽诛三载，岐之愚昧，窃为安难民而招犷贼之计，以期早息衅端。恐言不当理，诚难格天，只取罪戾，无益于事。伏望神鉴，启佑岐衷，使言切事情，得蒙听纳。遂于己未正月十二日上奏，其略云：臣窃惟先帝临御六十年，圣武神威，万方震肃。固由主将仰承睿略，奋报鸿恩；亦偏裨卫翼同心，协力以助成功也。窃见三年以来，先帝颁师下讨邪教，川陕先责之总督宜绵、巡抚惠龄、秦承恩；楚北先责之总督毕沅、巡抚汪新；均视之如腹心手足。而乃酿衅于先，藏身于后，行营到处，止以重兵自卫，裨弁有奋勇者，又无调度接应，甚至以贼入他境，暂称安息，由是兵无斗志。川楚传言有：贼来不见官兵面，贼去官兵才出现。又云：贼至兵无影，兵来贼没踪。可怜兵与贼，何日得相逢？前年总督勒保至川，大张告示，痛责前任办理之失，各省传遍，是其明证。毕沅、汪新相继殂逝，复以楚北任之总督景安。今宜绵、惠龄、秦承恩纵慢于右，景安怯玩于左。勒保纵能实力剿捕，有生擒逆首王三槐之能，而陕贼尚多，楚匪起灭无时，则勒保终将掣肘旷日，钦惟先帝征讨缅甸，万里外照见大学士杨应琚挑拨掩覆之罪，立予拿问，另选名将，即速班师。今宜绵、惠龄、秦承恩旷至三年之久，早应革究，止以欺罔未著，尚荷宽典。而转益怀安，仍任贼党越入河南卢氏、鲁山等界。景安虽无吞饷声名，而罔昧自甘，近亦有贼焚掠襄光各境，均为法所不容。况今军营中，用副封私札，商同军机大臣改压军报，供据已破。虽由内臣声势所致，而彼等之倚贿覆偾，情更显然。揆以厥罪维均之法，一体拿问，原属罪所应得。即欲暂留效力，而欺隐熟惯，亦终不肯使前愆尽露。应即请旨惩究，另选能臣，与勒保会同，各清本境，共捣顽巢，则军令风行，贼匪必将授首请戮。抑臣更有请者，川、楚、陕西，比年发饷已及数千万，闻其军中子女玉帛，奇宝错陈，而兵食反致有亏。其载赃归北还南，风盈道路，甚至内臣有「与其请饷，无如书会票」之嘲语。前经先帝严究军需局，查出四川汉州知州与德楞泰报销互争多寡，及楚北道员胡齐仑侵饷至数十万，一则追赔，一则拿究，二案已确。他属类此者必多。昔先帝当金川奏凯后，办理军需销算，至谓上方有天。况今之无功吞饷，自属天理所不容，尤宜请旨急易新手清厘，则侵盗之迹，必能节次破露，无致终覆，不但兵饷与善后事宜，均得充裕，而转瞬销算，亦不敢牵混已。臣愚昧无识，罔避嫌怨，敬承诏旨，令得封章密奏，用敢据实参劾，伏乞圣鉴。

间日又上奏，略曰：臣伏读谕旨，教匪聚众滋事，皆以官逼民反为词，殊为怜恻。仰见我皇上烛照矜全，臣民闻之，无不感泣。查教匪滋扰，始于湖北宜都县之聂结仁，而聂结仁之变，实自武昌府同知常丹葵苛虐逼迫而起。缘自教首齐麟等正法于襄阳府后，匪徒各皆敛辑，虽节经奉查刘之协与余党类，亦不许张皇牵累，节外生端。而常丹葵素以虐民喜事为能，于乾隆六十年十二月内，委查宜都县境，一意苛求。凡衙署寺庙，关锁全满，内除富家吓索无算，及赤贫者，按名取结，各令纳钱若干释放。其有少得供据者，立与惨刑，至以大铁钉生钉人手掌于壁上，号恸盈廷。或铁锤排击多人，足骨立断。若情节尚介疑似，则解送省城，每一大船载至一二百人，堆如积薪，前后相望，未至而饥寒挤压就毙大半，浮尸于江。余全殁狱中，亦无棺瘗，居人无不惨目寒心。聂结仁系首富，屡索不厌，村党始为结连拒捕，尚未敢逞犯。而常丹葵不知急自收敛抚慰，转益告急，以致宜昌镇带兵突入遇害。由是宜都、枝江两县全变。而襄阳府之齐王氏、姚之富，长阳县之秦加耀、张正谟等，闻风并起，遂延及河南、川、陕，日甚一日。聂结仁平后，官兵剿秦加耀于长阳县之黄柏山，常丹葵随行。贼人首欲得彼甘心，追击将毙，得乡勇救脱，遂托病不敢复随。至今人皆呼为常鬼头，此名各路传知，谓其为残害生灵之罪首也。他如兵破当阳县城时，于锋刃流亡中，犹忍心搜剥难民怀挟，及居人存活财物，借解往军营为名，全归入己，尚其余事。此臣所闻官逼民反之最先最甚者也。臣思教匪之在今日，自应尽党枭磔，而其始亦犹是百数十年安居乐业人民，究何所求、何所憾，而甘心弃身家、捐性命挺走险峻耶？臣闻贼人当流离奔窜时，犹哭念皇帝天恩不置，纵复连骈戮槛，亦为鬼知罪，殊无一言一字怨及朝廷。向使地方官知体布皇仁，察教于平日，抚弭于临时，抑或早防事端，少知利害，则何至如此！彼荒裔如缅甸、安南，犹归命输心恐不速，而谓此腹地中沦肌浃髓之辈，忽尔变生，畴其忍信。臣所以为此奏，固为此等官吏指事声罪，亦欲使万祀子孙，知我朝无叛民，而后见恩德入人，天道人心协应长久之昭昭不爽也。今常丹葵逞虐一时，上廑圣仁，下殃良善，颁师发饷，盼捷三年，罪岂容诛？犹幸此情，今得上闻，自难使首祸之人，终归脱漏，应请饬经略勒保严察奏办。又现奉恩旨，凡受抚来归者，令勒保传唤同知刘清，问及川省素有清名之州县，将绥缉安插之处，悉心妥议奏闻，是不但开万人生活之路，且启亿载安定之基。则楚地中曾经滋扰者，亦应需员安集。臣闻被扰州县，其中逃故各户之田庐妇女，竟多归官吏压卖分肥，是始既不顾其反，终更不顾其归，不知民何负于官？而效尤觍忍至于此极。若得惩一儆众，自可群知洗洁，宣奉德意，所关于国家苞桑之计匪细也。

两疏相继，悉荷采纳。寻擢礼科给事中，稽查南新仓，巡视中城。云南盐法，向系官运官销，日久因缘为奸，将井出净盐四十斤，搀和沙土六十斤为一石，按口比销。居民生子女即计口，而病故数十年者，不除其籍。又牛一头，比人三口，其牛转卖，则既科买者，而已卖之户亦不除。民备课市盐不可食，率缴价而弃盐于署前。价稍不足，则刑求至苛急，民不堪命。及嘉庆丁巳，又以威远调取民夫，里长办实夫已齐，有司忽改为折价；每名索银三两五钱，则释放；放后又征实夫。并将邻邑接济长夫，羁押勒索。遂使迤西道属数十州县，同日哄署，将管盐拨夫丁役，挖目刳肠，几至戕官。迤西道李亨特闻变驰往，出示禁革科盐、派夫诸弊，众始解散。数月后，渐捕获为首者，解省研鞫经岁，抚臣止以斗杀拟辟，不肯将配盐、派夫激变之情上达。狱既成，官吏骩法如故。先生去滇万里，廉察得实，遂上奏。略云：

臣查滇南产盐各区，惟黑、白、琅三井最大，行遍迤西南各府，历系归州县官运售，不但课款有制，而官吏资其余润办公，亦得均平充裕。近则私行加额加课，任意短秤，倒收脚价，剥削太甚。其加额之法，系与井员私煎，及压买灶户余盐，私派各州县转卖，缴课入己。此与奉文代别属行销者无干。而各处官店发盐任意短扣，积零成多，额又浮至大半有余，至收课时，暗折明增，十复加五。更有民间备本自运，而亦照数征收脚价者。此外积弊尚多，各属情形亦不一，大约正盐一倍，课几化作三倍。归贩户销者，则贩户倒悬。归丁粮及烟户销者，则贫民扰累。又灶户因官发薪本，平色太扣，以至交盐时堕欠搀杂，变产革丁受累尤甚。民财止有此数，得则归囊，欠则归公，国课民财，必至交困，此行盐之弊也。至滇南夫马，历系出自烟户。与额设堡军，惟钦差及督抚、学政、提镇、司道与本管府州县通用，从无讳误。自大兵征缅甸，始添派粮夫，设立公局。凡奉差过往，一体应付，系专为军务而设。凯旋之后，遂以征调为寻常，公局为利薮，一切过站者，皆以公事假名做情，指一科十，呼扰百端。若果有公出大差，则包串私派。派夫少则至千，多或近万，派马少则数百，多则三五千不等。凌虐奔守各情形，难忍尽言。更复折价分饱，层层朘削，其非军务而动从粮上普折者，追逼尤猛。又有不奉明文，而私藉采买米谷，折价入己者，闾阎展转，赔累难堪。此外杂派名目，不一而足。虽有大吏示禁，总以具文相视，凡此皆官吏通同朦混所为也。臣闻嘉庆二年，滇中百姓与州县管盐之官亲长随书役，及素管夫马公局之各头人，构怨报复，俱有痛不忍言、惨不经闻实迹。且近省及迤西一带，几五十州县，不约而同，诚边省从来未有之大变。虽经大吏出示晓谕，有「累民诸弊政，即当为尔等禁免」之语，旋即解散，而随后复另造拒斗伤人别事入奏，官则参处，民则分别正法。固亦足以彰国宪而慑人心，但终未将此数项起衅弊端，陈明禁止，使罪犯虽明，而祸根仍伏。至今官吏愍不畏法，旋改旋复，巧取更工，彼此猜怨交含，不识养痈至于何日？

臣查夫马采买，原有旧例，明白易守，无过禁其设局滥派，折价私吞，与非军务永不许从粮上科派，已足便民。其盐斤则每秤均有羡余，官得余斤办公，贩得准斤出课，是以从前只用铺贩，课并无亏。近则迤西一带，因贩赔多，而官课欠，改派地粮烟户或大户行销，法逾改而取逾多。不清其源，徒益扰累，至加额加课，倒收脚价，则从来所无。数无底止，自宜永禁。其有自运未领脚价者，则纳课时即将此项扣去，毋令倒交，如此行之，自为妥善。若滇盐亦可如别省办法，则在大吏相机妥画。今我皇上乾纲整饬，大憝已治，内外肃清。臣惟有吁恳天慈，密饬查禁，使诸弊之已革者永遵，未除者立止，但得上下相安，官民两便，诚边氓万万载无疆之福也。

奏上，奉旨交滇省督抚查办。时抚臣内用，总督富公兼抚篆，以滇省盐法宜改以便民复奏。奉旨交议，而旧抚臣在都，欲沮其事。先生再疏吁请，词不录。未几，富公丁艰去官，上以交新督大学士书公，会同新抚初公核议。初公居门下久，闻此事于先生甚悉，卒以富公原议，稍增损之，定为灶煎灶卖，民运民销，至今便之。壬戌，以奏劾长随蔡永清僭越、勾通朝贵事失实，镌级，降补刑部员外郎。丙寅，选本部郎中，保送繁缺知府。庚午，引疾归里。行过扬州，两江总督百文敏公、两淮盐政阿克当阿延先生主讲扬州梅花书院之新设孝廉会文堂。扬州卑湿之乡，士气恇怯，先生谢绝势交，生徒进问者，唯言熟读宋五子书，反质诸身之所行而已。客扬州五载，以乙亥十二月五日，卒于樗园，年七十有六。配杨宜人，生子晓，岁贡生，皆前卒。女子子二人：长适杨汝梅，次适苏均。继配刘宜人，生子二：昌暄。刘宜人产于北，未尝入滇，昌暄皆幼，漕督李公、盐政阿公议暂厝先生之柩于扬州，而资刘宜人携昌暄入都依初公，俟成立后，扶榇归葬。扬州诸生徒，共为卜地于城北之紫竹庵侧，素衣执绋，异声同叹，可谓生荣死哀者已。名流先达，多萃江介，惟桐城姚姬传先生，主讲江宁之钟山数十年，粹然不立崖岸，而无瑕可指，不愧人师。自先生至扬州，论者始以为德之有邻也。先生之光，以自守为本，有用为宗，不尚谈说而词旨清穆可诵，为有德之言。前有五华讲义若干卷，版行于滇。在扬州选刻大儒诗抄若干卷，其他诗文多散佚。性耽作书，出入于平原、眉山，而得其浑逸，稿草不经意者为尤工云。

包世臣曰：给谏以言为职，言有二体：条列谋猷为奏议，匡弼君德为谏诤，掊击权要为弹事。夫入告顺外者，奏议也；避人焚草者，谏诤也；至于弹事，则古人对仗读白简，公事公言，机不可迟，而事不尚密。今上亲政以来，言路大开，谏垣一得之词，多蒙采择，而又潜消党隙，保全善类，睿虑周详至矣。先生居谏垣，直声最著。而所亲莫得见其草本，凡以仰体圣德，人臣恭谨之义也。先生以辛未夏至扬州，世臣侨寓同城，甲戌春始得谒，备承嗟赏，引为忘年交。因议盐法至滇省，世臣谓初公改滇盐一举，德在百世，先生乃言其始末。世臣旋就食海州，比返而先生已物故。时先生之甥举人苏城来护其丧，因嘱苏君出遗箧，共检奏草，大半断烂不可读，谨就手稿完善，稿末有上奏月日者，撮其要著于篇。其己未正月指陈月选签掣之弊，与安抚难民之法两稿，虽完具，皆不著，著其重大者。而以手稿属初公，装池谨藏，至昌暄成立而归之，使后之论世者有所考焉。

清故江安盐巡道署江宁布政使除名戍伊犁放还汉军朱君行状

曾祖天爵，字允修，山东兖州府知府，诰封光禄大夫。祖伦瀚，字涵斋，副都统署理侍郎，诰封光禄大夫。父孝纯，字子颖，两淮都转盐运使，诰授朝议大夫。正红旗汉军吴必庆佐领下朱尔赓额年六十五行状。

君姓朱氏，源出故明代藩，中叶脱属籍，居山东历城，为历城人。其世次不可纪。君上世名永安者，宦游辽阳，遂家焉。其孙以天命中入汉军，隶正红旗。四传至侍郎，以书画名天下，族始望。都转传家法，尤工诗古文辞，师事副贡生桐城刘大櫆才甫，得其传。自为诸生时，都下老宿皆纳交，与京堂桐城姚鼐姬传编修、铅山蒋士铨心余知府、丹徒王文治梦楼尤厚。应乡举，卷出王君房，填榜时，监临主试、同考见其名惊叹曰：「此即为『万山青到马蹄前』者耶？」其为时流所重如此。君为都转长子，原名友桂，字丹崖，及充满章京，直枢密，高宗雅不欲旗员同汉人命名，都转择满文可连姓成语者，为改今名，以汉译之，为好古，字之曰述堂。君又别号曰白泉，故天下皆称朱白泉云。君自为儿童时，即与仲弟广东候补道朱尔松额以颖悟称都下。都转出令四川，历山东、江南，君皆随任，才甫、姬传、心余、梦楼与才甫之高第弟子歙孝廉方正吴定殿麟皆至扬州，客都转署。君从容质难疑义，作为诗文书画，皆取法高，得古人之意，然非其好也。常登山临水，弄潮走马，挽强贯微。又好奇门、六壬、风角诸术，亦复耽禅悦，涉声酒，意之所至，辄倾倒无余。唯欲多上人，揶揄侪辈，于显要无所屈服。然能急人之急，推解无德色，覆家资至大万，以是为友朋推重，而媢嫉亦隐伏焉。

君既成童，以川运饷急，都转为援例得主事。洊历本司掌印郎中，荐列一等。乾隆五十七年，简放江安督粮道。督粮道署驻江宁，与总督同城。时总督苏凌阿所用阍人，为大学士忠襄伯和珅旧隶，颇恣睢用事，苏公以伯相故，加意优容，群僚屏息。君廉得实迹，入白苏公，出命健卒捽而遣之。旋从苏公至安徽太和县，查办逆匪刘之协。时新授安徽巡抚陈用敷自都出，经定远县，闻县民任枝常茹素，遂籍其家，得弥勒佛象，又得新旧红帖二事，上署出钱人姓名，除重见者，共得百卅人。陈公据以为从学弥勒教之根基钱，悉捕治，逮系之。有旨饬苏公会鞫，苏公故倚君。时刑部侍郎宋镕，以安徽道署按察司事，与君善。君与宋公检核二帖，名既重出，不类根基钱簿，因廉得任枝家有婚嫁事，先后籍录贺钱人姓名，故红帖若簿记，遂平反其狱，全活男妇以千计。六十年春，太和狱竟，遂留安徽署理布政使事。是年冬引疾回旗。嘉庆纪年病痊，以母氏梁淑人年老有疾，请改京职，选授户部郎中。时伯相张甚，监奴刘全之女夫号槟榔蒋者，倚势夺民产，讼于现审处，同官望见蒋皆踧踖不自安。君叱使长跪掌责数十，同官皆失色惊走，君独受其词，以白伯相。有西贾利旗租地，嗾言者使得与民人通买卖，事下部，堂司皆被惑，君独不肯下议。贾啖以白金二十万，君正色曰：「旗人居积本微薄，又不善治生，若听与民人买卖旗地，不三年旗产且当尽，吾顾利贾人金，使二十四旗数十万户，尽困饥寒耶？」时管部大学士朱文正公廉得其事，惊为希有。值考察，文正公以君自告改，例不外用，面奏君才守堪大受。而以告改例不列一等，人才可惜。奉优旨，授广东潮州府知府。

时潮州内洋，有匪船六帮，鸱张日久。又有闽匪朱䝺，时来窥伺，尤强黠。君抵任，即周历海壖，集村民为练勇，并商之本镇今山东巡抚武隆阿，得兵一千，沿海棋布，严断内奸接济米水。朱䝺帮粮绝，改乘小艇，逼岸死斗。君率兵勇接仗四次，叠挫其锋。朱䝺起碇走台湾。六帮闻风胆落，并力自保，君相机堵剿，六帮益蹙。君念匪众虽多，然真盗不过十之二三，而被胁入伙者居其七八，不若开示生路，以解散其党羽必死之心。即以剿抚兼行之策，上粤督今任直督那彦成，那公以为善。三月之间，盗魁黄茂高、许云湘、王腾魁、杨胜广、黄德东、关兆金等皆受抚，计收得巨艇二十七只，盗党一千四百二十六名，大小炮二百四十七位，火药千一百八十一斤，器械一千八百九十一事。潮郡肃清。君遂择其强干者三百余人，杂之练勇，而罢其余归田里。时会匪巨魁李崇玉党众盘踞惠潮山谷中，而自率精锐数千人，游奕海上。君因遣就抚新练中之有才辨能道威德者，诱之自投。朱䝺帮伙，亦渐有溃散来潮乞命者。君适以梁淑人忧去职，未能竣其事。

嘉庆十三年，服阕起官云南曲靖府知府。十四年，广东海盗充斥，东路则郭学显，西路则乌石二，中路则郑一，为三大帮。郑一死，其妻石氏号郑一嫂，领其众。郑一嫂与部目张保私通，分十船与保自领，别为小帮，而别帮小者多附保，遂与三大帮为四，而内与郑一嫂合，故中路尤强盛，常入内港登岸恣剽掠。官兵与遇辄败衄，前后戕军官至十数。仁宗乃命协办大学士百文敏公以山东巡抚督两广。当君之守潮也，文敏为广东巡抚，知海事非君不办，请于朝，遂授广东高廉道。君既至，文敏先期已奏署督粮道，留省垣总统剿办洋匪事务。君见海口各炮台皆筑于山顶，以期瞭远。然火路高，匪船出入台前，炮子或自桅上过，不能伤。建议留旧台为瞭楼，而加紧建新台于山麓，使火路平水面。匪船过者，发炮辄碎其帮，匪锋屡挫。又饬并海郡县，严断水米如在潮州时。又侦得红单船运盐，而匪船之篙篷缆索，实资接济。请改盐为陆运，而撤红单船入内港，匪势渐蹙。君乃招前所抚用首民，使为线人，下海说郭学显。自崇玉就抚，那公假以翎顶，遣入都，悬首菜市，洋匪以为被诓，莫肯投诚。学显素闻君名，又见旧受抚者故无恙，逆首先从线人归命。君白文敏稍优待之，以劝来者。未几，郑一嫂亦至。保势尤孤，帅其帮数万人抵虎门，使线人入报，请督臣亲至海口，得面陈，乃敢投仗。

文海召文武大吏会议，莫敢发声。君独进对曰：「危事不齿，保自知戕官兵至伙，罪大恶极，非郭学显比。径降，恐为李崇玉之续。聚众既多，现粮无继，若拂其情，必上岸死斗，去省垣才数十里，城外居民百万，蜂虿有毒，可为寒心。额请与署司温承志、中军副将张绍绪从宪台，尽撤兵卫，单舟径诣，谕以恩威，必可集事。」文敏曰：「诺。」即具舟。君曰：「是未可造次，今日请命南海、番禺两知县，偕线人至张保船，告以明日宪台自来受降，方足以昭威重，且使彼筹熟而志坚也。」翌日昧爽，文敏遂登舟。行四十里，见保列巨舰百数，杉板船数百，对排下碇，夹水道如衢巷。望见座船，贼舰举炮以迎，声震城中，城中人皆悸栗登埤无人色。至午，始逼保坐舰，相距二十丈。保请过船，君叱其使曰：「大人来海口受抚，张保当登座船泥首乞命，速归报，若仍骄肆迟疑，则无死所矣！」迨晡，张保至船舷，将下杉板而返者三，卒从二十人露刃至。君白文敏，命其从者悉登舟，而独召张保入舱。张保自陈罪重难赦，愿先解散余众，自留精锐三千人，配铁刀大船三十只，杉板六十只，至西路招乌石二，不听，则擒之以功自赎。君侍坐，遽问张保曰：「若须炮位几何？兵械几何？米粮几何？往返若干月日。炮械若自择精好者，报明配用，米粮则大人赏给若。若既归顺，便同练勇，若据实合计，禀大人候恩谕。」文敏乃许给米三千石，抚慰而遣之回船。翌日，张保遂交船只器械，使余从上岸受抚，而自帅精锐起碇出洋。群谓张保以乏粮求抚，且其解散者大都罢弱，今以三千精锐，配用船械又精善，更得米三千石，必为大患，将不可制，蜚语四起。君笑曰：「是不必以口舌争。」至期，张保果诱乌石二至高州。乌石二既至，而颇中悔，文敏乃急诛之，三路悉平。乌石二者，麦有金与其兄有贵皆居乌石乡，故有此合号也。既竣事，君得拜花翎之赐，并先后优叙军功加四级。

十六年，文敏内召都察院左都御史。以南河减坝决口，复出为两江总督，文敏陛辞，以君为请。仁宗思君故官江南，情形熟悉，又随同文敏办事得力，遂调补江南盐巡道，使得就近差委。君以十五年调署南韶，遂奉差押要犯交刑部，以十六年九月差旋，至苏州舟次接调任之命。先是，君以七月初至清江浦，文敏抵任才数日，以君系客官，属访求南河真实情形。文敏出都时，于景州发手书延世臣至浦议河事。予至浦，而文敏方会河督陈凤翔前往查看海口，世臣因得遇君于旅馆。时李家楼始决，水当由洪泽湖出太平河归黄，而太平河淤为平陆，湖口之束清坝外，即运河头坝，其金门深四丈余，比太平河低且五丈，而运河宽才二十丈，并受黄淮，势必横溃。本管道厅议大挑太平河，使宽深，以三十万饷限一月竣事。工员莫肯任，清江士民惶惑不自保。君从容问策，予曰：「于头坝外接长盖坝，逼溜北行，则太平河之浮淤自去。水来甚速，断不能有月余暇隙俟挑河工峻。且挑成亦不能挈溜入黄，是弃三十万帑金，而从以清江、淮安之百万生命也。接盖坝费不过万余两，十日可成，救急先务，无以逾此。」又泛论南河兴衰之故。君颖悟绝人，闻声神解，遂与予为布衣交。阅五日，文敏回浦，予上谒，文敏谢病。予辞君返扬州，君谆劝缓行，入询文敏，乃知文敏初至浦，工员知延予主河事，莫不恇惧，遍求中外与文敏缔密者，蜚语阻止之以十数。君曰：「包君文辨绝人，精善河事，且忠诚廉介，义形于色。主上洞识工员之不可恃，故委任恩门，凡能与工员为异同者，正恩门所当吐握旁求者也。今于千里外手书招至而以谗中沮，恐天下有以窥浅深。」因以盖坝事告文敏，且曰：「此其略，非包君不能详也。」文敏领之。又三日，乃以分夜求世臣于旅馆中，指画机宜，文敏以为然。越一日，遂偕至河口相度，乃决盖坝策。八日而水至，盖坝将成，太平河新淤，刷如沃雪，不数日槽宽二百余丈，深三丈，清江民乃安枕。

君见盖坝有成效，乃买舟回粤。行抵苏州，奉调回棹受事。以九日至浦，督挑减工中段引河。未几，文敏札饬委员遵照新定章程围估苇荡，君复至浦，闻浦上蜚语中世臣者益多，而世臣又面辞文敏保荐之故，忤用事人意，内外掣肘，君遂白文敏延世臣襄其事。凡所条议，君辄以公牍上之，得施行者十七八。文敏复檄君协理河库，勾稽钱粮，督筹苇荡，而钦部事件及提审地方重案，又辄委于君。世臣检例案，核估销，验供词，比律意，酌斟轻重，批答申移，常苦手目不相及。而君出查工，入谳狱，犹以暇隙，集宾僚饮酒、较射、度曲，无匆遽之色。君之筹荡也，知右营樵兵，向无额人，开采时营员领帑下荡，荡内弁目临时雇募夫刀，樵毕即散，弁目专其利。而弁目又为滩棍所持，以至荡料归滩棍者什五六，归弁目者什二三，归工用者什一二，营员朋分额饷而已。前此虽经专派道员尽荡搜采，才得柴十数万束，而正额常亏至过半。君乃请以荡内淤变不产柴之腴地，每樵兵一名，给地四十亩，以为兵基。严验年貌箕斗，荡始有兵。又验荡内沟渠淤浅，出筏难，而采不及远，请浚旧挑新，直达荡底。时新筑长堤，水次隔在堤外，为请隔堤搬运经费。又念每年搬运，为费不赀，而樵兵虽得地亩，无栖止房屋、籽种牛具，终无实济，乃请棚厂、牛具、籽种银两，分给各兵。以后搬运过堤，即用官制牛具，以垂久远。又念苇荡营守备千把，本系操营，有兼管地方之责，既无衙署，难资办公，是以常年住浦，仅以开采停采之时，两度到荡，即住弁目之家。附荡居民，挟制欺凌，情状百变，强取私偷，不能禁止。请申明操防旧例，于偷窃官料案件，听其自理，建衙署，设仪从。而地方事件应参处者，仍归庙湾营，使得以专力理荡，荡始有官。文敏皆据禀咨行立案，至今便之。是年即采足正额二百四十万束，又增采余柴四百三十万束，查案分别远近，会同库道，详明分派各厅，以济工用。

十七年四月，采筏搬垛事毕，营员出具收管，陆续交船，君回署供职。厅员奉派荡料，例抵购价，沾润较少，而滩棍夙昔以荡料与厅员为市者，彼此勾结，船兵又于中途改捆，交工时斤重或不敷，于是入厅知照，公禀院道，欲翻荡局。文敏悉其奸谋，会河督饬库、扬、海三道查讯禀结，君复自省至浦，会同海道，酌定采办十七年新苇箍口为二尺八寸，较旧增三寸。估右营得柴八百万束，以奉委署江宁布政使事，未及估左营。先是三月初，李家楼将次合龙，各工无料，洪泽湖自仁坝掣塌泄枯，水势出御坝甚弱。君恐黄归故道，正值桃汛，或致倒灌，派委沿途催提右营正料，先交外南厅。而船营把总钱永胜，押荡料五十万束，停泊李工，私到御黄坝，与厂员议折交分数。黄水骤至，冲塌御黄坝，宽至三十余丈，运河几溢。君严饬钱永胜，责令即日提船抵坝自效，乃得昼夜抢堵，不至塌宽成事。八月内，切滩溜掣马起营工大埽三十余段，殆欲穿堤。厅员急截过境荡船，得料二十万束，源源厢补，幸免冲决。而十月内，故河督陈公以文敏劾词诬罔诉于都，牵荡事及君。钦使以十一月抵浦查讯，为工员荧说所误。适有船营尾帮载料九百束，无厅收受，泛荡河中三四月。工员嗾使泊于洪福庄，请钦使查验，遂据以为率。凡自春徂秋，取有工收，报明厢做埽段之料三百余万束，皆照此核算斤重。君因文敏原参陈河督之词涉虚，恐不能必全，而狱无出路，难为结正，愿以身任，不加深辨，遂被虚縻钱粮、苦累樵兵之严劾，遣戍伊犁。

君素不习河事，才数月而能通彻全局，深解机宜。十六年冬，南河总督黎襄勤公，于海道任内督办减工下段引河，于倪家滩迤下，就挑河之土山，坚筑缕堤三千丈，束水攻沙，首尾缘以格堤。十七年三月，李家楼合龙，水至，缕堤内不能容，格堤沮遏水头，上游聚而不流，天大堤者数十里。而襄勤先禀严守格堤，文敏据以入告，奉失守格堤即行军法之严旨。君飞禀改守大堤，听溜穿格堤而下，旁泄始止。未几桃汛至，而减坝大工合龙时，基有积沙，溜势急攻，坝身展侧，抢护不能止。君启陈公于大坝迤上，筑挑水斜坝，逼溜入泓，不数日，坝根挂淤，迄今稳固。

君以嘉庆十九年春抵戍所，二十五年冬赐还。城中无一椽之居，都转墓在西北郊外牛房，茔旁有祖遗旗租地数顷，坟园三十余间。君稍加修葺，徙家屯居，督子侄读书，并课耕牧。道光二年，君犹子朱鲁以知县拣发贵州，颇忆旧游，遂以四年春卒于朱鲁绥阳县署。君自戍回旗，予适滞迹都下，招携同寓僧庐者数月。君有手册，纪自嘉峪关外至伊犁程途，附及风土形胜，甚精密有条理。凡自新疆来者，共以铜铅厂聚众为忧，君则谓给役其中者，每日可得制钱二百余，彼处物力丰盈，人日得四十文，便衣食优裕，人各乐生，无可虑者。唯厄鲁特种类日繁，又不善为生，而客民以术兼并之，终当为患。时又议筹八旗生计，君前查荡时，见底堰外荒地腴美，唯濒海受潮，土咸不耐种植。而粤东有咸水稻，收成颇丰，即欲遣人至粤东，于秋成后收新种数石，并召粤东老农二三人，来江南试种，以尽地力，未果而被议，遂以此说遍告本旗，莫能举。惓惓之义，不变穷通，有如此者。配宗室氏郑、某亲王之孙女。长子朱奕勋，官山东知县，被议罢职。次子朱奕亨，候选通判。女子子二：长适户部银库员外郎达林泰，次适銮仪卫云麾使祥泰，俱宗室夫人出。季子佛灵安，侧室刘氏出。公之不禄也，勋以交代未结，不能奔丧。亨奔驰万里，以五年六月，扶榇归葬于都转墓左。世臣受知深而共事久，得悉其生平，故纪述数大端，以俟当世之有德能文章者论定焉。道光六年四月八日，旧部人包世臣谨状。

皇诰授奉直大夫陕西山阳县知县加三级黄君墓志铭

君讳辉，字耀腾，一字蒻艇，号秋圃，安徽婺源人也。祖鸿，貤赠奉直大夫；妣程氏，貤赠宜人。考奖，封文林郎，赠奉直大夫；妣颜氏，封孺人，赠宜人。奖生数岁，家骤落，鸿贸贸入四川，十余年绝耗问。奖乃辞母寻父，遇于重庆，而鸿已病痹，奖课蒙以侍疾。鸿物故，无力归榇，遂葬于巴。奖尝失道至峨眉山中，大雪断行踪，又饥不能举步，遇老者与荞饼食之，顿轻健，得出山。遇乡人谢氏，携之东下，至芜湖，奖年已六十矣，婚于芜湖颜氏，偕归婺源而生君，惜抱轩集中所称黄孝子者是也。君既颖悟，而父母督课之甚严。弱冠试童子，即冠军。旋食饩。甫壮，以乾隆丁酉拔贡生，应廷试，得知县。签分陕西，补镇安。恭遇覃恩，封赠祖父母、父母如其官，遂乞养归。君优于文学，开门授徒，以修脯供菽水，远近负笈从游者多知名士。婺俗故绩学，然屈指必首君。三载，封君卒，而母氏亦老，君接请养母。又二十余载，乃入都，例发原省坐补，而镇安已改繁，序补山阳，累加三级。复遇覃恩授奉直大夫。嘉庆壬申乞休。癸酉八月六日卒于里门，年六十有六。配同邑洪氏，封宜人。侧室谢氏。子四：汝期，郡廪生，贡成均，以训导候铨。凤来，国学生，俱洪出。百禄，国学生，平格，江西候补未入流，俱谢出。谢以平格得貤封孺了。孙十一，俱业儒。曾孙四，俱幼。

君之未补镇安也，已历署洛川、中部诸大邑，鄜州直隶州知州，西安府分防孝义同知。及乞养归侍，而教授乡里后进，如未仕前。比封君弃养，君年方强仕，而依侍母氏，不忍去膝下，既养亲事毕，乃自许驰驱。再至陕，署汧阳及白河。时教匪余烬未靖，军书旁午，奸民窃发者接壤相继。君劝谕绅耆，远斥堠，外防内抚，闾阎得免蹂躏焉。及补山阳，邑有啯匪刘伏得，聚众数千，出没老林中，扰害行旅居人无不至，文武严捕积年，莫能谁何者。君至，谕捕人曰：「匪势甚张，非有司所能制，徒聚壮勇，耗经费，何益？」尽撤藩篱，若无事所，匪果易君。一日，君下乡侦刘伏得所当至，设伏擒之，山南路遂通。邑民王朝阳，前以聚徒念经被捕，大府予以自新。十余年后邻境案有株连，复严檄追捕。君至朝阳家，谕令就逮，而亲解至省，白大府曰：「朝阳悔过有据已，若必念旧恶，恐反侧者多。」大府素重君，释朝阳，众心乃安。其静镇以除大患，积诚以孚愚氓，有如此者。迹君生平，事亲则竭力，诲人则不倦，临民则尽心所事，皆成名。传曰「求忠臣必于孝子之门」，「能为师而后能为长。」君当之矣。是宜有铭。君之卒也，汝期等以其年十月八日举葬，而未有埋幽之文。后三十年当道光壬寅三月，平格以请，故铭之曰：

孝子有子，为众人父。宦虽不达，实笃后之祜。

书包摈达事

包摈达者，吾族之农民也。乾隆乙巳大饥，吾族远祖葬凤凰山，去村十里，坐落曹姓水口亭前。

曹姓挖蕨根为食，不可禁，几伤墓。族长榜祠前曰：「自六十至十六不病者，某日各持棒集祠前，往凤凰山，不到即削谱。」族人会者千五百，曹姓悉族止三百人，拒水口亭，棒接而吾族败奔，近村乃踞地喘息。摈达曰：「包为曹败，无颜见乡人，有从我打复仗者否？」应声者三十人。曹姓方饮胜者于祠，摈达留十人断水口亭，而率二十人入其村，斗于曹祠前，当取其安墓禁山服约而回。三十人者，先固在千五百中，始以五当一而败，继以一当十而胜，义愤重则利害轻也。

自夷氛起，共谓其炮无敌，然夷炮前后百万出，而伤吾人，曾不数十，徒以震慑群走，使逆夷蹑项后，歼如薙草。乌桶、厦门、定海、乍浦、京口莫不然，竟无如摈达者，一决求胜于败之策，并命不翣，伤已！故追记之，毋令泯没焉。尤异者，浙东设粮台，起故安徽布政使于扬州，驰往主其事。去夷氛尚百余里，忽中夜自惊，故布政率监守官十数走，比明乃息足，曾无一人有裤者。存饷四十万为民勇所篡，乃议减员弁薪水为弥补。臧氏曰：「畏法则侮敌，畏敌则侮法。」此诗人美大夫所为必云「舍命不渝」者也。

史云州家传

君讳绍登，字倬云，姓史氏，江苏溧阳人也。东汉初，史崇以剪赤眉功，封溧阳侯，之国，子孙家焉。五十四传而至君。曾祖夔，詹事府詹事。祖贻直，文渊阁大学士，赠太保，谥文靖。父奕瓌，山西按察使。君少有大志，博览书史。试顺天，挑誊录，议叙布政使司经历，分发云南试用。乾隆六十年，署开化府文山县事。云南盐归官办，苛刑抑配，民不堪命，语在谷给事传。君莅任，即弛其禁，释狱中逋课者数百人，民以大洽，阅三载，配盐之五十七州县，一日同变，乃改为商办以宽民，依文山式也。

未几，苗匪起贵州，距文山尚数郡。君察其形势，必将阑入，而各镇兵不可用，乃集吏役健者，得三百人，亲教打镖，期于三十步外取人，命地而中。教甫成，而黔匪蔓扰广南，逼文山邻境之邱北，又潜结文山各寨猓猓，约分投蜂起，时嘉庆纪年之四月也。君谓「不救邱北，破贼于境外，则文山猓猓必不靖。」遂授三百人仗，人刀一握，铁镖三十枝，身帅之驰往，所当辄仆，收复前所失卡汛以十数，廓清邱北。而云贵总督勒保剿苗失利，被围于贵州之黄草坪。月余，云南巡抚江兰调君往援，君率壮勇驰至。贼围城十数重，内外不相闻，君迎阵以镖击之，壮勇争先，贼死如积，一日遂奔溃。君念围虽已解，而贼众尚数万，若入城邑慰谒总督，则贼走远不相及，为后患甚巨，遂追奔三四百里，七接仗，歼贼至尽，乃返黄草坪。君解围之后三日，黔镇以兵至，总督德之甚。比君上谒，总督曰：「若滇省小文职，亦远来看我耶？」君陈开围状，总督怒曰：「围果若开，何不入城一见我，使我忧悸欲死！」君曰：「入谒，则贼不可尽。麾下遣人至城外，及七次接仗处，验贼尸，系镖伤者，则是文山县民壮所奋击，若刃伤，请行冒功法。」总督初欲重劾君，复勘得实，乃已。而巡抚闻君与总督辨论，恇惧，遂饬君自备经费，不入军需报销。君以故亏帑至二万。

是年十月，委兼理临安府之蒙自县，虽壤接文山，而两城相距三百里。莅蒙未一月，交趾贼目依福连，勾结广西余匪贺成猿等，数万人入文山，烧杀村庄，占夺硐卡。君闻信，匹马驰一昼夜入文山城。次早，领民壮出剿，生擒首逆并获从目二百人，硐卡悉复。总督以为能事，擢顺宁府云州知州，仍留署文山事，默酬解围之功也。三年，文山大水，君开仓救灾民，为滇省往事所无。四年，睿庙亲政，以初彭龄巡抚云南。初公自矜廉介，好任术为明察。开化故有总兵官，当变出不测，君以署县破贼，土人榜通衢曰：「总兵守城，知县打仗。」总兵衔之。初公询总兵曰：「颇闻史令不要钱，果否？」总兵曰：「小钱断不要。」初公遂以亏帑劾君。士民闻信，立刊知单，胪君之文武政绩，题曰「天理良心」，设柜邑庙，醵金至三万。初公闻之甚悔，以君既完亏，得留任。仍余七千两，率耳环、戒指、手镯之类，无可返，遂立案贮库为公项。次年丁母忧，疆吏倚重君，留不遣。君言父母之丧，惟金革无辟，遂解任。随滇粤各行营，而文山公项，后来者欲干没之，绅耆请于上游，建开阳书院，文教以日盛焉。七年服阕，署丽江府维西通判。厅民恒乍绷为乱，巢险固不可攻。君廉得巢后岩壁，斗阻大溪，水峻急如箭。君以篾为大絙，募善泅者，系长绳于腰，绳尾续大絙，既渡溪，则引絙，系岩树。对岸急引如笮桥，絙套篾圈，圈下系小板，可坐。君先上板，以手扳絙猱接登岩顶，壮士三百人从之。贼不虞君至，大惊乱。君既手擒逆首，壮士歼拒命者，其党尽就缚，遂以蒇事，拜花翎之赐。九年，得呕血疾，卒维西官署，年正五十。

君常以至少敌至众，前后三百余战，未尝败衄，身无伤痕。所教三百人亦无阵亡者。君寄其子书有云：「人生通晓大义，为国家舍身出力，不怕死，亦不得死。」是君之八九年，出入万死一生之地，而竟不死者，天也，非幸也。自嘉庆初，兵事连者十载，满汉文武，因缘致封圻、膺显爵者以数十百计，迹其功能，皆远出君下。相君才器，直当与唐之张中丞、宋之岳少保相后先，而浮沈下吏，既荣名所不及，又以边徼少文士，伟绩无能纪述者，是又将无闻于后。余始闻君名于兖沂兵备熊方受，兵备得于其弟方训。方训亦以下吏在滇，曾与君共戎事者也，然传述君事颇不晰。余访之滇省公车士，多识君者。言君乘生马，手未按鞍而已上，衣衫悉齐整。每宴宾客，辄以镖赌酒，下堂坐，使善镖者四面击之，镖皆入君掌，莫能伤。各述所闻见，率奇伟，而年月地名未能无错午。余随手笔记之，存箧中数十年，兹检箧出之，恐久而亡失，故撮聚大都为传，授其家，使不抱恨于没世焉。道光十有七年六月六日，安吴包世臣撰。

皇诰授振威将军赏戴花翎福建全省水师提督统辖台澎节制各镇原品休致特旨起家仍以提督用襄理浙江军务泗州陈公行状

曾祖永福，字介斋，诰赠振威将军；妣张氏，赠一品夫人。祖伯山，字松心，诰赠振威将军；妣崔氏，赠一品夫人。考启源，字箕园，诰封武翼都尉，晋赠振威将军；妣王氏，封淑人，晋赠一品夫人。安徽直隶泗州籍，侨江苏扬州府宝应县城内，陈阶平年七十九状。

公本名安魁，字阶平，号雨峰，于海州参将任内，更以字行，雨峰遂为字，别号鹿岑。泗州陈氏源太邱，居临淮关，其世次不可考。至公曾祖，乃由临淮迁泗，贩茶来往淮扬间。六安蛟患，荡其业，遂侨寓清江浦。追封翁益贫窭，挈公岁贩浦市。遇盐城相士潘瑞堂，惊曰：「此子躯长而色青，真甲木行人，武贵当极品。」公之从外祖游击王福，时已官河标千总，谆劝入营。公乃以乾隆丙午投河标中营，年二十有一，派河库道当差。岁余，保送河督辕戈什哈，差使勤慎。值南河多故，两三年间，里河厅之小舟庄，扬粮厅之邵伯南塘，桃源厅之师家庄，山安厅之汤家庄，相继漫口，公皆与堵筑之役。公生长河堧，习见桩埽土石工程，又性好研究质问，多悉其底里。调河形，辨水性，尤有心得。

辛亥，拔补额外外委。次年得经制。乙卯拔把总。嘉庆丙辰，升中营右哨千总。戊午己未，连举毛城铺、邵家坝大工。邵工将次合龙，公以引河头之拦黄坝，为土料车马所经，压硪坚实，仓猝启除难净尽，掣溜不畅，大坝每吃重，建议傍拦黄坝前，用浮土浇替坝，以便净启拦坝。替坝本松土，又新浇，放溜时如汤沃雪，主者以为然。邵工应手堵合，嗣后东南两河大工，皆循以为例。旋擢苇右营守备。壬戌，从钦差侍郎那彦宝堵合唐家湾之减水坝。工甫竣，而安徽宿州之匪民王朝名滋事，公奉派带萧营兵三百名，驰赴宿城北之符离集防堵，无一贼阑入徐境者。癸亥，东河衡家楼漫口，那公奉命移节督堵，公随往。次年春合龙，保奏尤为出力，赏戴蓝翎。乙丑，又调堵睢南厅之郭家房，而安徽之宿、亳、蒙三州县匪民余连、樊牛儿等滋事。公奉派带兵防堵，会同各路将弁，战于郝家集，生擒余连等，并头目二百余。而皖豫交界居民，平日多持素讽经，恐株累，汹惧不可止。公密陈两江总督铁保曰：「小民持素讽经，本为向善祈福，非恶逆比，倘不肖弁兵借端讹索，必致以扰累激变。」铁公即出示严切晓谕云：「扰累良民有状者，行军法。」人心始定。初，贼势甚张，值大雪封路，贼眷皆坐牛车，不能行，进退牵掣。得速蒇事而善后，实赖公策。

是年公捐升游击，在守备任候选。次年调堵王营减坝，蒇事。大吏知公迭次出力，保奏以游击留省，尽先补用。旋补松江府城守游击，仍留工差遣。己巳，调扬州营游击，而王淑人弃养，请假治丧葬毕，乃莅任。扬州鹾贾所集，华朊成俗，枭匪出没，扰害闾阎。公实心巡缉，城厢安枕，士民以为自名宦白云上之后，未之见也。壬申奉调引见，以缉捕有成效，赏换花翎。癸酉，推升海州营参将。海州依山负海，素为逋逃薮，匪枭设窑口、立马头者相望。窑口则掠妇女，抢牛头，勒三日内半价往赎，稍迟则妇女转卖，牛头剥杀，视为故常。马头则争夺惨杀不可究。公莅任，简标下悉其材技，挑三十人为内班，皆善侦探，能格捕，随宜任使，各当其器。枭匪皆通州役，营员有举动，州役辄先时送信，得走避。公侦知各匪所在，定更后即亲历各门视管钥，信不得出城。俟人定，乃集兵入署，以私财具蒸馍火酒，饱啖当行者，督至匪巢，匪尚酣睡，无不擒获。有积枭江兴远，挟仇挖八人眼、一人心。公廉知之，访获一被挖目者，询悉始末，分投追捕。江兴远等四十余人皆就擒，置之法。州境大憝悉远遁。有刘廷彦等十五人，投首归农，缴架枪六座，其制作轻重高下旋转如意指。公备询其盘炼枪筒、配煮火药之法，乃资而遣之。公依法制造，督士卒演习，为江省营伍之冠。公所挑内班，多积劳至专营，有与公同任封圻者。

丁丑，迁漕标副将。丁封翁忧，服阕，当赴部，奏留江南补用。辛巳，署狼山镇总兵官。壬午，补江宁城守副将，署徐州镇总兵官。癸未，署苏松镇总兵官。甲申，擢湖南镇筸镇总兵官，即之任。丁亥，陛见回任。己丑，奉旨充祭告南岳炎帝、虞帝二陵使。壬辰，兼署湖南提督。癸巳，擢广西提督。戊戌，调松江提督，提属三镇，皆公所旧历，水陆操防，驾轻就熟，不劳而治。己亥，以夷氛骄蹇，调厦门提督。公年已逾七十，两足习劳久，时肿痛，艰于驰骤，然部署形势、精治火器、岛屿防御无不周。庚子，夷再入厦港，公督兵拒战，连歼其目，夷舶远窜。嗣督闽者以公年老有疾，奏请休致。公归田后，夷人知公已去厦，辛丑秋遂长驱直入，督部驻厦不能御，遂致失守。而定海、镇海、宁波相继陷。上怒，褫闽督职，而复以提督起公于家。公赴浙，协扬威将军防剿，公分防曹娥江八阅月，夷人无敢窥伺江濆者。壬寅秋，夷人就抚于江宁，各防尽撤。公欲入觐而两足不良于行，请假调治，至甲辰二月二日，卒于宝应侨第，距生于乾隆丙戌五月九日，年七十有九。夫人清河钱氏，子晋康，侧室生，皆前卒。孙兰尚幼。女子子二：长适宁波卫屯牧季光弼，次适六品荫生候选通判云中玺，亦早逝，女归侍。

公少小食贫，未能就外傅。入伍后，乘暇隙从人问字义，讲文法，洎登仕版，遂能自具禀牍稿。壮强以后，读书益多，封圻奏议皆己出，千余言立就，委缛有条理，老书记不能及也。公虽出身行伍，然河辕止重走差，且派办多河营修防事。及专营扬州，以将事首重练兵，而练兵非身先不为功。时公年已四十余，昼从驰射，夜习击刺。又以筋骨素脆弱，闻徐州有石子功师，延至署，学引经、卷帘诸术。经岁，强壮健举，营弁莫能先。扬营士卒，感公之意，争练习，竟成劲旅。在海州，见抄本洋瓣百金方，即捐廉付梓，昕夕玩味，求制器结阵之故，必慊于心，试诸事，以归实用。其镇篁也，适果勇侯杨公为湖南提督，侯身经百战，剪刈蓬蒿至伙，为名将，公师事之，受其叠战梅花新阵。公就侯五队旧法，推出五星，分布为二十五队，以宜苗疆地势，缘山绝涧，形散而气合，苗民震慑。侯巡阅见之，叹为精奇变幻。两湖督書平善其叠进抽退，便捷浑成，奏请湖南、北两省各营一体遵行。公又增损古法为连弩，五矢齐发，命中洞坚。又挑健卒，授以铅瓦扎腿，纵跳上高。群以为无益，及逆猺赵金陇据羊泉，篁兵从平地纵步登屋，前队受伤，而后队继登，赵逆得以歼除。篁兵受赏勇号大小翎枝拔升者，至五六十员，甲于各省。及夷氛逼广东，各省兵齐集。唯公所旧练湖南兵，至死不奔北，阵亡独多。然后知公为深得练心之教也。夷氛日亟，公由松江调厦门。公见夷炮能攻坚，度其不能制柔，因用麻袋囊沙，高厚各八尺，周护港沿，伏兵弁于沙城后，以逸待劳，夷船至皆失利。闽督既劾去公，易沙袋为石城，夷炮一轰，石城陷，文武皆跳渡。易石城时，拆沙袋，中多有炮子，至深者不过四尺，然后服公之用心精到也。公参古今法，炼火药，煮一次者达百二十步，二次则百八十，三次则二百四十，在厦试准，以入告。奉旨通饬，依式配炼。虽军事小节，然他省卒无及者。

予以嘉庆乙丑始识公于袁浦，嗣在扬州乃相善。在海州，予就食州署，共事且一年。在淮安，在江宁，亦时过从。及开座镇篁后，相距远，建牙松江，则予已薄宦豫章，中间相失廿年。然公书必岁一再至，道契阔，并示结队、制械各图说，及训兵谕民诸刻本，予皆未具复。在厦门，复以眼图属为记，予时方待辨，所欲言者至大至急，而舍公则更无可与言者，乃撰记作答书。而答书至厦，公已罢归。及公复起襄浙军，先是裕靖节受幕客愚，为大江沙多水浅夷船必不能达，而调狼山镇防镇海之奏。予见其稿，窃意夷情既唼血厦门，必复震定海以及乍浦、上海，撼狼福，入大江，截运道，为国家深忧。而长江唯圌山天险，可截夷船，觅急递致靖节，讽其移重镇守圌山。书达不数日而定海复陷，靖节旋与难。嗣见邸抄，知公复起，即致书申前说，并录寄职思图记稿本。公得书，即函致扬威及江南当路，莫有然其说者，遂致京口失守，白门辱及城下。事权不属，徒叹手柯，伤已。公性尤坦易有容，在海州捕枭匪，获盐三百车，皆临兴场产。其场大使韩姓者，平日谣诼公无不至，公几被陷。至是，韩于法当革职，枷示五十日，恇惧，计无所出，知予最善公，径走予斋，跪求缓颊。不得已，偕诣公。予先入，及其事，公曰：「韩之于我深矣，然借公事以泄私忿，非君子所为。」出示禀稿，则已列韩家丁差役名为协获，例得免议。予出语韩，韩愧悔无以自容，欲即执贽居门下，公峻拒，卒不见之。生平于友朋中，受一言之益，终身不忘。而已树德于人，及戚党负公，绝不一挂齿颊，实人情所难。公病既亟，持兰手，命其监奴曰：「汝俟我气绝，即殡，奉兰赴白门，吾有两友在彼，一为正蓝旗协领奎君，一为包君。汝请奎君为我乞包君为我状，包君习我行治，其言可以信天下后世。」语毕遂瞑。协领名奎光，字异之，谙练旗务，为江宁驻防所归心，于友朋间重信义，辛丑、壬寅与公同守曹娥江，相需有成，善士也。来致公末命，予不获辞，谨具状如右，以告当代大人先生，锡之铭诔，并牒国史馆，请垂编录。道光廿有四年春二月十八日，江东布衣包世臣谨状。

补遗

安吴包慎伯手札

第一札

锡三姻大兄大人阁下：

上年接奉手书，具见关情手足，心悦且感。后见邸抄，知与本镇龃龉，致有北省之役。幸大府了然于所争曲直，吉旋本任，想以鸿裁，见器上游。

近闻楚南边境与黔、粤接壤尚有跳梁。遥度需人之秋，自必借重熟手。荡平之后，五马翱翔，自是指顾间事。实深企跃耳！

令弟济之既承慨援新例得一学博，唯近事曲折甚多，仅得头衔，无济事畜。谅阁下自必为之熟筹尽善。谚云：「送佛要送上西天。」此固不必待外人之远参末议也。

弟自上年五月被南河杨公敦延再三，出山借箸，而时势艰阻非常，去秋冬已备见焦烂之形。局中、局外皆谓空重必不能达，群建大挑运河之策。弟以钱粮必不能继，且密度形势，空重断可顺轨；冬末春初，空船既南，现当重运经临，不能膜（漠）视贻笑。大约五月初间，重运尽北，弟即当善刀而藏，以避能者。知我者定以为当然也。

即请升安！

姻愚弟包世臣顿首。庚戌四月朔日。

第二札

兴言知悉：

初十日见亭四、兴实时，一信已具。此间事自漕督诪张，一切公事分外掣肘。犹幸星使与制军深识，诸多调护耳。

初五日晚，挂黄粮艘全数入塘，其时已三日温和。初六奏报后，黄河淌凌，高厚如山，壅阻河路。黄河各工有日涨二尺者，若船有未入塘者，殆必齑粉，此大幸也！日内粮艘行迟，每日下清江闸不过百余只，而黄水下注，又恐浅阻。看此局势，二千五、六百艘，非岁底不能尽南下矣。

河帅临河，事已两月。星使、制军日昨前往海口，并勘二塘四浦，（原函旁注：「马湖帆所奏。」）当至封篆已。月前十二日，附新选睢宁高明府上省之便，寄六十金，而汝来信未提及，想高君闻制府已上省，先到苏谒抚臬，再到白门见藩台，此时自已到矣。

浦上大小文武俱奔驰无暇刻，年里未必有便寄家信。春初我欲抽空暂回省墓，或不能，自求妥便寄信来家。家中诸事要小心！

我两足服药已愈十七、八，目力亦能耐久，但光不甚利耳。

姑太太安好！春台先生并候。

十二月十三日父字。

第三札

兴言见字知悉：

前后信想俱已到。昨午接兴实工上来信，言春台先生之事，故交兴廉即发与汝。

我正月半必到白门，汝在家可将一切定计，不可等我来商议。

王洪到今日无信，不知何故？想在家等书，动身稍迟，中途似无别故也。

廿三日未刻父字。

第四札

十七日午后，河帅送至家信，并汝禀覆碑刻之信，一并交看。次日，河帅即交回信，（原函旁注：「河帅云接汝复信，即专弁送银到白门，所存百金亦可附来，未尝寄来物，亦可附寄也。」）并云：碑刻以双钩为宜，必要好手钩出上石，再求刻之精到，其工价虽言明每字二分，属于家信内谕知，果得好手精刻，即刻价增于原议，无不可者。汝可将现存之碑，逐细看明，有无毛病，不可草率。河帅一力倚任，第一要对得人住也。

此间闻联臬使署江藩，此公明白而公道，断不受幕友、书吏之愚。其接印文书尚未来，一来，河帅即于贺书后说明。

兴实之事，万无一失。张澹麓已将其名告知号房。属其一到即探明公馆，我自去拜交秦三兄名条，或可有成也。部中挑剔，兴实早有信来说。然其覆不甚妥当，补缺后再办迎养亦可。

三月廿日父字。

第五札

丹墀昨携去书，长三千字，然尚有未尽者，补说于此：幸童书翁随即归去也。家中大轿一乘，收拾如新，不过五、六千文，便值廿余千。其槟榔杠留与我，明正回来，要带一二四轿便当，且先送姑太太到盐河头冠冕些。

汝在彼，闲日甚多，可买杭州新出苏诗，一部价二千余文，其注故事极多，足资俭腹。苏诗易学，学之便易做，不到搜索枯肠、受窘万状也。士麟处我曾买一部吴诗集览与他学，然他在书院便不学，此时更无用处。出千余文买转来，其中酬应诗甚多，斑剥陆离，注亦多故实，要用时便于检查依仿。且明末清初事多，也该要晓得。家中东华录带去，船上便可看一遍。

□裙公服，是必要得。若无，在南京尚便宜也。到汉阳要一见总督。总督现在衡州查办逆徒李丹，那时想必回辕矣。

一时想不齐者，十二月汝来浦时面说。

十五日父手书。

第六札

兴言见字知之：

初十日二炮，接兴实来信，所说似可行，故交兴廉飞寄与汝，看与丹墀斟酌行之，速与春台先生妥商，定局即由清溪处递来。（原函句下注：「「年兄」之称，近来皆是老师致书称门生，与前朝不同，改「年大人」可也。」）字要好好检点，写得干净、无别字，我才放心。若仍前荒谬，见者必骂我及孟开先生也。旧印数十部，汝真不放心，即带出，随时送人亦可做礼物。新书，想此信到时已动身来浦，必要续印数十部，存家中。

正月灯节，我必来白门一走上坟。此月内，汝必抽空，拣定日子，到左墅将坟修好，（原函句下注：「并及兰太婆坟，切切。」）此后无人管理，便似荒坟一般。别人更靠不住。

我来时总可打发汝动身。兴廉见一委员，云其弟曾署安福事，自然之利，入有二竿，尽可放心前往，只莫败家声便是。

父字。

第七札

汝既留籍侍养，选期已断，更无他望。近来科场得失全无把握。汝向来作八比，于先正成法，颇有知识，可向书坊买天崇百篇一部，自己用朱墨笔逐篇圈批。汝记性不好，不必求熟，只要适性，拔出豪兴。便中与春台先生结文会，彼此有益。河帅上科，亦上下江分送游幕客十余人，不患不得进场。二三场临时略看便可，经题不患场中不知解说及上下文。若能有弋获，则所得实多。且明年系联场，所费无几，不可恣意自弃，切切！

二林月前来此，亦云：明年必到南京乡试。汝较二林胜之远矣，切莫视为迂谈也。

父再笔。廿日酉刻。

第八札

兴言、兴实知悉：

前于五月廿八日寄一信，内有河帅托买物亲笔单，至今不得回信，岂信竟未到耶？六月初七日接兴实丹阳来信。十七日打听得郁州同于五月廿六三更在新丰北头被盗，改委镇经吕公接解未劫去银三万九千两到浦，郁公并未交出信件。十八日即作信。又闻河帅原单入递，经今亦已半月，又不得信。六月十八日发信后，丹墀往拜吕公，说库道要叫徒阳两县并委员连赔被劫之四千四百两，飞解来浦。吕公说，郁公□□只有河饷，并未闻有他物。若仍是吕公解来，必向郁公查取来交代。即委他人，亦必代查清楚，云云。然至今仍未续解到浦，闻郁公业已参革。获盗四人，所供赃数不符原报。看来，信件只可作罢论矣。然□件必要还，只可再买也。

李叙堂真是君子，前月杪，亲送夏修面交，屠铜沛上府住廿日，而其春、夏之修，至今未送到。仲嘉兄赴省试，既归海防之款，又河帅早送出夏修百廿五金，合成银四百两，托仲嘉兄带来交尔，家中想需用至急矣。又李叙翁乾俸廿两，仍照前三股均分，又包金镯一副与粽姑娘，均收明。又仲远到信一封，亦附寄来，我□初十日回白门一走，月半前总可到。兴言及多将军文书已办，尚未写好，我亲带来，断不误也。粮船今日已尽渡，仍是清水送。余不及详。

七月初三日父字。

第九札

兴言见字知悉：

汝二月九日、四月十九日、五月七日三信都已到。

我以二月廿四日就养响水口，河帅势不能留，昨言房屋封好，候平定再来盘桓。凄然泪下，可感之至！

贼以二月十日攻破白门。二月廿三日扬镇两城同失，扬州开门迎贼，镇江空城以待。然三处遭惨，俱不忍言矣。

姑太太不肯赴响水口。丹池去冬到白门，今年正月廿四日回湾沚。廿八日贼即围城，一切不敢设想已。□大臣为当时倚重，然株守百日，不动声色；贼亦困守孤城，毫无动静，至扬州、镇江亦各拥兵五、六万，眠食如常，□无责也。

冀山在此，训迪精勤，四徒俱有进益，八一子中股可做四、五百字，八二子、八三子都可，冀山说，八三子尤有巧思，小二子起讲亦能百余字。四人长律都能工稳，小二子时有妙句，出人头地固非其材，保秀才本分似乎尚可。

丰工于五月杪复开，我幸已出署百日，可勉（免）闲话。汝在安福，做一日和尚撞一日钟，不能预定行止，但挨得过且挨。道途多梗，家书抵万金已。我眠食如常，唯耳目愈劣，小真字断不能作，一切笔墨，只好叫人念听，不能瞋目自看。今日，友山归里，作此种书三四封，便觉两目不自在。小孙该乖巧，媳妇能耐苦，我可放心。

六月十六日父字。

第十札

兴言、丹墀同览：

兴言与兴实信今日已附李参府带付工次。秦四兄信在□。□□前，秦四兄寿对一副，知托童书翁所带去信，亦未记及，今付王升带去。昨与兴实已说明，请姑太太带媳妇、小孙到响口水供养矣。前信挖改郭君传内「乾隆末」三字，最要紧。已刷者即贴签可也。李先生不肯到海州，如何又肯到湖南，此事要妥商。来正我必来白门，再定行止。一切前信所有照办，未详者推类酌办为妥。兴言来时带好广扣，三付套环略小，广扣两付。见亭已返清河署，吴公待之甚厚。程梦孙事尚未定。三日来酷冷，粮船颇不好走。兴实在工次见黄南坡令弟，问知安福缺甚优而安静，与徐小溪之说同，无可疑惑已，响水口来催秦四兄来信附去。

廿日父手谕。

第十一札

翟仲嘉兄系润之先生之长君，前在芸翁处，有信来索四种，因无便未寄。兹秋赋来白，可捡家中所存致送一部，不必做夹板。昨有信交淮安新拔贡丁世兄，想前后到也。

初六日父字。

（安吴包慎伯手札为志林室藏本　彭君华释文）

北魏张黑女墓志跋

此帖骏利如隽修罗，员折如朱君山，疏朗如张猛龙，静密如敬显隽。惜裁剪行间不见左右相得之妙耳。前在历下装潢肆见太和中英义夫人豆卢氏墓志，字比此帖差小，笔势结法一同，而著录家亦未之及，东土信多宝玩也。道光九年四月廿七日安吴包世臣获观因题。

碑版与简札书文皆有两体。南碑传者少耳。汇帖皆柬札，故异势。明者参之，知其不谬。若目北碑为别派，正是从门入者。子贞昆玉以为何如？世臣又记。

北碑有定法而出之自在，故多变态；唐人守法不定而出之矜持，故形板刻。虽褚薛未能免也。廿八日又书。

闻冯集梧明府署掖事曾访得郑文灵公上碑，碑称文玄灵，如惠文贞子专称文子，亦金石之别例。尚未得见拓本。地不爱宝，书学其将兴乎？云峰山仙女祠三祝版文词甚秽，而书至秀洁。其石闻藏黄县卢氏。曾于历上见拓本，系数百年物，殆祠未毁时拓也。附记于此，子贞善书而嗜奇，或有缘幸遇之。世臣。

（周雷辑自上海书店影印张黑女墓志）

附　录

书安吴四种后

姚柬之

道光丙午夏，倦翁排印新旧文稿为安吴四种三十六卷，以示柬之。乾嘉三十年间所作，多手抄藏笥中者；道光以来，什五六皆曾见，其未见惟近年作耳。倦翁之文，义本孟荀，笔得韩贾，体势则兼汉、魏、唐、宋，而尤近兰台。少事谨严，老弥健肆，一洗数百年门户依傍之陋。倦翁常谓周秦人下笔辄成一子，以其洞澈物情，无心语皆出独造也。至汉刘子政，乃有意琢字句、炼篇幅，子变为集，斯为始事。柬之谓此语，非倦翁不能道。今倦翁书出，可以还集为子已。盖千余年来，作者十数，无不致意于人心世道之防。然抉人心之害，或迂而不切；陈世道之失，或浮而不实。至其救正之也，又或繁重寡要，疏略无功。倦翁国医也，病必究源，方必对症，不为轻延耸听之谈，不用梯航难得之药。病者信服其剂，则沈疴立起，又无诸子踳驳狡辨之弊。世有真识，必不以柬之为阿好也。

倦翁家世韦布，无凭借攀援，就试复不得于有司，而力学自振拔，弱冠即名动公卿，及壮举于乡，其座主陈周两侍郎入都，都中冠盖无不以得倦翁为贺。至宫门，遇成邸，拜手贺曰：「二公真不愧为国求贤，江南有千里驹，朱师傅秣养之，十年无能市者，二公竟一网得珊瑚树矣。」侍郎意倦翁必熟游都下，其实游辙未尝至北也。予屡试春明，与同舍生询乡贯，闻隶安徽，即问贵省有包君，岂识之乎？且多关东、新疆、台湾、珠崖士，不解倦翁声名何以洋溢如是？揭晓在礼部看榜，每闻榜下人云：「安徽包君被放，登第人可想，吾辈亦足自豪。」同列倾轧，其来自古，而推重淳至，其必有所以致之矣。然当路素无一面者，辄摧排之不遗余力。予尝询贡院司事者，言倦翁卷虽发誊，然不送内帘，事后，乃加派房戳于败卷。以是十余试，迄无一遇。丁丑大挑，吴平湖、松蒙古阻之于成邸。丙戌大挑，汪山阳阻之于惇邸。今上在书房时，习闻朱大兴称为栋梁之器，及亲政，又用荐者言，欲破格大用，蒋襄平阻之。宋人畏坡公之敢言而又善言也，力排于见用之后，是以徒败国是，而身受恶名。倦翁之敢言善言不后坡公，遏之于登进之前，使不得有所建白，则既便己所欲为，又可不得罪后世，诸公用心之苦至此。然以岩廊封圻，摧折草莽，实秦汉后所罕闻见。倦翁阨穷，亦可以不悯矣。

乙未大挑，家鹰青兄门下士吴少空力荐于肃邸长相国，乃得以一等试令江西，旋被抚学两院击去。而倦翁不以所遇谿勃，稍减救世汲汲之志。其散见四种中者，细心读之，自可紬绎而知，无俟赘说。倦翁言语妙天下，政事任艰巨，文学冠群流，宇内共知之。即力排之者亦无异议。而其宅心之厚，守身之严，操持之固，则有非人人所共知者。嘉庆庚午，柬之入都，附舟至东梁山阻风。同舟人有言：吾乙丑夏初，在扬州搭湖划船至芜湖，炕舱官舱客已满，惟余房舱之半，尚待客。少顷，有人负襆被至船旁，指搭半房舱，舟子约以黄昏定开行。及昏客齐。而搭房舱客，其友饯之于河滨酒楼，舟子促上船，即抽跳挂帆，水溜风利，船驶如箭。客入房舱，布襆被于前半舱毕，坐舱门，与炕舱、官舱客通问讯，乃包姓，上江秀才也，年约三十。二鼓，众客各开单，而先搭后半房舱人，从艄入，乃二十许少妇。包君无可更易地，少妇手关房舱门而睡。前舱客倾耳静听，一无声息。次日即抵东梁山，阻风，同泊之船数十艘，客皆登岸就江市啜茗小酌。包君独上山寺眺望。少顷，少妇亦下船，在市买香楮赴山寺，纤跗丰发，肌肤鲜皎，岸上人莫不注视，有追随上山寺者。下午，包君返舟，则坐舱门与众客话行业起落，皆得窾要。又纵谈其五六年前就川楚戎幕事，惊愕可听。然未尝与少妇一通款语。古人坐怀不乱，不过一宿，包君与少妇异被耳，前后十二昼夜，生平所见奇事，无过此者。癸酉都下，在鹰青座晤方葆岩制府之公子彦和，言菊溪协揆为家君言：贵同乡包慎伯，年少有盛名，而骜傲不下人，为宾主数月，甚令人不快。南河苇荡久败坏，惟慎伯悉要领，因出使佐白泉司其事。采毕出运，有啖以白金二万，求堆收仍旧勿驳诘者，慎伯拒之，荡事得不废。慎伯家窭贫，至不具裘葛，而临重贿不染指。吾自问不能，所以畏之如虎，敬之如神。及甲戌识面，以二事质之，皆信。

倦翁橐笔游，缟纻暇修之外无他入，而任恤三党，甚备而久。多识达官，从不自为地，以其力位置寒畯，数十百而不止。颇有负之者，倦翁待之如初，始无德色，终无怨言。柬之读倦翁书，惟言漕者，心疑为势不可行，及倦翁自办新喻漕事，则天下人共犯之法，倦翁独不犯，以此知倦翁之言，无不可见诸实事者。至其终身不遇，则攸关气运，非一身之故矣。倦翁还山已五年，裹足不出城阓，惟以卖文字自给。辛苦无此比，常有好容颜。靖节所叹「东方有一士」者，予乃于倦翁亲见之。史公有言：「要之死日，然后是非乃定。」倦翁虽岿然存，行年已七十有二，是非久有定论。故据予见闻亲切者，附书册后，使读倦翁书而未识其人者，可想象其梗概焉。道光二十有六年季秋月朔，桐城姚柬之书于寄柯堂。

（辑自校订重刊安吴四种卷末）

读安吴四种书后

范　麟

服古入官，穷经致用，儒先之为教也。利禄途兴，士人志于倖获，主司又惟纤巧尘腐之是求。倖者至再：上之登词垣，跻侍从；下亦不失百里之守。政柄视为利源，编户待以佃客。忧贻国家，毒流当世，是岂不诵读诗书观览篇籍乎？何所行与所学之戾耶？毋抑志卑而教异乎？异教与卑志相杂以成习，柳下惠见饴，谓可养老；盗跖见饴，谓可黏牡，诚哉是言也。道光丙午冬，以通家子弟谒安吴包先生于白门倦游阁，乃知尚志之教，固犹不绝于人寰耳。

先生幼从尊甫郡学君学，甫龀齿，读孟子至「五亩之宅」，即问今日制民产，何以不如此？郡学君大奇之。稍长，亦从俗为八比六韵之学，而出语时见本原。家极贫，加以孤露，弱冠觅食至芜湖，值苦旱，为长洲宋兵备作祷雨文，有「雷击旱魃大沛时雨」之异。稿轰传至皖江，大兴朱文正公以大司马抚皖，见其文，询兵备知出先生手，召至门下。时楚匪猖獗，先生上乡兵议，文正叹绝，谓为贾晁复生，赠诗以「夏屋栋梁」相期许，名噪海宇。而六赴秋试，乃一遇，十三赴春官，皆不得于有司。最后，乃以大挑试令江西，摄新喻令年余，被严劾以归。隐于鸡笼山麓，乃裒集生平著述为安吴四种三十六卷，举凡宇宙之治乱、民生之利病、学术之兴丧、风尚之淳漓，补救弥缝，为术具设。先生老矣，居仅容膝，食无兼味，常情所难堪，而处之晏然。接引后进若不及，一艺之善，称道勿置。

先生既不能自达其道，所至与当路论说。嘉庆戊午冬游楚北，为浦城祖承宣画招流亡、开屯田、营战屯守之策，具椟于督师被格。他人得其稿者，删润为坚壁清野议，得上达，卒以之荡平教匪。戊辰游袁浦，觉罗长文敏公、大庾戴文端公闻声下交，立谈之间，以罢徐扬六府州摊征三百六十万已成之议。辛未秋，佐百文敏公治河，临工决盖坝之策，旬日间使袁浦、板闸、淮安百万家，得免为鱼，而就高枕。丙寅夏在扬州，诱伊太守举荒政，全流民三万。甲戌冬在白门，激百文敏举荒政，活饥黎八万。数事皆先生身与者，故功效立奏而无后患。其余当路多采先生河漕盐法之论而行之，然皆未能如指。道光壬寅，夷船抵白门，奇策莫采，致纵狂寇。先生坦率和易，未尝有疾言遽色，唯此事言之辄决眦。此皆散见于四种，又并世有识所共见共闻者也。

道光丙戌，中衢一勺初出，开化戴简恪公就问曰：「吾子谓河漕盐非大政，然则大政在兵乎？」先生曰：「兵者暂事也，虽重，要不足当大。必言大政，其唯农乎？」先生言农事至详具，而数十年来，未见有能采行一二者，伤已！先生之造诣，得于学者半，得于问者亦半。其于学也，虽博闻强识，而不事饾饤襞积，至人心世道之大防，必三复低徊，推究其极，不洞达不易他简。其于问也，微遇宿士方闻，质疑求是，虽舟子、舆人、樵夫、渔师、罪隶、退卒、行脚僧道，邂逅之间，必导之使言，是者识之，否者不加辨驳，惧其不尽也。于以知水陆之险易，物力之丰耗，啇前之情伪，穷檐之疾苦。其论学也，依于正士心，殖民生。其论治也，不为已甚，归于平易近人，潜移默运，不骇众而民实受其赐。盖自幼学以迄悬车，不改不倦，庶几称道不乱者矣。

先生客文正署时，先曾王父光禄府君适至署，连床数日，结为道义忘年交。麟请业，先生以为可教，奖掖甚挚，授以安吴四种。麟受而读之，既更岁，乃请为学之要。先生曰：「第一要究文法，盖不深明古人文法，则无以测古人立言之意，而悉其指归。」故先生之文，雄肆发于谨严，波澜循乎矩矱，蕴藉寓于平实，集秦、汉、魏、晋、唐、宋之文，无常师而自成体势。然则徒慕先生之文采，而不求实济，固不足知先生。然言之不文，行之不远，先生之书，绘事物之情状，餍读者之心目，则以其条达易晓，而探讨不可尽也，幽艳难窥，而讽咏不可厌也。然则欲学先生之学者，必自学先生之文始。是用考核言行，而揭先生所以教麟者，书之尾册，以告天下后世之有志于读先生书者。时道光丁未夏四月，大兴范麟谨书后。

（辑自校订重刊安吴四种卷末）

安吴四种跋

包诚

先大夫幼受庭训，读书一目十行，能得其深。年十九游芜湖，受知于中江讲院故歙侍御程公世淳，面试冰赋，奇其才，荐于徽宁道宋公镕。值大旱，命作诛旱魃文，称于时。大兴朱文正公署巡抚，闻名，招至皖江节署肄业，以贾生相期许。后游楚、蜀、江、浙、燕、齐、鲁、豫，与沈小宛、王仲瞿、张翰风、李申耆、刘申甫、周伯恬、周保绪、魏曾容、宋于庭、董晋卿诸先生，及当代名公相砥砺，闻见益广。三十外好为诗。故侍郎曾公燠任两淮运使时，有某君赠诗百韵，叹其精妙，于席上出示。先大夫索纸笔，和原韵，顷刻立就，同座惊绝。流传人间数千首，然不存稿。中年学书，由欧颜入手，转及苏董，后肆力北魏，晚习二王，遂成绝业。其诱掖后进，教诲不倦，就其所学多所成就，如凌晓楼、汪孟慈、刘孟瞻、薛子韵、张司衡、王西御、王勾生、杨季子、梅蕴生、吴熙载、朱震伯诸先生，其最著者也。

在袁浦遇郭君大昌，从悉河事。侨扬州久，知盐漕得失，道光初有中衢一勺之刻。时释碧溪好书，为刻论文论书诸作名曰艺舟双楫。先大夫出游日久，习知民间疾苦，时时与当道论说，而信从者少。至道光甲辰就旌德谭氏讲席，方裒生平著述，集为管情三义、齐民四术。旧刻中衢一勺、艺舟双楫更加增益，名曰安吴四种。先用聚珍板印行五百部，嗣因讹字较多，咸丰辛亥重付剞劂，印二百部，版存金陵。癸丑毁于兵燹，书遂罕见。不肖弟兄学业谫陋，不能读父书，思绵手泽，乃觅得原书，在鄂再刊梨枣，发坊以广流传。集内附录之文，半系显微阐幽，诸公后辈炽昌，当亦垂念斯文与为不朽矣。

先大夫晚任江西新喻令，一年罢官，有惠政，至今豫章人能言之。所著说储全书并文集十数卷藏于家，将续刊以问世焉。同治十一年八月朔日，男诚谨跋。

（辑自校订重刊安吴四种）

清史稿·文苑三·包世臣

包世臣，字慎伯，泾县人。少工词章，有经济大略，喜言兵。嘉庆十三年举人，大挑以知县发江西，一权新喻，被劾去。复随明亮征川、楚，发奇谋不见用，遂归，卜居金陵。世臣精悍有口辩，以布衣遨游公卿间。东南大吏，每遇兵、荒、河、漕、盐诸巨政，无不屈节咨询，世臣亦慷慨言之。初，海盗蔡牵犯上海，镇道迎世臣阅沿海岛屿。见黄浦停泊商船千艘，遂建海运可救漕弊之议。游袁浦，值河事亟，著策河四略。是时盐法以两淮为大，私枭充斥，议者争言缉私。世臣拟多裁盐官，唯留运司主钱粮，场大使督灶户，不分畛域，仿现行铁硝之例，听商贩领本地官印照，赴场缴课买盐。州县具详，运司存核，则场官不能乾没正课；而转输迅速，则盐价必锐减；私盐皆输官课，课入必倍。以之津贴办公，并增翰、詹、科、道廉俸，为计甚便。

其论西北水利曰：「今国家南漕四百万石，中岁腴田二百万亩所产也。有田四百万亩，岁入与佃半之，遂当全漕。」先减运十之一，粜其谷及运资置官屯，递减至十年，则漕可罢，赋可宽。以其盈余量加赋饷，而官可廉，兵可练。不然，漕东南以赡西北，浮收勒折，日增一日，竭民力，积众怒，东南大患，终必在此。

世臣能为大言，其论书法尤精，行草隶书，皆为世所珍贵。著有小倦游阁文集，别编为安吴四种。

（辑自清史稿中华书局一九七七年版第四四册四八六卷一三四一七页）

清史列传·包世臣

包世臣，字慎伯，安徽泾县人。嘉庆十三年举人，大挑一等，以知县分发江西，权新喻县。因劾去官。少工词章，继而喜兵家言，善经济之学。朱珪巡抚安徽，手书召至署，垂询练乡兵、安江贼事宜。明亮为川楚左参赞，使治戎事，发奇谋，不见用，遂归。世臣短小精悍，口如悬河。居金陵，布衣翛然。江省督抚遇大兵、大荒、河、漕、盐诸巨政，无不屈节咨询，世臣亦慷慨言之，虽有用有不用，而其言皆足传于后。

洋盗蔡牵犯上海，镇道迎世臣，阅沿海岛屿，见北洋商船千艘停泊黄浦，遂建海运可救漕弊之议。著策河四略：一救弊，二守成，三筹款，四积储，皆详具筹河刍言。又以漕为天下急务，而浮收勒折，帮丁需索州县，亏空实由于此。善治漕者先清屯田，责成卫头督课耕耘，量其所入，以半备公需。停委重空，责成本帮。裁派总运，责成粮道。尽撤催趱委员，责成沿途文武。裁汰漕夫，责成闸官看守闸板缴关，每一帮船抵闸，听其通力合作，提溜更速。水次则严禁赌博及随帮收债者，盘粮则责成漕臣，而使督臣稽察之。通州责成仓臣督同坐粮厅，革去经纪之积蠹。则帮丁之办公从容，无须州县津贴；州县无所藉口诛求，则奸民不能激众凌辱其长吏。藏富于民，培气脉，尊体统。否则浮收勒折，日增一日，竭民力以积众怒，东南大患，终必在此。是时盐法以两淮为大，说者谓私枭充斥，阻坏官引，遂以缉私为治盐之要。臣世拟裁撤大小管盐官役，唯留运司主钱粮，场大使管灶户，不立商垣，不分畛域，通核现行盐课，每斤定数若干，仿现行铁硝之例，听商贩领本地州县印照，赴场官挂号缴课买盐。州县发照后，具详运司查核，则场官不能乾没正课，而运司与场官均有平余。州县亦藉盐照纸朱之费，津贴办公。大江、大河转输迅速，盐价必减于今十之五六。私盐皆输官课，课入必倍，拨出现行课额以归正供，酌提盈余，增翰、詹、科、道、部、院司员之廉俸，使京职不为债累，众美毕具，千年府海之陋，可以一朝尽革。

其语西北水利，曰：「冀、幽水利始于宋何承矩，而元虞集、明徐祯明为说尤详，然其功莫举。今国家南漕四百万石，中岁腴田二百万亩所产也。有田四百万亩，岁入与佃半之，遂当全漕。先减运十之一，以其米价及运资，于近水之所置官屯，画辟召耕，以习农而善心计者主之，买农器，安庐舍，给牛种，岁以为常。东南之运渐减，西北之田渐增，十年为率，则漕可罢，赋可宽，以其盈余量加俸饷，而官可廉，兵可练，民见官屯之利，亦不令而争趋矣。」

咸丰五年，卒，年八十一。著有中衢一勺七卷、艺舟双楫六卷、附录三卷、管情三义八卷、齐民四术十二卷。

（辑自清史列传中华书局一九八七年版第一九册七三卷六〇一三页）

书安吴包君

谢应芝

君姓包氏，名世臣，字慎伯，泾人也。泾本汉县，而三国时尝置安吴县，以故学者称安吴先生，君学书三十年，尽交天下能书之士，备得古人执笔、运锋、结体、分行之奇，其法双钩、悬腕、实指、虚掌、逆入、平出、峻落、反收，而归于气满，盖兼秦篆、汉隶，以为六朝正草书，遂称书家大宗。君为人短小精悍，而口如悬河，喜兵家言，善经制之学。冀、幽水利始于宋何承矩，而元虞集、明徐祯明为说尤详，然其功莫举。君以为国家南漕四百万石，中岁腴田二百万亩之所产也。有田四百万亩，岁入与畋人半之，遂当全漕。先减运十之一，以其米价及运费于近水之所置官屯，画罫召耕，以习农而善心计者主之，买农器，安庐舍，给牛种，岁以为常。东南之运渐减，西北之田渐增。以十年为率，则漕可罢，赋可宽。以其盈余量加俸饷，而官可廉，兵可练。民见官屯之利，亦不令而争趋矣。君少举于乡，晚岁宦游不得志，弃官而归，寓居江宁，布衣翛然。每作书，自署曰白门倦游阁外史。癸丑岁以避粤贼之乱卒于途。

论曰：刘廉方导余学北碑，因纵观安吴撰著。廉方云：安吴论书，所谓百世以俟圣人而不惑者也。其论北方水利，余尤善之。呜呼！方今之经制，孰有切要于此哉！

（辑自清代碑传全集续碑传集卷七九文学四）

清儒学案·安吴学案

包世臣，字慎伯，泾县人，嘉庆戊辰举人，官江西新喻知县，因劾去官。先生少习毛、郑氏诗，郑氏礼，工词章，继而喜兵家言，善经济之学。朱文正巡抚安徽，召至署，询练乡兵、安江贼事宜。明亮为川楚左参赞，使治戎事，发奇谋，不见用，遂归游江淮，侨居金陵，布衣翛然。江省督抚遇大兵、大荒、河、漕、盐诸巨政，无不屈节咨询，虽有用有不用，而其言皆足传于后。先生之造诣，得于学者半，得于问者亦半。虽舟子、舆人、樵夫、渔师、罪隶、退卒、行脚僧道，邂逅之间，必导之使言，是者识之，否者不加辨驳，惧其不尽也。其论学也，依于正士心、殖民生；其论治也，不为已甚，归于平易近人、潜移默运，不骇众而民实受其赐。咸丰三年卒，年七十九。著有中衢一勺七卷、艺舟双楫九卷、管情三义八卷、齐民四术十二卷，总名安吴四种。

（辑自清儒学案卷一三六）

续修江宁府志

世臣早负盛名，道光中以大挑知县仕江右，中丞忮之，甫到省，即使署某县，即借公文字句劾罢之。然世臣之名转益盛，陶文毅公、杨端勤公皆延为上宾。素喜交游，延揽知名之士。居鼓楼侧之绸市口，户外之履常满。又善谈论，娓娓千百言，皆使人之意消。善扁书，开近人北魏一派。其子兴言以枣木刻于鄂中。所著有安吴四种，其第二种曰艺舟双楫，即自言其书法之功也。

（辑自清光绪三年宾兴馆刊本续修江宁县志）

清代七百名人传·包世臣

蔡冠洛

包世臣，字慎伯，安徽泾县人。嘉庆十三年举人，大挑一等，以知县分发江西，权新喻县，因劾去官。

少工词章，继而喜兵家言，善经济之学。朱珪巡抚安徽，手书召至署，垂询练乡兵、安江贼事宜。明亮为川楚左参赞，使治戎事，发奇谋，不见用，遂归。

世臣短小精悍，口如悬河，居金陵，布衣翛然。江省督抚遇大兵、大荒、河、漕、盐诸巨政，无不屈节咨询，世臣亦慷慨言之，虽有用有不用，而其言皆足传于后。

蔡牵犯上海，镇道迎世臣阅沿海岛屿，见北洋商船千艘停泊黄浦，遂建「海运可救漕弊」之议。著策河四略：一救弊，二守成，三筹款，四积储，皆详具筹河刍言。

又以漕为天下急务，而浮收勒折，帮丁需索，州县亏空，实由于此。善治漕者，先清屯田，责成卫头，督课耕耘，量其所入，以半备公需，停委重空，责成本帮，裁派总运，责成粮道，尽撤催趱委员，责成沿途文武，裁汰漕夫，责成闸官看守闸板缴关，每一帮船抵闸，听其通力合作，提溜更速。水次则严禁赌博及随帮收债者，盘粮则责成漕臣，而使督臣稽察之。通州责成仓臣督同坐粮厅，革去经纪之积蠹。则帮丁之办公从容，无须州县津贴；州县无所藉口诛求，则奸民不能激众凌辱其长吏。藏富于民，培气脉，尊体统。否则浮收勒折，日增一日，竭民力以积众怒，东南大患，终必在此。

是时盐法以两淮为大，说者谓私枭充斥，阻坏官引，遂以缉私为治盐之要。臣世拟裁撤大小管盐官役，唯留运司主钱粮，场大使管灶户，不立商垣，不分畛域，通核现行盐课，每斤定数若干，仿现行铁硝之例，听商贩领本地州县印照，赴场官挂号缴课买盐。州县发照后，具详运司查核，则场官不能乾没正课，而运司与场官均有平余。州县亦藉盐照纸朱之费津贴办公。大江、大河转输迅速，盐价必减于今十之五六。私盐皆输官课，课入必倍。拨出现行课额以归正供，酌提盈余，增翰、詹、科、道、部、院司员之廉俸，使京职不为债累，众美毕具，千年府海之陋，可以一朝尽革。

其语西北水利，曰：「冀幽水利始于宋何承矩，而元虞集、明徐祯明为说尤详，然其功莫举。今国家南漕四百万石，中岁腴田二百万亩所产也。有田四百万亩，岁入与佃半之，遂当全漕。先减运十之一，以其米价及运资，于近水之所，置官屯，画畍召耕，以习农而善心计者主之，买农器，安庐舍，给牛种，岁以为常。东南之运渐减，西北之田渐增，十年为率，则漕可罢，赋可宽；以其盈余量加俸饷，而官可廉，兵可练。民见官屯之利，亦不令而争趋矣。」

咸丰五年，卒，年八十一。著有中衢一勺七卷，艺舟双楫六卷，附录三卷，管情三义八卷，齐民四术十二卷。世臣为文，本荀卿、韩非、吕览，诗则导源陆、谢。别编倦游阁集三十卷未刊。其书法，备得古人执笔运锋结体分势之奇，推为书家正宗焉。

（辑自中国书店一九八四年影印世界书局本清代七百名人传第五编艺术文学）

投包慎伯 世臣

龚自珍

郑人能知邓析子，黄祖能知祢正平。乾隆狂客发此议，君复掉罄今公卿。

（辑自四部丛刊本定庵文集补破戒草上卷）

己亥杂诗 第三九首

龚自珍

从今誓学六朝书，不肆山阴肆隐居。万古焦山一痕石，飞升有术此权舆。泾县包慎伯赠予瘗鹤铭。九月十一日，坐雨于羽琌山馆，漫题其后。

（辑自四部丛刊本定庵文集补己亥杂诗）

射鹰楼诗话

林昌彝

泾县包慎伯大令世臣，嘉庆十三年乡榜。著有倦游阁诗文集。大令诗廉质峻整，五言古直登鲍谢堂厖。

（辑自上海古籍出版社一九八八年版射鹰楼诗话卷十二）

习静斋论诗百绝句评

方廷楷

五古能登鲍谢堂，七言亦复见苍凉。谭经更欲空馀子，龚魏同时不敢狂。泾包慎伯世臣

（辑自人民文学出版社一九九一年版万首论诗绝句清及近代）

杂题国朝诸名家诗集后

郭曾炘

布衣掉罄几公卿？自信山泉本质清。四种安吴晚删定，述书何若说诗精？包慎伯编其出山后诗为浊泉集。其论诗文及评书，好持高论，要不无英雄欺人语。

（辑自人民文学出版社一九九一年版万首论诗绝句清及近代）

晚晴簃诗汇·包世臣

徐世昌

包世臣，字慎伯，泾县人。嘉庆戊辰举人，官新喻知县。有安吴四种。

诗话：慎伯习朝章国故，务为经世之学。其时河、漕、盐三政皆极弊，慎伯详究利病，思为之整齐。凡所规划，皆切实可见施行，绝不过为高论。其论书法，自谓「得古人用笔精意，要在悬腕、

运指，使笔锋开而毫平，字画皆中实」，尤前人所未发。于诗文持议亦极精到，自谓「取法六朝，顿挫悠扬，手挥目送」。然其所自构，每关家国治乱，言之务尽。纡徐委备之体多，顿挫悠扬之指少。而敷陈指切，即友朋酬唱，辄以学术经济相砥砺，要为不苟作者。以视风云月露之辞，固不可同日而语也。

（辑自一九二九年退耕堂刊本晚晴簃诗汇卷一二〇）

广艺舟双楫叙目

康有为

可著圣道，可发王制，可洞人理，可穷物变，则刻镂其精，冥缘其形为之也。不劬于圣道、王制、人理、物变，魁儒勿道也。康子戊、己之际旅京师，渊渊然忧，悁悁然思，俯揽万极，塞钝勿施；铬细于时，握发㥲然，似人而非。厥友告之曰：「大道藏于房，小技鸣于堂，高义伏于床，巧𦋐显于乡。标枝高则陨风，累石危则坠墙。东海之鳖，不可入于井；龙伯的人，不可钓于塘。汝负畏垒之材，取桀杙，取榈栌，安器汝？汝不自克以程于穷，固宜哉！且汝为人太多而为己太少，徇于外有而不返于内虚，其亦阍于大道哉？夫道无小无大，无有无无。大者小之殷也，小者大之精也。蟭螟之巢蚊睫，蟭螟之睫又有巢者。视虱如轮，轮之中虱复傅缘焉。三尺之画，七日游不能尽其蹊径也。拳石之山，丘壑岩峦，𡼏深窅曲，蠛蠓蚋生，蛙蠙之衣，蒙茸茂焉。一滴之水，容四大海，洲岛烟立，鱼龙波谲，出日没月。方丈之室，有百千亿狮子广座，神鬼神帝，生天生地，反汝虚室，游心微密，甚多国士，人民丰实，礼乐黼黻，草木茏郁。汝神潭其中，弟靡其侧，复何骛哉？盍黔汝志，锄汝心，息之以阴，藏之无用之地以陆沉。山林之中，钟鼓陈焉；寂寞之野，时闻雷声。且无用者，又有用也。不龟手之药，既以治国矣。杀一物而甚安者，物物皆安焉。苏援一技而入微者，无所往而不进于道也。」

于是康子翻然捐弃其故，洗心藏密，冥神却扫，摊碑摘书，弄翰飞素，千碑百记，钓午是富，发先识之覆疑，窍后生之宧奥，足无用于时者之假物之游戏莫也。国朝多言金石，寡论书者，唯泾县包氏，锨之扬之。今则孳之衍之，凡为二十七篇，篇名如左：

原书第一　尊碑第二　购碑第三
体变第四　分变第五　说分第六
本汉第七　传卫第八　宝南第九
备魏第十　取隋第十一　卑唐第十二
体系第十三　导源第十四　十家第十五
十六宗第十六　碑品第十七　评碑第十八
余论第十九　执笔第二十　缀法第二十一
学叙第二十二　述学第二十三　榜书第二十四
行书第二十五　干禄第二十六　论绝句第二十七

永雄作始于戊子之腊。实购碑于宣武城南南海馆之汗漫舫。老树僵石，证我古墨焉。归镇于己丑之腊，乃理旧稿于西樵山北银塘乡之澹如楼。长松败柳，侍我草元焉。凡十七日至除夕述书迄。光绪十五年也。述书者，西樵山人康祖诒长素父也。

（辑自北京市中国书店版艺林名著丛刊）

后　记

包世臣全集包括安吴四种（即中衢一勺、艺舟双楫、管情三义、齐民四术）、小倦游阁集和说储。全书从整理到出版，历时六年。原计划只是搜集安吴四种之外的包氏著作，这就是黄山书社一九九一年出版的小倦游阁集说储（以下简称小倦）该书付印前，有关方面又决定点校整理安吴四种，连同小倦合为包世臣全集。该项目于一九九二年列入中国古籍整理出版八五计划及十年规划。

安吴四种合刻，始于道光二十四年，「用聚珍板印行五百部」；因讹字较多，咸丰元年，重付剞劂，印二百部，版存金陵。咸丰三年，存版毁于兵燹。同治十一年，其子包诚再刻于鄂，名校订重刊安吴四种（简称同治重刊本）。此次整理即以该本为点校底本。该本十六册三十六卷，单叶十行，行二十二字；白口，单尾，四周单边，天头阔大。中衢一勺原有包世荣（世臣从弟）、包慎言（世臣族子）合注，亦一仍其旧。

按照全书出版的正常序次，安吴四种应在先，小倦及附录材料应在后。后出的安吴四种为求方便读者，标加了浪线书名号和专名号。小倦后附有包世臣传、包世臣年谱等资料，但犹有未尽，比如传记序跋，连同新近发现的包世臣手札等，亦理应辑入，现均附于安吴四种之末。

全书整理工作承担如下：安吴四种、小倦游阁集由李星点校；说储由刘长桂点校；手札由彭君华辑释，本册附录由诸伟奇、彭君华辑校。吴孟复先生审订全稿。

安徽省古籍整理出版规划委员会办公室

一九九四年八月

（皖）新登字 05 号

责任编辑　周　雷　南　亩
装帧设计　班　古
责任校对　王星华

安徽古籍丛书（第七辑）

包世臣全集 管情三义 齐民四术

［清］包世臣　撰　李　星　点校　吴孟复　审订

安徽省古籍整理出版规划委员会
安徽古籍丛书编审委员会　编

黄山书社出版　（合肥市金寨路 381 号）
新华书店经销　安徽星火印刷公司印刷
开本：850×1168　1/32　印张：19　字数：400,000
1997 年 9 月第 1 版　1997 年 9 月第 1 次印刷
印数：0,001—2,000

ISBN 7—80630—113—5/Z · 14　定价：22.65 元

《安徽古籍叢書萃編》書目

定本莊子故
康輶紀行　東槎紀略
北山樓集
疑庵詩
方望溪遺集
識小録　寸陰叢録
東萊詩詞集
明太祖集
王侍郎奏議
朱楓林集
敬孚類稿
施愚山集（全四册）
吴敬梓吴烺詩文合集
張孝祥詞箋校
竇山公家議校注
翠微南征録北征録合集
阮大鋮戲曲四種
老子注三種

杜詩説
朱書集
論語解注合編
郭祥正集
皖人詩話八種
績學堂詩文鈔
唐詩評三種（上下）
鈍齋詩選
老子注譯
莊子詮詁
説文假借義證（全五册）
劉銘傳文集
包世臣全集（全三册）
田間易學
莊屈合詁
田間詩集
田間文集
古事比（上下）
安徽出土金文訂補

道聽途説
蘭茗館外史
青泥蓮花記
秋崖詩詞校注
舌華録
明語林
夜雨秋燈録（上下）
包拯集校注
毛詩後箋（上中下）
壹齋集（上下）
孟子講義
楊仁山全集
不得已（附二種）
歙事閒譚（上下）
惜抱軒詩集訓纂
張孝祥詩文集
吴汝綸全集（全六册）
青溪集
藏山閣集

田間詩學（上下）
俞正燮全集（全三册）
皖人戲曲選刊　鄭之珍卷
詠懷堂詩集
所知録
文選箋證（上下）
七頌堂集
程瑶田全集（全四册）